ROBIN COOK
Das Experiment
Das Labor

*Das Experiment*

Kim Stewart, eine junge Frau aus guten Verhältnissen, setzt alles daran, den Tod ihrer Vorfahrin Elizabeth Stewart aufzuklären: Elizabeth wurde 1692 bei den Salemer Hexenprozessen verurteilt und anschließend hingerichtet. Zusammen mit dem renommierten Hirnforscher Dr. Edward Armstrong versucht sie, die Hintergründe der damaligen Hysterie aufzudecken. Sowohl Kim als auch Edward vermuten, dass ein Pilz, der damals den Roggen befallen hatte, bei einigen Menschen massive Verhaltensstörungen und Halluzinationen ausgelöst hat, die man in jener unaufgeklärten Zeit als Anzeichen von Zauberei und Besessenheit interpretierte. Der Durchbruch scheint geschafft, als es dem Wissenschaftler gelingt, winzige Mengen dieses Pilzes zu isolieren. Doch dann geschieht etwas Entsetzliches ...

*Das Labor*

Dr. Jack Stapleton ist Arzt am Manhattan General Hospital in New York. Ein seltsamer Todesfall, der sich bei der Autopsie als Lungenpest herausstellt, und weitere rätselhafte, tödliche Viruserkrankungen machen Stapleton zu schaffen: Wie hat es in diesem renommierten Krankenhaus bloß zu derartigen Vorfällen kommen können? Stapletons intensive Nachforschungen ergeben, dass die Viren von den mobilen Luftbefeuchtern des Krankenhauses verbreitet werden. In dem Mediziner keimt schließlich ein furchtbarer Verdacht: Opfert die Klinikleitung absichtlich Menschenleben für illegale Experimente? Bald merkt er, dass auch sein Leben in Gefahr ist – Stapleton ist in das Visier eines eiskalten Killers geraten ...

*Autor*

Robin Cook hat lange Jahre in der medizinischen Forschung und als HNO-Arzt gearbeitet. Inzwischen widmet er sich ganz dem Schreiben seiner Bestseller, von denen mehrere für das Fernsehen verfilmt wurden. Robin Cook sagt von sich, dass er die Leser mit seinen Medizin-Thrillern einerseits unterhalten will, andererseits möchte er auf die Gefahren aufmerksam machen, welche die medizinische Forschung, aber auch die Praxis täglich mit sich bringen. Er lebt heute als freier Schriftsteller mit seiner Frau in Florida.

*Von Robin Cook ist bereits erschienen:*

Schock. Roman (35771) · Tauchstation. Roman (35681) · Grünes Gift. Roman (35559) · Der Experte. Roman (35324) · Chromosom 6. Roman (35220) · Toxin. Roman (35157) · Todesengel. Roman (35885)

# Robin Cook

# Das Experiment
# Das Labor

Zwei Romane in einem Band

**BLANVALET**

Die Originalausgabe von »Das Experiment« erschien 1994 unter dem Titel
»Acceptable Risk«, die von »Das Labor« 1995 unter dem Titel
»Contagion«, beide bei E. P. Putnam's Sons, New York.

*Umwelthinweis:*
Alle bedruckten Materialien dieses Taschenbuches
sind chlorfrei und umweltschonend.

Der Blanvalet Verlag ist ein Unternehmen
der Verlagsgruppe Random House.

1. Auflage
Taschenbuchausgabe Oktober 2004
*»Das Experiment«*
Copyright © der Originalausgabe 1994 by Robin Cook
Copyright © der deutschsprachigen Ausgabe 1995
Wilhelm Goldmann Verlag, München,
in der Verlagsgruppe Random House GmbH
*»Das Labor«*
Copyright © der Originalausgabe 1995 by Robin Cook
Copyright © der deutschsprachigen Ausgabe 1997
by Wilhelm Goldmann Verlag, München,
in der Verlagsgruppe Random House GmbH
Umschlaggestaltung: Design Team München
Umschlagfoto: Photonica/Cutting
Druck: GGP Media GmbH, Pößneck
Verlagsnummer: 36094
UH · Herstellung: H. Nawrot
Made inGermany
ISBN 3-442-36094-3
www.blanvalet-verlag.de

# Das Experiment

Aus dem Amerikanischen
von Bärbel Arnold und Heinz Zwack

Für Jean, meinen »Leitstern«

*»Der Teufel hat Gewalt sich zu verkleiden
in lockende Gestalt«*

William Shakespeare, *Hamlet*

# Prolog

*Samstag, 6. Februar 1692*

Von der durchdringenden Kälte getrieben knallte Mercy Griggs ihrer Stute die Reitgerte über das Hinterteil. Das Pferd, das den Schlitten mühelos über den platt getretenen Schnee zog, verfiel in den Paßgang. In einem vergeblichen Versuch, sich vor der arktischen Kälte zu schützen, kuschelte Mercy sich noch tiefer in den großen Kragen ihres Seehundfellmantels und rieb ihre Hände aneinander, die in einem Muff steckten.

Es war ein windstiller, klarer Tag, und die Sonne verbreitete ein fahles Licht. In dieser Jahreszeit war sie in die südliche Hemisphäre verbannt und hatte große Schwierigkeiten, es in der verschneiten Landschaft von Neuengland richtig Tag werden zu lassen. Der unbarmherzige Winter beherrschte das Land, und selbst in der Mittagszeit warfen die Stämme der kahlen Bäume lange, violette Schatten. Über den Schornsteinen der weit verstreut liegenden Farmhäuser standen erstarrte Rauchfahnen und verharrten so regungslos, als ob sie an dem eisblauen Polarhimmel festgefroren wären.

Mercy war jetzt ungefähr seit einer halben Stunde unterwegs. Sie wohnte auf der Royal Side am Fuße des Leach Hill und war aus südwestlicher Richtung über die Ipswich Road gekommen. In ihrem Schlitten hatte sie sich über mehrere Brücken ziehen lassen und hatte zunächst den Frost Fish River, dann den Crane River und schließlich den Cow House River überquert. Jetzt erreichte sie Northfields, einen Ortsteil von Salem Town. Von hier waren es nur noch eineinhalb Meilen bis ins Zentrum des Dorfes.

Doch heute war Mercy nicht auf dem Weg ins Dorf. Als sie das Farmhaus der Jacobs hinter sich gelassen hatte, konnte sie ihr Ziel bereits erkennen. Es war das Haus von Ronald Stewart, einem erfolgreichen Kaufmann und Schiffseigner. Es waren vor allem nachbarliche Sorgen, die sie an diesem eiskalten Tag dazu gebracht hatten, ihre eigene warme Feuerstelle zu verlassen. Doch auch

Neugier schwang mit, denn zur Zeit war der Haushalt der Stewarts weit und breit die Quelle des interessantesten Klatsches.

Mercy brachte ihre Stute vor dem Haus zum Stehen und betrachtete das Gebäude. Mr. Stewart war ohne Zweifel ein wohlhabender Geschäftsmann. Es war ein stattliches Haus mit mehreren Giebeln. Das Dach hatte eine starke Neigung und war mit braunen Schindeln gedeckt. Die zahlreichen Fenster waren mit importierten, rautenförmigen Scheiben verglast. Am beeindruckendsten aber waren die kunstvoll gedrechselten Verzierungen, die an den überhängenden Seiten des ersten Stockwerks herunterhingen. Alles in allem hätte das Haus besser ins Dorfzentrum als in diese abgelegene Gegend gepaßt.

Mercy war sicher, daß das Gebimmel der Schlittenglöckchen ihre Ankunft bereits angekündigt hatte, und wartete. Rechts neben der Eingangstür stand bereits ein anderes Pferd mit einem Schlitten, was vermuten ließ, daß die Stewarts bereits Besuch hatten. Das Pferd war mit einer Decke zugedeckt. Aus seinen Nüstern stiegen in regelmäßigen Abständen Dunstschwaden auf, die in der knochentrockenen Luft sofort verdampften.

Mercy mußte nicht lange warten. Die Tür ging auf, und auf der Schwelle erschien eine siebenundzwanzigjährige Frau mit rabenschwarzem Haar und grünen Augen; Mercy wußte, daß es Elizabeth Stewart war. In ihren Armen hielt sie locker eine Muskete. Von allen Seiten tauchten plötzlich neugierige Kindergesichter auf; in einem so abgelegenen Haus war es ungewöhnlich, bei diesem Wetter unerwarteten Besuch zu bekommen.

»Mercy Griggs«, stellte die Besucherin sich vor. »Ehefrau von Dr. William Griggs. Ich bin gekommen, um Ihnen einen angenehmen Tag zu wünschen.«

»Was für eine Überraschung«, erwiderte Elizabeth. »Bitte, kommen Sie doch auf ein Gläschen heißen Apfelwein herein. Der wird Ihnen die Kälte aus den Knochen treiben.« Elizabeth lehnte die Muskete gegen die Innenseite des Türrahmens und bat den neunjährigen Jonathan, ihren ältesten Jungen, nach draußen zu gehen und das Pferd von Mrs. Griggs zuzudecken und anzubinden.

Erfreut betrat Mercy das Haus und folge Elizabeth nach rechts in den Wohnraum. Im Vorbeigehen musterte sie die Muskete. Elizabeth sah ihren Blick. »Das rührt noch daher«, erklärte sie,

»daß ich in der Wildnis von Andover groß geworden bin. Dort mußten wir ständig vor den Indianern auf der Hut sein.«

»Ich verstehe«, sagte Mercy, obwohl sie noch nie eine Frau mit einem Gewehr in der Hand gesehen hatte. An der Schwelle zur Küche zögerte Mercy einen Moment und warf einen Blick auf die häusliche Kulisse, die mehr an eine Schule als an einen Haushalt erinnerte. In dem Raum tummelten sich mehr als ein halbes Dutzend Kinder.

Im Kamin knisterte ein gewaltiges Feuer und strahlte eine angenehme Wärme aus. Im Raum hing eine Mischung aus verschiedenen appetitanregenden Gerüchen: Einige entstiegen einem Kessel, der auf der Haltevorrichtung über dem Feuer stand und in dem Schweinefleisch schmorte; ein anderes Aroma stieg aus einer großen Schüssel auf, in der gerade eine Nachspeise aus Getreide abkühlte; doch der intensivste Duft kam aus dem Ofen, der einem Bienenkorb glich und der in den hinteren Teil der Feuerstelle eingelassen war. In dem Ofen buken etliche Brotlaibe, die teilweise schon eine dunkle, goldbraune Farbe angenommen hatten.

»Ich hoffe in Gottes Namen, daß ich nicht störe«, sagte Mercy.

»Um Himmels willen, nein«, erwiderte Elizabeth, während sie Mercy den Mantel abnahm und ihre Besucherin zu einem Leiterstuhl neben der Feuerstelle führte. »Sie sind mir sogar sehr willkommen. So kann ich mich endlich mal ein wenig von dieser wilden Kinderhorde erholen. Ich bin allerdings gerade dabei, Brot zu backen, und ich muß noch die Laibe aus dem Ofen holen.« Sie griff nach einem Brotschieber mit einem langen Stiel, schob die acht Brotlaibe einen nach dem anderen mit kurzen, flinken Stößen darauf und legte sie zum Abkühlen auf den langen, auf Holzböcken stehenden Tisch, der in der Mitte des Raumes stand.

Mercy beobachtete ihre Gastgeberin bei der Arbeit und stellte fest, daß Elizabeth eine hübsche Frau war; sie hatte hohe Wangenknochen, einen porzellanfarbenen Teint und einen geschmeidigen Körper. Außerdem war offenkundig, daß ihr in der Küche keiner etwas vormachen konnte; sie war sehr geschickt beim Brotbacken und beherrschte auch die Kunst, das Feuer zu schüren und mit dem Kesselhaken umzugehen.

Gleichzeitig irritierte Mercy aber irgend etwas an Elizabeth.

Elizabeth mangelte es eindeutig an der gebotenen christlichen Sanftmut und Demut. Sie wirkte derart selbstbewußt und strahlte eine solche Kühnheit aus, daß ihre Art für eine puritanische Frau, deren Mann sich gerade in Europa aufhielt, schon recht ungebührlich wirkte. Mercy glaubte allmählich, daß hinter dem Gerede, daß sie aufgeschnappt hatte, doch mehr steckte als nur ein bloßes Gerücht.

»Ihr Brot verbreitet einen so ungewöhnlich würzigen Duft«, sagte sie, während sie sich über die abkühlenden Laibe beugte.

»Es ist Roggenbrot«, erklärte Elizabeth und begann acht weitere Laibe in den Ofen zu schieben.

»Roggenbrot?« fragte Mercy. Nur die verarmten Farmer aus dem Sumpfgebiet aßen Roggenbrot.

»Ich bin mit Roggenbrot groß geworden«, fuhr Elizabeth fort. »Ich mag den würzigen Geschmack. Aber Sie fragen sich bestimmt, warum ich so viele Brote backe. Das liegt daran, daß ich das ganze Dorf dazu bringen will, mit Roggen zu backen und die Weizenvorräte aufzuheben. Wie Sie wissen, hat das kalt-nasse Wetter im Frühjahr und im Sommer zu schlechten Ernten geführt; und jetzt haben wir auch noch diesen schrecklichen Winter.«

»Das ist zwar ein edles Anliegen«, warf Mercy ein, »doch vielleicht sollte so etwas besser von den Männern auf der Dorfversammlung besprochen werden.«

Elizabeth brach in ein herzhaftes Gelächter aus. Als sie die schockierte Fassungslosigkeit in Mercys Gesicht wahrnahm, erklärte sie: »Männer denken nicht praktisch. Sie kümmern sich lieber um die ständigen Reibereien zwischen dem Dorf und der Stadt. Und außerdem gibt es noch mehr zu berücksichtigen als die schlechte Ernte. Wir Frauen müssen schließlich auch an die Flüchtlinge denken, die wegen der ständigen Indianerüberfälle zu uns kommen; der Krieg von König William geht nun schon ins vierte Jahr, und es ist noch immer keine Ende in Sicht.«

»Eine Frau kümmert sich um den Haushalt ...«, begann Mercy, doch dann verstummte sie, so perplex war sie über die kesse Art, in der Elizabeth mit ihr sprach.

»Ich habe den Leuten auch empfohlen, Flüchtlinge aufzunehmen«, fuhr Elizabeth fort, während sie sich das Mehl von den Händen abklopfte und auf ihre Schürze rieseln ließ. »Nach dem

Überfall auf Casco in Maine im Mai vor einem Jahr haben wir selber auch zwei Kinder bei uns aufgenommen.« Elizabeth rief in scharfem Ton nach den Kindern; sie sollten ihr Spiel unterbrechen und die Frau des Arztes begrüßen.

Zuerst stellte Elizabeth ihrer Besucherin die zwölfjährige Rebecca Sheaff und die neunjährige Mary Roots vor. Die beiden Mädchen hatten bei dem grausamen Überfall auf Casco ihre Eltern verloren, doch im Moment wirkten sie munter und zufrieden. Als nächstes wurde die dreizehnjährige Joanna vorgestellt, Ronalds Tochter aus erster Ehe. Dann kamen ihre eigenen Kinder an die Reihe: die zehnjährige Sarah, der neunjährige Jonathan und der dreijährige Daniel. Und schließlich stellte Elizabeth noch die zwölfjährige Ann Putnam, die elfjährige Abigail Williams und die neunjährige Betty Parris vor, die in Salem Village wohnten und heute zu Besuch gekommen waren.

Nachdem die Kinder Mercy brav einen guten Tag gewünscht hatten, durften sie weiterspielen, wobei sie, wie Mercy feststellte, mit mehreren Gläsern Wasser und mit ein paar frischen Eiern herumhantierten.

»Ich bin überrascht, die Dorfkinder hier zu sehen«, sagte Mercy.

»Ich habe meine Kinder gebeten, sie einzuladen«, erwiderte Elizabeth. »Sie sind befreundet, weil sie gemeinsam die Royal Side School besuchen. Ich hielt es für besser, meine Kinder nicht in Salem Town zur Schule zu schicken – bei all den Rüpeln und dem Gesindel dort.«

»Ich verstehe«, bemerkte Mercy.

»Ich werde den Kindern nachher ein paar von meinen Roggenbroten mitgeben«, fuhr Elizabeth fort. Ein verschmitztes Lächeln huschte über ihr Gesicht. »Das ist viel wirkungsvoller, als ihren Familien einfach nur eine Empfehlung zu geben.«

Mercy nickte, sagte aber nichts. Sie war überwältigt von Elizabeths Art.

»Darf ich Ihnen vielleicht auch ein Brot anbieten?« fragte Elizabeth.

»O nein, vielen Dank«, winkte Mercy ab. »Mein Mann würde niemals Roggenbrot essen. Es ist viel zu trocken.«

Als Elizabeth sich nun ihrer zweiten Ladung Brote zuwendete, ließ Mercy ihren Blick durch die Küche schweifen. Sie sah ein Rad

Käse, das gerade erst frisch aus der Käsepresse gekommen sein mußte. Dann fiel ihr Blick auf eine Karaffe mit Apfelwein, die neben der Feuerstelle stand. Doch im nächsten Moment erweckte etwas Sonderbares ihre Aufmerksamkeit. Auf dem Fenstersims standen in einer Reihe mehrere Puppen aus bemaltem Holz, die alle liebevoll geschneiderte Kleider trugen. Jede der Puppen trug ein Gewand, das einem bestimmten Beruf zuzuordnen war. Die eine stellte einen Händler dar, eine andere einen Hufschmied, die nächste war eine Hebamme, dann gab es einen Wagenbauer, und sogar ein Arzt war dabei. Der Arzt war ganz in Schwarz gekleidet und hatte einen gestärkten Kragen aus Spitze.

Mercy stand auf, ging zum Fenster und nahm die Arztpuppe in die Hand; aus ihrer Brust ragte eine lange Nadel.

»Was sind das für Figuren?« fragte Mercy besorgt.

»Das sind Puppen, die ich für die Waisenkinder mache«, erwiderte Elizabeth, ohne von ihren Broten aufzusehen. Sie holte jeden Laib einzeln aus dem Ofen, bestrich sie alle mit Butter und schob sie dann zurück ins Feuer. »Meine verstorbene Mutter – Gott habe sie selig – hat mir beigebracht, wie man diese Puppen herstellt.«

»Aber warum hat diese arme Kreatur eine Nadel in der Brust, die ihr das Herz zerreißt?« fragte Mercy.

»Weil der Anzug noch nicht fertig ist«, erwiderte Elizabeth. »Ich verlege die Nadel immerzu – und Nadeln sind doch so teuer.«

Mercy stellte die Puppe wieder an ihren Platz zurück und wischte sich unbewußt die Hände ab. Alles, was auch nur im entferntesten auf Magie oder Okkultismus hindeutete, machte ihr angst. Sie wandte sich von den Puppen ab und richtete ihr Augenmerk auf die Kinder. Nachdem sie sie einen Moment lang beobachtet hatte, fragte sie Elizabeth, was die Kinder gerade spielten.

»Sie probieren einen Trick aus, den meine Mutter mir beigebracht hat«, antwortete Elizabeth und schob den letzten Brotlaib in den Ofen. »Es ist eine Methode, mit der man die Zukunft voraussagen kann: Man deutet die Form, die das Eiweiß bildet, wenn es sich mit dem Wasser verbindet.«

»Sagen Sie den Kindern, daß sie sofort damit aufhören sollen!« rief Mercy bestürzt.

Elizabeth schaute von ihrer Arbeit auf und sah ihre Besucherin an. »Aber warum denn?« fragte sie.

»Das ist weiße Magie«, warnte Mercy.

»Aber nein, es ist nur ein harmloser Spaß«, entgegnete Elizabeth. »Damit die Kinder etwas zu tun haben, wenn sie wegen des schlechten Wetters nicht nach draußen können. Meine Schwester und ich haben den Eiweißtrick früher oft ausprobiert, um herauszufinden, welche Berufe unsere zukünftigen Ehemänner wohl haben würden.« Elizabeth lachte. »Aber unser Spielchen hat mir natürlich nie offenbart, daß ich einen Schiffseigner heiraten und nach Salem ziehen würde. Ich hatte immer geglaubt, das Leben einer armen Farmersfrau fristen zu müssen.«

»Weiße Magie beschwört Schwarze Magie herauf«, warnte Mercy. »Und wer Schwarze Magie betreibt, widersetzt sich unserem Herrn. Schwarze Magie ist Teufelswerk.«

»Meiner Schwester und mir hat das Spiel nie geschadet«, sagte Elizabeth. »Und meiner Mutter auch nicht.«

»Ihre Mutter ist tot«, erwiderte Mercy mit ernster Miene.

»Ja, aber ...«, begann Elizabeth.

»Es ist Hexerei«, beharrte Mercy. Ihr stieg das Blut in den Kopf und rötete ihre Wangen. »Und Hexerei ist niemals harmlos. Denken Sie nur an die schlechte Zeit, die wir gerade durchmachen: der Krieg und dann auch noch die Pocken, die letztes Jahr in Boston gewütet haben. Am vergangenen Sabbat erst hat Reverend Parris uns in seiner Predigt erklärt, daß all diese furchtbaren Dinge nur deshalb geschehen, weil die Menschen den Bund mit Gott aufgekündigt haben und alle religiösen Vorschriften mißachten.«

»Ich glaube kaum, daß dieses harmlose Kinderspiel den Bund mit Gott in irgendeiner Weise beeinträchtigt«, entgegnete Elizabeth. »Und was unsere religiösen Pflichten angeht – die haben wir auf keinen Fall vernachlässigt.«

»Aber natürlich haben Sie das«, warf Mercy ein. »Indem Sie sich nämlich der Magie hingeben. Und genauso verwerflich ist Ihre Toleranz gegenüber den Quäkern.«

Elizabeth machte eine wegwerfende Handbewegung. »Ach, was weiß ich schon über die Quäker. Allerdings finde ich, daß an ihnen wirklich nichts auszusetzen ist; sie sind friedliche und arbeitsame Leute.«

»Sie sollten besser Ihre Zunge im Zaum halten!« wies Mercy ihre Gastgeberin zurecht. »Reverend Increase Mather hat klargestellt, daß die Quäker dem Teufel verfallen sind. Vielleicht sollten Sie mal das Buch von Reverend Cotton Mather lesen, es heißt *Memorable Providences: Relating to Witchcraft and Possessions*. Ich kann es Ihnen gerne einmal leihen; mein Mann hat es vor ein paar Wochen in Boston aufgetrieben. Reverend Mather glaubt, daß die schlechten Zeiten, die wir gerade durchmachen, daher rühren, daß der Teufel unser gelobtes Neuengland an seine Kinder zurückgeben will – an die gottlosen Rothäute.«

Elizabeth wandte sich den Kindern zu und ermahnte sie zur Ruhe. Das Kindergeschrei war immer lauter geworden. Doch im Grunde ging es ihr gar nicht darum, die aufgeregten Stimmen zu besänftigen; vielmehr suchte sie eine Möglichkeit, Mercys Sermon endlich zu unterbrechen. Als sie das geschafft hatte, wandte Elizabeth sich wieder ihrer Besucherin zu und sagte, daß sie das Buch wirklich gerne lesen wolle.

»Da wir schon mal bei dem Thema sind«, übernahm Mercy wieder das Wort. »Hat Ihr Mann eigentlich schon darüber nachgedacht, ob er sich der Dorfkirche anschließen will? Da er hier Land besitzt, wäre er jederzeit willkommen.«

»Ich habe keine Ahnung«, erwiderte Elizabeth. »Bisher haben wir noch nie darüber gesprochen.«

»Wir brauchen dringend Unterstützung«, fuhr Mercy fort. »Die Familie Porter und deren Freunde weigern sich, ihren Anteil an den Kosten für Reverend Parris zu übernehmen. Wann kommt Ihr Mann eigentlich zurück?«

»Im Frühjahr«, erwiderte Elizabeth.

»Und warum ist er nach Europa gefahren?« erkundigte sich Mercy.

»Er will dort ein neuartiges Schiff bauen lassen«, erklärte Elizabeth. »Man nennt es Fregatte. Ronald behauptet, daß eine Fregatte sehr schnell ist und gut dafür geeignet, sich gegen französische Freibeuter und karibische Piraten zu verteidigen.«

Nachdem Elizabeth die abkühlenden Brote betastet hatte, rief sie den Kindern zu, daß es Zeit zum Essen sei. Während sich alle um den Tisch versammelten, fragte Elizabeth die Kinder, ob sie von dem frischen, warmen Brot probieren wollten. Ihre eigenen Kinder rümpften zwar die Nase, doch Ann Putnam, Abigail

Williams und Betty Parris wollten es unbedingt probieren. Elizabeth öffnete eine Falltür, die sich in einer Ecke der Küche befand, und schickte Sarah hinunter in den Vorratskeller, um etwas Butter zu holen.

Mercy war von der Falltür begeistert.

»Ronald ist auf die Idee gekommen«, erklärte Elizabeth. »Die Falltür funktioniert wie eine Schiffsluke und macht es einem möglich, den Keller zu betreten, ohne das Haus verlassen zu müssen.«

Als alle Kinder vor ihren Tellern mit Schweinefleisch saßen und dazu ein paar dicke Scheiben Brot aßen, schenkte Elizabeth sich selbst und Mercy etwas von dem heißen Apfelwein ein. Um sich in Ruhe unterhalten zu können, gingen die beiden mit ihren Bechern in den Salon.

»Meine Güte!« entfuhr es Mercy. Ihr war sofort das riesige Portrait von Elizabeth ins Auge gefallen, das über dem Kamin hing. Es wirkte erschreckend realistisch; vor allem die strahlend grünen Augen ließen Mercy erschaudern. Für einen Augenblick blieb sie wie angewurzelt in der Mitte des Raumes stehen, während Elizabeth versuchte, das Feuer neu zu entfachen, das nur noch aus ein paar glimmenden Kohlen bestand.

»Ihr Kleid ist so freizügig«, bemerkte Mercy. »Und Ihr Kopf ist gar nicht bedeckt.«

»Mich hat das Gemälde zu Anfang auch irritiert«, gab Elizabeth zu. Sie richtete sich auf und stellte zwei Stühle vor das nun wieder lodernde Feuer. »Es war Ronalds Idee, das Portrait malen zu lassen. Ihm gefällt es. Und ich habe mich inzwischen auch daran gewöhnt.«

»Es wirkt so papistisch«, bemerkte Mercy spöttisch und rückte ihren Stuhl zur Seite, damit das Gemälde aus ihrem Blickwinkel verschwand. Dann nahm sie einen Schluck von dem warmen Apfelwein und versuchte, ihre Gedanken zu ordnen. Ihr Besuch war ganz anders verlaufen, als sie ihn sich vorgestellt hatte. Elizabeths Art brachte sie aus der Fassung. Und die Angelegenheit, deretwegen sie eigentlich gekommen war, hatte sie noch nicht einmal angesprochen. Sie räusperte sich.

»Ich habe da so ein Gerücht gehört«, begann sie. »Aber ich bin sicher, daß nichts Wahres daran ist. Ich habe gehört, daß Sie die Ländereien in Northfields kaufen wollen.«

»Das ist kein Gerücht«, erwiderte Elizabeth und strahlte. »Die Angelegenheit ist bereits erledigt. Wir besitzen jetzt auf beiden Seiten des Wooleston River Land. Das Gelände erstreckt sich bis nach Salem Village, wo es an die Grundstücke angrenzt, die Ronald im Dorf besitzt.«

»Aber die Putnams hatten doch vor, dieses Land zu kaufen«, entrüstete sich Mercy. »Es ist wichtig für sie. Für ihre Unternehmungen benötigen sie unbedingt den Zugang zum Wasser, vor allem für ihre Schmiede. Sie werden allerdings erst nach der nächsten Ernte genug Geld haben. Die Putnams werden sehr ärgerlich sein, wenn sie hören, daß Sie das Land gekauft haben.«

Elizabeth zuckte mit den Schultern. »Ich habe das Geld jetzt«, entgegnete sie. »Ich brauche das Land, weil wir ein neues Haus bauen wollen, damit wir in Zukunft noch mehr Waisen aufnehmen können.« Elizabeth strahlte vor Freude, und ihre Augen funkelten. »Daniel Andrew hat bereits eingewilligt, das Haus zu entwerfen und zu bauen. Es soll so aussehen wie die Häuser in London – es soll ein großes Backsteinhaus werden.«

Mercy konnte schier nicht glauben, was sie hörte. Elizabeths Stolz und ihre Gier schienen keine Grenzen zu kennen. Mercy trank einen weiteren Schluck Apfelwein. »Wissen Sie, daß Daniel Andrew mit Sarah Porter verheiratet ist?« fragte sie.

»Ja, natürlich«, erwiderte Elizabeth. »Bevor Ronald abgereist ist, haben wir die beiden zu uns eingeladen.«

»Und wie, wenn ich fragen darf, kommen Sie an so viel Geld?«

»Ronald hat in letzter Zeit sehr gute Geschäfte gemacht, weil die Nachfrage nach Kriegsgütern enorm gestiegen ist.«

»Er profitiert also von dem Leiden anderer Menschen«, bemerkte Mercy vorwurfsvoll.

»Ronald zieht es vor zu sagen, daß er dringend benötigtes Material zur Verfügung stellt.«

Mercy starrte einen Augenblick in Elizabeths strahlend grüne Augen. Sie war wirklich erschrocken, daß Elizabeth offenbar gar nicht merkte, wie anstößig sie sich verhielt. Im Gegenteil – sie grinste Mercy unverschämt an und nippte zufrieden an ihrem Apfelwein.

»Ich habe das Gerücht gehört«, sagte Mercy schließlich, »aber ich konnte es einfach nicht glauben. Es ist nicht statthaft, daß Sie derartige Geschäfte tätigen, wenn Ihr Mann fort ist. So etwas hat Gott nicht vorgesehen, und ich muß Sie warnen: Die Leute im Dorf reden über Sie. Sie sagen, daß Sie Dinge tun, die Ihnen als einer einfachen Farmerstochter nicht zustehen.«

»Ich werde immer die Tochter meines Vaters bleiben«, erwiderte Elizabeth. »Aber jetzt bin ich auch die Ehefrau eines Kaufmanns.«

Mercy kam nicht mehr zu einer Antwort, da aus der Küche ein gewaltiges Krachen und lautes Geschrei zu hören waren. Der plötzliche Tumult ließ die beiden Frauen erschrocken hochfahren. Elizabeth eilte in die Küche und griff im Vorbeigehen nach der Muskete; Mercy blieb ihr dicht auf den Fersen.

Der Tisch war umgeworfen. Die Holzschalen, aus denen die Kinder gegessen hatten, lagen verstreut auf dem Boden. Ann Putnam taumelte ruckartig durch den Raum; während sie sich ihre Kleider vom Leib zu reißen versuchte und gegen mehrere Möbelstück stieß, schrie sie unentwegt, daß sie gebissen werde. Die anderen Kinder standen ängstlich beieinander an der Wand.

Elizabeth stellte das Gewehr ab, eilte zu Ann und packte sie an den Schultern. »Was ist los mir dir, Mädchen?« frage sie. »Was beißt dich?«

Für einen Augenblick verharrte Ann regungslos. Ihre Augen waren glasig, und sie schien völlig abwesend.

»Ann!« rief Elizabeth. »Was hast du denn?«

Ann öffnete den Mund, und ganz langsam glitt ihre Zunge heraus. Gleichzeitig begann ihr Körper unkoordiniert zu zucken. Elizabeth versuchte sie festzuhalten, doch Ann bäumte sich mit überraschender Kraft gegen sie auf. Dann faßte sich Ann mit beiden Händen an den Hals.

»Ich kriege keine Luft«, krächzte das Mädchen. »Helfen Sie mir! Ich ersticke.«

»Wir müssen sie nach oben bringen«, rief Elizabeth Mercy zu. Gemeinsam schleppten sie das um sich schlagende Mädchen in den ersten Stock; zeitweise mußten sie Ann tragen, sonst schleiften sie sie einfach hinter sich her. Kaum hatten sie das Mädchen auf das Bett bugsiert, wurde sie von einem schweren Krampf geschüttelt.

»Sie hat ja einen furchtbaren Anfall«, stellte Mercy fest. »Es ist wohl das beste, wenn ich schnellstens meinen Mann hole. Das Kind braucht dringend einen Arzt.«

»Ja, bitte!« pflichtete Elizabeth ihr bei. »Beeilen Sie sich!«

Mercy rannte die Treppe hinunter und schüttelte bestürzt den Kopf. Doch als sie sich von dem ersten Schrecken erholte hatte, wurde ihr bewußt, daß sie eigentlich nicht überrascht war; sie kannte die Ursache dieser Katastrophe. Es lag an der Hexerei. Elizabeth hatte den Teufel in ihr Haus eingeladen.

*Dienstag, 12. Juli 1692*

Ronald Stewart öffnete die Kabinentür und trat in die kühle Morgenluft hinaus aufs Deck. Er trug seine beste Kniebundhose, hatte seine rote Weste mit den gestärkten Rüschen angezogen und sogar seine gepuderte Perücke aufgesetzt. Er war vor Aufregung ganz außer sich. Gerade hatten sie den Naugus Point vor Marblehead umrundet und steuerten nun direkt auf Salem Town zu. Über den Bug hinweg konnte er bereits Turner's Wharf erkennen.

»Laßt uns die Segel erst im allerletzten Moment einholen«, rief er Kapitän Allen zu, der hinter ihm am Steuer stand. »Die Stadtmenschen sollen sehen, wie schnell dieses Schiff ist.«

»Aye, aye, Sir«, rief Kapitän Allen zurück.

Ronald lehnte seinen stattlichen und muskulösen Körper über das Schandeck und ließ die Seebrise über sein breites sonnengebräuntes Gesicht und durch seine rotblonden Haare streichen. Voller Freude betrachtete er die vertraute Umgebung. Es war ein gutes Gefühl, wieder nach Hause zu kommen, doch er hatte auch ein wenig Angst. Er war beinahe sechs Monate fort gewesen, zwei Monate länger als geplant; und er hatte nicht einen einzigen Brief erhalten. Schweden war ihm wie das Ende der Welt vorgekommen. Er fragte sich, ob Elizabeth seine Briefe erhalten hatte. Ob sie wirklich zugestellt worden waren, war nicht sicher, denn er hatte kein Schiff gefunden, das auf direktem Wege in die Kolonie fuhr, nicht einmal eins nach London hatte er ausfindig machen können.

»Jetzt wird es aber Zeit«, rief Kapitän Allen, als sie sich der Küste näherten. »Sonst setzt das Schiff auf einer Kaimauer auf und rast weiter bis zur Essex Street.«

»Dann geben Sie den Befehl!« erwiderte Ronald.

Die Männer kletterten auf Befehl ihres Kapitäns in die Takelung hinauf, holten innerhalb weniger Minuten die großen Segel ein und banden die Spiere fest. Das Schiff wurde langsamer. Als sie noch etwa hundert Meter vom Kai entfernt waren, sah Ronald, daß jemand ein kleines Boot ins Wasser ließ und schnell in ihre Richtung ruderte. Bald konnte er erkennen, daß es sein Angestellter Chester Procter war, der im Bug des Ruderbootes stand. Ronald winkte ihm fröhlich zu, doch Chester erwiderte die Geste nicht.

»Ich grüße Sie«, rief Ronald, als er in Hörweite war. Chester antwortete nicht. Als das kleine Boot herangefahren war, konnte Ronald sehen, daß das schmale Gesicht seines Angestellten ganz eingefallen war und er sehr bekümmert wirkte. Ronalds Vorfreude schwand schlagartig, und er hatte plötzlich Angst. Irgend etwas war nicht in Ordnung.

»Ich glaube, Sie sollten sofort an Land gehen«, rief Chester zu Ronald hinauf, während er sein Boot an dem größeren Schiff festmachte.

Schnell wurde eine Strickleiter hinabgeworfen, und nachdem Ronald sich kurz mit seinem Kapitän besprochen hatte, kletterte er zu Chester ins Boot. Als er im Heck Platz genommen hatte, legten sie ab. Chester hockte sich neben ihn. Die beiden Ruderer, die in der Mitte des Bootes saßen, ruderten zurück in Richtung Kaimauer.

»Was ist passiert?« fragte Ronald unruhig. Seine größte Sorge war, daß die Indianer sein Haus überfallen hatten. Er wußte, daß sie bei seiner Abfahrt bereits in Andover gewesen waren, und von dort war es nicht weit bis zu ihm nach Hause.

»In Salem sind furchtbare Dinge geschehen«, begann Chester. Er schien überreizt und sehr nervös. »Göttliche Vorsehung hat Sie gerade noch rechtzeitig nach Hause gebracht. Wir hatten uns schon große Sorgen gemacht, daß Sie womöglich zu spät kommen würden.«

»Ist meinen Kindern irgend etwas passiert?« fragte Ronald besorgt.

»Nein, mit Ihren Kindern hat es nichts zu tun«, erwiderte Chester. »Sie sind gesund und in Sicherheit. Es ist Ihre Frau Elizabeth, um die Sie sich Sorgen machen müssen. Sie sitzt seit Monaten im Gefängnis.«

»Was wirft man ihr vor?« fragte Ronald.

»Hexerei«, antwortete Chester. »Ich bitte um Vergebung, daß ich der Überbringer solch schlechter Nachrichten bin. Sie ist von einem Sondergericht zum Tode verurteilt worden. Nächsten Dienstag soll sie hingerichtet werden.«

»Aber das ist doch absurd!« knurrte Ronald. »Meine Frau ist keine Hexe!«

»Das weiß ich«, sagte Chester. »Aber seit Februar ist die ganze Stadt in Aufruhr. Man hat fast hundert Frauen der Hexerei beschuldigt. Und eine ist auch schon getötet worden. Am zehnten Juni. Bridget Bishop.«

»Die kenne ich doch«, warf Ronald ein. »Sie hatte ein feuriges Temperament. Ihr gehörte die Schenke in der Ipswich Road. Na gut, für die Schenke hatte sie keine Konzession, aber eine Hexe? Das scheint mir doch sehr unwahrscheinlich. Was in aller Welt hat diese Hysterie ausgelöst?«

»Es ist wegen der Anfälle«, klärte Chester ihn auf. »Einige Frauen sind auf qualvolle Weise von ihnen befallen worden. Vor allem junge Frauen hat es erwischt.«

»Haben Sie selbst so einen Anfall gesehen?« fragte Ronald.

»O ja«, antwortete Chester. »Die ganze Stadt war Zeuge, als ein paar Frauen während der Verhandlung vor den Friedensrichtern von den Anfällen geschüttelt wurden. Es ist ein furchtbares Schauspiel. Die Befallenen schreien vor Schmerzen, und sie verlieren den Verstand. Nach dem Anfall werden sie entweder blind, taub oder stumm, manchmal tritt auch alles gleichzeitig ein. Sie zittern schlimmer als die Quäker, und sie schreien immerfort, daß sie von irgendwelchen unsichtbaren Kreaturen gebissen werden. Dann würgen sie ihre Zungen so weit heraus, als wollten sie sie gleich ausspucken, und schließlich scheinen sie keine Luft mehr zu bekommen. Doch das schlimmste ist, daß sie ihre Gelenke so weit verbiegen, bis sie zu brechen drohen.«

Ronalds Gedanken wirbelten durcheinander. Mit so etwas hatte er wirklich nicht gerechnet. Die sengende Morgensonne brannte auf seine Stirn, so daß ihm der Schweiß ausbrach. Wütend riß er sich die Perücke vom Kopf und knallte sie auf den Boden des Bootes. Er zermarterte sich den Kopf, was er tun sollte.

»Ich habe eine Kutsche bereitstellen lassen«, sagte Chester schließlich und durchbrach die schwermütige Stille, als sie sich dem Kai näherten. »Ich habe angenommen, daß Sie direkt zum Gefängnis fahren wollen.«

»In der Tat«, erwiderte Ronald knapp. Sie verließen das Boot, eilten zur Straße und bestiegen die Kutsche. Chester nahm die Zügel in die Hand, knallte einmal mit der Reitgerte, und das Pferd trabte los. Die Kutsche rumpelte laut über das Kopfsteinpflaster. Keiner der beiden Männer sagte ein Wort.

»Wer hat denn gesagt, daß diese Anfälle durch Hexerei hervorgerufen werden?« fragte Ronald, als sie die Essex Street erreichten.

»Das hat Dr. Griggs behauptet«, erwiderte Chester. »Und der Dorfpfarrer, Reverend Parris, hat ihm zugestimmt. Schließlich haben ihm alle beigepflichtet, sogar die Friedensrichter.«

»Und wieso sind sie sich ihrer Sache so sicher?« wollte Ronald wissen.

»Während der Verhandlung wurde es ganz offensichtlich«, erklärte Chester. »Wir haben alle gesehen, wie die Beschuldigten ihre Opfer quälen und die Leidenden auf der Stelle von ihren Qualen erlöst waren, wenn sie von den Beschuldigten berührt wurden.«

»Aber sie haben die Opfer nicht berührt, um die Qualen hervorzurufen?«

»Es waren die Geister der Beschuldigten, die das Unheil angerichtet haben«, fuhr Chester fort. »Und nur die Opfer waren in der Lage, diese Geister zu erkennen. So wurden die Beschuldigten von den Opfern entlarvt.«

»Und so wurde auch meine Frau entlarvt?« fragte Ronald.

»Ja«, antwortete Chester. »Und zwar von Ann Putnam, der Tochter Thomas Putnams aus Salem Village.«

»Ich kenne Thomas Putnam«, bemerkte Ronald. »Ein kleiner, zorniger Mann.«

»Ann Putnam wurde als erste heimgesucht«, fuhr Chester zögernd fort. »Es geschah Anfang Februar in Ihrem Haus. Sie hatte den ersten Anfall in Ihrer Wohnstube. Und sie leidet bis heute darunter, genau wie ihre Mutter, Ann Putnam senior.«

»Und was ist mit meinen Kindern?« fragte Ronald. »Leiden sie auch an diesen Anfällen?«

»Ihren Kindern ist das Schicksal gnädig gewesen«, erwiderte Chester.

»Dem Herrn sei Dank«, warf Ronald ein.

Sie bogen jetzt in die Gasse ein, die zum Gefängnis führte, und beide schwiegen. Vor dem Gefängnis brachte Chester die Kutsche zum Stehen. Ronald wies ihn an zu warten und stieg aus.

Ronalds Nerven lagen bloß, als er nach dem Gefängniswärter William Dounton Ausschau hielt. Er fand ihn in seinem unaufgeräumten Büro, wo er sich gerade ein Stück frisches Weizenbrot aus der Bäckerei in den Mund stopfte. William hatte eine rote Knollennase, einen ungewaschenen Haarschopf, und er war ziemlich fettleibig. Ronald verachtete ihn, weil er wußte, daß der Mann ein Sadist war und es genoß, die Gefangenen zu quälen.

William war offensichtlich wenig erfreut über Ronalds Besuch. Er erhob sich und blieb geduckt hinter seinem Stuhl stehen.

»Die Verurteilten dürfen keinen Besuch empfangen«, krächzte er mit vollem Mund. »Befehl von Richter Hathorne.«

Ronald war kaum noch Herr seiner selbst; er packte William am Wollhemd und zog ihn bis auf wenige Zentimeter zu sich heran. »Wenn Sie meine Frau mißhandelt haben, werden Sie dafür büßen«, drohte er.

»Es ist doch nicht meine Schuld«, versuchte sich William zu rechtfertigen. »Die Obrigkeit hat es befohlen. Ich muß mich an die Anweisungen halten.«

»Bringen Sie mich zu ihr«, fuhr Ronald ihn an.

»Aber ...«, begann William zu protestieren, doch Ronald packte ihn noch fester beim Kragen und schnürte ihm die Luft ab. William japste verzweifelt. Ronald lockerte seinen Griff ein wenig, woraufhin der Wärter einen Hustenanfall bekam und die Schlüssel herauszog. Jetzt erst ließ Ronald ihn los. »Das werde ich melden«, fauchte der Wächter, während er eine dicke Eichentür aufschloß.

»Das wird nicht nötig sein«, entgegnete Ronald. »Ich werde anschließend auf direktem Wege zum Richter gehen und ihm Bericht erstatten.«

Jenseits der Eichentür befanden sich etliche Zellen, die alle belegt waren. Die Gefangenen starrten Ronald mit glasigen Augen an. Einige erkannte er, sprach sie aber nicht an. Im Gefängnis herrschte eine bedrückende Stille. Ronald mußte sich ein Taschentuch vor die Nase halten; der Geruch war unerträglich.

William blieb auf dem Absatz einer Steintreppe stehen und zündete eine Laterne an. Nachdem er eine weitere dicke Eichentür aufgeschlossen hatte, stiegen die beiden in den schlimmsten Teil des Gefängnisses hinab. Hier unten stank es unbeschreiblich. Der Keller war in zwei große Räume unterteilt, die Wände waren aus feuchtem Granit. Die Gefangenen waren alle entweder mit den Handgelenken oder mit den Beinen an den Wänden oder am Boden festgekettet. Ronald mußte über etliche Menschen hinwegsteigen, um William folgen zu können. Für Besucher reichte der Platz hier unten kaum aus.

»Warten Sie einen Moment«, sagte Ronald.

William blieb stehen und drehte sich um.

Ronald bückte sich. Er hatte eine Frau erkannt, von der er wußte, daß sie sehr fromm war. »Rebecca Nurse?« fragte er. »Was, um Himmels willen, machen Sie denn hier?«

Rebecca schüttelte schwerfällig den Kopf. »Das weiß nur Gott allein«, brachte sie mühsam hervor.

Als Ronald sich wieder aufrichtete, fühlte er sich plötzlich ganz schwach. Es schien ihm, als wäre die ganze Stadt auf einmal verrückt geworden.

»Hier rüber«, sagte William und zeigte auf die gegenüberliegende Kellerecke. »Lassen Sie uns die Sache zu Ende bringen.«

Ronald folgte ihm. Seine Wut war inzwischen in Mitleid umgeschlagen. Als William stehenblieb, sah er nach unten. Im Schein der Kerze erkannte er seine Frau kaum wieder. Elizabeth starrte vor Schmutz. An ihren Armen und Beinen klirrten überdimensionale Ketten, und sie hatte kaum die Kraft, das im Halbdunkel umherkriechende Ungeziefer zu vertreiben.

Ronald nahm William die Kerze ab und kniete sich neben seine Frau. Trotz ihres entsetzlichen Zustands lächelte sie ihn an.

»Ich freue mich so, daß du wieder da bist«, sagte sie mit schwacher Stimme. »Jetzt muß ich mir wenigstens keine Sorgen mehr um die Kinder machen. Geht es ihnen gut?«

Ronald schluckte. Sein Mund war wie ausgetrocknet. »Ich bin vom Schiff direkt zum Gefängnis gefahren«, sagte er. »Die Kinder habe ich noch gar nicht gesehen.«

»Bitte, du mußt sofort zu ihnen gehen. Sie werden sich freuen, dich wiederzusehen. Ich glaube, sie machen sich schreckliche Sorgen.«

»Ich kümmere mich schon um sie«, versprach Ronald. »Aber zuerst muß ich dafür sorgen, daß du freigelassen wirst.«

»Vielleicht«, entgegnete Elizabeth mutlos. »Warum bist du jetzt erst nach Hause gekommen?«

»Ich habe für die Ausrüstung des Schiffs viel länger gebraucht als geplant«, erklärte Ronald. »Es gab eine Menge Probleme, weil die Ausstattung neuartig ist.«

»Ich habe dir Briefe geschrieben«, sagte Elizabeth.

»Aber ich habe keinen einzigen erhalten«, erwiderte Ronald.

»Wenigstens bist du jetzt wieder zu Hause«, seufzte Elizabeth.

»Ich komme bald wieder«, sagte Ronald, während er sich aufrichtete. Er zitterte vor Aufregung und war außer sich vor Angst. Zusammen mit William verließ er den Keller und folgte dem Wärter in dessen Büro.

»Ich tue nur meine Pflicht«, sagte William unterwürfig. Er war nicht sicher, in welcher Verfassung Ronald sich befand.

»Zeigen Sie mir die Papiere«, verlangte Ronald.

William zuckte mit den Schultern, durchsuchte den Papierstapel, der sich auf seinem Tisch türmte, und reichte Ronald Elizabeths Hafteinweisung und den Hinrichtungsbefehl. Ronald las beide Papiere durch und gab sie zurück. Dann nahm er ein paar Münzen aus seinem Portemonnaie. »Ich möchte, daß Elizabeth woanders hingebracht wird und daß ihre Haftbedingungen verbessert werden.«

William nahm das Geld glücklich entgegen. »Ich danke Ihnen, freundlicher Herr«, sagte er und ließ die Münzen in den Taschen seiner Kniebundhose verschwinden. »Aber ich kann sie nicht in einen anderen Raum bringen. Die schweren Fälle werden immer in den unteren Kerker eingewiesen. Und die Eisenketten darf ich ihr auch nicht abnehmen; die Hafteinweisung schreibt die Ankettung Ihrer Frau vor, damit der böse Geist ihren Körper nicht verlassen kann. Als Dank für Ihre freundliche Anerkennung kann ich aber versuchen, es Ihrer Frau da unten ein wenig zu erleichtern.«

»Tun Sie, was Sie können«, erwiderte Ronald.

Draußen schaffte er es nur mit Mühe, wieder in die Kutsche zu steigen. Seine Beine waren weich und wackelig. »Zum Haus von Richter Corwin«, befahl er.

Chester trieb das Pferd zur Eile. Er hätte gerne nach Elizabeth gefragt, doch er traute sich nicht. Es war offensichtlich, daß Ronald verzweifelt war.

Während der Fahrt wurde kein Wort gesprochen. Als sie die Kreuzung erreichten, an der die Essex und die Washington Street zusammentrafen, stieg Ronald aus. »Warten Sie hier!« befahl er knapp.

Ronald klopfte an der Haustür und war erleichtert, als sie sich öffnete und die große und hagere Gestalt seines alten Freundes Jonathan Corwin auf der Schwelle erschien. Sobald Jonathan seinen Besucher erkannt hatte, wich sein pikierter Gesichtsausdruck einem wohlwollenden Mitgefühl. Er geleitete Ronald sofort in den Salon und bat seine Frau, die vor ihrem Spinnrad saß, den Raum zu verlassen, damit er unter vier Augen mit Ronald reden konnte.

»Es tut mir wirklich leid«, begann Jonathan, als die beiden allein waren. »Für einen müden Heimkehrer ist das ein trauriger Empfang.«

»Bitte sagen Sie mir, was ich tun soll«, flehte Ronald mit schwacher Stimme.

»Ich fürchte, ich weiß auch nicht, was ich sagen soll«, erwiderte Jonathan. »Wir leben in einer schlimmen Zeit. In der Stadt herrschen Streitsucht und Feindseligkeit; vielleicht sind die Leute auch einem allgemeinen Irrglauben erlegen. Ich weiß selbst nicht mehr, was ich von alldem halten soll; vor kurzem haben sie sich auch auf Margaret Thatcher gestürzt, meine eigene Schwiegermutter. Sie ist auf keinen Fall eine Hexe, und deshalb frage ich mich, ob die befallenen Mädchen tatsächlich die Wahrheit sagen respektive was sie mit ihren Anschuldigungen bezwecken.«

»Im Augenblick ist mir egal, was die Mädchen bezwecken«, entgegnete Ronald. »Ich will wissen, was ich für meine Frau tun kann. Sie wird im Gefängnis schlimmer behandelt als ein Tier.«

Jonathan seufzte. »Ich fürchte, daß man da wenig machen kann. Ihre Frau ist bereits von den Geschworenen des Schöffengerichts von Oyer und Terminer verurteilt worden; das ist ein Sondergericht für die Frauen, die der Hexerei beschuldigt wurden.«

»Aber Sie haben doch gerade gesagt, daß nicht sicher ist, ob die Ankläger die Wahrheit sagen«, warf Ronald ein.

»Ja«, stimmte Jonathan ihm zu. »Aber bei Ihrer Frau war es

anders. Sie wurde weder aufgrund der Aussagen der Mädchen schuldig gesprochen noch aufgrund einer spirituellen Beweisführung. Das Verfahren gegen Ihre Frau wurde schneller abgeschlossen als alle anderen, sogar noch schneller als das gegen Bridget Bishop. Die Schuld Ihrer Frau war für jedermann offenkundig, weil es einen eindeutigen und sichtbaren Beweis gab. Es bestand nicht der geringste Zweifel.«

»Sie glauben also auch, daß meine Frau eine Hexe ist?« fragte Ronald fassungslos.

»In der Tat glaube ich das«, entgegnete Jonathan, »so leid es mir tut. Es muß ein schwerer Schlag für einen Mann sein, so etwas zu erfahren.«

Ronald starrte seinen Freund an und versuchte zu verarbeiten, was er gerade gehört hatte. Er hatte Jonathans Meinung immer geschätzt und respektiert.

»Aber ich muß doch irgend etwas für Elizabeth tun können«, flehte Ronald schließlich. »Und wenn ich nur einen Aufschub der Hinrichtung erreiche, damit ich etwas Zeit gewinne, um mich über die Einzelheiten zu informieren.«

Jonathan legte seinem Freund eine Hand auf die Schulter. »Ich bin nur der kleine Friedensrichter unserer Gemeinde, und ich kann gar nichts tun. Vielleicht sollten Sie besser nach Hause gehen und sich um Ihre Kinder kümmern.«

»So einfach gebe ich nicht auf«, widersprach Ronald.

»Dann kann ich Ihnen nur den Rat geben, nach Boston zu fahren und sich mit Samuel Sewall auseinanderzusetzen«, sagte Jonathan. »Soweit ich weiß, sind Sie aufgrund Ihrer gemeinsamen Zeit am Harvard College mit ihm befreundet. Vielleicht weiß er einen Rat, schließlich hat er gute Verbindungen zur Kolonialregierung. Er wird gewiß nicht uninteressiert sein. Immerhin ist er einer der Richter am Gericht von Oyer und Terminer, und er hat mir gegenüber erwähnt, daß er bei dieser ganzen Angelegenheit erhebliche Bedenken hat – genauso übrigens wie Nathaniel Saltonstall, der sogar sein Richteramt niedergelegt hat.«

Ronald bedankte sich bei Jonathan und ging. Er sagte Chester, was er vorhatte, und innerhalb der nächsten Stunde hatte er ein gesatteltes Pferd und machte sich auf den Weg. Bis nach Boston waren es siebenundzwanzig Kilometer. Er ritt zunächst in Richtung Cambridge und überquerte den Charles River. Dann nahm er die Landstraße nach Roxberre und näherte sich seinem Ziel von Südwesten her.

Während er den schmalen Landstreifen der Shawmut-Halbinsel entlanggaloppierte, hielt ihn eine wachsende Angst im Griff. Er überlegte bereits, was er tun sollte, wenn auch Samuel ihm nicht helfen wollte oder konnte. Er hatte keine Ahnung. Samuel war seine letzte Hoffnung.

Als er das Stadttor durchquerte, fiel sein Blick auf den Galgen, an dem eine frische Leiche baumelte. Der grausige Anblick jagte ihm einen kalten Schauer über den Rücken. Hastig gab er seinem Pferd die Sporen.

In Boston, das aus etwa achthundert Häusern bestand, lebten mehr als sechstausend Menschen. In der Mittagszeit herrschte ein dichtes Gewimmel in den Straßen, so daß Ronald nur langsam vorankam. Als er das am Südende gelegene Haus von Samuel endlich erreicht, war es beinahe ein Uhr. Ronald stieg von seinem Pferd und band es an einem Palisadenzaun fest.

Er traf Samuel im Salon an, wohin dieser sich nach dem Mittagessen zurückgezogen hatte, um seine Pfeife zu rauchen. Ronald bemerkte, daß sein Freund im Laufe der letzten Jahre Fett angesetzt hatte; früher, als sie gemeinsam auf dem Charles River Schlittschuh gelaufen waren, war Samuel ein flotter Bursche gewesen.

Samuel freute sich, Ronald zu sehen, doch seine Begrüßung war zurückhaltend. Noch bevor Ronald auf Elizabeths Verurteilung zu sprechen kam, wußte er schon, warum sein Freund zu ihm gekommen war. Als Antwort auf Ronalds Fragen konnte er nur bestätigen, was Jonathan Corwin ihm bereits gesagt hatte. Er erklärte ihm, daß Elizabeths Schuld aufgrund des offensichtlichen Beweisstückes, welches Sheriff Corwin in ihrem Haus gefunden hatte, unstrittig war.

Ronald sackte in sich zusammen. Er seufzte und kämpfte gegen die Tränen. Er wußte nicht mehr aus noch ein. Verzweifelt bat er seinen Gastgeber um einen Krug Bier. Als Samuel mit dem Gebräu zurückkam, hatte Ronald sich wieder gefaßt. Nachdem er einen tiefen Zug aus dem Krug genommen hatte, fragte er Samuel nach dem Beweisstück, das man gegen seine Frau ins Feld geführt hatte.

»Das sage ich dir sehr ungern«, antwortete Samuel.

»Aber warum?« bohrte Ronald. Samuel war deutlich anzusehen, wie unwohl er sich bei dieser Frage fühlte. Ronalds Neugier wuchs. Leider hatte er vergessen, Jonathan nach dem Beweisstück zu fragen. »Ich habe doch wohl ein Recht, es zu erfahren.«

»Ja, natürlich«, erwiderte Samuel, ohne jedoch mit der Sprache herauszurücken.

»Bitte«, drängte Ronald, »ich hoffe, daß ich diese schäbige Geschichte dann besser verstehen kann.«

»Vielleicht ist es das beste, wenn wir meinen guten Freund, Reverend Cotton Mather, besuchen«, schlug Samuel vor und erhob sich. »Er hat mehr Erfahrung mit den Dingen aus der unsichtbaren Welt. Und er wird dir bestimmt auch einen Rat geben können.«

»Ich beuge mich deiner Entscheidung«, sagte Ronald und erhob sich ebenfalls.

Sie nahmen Samuels Kutsche und fuhren auf schnellstem Wege zur Old North Church. Eine Putzfrau teilte ihnen mit, daß Reverend Mather in seinem Haus an der Kreuzung Middle und Prince Street anzutreffen sei. Da es bis dahin nicht weit war, gingen sie zu Fuß.

Auf Samuels Klopfen hin erschien eine jugendliche Hausangestellte und führte die beiden Männer in den Salon. Im nächsten Moment erschien auch schon Reverend Mather und begrüßte sie überschwenglich. Samuel erklärte ihm den Grund ihres Besuches.

»Aha«, sagte Reverend Mather und bat seine beiden Gäste, es sich auf den Stühlen bequem zu machen.

Ronald betrachtete den Geistlichen, den er nicht zum ersten Mal sah. Er war jünger als Ronald und Samuel; er hatte das Harvard College erst 1678 abgeschlossen, sieben Jahre nach ihnen also. Ungeachtet seines geringeren Alters waren bei ihm bereits die gleichen körperlichen Veränderungen zu erkennen, die Ronald auch bei Samuel aufgefallen waren. Und zwar aus demselben Grund: Er hatte zugenommen. Seine Nase war rot und leicht vergrößert, sein Gesicht wirkte aufgeschwemmt. Doch seine Augen sprühten vor Intelligenz und feuriger Willensstärke.

»Ich nehme von Herzen Anteil an Ihrem Leid«, wandte er sich an Ronald. »Gottes Wege sind uns Sterblichen oft unergründlich. Über Ihr persönliches Leid hinaus bin ich aber auch in großer Sorge wegen der Ereignisse in Salem Town und Salem Village. Unter den Menschen dort herrscht ein nicht zu bändigender Aufruhr, und ich fürchte, daß die Vorfälle allmählich außer Kontrolle geraten.«

»Ich mache mir im Augenblick nur Sorgen um meine Frau«, warf Ronald ein. Er war nicht gekommen, um sich eine Predigt anzuhören.

»Das sollten Sie auch«, erwiderte Reverend Mather. »Doch ich versuche, Ihnen klarzumachen, daß der Klerus und die zivilen Behörden auch an die Gemeinde als Ganzes denken müssen. Ich habe immer gewußt, daß der Teufel in unserer Mitte erscheinen würde. Angesichts der dämonischen Heimsuchung bleibt uns nur ein kleiner Trost: Dank Ihrer Frau wissen wir nun, wo der Satan sein Unwesen treibt.«

»Ich will wissen, auf Grund welchen Beweises meine Frau verurteilt worden ist«, erklärte Ronald.

»Den Beweis werde ich Ihnen zeigen«, entgegnete Reverend Mather. »Sie müssen mir allerdings versprechen, mit niemandem darüber zu reden. Wir befürchten nämlich, daß eine Preisgabe des Geheimnisses die Unruhe und die Hysterie unter den Menschen von Salem zusätzlich anfachen würde.«

»Aber was ist, wenn ich mich entscheide, Einspruch gegen die Verurteilung zu erheben?« wollte Ronald wissen.

»Wenn Sie den Beweis gesehen haben, werden Sie keinen Einspruch mehr erheben«, erwiderte Reverend Mather. »Vertrauen Sie mir. Habe ich Ihr Wort?«

»Sie können sich auf mein Wort verlassen«, versprach Ronald. »Unter der Voraussetzung, daß mir mein Recht auf Widerspruch nicht genommen wird.«

Sie erhoben sich, und Reverend Mather führte sie zu einer steinernen Treppe. Nachdem er eine Kerze angezündet hatte, stiegen sie in den Keller hinab.

»Ich habe lange mit meinem Vater, Increase Mather, über das Beweisstück diskutiert«, sagte Reverend Mather im Gehen. »Wir sind beide der Meinung, daß es für zukünftige Generationen von ungeheurer Bedeutung ist, weil es einen grundlegenden Beweis für die Existenz der unsichtbaren Welt darstellt. Deshalb glauben wir, daß der rechtmäßige Ort, an dem es aufbewahrt werden sollte, das Harvard College ist. Wie Sie wissen, ist mein Vater derzeit Rektor des Instituts.«

Ronald schwieg. Im Moment war er nicht imstande, sich mit akademischen Problemen zu beschäftigen.

»Außerdem sind mein Vater und ich der Meinung, daß man sich bei der Beweisführung in den Hexenprozessen von Salem viel zu sehr auf die Geister konzentriert hat«, fuhr Reverend Mather fort. Sie erreichten jetzt den unteren Treppenabsatz, wo Samuel und Ronald warteten, bis der Geistliche die Wandleuchter angezündet hatte. Während sie den Keller durchquerten, führte er weiter aus: »Wir befürchten, daß das Vertrauen in diese Art der Beweisführung auch unschuldige Menschen an den Galgen bringen kann.«

Ronald wollte dazwischenfahren. Er hatte wirklich nicht die Geduld, sich die grundsätzlichen Erwägungen des Geistlichen noch länger anzuhören, doch Samuel hielt ihn zurück, indem er ihm zur Beruhigung die Hand auf die Schulter legte.

»Ein so anschauliches und offensichtliches Beweisstück, wie Elizabeth es uns geliefert hat, hätten wir gerne in jedem Prozeß«, sagte Reverend Mather und forderte Ronald und Samuel mit einer Geste auf, ihm zu einem großen, verschlossenen Schrank zu folgen. »Es kann die Menschen natürlich auch zu furchtbaren Taten aufstacheln. Auf mein Betreiben hin wurde es nach dem Prozeß sofort hierher gebracht und unter Verschluß genommen. Ein stärkerer Beweis für die dämonische Macht des Teufels und seine Fähigkeit, furchtbares Unheil anzurichten, ist mir noch nie unter die Augen gekommen.«

»Bitte, Reverend«, unterbrach ihn Ronald schließlich. »Ich muß so schnell wie möglich nach Salem zurück. Wenn Sie mir das Beweisstück jetzt bitte zeigen würden – dann kann ich mich endlich wieder auf den Weg machen.«

»Nur mit der Ruhe, mein lieber Freund«, versuchte der Reverend ihn zu besänftigen und zog einen Schlüssel aus seiner Westentasche. »Ich muß sie auf das vorbereiten, was Sie gleich sehen werden. Es ist wirklich schockierend. Aus diesem Grund habe ich auch dafür gesorgt, daß die Öffentlichkeit bei dem Prozeß gegen Ihre Frau ausgeschlossen wurde und die Geschworenen schwören mußten, nichts über das Beweisstück zu verraten. Es war eine reine Vorsichtsmaßnahme; wir hatten bestimmt nicht vor, Ihrer Frau ein ordnungsgemäßes Verfahren vorzuenthalten. Wir wollen lediglich eine öffentliche Hysterie vermeiden, denn die hätte dem Teufel nur in die Hände gespielt.«

»Ich bin soweit«, sagte Ronald erschöpft.

»Der Herr, unser Erlöser, sei mit Ihnen«, murmelte Reverend Mather, während er den Schlüssel ins Schloß steckte. »Machen Sie sich auf etwas gefaßt.«

Reverend Mather schloß den Schrank auf. Dann öffnete er schwungvoll mit beiden Händen die Türen und trat einen Schritt zurück, damit Ronald hineinsehen konnte.

Ronald schnappte nach Luft und riß die Augen weit auf. Vor Abscheu und Bestürzung hielt er sich automatisch die Hand vor den Mund. Er mußte schwer schlucken und versuchte etwas zu sagen, doch seine Stimme ließ ihn im Stich. Dann räusperte er sich.

»Es reicht!« brachte er hervor und wandte sich ab.

Reverend Mather klappte die Türen zu und verschloß den Schrank.

»Ist das mit Sicherheit das Machwerk von Elizabeth?« fragte Ronald mit schwacher Stimme.

»Ohne jeden Zweifel«, erwiderte Samuel. »Sheriff George Corwin hat es in deinem Haus gefunden. Aber darüber hinaus hat Elizabeth auch aus freien Stücken die Verantwortung dafür übernommen.«

»Um Himmels willen«, entfuhr es Ronald. »Da hatte wohl tatsächlich der Teufel seine Hände im Spiel. Und trotzdem bin ich im Grunde meines Herzen davon überzeugt, daß Elizabeth keine Hexe ist.«

»Für jeden Mann ist es schwer zu fassen, daß seine Frau einen Bund mit dem Teufel geschlossen hat«, sagte Samuel. »Aber wir haben es hier mit einem absolut überzeugenden Beweisstück zu tun, und darüber hinaus haben auch noch etliche der befallenen Mädchen ausgesagt, daß sie von Elizabeths Geist gequält worden sind. Es tut mir leid, mein guter Freund, aber Elizabeth ist eine Hexe.«

»Ich bin erschüttert«, brachte Ronald hervor.

Samuel und Cotton Mather warfen sich einen Blick voller Verständnis und Mitgefühl für Ronald zu. Dann gab Samuel das Zeichen zum Aufbruch.

»Am besten gehen wir erst mal zurück in den Salon«, schlug Reverend Mather vor. »Ich glaube, wir könnten jetzt alle einen Krug Ale vertragen.«

Nachdem sie sich gesetzt und von dem erfrischenden Bier getrunken hatten, übernahm Reverend Mather das Wort: »Die Zeit, in der wir leben, stellt jeden von uns auf die Probe. Doch nun müssen wir alle dazu beitragen, die Katastrophe zu überwinden. Nachdem wir jetzt wissen, daß der Teufel Salem auserwählt hat, müssen wir mit Gottes Hilfe seine Diener und deren Vertraute ausfindig machen und sie aus unserer Mitte verbannen. Nur so können wir die Unschuldigen und die Frommen beschützen, die der Teufel verachtet.«

»Es tut mir leid«, warf Ronald ein. »Aber ich kann Ihnen dabei nicht helfen. Ich bin voller Sorge und Trauer. Ich kann einfach nicht glauben, daß Elizabeth eine Hexe sein soll. Ich brauche Zeit. Bestimmt gibt es einen Weg, ihr eine Gnadenfrist zu verschaffen – und wenn sie nur einen Monat Aufschub bekommt.«

»Einen Aufschub kann nur Gouverneur Phips gewähren«, sagte Samuel. »Aber es ist vergebliche Mühe, einen Antrag zu stellen. Er wird einen Aufschub nur gewähren, wenn ein zwingender Grund vorliegt.«

Die drei Männer verfielen in Schweigen. Nur der Stadtlärm drang durch das offene Fenster in den Raum.

»Vielleicht könnte ich einen Strafaufschub erwirken«, sagte Reverend Mather auf einmal.

Ein kleiner Hoffnungsschimmer huschte über Ronalds Gesicht. Samuel sah den Geistlichen verwirrt an.

»Ich glaube, daß ich dem Gouverneur gegenüber eine Gnadenfrist rechtfertigen könnte«, erklärte Reverend Mather. »Aber nur unter einer Bedingung: Elizabeth müßte mit uns zusammenarbeiten. Sie müßte bereit sein, dem Fürsten der Finsternis den Rücken zu kehren.«

»Ich bin sicher, daß sie zur Zusammenarbeit bereit ist«, sagte Ronald. »Was müßte sie tun?«

»Zunächst muß sie im Gemeindehaus von Salem vor den Gläubigen ein Geständnis ablegen«, begann Reverend Mather. »Sie muß schwören, ihren Pakt mit dem Teufel zu kündigen. Zweitens muß sie die Gemeindemitglieder benennen, die ein ähnliches Bündnis mit dem Teufel eingegangen sind. Für die Gemeinde wäre das von großem Nutzen. Schließlich leiden die befallenen Frauen nach wie vor unter den Anfällen, und das ist wohl Beweis genug, daß der Teufel in Salem noch immer viele Gehilfen hat.«

Ronald sprang auf. »Ich werde noch heute nachmittag dafür sorgen, daß sie einwilligt«, sagte er aufgeregt. »Bitte sprechen Sie sofort mit Gouverneur Phips.«

»Ich warte lieber, bis wir Elizabeths Einverständnis haben«, erwiderte Reverend Mather. »Bevor sie eingewilligt hat, möchte ich seine Exzellenz lieber nicht behelligen.«

»Sie werden Elizabeths Wort bekommen«, versprach Ronald. »Allerspätestens morgen früh bin ich wieder hier.«

»Behüte Sie Gott«, sagte Reverend Mather zum Abschied.

Auf dem Weg zur Old North Church, wo die Kutsche wartete, konnte Samuel kaum mit Ronald Schritt halten.

»Du kannst mindestens eine Stunde sparen, wenn du die Fähre noch Noddle Island nimmst«, schlug Samuel vor, während sie die Stadt durchquerten.

»Dann nehme ich die Fähre«, sagte Ronald.

Samuel hatte recht gehabt. Für den Rückweg nach Salem benötigte Ronald erheblich weniger Zeit. Bereits am späten Nachmittag bog er wieder in die Prison Lane ein und brachte sein Pferd vor dem Gefängnis von Salem zum Stehen. Er hatte dem Tier, dem vor Erschöpfung der Schaum von den Nüstern tropfte, gnadenlos die Sporen gegeben.

Wie sein Pferd war Ronald am Ende seiner Kräfte und über und über mit Staub bedeckt. Der Schweiß floß ihm in Rinnsalen über die Stirn. Er fühlte sich seelisch ausgelaugt und hatte Hunger und Durst. Doch der Hoffnungsschimmer, den er Cotton Mather zu verdanken hatte, ließ ihn seine eigenen Bedürfnisse vergessen.

Als er in das Büro des Gefängniswärters platzte, mußte er frustriert feststellen, daß es leer war. Er hämmerte gegen die Eichentür, die zu den Zellen führte. Sofort wurde die Tür einen Spaltbreit geöffnet, und er starrte in das aufgedunsene Gesicht von William Dounton.

»Ich will meine Frau sehen«, schnaufte Ronald.

»Ich teile gerade das Essen aus«, entgegnete William. »Kommen Sie in einer Stunde wieder.«

Ronald trat so fest gegen die Tür, daß sie beinahe aus den Angeln flog und William zur Seite geschleudert wurde. Dabei schwappte ein Teil der Schleimsuppe über, die er in einem Eimer bei sich trug.

»Ich will sie jetzt sehen!« fauchte Ronald den Wärter an.

»Das werde ich dem Richter melden«, beschwerte sich William. Doch er stellte seinen Eimer ab und führte Ronald zu der Tür, die in den Keller führte.

Wenige Minuten später ließ Ronald sich neben Elizabeth nieder und berührte sie sanft an der Schulter. Als sie ihre Augen öffnete, fragte sie als erstes nach den Kindern.

»Ich habe sie immer noch nicht gesehen«, mußte Ronald gestehen. »Aber ich habe gute Nachrichten. Ich habe mit Samuel Sewall und mit Reverend Cotton Mather gesprochen. Sie glauben, daß der Gouverneur dir vielleicht eine Gnadenfrist gewährt.«

»Gott sei Dank«, erwiderte Elizabeth. Ihre Augen funkelten im Kerzenlicht.

»Aber du mußt dich schuldig bekennen«, fuhr Ronald fort, »und du mußt die Namen anderer nennen, von denen du weißt, daß sie im Bund mit dem Teufel sind.«

»Wessen soll ich mich denn schuldig bekennen?« fragte Elizabeth.

»Der Hexerei«, erwiderte Ronald verzweifelt. Er war so nervös und erschöpft, daß ihm die Ungeheuerlichkeit dieser Anschuldigung gar nicht mehr bewußt war.

»Ein solches Geständnis kann ich nicht ablegen«, sagte Elizabeth.

»Und warum nicht?« fragte Ronald schrill.

»Weil ich keine Hexe bin«, antwortete Elizabeth.

Einen Augenblick lang starrte Ronald seine Frau nur an und ballte vor Verzweiflung die Fäuste.

»Ich kann doch nicht lügen«, durchbrach Elizabeth das angespannte Schweigen. »Ich werde mich auf keinen Fall der Hexerei schuldig bekennen.«

Das war zuviel für Ronald, er bekam einen Wutanfall. Er schmetterte seine Faust in die Handfläche und kam mit seinem Gesicht ganz nah an das von Elizabeth heran. »Du wirst ein Geständnis ablegen«, fauchte er. »Ich befehle dir, dich der Hexerei schuldig zu bekennen.«

»Mein geliebter Mann«, begann Elizabeth; sie ließ sich durch Ronalds Drohgebärden nicht einschüchtern. »Hat man dir von dem Beweisstück berichtet, auf Grund dessen ich verurteilt wurde?«

Ronald richtete sich auf und sah kurz zu William hinüber. Es war ihm peinlich, daß der Wärter die Unterhaltung mitverfolgte. Er befahl ihm zu verschwinden, woraufhin William den Suppeneimer nahm und seine Runde durch den Keller fortsetzte.

»Ich habe den Beweis mit meinen eigenen Augen gesehen«, sagte Ronald, als William außer Hörweite war. »Reverend Mather bewahrt ihn bei sich zu Hause auf.«

»Ich habe anscheinend gegen die Gebote Gottes verstoßen«, sagte Elizabeth. »Dazu könnte ich mich auch bekennen, wenn ich nur wüßte, welche Sünde ich auf mich geladen habe. Aber ich bin keine Hexe, und ich habe mit Sicherheit keinem der Mädchen, die gegen mich ausgesagt haben, irgendein Leid zugefügt.«

»Dann bekenne dich einfach nur zum Schein der Hexerei schuldig, damit sie dir die Gnadenfrist gewähren«, flehte Ronald sie an. »Ich will doch dein Leben retten.«

»Aber ich kann nicht mein Leben retten und dabei gleichzeitig meine Seele verlieren«, beharrte Elizabeth. »Wenn ich lüge, spiele ich dem Teufel in die Hände. Außerdem kenne ich keine einzige Hexe, und ich kann unmöglich eine unschuldige Person anschwärzen, um meine eigene Haut zu retten.«

»Du mußt gestehen!« schrie Ronald sie an. »Wenn du nicht gestehst, muß ich dich aufgeben.«

»Tu, was dein Gewissen dir befiehlt«, erwiderte Elizabeth. »Ich werde mich jedenfalls nicht der Hexerei schuldig bekennen.«

»Bitte«, flehte Ronald sie an und änderte sein Taktik. »Tu es den Kindern zuliebe.«

»Wir müssen dem Herrn vertrauen«, entgegnete Elizabeth.

»Der Herr hat uns verlassen«, klagte Ronald, während ihm Tränen über das staubverschmierte Gesicht liefen.

Mit aller Kraft hob Elizabeth ihre angekettete Hand und legte sie Ronald auf die Schulter. »Verlier nicht den Mut, mein geliebter Mann. Gottes Ratschlüsse sind unerforschlich.«

Das war zuviel für Ronald. Er sprang auf und stürmte aus dem Gefängnis.

*Dienstag, 19. Juli 1692*

Nervös verlagerte Ronald sein Gewicht von einem Fuß auf den anderen. Er stand am Rande des Prison Lane, nicht weit vom Gefängnis entfernt. Auf seiner Stirn, die von der breiten Krempe seines Hutes verdeckt wurde, hatten sich Schweißperlen gebildet. Es war ein drückend heißer und diesiger Tag, und obwohl sich überall erwartungsvolle Menschen drängten, hatte sich eine bedrohliche Stille über die Stadt gelegt. Sogar die Möwen waren verstummt, ganz Salem schien den Atem anzuhalten. Alle warteten darauf, daß der Wagen in Sicht kam.

Ronalds Nerven lagen bloß, und seine Gedanken waren wie gelähmt; er war gleichzeitig ängstlich, traurig und panisch. Es war ihm ein Rätsel, womit er und Elizabeth dieses Unglück verdient hatten; was hatten sie nur falsch gemacht? Am Tag zuvor, als er Elizabeth ein letztes Mal zur Zusammenarbeit hatte überreden wollen, hatte der Richter ihm den Zutritt zum Gefängnis verwehrt. Bis dahin hatte er ihr immer wieder gut zugeredet, sie angefleht und ihr sogar gedroht – doch er hatte sie nicht umstimmen können. Sie wollte kein Geständnis ablegen.

Vom abgeschiedenen Gefängnishof hörte Ronald jetzt das metallische Klappern, das die Eisenfelgen auf dem Granit-Kopfsteinpflaster verursachten. Kurz darauf konnte er den Wagen sehen. Auf der Ladefläche standen fünf Frauen, die sich eng aneinanderpreßten. Sie waren noch immer angekettet. William Dounton lief hinter dem Wagen her; er grinste zufrieden, denn er freute sich darauf, die Gefangenen dem Henker auszuliefern.

Plötzlich erhob sich Freudengeschrei und lautes Gejohle; die Gaffer erklärten das Spektakel für eröffnet. Die Kinder sprudelten über vor Energie und begannen ihre Lieblingsspiele zu spielen, währen die Erwachsenen scherzten und sich gegenseitig auf die Schultern klopften. Wie beinahe immer, wenn jemand gehängt wurde, versprach der Tag für die Gaffer ein Festtag zu werden. Das galt natürlich nicht für Ronald und für die Familien und Freunde der anderen Opfer.

Da Ronald von Reverend Mather darauf vorbereitet worden war, überraschte es ihn nicht, daß er Elizabeth nicht auf dem Wagen sah; es stimmte ihn aber auch nicht zuversichtlich. Der Geistliche hatte ihm erzählt, daß Elizabeth erst zum Schluß hingerichtet werden würde, wenn der Blutdurst der Meute durch die Hinrichtung der ersten fünf Frauen bereits gestillt sein würde. Man wollte so einer Massenhysterie vorbeugen, vor allem bei denen, die von dem gegen Elizabeth verwendeten Beweisstück gehört oder es sogar gesehen hatten.

Als der Wagen an Ronald vorbeirumpelte, sah er in die Gesichter der Verurteilten. Sie wirkten alle gebrochen und mutlos. In Anbetracht des Schicksals, das ihnen unmittelbar bevorstand, war das kein Wunder. Ronald erkannte nur zwei der Frauen: Rebecca Nurse und Sarah Good. Sie waren beide aus Salem Village. Die anderen stammten aus benachbarten Ortschaften. Ronald wußte, daß Rebecca Nurse eine fromme Frau war; daß ausgerechnet sie auf dem Weg zu ihrer Hinrichtung an ihm vorbeifuhr, erinnerte ihn an die Warnung Reverend Mathers, wie leicht die Hexenprozesse von Salem außer Kontrolle geraten könnten.

Als der Wagen die Essex Street erreichte und nach Westen abbog, lief die Meute ihm hinterher. Reverend Cotton Mather stach deutlich aus der Menge hervor, weil er der einzige war, der auf einem Pferd gekommen war.

Eine halbe Stunde später hörte Ronald im Innenhof des Gefängnisses erneut das verräterische Gerumpel der schweren Räder. Der zweite Wagen kam in Sicht. Auf der Ladefläche hockte Elizabeth, den Kopf zu Boden gesenkt. Ihre Eisenketten waren so schwer, daß sie sich nicht aufrecht halten konnte. Auch als der Wagen an Ronald vorbeifuhr, blickte Elizabeth nicht auf. Ronald rief sie nicht an. Sie hätten ohnehin nicht gewußt, was sie sich noch hätten sagen sollen.

Er folgte dem Wagen in einigem Abstand. Sein Alptraum wurde Wirklichkeit. Er hatte gemischte Gefühle, was seine Anwesenheit betraf. Einerseits wollte er am liebsten die Flucht ergreifen und sich vor der Welt verstecken, andererseits wollte er Elizabeth bis zum bitteren Ende begleiten.

Im Westen von Salem Town, direkt hinter der Town Bridge, bog der Wagen von der Hauptstraße ab, um sich zum Galgenhügel emporzuquälen. Der Weg führte durch dorniges Gestrüpp und ging dann in einen Felskamm über, an dem hier und dort ein paar vereinzelte Eichen und Robinien wuchsen. Schließlich blieb der Wagen mit Elizabeth neben dem ersten Wagen stehen, der inzwischen leer war.

Ronald wischte sich den Schweiß von der Stirn und trat hinter dem Wagen hervor. Vor sich sah er die johlende Menschenmenge, die sich um eine der größeren Eichen versammelt hatte. Im Hintergrund erblickte er Cotton Mather, der immer noch auf seinem Pferd saß. Unter dem Baum standen die Verurteilten. Der Henker, der ein schwarzes Kapuzengewand trug und extra aus Boston angereist war, hatte seinen Strick über einen kräftigen Ast geworfen. Das eine Ende des Stricks hatte er am Baumstamm festgebunden und das andere zu einer Schlinge geformt, die er soeben um den Hals von Sarah Good gelegt hatte. Sarah verharrte regungslos auf einer Leiter, die gegen den Baum gelehnt worden war.

Ronald sah, wie Reverend Noyes von der Kirchengemeinde in Salem Town zu der Verurteilten hinüberging. In seiner Hand hielt er eine Bibel. »Bekenne dich schuldig, Hexe!« brüllte er zu Sarah hinauf.

»Ich bin keine Hexe – genausowenig wie Sie ein Hexenmeister sind!« schrie Sarah zurück. Dann begann sie wüst zu fluchen, doch Ronald konnte ihre Worte nicht verstehen; die Meute war in lautes Johlen ausgebrochen, nachdem jemand lauthals gefordert hatte, daß der Henker endlich zur Sache kommen solle. Daraufhin tat der Henker seine grausige Pflicht: Er stieß Sarah Good von der Leiter, so daß sie in der Luft baumelte.

Die Meute grölte und brüllte in Sprechchören: »Hexe stirb!«, während Sarah mit dem Strick kämpfte, der ihr die Luft abschnürte. Ihr Gesicht färbte sich zuerst knallrot und dann schwarz. Als Sarah aufgehört hatte zu zucken, nahm sich der Henker die nächste Delinquentin vor.

Bei jedem weiteren Opfer ebbte das Gejohle der Menschenmenge ab. Als die letzte Frau von der Leiter gestoßen wurde und die ersten Gehängten bereits abgeschnitten waren, zeigte die Meute kein Interesse mehr. Einige der Gaffer waren zwar etwas näher herangerückt, um zu sehen, wie die Leichen in ein flaches, steiniges Gemeinschaftsgrab gestoßen wurden, doch die meisten waren bereits auf dem Rückweg in die Stadt, wo die Feierei fortgesetzt werden sollte.

Nun war für Elizabeth die Zeit gekommen; sie wurde zum Galgen geleitet. Die Ketten hingen wie ein Klotz an ihr, so daß der Henker sie auf dem Weg zur Leiter stützen mußte.

Ronald mußte schlucken. Er hatte das Gefühl, den Boden unter den Füßen zu verlieren. Am liebsten hätte er seine Wut herausgeschrien. Gleichzeitig wollte er um Gnade bitten. Doch er tat nichts dergleichen. Er verharrte regungslos.

Als Reverend Mather Ronald erblickte, gab er seinem Pferd einen Klaps und kam zu ihm herübergeritten. »Es ist der Wille Gottes«, versuchte er ihn zu trösten. Er hatte alle Mühe, sein Pferd im Zaum zu halten, denn es hatte Ronalds innere Unruhe gespürt.

Ronald wandte seinen Blick nicht von Elizabeth. Er spürte den Drang, nach vorne zu preschen und den Henker zu töten.

»Vergessen Sie nicht, was Elizabeth getan hat«, sagte Reverend Mather. »Sie sollten dem Herrn dafür danken, daß der Tod sein gnädiges Werk rechtzeitig verrichtet, um unser gelobtes Land zu retten. Sie haben den Beweis doch mit eigenen Augen gesehen.«

Ronald nickte niedergeschlagen und kämpfte vergeblich gegen die Tränen. Er hatte den Beweis gesehen. Es war eindeutig ein Werk des Teufels gewesen. »Aber warum nur?« schrie er plötzlich. »Warum Elizabeth?«

Für den Bruchteil einer Sekunde sah er, wie Elizabeth ihre Augen aufschlug und ihn anblickte. Sie bewegte ihre Lippen, als wolle sie etwas sagen, doch bevor sie ein Wort herausbringen konnte, gab der Henker ihr den tödlichen Stoß. Diesmal hatte er sich einer anderen Technik bedient: Er hatte das Seil, das er um Elizabeths Nacken geschlungen hatte, nicht straff gezogen. Als sie von der Leiter gestoßen wurde, stürzte sie ein paar Meter tief und war, da die Schlinge sich ruckartig zuzog, auf der Stelle tot. Im Gegensatz zu den anderen Opfern zuckte sie nicht im Todeskampf, und ihr Gesicht verfärbte sich nicht.

Ronald vergrub sein Gesicht in den Händen und weinte.

# Kapitel 1

*Dienstag, 12. Juli 1994*

Kimberly Stewart sah auf ihre Uhr. Sie passierte das Drehkreuz der belebten U-Bahn-Station am Harvard Square in Cambridge, Massachusetts, und ging nach draußen. Es war kurz vor sieben, und obwohl sie wußte, daß sie auf keinen Fall zu spät dran war, ging sie etwas schneller. Sie schob sich durch die Menschenmenge, die sich um den Zeitungskiosk in der Mitte des Platzes drängelte, und legte den kurzen Weg über die Massachusetts Avenue fast im Laufschritt zurück. Dann bog sie nach rechts in die Holyoke Street ein.

Als sie den Hasty Pudding Club erreicht hatte, verschnaufte sie kurz und betrachtete das Gebäude. Sie hatte schon von diesem Gesellschaftsclub der Harvard University gehört, doch sie kannte ihn eigentlich nur im Zusammenhang mit der jährlichen Verleihung des Schauspielpreises. Das Clubgebäude sah aus wie die meisten Häuser in Harvard: Es war ein rotes Backsteinhaus mit weißen Verzierungen. Obwohl sich in der oberen Etage ein Restaurant mit dem Namen *Upstairs at the Pudding* befand, hatte Kimberly das Haus noch nie betreten. Dies sollte ihr erster Besuch sein.

Als sie wieder normal atmete, öffnete Kim die Tür und betrat das Gebäude. Sie mußte mehrere pompöse Treppen hinaufsteigen, und als sie schließlich die Empfangstheke des Restaurants erreicht hatte, war sie schon wieder leicht außer Atem. Sie erkundigte sich nach der Damentoilette.

Während sie versuchte, ihr kräftiges rabenschwarzes Haar zu bändigen, sagte sie sich immer wieder, daß sie keinen Grund hatte, nervös zu sein. Schließlich gehörte Stanton Lewis zur Familie. Allerdings hatte er sie noch nie zuvor auf die letzte Minute angerufen und sie bedrängt, »unbedingt« an einem Abendessen teilzunehmen. Es handele sich um einen »Notfall«, hatte er gesagt.

Obwohl sie immer noch nicht damit zufrieden war, ließ sie schließlich von ihrer Frisur ab und begab sich erneut zum Empfang. Diesmal bat sie den Begrüßungskellner, sie zu Mrs. und Mr. Stanton Lewis zu führen.

»Die Gesellschaft ist fast komplett«, bemerkte der Kellner. Kim folgte ihm durch das Restaurant und spürte, wie ihre Unsicherheit wuchs. Bei dem Wort »Gesellschaft« war sie zusammengezuckt. Sie überlegte, wer wohl außer Stanton und seiner Frau noch bei dem Essen dabeisein würde.

Der Kellner führte sie auf eine Terrasse, wo bereits allerhand Gäste auf ihr Essen warteten. Stanton und seine Frau Candice saßen an einem Vierertisch in der Ecke.

»Tut mir leid, daß ich mich verspätet habe«, entschuldigte sich Kim, als sie den Tisch erreichte.

»Aber du kommst gar nicht zu spät«, erwiderte Stanton.

Er sprang auf, schloß sie überschwenglich in die Arme und schien sie gar nicht wieder loslassen zu wollen. Kim versuchte sich aus seiner Umarmung zu befreien. Ihr Gesicht wurde knallrot. Sie hatte das unangenehme Gefühl, daß jeder Gast auf der überfüllten Terrasse sie anstarrte. Als sie Stanton endlich abgeschüttelt hatte, ließ sie sich auf dem Stuhl nieder, den der Diener ihr zurechtgerückt hatte, und wäre am liebsten auf der Stelle im Erdboden versunken.

Jedesmal wenn sie mit Stanton zusammen war, fühlte sich Kim wie auf einem Präsentierteller. Stanton war zwar ihr Cousin, aber er war völlig anders als sie. Während sie sich für schüchtern, manchmal sogar menschenscheu hielt, strotzte Stanton nur so vor Selbstbewußtsein: Er galt als weltläufiger, äußerst durchsetzungsfähiger und gebildeter Mann. Er hatte eine sportliche Figur, war groß und zwang sich immer zu einer aufrechten Haltung. Jeder sah in Stanton den vollendeten Unternehmer. Und auch Candice war alles andere als ein Mauerblümchen; trotz ihres Lächelns vermittelte sie Kim das Gefühl, gesellschaftlich inakzeptabel zu sein.

Kim sah sich vorsichtig um und stieß dabei aus Versehen an den Kellner, der ihr gerade eine Serviette auf den Schoß legen wollte. Gleichzeitig baten sie einander um Entschuldigung.

»Ganz ruhig, Cousine«, sagte Stanton, nachdem der Kellner gegangen war. Dann schenkte er Kim ein Glas Weißwein ein. »Du bist ja ein einziges Nervenbündel.«

»Du machst mich nur noch nervöser, wenn du an mir herumnörgelst«, zischte Kim und nippte an ihrem Glas.

»Es ist wirklich komisch mit dir«, bemerkte Stanton beiläufig.

»Ich werde nie begreifen, warum du immer so schrecklich gehemmt bist – und erst recht nicht, wenn du mit deinen Verwandten in einem Raum voller Leute sitzt, die du nie wiedersehen wirst. Warum trägst du deine Haare eigentlich nicht offen?«

»Weil meine Haare so störrisch sind, daß ich keinen Einfluß darauf habe, wie sie liegen«, antwortete Kim scherzhaft. Sie wurde nun doch etwas ruhiger. »Im übrigen ist mir völlig klar, warum du dir nicht vorstellen kannst, daß ich mich unwohl fühle. Du bist eben dermaßen von dir überzeugt, daß es für dich unvorstellbar ist, wie jemand ganz anders sein kann als du.«

»Dann gib mir doch die Chance, dich zu verstehen«, schlug Stanton vor. »Erklär mir zum Beispiel, warum du dich jetzt unwohl fühlst. Mein Gott, deine Hand zittert ja!«

Kim stellte ihr Glas ab und legte die Hände auf ihre Beine. »Vor allem bin ich nervös, weil alles so schnell gehen mußte«, begann sie. »Nach deinem überraschenden Anruf hatte ich ja kaum noch Zeit zum Duschen, geschweige denn, mit etwas Vernünftiges zum Anziehen herauszusuchen. Außerdem macht mich mein Pony wahnsinnig.« Kim versuchte vergeblich, die Fransen zurechtzuzupfen, die ihr in die Stirn fielen.

»Ich finde dein Kleid hinreißend«, schaltete Candice sich ein.

»Keine Frage«, pflichtete Stanton ihr bei. »Kimberly, du siehst einfach phantastisch aus.«

Kim lachte. »Ich weiß natürlich, daß provozierte Komplimente nichts mit der Wahrheit zu tun haben.«

»So ein Quatsch!« widersprach Stanton. »Es ist die Wahrheit. Du bist eine attraktive, hübsche Frau, auch wenn du immer so tust, als wüßtest du das nicht. Aber das macht dich wiederum erst recht liebenswert. Wie alt bist du jetzt eigentlich, fünfundzwanzig?«

»Siebenundzwanzig«, antwortete Kim und nahm noch einen Schluck Wein.

»Siebenundzwanzig, und mit jedem Jahr wirst du hübscher«, fuhr Stanton fort und grinste schelmisch. »Für dein anmutiges Gesicht würden andere Frauen sterben. Deine Haut ist wie die eines Babypopos, du hast die Figur einer Ballerina – von deinen smaragdgrünen Augen, mit denen du selbst eine griechische Statue betören könntest, ganz zu schweigen.«

»Was für ein Quatsch«, entgegnete Kim. »An meinem Gesicht ist mit Sicherheit nichts Besonderes, meine Haut ist ganz passabel, aber sie wird nicht richtig braun, und wenn du von meiner Ballerina-Figur sprichst, dann willst du mir wohl auf nette Weise sagen, daß ich nicht gerade üppig ausgestattet bin.«

»Ich finde, du bist dir selbst gegenüber ungerecht«, schaltete Candice sich nun wieder ein.

»Vielleicht sollten wir besser das Thema wechseln«, schlug Kim vor. »Wenn wir nämlich weiter über mich reden, werde ich sicher nicht ruhiger.«

»Ich entschuldige mich für die zutreffenden Komplimente«, sagte Stanton und setzte erneut sein schelmisches Grinsen auf. »Worüber möchtest du denn reden?«

»Warum erklärst du mir nicht mal, was es mit diesem angeblichen ›Notfall‹ auf sich hat und warum du mich herbestellt hast«, forderte Kim ihn auf.

Stanton beugte sich etwas vor. »Ich brauche deine Hilfe.«

»Meine Hilfe?« fragte Kim und mußte lachen. »Der große Finanzmogul braucht meine Hilfe? Soll das ein Witz sein?«

»Ganz im Gegenteil«, erwiderte Stanton. »In ein paar Monaten werde ich mit einer meiner Biotechnologie-Gesellschaften an die Börse gehen. Die Firma heißt Genetrix.«

»Ich werde bestimmt kein Geld investieren«, sagte Kim schnell. »Du wendest dich an das falsche Familienmitglied.«

Stanton lachte laut auf. »Ich bin nicht auf der Suche nach Geld«, stellte er klar. »Es geht um etwas ganz anderes. Zufällig habe ich heute mit Tante Joyce gesprochen und …«

»Oh, nein!« unterbrach Kim ihn ärgerlich. »Was hat dir meine Mutter denn erzählt?«

»Sie hat lediglich erwähnt, daß du dich vor kurzem von deinem Freund getrennt hast«, antwortete Stanton.

Kim wurde bleich. Das flaue Gefühl, daß sie beim Betreten des Restaurants empfunden hatte, kehrte schlagartig zurück. »Ich wünschte, meine Mutter würde endlich einmal lernen, ihren Mund zu halten«, sagte sie gereizt.

»Joyce hat bestimmt keine peinlichen Details ausgeplaudert«, versuchte Stanton sie zu besänftigen.

»Das spielt gar keine Rolle«, entgegnete Kim. »Sie hat schon die persönlichsten Dinge über Brian und mich in aller Öffentlichkeit erörtert, als wir noch Teenager waren.«

»Sie hat nur gesagt, daß Kinnard nicht der richtige Mann für dich war«, sagte Stanton. »Wobei ich ihr übrigens recht geben muß. Er ist doch ständig mit seinen Freunden auf irgendwelchen Ski- oder Angeltrips.«

»Das hört sich für mich aber ganz stark nach persönlichen Details an«, stellte Kim fest. »Und außerdem ist es übertrieben. Das Angeln hat er erst vor kurzem entdeckt. Und Skilaufen geht er einmal im Jahr.«

»Um dir die Wahrheit zu sagen – ich habe deiner Mutter kaum zugehört«, fuhr Stanton fort. »Zumindest nicht, bis sie mich gefragt hat, ob ich nicht einen passenderen Mann für dich wüßte.«

»Oh, nein!« entfuhr es Kim. Sie kochte innerlich. »Das kann doch nicht wahr sein! Sie hat dich also tatsächlich gebeten, mich mit jemandem zu verkuppeln!«

»Eigentlich ist das ja nicht meine Stärke«, bemerkte Stanton. Ein zufriedenes Lächeln huschte über sein Gesicht. »Aber dann hatte ich einen Geistesblitz. Gleich nachdem Joyce aufgelegt hatte, wußte ich, wen ich dir vorstellen würde.«

»Jetzt erzähl mir bloß nicht, daß du mich deshalb heute abend hier herbestellt hast«, schnaubte Kim aufgebracht. Sie merkte, wie ihr Puls zu rasen begann. »Ich wäre niemals gekommen, wenn ich das auch nur geahnt hätte.«

»Beruhige dich doch«, versuchte Stanton seine Cousine zu beschwichtigen. »Warum regst du dich denn so auf? Es wird schon alles gutgehen. Verlaß dich ganz auf mich.«

»Es ist doch noch viel zu früh«, sagte Kim resigniert.

»Es ist nie zu früh«, entgegnete Stanton. »Mein Motto lautet: Heute ist, was gestern noch morgen war.«

»Du bist unmöglich, Stanton«, sagte Kim. »Ich habe keine Lust auf irgendwelche Verabredungen. Außerdem sehe ich furchtbar aus.«

»Das ist nicht wahr«, widersprach Stanton. »Glaub mir, Edward Armstrong wird hin und weg sein, wenn er dich sieht. Ein Blick in deine smaragdgrünen Augen – und er wird schwach.«

»Das ist doch lächerlich«, schnaubte Kim.

»Aber ich will ehrlich sein«, gestand Stanton. »Ich hatte auch noch etwas anderes im Sinn, als ich dich herbestellt habe. Ich versuche schon seit längerem, Edward für eine meiner Biotechnologie-Firmen zu gewinnen. Und jetzt, wo ich mit Genetrix an die Börse gehen will, brauche ich ihn dringender denn je. Ich dachte, ich kann ihm das Ganze vielleicht schmackhafter machen, indem ich ihn mit meiner bezaubernden Cousine bekannt mache. Vielleicht beißt er dann an und übernimmt den Posten im wissenschaftlichen Beirat von Genetrix. Allein sein Name wäre Gold wert und könnte bei der Börseneinführung locker vier bis fünf Millionen Dollar zusätzlich einbringen. Und ihn selbst kann ich dabei auch zum Millionär machen.«

Kim schwieg und starrte in ihr Weinglas. Sie war wütend. Bisher hatte sie sich nur unsicher gefühlt, jetzt kam sie sich mißhandelt und ausgenutzt vor. Doch sie behielt ihren Ärger für sich. Es war ihr noch nie leichtgefallen, sich zur Wehr zu setzen. Wie immer hatte Stanton sie mit seiner manipulativen, eigennützigen und zugleich offenen Art völlig überrumpelt.

»Vielleicht will Edward Armstrong ja gar kein Millionär werden«, sagte sie schließlich.

»Unsinn«, widersprach Stanton. »Jeder will gerne Millionär sein.«

»Daß du dir das nicht vorstellen kannst, wundert mich nicht«, stellte Kim fest. »Aber es gibt auch Menschen, die nicht nur ans Geld denken.«

»Edward ist ein richtiger Gentleman«, warf Candice ein.

»Hört sich so an, als wolltet ihr mir meinen unbekannten Rendezvouspartner um jeden Preis schönreden. Nach dem Motto ›Hauptsache, er beißt nicht‹.«

Stanton gluckste. »Weißt du, meine liebe Cousine, du magst zwar einen psychischen Knacks haben, aber deinen Humor hast du nicht verloren.«

»So habe ich das gar nicht gemeint«, sagte Candice. »Edward ist einfach ein aufmerksamer Mensch. Und ich finde, das ist eine wichtige Eigenschaft. Ich war zuerst gegen Stantons Idee, dich mit Edward zusammenzubringen, aber dann dachte ich, daß es doch eigentlich ganz schön für dich wäre, einen so zuvorkommenden Mann kennenzulernen. Zwischen Kinnard und dir ist es ja wohl recht stürmisch zugegangen. Ich finde, du hast einen besseren Mann verdient.«

Kim traute ihren Ohren nicht. Als ob Candice irgend etwas über Kinnard wußte. Doch Kim hielt sich zurück. »Wenn Kinnard und ich Probleme miteinander hatten, dann haben wir beide unseren Teil dazu beigetragen«, stellte sie klar.

Kim schielte zur Tür. Am liebsten wäre sie einfach aufgestanden und gegangen. Doch das entsprach einfach nicht ihrer Art, obwohl sie sich im Moment dafür verfluchte.

»Edward ist übrigens nicht nur sehr zuvorkommend«, fing Stanton wieder an. »Er hat auch sonst eine Menge zu bieten. Er ist nämlich ein Genie.«

»Oh, das ist ja phantastisch! Dann wird Mr. Armstrong mich nicht nur unattraktiv, sondern auch noch stinklangweilig finden. Es gehört nicht zu meinen besonderen Fähigkeiten, mit irgendwelchen Genies geistreiche Konversation zu treiben.«

»Ihr werdet prima miteinander auskommen«, versuchte Stanton sie zu beruhigen. »Ihr arbeitet in ähnlichen Bereichen. Edward ist Doktor der Medizin. Wir haben zusammen in Harvard studiert. Als Studenten haben wir oft gemeinsame Experimente und Laborversuche durchgeführt. Im dritten Jahr hat er dann aber die Fakultät verlassen, um in Biochemie zu promovieren.«

»Ist er praktizierender Arzt?« fragte Kim.

»Nein«, erwiderte Stanton. »Er arbeitet in der Forschung. Er hat sich darauf spezialisiert, die chemischen Prozesse des menschlichen Gehirns zu ergründen – ein ergiebiges und zukunftsträchtiges Forschungsgebiet. In seinem Fach ist Edward eine Koryphäe. In Wissenschaftskreisen wird er längst wie ein Star gefeiert, und die Harvard University hat es gerade erst geschafft, ihn aus Stanford abzuwerben und wieder zurückzuholen. Da wir übrigens gerade vom Teufel sprechen – da kommt er ja endlich.«

Kim drehte sich um und sah einen großen, breit gebauten, aber noch recht jungenhaft aussehenden Mann auf ihren Tisch zu steuern. Wie sie gerade gehört hatte, war er mit Stanton im gleichen Semester gewesen; also mußte er um die Vierzig sein, doch er wirkte erheblich jünger. Er hatte rotblondes Haar und ein breites, sonnengebräuntes Gesicht, in dem noch keine Fältchen zu erkennen waren. Er ging leicht gebeugt, fast so, als ob er Angst hätte, sich den Kopf an irgendeinem Balken zu stoßen.

Stanton sprang auf und begrüßte ihn ebenfalls mit einer stürmischen Umarmung. In typischer Männermanier klopfte er ihm dann noch ein paarmal kumpelhaft auf die Schulter.

Kim fand den Neuankömmling auf der Stelle sympathisch, denn sie registrierte sofort, daß Edward sich angesichts dieser übertrieben herzlichen Begrüßung genauso unwohl fühlte wie sie selbst vor ein paar Minuten.

Stanton stellte seinen Gast kurz vor, woraufhin Edward den beiden Frauen kurz die Hand reichte und sich dann setzte. Er stotterte leicht und strich sich nervös das Haar aus der Stirn.

»Es tut mir schrecklich leid, daß ich mich verspätet habe«, entschuldigte sich Edward. Er hatte Schwierigkeiten, das »sch« richtig auszusprechen.

»Ihr seid wirklich aus dem gleichen Holz geschnitzt«, sagte Stanton lachend und wandte sich an Edward. »Meine hinreißende, talentierte und sexy Cousine hat vor fünf Sekunden genau das gleiche gesagt.«

Kim spürte, wie ihr das Blut in die Wangen schoß. Das konnte ja ein heiterer Abend werden. Stanton war wirklich ein ungehobelter Kerl, doch es half nichts: Man mußte ihn nehmen, wie er war.

»Ganz ruhig, Ed«, fuhrt Stanton fort, während er seinem Gast ein Glas Wein einschenkte. »Du bist nicht zu spät. Ich hatte doch gesagt, wir treffen uns gegen sieben. Du kommst also genau richtig.«

»Ich dachte nur, ihr wartet schon alle auf mich«, entgegnete Edward. Dann lächelte er schüchtern und hob sein Glas, als ob er einen Toast ausbringen wollte.

»Eine gute Idee«, bemerkte Stanton und griff ebenfalls nach seinem Glas. »Ich möchte einen Trinkspruch vorschlagen. Zuerst sollten wir auf meine liebe Cousine Kimberly Stewart anstoßen. Sie ist zweifellos die beste Krankenschwester der chirurgischen Intensivstation im Massachusetts General Hospital.« Während alle anderen erwartungsvoll ihre Gläser hielten, richtete sich Stanton nun direkt an Edward. »Wenn man dir jemals die Prostata zusammenflicken muß, dann solltest du darum beten, daß Kimberly gerade Dienst hat. Sie ist berühmt für ihre Perfektion beim Anlegen von Kathetern.«

»Stanton, ich bitte dich!« protestierte Kim.

»Okay, okay«, sagte Stanton und machte mit seiner freien Hand eine abwehrende Bewegung, als wolle er sein Publikum zur Ruhe bringen. »Laßt mich meinen Toast auf Kimberly zu Ende bringen. Ich halte es für meine Pflicht, euch auf keinen Fall vorzuenthalten, daß der Stammbaum meiner verehrten Cousine bis fast in die Zeiten der *Mayflower* zurückreicht. Das ist natürlich die väterliche Seite. Mütterlicherseits läßt sich die Geschichte ihrer Familie bis zum Unabhängigkeitskrieg zurückverfolgen. Diesem weniger bedeutenden Zweig der Familie entstamme übrigens auch ich – wenn ich das noch kurz hinzufügen darf.«

»Stanton, nun hör doch endlich auf«, bat Kim ihren Cousin. Die Situation wurde zunehmend peinlicher.

»Aber es gibt doch noch mehr zu berichten«, fuhr Stanton unbeirrt fort. Er wirkte wie ein geübter Abendgesellschaftsredner. »Schon 1671 hat der erste Vorfahre von Kimberly an unserem guten, alten Harvard College seinen Abschluß gemacht. Es war niemand anders als Sir Ronald Stewart, der sowohl die Maritime Ltd. als auch die heutige Stewart-Dynastie gegründet hat. Doch die schillerndste Figur in Kimberlys Familie ist eine Vorfahrin ihrer Urgroßmutter; vor dreihundert Jahren ist nämlich eine Stewart der Hexerei beschuldigt und in Salem gehängt worden. Wenn das nicht amerikanische Geschichte ist, dann weiß ich nicht, was sonst!«

»Jetzt reicht's aber, Stanton!« fuhr Kim wütend dazwischen und vergaß für einen Augenblick ihre Unsicherheit. »Ich finde es nicht gut, wenn du diese Geschichte in aller Öffentlichkeit breittrittst.«

»Warum, zum Teufel, soll ich nicht darüber reden?« fragte Stanton lachend und wandte sich an Edward: »Die Stewarts haben einen geradezu absurden Komplex wegen dieser Geschichte. Obwohl das alles schon eine Ewigkeit zurückliegt, halten sie die Hinrichtung dieser Hexe für einen Schandfleck in ihrer Familienchronik.«

»Ob du es absurd findest oder nicht, ist mir egal«, schnaubte Kim. »Jeder kann darüber denken, wie er will. Außerdem ist meine Mutter die einzige, die wegen dieser Geschichte Probleme hat. Und sie ist deine Tante und eine geborene Lewis. Mein Vater hat nie ein einziges Wort darüber verloren.«

»Wir wollen nicht streiten«, sagte Stanton beschwichtigend. »Ich persönlich finde die Geschichte faszinierend. Ich wäre glücklich, wenn ich in meiner Familie Vorfahren hätte, die mit der *Mayflower* gekommen sind oder in dem Boot gesessen haben, mit dem George Washington den Delaware überquerte.«

»Ich finde, wir sollten das Thema wechseln«, schlug Kim vor.

»Einverstanden«, willigte Stanton gleichgültig ein und fuhr

mit seinem nicht enden wollenden Trinkspruch fort. »Und jetzt zu Edward Armstrong. Stoßen wir an auf den aufregendsten, intelligentesten, produktivsten und kreativsten Neurochemiker der Welt – nein, des Universums! Ein Hoch auf den Mann aus dem armen Brooklyn, der nur unter größten Anstrengungen seinen Schulabschluß geschafft hat und der jetzt auf dem Höhepunkt seiner Karriere angelangt ist! Auf den Mann, der seinen Flug nach Stockholm schon mal buchen sollte, denn für seine bahnbrechende Erforschung des Gehirns, der Neurotransmitter und der Quantenmechanik hat er den Nobelpreis so gut wie in der Tasche!«

Stanton streckte den anderen nun sein Weinglas entgegen, woraufhin sie miteinander anstießen und endlich einen Schluck nehmen konnten. Als Kim ihr Glas wieder absetzte, blickte sie verstohlen zu Edward hinüber. Es war eindeutig, daß er genauso unsicher und schüchtern war wie sie.

Stanton knallte sein leeres Glas auf den Tisch und schenkte sich Wein nach. Er registrierte mit einem kurzen Blick, daß die übrigen Gläser noch voll waren, und stellte die Flasche zurück in den Eiskübel. »Jetzt habe ich euch bekannt gemacht«, fuhr er fort, »und nun erwarte ich von euch, daß ihr euch ineinander verliebt, daß ihr heiratet und viele süße Kinder bekommt. Das einzige, was ich als Gegenleistung für meine Dienste erwarte, ist, daß Edward einwilligt, im wissenschaftlichen Beirat von Genetrix mitzuarbeiten.«

Stanton lachte lauthals und störte sich nicht daran, daß er offensichtlich der einzige war, der seine Sprüche lustig fand. Als er sich wieder beruhigt hatte, grölte er: »Wo, zum Teufel, bleibt der Kellner. Laßt uns endlich essen!«

Draußen vor dem Restaurant blieb die Gruppe stehen.

»Was haltet ihr davon, wenn wir noch kurz um die Ecke zu Herrell's gehen und ein Eis essen?« fragte Stanton.

»Ich kann beim besten Willen nichts mehr essen, ich bin total satt«, stöhnte Kim.

»Mir geht es genauso«, pflichtete Edward ihr bei.

»Und ich esse sowieso nie Nachtisch«, bemerkte Candice.

»Okay – soll ich jemanden nach Hause fahren?« fragte Stanton. »Mein Auto steht gleich nebenan in der Tiefgarage des Holyoke Center.«

»Ich nehme lieber die U-Bahn«, sagte Kim.

»Und ich kann zu Fuß nach Hause gehen«, fügte Edward hinzu.

»Na gut, dann verlassen wir euch jetzt«, sagte Stanton. Nachdem er Edward versichert hatte, daß er sich bald wieder melden würde, nahm er Candice bei der Hand und führte sie zu seinem Auto.

»Soll ich dich noch zur U-Bahn begleiten?« fragte Edward.

»Ja, gerne«, erwiderte Kim.

Während sie nebeneinander hergingen, spürte Kim, daß Edward etwas sagen wollte; kurz vor der nächsten Straßenecke rückte er mit der Sprache heraus. »Es ist so ein herrlicher Abend«, begann er und stotterte nun wieder leicht. »Hättest du Lust, noch ein wenig mit mir über den Harvard Square zu bummeln?«

»Eine gute Idee«, erwiderte Kim.

Sie hakte sich bei Edward ein und spazierte mit ihm zu jenem unüberschaubaren Platz, an dem die Massachusetts Avenue, der JFK Drive genannte Abschnitt der Harvard Street, die Eliot Street und die Brattle Street aufeinandertrafen. Trotz seines Namens war der Harvard Square eigentlich kein richtiger Platz, sondern eher eine Art große Kreuzung, an der mehrere kurvige Straßen und einige seltsam geformte, unbebaute Plätze ineinander übergingen. In Sommernächten verwandelte sich die ganze Gegend oft in eine Art mittelalterlichen Marktplatz, wo Jongleure, Musiker, Leute, Märchenerzähler, Zauberer und Akrobaten ihre Talente unter Beweis stellten.

Es war eine angenehme, laue Nacht. Hoch oben am dunklen Himmel zwitscherten ein paar Nachtvögel, und trotz der hellen Stadtbeleuchtung konnte man die funkelnden Sterne erkennen. Kim und Edward flanierten über den Platz und blieben hin und wieder stehen, um den Künstlern zuzusehen. Sie hatten das Treffen mit Stanton und Candice beide als eher unangenehm empfunden und genossen es nun, alleine zu sein.

»Ich bin wirklich froh, daß ich heute abend ausgegangen bin«, sagte Kim.

»Mir geht es genauso«, sagte Edward.

Schließlich ließen sie sich auf einer niedrigen Betonmauer nieder. Links neben ihnen trug eine Frau eine schwermütige Ballade vor, und zu ihrer Rechten musizierte eine quirlige peruanische Gruppe auf indianischen Panflöten.

»Stanton ist wirklich unmöglich«, bemerkte Kim.

»Ich weiß gar nicht, was mir peinlicher war«, sagte Edward, »die Rede, die er über dich losgelassen hat, oder was er über mich erzählt hat.«

Kim lachte. Ihr war dieser ganze Trinkspruch-Sermon ebenfalls höchst unangenehm gewesen.

»Das Verblüffendste an ihm ist, daß er die Leute manipulieren und trotzdem so charmant wirken kann«, fuhr Kim fort.

»Ja, es ist in der Tat bemerkenswert, was er sich alles herausnehmen kann«, pflichtete Edward ihr bei. »So wie er könnte ich niemals sein. Ich habe immer das Gefühl gehabt, in seinem Schatten zu stehen, und habe ihn oft beneidet und mir gewünscht, mich wenigstens halb so gut durchsetzen zu können wie er. Aber leider bin ich eher zurückhaltend, vielleicht sogar etwas ›kauzig‹.«

»Dann geht es dir wie mir«, gestand Kim. »Ich wollte auch schon immer selbstbewußter auftreten. Aber es ist mir noch nie gelungen. Ich war schon als kleines Mädchen so schüchtern. Nie fällt mir die passende Antwort ein, erst wenn es zu spät ist, weiß ich, was ich hätte sagen sollen.«

»Stanton hat offensichtlich den Nagel auf den Kopf getroffen, als er vorhin meinte, wir beide seien aus dem gleichen Holz geschnitzt«, stellte Edward fest. »Das Problem ist einfach, daß Stanton unsere Schwächen bestens kennt und genau weiß, wie er uns verunsichern kann. Ich sterbe jedesmal zehn Tode, wenn er mit diesem Unsinn von dem Nobelpreis anfängt, den ich angeblich so gut wie in der Tasche habe.«

»Ich entschuldige mich im Namen meiner Familie für ihn«, sagte Kim. »Aber er meint es nicht böse.«

»Wie seid ihr eigentlich miteinander verwandt?« wollte Edward wissen.

»Er ist mein Cousin«, klärte Kim ihn auf. »Meine Mutter ist die Schwester von Stantons Vater.«

»Ich bin eigentlich derjenige, der sich entschuldigen sollte«, sagte Edward. »Schließlich habe ich schlecht über Stanton gesprochen. Dabei kenne ich ihn aus der Uni, wir waren im gleichen Semester. Ich habe ihm immer im Labor etwas geholfen; zum Ausgleich hat er dann dafür gesorgt, daß ich auf den Partys zum Zuge kam. Wir waren ein richtig gutes Team, und seitdem sind wir auch gute Freunde.«

»Wie kommt es dann, daß du noch nicht in eines von seinen Spekulationsprojekten eingestiegen bist?« wollte Kim wissen.

»Ich habe mich nie so richtig dafür interessiert«, antwortete Edward. »Mich zieht es eher in die akademische Welt, in der man nur um der Forschung willen forscht. Nicht daß ich etwas gegen die angewandte Wissenschaft habe. Aber sie ist nun mal nicht so interessant. Außerdem haben Wissenschaft und Industrie zum Teil unterschiedliche Interessen. Vor allem stört mich, daß die Industrie immer darauf bedacht ist, die Ergebnisse ihrer Forschung zunächst geheimzuhalten. Dabei ist freie Kommunikation das Lebenselixier aller Wissenschaft, während die Geheimhaltungsvorschriften der Industrie reines Gift für die Forschung sind.«

»Stanton behauptet, daß er dich zum Millionär machen könnte«, warf Kim ein.

Edward lachte. »Selbst wenn er recht hätte – was würde sich dadurch in meinem Leben ändern? Was ich zur Zeit mache, ist genau das, was ich will: Ich arbeite gleichzeitig in der Forschung und in der Lehre. Eine Million Dollar würde mein Leben nur komplizierter machen und mir meine Unabhängigkeit nehmen. An der Uni bin ich rundum glücklich und zufrieden.«

»Das habe ich Stanton auch schon klarzumachen versucht«, sagte Kim. »Aber stur, wie er ist, will er natürlich nichts davon wissen.«

»Wenigstens ist er trotz seiner Sturheit ganz sympathisch und unterhaltsam«, stellte Edward fest. »Als er seinen endlosen Trinkspruch auf mich losgelassen hat, hat er natürlich maßlos übertrieben; aber wie steht es eigentlich bei dir? Läßt sich die Geschichte deiner Familie wirklich bis ins siebzehnte Jahrhundert zurückverfolgen?«

»Ja, das ist wahr«, antwortete Kim.

»Da ist faszinierend«, staunte Edward. »So was beeindruckt mich wirklich. Ich wäre schon froh, wenn ich nur die letzten zwei Generationen meiner Familie rekonstruieren könnte – aber vermutlich müßte ich mich meiner Herkunft schämen.«

»Ich finde es bei weitem beeindruckender, mit Ach und Krach den Schulabschluß zu schaffen und danach als erfolgreicher Wissenschaftler zu arbeiten«, entgegnete Kim. »Du hast einen Erfolg allein deiner eigenen Initiative zu verdanken. Ich hingegen bin nur in die Familie der Stewarts hineingeboren und habe mich nie ernstlich anstrengen müssen.«

»Und was hat es mit dieser Hexe in Salem auf sich?« wollte Edward wissen. »Ist das wahr, was Stanton vorhin erzählt hat?«

»Ja«, gestand Kim. »Aber darüber rede ich nicht gern.«

»Oh, Entschuldigung«, sagte Edward schnell und fing sofort wieder an zu stottern. »Bitte, verzeih mir. Ich kapiere zwar nicht, wieso dir die Geschichte Probleme bereitet, aber ich hätte natürlich nicht davon anfangen sollen.«

Kim schüttelte ihren Kopf. »Ich wollte dich nicht in Verlegenheit bringen«, sagte sie. »Ich reagiere wohl nicht ganz normal, wenn diese Hexengeschichte zur Sprache kommt. Ich muß auch gestehen, daß ich keine Ahnung habe, warum ich so stark darauf reagiere. Wahrscheinlich liegt es an meiner Mutter. Sie hat mir eingebleut, daß dieses Thema für uns tabu ist. Sie hält die Geschichte für einen Schandfleck auf unserem Familiennamen.«

»Aber das Ganze liegt doch mehr als dreihundert Jahre zurück«, entgegnete Edward.

»Du hast völlig recht«, sagte Kim und zuckte mit den Schultern. »Es hat wirklich keinen Sinn, sich darüber aufzuregen.«

»Weißt du etwas Näheres über die Geschichte?« fragte Edward.

»Ich kenne nur die wesentlichen Fakten«, antwortete Kim. »Die wahrscheinlich jeder in Amerika kennt.«

»Zufällig weiß ich ein bißchen mehr über die Hexenprozesse von Salem als der Normalbürger«, bemerkte Edward. »Harvard University Press hat ein Buch zu dem Thema herausgebracht, das von zwei hervorragenden Historikern geschrieben wurde. Es heißt *Salem Possessed*. Einer meiner Studenten hat mich bedrängt, das Buch zu lesen, weil es irgendeine wichtige Auszeichnung bekommen hat. Deshalb habe ich es gelesen, und ich habe es tatsächlich begeistert verschlungen. Soll ich es dir mal leihen?«

»Ja, das wäre nett«, erwiderte Kim aus reiner Höflichkeit.

»Ich meine es ernst«, beharrte Edward. »Das Buch ist sehr spannend, und vielleicht siehst du die Geschichte danach in einem anderen Licht. Die sozialen, politischen und religiösen Aspekte, die in dem Buch angesprochen werden, sind sehr aufschlußreich. Ich habe jedenfalls eine Menge gelernt. Wußtest du zum Beispiel, daß nur wenige Jahre nach den Hexenprozessen einige der Geschworenen und sogar einige der Richter ihre Urteile öffentlich widerrufen und um Verzeihung gebeten haben, weil sie wußten, daß unschuldige Menschen hingerichtet worden waren?«

»Ach, tatsächlich?« sagte Kim höflich.

»Aber nicht nur die Tatsache, daß man einfach unschuldige Menschen hingerichtet hat, hat mich beschäftigt«, fuhr Edward fort. »Manchmal ist es ja so, daß ein Buch zu einem bestimmten Thema einen besonders fesselt, und man sucht nach weiteren Informationen. So kam es, daß ich *Poison of the Past* gelesen habe, in dem eine höchst interessante Theorie entwickelt wird – eine Theorie, die vor allem einen Neurowissenschaftler wie mich fasziniert. In dem Buch wird vermutet, daß einiger der jungen Frauen aus Salem, die von seltsamen ›Anfällen‹ heimgesucht wurden und die die hingerichteten Frauen der Hexerei beschuldigt hatten, in Wahrheit einem Gift zum Opfer gefallen sind. Man nimmt an, daß sie mit ihrer Nahrung einen Schimmelpilz aufgenommen haben, der unter dem Namen Claviceps purpurea bekannt ist. Claviceps purpurea ist ein Pilz, der vor allem Getreide befällt; insbesondere Roggen ist für diesen giftigen Schimmelpilz ziemlich anfällig.«

Obwohl Kim eigentlich immer noch nichts von der alten Geschichte wissen wollte, wurde sie jetzt hellhörig. »Vergiftet durch Schimmelpilze?« fragte sie. »Was passiert denn, wenn man sie ißt?«

»Oh, eine ganze Menge«, erwiderte Edward und rollte mit den Augen. »Erinnerst du dich an den Beatles-Song *Lucy In The Sky With Diamonds*? Der Schimmelpilz dürfte wohl eine ähnliche Reaktion hervorrufen, wie sie in dem Song beschrieben wird, denn er enthält Lysergsäurediäthylamid, auch LSD genannt.«

»Glaubst du, die Leute in Salem haben damals unter Halluzinationen und Wahnvorstellungen gelitten?« fragte Kim.

»Es könnte zumindest sein«, erwiderte Edward. »Ergotismus, also die Mutterkornvergiftung, ruft entweder eine Gangrän hervor, die sehr schnell zum Tode führt, oder die Betroffenen bekommen Krämpfe und Halluzinationen. In Salem ist wohl letzteres passiert; vor allem haben die Vergifteten wahrscheinlich an Halluzinationen gelitten.«

»Das ist wirklich eine interessante Theorie«, bemerkte Kim.

»Vielleicht könnte sich sogar meine Mutter dafür erwärmen. Unter Umständen würde sie dann anders über ihre Vorfahrin denken. Wenn sie zuträfe, könnte man kaum einzelne Personen für die schlimmen Dinge verantwortlich machen, die damals passiert sind.«

»Das habe ich mir auch gedacht«, pflichtete Edward ihr bei. »Allerdings kann das noch nicht die ganze Geschichte sein. Die Schimmelpilzvergiftungen mögen damals vielleicht den Stein ins Rollen gebracht haben; aber für die allgemeine Hysterie muß es noch einen anderen Grund gegeben haben. Nach allem, was ich weiß, glaube ich, daß damals jeder die allgemeine Verunsicherung ausgenutzt hat, um soziale und wirtschaftliche Vorteile für sich herauszuschlagen; und das muß nicht einmal bewußt geschehen sein.«

»Jetzt hast du mich tatsächlich neugierig gemacht«, sagte Kim. »Ich schäme mich fast dafür, daß ich mich über das normale High-School-Pensum hinaus nie für die Hexenprozesse von Salem interessiert habe. Eigentlich müßte ich im Erdboden versinken, denn der Grundbesitz meiner hingerichteten Vorfahrin gehört noch immer meiner Familie. Es ist sogar so, daß mein Bruder und ich das Land wegen eines kleinen Zwists zwischen meinem Vater und meinem verstorbenen Großvater vor kurzem geerbt haben.«

»Das darf nicht wahr sein!« rief Edward. »Willst du damit sagen, daß das ganze Land über dreihundert Jahre hinweg im Besitz deiner Familie geblieben ist?«

»Nicht ganz«, schränkte Kim ein. »Früher umfaßte der Grundbesitz der Stewarts auch noch Ländereien, die jetzt zu den Gemeinden Beverly, Danvers, Peabody und Salem gehören. Heute haben wir nur noch in Salem etwas Land, und das ist nur ein winziger Rest des damaligen Besitzes. Aber es ist immer noch ein ganz schön großes Gelände. Ich weiß gar nicht genau, wie groß die Fläche eigentlich ist.«

»Trotzdem ist es bemerkenswert«, sagte Edward. »Das einzige, was ich von meinem Vater geerbt habe, waren sein Gebiß und ein paar Steinmetzwerkzeuge. Es haut mich einfach um, wenn ich mir vorstelle, daß du auf einem Stück Land herumspazieren kannst, auf dem schon deine Vorfahren im siebzehnten Jahrhundert ihre Spuren hinterlassen haben. Ich dachte immer, solche Erfahrungen wären dem europäischen Adel vorbehalten.«

»Ich kann sogar noch mehr tun, als nur auf dem Land herumspazieren«, entgegnete Kim. »Wenn ich will, kann ich auch das Haus meiner Ahnen besichtigen. Das alte Haus steht nämlich noch.«

»Jetzt willst du mich aber auf den Arm nehmen, nicht wahr?« sagte Edward. »Das kannst du mir nicht erzählen.«

»Das ist kein Scherz«, versicherte ihm Kim. »Es ist gar nicht so ungewöhnlich, daß das Haus noch steht. In der Umgebung von Salem findet man noch jede Menge Häuser aus dem siebzehnten Jahrhundert. Und einige von ihnen haben sogar einmal den Frauen gehört, die damals wegen Hexerei hingerichtet wurden, zum Beispiel das Haus von Rebecca Nurse.«

»Davon hatte ich keine Ahnung«, staunte Edward.

»Vielleicht solltest du dich mal in Salem umschauen«, schlug Kim vor.

»In welchem Zustand ist denn das alte Haus der Stewarts heute?« wollte Edward wissen.

»In einem ziemlich guten, glaube ich«, antwortete Kim. »Ich bin schon sehr lange nicht mehr draußen gewesen. Das letzte Mal, als ich dort war, war ich noch ein Kind. Dafür, daß es schon 1670 gebaut worden ist, sieht es noch verdammt gut aus. Ronald Stewart hat es damals gekauft, und seine Frau Elizabeth wurde als Hexe hingerichtet.«

»An den Namen Ronald erinnere ich mich«, sagte Edward. »Stanton hat ihn vorhin in seinem Trinkspruch erwähnt. Er soll der erste Harvard-Absolvent im Stewart-Clan gewesen sein.«

»Das wußte ich bisher auch nicht«, bemerkte Kim.

»Hast du oder hat dein Bruder schon eine Ahnung, was ihr mit dem Besitz machen wollt?«

»Zunächst mal gar nichts«, erwiderte Kim. »Wir warten erst ab, bis Brian aus England zurückkommt. Er kümmert sich dort um die Reedereigeschäfte unserer Familie. In etwa einem Jahr will er wieder dasein, und dann werden wir überlegen, was wir mit dem Land machen. Allerdings ist das Anwesen ein ganz schöner Klotz am Bein; wir müssen Steuern zahlen und für seine Instandhaltung sorgen.«

»Hat dein Großvater in dem alten Haus gelebt?« fragte Edward.

»Du liebe Güte, nein«, antwortete Kim. »In dem Haus hat schon seit einer Ewigkeit niemand mehr gewohnt. Ronald

Stewart hat damals ein riesiges Stück Land gekauft, das an den ursprünglichen Besitz angrenzte, und darauf hat er ein größeres Haus gebaut. Das alte Haus hat er verpachtet oder an Hausangestellte vermietet. Im Laufe der Jahre wurde das größere Haus mehrmals abgerissen und wieder aufgebaut, zum letzten Mal um die Jahrhundertwende. Mein Großvater hat in diesem Haus gelebt, das heißt, er hat sich vom Zugwind durch das Gemäuer treiben lassen; das Haus ist nämlich riesengroß und unheimlich zugig.«

»Ich wette, daß das Haus historisch ziemlich wertvoll ist«, sagte Edward.

»So ist es«, bekräftigte Kim. »Es haben sich auch bereits zwei Kaufinteressenten gemeldet: das Peabody-Essex-Institut aus Salem und der Bostoner Verein für die Erhaltung der historischen Gebäude Neuenglands. Aber meine Mutter will es nicht verkaufen. Ich glaube, sie hat Angst, daß die ganze Hexengeschichte dann wieder aufgewärmt wird.«

»Das ist wirklich schade«, bemerkte Edward und begann wieder leicht zu stottern.

Kim sah ihn an. Er tat so, als würde er die peruanische Gruppe beobachten, doch irgend etwas schien ihm unter den Nägeln zu brennen.

»Was hast du denn?« fragte Kim. Sie konnte sein Unbehagen regelrecht greifen.

»Ach, nichts«, erwiderte er ein bißchen zu energisch. Er zögerte einen Augenblick und sagte dann: »Es tut mir leid, und ich weiß, daß ich dich gar nicht erst fragen sollte. Sag einfach nein, wenn es dir nicht paßt. Ich würde das voll und ganz verstehen.«

»Nun frag schon«, forderte Kim ihn auf. Sie war leicht beunruhigt.

»Ich habe dir doch erzählt, daß ich einige Bücher darüber gelesen habe«, begann Edward. »Deshalb würde ich mir das alte Haus unheimlich gerne einmal ansehen. Ich weiß, es ist unverschämt, dich darum zu bitten.«

»Aber das ist doch gar kein Problem«, erwiderte Kim. »Ich zeige es dir gerne. Nächsten Samstag habe ich keinen Dienst. Wenn es dir paßt, können wir einen Ausflug nach Salem machen. Den Schlüssel kann ich vorher bei meinem Rechtsanwalt abholen.«

»Macht es dir auch wirklich nichts aus?« fragte Edward.

»Nein, überhaupt nicht«, versicherte ihm Kim.

»Am Samstag würde es mir auch gut passen«, sagte Edward. »Darf ich dich zum Dank vielleicht am Freitag abend zum Essen einladen?«

Kim lächelte. »Abgemacht. Und weil ich morgen schrecklich früh aufstehen muß, sollte ich mich jetzt schleunigst auf den Weg machen. Die Frühschicht im Krankenhaus beginnt nämlich schon um halb acht.«

Sie rutschten von der Mauer und schlenderten zum Eingang der U-Bahn.

»Wo wohnst du eigentlich?« fragte Edward.

»In Beacon Hill«, antwortete Kim.

»Ich habe gehört, daß das eine ziemlich feine Gegend sein soll«, bemerkte Edward.

»Von dort ist es nicht weit bis zum Krankenhaus«, sagte Kim. »Ich wohne in einem großen Apartment. Leider muß ich Anfang September ausziehen, weil meine Mitbewohnerin heiratet – und sie ist die Hauptmieterin.«

»Mir geht es ähnlich«, sagte Edward. »Ich habe eine wunderschöne Wohnung im Obergeschoß eines Einfamilienhauses. Aber die Eigentümer bekommen bald Nachwuchs und brauchen den Platz dann selber. Deshalb muß ich ebenfalls bis zum ersten September ausziehen.«

»Das tut mir leid«, sagte Kim.

»So schlimm ist es nun auch wieder nicht«, fuhr Edward fort. »Ich will mir schon seit Jahren etwas Neues suchen und habe es immer vor mir hergeschoben.«

»Wo wohnst du denn?« fragte Kim.

»Ganz in der Nähe«, erwiderte Edward. »Man kann zu Fuß hingehen.« Dann füge er zögernd hinzu: »Magst du vielleicht noch mitkommen?«

»Vielleicht ein anderes Mal«, winkte Kim ab. »Ich muß morgen wirklich sehr früh aufstehen.«

Sie hatten den Eingang zur U-Bahn erreicht. Kim wandte sich zu Edward und blickte ihn direkt an. Ihr gefiel, was sie sah; er war ein Mann mit Feingefühl.

»Ich möchte dir übrigens noch gratulieren, weil du mich gefragt hast, ob du das alte Haus besichtigen darfst«, sagte sie. »Ich weiß genau, daß es dir nicht leichtgefallen ist; daß weiß ich, weil es mir auch nicht leichtgefallen wäre. Ich hätte mich wahrscheinlich nicht getraut.«

Edward errötete, doch dann grinste er. »Na ja, zwischen Stanton Lewis und mir liegen wohl Welten. Ich weiß ganz genau, daß ich mich manchmal ein bißchen ungeschickt anstelle.«

»Ich denke, wir sind uns ganz schön ähnlich«, stellte Kim fest. »Wobei ich sicher bin, daß du wesentlich besser mit anderen Leuten umgehen kannst, als du glaubst.«

»Das liegt an dir«, erwiderte Edward. »Wenn ich mit dir zusammen bin, fühle ich mich völlig entspannt. Und das will schon etwas heißen, wo wir uns doch gerade erst kennengelernt haben.«

»Mir geht es genauso«, sagte Kim.

Für einen Augenblick faßten sie sich bei den Händen. Dann drehte sich Kim um und lief die Treppe hinunter zur U-Bahn.

# Kapitel 2

*Samstag, 16. Juli 1994*

Edward parkte in zweiter Reihe vor dem Boston Commons und stürmte in das Foyer des Apartmenthauses, in dem Kim wohnte. Während er bei ihr klingelte, behielt er die Straße im Blick, um zu sehen, ob sich eine der berüchtigten Bostoner Politessen näherte, mit denen er schon reichlich schlechte Erfahrungen gemacht hatte.

»Tut mir leid, daß ich dich hab' warten lassen«, entschuldigte sich Kim, als sie die Tür öffnete. Sie trug Khakishorts und eine einfache, weiße Bluse. Ihre üppige schwarze Mähne hatte sie zu einem Pferdeschwanz zusammengebunden.

»Ich muß mich bei dir entschuldigen«, entgegnete Edward. »Schließlich bin ich derjenige, der zu spät kommt. Ich mußte noch kurz ins Labor.« Auch er hatte sich für den Ausflug ganz leger gekleidet.

Sie sahen sich kurz an und mußten gleichzeitig lachen.

»Wir sind vielleicht zwei seltsame Vögel«, stellte Kim fest.

»Ich kann nichts dafür«, gluckste Edward. »Dauernd muß ich mich entschuldigen, selbst wenn es völlig überflüssig ist. Ich scheine wirklich nicht ganz richtig zu ticken. Und bis gestern wußte ich noch nicht einmal, daß ich diese alberne Angewohnheit habe; und ich wüßte es immer noch nicht, wenn du mich nicht darauf aufmerksam gemacht hättest.«

»Mir ist es nur aufgefallen, weil ich genauso bin«, sagte Kim. »Nachdem du mich gestern abend nach Hause gebracht hast, habe ich noch ein wenig darüber nachgedacht. Ich glaube, wir sind so, weil wir uns irgendwie für alles, was in dieser Welt schiefläuft, verantwortlich fühlen.«

»Vielleicht hast du recht«, stimmte Edward ihr zu. »Ich habe schon als Kind immer alle Fehler bei mir gesucht – selbst wenn ich nichts dafür konnte, daß etwas schiefgelaufen war.«

»Es ist fast beängstigend, wie sehr wir uns ähneln«, stellte Kim fest und lächelte.

Sie stiegen in Edwards Saab und verließen die Stadt in nördlicher Richtung. Es war ein wunderschöner klarer Sommertag; obwohl es noch früh am Morgen war, brannte die Sonne bereits heftig.

Kim kurbelte das Fenster herunter und lehnte sich entspannt zurück. »Ich fühle mich wie auf dem Weg in einen Kurzurlaub«, sagte sie fröhlich.

»Du kannst dir wahrscheinlich kaum vorstellen, wie es mir geht«, seufzte Edward. »Ich verbringe nämlich normalerweise jede Minute in meinem Labor.«

»Auch am Wochenende?« wollte Kim wissen.

»An sieben Tagen in der Woche«, antwortete Edward. »Daß Sonntag ist, erkenne ich meistens nur daran, daß dann weniger Leute im Labor arbeiten. Ich fürchte, ich bin ein ziemlich langweiliger Typ.«

»Ich würde es anders ausdrücken«, erwiderte Kim. »Du gehst voll und ganz in deiner Arbeit auf. Außerdem bist du wirklich aufmerksam. Die Blumen, die du mir geschickt hast, sind wunderschön. Es ist das erste Mal, daß mir jemand so den Hof macht; ich weiß gar nicht, ob ich das verdient habe.«

»Ach, das war doch nichts Besonderes«, winkte Edward ab.

Kim spürte, daß er wieder verlegen wurde. Er strich sich nervös das Haar aus der Stirn.

»Für mich war es sehr wohl etwas Besonderes«, stellte sie klar. »Nochmals vielen Dank.«

»Hattest du Probleme, die Schlüssel zu dem Haus aufzutreiben?« fragte Edward, um das Thema zu wechseln.

Kim schüttelte den Kopf. »Nein, nicht im geringsten. Ich habe sie einfach gestern nach der Arbeit beim Anwalt abgeholt.«

Sie fuhren zunächst auf der Route 93 nach Norden und bogen dann auf die Route 128 nach Osten ab. Auf den Straßen war so gut wie kein Verkehr.

»Ich fand es übrigens sehr nett gestern abend«, bemerkte Edward.

»Ich auch«, gestand Kim. »Nochmals danke schön für die Einladung. Aber als ich heute morgen über unser Gespräch nachgedacht habe, habe ich mir doch leichte Vorwürfe gemacht; du bist ja kaum zu Wort gekommen. Ich glaube, ich habe viel zuviel über mich und meine Familie geredet.«

»Willst du dich etwa schon wieder entschuldigen?« fragte Edward.

»Oh, mein Gott!« rief Kim lachend und schlug sich mit der Hand an die Stirn. »Ich glaube, ich bin wirklich ein hoffnungsloser Fall.«

»Wenn sich überhaupt einer zu entschuldigen hätte«, gluckste Edward, »dann ich. Schließlich habe ich dich endlos mit Fragen bombardiert, von denen die meisten sicher viel zu persönlich waren.«

»Überhaupt nicht«, entgegnete Kim. »Ich hoffe nur, daß ich dir keinen Schrecken eingejagt habe, als ich dir von diesen Angstattacken erzählt habe, unter denen ich in meinen ersten College-Monaten gelitten habe.«

»Aber ich bitte dich«, entgegnete Edward. »Jeder von uns hat doch irgendwann einmal mit solchen Ängsten zu tun. Vor allem wahrscheinlich die Leute, die immer das Gefühl haben, anderen helfen zu müssen – zum Beispiel Ärzte. Ich habe selbst schon solche Angstattacken gehabt. Vor jeder Prüfung ging es mir hundeelend, dabei war ich eigentlich immer gut vorbereitet und habe nie schlechte Noten bekommen.«

»Ich war zeitweise vollkommen außer Gefecht gesetzt«, gestand Kim. »Eine Zeitlang habe ich mich nicht einmal mehr getraut, Auto zu fahren; ich hatte Angst davor, einen Panikanfall zu bekommen, wenn ich hinterm Steuer sitze.«

»Hast du denn keine Medikamente gegen die Anfälle genommen?« fragte Edward.

»Doch«, erwiderte Kim. »Ich habe Xanax genommen, aber nicht sehr lange.«

»Hast du es mal mit Prozac probiert?« fragte Edward.

Kim sah ihn entsetzt an. »Aber nein!« entgegnete sie. »Warum sollte ich Prozac nehmen?«

»Weil du unter Angstattacken *und* deiner Schüchternheit gelitten hast«, erklärte Edward. »Prozac hätte gegen beides helfen können.«

»Prozac stand nie zur Debatte«, sagte Kim. »Und selbst wenn es mir jemand empfohlen hätte – ich hätte es auf keinen Fall genommen. Man kann doch nicht starke Tabletten schlucken, bloß weil man schüchtern ist. Man sollte nur Medikamente nehmen, wenn man ernsthaft krank ist, und nicht, um seine Alltagskrisen zu bewältigen.«

»Entschuldigung«, sagte Edward. »Ich wollte dich nicht kränken.«

»Du hast mich nicht gekränkt«, stellte Kim klar. »Aber ich habe eine feste Meinung, wenn es um dieses Thema geht. Als Krankenschwester kriege ich ständig mit, wie viele Menschen viel zu viele Medikamente schlucken. Die Pharmaindustrie will uns ständig einreden, daß es für jedes Problemchen die passende Pille gibt.«

»Im Grunde stimme ich dir zu«, sagte Edward. »Doch als Neurowissenschaftler weiß ich, daß das Verhalten und der Gemütszustand eines Menschen auf bestimmte biochemische Prozesse im Kopf zurückzuführen sind. Und soweit man diese Prozesse mit sauberen psychotropen Medikamenten beeinflussen kann, habe ich inzwischen eine andere Einstellung zu dem Thema.«

»Was meinst du mit ›sauberen‹ Medikamenten?« fragte Kim.

»Ich meine damit Medikamente, die keine oder fast keine Nebenwirkungen haben«, erklärte Edward.

»Aber alle Medikamente haben doch Nebenwirkungen«, entgegnete Kim.

»Im Prinzip hast du schon recht«, gab Edward zu. »Aber manche Nebenwirkungen sind so minimal, daß sie in Relation zu ihrem möglichen Nutzen als ein durchaus annehmbares Risiko betrachtet werden können.«

»Genau dieses Argument ist es wahrscheinlich, weshalb sich so leidenschaftlich über das Thema streiten läßt«, warf Kim ein.

»Oh, da fällt mir gerade etwas ganz anderes ein«, rief Edward. »Ich habe die beiden Bücher mitgebracht, von denen ich dir erzählt habe.« Er griff nach hinten, fand die Bücher auf dem Rücksitz und legte sie Kim in den Schoß.

»Ich habe in den Aufzeichnungen über die Hexenprozesse von Salem nachgelesen, ob dort etwas über deine Vorfahrin steht«, sagte er. »Aber im Register habe ich keinen Hinweis auf eine Elizabeth Stewart gefunden. Bist du sicher, daß sie wirklich hingerichtet wurde? Die Autoren haben eigentlich sehr gründlich recherchiert.«

»Soweit ich weiß, ja«, erwiderte Kim und klappte den Index von *Salem Possessed* auf. Nach »Spirituelle Beweisführung« stand der Name »Stoughton, William«. Der Name Stewart wurde nicht erwähnt.

Nach einer halbstündigen Fahrt erreichten sie Salem. Die Straße führte direkt an dem berühmten Hexenhaus vorbei. Edwards Interesse war sofort geweckt, und er brachte den Wagen am Straßenrand zum Stehen.

»Was ist das für ein Gebäude?« fragte er.

»Man nennt es das »Hexenhaus«, erklärte Kim. »Es ist eine der größten Touristenattraktionen in dieser Gegend.«

»Das Gebäude scheint tatsächlich aus dem siebzehnten Jahrhundert zu sein«, staunte Edward und betrachtete das alte Haus. »Oder ist es eine Attrappe à la Disneyland?«

»Nein, es ist wirklich echt«, sagte Kim. Es steht auch noch an seinem ursprünglichen Platz. In der Nähe des Peabody-Essex-Instituts gibt es noch ein anderes Haus aus dem siebzehnten Jahrhundert, aber das hat früher einmal woanders gestanden.«

»Stark«, entfuhr es Edward. Das Haus war märchenhaft. Die zweite Etage ragte über die erste hinaus, die Fenster waren rautenförmig.

»Als ›stark‹ hätte man es damals wohl nicht bezeichnet«, sagte Kim lachend. »Sagen wir lieber ›ehrfurchtgebietend‹.«

»Einverstanden«, stimmte Edward ihr zu. »Es ist wirklich ehrfurchtgebietend.«

»Es sieht unserem alten Haus überraschend ähnlich«, bemerkte Kim. »Du wirst dich gleich selbst davon überzeugen. Allerdings ist dieses Haus im Grunde kein Hexenhaus. Hier hat nämlich keine Hexe gelebt, sondern Jonathan Corwin. Er war einer der Friedensrichter, die die Voruntersuchungen zu den Prozessen durchgeführt haben.«

»An den Namen erinnere ich mich aus *Salem Possessed*«, sagte Edward. »Wenn man solche historischen Orte besucht, scheint die Geschichte wieder lebendig zu werden.« Versonnen schaute er sich um. »Wie weit ist es bis zu deinem Haus?«

»Nicht weit«, erwiderte sie. »Höchstens zehn Minuten.«

»Hast du heute morgen schon gefrühstückt?«

»Nur ein bißchen Obst und Saft«, gestand Kim.

»Was hältst du davon, wenn wir irgendwo anhalten und uns Kaffee und ein paar Donuts besorgen?« fragte Edward.

»Klingt verlockend«, sagte Kim.

Da es noch früh war und die meisten Touristen erst später eintreffen würden, fanden sie problemlos einen Parkplatz in der Nähe des Rathauses. Auf der gegenüberliegenden Straßenseite war ein Frühstückscafé. Sie besorgten sich einen Kaffee und flanierten dann durch das Zentrum. Sie warfen einen Blick in das Hexenmuseum und sahen sich noch ein paar weitere Touristenattraktionen an. Als sie die Essex Street entlangbummelten, fiel ihnen auf, wie viele Geschäfte und Bauchladenverkäufer irgendwelches Hexenbrimborium als Souvenirs anboten.

»Die Hexenprozesse haben eine komplette Heimindustrie entstehen lassen«, bemerkte Edward. »Das meiste ist ziemlich kitschig und albern.«

»Vor allem verharmlost es die Qualen der Menschen damals. Aber es beweist auch, wie ungeheuer aufregend die Leute das heute noch finden. Jeder ist fasziniert von diesen Hexengeschichten.«

Als sie das Besucherzentrum des National Park Service betraten, staunte Kim über die umfangreiche Bibliothek, in der jede Menge Bücher und Broschüren über die Hexenprozesse auslagen. »Ich hatte nicht die geringste Ahnung, daß es so viel Literatur darüber gibt«, bemerkte sie. Nachdem sie ein wenig herumgestöbert hatte, kaufte sie einige Bücher. Sie gingen wieder zum Auto zurück und fuhren auf der North Street stadtauswärts. Nach dem Hexenhaus bogen sie rechts in die Orne Road ein. Als der Greenlawn-Friedhof in Sicht kam, erwähnte Kim, daß auch der Friedhof einmal Teil der Stewartschen Ländereien gewesen war.

Sie dirigierte Edward nach rechts in eine unbefestigte Straße. Er mußte das Lenkrad mit beiden Händen festhalten. Es war unmöglich, allen Schlaglöchern auszuweichen.

»Bist du sicher, daß wir hier richtig sind?« fragte Edward.

»Absolut sicher.«

Nach ein paar weiteren Biegungen und Windungen erreichten sie ein imposantes schmiedeeisernes Tor, das in zwei massiven Stützpfeilern aus groß behauenen Granitsteinen verankert war. Ein hoher Stacheldraht umzäunte das Gebiet und verlor sich im dichten Wald.

»Sind wir da?« fragte Edward.

»Ja«, antwortete Kim und stieg aus.

»Ziemlich beeindruckend«, rief Edward, während Kim sich an dem schweren Vorhängeschloß zu schaffen machte. »Das Gelände sieht nicht besonders einladend aus.«

»Früher haben sich alle reichen Leute in solch wuchtigen Festungen verschanzt«, rief Kim zurück. »Sie demonstrierten damit, daß sie echte Feudalherren waren.« Als sie das Vorhängeschloß entfernt hatte, schob sie das Tor auf; die verrosteten Scharniere quietschten laut in den Angeln.

Kim stieg wieder ein, und sie fuhren durch das Tor. Nach ein paar weiteren Kurven mündete der Weg in ein großes, mit Gras bewachsenes Feld. Edward hielt noch einmal an.

»Mein Gott«, staunte er. »Jetzt verstehe ich, warum du von Feudalherren geredet hast.«

Aus dem weitläufigen Feld erhob sich ein riesiges, mehrstöckiges Haus mit Ecktürmen, Zinnen und zahlreichen Verzierungen. In dem schiefergedeckten Dach waren zahlreiche Mansardenfenster mit reichverzierten Vorsprüngen eingebaut. Auf allen Seiten des Gebäudes ragten Schornsteine in den Himmel.

»Eine interessante Mischung der unterschiedlichsten Stilrichtungen«, stellte Edward fest. »Stellenweise sieht es aus wie eine mittelalterliche Burg, andererseits erinnert es an ein Herrenhaus im Tudorstil, und teilweise wirkt es sogar wie ein französisches Schloß. Wirklich imposant.«

»Meine Familie hat es immer ›die Burg‹ genannt«, erklärte Kim.

»Das kann ich gut verstehen«, sagte Edward. »Nachdem du mir das Haus als ein riesiges, zugiges, altes Gemäuer beschrieben hast, hätte ich nie gedacht, daß es so prachtvoll ist. So ein Haus gehört eigentlich in eines der Millionärsviertel von Newport.«

»An der Küste nördlich von Boston stehen noch etliche von diesen großen, alten Herrenhäusern«, sagte Kim. »Einige wurden natürlich abgerissen, aber viele sind restauriert und zu Apartmenthäusern umgebaut worden. Im Moment ist der Markt für solche Häuser allerdings ziemlich flau. Vielleicht verstehst du jetzt, weshalb mein Bruder und ich das Haus eher als einen Klotz am Bein empfinden.«

»Und wo ist das alte Haus?« wollte Edward wissen.

Kim zeigte nach rechts. In der Ferne war undeutlich ein dunkelbraunes Haus zu erkennen, das von Birken umgeben war.

»Und was ist das da hinten links für ein Gebäude?« fragte Edward.

»Das war einmal die Mühle«, erklärte Kim. »Aber sie ist schon vor langer Zeit zu einem Stall umgebaut worden.«

Edward fuhr langsam weiter, hielt aber nach ein paar Metern wieder an. Er hatte eine Mauer entdeckt, die das Feld begrenzte und fast ganz mit Unkraut überwuchert war.

»Und was ist das?« fragte er und zeigte auf die Mauer.

»Dahinter ist der alte Familienfriedhof.«

»Das gibt's doch gar nicht«, entfuhr es Edward. »Können wir uns den Friedhof ansehen?«

»Ja, warum nicht?«

Sie stiegen aus und kletterten über die Mauer. Den ursprünglichen Eingang konnten sie nicht benutzen, weil stachelige Brombeersträucher den Weg versperrten.

»Es sieht so aus, als ob die meisten Grabsteine zerbrochen sind«, stellte Edward fest. »Aber sie scheinen noch nicht lange kaputt zu sein.« Er hob ein abgebrochenes Stück Marmor auf und betrachtete es.

»Vandalismus«, erklärte Kim. »Wir können nicht viel dagegen tun, weil niemand hier lebt.«

»Es ist eine Schande«, sagte Edward und versuchte das Datum auf dem Stein zu entziffern: 1843. Darüber war der Name Nathaniel Stewart in den Stein gemeißelt worden.

»Meine Familie hat ihre Angehörigen ungefähr bis zur Mitte des letzten Jahrhunderts auf diesem Friedhof bestattet«, erklärte Kim.

Gemächlich durchquerten sie das überwucherte Gelände. Je weiter sie vordrangen, desto schlichter und älter wurden die Grabsteine.

»Ist Ronald Stewart auch hier begraben worden?« fragte Edward.

»Ja«, antwortete Kim und führte ihn zu einem einfachen, abgerundeten Grabstein, auf dessen Flachrelief ein Totenkopf eingearbeitet worden war. Darunter standen die Worte: *Hier ruht Ronald Stewart, Sohn von John und Lydia Stewart. Gestorben am 1. Oktober 1734 im Alter von 81 Jahren.*

»Er ist einundachtzig geworden«, staunte Edward. »Muß ein gesunder Bursche gewesen sein. Um so ein hohes Alter zu erreichen, muß er ziemlich schlau gewesen sein und sich die Ärzte vom Leibe gehalten haben. Damals waren viele Ärzte für ihre Patienten genauso tödlich wie die Krankheiten, die sie eigentlich bekämpfen wollten.«

Neben dem Grab von Ronald befand sich das Grab von Rebecca Stewart. Die Inschrift auf dem Stein besagte, daß sie Ronalds Frau gewesen war.

»Wahrscheinlich hat er wieder geheiratet«, vermutete Kim.

»Ist Elizabeth auch hier begraben worden?« fragte Edward.

»Ich habe keine Ahnung«, erwiderte Kim. »Jedenfalls hat mir noch nie jemand ihr Grab gezeigt.«

»Bist du sicher, daß diese Elizabeth tatsächlich existiert hat?« fragte Edward.

»Ich glaube schon, daß sie gelebt hat«, antwortete Kim. »Aber beschwören kann ich es nicht.«

»Schauen wir doch mal, ob wir sie finden«, schlug Edward vor. »Sie müßte doch in diesem Bereich hier begraben worden sein.«

Ein paar Minuten suchten sie schweigend den Friedhof ab; Kim ging in die eine Richtung, Edward in die andere.

»Edward!« rief Kim plötzlich.

»Hast du sie gefunden?« rief Edward zurück.

»Nicht direkt.«

Edward ging zu ihr. Sie stand vor einem Grabstein, der so ähnlich aussah wie der von Ronald. Er zierte das Grab eines gewissen Jonathan Stewart, der laut Inschrift der Sohn von Ronald und Elizabeth Stewart gewesen war.

»Zumindest wissen wir nun, daß sie gelebt hat«, bemerkte Kim.

Sie suchten noch eine halbe Stunde weiter, konnten das Grab von Elizabeth aber nicht finden. Schließlich gaben sie auf und gingen zurück zum Auto. Wenig später hielten sie vor dem alten Haus.

»Du hast recht«, sagte Edward, während er das Gebäude betrachtete. »Es sieht dem Hexenhaus wirklich sehr ähnlich. Es hat den gleichen massiven Schornstein, das gleiche steile Giebeldach und die gleichen rautenförmigen Fenster. Am auffallendsten aber ist, daß auch bei diesem Haus die zweite Etage über die erste hinausragt. Ich frage mich, was sich die Architekten dabei gedacht haben.«

»Das weiß wahrscheinlich niemand so genau«, sagte Kim. »Die alte Krankenstation im Peabody-Essex-Institut sieht genauso aus.«

»Die Verzierungen an dem Vorsprung sind bei diesem Haus jedenfalls noch feiner gearbeitet als am Hexenhaus«, stellte Edward fest.

»Wer auch immer sie gedrechselt hat, muß ein Meister seines Faches gewesen sein«, stimmte Kim ihm zu.

»Es ist ein bezauberndes Haus«, sagte Edward. »Es ist noch um Klassen raffinierter als die Burg.«

Sie schlenderten langsam um das alte Gemäuer herum und bestaunten die vielen Details, die ihnen erst bei genauerem Hinsehen ins Auge fielen. Hinter dem Haus entdeckte Edward ein weiteres, frei stehendes kleines Gebäude. Er wollte von Kim wissen, ob es auch schon so alt sei.

»Ich glaube, ja«, antwortete Kim. »Man hat mir erzählt, daß es für die Tiere war.«

»Ein Ministall also«, staunte Edward.

Als die beiden zur Eingangstür zurückkehrten, mußte Kim

etliche Schlüssel ausprobieren, bevor sie schließlich den passenden fand. Sie stieß die Tür auf, die genauso laut quietschte wie das alte Tor am Eingang des Stewartschen Anwesens.

»Klingt ja wie in einem Spukhaus«, bemerkte Edward.

»Sag bitte nicht so etwas«, protestierte Kim.

»Du glaubst doch nicht etwa an Gespenster?« wollte Edward wissen.

»Sagen wir mal, ich respektiere sie«, erwiderte Kim und lachte. »Bitte, du gehst vor.«

Edward trat ein und blieb in einer kleinen Diele stehen. Vor ihm war eine Wendeltreppe, die nach oben führte. Auf beiden Seiten waren Türen. Die rechte Tür führte zur Küche, die linke in den Salon.

»Wo fangen wir an?« fragte Edward.

»Du bist der Gast«, sagte Kim.

»Dann inspizieren wir zuerst den Salon.«

Ein riesiger, mindestens zwei Meter breiter Kamin beherrschte den Raum. Hier und da standen einige koloniale Möbelstücke, ein paar Gartengeräte und anderer Kleinkram lagen herum. Am interessantesten schien ihnen ein Himmelbett, dessen kunstvoll bestickte Vorhänge noch original erhalten waren.

Edward ging zum Kamin und schaute in den Rauchabzug. »Scheint zu funktionieren«, stellte er fest. Dann betrachtete er die Wand über dem Kaminsims. Er trat ein paar Schritte zurück und nahm die Stelle noch einmal genauer ins Visier.

»Siehst du dieses blasse, rechteckige Muster?« fragte er.

Kim stellte sich neben ihn in die Mitte des Zimmers und betrachtete ebenfalls die Wand. »Ja«, sagte sie. »Sieht so aus, als ob da mal ein Bild gehangen hätte.«

»Das glaube ich auch«, stimmte Edward ihr zu. Er befeuchtete seine Fingerspitze und versuchte die Umrißlinie zu verwischen. Vergeblich. »Das Bild muß ziemlich lange da gehangen haben«, sagte er. »Sonst hätte der Rauch nicht diese deutlichen Umrisse hinterlassen.«

Sie verließen den Salon und gingen die Treppe hinauf. Neben dem Treppenabsatz befand sich ein kleines Studierzimmer. Über dem Salon und der Küche waren zwei Schlafzimmer, die jeweils einen eigenen Kamin hatten. Von ein paar Betten und einem Spinnrad abgesehen, gab es hier oben keine weiteren Möbel.

Schließlich stiegen sie wieder nach unten und besichtigten die Küche; fasziniert blieben sie vor der riesigen Feuerstelle stehen. Edward schätzte, daß sie mindestens drei Meter breit war. Links waren Halterungen für Töpfe angebracht, rechts ein bienenkorbförmiger Ofen in die Feuerstelle eingebaut worden. Ein paar alte Töpfe, Pfannen und Kessel standen noch herum.

»Kannst du dir vorstellen, hier zu kochen?« fragte Edward.

»Nein«, erwiderte Kim. »Ich habe schon in einer modernen Küche meine Schwierigkeiten.«

»Die alten Siedlerfrauen müssen ziemlich geschickt gewesen sein«, stellte Edward fest. »Es ist nicht einfach, so ein großes Feuer in Gang zu halten. Ich frage mich, wie sie die Temperatur reguliert haben. Gerade beim Brotbacken kommt es auf die richtige Temperatur an.«

Durch eine weitere Tür gelangten sie in einen Anbau. Überrascht stellte Edward fest, daß dort noch eine zweite Küche war.

»Ich glaube, diese Küche haben sie im Sommer benutzt«, sagte Kim. »Wenn es draußen warm war, wäre es doch ein Wahnsinn gewesen, diese riesige Feuerstelle zu benutzen.«

Sie verließen den Anbau und gingen zurück in die Hauptküche. Edward blieb in der Mitte des Raumes stehen und kaute nachdenklich auf seiner Unterlippe herum. Kim sah, daß er über irgend etwas nachdachte.

»Was geht dir gerade durch den Kopf?« fragte sie.

»Hast du jemals darüber nachgedacht, hier zu leben?« fragte er.

»Nein, nie«, entgegnete sie. »Es wäre doch so, als würde ich auf einem Campingplatz leben.«

»Natürlich weiß ich, daß man das Haus nicht in dem jetzigen Zustand bewohnen kann«, erklärte Edward. »Aber man müßte gar nicht so viel verändern.«

»Du meinst, man sollte es renovieren?« fragte Kim. »Es wäre unverantwortlich, dieses historische Juwel zu zerstören.«

»Aber das muß man doch gar nicht. Du könntest einfach in dem Anbau eine moderne Küche und ein Bad einrichten; dieser Teil ist ja sowieso erst nachträglich dazugekommen. Das Hauptgebäude bliebe vollkommen erhalten.«

»Glaubst du wirklich, das könnte funktionieren?« fragte Kim und sah sich um. Das Haus hatte einen unbestreitbaren Charme. Und es würde bestimmt Spaß machen, es neu einzurichten.

»Du mußt doch sowieso aus deiner Wohnung raus«, fuhr Edward fort. »Und eigentlich ist es doch eine Schande, dieses wunderschöne Haus leer stehen zu lassen. Früher oder später werden die Randalierer auch hier ihr Unwesen treiben und vielleicht irreparable Schäden anrichten.«

Sie machten noch einmal einen Rundgang durch das Haus, wobei sie sich diesmal in jedem Zimmer überlegten, wie man es wirklich wohnlich machen könnte. Edward war zusehends begeistert von der Idee, und auch Kim konnte ihr immer mehr abgewinnen.

»Stell dir nur vor, wie nah dir deine Vorfahren wären, wenn du hier wohnen würdest«, bemerkte Edward. »Ich würde nicht eine Minute zögern, hier einzuziehen.«

»Ich muß erst mal eine Nacht darüber schlafen«, sagte Kim schließlich. »Die Idee ist faszinierend, aber ich muß auch noch mit meinem Bruder darüber reden. Immerhin haben wir das Anwesen gemeinsam geerbt.«

»Eines ist mir noch unklar«, sagte Edward und schaute sich in der Küche um. »Wo haben die Bewohner früher ihre Vorräte aufbewahrt?«

»Wahrscheinlich im Keller«, erwiderte Kim.

»Ich dachte, es gäbe hier keinen Keller«, sagte Edward. »Als wir um das Haus gegangen sind, habe ich keinen Kellereingang gesehen. Und hier drinnen scheint auch keine Treppe nach unten zu führen.«

Kim ging um den Tisch herum und zog eine abgetretene Sisalmatte zur Seite. »In den Keller kommt man durch diese Falltür«, erklärte sie. Sie bückte sich, steckte ihren Finger durch ein Loch im Boden, zog die Falltür hoch und klappte sie zurück. Eine Leiter führte hinab in die Dunkelheit.

»Diese Falltür ruft viele Erinnerungen in mir wach«, erzählte sie. »Als wir Kinder waren, hat mein Bruder mir manchmal gedroht, mich in den Keller zu sperren. Die Falltür hatte es ihm wirklich angetan.«

»Ein netter Bruder«, bemerkte Edward. »Kein Wunder, daß du Panikanfälle hattest. Bei solchen Drohungen hätte es wohl jeder mit der Angst bekommen.«

Edward beugte sich vornüber und versuchte, einen Blick in den Keller zu werfen, doch er konnte kaum etwas erkennen.

»Er hat seine Drohungen nie ernst gemeint«, sagte Kim. »Er wollte mich nur ärgern. Eigentlich durften wir hier gar nicht spielen, und er wußte genau, daß ich Angst hatte. Du weißt doch, wie Kinder sind; es macht ihnen Spaß, sich gegenseitig einen Schrecken einzujagen.«

»Ich habe eine Taschenlampe im Auto«, sagte Edward. »Ich gehe und hole sie.«

Als er mit der Lampe zurück war, kletterte er die Leiter hinunter. Von unten sah er zu Kim hinauf und fragte, ob sie nicht runterkommen wolle.

»Soll ich wirklich?« fragte sie. Dann stieg sie ebenfalls hinab und blieb neben Edward stehen.

»Es ist kühl, feucht und muffig«, stellte er fest.

»Das kann man wohl sagen«, bemerkte Kim. »Was sollen wir hier unten?«

Der Keller war klein. Er umfaßte nur den Bereich unter der Küche. Die Wände waren aus flachen Steinen mit etwas Mörtel gemauert. Der Boden war aus Lehm. An der hinteren Wand standen mehrere Behältnisse, deren Seitenwände zum Teil aus Steinen, zum Teil aus Holz waren. Edward ging näher an die großen Kisten heran und leuchtete mit seiner Taschenlampe hinein. Kim blieb dicht neben ihm.

»Du hast recht«, sagte Edward. »Hier wurden die Vorräte aufbewahrt.«

»Was für Vorräte sie wohl damals hatten?« fragte Kim.

»Äpfel, Mais, Weizen, Roggen«, vermutete Edward. »Vielleicht auch Milchprodukte. Die Schinken haben sie wahrscheinlich im Anbau zum Trocknen aufgehängt.«

»Ist ja interessant«, bemerkte Kim ohne große Begeisterung. »Hast du alles gesehen?«

Edward beugte sich über einen der Vorratsbehälter und kratzte etwas von dem angetrockneten Schmutz ab. Dann rollte er das Klümpchen zwischen seinen Fingern. »Die Erde ist feucht«, stellte er fest. »Ich bin zwar kein Botaniker, aber ich gehe jede Wette ein, daß der Claviceps purpurea hier prächtig gedeihen würde.«

Jetzt wurde auch Kim neugierig und wollte wissen, ob man den Pilz irgendwie nachweisen könne.

Edward zuckte mit den Schultern. »Möglicherweise«, erwiderte er. »Das hängt davon ab, ob man hier tatsächlich Claviceps-Sporen findet. Ein Freund von mir ist Botaniker. Ich könnte ein bißchen von dem Zeug hier mitnehmen und ihn bitten, sich die Proben mal anzusehen.«

»In der Burg finden wir bestimmt ein paar passende Behälter«, sagte Kim.

»Okay, sehen wir mal nach.«

Sie verließen das alte Haus und machten sich auf den Weg zur Burg. Sie ließen das Auto stehen und gingen zu Fuß durch das kniehohe Gras. Heuschrecken sprangen vor ihnen auf, Schmetterlinge und Bienen tummelten sich im warmen Sonnenschein.

»Manchmal sehe ich in der Ferne Wasser glitzern«, bemerkte Edward.

»Das ist der Danvers River«, erklärte ihm Kim. »Früher reichte das Feld bis an das Ufer des Flusses.«

Sie näherten sich der Burg, und Edwards Ehrfurcht vor dem Gebäude wuchs mit jedem Schritt. »Es ist noch viel imposanter, als ich gedacht habe«, sagte er. »Da drüben ist ja sogar so etwas wie ein Burggraben.«

»Man hat mir erzählt, daß der Architekt sich vom Schloß Chambord in Frankreich hat inspirieren lassen«, erklärte Kim. »Die Burg ist wie ein ›U‹ geformt; die Gästezimmer sind im linken Flügel untergebracht und die Räume fürs Personal im rechten.«

Sie überquerten die Brücke, die über den ausgetrockneten Graben führte. Während Edward die gotischen Verzierungen am Eingangsportal bewunderte, kämpfte Kim wieder mit den zahlreichen Schlüsseln an ihrem Bund. Es dauerte eine Weile, bis sie schließlich den richtigen gefunden hatte und die Tür öffnen konnte.

Sie betraten eine eichengetäfelte Eingangshalle und gingen durch einen Bogen in den großen Salon. Der riesige Raum war zwei Stockwerk hoch, an jeder Seite befand sich eine Feuerstelle im gotischen Stil. Die Fenster hatten die Ausmaße von Kirchenfenstern; zwischen ihnen führte eine breite Treppe nach oben. Von oben her fiel durch ein Buntglasfenster mit einer Fensterrose ein ungewöhnlich helles Licht in den Raum.

Edward gab einen undefinierbaren Laut von sich. »Das ist einfach unglaublich«, sagte er ehrfürchtig. »Du hast mir gar nicht erzählt, daß sogar die Möbel noch hier sind.«

»Wir haben alles so gelassen, wie es war«, erklärte Kim.

»Wann ist dein Großvater denn gestorben?« fragte Edward. »Wenn man die Einrichtung betrachtet, fühlt man sich in die zwanziger Jahre zurückversetzt.«

»Er ist in diesem Frühjahr gestorben«, antwortete Kim. »Mein Großvater war ziemlich exzentrisch, vor allem nach dem Tod seiner Frau – und die ist vor circa vierzig Jahren gestorben. Ich glaube nicht, daß er irgend etwas verändert hat, seitdem er mit seinen Eltern hier gelebt hat. Es war übrigens sein Vater, der das Haus gebaut hat.«

Edward wanderte durch den Raum und ließ seinen Blick über die verschwenderische Ausstattung schweifen. Er entdeckte eine mittelalterliche Ritterrüstung und wollte wissen, ob sie echt sei.

»Ich habe keine Ahnung«, gestand Kim achselzuckend.

Edward ging zu einem der Fenster und betastete den Vorhand. »In meinem ganzen Leben habe ich noch nie so gewaltige Vorhänge gesehen«, bemerkte er. »Wieviel Stoff man dafür gebraucht hat – mindestens einen Kilometer.«

»Die Vorhänge sind sehr alt«, erklärte Kim. »Sie sind aus Seidendamast.«

»Zeigst du mir das Haus?« bat Edward.

»Komm mit«, sagte Kim.

Sie verließen den großen Salon und betraten die dunkel getäfelte Bibliothek. Sie war ebenfalls zweigeschossig, das Obergeschoß war über eine schmiedeeiserne Wendeltreppe zu erreichen. An die oberen Reihen der hohen Bücherregale gelangte man mit Hilfe einer Leiter, die sich auf einer Schiene bewegen ließ. Alle Bücher waren in Leder gebunden. »Genau so stelle ich mir eine Bibliothek vor«, gestand Edward. »Das ist der richtige Ort, um sich zurückzuziehen und in Ruhe zu lesen.«

Von der Bibliothek gingen sie weiter ins Eßzimmer. Die Decke war ebenso hoch wie im großen Salon, und auch hier gab es auf jeder Seite eine Feuerstelle. Überall an den Wänden hingen große Flaggen an Stangen.

»Historisch ist die Burg mindestens so wertvoll wie das alte Haus«, bemerkte Edward. »Ich komme mir vor wie in einem Museum.«

»Die wirklichen historischen Schätze sind im Weinkeller und auf dem Dachboden zu finden«, sagte Kim. »Dort lagern massenhaft alte Papiere.«

»Auch Zeitungen?« fragte Edward.

»Ja«, erwiderte Kim. »Aber vor allem Briefe und Dokumente.«

»Komm«, drängte Edward, »das schauen wir uns mal an.«

Über die Haupttreppe stiegen sie in die erste Etage hinauf, die man wegen der hohen Räume im Erdgeschoß eigentlich schon als die zweite Etage bezeichnen mußte. Eine kleinere Treppe führte weiter in die beiden oberen Stockwerke und zum Dachboden hinauf. Auch hier oben kostete es Kim einige Mühe, die Tür zu öffnen. Die Räume waren seit einer Ewigkeit nicht mehr betreten worden.

Der Dachboden war riesig. Bis auf die Ecktürme umfaßte er die gesamt U-förmige Grundfläche der Burg. Die hohen Türme hatten jeweils einen eigenen, kegelförmigen Dachboden. Die gewölbte Decke des Hauptdachbodens entsprach dem Profil des Dachs. Die vielen Mansardenfenster ließen reichlich Licht herein.

Kim und Edward gingen den mittleren Gang entlang, der zu beiden Seiten von unzähligen Aktenregalen, Schränken, Truhen und alten Überseekoffern gesäumt war. Hin und wieder blieb Kim stehen, um Edward zu zeigen, daß auch die Kisten und Koffer bis zum Rand mit Rechnungsbüchern, Journalen, Aktenmappen, Dokumenten, Korrespondenz, Fotos, Zeitungen und alten Magazinen gefüllt waren. Der Dachboden war eine wahre Fundgrube.

»Mit dem Papier, das hier lagert, könnte man locker mehrere Waggons füllen«, bemerkte Edward. »Weißt du, bis in welches Jahr die ältesten Dokumente zurückreichen?«

»Bis in die Zeit von Ronald Stewart«, antwortete Kim. »Schließlich hat er die Firma damals gegründet. Die meisten Sachen haben irgend etwas mit dem Geschäft zu tun, aber manchmal sind auch ein paar persönliche Briefe dazwischen. Mein Bruder und ich haben früher oft gewettet, wer das älteste Dokument findet. Wenn mein Großvater uns erwischt hat, war er sehr wütend, denn eigentlich durften wir hier nicht spielen.«

»Stapelt sich im Weinkeller auch so viel Papier?« wollte Edward wissen.

»Ich glaube, noch mehr«, erwiderte Kim. »Wir können ja mal runtergehen. Der Weinkeller ist wirklich sehenswert. Er ist im gleichen Stil eingerichtet wie das Haus.«

Über die Haupttreppe gingen sie wieder ins Eßzimmer hinunter. Dort öffneten sie eine schwere, mit großen, schmiedeeisernen Scharnieren befestigte Eichentür und stiegen die Stufen aus Granitstein in den Weinkeller hinab. Edward sah sofort, was Kim mit der Bemerkung gemeint hatte, der Weinkeller sei im gleichen Stil eingerichtet wie der Rest des Hauses. Er erinnerte an einen mittelalterlichen Kerker. An den Steinwänden hingen Wandleuchten, die wie Fackeln geformt waren. Der Keller war in lauter kleine Räume unterteilt, die an Zellen erinnerten. Überall standen Weinregale an den Wänden. Vor jedem dieser Verliese war eine Eisentür, die oben mit einer vergitterten Luke versehen war.

»Hier hat jemand einen seltsamen Humor gehabt«, bemerkte Edward, während sie den düsteren Gang entlanggingen. »Das einzige, was hier noch fehlt, sind Foltergeräte.«

»Mein Bruder und ich fanden das früher überhaupt nicht komisch«, sagte Kim. »Daß wir hier nichts zu suchen hatten, mußte uns Großvater nicht zweimal sagen. Wir wären nicht im Traum auf die Idee gekommen, freiwillig hier runterzugehen.«

»Und all diese Truhen sind vollgestopft mit alten Dokumenten?« wollte Edward wissen. »So wie oben auf dem Dachboden?«

»Ja«, erwiderte Kim. »Voll bis obenhin.«

Edward blieb stehen und stieß die Tür zu einem der zellenähnlichen Räume auf. Die Weinregale waren größtenteils leer und mit Aktenschränken, Bücherregalen und Truhen verbaut worden. Er zog eine der wenigen Flaschen aus dem Regal.

»Mein Gott!« rief er. »Jahrgang achtzehnhundertsechsundneunzig! Der Wein dürfte ganz schön wertvoll sein.«

Kim schüttelte den Kopf. »Das bezweifle ich«, sagte sie. »Wahrscheinlich ist der Korken längst zerbröselt. Seit einem halben Jahrhundert hat sich niemand mehr um den Wein gekümmert.«

Edward legte die verstaubte Flasche zurück und zog die Schublade eines Aktenschrankes heraus. Er griff in den Papierberg und zog ein Zolldokument aus dem neunzehnten Jahrhundert hervor. Beim nächsten Versuch hielt er einen Seefrachtbrief aus dem achtzehnten Jahrhundert in den Händen.

»Hier ist anscheinend nie etwas sortiert worden«, stellte er fest.

»Das stimmt leider«, gestand Kim. »Was die Papiere angeht, herrscht das absolute Chaos. Jedesmal, wenn die Stewarts ein neues Haus gebaut haben und umgezogen sind, mußten alle Papiere mitwandern. So ist im Laufe der Jahrhunderte alles durcheinandergeraten.«

Um ihre Aussage zu bekräftigen, öffnete sie eine andere Schublade und zog ein weiteres Dokument heraus, einen Seefrachtbrief. Sie reichte ihn Edward und wies ihn auf das Datum hin.

»Das gibt's doch gar nicht!« rief er. »Sechszehnhundertneunundachtzig. Das war ja noch drei Jahre vor der großen Hexenhysterie.«

»Da siehst du, was hier für ein Durcheinander herrscht«, sagte Kim. »Wir haben drei Papiere herausgezogen, und jedes stammt aus einem anderen Jahrhundert.«

»Ich glaube, das hier ist die Unterschrift von Ronald«, bemerkte Edward und zeigte Kim den Schriftzug auf dem Dokument. Sie stimmte ihm zu.

»Ich habe eine Idee«, sagte sie. »Du hast mich so neugierig gemacht, daß ich wirklich gerne mehr über diese mysteriöse Hexengeschichte erfahren möchte. Vor allem möchte ich wissen, was meiner Vorfahrin Elizabeth widerfahren ist. Vielleicht findet sich ja in diesen alten Papieren etwas über sie.«

»Du meinst, warum sie zum Beispiel nicht auf dem Familienfriedhof beerdigt wurde?« fragte Edward.

»Das und vieles mehr«, erwiderte Kim. »Ich möchte gerne wissen, was es mit dieser ganzen Geheimnistuerei auf sich hat. Mich interessiert auch, ob man sie wirklich hingerichtet hat. Du hast ja vorhin selber gesagt, daß sie in dem Buch, das du mir gegeben hast, gar nicht erwähnt wird. Je mehr ich darüber nachdenke, desto geheimnisvoller kommt mir die ganze Geschichte vor.«

Edward ließ seinen Blick durch die Zelle schweifen. »Es wird eine Ewigkeit dauern, das alles durchzuarbeiten«, stellte er fest. »Und am Ende könnte sich herausstellen, daß es pure Zeitverschwendung war, weil die meisten Dokumente Geschäftsunterlagen sind.«

»Aber es wäre eine Herausforderung«, entgegnete Kim. Sie war zunehmend von ihrer Idee begeistert und wühlte schon wieder in einer Schublade. »Ich glaube, es würde mir wirklich Spaß machen, hier herumzustöbern. Es wäre eine neue Erfahrung der Selbstfindung für mich – oder, wie du drüben im alten Haus gesagt hast, eine Möglichkeit, meinen Vorfahren näherzukommen.«

Während Kim weiter in den Papieren blätterte, schaute Edward sich weiter im Weinkeller um. Er knipste die Taschenlampe an, weil die meisten Glühbirnen längst ihren Geist aufgegeben hatten. Edward steckte seinen Kopf durch die Tür der hintersten Zelle und leuchtete in den Raum hinein. Auch hier schien es vor allem Aktenschränke, Regale, Truhen und Kisten zu geben. Doch im hintersten Winkel des Raumes lehnte etwas an der Wand, das ihn neugierig machte: Es sah aus wie ein Ölgemälde.

Vorsichtig hob er es hoch und trug es hinaus in den Kellergang, wo er es gegen die Wand lehnte. Auf dem Bild war eine attraktive junge Frau zu sehen; es war ein schönes Bild, auch wenn der Malstil etwas steif und primitiv war.

Am unteren Rand des Gemäldes entdeckte Edward ein kleines Namensschildchen aus Zinn. Er rubbelte mit einer Fingerspitze den Dreck weg und beleuchtete die Stelle. Dann nahm er das Bild und trug es hinüber zu Kim.

»Sieh dir mal an, was ich gefunden habe«, sagte er. Er lehnte das Bild gegen einen Aktenschrank und richtete den Strahl seiner Lampe auf das Zinnschildchen.

Kim drehte sich um und betrachtete das Bild. Sie spürte, daß Edward aufgeregt war. Neugierig las sie das hell beleuchtete Namensschild.

»Du liebe Güte!« rief sie. »Das ist ja Elizabeth.«

Erfreut über die sensationelle Entdeckung trugen sie das Gemälde nach oben, um es im großen Salon bei besserem Licht betrachten zu können.

»Weißt du, was mich am meisten verblüfft?« fragte Edward. »Elizabeth sieht dir total ähnlich, vor allem hat sie die gleichen grünen Augen.«

»Sie hat vielleicht die gleiche Augenfarbe«, gab Kim zu. »Aber Elizabeth war viel hübscher als ich; und wie man sieht, hat die Natur sie etwas üppiger ausgestattet als mich.«

»Was man schön findet, ist natürlich Geschmackssache«, bemerkte Edward. »Und in meinen Augen ist es umgekehrt: Du bist die hübschere von euch beiden.«

Kim starrte auf das Portrait ihrer berüchtigten Vorfahrin. »Es gibt wirklich ein paar Ähnlichkeiten«, sagte sie. »Sie scheint genauso widerspenstige Haare gehabt zu haben wie ich, und auch unsere Gesichtsformen ähneln sich.«

»Ihr könntet glatt als Schwestern durchgehen«, stimmte Edward ihr zu. »Es ist wirklich ein schönes Bild. Ich frage mich, warum man es in den letzten Kellerwinkel verbannt hat? Es gefällt mir viel besser als die meisten anderen Gemälde in diesem Haus.«

»Es ist seltsam«, stellte Kim fest. »Mein Großvater hat sicher von dem Bild gewußt; aber meiner Mutter zuliebe hat er es bestimmt nicht in den Keller verbannt. Die beiden konnten sich nicht ausstehen.«

»Von der Größe her könnte das Bild genau an die Stelle passen, die uns über dem Kaminsims im alten Haus aufgefallen ist«, stellte Edward fest. »Wollen wir es mal mit nach drüben nehmen und ausprobieren, ob es da gehangen hat?«

Edward wollte schon losmarschieren, doch Kim hielt ihn zurück und erinnerte ihn daran, weswegen sie eigentlich hergekommen waren. Edward stellte das Gemälde wieder ab, und sie gingen in die Küche. In der Speisekammer fand Kim schließlich drei Plastikschüsseln mit Deckel.

Dann machten sie sich mit dem Bild auf den Weg zum alten Haus. Kim bestand darauf, das Gemälde zu tragen. Mit seinem schmalen schwarzen Rahmen war es nicht besonders schwer.

»Irgendwie habe ich ein komisches Gefühl«, sagte Kim im Gehen. »Aber es ist ein gutes Gefühl. Es kommt mir beinahe so vor, als sei eine lange verschollen geglaubte Verwandte wieder aufgetaucht.«

»Es ist wirklich ein komischer Zufall«, stimmte Edward ihr zu. »Vor allem wenn man bedenkt, daß wir ja im Grunde ihretwegen gekommen sind.«

Plötzlich blieb Kim stehen. Sie hielt das Bild mit gestreckten Armen vor sich und starrte in Elizabeths Gesicht.

»Was ist los?« fragte Edward.

»Ich mußte einfach darüber staunen, wie ähnlich wir uns sehen«, sagte Kim. Sie starrte weiter auf das Bild, aber plötzlich machte sie einen Satz nach vorne.

»Ist alles in Ordnung?« fragte Edward und legte ihr beruhigend eine Hand auf die Schulter.

Kim schüttelte den Kopf und atmete tief durch. »Mir ist gerade etwas Furchtbares durch den Kopf gegangen«, gestand sie.

»Ich habe mir vorzustellen versucht, wie man sich fühlt, wenn man weiß, daß man gehängt wird.«

»Laß mich lieber das Bild tragen«, sagte Edward. »Du kannst die Plastikbehälter nehmen.«

Kim willigte ein, und sie gingen weiter.

»Es muß an der Hitze liegen«, versuchte Edward die Stimmung wieder etwas aufzuheitern. »Oder vielleicht hast du auch nur Hunger. Dann kann die Phantasie schon mal mit einem durchgehen.«

»Ich bin wirklich etwas erschüttert, weil wir dieses Bild gefunden haben«, gab Kim zu. »Mir ist so, als ob Elizabeth über die Jahrhunderte hinweg versuchen würde, mir etwas mitzuteilen – vielleicht will sie mich bitten, ihren Ruf wiederherzustellen.«

Edward starrte sie ungläubig an, während sie nebeneinander durch das hohe Gras stapften. »Machst du Witze?« fragte er.

»Nein, überhaupt nicht«, antwortete sie. »Du hast doch auch festgestellt, was für ein seltsamer Zufall es ist, daß wir dieses Bild gefunden haben. Ich glaube nicht, daß es nur Zufall war. Überleg doch mal! Diese Entdeckung – es muß ein tieferer Grund dahinterstecken.«

»Leidest du nur vorübergehend unter abergläubischen Anwandlungen, oder bist du immer so?« wollte Edward wissen.

»Ich weiß nicht«, sinnierte Kim. »Ich versuche nur, die Dinge zu verstehen.«

»Glaubst du an außersinnliche Wahrnehmungen oder an Gedankenübertragung?« fragte Edward neugierig.

»Darüber habe ich noch nie nachgedacht«, mußte Kim gestehen. »Glaubst du daran?«

Edward mußte lachen. »Wenn du meine Fragen so geschickt an mich zurückgibst, kommst du mir vor wie eine Psychologin. Jedenfalls glaube ich nicht an übernatürliche Kräfte. Ich bin Wissenschaftler. Ich glaube an alles, was man rational beweisen und durch Experimente wiederholen kann. Ich bin weder religiös noch abergläubisch. Und wenn ich jetzt behaupte, daß die beiden letztgenannten Eigenschaften eng miteinander verbunden sind, hältst du mich wahrscheinlich für einen Zyniker.«

»Ich bin auch nicht sehr religiös«, sagte Kim. »Trotzdem kann ich mir vorstellen, daß es übernatürliche Kräfte gibt.«

Sie waren am alten Haus angekommen. Kim hielt Edward die

Tür auf, damit er das Gemälde in den Salon tragen konnte. Als er es über den Kamin hielt, bestätigte sich seine Vermutung: Es paßte genau in den vom Rauch gezeichneten Rahmen.

»Jetzt wissen wir zumindest, daß das Bild einmal hier gehangen hat«, stellte Edward fest und ließ es auf dem Kaminsims stehen.

»Und ich werde dafür sorgen, daß es bald wieder seinen angestammten Platz einnehmen kann«, bemerkte Kim. »Elizabeth hat es verdient, wieder in ihr Haus zurückzukehren.«

»Heißt das, daß du das Haus renovieren willst?«

»Vielleicht«, erwiderte Kim. »Aber erst muß ich mit meiner Familie darüber sprechen. Vor allem mit meinem Bruder.«

»Ich finde die Idee jedenfalls hervorragend«, sagte Edward. Dann nahm er die Plastikbehälter und ging noch mal in den Keller, um die Schmutzproben zu holen. An der Tür blieb er stehen.

»Falls ich da unten wirklich Spuren von Claviceps purpurea finde«, sagte er mit einem trockenen Lächeln, »dann dürfte diese Entdeckung zumindest eines zur Folge haben: Die Geschichten über die Hexenprozesse von Salem werden endlich ihren übernatürlichen Touch verlieren.«

Kim gab keine Antwort. Sie stand vor dem Portrait Elizabeths und war tief in Gedanken versunken. Edward zuckte mit den Schultern. Dann ging er in die Küche und stieg in den dunklen, feucht-kühlen Keller hinab.

# Kapitel 3

*Montag, 18. Juli 1994*

Wie immer herrschte in Edward Armstrongs Labor in der medizinischen Fakultät der Harvard University an der Longfellow Avenue hektisches Treiben. Inmitten futuristischer High-Tech-Instrumente liefen eine Menge Menschen in weißen

Kitteln hin und her. Auf einen Außenstehenden wirkte der Laborbetrieb chaotisch, doch jeder Insider wußte, daß an diesem Ort kontinuierlich gearbeitet wurde.

Obwohl neben Edward auch andere Wissenschaftler hier arbeiteten, hatte in der letzten Zeit alles an ihm gehangen; längst hatten seine Kollegen das Labor liebevoll »Armstrongs Imperium« getauft. In der Welt der Wissenschaft hielt man ihn für ein Genie; darüber hinaus galt Edward auf dem Gebiet der synthetischen Chemie und der Neurowissenschaft als eine Koryphäe, weshalb sich die Bewerbungen um eine der wenigen Doktoranden- und Assistentenstellen bei ihm stapelten. Da seine Laborkapazitäten, sein Budget und seine eigene Zeit begrenzt waren, konnte er nicht alle einstellen; nur die besten und intelligentesten Studenten und Wissenschaftler schafften es, in Edwards Forschungsteam aufgenommen zu werden.

Die anderen Professoren hielten ihn für einen Masochisten. Er betreute nämlich nicht nur die größte Anzahl an Doktoranden; er bestand auch darauf, im Sommersemester eine Chemievorlesung für die Studenten im Grundstudium abzuhalten. Kein anderer Professor wäre jemals auf eine solche Idee gekommen. Doch Edward hielt es für seine Pflicht, die jungen Studenten so früh wie möglich für ihr Fach zu begeistern.

Edward hatte gerade eine seiner berühmten Grundvorlesungen beendet und eilte zurück in sein Allerheiligstes. Als er eine der Seitentüren zum Labor öffnete, wurde er sofort wie ein Tierwärter im Käfig von seinen Promotionsstudenten umringt. Sie arbeiteten alle an verschiedenen Aspekten eines gemeinsamen Forschungsziels, das Edward vorgegeben hatte; sie versuchten die genaue Funktionsweise des Kurz- und Langzeitgedächtnisses zu erklären. Edward wurde mit Problemen und Fragen bedrängt, die er kurz und bündig beantwortete, um seine Mitarbeiter dann zügig an ihre Forschungsarbeiten zurückzuschicken.

Als er den letzten Studenten abgefertigt hatte, ging er zu seinem eigenen Schreibtisch. Da er es als eine sinnlose Verschwendung dringend benötigter Arbeitsflächen betrachtete, hatte er auf ein eigenes Büro verzichtet. Er gab sich mit einer Ecke zufrieden, in der es nicht mehr gab als eine schlichte Arbeitsfläche, ein paar Stühle, einen Computer und einen Aktenschrank. Eleanor Youngman kam zu ihm herüber, eine promovierte Biochemikerin, mit der er seit vier Jahren zusammenarbeitete und die er zu seiner Assistentin auserkoren hatte.

»Du hast Besuch«, sagte Eleanor, »er wartet im Sekretariat.«

Edward legte seine Vorlesungsunterlagen auf den Tisch, zog sein Tweedjackett aus und einen weißen Laborkittel an. »Ich habe keine Zeit für Besucher.«

»Ich fürchte, daß du diesen Gast nicht abwimmeln kannst.«

Edward sah sie neugierig an. Sie grinste und stand offenbar kurz davor, in lautes Lachen auszubrechen. Eleanor war hellblond und wirkte sehr lebendig und intelligent. Sie kam aus Oxnard, Kalifornien, und man hätte sie eigentlich eher im Kreise braungebrannter Surfer vermutet. Doch der Schein trügte, denn mit dreiundzwanzig Jahren hatte sie an der Universität von Berkeley ihren Doktortitel in Biochemie erhalten. Edward hielt nicht nur wegen ihrer Intelligenz große Stücke auf sie; sie ging auch voll und ganz in ihrer Arbeit auf. Sie bewunderte ihn und war davon überzeugt, daß er mit Hilfe der Quantenmechanik bald den entscheidenden Sprung nach vorn machen und die Funktionsweise der Neurotransmitter und deren Wirkung auf die Gefühle und das Gedächtnis vollends würde erklären können.

»Wer, in Gottes Namen, ist es denn?« wollte Edward wissen.

»Stanton Lewis«, sagte Eleanor. »Ich muß mich jedesmal halb totlachen, wenn er kommt. Diesmal wollte er mich dazu bringen, in eine neue Chemiezeitschrift zu investieren; sie soll *Bonding* heißen und sich regelmäßig einem ›Molekül des Monats‹ widmen – mit ausklappbarem Modell! Ich weiß nie, wann er mich auf den Arm nimmt und wann er es ernst meint.«

»Das hat er bestimmt nicht ernst gemeint«, sagte Edward. »Er flirtet gerne mit dir, das ist alles.«

Er sah schnell seine Post durch, doch es schien nichts Weltbewegendes dabei zu sein. »Gibt's irgendwelche Probleme im Labor?« fragte er.

»Ich fürchte, ja«, erwiderte Eleanor. »Das neue Kapillar-Elektrophorese-System, mit dem wir die elektrokinetische Mizellen-Kapillar-Chromatographie durchführen, spielt mal wieder verrückt. Soll ich den Vertreter von Bio-Rad bestellen?«

»Laß nur«, sagte Edward. »Ich schau es mir gleich an. Von mir aus kannst du Stanton jetzt reinschicken. Dann kann ich die beiden Probleme vielleicht in einem Aufwasch erledigen.«

Edward befestigte das Strahlungsdosimeter am Revers seines Kittels und ging zu dem Chromatographen. Er versuchte es mit den verschiedensten Steuerbefehlen, doch irgend etwas schien definitiv nicht in Ordnung zu sein. Aus unerfindlichem Grund stürzte das Set-up-Menü ständig ab.

Edward war so in seine Arbeit vertieft, daß er Stanton gar nicht wahrnahm. Erst als dieser ihm zur Begrüßung kräftig auf den Rücken schlug, merkte er, daß sein alter Freund neben ihm stand.

»Hi, Kumpel! Ich habe eine Überraschung für dich, die dich umhauen wird!« Stanton reichte Edward eine Hochglanzbroschüre, die in einer Plastikhülle steckte.

»Was ist das?« fragte Edward, während er nach der Broschüre griff.

»Das, worauf du schon lange gewartet hast«, verkündete Stanton. »Der Prospekt über Genetrix.«

Edward lächelte und schüttelte den Kopf. »Du willst es einfach nicht begreifen.« Dann legte er die Broschüre zur Seite und widmete sich erneut dem Chromatographie-Computer.

»Wie ist denn dein Rendezvous mit Schwester Kim gewesen?« fragte Stanton.

»Gut«, erwiderte Edward. »Deine Cousine ist eine Wahnsinnsfrau.«

»Seid ihr schon miteinander ins Bett gegangen?« bohrte Stanton weiter.

Edward drehte sich abrupt um. »Das geht dich einen feuchten Kehricht an.«

»Mein Gott«, stöhnte Stanton mit einem breiten Grinsen. »Dich kann man aber leicht auf die Palme bringen. Wenn ich es richtig verstehe, heißt das wohl, daß ihr euch ineinander verknallt habt. Sonst wärst du sicher nicht so empfindlich.«

»Du ziehst mal wieder voreilige Schlüsse«, entgegnete Edward mit einem leichten Stottern.

»Nun komm schon«, drängte Stanton seinen Freund. »Ich kenne dich doch. Du warst schon früher so. Wenn es um dein Labor oder um die Wissenschaft geht, spielst du dich auf wie ein kleiner Napoleon. Aber wehe, du begegnest einer Frau. Dann bist du ein richtiger Waschlappen. Ich begreife das nicht. Aber jetzt raus mit der Sprache. Euch hat's erwischt, hab' ich recht?«

»Kim ist großartig«, stammelte Edward. »Wir waren am Freitag abend zusammen essen.«

»Na bitte!« rief Stanton. »Das ist doch genauso gut, wie zusammen ins Bett zu gehen.«

»Warum mußt du nur immer so übertreiben?«

»Ich übertreibe nicht«, erwiderte Stanton. »Ich bin echt begeistert. Ich wollte, daß du mir einen Gefallen schuldest – und genau das habe ich erreicht. Der Preis dafür, daß ich dich mit meiner netten Cousine bekannt gemacht habe, ist gar nicht so hoch. Du mußt nur diese Broschüre lesen.«

Stanton nahm den Prospekt und drückte ihn Edward noch einmal in die Hand.

Edward seufzte. Diesmal hatte er verloren. »Okay«, willigte er ein, »ich werde mir die verdammte Broschüre irgendwann ansehen.«

»Wunderbar«, sagte Stanton. Du solltest ein wenig über die Firma wissen, da ich dir fünfundsiebzigtausend Dollar im Jahr als Mitglied des wissenschaftlichen Beirats zahlen würde; außerdem hättest du natürlich Anspruch auf einen Anteil der Aktien.«

»Ich habe keine Zeit, an irgendwelchen bekloppten Versammlungen teilzunehmen«, entgegnete Edward.

»Wer sagt denn, daß du jemals zu irgendeiner Versammlung kommen mußt?« wollte Stanton wissen. »Ich will einfach nur deinen Namen erwähnen dürfen, wenn ich mit Genetrix an die Börse gehe.«

»Aber warum in aller Welt?« fragte Edward. »Molekularbiologie und Biotechnologie sind doch nicht meine Fachgebiete.«

»Herrgott noch mal!« brüllte Stanton. »Wie kann man nur so naiv sein! Du bist eine wissenschaftliche Berühmtheit. Es ist doch völlig egal, ob du überhaupt was von Molekularbiologie verstehst. Das einzige, was zählt, ist dein Name.«

»Ein *bißchen* was von Molekularbiologie verstehe ich allerdings«, entgegnete Edward wütend.

»Nun reg dich doch nicht auf«, versuchte Stanton ihn zu besänftigen. Dann zeigte er auf den Chromatographen, an dem Edward herumbastelte. »Was, zum Teufel, ist das eigentlich für eine Maschine?«

»Das ist ein Kapillar-Elektrophorese-Gerät«, erwiderte Edward.

»Und was macht man mit so einem Ding?«

»Mit der Anlage kann man ein relativ neues Trennungsverfahren durchführen«, erklärte Edward. »Man wendet es an, um Verbindungen zu trennen und zu identifizieren.«

»Und was ist an dem Verfahren neu?« fragte Stanton und fingerte an der Plastikummantelung der Zentraleinheit herum.

»Es ist nicht vollkommen neu«, erwiderte Edward. »Vom Prinzip her funktioniert es genauso wie die herkömmliche Elektrophorese; allerdings erlaubt der geringe Durchmesser der Kapillare bei diesem Gerät, auf ein Antikonvektionsmittel zu verzichten, da die Wärmeabstrahlung voll ausgenutzt wird.«

Stanton machte eine abwehrende Handbewegung. »Okay, mir reicht's«, sagte er. »Da kann ich beim besten Willen nicht mehr mitreden. Sag mir einfach nur, ob das Ding funktioniert.«

»Es funktioniert großartig«, erwiderte Edward und wandte sich wieder dem Gerät zu. »Normalerweise jedenfalls. Im Moment streikt es.«

»Vielleicht ist der Stecker nicht drin?« sagte Stanton.

Edward verdrehte verzweifelt die Augen.

»Ich wollte dir ja nur helfen«, scherzte Stanton.

Edward nahm den Deckel des Geräts ab und inspizierte das Karussell mit den vielen Glasfläschchen. Er sah sofort, daß eines der Probefläschchen nicht richtig in seiner Halterung steckte und deshalb die Drehung des Karussells verhinderte. »Ist das nicht wunderbar?« rief er erfreut. »Ein Handgriff nur, und schon ist das Problem gelöst!« Er steckte das Glasröhrchen an den vorgesehenen Platz, woraufhin sich das Karussell sofort in Bewegung setzte. Dann machte er den Deckel wieder zu.

»Ich kann mich also darauf verlassen, daß du dir die Broschüre ansiehst?« erinnerte Stanton seinen Freund noch einmal. »Und denk auch über mein Angebot nach.«

»Der Gedanke, daß ich mit Nichtstun soviel Geld verdienen soll, behagt mir nicht besonders«, bemerkte Edward.

»Warum denn nicht?« wollte Stanton wissen. »Wenn sich Spitzenathleten von Turnschuhfirmen verpflichten lassen – warum sollen Wissenschaftler sich ihren guten Namen nicht auch vergolden lassen?«

»Ich denke darüber nach«, versprach Edward.

»Mehr kann ich wohl nicht verlangen«, sagte Stanton resigniert. »Ruf mich an, wenn du den Prospekt gelesen hast. Und vergiß nicht: Ich kann dich reich machen.«

»Bist du mit dem Auto gekommen?« wollte Edward wissen.

»Nein, mit der Concorde«, entgegnete Stanton spitz. »Natürlich bin ich mit dem Auto hier. Was für ein kläglicher Versuch, das Thema zu wechseln!«

»Kannst du mich vielleicht bis zum Hauptgebäude mitnehmen?« fragte Edward.

Fünf Minuten später saß er neben Stanton in dessen Mercedes 500 SEL. Stanton startete und machte eine schnelle Hundertachtzig-Grad-Wendung. Er hatte auf der Huntington Avenue in der Nähe der Countway Medical Library geparkt. Sie fuhren über den Fenway und bogen dann in den Storrow Drive ein.

»Ich möchte dich etwas fragen«, begann Edward, nachdem sie eine Weile wortlos nebeneinandergesessen hatten. »Bei unserem Abendessen neulich hast du doch von Kims Vorfahrin Elizabeth Stewart gesprochen. Bist du sicher, daß man sie wegen Hexerei gehängt hat? Oder beruht die ganze Geschichte auf einem Gerücht, das sich so lange gehalten hat, bis die Familie schließlich daran geglaubt hat?«

»Beschwören kann ich es nicht«, erwiderte Stanton. »Ich weiß nur, was man mir erzählt hat.«

»Ich kann ihren Namen nämlich in keinem der gängigen Bücher finden«, erklärte Edward. »Und es gibt jede Menge Abhandlungen über das Thema.«

»Meine Tante hat mir die Geschichte erzählt«, sagte Stanton. »Wie sie sagt, hüten die Stewarts die Affäre schon seit Menschengedenken wie ein Staatsgeheimnis. Jedenfalls haben sie die Geschichte nicht erfunden, um sich interessant zu machen.«

»Okay«, sagte Edward. »Nehmen wir mal an, Elizabeth ist wirklich gehängt worden. Warum, zum Teufel, sollte sich die Familie heute noch dafür schämen? Es ist doch eine Ewigkeit her. Bei den Kindern und Enkeln von Elizabeth hätte man das ja noch verstehen können, aber doch nicht dreihundert Jahre später.«

Stanton zuckte mit den Schultern. »Ich habe keine Ahnung«, sagte er. »Wahrscheinlich wäre es besser gewesen, ich hätte den Mund gehalten. Meine Tante wird mir den Kopf abreißen, wenn sie erfährt, daß ich die Geschichte ausposaunt habe.«

»Am Anfang wollte nicht einmal Kim mit mir darüber reden«, sagte Edward.

»Das liegt wahrscheinlich an ihrer Mutter«, erklärte Stanton. »Sie hat es mit dem Ruf der Familie und all dem Firlefanz der besseren Gesellschaft immer peinlich genau genommen. Sie ist eine sehr eigentümliche Dame.«

»Ich war mit Kim in Salem, und sie hat mir das Familienanwesen gezeigt«, berichtete Edward. »Wir haben sogar das Haus besichtigt, in dem Elizabeth wahrscheinlich damals gelebt hat.«

Stanton starrte Edward entgeistert an. Dann schüttelte er bewundernd den Kopf. »Alle Achtung«, sagte er. »Du hast sie ja verdammt schnell rumgekriegt, Tiger!«

»Es war alles ganz harmlos«, wehrte Edward ab. »Offenbar geht deine schmutzige Phantasie mal wieder mit dir durch. Für mich war der Besuch ziemlich faszinierend, und Kim ist seitdem Feuer und Flamme, alles über Elizabeth zu erfahren.«

»Ihre Mutter wird davon wahrscheinlich nicht sehr angetan sein«, warf Stanton ein.

»Vielleicht kann ich dazu beitragen, daß die Stewarts mit dieser Geschichte endlich ins reine kommen«, fuhr Edward fort. Er öffnete die Tasche auf seinem Schoß und holte einen der Plastikbehälter heraus, die er und Kim aus Salem mitgebracht hatten. Er erklärte Stanton, was sich in dem Gefäß befand.

»Du mußt dich wirklich bis über beide Ohren verliebt haben«, bemerkte Stanton. »Sonst würdest du nicht soviel von deiner kostbaren Zeit investieren.«

»Ich glaube, daß ich die Hexenhysterie erklären kann, die damals in Salem herrschte«, erläuterte Edward. »Wahrscheinlich haben die Menschen an einer Krankheit gelitten, die man Ergotismus nennt. Wenn ich diese Theorie beweisen könnte, wäre endlich Schluß mit der Stigmatisierung, unter der so viele Leute noch immer zu leiden scheinen. Und auch die Stewarts müßten sich nicht mehr ihrer Vorfahrin schämen.«

»Ich glaube immer noch, daß du dich ziemlich verknallt haben mußt«, sagte Stanton. »Diese Theorie ist doch nur eine Rechtfertigung für den ganzen Aufwand, den du betreibst. Für mich machst du keinen Finger krumm – nicht einmal, wenn ich dich mit Geld überschütten will.«

Edward seufzte. »Also gut«, sagte er. »Wenn du es genau wissen willst: Als Neurowissenschaftler bin ich einfach davon fasziniert, daß das Drama von Salem möglicherweise von einem Halluzinogen verursacht worden sein könnte.«

»Ich verstehe«, erwiderte Stanton. »Allerdings muß man kein Neurowissenschaftler sein, um sich für die Geschichte zu interessieren. Die Faszination, die von dieser Hexengeschichte ausgeht, ist durchaus universell.«

»Aha, der Unternehmer gibt sich als Philosoph«, bemerkte Edward lachend. »Vor fünf Minuten hätte ich das noch für unmöglich gehalten. Erklär mir doch mal, was du mit ›universeller Faszination‹ meinst.«

»Hexengeschichten sind schaurig und zugleich verlockend«, erklärte Stanton. »Die Leute lieben so etwas. Du kannst dieses Phänomen vielleicht mit den ägyptischen Pyramiden vergleichen, die eben nicht nur ein paar Steinhaufen sind; sie verkörpern viel mehr. Für uns sind sie wie ein Tor in die Welt des Übernatürlichen.«

»Da bin ich aber anderer Meinung«, widersprach Edward und packte die Schmutzprobe wieder ein. »Ich bin Wissenschaftler und auf der Suche nach einer rationalen Erklärung.«

»Was für ein Unsinn«, seufzte Stanton resigniert.

Als sie die Divinity Avenue in Cambridge erreichten, hielt er an, und Edward stieg aus. Bevor er die Tür zuschlug, mahnte Stanton ihn noch einmal, unbedingt den Genetrix-Prospekt zu lesen.

Edward ging um die Divinity Hall herum und betrat die Biologielabors der Harvard University. Die Fachbereichssekretärin wies ihm den Weg zum Büro Kevin Scrantons. Kevin und er waren zusammen an der Universität von Wesleyan gewesen, doch sie hatten sich nicht mehr gesehen, seit Edward in Harvard unterrichtete.

Sie plauderten zehn Minuten über die alten Zeiten, dann erst stellte Edward die drei Behälter auf den Schreibtisch.

»Ich möchte dich bitten zu prüfen, ob in dem Schmutz irgendwelche Claviceps-purpurea-Sporen sind«, sagte Edward.

Kevin nahm einen der Behälter und öffnete den Deckel. »Und warum willst du das wissen?« fragte er, während er die Probe betastete.

»Darauf würdest du im Traum nicht kommen«, erwiderte Edward. Er erzählte Kevin, wo er die Proben entnommen hatte und daß sie womöglich mit den Hexenprozessen von Salem in Verbindung gebracht werden konnten. Mit Rücksicht auf Kim verschwieg er den Namen Stewart.

»Klingt ja wirklich spannend«, sagte Kevin, als Edward mit seiner Geschichte fertig war. Dann stand er auf und begann die feuchte Schmutzprobe für eine mikroskopische Untersuchung zu präparieren.

»Ich würde gerne einen kleinen Artikel in *Science* oder *Nature* darüber veröffentlichen«, sagte Edward. »Vorausgesetzt natürlich, daß wir tatsächlich Claviceps-Sporen nachweisen können.«

Kevin schob das feuchte Präparat unter sein Mikroskop und sah sich die Probe genau an. »Ich kann jede Menge Sporen erkennen, aber das ist natürlich nicht ungewöhnlich.«

»Und wie kann man feststellen, ob auch Claviceps-Sporen darunter sind?« wollte Edward wissen.

»Da gibt es verschiedene Möglichkeiten«, erklärte Kevin. »Wie schnell brauchst du das Ergebnis?«

»So schnell wie möglich«, erwiderte Edward.

»Eine DNA-Analyse wäre ziemlich zeitaufwendig«, sagte Kevin. »Wahrscheinlich befinden sich in jeder Probe drei- bis fünftausend verschiedene Sporenarten. Wenn wir ganz sicher sein wollen, daß auch Claviceps-Sporen dabei sind, müßten wir versuchen, Claviceps zu züchten. Das wird zwar nicht ganz einfach sein, aber ich werde mein Bestes versuchen.«

Edward erhob sich von seinem Stuhl. »Tu, was du kannst. Und vielen Dank einstweilen.«

Kim gönnte sich eine kurze Verschnaufpause. Da ihre Hände in sterilen Handschuhen steckten, mußte sie ihren Arm zu Hilfe nehmen, um sich die Haare aus der Stirn zu streichen. Auf der chirurgischen Intensivstation war es wie immer sehr hektisch zugegangen. Die Arbeit erforderte zwar viel Kraft, aber Kim empfand sie als sehr befriedigend. Doch jetzt war sie erschöpft und sehnte sich nach ihrem Feierabend; in zwanzig Minuten hatte sie Dienstschluß. In diesem Moment wurde ihre kurze Pause jäh unterbrochen, als Kinnard Monihan einen neuen Patienten auf die Station brachte.

Gemeinsam mit ein paar anderen Schwestern, die nicht dringend woanders gebraucht wurden, eilte Kim hinzu, um den neuen Patienten zu versorgen. Kinnard ließ den Kranken nicht aus den Augen; auch ein Anästhesist war noch hinzugekommen. Während Kim und Kinnard sich um den Patienten kümmerten, vermieden sie jeden Augenkontakt. Doch Kim spürte seine Anwesenheit mehr als deutlich. Kinnard war ein großer, drahtig wirkender Mann mit scharfen, kantigen Gesichtszügen. Er war achtundzwanzig Jahre alt und ständig in Bewegung. Man hätte ihn eher für einen trainierenden Boxer halten können als für einen Arzt, der mitten in seiner Fachausbildung zum Chirurgen steckte.

Als der Patient versorgt war, machte Kim sich auf den Weg zur Stationsaufnahme. Plötzlich spürte sie eine Hand auf ihrem Arm. Sie drehte sich um und blickte in Kinnards große, dunkle Augen.

»Bist du mir immer noch böse?« fragte er. Ihm bereitete es offenbar keinerlei Probleme, auch heikle Themen mitten auf der Intensivstation anzusprechen.

Kim sah zur Seite. Sie spürte, wie die Angst in ihr hochkroch. Sie war völlig durcheinander.

»Jetzt sag bloß nicht, daß du nicht mal mehr mit mir reden willst«, blaffte Kinnard. »Ich weiß ja, daß du verletzt bist. Aber übertreibst du nicht ein bißchen?«

»Ich habe dich gewarnt«, begann Kim, als sie ihre Sprache wiedergefunden hatte. »Ich habe dir gesagt, daß sich einiges ändern wird, wenn du an diesem schwachsinnigen Angeltrip teilnimmst. Wir hatten den Ausflug nach Martha's Vineyard lange genug geplant.«

»Aber wir hatten doch noch nichts Konkretes vor«, entgegnete Kinnard. »Außerdem konnte ich ja nicht ahnen, daß Dr. Markey mich zu dem Campingausflug einladen würde.«

»Natürlich hatten wir konkrete Pläne«, unterbrach ihn Kim. »Warum hätte ich mir sonst extra Urlaub genommen? Und wieso habe ich wohl die Freunde von meinen Eltern angerufen und gefragt, ob wir in ihrem Bungalow übernachten können?«

»Wir haben nur ein einziges Mal ganz kurz darüber gesprochen«, insistierte Kinnard.

»Zweimal«, widersprach Kim. »Und beim zweiten Mal habe ich dir auch von dem Bungalow erzählt.«

»Jetzt reicht's aber«, sagte Kinnard aufgebracht. »Dieser Ausflug war enorm wichtig für mich. Dr. Markey ist immerhin der zweite Mann in der Chirurgie. Es mag ja sein, daß wir uns mißverstanden haben, aber deshalb mußt du doch nicht gleich so ein Drama veranstalten.«

»Indem du nicht mal die geringste Spur von Reue zeigst, machst du die Sache nur noch schlimmer«, antwortete Kim. Ihr Gesicht war inzwischen knallrot angelaufen.

»Ich denke doch nicht daran, mich zu entschuldigen, wenn ich gar nichts falsch gemacht habe«, erwiderte Kinnard.

»Wie du willst«, sagte Kim und unternahm einen weiteren Versuch, zur Stationsaufnahme hinüberzugehen. Doch Kinnard hielt sie wieder zurück.

»Es tut mir leid, daß du dich über mich geärgert hast«, sagte er. »Aber ich hatte wirklich gehofft, daß du dich inzwischen beruhigt hast. Was hältst du davon, wenn wir Samstag abend darüber sprechen. Dann habe ich dienstfrei, und wir könnten zusammen Essen gehen und uns danach noch irgendeine Show ansehen.«

»Tut mir leid, ich habe schon etwas anderes vor«, log Kim. Im gleichen Moment zog sich ihr Magen zusammen. Sie haßte jede Art von Konfrontation und wußte genau, daß sie bei Streitereien meistens den kürzeren zog. Wie immer schlug ihr die Auseinandersetzung sofort auf den Magen.

Kinnard blieb vor Staunen der Mund offenstehen. »Daher weht also der Wind«, bemerkte er wütend. Seine Augen verengten sich.

Kim schluckte. Mit dieser Lüge hatte sie Kinnard offensichtlich in Rage gebracht.

»Dieses Spiel kann ich auch spielen«, schnaubte er. »Ich kenne eine Frau, mit der ich mich schon immer mal treffen wollte. Jetzt habe ich die Gelegenheit dazu.«

»Wer ist die Frau?« wollte Kim wissen. Im selben Moment verfluchte sie sich dafür.

Kinnard grinste nur höhnisch und verschwand.

Kurz davor, die Fassung zu verlieren, flüchtete Kim in den abgeschiedenen Vorratsraum. Sie zitterte am ganzen Leib. Nachdem sie ein paarmal tief Luft geholt hatte, fühlte sie sich etwas besser. Sie wollte gerade wieder zurückgehen, als sich die Tür öffnete und ihre Mitbewohnerin Marsha Kingsley den Raum betrat.

»Ich habe zufällig deine Unterhaltung mit Kinnard gehört«, sagte Marsha. Sie war eine kleine, quirlige Frau und hatte eine rotbraune Mähne, die sie während der Arbeit auf der Intensivstation zu einem Pferdeschwanz zusammenband. Kim und Marsha wohnten nicht nur zusammen, sie arbeiteten auch auf der gleichen Station.

»Er ist ein Mistkerl«, sagte Marsha. Sie wußte besser als irgend jemand anders über Kims Beziehung zu Kinnard Bescheid. »Laß dich von diesem blöden Egoisten bloß nicht verrückt machen!«

Marshas plötzliches Erscheinen brachte Kim vollends aus der Fassung. Sie begann hemmungslos zu weinen. »Ich hasse es zu streiten«, schluchzte sie.

»Ich finde, du hast dich diesmal hervorragend geschlagen.« Marsha reichte Kim ein Taschentuch.

»Er will sich nicht einmal entschuldigen«, jammerte Kim, während sie sich die Augen abtupfte.

»Er ist eben ein unsensibler Saukerl«, stellte Marsha fest.

»Ich weiß einfach nicht, was ich falsch gemacht habe«, sagte Kim. »Bis vor kurzem habe ich noch geglaubt, wir hätten eine gute Beziehung.«

»Du hast überhaupt nichts falsch gemacht«, versuchte Marsha sie zu trösten. »Wenn jemand etwas falsch macht, dann er. Er ist ein verdammter Egoist. Vergleiche ihn doch nur mal mit Edward. Der hat dir jeden Tag Blumen geschickt.«

»Ich verlange ja gar nicht, daß man mir jeden Tag Blumen schickt«, schluchzte Kim.

»Natürlich nicht«, sagte Marsha. »Aber er denkt an dich. Und das ist es, worauf es ankommt. Kinnard kümmert sich einen feuchten Kehricht um deine Gefühle. Du hast wirklich einen besseren Mann verdient.«

»Ich weiß es nicht«, murmelte Kim in ihr Taschentuch, während sie sich die Nase putzte. »Nur eines weiß ich genau. Ich muß etwas in meinem Leben ändern. Vielleicht ziehe ich nach Salem. Ich könnte dort ein altes Haus restaurieren, das sich schon seit einer Ewigkeit im Besitz meiner Familie befindet und das ich zusammen mit meinem Bruder geerbt habe.«

»Eine großartige Idee!« rief Marsha. »Ein Ortswechsel würde dir bestimmt guttun, vor allem wärst du dann weit weg von Kinnard.«

»Genau das habe ich auch gedacht«, erwiderte Kim. »Ich fahre gleich nach der Arbeit rüber. Willst du nicht mitkommen? Vielleicht hast du ja auch ein paar gute Vorschläge, wie man das Haus wieder in Schuß bringen kann.«

»Wir müssen die Sache leider auf ein andermal verschieben«, sagte Marsha. »Ich bekomme gleich Besuch.«

Nachdem Kim alle Arbeiten erledigt und alle Berichte geschrieben hatte, verließ sie das Krankenhaus. Sie stieg in ihr Auto und fuhr stadtauswärts. Obwohl ziemlich viel Verkehr herrschte, kam sie zügig voran. Nachdem sie die Tobin Bridge überquert hatte, wurde es zusehends leerer auf den Straßen. Unterwegs legte sie einen Zwischenstopp bei dem Haus ihrer Eltern ein, die auf der Landenge von Marblehead wohnten.

»Hallo! Ist keiner zu Hause?« rief sie, als sie das Foyer des prächtigen Hauses betrat. Es war im Stil eines französischen Schlosses gebaut und bot einen herrlichen Blick aufs Meer. Es ähnelte ein bißchen der alten »Burg« in Salem, doch es war wesentlich kleiner und viel geschmackvoller eingerichtet.

»Ich bin im Atelier«, rief Joyce von oben.

Kim rannte die Haupttreppe hoch, durch den langen Korridor und betrat den auf drei Seiten verglasten Raum, in dem ihre Mutter sich die meiste Zeit aufhielt. Nach Süden hin blickte man hinaus in den Garten, und nach Osten hatte man einen atemberaubenden Blick auf den Ozean.

»Du hast dich ja noch gar nicht umgezogen«, stellte Joyce fest. Den mißbilligenden Ton in ihrer Stimme hörte Kim nicht zum ersten Mal.

»Ich komme direkt von der Arbeit«, entgegnete Kim. »Ich habe mich beeilt, um den schlimmsten Feierabendverkehr zu umgehen.«

»Hoffentlich trägst du mir keine Bazillen hier herein«, nörgelte Joyce. »Noch eine Krankheit wäre wirklich das letzte, was ich im Moment gebrauchen könnte.«

»Meine Patienten haben keine ansteckenden Krankheiten«, erklärte Kim. »Auf meiner Station schwirren wahrscheinlich weniger Bazillen herum als in diesem Raum.«

»Erzähl mir doch nichts«, raunzte Joyce.

Die beiden Frauen sahen sich kein bißchen ähnlich. Sowohl ihre Gesichtszüge als auch ihre Haare hatte Kim von ihrem Vater geerbt. Joyce hatte ein breites Gesicht, tiefliegende Augen und eine leicht gebogene Nase. Ihre Haare waren einmal braun gewesen, doch inzwischen waren sie längst ergraut, und sie hatte sie nie färben lassen. Obwohl der Hochsommer vor der Tür stand, war sie bleich wie der Tod.

»Du bist ja noch im Morgenrock«, stellte Kim fest und ließ sich ihrer Mutter gegenüber in einen Sessel sinken.

»Ich hatte keinen Grund, mich anzuziehen«, entgegnete Joyce. »Außerdem fühle ich mich nicht besonders .«

»Das soll wohl heißen, daß Dad nicht zu Hause ist, hab' ich recht?« fragte Kim. Im Laufe der Jahre hatte sie die Reaktionen ihrer Mutter kennengelernt.

»Dein Vater ist gestern abend zu einer kurzen Geschäftsreise nach London aufgebrochen«, sagte Joyce.

»Das tut mir leid«, erwiderte Kim.

»Es macht mir nichts aus«, sagte Joyce. »Wenn er hier wäre, würde er mich auch nicht mehr beachten. Wolltest du mit ihm sprechen?«

»Ja, eigentlich schon«, sagte Kim.

»Er kommt am Donnerstag zurück. Wenn er es sich nicht anders überlegt.«

Kim merkte, wie gequält ihre Mutter klang. »Ist er mit Grace Traters nach London geflogen?« fragte sie. Grace Traters war seine derzeitige persönliche Assistentin.

»Natürlich begleitet sie ihn«, schnaubte Joyce. »Ohne Grace kann sich dein Vater doch nicht einmal mehr die Schuhe zubinden.«

»Ich begreife nicht, warum du dir das alles gefallen läßt«, sagte Kim. »Du ärgerst dich doch jedesmal darüber.«

»Ich habe doch gar keine andere Wahl«, entgegnete Joyce.

Kim biß sich auf die Zunge. Sie spürte, wie langsam die Wut in ihr hochstieg. Einerseits tat es ihr leid, daß ihre Mutter die ständigen Eskapaden ihres Vaters ertragen mußte, auf der anderen Seite verachtete sie sie deswegen, weil sie ihre Opferrolle regelrecht auszukosten schien. Ihr Vater hatte schon immer Affären mit anderen Frauen gehabt; meist hatte er nicht einmal ein Geheimnis daraus gemacht. Kim konnte sich nicht daran erinnern, daß es jemals anders gewesen war.

Um das Thema zu wechseln, fragte sie ihre Mutter nach Elizabeth Stewart.

Joyce fiel die Lesebrille von der Nase und baumelte an einer Kette vor ihrer Brust.

»Was für eine seltsame Frage«, sagte sie überrascht. »Warum, um Himmels willen, willst du etwas über diese Frau wissen?«

»Ich war in Großvaters Weinkeller«, erklärte Kim. »Und dort bin ich zufällig auf ein Portrait von ihr gestoßen. Sie sieht mir ziemlich ähnlich. Mir ist aufgefallen, daß ich eigentlich so gut wie nichts über sie weiß. Hat man sie wirklich wegen Hexerei aufgehängt?«

»Darüber rede ich nicht gerne«, sagte Joyce.

»Und warum nicht?« wollte Kim wissen.

»Es ist einfach ein Tabuthema.«

»Vielleicht solltest du deinen Neffen Stanton mal daran erinnern«, bemerkte Kim. »Er hat die Geschichte nämlich vor kurzem auf einer Dinnerparty zum besten gegeben.«

»Das werde ich tun«, sagte Joyce wütend. »Was fällt ihm bloß ein, in aller Öffentlichkeit darüber zu reden. Er weiß genau, daß ich das nicht möchte.«

»Aber warum ist die Geschichte nach so vielen Jahren noch immer tabu?« wollte Kim wissen.

»Weil wir auf dieses Kapitel unserer Familiengeschichte nicht gerade stolz sein können«, erwiderte Joyce. »Es war eine grauenvolle Angelegenheit.«

»Ich habe gestern etwas über die Hexenprozesse von Salem gelesen«, sagte Kim. »Es gibt jede Menge Bücher darüber. Aber nirgends wird Elizabeth Stewart erwähnt. Langsam frage ich mich, ob man sie wirklich der Hexerei bezichtigt hat.«

»Nach allem, was ich darüber weiß, wurde sie von einem Gericht verurteilt«, erwiderte Joyce. »Aber nun laß uns dies Thema bitte beenden. Wie bist du eigentlich auf ihr Portrait gestoßen?«

»Ich war am Samstag in der Burg«, erklärte Kim. »Ich habe mal unser Anwesen inspiziert, und jetzt bin ich drauf und dran, das alte Haus zu renovieren, um dort einzuziehen.«

»Um Himmels willen!« stöhnte Joyce. »Wie kannst du nur auf so eine hirnverbrannte Idee kommen? Das Haus ist doch viel zu klein.«

»Aber es hat Charme«, entgegnete Kim. »Außerdem ist es um einiges größer als mein Apartment. Und ich finde es sehr verlockend, mal aus Boston rauszukommen.«

»Bist du dir darüber im klaren, wieviel Arbeit du in die alte Bruchbude stecken mußt, um sie wieder bewohnbar zu machen?« fragte Joyce.

»Genau darüber wollte ich mit Dad sprechen«, sagte Kim. »Aber leider ist er nicht da – wie immer, wenn ich ihn mal brauche.«

»Er hätte dir auch nicht helfen können; von solchen Dingen hat er keine Ahnung. Warum bittest du nicht George Harris und Mark Stevens um Rat? George Harris ist Bauunternehmer, und Mark Stevens ist Architekt. Die beiden haben gerade unser Haus renoviert, und alles hat wie am Schnürchen geklappt. Die beiden arbeiten immer zusammen und haben ein Büro mitten in Salem. Außerdem solltest du noch mit deinem Bruder über die Angelegenheit sprechen.«

»Das versteht sich von selbst«, sagte Kim.

»Ruf ihn doch gleich an«, schlug Joyce vor. »Während du mit ihm redest, kann ich dir die Nummern von Harris und Stevens raussuchen.«

Joyce erhob sich und verließ das Zimmer. Kim lächelte, als sie sich das Telefon heranholte. Ihre Mutter verblüffte sie immer wieder. Gerade noch hatte sie apathisch und in sich selbst versunken dagehockt, und jetzt war sie putzmunter und stürzte sich voller Energie auf das Projekt ihrer Tochter. Kim wußte genau, worin das Problem ihrer Mutter bestand: Sie hatte nicht genug zu tun. Im Unterschied zu ihren Freundinnen hatte sie sich nie ehrenamtlich in irgendwelchen Wohltätigkeitsverbänden engagiert.

Als Kim das Freizeichen hörte, warf sie einen Blick auf ihre Uhr und überlegte, wie spät es jetzt in London war. Allerdings spielte die Uhrzeit kaum eine Rolle, denn ihr Bruder war ein Nachtmensch und schlief nur wenig. Wenn er die Nächte durcharbeitete, holte er seinen Schlaf tagsüber schubweise nach.

Brian nahm nach dem ersten Klingeln ab. Nachdem sie ein paar Begrüßungsfloskeln ausgetauscht hatten, berichtete Kim ihm von ihrem Plan. Brian war begeistert und ermutigte sie, das Vorhaben in die Tat umzusetzen. Ihm erschien es sehr sinnvoll, daß endlich wieder jemand auf dem riesigen Anwesen wohnen würde. Seine einzigen Bedenken galten der Burg und den antiken Möbeln und Gemälden, die sich in dem alten Haus befanden.

»In der Burg werde ich nichts verändern«, versprach Kim.

»Die können wir uns gemeinsam vornehmen, wenn du aus London zurück bist.«

»Einverstanden«, sagte Brian.

»Wo ist Vater?« wollte Kim abschließend wissen.

»Er wohnt im Ritz«, antwortete Brian.

»Und Grace?«

»Frag lieber nicht«, entgegnete Brian. »Die beiden fliegen am Donnerstag zurück.«

Während sich Kim von ihrem Bruder verabschiedete, kam Joyce zurück und reichte ihr wortlos einen Zettel mit einer Telefonnummer. Kim hatte kaum aufgelegt, da drängte ihre Mutter sie auch schon, die Nummer zu wählen.

»Mit wem soll ich denn sprechen?« fragte Kim, während sie wählte.

»Mit Mark Stevens«, erwiderte Joyce. »Er wartet schon auf deinen Anruf. Ich habe gerade auf der anderen Leitung mit ihm gesprochen, als du mit Brian telefoniert hast.«

Kim ärgerte sich zwar ein wenig darüber, daß ihre Mutter sich schon wieder einmischen mußte, doch sie sagte nichts. Sie wußte ja, daß Joyce es gut meinte. Kim mußte an ihre Schulzeit zurückdenken; damals hatte sie ihre Mutter oft nur mit äußerster Mühe davon abhalten können, auch noch ihre Aufsätze zu verfassen.

Das Gespräch mit Mark Stevens war kurz. Er machte den Vorschlag, sich in einer halben Stunde auf dem Anwesen der Stewarts zu treffen. Er wollte sich das Haus unbedingt ansehen, bevor er etwas zu dem Projekt sagte. Kim hatte nichts dagegen, sich mit dem Architekten zu treffen.

»Falls du das alte Haus wirklich renovieren willst, bist du bei Mark Stevens in guten Händen«, sagte Joyce, nachdem ihre Tochter aufgelegt hatte.

Kim erhob sich. »Dann gehe ich am besten gleich los«, sagte sie.

»Ich bringe dich noch nach draußen«, bot Joyce an.

»Das ist nicht nötig, Mutter«, erwiderte Kim.

»Ich bestehe darauf«, sagte Joyce.

Sie gingen nebeneinander den langen Flur entlang.

»Wenn du mit deinem Vater über das alte Haus reden solltest«, begann Joyce schließlich, »empfehle ich dir, ihn nicht auf Elizabeth anzusprechen. Er würde sich nur ärgern.«

»Wieso sollte er sich darüber ärgern?« fragte Kim gereizt.

»Jetzt reg dich nicht gleich wieder auf«, versuchte Joyce sie zu besänftigen. »Ich versuche doch nur, den Familienfrieden zu wahren.«

»Das ist doch wirklich lächerlich«, fuhr Kim ihre Mutter an. »Ich verstehe gar nichts mehr.«

»Ich weiß auch nur, daß Elizabeth die Tochter eines armen Farmers aus Andover war«, sagte Joyce. »Sie war nicht einmal offizielles Mitglied der Kirchengemeinde.«

»Als ob das heute noch eine Rolle spielen würde«, entgegnete Kim. »Weißt du zum Beispiel, daß damals viele der Geschworenen und sogar einige Richter nur ein paar Monate nach den Hexenprozessen um Verzeihung gebeten haben, weil sie sich darüber klargeworden waren, daß sie unschuldige Menschen an den Galgen gebracht hatten? Ist es nicht völlig idiotisch, daß wir uns noch dreihundert Jahre danach weigern, über sie zu reden? Warum taucht ihr Name eigentlich in keinem der Bücher auf?«

»Weil die Familie offenbar Mittel und Wege gefunden hat, das zu verhindern«, erklärte Joyce. »Unsere Vorfahren haben sie nämlich keineswegs für unschuldig gehalten. Und deshalb sollten auch wir nicht in der Vergangenheit herumstochern und die Geschichte auf sich beruhen lassen.«

»Ich halte dieses ganze Getue für einen einzigen Schwachsinn«, sagte Kim, während sie in ihr Auto einstieg.

Sie verließ die Küste und fuhr landeinwärts. Als sie Marblehead erreichte, mußte sie sich dazu zwingen, das Tempo zu drosseln. Vor lauter Wut und Unbehagen hatte sie einfach das Gaspedal durchgetreten.

Als Kim das Eingangstor erreichte, registrierte sie einen Ford Bronco, der am Wegesrand parkte. Sie stieg aus, um das Vorhängeschloß des schweren Tores zu öffnen; im selben Moment verließen zwei Männer den Bronco. Einer von ihnen war kräftig und muskulös; er sah aus, als ob er jeden Tag Gewichte stemmen würde. Der andere war eher fettleibig und japste nach Luft; er schien sich schon mit dem Aussteigen völlig verausgabt zu haben.

Der dicke Mann stellte sich als Mark Stevens vor, der Kraftprotz war George Harris. Kim schüttelte beiden die Hand.

Dann schloß sie das Tor auf, stieg wieder ein und geleitete ihre Gäste zu dem alten Haus.

»Phantastisch!« rief Mark, nachdem sie ausgestiegen waren. »Was für ein Haus!« Fasziniert betrachtete er das Gebäude.

»Gefällt es Ihnen?« fragte Kim. Sie freute sich, daß der Architekt so angetan schien.

»Es ist zauberhaft«, sagte er.

Zuerst besichtigten sie das Haus von außen. Kim erläuterte den beiden Männern ihr Vorhaben, in dem Anbau eine moderne Küche und ein Bad zu installieren und die Einheit des Hauptgebäudes im großen und ganzen zu erhalten.

»Außerdem müßte man natürlich eine Heizung und eine Klimaanlage einbauen«, bemerkte Mark. »Aber das dürfte kein Problem sein.«

Als sie mit der Außenbesichtigung fertig waren, gingen sie nach drinnen, und Kim zeigte ihnen das Haus von oben bis unten, wobei sie auch den Keller nicht vergaß. Am meisten zeigten sich die Männer von der Art und Weise beeindruckt, in der Balken und Träger miteinander verbunden waren.

»Das Haus ist solide und ordentlich gebaut«, stellte Mark fest.

»Glauben Sie, man könnte es renovieren?« fragte Kim.

»Ich sehe darin kein Problem«, erwiderte Mark. Er blickte George an, der zustimmend nickte.

»Ich glaube, es könnte ein wunderhübsches, kleines Häuschen werden«, sagte George. »Ich bin wirklich beeindruckt.«

»Und sie meinen auch, daß der historische Wert des Gebäudes durch die notwendigen Arbeiten nicht zerstört würde?« wollte Kim wissen.

»Absolut nicht«, erwiderte Mark. »Wir können alle Rohre, Leitungen und Stromanschlüsse im Anbau und im Keller unterbringen. Man wird nichts davon sehen.«

»Wir heben einen tiefen Graben aus, durch den wir die Kabel ins Haus verlegen«, erklärte George. »Wir schieben sie einfach unterm Fundament durch, so daß wir die Mauern gar nicht antasten müssen. Eines würde ich Ihnen allerdings dringend empfehlen: Sie sollten den Kellerboden mit Beton ausgießen lassen.«

»Glauben Sie, das Haus könnte bis zum ersten September fertig sein?« fragte Kim.

Mark sah George an. Der nickte und sagte, sofern sie keine Spezialwünsche habe, ließe sich das arrangieren.

»Ich hätte noch einen Vorschlag zu machen«, meldete sich

Mark wieder zu Wort. »Das große Badezimmer sollten wir wirklich im Anbau unterbringen. Aber ich empfehle Ihnen, noch ein weiteres, kleineres Bad im ersten Stock einzubauen, und zwar zwischen den beiden Schlafzimmern. Damit würden wir nichts kaputtmachen, und Sie hätten es viel komfortabler.«

»Klingt nicht schlecht«, sagte Kim. »Wann könnten Sie anfangen?«

»Sofort«, erwiderte George. »Wenn wir am ersten September fertig sein sollen, bleibt uns gar nichts anderes übrig, als morgen loszulegen.«

»Wir haben schon oft für Ihren Vater gearbeitet«, sagte Mark. »Deshalb schlage ich vor, daß wir bei diesem Projekt so verfahren wie immer. Wenn alles fertig ist, rechnen wir die Arbeitsstunden und das verbrauchte Material ab.«

»Einverstanden. Dann erteile ich Ihnen hiermit den Auftrag«, sagte Kim mit überraschender Entschlossenheit. »Fehlt noch irgend etwas, damit es losgehen kann?«

»Wir belassen es vorläufig bei dieser Absprache und fangen morgen an«, sagte Mark. »In den nächsten Wochen können wir einen schriftlichen Vertrag machen, den wir alle unterzeichnen.«

»Wunderbar.« Kim streckte den Männern die Hand hin, um den Abschluß mit einem Händedruck zu besiegeln.

»Wir müssen noch ein bißchen hierbleiben, um das Haus zu vermessen«, sagte Mark.

»Gerne«, erwiderte Kim. »Von mir aus können Sie sofort loslegen. Die Möbel, die noch im Haus stehen, können Sie in die Garage neben dem Hauptgebäude bringen lassen. Sie ist nicht abgeschlossen.«

»Und wie sieht es mit dem Tor aus?« wollte George wissen.

»Am besten lassen wir es einfach offen«, schlug Kim vor.

Die Männer begannen mit ihrer Vermessung, und Kim ging. Aus etwa zwanzig Meter Entfernung blickte sie noch einmal zurück. Das Haus war wirklich ein Juwel. Spontan überlegte sie, in welcher Farbe sie die Schlafzimmer anstreichen sollte; mit Sicherheit würde es ihr Spaß machen, das Haus neu einzurichten. Während sie über weitere Details nachdachte, fiel ihr plötzlich wieder Elizabeth ein. Mit was für einem Gefühl hatte ihre Vorfahrin das Haus wohl zum ersten Mal gesehen, und wie mochte es ihr gegangen sein, als sie eingezogen war? Ob Elizabeth damals auch so aufgeregt gewesen war?

Kim ging noch einmal ins Haus zurück und teilte Mark und George mit, daß sie in der Burg zu erreichen sei, falls es irgend etwas zu besprechen gäbe.

»Im Augenblick sind wir ausreichend beschäftigt«, sagte Mark. »Aber morgen wird es bestimmt einiges zu besprechen geben. Unter welcher Telefonnummer können wir Sie erreichen?«

Kim gab den Männern ihre private Telefonnummer und die Nummer des Krankenhauses. Dann verließ sie das alte Haus, stieg in ihr Auto und fuhr zur Burg hinüber. Sie hatte so viel über Elizabeth nachdenken müssen, daß sie noch ein bißchen in den alten Papieren herumstöbern wollte.

Sie öffnete die Eingangstür und ließ sie einen Spaltbreit offenstehen, damit Mark oder George gegebenenfalls hereinkommen konnten. Drinnen wußte sie nicht, ob sie sich den Dachboden oder den Weinkeller vornehmen sollte. Als ihr dann einfiel, daß sie den Seefrachtbrief aus dem siebzehnten Jahrhundert im Weinkeller entdeckt hatte, entschied sie sich, dort weiterzusuchen.

Sie durchquerte den großen Salon und das Eßzimmer und öffnete die schwere Eichentür. Während sie die Kellertreppe hinabstieg, fiel die Tür plötzlich mit einem dumpfen Krachen hinter ihr zu.

Kim blieb stehen. Auf einmal kam es ihr unheimlich vor, sich ganz allein in diesem großen Haus aufzuhalten; mit Edward hatte sie keine Angst gehabt. Sie hörte leise, wie das Gebälk des Hauses in der Hitze knarrte und ächzte. Nervös drehte sie sich um und betrachtete die Kellertür. Plötzlich kroch eine irrationale Angst in ihr hoch. Wenn die Tür sich nicht mehr öffnen ließ und sie hier unten gefangen war?

»Das ist ja lächerlich«, sagte sie laut zu sich selbst. Doch so einfach bekam sie die Angst nicht in den Griff. Schließlich ging sie wieder hinauf und lehnte sich gegen die Tür, die ohne Probleme aufging. Erleichtert ließ Kim sie wieder zufallen.

Sie stieg erneut in den düsteren Weinkeller hinab und rügte sich wegen ihrer wilden Phantasie. Um sich zu beruhigen, summte sie vor sich hin, doch es half nichts: Sosehr sie sich auch bemühte – der Keller war ihr unheimlich. Hinzu kam, daß das riesige Haus erdrückend wirkte; der schwere Geruch, der in der Luft hing, bereitete ihr regelrechte Schwierigkeiten beim Atmen. Und das stetige Ächzen des Gebälks tat ein übriges.

Kim zwang sich mit aller Kraft, ihre Angst zu verdrängen. Immer noch die gleiche Melodie summend, betrat sie schließlich die Zelle, in der ihr der Seefrachtbrief aus dem siebzehnten Jahrhundert in die Hände gefallen war. Da sie die Schublade, in der sie das Dokument entdeckt hatte, bei ihrem letzten Besuch bereits gründlich durchstöbert hatte, begann sie jetzt, den Rest des Aktenschrankes umzukrempeln.

Doch ihr wurde ziemlich schnell klar, daß es sehr lange dauern würde, wenn sie wirklich alle Dokumente der Stewarts sichten wollte. Schließlich hatte sie es nicht mit einem, sondern mit unzähligen Aktenschränken zu tun. Jede Schublade war vollgestopft mit Papieren, und sie wollte gewissenhaft jedes einzelne Dokument unter die Lupe nehmen. Die meisten Papiere waren handgeschrieben und schwer lesbar. Auf anderen konnte Kim nirgends ein Datum entdecken. Und dann kam noch hinzu, daß der fackelähnliche Wandleuchter kaum Licht spendete. Kim beschloß, bei ihrem nächsten Ausflug in den Keller eine ordentliche Lampe mitzubringen.

Nachdem sie eine weitere Schublade durchforstet hatte, gab sie auf. Die Papiere, die datiert waren, stammten fast alle aus dem späten achtzehnten Jahrhundert. In der vagen Hoffnung, daß in dem wilden Chaos vielleicht doch irgendeine Ordnung herrschen könnte, begann sie wahllos Schubladen herauszuziehen und im Stichprobenverfahren nach älteren Dokumenten zu suchen. Als sie die oberste Schublade eines Schrankes öffnete, der dicht neben der Kellertür stand, wurde sie schließlich fündig.

Zunächst erregten ein paar lose herumliegende Seefrachtbriefe ihre Aufmerksamkeit, die allesamt aus dem siebzehnten Jahrhundert stammten; sie waren noch älter als die Dokumente, die sie Edward am Samstag gezeigt hatte. Plötzlich hielt sie einen ganzen Stapel Seefrachtbriefe in den Händen, die mit einer Schnur zusammengebunden waren. Die Schrift war klar und von außerordentlicher Eleganz; auf jedem Frachtbrief war ein Datum vermerkt. In den meisten Papieren ging es um die Beförderung von Pelzen, Holz, Fisch, Rum, Zucker und Getreide. Doch mitten in dem Stapel entdeckte sie einen Briefumschlag, der an Ronald Stewart adressiert war. Die Adresse war eindeutig in einer anderen Handschrift geschrieben; sie war krakelig und ungleichmäßig.

Kim ging mit dem Brief in den Flur, wo die Beleuchtung etwas besser war. Die Schrift ließ sich nur mühsam entziffern. Am oberen Rand stand das Datum: 21. Juni 1679.

Sehr geehrter Herr,

seit der Ankunft Ihres Briefes sind inzwischen einige Tage vergangen. In dieser Zeit haben meine Familie und ich so manche Unterhaltung über Ihre Zuneigung zu unserer geliebten Tochter Elizabeth geführt, die ein sehr lebendiges Mädchen ist. Wenn es denn Gottes Wille ist, werden wir Ihnen unsere Tochter unter der Bedingung zur Heirat geben, daß Sie mir Arbeit geben und meine Familie nach Salem Town umsiedeln kann. Hier in Andover herrscht große Unruhe wegen der Indianerüberfälle, die eine Gefahr für unser aller Leben darstellen.

Ihr untertänigster Diener,
James Flanagan

Nachdenklich steckte Kim den Brief wieder in den Umschlag. Was sie gerade gelesen hatte, bestürzte sie. Sie hielt sich eigentlich nicht für eine Feministin, doch der Inhalt dieses Briefes kränkte sie und weckte ihren Kampfgeist. Elizabeth war wie ein Stück Vieh verkauft worden. Auf einmal fühlte Kim sich ihrer Vorfahrin noch stärker verbunden.

Sie kehrte in das enge Kellerabteil zurück und legte den Brief auf den Schrank, in dem sie ihn gefunden hatte. Dann nahm sie sich noch einmal die Schublade vor. Zeit und Raum vergessend, studierte sie jedes Blatt Papier. Sie fand zwar noch den einen oder anderen Frachtbrief aus dem siebzehnten Jahrhundert, doch weitere Briefe entdeckte sie nicht. Trotz dieses Mißerfolgs machte sie sich unverzagt über die nächste Schublade her. Plötzlich wurde sie von einem Geräusch aufgeschreckt: über ihr waren deutlich Schritte zu hören.

Kim lief es kalt über den Rücken. Die unbestimmte Angst, die sie vorhin gepackt hatte, überwältigte sie. Diesmal grauste es ihr nicht nur vor dem großen, leeren Haus; ihre Angst vermischte sich mit Schuldgefühlen, weil sie in die verbotene und leidgeprüfte Vergangenheit ihrer Vorfahren eingedrungen war. Ihre Phantasie drohte mit ihr durchzugehen. Als sie die Schritte genau über sich hörte, glaubte sie auf einmal die Umrisse eines schauderhaften Geistes zu erkennen. Einen Augenblick lang hielt sie es sogar für möglich, daß ihr toter Großvater zurückgekehrt war, um sie für ihren unverschämten und dreisten Versuch zu strafen, die gut gehüteten Geheimnisse der Familie ans Tageslicht zu zerren.

Als die Schritte verhallten, war wieder das Knarren und Ächzen des alten Hauses zu hören. Zwei Gedanken schossen ihr durch den Kopf: Sollte sie die Flucht ergreifen, oder war es klüger, sich hinter den Schränken und Regalen zu verstecken? Unfähig, eine Entscheidung zu treffen, schlich sie langsam zur Tür der kleinen Zelle. Am Türpfosten blieb sie stehen und lugte vorsichtig um die Ecke; sie konnte den langen Flur bis zur Treppe überblicken. Plötzlich hörte sie das laute Knarren der Kellertür; es gab keinen Zweifel, daß jemand sie gerade aufgetreten hatte.

Gelähmt vor Angst verharrte Kim hilflos an ihrem Platz und mußte mit ansehen, wie eine Gestalt die Stufen hinabstieg; sie trug schwarze Schuhe und eine dunkle Hose. Auf halbem Wege verharrte die Gestalt einen Moment und beugte sich ein wenig nach vorne. Von ihrem Platz aus konnte Kim nur einen von hinten beleuchteten Kopf mit einem konturenlosen Gesicht erkennen.

»Kim?« rief Edward. »Bist du hier unten?«

Kim seufzte vor Erleichterung. Jetzt erst merkte sie, daß sie die ganze Zeit die Luft angehalten hatte. Ihre Beine waren so zittrig, daß sie sich an der Kellerwand abstützen mußte. Dann rief sie Edward zu, wo sie war. Kurz darauf stand er vor ihr.

»Du hast mir vielleicht einen Schrecken eingejagt«, sagte sie; sie gab sich alle Mühe, so ruhig wie möglich zu klingen. Da sie nun wußte, daß Edward die Geräusche verursacht hatte, schämte sie sich für ihren Panikanfall.

»Das tut mir leid«, erwiderte Edward stockend. »Ich wollte dich wirklich nicht erschrecken.«

»Warum hast du denn nicht schon früher gerufen?« wollte Kim wissen.

»Das habe ich ja«, erwiderte Edward. »Mehrmals sogar. Ich

habe schon an der Haustür nach dir gerufen und dann noch mal im Salon. Ich glaube, der Weinkeller ist schalldicht.«

»So wird es wohl sein«, stimmte Kim ihm zu. »Warum bist du eigentlich hier? Ich habe gar nicht mit dir gerechnet.«

»Ich habe bei dir angerufen«, erklärte Edward. »Und Marsha hat mir erzählt, daß du wegen der Renovierungspläne nach Salem fahren wolltest. Daraufhin habe ich mich ins Auto gesetzt und bin hergefahren. Irgendwie fühle ich mich mitverantwortlich; schließlich habe ich dich ja auf die Idee gebracht.«

»Das ist wirklich nett von dir«, sagte Kim. Ihr Puls raste immer noch wie wild.

»Es tut mir wirklich leid, daß ich dich so erschreckt habe«, beteuerte Edward nochmals.

»Schon vergessen«, sagte Kim. »Außerdem habe ich es mir selbst zuzuschreiben, wenn meine blühende Phantasie mit mir durchgeht. Als ich oben Schritte hörte, habe ich sofort an einen Geist gedacht.«

Edward versuchte seine Hände zu Krallen zu formen und bemühte sich, ein möglichst furchterregendes Gesicht zu ziehen. Kim boxte ihn in die Seite und sagte, sie fände das gar nicht lustig.

»Wie ich sehe, hast du weiter nach Elizabeth geforscht«, stellte Edward mit einem Blick auf die geöffneten Schubladen des Aktenschrankes fest. »Hast du schon etwas Interessantes gefunden?«

»Allerdings«, erwiderte Kim stolz. Sie ging an den Schrank und reichte ihm den Brief, den James Flanagan vor mehr als dreihundert Jahren an Ronald Stewart geschrieben hatte.

Edward zog den Brief vorsichtig aus dem Umschlag und hielt ihn ins Licht. Genau wie Kim kostete es ihn einige Mühe, die Handschrift zu entziffern.

»Indianerüberfälle in Andover!« las er laut vor. »Kannst du dir das vorstellen? Damals haben die Leute wirklich andere Sorgen gehabt als wir.«

Als er den Brief gelesen hatte, gab er ihn Kim zurück. »Faszinierend«, sagte er.

»Und was da steht, regt dich gar nicht auf?« wollte Kim wissen.

»Nicht besonders«, erwiderte Edward. »Warum sollte es mich aufregen?«

»Also, ich finde es erschütternd, daß die arme Elizabeth offenbar gar nicht gefragt wurde«, erklärte Kim. »Sie mußte sich in ihr Schicksal fügen, ob sie wollte oder nicht. Ihr Vater hat sie einfach als Verhandlungsobjekt bei einem Kuhhandel mißbraucht. Wenn das nicht gemein ist!«

»Vielleicht siehst du das nicht ganz richtig«, widersprach Edward. »Im siebzehnten Jahrhundert konnten die meisten Menschen ihr Leben nicht selbst bestimmen. Sie hatten es viel härter als wir heute. Die Leute mußten sich zusammentun, um überhaupt irgendwie zu überleben. Individuelle Interessen haben so gut wie keine Rolle gespielt.«

»Aber das ist doch noch kein Grund, die eigene Tochter zu verhökern«, empörte sich Kim. »Für mich klingt das Ganze so, als wäre sie für ihren Vater nicht mehr gewesen als ein Stück Vieh oder irgendein anderes Gut.«

»Ich glaube wirklich, daß du die ganze Sache falsch siehst«, sagte Edward. »Daß James und Ronald einen Handel vereinbart haben, heißt doch noch lange nicht, daß Elizabeth bei der Wahl ihres Mannes nicht mitreden durfte. Es könnte doch genausogut so gewesen sein, daß sie es als einen Segen empfunden hat, durch ihre Ehe mit Ronald für den Rest ihrer Familie sorgen zu können.«

»Okay, vielleicht war es ja wirklich so«, gab Kim zu. »Das Problem ist nur, daß ich weiß, wie die Geschichte ausgegangen ist.«

»Wir wissen nach wie vor nicht, ob sie wirklich gehängt wurde«, erinnerte Edward sie.

»Da hast du natürlich recht«, stimmte Kim ihm zu. »Aber in dem Brief wird zumindest ein Aspekt erwähnt, der sie in Mißkredit gebracht und zum Ziel von Hexereibeschuldigungen gemacht haben könnte. Ich weiß, daß es früher nicht gerne gesehen wurde, wenn jemand seine gesellschaftliche Stellung verändert hat; wer es trotzdem tat, dem wurde oft vorgeworfen, den Willen Gottes zu mißachten. Durch ihren plötzlichen Aufstieg von einer armen Farmerstochter zu einer verhältnismäßig wohlhabenden Kaufmannsfrau könnte Elizabeth durchaus Mißgunst und Neid auf sich gezogen haben.«

»Daß sie durch ihre Heirat mit Ronald möglicherweise in Mißkredit geraten ist, heißt aber noch lange nicht, daß sie anschließend auch als Hexe verurteilt wurde«, erwiderte Edward. »Solange ich ihren Namen in keinem der Bücher finde, werde ich meine Zweifel behalten.«

»Meine Mutter glaubt, daß ihr Name nirgends auftaucht, weil die Familie Stewart Mittel und Wege gefunden hat, die Geschichte zu verheimlichen. Unsere Vorfahren sollen Elizabeth sogar für schuldig gehalten haben.«

»Das ist ja ein ganz neuer Aspekt«, sagte Edward. »In gewisser Hinsicht macht es sogar Sinn. Die Menschen im siebzehnten Jahrhundert haben ja wirklich an Hexerei geglaubt. Vielleicht war Elizabeth so eine Art Heilerin, der man übernatürliche Kräfte zugeschrieben hat.«

»Moment mal«, unterbrach ihn Kim. »Du meinst also, Elizabeth könnte tatsächlich eine Hexe gewesen sein? Ich bin immer davon ausgegangen, daß sie vielleicht etwas Unerlaubtes getan haben könnte – zum Beispiel, daß sie aus ihrem gesellschaftlichen Stand ausgebrochen ist. Aber daß sie sich selbst übernatürliche Kräfte zugeschrieben haben könnte – darauf bin ich noch gar nicht gekommen.«

»Es wäre doch denkbar, daß sie sich als magische Heilerin betätigt hat«, fuhr Edward fort. »Damals hat man zwischen weißer und Schwarzer Magie unterschieden. Der Unterschied war der, daß man mit weißer Magie nur Gutes bewirkt hat, zum Beispiel Menschen oder Tiere geheilt hat. Mit Schwarzer Magie hingegen hat man die bösen Geister angerufen und Unheil beschworen. Das war es, was man als Hexerei bezeichnete. Es war bestimmt oft Ansichtssache, ob man einen bestimmten Trunk oder deine Behandlungsmethode für weiße oder für Schwarze Magie gehalten hat.«

»Vielleicht hast du recht«, sagte Kim. Doch nachdem sie kurz nachgedacht hatte, schüttelte sie den Kopf. »Nein, ich glaube nicht, daß es so war. Meine Intuition sagt mir, daß Elizabeth unschuldig war und das Opfer eines furchtbaren Schicksalsschlages geworden ist. Was auch immer ihr widerfahren ist – es muß schrecklich gewesen sein. Und daß man ihren Namen bis heute aus der Geschichte zu tilgen versucht, verschlimmert nur die Ungerechtigkeit, die ihr widerfahren sein muß.« Kim betrachtete die vielen Aktenschränke, Regale und Kisten. »Die Frage ist nur: Findet sich die Erklärung für das, was damals passiert ist, in diesen Papieren?«

»Immerhin hast du diesen Brief aufgestöbert«, stellte Edward fest. »Das ist doch vielversprechend. Denn wenn es einen Brief gibt, finden sich vielleicht auch noch andere. Des Rätsels Lösung wird sich wohl am ehesten in der persönlichen Korrespondenz finden lassen.«

»Ich wünschte nur, daß es in all diesen Papieren irgendeine chronologische Ordnung gäbe!« stöhnte Kim.

»Wie sieht es eigentlich mit dem alten Haus aus?« fragte Edward. »Weißt du schon, ob du es renovieren lassen willst?«

»Ja«, erwiderte Kim. »Ich habe gerade einen Architekten beauftragt. Komm, wir fahren mal rüber, dann erkläre ich dir alles.«

Sie ließen Edwards Auto an der Burg stehen und fuhren mit Kims Wagen zu dem alten Haus hinüber. Kim führte Edward noch einmal durch das Haus und erklärte ihm, daß sie seinem Vorschlag folgen und sowohl das Bad als auch die Küche in dem Anbau installieren lassen würde. Außerdem würde sie zwischen den Schlafzimmern im ersten Stock ein weiteres kleines Bad einbauen lassen.

»Ich glaube, es wird alles wunderbar werden«, sagte Edward, als sie wieder hinausgingen. »Da kann man ja regelrecht neidisch werden.«

»Ich bin auch ganz aufgeregt«, sagte Kim. »Am meisten freue ich mich darauf, das Haus neu einzurichten. Ich glaube, ich nehme im September Urlaub, damit ich mich voll und ganz meinem neuen Zuhause widmen kann.«

»Willst du alles selbst machen?«

»Auf jeden Fall.«

»Bewundernswert«, staunte Edward. »Ich könnte das nicht.«

Sie stiegen wieder ein, doch Kim ließ den Motor noch nicht an. Durch die Windschutzscheibe betrachtete sie andächtig das Haus.

»Eigentlich wollte ich immer Innenarchitektin werden«, sagte sie wehmütig.

»Tatsächlich?« fragte Edward.

»Ja, aber die Chance hab' ich wohl verpaßt«, fuhr Kim fort. »Ich habe mich schon als Kind immer sehr für Kunst und Mode interessiert. Weil ich so ein Kunstnarr war, wurde ich auf der High-School für einen ziemlich seltsamen Vogel gehalten. Kein Wunder, daß ich nie zu der Clique gehörte, die damals gerade ›in‹ war.«

»Mir ging es genauso«, sagte Edward.

Kim ließ den Motor an, wendete und fuhr in Richtung Burg.

»Warum bist du eigentlich nicht Innenarchitektin geworden?« wollte Edward wissen.

»Meine Eltern haben es mir ausgeredet«, erklärte Kim. »Vor allem mein Vater.«

»Das verstehe ich nicht«, warf Edward ein. »Am Freitag hast du mir doch erzählt, daß du nie ein besonders gutes Verhältnis zu deinem Vater gehabt hast.«

»Das stimmt ja auch«, erwiderte Kim. »Aber er hat trotzdem großen Einfluß auf mich gehabt. Ich habe mir immer die Schuld daran gegeben, daß wir kein besseres Verhältnis zueinander gefunden haben. Und deshalb habe ich immer versucht, mich nach seinen Wünschen zu richten. Es war sein Wunsch, daß ich Krankenschwester oder Lehrerin werden sollte; mit Innenarchitektur konnte er nichts anfangen. Also bin ich Krankenschwester geworden.«

»Väter können ihre Kinder ganz schön unter Druck setzen«, sagte Edward. »Ich wollte es meinem Vater auch immer recht machen. Völlig verrückt – wenn ich heute darüber nachdenke. Ich hätte ihn einfach ignorieren sollen. Er hat mich immer damit aufgezogen, daß ich gestottert habe; außerdem hätte er lieber einen sportlichen Jungen gehabt. Ich muß eine herbe Enttäuschung für ihn gewesen sein.«

Sie hatten die Burg erreicht, und Kim parkte neben Edwards Wagen. Edward war schon im Begriff auszusteigen, doch dann ließ er sich noch einmal in den Sitz zurückfallen.

»Hast du eigentlich schon etwas gegessen?« fragte er.

Kim schüttelte den Kopf.

»Ich auch noch nicht«, sagte Edward. »Was hältst du davon, nach Salem zu fahren und ein nettes, kleines Restaurant zu suchen?«

»Eine prima Idee«, sagte Kim.

Sie fuhren los, und nachdem sie eine Zeitlang geschwiegen hatten, sagte Kim: »Ich bin inzwischen davon überzeugt, daß meine Eltern daran schuld sind, daß ich auf dem College so durchhing. Bestimmt lag es an dem schwierigen Verhältnis, das wir zueinander hatten. Glaubst du, das war bei dir auch so?«

»Daran besteht nicht der geringste Zweifel«, erwiderte Edward.

»Es ist wirklich erstaunlich, wie wichtig die Selbstachtung für einen Menschen ist«, bemerkte Kim. »Und ich finde es beängstigend, wie leicht Eltern das Selbstbewußtsein ihrer Kinder zerstören können.«

»Das von Erwachsenen ist allerdings auch schneller ruiniert, als man denkt«, sagte Edward. »Und wenn erst einmal das Selbstbewußtsein zerstört ist, verändert sich das ganze Verhalten eines Menschen; er kommt sich vollkommen wertlos vor. Und dann beginnt ein Teufelskreis, den man sogar biochemisch nachweisen kann. Da sind wir übrigens wieder bei einem Argument angelangt, das entschieden für die Einnahme von Medikamenten spricht: Man muß den Teufelskreis durchbrechen.«

»Reden wir über Prozac?« fragte Kim.

»Indirekt, ja«, erwiderte Edward. »Prozac wirkt bei manchen Patienten positiv auf das Selbstwertgefühl.«

»Hättest du während deiner Collegezeit Prozac genommen, wenn es damals schon erhältlich gewesen wäre?« wollte Kim wissen.

»Vielleicht«, gestand Edward. »Wahrscheinlich hätte ich dann völlig andere Erfahrungen gemacht.«

Kim sah kurz zu Edward hinüber. Er lächelte. Sie hatte den Eindruck, daß er ihr gerade etwas sehr Persönliches erzählt hatte.

»Ich möchte dich etwas fragen«, begann sie vorsichtig. »Du brauchst mir nicht zu antworten, wenn du nicht willst. Hast du schon einmal Prozac genommen?«

»Wieso sollte ich dir darauf keine Antwort geben?« entgegnete Edward. »Ja, vor ein paar Jahren habe ich eine Zeitlang Prozac geschluckt. Nach dem Tod meines Vaters hatte ich schwere Depressionen. Da wir eigentlich nie ein besonders enges Verhältnis hatten, hat mich diese heftige Reaktion völlig überrascht. Ein Kollege hat mir damals Prozac empfohlen, und ich hab's ausprobiert.«

»Sind die Depressionen dadurch weggegangen?« wollte Kim wissen.

»Ja«, sagte Edward bestimmt. »Nicht sofort, aber allmählich. Das Interessanteste war aber, daß ich ganz unerwartet einen regelrechten Energieschub hatte; ich war plötzlich ein richtig entschlußfreudiger Mensch. Damit hatte ich nicht im Traum gerechnet, und deshalb kann es auch keine Placebowirkung gewesen sein. Ich habe mich rundum gut gefühlt.«

»Und wie war es mit Nebenwirkungen?« fragte Kim weiter.

»Davon habe ich fast nichts bemerkt«, antwortete Edward. »Im Vergleich zu den Depressionen waren sie auf jeden Fall akzeptabel.«

»Ist ja interessant«, sagte Kim nachdenklich.

»Nun weißt du also, daß ich schon mal Antidepressiva genommen habe«, sagte Edward. »Hoffentlich habe ich dich nicht schockiert – wo du doch so strenge Vorstellungen hast, was die Einnahme von Medikamenten angeht.«

»Unsinn!« entgegnete Kim. »Ganz im Gegenteil. Ich finde es gut, daß du so offen darüber sprichst. Außerdem kann ich mir kein Urteil darüber erlauben. Ich habe zwar noch nie Prozac genommen, aber dafür war ich während meiner Collegezeit mal in psychotherapeutischer Behandlung. Somit haben wir also beide Erfahrungen auf diesem Gebiet gemacht.«

Edward lachte. »Du hast recht! Wir sind beide verrückt.«

In Salem fanden sie ein kleines, beliebtes Restaurant, in dem frischer Fisch serviert wurde. Es war so voll, daß sie sich mit zwei Barhockern an der Theke begnügen mußten. Sie bestellten beide gebackenen Kabeljau und dazu ein Bier. Als Nachspeise aßen sie einen Pudding, der nach einem uralten indianischen Rezept zubereitet worden war.

Nach der lauten, kneipenähnlichen Atmosphäre in dem Restaurant genossen sie anschließend die Stille im Auto. Als sie das Anwesen der Stewarts wieder erreicht hatten und das Tor passierten, wurde Edward plötzlich ganz nervös. Er zappelte unruhig auf seinem Sitz hin und her und strich sich immer wieder das Haar aus der Stirn.

»Was ist mit dir los?« wollte Kim wissen.

»Gar nichts«, erwiderte Edward leicht stotternd.

Kim hielt neben seinem Wagen und zog die Handbremse; den Motor ließ sie laufen. Dann wartete sie, weil sie wußte, daß Edward noch etwas loswerden wollte.

Endlich überwand er sich und rückte mit der Sprache heraus: »Hättest du nicht vielleicht Lust, noch mit zu mir zu kommen?«

Die Einladung rief bei Kim ein zwiespältiges Gefühl hervor. Einerseits wußte sie genau, daß Edward gerade all seinen Mut zusammengenommen hatte, und sie wollte ihn nur ungern zurückweisen. Andererseits mußte sie an die Patienten denken, die sie am nächsten Morgen zu versorgen hatte. Ihr berufliches Pflichtgefühl gewann schließlich die Oberhand. »Tut mir leid«, sagte sie. »Es ist schon zu spät; ich bin total erschöpft. Ich bin seit sechs Uhr heute morgen auf den Beinen.« Um die

Situation zu entkrampfen, fügte sie noch scherzhaft hinzu: »Sieh es doch einfach so: Die kleine Kim muß morgen in die Schule gehen, und sie hat ihre Hausaufgaben noch nicht erledigt.«

»Wir müssen ja nicht mehr lange aufbleiben«, bettelte Edward. »Außerdem ist es doch erst kurz nach neun.«

Diese Bemerkung brachte Kim aus der Fassung. »Ich glaube, das geht mir etwas zu schnell«, sagte sie verlegen. »Ich bin gerne mit dir zusammen. Aber ich möchte nichts überstürzen.«

»Natürlich«, murmelte Edward. »Du hast recht. Ich bin übrigens auch sehr gerne mit dir zusammen.«

»Vielleicht können wir uns ja am Wochenende sehen«, schlug Kim vor. »Freitag und Samstag habe ich keinen Dienst. Wie sieht es bei dir aus?«

»Was hältst du davon, wenn wir Donnerstag abend essen gehen?« fragte Edward. »Dann kannst du dich wenigstens nicht damit rausreden, daß du am nächsten Morgen arbeiten mußt.«

Kim lachte. »Abgemacht. Und ich werde versuchen, meine Hausaufgaben vorher zu erledigen.«

# Kapitel 4

*Freitag, 22. Juli 1994*

Kim schlug die Augen auf und blinzelte ins Tageslicht. Im ersten Moment wußte sie nicht, wo sie war. Die Vorhänge, die die helle Morgensonne ausschlossen, kamen ihr unbekannt vor. Erst als sie sich umdrehte und den schlafenden Edward neben sich liegen sah, fiel ihr schlagartig alles wieder ein.

Sie zog sich die Decke unters Kinn und fühlte sich unwohl und fehl am Platze. »Du Heuchlerin«, schimpfte sie sich leise. Sie konnte sich noch gut daran erinnern, daß sie Edward erst vor ein paar Tagen ermahnt hatte, nichts zu überstürzen. Und jetzt wachte sie hier auf – in seinem Bett. Noch nie war sie mit einem Mann so schnell intim geworden.

Sie wollte aufstehen und sich so leise wie möglich anziehen, um Edward nicht aufzuwecken. Doch sie hatte Pech. Denn am Fußende des Bettes begann Buffer zu knurren, Edwards kleiner, weißer Jack-Russel-Terrier, der ziemlich scheußlich aussah und jetzt auch noch drohend die Zähne fletschte.

Edward richtete sich auf und scheuchte den Hund weg. Dann ließ er sich stöhnend in die Kissen zurückfallen.

»Wie spät ist es denn?« fragte er und hatte die Augen schon wieder geschlossen.

»Kurz nach sechs«, erwiderte Kim.

»Warum in aller Welt bist du schon wach?« wollte Edward wissen.

»Weil ich normalerweise um diese Zeit aufstehe«, entgegnete Kim.

»Aber wir sind doch erst kurz vor eins ins Bett gegangen.«

»Ich wache immer um sechs auf«, erklärte Kim. »Ich hätte wohl besser doch nach Hause gehen sollen.«

Edward öffnete nun die Augen und sah Kim an. »Fühlst du dich unbehaglich?« fragte er.

Kim nickte.

»Das tut mir leid«, sagte Edward. »Ich hätte dich nicht überreden dürfen hierzubleiben.«

»Aber das ist doch nicht dein Fehler«, widersprach sie.

»Natürlich«, sagte Edward. »Du wolltest gehen, und ich habe dich zurückgehalten.«

Sie sahen sich kurz an und mußten beide lachen.

»Irgendwie kommt mir die Situation bekannt vor«, gluckste Kim. »Wir versuchen wieder mal, uns gegenseitig mit Entschuldigungen zu überbieten.«

»Eigentlich ist das eher zum Weinen als zum Lachen«, sagte Edward. »Glaubst du nicht auch, wir hätten inzwischen ein paar Fortschritte machen sollen?«

Kim drehte sich um und schmiegte sich in Edwards Arme. Eine Zeitlang lagen sie einfach so da und genossen den Augenblick; keiner sagte etwas. Dann beendete Edward das Schweigen: »Fühlst du dich immer noch unwohl?«

»Überhaupt nicht«, erwiderte Kim. »Manchmal hilft es schon, wenn man nur darüber redet.«

Während Edward duschte, rief Kim bei ihrer Mitbewohnerin Marsha an. Kim wußte, daß sie bald zur Arbeit aufbrechen würde. Marsha war froh, daß ihre Freundin sich endlich meldete. Sie hatte sich schon Sorgen gemacht, weil Kim nicht nach Hause gekommen war.

»Ich hätte dich wirklich anrufen sollen«, gab Kim zu.

»Da du nicht gekommen bist, kann ich wohl davon ausgehen, daß du einen netten Abend hattest«, bemerkte Marsha trocken.

»Ja, es war wirklich schön«, entgegnete Kim. »Und auf einmal war es so spät, daß ich nicht mehr angerufen habe, weil ich dich nicht wecken wollte.« Dann wechselte sie schnell das Thema. »Könntest du bitte Sheba heute morgen füttern?«

»Deine Katze hat bereits gespeist«, sagte Marsha. »Übrigens hat dein Vater gestern abend angerufen. Du sollst ihn zurückrufen, sobald du Zeit hast.«

»Mein Vater?« fragte Kim erstaunt. »Der ruft mich doch sonst nie an.«

»Das mußt du mir nicht erzählen«, entgegnete Marsha. »Ich habe ihn gestern zum ersten Mal am Telefon gehabt, dabei wohnen wir schon seit ein paar Jahren zusammen.«

Als Edward fertig geduscht und sich angezogen hatte, überraschte er Kim mit dem Vorschlag, auf dem Harvard Square zu frühstücken. Kim hatte angenommen, daß er so schnell wie möglich in sein Labor wollte.

»Ich bin heute zwei Stunden früher aufgestanden als sonst«, sagte er. »Das Labor kann warten. Außerdem habe ich gestern den schönsten Abend des Jahres verbracht, und ich möchte ihn gerne noch ein bißchen verlängern.«

Kim lächelte, stellte sich auf die Zehenspitzen und schlang glücklich ihre Arme um seinen Hals. Edward erwiderte überschwenglich ihre Umarmung.

Sie nahmen Kims Auto, da es im Parkverbot stand und sowieso weggefahren werden mußte. Auf dem Harvard Square führte Edward sie in ein Studentencafé, wo sie sich Spiegeleier mit Schinken gönnten.

»Was hast du heute vor?« fragte Edward. Er mußte brüllen, um sich bei dem Lärm verständlich zu machen. Das Sommersemester war voll im Gange, und auf dem Platz tummelten sich bereits jede Menge Studenten.

»Ich werde nach Salem fahren«, erwiderte Kim. »Die Baufirma hat schon mit der Renovierung des Cottage angefangen, und ich möchte mal sehen, wie es vorangeht.« Kim hatte beschlossen, das alte Haus »Cottage« zu nennen, um es so von dem großen Herrenhaus zu unterscheiden.

»Weißt du schon, wann du zurückkommst?«

»Am frühen Abend«, erwiderte Kim.

»Hättest du Lust, dich gegen acht Uhr mit mir in der Harvest Bar zu treffen?« fragte Edward.

»Ja«, sagte Kim. »Das ist eine gute Idee.«

Nach dem Frühstück bat Edward sie, ihn in der Nähe der Biologielabore abzusetzen, da er noch bei Kevin vorbeischauen wollte.

»Soll ich dich nicht erst nach Hause bringen, damit du dein Auto holen kannst?« wollte Kim wissen.

»Nein, danke«, winkte Edward ab. »An der Uni gibt es sowieso keine Parkplätze. Und von Kevin aus kann ich den Shuttle-Service zu meinem Labor nehmen. Von da komme ich zu Fuß nach Hause. Das ist einer der Vorteile, wenn man so nahe am Harvard Square wohnt.«

Edward stieg an der Ecke Kirkland Street/Divinity Avenue aus. Er blieb noch einen Moment auf dem Bürgersteig stehen und blickte Kim nach, bis sie nicht mehr zu sehen war. Edward wußte, daß er sich verliebt hatte, und er genoß dieses Gefühl in vollen Zügen. Leichten Herzens ging er die Divinity Avenue hinauf. Am liebsten hätte er laut gesungen. Er hatte das wohltuende Gefühl, daß Kim ihn ebenfalls sehr gerne mochte. Er konnt nur hoffen, daß es so bleiben würde.

Als Edward bei den Biologielaboren ankam, war es noch nicht einmal acht Uhr. Auf der Treppe überlegte er, ob Kevin überhaupt schon da wäre. Doch seine Bedenken waren unbegründet. Kevin arbeitete bereits fleißig über seinen Reagenzgläsern.

»Gut, daß du da bist«, sagte Kevin. »Ich hätte mich heute auch bei dir gemeldet.«

»Hast du Claviceps-purpurea-Sporen gefunden?« fragte Edward gespannt.

»Nein«, erwiderte Kevin. »Keine Claviceps-Sporen.«

»So ein Mist!« fluchte Edward und ließ sich auf einen Stuhl

fallen. Er war enttäuscht und hatte plötzlich ein flaues Gefühl im Magen. Er hatte sich insgeheim gewünscht, Kim das positive Ergebnis sozusagen als ein kleines Geschenk der Wissenschaft überreichen zu können und ihr so die Möglichkeit zu eröffnen, Elizabeth zu rehabilitieren.

»Nun guck nicht so traurig aus der Wäsche«, sagte Kevin. »Ich habe zwar keine Claviceps-Sporen gefunden, dafür aber jede Menge andere Schimmelpilze. Einer von denen, die ich züchten konnte, sieht so ähnlich aus wie der Claviceps-purpurea-Pilz, aber er gehört zu einer bisher noch unbekannten Spezies.«

»Mach keine Witze«, staunte Edward. Daß sie offensichtlich doch etwas entdeckt hatten, heiterte ihn wieder etwas auf.

»Natürlich ist das nicht gerade überraschend«, fuhr Kevin fort. Edward fiel sofort wieder die Kinnlade herunter. »Wir kennen zur Zeit etwa fünfzigtausend verschiedene Pilzarten. Viele Experten gehen aber davon aus, daß es in Wirklichkeit zwischen hunderttausend und einer viertel Million verschiedene Spezies gibt.«

»Du willst mir also sagen, daß die Entdeckung dieses neuen Pilzes unbedeutend ist«, stellte Edward trocken fest.

»Das kann ich nicht beurteilen«, entgegnete Kevin. »Vielleicht findest du den Schimmelpilz sogar hochinteressant. Er ist nämlich ein Askomyzet wie Claviceps und entwickelt ebenfalls Sklerotien.«

Kevin nahm ein paar dunkle Klumpen von seinem Tisch und reichte sie Edward, der sie zwischen den Fingern rollte. Die Klümpchen sahen aus wie dunkle Reiskörner.

»Ich glaube, du solltest mir mal erklären, was es mit diesem Sklerotium auf sich hat«, forderte Edward seinen Freund auf.

»Sklerotium ist ein hartes, sporenbildendes Pilzfadengeflecht, das bestimmte Pilze entwickeln«, erklärte Kevin. »Im Gegensatz zu den einfachen, einzelligen Sporen ist ein Sklerotium vielzellig und enthält sowohl Pilzfilamente als auch Speicherstoffe.«

»Und warum glaubst du, daß mich das interessieren könnte?« wollte Edward wissen. Er fand, daß die Klumpen in seiner Hand den Körnern im Roggenbrot sehr ähnlich sahen. Als er sich eins unter die Nase hielt, stellte er fest, daß sie absolut geruchlos waren.

»Weil das Claviceps-Sklerotium bioaktive Alkaloide enthält, die Ergotismus verursachen können«, erklärte Kevin.

»Tatsächlich?« rief Edward. Er saß plötzlich kerzengerade und nahm das Sklerotium zwischen seinen Fingern noch einmal gründlich in Augenschein. »Wie stehen denn die Chancen, daß dieses kleine Körnchen die gleichen Alkaloide enthält wie Claviceps?«

»Das ist die große Frage«, erwiderte Kevin. »Aber ich glaube, sie stehen ganz gut. Es gibt nämlich gar nicht so viele Pilze, die Sklerotien bilden. Und diese neue Spezies scheint dem Claviceps purpurea wirklich sehr ähnlich zu sein.«

»Warum probieren wir es nicht einfach mal aus?« fragte Edward.

»Was, um Himmels willen, meinst du damit?« wollte Kevin wissen. Er warf Edward einen Blick zu, als ahnte er schon, was jetzt kommen würde.

»Warum mixt du uns nicht einfach ein kleines Gebräu aus diesen Kügelchen, und wir probieren, wie es wirkt?« schlug Edward vor.

»Ich hoffe, das meinst du nicht ernst«, entgegnete Kevin.

»Doch«, stellte Edward klar. »Ich meine es vollkommen ernst. Ich will wissen, ob dieser neue Schimmelpilz eine halluzinogene Wirkung hat. Und das läßt sich doch wohl am schnellsten und einfachsten herausfinden, indem wir uns eine Kostprobe genehmigen.«

»Du bist wohl völlig durchgeknallt!« rief Kevin entrüstet. »Mykotoxine können hochgiftig sein. Die armen Menschen, die unter Ergotismus gelitten haben, haben das am eigenen Leibe erfahren. Du gehst da ein ziemlich großes Risiko ein.«

»Wo ist bloß deine Abenteuerlust geblieben?« stichelte Edward und erhob sich. »Darf ich dein Labor für meinen kleinen Selbstversuch benutzen?«

»Ich weiß nicht, was ich von der Idee halten soll«, sagte Kevin. »Aber du scheinst dir diesen Irrsinn nicht ausreden zu lassen.«

»Auf keinen Fall«, stellte Edward klar. »Ich werde jetzt eine kleine Probe nehmen.«

Kevin führte ihn in sein Labor und fragte, was er benötige. Edward verlangte einen Mörser und ein Pistill oder etwas ähnliches; außerdem ein wenig destilliertes Wasser, eine schwache Säure, um das Alkaloid zu präzipitieren, etwas Filterpapier, ein Litergefäß und eine Milliliter-Pipette.

»Du bist wirklich verrückt«, wiederholte Kevin, während er die gewünschten Instrumente und Chemikalien zusammentrug. Dann machte Edward sich an die Arbeit. Zuerst zerstieß er ein paar Sklerotien und extrahierte das Pulver mit destilliertem Wasser. Mit Hilfe der Säure gelang es ihm, ein paar Milligramm einer weißen Substanz auszufällen. Er nahm das Filterpapier und isolierte aus dem weißen Präzipitat ein paar Körnchen. Ungläubig und fassungslos beobachtete Kevin seinen Freund.

»Bitte, sag nicht, daß du das Zeug essen willst«, beschwor ihn Kevin. Ihm wurde langsam mulmig.

»Glaubst du, ich bin wahnsinnig«, entgegnete Edward.

»Ich dachte schon«, murmelte Kevin leise.

»Paß auf«, begann Edward. »Ich will nur wissen, ob das Zeug eine halluzinogene Wirkung hat. Wenn es tatsächlich berauschend wirkt, dann genügt eine minimale Dosis. Damit meine ich weniger als ein Mikrogramm.«

Edward nahm einen Spatel zur Hilfe und ließ ein winziges Körnchen des Präzipitats in einen Erlenmeyerkolben fallen, den er zuvor mit einem Liter destillierten Wasser gefüllt hatte. Dann schüttelte er den Kolben kräftig.

»Wenn ich mich nicht als Versuchskaninchen zur Verfügung stelle, müssen wir womöglich noch ein halbes Jahr mit dem Zeug experimentieren und wissen dann vielleicht immer noch nicht, ob es Halluzinationen hervorruft«, sagte Edward. »Letzten Endes müssen wir es sowieso an einem menschlichen Gehirn testen. Und deshalb stelle ich mein Gehirn sofort zur Verfügung. Wenn es um die Wissenschaft geht, bin ich ein Mann der Tat.«

»Ist dir klar, daß das Zeug ein toxisches Nierenversagen hervorrufen kann?« fragte Kevin.

Edward winkte ungläubig ab. »Bei dieser Dosierung? Niemals! Wir liegen immerhin um den Faktor zehn unter der Toxizität des Botulinustoxins, und das ist von allen bisher bekannten Substanzen die giftigste. Hinzu kommt, daß ich nicht nur weniger als ein Mikrogramm nehme – das Zeug ist ja selbst ein Gemisch der verschiedensten Substanzen, so daß die Konzentration des eigentlichen Giftes noch einmal stark dezimiert sein dürfte.«

Edward bat Kevin, ihm die Milliliter-Pipette zu reichen. Kevin zögerte kurz, bevor er sie ihm schließlich gab.

»Bist du sicher, daß du nicht auch ein Tröpfchen probieren willst?« fragte Edward lachend. »Vielleicht entgeht dir eine interessante wissenschaftliche Erfahrung.« Dann zog er etwas Flüssigkeit in die schlanke Pipette.

»Nein, danke«, winkte Kevin ab. »Das will ich meinen Nieren auf keinen Fall zumuten.«

»Na dann – auf deine Gesundheit!« sagte Edward und hob die Pipette vor sein Gesicht. Er tropfte einen Milliliter der Flüssigkeit auf seine Zunge und spülte ihn mit einem kräftigen Schluck Wasser hinunter.

»Und?« fragte Kevin nervös, nachdem einen Moment lang keiner etwas gesagt hatte.

»Schmeckt etwas bitter«, sagte Edward und machte seinen Mund mehrmals auf und zu, um den Geschmack zu verstärken.

»Sonst noch irgendwas?« wollte Kevin wissen.

»Mir wird ein bißchen schwindelig«, erwiderte Edward.

»Erzähl mir nichts«, winkte Kevin ab. »Du warst wahrscheinlich schon vorher schwindelig.«

»Ich gebe zu, daß mein kleines Experiment strengen wissenschaftlichen Kriterien wahrscheinlich nicht genügen dürfte«, gluckste Edward. »Alles, was ich empfinde, könnte genausogut eine Placebowirkung sein.«

»Ich will nichts mit dieser Sache zu tun haben«, sagte Kevin energisch. »Ich bestehe darauf, daß du noch heute deinen Urin untersuchen und eine Bestimmung deiner Blut-, Harn- und Stickstoffwerte vornehmen läßt.«

»Oho!« rief Edward plötzlich. »Jetzt passiert etwas.«

»Ach, du meine Güte!« stammelte Kevin. »Was denn?«

»Ich sehe Farben, die sich bewegen und Muster bilden; es ist so, als würde ich durch ein Kaleidoskop gucken.«

»Das fängt ja gut an«, bemerkte Kevin. Er starrte Edward an und mußte feststellen, daß dieser in einer Art Trancezustand zu schweben schien.

»Jetzt höre ich so etwas wie einen Synthesizer. Mein Mund ist auf einmal ganz trocken. Und mein Arm kribbelt so komisch. So, als ob mich etwas beißt oder zwickt. Ein ganz seltsames Gefühl.«

»Soll ich einen Arzt holen?« fragte Kevin.

Plötzlich griff Edward nach Kevins Unterarm, um sich mit aller Kraft an ihm festzukrallen.

»Der ganze Raum bewegt sich plötzlich«, sagte Edward. »Außerdem habe ich das Gefühl, daß mir irgend etwas den Hals zudrückt.«

»Ich rufe sofort einen Arzt«, rief Kevin. Sein Puls raste, als er zum Telefon griff. Doch Edward ließ ihn nicht los.

»Es ist schon wieder in Ordnung«, sagte er. »Die Farben verschwinden langsam wieder.« Edward schloß die Augen, wagte aber nicht, sich zu bewegen. Er hielt noch immer Kevins Arm umklammert.

Schließlich öffnete er die Augen und seufzte. Jetzt erst wurde ihm bewußt, daß er sich an Kevin festgekrallt hatte. Er ließ ihn los, holte einmal tief Luft und strich seine Jacke glatt. »Ich glaube, wir wissen jetzt Bescheid«, sagte er.

»Du bist total verrückt!« schimpfte Kevin. »Deine Sperenzchen haben mir einen ganz schönen Schrecken eingejagt. Ich war kurz davor, einen Notarzt zu rufen.«

»Nur keine Panik«, versuchte Edward ihn zu beruhigen. »So schlimm war es doch gar nicht. Du wirst doch nicht gleich die Fassung verlieren, nur weil ich sechzig Sekunden lang ein bißchen berauscht war.«

Kevin warf einen Blick auf seine Uhr. »Es waren nicht sechzig Sekunden, sondern zwanzig Minuten«, stellte er fest.

Edward warf auch einen Blick auf seine Uhr. »Ist das nicht merkwürdig?« fragte er. »Ich habe jegliches Zeitgefühl verloren.«

»Fühlst du dich wieder normal?« wollte Kevin wissen.

»Aber ja«, beteuerte Edward überschwenglich. »Es geht mir hervorragend. Ich fühle mich ...« Er horchte einen Augenblick in sich hinein und suchte nach den passenden Worten für seine Empfindungen. »Ich fühle mich so energiegeladen wie nach einem Urlaub. Außerdem habe ich einen absolut klaren Kopf, ich sehe alles ganz deutlich. Vielleicht bin ich sogar ein bißchen euphorisch, aber das kann natürlich auch an dem positiven Resultat liegen: Immerhin haben wir gerade festgestellt, daß dieser neu entdeckte Pilz eindeutig eine halluzinogene Substanz enthält.«

»Wir wollen doch lieber nicht ›wir‹ sagen«, stellte Kevin klar. »Du hast das festgestellt, nicht ich. Ich übernehme für diesen Wahnsinn keinerlei Verantwortung.«

»Ob wir es mit den gleichen Alkaloiden zu tun haben wie bei Claviceps?« fragte sich Edward. »Ich verspüre allerdings nicht die geringsten Anzeichen einer Durchblutungsstörung, dabei ist das doch bei Ergotismus eines der häufigsten Symptome.«

»Versprich mir wenigstens, daß du noch heute eine Urinuntersuchung machen und deinen Kreatininwert bestimmen läßt«, insistierte Kevin. »Wenn du dir auch offensichtlich keine Gedanken über die Folgen deines Wahnsinns zu machen scheinst – ich tue es schon.«

»Okay«, willigte Edward ein. »Wenn du damit heute nacht besser schlafen kannst, verspreche ich es dir. Könntest du mir eigentlich noch mehr von diesen Sklerotien verschaffen? Oder geht das nicht?«

»Da ich inzwischen herausgefunden habe, in welchem Medium dieser Pilz gedeiht, kann ich noch ein bißchen mehr davon züchten. Von den Sklerotien kann ich dir aber keine größeren Mengen versprechen. Es ist nicht gerade einfach, den Pilz zur Sklerotienproduktion zu bringen.«

»Okay, versuch dein Bestes«, sagte Edward. »Vielleicht ist es dir ein Ansporn, wenn du daran denkst, daß wir wahrscheinlich einen schönen kleinen Aufsatz über diesen neuen Pilz veröffentlichen können.«

Als Edward über das Campusgelände zur Haltestelle des Shuttle-Busses eilte, hätte er vor Freude jauchzen können. Er konnte es gar nicht abwarten, Kim von seiner Entdeckung zu berichten. Nach dem, was er herausgefunden hatte, war die Vergiftungstheorie, was die Hexenhysterie von Salem betraf, aktueller denn je.

Kim brannte darauf, die Fortschritte an ihrem Cottage zu sehen; aber noch mehr drängte es sie zu erfahren, warum ihr Vater angerufen hatte. Da sie ihn noch zu erwischen hoffte, bevor er in sein Bostoner Büro aufbrach, machte sie einen Umweg über Marblehead.

Sie betrat das Haus und ging direkt in die Küche. Wie erwartet saß ihr Vater bei einer Tasse Kaffee am Tisch und hatte sich in seine Zeitung vertieft. John Stewart war ein großer stämmiger Mann, der als Student der Harvard University wie ein richtiger Athlet ausgesehen haben soll. Früher hatte er auch einen ebenso dunklen und wilden Haarschopf gehabt wie Kim. Doch im Laufe der Jahre war John ergraut, was ihm ausgesprochen gut stand und ihm ein typisch väterliches Erscheinungsbild verlieh.

»Guten Morgen, Kimmy«, sagte er, ohne von seiner Zeitung aufzusehen.

Kim schaltete die Espressomaschine ein und schäumte Milch für einen Cappuccino auf.

»Ist mit deinem Auto alles in Ordnung?« fragte John, während er laut mit der Zeitung raschelte. »Ich hoffe, du hältst dich an meinen Rat und läßt es regelmäßig warten.«

Kim gab keine Antwort. Sie war es gewohnt, daß ihr Vater sie wie ein kleines Mädchen behandelte. Doch ein bißchen ärgerte sie sich trotzdem. Ständig wollte er ihr vorschreiben, wie sie Ordnung in ihr Leben zu bringen hatte. Doch je älter sie wurde, desto sicherer glaubte sie, auf seine Empfehlungen verzichten zu können: Schließlich war das Leben, das ihr Vater führte, alles andere als vorbildlich; das galt insbesondere für seine Ehe.

»Ich habe gehört, daß du gestern abend bei mir angerufen hast«, begann Kim, während sie auf einem Stuhl neben dem Erkerfenster Platz nahm; von hier aus hatte sie einen herrlichen Blick über das Meer.

John sah von seiner Zeitung auf.

»Ja, das habe ich«, bestätigte er. Deine Mutter hat mir erzählt, daß du dich neuerdings für Elizabeth Steward interessierst und viele Fragen über sie gestellt hast. Das hat mich ziemlich überrascht. Ich wollte dich fragen, warum du deine Mutter mit dieser Fragerei so aufregen mußtest.«

»Ich habe nicht vorgehabt, Mutter aufzuregen«, entgegnete Kim. »Ich wollte einfach nur ein paar grundlegende Fakten über Elizabeth wissen. Zum Beispiel interessiert mich, ob man sie wirklich wegen Hexerei gehängt hat oder ob das nur ein Gerücht ist.«

»Sie ist tatsächlich gehängt worden«, sagte John. »Das weiß ich absolut sicher. Und ich weiß auch, daß die Familie Stewart alles daran gesetzt hat, die ganze Geschichte zu vertuschen. Deshalb solltest du die Sache lieber auf sich beruhen lassen und nicht weiter nachbohren.«

»Aber wieso nicht?« fragte Kim. »Warum in aller Welt so viel Geheimnistuerei um eine Geschichte, die mittlerweile dreihundert Jahre zurückliegt.«

»Ob du es verstehst oder nicht, ist ganz egal«, erwiderte John.

»Es war damals eine Schande für die Familie, und daran hat sich bis heute nichts geändert.«

»Willst du mir etwa weismachen, daß du es persönlich als eine Schande empfindest, daß man Elizabeth Stewart vor dreihundert Jahren gehängt hat?« fragte Kim ungläubig.

»Nein, ich nicht«, räumte John ein. »Aber deine Mutter schämt sich deswegen. Und wenn sie nichts von der Geschichte hören will, dann solltest du das akzeptieren und dich nicht darüber lustig machen. Schließlich hat sie es schon schwer genug.«

Kim biß sich auf die Zunge. In Anbetracht der gegebenen Umstände kostete es sie einige Mühe, keine böse Bemerkung fallenzulassen. Statt dessen sagte sie, daß sie sich nicht nur für Elizabeths Schicksal interessiere, sondern sich ihrer Vorfahrin inzwischen sogar sehr verbunden fühle.

»Wie, in aller Welt, kommt denn das?« fragte John gereizt.

»Zum einen, weil ich ein Portrait von ihr gefunden habe«, erklärte Kim. »Jemand muß es im hintersten Winkel von Großvaters Weinkeller versteckt haben. Als ich das Bild in Händen hielt, ist mir zum ersten Mal klargeworden, daß sie eine lebendige Frau gewesen ist. Sie hatte sogar die gleichen Augen wie ich. Was immer sie auch getan hat, ein solches Schicksal hatte sie mit Sicherheit nicht verdient. Da kann man doch gar nicht anders, als Sympathie für sie zu empfinden.«

»Ich wußte, daß das Portrait da unten steht«, sagte John. »Aber was hattest du überhaupt in dem Weinkeller zu suchen?«

»Nichts Besonderes«, erwiderte Kim. »Ich habe mich einfach mal umgesehen. Und weil ich in letzter Zeit einiges über die Hexenprozesse von Salem gelesen habe, dachte ich, mich trifft der Schlag, als ich das Portrait von Elizabeth entdeckt habe. Die Bücher über die Hexenprozesse haben mich übrigens erst recht darin bestärkt, für Elizabeth Partei zu ergreifen. Wußtest du zum Beispiel, daß die Geschworenen und die Richter ihre Urteile schon kurz nach der Vollstreckung öffentlich widerrufen und um Verzeihung gebeten haben? Schon damals haben die Menschen gewußt, daß sie offensichtlich Unschuldige hingerichtet hatten.«

»Nicht alle waren unschuldig«, warf John ein.

»Mutter hat auch so eine geheimnisvolle Bemerkung gemacht«, stellte Kim fest. »Was hat Elizabeth denn nur getan, daß ihr alle so von ihrer Schuld überzeugt seid?«

»Eine gute Frage«, sagte John. »Die genauen Einzelheiten kenne ich auch nicht. Aber mein Vater hat mir erzählt, daß sie bei irgendwelchen okkulten Dingen die Hände im Spiel gehabt haben soll.«

»Was hat sie denn gemacht?« bohrte Kim weiter.

»Ich habe dir doch gerade gesagt, daß ich es nicht weiß«, fuhr John sie wütend an. »Nun hör endlich auf zu fragen.«

»Und geh auf dein Zimmer!« fügte Kim leise hinzu. Sie fragte sich, ob ihr Vater jemals begreifen würde, daß sie kein Kind mehr war, und ob er sie jemals wie eine Erwachsene behandeln würde.

»Jetzt hör mir mal zu, Kimmy«, begann er von neuem, in einem versöhnlicheren, väterlichen Ton. »Laß die Vergangenheit ruhen – in deinem eigenen Interesse! Wenn du in den alten Geschichten herumrührst, gibt es nichts als Ärger.«

»Bei allem Respekt«, sagte Kim, »aber warum sollte ich mich davon abhalten lassen, die Vergangenheit meiner Familie zu erforschen?«

John suchte verzweifelt nach einer Antwort.

»Ich werde dir mal erzählen, was ich von der Sache halte«, fuhr Kim mit einer Resolutheit fort, die sie selbst überraschte. »Ich glaube, daß die Angehörigen von Elizabeth es damals wirklich als Schande empfunden haben, als sie als Hexe verurteilt und hingerichtet wurde. Ich kann mir auch vorstellen, daß die Verurteilung für das Geschäft ihres Mannes Ronald nicht gerade vorteilhaft gewesen ist; und er war es ja, der unsere Firma, die Maritime Limited, gegründet und damit den Grundstein für den Reichtum vieler Generationen von Stewarts gelegt hat – unsere Familie eingeschlossen. Doch daß man heute immer noch so tut, als sei es ein Verbrechen, überhaupt nur über Elizabeth zu reden, und daß man nun seit dreihundert Jahren versucht, ihren Namen aus der Familiengeschichte zu tilgen – das ist eine Schande! Immerhin ist sie ein Mitglied unserer Familie! Wäre sie nicht gewesen, würden weder du noch ich heute hier sitzen. Ich kann nicht glauben, daß im Laufe all der Jahre noch nie jemandem bewußt geworden ist, wie lächerlich diese ganze Geheimnistuerei um Elizabeth eigentlich ist.«

»Wenn du aufgrund deiner eigenen, egoistischen Sichtweise nicht von dem Thema lassen kannst«, unterbrach John sie gereizt, »dann tu es wenigstens deiner Mutter zuliebe. Joyce betrachtet die Geschichte nun einmal als Schande; warum das so ist, spielt doch keine Rolle. Es ist eben so. Und das sollte Grund genug für dich sein, nicht mehr weiter in Elizabeths Vergangenheit herumzuwühlen. Hör endlich auf, deiner Mutter ständig diese alten Geschichten unter die Nase zu reiben!«

Kim nahm einen Schluck von ihrem inzwischen kalten Cappuccino. Sie gab den Versuch auf, mit ihrem Vater eine vernünftige Unterhaltung zu führen. Im Grunde war ihr das sowieso noch nie gelungen. Ihr Vater war nur zu Monologen fähig: Er befahl ihr, was sie zu tun hatte und wie sie es zu tun hatte, basta.

»Deine Mutter hat mir auch erzählt, daß du das alte Stewartsche Haus renovieren läßt«, fuhr John fort. »Was hast du denn damit vor?«

Kim berichtete ihm von ihrem Entschluß, das alte Haus modernisieren zu lassen und dort einzuziehen. Während sie erzählte, wandte ihr Vater sich wieder seiner Zeitung zu. Die einzige Frage, die ihn wirklich zu interessieren schien, betraf die Burg und die Besitztümer seines Vaters, die sich darin befanden.

»In der Burg werde ich nichts antasten«, versicherte Kim. »Jedenfalls nicht, bevor Brian zurückkommt.«

»In Ordnung«, grummelte John und konzentrierte sich wieder auf das Wall Street Journal.

»Wo ist Mutter eigentlich?« wollte Kim wissen.

»Oben«, erwiderte John. »Es geht ihr nicht gut, und sie will niemanden sehen.«

Wenig später verließ Kim traurig und bekümmert das Haus ihrer Eltern. Als sie in ihr Auto stieg, empfand sie eine Mischung aus Mitleid, Wut und Abscheu für die Art, in der ihre Eltern zusammenlebten. Sie ließ den Motor an und schwor sich, niemals selbst eine solche Ehe zu führen.

Kim verließ die Einfahrt und bog in die Straße ein, die nach Salem führte. Während der Fahrt rief sie sich in Erinnerung, daß sie trotz ihrer Aversion gegen das Eheleben ihrer Eltern Gefahr lief, sich selbst in eine ähnliche Situation zu bringen. Daß sie so heftig auf Kinnards Wunsch reagiert hatte – der lieber mit seinen Kollegen angeln gehen wollte, als das Wochenende wie geplant mit ihr zu verbringen –, war zum Teil sicher auf die deprimierende Beziehung ihrer Eltern zurückzuführen.

Plötzlich lächelte Kim, und all ihre trüben Gedanken waren

wie weggeblasen. Sie hatte gerade an die Blumen gedacht, die Edward ihr jeden Tag geschickt hatte. In gewisser Weise war es ihr zwar peinlich, andererseits bewies diese Geste aber auch, wie zuvorkommend und liebevoll Edward war. Jedenfalls war sie sich ziemlich sicher, daß er kein Casanova war.

Die frustrierende Unterhaltung mit ihrem Vater hatte bei Kim genau das Gegenteil dessen bewirkt, was dieser eigentlich bezweckt hatte. Ihr Interesse an Elizabeths Schicksal war größer denn je. Als sie in Salem ankam, machte sie einen kleinen Umweg ins Zentrum und stellte ihr Auto ab.

Vom Parkhaus ging sie zum Peabody-Essex-Institut hinüber, einem kulturhistorischen Verein, der in mehreren restaurierten Häusern im Zentrum der Stadt residierte. Der Verein kümmerte sich um die Stadtgeschichte und archivierte alte Dokumente aus Salem und Umgebung, also auch Dokumente über die Hexenprozesse.

Kim zahlte am Eingang ihre Benutzergebühr und ließ sich von der Rezeptionistin den Weg zur Bibliothek zeigen. Sie stieg gegenüber der Empfangstheke eine kleine Treppe empor und öffnete eine schwere Tür. Das Gebäude stammte aus dem frühen neunzehnten Jahrhundert und hatte hohe Stuckdecken und dunkle Holzzierleisten. Im Hauptraum gab es mehrere Kamine aus Marmor, an den Decken hingen Kronleuchter, und überall standen dunkel gebeizte Eichentische mit dazu passenden Stühlen. Der Geruch von alten Büchern erfüllte den Raum, und es war mucksmäuschenstill.

Eine freundliche, hilfsbereite Bibliothekarin namens Grace Meehan eilte Kim sofort zu Hilfe. Sie war eine ältere Frau mit grauen Haaren und einem netten Gesicht. Nachdem Kim gefragt hatte, wo sie Informationen über die Hexenprozesse von Salem finden könne, führte Grace sie zu den Regalen, in denen sich die alten Dokumente befanden. Kim war überrascht. Die schriftlich niedergelegten Anschuldigungen von damals, die Strafanzeigen, die Haftbefehle, die Zeugenaussagen, die Anhörungsprotokolle, die Haftanweisungen, die Hinrichtungsbefehle – alles war vorhanden. Jedes einzelne Dokument war sorgfältig archiviert und in die veraltete Zettelkartei der Bibliothek aufgenommen worden.

Nicht im Traum hatte Kim damit gerechnet, eine solche Fülle von Informationen zu finden, die sie ohne Schwierigkeiten benutzen konnte. Ihr wurde klar, warum so viele Historiker über die Hexenprozesse von Salem geschrieben hatten. Für Forscher mußte das Institut eine unerschöpfliche Fundgrube sein.

Sie war ziemlich aufgeregt und suchte zunächst nach dem Namen Elizabeth Stewart. Doch ihre Hoffnung, ihn hier vielleicht irgendwo zu entdecken, wurde schnell enttäuscht. Weder war eine Elizabeth Stewart verzeichnet, noch wurde der Name Stewart in der Kartei überhaupt erwähnt.

Kim wandte sich noch einmal an die Bibliothekarin und fragte, ob ihr der Name Elizabeth Stewart vielleicht ein Begriff sei.

»Nein«, erwiderte Grace. »Der Name ist mir nicht geläufig. Wissen Sie, was diese Frau mit den Hexenprozessen zu tun gehabt haben soll?«

»Soviel ich weiß, war sie eine der Verurteilten«, erklärte Kim. »Sie soll gehängt worden sein.«

»Das kann nicht sein«, widersprach Grace, ohne zu zögern. »Ich kann, glaube ich, von mir behaupten, daß ich die vorhandenen Unterlagen über die Hexenprozesse in- und auswendig kenne. Aber der Name Elizabeth Stewart ist mir noch nie untergekommen; über eine Elizabeth Stewart existieren keine Zeugenaussagen, und sie gehörte auf gar keinen Fall zu den zwanzig Opfern. Wie kommen Sie darauf, daß sie als Hexe hingerichtet worden sein soll?«

»Das ist eine lange Geschichte«, erwiderte Kim ausweichend.

»Auf jeden Fall stimmt sie nicht«, betonte Grace noch einmal mit Nachdruck. »Das Thema ist umfassend erforscht, und es ist völlig ausgeschlossen, daß man ein Opfer vergessen hat.«

»Ich verstehe«, sagte Kim und verzichtete auf weitere Diskussionen mit der Bibliothekarin. Sie bedankte sich und nahm sich noch einmal die Zettelkartei vor. Sie beschloß, die Dokumente über die Hexenprozesse vorerst außer acht zu lassen und sich lieber einem anderen interessanten Aspekt zu widmen. Das Peabody-Essex-Institut hatte mit großer Akribie die Stammbäume etlicher Familien aus dem Essex County erforschen und archivieren lassen.

Bei der Suche nach der Familienchronik der Stewarts stieß Kim auf zahlreiche Informationen. In der Stammbaumkartei gab es fast eine ganze Schublade voller Zettel mit Daten über die Stewarts. Als Kim die Unterlagen studierte, stellte sie fest, daß der Stewart-Clan aus zwei Hauptzweigen bestand, dem Zweig, dem sie selbst entstammte, und einem anderen, dessen Geschichte nicht ganz so weit zurückreichte.

Nach einer halben Stunde fand Kim einen knappen Hinweis auf die Existenz Elizabeth Stewarts. Sie war am 4. Mai 1665 als Tochter von James und Elisha Flanagan geboren worden und am 19. Juli 1692 als Ehefrau von Ronald Stewart gestorben. Die Todesursache wurde nicht genannt. Kim rechnete schnell nach und kam zu dem Ergebnis, daß Elizabeth schon mit siebenundzwanzig Jahren gestorben war.

Nachdenklich sah Kim von den Papieren auf und starrte gedankenverloren aus dem Fenster. Plötzlich bekam sie eine Gänsehaut im Nacken. Sie war ebenfalls siebenundzwanzig, und auch sie hatte im Mai Geburtstag – nicht am vierten, aber am sechsten. Als sie sich dann auch noch in Erinnerung rief, wie ähnlich sie ihrer Vorfahrin sah und daß sie vorhatte, demnächst das Haus zu beziehen, in dem auch Elizabeth gewohnt hatte, überlegte sie sich, ob das nicht zu viele Zufälle auf einmal waren. Hatte das Ganze womöglich irgend etwas zu bedeuten?

»Entschuldigen Sie bitte«, sagte Grace Meehan und riß Kim aus ihren Gedanken. »Ich habe Ihnen hier eine Liste mit den Namen der Frauen kopiert, die man wegen Hexerei hingerichtet hat. Es sind auch die Daten und die jeweiligen Wochentage ihrer Hinrichtung aufgeführt, und darüber hinaus sind ihr Alter, Wohnsitz und die Kirchengemeinde angegeben, der sie angehörten – sofern sie Mitglieder der Kirche waren. Wie Sie sehen, ist die Liste vollständig, und eine Elizabeth Stewart ist nicht aufgeführt.«

Kim bedankte sich und suchte sofort das Datum Dienstag, 19. Juli 1692. An diesem Tag waren fünf Frauen gehängt worden. Zwar mußte sie sich eingestehen, daß eine Übereinstimmung der Daten noch kein Beweis dafür war, daß auch Elizabeth zu den Gehängten gehört hatte, doch zumindest hielt sie jetzt zum ersten Mal einen Anhaltspunkt in den Händen.

Dann fiel ihr plötzlich noch etwas anderes auf. Sie erinnerte sich daran, daß am vergangenen Dienstag der 19. Juli gewesen war. Sie überprüfte noch einmal die Liste von Grace und stellte fest, daß die Daten im Jahr 1692 auf die gleichen Wochentage fielen wie im Jahr 1994! Kim fragte sich, ob das ein weiterer Zufall war, der womöglich etwas zu bedeuten hatte.

Dann wandte Kim sich wieder den Büchern über Ahnenforschung zu. Sie schlug unter dem Namen Ronald Stewart nach und registrierte, daß Elizabeth nicht seine erste Frau gewesen war. Ronald hatte bereits im Jahr 1677 Hanna Hutchinson geheiratet, die im folgenden Jahr ihre Tochter Joanna geboren hatte. Doch Hannah war bereits im Januar 1679 gestorben; die Todesursache war nicht angegeben. 1681 hatte Ronald dann mit achtundzwanzig Jahren Elizabeth Flanagan geheiratet und mit ihr drei weitere Kinder gezeugt: Seine Tochter Sarah war 1681 geboren, sein Sohn Jonathan 1682 und Daniel 1689. Schließlich hatte Ronald 1692 noch eine dritte Frau geheiratet, nämlich Rebecca Flanagan, die jüngere Schwester von Elizabeth, mit der er im Jahr 1693 noch eine weitere Tochter namens Rachel bekommen hatte.

Kim ließ das Buch in ihren Schoß sinken und starrte mit leerem Blick in den Raum. Während sie versuchte, Ordnung in ihre Gedanken zu bringen, begannen in ihrem Kopf leise die Alarmglocken zu schrillen. Was war Ronald bloß für ein Mensch gewesen? Sie sah noch einmal in das Buch und stellte fest, daß Ronald nur zwei Jahre nach dem Tod seiner ersten Frau bereits Elizabeth geheiratet hatte. Und nachdem sie gestorben war, hatte er ihre Schwester noch im gleichen Jahr zur Frau genommen!

Ein ungutes Gefühl machte sich in Kim breit. Sie kannte die amourösen Abenteuer ihres Vaters und hielt es für möglich, daß Ronald genauso geartet gewesen war. Sie fragte sich, ob Ronald wohl schon eine Affäre mit Elizabeth gehabt hatte, als er noch mit Hannah verheiratet gewesen war, und ob er schon mit Rebecca angebändelt hatte, als er noch mit Elizabeth zusammen gewesen war. Immerhin stand fest, daß Elizabeth unter ungewöhnlichen Umständen ums Leben gekommen war. Kim überlegte, woran Hannah wohl gestorben sein mochte.

Doch dann schüttelte sie den Kopf und mußte über sich selbst lachen. Sie hatte zu viele Seifenopern gesehen, so daß jetzt die Phantasie mit ihr durchging; offenbar neigte sie dazu, nur noch in melodramatischen Dimensionen zu denken.

Nachdem Kim sich noch ein paar Minuten mit dem Stammbaum der Familie Stewart beschäftigt hatte, waren ihr zwei weitere Dinge klar. Zum einen wußte sie nun, daß sie selbst zu jenem Familienzweig gehörte, der auf Ronalds und Elizabeths Sohn Jonathan zurückzuführen war. Und zum anderen war ihr aufgefallen, daß der Name Elizabeth in der dreihundertjährigen

Familiengeschichte nie wieder auftauchte. Bei so vielen Generationen von Stewarts konnte das kein Zufall sein. Ihre Vorfahren mußten den Namen Elizabeth bewußt vermieden haben, und Kim konnte sich immer weniger vorstellen, was die arme Frau Schlimmes getan haben sollte, daß man sogar ihren Namen innerhalb der Familie verboten hatte.

Kim verließ das Peabody-Essex-Institut und wollte zu ihrem Auto gehen, um zu dem Stewartschen Anwesen hinauszufahren; doch als sie die unterste Stufe der Treppe erreicht hatte, hielt sie inne. Als sie darüber gegrübelt hatte, was Ronald wohl für ein Mensch gewesen sein mochte, war ihr unter anderem durch den Kopf gegangen, daß er Elizabeth auch umgebracht haben könnte, und das brachte sie jetzt auf eine neue Idee. Sie ging noch einmal zurück und fragte nach dem Weg zum Gerichtsgebäude des Essex County.

Das Haus lag an der Federal Street, ganz in der Nähe des berühmten Hexenhauses. Es war ein streng an der griechischen Architektur orientiertes Renaissancegebäude mit einem schlichten Giebeldreieck und massiven dorischen Säulen. Kim betrat den Justiztempel und fragte am Empfang, wo die Gerichtsakten aufbewahrt wurden.

Sie hatte keine Ahnung, ob sie wirklich irgend etwas finden würde. Sie wußte nicht einmal, ob Gerichtsakten überhaupt so lange aufbewahrt wurden oder ob sie, wenn sie tatsächlich noch existieren sollten, öffentlich zugänglich waren. Nichtsdestoweniger wandte sie sich an die zuständige Beamtin und fragte, ob sie die Akten über Ronald Stewart einsehen dürfe. Sie fügte noch hinzu, daß sie von jenem Ronald Stewart spreche, der 1653 geboren war.

Das Alter der schläfrig wirkenden Frau hinter dem Schalter war schwer zu schätzen. Falls Kim sie mit ihrer Bitte überrascht hatte, so ließ sie sich das zumindest nicht anmerken. Sie gab den Namen in ihren Computer ein, warf einen kurzen Blick auf den Bildschirm und verließ dann den Raum. Sie hatte noch kein einziges Wort gesagt. Sicher erkundigten sich so viele Leute nach den Hexenprozessen von Salem, daß die städtischen Angestellten inzwischen völlig abgestumpft waren, wenn es um Anfragen aus jener Epoche ging.

Kim sah ungeduldig auf ihre Uhr. Es war schon halb elf, und sie hätte eigentlich längst bei ihrem Häuschen sein wollen.

Die Frau kam mit einer Urkundenmappe zurück. Sie reichte Kim die alte Akte und sagte: »Sie dürfen die Mappe nur hier in diesem Raum einsehen.« Sie zeigte auf die gegenüberliegende Zimmerseite, wo ein paar Tische und Plastikstühle standen. »Sie können da drüben Platz nehmen.«

Kim nahm die Mappe und suchte sich einen freien Stuhl. Dann klappte sie den Aktendeckel auf; ein dicker Stapel mit Schriftstücken kam zum Vorschein, die alle in einer mehr oder weniger gut leserlichen Handschrift verfaßt waren.

Zunächst fand Kim nur jede Menge Papiere über irgendwelche Zivilklagen, die Ronald damals erhoben hatte, um seine Außenstände einzutreiben. Doch dann stieß sie auch auf interessantere Dokumente, zum Beispiel auf die Anfechtung eines Testaments, das etwas mit Ronald zu tun zu haben schien.

Kim studierte den Schriftsatz gründlich. Ein gewisser Jacob Cheever hatte ein Testament angefochten, doch das Gericht hatte eine Entscheidung zu Ronalds Gunsten gefällt. Kim las, daß Jacob ein Kind aus Hannahs erster Ehe gewesen war; Hannah war wesentlich älter gewesen als Ronald. Jacob hatte ausgesagt, Ronald habe seine Mutter in betrügerischer Absicht dazu gebracht, ihr Testament zu ändern, wodurch er selbst um sein rechtmäßiges Erbe gebracht worden sei. Offenbar war das Gericht jedoch anderer Auffassung gewesen. Im Ergebnis hatte Ronald jedenfalls etliche tausend Pfund geerbt, was in der damaligen Zeit ein gehöriges Sümmchen gewesen sein mußte.

Wie Kim überrascht feststellte, schien sich das Leben im späten siebzehnten Jahrhundert nicht so stark von dem heutigen Leben unterschieden zu haben. Eigentlich hatte sie immer geglaubt, daß zumindest die Rechtsangelegenheiten damals viel einfacher abgewickelt worden wären. Doch nachdem sie diese Testamentsklage studiert hatte, war sie eines Besseren belehrt. Sie fragte sich ein weiteres Mal, was Ronald wohl für ein Mensch gewesen war.

Das nächste Schriftstück schien ihr auf den ersten Blick noch kurioser. Es war ein Vertrag zwischen Ronald Stewart und Elizabeth Flanagan, der auf den 11. Februar 1681 datiert war. Er war also noch vor der Eheschließung der beiden aufgesetzt worden und erinnerte Kim spontan an einen modernen vorehelichen Vertrag. Doch in dem Dokument ging es gar nicht um Geld oder

Eigentum. Der Vertrag billigte Elizabeth lediglich das Recht zu, auch nach der Eheschließung in eigenem Namen Verträge schließen und Grundeigentum besitzen zu dürfen.

Kim las den Vertrag durch, an dessen Ende Ronald eine handschriftliche Erklärung angefügt hatte. Kim erkannte die graziöse Handschrift sofort wieder; es war die gleiche Schrift, in der auch die meisten Seefrachtbriefe abgefaßt worden waren, die sie in der Burg aufgestöbert hatte. Ronald hatte geschrieben: »Es ist mein Wunsch, daß meiner Verlobten, Elizabeth Flanagan, das Recht zugebilligt wird, all unsere gemeinsamen Angelegenheiten zu verwalten und nötigenfalls auch die entsprechenden Maßnahmen zu ergreifen, wenn mich meine Kaufmannstätigkeit dazu zwingt, für längere Zeit von der Maritime Ltd und von Salem Town abwesend zu sein.«

Kim las den Vertrag noch einmal durch, um sicherzugehen, daß sie auch alles richtig verstanden hatte. Sie war verblüfft. Die Tatsache, daß ein solcher Vertrag offensichtlich notwendig gewesen war, damit Elizabeth Verträge unterzeichnen durfte, rief ihr in Erinnerung, daß die Frauen im puritanischen Zeitalter nicht gerade viel zu melden gehabt hatten. Ihre Rechte waren auf ein Minimum begrenzt gewesen. Diese Botschaft hatte sie ja auch schon dem Brief von Elizabeths Vater an Ronald entnommen.

Kim legte den Vertrag beiseite und sah die übrigen Papiere durch, die sich in der Aktenmappe über Ronald Stewart befanden. Zunächst stieß sie auf weitere Klagen, mit denen Ronald seinen säumigen Kunden zu Leibe gerückt war, doch dann entdeckte sie ein wirklich interessantes Dokument. Es war ein von Ronald Stewart unterzeichneter Antrag auf die Erhebung einer Herausgabeklage. Datiert war der Antrag auf Dienstag, 26. Juli 1692 – genau eine Woche nach Elizabeths Todestag.

Kim hatte keine Ahnung, was eine Herausgabeklage war, doch nachdem sie ein bißchen weitergelesen hatte, wußte sie schon mehr. Ronald hatte geschrieben: »Ich bitte das Gericht unterwürfigst, mir in Gottes Namen das sogenannte offenkundige Beweisstück zurückzugeben, welches Sheriff George Corwin in unserem Haus beschlagnahmt und während der Verhandlung vor dem Court of Oyer and Terminer am 20. Juni 1692 im Zusammenhang mit der wegen Hexerei gegen Elizabeth erhobenen Anklage verwendet hat.«

An der Rückseite des Antrags war eine Entscheidung vom 3. August 1692 angeheftet worden, in der Richter John Hathorne es abgelehnt hatte, die Beschlagnahme aufzuheben und das Beweisstück herauszugeben. In seiner Ablehnung hatte der Richter geschrieben: »Das Gericht empfiehlt dem Antragsteller Ronald Stewart, seinen Antrag auf Herausgabe des erwähnten Beweisstücks erneut gegenüber seiner Exzellenz dem Gouverneur des Commonwealth zu stellen, da die Verantwortung über die Aufbewahrung des besagten Beweisstücks gemäß dem Durchführungsbefehl nicht mehr dem Essex County, sondern dem Suffolk County obliegt.«

Kim stellte zufrieden fest, daß sie jetzt endlich einen indirekten Hinweis dafür gefunden hatte, was mit Elizabeth geschehen war: Man hatte Anklage gegen sie erhoben, und sie war offenbar tatsächlich verurteilt worden. Gleichzeitig mußte sie aber enttäuscht zur Kenntnis nehmen, daß nirgendwo etwas Genaueres über das »offenkundige Beweisstück« gesagt wurde. Sie studierte sowohl den Antrag als auch die Entscheidung noch einmal mit aller Sorgfalt und hoffte, daß sie vielleicht etwas übersehen hatte. Doch sie hatte nichts übersehen. Das Beweisstück wurde definitiv nicht näher beschrieben.

Kim blieb noch ein paar Minuten sitzen und überlegte, um was für ein Beweisstück es sich wohl gehandelt haben mochte. Sie dachte an die vage Äußerung ihres Vaters und kam zu dem Schluß, daß es vermutlich etwas mit Okkultismus zu tun gehabt hatte. Plötzlich kam ihr eine Idee. Sie warf noch einmal einen Blick auf den Antrag und schrieb sich das Datum der Gerichtsverhandlung auf. Mit diesem Zettel ging sie an den Schalter und bat die Beamtin noch einmal um Hilfe.

»Könnte ich vielleicht auch kurz die Gerichtsakten des Court of Oyer and Terminer vom 20. Juni 1692 einsehen?«

Die Frau begann lauthals zu lachen und hörte auch nicht auf, als Kim ihre Bitte noch einmal wiederholte. Verwirrt fragte sie, was denn an ihrer Frage so komisch sei.

»Sie wollen genau das, was hier jeder haben will«, erwiderte die Angestellte. Ihr Slang ließ vermuten, daß sie aus dem Hinterland von Maine stammte. »Das Problem ist nur, daß diese Akten nicht existieren. Ich wünschte, es gäbe sie, aber Sie werden sie nirgends finden. Über die Hexenprozesse vor dem Court of

Oyer and Terminer gibt es keine Protokolle. Das einzige, was noch vorhanden ist, sind hier und da ein paar schriftliche Zeugenaussagen; die Gerichtsakten selbst müssen sich irgendwann allesamt in Luft aufgelöst haben.«

»Wie schade«, entgegnete Kim. »Aber vielleicht können Sie mir etwas anderes sagen. Wissen Sie, was genau unter dem Begriff ›offenkundiges Beweisstück‹ zu verstehen ist?«

»Ich bin keine Juristin«, erwiderte die Frau. »Aber warten Sie einen Moment. Ich frage eine Kollegin.«

Sie verschwand in ein anderes Büro und kam kurz darauf mit einer stämmigen Person im Schlepptau zurück. Die andere Frau hatte eine Brille mit riesigen Gläsern auf ihrer kurzen, breiten Nase.

»Sie wollen wissen, was ein ›offenkundiges Beweisstück‹ ist?« fragte sie.

Kim nickte.

»Eigentlich sagt es ja schon das Wort selbst«, erklärte die Frau. »Man meint damit Beweismaterial, das unwiderlegbar ist. Mit anderen Worten – es geht um Beweisstücke, die eindeutig sind und sich nur auf eine einzige Art interpretieren lassen.«

»Genau das habe ich mir gedacht«, stellte Kim fest und bedankte sich. Sie holte sich die Unterlagen und kopierte den Antrag auf die Erhebung einer Herausgabeklage sowie die ablehnende Entscheidung des Gerichts. Dann gab sie die Dokumente wieder zurück.

Als sie dann endlich zu ihrem Anwesen hinausfuhr, hatte sie leichte Gewissensbisse. Sie hatte Mark Stevens angekündigt, daß sie morgens kommen würde, und nun war es beinahe Mittag. Als sie die letzte Biegung hinter dem Tor genommen hatte und aus dem Wald herausfuhr, sah sie neben ihrem Häuschen mehrere Kleinlaster und Lieferwagen stehen. Als sie genauer hinsah, registrierte sie auch einen kleinen Bagger und Berge von frisch ausgehobener Erde. Doch nirgendwo waren Arbeiter zu sehen – nicht einmal der Bagger war besetzt.

Sie parkte und stieg aus. Die schwüle Mittagshitze und der herumwirbelnde Staub waren schier unerträglich. Kim schlug die Autotür zu und hielt sich zum Schutz vor der Sonne die Hand über die Augen. Dann fixierte sie die Linie des Grabens, der quer über das Feld in Richtung Burg verlief. In diesem Augenblick ging die Tür ihres Hauses auf, und George Harris kam auf sie zu. Auf seiner Stirn standen Schweißperlen.

»Schön, daß Sie kommen konnten«, begrüßte er sie. »Ich habe schon versucht, Sie anzurufen.«

»Ist etwas nicht in Ordnung?« fragte Kim.

»Kann man so sagen«, erwiderte George ausweichend. »Am besten kommen Sie mal mit, ich zeig's Ihnen.«

Er forderte sie mit einem Handzeichen auf, ihm zum Bagger zu folgen.

»Wir mußten die Arbeit unterbrechen«, erklärte George.

»Warum denn?« wollte Kim wissen.

George gab darauf keine Antwort. Statt dessen gab er ihr mit einem weiteren Wink zu verstehen, daß sie ihm zum Graben folgen solle.

Da sie Angst hatte einzubrechen, trat Kim vorsichtig näher und beugte sich vor, um etwas zu sehen; der Graben war mindestens zweieinhalb Meter tief. Aus den Seitenwänden ragten Wurzeln, die wie kleine Bürsten aussahen. George zeigte auf eine Stelle, an der der Graben abrupt endete – von dort bis zum Cottage waren es vielleicht fünfzehn Meter. Kim sah, daß fast am Grunde des Grabens das beschädigte Ende einer Holzkiste aus der Erdwand ragte.

»Das ist der Grund, weshalb wir die Arbeiten unterbrechen mußten«, erklärte George.

»Was ist das?« fragte Kim.

»Ich fürchte, es ist ein Sarg«, erwiderte George.

»Um Gottes willen«, entfuhr es Kim.

»Wir haben auch einen Grabstein gefunden«, sagte George. »Er muß uralt sein.« Mit einem erneuten Handzeichen bat er sie, ihm weiter zu folgen. Sie gingen zum Ende des Grabens, wo die Arbeiter die frisch ausgehobene Erde zu einem kleinen Hügel aufgehäuft hatten. Hinter dem Erdhügel lag eine schmutzige weiße Marmorplatte im Gras.

»Der Grabstein muß hier seit Jahren flach auf dem Boden gelegen haben«, erklärte George. »Im Laufe der Zeit ist er dann überwuchert worden.« George beugte sich hinab und wischte den angetrockneten Dreck von der Marmorplatte.

Kim schnappte nach Luft. »Mein Gott – da steht ja ›Elizabeth‹!« brachte sie mühsam hervor. Dann schüttelte sie entsetzt den Kopf. Langsam konnte sie nicht mehr glauben, daß all dies nichts zu bedeuten haben sollte.

»War sie eine Verwandte von Ihnen?« fragte George.

»Ja«, erwiderte Kim und sah sich den Grabstein näher an. Er ähnelte dem von Ronald. Auch auf diesem Stein waren lediglich Geburts- und Todesdatum vermerkt.

»Wußten Sie, daß sie hier begraben war?« wollte George wissen. Seine Frage war nicht vorwurfsvoll gemeint, er war nur neugierig.

»Nein«, erwiderte Kim. »Ich hatte keine Ahnung. Ich weiß allerdings seit ein paar Wochen, daß sie nicht auf unserem Familienfriedhof beerdigt wurde.«

»Und was sollen wir jetzt tun?« fragte George. »Wenn man ein Grab verlegen will, braucht man eine Genehmigung.«

»Können Sie nicht um den Sarg herumbaggern und ihn einfach an seinem Platz lassen?« schlug Kim vor.

»Doch, ich denke, das müßte sich machen lassen«, erwiderte George. »Wir können den Graben an der Stelle etwas breiter ausheben. Glauben Sie, daß hier noch andere Särge verbuddelt sein könnten?«

»Nein«, entgegnete Kim. »Das halte ich für ausgeschlossen. Elizabeth war ein Sonderfall.«

»Bitte entschuldigen Sie meine Direktheit«, sagte George. »Sie sind sehr blaß. Geht es Ihnen nicht gut?«

»Danke«, erwiderte Kim. »Mit mir ist alles okay. Ich bin nur ein bißchen erschrocken. Außerdem stimmt es mich ein bißchen abergläubisch, daß Sie ausgerechnet auf das Grab dieser Frau gestoßen sind.«

»Uns ist es ähnlich gegangen«, sagte George. »Vor allem meinem Baggerfahrer. Er war total entsetzt und ist einfach ins Haus gerannt. Ich werde ihn mal wieder rausholen. Wir müssen schließlich noch jede Menge Kabel und Leitungen ins Haus legen, bevor wir im Keller den Zement gießen können.«

Nachdem George im Haus verschwunden war, wagte Kim sich noch einmal etwas näher an den Rand des Grabens heran, um die freiliegende Kante von Elizabeths Sarg genauer zu inspizieren. Dafür, daß er schon seit mehr als dreihundert Jahren in der Erde war, war das Holz noch erstaunlich gut erhalten. Nicht einmal da, wo der Bagger den Sarg gerammt hatte, war das Holz geborsten.

Kim hatte keine Ahnung, was sie von dieser neuerlichen Entdeckung halten sollte. Erst das Portrait von Elizabeth und jetzt ihr Grab. Es wurde immer schwieriger, all diese Funde als bloße Zufälle abzutun.

Als Kim das Brummen eines näher kommenden Autos hörte, schaute sie auf. In der Ferne konnte sie ein Auto erkennen, das ihr irgendwie bekannt vorkam. Es holperte langsam über die unbefestigte Straße, die durch das Feld zum Cottage führte. Erst als der Wagen neben ihr hielt, wußte sie, warum er ihr so vertraut vorgekommen war. Es war Kinnards Wagen.

Mit einem mulmigen Gefühl ging sie zu dem Auto und beugte sich hinunter, um durch das offene Beifahrerfenster mit Kinnard zu sprechen.

»Das ist ja eine seltene Überraschung«, sagte sie. »Warum bist du nicht im Krankenhaus?«

»Hin und wieder lassen sie mich auch mal raus aus dem Käfig«, erwiderte Kinnard vergnügt.

»Und was führt dich nach Salem?« wollte Kim wissen. »Woher weißt du überhaupt, daß ich hier bin?«

»Marsha hat es mir verraten«, klärte Kinnard sie auf. »Ich habe sie heute morgen auf der Intensivstation getroffen. Und da habe ich ihr erzählt, daß ich heute nach Salem fahren wollte, um mir ein Zimmer zu suchen. Ich habe im August und im September hier im Krankenhaus Dienst. Und ich habe wirklich keine Lust, zwei Monate lang im Krankenhaus zu übernachten. Du weißt doch, daß ich einen Teil meiner Facharztausbildung in Salem absolvieren muß.«

»Das hatte ich ganz vergessen«, gestand Kim.

»Das habe ich dir schon vor ein paar Monaten erzählt«, nörgelte Kinnard.

»Na gut, wenn du es sagst.« Kim fühlte sich ohnehin nicht besonders wohl und hatte nicht die geringste Lust, sich mit Kinnard zu streiten.

»Du siehst blendend aus«, stellte Kinnard fest. »Scheint dir gut zu bekommen, mit Dr. Edward Armstrong zu flirten.«

»Woher weißt du von ihm?« fragte Kim gereizt.

»Im Krankenhaus wird viel geredet«, erwiderte Kinnard. »Und da du dir eine wissenschaftliche Koryphäe ausgesucht hast, verbreitet sich das Gerücht besonders schnell. Das Verrückte ist, daß ich den Kerl auch noch kenne. Ich habe während meines Forschungsjahres in seinem Labor gearbeitet.«

Kim merkte, wie ihr das Blut in die Wangen schoß. Am liebsten hätte sie keine Reaktion gezeigt, doch sie konnte nichts dagegen tun. Kinnard versuchte mal wieder, sie auf die Palme zu bringen, und meistens gelang es ihm auch.

»Was seine wissenschaftliche Arbeit angeht, mag Edward ja ein cleveres Kerlchen sein«, fuhr Kinnard fort. »Aber ansonsten ist er, glaube ich, ein ziemlich seltsamer Kauz. Na gut, vielleicht bin ich jetzt auch ungerecht. Sagen wir mal, er ist ein Exzentriker.«

»Ich finde, er ist sehr nett und sehr aufmerksam«, widersprach ihm Kim.

»Das kann ich mir vorstellen«, sagte Kinnard und verdrehte die Augen. »Ich hab' schon gehört, daß er dir jeden Tag Blumen schickt. Der Typ muß ganz schön verklemmt sein – sonst würde er doch wohl nicht so maßlos übertreiben.«

Kim wurde knallrot. Marsha hatte Kinnard also auch von den Blumen erzählt. Sie fragte sich, ob es eigentlich noch irgend etwas gab, das ihre Mutter und ihre Mitbewohnerin nicht über sie wußten.

»Jedenfalls wirst du mit Edward Armstrong sicher nie übers Skilaufen streiten müssen«, stichelte Kinnard. »So steif, wie der Typ ist, reichen dem schon ein paar Treppenstufen.«

»Du bist wirklich kindisch«, erwiderte Kim frostig, als sie die Sprache wiedergefunden hatte. »Du benimmst dich wie ein Idiot. Ich hatte dich für etwas reifer gehalten.«

»Ach, erzähl mir doch nichts«, winkte Kinnard ab und lachte zynisch. »Ich habe mich längst nach neuen Weidegründen umgesehen – wie man so schön sagt. Ich bin frisch verliebt und glücklich.«

»Freut mich für dich«, entgegnete Kim sarkastisch.

Kinnard duckte sich ein wenig, um durch die Windschutzscheibe beobachten zu können, wie der Bagger seine Arbeit wieder aufnahm. »Marsha hat mir erzählt, daß du das Haus hier renovieren läßt«, sagte er. »Zieht Doc Armstrong auch gleich mit ein?«

Kim wollte gerade nein sagen, doch dann überlegte sie es sich anders. »Wir denken darüber nach, haben uns allerdings noch nicht entschieden«, erwiderte sie.

»Dann amüsier dich gut – mit oder ohne Edward«, sagte Kinnard mit dem gleichen sarkastischen Unterton. »Viel Vergnügen für deinen weiteren Lebensweg.«

Kinnard legte krachend den Rückwärtsgang ein, fuhr ein paar Meter zurück und bremste. Dann ließ er den Motor aufheulen, trat das Gaspedal voll durch und wirbelte eine riesige Staubwolke und unzählige kleine Steinchen auf. Im Nu war er hinter den Bäumen verschwunden.

Im ersten Moment mußte Kim sich vor den herumfliegenden Steinchen schützen. Als die Gefahr vorüber war, sah sie Kinnards Auto nach, bis es außer Sichtweite war. Obwohl sie von Anfang an gewußt hatte, daß er nur gekommen war, um sie zu provozieren, hatte sie sich nicht dagegen wehren können. Sie war völlig durcheinander. Doch als sie zu dem Graben zurückging, wo die Arbeiter sich inzwischen wieder ans Werk gemacht hatten, und den Sarg von Elizabeth sah, wurde sie wieder ruhiger. Wenn sie daran dachte, welche Sorgen sich Elizabeth in ihrem Alter wahrscheinlich hatte machen müssen, dann waren ihre Probleme mit Kinnard wirklich belanglos.

Nachdem sie ihre wirren Gefühle wieder unter Kontrolle hatte, machte sie sich endlich an die Arbeit. Der Nachmittag verging wie im Flug. Die meiste Zeit verbrachte sie im Büro von Mark Stevens, der bis in die letzten Einzelheiten mit ihr besprach, wie sie die Küche und das Badezimmer gestalten wollten. Kim war voll und ganz bei der Sache. Zum ersten Mal in ihrem Leben konnte sie ein ganzes Haus nach ihren eigenen Wünschen gestalten.

Um halb acht waren Mark und George ziemlich erschöpft; Kim hingegen hatte ihren toten Punkt längst überwunden. Erst als die beiden Männer erklärten, daß ihnen langsam die Augen weh taten, erklärte sich Kim bereit, endlich Feierabend zu machen. Die Männer begleiteten sie noch zum Auto, bedankten sich für ihren Besuch und versprachen, das Projekt zügig voranzutreiben.

Als Kim den Ortseingang von Cambridge erreichte, versuchte sie gar nicht erst, einen Parkplatz auf der Straße zu finden. Sie steuerte direkt das Charles-Parkhaus an und ging von dort zu Fuß zur Harvest Bar hinüber. Wie an jedem Freitagabend war die Bar brechend voll; die meisten Gäste waren schon zur Happy Hour gekommen.

Kim hielt Ausschau nach Edward, doch sie konnte ihn nirgendwo sehen. Sie bahnte sich ihren Weg durch die Menge, die sich an der Theke drängelte. Schließlich entdeckte sie Edward an einem Tisch; er nippte gerade an seinem Weißwein. Als er sie kommen sah, strahlte er und sprang auf, um ihr einen Stuhl zurechtzurücken.

»Du siehst so aus, als könntest du ein Glas Wein vertragen«, sagte Edward nach der Begrüßung.

Kim nickte. Sein leichtes Stottern verriet ihn; Edward war entweder aufgeregt oder unsicher. Sie beobachtete ihn, während er die Kellnerin heranwinkte und zwei Gläser Wein bestellte. Dann wandte er sich an Kim.

»Hattest du einen schönen Tag?« fragte er.

»Es war ziemlich anstrengend«, erwiderte Kim. »Und wie war es bei dir?«

»Ich hatte einen großartigen Tag!« platzte er heraus. »Ich habe gute Nachrichten für dich. In den Schmutzproben, die wir von den Vorratskisten im Keller gekratzt haben, war tatsächlich ein Schimmelpilz, der eine halluzinogene Wirkung hervorruft. Ich glaube, wir sind ein ganzes Stückchen weiter und wissen nun, was wahrscheinlich damals den Anstoß für die Hexenhysterie von Salem gegeben hat. Jetzt müssen wir nur noch klären, ob der Pilz auch Mutterkornvergiftungen, also Ergotismus, hervorrufen kann; oder ob er womöglich in einer noch völlig unbekannten Art und Weise wirkt.«

Dann erzählte Edward ihr von seinem aufregenden Morgen in Kevins Büro.

Kim hörte fassungslos zu. »Du hast ein Mittel geschluckt, von dem du nicht wußtest, wie es wirken würde?« fragte sie besorgt. »War das nicht gefährlich?«

»Du redest genau wie Kevin«, zog Edward sie auf. »Offenbar bin ich von lauter Leuten umgeben, die sich Sorgen um mich machen. Aber dieser kleine Selbstversuch war wirklich vollkommen harmlos. Schließlich war die Dosis minimal. Allerdings kann man mit Sicherheit davon ausgehen, daß dieser neue Pilz eine ziemlich stark berauschende Wirkung hat, wenn man bedenkt, wie diese winzige Menge bei mir gewirkt hat.«

»Ich finde es trotzdem verantwortungslos, was du da gemacht hast«, sagte Kim.

»Das siehst du falsch«, entgegnete Edward. »Heute nachmittag habe ich eine Urinuntersuchung und eine Kreatininwertbestimmung durchführen lassen; sonst hätte Kevin keine Ruhe gegeben. Beide Tests waren in Ordnung. Mir geht es prächtig, glaub mir. Es geht mir sogar besser denn je. Ich bin regelrecht in Hochstimmung. Zuerst habe ich ja gehofft, daß dieser neue Pilz die gleiche Alkaloidmischung enthält wie der Claviceps; dann hätten wir nämlich den Beweis gehabt, daß damals tatsächlich eine Epidemie die Ursache des Übels gewesen ist. Inzwischen hoffe ich aber, daß der Pilz eigene Alkaloide produziert.«

»Was sind denn Alkaloide?« fragte Kim. »Der Begriff kommt mir irgendwie bekannt vor, aber ich könnte ihn nicht genau definieren.«

»Alkaloide sind stickstoffhaltige Verbindungen pflanzlicher Herkunft«, erklärte Edward. »Es gibt jede Menge davon. Die bekanntesten sind zum Beispiel Coffein, Morphin und Nikotin. Wie du dir sicher vorstellen kannst, sind die meisten Alkaloide pharmakologisch aktiv.«

»Und warum bist du so scharf darauf, neue Alkaloide zu entdecken?« wollte Kim wissen.

»Weil ich bereits nachgewiesen habe, daß das Alkaloid aus diesem Pilz auf die Psyche wirkt«, erklärte Edward. »Die Entdeckung einer neuen Substanz mit halluzinogener Wirkung kann dabei helfen, die Funktionsweise des Gehirns zu verstehen. Halluzinogene imitieren nämlich die Neurotransmitter des Gehirns; sie sind ihnen sehr ähnlich.«

»Und wann weißt du, ob du neue Alkaloide entdeckt hast?« fragte Kim.

»Bald«, erwiderte Edward. »Aber jetzt erzähl mir mal von deinem Tag.«

Kim atmete einmal tief durch und berichtete Edward, was sie alles erlebt hatte. Sie begann mit dem unerfreulichen Gespräch, das sie mit ihrem Vater geführt hatte, und endete mit einer Beschreibung der neuen Küche und des Badezimmers im Cottage.

»Dann hattest du ja einen ganz schön betriebsamen Tag«, staunte Edward. »Aber daß du Elizabeths Grab entdeckt hast, haut mich wirklich um! Und du sagst, der Sarg ist noch gut erhalten.«

»Soweit ich sehen konnte, ja«, erwiderte Kim. »Er war sehr tief vergraben, mindestens zweieinhalb Meter. Ein Ende des Sarges ragt unten im Graben aus der Erde. Es ist beim Baggern leicht beschädigt worden.«

»Warst du sehr geschockt, als du den Sarg gesehen hast?« wollte Edward wissen.

»Irgendwie schon«, erwiderte Kim und lachte gequält. »Mir war ganz schön mulmig, als ich nach dem Portrait nun auch noch auf den Sarg gestoßen bin. Ich habe wieder dieses komische Gefühl – als ob Elizabeth versuchen wollte, mir etwas mitzuteilen.«

»Aah«, seufzte Edward. »Könnte es sein, daß dein Aberglaube wieder mit dir durchgeht?«

Obwohl es ihr wirklich ernst war, mußte Kim lachen.

»Wie ist es denn, wenn dir eine schwarze Katze über den Weg läuft?« stichelte Edward. »Oder wenn du unter einer Leiter durchgehen mußt? Und wie steht es mit der Zahl dreizehn?«

Kim zögerte einen Augenblick. Sie war wirklich etwas abergläubisch, aber bisher hatte sie noch nie darüber nachgedacht.

»Du bist also tatsächlich abergläubisch!« stellte Edward fest. »Weißt du eigentlich, daß man dich deswegen im siebzehnten Jahrhundert der Hexerei bezichtigt hätte; damals hielt man Aberglaube nämlich für Okkultismus.«

»Okay, du Schlauberger«, erwiderte Kim. »Vielleicht bin ich ja wirklich ein bißchen abergläubisch. Aber du wirst doch wohl zugeben, daß ich in letzter Zeit ziemlich viele Entdeckungen gemacht habe, die irgend etwas mit Elizabeth zu tun haben. Und weißt du, was ich heute auch noch herausgefunden habe? Im Jahr 1692 lagen die Wochentage genauso wie in diesem Jahr. Und als Elizabeth gestorben ist, war sie genauso alt wie ich heute. Und als ob das nicht schon genug wäre, habe ich auch noch entdeckt, daß sie am 4. Mai Geburtstag hatte, und ich habe zwei Tage später; wir sind im gleichen Sternzeichen geboren.«

»Was willst du damit sagen?« fragte Edward.

»Hast du vielleicht eine Erklärung für all diese seltsamen Übereinstimmungen?« gab Kim die Frage zurück.

»Natürlich«, erwiderte Edward. »Es ist reiner Zufall. Wenn man lange genug sucht, kann man immer Verbindungen zwischen den seltsamsten und unerklärlichsten Dingen herstellen.«

»Ich geb's auf«, sagte Kim mit einem Lächeln und trank einen Schluck Wein.

»Tut mir leid«, sagte Edward und zuckte mit den Schultern. »Ich bin nun mal Wissenschaftler.«

»Ich habe übrigens heute noch weitere interessante Dinge in

Erfahrung gebracht«, sagte Kim. »Früher war offenbar doch nicht alles so einfach, wie man immer denkt. Ronald war dreimal verheiratet. Als seine erste Frau starb, hat sie ihm ein großes Vermögen hinterlassen. Ihr Sohn aus erster Ehe hat das Testament angefochten, allerdings ohne Erfolg. Ein paar Jahre später hat Ronald dann Elizabeth geheiratet. Und nachdem Elizabeth tot war, hat er noch im gleichen Jahr ihre Schwester zur Frau genommen.«

»Tatsächlich?« horchte Edward auf.

»Kommt dir die Geschichte nicht auch ein bißchen faul vor?« fragte Kim.

»Nein«, erwiderte Edward. »Du darfst nicht vergessen, daß das Leben damals ziemlich hart war. Ronald mußte an seine Kinder denken, die er großzuziehen hatte. Und damals war es durchaus üblich, jemanden aus dem weitläufigen Verwandtenkreis zu heiraten.«

»Also, ich weiß nicht«, sagte Kim. »Für mich läßt diese Geschichte viele Fragen offen.«

Die Kellnerin unterbrach ihr Gespräch, um ihnen mitzuteilen, daß ihr Tisch bereit sei. Kim war angenehm überrascht; sie hatte gar nicht damit gerechnet, in der Harvest Bar zu Abend zu essen, dabei hatte sie einen Bärenhunger.

Sie folgten der Kellnerin auf die Terrasse und nahmen unter einem Baum Platz, der mit kleinen, weißen Lämpchen geschmückt war. Die Hitze des Tages hatte sich verflüchtigt, und es war angenehm warm. Kein Lüftchen wehte, nicht einmal die Kerze flackerte.

Während sie auf ihr Essen warteten, zeigte Kim Edward die Kopie des Antrags auf Herausgabe. Edward las das Dokument interessiert durch. Als er fertig war, gratulierte er Kim zu ihrer Detektivarbeit. Das war der Beweis, daß Elizabeth tatsächlich in die Hexenaffäre verwickelt gewesen war. Kim erzählte noch von dem Hinweis ihres Vaters, nach dem Elizabeth sich möglicherweise mit okkulten Dingen beschäftigt hatte.

»Das hatte ich ja auch schon vermutet«, warf Edward ein.

»Könntest du dir vorstellen, daß das offenkundige Beweisstück irgend etwas mit Okkultismus zu tun hat?«

»Ich glaube, das steht außer Frage«, erwiderte Edward.

»Aber was stellst du dir konkret darunter vor?« wollte Kim wissen.

»Ich denke, ich weiß nicht genug über Hexerei, um diese Frage beantworten zu können«, mußte Edward zugeben.

»Könnte es sich zum Beispiel um ein Buch handeln?« wollte Kim wissen. »Oder möglicherweise um irgend etwas, was sie geschrieben hat?«

»Vielleicht«, sagte Edward. »Vielleicht hat sie auch ein anstößiges Bild gemalt.«

»Vielleicht war es ja auch eine Puppe?« schlug Kim vor.

»Eine gute Idee«, stimmte Edward ihr zu. »Jetzt weiß ich, was es gewesen sein muß!« rief er plötzlich.

»Was denn?« fragte Kim aufgeregt.

»Der Besen«, sagte Edward lachend.

»Du machst dich über mich lustig«, beklagte sich Kim, mußte dann aber selbst grinsen. »Jetzt sag doch mal im Ernst, was du meinst.«

Edward entschuldigte sich für seinen Scherz. Dann erklärte er ihr, was es mit dem Hexenbesen auf sich hatte. Die Geschichte, so führte er aus, ging auf das Mittelalter zurück; damals habe man einen Besenstiel mit einer Paste bestrichen, der man berauschende Substanzen beigemischt habe. Dann habe man sich die Paste im Zuge satanischer Rituale mit Hilfe des Stieles auf die Schleimhäute im Intimbereich geschmiert, um bewußtseinserweiternde Erfahrungen zu machen.

»Es reicht«, sagte Kim. »Ich glaube, ich verstehe, was du meinst.«

Ein Kellner brachte ihnen das Essen. Erst als er sich wieder entfernt hatte, fuhr Edward fort: »Das Problem ist, daß das Beweisstück alles mögliche gewesen sein könnte, und wenn du keine näheren Hinweise findest, wirst du niemals erfahren, um was es sich gehandelt hat. Vielleicht sollte man mal in den alten Gerichtsakten nachsehen?«

»Auf die Idee bin ich auch schon gekommen«, erwiderte Kim. »Aber wie man mir versichert hat, existieren von dem Sondergericht, dem Court of Oyer and Terminer, leider keinerlei Unterlagen mehr.«

»Schade«, bemerkte Edward. »Dann wird dir nichts anderes übrigbleiben, als den ganzen Papierberg in der Burg durchzuarbeiten.«

»Da hast du wohl leider recht«, stimmte Kim ihm ohne große

Begeisterung zu. »Aber ob ich dort wirklich etwas finde, steht in den Sternen.«

Sie aßen und ließen das Thema zunächst einmal ruhen. Erst als sie mit dem Nachtisch fertig waren, kam Edward noch einmal auf den Sarg zurück.

»In welchem Zustand war eigentlich Elizabeths Leiche?« wollte er wissen.

»Die habe ich doch gar nicht gesehen!« empörte sich Kim. Die Frage schockierte sie. »Der Sarg ist verschlossen. Der Bagger hat ihn nur ganz leicht gerammt und ein bißchen angekratzt.«

»Vielleicht sollten wir ihn öffnen«, schlug Edward vor. »Ich würde wahnsinnig gerne eine Probe entnehmen – falls von Elizabeth noch irgend etwas übrig ist. Wenn wir in ihren Überresten auch nur die winzigste Spur des gleichen Alkaloids nachweisen, das in diesem neuen Pilz enthalten ist, dann haben wir den Beweis, daß der Teufel, der damals in Salem gewütet hat, nichts anderes war als ein profaner Schimmelpilz.«

»Ich kann mir nicht vorstellen, daß du so etwas ernstlich in Erwägung ziehst«, entgegnete Kim. »Es kommt überhaupt nicht in Frage, daß wir Elizabeths Totenruhe stören.«

»Du bist wirklich abergläubisch«, stellte Edward fest. »Wenn du auf diesem Standpunkt beharrst, müßtest du gegen jede Art von Autopsie sein.«

»Elizabeths Ruhe zu stören ist ja wohl ganz etwas anderes«, widersprach Kim. »Schließlich liegt sie schon seit dreihundert Jahren in der Erde.«

»Es werden doch alle naselang irgendwelche Leichen exhumiert«, warf Edward ein.

»Na ja, wahrscheinlich hast du recht«, gab Kim nur widerwillig zu.

»Was hältst du davon, wenn ich dich morgen nach Salem begleite und wir uns deine Vorfahrin gemeinsam anschauen?« schlug Edward vor.

»Um eine Leiche zu exhumieren, braucht man eine Genehmigung«, gab Kim zu bedenken.

»Der Bagger hat sie doch schon halb freigelegt«, winkte Edward ab. »Wir können uns die Sache ja mal ansehen und dann entscheiden, was wir tun.«

Die Rechnung kam und Edward zahlte. Kim bedankte sich und

versicherte ihm, daß das nächste Essen auf ihre Rechnung gehen würde. »Das werden wir ja sehen«, entgegnete Edward.

Beim Verlassen des Restaurants hatten sie eine schwierige Entscheidung zu treffen. Edward fragte Kim, ob sie noch mit zu ihm kommen wolle, doch Kim hatte Bedenken. Schließlich einigten sie sich darauf, erst mal gemeinsam zu Edward zu gehen und dann weiterzusehen.

Als sie wenig später auf Edwards Sofa saßen, fragte Kim, ob er sich an einen Studenten namens Kinnard Monihan erinnere, der vor vier oder fünf Jahren in seinem Labor geforscht habe.

»Kinnard Monihan«, wiederholte Edward und schloß die Augen, um sich zu konzentrieren. »In meinem Labor kommen und gehen jede Menge Studenten. Aber doch, ich erinnere mich an ihn. Soweit ich weiß, macht er gerade im General Hospital seine Facharztausbildung als Chirurg.«

»Genau, den meine ich«, sagte Kim. »Erinnerst du dich noch daran, wie er sonst so war?«

»Ich weiß noch, daß ich ziemlich enttäuscht war, als ich gehört habe, daß er Facharzt werden will«, erwiderte Edward. »Er war ein cleveres Bürschchen, und ich hatte gehofft, daß er in der Forschung bleiben würde. Warum fragst du nach ihm?«

»Wir waren ein paar Jahre zusammen«, sagte Kim. Sie wollte ihm gerade von Kinnards unerfreulichem Besuch in Salem erzählen, als Edward sie unterbrach.

»Wart ihr etwa ein Liebespaar?« wollte er wissen.

»Das kann man so sagen«, gab Kim zögernd zu. Edward wirkte verstört. Er begann wieder zu stottern und schien völlig durcheinander. Kim mußte eine halbe Stunde auf ihn einreden, bevor er sich beruhigte und ihr endlich glaubte, daß ihre Beziehung zu Kinnard beendet war. Sie bereute, Kinnard überhaupt erwähnt zu haben.

Um das Thema zu wechseln, fragte sie Edward, wie weit er mit seiner Wohnungssuche sei. Edward gestand, daß er noch keine Zeit gehabt habe, sich darum zu kümmern; Kim wies ihn mahnend darauf hin, daß der September bereits vor der Tür stehe.

Im Laufe des Abends vermieden sie die Frage, wo Kim die Nacht verbringen würde. Kim blieb. Als sie nebeneinander im Bett lagen, fiel ihr wieder ein, daß sie Kinnard erzählt hatte, Edward würde bei ihr einziehen. Eigentlich hatte sie das nur gesagt, um Kinnard zu provozieren, doch jetzt zog sie den Gedanken ernsthaft in Erwägung. Es war mit Sicherheit nicht ohne Reiz, mit Edward zusammenzuleben. Ihre Beziehung schien unter einem guten Stern zu stehen. Außerdem bot ihr neues Häuschen nicht nur problemlos zwei Menschen Platz, es lag auch sehr abgeschieden. Vielleicht würde sie sich da draußen alleine viel zu einsam fühlen.

## Kapitel 5

*Samstag, 23. Juli 1994*

Kim wachte ganz allmählich auf. Noch bevor sie ihre Augen richtig geöffnet hatte, drang Edwards Stimme an ihr Ohr. Im ersten Moment hatte sie noch geglaubt, es wäre ein Traum, doch während sie langsam zu sich kam, registrierte sie, daß seine Stimme aus dem Nebenzimmer kam.

Schließlich öffnete sie die Augen. Als erstes nahm sie zur Kenntnis, daß Edward tatsächlich nicht neben ihr lag. Dann warf sie einen Blick auf die Uhr. Es war erst Viertel vor sechs!

Kim ließ ihren Kopf ins Kissen zurücksinken. Da sie befürchtete, daß irgend etwas passiert war, versuchte sie aufzuschnappen, was Edward sagte, doch sie konnte kein Wort verstehen. Allerdings erkannte sie am Klang seiner Stimme, daß er aufgeregt war.

Nach ein paar Minuten kam er ins Schlafzimmer. Er trug nur seinen Bademantel und schlich auf Zehenspitzen durch den Raum, um ins Bad zu gehen. Als Kim »guten Morgen« sagte, kam er herüber und setzte sich auf die Bettkante.

»Es gibt großartige Neuigkeiten«, flüsterte er.

»Ich bin wach«, wiederholte Kim. »Du kannst ganz normal mit mir reden.«

»Ich habe gerade mit Eleanor telefoniert«, erklärte Edward.

»Morgens um Viertel vor sechs?« fragte Kim. »Und wer ist Eleanor?«

»Eleanor ist eine meiner wissenschaftlichen Mitarbeiterinnen«, erwiderte Edward. »Im Labor ist sie meine rechte Hand.«

»Ist es nicht noch ein bißchen früh, um über die Arbeit zu fachsimpeln?« stichelte Kim. Sie mußte an Grace Traters denken, die sogenannte Assistentin ihres Vaters.

»Sie hat die Nacht durchgearbeitet«, erklärte Edward. »Kevin hat gestern abend noch jede Menge Sklerotien rübergeschickt, die der neue Pilz produziert hat. Eleanor ist im Labor geblieben, um sie in einem ersten Durchlauf im Massenspektrometer zu analysieren. Und dabei ist herausgekommen, daß wir es nicht mit den Alkaloiden aus dem Claviceps purpurea zu tun haben. Es sieht mehr danach aus, als ob wir drei vollkommen neue Alkaloide entdeckt hätten.«

»Das freut mich für dich«, sagte Kim knapp. Zu einer ausführlicheren Würdigung war sie so früh am Morgen nicht in der Lage.

»Das Interessanteste ist allerdings, daß ich von mindestens einem der Alkaloide weiß, daß es auf die Psyche wirkt«, fuhr Edward fort. »Vielleicht haben sogar alle drei eine bewußtseinserweiternde Wirkung.« Er rieb sich aufgeregt die Hände und erweckte den Eindruck, als wolle er sich am liebsten sofort in die Arbeit stürzen.

»Du kannst dir wahrscheinlich gar nicht vorstellen, wie spektakulär diese Entdeckung ist«, fuhr Edward fort. »Vielleicht sind wir auf einen ganz neuartigen Wirkstoff gestoßen – oder sogar eine ganze Gruppe von neuartigen Wirkstoffen. Und selbst wenn sie sich klinisch nicht verwenden lassen sollten – für die Wissenschaft ist die Entdeckung auf jeden Fall von unschätzbarem Wert.«

»Na dann herzlichen Glückwunsch«, sagte Kim und rieb sich die Augen. Sie konnte im Moment nur daran denken, daß sie ins Bad gehen und sich die Zähne putzen wollte.

»Es ist immer wieder erstaunlich, welche Rolle der Zufall bei der Entdeckung neuer Substanzen spielt.« Edward war nicht zu bremsen. »Stell dir mal vor – wir interessieren uns für die Hexenprozesse von Salem, und rein zufällig stoßen wir dabei auf einen sensationellen Wirkstoff. Das ist fast noch besser als die Entdeckungsgeschichte von Prozac.«

»Wurde das auch zufällig entdeckt?« wollte Kim wissen.

»Das kann man wohl sagen«, erwiderte Edward und lachte. »Der Forschungsleiter hat mit irgendwelchen Antihistaminika herumgespielt und ein Experiment durchgeführt, bei dem er deren Wirkung auf den Neurotransmitter Noradrenalin messen wollte. Durch Zufall ist er dabei auf Prozac gestoßen. Dabei ist es gar kein Antihistamin und wirkt auch nicht auf Noradrenalin, sondern auf Serotonin, einen anderen Neurotransmitter; auf den wirkt es allerdings zweihundertmal stärker.«

»Ist ja wirklich erstaunlich«, sagte Kim, doch sie hatte gar nicht richtig zugehört. Sie brauchte erst mal eine Tasse Kaffee, bevor sie derartig komplizierten Themen folgen konnte.

»Am liebsten würde ich diese neuen Alkaloide sofort testen«, sagte Edward.

»Willst du vielleicht lieber hierbleiben und nicht mit nach Salem fahren?« fragte Kim.

»Auf keinen Fall!« erwiderte Edward, ohne eine Sekunde zu zögern. »Ich will mir unbedingt Elizabeths Grab ansehen. Komm, steh auf! Da du ja sowieso schon wach bist, können wir auch gleich losfahren!« Um seinen Worten Nachdruck zu verleihen, boxte er Kim neckisch in die Seite.

Nachdem Kim geduscht, die Haare geföhnt und sich geschminkt hatte, verließen sie Edwards Apartment, um sich ein weiteres Mal ein fettiges, aber wohlschmeckendes Frühstück auf dem Harvard Square zu gönnen. Nachdem sie in einer Buchhandlung noch ein Buch über Puritanismus gekauft hatten, machten sie sich auf den Weg.

Kim fuhr, da sie ihr Auto nicht auf dem Anwohnerparkplatz von Edwards Haus stehenlassen wollte. Die Straßen waren fast frei, so daß sie zügig vorankamen und um kurz vor zehn in Salem waren. Da sie genauso gefahren waren wie am Samstag, kamen sie auch diesmal an dem berühmten Hexenhaus vorbei.

Edward griff nach Kims Arm. »Hast du das Hexenhaus schon mal besichtigt?« wollte er wissen.

»Ja, aber das ist schon eine Ewigkeit her«, erwiderte sie. »Warum fragst du? Hast du Lust, es dir anzuschauen?«

»Auch wenn du mich auslachst – ja, ich würde es gerne besichtigen«, gab Edward zu. »Meinst du, wir könnten uns ein bißchen Zeit dafür nehmen?«

»Natürlich«, sagte Kim. Sie bog in die Federal Street ein und parkte in der Nähe des Gerichtsgebäudes. Dann gingen sie zu Fuß zurück. Doch am Eingang mußten sie feststellen, daß das Hexenhaus erst um zehn Uhr geöffnet wurde. Außerdem waren sie nicht die einzigen Besucher; vor dem alten Haus warteten bereits etliche Familien und Pärchen auf Einlaß.

»Es ist wirklich erstaunlich, daß die Hexenprozesse von Salem offenbar immer noch so eine Anziehungskraft auf die Menschen ausüben«, stellte Kim fest. »Ob die Leute schon mal darüber nachgedacht haben, warum sie sich eigentlich dafür interessieren?«

»Dein Cousin Stanton meinte, Hexengeschichten seien eben so schön schaurig und verlockend«, bemerkte Edward.

»Typisch Stanton«, sagte Kim.

»Seiner Meinung nach liegt der Reiz dieser Geschichten darin, daß sie für uns eine Art Tor in die Welt des Übernatürlichen darstellen. In gewisser Weise hat er da sicher recht. Fast jeder ist ja ein bißchen abergläubisch, und diese Hexengeschichten beflügeln ihre Phantasie.«

»Da ist bestimmt was dran«, stimmte Kim ihm zu. »Aber ich fürchte, es steckt auch eine perverse Sensationsgier dahinter. Die Leute sind von den Hexengeschichten fasziniert, weil es Hinrichtungen gab. Und außerdem waren vor allem Frauen Opfer der Hexenhysterie. Es geht also auch um die Unterdrückung von Frauen.«

»Du machst es dir zu einfach, wenn du das Ganze nur aus dem Blickwinkel der Frauenbewegung betrachtest«, warf Edward ein. »Wahrscheinlich wurden vor allem deshalb Frauen hingerichtet, weil sie aufgrund ihrer Rolle in der kolonialen Gesellschaft viel eher Anstoß erregt haben. Im Gegensatz zu den Männern haben sie sich um alles gekümmert, was mit Geburt und Tod, mit Gesundheit und Krankheit zu tun hatte. Und das waren genau die Bereiche, in denen die Menschen damals abergläubisch waren und schnell magische Handlungen vermuteten.«

»Wahrscheinlich haben wir beide recht«, sagte Kim. »Ich stimme dir ja durchaus zu, aber es hat mich bei meiner kleinen Recherche doch schockiert, daß die Frauen zu Elizabeths Zeiten offenbar keinerlei Rechte hatten. Wenn die Männer vor irgend etwas Angst hatten, haben sie einfach die Frauen vorgeschoben. Wahrscheinlich hat auch primitiver Frauenhaß eine große Rolle gespielt.«

Endlich wurde das Hexenhaus geöffnet. Die Wartenden wurden von einer jungen Frau willkommen geheißen, die ein Kleid aus der damaligen Zeit trug. Jetzt erst registrierten Kim und Edward, daß man das Haus offenbar nur im Rahmen einer Führung besichtigen konnte. Die Gäste betraten nacheinander das Haus und warteten auf den Beginn des Vortrags.

»Ich dachte, wir könnten uns einfach mal so umsehen«, flüsterte Edward.

»Ich auch«, zischte Kim.

Die Führerin erläuterte ausführlich jeden einzelnen Einrichtungsgegenstand; besonders detailliert ging sie auf ein Bibelkästchen ein und erklärte, daß es in einem puritanischen Haushalt unverzichtbar gewesen sei.

»Ich habe keine große Lust mehr, weiter zuzuhören«, flüsterte Edward. »Wollen wir verschwinden?«

»Von mir aus«, sagte Kim.

Als sie wieder auf der Straße standen, drehte Edward sich noch einmal um und betrachtete das Haus.

»Ich wollte eigentlich nur mal sehen, ob es deinem Häuschen auch von innen so ähnlich ist«, erklärte Edward. »Es ist wirklich verblüffend. Man könnte fast meinen, die beiden Häuser sind von dem gleichen Architekten gebaut worden.«

»Wahrscheinlich war es einfach so, wie du mir neulich erklärt hast«, sagte Kim. »Individuelle Wünsche haben damals keine Rolle gespielt.«

Sie stiegen ein und fuhren hinaus zum Stewartschen Anwesen. Als erstes fiel Edward der lange Graben ins Auge, durch den die Kabel und Rohre verlegt werden sollten. Er reichte inzwischen von der Burg bis zum Cottage. Vom Rand aus konnten sie sehen, daß die Arbeiter das Fundament des Gebäudes untertunnelt hatten.

»Da drüben ist der Sarg«, sagte Kim und zeigte auf die Stelle, wo die Holzkiste aus der Erdwand hervorragte; inzwischen hatten die Arbeiter den Graben hier erheblich verbreitert.

»Was für ein Glück, daß der Bagger auf Elizabeths Grab gestoßen ist!« rief Edward. »Offenbar ist es das Kopfende des Sargs. Mit der Tiefe hattest du übrigens recht. Der Sarg liegt mindestens zweieinhalb Meter unter der Erde, vielleicht sogar noch tiefer:«

»Der Graben ist nur hier so tief«, erklärte Kim. »Weiter drüben, auf dem freien Feld, ist er bei weitem flacher.«

»Stimmt«, sagte Edward, während er ein paar Schritte in Richtung Feld ging.

»Wo gehst du hin?« fragte Kim. »Willst du nicht den Grabstein sehen?«

»Erst mal will ich einen Blick auf den Sarg werfen«, rief Edward zurück. Als er die Stelle erreichte, an der der Graben flacher wurde, sprang er hinein und kam wieder zurück; mit jedem Schritt verschwand er tiefer in der Erdspalte.

Als Edward den Sarg erreicht hatte, ging er in die Hocke und inspizierte die beschädigte Stelle. Direkt daneben kratzte er etwas Schmutz ab und untersuchte ihn mit den Fingern.

»Ziemlich vielversprechend«, rief er zu Kim hinauf. »Die Erde ist knochentrocken, und hier unten ist es erstaunlich kühl.« Er bohrte seine Finger in eine Spalte, die der Bagger in den Sarg gerammt hatte. Dann riß er das Holz mit einem kräftigen Ruck ab.

»Ach, du meine Güte!« murmelte Kim.

»Könntest du mir bitte mal die Taschenlampe aus dem Auto holen?« bat Edward. Er blickte in den offenen Sarg hinein.

Kim erfüllte ihm den Wunsch, doch sie war nicht gerade glücklich über das, was Edward da unten trieb. Es gefiel ihr überhaupt nicht, daß Elizabeths Totenruhe nun noch mehr gestört wurde. Sie stellte sich direkt an den Rand des Grabens und warf die Lampe hinunter.

Edward leuchtete mit der Taschenlampe in den offenen Sarg. »Wir haben Glück!« rief er hinauf. »Die Kälte und die Trockenheit haben die Leiche mumifiziert. Sogar das Leichentuch ist noch in Ordnung.«

»Jetzt reicht's aber«, sagte Kim. Doch sie hätte genausogut gegen eine Wand reden können. Edward hörte ihr überhaupt nicht zu. Zu ihrem Entsetzen griff er jetzt auch noch in den Sarg hinein. »Edward! Was tust du da?«

»Ich will die Leiche ein bißchen vorziehen«, sagte er. Er umfaßte den Schädel und begann zu ziehen. Zunächst passierte nichts. Doch als er sich mit einem Fuß an der Grabenwand abstützte und kräftiger zog, löste sich plötzlich der Kopf. Edward krachte gegen die andere Seite des Grabens und landete, den mumifizierten Schädel von Elizabeth im Schoß, auf seinem Hinterteil. Von oben rieselte eine Ladung Erde auf ihn herab.

Kim bekam weiche Knie und mußte sich abwenden.

»Verdammter Mist!« fluchte Edward, während er sich wieder aufrappelte. Dann nahm er den Schädel genauer in Augenschein. »Sieht so aus, als wäre das Genick gebrochen, als sie gehängt wurde. Obwohl mich das wundert. Damals bevorzugte man eigentlich eine andere Methode; man ließ die Leute so lange am Strick baumeln, bis sie blau anliefen und schließlich erstickten.«

Edward beugte sich noch einmal hinunter, um das abgerissene Kopfstück des Sarges wieder zu befestigen. Er nahm einen Stein und schlug so lange gegen das Holz, bis es festsaß. Als er sich davon überzeugt hatte, daß alles mehr oder weniger so aussah wie vorher, ging er mit dem Schädel in der Hand wieder zu dem Punkt zurück, an dem er mühelos aus dem Graben steigen konnte.

»Das findest du ja wohl hoffentlich nicht lustig, oder?« stellte Kim ihn zur Rede, als er wieder bei ihr war. Sie weigerte sich, den Kopf aus der Nähe zu betrachten. »Ich möchte, daß du den Schädel wieder zurücklegst!«

»Natürlich«, versprach Edward. »Ich will nur eine kleine Probe nehmen. Laß uns erst mal reingehen und nachsehen, ob wir eine passende Kiste finden.«

Verzweifelt führte Kim ihn ins Haus. Wie hatte sie nur in eine solche Situation geraten können? Edward merkte, wie ihr zumute war. Deshalb griff er schnell nach einer Kiste, in der die Arbeiter Installationszubehör transportiert hatten, legte den Schädel hinein und trug sie zum Auto. Dann kam er zurück und sagte erwartungsvoll: »Okay, dann wollen wir mal deine Baustelle besichtigen.«

»Du legst den Schädel aber so schnell wie möglich wieder zurück«, sagte Kim.

»Natürlich«, sagte Edward noch einmal. Um das Thema zu wechseln, ging er in den Anbau und gab vor, die Verzierungen zu bewundern. Kim folgte ihm. Bald war sie so abgelenkt, daß sie nicht mehr an den Schädel dachte. Die Renovierungsarbeiten waren zügig vorangeschritten. Als sie in den Keller hinabstiegen, nahmen sie erfreut zur Kenntnis, daß sogar der Zement schon gegossen worden war.

»Ein Glück, daß ich die Probe schon bei unserem letzten Besuch mitgenommen habe«, stellte Edward fest.

Als sie in der ersten Etage nachsehen wollten, ob auch das kleine Bad schon eingebaut war, hörte Kim ein Auto. Sie sah durch eines der Flügelfenster und dachte im nächsten Moment, ihr Herz würde aussetzen. Vor der Tür stand ihr Vater.

»Oh, nein!« stöhnte Kim. Angst kroch in ihr hoch, und sie bekam feuchte Hände.

Ihr Unbehagen blieb Edward nicht verborgen. »Ist es dir peinlich, daß ich hier bin?« fragte er.

»Um Himmels willen, nein«, entgegnete Kim. »Ich mache mir Sorgen wegen Elizabeths Sarg. Laß dir bloß nicht anmerken, daß du den Schädel hast! Ich will meinem Vater auf keinen Fall einen Vorwand bieten, sich in die Renovierungsarbeiten einzumischen.«

Sie gingen nach unten, um ihn zu begrüßen. John stand am Rande des Grabens und betrachtete den Sarg. Kim machte die beiden Männer miteinander bekannt. Ihr Vater war zwar höflich, aber ziemlich kurz angebunden. Nach der knappen Begrüßung nahm er Kim zur Seite.

»Ein verdammt unglücklicher Zufall, daß George Harris auf das Grab von Elizabeth stoßen mußte«, stellte er fest. »Ich habe ihm gesagt, daß er die Entdeckung bloß nicht an die große Glocke hängen soll, und ich verlasse mich darauf, daß auch du mit niemandem darüber sprichst. Auf keinen Fall darf deine Mutter etwas davon erfahren. Sie würde völlig aus der Fassung geraten. Sie wäre einen Monat lang krank.«

»Warum sollte ich mit irgend jemandem darüber reden?« erwiderte Kim.

»Ehrlich gesagt bin ich ziemlich überrascht, daß sie hier begraben wurde«, sagte John. »Mein Vater hat mir erzählt, man habe sie irgendwo westlich von Salem in einem Gemeinschaftsgrab verscharrt. Wer ist eigentlich dieser Fremde, mit dem du hier bist. Weiß er etwas von dem Grab?«

»Erstens ist Edward kein Fremder«, erwiderte Kim, »und zweitens weiß er von dem Grab. Er weiß bestens über Elizabeth Bescheid.«

»Ich dachte, wir hätten uns darauf geeinigt, daß du mit niemandem über sie reden würdest«, fuhr John sie an.

»Er weiß es nicht von mir«, entgegnete Kim. »Es war Stanton Lewis, der davon angefangen hat.«

»Zum Teufel mit den Verwandten deiner Mutter!« fluchte John leise. Dann drehte er sich um und ging zu Edward, der geduldig gewartet hatte.

»Die Geschichte über Elizabeth Stewart geht niemanden etwas an«, sagte er barsch. »Deshalb hoffe ich, daß Sie alles, was Sie über sie wissen, für sich behalten.«

»Ich verstehe«, erwiderte Edward ausweichend. Er wollte lieber nicht wissen, was er zu dem Totenschädel in Kims Auto sagen würde.

Damit war das Thema für John offenbar abgehakt. Er warf einen kurzen Blick auf das alte Haus und nahm sich sogar ein paar Minuten Zeit, um das Gebäude von innen zu besichtigen. Als sie nach einem schnellen Rundgang wieder draußen waren und John schon im Begriff war abzufahren, zögerte er kurz. Dann sah er Edward an. »Kim ist ein anständiges und sensibles Mädchen. Sie ist sehr warmherzig und liebevoll.«

»Da haben Sie absolut recht«, stimmte Edward ihm zu.

John stieg in sein Auto und brauste davon. Kim sah ihm nach, bis das Auto hinter den Bäumen verschwunden war. »Es ist wirklich zum Verrücktwerden«, schimpfte sie. »Er schafft es jedesmal, mich auf die Palme zu bringen. Er scheint gar nicht zu merken, wie erniedrigend es ist, daß er mich immer noch Mädchen nennt und mich wie einen Teenager behandelt.«

»Immerhin hat er dich in den höchsten Tönen gepriesen«, warf Edward ein.

»Von wegen!« widersprach sie. »In Wirklichkeit hat dieser Lobgesang ihm selber gegolten. Auf diese Art will er die Lorbeeren für seine wohlgeratene Tochter einheimsen. Dabei hat er zu meiner Erziehung nichts beigetragen. Er hat sich nie um mich gekümmert; er kommt noch nicht mal auf die Idee, daß ein richtiger Vater oder Ehemann auch etwas mehr tun könnte, als nur für das Essen und ein Dach über dem Kopf zu sorgen.«

Edward legte ihr sanft seinen Arm um die Schultern. »Es bringt doch nichts, wenn du dich so aufregst«, versuchte er sie zu beruhigen.

Kim drehte sich abrupt zu ihm um. »Mir ist gestern abend etwas durch den Kopf gegangen«, sagte sie. »Was würdest du davon halten, am ersten September mit mir zusammen in das Cottage einzuziehen?«

Edward stockte. »Das ... das ist wirklich großzügig«, brachte er dann stotternd hervor.

»Ich finde die Idee hervorragend. Das Haus ist groß genug, und du mußt dir doch sowieso eine neue Wohnung suchen. Also, was hältst du von meinem Vorschlag?«

»Vielen Dank«, stammelte Edward. »Ich weiß gar nicht, was ich sagen soll. Vielleicht sollten wir wirklich mal darüber reden.«

»Darüber reden?« fragte Kim. Sie hatte nicht im geringsten damit gerechnet, daß Edward ihr womöglich eine Abfuhr erteilen könnte. Er schickte ihr schließlich nach wie vor jeden Tag einen Blumenstrauß.

»Ich fürchte nur, daß du mich jetzt aus einem Impuls heraus bittest, mit dir zusammenzuziehen«, erklärte Edward. »Und wenn du deine Meinung dann änderst, weißt du nicht, wie du mich wieder loswerden sollst.«

»Ist das der einzige Grund, weshalb du noch zögerst?« Kim stellte sich auf die Zehenspitzen und umarmte ihn. »In Ordnung. Wir reden noch mal darüber. Aber eins kann ich dir versprechen. Ich werde mein Angebot mit Sicherheit nicht zurückziehen.«

Nachdem sie alle noch anstehenden Renovierungsarbeiten ausführlich besprochen hatten, schlug Kim vor, noch einmal in die Burg zu gehen und in den alten Dokumenten herumzustöbern. Sie sagte, daß sie nach ihrer Unterhaltung vom Abend zuvor darauf brenne herauszufinden, welche Art von Beweisstück man gegen Elizabeth verwendet habe. Edward hatte nichts dagegen, sie zu begleiten.

Als sie das gewaltige Gebäude betraten, schlug Kim vor, diesmal auf dem Dachboden und nicht im Weinkeller weiterzusuchen. Edward war einverstanden, doch als sie oben ankamen, mußten sie feststellen, daß es dort extrem heiß war. Es wurde auch nicht besser, nachdem sie alle Mansardenfenster geöffnet hatten.

»Irgendwie habe ich das Gefühl, daß du keine Lust mehr hast«, stellte Kim fest. Edward hatte sich zwar eine Schublade mit ans Fenster genommen, aber er sah versonnen nach draußen.

»Tut mir leid, aber meine Gedanken kreisen ständig um diese neuen Alkaloide«, erklärte er. »Ich kann es kaum noch abwarten, mich im Labor an die Arbeit zu machen.«

»Warum fährst du nicht einfach zurück und machst es?« fragte Kim. »Ich kann doch später mit dem Zug nach Hause fahren.«

»Okay«, stimmte Edward zu. »Aber ich werde den Zug nehmen.«

Nach einem kurzen Wortwechsel willigte Kim ein, denn am späten Nachmittag würde es für sie schwierig werden, zum Bahnhof zu kommen.

Sie fuhren gemeinsam nach Salem, und auf halber Strecke fiel Kim plötzlich ein, daß auf dem Rücksitz Elizabeths Schädel lag.

»Das ist doch kein Problem«, sagte Edward. »Ich nehme ihn einfach mit.«

»Im Zug?« fragte Kim entsetzt.

»Warum denn nicht?« erwiderte Edward. »Er ist doch in der Kiste.«

»Ich bestehe darauf, daß du ihn so schnell wie möglich in den Sarg zurücklegst«, bekräftigte Kim noch einmal. »Und zwar bevor die Leitungen verlegt sind, denn dann wird der Graben wieder zugeschüttet.«

»Was ich vorhabe, dauert nicht lange«, versuchte Edward sie zu beruhigen. »Ich hoffe nur, daß ich in dem Schädel etwas finde, das ich für eine Probe verwenden kann. Wenn nicht, könnte ich es vielleicht noch mit der Leber versuchen.«

»Eins verspreche ich dir«, sagte Kim mit Nachdruck. »Der Sarg von Elizabeth wird nur einem einzigen Zweck noch einmal geöffnet – damit du den Schädel zurücklegen kannst. Vergiß nicht, daß mein Vater sich hier manchmal rumtreibt; außerdem kennt er den Bauunternehmer.«

Sie brachte Edward bis zur Bahnhofstreppe. Er nahm die Kiste vom Rücksitz und stieg aus.

»Wollen wir uns später zum Essen treffen?« fragte er.

»Heute lieber nicht«, erwiderte Kim. »Ich muß mich mal um meine Wohnung und die Wäsche kümmern. Außerdem habe ich morgen Frühdienst.«

»Dann können wir wenigstens telefonieren«, schlug Edward vor. »Abgemacht«, versprach Kim.

Obwohl Edward gerne mit Kim zusammen war, war er froh, wieder in seinem Labor zu sein. Zu seiner freudigen Überraschung war sogar Eleanor da. Sie war irgendwann nach Hause gegangen, um zu duschen und zu schlafen, doch nach vier oder fünf Stunden war sie wieder zurückgekommen. Sie sei einfach zu aufgeregt, sagte sie, und habe es zu Hause nicht ausgehalten.

Als erstes zeigte sie Edward die Ergebnisse der Massenspektrometrie. Sie war inzwischen absolut sicher, daß sie es mit drei neuen Alkaloiden zu tun hatten. Nachdem sie am Morgen mit Edward telefoniert hatte, hatte sie alle Resultate noch einmal gründlich überprüft; demnach war es ausgeschlossen, daß die Meßergebnisse von irgendwelchen bereits bekannten Verbindungen herrührten.

»Haben wir noch mehr Sklerotien zur Verfügung?« fragte Edward.

»Ein paar«, erwiderte Eleanor. »Kevin Scranton hat versprochen, uns noch weitere zu schicken, aber er weiß noch nicht, wann er soweit ist. Die wenigen, die wir noch haben, wollte ich nicht alle opfern, bevor ich mit dir gesprochen hatte. Wie willst du die Alkaloide trennen? Mit organischen Lösungsmitteln?«

»Am besten nehmen wir das Kapillar-Elektrophorese-Gerät«, erwiderte Edward. »Falls nötig, können wir auch eine elektrokinetische Mizellen-Kapillar-Chromatographie durchführen.«

»Soll ich einen Rohextrakt verwenden – wie bei der Massenspektrometrie?« fragte Eleanor.

»Nein«, erwiderte Edward. »Wir extrahieren die Alkaloide mit destilliertem Wasser und fällen sie mit einer schwachen Säure aus. So habe ich es auch in dem Biologielabor gemacht, und es hat prima funktioniert. So bekommen wir reinere Proben und erleichtern uns die Strukturaufklärung.«

Als Eleanor gerade zu ihrem Arbeitsplatz zurückgehen wollte, griff Edward nach ihrem Arm und hielt sie zurück. »Bevor du anfängst, die Alkaloide zu isolieren, möchte ich dir noch etwas anderes zeigen«, sagte er. Ohne weitere Vorwarnung öffnete er die Klempnerkiste und holte den mumifizierten Schädel heraus. Eleanor schreckte instinktiv zurück, als er ihr den makabren Gegenstand hinhielt.

»Du hättest mich ruhig vorwarnen können«, beschwerte sie sich.

»Da hast du vielleicht nicht ganz unrecht«, sagte er und lachte.

Auch er sah sich den Schädel jetzt zum ersten Mal etwas genauer an. Er sah grausig aus. Die Haut war dunkelbraun, beinahe mahagonifarben. Sie war im Laufe der Jahre so trocken geworden, daß sie wie Leder aussah; über den vorstehenden Knochen hatte sie sich ganz zurückgezogen. Das Gebiß war vollständig freigelegt, wie zu einem schauderhaften Grinsen. Die Haare waren vertrocknet und verfilzt wie Stahlwolle.

»Was ist das?« wollte Eleanor wissen. »Eine ägyptische Mumie?«

Edward erzählte ihr die Geschichte von Elizabeth. Er erklärte ihr, daß er den Kopf ins Labor mitgebracht hatte, weil er feststellen wollte, ob sich in dem Totenschädel noch etwas befinde, das man für eine Untersuchung verwenden könne.

»Laß mich raten«, sagte Eleanor. »Du willst es im Massenspektrographen analysieren.«

»Du hast es erfaßt«, erwiderte Edward. »Es wäre doch auch in wissenschaftlicher Hinsicht ziemlich spektakulär, wenn wir die gleichen Peaks wie bei den neuen Alkaloiden nachweisen könnten. Dann hätten wir den definitiven Beweis dafür, daß diese Frau vor dreihundert Jahren mit ihrer Nahrung unseren neuen Schimmelpilz aufgenommen hat.«

Während Eleanor zur Abteilung für Zellbiologie hinüberlief, um sich dort anatomische Sektionsinstrumente auszuleihen, kümmerte Edward sich um die zahlreichen Studenten und Assistenten, die bereits darauf warteten, mit ihm zu sprechen. Er beantwortete alle Fragen und hatte gerade den letzten Studenten abgefertigt, als Eleanor zurückkam.

»Ein Anatomiedozent hat mir geraten, am besten die ganze Schädeldecke abzunehmen«, sagte Eleanor und hielt eine elektrische Vibratorsäge hoch.

Edward machte sich ans Werk. Zuerst schob er die Kopfhaut zurück und legte den Schädel frei. Dann nahm er die Säge und entfernte die Schädeldecke. Zusammen mit Eleanor blickte er neugierig in das Innere des Kopfes. Viel gab es nicht zu sehen. Das Gehirn hatte sich zu einer starren Masse zusammengezogen und befand sich im hinteren Teil des Schädels.

»Was hältst du davon?« fragte Edward seine Assistentin, während er mit der Spitze des Skalpells in dem Hirnrest herumstocherte. Die Masse war steinhart.

»Schneid einfach ein Stück raus«, schlug Eleanor vor. »Ich werde es dann in irgendeiner Flüssigkeit auflösen.«

Edward folgte ihrem Vorschlag.

Als sie die Probe entnommen hatten, testeten sie mehrere Lösungsmittel. Ohne zu wissen, womit sie es eigentlich zu tun hatten, begannen sie die Substanzen in den Massenspektrometer einzuspritzen. Bei der zweiten Probe hatten sie Glück. Mehrere Peaks stimmten exakt mit denen der neuen Alkaloide aus dem Rohextrakt überein, den Eleanor am Abend zuvor in dem Spektrographen analysiert hatte.

»Ist es nicht großartig, der Wissenschaft zu dienen?« fragte Edward. Er war voll und ganz in seinem Element.

»Ja, so eine Entdeckung kann einem schon einen ganz schönen Kick geben«, erwiderte Eleanor.

Edward ging zu seinem Arbeitsplatz und rief bei Kim an, doch nur der Anrufbeantworter schaltete sich ein. Nach dem Piepston hinterließ er die Nachricht, daß es für den Teufel, der damals in Salem gewütet und Elizabeth befallen hatte, nun eine wissenschaftliche Erklärung gebe.

Er legte auf und ging wieder zu Eleanor. Er war in einer seltsamen Stimmung.

»Okay, genug mit diesen Spielereien«, sagte er. »Jetzt wollen wir uns mal wieder der wahren Wissenschaft zuwenden. Am besten versuchen wir zuerst einmal, diese neuen Alkaloide zu isolieren, damit wir endlich wissen, womit wir es eigentlich zu tun haben.«

»Das ist doch nicht zu fassen!« fluchte Kim und donnerte die Schublade eines Aktenschrankes zu. Ihr war heiß, und sie war schmutzig und frustriert. Nachdem sie Edward zum Bahnhof gebracht hatte, war sie auf den Dachboden der Burg zurückgekehrt und hatte vier Stunden lang vom Angestelltenflügel bis zum Gästeflügel den gesamten U-förmigen Bereich umgepflügt. Doch sie hatte weder ein interessantes Dokument noch irgendein Schreiben aus dem siebzehnten Jahrhundert gefunden.

»Da habe ich mir ja ganz schön was vorgenommen«, sagte sie zu sich selbst, während sie ihren Blick über die vielen Aktenschränke, Überseekoffer, Kisten und Regale schweifen ließ. Die Papierberge schienen endlos – und hinter dem Rechtsknick ging es noch weiter. Vor diesem riesigen Berg von Dokumenten kam sie sich hilflos und überfordert vor. Auf dem Dachboden stapelten sich noch mehr Unterlagen als im Weinkeller. Und wie im Keller waren die Papiere auch hier oben weder nach Themen noch chronologisch geordnet. Blätter, die übereinander lagen, konnten durchaus verschiedenen Jahrhunderten entstammen, und was die Inhalte anging, so war es ein buntes Durcheinander von Handelspapieren, Geschäftsbelegen, Quittungen, offiziellen Behördenschreiben und persönlicher Korrespondenz. Wenn sie sich wirklich eine Übersicht verschaffen wollte, mußte sie wohl oder übel jedes einzelne Dokument in die Hand nehmen.

In Anbetracht dieser bitteren Realität wußte Kim jetzt, wieviel Glück sie am vergangenen Montag gehabt hatte, als sie den dreihundert Jahre alten Brief von James Flanagan an Ronald Stewart gefunden hatte. Als sie diesen Brief in den Händen gehalten hatte, hatte sie noch geglaubt, es würde eine schöne, wenn auch nicht ganz einfache Aufgabe sein, Elizabeths Vergangenheit zu erforschen.

Schließlich war sie so hungrig, erschöpft und entmutigt, daß sie die Suche aufgab; sie würde ein andermal herausfinden müssen, was es mit diesem sogenannten offenkundigen Beweisstück auf sich hatte. Als sie die Treppen hinunterstieg und ihr die schweißtreibende Hitze des Spätnachmittags entgegenschlug, konnte sie nur noch an eine Dusche denken. Sie stieg in ihr Auto und machte sich auf den Weg nach Boston.

# Kapitel 6

*Montag, 25. Juli 1994*

Edward blinzelte. Es war fünf Uhr morgens, und er hatte gerade vier Stunden geschlafen. Wenn ihn ein neues Projekt faszinierte, konnte er seinen Schlaf auf ein Minimum reduzieren. Und seine augenblickliche Arbeit fesselte ihn mehr als irgend etwas, das er je in Angriff genommen hatte. Seine wissenschaftliche Intuition sagte ihm, daß er diesmal auf eine wirklich große Sache gestoßen war – und bisher hatte ihn seine Intuition noch nie getäuscht.

Als er aus dem Bett sprang, fing Buffer wie wild an zu bellen. Der arme Hund dachte offenbar, sein Herrchen sei in Lebensgefahr. Edward verpaßte ihm einen leichten Klaps zur Beruhigung.

Nachdem er in aller Eile sein Morgenritual hinter sich gebracht hatte, zu dem unter anderem ein kurzer Spaziergang mit Buffer gehörte, fuhr er zum Labor. Es war kurz vor sieben, als er dort ankam, doch Eleanor war schon da.

»Ich habe Schlafprobleme«, gestand sie. Ihr normalerweise sorgfältig frisiertes langes, blondes Haar sah etwas strubbelig aus.

»Mir geht's genauso«, sagte Edward.

Sie hatten am Samstag bis ein Uhr nachts gearbeitet und auch den ganzen Sonntag im Labor verbracht. Da Edward kurz vor dem Durchbruch zu stehen glaubte, hatte er sogar seine für Sonntag abend geplante Verabredung mit Kim abgesagt. Als er ihr erklärt hatte, wie nahe er seinem Ziel war, hatte sie Verständnis gezeigt.

Am Sonntag kurz nach Mitternacht hatten Edward und Eleanor endlich die Methode gefunden, mit deren Hilfe sie die Alkaloide trennen konnten. Sie hatten vor allem deshalb große Schwierigkeiten gehabt, weil zwei von den Alkaloiden etliche physikalische Eigenschaften miteinander teilten. Nun brauchten sie unbedingt noch mehr von ihrem Ausgangsmaterial. Kevins

Anruf erschien ihnen deshalb wie ein Geschenk des Himmels; er teilte ihnen mit, daß er am Montag morgen einige weitere Sklerotion schicken werde.

»Ich möchte, daß alles vorbereitet ist, wenn das Material eintrifft«, sagte Edward. »Um neun Uhr können wir mit der Lieferung rechnen.«

»Aye, aye«, erwiderte Eleanor und knallte die Hacken zusammen, als würde sie salutieren. Edward versuchte, ihr einen Klaps zu geben, doch Eleanor war flink und entwischte ihm.

Nachdem sie eine gute Stunde konzentriert gearbeitet hatten, zupfte Eleanor Edward am Arm. »Ignorierst du deine Fangemeinde heute eigentlich mit Absicht?« fragte sie mit ruhiger Stimme, während sie einen Blick über ihre Schulter warf.

Edward richtete sich auf und sah eine Schar von Studenten. Bis jetzt hatte er sie gar nicht wahrgenommen, doch die Gruppe derer, die ihre Fragen bei ihm loswerden und seinen Rat haben wollten, war inzwischen ziemlich groß geworden.

»Ich bitte kurz um Ihre Aufmerksamkeit!« rief er in den Raum. »Sie müssen heute ohne mich zurechtkommen. Ich bin momentan mit einem Projekt beschäftigt, das nicht warten kann.«

Ein kurzes Grummeln ging durch die Menge, doch dann löste sie sich allmählich auf. Edward bekam von der Reaktion seiner Studenten nichts mit. Er war schon wieder ganz in seine Arbeit versunken; er war für seine außerordentliche Konzentrationsfähigkeit bekannt.

Ein paar Minuten später zupfte Eleanor ihn noch einmal am Arm. »Ich will dich ja nicht stören«, entschuldigte sie sich, »aber was ist mit deiner Neun-Uhr-Vorlesung?«

»Verdammt!« fluchte Edward. »Die hab' ich völlig vergessen. Sieh doch mal nach, ob du Ralph Carter irgendwo finden kannst, und schick ihn her.« Ralph Carter war einer seiner leitenden Assistenten.

Wenig später erschien Ralph im Labor. Sein spärliches Bärtchen paßte nicht so recht in sein breites rotes Gesicht.

»Ich möchte, daß Sie die Vorlesungen im Grundkurs Biochemie für mich übernehmen«, sagte Edward.

»Für wie lange?« wollte Ralph wissen. Seine Begeisterung hielt sich in Grenzen.

»Das werde ich Sie noch wissen lassen«, entgegnete Edward barsch.

Nachdem Ralph gegangen war, wandte Edward sich an Eleanor. »Ich hasse es, wenn jemand nicht widerspricht, obwohl er offensichtlich nicht einverstanden ist. Dabei ist es das erste Mal, daß ich jemanden bitte, einen Chemie-Grundkurs für mich zu übernehmen.«

»Du weißt doch, daß außer dir niemand Lust hat, Erstsemester zu unterrichten«, sagte Eleanor.

Wie versprochen trafen die Sklerotien in einem kleinen Glasgefäß kurz nach neun ein. Edward schraubte den Deckel ab und verteilte die dunklen, reisartigen Körner auf einem Stück Filterpapier; er behandelte sie so behutsam, als wären es Goldklümpchen.

»Das sind ja ziemlich häßliche kleine Dinger«, sagte Eleanor. »Sieht fast wie Mäusekötel aus.«

»Für mich sehen sie eher aus wie die Körner im Roggenbrot«, widersprach Edward. »Dieser Vergleich paßt übrigens auch in historischer Hinsicht besser.«

Noch vor Mittag hatten sie es geschafft, von jedem der Alkaloide eine winzige Menge zu isolieren. Die Proben befanden sich in kleinen, kegelförmigen Teströhrchen, die mit den Buchstaben A, B und C beschriftet waren. Äußerlich sahen alle drei gleich aus. In jedem Röhrchen befand sich ein weißes Pulver.

»Was tun wir als nächstes?« fragte Eleanor, während sie eines der Teströhrchen gegen das Licht hielt.

»Wir müssen herausfinden, welche von den Alkaloiden auf die Psyche wirken«, erklärte Edward. »Sobald wir das wissen, können wir uns darauf konzentrieren.«

»Und wie wollen wir das herausfinden?« wollte Eleanor wissen. »Ich denke, wir könnten Ganglienpräparate von Aplasia fasciata verwenden. Damit könnten wir sicher feststellen, welche Alkaloide neuroaktiv sind.«

Edward schüttelte den Kopf. »Das reicht mir nicht«, entgegnete er. »Ich will wissen, welche Alkaloide eine halluzinogene Wirkung haben, und zwar so schnell wie möglich. Dafür brauche ich ein menschliches Gehirn.«

»Wir können doch nicht Testpersonen dafür bezahlen, daß sie das Zeug schlucken!« rief Eleanor bestürzt. »Das würde eindeutig gegen das Berufsethos verstoßen.«

»Das stimmt«, erwiderte Edward. »Aber ich habe auch nicht vor, bezahlte Testpersonen einzusetzen. Ich denke, wir beide könnten das genausogut machen.«

»Ich weiß nicht, ob ich das mitmachen soll«, sagte Eleanor zögerlich. Langsam verstand sie, worauf Edward hinauswollte.

»Entschuldigen Sie bitte!« rief jemand. Edward und Eleanor drehten sich gleichzeitig um. Vor ihnen stand Cindy, die Fachbereichssekretärin. »Es tut mir wirklich leid, Sie stören zu müssen, Dr. Armstrong. Aber bei mir im Zimmer wartet ein Dr. Stanton Lewis, und er will unbedingt mit Ihnen sprechen.«

»Sagen Sie ihm, daß ich zu tun habe«, sagte Edward. Doch bevor Cindy das Labor verließ, rief er sie zurück. »Ich hab's mir anders überlegt. Schicken Sie ihn rein!«

»Ich sehe den Schalk in deinen Augen«, stellte Eleanor fest, während sie auf Stanton warteten.

»Ich führe nichts im Schilde«, sagte Edward und grinste. »Aber falls Mr. Lewis als einer der Hauptinvestoren in dieses Projekt einsteigen möchte, werde ich ihm nicht im Wege stehen. Ganz im Ernst – ich werde mit ihm darüber reden, was wir hier gerade machen.«

Stanton stolzierte gutgelaunt wie immer ins Labor und ließ seine übertriebenen Begrüßungssalven los. Daß er Eleanor und Edward gemeinsam traf, schien ihn besonders zu freuen.

»Ihr seid doch meine liebsten Freunde«, stellte er fest, »aber jeder von euch spricht einen anderen Teil meines Gehirns an.« Er lachte über seine eigene Bemerkung, die er offenbar für eine schlüpfrige Anspielung hielt. Doch Eleanor war schneller im Denken als er; sie habe ja noch gar nicht gewußt, konterte sie, daß er sich sexuell umorientiert habe.

»Wie bitte?« fragte Stanton vollkommen perplex.

»Nun, ich bin sicher, daß du mich wegen meiner intellektuellen Fähigkeiten attraktiv findest«, erklärte sie. »Also muß die Hirnhälfte, die für die niederen Instinkte zuständig ist, auf Edward reagieren.«

Edward gluckste. Stantons Schlagfertigkeit war sein Markenzeichen. Noch nie hatte Edward es erlebt, daß er von jemandem übertroffen wurde. Stanton lachte jetzt auch und versicherte Eleanor, daß ihre Intelligenz ihn für ihre anderen Reize blind gemacht habe.

Dann wandte er sich an Edward. »Spaß beiseite«, sagte er. »Reden wir von der Genetrix-Broschüre. Was hältst du von der Sache?«

»Ich hatte noch keine Zeit, sie mir anzusehen«, gestand Edward.

»Aber du hast es mir doch versprochen«, beschwerte sich Stanton. »Sollte ich meiner Cousine etwa mitteilen müssen, daß du ein unzuverlässiger Typ bist und sie sich besser nicht mehr mit dir treffen sollte?«

»Wer ist denn diese Cousine?« wollte Eleanor wissen und knuffte Edward freundschaftlich in die Rippen.

Edward wurde vor Verlegenheit knallrot. Er hatte keine Lust, jetzt über Kim zu reden. Als er etwas sagen wollte, merkte er, daß er sich verhaspeln würde, und das war ihm im Labor noch nie passiert. »Ich habe keine Zeit gehabt, überhaupt irgend etwas zu lesen«, brachte er mit einiger Mühe hervor. »Es hat sich in der Zwischenzeit etwas ergeben, das dich vielleicht auch interessieren dürfte.«

»Wollen wir hoffen, daß deine Geschichte gut ist«, erwiderte Stanton. Dann klopfte er Edward kumpelhaft auf den Rücken und sagte, daß er das mit Kim natürlich nicht ernst gemeint habe. »Ich würde euch Turteltäubchen doch nicht in die Quere kommen. Meine Tante hat mir schon erzählt, daß der alte Stewart euch beide in Salem überrascht hat. Ich hoffe für dich, alter Schlingel, daß er euch nicht in flagranti erwischt hat!«

Edward hustete nervös und gab Stanton mit einem Zeichen zu verstehen, daß er sich einen Stuhl heranziehen solle. Dann kam er sofort auf den neuen Pilz und die neuartigen Alkaloiden zu sprechen. Er klärte ihn darüber auf, daß mindestens eines der Alkaloide eine psychotrope Wirkung habe, und verriet ihm, warum er sich dessen so sicher sei. Um seinen Bericht zu unterstreichen, reichte er Stanton die drei Teströhrchen und erklärte ihm, daß sie es erst vor wenigen Minuten geschafft hatten, die neuen Verbindungen zu isolieren.

»Eine faszinierende Geschichte«, sagte Stanton und stellte die Teströhrchen wieder auf die Arbeitsfläche. »Aber wie kommst du auf die Idee, daß ausgerechnet ich dieses Projekt interessant finden könnte? Ich bin doch ein praktischer Mensch. Diese esoterischen Geschichten, an denen ihr Wissenschaftler euch so wahnsinnig erfreuen könnt, lassen mich eher kalt.«

»Meiner Meinung nach könnten sich diese Alkaloide sehr bald in bare Münze umsetzen lassen«, erklärte Edward. »Wir stehen vielleicht kurz davor, eine absolut neue Gruppe von psychotropen Wirkstoffen zu entdecken, die zumindest in der Forschung Anwendung finden dürften.«

Plötzlich war Stanton ganz Ohr. Seine lässige und beiläufige Art war mit einem Schlag verschwunden. »Neue Wirkstoffe?« fragte er. »Das klingt in der Tat interessant. Wie stehen denn die Chancen, daß man sie auch klinisch einsetzen kann?«

»Ich glaube, die Chancen sind ausgezeichnet«, erwiderte Edward. »Vor allem wenn man bedenkt, daß es im Bereich der modernen synthetischen Chemie jede Menge Techniken gibt, mit denen man Moleküle modifizieren kann. Hinzu kommt, daß ich mich nach meinem Rauscherlebnis mit dem Rohextrakt ganz eigenartig gefühlt habe; ich war total energiegeladen und hatte plötzlich einen völlig klaren Kopf. Ich könnte mir vorstellen, daß die Alkaloide über ihre halluzinogene Wirkung hinaus auch noch andere Prozesse im Hirn auslösen.«

»Das ist ja phantastisch!« staunte Stanton. Sein Puls beschleunigte sich, denn sein Spürsinn verriet ihm, daß hier vielleicht ein großes Geschäft zu machen war. »Womöglich wird das eine ganz heiße Sache.«

»Genau das haben wir auch gedacht«, pflichtete Edward ihm bei.

»Ich rede davon, daß ihr vielleicht einen Haufen Geld verdienen könnt«, erklärte Stanton.

»Wir wollen in erster Linie herausfinden, was diese neuartigen psychoaktiven Wirkstoffe der Wissenschaft bringen können«, stellte Edward klar. »Im Bereich der Hirnforschung wartet die ganze Welt gespannt auf den entscheidenden Durchbruch. Und wer weiß? Vielleicht ist unsere Entdeckung der Schlüssel zu diesem Durchbruch! Wenn es so wäre, dann müßten wir nur genügend Geld auftreiben, um den Stoff in großen Mengen zu produzieren. Denn dann würden uns Forscher aus der ganzen Welt das Zeug aus den Händen reißen.«

»Schön und gut«, warf Stanton ein. »Ich finde es ja prima, daß du so ehrgeizige Ziele hast. Aber warum willst du nicht zwei Fliegen mit einer Klappe schlagen und neben dem wissenschaftlichen Erfolg auch noch einen Haufen Geld verdienen?«

»Es reizt mich eben nicht besonders, Millionär zu werden«, sagte Edward. »Das solltest du langsam wissen.«

»Millionär?« erwiderte Stanton lachend. »Wenn dein neuer Wirkstoff gegen Depressionen oder Angstzustände hilft, oder sogar gegen beides gleichzeitig, dann könntest du demnächst eine Milliarde Dollar einstreichen.«

»Hast du eine Milliarde gesagt?«

»Ja«, wiederholte Stanton. »Eine Milliarde Dollar! Und ich übertreibe nicht. Die Erfahrungen mit Librium und Valium und auch mit Prozac zeigen doch, daß die Nachfrage nach klinisch wirksamen psychotropen Mitteln schier unbegrenzt ist.«

Edward starrte mit leerem Blick aus dem Fenster auf das Gelände der Harvard Medical School. Als er wieder ansetzte, etwas zu sagen, hatte seine Stimme einen flachen, tranceartigen Klang. »Was müßte man deiner Einschätzung und Erfahrung nach tun, um eine derartige Entdeckung zu vermarkten?«

»Nicht viel«, sagte Stanton. »Du mußt eine Firma gründen und den Wirkstoff patentieren lassen. So einfach ist das. Solange das nicht passiert ist, muß die Entdeckung unter allen Umständen geheimgehalten werden.«

»Niemand weiß etwas davon«, sagte Edward. Er wirkte immer noch etwas verwirrt. »Wir wissen ja selber erst seit ein paar Tagen, daß wir es mit etwas Neuem zu tun haben. Und außer Eleanor und mir hat niemand an diesem Projekt gearbeitet.« Kim erwähnte er lieber nicht, weil er befürchtete, Stanton würde das Gespräch dann wieder auf sie lenken.

»Je weniger Leute Bescheid wissen, um so besser«, erklärte Stanton. »Am besten schreite ich so schnell wie möglich zur Tat und gründe eine Firma. Dann kann nichts mehr schiefgehen, wenn die Dinge sich weiterhin gut entwickeln.«

Edward rieb sich erst die Augen und dann das ganze Gesicht. Nachdem er ein paarmal tief eingeatmet hatte, schien er aus seiner Trance zu erwachen. »Das geht mir ein bißchen zu schnell«, sagte er. »Bevor wir genau wissen, auf was wir gestoßen sind, müssen Eleanor und ich noch eine Menge Untersuchungen durchführen.«

»Und was wollt ihr als nächstes tun?« fragte Stanton.

»Gut, daß du fragst«, erwiderte Edward und ging hinüber zu einer Glasvitrine. »Darüber hatte ich mich gerade mit Eleanor unterhalten, als du kamst. Wir müssen zunächst feststellen, welche von diesen Verbindungen auf die Psyche wirkt.« Edward kam mit drei Glaskolben zurück und stellte sie auf die Arbeitsplatte. In jeden Kolben gab er eine winzige Menge jeweils eines anderen Alkaloids und füllte sie alle mit einem Liter destillierten Wasser auf. Anschließend schüttelte er die Kolben kräftig durch.

»Und wie willst du das feststellen?« wollte Stanton wissen; doch da er Edwards Geschichte kannte, ahnte er schon, was nun folgen würde.

Edward nahm drei Milliliter-Pipetten aus einer Schublade. »Will mir jemand Gesellschaft leisten?« fragte er. Doch weder Eleanor noch Stanton gaben ihm Antwort.

»Ihr Feiglinge«, zog Edward sie auf, fügte dann aber hinzu: »Das hab' ich natürlich nicht so gemeint. Ich will euch nur in meiner Nähe haben – man kann ja nie wissen. Ich stürze mich auch gerne allein ins Vergnügen.«

Stanton sah Eleanor an. »Ist er jetzt völlig übergeschnappt oder was?«

Eleanor nahm Edward kritisch ins Visier. Sie wußte, daß er normalerweise nie etwas Unbesonnenes tat. Sie hatte noch nie jemanden kennengelernt, der sein Fach so gut beherrschte wie er. Auf dem Gebiet der Biochemie war er für sie unschlagbar. »Du bist dir ganz sicher, daß nichts passieren kann, nicht wahr?« fragte sie.

»Es kann nicht schlimmer sein als ein paar Züge von einem Joint«, entgegnete er. »Ein Milliliter enthält doch höchstens ein paar millionstel Gramm. Außerdem habe ich doch schon von dem verhältnismäßig groben Extrakt gekostet, und dabei ist mir auch nichts Schlimmes passiert. Im Gegenteil – es hat mir sogar gutgetan. Und diese Proben hier sind relativ rein.«

»Okay«, sagte Eleanor. »Gib mir auch eine Pipette.«

»Willst du wirklich?« hakte Edward nach. »Ich will dich nicht unter Druck setzen. Ich teste auch alle drei Verbindungen selbst.«

»Das glaube ich dir gern«, erwiderte Eleanor und nahm eine Pipette.

»Und wie steht's mit dir, Stanton?« wollte Edward wissen. »Du hast die einmalige Gelegenheit, Wissenschaft hautnah zu erleben. Außerdem kannst du mir ja auch mal einen Gefallen tun, wenn ich schon deinen verdammten Prospekt lesen soll.«

»Wenn ihr beiden durchgedrehten Vögel sicher seid, daß das Experiment nicht gefährlich ist, dann kann ich es sicher auch wagen«, erwiderte Stanton zögernd. »Aber eins sage ich dir: Lies den Prospekt – sonst schicke ich dir demnächst meine Mafiafreunde vorbei.« Mit diesen Worten nahm auch er eine Pipette.

»Jeder darf sich sein Gift selbst aussuchen«, sagte Edward und zeigte auf die Kolben.

»Formulier das sofort noch mal anders, sonst steige ich wieder aus«, entgegnete Stanton.

Edward lachte. Er genoß es, daß Stanton sich auch einmal unbehaglich fühlte, sonst war ja er immer derjenige, der Stanton nicht das Wasser reichen konnte.

Stanton ließ Eleanor den Vortritt und griff dann auch nach einer Flasche. »Irgendwie kommt mir das Ganze wie eine Art pharmakologisches russisches Roulette vor«, stellte er fest.

Eleanor lachte. »Du bist wirklich ein helles Köpfchen.«

»Leider nicht helle genug, um mir solch komische Vögel wie euch vom Hals zu halten«, konterte er.

»Ladies first«, sagte Edward.

Eleanor zog etwas Flüssigkeit in ihre Pipette und tröpfelte einen Milliliter auf ihre Zunge. Edward riet ihr, mit einem Glas Wasser nachzuspülen.

Die beiden Männer beobachteten sie. Niemand sagte etwas. Es verstrichen mehrere Minuten, bis Eleanor schließlich mit den Schultern zuckte. »Nichts«, sagte sie. »Außer daß mein Puls etwas schneller geworden ist.«

»Das liegt an der Aufregung«, bemerkte Stanton.

»Jetzt bist du dran«, sagte Edward.

Stanton füllte seine Pipette. »Es ist wirklich eine Schande, was ich alles tun muß, um dich für den wissenschaftlichen Beirat zu gewinnen«, klagte er. Auch er träufelte einen winzigen Tropfen der Flüssigkeit auf seine Zunge und spülte mit einem Glas Wasser hinunter.

»Schmeckt bitter«, stellte er fest. »Aber sonst spüre ich nichts.«

»Warte noch ein paar Sekunden, bis die Substanz in den Kreislauf gelangt ist«, empfahl Edward. Dann begann er, seine eigene Pipette zu füllen.

»Ich glaube, mir wird schwindelig«, sagte Stanton plötzlich.

»Gut«, erwiderte Edward. Er erinnerte sich, daß auch ihm bei seinem ersten Versuch zunächst schwindelig geworden war. »Spürst du sonst noch etwas?«

Stanton wirkte plötzlich sehr angespannt. Er verzog das Gesicht und schien mit den Augen irgend etwas zu verfolgen, das sich blitzschnell bewegte.

»Was siehst du?« wollte Edward wissen.

»Farben!« rief Stanton aufgeregt. »Ich sehe lauter Farben, die hin und her springen.« Er hatte gerade angefangen, die Farben genauer zu beschreiben, als er plötzlich innehielt und einen lauten Angstschrei ausstieß. Dann sprang er auf und rieb sich wie wild die Arme.

»Was ist los?« fragte Edward.

»Ich werde von irgendwelchen Insekten gebissen«, jammerte Stanton. Er fuchtelte hektisch mit den Armen, um sich das imaginäre Ungeziefer vom Leib zu halten. Dann rang er plötzlich nach Luft.

»Was ist jetzt los?« wollte Edward wissen.

»Mir schnürt es die Brust zu!« krächzte Stanton. »Ich kann plötzlich nicht mehr schlucken.«

Edward packte ihn am Arm, während Eleanor zum Telefon griff und zu wählen begann. Doch Edward hielt sie zurück; es sei alles in Ordnung, erklärte er. Stanton hatte sich schon wieder beruhigt. Er schloß die Augen, und über sein Gesicht huschte ein Lächeln. Edward führte ihn zu einem Stuhl, damit er sich setzen konnte.

Auf Edwards Fragen reagierte Stanton nur sehr langsam und schleppend. Er sagte, er sei beschäftigt und wolle nicht gestört werden. Auf die Frage, womit er sich denn gerade beschäftige, erwiderte er nur: »Mit verschiedenen Dingen.«

Nach zwanzig Minuten verschwand das Lächeln aus seinem Gesicht. Eine kurze Zeitlang sah es so aus, als würde er schlafen, doch dann öffnete er langsam die Augen.

Als erstes schluckte er kräftig. »Mein Mund ist so trocken wie die Wüste Gobi«, stellte er fest. »Ich brauche dringend etwas zu trinken.«

Edward goß ihm ein Glas Wasser ein und reichte es ihm. Gierig verlangte Stanton nach einem zweiten Glas.

»Mein lieber Junge«, staunte er. »In den letzten paar Minuten war ja ganz schön was los. Aber irgendwie hat es Spaß gemacht.«

»Es waren ganze zwanzig Minuten«, klärte ihn Edward auf.
»Im Ernst?« fragte Stanton.
»Wie fühlst du dich jetzt?« wollte Edward wissen.
»Wunderbar ruhig«, erwiderte Stanton.
»Hältst du dich im Augenblick für besonders scharfsichtig?« fragte Edward weiter.
»Ja«, entgegnete Stanton. »Genauso könnte man es beschreiben. Ich erinnere mich plötzlich mit einer geradezu erschreckenden Klarheit an alle möglichen Dinge.«
»Genauso ist es mir auch ergangen«, sagte Edward. »Und wie war das mit dem Erstickungsgefühl?«
»Was für ein Erstickungsgefühl?« fragte Stanton verwirrt.
»Du hast doch darüber geklagt, daß du keine Luft mehr kriegst«, sagte Edward. »Außerdem bist du angeblich von Insekten gebissen worden.«
»Daran kann ich mich nicht mehr erinnern«, mußte Stanton gestehen.
»Macht nichts«, sagte Edward. »Das Wichtigste wissen wir ja nun: Verbindung B ruft definitiv Halluzinationen hervor. Jetzt müssen wir nur noch herausfinden, wie es mit der dritten Verbindung steht.«
Edward nahm seine Dosis. Genau wie bei Eleanor warteten sie ein paar Minuten. Doch es passierte nichts.
»Mit einer Trefferquote von eins zu zwei kann ich prima leben«, stellte Edward fest. »Jetzt wissen wir also, auf welches der Alkaloide wir uns bei unseren weiteren Schritten konzentrieren müssen.«
»Vielleicht sollten wir das Zeug einfach in Flaschen füllen und es so verkaufen, wie es ist«, sagte Stanton im Scherz. »Die Hippies hätten uns den Stoff aus den Händen gerissen. Ich fühle mich großartig, beinahe euphorisch. Natürlich kann das auch an meiner Erleichterung liegen, daß ich noch einmal mit einem blauen Auge davongekommen bin. Ein bißchen Angst hatte ich schon, das muß ich zugeben.«
»Ich habe mich nach meinem ersten Versuch auch so euphorisch gefühlt«, sagte Edward. »Da es also bei uns beiden das gleiche Gefühl hervorruft, können wir das als eine Folgewirkung des Alkaloids betrachten. Aber wie dem auch sei – ich bin sehr zuversichtlich. Ich denke, wir haben es mit einem Stoff zu tun,

der auf die Psyche wirkt. Er scheint beruhigende Eigenschaften zu haben und das Erinnerungsvermögen positiv zu beeinflussen.«

»Und wir erklärst du dir, daß man plötzlich das Gefühl hat, so klar denken zu können?« fragte Stanton.

»Wahrscheinlich ist das auf eine allgemein erweiterte Hirntätigkeit zurückzuführen«, erklärte Edward. »Das kann bedeuten, daß diese neue Verbindung auch eine antidepressive Wirkung hat.«

»Das ist Musik in meinen Ohren«, staunte Stanton. »Und wie geht es nun weiter?«

»Zuerst konzentrieren wir uns auf die Chemie der Verbindung«, erklärte Edward. »Das heißt, wir entschlüsseln ihre Struktur und bestimmen ihre physikalischen Eigenschaften. Wenn wir die Struktur kennen, müssen wir herausfinden, wie man den Wirkstoff synthetisch herstellen kann, damit wir den Extrakt nicht mehr aus dem Schimmelpilz gewinnen müssen. Danach kümmern wir uns um die physiologischen Eigenschaften des Stoffs und führen Toxizitätstests durch.«

»Toxizität?« fragte Stanton. Er wurde ein bißchen blasser.

»Du hast doch nur eine minimale Dosis geschluckt«, beruhigte Edward ihn. »Mach dir keine Sorgen. Deswegen wirst du keine Probleme bekommen.«

»Und wie wollt ihr die physiologische Wirkung des Stoffs untersuchen?« wollte Stanton wissen.

»Wir werden ein mehrstufiges Verfahren anwenden«, erklärte Edward. »Du weißt vielleicht, wie die meisten Wirkstoffe mit psychedelischem Effekt funktionieren; sie imitieren einen Neurotransmitter des Gehirns. LSD etwa imitiert Serotonin. Wir werden den Stoff zuerst an einzelligen Neuronen ausprobieren und dann zu synaptisch verbundenen Mehrzellsystemen übergehen; hierbei werden wir zermahlene und zentrifugierte lebende Hirnpräparate einsetzen, und zum Schluß arbeiten wir mit intakten Nervenzellsystemen, zum Beispiel mit den Ganglien niederer Tierarten.«

»Macht ihr keine Versuche an lebenden Tieren?« fragte Stanton.

»Das kommt noch später«, erwiderte Edward. »Wahrscheinlich arbeiten wir mit Ratten und Mäusen, vielleicht auch mit ein paar

Affen. Aber das steht noch lange nicht zur Debatte. Wir müssen uns auch noch um den ganzen molekularen Bereich kümmern. Wir müssen zum Beispiel die Bindungsstellen und die Informationsübermittlung in die Zelle charakterisieren.«

»Das hört sich ja nach einem mehrjährigen Projekt an«, stellte Stanton fest.

»Vor uns liegt jedenfalls eine Menge Arbeit«, sagte Edward und strahlte Eleanor an, die zustimmend nickte. »Aber es ist wahnsinnig spannend. Dieses Projekt könnte die Chance unseres Lebens sein.«

»Haltet mich auf dem laufenden«, sagte Stanton und erhob sich. Er machte ein paar vorsichtige Schritte, um auszuprobieren, ob er die Balance halten konnte. »Ich fühle mich wirklich großartig, das muß ich schon sagen.«

Vor der Tür drehte er sich um und kam noch einmal zurück. Edward und Eleanor waren schon wieder in ihre Arbeit vertieft. »Denk dran«, mahnte er Edward. »Du hast mir versprochen, diesen verdammten Prospekt zu lesen, und ich werde dich darauf festnageln – egal, wieviel du zu tun hast.«

»Ich werde ihn lesen«, versprach Edward. »Aber ich kann dir noch nicht sagen, wann.«

Stanton formte seine Hand zu einer Pistole, hielt sie an Edwards Kopf und tat so, als würde er abdrücken.

»Kim!« rief der Stationssekretär. »Ein Anruf auf Apparat eins für Sie.«

»Ich kann jetzt nicht«, rief Kim zurück. Sie kümmerte sich gerade zusammen mit einer anderen Schwester um einen schwerkranken Patienten.

»Geh ruhig ans Telefon«, sagte die Schwester. »Ich habe hier alles unter Kontrolle.«

»Bist du sicher?« fragte Kim.

Die Schwester nickte.

Kim raste quer durch die Intensivstation und schlängelte sich geschickt durch die vielen Betten; den ganzen Vormittag über hatte sie alle Hände voll zu tun gehabt.

»Ich hoffe, ich störe Sie nicht gerade bei einer wichtigen Arbeit«, sagte die Stimme am anderen Ende.

»Wer ist denn da?« fragte Kim.

»George Harris, Ihr Bauunternehmer aus Salem. Ich sollte Sie zurückrufen.«

»Oh, bitte, entschuldigen Sie«, entgegnete Kim. Sie hatte George vor ein paar Stunden angerufen und längst vergessen, daß er noch nicht zurückgerufen hatte. »Ich hab' Ihre Stimme nicht sofort erkannt.«

»Tut mir leid, daß ich mich erst jetzt melde«, entschuldigte sich George. »Ich war die ganze Zeit auf der Baustelle. Was kann ich für Sie tun?«

»Ich hätte gerne gewußt, wann Sie den Graben wieder zuschütten«, sagte Kim. Die Frage war ihr gestern abend plötzlich in den Sinn gekommen und hatte ihr seitdem einiges Kopfzerbrechen bereitet. Sie machte sich große Sorgen, daß der Graben womöglich zugeschüttet wurde, bevor Edward Elizabeths Schädel in den Sarg zurückgelegt hatte.

»Wahrscheinlich morgen früh«, sagte George.

»Morgen schon?« fragte Kim überrascht.

»Die Arbeiter sind schon dabei, die Leitungen zu verlegen«, erklärte George. »Warum? Gibt es irgendein Problem?«

»Nein«, sagte Kim schnell. »Ich wollte es nur gerne wissen. Und wie kommen Sie sonst voran?«

»Prima«, erwiderte George. »Es läuft alles wie am Schnürchen.«

Kim machte schnell Schluß. Nachdem sie aufgelegt hatte, wählte sie die Nummer von Edwards Labor. Mit pochendem Herzen wartete sie darauf, daß jemand abnahm. Es war gar nicht einfach, zu Edward durchzukommen. Die Sekretärin weigerte sich zunächst, Edward den Anruf durchzustellen; sie sagte, sie werde ihm eine Nachricht hinterlassen und er werde später zurückrufen. Erst als Kim hartnäckig darauf bestand, wurde sie schließlich mit Edward verbunden.

»Schön, daß du anrufst«, sagte er. »Ich habe schon wieder gute Nachrichten. Inzwischen ist es uns nicht nur gelungen, die Alkaloide zu trennen – wir wissen auch schon, welches von ihnen psychoaktiv ist.«

»Das freut mich«, entgegnete Kim. »Aber es gibt ein Problem. Wir müssen schnellstens Elizabeths Schädel zurückbringen.«

»Das können wir doch am Wochenende machen«, schlug Edward vor.

»Nein«, entgegnete Kim. »Das ist zu spät. Ich habe gerade mit dem Bauunternehmer gesprochen. Morgen soll der Graben wieder zugemacht werden.«

»Oh, nein«, stöhnte Edward. »Wir kommen hier gerade mit rasender Geschwindigkeit voran. Ich möchte die Arbeit jetzt auf keinen Fall unterbrechen. Kann der Graben nicht bis zum Wochenende warten?«

»Ich habe nicht danach gefragt«, erwiderte Kim. »Und ich will auch nicht danach fragen, weil ich dann eine Begründung haben müßte. Und wie du weißt, ist der Bauunternehmer in ständigem Kontakt mit meinem Vater. Er darf auf keinen Fall etwas von der Grabschändung erfahren.«

»So ein Mist!« fluchte Edward.

Es entstand eine unangenehme Pause.

»Du hast mir versprochen, den Schädel so schnell wie möglich zurückzubringen!« sagte Kim schließlich.

»Aber es paßt im Moment wirklich unheimlich schlecht in meinen Zeitplan«, sagte Edward kleinlaut. »Könntest du ihn nicht vielleicht selbst zurück in den Sarg legen?«

»Du machst wohl Witze«, entgegnete Kim. »Ich konnte den Kopf nicht einmal ansehen, und jetzt soll ich ihn sogar anfassen?«

»Du mußt ihn ja gar nicht anfassen«, sagte Edward schnell. »Du entfernst einfach das beschädigte Brett und stellst die Kiste hinein. Du mußt sie nicht aufmachen.«

»Edward, du hast es versprochen!« wiederholte Kim vorwurfsvoll.

»Bitte«, flehte Edward. »Ich werde es irgendwie wiedergutmachen. Aber ich kann das Labor jetzt wirklich nicht verlassen. Wir sind gerade dabei, die Struktur der Verbindung zu entschlüsseln.«

»Also gut«, seufzte Kim. Es war ihr schon immer schwergefallen, nein zu sagen, wenn sie von einem Freund um einen Gefallen gebeten wurde. Und im Grunde hatte sie nichts dagegen, nach Salem zu fahren. Sie wußte, daß es gut war, sich so oft wie möglich vor Ort vom Fortschreiten der Bauarbeiten zu überzeugen.

»Und wie soll ich an die Kiste kommen?« wollte sie wissen.

»Ganz einfach«, erwiderte Edward. »Ich schicke sie dir per Kurier, dann hast du sie noch vor Feierabend. Wie findest du das?«

»Also gut, aber nur weil du es bist«, willigte Kim schließlich ein.

»Ruf mich im Labor an, wenn du zurück bist«, sagte Edward. »Ich bin mindestens bis Mitternacht hier, wahrscheinlich noch länger.«

Gedankenverloren ging Kim wieder an die Arbeit. Während sie geschäftig zwischen den Betten hin- und herlief, ärgerte sie sich immer mehr darüber, daß sie Edward überhaupt gestattet hatte, den Schädel aus dem Sarg zu nehmen. Je länger sie darüber nachdachte, daß sie selbst ihn nun wieder zurücklegen sollte, desto unerträglicher wurde ihr der Gedanke. Und während es ihr am Telefon noch ganz vernünftig erschienen war, den Schädel einfach in der Kiste zu lassen, gelangte sie jetzt zu der Überzeugung, daß sie das auf keinen Fall mit ihrem Ordnungssinn vereinbaren konnte. Es blieb ihr gar nichts anderes übrig, als den Schädel aus der Kiste zu nehmen – ein Gedanke, bei dem es ihr kalt den Rücken herunterlief.

Sie war gerade mit einer intravenösen Injektion beschäftigt, die ihr nicht recht gelingen wollte, als ihr der Stationssekretär auf die Schulter klopfte.

»Es ist gerade ein Paket für Sie gekommen«, sagte er und zeigte auf einen Boten, der neben der Stationsaufnahme stand und sichtlich verlegen war. »Sie müssen noch die Quittung unterschreiben.«

Kim sah zu dem Boten hinüber. Die Atmosphäre auf der chirurgischen Intensivstation schien ihn ziemlich mitzunehmen. Vor seiner Brust hing ein Klemmbrett mit Stift und Papier, und neben ihm stand eine in Computerpapier eingewickelte Kiste, die mit einem Band verschnürt war. Kims Herzschlag setzte für einen Augenblick aus.

»Wir wollten ihn überreden, das Paket in der Poststelle abzugeben«, erklärte der Sekretär. »Aber er besteht darauf, es Ihnen persönlich auszuhändigen.«

»Danke, ich kümmere mich darum«, erwiderte Kim nervös. Während sie zur Stationsaufnahme hinüberging, blieb ihr der Sekretär dicht auf den Fersen. Und zu allem Überfluß mußte in diesem Augenblick auch noch Kinnard hinter dem Schreibtisch auftauchen; er hatte offenbar dort gesessen, um etwas in eine Patientenakte einzutragen. Jetzt war er gerade dabei, die Empfangsquittung für das Paket zu mustern. Kim hatte ihn seit ihrer kleinen Auseinandersetzung in Salem nicht mehr gesehen.

»Was haben wir denn hier?« fragte Kinnard.

Kim nahm schnell das Klemmbrett, das der Bote ihr hinhielt, und unterschrieb hastig.

»Ein Paket für Mrs. Stewart persönlich«, erklärte der Sekretär.

»Das sehe ich«, entgegnete Kinnard. »Und ich sehe auch, wer der Absender ist: Dr. Edward Armstrong. Was sich wohl in dem Paket befinden mag.«

»Das steht nicht auf der Quittung«, erwiderte der Sekretär.

»Gib mir sofort das Paket!« forderte Kim ihn mit strenger Miene auf. Sie langte über den Tresen und wollte es ihm abnehmen, doch Kinnard wich einen Schritt zurück.

Er grinste hochnäsig. »Das Paket ist von einem der zahlreichen Verehrer Mrs. Stewarts«, erklärte er dem Sekretär. »Wahrscheinlich sind Süßigkeiten drin. Wirklich clever von ihm, die Kiste mit seinem kleinen Liebesbeweis in Computerpapier einzuwickeln.«

»Es ist das erste Mal, daß ein Mitarbeiter hier auf der Intensivstation ein persönliches Paket bekommt«, bemerkte der Sekretär.

»Jetzt gib mir das Paket!« forderte Kim ihren Exfreund noch einmal auf. Sie war inzwischen knallrot, und vor ihrem inneren Auge sah sie die Kiste bereits heruntergefallen und Elizabeths Schädel über den Boden rollen.

Kinnard schüttelte die Kiste vorsichtig und horchte. Von der anderen Seite des Tresens konnte Kim deutlich hören, wie der schwere Schädel dumpf gegen die Seitenwände des Pakets kullerte.

»Sind wohl doch keine Süßigkeiten«, stichelte Kinnard weiter und verzog das Gesicht. »Es sei denn, er hat ihr einen Fußball aus Schokolade geschickt. Was glauben Sie, was da drin ist?« wandte er sich an den Sekretär und schüttelte das Paket noch einmal.

Kim war die Situation so unangenehm, daß sie am liebsten im Erdboden versunken wäre. Sie ging um den Tresen herum und versuchte Kinnard das Paket wegzunehmen, doch der hielt es hoch über seinen Kopf, so daß sie es nicht zu fassen bekam.

Plötzlich kam Marsha Kingsley von der anderen Seite um den

Tresen gestürmt. Wie die meisten anderen Mitarbeiter der Station hatte sie mitbekommen, was sich zwischen Kinnard und Kim abspielte. Sie stellte sich hinter Kinnard und zog seinen Arm herunter. Er leistete keinerlei Widerstand. Marsha nahm ihm das Paket ab und gab es Kim.

Da Marsha sah, daß Kim völlig aufgelöst war, zog sie sich kurz mit ihr in ein freies Zimmer zurück. Sie hörte, wie Kinnard und der Sekretär sich über sie lustig machten.

»Mach dir nichts draus«, versuchte Marsha ihre Freundin zu beruhigen. »Manche Leute haben eben einen seltsamen Humor. Es wird höchste Zeit, daß ihm mal jemand einen ordentlichen Tritt in seinen irischen Hintern verpaßt!«

»Vielen Dank für deine Hilfe«, sagte Kim. Sie hatte sich zwar schon ein bißchen beruhigt, doch ihre Hände zitterten immer noch.

»Ich verstehe nicht, was in ihn gefahren ist«, fuhr Marsha fort. »Warum tyrannisiert er dich nur so? Eine solche Behandlung hast du wirklich nicht verdient!«

»Er ist verletzt, weil ich mit Edward angebändelt habe«, erklärte Kim.

»Du willst ihn auch noch in Schutz nehmen?« fragte Marsha ungläubig. »Also ich kaufe Kinnard die Rolle des verschmähten Liebhabers wirklich nicht ab. Er ist ein verdammter Aufreißertyp!«

»Wen hat er sich denn geangelt?« wollte Kim wissen.

»Die neue Blonde aus der Notaufnahme.«

»Oh, das ist ja phantastisch«, bemerkte Kim sarkastisch.

»Das wird er schon noch selber merken«, sagte Marsha. »Nach allem, was man über die Frau hört, muß sie der Anstoß zu all den dämlichen Blondinenwitzen gewesen sein.«

Nach der Arbeit trug Kim das Paket zu ihrem Auto und packte es in den Kofferraum. Sie war unschlüssig, was sie als nächstes tun sollte. Ursprünglich hatte sie vorgehabt, dem Archiv des State House einen Besuch abzustatten. Nun überlegte sie, ob sie den Besuch nicht auf einen anderen Nachmittag verschieben sollte. Doch dann beschloß sie, beides miteinander zu verbinden; ihre unangenehme Aufgabe in Salem konnte sie sowieso erst in Angriff nehmen, wenn die Arbeiter die Baustelle verlassen hatten.

Kim ließ ihr Auto im Parkhaus des Krankenhauses stehen und ging durch Beacon Hill zum Massachusetts State House hinauf, einem imposanten Gebäude mit einer goldenen Kuppel. Nach der Arbeit im Krankenhaus genoß sie die frische Luft in vollen Zügen. Es war ein warmer, angenehmer Sommertag. Vom Meer wehte eine leichte Brise herüber, und die Luft schmeckte nach Salz. Als sie am Boston Commons vorbeiging, hörte sie das laute Kreischen der Möwen.

Am Informationsschalter des Parlaments fragte Kim nach dem Massachusetts-State-Archiv. Sie wurde an William MacDonald, einen stämmigen Angestellten, verwiesen. Ihm zeigte sie die Kopien von Ronalds Antrag und der abschlägigen Entscheidung Richter Hathornes.

»Das ist ja hochinteressant«, staunte William. »Ich liebe diese alten Dokumente. Wo haben Sie sie denn ausgegraben?«

»Im Gerichtsarchiv des Essex County«, erwiderte Kim.

»Und was kann ich für Sie tun?« wollte William wissen.

»Richter Hathorne hat Mr. Stewart empfohlen, einen neuen Antrag beim Gouverneur zu stellen, weil das Beweismittel, auf dessen Herausgabe er klagte, zwischenzeitlich im Bezirk Suffolk aufbewahrt wurde. Ich wüßte gerne, was der Gouverneur ihm geantwortet hat. Am meisten interessiert mich allerdings, um was für ein Beweisstück es sich eigentlich gehandelt hat. Aus irgendeinem Grund wird es weder in dem Antrag noch in der Entscheidung näher beschrieben.«

»Das muß Gouverneur Phips gewesen sein, der über den Antrag entschieden hat«, sagte William und strahlte über das ganze Gesicht. »Geschichte ist mein Steckenpferd, müssen Sie wissen. Dann wollen wir mal sehen, ob ich Ronald Stewart in meinem Computer finden kann.«

Während er sein elektronisches Register durchstöberte, versuchte Kim auf seinem Gesicht zu lesen, denn sie konnte die Daten auf dem Bildschirm trotz großer Anstrengung nicht erkennen. Zu ihrer Enttäuschung schüttelte er nach jeder Eingabe den Kopf.

»Kein Ronald Stewart«, sagte er schließlich. Dann warf er noch einmal einen Blick auf die richterliche Entscheidung und kratzte sich am Kopf. »Ich weiß wirklich nicht, wo ich ihn jetzt noch suchen könnte. Ich habe sogar schon versucht, ihn mit Hilfe eines

Verweises auf Gouverneur Phips zu finden. Aber ich bekomme einfach keine Daten. Das Problem ist, daß nicht mehr alle Unterlagen aus dem siebzehnten Jahrhundert existieren, und die vorhandenen Papiere sind nicht vollständig in den Index aufgenommen oder katalogisiert worden. Von solchen persönlichen Anträgen gibt es jede Menge. Damals hat es wahnsinnig viele Streitereien und Auseinandersetzungen gegeben. Die Leute haben mindestens genauso oft gegeneinander geklagt wie heute.«

»Und was ist mit dem Datum?« fragte Kim. »3. August 1692. Können Sie damit etwas anfangen?«

»Ich fürchte, nein«, erwiderte William. »Tut mir leid.«

Kim bedankte sich und ging. Sie war enttäuscht. Bei ihrer Recherche in Salem war es so einfach gewesen, den Antrag zu finden. Deshalb hatte sie große Hoffnungen gehegt, im Bostoner Archiv auf die Entscheidung des Gouverneurs zu stoßen, in der wahrscheinlich auch dieses mysteriöse Beweisstück näher definiert wurde, das man damals gegen Elizabeth ins Feld geführt hatte.

»Warum hat Ronald dieses verdammte Beweisstück nicht näher beschrieben?« überlegte sie, während sie durch Beacon Hill wieder hinabmarschierte. Doch plötzlich schoß ihr durch den Kopf, daß gerade die Tatsache, daß er das Beweisstück nicht näher beschrieben hatte, von großer Bedeutung sein konnte. Vielleicht war das schon ein Hinweis oder eine Botschaft.

Kim seufzte. Je länger sie sich den Kopf über das mysteriöse Beweisstück zerbrach, desto neugieriger wurde sie. Im Moment bildete sie sich sogar ein, daß ihre Neugierde mit diesem merkwürdigen Gefühl zusammenhing, Elizabeth versuche, Kontakt mit ihr aufzunehmen.

Als Kim die Cambridge Street erreichte, steuerte sie auf die Massachusetts General Garage zu. Nach ihrer mißlungenen Suche im Archiv des State House war ihr klar, daß sie nun auf die gewaltige Dokumentensammlung in der Burg zurückgreifen mußte, wenn sie mehr herausfinden wollte. Damit stand sie vor einer Aufgabe, die eigentlich nicht zu bewältigen war.

Kim stieg in ihr Auto und fuhr nach Salem. Diesmal war die Fahrt eher unangenehm; sie war mitten in den Feierabendverkehr geraten.

Während sie auf dem Storrow Drive im Stau stand, dachte sie an die blonde Frau, mit der Kinnard jetzt offenbar liiert war. Sie war froh, daß sie Edward angeboten hatte, bei ihr einzuziehen. Natürlich wollte sie gerne mit ihm zusammenleben, weil sie ihn mochte, doch sie mußte sich eingestehen, daß es ihr auch eine gewisse Genugtuung bereitete, Kinnard und ihrem Vater dadurch eins auswischen zu können.

Plötzlich fiel ihr wieder ein, daß sie mit Elizabeths Schädel im Kofferraum durch die Gegend fuhr. Als sie sich in Erinnerung rief, mit welcher Begründung es Edward abgelehnt hatte, sie nach Salem zu begleiten, begann sie sich ernsthaft über sein Verhalten zu wundern. Immerhin hatte er ihr versprochen, die Sache zu regeln, und er wußte, wie sehr es ihr widerstrebte, den Schädel selbst zurückzulegen. Irgendwie paßte dieses Benehmen nicht zu seiner sonstigen Zuvorkommenheit, und das brachte sie ziemlich ins Grübeln.

»Was soll ich dazu sagen?« fragte Edward wütend. »Muß ich Ihnen denn ständig die Hand halten?« Er sprach mit Jaya Dawar, einem intelligenten neuen Doktoranden aus Bangalore in Indien. Jaya war erst seit dem ersten Juli an der Harvard University und war noch auf der Suche nach dem richtigen Thema für seine Doktorarbeit.

»Ich dachte, Sie könnten mir vielleicht noch etwas Literatur empfehlen«, erwiderte Jaya kleinlaut.

»Ich kann Ihnen eine ganze Bibliothek empfehlen«, donnerte Edward und zeigte in die Richtung, in der sich die Countway Medical Library befand. »Sie ist nur hundert Meter von hier entfernt. Jeder Mensch muß damit leben, daß die Nabelschnur irgendwann durchtrennt wird. Gewöhnen Sie sich an, etwas eigenständiger zu arbeiten!«

Jaya verbeugte sich und zog sich schweigend zurück.

Edward wandte sich wieder den winzigen Kristallen zu, die er gerade heranzüchtete.

»Vielleicht sollte ich das Projekt mit den neuen Alkaloiden allein übernehmen«, schlug Eleanor vorsichtig vor. »Du kannst mir ja dabei über die Schulter sehen.«

»Und selbst auf den ganzen Spaß verzichten?« fragte Edward. Er beobachtete gerade durch ein Binokularmikroskop einige Kristalle, die sich auf der Oberfläche einer übersättigten Lösung bildeten, welche er auf den Objektträger aufgetragen hatte.

»Ich denke ja nur darüber nach, wie du es schaffen willst, deinen ganzen anderen Verpflichtungen nachzukommen«, gab Eleanor zu bedenken. »Hier im Labor sind jede Menge Studenten und Doktoranden auf deinen Rat angewiesen. Außerdem habe ich gehört, daß die Studenten aus dem Grundkurs sich schon beschwert haben, weil sie dich nie mehr zu Gesicht bekommen.«

»Ralph kennt den Stoff genauso gut wie ich«, erwiderte Edward.

»Aber er unterrichtet nicht gerne«, bemerkte Eleanor.

»Ich weiß dein Angebot wirklich zu schätzen«, sagte Edward. »Aber diese Gelegenheit lasse ich mir auf keinen Fall entgehen. Ich spüre es regelrecht in den Knochen, daß wir einen dicken Fisch an der Angel haben. Wie oft kommt es schon vor, daß einem ein Milliarden Dollar schweres Molekül in den Schoß fällt?«

»Bis jetzt wissen wir noch gar nichts«, versuchte Eleanor ihn zu bremsen. »Im Moment haben wir nur Vermutungen; es kann sich ebensogut herausstellen, daß die Verbindung vollkommen wertlos ist.«

»Aber je intensiver wir an der neuen Verbindung arbeiten, desto schneller wissen wir, womit wir es zu tun haben«, entgegnete Edward. »Die Studenten müssen eben mal eine Zeitlang auf mich verzichten. Vielleicht tut ihnen das ja sogar ganz gut.«

Je näher Kim dem Familienanwesen kam, desto mulmiger wurde ihr. Sie hatte fast den Eindruck, als ob die Hexenhysterie von 1692 einen bedrohlichen Schatten auf die Gegenwart warf, da sie gleich zu Beginn der Renovierungsarbeiten Elizabeths Grab entdeckt hatten.

Als Kim durch das offene Tor fuhr, fürchtete sie, daß die Arbeiter die Baustelle womöglich noch nicht verlassen hatten. Beim Näherkommen mußte sie feststellen, daß ihre Befürchtung sich bestätigte. Vor dem alten Haus standen zwei Fahrzeuge. Kim war nicht gerade glücklich darüber. Sie hatte inständig gehofft, daß die Arbeiter bereits Feierabend hätten.

Sie parkte neben den beiden Autos und stieg aus. Im gleichen Augenblick standen auch schon George Harris und Mark Stevens in der Haustür. Im Gegensatz zu Kim schienen sie bester Laune zu sein, und sie freuten sich offensichtlich, ihre Auftraggeberin zu sehen.

»Das ist ja wirklich eine nette Überraschung«, rief Mark. »Wir hatten gehofft, Sie später noch telefonisch zu erwischen, aber natürlich ist es viel besser, persönlich mit Ihnen zu sprechen. Wir haben jede Menge Fragen.«

In der nächsten halben Stunde ließ Kim sich von Mark und George durch das Haus führen. Dabei besserte sich ihre Laune zusehends. Zu ihrer großen Freude hatte Mark ein paar Musterfliesen mitgebracht, damit sie sich schon mal Gedanken über den Bodenbelag in Küche und Bad machen konnte.

Als sie mit der Innenbesichtigung fertig waren, gingen sie nach draußen. Während sie das Haus betrachteten, sagte Kim, daß sie für den Anbau gern die gleichen rautenförmigen Fenster hätte wie im Hauptteil des Gebäudes.

»Solche Fenster gibt es nur als Spezialanfertigung«, gab George zu bedenken. »Sie sind erheblich teurer als die Fenster, die wir vorgesehen hatten.«

»Ich möchte sie trotzdem haben«, erwiderte Kim, ohne zu zögern.

Das Schieferdach sollte ausgebessert und nicht durch ein neues ersetzt werden. Mark mußte ihr darin zustimmen, daß die Schieferplatten in der Tat besser aussehen würden. Daraufhin erteilte Kim ihnen den Auftrag, auch die Dachpappe auf dem alten Stall zu entfernen und ebenfalls durch Schieferplatten zu ersetzen.

Zwischenzeitlich hatten sie den Graben erreicht. Als Kim sich vorbeugte, sah sie, daß inzwischen ein Abflußrohr, eine Wasserleitung, ein Stromkabel, eine Telefonleitung und ein Fernsehkabel verlegt worden waren. Erleichtert stellte sie fest, daß der Sarg noch immer aus der Wand des Grabens ragte.

»Was wird mit dem Graben passieren?« wollte sie wissen.

»Er wird morgen wieder zugeschüttet«, erwiderte George.

Kim lief ein kalter Schauer über den Rücken; wenn George sie nicht angerufen hätte, hätte sie wirklich in einem Dilemma gesteckt.

»Glauben Sie, die Arbeiten können bis zum ersten September abgeschlossen werden?« fragte Kim, um die beunruhigenden Gedanken aus ihrem Kopf zu vertreiben.

Mark warf George einen fragenden Blick zu.

»Wenn keine unvorhergesehenen Probleme auftreten, müßten

wir es eigentlich schaffen«, sagte George. »Ich werde morgen früh die Fenster bestellen. Wenn sie nicht rechtzeitig lieferbar sind, können wir ja vorübergehend andere Fenster einsetzen.«

Nachdem die beiden endlich weggefahren waren, ging Kim ins Haus und suchte nach einem Hammer. Als sie ihn gefunden hatte, holte sie aus dem Kofferraum ihres Autos das Paket.

Während sie den Graben entlangging und nach einer flachen Einstiegsstelle suchte, registrierte sie überrascht, wie nervös sie war. Sie kam sich vor wie eine Diebin; alle paar Meter blieb sie stehen und horchte auf Geräusche.

Nachdem sie in den Graben gestiegen war und in Richtung Sarg zurückging, wurde es noch schlimmer. Zu allem Überfluß bekam sie plötzlich auch noch Platzangst. Über ihr ragten die endlosen Erdwände in den Himmel. Wenn sie aufsah, schienen sie sich über ihrem Kopf zu berühren, so daß sie Angst hatte, sie könnten jeden Moment einbrechen.

Mit zittrigen Händen machte sie sich an die Arbeit. Mit der Nagelklaue des Hammers stemmte sie das Kopfteil des Sargs auf und warf dann einen skeptischen Blick auf die mitgebrachte Kiste.

Nun stand ihr der unangenehmste Teil bevor. Ohne lange zu überlegen, entfernte sie hastig die Verpackung. Sosehr es ihr auch widerstrebte, den Schädel zu berühren – es war ihre heilige Pflicht, das Grab zumindest annähernd wieder so herzurichten, wie sie es vorgefunden hatten.

Kim öffnete die Laschen des Pappkartons und äugte vorsichtig hinein. Der Totenkopf lag mit dem Gesicht nach oben; an den Seiten war er von platt gedrücktem und vertrocknetem Haar umgeben. Kim starrte in die ausgetrockneten und eingesunkenen Augenhöhlen von Elizabeth. Sie schauderte. Verzweifelt versuchte sie, das grausige Gesicht der Mumie mit dem anmutigen Portrait in Einklang zu bringen; sie wollte es restaurieren und neu rahmen lassen.

Kim hielt die Luft an und griff in die Kiste. Als sie den Schädel berührte, bekam sie eine Gänsehaut; sie hatte das Gefühl, den Tod persönlich anzufassen.

Um nicht über irgendwelche Kabel und Leitungen zu stolpern, drehte Kim sich mit äußerster Vorsicht um und legte den Totenkopf zurück in den Sarg. Behutsam plazierte sie ihn an seinen ursprünglichen Platz. Sie berührte dabei mehrere feste Objekte, doch sie traute sich nicht nachzusehen, was es war. Eilig machte sie sich daran, das Kopfende des Sarges wieder festzunageln.

Als sie fertig war, packte sie die leere Kiste und die Schnüre zusammen und rannte zurück zum Auto. Erst als sie alles im Kofferraum verstaut hatte, entspannte sie sich etwas. Sie atmete einmal tief durch und war froh, daß sie die Sache hinter sich gebracht hatte.

Sie ging noch einmal zurück und warf einen letzten Blick auf den Sarg; sie wollte sichergehen, daß sie nichts vergessen hatte. Doch außer ihren Fußspuren war nichts zu entdecken.

Kim blieb noch eine Weile stehen, doch sie wandte ihren Blick von dem Sarg ab und betrachtete ihr ruhig daliegendes, gemütlich wirkendes Cottage. Als sie über das Feld zu der einsamen Burg hinüberblickte, türmten sich vor ihren Augen die unzähligen Aktenschränke, Koffer und Kisten auf.

Sie warf einen Blick auf die Uhr und stellte fest, daß es noch ein paar Stunden hell sein würde. Kurz entschlossen ging sie zu ihrem Auto und fuhr hinüber zur Burg.

Sie öffnete die schwere Eingangstür und pfiff leise vor sich hin, um sich Mut zu machen. Als sie vor der großen Treppe stand, zögerte sie. Natürlich war der Dachboden ein angenehmerer Aufenthaltsort als der finstere Weinkeller, doch ihre letzte Suchaktion auf dem Boden war ergebnislos gewesen. Sie hatte nicht ein einziges Dokument aus dem siebzehnten Jahrhundert entdeckt – obwohl sie nahezu fünf Stunden lang etliche Papierberge durchforstet hatte.

Kurz entschlossen machte sie kehrt, durchquerte das Eßzimmer und öffnete die schwere Eichentür, die in den Weinkeller führte. Bevor sie die Treppe hinabstieg, schaltete sie die Kellerbeleuchtung ein. Sie ging den langen Hauptflur entlang und warf im Vorbeigehen einen kurzen Blick in jedes Abteil.

Vor einem der zellenartigen Räume zögerte sie kurz: Irgend etwas schien hier anders. Sie nahm das Inventar etwas genauer in Augenschein. Wie überall standen auch hier jede Menge Aktenschränke, Kommoden, Koffer und Kisten herum. Doch dann fiel ihr auf einer der Kommoden eine Holzschachtel ins Auge, die ihr irgendwie bekannt vorkam. Sie erinnerte sie an das Bibelkästchen, daß die Führerin ihnen bei ihrem Besuch des Hexenhauses als unverzichtbaren Bestandteil eines jeden puritanischen Haushalts beschrieben hatte.

Kim ging zu der Kommode und strich vorsichtig über die Oberfläche des Kästchens; ihre Finger hinterließen in der dicken Staubschicht deutliche Streifen. Das Holz war zwar unbearbeitet, aber trotzdem ganz glatt. Das Kästchen schien sehr alt zu sein. Kim nahm es hoch und klappte vorsichtig den Deckel auf.

Wie erwartet lag in der Kiste eine abgegriffene, in dickes Leder gebundene Bibel. Kim nahm die Heilige Schrift heraus und sah, daß sich darunter mehrere Umschläge und Papiere befanden. Aufgeregt ging sie mit dem Buch auf den Flur, wo das Licht besser war. Sie schlug die erste Seite auf und suchte nach dem Erscheinungsdatum. Die Bibel war im Jahr 1635 in London gedruckt worden! Handschriftlich war auf der Innenseite des Deckels *Ronald Stewarts Bibel, 1663* vermerkt. Hastig blätterte Kim die Seiten durch; sie hoffte, vielleicht ein paar achtlos hineingesteckte und vergessene Papiere zu entdecken, doch sie fand nichts dergleichen.

Als sie die hinteren Seiten der Bibel durchblätterte, fand sie mehrere unbedruckte Seiten mit der Überschrift »Persönliche Vermerke«. Da, wo der Bibeltext endete, hatte Ronald sämtliche Eheschließungen, Geburten und Todesfälle seiner Familie festgehalten. Kim nahm ihren Zeigefinger zu Hilfe und ging die Daten der Reihe nach durch. Schließlich stieß sie auf den Eintrag über Ronalds dritte Hochzeit; er hatte Rebecca am Samstag, dem 1. Oktober 1692 geheiratet!

Kim war entsetzt. Als Ronald Elizabeths jüngere Schwester geheiratet hatte, war Elizabeth gerade zehn Wochen tot gewesen! Wieder schoß ihr durch den Kopf, daß er womöglich etwas mit Elizabeths Hinrichtung zu tun gehabt hatte. Angesichts einer derart überstürzten Wiederheirat konnte sie sich nur schwer vorstellen, daß Ronald und Rebecca nicht schon vorher eine Affäre miteinander gehabt hatten.

Durch ihre Entdeckung ermutigt, widmete Kim sich noch einmal dem Bibelkästchen und nahm die Umschläge und Papiere heraus. Gespannt öffnete sie die Briefe und hoffte, auf persönliche Korrespondenz zu stoßen, doch sie wurde enttäuscht. Es waren nur Geschäftsunterlagen aus der Zeit zwischen 1810 und 1837.

Kim wandte sich dem nächststehenden Aktenschrank zu. Sie sah sich jedes einzelne Papier genau an; die meisten Dokumente waren zwar relativ alt, aber nicht besonders interessant. Doch dann erweckte ein mehrseitiges, zusammengefaltetes Schriftstück, das mit einem Wachssiegel versehen war, ihre Aufmerksamkeit. Sie faltete es vorsichtig auseinander; es war die Übertragungsurkunde eines großen Gebietes, das als Northfields Property bezeichnet wurde.

Auf der zweiten Seite des Schriftstücks entdeckte Kim eine Karte. Sie hatte keinerlei Schwierigkeiten, die Gegend wiederzuerkennen. Es waren der derzeitige Stewartsche Familienbesitz sowie das Land, auf dem sich heute der Kernwood Country Club und der Greenlawn-Friedhof befanden. Das Gebiet erstreckte sich bis hinter den Danvers River, der in der Karte Wooleston River genannt wurde, und schloß auch noch ein kleines Gebiet des heutigen Beverly mit ein. Im Nordwesten grenzte das bezeichnete Grundstück an die heutigen Gemeinden Peabody und Danvers, die in der Urkunde unter dem Namen Salem Village aufgeführt waren.

Als Kim weiterblätterte, fiel ihr der interessanteste Teil der Urkunde ins Auge. Als Käufer hatte Elizabeth Flanagan Stewart unterzeichnet. Der Vertrag war am 3. Februar 1692 geschlossen worden.

Kim überlegte, warum Elizabeth und nicht Ronald das Land gekauft hatte. Es kam ihr seltsam vor, auch wenn sie sich an den vorehelichen Vertrag erinnerte, den sie im Gerichtsgebäude des Essex County gefunden hatte und der Elizabeth ausdrücklich das Recht zubilligte, in eigenem Namen Verträge abzuschließen. Aber warum hatte Elizabeth den Kaufvertrag unterzeichnet? Immerhin hatte es sich um ein riesiges Gebiet gehandelt, das ein Vermögen gekostet haben mußte.

An der letzten Seite des Vertrages war ein kleineres Blatt angeheftet, das in einer anderen Handschrift beschrieben worden war. Mit einiger Mühe gelang es Kim, die Unterschrift zu entziffern. Die Seite war von Richter Jonathan Corwin unterzeichnet, dem einstigen Bewohner des berühmten Hexenhauses.

Kim hielt das Dokument ins Licht, weil die Schrift nur schwer zu entziffern war. Es war ein von Richter Corwin erlassener Bescheid; er lehnte einen Antrag von Thomas Putnam ab, der das

Gericht aufgefordert hatte, den Kaufvertrag für null und nichtig zu erklären, weil dieser unberechtigterweise von Elizabeth unterzeichnet worden sei.

Richter Corwin hatte in dem Bescheid abschließend festgehalten: »Die Rechtmäßigkeit der Unterschrift auf der obengenannten Urkunde beruht auf dem zwischen Ronald Stewart und Elizabeth Flanagan am 11. Februar 1681 geschlossenen Vertrag.«

»Unglaublich«, murmelte Kim. Sie hatte das Gefühl, durch ein Fenster zu schauen und die Ereignisse des späten siebzehnten Jahrhunderts mitzuerleben. Den Namen Thomas Putnam kannte sie aus den Büchern, die sie gelesen hatte. Putnam hatte damals eine wichtige Rolle gespielt. Kim wußte, daß sowohl Thomas Putnams Frau als auch seine Tochter zu den Befallenen gehört und viele Frauen wegen Hexerei angeschwärzt hatten. Offenbar hatte Thomas Putnam nichts von dem vorehelichen Vertrag zwischen Ronald und Elizabeth gewußt, als er den Antrag auf eine Nichtigkeitserklärung gestellt hatte.

Nachdenklich faltete Kim die Urkunde und die richterliche Entscheidung wieder zusammen. Was sie gerade erfahren hatte, konnte ein wichtiger Hinweis für die Klärung von Elizabeths Schicksal sein. Offenbar hatte es Thomas Putnam nicht gepaßt, daß Elizabeth das Land gekauft hatte; wenn man in Betracht zog, welch wichtige Rolle er bei den Hexenprozessen gespielt hatte, dann war es bestimmt nicht von Vorteil gewesen, so einen Mann zum Feind zu haben. Vielleicht war Elizabeth diese Geschichte zum Verhängnis geworden.

Sie legte die Urkunde mitsamt der angehefteten Entscheidung auf die Bibel und sah sich die übrigen Papiere aus dem Kästchen an. Zu ihrer Freude entdeckte sie ein weiteres Schreiben aus dem siebzehnten Jahrhundert, doch während sie den Text überflog, schwand ihre Begeisterung. Es war ein Vertrag zwischen Ronald Stewart und einem Olaf Sagerholm aus dem schwedischen Göteborg. In dem Vertrag wurde Olaf mit dem Bau eines neuartigen, schnellen Fregattenschiffs beauftragt. Das Schiff sollte eine Länge von vierzig Metern, eine Breite von elf Metern und bei voller Beladung einen Tiefgang von sechseinhalb Metern haben. Das Dokument war am 12. Dezember 1691 aufgesetzt worden.

Kim legte die Bibel und die beiden Schriftsätze aus dem siebzehnten Jahrhundert zurück in die Holzschachtel und trug sie zu einem Konsoltischchen hinüber, das neben der Kellertreppe stand. In dieser Schachtel wollte sie von nun an alle Unterlagen sammeln, die in irgendeiner Weise Aufschluß über Elizabeth oder Ronald gaben. Deshalb holte sie als nächstes den Brief von James Flanagan und legte ihn zu den anderen Papieren in die Schachtel.

Anschließend ging sie noch einmal in die Zelle, in der sie das Bibelkästchen entdeckt hatte, und machte sich daran, die gesamte Kommode zu durchforsten, auf der das Kästchen gestanden hatte. Nach ein paar Stunden intensiver Suche richtete sie sich auf und streckte sich. Sie hatte nichts Interessantes mehr gefunden. Sie warf einen Blick auf ihre Uhr und mußte feststellen, daß es schon fast acht war; es war höchste Zeit, sich auf den Rückweg nach Boston zu machen.

Die Rückfahrt war wesentlich angenehmer als die Hinfahrt. Bis zum Stadtrand herrschte kaum Verkehr. Eigentlich wäre Kim nur ganz kurz auf dem Storrow Drive geblieben, doch sie entschied sich kurzfristig, erst die Ausfahrt Fenway zu nehmen. Ihr war plötzlich eingefallen, daß sie Edward ja auch im Labor besuchen könnte, anstatt ihn einfach nur anzurufen. Nachdem sie Elizabeths Schädel so problemlos hatte zurück in den Sarg befördern können, hatte sie nun ein schlechtes Gewissen, weil sie vorher so einen Aufstand deswegen gemacht hatte.

Am Eingang zur medizinischen Hochschule zeigte Kim dem Pförtner ihren Krankenhausausweis und wurde sofort durchgelassen. Da sie nach einem gemeinsamen Abendessen einmal mit Edward im Labor gewesen war, kannte sie den Weg. Das Fachbereichssekretariat war dunkel. Kim klopfte an eine Tür aus Milchglas, von der sie wußte, daß sie direkt ins Labor führte.

Als niemand öffnete, klopfte sie noch einmal, diesmal etwas fester. Sie drückte die Klinke herunter, doch die Tür war abgeschlossen. Nachdem sie ein drittes Mal geklopft hatte, konnte sie durch das Milchglas erkennen, wie sich jemand näherte.

Die Tür wurde geöffnet, und vor ihr stand eine schlanke, blonde Schönheit, deren kurvenreiche Figur sich deutlich unter ihrem großen, weißen Laborkittel abzeichnete.

»Ja, bitte?« sagte Eleanor der Form halber und musterte Kim von Kopf bis Fuß.

»Ich möchte zu Dr. Edward Armstrong«, sagte Kim.

»Er empfängt jetzt keine Besucher«, erwiderte Eleanor und

wollte die Tür wieder schließen. »Sie können sich morgen früh im Fachbereichssekretariat melden.«

»Ich denke, mich würde er auch jetzt empfangen«, sagte Kim zögernd. Tatsächlich war sie sich dessen gar nicht so sicher; vielleicht hätte sie doch besser anrufen sollen.

»Um diese Zeit?« fragte Eleanor von oben herab. »Wie heißen Sie? Sind Sie eine Studentin von ihm?«

»Nein«, erwiderte Kim. »Ich bin keine Studentin.« Die Frage schien ihr ziemlich absurd; schließlich trug sie immer noch ihre Schwesternuniform. »Mein Name ist Kimberly Stewart.«

Ohne ein weiteres Wort knallte Eleanor ihr die Tür vor der Nase zu. Kim wartete. Sie verlagerte ihr Gewicht von einem Bein auf das andere und wünschte, sie wäre nicht hergekommen. Schließlich wurde die Tür wieder geöffnet.

»Kim!« rief Edward. »Was, um Himmels willen, machst du denn hier?«

Kim stotterte eine Erklärung und entschuldigte sich, weil sie vielleicht in einem ungünstigen Moment gekommen war.

»Schön, dich zu sehen«, sagte Edward. »Ich bin im Augenblick wirklich stark beschäftigt, aber komm doch rein.« Dann trat er einen Schritt zurück.

Kim betrat das Labor und folgte ihm zu seinem Arbeitsplatz.

»Wer war denn die Frau, die mir geöffnet hat?« fragte sie.

»Das war Eleanor«, erwiderte Edward über die Schulter.

»Sie hat mich nicht gerade freundlich behandelt«, sagte Kim, obwohl sie nicht recht wußte, ob sie das überhaupt erwähnen sollte.

»Eleanor?« horchte Edward auf. »Das kann ich mir gar nicht vorstellen. Sie kommt mit allen Leuten gut aus. Hier im Labor bin ich eigentlich der einzige Miesepeter. Im Moment sind wir allerdings beide ziemlich erschlagen. Seit Samstag morgen haben wir mehr oder weniger durchgearbeitet. Eleanor steht sogar schon seit Freitag abend nonstop im Labor. Wir haben kaum geschlafen.«

Edward nahm einen Stapel Fachzeitschriften von einem Stuhl, legte sie auf einer Ecke seiner Arbeitsfläche ab und forderte Kim auf, sich zu setzen. Er selbst nahm auf seinem Schreibtischstuhl Platz.

Als Kim sich sein Gesicht etwas näher ansah, fiel ihr auf, daß er völlig überdreht wirkte; so als hätte er gerade ein Dutzend

Tassen Kaffee getrunken. Er kaute nervös auf einem Kaugummi herum, sein Unterkiefer war ständig in Bewegung. Seine kühlen, blauen Augen waren tief umschattet, auf seinen Wangen und an seinem Kinn sproß ein Zweitagebart.

»Warum denn diese überstürzte Eile?« fragte Kim.

»Es ist das neue Alkaloid, das uns so in Trab hält«, erklärte Edward. »Wir haben schon einiges über die neue Verbindung herausgefunden, und es sieht alles ziemlich gut aus.«

»Das freut mich für dich«, erwiderte Kim. »Aber warum geht ihr das Ganze nicht ein bißchen gelassener an? Müßt ihr irgendeine Frist einhalten?«

»Nein«, entgegnete Edward. »Es ist einfach die Aufregung. Es könnte sich herausstellen, daß es sich bei dem Alkaloid um ein hochwirksames Mittel handelt. Jemand, der nie in der Forschung gearbeitet hat, kann sicher nicht verstehen, wieso man deswegen so aus dem Häuschen geraten kann. Wir sind in einer Art Rauschzustand. Bisher waren alle Befunde positiv. Es ist einfach unglaublich.«

»Kannst du mir denn erklären, was ihr herausgefunden habt?« wollte Kim wissen. »Oder ist das ein Geheimnis?«

Edward beugte sich zu ihr und sprach leise weiter. Kim sah sich im Labor um, doch es war niemand zu sehen. Sie wußte nicht einmal, wo Eleanor geblieben war.

»Wir sind auf eine oral wirksame, psychoaktive Verbindung gestoßen, die problemlos die Blut-Hirn-Schranke durchdringt. Der Stoff hat eine so starke Wirkung, daß er schon im Mikrogrammbereich anschlägt.«

»Glaubst du, es ist die gleiche Verbindung, die damals in Salem die Anfälle verursacht und die Hexenhysterie ausgelöst hat?« fragte Kim. Sie dachte vor allem an Elizabeth.

»Ohne jeden Zweifel«, erwiderte Edward. »Es war nicht der Teufel, der in Salem sein Unwesen getrieben hat, sondern diese Verbindung.«

»Aber die Menschen, die das infizierte Getreide gegessen hatten, sind doch krank geworden«, gab Kim zu bedenken. »Die sogenannten Befallenen wurden von schrecklichen Anfällen heimgesucht. Wie kannst du da von diesem neuen Wirkstoff derart begeistert sein?«

»Er ruft Halluzinationen hervor«, erklärte Edward. »Dessen

sind wir uns inzwischen absolut sicher. Aber wir glauben, daß er auch noch ganz andere Wirkungen hat, zum Beispiel scheint er beruhigend und kräftigend zu sein.«

»Wie hast du das nur alles so schnell herausgefunden?« wollte Kim wissen.

Edward lachte verlegen. »Wir haben noch keine sicheren Ergebnisse«, räumte er ein. »Die meisten Forscher würden wahrscheinlich die Nase über unsere Arbeit rümpfen, weil sie ihnen nicht wissenschaftlich genug wäre. Wir haben einfach versucht herauszufinden, was das Alkaloid alles bewirken kann. Was wir machen, sind keine kontrollierten Versuche, die strengen wissenschaftlichen Kriterien genügen. Aber wir haben trotzdem schon unglaubliche Ergebnisse erzielt. Es ist einfach irre. Wir haben zum Beispiel schon entdeckt, daß der neue Stoff eine stärkere beruhigende Wirkung auf gestreßte Ratten hat als Imipramin; das ist der Maßstab für die Wirksamkeit von Antidepressiva.«

»Du glaubst also, dieser neue Wirkstoff könnte ein halluzinogenes Antidepressivum sein?« fragte Kim.

»Ja, unter anderem«, erwiderte Edward.

»Und wie sieht es mit den Nebenwirkungen aus?« hakte Kim nach. Sie verstand immer noch nicht, warum Edward so aufgeregt war.

Edward lachte wieder. »Wir haben uns, ehrlich gesagt, bisher noch nicht so viele Gedanken darüber gemacht, wie Ratten mit Halluzinationen zurechtkommen«, sagte er. »Aber Spaß beiseite – außer den Halluzinationen sind bisher keine weiteren Probleme aufgetreten. Wir haben einer ganzen Reihe von Mäusen eine ziemlich hohe Dosis verpaßt, und sie sind munterer denn je. Verschiedene Nervenzellkulturen haben wir sogar mit noch höheren Dosen bestückt, und die Zellen sind unversehrt geblieben. Der Wirkstoff scheint also nicht toxisch zu sein. Es ist wirklich faszinierend!«

Während Kim seinen Ausführungen lauschte, wuchs ihre Enttäuschung darüber, daß er sich nicht danach erkundigte, wie es ihr in Salem mit Elizabeths Schädel ergangen war. Als Edward seinen Redefluß kurz unterbrach, brachte sie das Thema schließlich selbst zur Sprache.

»Das hast du gut gemacht«, war sein einziger Kommentar. »Ich bin froh, daß das erledigt ist.«

Kim wollte ihm gerade beschreiben, wie sie sich bei der Aktion gefühlt hatte, als Eleanor hereinkam und Edward einen Computerausdruck hinhielt. Kims Anwesenheit schien sie nicht weiter zu interessieren, und Edward hielt es ebensowenig für nötig, sie miteinander bekannt zu machen.

Kim beobachtete sie bei ihrer angeregten Diskussion. Es war offensichtlich, daß Edward mit den neuen Ergebnissen zufrieden war. Er erteilte ein paar Anweisungen und klopfte ihr anerkennend auf die Schulter, woraufhin Eleanor wieder verschwand.

»Wo waren wir stehengeblieben?« fragte Edward, während er sich wieder Kim zuwandte.

»Gibt es schon wieder gute Neuigkeiten?« wollte Kim wissen und deutete auf den Ausdruck, den Eleanor gebracht hatte.

»Allerdings«, erwiderte Edward. »Wir sind dabei, die Struktur der Verbindung zu entschlüsseln, und Eleanor hat gerade unseren ersten Eindruck bestätigen können: Es ist ein tetrazyklisches Molekül mit zahlreichen Seitenketten.«

»Wie könnt ihr nur so etwas feststellen?« wollte Kim wissen. Sie war schwer beeindruckt.

»Willst du es wirklich wissen?« fragte Edward.

»Vorausgesetzt, deine Erklärungen übersteigen nicht meinen Horizont«, erwiderte Kim.

»Zuerst haben wir mit Hilfe einer Standard-Chromatographie das Molekulargewicht der neuen Verbindung bestimmt«, begann Edward. »Das war nicht besonders schwierig. Dann haben wir das Molekül in seine Bestandteile zu zerlegen versucht; dafür haben wir verschiedene Reagenzien verwendet, die bestimmte Arten von Bindungen aufzubrechen vermögen. Im nächsten Schritt sind wir dann darangegangen, zumindest einige der Fragmente mit Hilfe der Chromatographie, Elektrophorese und der Massenspektrometrie zu identifizieren.«

»Ich kann dir leider nicht mehr folgen«, gestand Kim. »Ich habe das zwar alles schon mal gehört, aber ich weiß beim besten Willen nicht, wie die einzelnen Verfahren funktionieren.«

»Es ist gar nicht so kompliziert«, versuchte Edward ihr Mut zu machen und erhob sich von seinem Stuhl. »Die Grundprinzipien sind eigentlich ganz einfach zu verstehen. Schwierig wird es erst, wenn man die Ergebnisse zu interpretieren versucht.

Komm mal mit, dann zeige ich dir die Geräte.« Er nahm Kim bei der Hand und zog sie hoch.

Sie zögerte zunächst, doch Edward war nicht zu bremsen; er zeigte ihr das Massenspektrometer, die Hochleistungs-Flüssigkeitschromatographie-Anlage und das Kapillar-Elektrophorese-Gerät. Dabei redete er pausenlos darüber, wie die jeweiligen Verfahren zur Trennung und Identifizierung von Stoffgemischen eingesetzt werden konnten. Kim hatte es längst aufgegeben, alles zu verstehen, doch eins wußte sie nun genau: Edward war ein talentierter Lehrer.

Er öffnete eine Seitentür und bat sie einzutreten. Kim blickte in einen Raum, in dessen Mitte ein zylinderförmiges Gerät stand; es war etwa einen Meter hoch und einen halben Meter breit. An allen Seiten hingen Kabel und Drähte aus dem Gerät wie die Schlangen aus dem Kopf der Medusa.

»Das ist unser magnetisches Kernresonanzspektrometer«, erklärte Edward stolz. »Ohne ein solches Gerät wären wir bei unserem Projekt aufgeschmissen. Es reicht nämlich nicht zu wissen, aus wie vielen Kohlenstoff-, Wasserstoff-, Sauerstoff- und Stickstoffatomen eine Verbindung besteht; wir müssen darüber hinaus eine dreidimensionale Vorstellung von ihr bekommen. Und genau die kann uns diese Anlage liefern.«

»Ich bin wirklich beeindruckt«, sagte Kim; etwas Besseres fiel ihr nicht ein.

»Komm, ich zeige dir noch ein anderes Gerät«, schlug Edward vor; es kam ihm überhaupt nicht in den Sinn, daß sie vielleicht keine Lust mehr hatte, seine Geräte weiter zu bestaunen.

Kim folgte ihm und stand wieder vor einem hoffnungslosen Durcheinander von Drähten, Kathodenstrahlröhren und elektronischen Geräten. »Interessant«, kommentierte sie.

»Weißt du, was das ist?« fragte Edward.

»Ich fürchte, da muß ich passen«, gestand Kim. Sie wollte Edward nicht so deutlich zeigen, wie wenig sie über seine Arbeit wußte.

»Das ist ein Röntgendiffraktometer, mit dessen Hilfe man Kristallstrukturen analysieren kann«, erklärte Edward mit demselben Stolz, mit dem er gerade über das Kernresonanzspektrometer gesprochen hatte. »Das Gerät ergänzt die Kernspintomographie. Bei der Erforschung des neuen Stoffs werden wir es auf jeden Fall einsetzen, da sich das Alkaloid leicht als ein Salz auskristallisieren läßt.«

»Du scheinst für diese Arbeit wie geschaffen«, stellte Kim fest.

»Ja«, stimmte Edward ihr zu. »Es ist zwar viel Arbeit, aber sie macht mir wirklich Spaß. Im Moment setzen wir unser gesamtes Forschungspotential ein; die Geräte spucken ständig neue Informationen aus. Wir werden die Struktur der Verbindung in einer Rekordzeit entschlüsseln, und das haben wir vor allem der Software zu verdanken, die man erst vor kurzem für all diese Instrumente entwickelt hat.«

»Viel Glück«, sagte Kim. Sie hatte zwar nur Bruchteile von dem verstanden, was Edward ihr erklärt hatte, doch wenigstens konnte sie jetzt ein bißchen besser nachvollziehen, warum er so von seiner Arbeit gefesselt war.

»Wie sieht es eigentlich in Salem aus?« wollte Edward plötzlich wissen. »Geht es mit den Renovierungsarbeiten voran?«

Im ersten Moment war Kim verblüfft, daß Edward nun doch noch danach fragte. Sie hatte sich schon damit abgefunden, daß er momentan viel zu sehr in seine eigene Arbeit vertieft war, um sich für ihr bescheidenes Projekt zu interessieren.

»Das Cottage macht große Fortschritte«, erwiderte sie. »Es wird wunderschön.«

»Du warst ziemlich lange dort«, stellte Edward fest. »Hast du dich wieder in die Familienpapiere vertieft?«

»Ja«, gestand Kim. »Ich habe ein paar Stunden im Keller herumgestöbert.«

»Und? Hast du etwas Neues über Elizabeth herausgefunden?« fragte er. »Diese Frau zieht mich inzwischen auch immer mehr in ihren Bann. Ich habe ihr enorm viel zu verdanken, denke ich. Wenn sie nicht gewesen wäre, hätte ich dieses Alkaloid wahrscheinlich nie entdeckt.«

»Ja«, entgegnete Kim. »Ich habe tatsächlich ein paar neue Dinge herausgefunden.« Dann berichtete sie Edward von ihrem Abstecher zum Bostoner State House und erzählte ihm von dem Kaufvertrag über das Northfields-Gelände, den Elizabeth unterschrieben und der Thomas Putnam offenbar schwer verärgert hatte.

»Das scheint mir bisher die wichtigste Entdeckung zu sein«, sagte Edward. »Nach allem, was ich über die Geschichte weiß, war man damals gut beraten, sich nicht mit Thomas Putnam anzulegen.«

»Das habe ich auch gedacht«, stimmte Kim ihm zu. »Seine Tochter Ann wurde als eines der ersten Mädchen von den Anfällen heimgesucht; sie hat später viele Frauen der Hexerei bezichtigt. Aber ich kann eine Fehde mit Thomas Putnam beim besten Willen nicht mit diesem mysteriösen Beweisstück in Verbindung bringen.«

»Vielleicht waren diese Putnams ja so bösartig, daß sie Elizabeth einfach irgend etwas untergeschoben haben«, spekulierte Edward.

»Das könnte sein«, erwiderte Kim. »Aber selbst wenn es so gewesen wäre, wüßten wir immer noch nicht, was es war. Ich glaube aber eigentlich, daß es sich um irgend etwas handeln muß, das Elizabeth selbst hergestellt oder verursacht hat.«

»Vielleicht hast du recht«, überlegte Edward. »Im Grunde könnte es alles gewesen sein, das man damals zwingend mit Hexerei in Verbindung gebracht hat.«

»Da fällt mir noch etwas ein«, sagte Kim. »Ich habe etwas über Ronald erfahren, das meine anfängliche Vermutung bestätigt hat. Nach Elizabeths Tod hat er nur zehn Wochen gewartet, bevor er wieder geheiratet hat. Eine verdammt kurze Trauerzeit, findest du nicht? Ich glaube, er hatte schon eine Affäre mit Rebecca, als Elizabeth noch lebte.«

»Möglich«, entgegnete Edward unbeeindruckt. »Ich glaube aber auch, daß wir uns überhaupt keine Vorstellung davon machen können, wie hart das Leben damals war. Ronald mußte sich um vier Kinder kümmern, und er hatte die Verantwortung für ein florierendes Unternehmen. Wahrscheinlich hatte er gar keine andere Wahl, als sofort wieder zu heiraten. Eine längere Trauerphase wäre ein Luxus gewesen, den er sich einfach nicht leisten konnte.«

Genauso überraschend wie vorhin stand plötzlich wieder Eleanor vor ihnen; sie verwickelte Edward in ein angeregtes Gespräch, bei dem Kim ausgeschlossen war. Als sie wieder verschwunden war, machte auch Kim Anstalten zu gehen.

»Ich mache mich jetzt wohl besser auf den Weg«, sagte sie.

»Ich begleite dich noch zum Auto«, bot Edward ihr an.

Während sie die Treppe hinabstiegen und den Innenhof

durchquerten, registrierte Kim, daß Edward wieder nervös wurde. Inzwischen kannte sie ihn gut genug, um zu wissen, daß er ihr etwas sagen wollte. Doch sie drängte ihn nicht; das würde sowieso nichts bringen.

Als sie beim Auto waren, rückte er endlich mit der Sprache heraus. »Ich habe in den letzten Tagen ständig darüber nachgedacht, ob ich bei dir einziehen soll«, sagte er schüchtern, während er mit dem Fuß ein Steinchen hin- und herrollte. Dann hielt er inne. Kim wartete unruhig; sie hatte keine Ahnung, was nun kommen würde. Doch dann platzte er heraus: »Wenn dein Angebot noch gilt, würde ich das sehr gerne tun.«

»Natürlich will ich immer noch, daß du bei mir einziehst«, versicherte Kim und fiel ihm erleichtert um den Hals. Edward drückte sie fest an sich.

»Wir können ja am Wochenende zusammen rausfahren«, schlug er vor. »Dann besprechen wir, welche Möbel wir aus meinem Apartment mitnehmen – falls dir überhaupt irgend etwas davon gefällt.«

»Gerne«, entgegnete Kim. »Ich freue mich schon drauf.«

Es fiel ihnen nicht leicht, sich zu trennen, doch schließlich stieg Kim ein. Bevor sie losfuhr, kurbelte sie das Fenster herunter, so daß Edward sich hineinlehnen konnte.

»Es tut mir leid, daß ich im Moment so von diesem Alkaloid in Beschlag genommen bin«, entschuldigte er sich.

»Das verstehe ich doch«, versicherte ihm Kim. »Es ist ja nicht zu übersehen, wie aufgeregt du bist. Ich bin tief beeindruckt, wie sehr du dich für deine Arbeit engagierst.«

Sie verabschiedeten sich, und Kim brauste in Richtung Beacon Hill davon – sie fühlte sich viel besser als vor einer halben Stunde.

# Kapitel 7

*Freitag, 29. Juli 1994*

Je weiter die Woche voranschritt, desto aufgeregter wurde Edward. Gemeinsam mit Eleanor hatte er in rasantem Tempo jede Menge Informationen über das neue Alkaloid zutage gefördert. Weder er noch seine Assistentin hatten in der vergangenen Woche mehr als vier oder fünf Stunden pro Nacht geschlafen. Sie hatten noch nie so hart gearbeitet; im Moment spielte sich ihr Leben einzig und allein im Labor ab.

Edward bestand darauf, alles selbst zu erledigen. Alle Untersuchungen von Eleanor wiederholte er noch einmal, um hundertprozentig sicher zu sein, daß sie keine Fehler gemacht hatte. Im Gegenzug bat er seine Assistentin, auch seine eigenen Resultate zu überprüfen.

Edward war so in das neue Projekt vertieft, daß er seine sonstigen Verpflichtungen völlig vernachlässigte. Er ignorierte Eleanors Rat und kümmerte sich weder um sein murrendes Erstsemester, noch hielt er irgendwelche Vorlesungen. Auch seine Doktoranden ließ er links liegen. Für viele bedeutete das, daß sie ihre Forschungsprojekte auf Eis legen mußten, da sie ohne die ständige Betreuung durch ihren Mentor nicht weiterkamen.

Das alles interessierte Edward nicht die Bohne. Wie ein Künstler im Kreativitätsrausch war er von dem neuen Wirkstoff so fasziniert, daß er von seiner Umgebung nichts mehr mitbekam. Zu seiner großen Freude gelang es ihm, die Struktur des Stoffs Atom für Atom zu entschlüsseln und das Geheimnis dieser neuen Verbindung zu lüften.

Am frühen Mittwoch morgen hatte er eine Meisterleistung auf dem Gebiet der qualitativen organischen Strukturanalyse vollbracht; er hatte die tetrazyklische Struktur der Verbindung vollständig entschlüsselt. Am Nachmittag desselben Tages hatte er sämtliche Seitenketten analysiert. Er hatte die Zusammensetzung entschlüsselt und ihre Bindungsstellen am Molekülgerüst identifiziert.

Genau diese Seitenketten waren es, die Edward faszinierten; es waren fünf an der Zahl. Eine war wie das Gerüst selbst tetrazyklisch aufgebaut, ähnlich wie LSD. Eine andere hatte zwei Ringe und glich einem Wirkstoff namens Scopolamin. Die übrigen drei ähnelten den wichtigsten Neurotransmittern des Gehirns: Noradrenalin, Dopamin und Serotonin.

In den frühen Morgenstunden des Donnerstags hatten Edward und Eleanor einen weiteren Durchbruch erzielt: Auf dem Bildschirm erschien die dreidimensionale Darstellung der kompletten molekularen Struktur. Dieses Ergebnis hatten sie mehreren Faktoren zu verdanken: einer neuen Software zur Strukturbestimmung, einer enormen Computerkapazität sowie etlichen Stunden hitziger Debatten, in denen sie durch die gegenseitige kritische Überprüfung ihrer gesamten Resultate alle erdenklichen Fehler ausgemerzt hatten.

Edward und Eleanor starrten andächtig auf den Monitor ihres Hochleistungs-Computers, auf dem sich das Molekül langsam drehte; sie waren wie hypnotisiert. Das Molekül erschien in den schillerndsten Farben: Die Elektronenhüllen leuchteten in verschiedenen kobaltblauen Schattierungen, die Kohlenstoffatome waren rot, die Sauerstoffatome grün und die Stickstoffatome gelb.

Edward machte sich schließlich daran, es zu bearbeiten; er wollte die beiden Seitenketten eliminieren, von denen er instinktiv ahnte, daß sie für die halluzinogene Wirkung verantwortlich waren: die LSD- und die Scopolamin-Seitenkette.

Zu seiner großen Freude gelang es ihm, die LSD-Seitenkette bis auf zwei Kohlenstoffatome abzutrennen, ohne dabei die dreidimensionale Struktur der Verbindung oder die Verteilung der elektrischen Ladungen signifikant zu verändern. Er wußte, daß eine Veränderung einer dieser Komponenten unübersehbare Konsequenzen für die Bioaktivität des Stoffs haben würde.

Die Scopolamin-Seitenkette bereitete ihm größere Schwierigkeiten. Es gelang ihm lediglich, einen Teil zu eliminieren, während ein ziemlich großes Stück mit dem Molekül verbunden blieb. Als er versuchte, weitere Bestandteile dieser Seitenkette abzutrennen, fiel das Molekül in sich zusammen und veränderte dramatisch seine dreidimensionale Struktur.

Nachdem Edward von der Scopolamin-Seitenkette soviel wie

möglich entfernt hatte, übertrug er die Moleküldaten auf seinen eigenen Laborcomputer, auf dem die Darstellung nicht mehr ganz so eindrucksvoll wirkte; doch in gewisser Hinsicht erschien sie nun sogar noch interessanter. Edward hatte vor, mit Hilfe des Computers auf der Grundlage der natürlichen Verbindung, die sie entdeckt hatten, einen neuen, künstlichen Wirkstoff zu konstruieren.

Vor allem wollte er die halluzinogenen und die antiparasympathischen Nebenwirkungen beseitigen, die die Verbindung in ihrem Naturzustand verursachte – die Mundtrockenheit, Pupillenerweiterung und partielle Amnesie, die sowohl er als auch Stanton zu spüren bekommen hatten.

Jetzt kam Edwards wahre Stärke zum Tragen: die synthetische organische Chemie. Den ganzen Donnerstag bis in die späte Nacht suchte er wie ein Besessener nach einem Verfahren, um den neuen Wirkstoff mit Hilfe standardmäßig verfügbarer Reagenzien synthetisch herzustellen. Am frühen Freitag morgen hatte er es geschafft: Er hatte ein ganzes Fläschchen von dem neuen Stoff produziert.

»Was sagst du dazu?« wollte er von Eleanor wissen, die genau wie er auf das Fläschchen starrte. Sie waren völlig erschöpft, doch keiner von ihnen dachte an Schlaf.

»Ich finde, du hast eine außerordentliche chemische Meisterleistung vollbracht«, sagte Eleanor ernst.

»Um Komplimente ging es mir eigentlich nicht«, entgegnete Edward und gähnte. »Ich wollte gerne wissen, was wir deiner Meinung nach als erstes damit machen sollten.«

»Da ich in unserem Team bekanntlich der konservative Teil bin, würde ich mit einem Toxizitätstest beginnen«, schlug Eleanor vor.

»Okay, legen wir los«, sagte Edward. Er stand auf und reichte ihr die Hand, damit sie sich ebenfalls erhob. Dann machten sie sich wieder an die Arbeit.

Von den bisherigen Resultaten ermutigt, drängte es sie nach weiteren Ergebnissen. Sie vernachlässigten die übliche wissenschaftliche Prozedur und verfuhren genauso wie mit dem natürlichen Alkaloid: Sie verzichteten auf gründliche, kontrollierte Studien, um so schnell wie möglich Aufschluß über das Potential des Wirkstoffs zu erhalten.

Als erstes testeten sie unterschiedliche Konzentrationen an verschiedenen Gewebekulturen, unter anderem auch an Nieren- und Nervenzellen. Obwohl sie relativ hohe Dosierungen genommen hatten, nahmen sie mit Erleichterung zur Kenntnis, daß die Zellkulturen unverändert blieben. Sie stellten sie in einen Brutschrank, um gelegentlich nachsehen zu können, ob sich doch noch irgendwelche Auswirkungen bemerkbar machten.

Als nächstes untersuchten sie ein Ganglienpräpaprat von Aplasia fasciata, indem sie schwache Stromstöße an den darauf sofort reagierenden Nervenzellen applizierten. Durch den Anschluß der Mikroelektroden an einen Verstärker konnten sie die Zellaktivität anhand eines Signals auf dem Bildschirm eines Oszilloskops verfolgen. Langsam mischten sie ihren Wirkstoff der Perfusionsflüssigkeit bei. Als sie die Reaktion der Nervenzellen beobachteten, sahen sie, daß der Wirkstoff in der Tat neuroaktiv war, obwohl er die spontane Aktivität der Zellen weder verringerte noch erhöhte. Statt dessen schien er deren Rhythmus zu stabilisieren.

Da sie bei all ihren Tests bisher nur positive Ergebnisse erzielt hatten, machten sie mit fieberhafter Begeisterung weiter; Eleanor probierte den neuen Wirkstoff an mehreren gestreßten Ratten aus, Edward testete ihn an einem frisch präparierten, synaptisch verbundenen Mehrzellensystem. Eleanor war die erste, die mit neuen Ergebnissen aufwarten konnte. Sie hatte schnell herausgefunden, daß der synthetisch modifizierte Wirkstoff eine noch stärker beruhigende Wirkung auf die Ratten hatte als das unveränderte Alkaloid.

Edward brauchte etwas länger, bis er seine Ergebnisse vorliegen hatte. Er fand heraus, daß der neue Wirkstoff alle drei Neurotransmitter beeinflußte, allerdings nicht gleichmäßig. Es wirkte zum Beispiel stärker auf das Serotonin als auf Noradrenalin, und dieses wiederum wurde stärker beeinflußt als das Dopamin. Am meisten überraschte Edward, daß der Wirkstoff offenbar sowohl mit Glutamat als auch mit Gamma-Aminobuttersäure eine lose, kovalente Bindung zu bilden schien, also mit den beiden wichtigsten Hemmstoffen des Hirns.

»Das ist ja phantastisch!« rief er begeistert. »Wir können davon ausgehen, daß der Stoff einen ungeheuer breit gefächerten Wirkungsgrad hat. Ich gehe jede Wette ein, daß er sowohl stimmungsaufhellend als auch anxiolytisch wirkt. Wenn ich mich nicht irre, werden wir mit dieser Entdeckung den gesamten Psychopharmakamarkt revolutionieren. Vielleicht wird man unsere wissenschaftliche Leistung sogar einmal mit der Entdeckung des Penizillins vergleichen.«

»Aber wir können immer noch nicht ausschließen, daß der Wirkstoff Halluzinationen hervorruft«, gab Eleanor zu bedenken.

»Das bezweifle ich inzwischen stark«, entgegnete Edward. »Jedenfalls nicht mehr, nachdem wir die LSD-Seitenkette eliminiert haben. Aber du hast recht, wir müssen auf jeden Fall auf Nummer Sicher gehen.«

»Sehen wir uns doch noch mal die Gewebekulturen an«, schlug Eleanor vor. Sie wußte, daß Edward den Wirkstoff an sich selbst ausprobieren wollte. Es gab keine andere Möglichkeit herauszufinden, ob er Halluzinationen hervorrief.

Sie nahmen die Gewebekulturen aus dem Brutschrank und untersuchten sie unter dem Mikroskop. Sie waren alle in Ordnung. Es gab keinerlei Anzeichen dafür, daß der Wirkstoff das Gewebe geschädigt hatte, nicht einmal bei den Kulturen, die sie einer hohen Dosierung ausgesetzt hatten.

»Das Zeug scheint nicht die Spur toxisch zu sein«, stellte Edward gutgelaunt fest.

»Wenn ich es nicht mit eigenen Augen gesehen hätte, würde ich es nicht glauben«, bemerkte Eleanor.

Sie gingen zurück zu Edwards Arbeitsfläche und bereiteten verschiedene Lösungen mit unterschiedlichen Dosierungen vor. Sie begannen mit einer Konzentration, die in etwa der Dosis entsprach, die Stanton neulich von dem noch nicht modifizierten Alkaloid genommen hatte. Edward nahm als erster eine Kostprobe, und als er keine Reaktion zeigte, tat Eleanor es ihm nach. Auch sie verspürte keinerlei Wirkung.

Von dem negativen Resultat ermutigt, erhöhten sie die Dosierungen allmählich bis auf ein ganzes Milligramm. Dabei hatten sie vor Augen, daß LSD schon bei einer Dosierung von 0,05 Milligramm Halluzinationen hervorrief.

»Und?« fragte Edward nach einer halben Stunde.

»Keine halluzinogene Wirkung«, antwortete Eleanor.

»Aber Wirkung hat der Stoff«, stellte Edward fest.

»Allerdings!« stimmte Eleanor ihm zu. »Ich empfinde eine

tiefe innere Ruhe und Zufriedenheit. Ein sehr angenehmes Gefühl.«

»Und ich kann im Moment unheimlich klar denken«, sagte Edward. »Das kann nur mit diesem Stoff zu tun haben, denn vor zwanzig Minuten war ich noch völlig konfus; meine Konzentrationsfähigkeit war auf dem Nullpunkt angelangt. Außerdem fühle ich mich plötzlich so munter, als hätte ich die ganze Nacht durchgeschlafen.«

»Mir kommt es so vor, als ob mein Langzeitgedächtnis aus einem Dornröschenschlaf erweckt worden wäre«, fuhr Eleanor fort. »Ich erinnere mich auf einmal an die Telefonnummer, die wir hatten, als ich sechs Jahre alt war. Damals sind wir an die Westküste gezogen.«

»Was ist mit deinen Sinneswahrnehmungen?« wollte Edward wissen. »Ich glaube, ich empfinde mehr als sonst. Ich rieche plötzlich viel mehr.«

»Jetzt, wo du es sagst, fällt es mir auch auf«, sagte Eleanor; sie legte ihren Kopf zurück und schnupperte ein wenig. »Ich hätte nie gedacht, daß es hier im Labor so viele merkwürdige Gerüche gibt.«

»Und dann ist da noch etwas, das mir wahrscheinlich gar nicht auffallen würde, wenn ich nicht schon einmal Prozac genommen hätte«, fuhr Edward fort. »Ich strotze plötzlich vor Selbstbewußtsein und Kontaktfreude. Es würde mir im Moment nichts ausmachen, in eine Gruppe wildfremder Leute hineinzuplatzen und den großen Zampano zu spielen. Mit Prozac habe ich damals drei Monate gebraucht, bis ich soweit war.«

»Dazu kann ich nichts sagen«, entgegnete Eleanor. »Mir hat es nie an Selbstbewußtsein gemangelt. Aber mein Mund ist ein bißchen trocken. Ist das bei dir auch so?«

»Ja, vielleicht«, erwiderte Edward.

Dann blickte er Eleanor in ihre tiefblauen Augen. »Deine Pupillen scheinen leicht erweitert. Womöglich ist die Scopolamin-Seitenkette dafür verantwortlich, die wir nicht vollständig eliminieren konnten. Überprüf mal, ob du die Dinge in deiner Nähe gut erkennen kannst.«

Eleanor nahm ein Reagenzglas in die Hand und versuchte, die winzige Schrift auf dem Etikett zu entziffern. »Kein Problem«, sagte sie.

»Fällt dir sonst noch was auf?« fragte Edward. »Hast du Kreislauf- oder Atemprobleme?«

»Nein«, erwiderte Eleanor. »Mir geht's prima.«

»Entschuldigung«, sagte plötzlich jemand.

Edward und Eleanor drehten sich um und sahen, daß hinter ihnen unbemerkt eine der Doktorandinnen ins Labor gekommen war. Ihr Name war Nadine Foch; sie kam aus Paris. »Ich glaube, ich brauche Ihre Hilfe«, sagte sie. »Die Kernspintomographie-Anlage funktioniert nicht.«

»Vielleicht sollten Sie sich besser an Ralph wenden«, sagte Edward und lächelte sie freundlich an. »Ich würde Ihnen wirklich gerne helfen, aber ich bin im Moment sehr beschäftigt. Außerdem kennt Ralph sich mit dem Gerät besser aus als ich – jedenfalls was die Technik angeht.«

Nadine bedankte sich und verließ das Labor, um Ralph zu suchen.

»Du warst ja richtig nett zu ihr«, wunderte Eleanor sich.

»Ich fühl' mich auch so«, erwiderte Edward. »Und sie ist ja auch eine nette junge Frau.«

»Vielleicht solltest du dich auch allmählich mal wieder um deine anderen Verpflichtungen kümmern«, schlug Eleanor vor. »Immerhin sind wir mit einem sensationellen Tempo vorangekommen.«

»Aber das ist doch erst der Anfang«, widersprach Edward. »Ich weiß es ja zu schätzen, daß du mich an meine Lehr- und Aufsichtspflichten erinnerst, aber ich kann dir versichern, daß bestimmt niemand zu Schaden kommt, wenn ich mich mal eine Zeitlang aus dem Lehrbetrieb ausklinke. Ich lasse es mir auf keinen Fall nehmen, weiter an diesem aufregenden Projekt mitzuarbeiten. Und jetzt würde ich dich bitten, am Computer weitere Moleküle zu konstruieren; wir müssen die übrigen Seitenketten abspalten und weitere Verbindungen entwickeln.«

Während Eleanor sich an die Arbeit machte, setzte Edward sich an seinen Schreibtisch und griff zum Telefon. Er wählte die Nummer von Stanton Lewis.

»Hast du heute abend schon etwas vor?« fragte er seinen alten Freund.

»Ich habe eigentlich immer etwas vor«, erwiderte Stanton.

»Was gibt's denn? Hast du dir endlich den Prospekt zu Gemüte geführt?«

»Wie wär's, wenn du heute abend mit mir und Kim essen gehen würdest?« schlug Edward vor. »Ich glaube, es gibt etwas, das du erfahren solltest.«

»Ich ahne schon, worauf du hinaus willst, du alter Schlingel«, platzte Stanton heraus. »Ihr wollt wohl ein wichtiges gesellschaftliches Ereignis bekanntgeben.«

»Ich denke, wir sollten das besser nicht am Telefon besprechen«, erwiderte Edward ruhig. »Gehen wir nun zusammen essen oder nicht? Du bist eingeladen.«

»Klingt ja wirklich spannend«, sagte Stanton. »Ich habe für heute abend um acht einen Tisch im Anago Bistro in Cambridge reserviert – allerdings nur für zwei Personen. Ich sorge dafür, daß wir einen Vierertisch bekommen. Falls es ein Problem gibt, melde ich mich bei dir.«

»Dann bis heute abend um acht.« Bevor Stanton weitere Fragen stellen konnte, legte Edward schnell auf. Als nächstes rief er Kim im Krankenhaus an.

»Bist du im Streß?« fragte er, als er sie am Apparat hatte.

»Frag lieber nicht«, erwiderte sie.

»Ich habe uns gerade mit Stanton und seiner Frau zum Abendessen verabredet. Wenn Stanton sich nicht noch einmal meldet, treffen wir uns um acht im Anago Bistro. Tut mir leid, daß ich so kurzfristig damit komme. Ich hoffe, du hast nichts anderes vor.«

»Arbeitest du heute abend gar nicht?« fragte Kim überrascht.

»Nein«, erwiderte Edward. »Ich nehme mir heute abend frei.«

»Und was ist mit morgen?« wollte Kim wissen. »Bleibt es dabei, daß wir zusammen nach Salem fahren?«

»Darüber können wir ja später noch reden«, erwiderte Edward, ohne sich festzulegen. »Hast du heute abend Zeit?«

»Lieber würde ich ja mit dir allein essen gehen«, sagte Kim.

»Ich würde auch lieber mit dir allein ausgehen. Aber ich muß etwas mit Stanton besprechen, und da habe ich mir gedacht, es wäre viel schöner, sich in einer netten Runde zu treffen. In den letzten Tagen habe ich dir ja nicht gerade oft Gesellschaft geleistet.«

»Du klingst so aufgekratzt«, stellte Kim fest. »Ist irgend etwas Erfreuliches passiert?«

»Es ist alles bestens gelaufen«, entgegnete Edward. »Deshalb ist mir dieses Treffen auch so wichtig. Nach dem Essen können wir ja noch etwas allein unternehmen. Vielleicht hast du Lust, mit mir über den Harvard Square zu schlendern, so wie an unserem ersten Abend?«

»Okay, du hast mich überzeugt«, sagte Kim. »Bis später.«

Kim und Edward waren als erste da. Die Bedienung, eine der Eigentümerinnen des Anago Bistro, wies ihnen einen Tisch in einem gemütlichen Eckchen am Fenster zu. Von dort aus konnten sie die Main Street überblicken, an der zahlreiche Pizza-Imbisse und indische Restaurants lagen. In diesem Augenblick brauste mit Blaulicht und Sirenengeheul ein Feuerwehrwagen vorbei.

»Ich möchte wetten, daß sie mit den Feuerwehrautos auch zum Kaffeetrinken fahren«, sagte Edward lachend, während er dem vorbeifahrenden Auto nachsah. »Sie sind ständig unterwegs. So viele Feuer kann es gar nicht geben.«

Kim sah Edward an. Er war in einer seltsamen Stimmung. Sie hatte ihn noch nie so redselig und aufgedreht erlebt; obwohl er müde sein mußte, benahm er sich, als hätte er gerade ein paar Espressos getrunken. Doch bevor sie ihn deswegen fragen konnte, erschienen Stanton und Candice. Nach der kurzen, aber lautstarken Begrüßung kam Stanton umgehend zur Sache.

»Dann schießt mal los«, forderte er Edward und Kim auf, während er Candice einen Stuhl zurechtrückte. »Was habt ihr denn für wichtige Neuigkeiten auf Lager? Dürfen wir die Korken knallen lassen? Soll ich eine Flasche Dom Perignon bestellen?«

Kim warf Edward einen fragenden Blick zu.

»Ich habe schon einen italienischen Weißwein bestellt«, sagte Edward selbstbewußt. »Nichts schmeckt im Sommer besser als ein kühler, trockener Weißwein.«

Kim zog erstaunt die Augenbrauen hoch. Diese Seite kannte sie noch gar nicht an Edward.

»Nun sprich es schon aus.« Stanton stützte sich auf seine Ellbogen auf und beugte sich gespannt nach vorn. »Heiratet ihr?«

Kim wurde vor Verlegenheit knallrot. Hatte Edward seinem

alten Freund schon verraten, daß sie gemeinsam in das Cottage ziehen wollten? Sie wollte zwar kein Geheimnis daraus machen, aber es wäre ihr doch lieber gewesen, ihre Familie selbst zu informieren.

»Das wäre wirklich das Größte«, erwiderte Edward und lachte fröhlich. »Ich habe zwar gute Nachrichten, aber so gut sind sie nun auch wieder nicht.«

Kim sah Edward erstaunt an. Sie war beeindruckt, wie schlagfertig er Stantons taktlose Bemerkung gekontert hatte.

Eine Kellnerin brachte den Wein. Bevor sie die Flasche öffnen durfte, zog Stanton eine kleine Show ab und inspizierte genau das Etikett. »Ich bin überrascht, alter Kumpel«, sagte er zu Edward gewandt. »Keine schlechte Wahl.«

Als der Wein eingeschenkt war, wollte Stanton zu einem Trinkspruch ansetzen, doch Edward unterbrach ihn.

»Heute bin ich an der Reihe«, stellte er klar und hielt Stanton sein Glas hin. »Auf den cleversten Pharmaspekulanten der Welt«, prostete er ihm zu.

»Ich hatte schon befürchtet, du würdest das nie mehr merken«, erwiderte Stanton lachend. Dann nippten sie alle an ihren Gläsern.

»Ich will dich etwas fragen«, wandte sich Edward an Stanton. »War das neulich ernst gemeint, als du behauptet hast, ein neuer, effektiver Stoff, der auf die Psyche wirkt, könnte sich potentiell als ein Eine-Milliarde-Molekül entpuppen?«

»Das habe ich absolut ernst gemeint«, entgegnete Stanton. Er war plötzlich ganz Ohr. »Ist das der Grund, weshalb wir heute abend hier sind? Hast du etwas Neues über den Zauberstoff herausgefunden, der mich auf diesen herrlichen Trip geschickt hat?«

Candice und Kim wollten sofort wissen, von welchem »Trip« Stanton redete. Als sie die Geschichte von seinem Eigenversuch hörten, waren sie entsetzt.

»Es war überhaupt nicht schlimm«, versicherte Stanton. »Ich hab' es genossen.«

»Ich weiß inzwischen eine Menge über diesen neuen Wirkstoff«, ergriff Edward wieder das Wort. »Es sieht alles hervorragend aus. Wir haben es inzwischen geschafft, die halluzinogene Wirkung zu eliminieren, indem wir das Molekül verändert haben. Ich glaube, wir sind da einem Wahnsinnsstoff auf der Spur, der Prozac oder Xanax und all diese Produkte in den Schatten stellen dürfte. Diese neue Substanz scheint in jeder Hinsicht perfekt zu sein. Sie ist nicht toxisch, sie ist oral wirksam, sie hat so gut wie keine Nebenwirkungen, und wahrscheinlich deckt sie in therapeutischer Hinsicht ein ungeheuer breites Feld ab. Wahrscheinlich ist der Stoff im Psychopharmakabereich für alle möglichen Therapiearten einsetzbar. Er hat nämlich eine einzigartige Seitenkettenstruktur, die sich relativ einfach verändern läßt.«

»Werd mal ein bißchen deutlicher!« forderte Stanton ihn auf. »Wo wird dieser Stoff deiner Meinung nach einsetzbar sein?«

»Wir glauben, daß er ganz allgemein einen positiven Einfluß auf die Stimmung hat«, erklärte Edward. »Man kann ihn wahrscheinlich sowohl als Antidepressivum als auch als Anxiolytikum einsetzen; das heißt, er dämpft bestimmte Angstgefühle. Darüber hinaus scheint er auch als allgemeines Tonikum gegen Erschöpfungszustände zu wirken; er vermag die Zufriedenheit zu steigern, die Sinne zu schärfen und die Fähigkeit zum klaren Denken zu verbessern, weil er das Langzeitgedächtnis schärft.«

»Meine Güte!« rief Stanton. »Gibt es auch irgend etwas, das diese Droge nicht kann? In meinen Ohren klingt das fast wie Soma aus *Schöne, neue Welt*.«

»Mit dem Vergleich liegst du gar nicht so daneben«, entgegnete Edward.

»Eine Frage habe ich aber doch noch.« Stanton beugte sich ein Stück nach vorn und fragte etwas leiser: »Wirkt er sich auch positiv auf den Sex aus?«

Edward zuckte mit den Schultern. »Könnte durchaus sein«, erwiderte er. »Da er die Sinneswahrnehmungen schärft, verstärkt er vielleicht auch die sexuellen Empfindungen.«

»Wahnsinn!« rief Stanton und riß vor Begeisterung die Arme hoch. »Wir reden nicht von einem Molekül, das eine Milliarde Dollar wert ist; ich glaube, es könnte satte fünf Milliarden einbringen!«

»Meinst du das im Ernst?« fragte Edward.

»Sagen wir, eine Milliarde ist das Minimum«, erwiderte Stanton. »Nach oben sind keine Grenzen gesetzt.«

Als die Kellnerin kam, unterbrachen sie ihr Gespräch und bestellten ihr Essen. Danach ergriff Edward wieder das Wort:

»Alles, was ich euch gerade erzählt habe, ist natürlich noch nicht bewiesen«, erklärte er. »Wir haben bisher noch keinerlei kontrollierte Tests durchgeführt.«

»Aber du scheinst dir deiner Sache ziemlich sicher zu sein«, stellte Stanton fest.

»Ich bin mir sogar sehr sicher«, erwiderte Edward.

»Wer weiß über dieses Wundermittel Bescheid?« wollte Stanton wissen.

»Nur ich, meine engste Mitarbeiterin und alle, die hier am Tisch sitzen«, antwortete Edward.

»Hast du auch schon eine Ahnung, wie der Stoff seine Wirkung entfaltet?« fragte Stanton.

»Bisher habe ich nur eine vage Idee«, räumte Edward ein. »Er scheint die Konzentration der wichtigsten Neurotransmitter des Gehirns zu stabilisieren und auf verschiedenen Ebenen zu wirken. Er beeinflußt sowohl die einzelnen Neuronen als auch das gesamte Nervenzellsystem. Womöglich haben wir es also mit einem Gehirnhormon zu tun.«

»Wie bist du denn auf diese neue Substanz gestoßen?« wollte Candice wissen.

Edward faßte die Geschichte über die Entdeckung seines Alkaloids knapp zusammen. Er berichtete von Kims Vorfahrin Elizabeth und den Hexenprozessen von Salem; dann erläuterte er die Theorie, nach der die damals von den mysteriösen Anfällen heimgesuchten Menschen eine Schimmelpilzvergiftung hatten.

»Als Kim mich gefragt hat, ob man die Vergiftungstheorie beweisen könne, bin ich auf die Idee gekommen, aus dem Keller des Cottage ein paar Schmutzproben mitzunehmen«, fuhr Edward fort.

»Also, mir kann die Entdeckung wohl kaum als Verdienst angerechnet werden«, warf Kim ein.

»Aber natürlich«, widersprach Edward. »Dir und Elizabeth.«

»Ist es nicht ein unglaublicher Zufall, daß ihr diesen nützlichen Wirkstoff ausgerechnet in einer Schmutzprobe entdeckt habt?« bemerkte Candice.

»Nein«, erwiderte Edward. »Das ist gar nicht so ungewöhnlich. Es gibt jede Menge bedeutende Wirkstoffe, die buchstäblich im Dreck gefunden wurden, zum Beispiel die Cephalosporine oder auch die Cyclosporine. Das Groteske an unserem neuen Wirkstoff ist wohl, daß er eigentlich ein Werkzeug des Teufels war.«

»Bitte, Edward, sag das nicht«, meldete sich Kim. »Mir läuft es kalt den Rücken herunter.«

Edward lachte. Er zeigte mit dem Daumen auf Kim und erzählte den anderen, daß sie von Zeit zu Zeit an abergläubischen Anfällen leide.

»Mir gefällt die Assoziation mit dem Teufel auch nicht so gut«, sagte Stanton. »Ich betrachte den Wirkstoff lieber als ein Geschenk des Himmels.«

»Mich stört die Verbindung zu der Hexenhysterie vor dreihundert Jahren nicht im geringsten«, erklärte Edward. »Im Grunde gefällt sie mir sogar. Natürlich kann die Entdeckung eines neuen Wirkstoffs nicht den Tod von zwanzig Menschen rechtfertigen, aber so würde ihr grausames Schicksal doch wenigstens einen Sinn bekommen.«

»Einundzwanzig«, korrigierte ihn Kim und erklärte, daß die Historiker die Hinrichtung Elizabeths einfach unterschlagen hatten.

»Mir wäre es auch egal, wenn der Wirkstoff mit der Sintflut in Zusammenhang gebracht werden könnte«, sagte Stanton. »Mir scheint, Edward hat eine wirklich außergewöhnliche Entdeckung gemacht.« Er sah seinen Freund direkt an. »Und wie soll es nun weitergehen?«

»Um das zu klären, wollte ich dich heute abend sehen«, erwiderte Edward. »Was soll ich deiner Meinung nach tun?«

»Genau das, was ich dir neulich schon vorgeschlagen habe«, antwortete Stanton. »Wir sollten eine Firma gründen und den Wirkstoff so schnell wie möglich patentieren lassen. Und sämtliche Varianten der Verbindung natürlich auch.«

»Glaubst du wirklich, der Stoff könnte uns eine Milliarde Dollar einbringen?« fragte Edward noch einmal.

»Ich weiß, wovon ich rede«, versicherte ihm Stanton. »Auf diesem Gebiet kenne ich mich aus.«

»Dann laß uns loslegen«, sagte Edward. »Wir gründen eine Firma und ziehen die Sache durch.«

Stanton starrte ihn einen Augenblick lang ungläubig an. »Du meinst es also wirklich ernst«, staunte er.

»Darauf kannst du wetten«, erwiderte Edward.

»Okay, zuerst brauchen wir zwei Namen«, sagte Stanton und zog ein kleines Notizbuch und einen Kugelschreiber aus seiner Westentasche. »Wir brauchen einen Namen für den Stoff, und wir brauchen einen Namen für die Firma. Vielleicht sollten wir den Stoff einfach Soma nennen, das käme allen Literaturfreunden entgegen.«

»Es gibt bereits ein Medikament, das Soma heißt«, warf Edward ein. »Wie wär's mit Omni? Als Hinweis auf das breite Feld der klinischen Einsatzmöglichkeiten.«

»Omni klingt nicht nach einem Medikament«, gab Stanton zu bedenken. »Bei Omni denkt man eher an eine Firma. Wir könnten unser Unternehmen ja Omni Pharmaceuticals taufen.«

»Gefällt mir gut«, sagte Edward.

»Was haltet ihr davon, das neue Mittel Ultra zu nennen?« fragte Stanton. »Ich glaube, der Name wäre ziemlich werbewirksam.«

»Gefällt mir auch gut«, sagte Edward.

Die beiden Männer sahen die Frauen an, um ihre Meinung zu erfahren. Candice hatte gar nicht zugehört, deshalb wiederholte Stanton die Namen noch einmal. Während Candice sie guthieß, hatte Kim keine Meinung; ihr hatte die Diskussion regelrecht den Atem verschlagen. Sie war völlig perplex, daß Edward plötzlich so souverän über derartige Geschäfte verhandelte.

»Wieviel Geld kannst du lockermachen?« wollte Edward wissen.

»Was glaubst du, wie lange du brauchst, bis wir das fertige Präparat auf den Markt bringen können?« fragte Stanton.

»Das kann ich dir beim besten Willen nicht sagen«, erwiderte Edward. »Ich bin ja nicht einmal hundertprozentig sicher, ob der Wirkstoff überhaupt je auf den Markt gebracht werden kann.«

»Das ist mir schon klar«, sagte Stanton. »Aber du mußt es doch wenigstens ungefähr abschätzen können. Ich weiß selber, daß zwischen der Entdeckung eines potentiellen Medikaments, seiner Zulassung durch die Bundesbehörde und der anschließenden Vermarktung ungefähr zwölf Jahre vergehen und daß in dieser Zeit etwa zweihundert Millionen Dollar für die Entwicklungskosten draufgehen.«

»Zwölf Jahre brauche ich bestimmt nicht«, sagte Edward. »Und ich kann dir auch versprechen, daß ich nicht annähernd zweihundert Millionen Dollar für die Entwicklung benötigen werde.«

»Die Rechnung ist ganz simpel«, sagte Stanton. »Je kürzer die Entwicklungsphase ist und je weniger Geld sie kostet, desto mehr bleibt für uns übrig.«

»Alles klar«, murmelte Edward. »Ich hatte eigentlich gar nicht vor, so viel Eigenkapital in das Projekt zu stecken.«

»Wieviel Geld brauchst du?« fragte Stanton.

»Ich müßte ein komplettes High-Tech-Labor einrichten«, begann Edward laut zu denken.

»Warum kannst du nicht an der Uni weiterarbeiten?« wollte Stanton wissen.

»Das geht nicht«, erklärte Edward. »Ich muß das Ultra-Projekt von meiner Arbeit an der Uni trennen; ich habe bei meiner Einstellung eine Erklärung unterschrieben, daß die Universität an den Resultaten meiner Forschung beteiligt ist.«

»Können wir dadurch irgendwelche Schwierigkeiten bekommen?« wollte Stanton wissen.

»Nein«, beruhigte Edward ihn. »Das glaube ich nicht. In der Erklärung geht es um Entdeckungen, die man während der Dienstzeit unter Verwendung universitätseigener Geräte macht. Ich werde natürlich behaupten, daß ich in meiner Freizeit auf Ultra gestoßen bin, was ja auch der Wahrheit entspricht. Die ersten Trennungsverfahren und die Entschlüsselung der Molekülstruktur habe ich natürlich während meiner normalen Dienstzeit durchgeführt. Aber wie dem auch sei – vor einem möglichen Verfahren habe ich keine Angst. Ich bin schließlich nicht Eigentum der Harvard University.«

»Und was ist mit der Entwicklungsphase?« fragte Stanton. »Um wieviel kannst du sie verkürzen?«

»Da läßt sich einiges machen«, sagte Edward. »Das Faszinierendste an dem Stoff ist nämlich, daß er überhaupt nicht toxisch zu sein scheint. Allein das dürfte zu einer relativ zügigen Zulassung durch die Bundesbehörde führen; schließlich geht die meiste Zeit immer für die Bestimmung der spezifischen toxischen Wirkungen drauf.«

»Du meinst also, du könntest die Genehmigung der Zulassungsbehörde im Vergleich zu einem normalen Verfahren schon ein paar Jahre früher erhalten?« hakte Stanton nach.

»Auf jeden Fall«, bekräftigte Edward. »Wenn wir uns nicht um eine etwaige Toxizität kümmern müssen, können wir die Tierversuche beschleunigen. Und bei der klinischen Wirksamkeitsprüfung können wir die Phasen I und II im Rahmen des Beschleunigungsplans der Zulassungsbehörde miteinander verbinden.«

»Der Beschleunigungsplan ist ausschließlich für neue Medikamente vorgesehen, die bei lebensbedrohlichen Krankheiten eingesetzt werden sollen«, unterbrach Kim die beiden. Durch ihre Arbeit auf der Intensivstation wußte sie ein bißchen über Experimente mit noch nicht zugelassenen Arzneimitteln Bescheid.

»Wenn Ultra wirklich ein so wirksames Antidepressivum ist, wie ich vermute«, sagte Edward, »dann werden wir mit Sicherheit ausreichend Argumente finden, um das beschleunigte Prüfverfahren durchsetzen zu können.«

»Wir können Ultra ja auch in Europa und Asien auf den Markt bringen«, schlug Stanton vor, »Dort brauchen wir keine Zulassungsgenehmigung, um den Stoff zu verkaufen.«

»Genau«, stimmte Edward ihm zu. »Du hast recht. Schließlich sind die USA nicht der einzige Markt für pharmazeutische Produkte.«

»Dann spitz mal deine Ohren«, sagte Stanton. »Ich kann problemlos vier bis fünf Millionen Dollar auftreiben, ohne ein umfangreiches Aktienpaket verkaufen zu müssen; den größten Teil der Investition kann ich aus eigenen Mitteln finanzieren. Na, was sagst du dazu?«

»Das klingt phantastisch«, rief Edward. »Wann kann es losgehen?«

»Morgen«, erwiderte Stanton. »Als erstes kümmere ich mich um das Geld, und dann veranlasse ich die erforderlichen rechtlichen Schritte, um die Firma zu gründen. Gleichzeitig besorge ich schon mal Patentanträge.«

»Weißt du, ob man vielleicht den Kern des Moleküls patentieren lassen kann?« fragte Edward. »Eigentlich wäre es am besten, wenn man ein Patent beantragen könnte für sämtliche Verbindungen, die sich aus dem Kern entwickeln lassen.«

»Ich bin mir nicht sicher, ob das geht, aber ich werde es herausfinden«, versprach Stanton.

»Während du dich um die finanziellen und juristischen Angelegenheiten kümmerst«, sagte Edward, »werde ich den Aufbau des Labors in Angriff nehmen. Die erste Frage wird sein, wo wir es einrichten sollen. Es sollte an einem netten Ort sein; immerhin werde ich viel Zeit an meinem neuen Arbeitsplatz verbringen.«

»Wie würde dir Cambridge gefallen«, fragte Stanton.

»Ich hätte lieber eine größere Distanz zur Universität«, erwiderte Edward.

»Und was hältst du von der Gegend um den Kendall Square?« schlug Stanton vor. »Das wäre weit genug weg von Harvard und trotzdem noch nahe genug an deiner Wohnung.«

Edward drehte sich zu Kim und sah sie fragend an. Sie wußte sofort, worauf er hinauswollte, und nickte unauffällig. Weder Stanton noch Candice bekamen etwas davon mit.

»Ich werde Ende August von hier wegziehen«, verkündete Edward. »Ab September wohne ich in Salem.«

»Wir werden zusammenziehen«, fügte Kim hinzu. »Ich lasse das alte Haus auf unserem Familienanwesen renovieren.«

»Das ist ja wunderbar!« rief Candice.

»Du alter Gauner!« donnerte Stanton los und boxte Edward über den Tisch hinweg in den Oberarm.

»Zum ersten Mal in meinem Leben läuft es bei mir nicht nur beruflich gut, sondern ich habe auch privat endlich mal Glück«, sagte Edward.

»Wir könnten ja irgendein Städtchen an der Nordküste als Firmensitz wählen«, schlug Stanton vor. »Da drüben sind die Gewerbemieten bestimmt viel niedriger als hier.«

»Du bringst mich auf eine Wahnsinnsidee«, rief Edward aufgeregt. Er wandte sich an Kim. »Du hast mir doch diese alte Mühle gezeigt, die später zu einem Stall umgebaut worden ist«, begann er. »Das wäre der ideale Ort für unser Projekt; das Gelände liegt wunderbar abgeschieden.«

»Ich weiß nicht«, stammelte Kim. Sie fühlte sich von Edward überrumpelt.

»Ich meine natürlich, daß die Firma Omni die Mühle von dir und deinem Bruder mieten würde«, erklärte Edward. Er begeisterte sich immer mehr für seine Idee. »Du hast mir doch erzählt, daß ihr das Gelände sowieso als eine ziemliche Belastung empfindet. Wenn Omni euch eine anständige Miete zahlen würde, wärt ihr die Sorge los.«

»Keine schlechte Idee«, gab Stanton zu. »Die Miete könnten wir komplett abschreiben. Wirklich ein guter Vorschlag, alter Kumpel!«

»Nun sag schon, was hältst du von der Idee?« drängte Edward.

»Ich muß erst mit meinem Bruder darüber reden«, erwiderte Kim.

»Natürlich«, sagte Edward. »Wann kannst du ihn anrufen? Je früher, desto besser.«

Kim sah auf die Uhr und rechnete aus, daß es in London halb drei morgens sein mußte, also genau die Zeit, in der ihr Bruder normalerweise zu arbeiten begann. »Ich kann ihn jeden Abend erreichen«, sagte sie. »Eigentlich könnte ich ihn auch jetzt gleich anrufen.«

»So etwas höre ich gerne. Ich mag entschlußfreudige Menschen.« Stanton zog ein Handy aus seiner Tasche und reichte es Kim. »Omni zahlt das Telefonat.«

Kim erhob sich.

»Wo gehst du denn hin?« wollte Edward wissen.

»Ich will allein sein, wenn ich mit meinem Bruder spreche.«

»Verständlich«, sagte Stanton. »Geh doch auf die Damentoilette.«

»Ich gehe lieber nach draußen«, erwiderte Kim.

Als sie den Tisch verlassen hatte, beglückwünschte Candice Edward zu seiner offenbar prächtig gedeihenden Beziehung zu Kim.

»Wir kommen wirklich prima miteinander aus«, sagte Edward.

»Wie viele Mitarbeiter wirst du benötigen?« wollte Stanton wissen. »Nichts frißt das Kapital schneller auf als saftige Gehälter.«

»Ich werde versuchen, mit einem Minimum an Leuten auszukommen«, versprach Edward. »Aber ich brauche auf jeden Fall einen Biologen für die Tierversuche, einen Immunologen für die Zellstudien, einen Kristallexperten, einen Experten für Molekülmanipulationen, einen Biophysiker für die Kernspintomographie, einen Pharmakologen – und natürlich Eleanor und ich.«

»Um Himmels willen!« rief Stanton. »Willst du eine neue Uni gründen?«

»Ich versichere dir, daß man bei einem solchen Projekt nicht mit weniger Leuten auskommen kann«, entgegnete Edward ruhig.

»Und warum muß Eleanor dabei sein?«

»Weil sie meine Assistentin ist. Sie ist meine engste Mitarbeiterin, und sie ist bei diesem Projekt unabkömmlich.«

»Wann kannst du anfangen, das Team zusammenzustellen?« fragte Stanton.

»Sobald du das Geld hast«, antwortete Edward. »Wir brauchen erstklassige Leute, und die sind natürlich nicht billig.«

»Das ist genau der Punkt, vor dem ich am meisten Angst habe«, warf Stanton ein. »Ich kenne jede Menge biomedizinische Firmen, die eine glatte Bauchlandung hingelegt haben, weil sie zu großzügige Gehälter gezahlt und dann plötzlich kein Geld mehr hatten.«

»Ich werd's mir hinter die Ohren schreiben«, versprach Edward. »Wann kannst du das Geld bereitstellen, damit ich loslegen kann?«

»Anfang nächster Woche kannst du über die erste Million verfügen«, erwiderte Stanton.

Die Kellnerin brachte das Essen. Da Cancice und Stanton warme Vorspeisen bestellt hatten, bestand Edward darauf, daß sie schon anfingen. Sie hatten gerade ihr Besteck in die Hand genommen, als Kim zurückkam. Sie setzte sich und gab Stanton sein Telefon zurück.

»Ich habe gute Nachrichten«, sagte sie. »Mein Bruder ist von der Idee begeistert, die alte Mühle zu vermieten. Aber er will auf keinen Fall für die Renovierung aufkommen. Die Kosten dafür müßte Omni übernehmen.«

»Kein Problem«, sagte Edward und erhob sein Glas zu einem weiteren Toast. »Auf Omni und auf Ultra!«

»Ich glaube, ich weiß, wie die Kapitalstruktur unserer Firma aussehen sollte«, erklärte Stanton, als er sein Glas wieder abstellte. »Wir setzen viereinhalb Millionen Dollar ein, in Aktien zu jeweils zehn Dollar; du und ich behalten jeweils ein Drittel; mit dem restlichen Drittel können wir unseren zukünftigen Kapitalbedarf decken, indem wir ein paar finanzkräftige Leute dazu bringen, ihr Geld bei uns anzulegen. Wenn Ultra wirklich so ein Knaller wird, wie du heute abend prophezeit hast, dann wird der Wert unserer Aktien irgendwann rasant in die Höhe schnellen.«

»Darauf trinke ich«, sagte Edward und erhob sein Glas, woraufhin sie alle noch einmal miteinander anstießen. Edward war mit seiner Weinwahl außerordentlich zufrieden. Er hatte das Gefühl, noch nie einen besseren Weißwein getrunken zu haben; er ließ sich jeden Tropfen auf der Zunge zergehen.

Nach dem Essen verabschiedeten sie sich voneinander, und Edward und Kim gingen zu seinem Auto, das er auf dem Restaurantparkplatz abgestellt hatte.

»Wenn es dir nichts ausmacht, würde ich den Spaziergang über den Harvard Square gerne auf ein anderes Mal verschieben«, sagte Edward.

»Oh!« Kim war enttäuscht.

»Ich muß noch ein paar Telefonate führen«, erklärte Edward.

»Aber es ist doch schon nach zehn«, gab Kim zu bedenken. »Ist das nicht ein bißchen spät, um noch jemanden anzurufen?«

»Nicht wenn dieser jemand an der Westküste wohnt«, entgegnete Edward. »Ich kenne ein paar Wissenschaftler in Los Angeles und Stanford, die ich gerne für unser Omni-Team engagieren würde.«

»Du bist ja völlig aus dem Häuschen wegen dieser neuen Firma«, bemerkte Kim.

»Stimmt, ich bin regelrecht in Ekstase«, gab Edward zu. »In dem Moment, in dem mir klar wurde, daß wir drei völlig unbekannte Alkaloide entdeckt hatten, hat meine Intuition mir gesagt, daß ich einen dicken Fisch an der Angel habe. Ich wußte damals nur noch nicht, wie dick er tatsächlich ist.«

»Hast du keine Angst, daß du mit Harvard Ärger bekommst?« fragte Kim. »Du hast doch diese Erklärung unterschrieben. Es gab hier mal eine ähnliche Geschichte, die für einen ziemlichen Wirbel gesorgt hat; in den achtziger Jahren hat man oft den Vorwurf gehört, daß die Wissenschaft und die Industrie ein bißchen zu eng zusammenarbeiten.«

»Das Problem überlasse ich gerne den Anwälten«, entgegnete Edward.

»Na, ich weiß nicht«, sagte Kim; seine Äußerung überzeugte sie wenig. »Auch wenn du die Sache von Anwälten regeln läßt –

deine akademische Karriere wird mit Sicherheit darunter leiden.« Sie wußte, wieviel Edward seine Vorlesungen bedeuteten, und sie machte sich Sorgen, daß sein Urteilsvermögen wegen der plötzlichen Begeisterung für die neue Firma gelitten haben könnte.

»Ich weiß, daß ich ein Risiko eingehe«, gab Edward zu. »Aber ich bin bereit, dieses Risiko einzugehen. Ultra bietet mir eine einmalige Chance. Ich kann mir weltweit einen Namen machen und gleichzeitig einen Haufen Geld verdienen.«

»Hast du nicht immer gesagt, es interessiert dich nicht, Millionär zu werden?« fragte Kim.

»Hat es mich auch nicht«, entgegnete Edward. »Aber jetzt steht eine Milliarde auf dem Spiel. Mir war nie richtig klar, um wieviel Geld es tatsächlich geht.«

Kim war sich nicht sicher, ob der Unterschied wirklich so groß war, doch sie sagte nichts. Hier ging es um eine ethische Frage, und sie hatte im Moment keine Lust, mit Edward darüber zu diskutieren.

»Es tut mir leid, daß ich das mit der alten Mühle vorgeschlagen habe, ohne vorher mit dir darüber zu sprechen«, sagte Edward. »Normalerweise posaune ich nicht einfach gleich alles heraus, was mir so in den Kopf kommt. Wahrscheinlich ist es mir nach der anregenden Unterhaltung mit Stanton einfach so herausgerutscht.«

»Ist schon okay«, sagte Kim. »Außerdem war mein Bruder ja von der Idee begeistert. Mit der Miete können wir die gesamten Grundsteuern bezahlen. Und die sind astronomisch hoch.«

»Wenigstens ist die Mühle weit genug vom Cottage entfernt«, bemerkte Edward. »Wir werden von der Existenz des Labors wahrscheinlich gar nichts merken.«

Sie verließen den Memorial Drive und bogen in ein ruhiges Wohngebiet ein. Edward lenkte den Wagen auf seinen Parkplatz und stellte den Motor ab. Dann schlug er sich mit der Hand vor den Kopf.

»Mein Gott, bin ich blöd«, schimpfte er. »Wir hätten doch gleich bei dir vorbeifahren können, um deine Sachen zu holen.«

»Willst du, daß ich heute bei dir übernachte?«

»Natürlich«, erwiderte Edward. »Du schläfst doch gerne bei mir – oder?«

»Du bist in letzter Zeit immer so beschäftigt gewesen«, sagte Kim. »Ich wußte nicht, was du heute vorhast.«

»Wenn du hierbleibst, können wir morgen früh gleich nach Salem fahren«, versuchte Edward sie zu überzeugen. »Wir könnten ganz zeitig aufstehen.«

»Du willst also wirklich mit mir nach Salem fahren?« fragte Kim. »Mußt du nicht ins Labor?«

»Aber nein«, entgegnete Edward. »Und nachdem wir entschieden haben, das neue Labor auf deinem Grundstück einzurichten, will ich auf jeden Fall hin.« Während er das sagte, startete er den Motor wieder und legte den Rückwärtsgang ein. »Am besten fahren wir doch noch mal bei dir vorbei, und du holst ein paar Sachen zum Wechseln. Natürlich nur, wenn du bleiben möchtest – was ich mir wirklich wünsche.« Im Halbdunkel verzog er sein Gesicht zu einem breiten Grinsen.

»Ich glaube schon«, erwiderte Kim. Sie hatte plötzlich ein komisches Gefühl, ohne genau zu wissen, warum.

## Kapitel 8

*Samstag, 30. Juli 1994*

Kim und Edward brachen später auf als geplant. Das lag vor allem an Edward, der den halben Vormittag am Telefon verbracht hatte. Zuerst hatte er George Harris und Mark Stevens angerufen und die beiden Männer gebeten, sich auch um den Umbau der alten Mühle zu kümmern. Sie hatten den Auftrag bereitwillig angenommen und vorgeschlagen, sich gegen Mittag mit Edward und Kim auf dem Gelände zu treffen. Danach hatte er etliche Vertreter von Laboreinrichtern angerufen und auch sie gebeten, sich gegen Mittag bei der alten Mühle einzufinden.

Nachdem er sich noch einmal bei Stanton rückversichert hatte, daß das versprochene Geld auch tatsächlich in den nächsten Tagen zur Verfügung stehen würde, rief er schließlich noch eine Reihe von Wissenschaftlern an, die er für das Omni-Team in die engere Wahl genommen hatte. Als sie endlich losfuhren, war es schon nach zehn.

Eine halbe Stunde später bog Edward auf das Stewartsche Anwesen ein und parkte vor den ehemaligen Ställen. Zu seiner Freude hatte sich bereits eine Gruppe von Wartenden versammelt, die sich schon alle miteinander bekannt gemacht hatten. Er bat sie, ihm zu einer Schiebetür zu folgen, die mit einem Vorhängeschloß verriegelt war.

Die alte Mühle war ein langes, einstöckiges Steingebäude; unter dem Dachvorsprung befanden sich in großen Abständen ein paar Fenster. Da das Gelände zum Fluß hin stark abfiel, war die Rückseite des Hauses zweigeschossig. Auf dieser Seite gab es im unteren Stockwerk zu den verschiedenen Ställen mehrere Eingänge.

Kim mußte verschiedene Schlüssel probieren, bevor sie endlich den passenden gefunden hatte und das schwere Vorhängeschloß öffnen konnte.

Sie traten ein und standen in einem großen, ungeteilten, länglichen Raum mit einer gewölbten Decke. An einer Seite des Raumes befanden sich zahlreiche, mit Fensterläden verschlossene Luken. In einer Ecke stapelten sich Strohballen.

»Wie es aussieht, werden wir hier mit dem Abbruch keine Probleme haben«, stellte George fest.

»Dieser Raum ist ideal«, sagte Edward. »Er entspricht genau meiner Vorstellung von einem Labor: ein einziger großer Raum, so daß jeder mit jedem Kontakt halten kann.«

Über eine Treppe aus grob behauenen Eichenholzbrettern, die von dicken Dübeln zusammengehalten wurden, gelangten sie in die untere Etage im rückwärtigen Teil. Unten angekommen, befanden sie sich in einem langen Flur; auf der rechten Seite gab es mehrere Pferdeboxen, links waren einige kleinere Boxen, in denen früher das Zaumzeug aufbewahrt wurde.

Kim trottete mit und hörte sich Edwards Vorstellungen an, wie der alte Stall schnellstmöglich in ein biologisches und pharmakologisches High-Tech-Labor zu verwandeln sei. In der unteren Etage wollte er die Versuchstiere unterbringen; seinen Ausführungen zufolge benötigte er für die Rhesusaffen, die Mäuse, die Ratten und die Kaninchen jeweils verschiedene Räume. Außerdem brauchte er Platz für mehrere Brutschränke, in denen die Gewebe- und Bakterienkulturen aufbewahrt werden sollten, und natürlich einen Vorratsraum. Nicht zu vergessen die Räume für Kernspintomographie und Röntgenstrahlen-Kristallographie, die ebenfalls im unteren Bereich unterzubringen wären.

Das eigentliche Labor würde auf der oberen Etage eingerichtet werden; dort brauchte man auch einen kleinen klimatisierten Raum für den Hauptrechner. Jeder Arbeitsplatz in dem Labor müsse über ein eigenes Terminal verfügen. Damit die zahlreichen elektronischen Geräte immer mit ausreichend Strom versorgt werden könnten, müsse man besonders starke Leitungen verlegen.

»So, nun kennen Sie meine Vorstellungen«, sagte Edward, nachdem sie ihren Rundgang beendet hatten. Er wandte sich an den Bauunternehmer und den Architekten. »Sehen Sie irgendwelche Probleme?«

»Ich denke nicht«, sagte Mark. »Das Haus ist ja solide gebaut. Allerdings würde ich vorschlagen, am Eingang eine Art Empfangsbereich mit einzuplanen.«

»Wir werden zwar selten Besuch bekommen«, erwiderte Edward, »aber ich verstehe, was Sie meinen. Nehmen Sie den Vorschlag auf jeden Fall in Ihre Zeichnung mit auf. Gibt es sonst noch etwas?«

»Ich glaube nicht, daß wir mit der Baugenehmigung irgendwelche Probleme bekommen werden«, sagte George.

»Wenn wir nichts von den Tierversuchen erwähnen«, gab Mark zu bedenken. »Ich würde sie einfach unter den Tisch fallen lassen. Wenn wir den Behörden reinen Wein einschenken, können wir wahrscheinlich eine Ewigkeit warten, bevor wir mit dem Umbau beginnen können.«

»Ich wäre froh, wenn Sie sich um den ganzen Papierkram kümmern könnten«, sagte Edward. »Sie haben sicher eine Menge Erfahrung auf diesem Gebiet. Mir ist vor allem daran gelegen, dieses Projekt so schnell wie möglich in die Tat umzusetzen. Ich mache Ihnen ein Angebot: Um die Fertigstellung des Labors zu beschleunigen, zahle ich zehn Prozent mehr für alles.«

Mark und George grinsten; das war Musik in ihren Ohren, und sie nahmen das Angebot gerne an.

»Wann können Sie loslegen?« wollte Edward wissen.

»Sofort«, erwiderten beide wie aus einem Mund.

»Ich hoffe nur, daß meine kleine Baustelle nicht unter diesem neuen Projekt leiden wird«, meldete sich Kim nun zum ersten Mal zu Wort.

»Keine Sorge«, versuchte George sie zu beruhigen. »Die Arbeiten im Cottage werden dadurch höchstens noch beschleunigt. Wir werden demnächst mit einer größeren Truppe hier anrücken, so daß dann sämtliche Handwerker ständig präsent sind. Wenn also bei Ihnen drüben ein Klempner oder ein Elektriker gebraucht wird, dann sind sie nur einen Katzensprung von Ihrer Baustelle entfernt.«

Während Edward sich mit dem Bauunternehmer, dem Architekten und den verschiedenen Vertretern der medizinischen Ausstattungsfirmen an einen Tisch setzte, um die Einzelheiten für die Einrichtung des neuen Labors zu besprechen, ging Kim nach draußen. Es war ein bißchen diesig, doch die Mittagssonne war so intensiv, daß sie blinzeln mußte. Sie ging über das Feld zum Cottage hinüber, um nachzusehen, wie es mit den Renovierungsarbeiten voranging.

Als sie sich dem Haus näherte, registrierte sie als erstes, daß der Graben wieder zugeschüttet war. Zufrieden stellte sie fest, daß die Arbeiter Elizabeths Grabstein wieder an Ort und Stelle gelegt hatten; er lag flach über dem Grab, genauso wie sie ihn gefunden hatte.

Kim betrat ihr Cottage. Nach der Besichtigung des riesigen Stalls kam es ihr winzig vor. Die Arbeiten waren gut vorangeschritten; vor allem in der Küche und in den beiden Badezimmern war einiges geschehen. Zum ersten Mal konnte sie sich vorstellen, wie es hier aussehen würde, wenn alles fertig wäre.

Nachdem sie ihr zukünftiges Zuhause auch noch einmal von außen begutachtet hatte, ging sie wieder hinüber zur Mühle, doch dort deutete nichts darauf hin, daß Edward seine improvisierte Planungsbesprechung in absehbarer Zeit beenden würde. Kim unterbrach ihn kurz und sagte, daß sie noch mal in der Burg vorbeischauen wolle. Er wünschte ihr ein paar schöne Stunden und war sofort wieder in die Diskussion vertieft.

Als Kim aus dem grellen Sonnenlicht in die düstere, mit schweren Vorhängen abgedunkelte Burg trat, hatte sie das Gefühl, eine andere Welt zu betreten. Sie blieb stehen und horchte, wie das alte Gebälk in der Hitze ächzte und knarrte.

Sie stieg die Treppe zum Dachboden hinauf und öffnete zuerst alle Mansardenfenster, um die frische Brise hereinzulassen, die vom Fluß herüberwehte. Neben dem letzten Fenster entdeckte sie ein Regal, in dem sich stapelweise in Leinen gebundene Bücher befanden.

Sie nahm einen der dicken Bände in die Hand und betrachtete neugierig den Buchrücken. Der Titel stand handschriftlich in weißer Tinte auf einem schwarzen Hintergrund: »Seehexe«. Kim schlug neugierig das Buch auf. Zuerst dachte sie, es handele sich um ein Tagebuch, denn alle Eintragungen begannen mit dem täglichen Datum; es folgten ausführliche Beschreibungen der Wetterverhältnisse. Ihr wurde schnell klar, daß es sich nicht um ein Tagebuch, sondern um das Logbuch eines Schiffs handeln mußte.

Als sie den vorderen Buchdeckel aufklappte, sah sie, daß das Buch die Jahre zwischen 1791 und 1802 umfaßte. Sie legte das Logbuch zur Seite und inspizierte die Buchrücken der übrigen Bände. Es gab sieben weitere Bücher mit dem Titel »Seehexe«. Das älteste Logbuch umfaßte die Jahre 1737 bis 1749.

In der Hoffnung, vielleicht auch andere Bücher aus dem siebzehnten Jahrhundert zu finden, sah Kim die anderen Stapel in der Nähe des Fensters durch. Als erstes fiel ihr ein kleinerer Stoß ins Auge; sie zog ein sehr alt aussehendes, unbeschriftetes, in Leder gebundenes Buch heraus.

Das Buch war so abgenutzt und verstaubt, daß ihr sofort wieder die Bibel einfiel, die sie im Weinkeller entdeckt hatte. Sie öffnete es und las die Titelseite. Es war das Logbuch der *Endeavor*, und es enthielt Eintragungen aus den Jahren 1679 bis 1703. Vorsichtig blätterte Kim die vergilbten Seiten um; sie überflog die einzelnen Eintragungen, bis sie schließlich bei dem Jahr 1692 angelangt war.

Die erste Eintragung datierte auf den vierundzwanzigsten Januar. Sie las, daß es ein klarer und kalter Wintertag mit angenehmem Westwind gewesen war. Ferner war festgehalten worden, daß das Schiff mit der Flut ausgelaufen war und Kurs auf Liverpool genommen hatte; folgende Güter hatte es geladen: Walöl, Holz, Schiffsvorräte, Pelze, Pottasche, getrockneten Kabeljau und Makrelen.

Plötzlich stockte Kim der Atem. Im nächsten Satz stand nämlich, daß das Schiff einen distinguierten Herrn befördert hatte, den Schiffseigner Ronald Stewart. Aufgeregt las sie weiter. Ronald war auf dem Weg nach Schweden gewesen, um dort die Fertigstellung eines neuen Schiffes, *The Sea Spirit*, zu überwachen, das er in Auftrag gegeben hatte.

Hastig überflog sie die weiteren Reiseeintragungen. Doch über Ronald wurde nur noch mitgeteilt, daß er das Schiff nach einer ereignislosen Überfahrt in Liverpool verlassen hatte.

Kim klappte das Buch zu und stieg schnell vom Dachboden in den Weinkeller hinunter. Dort öffnete sie das Bibelkästchen und nahm die Urkunde heraus, die sie bei ihrer letzten Suchaktion gefunden hatte. Ein Blick auf das Datum bestätigte ihre Vermutung: Elizabeth hatte den Kaufvertrag unterschrieben, als Ronald auf hoher See gewesen war.

Sie war stolz, daß sie damit ein kleines Rätsel aus Elizabeths Vergangenheit gelöst hatte. Sie legte die Urkunde zurück in das Bibelkästchen und wollte ihrer kleinen Sammlung gerade auch noch das Logbuch hinzufügen, als aus dem hinteren Buchdeckel drei Briefumschläge herausfielen, die von einem dünnen Faden zusammengehalten wurden.

Mit zittrigen Händen hob Kim das Päckchen auf. Der obere Brief war an Ronald Stewart adressiert. Nachdem sie das Bändchen entfernt hatte, sah sie, daß alle drei an Ronald gerichtet waren. Ganz aufgeregt öffnete sie die Umschläge und nahm die Briefe vorsichtig heraus. Sie waren alle drei 1692 verfaßt worden; der erste am 23. Oktober, der zweite am 29. Oktober und der dritte am 11. November. Der Absender des ersten Briefes war Samuel Sewall:

Boston
23. Oktober 1692

Mein lieber Freund,

ich habe größtes Verständnis für Deine Niedergeschlagenheit und hoffe in Gottes Namen, daß Du in Deiner neuen Ehe wieder zur Ruhe kommen wirst. Darüber hinaus kann ich auch Deinen Wunsch nachvollziehen, die unglückliche Verbindung Deiner verstorbenen Ehefrau mit dem Prinzen der Dunkelheit geheimzuhalten; doch ich muß Dir den guten Rat geben, davon Abstand zu nehmen, beim Gouverneur einen Antrag auf Herausgabe des offenkundigen Beweisstückes zu stellen. Ich empfehle Dir, Reverend Cotton Mather in dieser Angelegenheit um Hilfe zu bitten, in dessen Keller Du die teuflischen Werke Deiner Frau hast begutachten können. Es ist mir zu Ohren gekommen, daß Reverend Mather offiziell das Recht gewährt wurde, das Beweisstück für unbefristete Zeit aufzubewahren.

In Freundschaft,
Dein Samuel Sewall

Kim war frustriert; nun hatte sie zwar einen weiteren Hinweis auf das mysteriöse Beweisstück, doch wieder wurde es nicht näher beschrieben. Sie nahm sich den zweiten Brief vor. Cotton Mather hatte ihn geschrieben.

Samstag, 29. Oktober<br>Boston

Sehr geehrter Herr,

ich habe Ihren Brief erhalten, in dem Sie auch darauf Bezug nehmen, daß wir beide Absolventen des Harvard College sind, was mich wiederum hoffen läßt, daß Sie diese ehrwürdige Institution in wohlwollender Erinnerung haben, so daß Ihr Verstand für die Entscheidung zugänglich sein wird, die mein hochehrwürdiger Vater und ich im Hinblick auf den geeigneten Aufbewahrungsort von Elizabeths Teufelswerk getroffen haben. Sie werden sich daran erinnern, daß ich Ihnen bei unserer Zusammenkunft in meinem Haus meine Sorgen darüber anvertraut habe, daß unter Umständen auch die guten Menschen aus Salem in einen Zustand höchster Aufregung und Hysterie geraten könnten, da die Anwesenheit des Teufels durch Elizabeths Taten und ihr grauenvolles Werk eindeutig bewiesen ist. Es ist sehr unglücklich, daß meine mit Inbrunst vorgetragenen Bedenken auf keinerlei Beachtung gestoßen sind und daß meine eindringlich und mehrfach geäußerten Warnungen im Hinblick auf die Anerkennung spiritueller Beweisführung vor Gericht in den Wind geschlagen worden sind, obwohl diese Art der Beweisführung es dem Vater aller Lügen, wie ich dargelegt habe, durchaus ermöglichen könnte, sich des Körpers argloser und nichts Böses im Schilde führender Menschen zu bedienen, und in dieser Hülle sogar unsere honorigen Richter, die für ihre unermüdlichen Anstrengungen bei der Wahrheitssuche sowie für ihren Gerechtigkeitssinn, für ihre Weisheit und für ihre Güte bekannt sind, zu täuschen und dadurch den Ruf unschuldiger Menschen zu besudeln. Ich kann Ihren ehrenhaften Wunsch sehr wohl verstehen, Ihre Familie vor weiteren Demütigungen schützen zu wollen, aber ich selber bin von der tiefen Überzeugung beseelt, daß das gegen Elizabeth verwandte Beweisstück wegen seiner Einzigartigkeit und seiner Eindeutigkeit, mit der es objektiv und ohne jeden Zweifel ein wahrhaftiges Bündnis mit dem Teufel und nicht nur eine böse Absicht zu belegen vermag, für künftige Generationen aufbewahrt werden sollte, damit diese in ihrem ewigen Kampf mit den Mächten des Bösen vielleicht Nutzen daraus ziehen mögen. Um in dieser Angelegenheit eine nach menschlichem Ermessen vernünftige Lösung zu finden, habe ich unzählige Dispute mit meinem hochverehrten Vater, dem Reverend Increase Mather, geführt, der die Ehre hat, in diesen Tagen dem angesehenen Harvard College als Rektor dienen zu dürfen. Nach langem Ringen ist in uns beiden der Entschluß gereift, das Beweisstück im College aufzubewahren, damit es künftigen Generationen von Studenten bei ihrer Heranreifung und ihrer Charakterbildung ein anschauliches Beispiel dafür bieten möge, wie wichtig es ist, dem Teufel bei seiner ständigen Wühlarbeit in Gottes neuem Land immer wieder einen Strich durch die Rechnung zu machen.

Ihr unermüdlich im Namen Gottes dienender
Cotton Mather

Kim war sich nicht sicher, ob sie den Brief richtig verstanden hatte, doch das Wesentliche hatte sie erfaßt. Sie nahm sich den letzten Brief vor. Ein Blick auf die Unterschrift verriet ihr, daß Increase Mather der Absender war.

11. November 1692<br>Cambridge

Sehr geehrter Herr,

wie ich Ihnen versichern kann, hege ich eine tiefe Sympathie für Ihr berechtigtes Begehren, daß das obengenannte Beweisstück zurückgegeben und Ihnen zu Ihrer freien Disposition überlassen wird, aber durch die beiden Mitglieder unseres Lehrkörpers, William Brattle und John Leverett, bin ich darüber in Kenntnis gesetzt worden, daß das Beweisstück in der Studentenschaft auf ein außergewöhnliches Interesse gestoßen ist und eine leidenschaftliche und lebhafte Debatte angeregt hat, was uns in unserer Überzeugung bestärkt hat, daß es offenbar Gottes Wille ist, die Hinterlassenschaft von Elizabeth in Harvard zu belassen, da sie ein wichtiges und einmaliges Beispiel dafür bietet, wie sich das Kirchenrecht im Hinblick auf die Hexerei und das verdammenswerte Werk des Teufels durchaus auf objektive Kriterien zu stützen vermag. Ich bitte Sie inständig darum, sich unserer Auffassung anzuschließen, daß dieses Beweisstück von enormer Wichtigkeit ist und unbedingt in unserer Sammlung außerordentlicher Lehrexponate verbleiben sollte. Für den Fall, daß die hochverehrten Lehrer irgendwann übereinkommen sollten, hier eine Fakultät für Rechtswissenschaften einzurichten, so werden wir das Beweisstück dieser Einrichtung zu weiteren Lehrzwecken überlassen.

Ihr ergebenster Diener
Increase Mather

»Verdammter Mist!« fluchte Kim, nachdem sie den dritten Brief gelesen hatte. Sie konnte es einfach nicht fassen; da hatte sie schon das Glück gehabt, so viele Hinweise auf das gegen Elizabeth verwendete Beweisstück zu finden, und jetzt wußte sie immer noch nicht, um was es sich dabei gehandelt hatte. Um sicherzugehen, daß sie auch wirklich nichts übersehen hatte, las sie alle Briefe noch einmal durch. Die gespreizte Syntax und die ungewöhnliche Wortwahl erschweren das Verständnis ein wenig, doch nach dem zweiten Lesen wußte sie, daß sie wirklich nichts übersehen hatte.

Die Briefe hatten ihre Phantasie beflügelt, und sie zermarterte sich den Kopf darüber, was zum Teufel sich hinter diesem offenkundigen Beweisstück verbarg. In den vergangenen Wochen hatte sie weitere Bücher über die Hexenprozesse von Salem verschlungen und war nun immer mehr davon überzeugt, daß es sich um irgendeine Art von Buch handeln mußte. In den Prozessen war es oft um ein sogenanntes Teufelsbuch gegangen. Man war davon ausgegangen, daß die mutmaßlichen Hexen ihren Bund mit dem Teufel besiegelten, indem sie diese Teufelsbücher schrieben.

Kim sah sich die Briefe noch einmal an; das Beweisstück war mit den Worten »Elizabeths Teufelswerk« umschrieben worden. Vielleicht hatte Elizabeth ein Buch in einen Anstoß erregenden Ledereinband gebunden? Kim mußte über sich selbst lachen. Obwohl sie sich das Hirn zermarterte, wollte ihr einfach nichts einfallen.

Dann ging ihr wieder durch den Kopf, ob das Beweisstück nicht doch eine Puppe gewesen sein könnte. Vor ein paar Tagen erst hatte sie gelesen, daß im Prozeß gegen Bridget Bishop eine mit Nadeln gespickte Stoffpuppe als Beweismittel verwendet worden war; Bridget war die erste Frau gewesen, die man in Salem als Hexe hingerichtet hatte.

Kim seufzte. Sie wußte, daß ihre wüsten Spekulationen über die Beschaffenheit des Beweisstücks sie nicht weiterbringen würden. Sie sollte sich lieber an die Fakten halten. Immerhin lieferten die drei Briefe einen sehr wichtigen Hinweis: Das Beweisstück war 1692 der Harvard University übergeben worden. Kim überlegte, ob in der Uni vielleicht noch ein Hinweis auf das Beweisstück zu finden sei. Aber wahrscheinlich würde man sie auslachen, wenn sie ihr Anliegen dort vorbrächte.

»Da bist du ja«, rief Edward vom oberen Treppenabsatz in den Keller hinunter. »Hast du etwas gefunden?«

»Du wirst es nicht glauben, ja«, rief Kim zurück. »Komm runter, und sieh es dir an.«

Edward kam die Stufen herunter und nahm die Briefe in die Hand. »Mein Gott!« staunte er, nachdem er einen Blick auf die

Unterschriften geworfen hatte. »Die Briefe sind ja alle von berühmten Puritanern geschrieben. Was für eine Entdeckung!«

»Lies sie dir mal durch!« forderte Kim ihn auf. »Sie sind zwar hochinteressant, aber über das Beweisstück geben sie leider keinen Aufschluß.«

Edward lehnte sich gegen einen Aktenschrank und las.

»Phantastisch!« sagte er, als er zu Ende gelesen hatte. »Ich wette, daß die Harvard University an diesen Briefen brennend interessiert sein dürfte, vor allem an dem von Increase Mather.«

»Ach, meinst du wirklich«, sagte Kim erfreut. »Ich würde nämlich gerne in der Uni nach dem Beweisstück forschen. Aber ich habe Angst, daß man mich auslacht. Vielleicht kann ich ihnen ja einen Tausch anbieten.«

»Sie werden dich bestimmt nicht auslachen«, sagte Edward. »Ich bin sicher, daß es in der Widener-Bibliothek jemanden gibt, der die Geschichte toll findet. Natürlich würden sie nicht nein sagen, wenn du ihnen die Briefe schenken würdest, aber vielleicht bieten sie dir sogar an, sie zu kaufen.«

»Kannst du dir vielleicht jetzt, nachdem du die Briefe gelesen hast, eher vorstellen, um was für ein Beweisstück es sich gehandelt haben könnte?«

»Nein, nicht so richtig«, bekannte Edward. »Aber ich kann verstehen, daß du frustriert bist. Es ist ja beinahe nicht mehr normal, wie oft das Beweisstück erwähnt wird, ohne daß es auch nur ein einziges Mal näher beschrieben wird.« Er nahm sie in den Arm.

»Wir sind übrigens mit unserer Besprechung fertig. Was das neue Labor angeht, ist alles bestens geregelt. Dein Bauunternehmer ist wirklich ein fähiger Mann. Er will heute noch anfangen, einen Graben auszuheben.«

»Willst du gleich zurückfahren?« fragte Kim.

»Würde ich gerne«, gab Edward zu. »Da das Omni-Projekt ja nun bald Realität werden soll, gibt es jede Menge Leute, mit denen ich dringend sprechen muß. Aber ich kann gut mit dem Zug fahren. Wenn du hier weiter herumstöbern willst, kommst du später mit dem Auto nach.«

»Einverstanden«, erwiderte Kim. »Wenn es dir nichts ausmacht.« Die Entdeckung der Briefe hatte ihr neuen Auftrieb gegeben.

# Kapitel 9

*Freitag, 12. August 1994*

Der August begann mit einer schwülen Hitzewelle. Es hatte schon im Juli kaum geregnet, und die Trockenheit schien weiterhin anzuhalten. Der Rasen im Boston Commons wechselte allmählich seine Farbe; wenn Kim aus ihrem Apartment schaute, sah sie nur noch braunes Gras.

Im Krankenhaus hatte sie es im Moment etwas leichter. Kinnard hatte mit seiner zweimonatigen Hospitanz in Salem begonnen, so daß ihr nicht ständig die Angst im Nacken saß, ihm auf der Intensivstation über den Weg zu laufen. Außerdem hatte sie mit ihrer Vorgesetzten verhandelt und schließlich erreicht, daß sie den ganzen September frei nehmen konnte. Da sie nicht genügend Urlaubstage hatte, waren ihr die fehlenden Tage als unbezahlte Freizeit gewährt worden. Ihre Vorgesetzte war zwar nicht gerade glücklich mit dieser Lösung, doch sie war bereit, einen Kompromiß einzugehen, um Kim nicht zu verlieren.

Am Anfang des Monats hatte Kim viel Zeit für sich selbst, da Edward ständig unterwegs war. Im ganzen Land führte er vertrauliche Einstellungsgespräche für Omni Pharmaceuticals. Doch während seiner Reisen vergaß er nie, Kim anzurufen. Trotz seines engen Terminplans telefonierten sie jeden Abend gegen zehn Uhr, kurz bevor sie schlafen ging. Er schickte ihr auch weiterhin Blumen, allerdings nicht mehr ganz so große Sträuße. Jeden Tag erhielt sie eine einzelne Rose – eine Geste, die Kim für etwas angemessener hielt.

Langweilig war ihr nie. Abends las sie über die Hexenprozesse von Salem und die Puritaner. Außerdem fuhr sie jeden Tag nach Salem, um die Baustelle zu besichtigen. Die Arbeiten gingen unglaublich schnell voran. An der alten Mühle arbeiteten zwar erheblich mehr Handwerker als im Cottage, doch auch damit ging es zügig voran; die Maler begannen schon mit dem Endanstrich, bevor alle Tischlerarbeiten erledigt waren.

Zu Kims Überraschung war ihr Vater offensichtlich beeindruckt. Für ihn stand allerdings nicht die Restaurierung des schönen, alten Cottage im Vordergrund; vielmehr war er stolz auf sie, weil sie die alte Mühle umbaute und als Labor vermieten wollte. Kim klärte ihn nicht darüber auf, daß sie mit diesem Projekt eigentlich nichts zu tun hatte und es auch nicht ihre Idee gewesen war.

Immer wenn sie zu dem Anwesen hinausfuhr, stöberte sie auch ein bißchen in den verstaubten Dokumenten herum. Doch sie förderte nichts mehr Interessantes zutage. Am Donnerstag, dem 11. August, faßte sie schließlich den Entschluß, mit dem Brief von Increase Mather nach Boston zu fahren; sie wollte ihn der Harvard University vorlegen.

Am 12. August ging sie nach der Arbeit zur Ecke Charles Street/Cambridge Street und stieg die Treppen zur MTA-Station hinauf. Allerdings hatte sie nur wenig Hoffnung, das mysteriöse Beweisstück ausgerechnet in der Universität zu finden. Sie konnte sich kaum vorstellen, daß die Uni derlei obskure Exponate über einen so langen Zeitraum aufbewahrte.

Während sie auf den Zug wartete, war sie kurz davor, ihr Vorhaben wieder abzublasen. Doch dann machte sie sich klar, daß sie gar keine andere Wahl hatte. Sie zwang sich, die Sache durchzuziehen – was auch immer auf sie zukommen mochte.

Da Edward die Widener-Bibliothek erwähnt hatte, wollte sie ihr Glück zuerst dort versuchen. Sie stieg die breite Treppe hinauf und ging zwischen zwei imposanten Säulen hindurch. Sie war nervös und mußte sich ständig Mut machen, um nicht doch noch einen Rückzieher zu machen. An der Information trug sie ihr Anliegen eher vage vor: Sie bat darum, mit jemandem sprechen zu können, der für die Betreuung sehr alter Objekte zuständig sei. Man schickte sie in das Büro von Mary Custland.

Mary Custland war eine dynamische Frau Ende Dreißig; sie trug ein modisches, dunkelblaues Kostüm, eine weiße Bluse und einen bunten Schal. Sie entsprach ganz und gar nicht der Vorstellung, die Kim von einer typischen Bibliothekarin hatte. Ihr offizieller Titel lautete »Kustos für seltene Bücher und Manuskripte«. Zu Kims Erleichterung erwies sie sich als eine angenehme und freundliche Frau.

Kim nahm den Brief aus ihrer Tasche und reichte ihn Mary; dabei erwähnte sie, daß sie eine Nachfahrin des Empfängers sei.

Als sie gerade zu weiteren Erklärungen ausholen wollte, wurde sie von Mary unterbrochen.

»Entschuldigen Sie bitte«, sagte sie überrascht. »Da ist ja ein Brief von Increase Mather!« Während sie sprach, ließ sie ehrfürchtig ihre Finger über das Papier gleiten.

»Das wollte ich Ihnen ja gerade erklären«, sagte Kim.

»Dann hole ich am besten Catherine Sturburg hinzu«, schlug Mary vor. Sie legte den Brief vorsichtig auf ihre Schreibtischunterlage und griff zum Telefon. Während sie darauf wartete, daß am anderen Ende jemand den Hörer abnahm, erklärte sie Kim, daß Catherine eine Spezialistin für Überlieferungen aus dem siebzehnten Jahrhundert sei und sich insbesondere für Increase Mather interessiere.

Noch während Kim erzählte, wo sie den Brief gefunden hatte, betrat Catherine das Zimmer. Sie war schon etwas älter, hatte graue Haare und trug eine Lesebrille. Mary machte die beiden Frauen miteinander bekannt und zeigte ihrer Kollegin den Brief.

Catherine hielt den Brief vorsichtig zwischen ihren Fingerspitzen und begann zu lesen. Jetzt erst wurde Kim bewußt, wie unbekümmert sie im Gegensatz zu den Bibliothekarinnen mit den alten Papieren umgegangen war.

»Was halten Sie davon?« fragte Mary, nachdem ihre Kollegin den Brief durchgelesen hatte.

»Er ist auf jeden Fall echt«, erwiderte Catherine. »Das kann ich aufgrund der Handschrift und der Syntax mit Sicherheit sagen. Interessanterweise wird sowohl auf William Brattle als auch auf John Leverett Bezug genommen. Aber um was für ein Beweisstück mag es in dem Brief gehen?«

»Deswegen bin ich gekommen«, erklärte Kim. »Eigentlich wollte ich nur etwas mehr über meine Vorfahrin Elizabeth Stewart erfahren, doch im Laufe meiner Recherchen hat sich herausgestellt, daß das nur möglich ist, wenn ich dieses Rätsel löse. Da das Beweisstück der Harvard University zur Aufbewahrung übergeben wurde, hoffe ich, daß Sie mir vielleicht weiterhelfen können.«

»Wissen Sie, was es mit dieser Anspielung auf die Hexerei auf sich hat?« fragte Mary.

Kim erklärte ihr, daß Elizabeth während der Hexenprozesse in

Salem aufgrund jenes mysteriösen Beweismittels verurteilt worden war.

»Natürlich«, sagte Catherine. »Anhand des Datums hätte mir die Verbindung zu den Hexenprozessen auch selbst auffallen können.«

»Als Mather das zweite Mal auf das Beweisstück Bezug nimmt, nennt er es ›Elizabeths Hinterlassenschaft‹«, stellte Mary fest. »Ich finde diese Ausdrucksweise ziemlich merkwürdig. Es könnte bedeuten, daß Elizabeth etwas Anstoßerregendes hergestellt oder erworben hat.«

Kim nickte. Sie erzählte den beiden Frauen von ihrer Vermutung, daß das Beweisstück vielleicht ein Buch oder ein Pamphlet sei; aber natürlich käme auch alles andere in Frage, das man damals mit Hexerei oder Magie in Verbindung gebracht habe.

»Es könnte auch eine Puppe gewesen sein«, sagte Mary.

»Daran habe ich auch schon gedacht«, stimmte Kim ihr zu.

Die beiden Bibliothekarinnen berieten sich kurz miteinander, und dann setzte sich Mary an ihr Terminal und gab den Namen »Elizabeth Stewart« ein.

Als eine lange Liste auf dem Monitor erschien, schöpfte Kim neue Hoffnung. Doch die sollte nicht lange anhalten. Von den aufgelisteten Elizabeth Stewarts war keine mit ihr verwandt, und außerdem hatten sie alle im neunzehnten oder zwanzigsten Jahrhundert gelebt.

Mary versuchte es mit »Ronald Stewart« und kam zu dem gleichen Ergebnis: keinerlei Hinweise auf das siebzehnte Jahrhundert. Schließlich gab sie den Namen »Increase Mather« ein; über ihn gab es massenhaft Material. Doch als sie den Computer nach der Verbindung zwischen Increase Mather und der Stewart-Familie befragte, bekam sie wiederum keine Daten.

»Das überrascht mich gar nicht«, sagte Kim. »Ich hatte von Anfang an keine Hoffnung, daß wir etwas finden würden. Hoffentlich habe ich Sie nicht zu sehr belästigt.«

»Ganz im Gegenteil«, widersprach Catherine. »Ich freue mich, daß Sie uns diesen Brief gezeigt haben. Wenn Sie nichts dagegen haben, würden wir ihn gerne kopieren und das kostbare Stück in unser Archiv aufnehmen.«

»Selbstverständlich können Sie ihn kopieren«, sagte Kim.

»Wenn ich mein Recherchen einmal beendet habe, möchte ich den Brief gerne der Bibliothek überlassen.«

»Das wäre wirklich sehr großzügig«, erwiderte Mary.

»Da ich mich hier im Archiv am meisten für Increase Mather interessiere, bin ich gerne bereit, auch in meinen umfangreichen Aktenordnern noch einmal nach dem Namen Elizabeth Stewart zu suchen«, versprach Catherine. »Mather hat ja in seinem Brief ausdrücklich bestätigt, daß das Beweisstück der Universität zur Aufbewahrung gegeben wurde; so müßte eigentlich irgendwo ein Hinweis darauf zu finden sein. Während der Hexenprozesse hat es hier hitzige Debatten über die sogenannte spirituelle Beweisführung gegeben; darüber haben wir jede Menge Informationen. Ich glaube, daß Mather in Ihrem Brief indirekt auf dieses Thema eingeht. Es gibt also ein Fünkchen Hoffnung, daß ich doch noch etwas finde.«

»Ich bin für jeden Versuch dankbar«, sagte Kim und gab den beiden Frauen ihre private und ihre dienstliche Telefonnummer.

»Aber machen Sie sich nicht zuviel Hoffnungen«, sagte Mary. »Wir sollten Sie wohl noch darauf hinweisen, daß die Chancen minimal sind. Am 24. Januar 1764 hat hier ein großes Feuer gewütet; das ganze Gebäude ging in Flammen auf, und alles wurde zerstört. Es war die größte Katastrophe seit Gründung dieser Bibliothek. Außer Büchern und Bildern haben wir auch eine Kollektion von ausgestopften Tieren verloren und eine ganz besondere Sammlung, die man damals als ›Fundgrube von Kuriositäten‹ bezeichnet hat.«

»Das klingt ja ganz so, als hätte man dort okkultistische und anrüchige Objekte gesammelt«, warf Kim ein.

»Mit Sicherheit«, erwiderte Mary. »Es ist sogar sehr wahrscheinlich, daß das, wonach Sie suchen, Bestandteil dieser mysteriösen Sammlung gewesen ist; doch das werden wir leider nie erfahren. Der Katalog über die Sammlung ist bei dem Feuer ebenfalls verbrannt.«

»Aber vielleicht stoße ich ja trotzdem noch auf irgendeinen Hinweis«, versuchte Catherine Kim ein bißchen Mut zu machen. »Ich werde jedenfalls mein Bestes tun.

Kim verließ die Bibliothek und nahm die U-Bahn zurück zur Charles Street. Sie holte ihr Auto aus der Tiefgarage des Krankenhauses und fuhr direkt zum Flughafen, um Edward abzuholen, den sie von der Westküste zurückerwartete.

Das Flugzeug landete pünktlich, und da Edward nur Handgepäck hatte, konnten sie das Flughafengebäude zügig verlassen.

»Es hätte gar nicht besser laufen können«, berichtete er, während sie zum Parkplatz gingen. Er war bestens gelaunt. »Von meinen Favoriten hat nur ein einziger das Angebot ausgeschlagen. Ansonsten waren alle, mit denen ich gesprochen habe, hellauf begeistert. Alle denken, daß Ultra ein ganz großer Renner wird.«

»Wie weit weihst du die Leute denn ein?« fragte Kim.

»Bevor sie sich nicht verpflichtet haben, bei Omni mitzuarbeiten, verrate ich ihnen fast gar nichts. Ich will ja kein Risiko eingehen. Aber selbst wenn ich nur ein paar allgemeine Dinge erzähle, sind alle so begeistert von dem Projekt, daß ich noch nicht viel Aktienkapital aus der Hand geben mußte, um die Leute zu ködern. Bisher mußte ich erst vierzigtausend Aktien weggeben.«

Kim wußte zwar nicht genau, wovon er redete, aber sie fragte auch nicht nach. Schließlich erreichten sie ihr Auto. Edward verstaute seine Reisetasche im Kofferraum, und sie fuhren los.

»Wie geht es denn in Salem voran?« wollte Edward wissen.

»Gut«, erwiderte Kim anteilslos.

»Du wirkst ein bißchen deprimiert«, sagte Edward besorgt.

»Ja, stimmt«, erwiderte Kim. »Ich war heute nachmittag in der Universität gewesen, um nach dem Beweisstück zu fragen.«

»Sag bloß nicht, man hat dich dort schlecht behandelt«, sagte Edward.

»Nein, die Leute waren sehr hilfsbereit«, entgegnete Kim. »Aber sie hatten schlechte Nachrichten für mich. 1764 hat es in der Harvard University ein großes Feuer gegeben. Die ganze Bibliothek ist in Flammen aufgegangen, und unter anderem wurde auch eine Sammlung zerstört, die man damals als ›Fundgrube von Kuriositäten‹ bezeichnet hat. Auch der Katalog ist verbrannt; und jetzt weiß niemand mehr, was die Sammlung alles enthalten hat. Ich fürchte, das Beweisstück, nach dem wir suchen, hat sich buchstäblich in Rauch aufgelöst.«

»Dann bleibt dir wohl nichts anderes übrig, als in der Burg weiterzusuchen.«

»Ja, leider«, sagte Kim resigniert. »Das Problem ist nur, daß ich längst nicht mehr so begeistert bin wie am Anfang.«

»Wie kommt's?« wollte Edward wissen. »Es muß dir doch mächtig Auftrieb gegeben haben, als du die Briefe von Mather und Sewall gefunden hast.«

»Hat es ja auch«, bestätigte Kim. »Aber die Wirkung läßt allmählich nach. Seit dieser Entdeckung habe ich fast dreißig Stunden in der Burg verbracht und nicht einen einzigen weiteren Brief aus dem siebzehnten Jahrhundert gefunden.«

»Ich habe dir ja gleich gesagt, daß es kein Zuckerschlecken werden würde«, erinnerte Edward sie.

Kim schwieg. Das letzte, was sie im Moment brauchen konnte, waren Sprüche wie »Ich habe dir ja gleich gesagt«.

Sie waren noch nicht richtig in der Wohnung, als Edward schon ans Telefon stürzte und Stantons Nummer wählte. Er nahm sich nicht einmal Zeit, sein Jackett auszuziehen. Kim hörte beiläufig zu, was er über seine erfolgreichen Einstellungsgespräche zu berichten hatte.

»Nur gute Nachrichten«, rief er, nachdem er aufgelegt hatte. »Stanton hat die viereinhalb Millionen für Omni so gut wie zusammen, und das Patentverfahren hat er auch schon in Gang gebracht. Es geht mit Vollgas voran.«

»Das freut mich für dich«, sagte Kim mit einem Lächeln und seufzte.

## Kapitel 10

*Freitag*, 26. August 1994

Die letzten Augusttage verflogen im Nu. Die Arbeiten in Salem schritten in einem rasanten Tempo voran; vor allem das Labor, in dem Edward inzwischen beinahe seine gesamte Zeit verbrachte, machte schnelle Fortschritte. Jeden Tag trafen neue Teile der technischen Ausrüstung ein und sorgten für hektische Betriebsamkeit, da sie alle ordnungsgemäß aufgebaut, installiert und teilweise auch besonders abgeschirmt werden mußten.

Edward sprudelte über vor Aktivität und wollte am liebsten alles selbst erledigen. Einmal spielte er den Architekten, das nächste Mal war er Elektriker, und schließlich übernahm er die Aufgaben des Bauunternehmers, als er auch noch die Konstruktion des Notausgangs für das Labor selbst in die Hand nahm. All das nahm soviel Zeit in Anspruch, daß er seine Verpflichtungen in der Universität immer stärker vernachlässigte.

Da er nicht nur einen Forschungs-, sondern auch einen Lehrauftrag hatte, drohte ihm Ungemach; das Problem spitzte sich zu, als sich einer seiner Doktoranden beschwerte. Er hatte sich bei der Universitätsverwaltung darüber beklagt, daß Edward nie zu erreichen war. Edward war fuchsteufelswild geworden und hatte den Studenten aus seinem Projekt entlassen.

Doch damit war das Problem nicht aus der Welt. Der Student war ebenfalls erzürnt und verlangte bei der Verwaltung eine Wiedergutmachung. Die Verwaltung wandte sich daraufhin an Edward, doch der dachte gar nicht daran, sich bei dem Studenten zu entschuldigen oder ihn wieder in seinem Labor zuzulassen. Als Folge des Streits stand Edward fortan mit der Verwaltung auf Kriegsfuß.

Als dann die Lizenzabteilung der Harvard University von seiner Beteiligung an der Firma Omni Pharmaceuticals Wind bekam, war das Maß voll. Zudem war den Experten von der Lizenzabteilung das beunruhigende Gerücht zu Ohren gekommen, daß jemand ein Patent auf eine neue Klasse von Molekülen angemeldet hatte. Sie reagierten zunächst mit einer Reihe von Briefen, in denen sie Edward um eine Stellungnahme baten, doch der zog es vor, die Briefe zu ignorieren.

Die Universität war in einer schwierigen Situation.

Einerseits wollte sie Edward nicht verlieren, denn auf dem Gebiet der modernen Biochemie war er eine Kapazität und einer der gefragtesten Wissenschaftler überhaupt. Andererseits konnte die Universität nicht einfach über seinen Verstoß hinwegsehen, denn schließlich ging es ums Prinzip.

Der Druck, dem Edward nun ausgesetzt war, ging nicht spurlos an ihm vorbei. Am schlimmsten war, daß alles zusammenkam: der Streß und die Aufregung um Omni, die vielversprechende Entwicklung von Ultra und die täglichen Probleme auf der Baustelle.

Als Kim merkte, daß Edward langsam zusammenzubrechen drohte, versuchte sie ihm das Leben ein bißchen zu erleichtern. Sie übernachtete nun fast täglich bei ihm und hatte nach und nach, ohne daß er sie darum gebeten hatte, zahlreiche häusliche Pflichten übernommen: Sie bereitete das Abendessen, fütterte den Hund, und manchmal machte sie sogar sauber oder wusch die Wäsche.

Leider nahm Edward nichts von ihren Bemühungen wahr. Seitdem sie regelmäßig bei ihm übernachtete, schenkte er ihr auch keine Blumen mehr – das wäre ihr allerdings in der Tat übertrieben vorgekommen. Was sie jedoch vermißte, war die Aufmerksamkeit, die er ihr durch seine kleinen Geschenke demonstriert hatte.

Als Kim am Freitag Feierabend machte, dachte sie über ihre Situation nach; es war der 26. August. Weder sie noch Edward hatten bisher über den Umzug gesprochen, dabei blieben ihnen gerade noch fünf Tage Zeit, bis sie ihre Wohnungen verlassen mußten. Sie hatte sich bisher gescheut, das Thema anzusprechen, und immer darauf gewartet, daß Edward den Anfang machte.

Auf dem Nachhauseweg hielt sie an einem Lebensmittelgeschäft, um für das Abendessen einzukaufen. Sie suchte etwas aus, von dem sie wußte, daß Edward es gerne mochte. Außerdem kaufte sie eine Flasche Wein, um ihm eine besondere Freude zu bereiten. Edward hatte versprochen, gegen sieben zu Hause zu sein.

Doch es wurde sieben, und niemand kam. Kim nahm den Reis vom Herd, und als Edward um halb acht noch immer nicht da war, deckte sie eine Folie über den Salat und stellte ihn in den Kühlschrank.

Um acht kam Edward endlich.

»So ein verdammter Mist!« rief er, während er die Tür mit einem kräftigen Stoß hinter sich zutrat. »Ich nehme alles zurück, was ich jemals Lobendes über deinen Bauunternehmer gesagt habe. Der Typ ist total unfähig! Heute nachmittag hätte ich ihm glatt eine runterhauen können. Er hatte mir fest versprochen, daß heute die Elektroinstallationen gemacht würden, und was ist passiert? Nichts!«

Kim sagte nichts dazu und versuchte ihn statt dessen mit der

Ankündigung aufzuheitern, daß ein leckeres Abendessen auf ihn warte. Edward grummelte nur etwas Unverständliches und verschwand im Badezimmer. Währenddessen wärmte Kim den Reis in der Mikrowelle auf.

»Das ganze verdammte Labor wäre in kürzester Zeit funktionsfähig, wenn diese Schwachköpfe ihre Arbeit besser koordinieren könnten«, fluchte er aus dem Badezimmer.

Kim schenkte zwei Gläser Wein ein und nahm sie mit ins Schlafzimmer. Als Edward aus dem Bad kam, reichte sie ihm sein Glas. Er nahm es wortlos und trank.

»Ich will doch nicht mehr als endlich mit der Arbeit beginnen«, sagte er. »Aber wie es scheint, will mir alle Welt einen Strich durch die Rechnung machen.«

»Wir müssen noch etwas anderes besprechen«, begann Kim zögernd. »Auch wenn es dir im Moment vielleicht nicht paßt. Aber eigentlich paßt es dir ja nie. Wir müssen dringend überlegen, wie wir unseren Umzug organisieren wollen. Der erste September steht fast vor der Tür. Ich versuche schon seit Wochen, mit dir darüber zu reden.«

Diese Bemerkung brachte bei Edward das Faß zum Überlaufen. Er explodierte. In einem Anfall unkontrollierter Wut schmetterte er sein volles Weinglas in den Kamin, wo es in tausend Scherben zerbrach. »Daß du mir jetzt auch noch Druck machst, hat mir gerade noch gefehlt!« brüllte er.

In diesem Moment wirkte er regelrecht bedrohlich; mit weit aufgerissenen Augen und zitterndem Kinn stand er vor Kim und hatte sichtlich Mühe, seine Hände ruhig zu halten. An seinen Schläfen waren ihm vor Aufregung die Adern hervorgetreten.

»Es tut mir leid, das wollte ich nicht«, versuchte Kim ihn zu besänftigen. Sie war so erschrocken, daß sie sich nicht zu regen wagte. Diese Seite von Edward war ihr völlig neu. Plötzlich wurde ihr bewußt, wie groß und kräftig er war und was er ihr antun könnte, wenn er seine Selbstbeherrschung verlöre.

Kim ging in die Küche und machte sich an den Töpfen zu schaffen. Als sie den ersten Schock überwunden hatte, beschloß sie, die Wohnung sofort zu verlassen. Sie schaltete den Herd aus und schlich durch das Wohnzimmer zur Ausgangstür. Doch dann blieb sie abrupt stehen. Edward stand in der Tür und verbaute ihr den

Weg. Zu ihrer Erleichterung hatten sich seine Gesichtszüge inzwischen jedoch total verändert. Die Wut war aus seinen Augen gewichen; statt dessen wirkte er verwirrt und traurig.

»Es tut mir so leid«, sagte er. Er stotterte so heftig, daß ihn jedes einzelne Wort Mühe kostete. »Ich weiß wirklich nicht, was in mich gefahren ist. Wahrscheinlich bin ich im Moment einfach überlastet. Aber eine Entschuldigung ist das natürlich nicht. Ich schäme mich. Bitte, verzeih mir.«

Seine hilflose Offenheit verschlug Kim die Sprache. Sie lief zu ihm und schmiegte sich in seinen Arm. Gemeinsam gingen sie ins Wohnzimmer und setzten sich aufs Sofa.

»Zur Zeit läuft einfach alles gegen mich«, jammerte er. »In Harvard machen sie mich verrückt, dabei würde ich nichts lieber tun, als mich endlich auf die Entwicklung von Ultra zu stürzen. Eleanor arbeitet so gut wie möglich weiter an unserem Projekt; sie hat ständig positive Ergebnisse. Und ich Narr habe nichts Besseres zu tun, als meinen Frust an dir auszulassen.«

»Ich war auch ziemlich gereizt«, gab Kim zu. »Ich habe einen Horror vor Umzügen. Und dann kommt hinzu, daß ich langsam fürchte, von Elizabeth besessen zu sein.«

»Und ich bin dir überhaupt keine Hilfe gewesen«, sagte Edward. »Du glaubst gar nicht, wie leid mir das tut. Wir sollten uns versprechen, ab sofort ein bißchen feinfühliger miteinander umzugehen.«

»Eine wunderbare Idee«, stimmte Kim ihm zu.

»Ich hätte ja auch mal an den Umzug denken können«, räumte Edward ein. »Schließlich bist du nicht allein dafür verantwortlich. Wann würdest du die Sache denn am liebsten über die Bühne bringen?«

»Ich weiß nur, daß beide Wohnungen am ersten September leer sein müssen«, erwiderte Kim.

»Wie wär's dann mit dem einunddreißigsten?« schlug Edward vor.

*Mittwoch, 31. August 1994*

Am Tag ihres Umzugs stand Kim schon im Morgengrauen auf. Um halb acht stand der Möbelwagen vor ihrer Wohnung, um ihre Sachen aufzuladen. Anschließend fuhr er nach Cambridge, um Edwards Möbel abzuholen. Als der letzte Stuhl verstaut war, platzte das Auto aus allen Nähten.

Kim und Edward fuhren mit ihren eigenen Autos nach Salem; bei sich hatten sie nur ihre Haustiere. Als sie ankamen, trafen sich Sheba und Buffer zum ersten Mal. Da sie in etwa gleich groß waren, endete ihr Begrüßungskampf mit einem Unentschieden. Von da an ignorierten sie sich.

Als die Packer begannen, die Möbel ins Cottage zu tragen, machte Edward einen überraschenden Vorschlag: Er wollte getrennte Schlafzimmer haben.

»Warum denn das?« wollte Kim wissen. Sie war ziemlich perplex.

»Weil ich in der letzten Zeit unter Schlafstörungen leide«, erklärte Edward. »Seitdem ich soviel um die Ohren habe, komme ich nachts einfach nicht mehr richtig zur Ruhe. Wenn wir getrennte Schlafzimmer haben, kann ich mitten in der Nacht das Licht anmachen und lesen.«

»Das würde mich überhaupt nicht stören«, versuchte Kim ihn umzustimmen.

»Du hast doch die letzten Nächte in deinem eigenen Apartment verbracht«, sagte Edward. »Hast du da nicht besser geschlafen?«

»Nein«, erwiderte Kim.

»Okay, dann unterscheiden wir uns in dieser Hinsicht eben ein bißchen. Ich habe jedenfalls besser geschlafen. Wenn ich weiß, daß ich dich nicht störe, bin ich entspannter. Außerdem will ich ja nur vorübergehend ein eigenes Zimmer haben. Sobald im Labor alles läuft und sich die Dinge ein bißchen eingespielt haben, bin ich sicher wieder lockerer. Dann können wir wieder im gleichen Zimmer schlafen. Das verstehst du doch, nicht wahr?«

»In Ordnung«, resignierte Kim und bemühte sich, ihre Enttäuschung zu verbergen.

Das Ausladen der Sachen ging verhältnismäßig schnell, und

schon bald glich das Cottage einem riesigen Abstellager. Überall standen Kisten und Möbel herum. Als der Lastwagen leer war, bestätigte Kim mit ihrer Unterschrift, daß der Umzug ordnungsgemäß abgewickelt worden war, und sah dem davonfahrenden Lastwagen nach.

Der Wagen war gerade hinter den Bäumen verschwunden, als ein Mercedes über das Feld in ihre Richtung kam. Beim Näherkommen erkannte sie, daß es Stantons Auto war. Sie rief zu Edward hinauf, daß er Besuch habe.

»Wo ist Edward?« fragte Stanton knapp, ohne sich mit seinen üblichen Begrüßungsritualen aufzuhalten.

»Er ist oben«, antwortete Kim und zeigte über ihre Schulter.

Stanton stürmte an ihr vorbei und brüllte zu Edward hinauf, daß er sofort herunterkommen solle. Er wartete im Wohnzimmer, die Hände in die Hüften und ungeduldig mit dem rechten Fuß auf dem Boden trommelnd. Er schien ziemlich aufgebracht zu sein.

»Los, komm runter, Edward!« brüllte Stanton noch einmal. »Wir müssen reden.«

Schließlich erschien Edward auf dem oberen Treppenabsatz. »Hast du ein Problem?« fragte er, während er langsam die Stufen herunterkam.

»Nein, eigentlich nicht«, erwiderte Stanton sarkastisch. »Ich bin nur völlig baff, wie schnell du unser ganzes Kapital durchbringst! Das Labor kostet ja ein Vermögen! Was treibst du da eigentlich? Läßt du euren Lokus mit Diamanten verzieren?«

»Kannst du vielleicht mal ein bißchen konkreter werden?« forderte Edward ihn vorsichtig auf.

»Ich meine das ganze Projekt«, erklärte Stanton. »Man könnte ja meinen, du hättest bisher für das Pentagon gearbeitet. Egal, was du auch bestellst – es muß immer das teuerste sein.«

»Wer erstklassige Experimente durchführen will, braucht eine erstklassige Ausrüstung«, entgegnete Edward. »Das habe ich dir doch klipp und klar gesagt, als wir die Firma geplant haben. Du glaubst doch wohl nicht im Ernst, daß man ein solches Labor zu Flohmarktpreisen einrichten kann.«

Kim beobachtete die beiden. Je länger sie sich stritten, desto weniger Sorgen machte sie sich um Edward. Er kochte zwar vor Wut, aber er hatte sich eindeutig unter Kontrolle.

»Okay«, sagte Stanton. »Vergessen wir die Kosten für das Labor für einen Moment. Leg mir statt dessen einen detaillierten Zeitplan vor, aus dem ersichtlich ist, wann wir mit der Zulassung von Ultra rechnen können. Ich will alles noch einmal durchrechnen und wissen, wann endlich Geld reinkommt und nicht nur verpulvert wird.«

Edward schaute ihn entgeistert an. »Das Labor ist noch nicht einmal fertig eingerichtet, und du willst uns schon eine Deadline setzen? Damals im Restaurant haben wir uns doch ausführlich darüber unterhalten, wie lange es dauert, eine Zulassung zu bekommen. Hast du das schon wieder vergessen?«

»Jetzt hör mir mal zu, du kleiner Klugscheißer«, giftete Stanton. »Das Risiko für dieses Unternehmen lastet allein auf meinen Schultern. Und du machst es mir verdammt schwer, wenn du das Geld mit beiden Händen zum Fenster rausschmeißt.«

Stanton wandte sich an Kim, die noch immer regungslos in einer Ecke des Wohnzimmers stand. »Bitte, Kim«, forderte er sie auf, »erzähl du diesem verbohrten Holzkopf doch mal, wie wichtig es für die Gründung eines neuen Unternehmens ist, vernünftig mit Geld umzugehen.«

»Laß sie daraus!« brüllte Edward hysterisch.

Stanton merkte, daß er den Bogen überspannt hatte. Bevor Edward ausrastete, schlug er schnell einen versöhnlicheren Ton an.

»Laß uns noch mal ganz ruhig über die Sache reden«, schlug er vor und hob beschwichtigend die Hände. »Du mußt doch einsehen, daß ich ein Recht darauf habe, wenigstens ungefähr zu wissen, was du in diesem Superlabor vorhast. Schließlich verschlingt es einen Haufen Geld, und ich muß zumindest in etwa voraussehen können, wie hoch unser Finanzbedarf sein wird.«

Edward atmete laut aus und beruhigte sich ein wenig. »Wenn du wissen willst, was wir in dem Labor anstellen werden, klingt das schon etwas anders. Eben bist du hier reingeplatzt und wolltest auf der Stelle von mir wissen, wann wir die Zulassung für Ultra in der Tasche haben.«

»Tut mir leid, daß ich so ein Trampel bin«, entschuldigte sich Stanton. »Aber ich habe im Moment einen ziemlichen Bammel. Ich habe noch nie mein ganzes Geld in eine einzige Firma investiert und dann mit ansehen müssen, wie es in Windeseile ausgegeben wird.«

»Du hast dein Geld auf jeden Fall klug investiert«, beruhigte Edward ihn. »Bald werden wir beide Milliardäre sein. Ultra ist eine Wahnsinnsentdeckung. Da bin ich mir absolut sicher. Komm mal mit, ich zeige dir das Labor. Das wird dich etwas beruhigen.«

Kim seufzte erleichtert, als sie den beiden Männer nachsah, die einträchtig über das Feld zum Labor hinübergingen. Stanton hatte sogar seinen Arm um Edwards Schulter gelegt. Dann sah sie sich in ihrem neuen Zuhause um. Zu ihrer eigenen Überraschung regte sie das Umzugschaos nicht im geringsten auf. Statt dessen spürte sie in der Stille des Cottage ganz plötzlich die Nähe von Elizabeth; wieder hatte sie das deutliche Gefühl, daß sie versuchte, mit ihr Kontakt aufzunehmen. Doch sosehr sie sich auch bemühte – sie konnte sich keinen Reim darauf machen, was Elizabeth ihr mitteilen wollte. Aber sie hatte in diesem Moment keinen Zweifel, daß ein Teil von Elizabeth in ihr selbst weiter existierte und daß ihr neues Zuhause in gewisser Weise immer noch das ihrer Vorfahrin war.

Während Kim darüber nachdachte, schauderte sie. Irgendwie schien die Botschaft von Elizabeth etwas Bedrohliches zu enthalten.

Ohne sich um die vorrangigen Aufgaben zu kümmern, riß Kim hastig das restaurierte Portrait Elizabeths aus der Verpackung und hängte es über den Kamin. Da die Wände frisch gestrichen waren, war die alte Stelle nicht mehr zu erkennen. Kim schätzte die Höhe ab; sie wollte es genau an dem Platz aufhängen, an dem es auch schon vor dreihundert Jahren die Wand geziert hatte.

Sie ging einen Schritt zurück und betrachtete das Portrait. Schockiert stellte sie fest, wie lebendig es plötzlich wirkte. In besserem Licht hatte sie das Gemälde für primitiv gehalten. Doch in dem nachmittäglichen Dämmerlicht, das zu dieser Stunde ins Cottage fiel, wirkte es gänzlich anders. Im Schatten der Nachmittagssonne leuchteten die grünen Augen Elizabeths eindringlich.

Ein paar Minuten blieb Kim wie gebannt in der Mitte des Raumes stehen und starrte das Bild an; in gewisser Weise war es so, als würde sie in einen Spiegel sehen. Während sie in Elizabeths Augen blickte, spürte Kim intensiver denn je, daß ihre Vorfahrin versuchte, über die Jahrhunderte hinweg Kontakt zu ihr aufzunehmen.

Das Portrait strahlte etwas Mystisches aus, das sie dazu brachte, alle Kisten unausgepackt stehenzulassen und in die Burg hinüberzufahren. Trotz der vielen frustrierenden und unergiebigen Stunden, die sie schon in ihre Recherche gesteckt hatte, verspürte sie plötzlich den unwiderstehlichen Drang, es noch einmal zu versuchen. Elizabeths Portrait hatte ihre Neugier wieder entfacht. Sie wollte alles daransetzen, die Vergangenheit ihrer geheimnisvollen Vorfahrin zu ergründen.

Voller Elan erklomm sie die Stufen zum Dachboden. Es kam ihr vor, als würde sie von übernatürlichen Kräften geleitet. Schnurstracks steuerte sie auf einen alten Überseekoffer zu.

Das erste Buch, das sie in die Hand nahm, enthielt ein Verzeichnis über verschiedene Schiffsinventare. Es stammte aus dem Jahr 1862. Direkt darunter lag ein größeres, primitiv gebundenes Notizbuch, an dem ein Brief klemmte. Der Brief war an Ronald Stewart adressiert!

Sie erinnerte sich, mit welcher Sorgfalt die Bibliothekarinnen der Harvard University den Brief von Increase Mather angefaßt hatten; deshalb bemühte sie sich, das Papier nun ebenfalls nur noch mit den Fingerspitzen zu berühren. Das vergilbte Blatt ließ sich kaum auseinanderfalten. Es war nur eine kurze Notiz. Als Kim einen Blick auf das Datum warf, schwand ihre Vorfreude wieder dahin. Der Brief war aus dem achtzehnten Jahrhundert.

16. April 1726
Boston

Lieber Vater,
in Beantwortung Deiner Anfrage möchte ich Dir mitteilen, daß es meiner Einschätzung nach weder im Interesse unserer Familie noch im Interesse unseres Geschäftes ist, Mutters Grab auf unser Familienanwesen zu verlegen, da die dafür erforderliche Genehmigung für sehr viel Unruhe in Salem Town sorgen würde und die ganze traurige Affäre, die Du so geflissentlich und sorgfältig geheimzuhalten versucht hast, wieder ans Tageslicht käme.

Dein Dich liebender Sohn,
Jonathan

Kim faltete den Brief wieder vorsichtig zusammen und steckte ihn zurück in den Umschlag. Vierunddreißig Jahre nach der Hexenaffäre hatten Ronald und sein Sohn also immer noch Auswirkungen des Dramas für ihre Familie befürchtet; dabei hatte sich die Kolonialregierung zu diesem Zeitpunkt längst in aller Öffentlichkeit für die Hinrichtungen entschuldigt und einen Trauertag angeordnet.

Kim widmete ihre Aufmerksamkeit nun dem alten Notizbuch, das an mehreren Stellen auseinanderbrach. Sie nahm es in die Hand und schlug den Leinendeckel auf. Plötzlich begann ihr Herz zu rasen. Auf der ersten Seite standen die Worte: *Dieses Buch gehört Elizabeth Flanagan, Dezember 1678.*

Kim blätterte vorsichtig weiter und stellte zu ihrer unendlichen Freude fest, daß sie Elizabeths Tagebuch gefunden hatte! Die Eintragungen, die sie hastig überflog, waren zwar kurz und etwas durcheinander, doch das minderte die Aufregung nicht im geringsten.

Damit das Buch nicht völlig auseinanderfiel, umklammerte sie es mit beiden Händen und eilte zu einem der Mansardenfenster, wo das Licht besser war. Sie begann von hinten nach vorne zu blättern; die letzten Seiten waren leer. Als sie beim letzten Eintrag angelangt war, mußte sie leider feststellen, daß dieser zu einem viel früheren Zeitpunkt geschrieben worden war, als sie gehofft hatte. Er war Freitag, den 26. Februar 1692, datiert.

> Diese Kälte scheint kein Ende zu nehmen. Heute hat es noch mehr geschneit. Auf dem Wooleston River ist das Eis so dick, daß man zur Royal Side hinübergehen kann. Ich bin ziemlich in Sorge. Mein Geist ist seit einiger Zeit von einer Krankheit geschwächt; ich leide unter grausamen Anfällen und Krämpfen, die mir Sarah und Jonathan beschrieben haben, nachdem sie vorüber waren. Das gleiche Leiden habe ich auch bei der armen Rebecca, Mary und Joanna beobachtet und natürlich bei Ann Putnam, die ihren ersten Anfall bekommen hat, als sie uns besucht hat. Wenn ich nur wüßte, in welcher Weise ich gegen den allmächtigen Gott gesündigt habe, daß er seine ergebene Dienerin solchen Qualen aussetzt! Ich habe keine Erinnerung an die Anfälle, doch bevor sie beginnen, sehe ich immer Farben,

die mir angst machen, und ich höre seltsame Geräusche, die nicht von dieser Welt zu sein scheinen, und dann verliere ich das Bewußtsein, und wenn ich dann wieder bei Sinnen bin, muß ich meistens feststellen, daß ich am Boden liege; außerdem soll ich um mich geschlagen und unverständliche Dinge gemurmelt haben – das jedenfalls berichten meine Kinder Sarah und Jonathan, die, dem Herrn sei Dank, noch nicht von der Krankheit befallen sind. Oh, wie sehr wünsche ich, daß Ronald hier wäre und nicht auf hoher See! Diese Anfälle plagen mich, seitdem ich die Northfields-Ländereien gekauft habe und der böse Streit mit der Familie von Thomas Putman seinen Anfang nahm. Doktor Griggs steht vor einem Rätsel und hat mich ohne Erfolg immer wieder zu entschlacken versucht. Der Winter ist so grausam und eine solche Mühsal für uns alle! Ich habe große Angst um Hiob, der doch noch so unschuldig ist, und ich habe Angst, daß der Herr mich zu sich rufen wird, bevor mein Werk getan ist. Ich habe mich stets bemüht, Gott zu dienen und unserem Land und der Kirchengemeinde zu helfen; dies tue ich, indem ich Roggenbrot backe, damit wir die Vorräte auffüllen können, die durch den harten Winter und die schlechte Ernte zusammengeschrumpft sind. Schließlich müssen auch all die Flüchtlinge satt werden, die wegen der Indianerüberfälle im Norden zu uns gekommen sind. Ich habe die Gemeindemitglieder ermutigt, sie in ihre Familien aufzunehmen, so wie ich es mit Rebecca Sheafe und Mary Roots getan habe. Ich habe den älteren Kindern beigebracht, wie man Puppen bastelt. Wir schenken sie den verwaisten Flüchtlingskindern, die der Herr uns anvertraut hat, damit die Puppen ihnen helfen mögen, ihre wunden Seelen zu heilen. Ich bete für Ronalds baldige Rückkehr und flehe den Herrn um Hilfe an, daß diese furchtbaren Anfälle aufhören mögen, bevor meine Lebenskraft am Ende ist.

Kim schloß die Augen und atmete tief durch. Sie war überwältigt. Jetzt kam es ihr wirklich so vor, als spräche Elizabeth zu ihr. Trotz der Qualen, unter denen sie gelitten haben mußte, als sie das Tagebuch geschrieben hatte, war deutlich zu erkennen, welch starker Charakter und was für eine Persönlichkeit Elizabeth gewesen war: Sie war fürsorglich, energisch, großzügig, zielstrebig und mutig gewesen. All diese Wesenszüge hätte Kim auch gerne in sich vereint.

Aufmerksam las sie alles noch einmal durch. Erst jetzt wurde ihr die eigentliche Tragik bewußt: Vielleicht hatte Elizabeth durch ihre Großzügigkeit für die schnelle Verbreitung des giftigen Schimmelpilzes gesorgt. Mußte Elizabeth sterben, weil man ihr die Verbreitung des giftigen Pilzes vorgeworfen hatte?

Kim starrte eine Weile aus dem Fenster und dachte über diesen neuen Aspekt nach. Doch sosehr sie sich auch den Kopf zermarterte – ihr fiel nicht ein, wie man Elizabeth für eine Schimmelpilzepidemie hätte verantwortlich machen können. Damals hatte man die Anfälle bestimmt nicht mit dem giftigen Pilz in Verbindung gebracht.

Ratlos wandte sie sich wieder dem Tagebuch zu. Vorsichtig blätterte sie die Seiten um und überflog die weiteren Eintragungen. An den meisten Tagen hatte Elizabeth nur wenige Sätze geschrieben, die aber immer eine knappe Beschreibung des Wetters enthielten.

Kim schlug das Buch noch einmal von vorne auf. Der erste Eintrag datierte vom 5. Dezember 1678; damals war Elizabeths Handschrift noch größer und ungelenker gewesen als vierzehn Jahre später. 1678 war Elizabeth dreizehn Jahre alt gewesen; an jenem Dezembertag, so hatte sie festgehalten, war es eiskalt gewesen und hatte unentwegt geschneit. Kim klappte das Buch wieder zu. Sie war überglücklich, daß sie die alte Kladde gefunden hatte. Sie drückte sie sich wie einen wertvollen Schatz an die Brust und ging zurück zum Cottage. Dort zog sie sich einen Stuhl und einen Tisch in die Mitte des Zimmers und setzte sich. Sie las fasziniert und warf zwischendurch immer wieder einen Blick auf das Portrait. Eine längere Eintragung war auf den 7. Januar 1682 datiert.

Es war ein bewölkter und für die Jahreszeit recht warmer Tag gewesen. Elizabeth schrieb, daß sie an jenem Tag Ronald Stewart geheiratet hatte. Ausführlich schilderte sie das edle Gespann, mit dem sie von Salem Town in ihr neues Zuhause gebracht worden war. Wie Elizabeth ausführte, war es für sie eine riesige Freude und Überraschung gewesen, in ein so schönes Haus ziehen zu dürfen.

Kim lächelte. Während sie die ausführlichen Beschreibungen

der einzelnen Räume und der Einrichtung überflog, rief sie sich in Erinnerung, daß alle Empfindungen, die Elizabeth hier zu Papier gebracht hatte, sich auf dasselbe Haus bezogen, in dem auch für sie selbst ein neuer Lebensabschnitt beginnen sollte. Wenn das kein Zufall war, daß sie das Buch ausgerechnet an ihrem Einzugstag gefunden hatte! Die dreihundert Jahre, die sie von Elizabeth trennten, kamen ihr plötzlich sehr kurz vor.

Als sie weiterblätterte, erfuhr sie, daß Elizabeth schon ein paar Monate nach der Hochzeit schwanger geworden war. Kim seufzte. Was hätte sie in dem Alter – Elizabeth war ja erst siebzehn –, mit einem Kind angefangen? Ihr grauste bei der bloßen Vorstellung, doch Elizabeth war offenbar erstaunlich gut damit zurechtgekommen.

Kim blätterte wieder ein bißchen zurück, bis sie auf einen Eintrag stieß, der ihr besonders interessant erschien. Er war etwas länger als die anderen und datierte vom 10. Oktober 1681. Wie Elizabeth festgehalten hatte, war es ein heißer und sonniger Tag gewesen; ihr Vater war mit einem Heiratsantrag aus Salem Town zurückgekehrt. Weiter hieß es:

> Zuerst war ich ziemlich besorgt wegen dieser seltsamen Angelegenheit, denn ich weiß ja gar nichts über diesen Gentleman. Immerhin redet mein Vater gut über ihn. Vater sagt, ich sei dem Gentleman im September aufgefallen, als er unsere Ländereien besucht hat, um Holz für die Masten und Spiere seiner Schiffe zu beschaffen. Mein Vater sagt, er wolle mir die Entscheidung überlassen, aber ich solle wissen, daß der Gentleman ein äußerst gnädiges Angebot unterbreitet habe: Er wolle unsere ganze Familie nach Salem Town umsiedeln, meinem Vater Arbeit in seiner Firma geben und meine geliebte Schwester Rebecca auf eine Schule schicken.

Ein paar Seiten weiter schrieb Elizabeth:

> Ich habe meinem Vater mitgeteilt, daß ich den Heiratsantrag annehmen werde. Wie sollte ich mich auch anders entscheiden? All die langen Jahre war es unser Schicksal, in dieser armen und kargen Gegend von Andover leben und

> ständig Angst haben zu müssen, von den roten Wilden
> überfallen zu werden. Unseren Nachbarn zu beiden Seiten
> ist Schlimmes widerfahren. Viele sind schon getötet oder
> gefangengenommen und grausam behandelt worden. Ich
> habe mich bemüht, William Paterson alles zu erklären,
> aber er versteht mich nicht, und ich befürchte, daß er nun
> sehr schlecht auf mich zu sprechen ist.

Kim hielt inne und ließ ihren Blick erneut zu Elizabeths Portrait schweifen. Sie war gerührt. Offenbar war ihre damals siebzehnjährige Vorfahrin bereit gewesen, ihre Teenagerliebe aufzugeben, um sich zum Wohl ihrer Familie auf diese Ehe einzulassen. Kim seufzte und fragte sich, wann sie zum letzten Mal so selbstlos gehandelt hatte.

Sie blätterte weiter und suchte nach einem Eintrag, in dem Elizabeth ihre erste Begegnung mit Ronald beschrieb. Nach kurzer Suche fand sie ihn. Am 22. Oktober 1681, einem, wie es hieß, sonnigen Herbsttag, an dem die Bäume ihre ersten Blätter verloren hatten, kam er zu Besuch.

> Heute hat mich mein zukünftiger Ehemann besucht. Ich
> habe Mr. Ronald Stewart in unserer Wohnstube empfangen. Er ist älter, als ich gedacht habe, und hat bereits eine
> kleine Tochter von einer Frau, die an den Pocken gestorben
> ist. Er scheint ein guter Mann zu sein; er hat einen kräftigen Körper und einen starken Willen. Als er hörte, daß die
> Polks, unserer Nachbarn im Norden, vor zwei Nächten von
> den Indianern überfallen wurden, wurde er allerdings
> ziemlich laut. Er besteht darauf, daß wir alle so schnell wie
> möglich umziehen.

Nun wußte sie also, woran Ronalds erste Frau gestorben war; Kim bekam plötzlich Gewissensbisse, weil sie Ronald die schlimmsten Greueltaten zugetraut hatte. Als sie bis zum Jahr 1690 vorblätterte, stieß sie auf weitere Eintragungen, in denen Elizabeth ihre Angst vor Indianerüberfällen und den Pocken festgehalten hatte. Wie sie schrieb, hatten in Boston die Pocken gewütet, und nur fünfzig Meilen nördlich von Salem hatten die roten Wilden weiße Siedler überfallen und alles zerstört.

Das Schlagen der Tür ließ Kim hochfahren. Edward und Stanton waren zurück; Edward hielt die Entwürfe des Architekten in der Hand.

»Hier sieht es ja noch genauso aus wie vorhin«, stellte er mißbilligend fest, während er einen freien Platz für seine Pläne suchte. »Was hast du denn die ganze Zeit gemacht?«

»Ich habe ein Wahnsinnsglück gehabt«, sagte Kim aufgeregt. »Ich habe Elizabeths Tagebuch gefunden!«

»Hier im Cottage?« fragte Edward überrascht.

»Nein, in der Burg.«

»Also, ich finde, wir sollten erst mal das Haus hier in Ordnung bringen, bevor du weiter in den Papieren herumstöberst«, nörgelte Edward. »Du hast doch den ganzen September Zeit, dich in der Burg zu vergraben und weiterzusuchen.«

»Du wirst fasziniert sein, wenn du das hier liest«, sagte Kim, ohne auf seine Bemerkung einzugehen. Vorsichtig blätterte sie zum letzten Eintrag. Dann reichte sie es Edward.

Edward warf die Pläne auf das Tischchen und begann zu lesen. Während er sich in das Tagebuch vertiefte, löste sich sein Ärger allmählich in Luft auf. Er war plötzlich brennend interessiert.

»Du hast recht«, sagte er begeistert und gab das Buch an Stanton weiter. »Diesen Tagebucheintrag kann ich wunderbar als Einführung für einen Artikel in *Nature* oder *Science* verwenden, in dem ich die naturwissenschaftlichen Grundlagen für die mysteriösen Anfälle während der Hexenhysterie in Salem darlegen werde. Was Elizabeth hier schreibt, ist faszinierend. Diese detaillierte Beschreibung der Halluzinationen, unter denen sie gelitten hat – einfach klasse! Zusammen mit den Resultaten der Massenspektrographie ihrer Hirnmasse klärt dieser Tagebucheintrag sämtliche Fragen. Der Fall ist damit eindeutig geklärt.«

»Du willst doch wohl nicht einen Artikel über diesen neuen Schimmelpilz schreiben, bevor wir unser Patent in der Tasche haben?« warf Stanton ein. »Wir gehen auf keinen Fall irgendein Risiko ein, bloß damit du dich vor deinen Forscherkollegen profilieren kannst.«

»Natürlich werde ich noch warten«, beruhigte Edward ihn. »Was glaubst du denn, wer ich bin? Ein Vollidiot?«

»Du hast davon angefangen, nicht ich«, stellte Stanton klar.

Kim nahm Stanton das Tagebuch aus der Hand und zeigte Edward die Stelle, an der Elizabeth beschrieb, wie sie anderen beigebracht hatte, Stoffpuppen zu basteln. »Glaubst du, das könnte ein Anhaltspunkt sein?« fragte sie ihn.

»Du meinst im Hinblick auf das Beweisstück, hinter dem du so verzweifelt her bist?«

Sie nickte.

»Schwer zu sagen«, sagte Edward. »Es kommt mir schon ein bißchen merkwürdig vor. Aber jetzt mal ganz was anderes – ich sterbe vor Hunger. Wie steht's mit dir, Stanton? Möchtest du auch etwas essen?«

»Ich kann immer essen«, erwiderte Stanton.

»Wie steht's, Kim?« fragte Edward. »Kannst du uns nicht schnell was machen? Stanton und ich haben noch einiges zu besprechen.«

»Ich habe eigentlich keine Lust, eure Küchenfee zu spielen«, sagte Kim. Bisher hatte sie es noch nicht einmal geschafft, einen Blick in die neue Küche zu werfen.

»Dann bestellen wir etwas.« Edward begann seine Entwürfe auseinanderzurollen. »Wir sind nicht wählerisch.«

»Mir ist alles recht«, warf Stanton ein.

»Vielleicht könnte ich uns ja ein paar Spaghetti machen«, schlug Kim vor. Für Spaghetti hatte sie alle Zutaten im Haus. Der einzige Raum, in dem nicht das totale Chaos herrschte, war das Eßzimmer. Vor dem Umbau war es die ehemalige Küche gewesen. Der Eßtisch, die Stühle, die Anrichte – alles war an Ort und Stelle.

»Spaghetti wären prima«, sagte Edward.

Mit einem Seufzer der Erleichterung schlüpfte Kim in ihr frisch bezogenes Bett; es war die erste Nacht in ihrem neuen Zuhause. Nachdem sie die Spaghetti gegessen hatten, hatte sie Kisten ausgepackt. Erst vor einer halben Stunde hatte sie aufgehört und sich geduscht. Es gab zwar noch immer jede Menge zu tun, doch das gröbste Chaos war beseitigt. Als Stanton endlich gefahren war, hatte Edward ihr eifrig geholfen.

Kim nahm Elizabeths Tagebuch vom Nachttisch, um noch ein bißchen darin zu lesen. Als sie sich gemütlich zurücklehnte, wurde ihr bewußt, daß sie sich ihren ersten Abend im Cottage ganz anders vorgestellt hatte.

Sie legte das Tagebuch zur Seite und stand auf. Edwards Schlafzimmertür war angelehnt, und das Licht brannte noch. Als sie die Tür aufschob, knurrte Buffer sie drohend an. Kim biß die Zähne zusammen; dieser undankbare Köter ging ihr allmählich auf die Nerven.

»Was ist los?« fragte Edward. Er saß im Bett und hatte die Laborentwürfe um sich ausgebreitet.

»Ich wollte dir nur sagen, daß ich dich vermisse«, sagte Kim. »Bist du sicher, daß wir wirklich getrennt schlafen sollen? Ich habe mir unsere erste Nacht im Cottage eigentlich etwas romantischer vorgestellt.«

Edward schob die Pläne zusammen, klopfte auf die Bettkante und forderte sie auf, sich zu setzen. »Bitte entschuldige. Ich habe es bestimmt nicht böse gemeint. Aber ich glaube, daß es im Moment für uns beide wirklich das beste ist. Meine Nerven sind zum Zerreißen gespannt, und mit meinen Gedanken bin ich permanent im Labor.«

Kim nickte und sah betreten auf ihre Hände. Edward beugte sich vor, um ihren Kopf zu sich herumzudrehen.

»Bist du okay?« wollte er wissen.

Kim nickte wieder, aber sie kämpfte mit den Tränen.

»Es war ein langer Tag«, sagte Edward.

»Ich fühle mich total unwohl«, gestand Kim.

»Warum denn?« fragte Edward.

»Ich weiß es selbst nicht genau«, erwiderte sie. »Vielleicht hat es etwas mit Elizabeth zu tun; immerhin leben wir jetzt in ihrem Haus. Außerdem muß ich dauernd daran denken, daß Elizabeth und ich zum Teil die gleichen Gene haben. Irgendwie spüre ich ihre Anwesenheit.«

»Du bist erschöpft«, versuchte Edward sie zu beruhigen. »Du bist heute umgezogen; da kann man schon mal ein bißchen durcheinander sein. Schließlich sind wir alle Gewohnheitstiere.«

»Vielleicht hast du recht«, sagte Kim. »Aber es gibt noch etwas anderes, das mich nicht ruhen läßt.«

»Du willst mir doch wohl nicht mit irgendwelchen Gruselgeschichten kommen?« entgegnete Edward und grinste. »Oder glaubst du an Geister?«

»Habe ich eigentlich nie, aber inzwischen bin ich mir nicht mehr so sicher.«

»Machst du jetzt Witze, oder meinst du das im Ernst?«

Kim lachte. Offenbar hatte sie Edward einen kleinen Schrecken eingejagt. »Natürlich habe ich das nur im Scherz gemeint«, sagte sie. »Nein, ich glaube nicht an Geister. Aber was die Existenz von übernatürlichen Kräften angeht, muß ich meine Meinung wohl ändern. Mir läuft es immer noch kalt den Rücken runter, wenn ich daran denke, wie ich vorhin zielstrebig auf den Koffer zumarschiert bin, in dem Elizabeths Tagebuch lag. Ich hatte gerade das Portrait aufgehängt, als ich mich plötzlich von einem starken inneren Drang in die Burg gezogen fühlte. Und dort brauchte ich gar nicht mehr zu suchen. Das Tagebuch lag gleich im ersten Koffer, den ich geöffnet habe.«

»Es gibt Leute, die spüren schon die Kraft des Übernatürlichen, bloß weil sie in Salem sind«, sagte Edward und lachte über seinen eigenen Spruch. »Das hat wohl mit den alten Hexengeschichten zu tun. Wenn du glauben willst, daß du von einer mystischen Kraft in die Burg geführt wurdest, dann tu es. Verlang aber bitte nicht von mir, daß ich auch daran glaube.«

»Und wie erklärst du dir dann, was mir passiert ist?« fragte Kim. Sie kam jetzt richtig in Fahrt. »Ich hatte schon mehr als dreißig Stunden in den alten Papieren gekramt und nichts gefunden. Nichts aus dem siebzehnten Jahrhundert – und schon gar nicht so etwas Interessantes wie Elizabeths Tagebuch. Und dann mache ich plötzlich zielstrebig diesen Überseekoffer auf.«

»Ist ja gut«, versuchte Edward sie zu bremsen. »Ich will es dir ja gar nicht ausreden. Nun beruhige dich erst mal.«

»Entschuldige«, sagte Kim. »Eigentlich wollte ich dich gar nicht mit meinen Spinnereien belästigen. Ich bin ja nur gekommen, um dir zu sagen, daß ich dich vermisse.«

Nach einem ausgedehnten Gutenachtkuß ließ sie Edward mit seinen Laborentwürfen allein und verließ sein Zimmer. Als sie die Tür hinter sich geschlossen hatte, verharrte sie noch einen Moment lang unschlüssig im Mondlicht, das durch das kleine Badezimmerfenster fiel. Von hier aus konnte sie in der Ferne die Burg erkennen, deren gewaltige, schwarze Silhouette sich bedrohlich vom Nachthimmel abhob. Die Kulisse erinnerte sie an die alten Dracula-Filme, bei denen sie sich als Teenager immer so gefürchtet hatte.

Sie stieg die dunkle Wendeltreppe hinab und bahnte sich ihren Weg durch die unzähligen leere Kisten, die in der Eingangshalle herumstanden. Sie ging ins Wohnzimmer und betrachtete noch einmal das Portrait ihrer Vorfahrin. Selbst im Dunkeln konnte sie das strahlende Leuchten von Elizabeths Augen erkennen; es war so, als ob sie von innen her leuchteten.

»Was versuchst du mir nur mitzuteilen?« flüsterte sie in die Dunkelheit. Ihr war inzwischen klar, daß sie die Botschaft nicht in dem Tagebuch finden würde.

Plötzlich nahm sie aus dem Augenwinkel eine Bewegung wahr; nur mit Mühe konnte sie einen Schrei unterdrücken. Instinktiv hob sie die Arme, um sich zu schützen, doch nach ein paar Schrecksekunden ließ sie sie langsam wieder sinken. Sheba war auf den Tisch gesprungen.

Kim mußte sich für einen Moment setzen. Es war ihr regelrecht peinlich, wie schreckhaft sie war. Offenbar waren ihre Nerven wirklich bis zum äußersten gespannt.

# Kapitel 11

*Anfang September* 1994

Das Labor wurde in der ersten Septemberwoche fertig, mit Reagenzien versorgt und eröffnet. Kim war zufrieden. Obwohl sie Urlaub hatte und daher an Ort und Stelle für Hunderte von Lieferungen die Empfangsquittungen hatte unterschreiben können, war sie doch froh, jetzt abgelöst zu werden. Diese Ablösung war Eleanor Youngman.

Eleanor war die erste Angestellte, die offiziell in dem Labor die Arbeit aufnahm. Sie hatte schon einige Wochen früher in Harvard mitgeteilt, daß sie ihre nach der Promotion angetretene Stellung aufgeben würde, hatte aber doch beinahe zwei Wochen gebraucht, um alle Arbeiten abzuschließen und nach Salem zu ziehen.

Kims Verhältnis zu Eleanor verbesserte sich aber keineswegs drastisch. Es war freundlich, aber irgendwie steif. Kim verspürte bei Eleanor eine gewisse Animosität, die auf Eifersucht zurückzuführen war. Sie hatte gleich bei der ersten Begegnung gespürt, daß die Hochachtung, die Eleanor Edward entgegenbrachte, auch den unausgesprochenen Wunsch nach einer persönlichen Beziehung enthielt. Daß Edward dafür blind war, verblüffte Kim. Zugleich beunruhigte sie es ein wenig, wenn sie daran dachte, wie oft ihr Vater mit sogenannten Assistentinnen Verhältnisse angefangen hatte.

Als nächstes trafen die Versuchstiere im Labor ein. Sie kamen mitten in der Woche zu nachtschlafender Zeit. Edward und Eleanor überwachten das Ausladen der Menagerie und sorgten dafür, daß die Tiere in die jeweiligen Käfige gebracht wurden. Kim sah dem ganzen Geschehen vom Fenster ihres Cottage zu. Viel von dem, was vorging, konnte sie nicht erkennen, aber das machte ihr nichts aus. Obwohl sie die Notwendigkeit einsah, waren ihr Tierversuche unangenehm.

Edward hatte dem Rat des Bauunternehmers und des Architekten folgend die Anweisung gegeben, möglichst wenig über die Vorgänge im Labor nach außen dringen zu lassen. Er wollte keine Schwierigkeiten mit irgendwelchen Bauvorschriften oder dem Tierschutzverein. Daß das Gelände ziemlich geschützt lag, kam ihm sehr zustatten: Ein dichter, von einem hohen Zaun eingesäumter Wald verbarg es vor allzu neugierigen Blicken.

Gegen Ende der ersten Septemberwoche trafen nach und nach die anderen wissenschaftlichen Mitarbeiter ein. Sie besorgten sich mit Edwards und Eleanors Hilfe Zimmer in den verschiedenen Pensionen in und um Salem. Ihre Dienstverträge sahen unter anderem vor, daß sie allein kommen mußten, ohne Familien, um ungestört rund um die Uhr arbeiten zu können. Als Ausgleich dafür konnte jeder von ihnen damit rechnen, Millionär zu werden, sobald die Aktien der Gesellschaft an der Börse gehandelt wurden.

Das erste auswärtige Teammitglied, das eintraf, war Curt Neuman. Das war am späten Vormittag, und Kim schickte sich an, zur Burg hinüberzugehen, als sie das gedämpfte Motorengeräusch eines Motorrads hörte.

»Kann ich Ihnen behilflich sein?« rief Kim durch das Fenster hinaus. Sie nahm an, daß es ein Lieferant sei, der die Abzweigung zum Labor verpaßt hatte.

»Entschuldigen Sie«, sagte er unsicher mit leichtem deutschem Akzent. »Vielleicht können Sie mir sagen, wo ich das Omni-Labor finde.«

»Sie müssen Dr. Neuman sein«, sagte Kim. »Augenblick, ich komme gleich raus.« Edward hatte den Akzent erwähnt, als er Kim von Curt erzählt hatte. Sie wußte, daß er heute kommen sollte, hatte allerdings nicht damit gerechnet, daß der berühmte Wissenschaftler mit dem Motorrad eintreffen würde.

Kim klappte schnell ein paar Bücher mit Stoffmustern zu, die offen auf dem Tisch gelegen hatten, und sammelte die über die Couch verstreuten Zeitungen ein, um Curt Neuman hereinbitten zu können. Dann öffnete sie nach einem kurzen prüfenden Blick in den Flurspiegel die Tür.

Curt hatte den Helm abgenommen und hielt ihn jetzt wie ein mittelalterlicher Ritter in der Armbeuge. Aber er sah nicht Kim an, sondern blickte zum Labor hinüber. Edward hatte offenbar das Motorrad gehört. Er folgte mit dem Wagen über die ungeteerte Straße, bremste, sprang heraus und umarmte Curt wie einen lange vermißten Bruder.

Die beiden Männer unterhielten sich kurz über Curts metallicrote BMW, bis Edward schließlich bemerkte, daß Kim in der Tür stand. Er stellte sie Curt vor.

Kim schüttelte dem Wissenschaftler die Hand. Er war groß, gut fünf Zentimeter größer als Edward, hatte blondes Haar und auffällig hellblaue Augen.

»Curt stammt ursprünglich aus München«, sagte Edward. »Er hat in Stanford und an der UCLA studiert. Viele Leute, auch ich, halten ihn für den talentiertesten Biologen im ganzen Land.«

»Das reicht jetzt, Edward«, sagte Curt und wurde rot.

»Glücklicherweise konnte ich ihn Merck abwerben«, fuhr Edward fort. »Die waren so erpicht darauf, ihn zu behalten, daß sie angeboten haben, ihm ein eigenes Labor zu bauen.«

Kim sah voll Mitgefühl, wie der arme Curt verlegen Edwards Lobpreisungen über sich ergehen ließ, und mußte an ihre eigenen Reaktionen auf Stanton Lobpreisungen an jenem Abend denken, als sie sich beim Abendessen zum ersten Mal gesehen hatten. Für seine beeindruckende Größe, sein gutes Aussehen und die Intelligenz, die man ihm nachsagte, schien Curt erstaunlich schüchtern. Er vermied jeden Augenkontakt mit Kim.

»Genug geplaudert«, sagte Edward. »Komm Curt. Fahr mit deiner Himmelfahrtsmaschine hinter mir her. Ich möchte dir das Labor zeigen.«

Gerade als Kim und Edward ein spätes, leichtes Mittagessen beendet hatten, traf der zweite auswärtige Wissenschaftler ein. Edward hörte den Wagen vorfahren. Er stand auf, ging hinaus und kehrte kurz darauf mit einem großen, hageren, aber muskulösen Mann im Schlepptau zurück. Mit seinem dunklen Teint und seinem guten Aussehen schien er Kim eher ein Tennisprofi als ein Wissenschaftler zu sein.

Edward stellte sie einander vor. Der Neuankömmling hieß François Leroux. Zu Kims Überraschung beugte er sich über ihre Hand und deutete einen Handkuß an, ohne dabei ihren Handrücken zu berühren. Sie verspürte nur den leichten Hauch seines Atems auf der Haut.

Ebenso wie er es mit Curt gemacht hatte, pries Edward jetzt François' Verdienste kurz, aber in den höchsten Tönen. Aber François schien im Gegensatz zu Curt Edwards Lob nichts auszumachen. Während Edward schwadronierte, musterten seine dunklen, durchdringenden Augen Kim auf eine Art und Weise, die sie verlegen machte.

»Kurz gesagt, François ist ein Genie«, sagte Edward. »Er ist Biophysiker, stammt aus Lyon in Frankreich und hat in Chicago studiert. Von seinen Kollegen unterscheidet ihn, daß er sich sowohl auf Kernspintomographie als auch auf Röntgen-Kristallographie spezialisiert hat. Er hat es geschafft, zwei normalerweise miteinander konkurrierende Technologien zu kombinieren.«

Kim sah an diesem Punkt von Edwards Lobrede ein leichtes Lächeln über François' Gesicht huschen. Außerdem hatte er sich leicht zu Kim hin verbeugt, wie um hervorzuheben, daß alles, was Edward sagte, den Tatsachen entsprach. Kim wandte sich ab. Ihrem Gefühl nach war dieser François ein wenig zu sehr von sich eingenommen.

»François' Arbeit wird uns helfen, bei den Forschungsarbeiten viel Zeit zu sparen«, fuhr Edward fort. »Wir können wirklich von Glück sagen, ihn hier zu haben. Das ist ein Verlust für Frankreich und ein Gewinn für uns.«

Ein paar Minuten später verließ Edward mit François das Haus, um ihn zum Labor zu bringen. Er wollte, daß François möglichst bald die Anlage zu sehen bekam und Curt kennenlernte. Kim sah ihnen vom Fenster aus nach. Es erschien ihr unbegreiflich, daß zwei so unterschiedliche Persönlichkeiten eine so ähnliche berufliche Entwicklung durchgemacht hatten.

Die letzten beiden Wissenschaftler des Kernteams trafen am Samstag, dem 10. September, mit dem Zug aus Boston ein. Edward und Kim standen gemeinsam als Begrüßungskomitee auf dem Bahnsteig, als der Zug einfuhr.

Edward sah die beiden zuerst und winkte ihnen zu. Als sie auf Edward und Kim zugingen, fragte Kim Edward scherzend, ob zu den Einstellkriterien auch gutes Aussehen gehört habe.

»Wie bitte?« fragte Edward.

»Alle deine Leute sehen so gut aus«, sagte Kim.

»Das ist mir gar nicht aufgefallen«, sagte Edward.

Edward stellte Kim Gloria Hererra und David Hirsh vor, und sie schüttelten einander die Hand.

Gloria paßte ebenso wie Eleanor nicht in Kims Klischeevorstellung einer Wissenschaftlerin. Aber das war auch der einzige Punkt, in dem die beiden sich ähnelten. Ansonsten waren sie sowohl im Aussehen als auch im Wesen völlig verschieden. Im Gegensatz zu der hellen Eleanor war Gloria dunkelhäutig, sie hatte ebenso dunkles Haar wie Kim, und ihre schwarzen Augen konnten fast genauso durchdringend blicken wie die von François. Und anders als die kühle, zurückhaltende Eleanor war Gloria warm und freimütig.

David Hirsh erinnerte Kim an François. Er war groß und schlank wie jener und hatte das selbstbewußte Auftreten eines Sportlers. Sein Teint war ebenfalls dunkel, aber nicht ganz so wie der von François. Auch er war weltgewandt, aber freundlicher, da er nicht so anmaßend war und sein freundliches Lächeln auf eine humorvolle Persönlichkeit deutete.

Unterwegs schilderte Edward Glorias und Davids Leistungen ähnlich detailliert und überschwenglich, wie er das vorher schon bei Curt und François getan hatte. Gloria und David versicherten Kim freilich, daß Edward übertreibe. Dann wandte sich das Gespräch Edward zu, und am Ende wußte Kim lediglich mit Sicherheit, daß Gloria Pharmakologin und David Immunologe war.

Als sie das Anwesen erreicht hatten, setzte Edward Kim beim Cottage ab. Kim stieg gutgelaunt aus und freute sich für Edward;

sie war überzeugt, daß Gloria und David einen guten Einfluß auf das Betriebsklima haben würden.

Am folgenden Tag, dem 11. September, veranstalteten Edward und seine Mitarbeiter eine kleine Feier, zu der Kim eingeladen wurde. Sie entkorkten eine Flasche Champagner und stießen auf den Erfolg von Ultra an. Wenige Minuten später machten sie sich mit geradezu wütendem Eifer an die Arbeit.

Im Laufe der nächsten Tage besuchte Kim das Labor häufig, um moralische Unterstützung zu leisten und sich zu vergewissern, daß es keine Probleme gab, bei deren Lösung sie vielleicht helfen konnte. Ihre Position schien ihr irgendwo in der Mitte zwischen der einer Gastgeberin und einer Vermieterin zu liegen. Im Laufe der Woche reduzierte sie ihre Besuche erheblich, weil man ihr immer öfter das Gefühl vermittelt hatte zu stören.

Edward war da auch nicht anders. Am vergangenen Freitag hatte er ihr geradeheraus gesagt, daß es ihm lieber sei, wenn sie nicht so oft käme, da ihre Besuche sie in ihrer Konzentration störten. Kim faßte das nicht als persönliche Zurückweisung auf, weil sie genau wußte, unter welchem Druck alle standen, so schnell wie möglich greifbare Ergebnisse zu produzieren.

Außerdem war Kim selbst voll beschäftigt, hatte sich inzwischen gut in ihrer neuen Umgebung eingelebt und fühlte sich sehr wohl. Gelegentlich hatte sie immer noch ein vages Gefühl von Elizabeths Präsenz, aber bei weitem nicht so beunruhigend intensiv wie in jener ersten Nacht. Ihr besonderes Interesse an Innenarchitektur hatte Kim veranlaßt, sich Dutzende von Büchern über Bodenbeläge, Tapeten aller Art, Vorhänge und Kolonialmöbel zu besorgen. Sie hatte unzählige Muster und Proben mitgebracht, die sie über das ganze Haus verteilte, um zu sehen, wo sie am besten zur Geltung kämen. Außerdem hatte sie sich den Spaß geleistet, in den vielen Antiquitätenläden der Gegend herumzustöbern und nach Möbeln im Kolonialstil zu suchen.

Darüber hinaus verbrachte Kim viel Zeit in der Burg, entweder auf dem Dachboden oder im Weinkeller. In den ersten Septembertagen, als Kim zum erstenmal nach dem Fund von Elizabeths Tagebuch wieder in die Burg gegangen war, fiel ihr ein weiterer wichtiger Brief in die Hände. Er war in demselben Koffer wie das Tagebuch gewesen und an Ronald adressiert. Er stammte von Jonathan Corwin, dem Richter, der ursprünglich das Hexenhaus bewohnt hatte.

20. Juli 1692<br>Salem Town

Lieber Ronald,
ich halte es für klug, Deine Aufmerksamkeit darauf zu lenken, daß Du von Roger Simmons dabei beobachtet worden bist, wie Du Elizabeths Leiche aus dem Grab auf dem Galgenhügel entfernt hast. Er hat auch den Sohn von Goodwife Nurse dabei beobachtet, wie dieser die Leiche seiner Mutter aus dem gleichen Grund wie Du entfernt hat. Ich bitte Dich, mein Freund, brüste Dich in diesen unruhigen, turbulenten Zeiten nicht mit dieser Tat, auf daß Du nicht über Dich und Deine Familie noch mehr Leid bringst, da viele es als Hexenwerk betrachten, die Verblichenen wieder aus dem Grab zu holen. Außerdem würde ich es angesichts der herrschenden Stimmung nicht für klug halten, aus ähnlichem Grund auf ein Grab aufmerksam zu machen, weil das zur Folge haben könnte, daß man zu Unrecht Anklage gegen Dich erhebt. Ich habe mit besagtem Roger Simmons gesprochen, und er hat mir geschworen, daß er über Deine Tat mit niemandem sprechen würde, nur mit einem Gerichtsbeamten, falls er zur Aussage aufgefordert werden sollte. Gott sei mit Dir.

Dein ergebener Diener und Freund
Jonathan Corwin

Nach dem Fund des Corwin-Briefes entdeckte Kim zwei Wochen lang nichts, was auf Ronald oder Elizabeth Bezug nahm. Das dämpfte aber ihre Begeisterung keineswegs, vielmehr machte es ihr nach wie vor Spaß, sich in der Burg aufzuhalten. Ihr war inzwischen klargeworden, daß beinahe alle Dokumente auf dem Dachboden und im Weinkeller historisch bedeutsam waren, und deshalb beschloß sie, die Papiere zu ordnen, statt sie nur nach Material aus dem siebzehnten Jahrhundert zu durchsuchen.

Dazu benutzte sie sowohl auf dem Dachboden als auch im

Weinkeller Kartons, in denen sie die Papiere nach halben Jahrhunderten vorsortierte. Anschließend trennte sie das Material nach den Kategorien Geschäft, Regierung und persönlich. Das war eine Aufgabe von monumentalen Ausmaßen, vermittelte ihr aber das Gefühl, etwas Wichtiges zu leisten.

So verstrich die erste Septemberhälfte auf angenehme Weise, und Kim teilte ihre Zeit zwischen dem Einrichten des Cottage und dem Durchforsten und Ordnen der Papiere in der Burg. Sie machte keine Besuche mehr im Labor und bekam deshalb die Wissenschaftler kaum noch zu sehen. Selbst Edward sah sie nur noch selten, weil dieser abends immer später nach Hause kam und am Morgen sehr früh wieder aus dem Haus ging.

# Kapitel 12

*Montag*, 19. September 1994

Es war ein strahlend schöner Herbsttag, und die Sonne ließ die Temperatur schnell auf fünfundzwanzig Grad steigen. Zu Kims Entzücken zeigten einige Bäume in den weiter unten liegenden sumpfigen Bereichen des Waldes erste Anzeichen ihrer herbstlichen Pracht, und die Felder rings um die Burg waren ein einziger Teppich aus Goldrute.

Kim hatte Edward an jenem Tag noch nicht zu Gesicht bekommen. Er war schon um sieben Uhr aufgestanden und ohne Frühstück ins Labor gefahren. Jedenfalls hatte im Spülbecken kein benutztes Geschirr gestanden. Kim überraschte das nicht, weil Edward ihr einige Tage zuvor gesagt hatte, die Gruppe esse jetzt aus Zeitgründen gemeinsam im Labor. Er hatte auch gesagt, daß sie erstaunlich schnell vorankämen.

Kim verbrachte den Vormittag im Cottage. Nachdem sie eine Woche lang unschlüssig gewesen war, hatte sie jetzt die Wahl für die Tagesdecken und die Vorhänge für die beiden Schlafzimmer im Obergeschoß getroffen. Einen Zettel mit der Stoffnummer in der Hand, rief sie eine Freundin in Boston an und ließ sie die Bestellung aufgeben.

Nachdem sie zu Mittag einen leichten Salat und ein Glas Eistee zu sich genommen hatte, ging Kim hinüber zur Burg. Als sie das alte Gemäuer betreten hatte, sah sie sich vor die jeden Tag aufs neue zu treffende Entscheidung gestellt, ob sie den Nachmittag im Weinkeller oder im Dachgeschoß verbringen wollte. Das Dachgeschoß bekam schließlich wegen des Sonnenscheins den Zuschlag. Es würde noch genug düstere Regentage geben, an denen sie sich im Weinkeller aufhalten konnte.

Im hintersten Winkel des Dachbodens machte sie sich ans Werk. Kim war inzwischen ziemlich geschickt im Entziffern der alten Handschriften, und meistens reichte ein Blick auf das Titelblatt, um das jeweilige Schriftstück in den richtigen Karton zu legen. Am späten Nachmittag fand sie einen an Ronald Stewart adressierten Brief. Ein Blick auf den Absender ließ ihre Hoffnung steigen. Es war ein weiterer Brief von Samuel Sewall, den sie aus einem Umschlag zog.

8. Januar 1697<br>Boston

Mein lieber Freund,

wie Dir zweifellos bekannt ist, haben der Ehrenwerte Lieutenant-Governor sowie Rat und Versammlung Seiner Majestät der Provinz der Massachusetts Bay in allgemeiner Gerichtssitzung festgesetzt, daß der folgende Donnerstag, der 14. Januar, als allgemeiner Fastentag begangen werden soll, als Buße für jegliche Sünden, wie sie gegen unschuldige Leute seitens des Satans und seiner Verbündeten in Salem begangen wurden. In gleicher Weise möchte ich eingedenk meiner Mitwirkung in der ehemaligen Kommission von Oyer und Terminer meine Schuld und Schande der Öffentlichkeit zur Kenntnis bringen und werde das in der Old-South-Church tun. Aber was ich Dir, mein Freund, sagen soll, um Dein Leid zu lindern, weiß ich nicht. Daß Elizabeth mit den Mächten des Bösen zu tun hatte, steht für mich außer Zweifel, aber ob sie besessen oder im Bund mit ihnen war, weiß ich nicht und möchte dazu auch angesichts meiner vergangenen Fehleinschätzungen nichts sagen. Was Deine Anfrage hinsichtlich der Aufzeichnungen des Gerichtshofes von Oyer und Terminer im allgemeinen und in bezug auf Elizabeths Prozeß in Sonderheit angeht, so kann ich bestätigen, daß erstere sich im Besitz des Reverend Cotton Mather befinden, der mir geschworen hat, daß sie nie in falsche Hände fallen werden, um den Charakter der Richter und Gerichtsbeamten nicht in Zweifel zu ziehen, die nach bestem Wissen gehandelt haben, wenn auch in vielen Fällen falsch. Ich glaube, obwohl ich nicht wagte nachzufragen und es auch nicht wissen will, daß Reverend Mather die Absicht hat, die besagten Aufzeichnungen zu verbrennen. Was meine Ansicht bezüglich des Angebots von Richter Jonathan Corwin betrifft, Dir alle Aufzeichnungen des Prozesses gegen Elizabeth, einschließlich der ursprünglichen Klageschrift, des Haftbefehls und der Aussagen in den vorläufigen Vernehmungen, zu übergeben, so glaube ich, daß Du diese Akten haben und sie in gleicher Weise beseitigen solltest, damit nicht künftige Generationen Deiner Familie befürchten müssen, daß diese Tragödie an die Öffentlichkeit gelangt, die durch Elizabeths Taten ins Rollen gebracht oder begünstigt wurde.

Dein Freund in Christi Namen
Samuel Sewall

»Großer Gott!« schimpfte Edward. »Manchmal ist es wirklich schwirig, dich zu finden.«

Kim blickte von dem Sewall-Brief auf und sah Edward vor sich stehen. Sie war zum Teil von einem der schwarzen Aktenkästen verdeckt.

»Stimmt etwas nicht?« fragte Kim nervös.

»Ja, allerdings«, sagte Edward. »Ich suche dich jetzt schon seit einer halben Stunde. Ich hatte angenommen, daß du in der Burg bist, und war hier oben und habe nach dir gerufen. Als ich keine Antwort erhielt, bin ich in den Weinkeller gegangen und habe dich dort gesucht. Es ist wirklich lächerlich. Wenn du schon soviel Zeit hier verbringen mußt, dann laß wenigstens ein Telefon installieren.«

Kim richtete sich auf. »Tut mir leid«, sagte sie. »Ich habe nichts gehört.«

»Das kann ich mir denken«, sagte Edward. »Hör zu. Es gibt ein Problem. Stanton ist auf dem Kriegspfad, es geht wieder um Geld, und er ist schon hierher unterwegs. Wir haben eigentlich keine Zeit, mit ihm zu sprechen, schon gar nicht im Labor, wo er mit Sicherheit von jedem hören will, was er genau macht. Außerdem sind alle überarbeitet und ziemlich gereizt. Es gibt ohnehin schon dauernd Streitereien. Ich komme mir manchmal wie ein Kindermädchen vor. Jedenfalls möchte ich, daß das Gespräch im Cottage stattfindet. Die Abwechslung wird allen guttun. Und um Zeit zu sparen, dachte ich, könnten wir es mit dem Essen verbinden. Könntest du vielleicht eine Kleinigkeit zum Abendessen vorbereiten?«

Zuerst dachte Kim, er mache sich über sie lustig, aber als sie dann begriff, daß das nicht der Fall war, sah sie auf die Uhr. »Es ist schon nach fünf«, bemerkte sie.

»Wenn du dich nicht versteckt hättest, hätte ich dich bereits um halb fünf gefunden«, sagte Edward.

»Ich kann jetzt nicht mehr ein Abendessen für acht Leute machen«, sagte Kim.

»Warum nicht?« wollte Edward wissen. »Es braucht ja kein Festmahl zu sein. Meinetwegen läßt du Pizza kommen. Davon leben wir eh schon die ganze Zeit. Aber wir müssen was in den Bauch kriegen. Bitte, Kim. Du mußt mir helfen. Ich bin am Durchdrehen.«

»Also gut«, sagte Kim wider besseren Wissens. Sie sah, daß Edward ziemlich gestreßt war. »Etwas Besseres als eine Pizza kommen zu lassen schaffe ich schon, aber es wird bestimmt kein Feinschmeckermenü.« Kim nahm den Sewall-Brief und folgte Edward nach draußen.

Als sie die Treppe hinuntergingen, reichte sie ihm den Brief und erklärte ihm, um was es sich handelte. Er gab ihn ihr zurück.

»Im Augenblick habe ich keine Zeit für Samuel Sewall.«

»Es ist aber wichtig«, widersprach Kim. »Das erklärt, wie Ronald es fertiggebracht hat, Elizabeths Namen aus den historischen Aufzeichnungen zu entfernen. Er hat das nicht allein getan. Jonathan Corwin und Cotton Mather haben ihn dabei unterstützt.«

»Ich lese den Brief später«, sagte Edward.

»Es gibt da eine Stelle, die dich vielleicht interessieren wird«, sagte Kim. Sie waren inzwischen an der großen Freitreppe angelangt. Edward blieb unter dem rosa getönten Mosaikfenster stehen. In dem gelblichen Licht wirkte er besonders blaß. Kim fand, daß er beinahe krank aussah.

»Also schön«, sagte Edward leicht gereizt. »Zeig her, was ich so interessant finden könnte.«

Kim gab ihm den Brief und deutete auf den letzten Satz.

Edward blickte Kim an, nachdem er gelesen hatte. »Und?« fragte er. »Das wissen wir doch bereits.«

»Wir schon«, nickte Kim, »aber wußten sie das? Ich meine, wußten die über den Schimmelpilz Bescheid?«

Edward las den Satz ein zweites Mal. »Nein, das können sie nicht gewußt haben«, sagte er dann. »Die hatten damals weder Mittel und Vorrichtungen noch das Wissen dazu.«

»Wie erklärst du dir diesen Satz dann?« fragte Kim. »Weiter oben in dem Brief hat Sewall eingeräumt, daß er hinsichtlich der anderen verurteilten Hexen Fehler gemacht habe, aber nicht bei Elizabeth. Die wußten alle etwas, was wir nicht wissen.«

»Damit sind wir wieder bei dem geheimnisvollen Beweisstück«, sagte Edward. Er gab ihr den Brief zurück. »Das ist interessant, aber nicht für meine Zwecke, und ich habe jetzt wirklich keine Zeit dafür. Ich habe bereits genug um die Ohren, auch ohne daß Stanton mir jetzt auf den Geist gehen muß. Wenn das so weitergeht, bin ich bald reif für die Klapsmühle!«

»Und lohnt sich der ganze Aufwand?« fragte Kim.

Edward sah Kim ungläubig an. »Natürlich lohnt er«, sagte er gereizt. »Die Wissenschaft verlangt Opfer, das wissen wir alle.«

»Das klingt jetzt aber weniger nach Wissenschaft als nach Wirtschaft«, sagte Kim. Darauf gab Edward keine Antwort.

Vor der Burg ging Edward geradewegs zu seinem Wagen. »Wir sind um Punkt halb acht beim Haus«, rief er ihr noch über die Schulter zu, ehe er zum Labor zurückfuhr.

Kim stieg in ihren Wagen, trommelte mit den Fingern auf das Lenkrad und überlegte, was sie zum Abendessen machen sollte. Jetzt, da Edward weg war und sie Zeit zum Nachdenken hatte, war sie über sich selbst verärgert und enttäuscht, daß sie nicht nein gesagt hatte.

Kim erkannte ihr Verhalten sehr wohl, und es gefiel ihr nicht. Indem sie so nachgiebig war, fiel sie wieder in ihr kindliches Beschwichtigungsverhalten zurück, das sie immer ihrem Vater gegenüber an den Tag gelegt hatte. Aber das zu erkennen und etwas dagegen zu unternehmen waren zwei völlig unterschiedliche Dinge. Ebenso wie sie das bei ihrem Vater gewollt hatte, wollte sie auch Edward gefällig sein, weil ihr seine Zuneigung und seine Wertschätzung wichtig waren. Außerdem, redete Kim sich ein, stand Edward unter ungeheurem Druck und brauchte sie.

Sie ließ den Wagen an und fuhr in die Stadt, um einzukaufen. Sie wollte Edward nicht verlieren, aber in den letzten Wochen hatte sie den Eindruck gewonnen, daß er, je mehr sie sich um ihn bemühte, immer anspruchsvoller wurde.

In Anbetracht der knappen Zeit, die ihr zur Verfügung stand, entschied Kim sich für gegrillte Steaks mit Salat und heißen Brötchen. Zu trinken gäbe es Wien oder Bier. Als Nachtisch kaufte sie frisches Obst und Eiskrem. Um drei Viertel sechs waren die Steaks in Marinade eingelegt, der Salat vorbereitet, und die Brötchen warteten nur noch darauf, in den Backofen geschoben zu werden. Das Feuer im Grill brannte bereits.

Sie eilte ins Bad und duschte schnell. Dann ging sie nach oben und zog sich um, kehrte wieder in die Küche zurück und legte Servietten und Geschirr bereit. Sie war gerade dabei, den Tisch im Eßzimmer zu decken, als Stantons Mercedes vor dem Haus hielt.

»Sei mir gegrüßt, Cousinchen.« Stanton gab Kim einen Kuß auf die Wange.

Kim begrüßte ihn und fragte, ob er ein Glas Wein wolle. Stanton nahm dankend an und folgte ihr in die Küche.

»Ist das der einzige Wein, den du im Haus hast?« fragte Stanton und verzog das Gesicht, als Kim eine Drei-Liter-Flasche öffnete.

»Ich fürchte, ja«, antwortete sie.

»Dann nehm' ich lieber ein Bier.«

Während Kim mit ihren Vorbereitungen beschäftigt war, lümmelte Stanton sich auf einen Hocker und sah ihr beim Arbeiten zu. Er erbot sich nicht zu helfen, aber das machte Kim nichts aus. Sie hatte alles im Griff.

»Ich sehe, du und Buffer, ihr beide kommt gut zurecht«, meinte Stanton. Edwards Hund lief Kim dauernd vor den Füßen herum. »Das beeindruckt mich richtig. Er ist ein ziemlich widerlicher Köter.«

»Ich und mit Buffer zurechtkommen?« Kim verzog das Gesicht. »Das soll wohl ein Witz sein. Meinetwegen ist der jetzt ganz bestimmt nicht hier, der riecht die Steaks. Gewöhnlich ist er bei Edward im Labor.«

Sie überprüfte die Backofentemperatur und schob die Brötchen hinein.

»Wie gefällt es dir denn in diesem Cottage?« fragte Stanton.

»Gut«, sagte Kim. Dann seufzte sie. »Wenigstens im großen und ganzen. Im Augenblick dreht sich alles ums Labor. Edward ist meistens ziemlich gereizt, das liegt an dem Zeitdruck.«

»Allerdings«, seufzte Stanton.

»Und Harvard macht ihm Ärger«, sagte Kim. Daß das gleiche für Stanton galt, sagte sie bewußt nicht.

»Ich hab' ihn von Anfang an deswegen gewarnt«, sagte Stanton. »Harvard wird nicht so tun, als ob nichts wäre, wenn sie dahinterkommen, wieviel Geld hier zu verdienen ist. Die Universitäten sind in solchen Dingen in letzter Zeit recht empfindlich geworden, ganz besonders Harvard.«

»Ich fände es schade, wenn er seine akademische Laufbahn aufs Spiel setzen würde«, sagte Kim. »Bevor die ganze Geschichte losging, war der Lehrberuf seine große Liebe.«

Sie war damit beschäftigt, den Salat anzumachen.

Stanton sah ihr zu und sagte nichts, bis er einen Blick von ihr auffing. »Kommt ihr beide miteinander klar?« fragte er. »Ich will ja nicht neugierig sein, aber seit ich mit Edward näher zusammenarbeite, habe ich festgestellt, daß mit ihm gar nicht so einfach auszukommen ist.«

»In letzter Zeit war es ein wenig stressig«, gab Kim zu. »Der Umzug war doch mit mehr Arbeit verbunden, als ich erwartet hatte, aber da hatte ich natürlich auch Omni nicht berücksichtigt. Wie gesagt, Edward steht in letzter Zeit ziemlich unter Druck.«

»Nicht nur er«, sagte Stanton.

Die Haustür ging auf, und Edward und seine Mitarbeiter

kamen herein. Kim begrüßte sie und gab sich redlich Mühe, für gute Stimmung zu sorgen, aber das war nicht leicht. Alle waren gereizt, sogar Gloria und David. Anscheinend hatte niemand große Lust gehabt, zum Abendessen ins Cottage zu gehen. Edward hatte es ihnen praktisch befehlen müssen.

Am schlimmsten war Eleanor. Sobald sie hörte, was es zu essen geben sollte, verkündete sie verdrießlich, sie esse kein rotes Fleisch.

»Was ißt du denn normalerweise?« fragte Edward.

»Fisch oder Geflügel«, sagte sie.

Edward sah Kim an und zog die Augenbrauen hoch, als wolle er sagen: »Was machen wir jetzt?«

»Ich kann einen Fisch besorgen«, sagte Kim. Sie holte ihre Autoschlüssel und ging. Von Eleanor war das recht unhöflich, aber tatsächlich hatte Kim nichts dagegen, ein paar Minuten aus dem Haus zu kommen. Die Stimmung war bedrückend.

Zum nächsten Supermarkt, wo frischer Fisch verkauft wurde, war es nicht weit, und Kim kaufte ein paar Lachsfilets, für den Fall, daß außer Eleanor noch jemand Fisch wollte. Auf der Rückfahrt fragte sich Kim einigermaßen bange, was sie wohl bei ihrer Rückkehr erwarten würde.

Doch als sie eintraf, war sie angenehm überrascht. Die Atmosphäre hatte sich deutlich verbessert. Es gehörte zwar immer noch viel Phantasie dazu, das Ganze als fröhliches Beisammensein zu bezeichnen, aber die Situation war wesentlich entspannter. Alle waren mit Getränken versorgt und hatten offensichtlich auch schon einiges getrunken. Zum Glück hatte sie reichlich eingekauft.

Sie saßen im Salon um den Tisch, und Elizabeths Portrait starrte auf sie herunter. Kim nickte allen zu und ging geradewegs in die Küche. Sie wusch den Fisch und legte ihn neben das Fleisch auf eine Platte.

Dann ging sie mit einem Weinglas in der Hand in den Salon zurück. Stanton war aufgestanden, während sie in der Küche gewesen war, hatte jedem ein Blatt Papier in die Hand gedrückt und stand jetzt vor dem Kamin direkt unter dem Portrait.

»Was Sie hier sehen, ist eine Schätzung, die zeigt, wann uns das Geld ausgehen wird, wenn wir es weiterhin in diesem Tempo ausgeben«, sagte er. »Das ist natürlich eine absolut unbefriedigende Situation. Ich muß deshalb ungefähr wissen, wann jeder von Ihnen bestimmte Phasen in seiner Arbeit abschließen wird, um einen Finanzierungsplan erstellen zu können. Wir haben drei Möglichkeiten: Wir können an die Börse gehen, was meiner Ansicht nach jetzt nicht funktionieren würde, wenigstens nicht, solange wir nichts zu verkaufen haben –«

»Aber wir *haben* doch etwas zu verkaufen«, fiel Edward ihm ins Wort. »Wir haben das aussichtsreichste Präparat seit der Einführung von Antibiotika, und das haben wir der Gnädigsten hier zu verdanken.« Edward hob seine Bierflasche, als wolle er Elizabeths Portrait zuprosten. »Ich möchte gern einen Toast auf die Frau ausbringen, die vielleicht einmal die berühmteste Hexe von Salem werden wird.«

Alle außer Kim hoben ihre Gläser oder Bierflaschen. Selbst Stanton schloß sich ihnen an, nachdem er sein Bier vom Kaminsims geholt hatte. Nach einem kurzen Augenblick der Stille tranken alle.

Kim fühlte sich gar nicht wohl in ihrer Haut und hätte sich nicht gewundert, wenn Elizabeths Gesichtsausdruck sich verändert hätte. Sie empfand das, was Edward gesagt hatte, als respekt- und geschmacklos. Kim fragte sich, wie Elizabeth wohl zumute wäre, wenn sie jetzt da wäre und miterleben könnte, wie diese talentierten Leute sich in ihrem Haus bemühten, aus einer Entdeckung, die in so enger Beziehung zu ihrem Mißgeschick und ihrem frühen Tod stand, persönlichen Nutzen zu schlagen.

»Ich stelle ja gar nicht in Abrede, daß wir ein *aussichtsreiches* Produkt haben«, sagte Stanton, nachdem er sein Bier wieder weggestellt hatte. »Das wissen wir alle. Aber wir haben im Augenblick kein *verkäufliches* Produkt. Glauben Sie mir also, der Zeitpunkt ist nicht der richtige, um an die Börse zu gehen. Wir könnten uns Privataktionäre suchen, was den Vorteil hätte, daß wir damit die Kontrolle nicht in gleichem Maße aus der Hand geben müßten. Die letzte Alternative wäre, uns um zusätzliches Risikokapital zu bemühen – aber dann müßten wir natürlich einen großen Anteil unseres Aktienbestands aufgeben, und damit auch Eigenkapital. Es würde praktisch darauf hinauslaufen, einen großen Teil von dem, was wir bereits in der Hand haben, wieder herzugeben.«

Unzufriedenes Murmeln unter den Wissenschaftlern.

»Keine gute Idee«, erklärte Edward. »Die Aktien werden viel zu wertvoll sein, sobald Ultra auf dem Markt ist. Warum können wir nicht einfach ein Darlehen aufnehmen?«

»Weil wir keine Sicherheiten dafür anbieten können«, sagte Stanton. »Beträge dieser Größenordnung aufzunehmen, ohne Sicherheiten bieten zu können, würde exorbitante Zinsen zur Folge haben, da dieses Geld nicht von den üblichen Geldgebern zu bekommen wäre. Und auch die Leute, mit denen man dann verhandeln muß, lassen sich nicht auf geheime oder versteckte Geschichten ein – falls nämlich etwas schieflaufen sollte. Du verstehst, was ich damit sagen will, Edward?«

»Ich denke schon«, nickte er. »Aber du solltest die Möglichkeit trotzdem einmal überprüfen. Wir sollten auf alle Fälle vermeiden, weitere Kapitalanteile abzugeben. Das wäre wirklich eine Schande, weil Ultra eine absolut sichere Sache ist.«

»Bist du noch genauso zuversichtlich wie damals, als wir die Firma gegründet haben?« fragte Stanton.

»Mehr denn je«, erklärte Edward. »Und meine Überzeugung wächst jeden Tag. Alles läuft sehr gut, und wenn es so weitergeht, werden wir innerhalb von sechs bis acht Monaten bei den Behörden einen Antrag auf vorläufige Präparatfreigabe stellen – und das ist wesentlich schneller als die üblichen dreieinhalb Jahre.«

»Je schneller es geht, desto besser«, sagte Stanton. »Am besten wäre, wenn ihr noch einen Zahn zulegen könntet.«

Eleanor stieß ein kurzes, spöttisches Lachen aus.

»Wir arbeiten ohnehin alle auf Hochtouren«, sagte François.

»Das stimmt«, bekräftigte Curt. »Die meisten von uns schlafen nicht mal sechs Stunden täglich.«

»Eines habe ich bis jetzt noch nicht getan«, sagte Edward. »Ich habe mit den Leuten von der Gesundheitsbehörde noch keine Verbindung aufgenommen. Dazu fehlen mir noch ein paar Versuchsergebnisse. Wahrscheinlich werden wir den Stoff sowohl gegen starke Depressionen als auch bei AIDS einsetzen können, vielleicht sogar bei Krebs.«

»Alles, was uns Zeit spart, nützt uns«, sagte Edward. »Das kann ich gar nicht oft genug sagen.«

»Ich glaube, die Botschaft ist angekommen«, nickte Edward.

»Habt ihr jetzt eine genauere Vorstellung, wie Ultra eigentlich wirkt?« fragte Stanton.

Edward bat Gloria, Stanton zu erklären, wie weit sie in ihren Forschungen vorangekommen waren. Obwohl Stanton einige Semester Medizin studiert hatte, fiel es ihm nicht ganz leicht, ihren Ausführungen zu folgen.

»Wann wird es möglich sein, mit dem Verkauf in Europa und Japan zu beginnen?« fragte er, nachdem er sich Glorias Erläuterungen eine Weile hatte durch den Kopf gehen lassen.

»Das werden wir dann sagen können, wenn wir mit den klinischen Versuchen begonnen haben«, erklärte Edward. »Aber erst wenn wir die Anmeldung bei der FDA gemacht haben.«

»Wir müssen das irgendwie beschleunigen«, sagte Stanton. »Es ist verrückt! Da haben wir ein Milliardenpräparat und könnten pleite gehen.«

»Augenblick mal«, sagte Edward plötzlich, und alle Augen richteten sich auf ihn. »Mir ist gerade eine Idee gekommen, wie wir Zeit sparen könnten. Ich werde das Präparat selbst nehmen.«

Im Raum trat abrupt Stille ein, nur das Ticken einer Uhr auf dem Kaminsims und die heiseren Schreie der Möwen unten am Fluß waren zu hören.

»Ist das klug?« fragte Stanton.

»Verdammt, ja!« sagte Edward, der sich zunehmend an seiner eigenen Idee begeisterte. »Ich weiß wirklich nicht, warum ich nicht schon früher darauf gekommen bin. In Anbetracht der Toxizitätsuntersuchungen, die wir bereits abgeschlossen haben, habe ich nicht die geringsten Bedenken, Ultra zu nehmen.«

»Das ist richtig, Toxizität konnten wir nicht feststellen«, sagte Gloria.

»Gewebekulturen gedeihen von dem Zeug anscheinend prächtig«, sagte David. »Vor allem neutrale Zellkulturen.«

»Ich halte das für keine besonders gute Idee«, sagte Kim, die damit zum ersten Mal das Wort ergriff. Sie stand in der Tür zum Vorraum.

Edward warf ihr einen finsteren Blick zu. »Ich halte es für eine grandiose Idee.«

»Und wie ist damit Zeit zu sparen?« fragte Stanton.

»Nun, wir werden alle Antworten schon haben, bevor wir mit den klinischen Versuchen beginnen«, sagte Edward. »Denk doch, wie leicht es uns fallen wird, die Klinikprotokolle vorzubereiten.«

»Ich werde es ebenfalls nehmen«, sagte Gloria.

»Ich auch«, schloß sich Eleanor ihnen an.

Der Reihe nach stimmten auch die anderen zu und erklärten, es sei eine fabelhafte Idee.

»Wir können alle unterschiedliche Dosierungen nehmen«, sagte Gloria. »Sechs Leute liefern uns sogar ein Mindestmaß an statistischer Verwertbarkeit.«

»Wir könnten die Dosierung blind bestimmen«, schlug François vor. »Auf die Weise wissen wir nicht, wer die höchste und wer die niedrigste Dosis hat.«

»Ist es nicht verboten, im Experimentierstadium befindliche Präparate einzunehmen?« fragte Kim.

»Von wem sollte das verboten sein?« fragte Edward und lachte. »Das müßte die Vorschrift eines Ermittlungsausschusses sein. Und soweit es Omni betrifft, sind *wir* der Ermittlungsausschuß, und wir haben keinerlei Vorschriften erlassen.«

Die Wissenschaftler schlossen sich Edwards Lachen an.

»Ich dachte, die Regierung hätte Vorschriften oder Gesetze über solche Dinge erlassen«, beharrte Kim.

»Das Nationale Gesundheitsinstitut hat solche Bestimmungen«, erklärte Stanton. »Aber die gelten für Institutionen, die vom Nationalen Gesundheitsinstitut subventioniert werden. Und wir bekommen ja keine Regierungsgelder.«

»Es muß doch irgendeine Vorschrift geben, die den Einsatz eines Präparats an Menschen vor Abschluß der Tierversuche verbietet«, sagte Kim. »Mir sagt der gesunde Menschenverstand, daß das unvernünftig und gefährlich ist. Erinnert ihr euch nicht mehr an Contergan? Beunruhigt euch das gar nicht?«

»Das kannst du überhaupt nicht miteinander vergleichen«, sagte Edward. »Es war nie die Frage, ob Contergan eine natürliche Verbindung ist, und es war auch wesentlich toxischer. Außerdem verlangen wir ja nicht vor dir, daß du Ultra nimmst. Du kannst die Kontrolle übernehmen.«

Wieder lachten alle. Kim wurde rot und ging in die Küche. Sie war sehr überrascht, wie schnell sich die Atmosphäre verändert hatte. Anfangs waren alle ziemlich gereizt gewesen, und jetzt waren sie geradezu ausgelassen. Kim wurde das unbehagliche Gefühl nicht los, daß hier eine Art Gruppenhysterie vorlag, vielleicht aus einer Kombination von Überarbeitung und überspitzten Erwartungen heraus.

Sie machte sich daran, die Brötchen aus dem Backofen zu holen. Aus dem Salon hörte sie Gelächter und muntere Unterhaltung. Plötzlich spürte sie, daß jemand hinter ihr in die Küche gekommen war.

»Ich dachte, ich könnte Ihnen vielleicht etwas helfen«, sagte François.

Kim drehte sich um und sah ihn an, wandte sich dann aber gleich wieder ab und blickte sich in der Küche um. Sie wollte den Anschein erwecken, als überlege sie, was er tun könne. In Wirklichkeit störte sie François' Direktheit, und sie fühlte sich von der kleinen Episode im Salon immer noch ein wenig unbehaglich.

»Ich glaube, ich habe alles im Griff«, sagte sie. »Trotzdem vielen Dank für Ihr Angebot.«

»Darf ich mir nachschenken?« fragte er. Er hatte die Hand bereits an der Weinflasche.

»Selbstverständlich«, sagte Kim.

»Ich würde mir gern einmal die Umgebung ansehen, wenn es ein wenig ruhiger geworden ist«, sagte François, während er sich einschenkte. »Vielleicht könnten Sie mir die Sehenswürdigkeiten zeigen. Ich habe gehört, daß Marblehead reizend sein soll.«

Kim riskierte einen weiteren schnellen Blick auf François. Wie erwartet, starrte er sie eindringlich an. Als er ihren Blick bemerkte, lächelte er schief. Kim hatte das unbehagliche Gefühl, daß er mit ihr zu flirten versuchte.

Nachdem Kim sich zum Zubettgehen vorbereitet hatte, ließ sie ihre Tür offenstehen, um das Badezimmer im Auge behalten zu können. Sie wollte noch mit Edward reden, wenn der aus dem Labor kam. Unglücklicherweise wußte sie nicht, wann das sein würde.

Kim schob sich die Kissen zurecht, nahm Elizabeths Tagebuch vom Nachttisch und schlug es auf. Das Tagebuch hatte ihre Erwartungen nicht ganz erfüllt: Mit Ausnahme der letzten Eintragung war es eine Enttäuschung gewesen. Elizabeth hielt in erster Linie das Wetter und die Geschehnisse des Tages fest, statt dem Buch, was Kim viel interessanter gefunden hätte, ihre Gedanken anzuvertrauen.

Trotz ihrer Absicht, wach zu bleiben, schlief Kim gegen Mitternacht ein. Dann hörte sie plötzlich die Toilettenspülung. Sie schlug die Augen auf und sah Edward im Bad.

Kim rieb sich die Augen und schaute auf die Uhr. Es war kurz nach ein Uhr morgens. Mit einiger Mühe schaffte sie es schließlich, aufzustehen und in Morgenrock und Pantoffeln zu schlüpfen. Sie schlurfte ins Bad, wo Edward sich gerade die Zähne putzte.

Kim setzte sich auf den geschlossenen Toilettensitz und zog die Knie an die Brust. Edward warf ihr einen fragenden Blick zu, sagte aber nichts, bis er mit Zähneputzen fertig war.

»Wieso bist du um die Zeit noch wach?« fragte Edward. Es klang besorgt, nicht verstimmt.

»Ich wollte mit dir reden«, sagte Kim. »Ich wollte dich fragen, ob du wirklich vorhast, Ultra zu nehmen.«

»Sicher«, sagte er. »Wir werden morgen früh damit anfangen. Wir haben uns ein System ausgedacht, bei dem keiner weiß, wieviel er im Vergleich zu den anderen nimmt. Das war François' Idee.«

»Und du hältst das wirklich für eine gute Idee?«

»Das ist wahrscheinlich sogar die beste Idee, die ich seit Jahren gehabt habe«, sagte Edward. »Das beschleunigt den ganzen Auswertungsprozeß, und zugleich bin ich Stantons ewige Drängelei los.«

»Aber das ist doch riskant«, sagte sie.

»Natürlich ist es riskant«, sagte Edward. »Ein Risiko ist immer dabei, aber ich bin fest davon überzeugt, daß es ein akzeptables Risiko ist. Ultra ist nicht toxisch, das wissen wir ganz sicher.«

»Mich macht das äußerst nervös«, sagte Kim.

»Nun, dann will ich dich in einem sehr wichtigen Punkt beruhigen«, meinte Edward. »Ich bin kein Märtyrer! Im Grunde genommen bin ich eher ein Feigling. Ich würde das ganz bestimmt nicht tun, wenn ich nicht überzeugt wäre, daß es völlig ungefährlich ist, und ich würde auch nicht zulassen, daß die anderen es tun. Außerdem befinden wir uns historisch betrachtet in guter Gesellschaft. Viele Größen in der Geschichte der medizinischen Forschung haben ihre Entdeckungen zunächst in Selbstversuchen getestet.«

Kim hob fragend die Brauen. Sie war nicht überzeugt.

»Du mußt einfach Vertrauen zu mir haben«, sagte Edward. Er wusch sich das Gesicht und trocknete sich dann ab.

»Ich habe noch eine Frage«, sagte Kim. »Was hast du den Leuten im Labor über mich gesagt?«

Edward ließ das Handtuch sinken und sah Kim an. »Wie meinst du das? Warum sollte ich den Leuten im Labor etwas über dich sagen?«

»Ich meine, was unsere Beziehung betrifft«, sagte Kim.

»Das weiß ich nicht mehr genau«, meinte Edward mit einem Achselzucken. »Wahrscheinlich habe ich gesagt, daß du meine Freundin bist.«

»Und heißt das Geliebte, oder heißt das Freundin?« fragte Kim.

»Was ist eigentlich los?« fragte Edward gereizt. »Ich habe keine persönlichen Dinge preisgegeben, falls du das damit andeuten willst. Ich habe nie mit jemandem über unser Intimleben gesprochen. Und jetzt möchte ich wirklich wissen, was dieses Kreuzverhör um ein Uhr früh soll.«

»Tut mir leid, wenn du den Eindruck hast, daß ich dich verhören will«, sagte Kim. »Das war nicht meine Absicht. Mich hat nur interessiert, was du gesagt hast, weil wir ja nicht verheiratet sind und deine Mitarbeiter, wie ich annehme, mit dir über ihre Familien gesprochen haben«.

Kim hatte eigentlich etwas über François sagen wollen, es sich dann aber anders überlegt. Im Augenblick war Edward für ein solches Gespräch viel zu gereizt, weil er übermüdet war und wohl an nichts anderes als an Ultra dachte. Außerdem wollte Kim einen Streit zwischen ihm und François vermeiden, zumal sie ja nicht hundertprozentig sicher sein konnte, was François wirklich gewollt hatte.

Sie stand auf. »Ich hoffe, du bist jetzt nicht sauer«, sagte sie. »Ich weiß, du bist müde. Gute Nacht.« Sie verließ das Badezimmer und schickte sich an, ins Bett zu gehen.

»Warte«, rief Edward und folgte ihr. »Jetzt habe ich wohl schon wieder überreagiert«, sagte er. »Tut mir leid. Statt zu meckern, sollte ich dir eigentlich danken. Ich weiß wirklich zu schätzen, daß du das Abendessen so kurzfristig geschafft hast. Es war perfekt und hat uns allen gutgetan. Es hat uns auf andere Gedanken gebracht, und das brauchten wir dringend.«

»Schön, daß du das sagst«, meinte Kim. »Ich helfe dir doch gern. Ich weiß, wie sehr du unter Druck stehst.«

»Na ja, jetzt, wo Stanton ruhiggestellt ist, sollte es eigentlich besser werden«, meinte Edward. »Nun kann ich mich auf Ultra und Harvard konzentrieren.«

# Kapitel 13

*Ende September 1994*

Edwards Anerkennung ihrer Bemühungen bestärkte Kim in ihrem Glauben, daß das Klima zwischen ihnen beiden sich bessern würde. Aber da sollte sie sich getäuscht haben. In der folgenden Woche verschlimmerte sich die Situation sogar. Kim bekam Edward in der ganzen Zeit praktisch nicht zu sehen. Er kam nachts, erst lange nachdem sie sich bereits schlafen gelegt hatte, nach Hause und war morgens schon wieder weg, ehe sie aufwachte. Er gab sich nicht die geringste Mühe, mit ihr in irgendeiner Weise zu kommunizieren, obwohl sie ihm eine Unzahl Zettel mit Mitteilungen aller Art hinlegte.

Selbst Buffer erschien ihr noch unleidlicher als sonst. Am Mittwoch tauchte er gegen Abend plötzlich auf. Da er sehr hungrig tat, füllte sie seinen Freßnapf mit seinem Futter. Kim stellte ihm die Schüssel hin, aber Buffer reagierte darauf mit Zähnefletschen und schnappte bösartig nach ihr. Kim kippte das Futter in den Müll.

Da sie mit niemandem im Labor Kontakt hatte, hatte Kim das Gefühl, von dem Geschehen dort völlig ausgeschlossen zu sein, und zwar in noch höherem Maße als zu Anfang des Monats. Sie begann sich einsam zu fühlen. Zu ihrer eigenen Überraschung stellte sie fest, daß sie sich darauf freute, nächste Woche wieder ins Krankenhaus zu fahren, ein Gefühl, mit dem sie eigentlich nie gerechnet hatte. Tatsächlich hatte sie Ende August bei Antritt ihres Urlaubs geglaubt, daß es ihr schwerfallen würde, im Oktober wieder mit der Arbeit zu beginnen.

Am Donnerstag, dem 22. September, merkte Kim, daß sie sich leicht deprimiert fühlte, und das machte ihr angst. Sie hatte in ihrem ersten Collegejahr unter Depressionen gelitten und wollte es erst gar nicht wieder soweit kommen lassen. Besorgt, die Symptome könnten sich verstärken, rief Kim Alice McMurray an, eine Therapeutin im MGH, die sie vor ein paar Jahren konsultiert hatte. Alice war so nett, am nächsten Tag einen Teil ihrer Mittagszeit für sie zu opfern.

Als Kim am Freitag morgen aufstand, fühlte sie sich ein wenig besser als an den vorangegangenen Tagen. Sie schrieb das ihrer Vorfreude auf den Besuch in der Stadt zu. Da sie während ihres Urlaubs keine Parkberechtigung im Krankenhaus hatte, beschloß sie, mit der Bahn zu fahren.

Sie traf kurz nach elf in Boston ein. Sie hatte noch genügend Zeit und ging zu Fuß vom Nordbahnhof ins Krankenhaus. Es war ein schöner Herbsttag, und die wenigen Wolken am Himmel konnten der Sonne nichts anhaben. Anders als in Salem waren die Bäume in der Stadt noch grün.

Kim tat es gut, sich wieder in der vertrauten Krankenhausumgebung zu bewegen, ein paar Kolleginnen und Kollegen liefen ihr über den Weg, die sie wegen ihrer Urlaubsbräune neckten. Alice' Büro befand sich in einem Gebäude, das der Krankenhausgesellschaft gehörte. Als Kim die Eingangshalle betrat, war der Empfang verwaist.

Doch fast im selben Augenblick ging eine Tür auf, und Alice erschien.

»Hallo!« begrüßte sie Kim. »Kommen Sie rein.« Sie deutete mit einer Kopfbewegung auf den Schreibtisch ihrer Sekretärin. »Alle sind zum Mittagessen, falls Sie sich gewundert haben.«

Alice' Büro war einfach, aber behaglich eingerichtet. In der Mitte des Zimmers standen auf einem Perserteppich vier Sessel um einen Couchtisch, während der kleine Schreibtisch hinten an die Wand gerückt war. Am Fenster stand eine Topfpalme, an den Wänden hingen Drucke von impressionistischen Gemälden und ein paar eingerahmte Diplome und Lizenzen.

Alice war eine üppige, mollige Frau. Sie hatte Kim einmal gestanden, daß sie schon ihr ganzes Leben lang gegen ihr Übergewicht gekämpft hatte. Dieser Kampf hatte Alice ein besonders gutes Einfühlungsvermögen für die Probleme anderer Menschen verschafft.

»Nun, was kann ich für Sie tun?« fragte Alice, als sie beide Platz genommen hatten.

Kim begann, ihre augenblicklichen Lebensumstände zu schildern. Sie versuchte, offen und ehrlich zu sein, und gab uneingeschränkt zu, wie enttäuscht sie darüber war, daß die Dinge sich nicht so entwickelt hatten, wie sie es erwartet hatte. Sie merkte, daß sie bei ihrer Schilderung den größten Teil der Schuld auf sich nahm. Auch Alice entging das nicht.

»Das klingt mir wie eine alte Geschichte«, sagte Alice und schaffte es, die Feststellung nicht wie ein Urteil klingen zu lassen. Sie erkundigte sich nach Edwards Persönlichkeit und seinen sozialen Fähigkeiten.

Kim beschrieb Edward, und Alice' Anwesenheit half ihr dabei, selbst zu hören, wie sie ihn verteidigte. »Glauben Sie, daß zwischen der Beziehung, die Sie mit Ihrem Vater hatten, und der Beziehung, die Sie jetzt mit Edward haben, eine Ähnlichkeit besteht?« wollte Alice wissen.

Kim überlegte und räumte dann ein, daß ihr dieser Gedanke auch schon gekommen war.

»Mir scheinen die beiden auf den ersten Blick einander recht ähnlich zu sein«, sagte Alice. »Ich weiß noch gut, was Sie mir über die Beziehung zu Ihrem Vater erzählt haben. Beide Männer scheinen so ausschließlich an ihren Geschäften interessiert zu sein, daß für das Privatleben kaum mehr Platz bleibt.«

»Bei Edward ist das etwas Vorübergehendes«, wandte Kim ein.

»Sind Sie da so sicher?« fragte Alice.

Kim überlegte eine Weile, ehe sie darauf antwortete: »Ich denke, man kann nie ganz sicher sein, was ein anderer Mensch denkt.«

»Richtig«, sagte Alice. »Es könnte natürlich sein, daß Edward sich ändert. Trotzdem habe ich den Eindruck, daß Edward Ihre emotionale Unterstützung braucht und Sie sie ihm auch geben. Daran ist überhaupt nichts auszusetzen, nur habe ich das Gefühl, daß dabei im Augenblick Ihre Bedürfnisse zu kurz kommen.«

»Das ist stark untertrieben«, gab Kim zu.

»Sie sollten darüber nachdenken, was für Sie gut ist, und entsprechend handeln«, sagte Alice. »Ich weiß, daß das leichter gesagt als getan ist. Sie haben Angst davor, dann seine Liebe zu verlieren. Aber Sie sollten wenigstens ernsthaft darüber nachdenken.«

»Wollen Sie damit sagen, daß ich nicht mit Edward zusammenleben sollte?« fragte Kim.

»Keineswegs«, widersprach Alice. »Mir steht es gar nicht zu, so etwas zu sagen. Das können nur Sie. Aber ich denke, Sie sollten über wechselseitige Abhängigkeit nachdenken.«

»Glauben Sie, daß es jetzt darum geht?« fragte Kim.

»Ich möchte nur, daß Sie sich gedanklich damit befassen«, sagte Alice. »Sie wissen, daß Menschen, die in der Kindheit mißhandelt worden sind, dazu neigen, später die Umstände dieser Mißhandlung wiederherzustellen.«

»Aber Sie wissen, daß ich nicht mißhandelt worden bin«, sagte Kim.

»Ich weiß, daß man Sie nicht im allgemeinen Wortsinn mißhandelt hat«, sagte Alice. »Aber Sie hatten keine gute Beziehung zu Ihrem Vater. Mißhandlungen können wegen des riesigen Machtgefälles zwischen Eltern und Kind die verschiedensten Formen annehmen.«

»Ich verstehe, was Sie meinen«, sagte Kim.

Alice beugte sich vor und legte die Hände auf die Knie. Sie lächelte gewinnend. »Mir scheint, es gibt da einige Dinge, über die wir sprechen sollten. Unglücklicherweise ist die halbe Stunde, die ich für Sie freimachen konnte, jetzt vorbei. Ich wünschte, ich könnte Ihnen jetzt noch mehr Zeit widmen, aber so kurzfristig war mir das nicht möglich. Ich hoffe, es ist mir zumindest gelungen, Sie zum Nachdenken über Ihre eigenen Bedürfnisse zu veranlassen.«

Kim stand auf. Ein Blick auf die Uhr ließ sie staunen, wie schnell die Zeit vergangen war. Sie dankte Alice überschwenglich.

»Wie steht es um Ihre Beklemmung?« fragte Alice. »Ich könnte Ihnen ein paar Xanax geben, wenn Sie meinen, daß Sie sie vielleicht brauchen.«

Kim schüttelte den Kopf. »Vielen Dank, aber es geht schon«,

sagte sie. »Außerdem habe ich noch ein paar von denen, die Sie mir beim letzten Mal gegeben haben.«

»Rufen Sie mich an, wenn Sie einen richtigen Termin vereinbaren wollen«, sagte Alice.

Kim versprach, sich beim nächsten Mal rechtzeitig anzumelden, und ging. Auf dem Rückweg zum Bahnhof dachte Kim über die kurze Sitzung nach. Sie hatte das Gefühl gehabt, gerade in Schwung zu kommen, als die halbe Stunde vorbei war. Aber Alice hatte ihr eine ganze Menge Stoff zum Nachdenken gegeben.

Auf der Rückfahrt beschloß Kim, mit Edward zu reden. Sie wußte, daß dies nicht leicht sein würde, weil ihr solche Auseinandersetzungen sehr schwerfielen. Außerdem war Edward im Moment sicher nicht in der Stimmung für ein so emotionsgeladenes Thema. Trotzdem stand für sie fest, daß sie das Gespräch mit ihm führen mußte, ehe alles noch schlimmer wurde.

Als Kim in ihr Familienanwesen fuhr, sah sie zu dem Laborgebäude hinüber und wünschte sich das nötige Selbstbewußtsein, um gleich hinüberzugehen und von Edward auf der Stelle eine Aussprache zu verlangen. Aber sie wußte, daß sie dazu nicht imstande war, ja sogar, daß sie ein solches Gespräch nicht einmal, falls er am Nachmittag im Cottage auftauchen würde, mit ihm würde führen können, sofern er ihr nicht von sich aus irgendwie das Gefühl vermittelte, daß auch er dazu bereit war. Resigniert fand sie sich damit ab, daß sie wohl Edward die Initiative würde überlassen müssen.

Aber Kim bekam Edward weder am Freitag abend noch am Samstag zu sehen. Sie entdeckte lediglich ein paar Hinweise darauf, daß er kurz nach Mitternacht nach Hause gekommen und vor Sonnenaufgang wieder weggegangen war. Das Wissen, daß sie mit ihm reden mußte, hing wie eine dunkle Wolke über Kim; ihre Beklemmung wurde immer stärker.

Am Sonntag morgen beschäftigte Kim sich auf dem Dachboden der Burg damit, Dokumente zu sortieren. Die wenig anspruchsvolle Tätigkeit verschaffte ihr ein gewisses Maß an Trost und lenkte sie für ein paar Stunden von ihrer unbefriedigenden Situation ab. Um Viertel vor eins ließ ihr Magen sie wissen, daß seit dem Frühstück, das aus einer Tasse Kaffee und einer Schale Cornflakes bestanden hatte, viel Zeit vergangen war.

Auf dem Weg hinüber zum Cottage betrachtete Kim die herbstliche Szene um sich herum. Das Laub an einigen Bäumen hatte sich schon verfärbt, aber bis zu der Pracht, die es in einigen Wochen entfalten würde, war es noch ein weiter Weg. Hoch über ihr am Himmel wiegten sich ein paar Möwen träge im Wind.

Kims Blick wanderte über das ganze Gelände und blieb schließlich an der Zufahrt zur Straße hängen, wo sie im Schatten der Bäume ein Auto erkennen konnte.

Neugierig, weshalb dort ein Wagen parkte, machte sie sich auf den Weg über das Feld, näherte sich dem Fahrzeug vorsichtig von der Seite und stellte dann einigermaßen überrascht fest, daß es Kinnard Monihan war.

Als Kinnard Kim erblickte, stieg er aus, und Kim sah etwas, was sie noch nie gesehen hatte: Kinnard wurde rot.

»Entschuldige«, sagte er verlegen. »Du sollst nicht glauben, daß ich hier lauere wie ein Spanner. Ich habe mich noch nicht getraut, bis zum Haus zu fahren.«

»Und warum nicht?« fragte Kim.

»Wahrscheinlich weil ich mich die letzten Male so albern benommen habe«, sagte Kinnard.

»Das muß eine Ewigkeit her sein«, sagte Kim.

»Ja, das ist es in mancher Hinsicht wohl«, gab Kinnard zu. »Ich hoffe jedenfalls, daß ich dich nicht störe.«

»Du störst mich nicht im geringsten.«

»Mein Dienst in Salem ist nächste Woche beendet«, sagte Kinnard. »Diese zwei Monate sind wie im Flug vergangen. Kommenden Montag in einer Woche werde ich wieder am MGH arbeiten.«

»Ich auch«, sagte Kim und fügte hinzu, daß sie sich den ganzen September freigenommen hatte.

»Ich war schon ein paarmal hier«, gab Kinnard zu. »Ich habe es nur immer für ziemlich unpassend gehalten, bei dir anzuklopfen. Und im Telefonbuch stehst du nicht.«

»Jedesmal, wenn ich am Krankenhaus vorbeigefahren bin, habe ich mich gefragt, wie es dir wohl gehen mag«, sagte Kim.

»Was macht die Renovierung?« fragte Kinnard.

»Davon kannst du dir selbst ein Bild machen«, sagte Kim. »Falls du es sehen möchtest.«

»Sogar sehr gern«, sagte Kinnard. »Komm, steig ein.«

Sie fuhren zum Cottage und stellten dort den Wagen ab. Kim führte Kinnard durchs ganze Haus. Er war sehr interessiert und machte ihr zahlreiche Komplimente.

»Mir gefällt wirklich, wie du das Haus modernisiert hast, ohne den kolonialen Charakter zu zerstören«, sagte Kinnard.

Sie waren im Obergeschoß, und Kim zeigte Kinnard gerade das neue Bad, als ein Blick durchs Fenster sie zusammenzucken ließ. Sie sah noch einmal hin und stellte erschreckt fest, daß es tatsächlich Edward und Buffer waren, die querfeldein auf das Cottage zukamen.

Kim fühlte sich sofort von leichter Panik erfaßt. Sie hatte keine Ahnung, wie Edward auf Kinnards Anwesenheit reagieren würde, insbesondere da sie ihn ja seit Montag nacht nicht mehr zu Gesicht bekommen hatte.

»Ich denke, wir sollten nach unten gehen«, sagte sie nervös.

»Ist etwas?« fragte Kinnard.

Kim gab ihm keine Antwort. Sie machte sich große Vorwürfe, weil sie die Möglichkeit, daß Edward erscheinen könnte, überhaupt nicht in Betracht gezogen hatte, und fragte sich, wie sie es immer wieder fertigbrachte, sich in solche Situationen zu manövrieren.

»Edward kommt«, sagte Kim schließlich und bedeutete Kinnard mit einer Handbewegung, ihr in den Salon zu folgen.

»Ist das ein Problem?« fragte Kinnard ein wenig verwirrt.

Kim versuchte zu lächeln. »Natürlich nicht«, sagte sie. Aber sonderlich überzeugend klang sie nicht, und sie spürte, wie ihr Magen sich verkrampfte.

Die Haustür ging auf, und Edward trat ein. Buffer rannte sofort in die Küche, um nachzusehen, ob vielleicht versehentlich irgend etwas Freßbares auf den Boden gefallen war.

»Ah, da bist du ja«, sagte Edward, als er Kim erblickte.

»Wir haben Besuch«, sagte Kim.

»So?« meinte Edward und trat in den Salon.

Kim stellte die beiden Männer einander vor. Kinnard streckte Edward die Hand hin, aber Edward rührte sich nicht. Er dachte nach.

»Ja, natürlich«, sagte er dann und schnippte mit den Fingern. Dann ergriff er Kinnards Hand und schüttelte sie begeistert. »Jetzt erinnere ich mich an Sie. Sie haben in meinem Labor gearbeitet. Hatten Sie sich nicht um eine Assistenzarztstelle in der Chirurgie bemüht?«

»Sie haben ein gutes Gedächtnis«, sagte Kinnard.

»Ich erinnere mich sogar an das Thema Ihrer Arbeit«, sagte Edward und lieferte dann in knappen Worten einen Abriß davon.

»Sie erinnern sich besser daran als ich«, grinste Kinnard verlegen. »Ich sollte mich schämen.«

»Wie wär's mit einem Bier?« fragte Edward. »Wir haben Sam Adams im Kühlschrank.«

Kinnards Blicke wanderten nervös zwischen Kim und Edward hin und her. »Vielleicht sollte ich besser gehen«, sagte er.

»Ach was, Unsinn«, meinte Edward. »Bleiben Sie doch, wenn Sie Zeit haben. Ich bin sicher, Kim kann etwas Gesellschaft gebrauchen. Ich muß gleich wieder ins Labor zurück. Ich bin nur hergekommen, weil ich sie etwas fragen wollte.«

Kim war ebenso verwirrt wie Kinnard. Edward verhielt sich völlig anders, als sie befürchtet hatte. Er war nicht gereizt, ganz im Gegenteil, er war blendend gelaunt.

»Ich weiß nicht, wie ich mich richtig ausdrücken soll«, sagte Edward zu Kim, »aber ich möchte, daß die Wissenschaftler in der Burg wohnen. Das wäre wesentlich bequemer für alle, weil die meisten Experimente rund um die Uhr überwacht werden müssen. Die Burg steht leer und hat so viele möblierte Räume, daß es einfach lächerlich wäre, wenn sie in ihren Pensionen blieben. Und Omni bezahlt dafür.«

»Also, ich weiß nicht ...«, stammelte Kim.

»Komm schon, Kim«, sagte Edward. »Es ist doch nur vorübergehend. Bald werden ihre Familien nachkommen, und dann werden sich alle Häuser kaufen.«

»Aber es sind doch so viele Familienerbstücke in der Burg«, sagte Kim.

»Was soll denn schon passieren?« fragte Edward. »Du hast doch alle selbst kennengelernt. Was sollen die schon anstellen? Hör zu, ich garantiere dir persönlich, daß es keinerlei Probleme geben wird. Und wenn doch, machen wir alles wieder rückgängig.«

»Laß mich darüber nachdenken«, bat Kim.

»Was gibt es da nachzudenken?« beharrte Edward. »Für mich sind diese Leute so etwas wie meine Familie. Außerdem schlafen sie ohnehin nur von eins bis fünf, genau wie ich. Du wirst überhaupt nicht merken, daß sie da sind. Du wirst sie weder hören noch sehen. Sie können im Gästeflügel und im Dienstbotenteil wohnen.«

Er zwinkerte Kinnard zu und fügte dann hinzu: »Es ist wohl besser, Männer und Frauen separat unterzubringen. Schließlich will ich keine häuslichen Zwistigkeiten haben.«

»Wären sie denn damit einverstanden, wenn wir sie in den Dienstboten- und Gästeflügeln unterbringen?« fragte Kim, der es schwerfiel, Edwards freundlich selbstbewußter Art zu widerstehen.

»Begeistert werden sie sein«, sagte Edward. »Ich kann dir gar nicht sagen, wie dankbar sie sein werden. Danke, meine Süße! Du bist ein Engel!« Edward gab Kim einen Kuß auf die Stirn und zog sie an sich.

»Kinnard!« sagte Edward und löste sich von Kim. »Jetzt, wo Sie wissen, wo wir sind, sollten Sie sich nicht so rar machen. Kim braucht Gesellschaft. Ich selbst bin in nächster Zeit leider ziemlich stark beschäftigt.«

Dann stieß Edward einen schrillen Pfiff aus, der Kim zusammenzucken ließ. Buffer kam aus der Küche getrottet.

»Also, dann bis später«, sagte Edward und winkte den beiden zu. Gleich darauf fiel die Haustür ins Schloß.

Kim und Kinnard sahen sich einen Augenblick lang wortlos an.

»Habe ich jetzt ja gesagt, oder was?« fragte Kim.

»Das ist ein wenig schnell gegangen«, meinte Kinnard.

Kim trat ans Fenster und sah Edward und Buffer nach, die querfeldein wieder auf das Labor zustrebten. Edward warf einen Stock für den Hund.

»Er ist wesentlich zugänglicher als damals, als ich in seinem Labor gearbeitet habe«, sagte Kinnard. »Du hast einen guten Einfluß auf ihn. Er war immer so steif und ernst. Ein richtig verbohrter Wissenschaftler.«

»Er hat in letzter Zeit mächtig viel um die Ohren«, sagte Kim, die immer noch zum Fenster hinaussah. Edward und Buffer schienen sich köstlich mit dem Stock zu amüsieren.

»Wenn man ihn so sieht, würde man das nicht glauben«, sagte Kinnard.

Kim drehte sich zu ihm um. Sie schüttelte den Kopf und rieb sich nervös die Stirn. »Worauf habe ich mich jetzt bloß wieder eingelassen?« fragte sie. »Mir paßt es eigentlich überhaupt nicht, daß Edwards Leute in der Burg wohnen.«

»Wie viele sind es denn?« wollte Kinnard wissen.

»Fünf.«

»Ist die Burg denn leer?«

»Es wohnt niemand dort, falls du das meinst«, sagte Kim. »Aber leer ist sie ganz sicherlich nicht. Willst du sie sehen?«

»Gern«, sagte Kinnard.

Fünf Minuten später stand Kinnard mitten in dem zweistöckigen großen Saal. Seine Augen waren ungläubig geweitet.

»Jetzt verstehe ich dich«, sagte er. »Das ist ja das reinste Museum.«

»Mein Bruder und ich haben die Burg von unserem Großvater geerbt«, erklärte Kim. »Wir haben keine Ahnung, was wir damit machen sollen. Trotzdem weiß ich nicht recht, was mein Vater oder mein Bruder sagen werden, wenn sich hier fünf Fremde breitmachen.«

»Sehen wir uns doch einmal die Zimmer an, wo sie schlafen sollen«, schlug Kinnard vor.

Sie inspizierten die beiden Flügel. In jedem waren vier Schlafzimmer, jedes mit einer eigenen Treppe und einer eigenen Außentür.

»Bei den separaten Eingängen und Treppen brauchen sie gar nicht durch das Hauptgebäude zu gehen«, meinte Kinnard.

»Ja, das hat etwas für sich«, sagte Kim. Sie standen in einem der Dienstbotenzimmer. »Vielleicht ist es gar nicht so schlimm. Die drei Männer können in diesem Flügel wohnen und die beiden Frauen drüben im Gästeflügel.«

Kinnard steckte den Kopf in das Bad, das zwei Räume verband. »Oh, oh!« sagte er. »Kim, komm mal her!«

»Was gibt's denn?«

Kinnard deutete auf die Toilette. »Kein Wasser«, sagte er. Er beugte sich über das Waschbecken und drehte den Hahn auf. Kein Wasser. »Irgendein Installationsproblem.«

Sie überprüfen die anderen Badezimmer im Dienstbotenflügel und stellten fest, daß nirgends Wasser lief. Sie schauten im Gästeflügel nach, aber dort war alles in Ordnung.

»Ich werden den Installateur rufen müssen«, sagte Kim.

»Es könnte auch etwas ganz Einfaches sein, vielleicht hat bloß jemand das Wasser abgedreht«, meinte Kinnard.

Sie verließen den Gästeflügel, und auf dem Weg zurück sagte Kinnard: »Das Peabody-Essex-Institut wäre von diesem Haus begeistert.«

»Wenn die erst das, was auf dem Dachboden und im Weinkeller liegt, sehen könnten«, sagte Kim. »Massenhaft alte Papiere, Briefe und Dokumente, die ältesten sind dreihundert Jahre alt.«

»Das muß ich sehen«, sagte Kinnard. »Macht es dir etwas aus?«

»Überhaupt nicht«, sagte Kim. Sie stiegen die Treppe hinauf, und Kim öffnete die Tür. »Willkommen im Stewart-Archiv«, sagte sie.

Kinnard trat ein und schaute sich um. Er schüttelte den Kopf. Er war baff. »Als Junge habe ich Briefmarken gesammelt«, sagte er. »Damals habe ich oft davon geträumt, einmal so etwas zu finden. Wer weiß, welche Schätze hier verborgen liegen?«

»Im Keller liegt noch einmal die gleiche Menge«, sagte Kim, der Kinnards Begeisterung gefiel.

»Ich könnte hier locker einen Monat verbringen«, sagte Kinnard.

»Das habe ich praktisch getan«, erklärte Kim. »Ich habe nach Hinweisen auf eine meiner Vorfahren gesucht. Elizabeth Stewart; sie war 1692 in diesen Hexenwahnsinn geraten.«

»Ganz ehrlich«, sagte Kinnard, »mich fasziniert das. Wie du vielleicht noch weißt, hatte ich auf dem College amerikanische Geschichte als Hauptfach belegt.«

»Das hatte ich ganz vergessen«, sagte Kim.

»In den letzten beiden Monaten habe ich die meisten Orte besucht, die mit dieser Hexengeschichte zu tun hatten«, erklärte Kinnard. »Meine Mutter hat mich einmal besucht, und wir sind gemeinsam hingefahren.«

»Warum hast du nicht die Blonde aus der Nachbarschaft mitgenommen?« fragte Kim, ehe sie richtig darüber nachgedacht hatte.

»Das ging nicht«, sagte Kinnard. »Sie hatte Heimweh und ist wieder nach Hause zurück. Wie läuft's denn bei dir? Die Sache mit Dr. Armstrong scheint sich ja gut zu entwickeln.«

»Die hat ihre Licht- und Schattenseiten«, meinte Kim vage.

»Was hatte eigentlich deine Vorfahrin mit dieser Hexerei zu tun?« fragte Kinnard.

»Man hat ihr den Prozeß als Hexe gemacht«, sagte Kim. »Und sie ist hingerichtet worden.«

»Wieso hast du mir nie davon erzählt?« fragte Kinnard.

»Weil ich an einem Vertuschungsmanöver beteiligt war«, sagte Kim und lachte. »Nein, ernsthaft: Meine Mutter hatte mir eingeschärft, nicht darüber zu reden. Aber das hat sich geändert. Jetzt bin ich damit beschäftigt, ihrem Fall auf den Grund zu gehen, und es ist für mich zu einer Art Kreuzzug geworden.«

»Schon irgendwie fündig geworden?« fragte Kinnard.

»Ein wenig«, nickte Kim. »Aber hier liegt so viel Material, und es hat mich mehr Zeit gekostet, als ich erwartet hatte.«

Kinnard legte die Hand auf eine Schublade und sah Kim an. »Darf ich?« fragte er.

»Nur zu«, sagte Kim.

Wie die meisten Schubladen war auch diese mit einem Durcheinander von Papieren, Umschlägen und Heften gefüllt. Kinnard wühlte darin herum, fand aber keine Briefmarken. Schließlich griff er nach einem der Umschläge und zog den Brief heraus.

»Kein Wunder, daß da keine Briefmarken drauf sind«, sagte er. »Die sind schließlich erst Ende des neunzehnten Jahrhunderts erfunden worden. Und dieser Brief hier ist aus dem Jahre 1698!«

Kim nahm den Umschlag. Er war an Ronald adressiert.

»Du bist ein Glückspilz«, sagte sie. »Ich suche die ganze Zeit im Schweiße meines Angesichts nach solchen Briefen, und du kommst einfach hier herein und pickst ihn heraus.«

»Freut mich, dir behilflich sein zu können«, sagte Kinnard und reichte ihr den Brief, den sie laut vorlas.

> 12. Oktober 1698
> Cambridge

Geliebter Vater,

ich bin zutiefst dankbar für die zehn Shilling, weil ich in jenen harten Tagen der Anpassung an das Leben auf dem College in bitterer Not war. Ich möchte gern in aller Demut berichten, daß mir in dem Vorhaben, über das wir vor meiner Immatrikulation viel debattiert hatten, Erfolg beschieden war. Nach langer und mühsamer Suche fand ich das Beweisstück, daß unserer lieben verblichenen Mutter zum Verhängnis geworden ist. Ich fand es in den Räumen eines unserer hochgeschätzten Lehrer, der an seinem grausigen Wesen Gefallen gefunden hatte. Es hat mich zunächst beunruhigt, daß es so sichtbar zur Schau gestellt war, aber am letzten Dienstag, als wir uns am Nachmittag alle in die Mensa zurückzogen, hatte ich Gelegenheit, die besagten Räume zu besuchen, wo ich getreu Deiner Anweisung den Namen gegen den der fiktiven Rachel Bingham ausgetauscht habe. Ebenso habe ich denselben im Katalog in der Bibliothek der Harvard Hall eingetragen. Ich hoffe, lieber Vater, Du findest jetzt Trost, da der Name Stewart von der schlimmsten Schmach befreit ist. Im Hinblick auf meine Studien kann ich mit einiger Freude berichten, daß meine Rezitationen wohlwollende Aufnahme gefunden haben. Meine Zimmerkollegen sind gesund und von angenehmer Wesensart. Abgesehen von den niedrigen Diensten, die ich den älteren Schülern leisten muß und vor denen Du mich gebührend gewarnt hast, bin ich wohlauf und zufrieden.

Dein Dich liebender Sohn
Jonathan

»Großer Gott!« sagte Kim, als sie zu Ende gelesen hatte.
»Was ist denn?« fragte Kinnard.
»Das ist dieses Beweisstück«, sagte Kim und deutete auf den Brief. »Das bezieht sich auf das Beweismaterial, das benutzt wurde, um Elizabeth schuldig zu sprechen. In einem Dokument, das ich im Bezirksgerichtsgebäude von Essex fand, wurde es als eindeutiger Beweis geschildert, der zu einem Schuldspruch führen mußte. Ich habe einige andere Hinweise darauf gefunden, aber was es tatsächlich war, wird nie gesagt. Herauszufinden, worum es sich handelt, ist das Hauptziel meiner Suche geworden.«
»Und hast du eine Ahnung, was es sein könnte?« erkundigte sich Kinnard.
»Ich glaube, daß es etwas mit Okkultismus zu tun hat«, sagte Kim. »Wahrscheinlich war es ein Buch oder eine Puppe.«

»Nach Lektüre dieses Briefes würde ich sagen, daß es eher eine Puppe ist«, sagte Kinnard. »Ich weiß nicht, wie man ein Buch als ›grausig‹ ansehen kann. Der Schauerroman ist schließlich erst im neunzehnten Jahrhundert erfunden worden.«

»Vielleicht war es ein Buch, in dem irgendein Hexentrank beschrieben wurde, zu dessen Zutaten Körperteile gehörten«, meinte Kim.

»Daran hatte ich nicht gedacht«, räumte Kinnard ein.

»In Elizabeths Tagebuch ist etwas von Puppen erwähnt«, sagte Kim. »Und in dem Urteil gegen Bridget Bishop haben Puppen eine Rolle gespielt. Ich könnte mir vorstellen, daß eine Puppe in der Weise ›grausig‹ sein könnte, daß sie entweder Verstümmelungen aufweist oder sexuelle Perversionen darstellt. Ich kann mir vorstellen, daß bei den Moralbegriffen der Puritaner viele Dinge, die irgendwie mit Sex zu tun haben, als grausig betrachtet wurden.«

»Es ist ein weitverbreitetes Vorurteil, daß die Puritaner Sex grundsätzlich als sündhaft betrachteten«, sagte Kinnard. »Aber ich weiß aus meinen Geschichtsvorlesungen, daß sie Lügen und Egoismus stärker verdammten als vorehelichen Sex.«

»Da sieht man, wie sich die Dinge seit der Zeit Elizabeths gewandelt haben«, meinte Kim schmunzelnd. »Was die Puritaner als schreckliche Sünde betrachteten, ist in der heutigen Gesellschaft akzeptiert und oft sogar hochgelobt. Man muß sich bloß einmal eine Regierungsanhörung im Fernsehen anschauen.«

»Du hoffst also, das Rätsel um dieses Beweismaterial dadurch zu lösen, indem du all diese Papiere durchgehst?« sagte Kinnard mit einer weit ausholenden Handbewegung, die das ganze Dachgeschoß einschloß.

»Hier und im Weinkeller«, sagte Kim. »Ich habe einen Brief von Increase Mather nach Harvard gebracht, in dem Elizabeths Mann mitgeteilt hatte, daß das Beweisstück in die Harvard-Sammlung aufgenommen worden war. Aber ich hatte kein Glück. Die Bibliothekarinnen konnten keinerlei Hinweis auf Elizabeth Stewart finden.«

»Seit Jonathans Brief weißt du, daß du nach einer Rachel Bingham hättest fragen müssen«, sagte Kinnard.

»Ja«, sagte Kim, »aber das hätte auch keinen Unterschied gemacht. 1764 hat es in Harvard gebrannt, und die ganze Bibliothek ging in Flammen auf. Nicht nur alle Bücher sind verbrannt, sondern auch eine sogenannte Fundgrube von Kuriositäten, sämtliche Kataloge und Verzeichnisse. Unglücklicherweise hat niemand auch nur die leiseste Ahnung, was dabei alles verlorengegangen ist. In Harvard komme ich also auch nicht weiter.«

»Das tut mir leid«, sagte Kinnard.

»Danke«, meine Kim.

»Wenigstens hast du noch eine Chance, unter all den Papieren etwas zu finden«, sagte Kinnard.

»Das ist jetzt meine einzige Hoffnung«, nickte Kim und zeigte ihm, wie sie die Unterlagen chronologisch und thematisch sortierte.

»Das ist eine Riesenaufgabe«, staunte Kinnard. Dann sah er auf die Uhr. »Ich fürchte, ich muß jetzt gehen. Ich muß heute nachmittag Patienten besuchen.«

Kim begleitete ihn zu seinem Wagen hinunter. Er bot an, sie zum Cottage mitzunehmen, aber sie lehnte ab und erklärte, sie wolle noch ein paar Stunden auf dem Dachboden arbeiten. Dabei wollte sie sich ganz besonders der Schublade annehmen, in der er Jonathans Brief gefunden hatte.

»Vielleicht sollte ich das nicht fragen«, sagte Kinnard, als er die Autotür schon geöffnet hatte. »Aber was macht Edward mit seinem Wissenschaftlerteam eigentlich hier?«

»Du hast recht«, meinte Kim. »Du solltest nicht fragen. Ich kann dir nichts sagen, weil ich mich zur Geheimhaltung verpflichtet habe. Aber daß sie hier ein neues Präparat entwickeln, ist allgemein bekannt. Edward hat in den alten Stallungen ein Labor gebaut.«

»Nicht dumm«, sagte Kinnard. »Ein idealer Platz für ein Forschungslabor.«

Kinnard saß schon hinterm Steuer, als Kim ihn noch einmal aufhielt. »Ich habe da eine Frage«, meinte sie. »Verstößt es gegen irgendein Gesetz, wenn Wissenschaftler selbst Präparate im Versuchsstadium einnehmen, bevor diese klinisch erprobt sind?«

»Die Vorschriften der Gesundheitsbehörde erlauben nicht, daß Präparate an Freiwilligen erprobt werden«, sagte Kinnard. »Aber wenn die Wissenschaftler selbst das Präparat einnehmen, so glaube ich nicht, daß die Gesundheitsbehörde dazu irgend etwas zu sagen hätte. Ich kann mir allerdings auch nicht vorstellen, daß sie es sanktionieren würden; möglicherweise kann es sogar zu Schwierigkeiten führen, wenn sie den Prüfungsantrag stellen.«

»Schade«, meinte Kim. »Ich hatte gehofft, es wäre verboten.«

»Man muß kein Genie sein, um zu erraten, weshalb du die Frage gestellt hast«, grinste Kinnard.

»Ich sage gar nichts. Und ich wäre dir dankbar, wenn du es auch für dich behalten würdest.«

»Wem sollte ich es denn sagen?« konterte Kinnard rhetorisch und fügte dann nach kurzem Zögern hinzu: »Nehmen sie alle das Präparat?«

»Ich möchte wirklich nichts sagen«, erklärte Kim.

»Wenn ja, würde das ein ernsthaftes ethisches Problem aufwerfen«, meinte Kinnard. »Dann würde sich nämlich die Frage stellen, ob die jüngeren Mitarbeiter etwa unter Zwang gehandelt haben.«

»Ich glaube nicht, daß hier Zwang im Spiel ist«, sagte Kim. »Eher Gruppenhysterie. Aber niemand zwingt jemanden zu etwas.«

»Na ja, wie auch immer, besonders klug ist es nicht, ein unbekanntes Präparat an sich selbst auszutesten«, sagte Kinnard. »Das Risiko von Nebenwirkungen ist einfach zu groß. Deshalb hat man ja diese Regeln ursprünglich aufgestellt.«

»War nett, dich wiederzusehen«, sagte Kim, um das Thema zu wechseln. »Ich freue mich, daß wir immer noch Freunde sind.«

Kinnard lächelte. »Besser hätte ich das auch nicht sagen können.«

Kim winkte ihm nach, als er wegfuhr. Ehe der Wagen zwischen den Bäumen verschwand, winkte sie noch einmal. Es tat ihr leid, ihn gehen zu sehen. Sein unerwarteter Besuch war eine angenehme Abwechslung gewesen.

Gegen Abend beschloß Kim, die Suche aufzugeben. Sie stand auf und streckte ihre schmerzenden Glieder. Leider war sie nicht so erfolgreich wie Kinnard gewesen; sie hatte nichts gefunden, was für sie interessant gewesen wäre.

Sie verließ die Burg und ging quer über das Feld zum Cottage. Die Sonne stand bereits tief am westlichen Horizont. Es war Herbst, und bald würde es Winter werden. Während sie so dahinging, dachte sie vage darüber nach, was sie zum Abendessen machen sollte.

Kim hatte das Cottage fast erreicht, als sie aus der Ferne erregte Stimmen hörte. Sie drehte sich um und sah, daß Edward und sein Team aus der Isoliertheit ihres Labors herausgekommen waren.

Kim blieb verblüfft stehen und sah die Gruppe näher kommen. Selbst aus der Ferne konnte sie erkennen, daß sie recht übermütig waren, wie Schulkinder, die man gerade in die Ferien entlassen hatte. Gelächter und Geschrei hallten zu ihr herüber. Die Männer, mit Ausnahme Edwards, warfen sich gegenseitig einen Fußball zu.

Kims erster Gedanke war, daß sie irgendeine grandiose Entdeckung gemacht hatten. Je näher sie kamen, desto mehr wuchs ihre Überzeugung, mit dieser Vermutung den Nagel auf den Kopf getroffen zu haben. Sie hatte sie noch nie so gut gelaunt erlebt. Als sie jedoch auf Rufweite herangekommen waren, nahm Edward ihr die Illusion.

»Da, schau, was du mit meinen Leuten angerichtet hast!« rief er ihr zu. »Ich habe ihnen gerade gesagt, daß du ihnen erlaubt hast, in der Burg zu wohnen, und jetzt drehen sie durch.«

Als die Wissenschaftler Kim erreicht hatten, stimmten sie unisono ein dreimaliges Hipphipphurra an und brachen in lautes Gelächter aus.

Kim merkte, daß sich ein Lächeln über ihr Gesicht gelegt hatte. Diese Ausgelassenheit war ansteckend. Sie wirkten wie Collegestudenten, die ihre Mannschaft beim Football anfeuerten.

»Deine Gastfreundschaft hat sie überwältigt«, erklärte Edward. »Sie wissen ganz genau, daß du ihnen damit einen echten Gefallen tust. Curt hat sogar ein paar Nächte im Labor auf dem Fußboden geschlafen.«

»Ihr Outfit gefällt mir«, sagte Curt zu Kim.

Kim blickte an sich herunter. Sie trug Jeans und eine Lederweste, nichts Besonderes. »Danke«, sagte sie.

»Wir möchten Sie wegen der Möbel in der Burg beruhigen«, sagte François. »Wir wissen, daß es sich um Familienerbstücke handelt, und wir werden vorsichtig damit umgehen.«

Eleanor trat vor und nahm Kim völlig unerwartet in die Arme. »Ihre Selbstlosigkeit ist beeindruckend«, sagte sie. Sie drückte Kim die Hand und sah ihr in die Augen. »Vielen herzlichen Dank.«

Kim nickte. Sie kam sich etwas hilflos vor und wußte nicht, was sie sagen sollte. Es war ihr peinlich, daß sie gegen die Idee gewesen war.

»Übrigens«, sagte Curt und drängte Eleanor beiseite, »ich wollte Sie schon fragen, ob Ihnen mein Motorrad zu laut ist. Ich kann auch gerne etwas abseits parken.«

»Ich habe nichts gehört«, sagte Kim.

»Kim!« rief Edward und trat auf der anderen Seite neben sie. »Wenn es dir jetzt paßt, könntest du allen zeigen, wo sie in der Burg schlafen sollen.«

»Ja, wir können das genausogut jetzt tun«, sagte Kim.

»Ausgezeichnet!« strahlte Edward.

Kim machte kehrt und führte die vergnügte Gruppe zur Burg. David und Gloria bemühten sich, mit ihr aufzuschließen und neben ihr zu gehen. Sie hatten unzählige Fragen über die Burg und wollten wissen, wann sie gebaut worden war und ob Kim je drin gewohnt hatte.

Als sie dann den Prachtbau betraten, brachen sie in viele Ohs und Ahs aus, besonders als sie den großen Saal und den Speisesaal mit den vielen Fahnen sahen.

Kim zeigte ihnen den Gästeflügel und schlug vor, daß die Frauen dort schlafen sollten. Eleanor und Gloria waren begeistert und entschieden sich für zwei durch eine Tür verbundene Schlafzimmer im ersten Stock.

»Dann können wir einander wecken, wenn wir verschlafen«, meinte Eleanor.

Kim zeigte ihnen, daß jeder Flügel einen separaten Eingang und eine separate Treppe hatte.

»Das ist ideal«, sagte François. »Dann brauchen wir den Mittelteil des Hauses überhaupt nicht zu betreten.«

Anschließend führte Kim ihre Gäste in den Dienstbotenflügel und erklärte, daß es dort Probleme mit der Wasserversorgung gebe, versicherte ihnen aber, daß sie gleich am nächsten Morgen einen Installateur bestellen würde. Dann zeigte sie ihnen ein Bad im Hauptteil des Hauses, das sie in der Zwischenzeit benutzen sollten.

Die Männer suchten sich ihre Zimmer aus, ohne daß es zu Meinungsverschiedenheiten kam, obwohl einige Zimmer wesentlich schöner waren als andere. Das beeindruckte Kim.

»Ich kann auch das Telefon anschließen lassen«, bot sie an.

»Machen Sie sich keine Mühe«, wehrte David ab. »Das ist sehr liebenswürdig von Ihnen, aber nicht nötig. Wir werden nur zum Schlafen hier sein. Wir können das Telefon im Labor benutzen.«

Es gab noch eine kurze Diskussion über Schlüssel, und man kam überein, die Türen der beiden Flügel zunächst unversperrt zu lassen. Kim würde, sobald sie dazu kam, Schlüssel machen lassen.

Nach einer Runde heftigen Händeschüttelns und einigen Umarmungen und Dankesbezeugungen fuhren die Wissenschaftler los, um ihr Gepäck zu holen. Kim und Edward gingen zum Cottage zurück.

Edward war glänzend gelaunt und bedankte sich immer wieder bei Kim für ihre Großzügigkeit.

»Du hast wirklich entscheidend dazu beigetragen, die Atmosphäre im Labor zu verbessern«, sagte Edward. »Du hast es ja selbst gesehen: Die sind über alle Maßen entzückt. Ich bin überzeugt, daß sich das in ihrer Arbeit niederschlagen wird. Somit hast du das ganze Projekt positiv beeinflußt.«

»Das freut mich wirklich«, sagte Kim; sie fühlte sich noch schuldbewußter, weil sie zunächst gegen den Vorschlag gewesen war.

Sie erreichten das Cottage, und Kim war überrascht, daß Edward sie nach drinnen begleitete. Sie hatte gedacht, er würde gleich wieder ins Labor gehen.

»War nett von diesem Monihan, daß er vorbeigekommen ist«, sagte Edward.

Kim blieb der Mund offenstehen.

»Ich könnte jetzt ein Bier gebrauchen«, sagte Edward. »Wie steht's mit dir?«

Kim schüttelte den Kopf. Sie war sprachlos. Als sie Edward in die Küche folgte, nahm sie sich vor, mit ihm über ihre Beziehung zu sprechen. Es war eine Ewigkeit her, daß er so gut gelaunt gewesen war.

Edward ging an den Kühlschrank. Kim setzte sich auf einen Hocker. Gerade als sie das Thema ansprechen wollte, knackte Edward den Verschluß der Bierdose und versetzte ihr den nächsten Schock.

»Ich möchte mich bei dir entschuldigen, weil ich den ganzen Monat so widerwärtig war«, sagte er. Er trank einen Schluck, stieß auf und entschuldigte sich. »Ich habe die letzten zwei, drei Tage darüber nachgedacht und weiß, daß ich schwierig, rücksichtslos und unaufmerksam war. Ich will auch die Schuld nicht auf andere schieben, aber ich stand die ganze Zeit unter mächtigem Druck von Stanton, von Harvard und den Wissenschaftlern und auch von mir selbst. Trotzdem hätte ich nicht zulassen dürfen, daß sich diese Dinge zwischen uns stellen. Noch einmal: Ich bitte dich sehr, mir zu verzeihen.«

Edwards Zerknirschung verblüffte Kim. Damit hatte sie überhaupt nicht gerechnet.

»Ich sehe, du bist verstimmt«, sagte Edward. »Du mußt jetzt nichts sagen, wenn du nicht willst. Ich kann mir gut vorstellen, daß du ziemlich sauer auf mich bist.«

»Aber ich möchte mit dir reden«, sagte Kim. »Ich habe mir schon eine ganze Weile vorgenommen, mit dir zu sprechen, besonders seit Freitag. Ich war nämlich in Boston bei einer Therapeutin, bei der ich vor Jahren schon einmal in Behandlung war.«

»Ich bin froh, daß du die Initiative ergriffen hast«, sagte Edward.

»Sie hat mich zum Nachdenken über unseren Umgang miteinander veranlaßt«, sagte Kim. Sie blickte auf ihre Hände. »Ich habe mir überlegt, ob es für uns im Augenblick wirklich das Richtige ist zusammenzuleben.«

Edward stellte seine Bierdose ab und ergriff ihre Hände. »Ich kann verstehen, wie dir zumute ist«, sagte er. »Und in Anbetracht meines Verhaltens in jüngster Zeit habe ich dafür auch Verständnis. Aber ich habe meine Fehler eingesehen und will mich bessern.«

Kim setzte an, etwas zu sagen, aber Edward ließ sie nicht zu Wort kommen.

»Das einzige, worum ich dich bitte, ist, den Status quo noch ein paar Wochen aufrechtzuerhalten; ich bleibe in meinem Zimmer und du in deinem«, sagte er. »Wenn du am Ende dieser Probezeit meinst, daß wir nicht zusammenbleiben sollten, dann ziehe ich zu den anderen in die Burg.«

Kim überlegte. Edward hatte sie mit seiner Einsicht und seiner Zerknirschtheit beeindruckt, und sie hatte das Gefühl, daß sein Angebot aufrichtig gemeint war.

»Also gut«, sagte sie schließlich.

»Wunderbar!« strahlte Edward. Er zog sie an sich.

Kim hielt sich zurück, es fiel ihr schwer, ihren Gefühlen so schnell eine neue Richtung zu geben.

»Das wollen wir feiern«, sagte Edward. »Laß uns zusammen essen gehen – nur du und ich.«

»Ich weiß, daß du dafür keine Zeit hast«, sagte Kim. »Aber ich weiß dein Angebot zu schätzen.«

»Unsinn!« widersprach ihr Edward. »Ich nehme mir eben die Zeit. Gehen wir doch wieder in die Wirtschaft, in der wir bei unseren ersten Besuchen waren. Erinnerst du dich noch an den Kabeljau, den wir dort gegessen haben?«

Kim nickte. Edward leerte sein Bier.

Als sie im Wagen saßen und Kim einen Blick auf die Burg warf, dachte sie unwillkürlich an die Wissenschaftler und deren überschwengliches Verhalten.

»Die waren überglücklich«, sagte Edward. »Im Labor läuft alles gut, und jetzt fällt auch noch die Fahrerei weg.«

»Habt ihr schon angefangen, Ultra zu nehmen?« wollte Kim wissen.

»Aber natürlich«, erwiderte Edward. »Am Dienstag.«

Kim überlegte, ob sie Edward etwas über Kinnards Gedanken zu dem Thema sagen sollte, zögerte aber, weil sie wußte, daß Edward verstimmt reagieren würde, wenn er erführe, daß sie mit jemandem über das Projekt gesprochen hatte.

»Etwas Interessantes haben wir bereits herausgefunden«, fuhr Edward fort. »Das Gewebeniveau von Ultra muß unkritisch sein, weil alle eine positive Beeinflussung verspüren, obwohl wir völlig verschiedene Dosierungen genommen haben.«

»Könnte diese Euphorie, die ihr empfindet, etwas mit dem Mittel zu tun haben?« erkundigte sich Kim.

»Ganz sicher sogar«, nickte Edward. »Indirekt jedenfalls, vielleicht sogar direkt. Innerhalb von vierundzwanzig Stunden nach der ersten Einnahme fühlten wir uns alle entspannt, zuversichtlich, zielbewußt und sogar ...« Edward suchte nach dem richtigen Ausdruck und meinte schließlich: »Zufrieden. Wir sind weit entfernt von der Beklemmung, der Müdigkeit und der Reizbarkeit, unter der wir vorher alle gelitten hatten.«

»Und was ist mit Nebenwirkungen?«

»Die einzige Nebenwirkung, die wir alle festgestellt haben,

war am Anfang eine Trockenheit im Mund«, erklärte Edward. »Und zwei haben sich über leichte Verstopfung beklagt. Ich war der einzige, der ein wenig Sehbeschwerden im Nahbereich hatte, aber das dauerte nur vierundzwanzig Stunden, und das Problem hatte ich auch früher schon, besonders wenn ich müde wurde.«

»Vielleicht solltet ihr wieder aufhören, das Mittel zu nehmen, wo ihr doch jetzt schon soviel darüber wißt«, meinte Kim.

»Nein«, widersprach Edward. »Nicht, wenn wir so positive Ergebnisse erzielen. Ich habe dir sogar etwas mitgebracht, falls du es auch probieren willst.«

Edward griff in die Jackentasche, zog ein Röhrchen mit Kapseln heraus und hielt es Kim hin. Sie zuckte zurück.

»Nein, vielen Dank«, sagte sie.

»Um Gottes willen, nimm doch wenigstens das Röhrchen.«

Kim ließ widerstrebend zu, daß Edward ihr das Röhrchen in die Hand drückte.

»Denk mal darüber nach«, sagte Edward. »Erinnerst du dich an das Gespräch, das wir vor einer Weile hatten – über das Gefühl, nicht dazuzugehören? Also, mit Ultra wirst du dieses Gefühl nicht mehr haben. Ich nehme es jetzt noch nicht einmal eine Woche, und doch ist mein wahres Ich schon zutage getreten; der Mensch, der ich schon immer sein wollte. Ich finde, du solltest es probieren. Was hast du schon zu verlieren?«

»Der Gedanke, meine Persönlichkeit mit Hilfe von Präparaten zu verändern, beunruhigt mich«, sagte Kim. »Persönlichkeit soll sich aus Erfahrungen entwickeln, nicht aus Chemie.«

»Das klingt wie ein Gespräch, das wir schon einmal geführt haben«, lachte Edward. »Wahrscheinlich muß ich das als Chemiker etwas anders sehen. Aber du mußt tun, was du für richtig hältst. Ich kann dir nur garantieren, daß du dich selbst viel positiver empfinden wirst, wenn du es versuchst. Und das ist nicht alles. Wir glauben, daß Ultra auch das Langzeitgedächtnis fördert und Angstzustände und Erschöpfung mildert. Für den letztgenannten Effekt hatte ich heute früh eine gute Demonstration. Ich bekam einen Anruf aus Harvard, in dem man mir mitteilte, daß sie Klage gegen mich eingereicht haben. Ich wurde wütend, aber der Zorn hielt nur ein paar Minuten an. Ultra hat meine Wut gemildert, und statt hochzugehen und gegen die Wände zu trommeln, konnte ich rational über die Situation nachdenken und die richtigen Entscheidungen treffen.«

»Freut mich, daß es dir so hilft«, sagte Kim. »Aber ich will es trotzdem nicht nehmen.« Sie wollte Edward das Röhrchen zurückgeben, aber er schob ihre Hand weg.

»Behalt es«, sagte er. »Ich bitte dich ja nur darum, ernsthaft darüber nachzudenken. Nimm einfach eine Kapsel pro Tag, und du wirst staunen, was du über dich erfährst.«

Kim gab den Widerspruch auf; sie ließ das Röhrchen in ihre Handtasche fallen.

Später im Restaurant, als Kim auf der Toilette war, fiel ihr das Röhrchen wieder in die Hände. Sie zog es heraus, schraubte den Deckel ab, schüttelte eine der blauen Kapseln heraus und betrachtete sie. Ihr schien es unglaublich, daß diese kleine Pille all das bewirken sollte, was Edward behauptete.

Sie sah in den Spiegel und gestand sich ein, wie sehr sie sich wünschte, selbstbewußter und weniger ängstlich zu sein. Die Versuchung war groß, diese leichte, stetige Beklemmung los zu werden. Wieder betrachtete sie die Kapsel, schüttelte dann aber den Kopf. Sie wußte, daß dieser Stoff keine Lösung war. Im Laufe der Jahre hatte sich in ihr die Meinung verfestigt, daß sie am besten auf die altmodische Art mit ihren Problemen klarkam, also mit Einsicht, etwas Schmerz und Anstrengung.

Als Kim später am Abend bequem im Bett lag und las, hörte sie, wie die Haustür zugeschlagen wurde. Sie zuckte zusammen, sah auf die Uhr und stellte fest, daß es kurz vor elf war.

»Edward?« rief sie beunruhigt.

»Ich bin's«, rief Edward und eilte zwei Stufen auf einmal nehmend die Treppe hinauf. Er steckte den Kopf zur Tür herein. »Ich hoffe, ich habe dich nicht erschreckt«, sagte er.

»Es ist noch so früh«, sagte Kim. »Geht es dir gut?«

»Könnte nicht besser sein«, sagte Edward. »Ich könnte Bäume ausreißen, und das verblüfft mich, wo ich doch schon seit fünf Uhr früh auf den Beinen bin.«

Er ging ins Bad und putzte sich die Zähne. Dabei erzählte er lebhaft von ein paar witzigen Zwischenfällen, die sich im Labor ereignet hatten. Die Wissenschaftler spielten sich untereinander wohl hin und wieder einen harmlosen Streich.

Während Edward so vergnügt plauderte, dachte Kim darüber nach, wie sehr sich ihre Stimmung von der aller anderen auf dem Gelände unterschied. Trotz Edwards offenkundiger Wandlung war sie immer noch angespannt, auf unbestimmte Art verängstigt und ein wenig deprimiert. Edward kam aus dem Bad und setzte sich auf ihre Bettkante. Buffer folgte ihm und versuchte, was Sheba gar nicht gefiel, aufs Bett zu springen.

»Nein, das läßt du hübsch bleiben, du Gauner«, sagte Edward, nahm den Hund und setzte ihn sich auf den Schoß.

»Gehst du schon zu Bett?« fragte Kim.

»Allerdings«, erklärte Edward. »Ich muß schon um halb vier aufstehen. Hier draußen habe ich keinen Assistenten, der das für mich machen könnte.«

»Das ist aber nicht viel Schlaf«, meinte Kim.

»Bisher hat's mir gereicht«, sagte Edward und wechselte abrupt das Thema. »Wieviel Geld hast du eigentlich neben diesen Grundstücken und den Häusern hier geerbt?«

Kim blinzelte. Bei Edward war man nie vor einer neuen Überraschung sicher. Diese recht unpassende Frage war eigentlich gar nicht seine Art.

»Du brauchst es mir nicht zu sagen, wenn es dir unangenehm ist«, sagte Edward, als er Kims Zögern spürte. »Ich frage nur, weil ich dir gern einen Anteil an Omni zukommen ließe. Ich wollte keine weiteren Aktien verkaufen, aber mit dir ist das anders. Du kannst mit einem grandiosen Ertrag rechnen, falls du interessiert bist.«

»Ich habe mein ganzes Geld angelegt«, brachte Kim schließlich hervor.

Edward setzte Buffer ab und hob die Hände. »Du darfst mich nicht mißverstehen«, sagte er. »Ich spiele hier nicht den Verkäufer. Ich wollte dir bloß einen Gefallen tun – als Gegenleistung für das, was du für Omni getan hast.«

»Ich weiß das Angebot zu schätzen«, meinte Kim.

»Wenn du nicht investieren willst, werde ich dir einige Aktien schenken«, sagte Edward. Dann tätschelte er durch die Decke ihre Beine und stand auf. »So, ich muß jetzt ins Bett. Ich sage dir, seit ich angefangen habe, Ultra zu nehmen, schlafe ich so tief, daß mir vier Stunden Schlaf völlig ausreichen. Ich habe nie gewußt, daß Schlaf etwas so Angenehmes sein kann.«

Mit federnden Schritten ging Edward ins Bad zurück und fing wieder an, sich die Zähne zu putzen.

»Übertreibst du nicht ein bißchen?« rief Kim.

Edward steckte den Kopf wieder in ihr Zimmer. »Was meinst du damit?« fragte er und preßte die Unterlippe über die Zähne.

»Du hast dir die Zähne schon geputzt«, sagte Kim.

Edward sah seine Zahnbürste an, als ob sie die Schuldige wäre. Dann schüttelte er den Kopf und lachte. »Langsam werde ich zum zerstreuten Professor«, sagte er.

Kim blickte auf Buffer hinab, der sich vor ihrem Nachttisch aufgebaut hatte. Er bettelte um ein paar Biscotti, die sie vorher aus der Küche mit heraufgebracht hatte.

»Dein Hund scheint Hunger zu haben«, rief Kim zu Edward hinüber, der jetzt in seinem Zimmer war. »Hat er heute abend zu fressen bekommen?«

Edward erschien in der Tür. »Das weiß ich ehrlich gesagt nicht mehr«, sagte er und verschwand wieder.

Kim stand resigniert auf, schlüpfte in ihren Morgenrock und ging in die Küche hinunter. Buffer folgte ihr auf den Fersen, als hätte er verstanden, was gerade geredet worden war. Kim füllte seinen Napf, und Buffer knurrte und bellte vor Freude. Es war offensichtlich, daß er nichts zu fressen bekommen hatte, vielleicht schon seit Tagen nicht mehr. Er würgte sein Fressen so schnell hinunter, daß sie Angst hatte, er könnte ersticken.

Als sie die Treppe wieder hinaufging, sah sie, daß bei Edward das Licht noch brannte. Sie warf einen kurzen Blick in sein Zimmer und stellte fest, daß er bereits tief schlief. Kim trat neben sein Bett und wunderte sich über sein lautes Schnarchen. Er mußte erschöpft sein. Sie schaltete das Licht aus und ging in ihr Zimmer zurück.

# Kapitel 14

*Montag, 26. September 1994*

Als Kim die Augen aufschlug, stellte sie überrascht fest, daß es schon beinahe neun Uhr war. Das war wesentlich später als gewöhnlich. Sie stand auf und warf einen Blick in Edwards Zimmer, aber der war natürlich schon lange aus dem Haus gegangen. Sein leeres Zimmer wirkte adrett und ordentlich. Edward hatte die lobenswerte Eigenschaft, am Morgen sein Bett zu machen.

Ehe sie zum Duschen ins Bad ging, rief Kim den Installateur, Albert Bruer, an und hinterließ ihre Nummer auf seinem Anrufbeantworter.

Der Rückruf kam innerhalb der nächsten halben Stunde, und bevor Kim zu Ende gefrühstückt hatte, stand er vor der Tür. Sie fuhren zusammen zur Burg hinauf.

»Ich glaube, ich kenne das Problem«, sagte Bruer. »Ich kenne es aus der Zeit, als Ihr Großvater noch lebte. Die Rohre sind aus Gußeisen, und einige sind verrostet.«

»Läßt sich das reparieren?« fragte Kim.

»Selbstverständlich«, nickte Bruer. »Aber es wird eine Weile dauern, ich schätze etwa eine Woche.«

»Tun Sie es«, bat Kim. »Ich habe Leute, die hier wohnen.«

»Ich kann Wasser in das Bad im zweiten Stock legen. Dort haben die Rohre noch ganz gut ausgesehen. Wahrscheinlich hat oben niemand gewohnt.«

Nachdem der Installateur wieder weggefahren war, ging Kim zum Labor hinüber, um den Männern zu sagen, daß sie das Bad im zweiten Stock benutzen könnten. Sie war eine Weile nicht mehr im Labor gewesen und ging ungern hin. Man hatte ihr dort nie das Gefühl vermittelt, willkommen zu sein.

»Kim!« rief David fröhlich. Er war der erste, der sie aus dem leeren Empfangsbereich in das eigentliche Labor kommen sah. »Was für eine nette Überraschung.« David rief den anderen zu, daß Kim gekommen war. Alle, Edward eingeschlossen, ließen alles liegen und stehen und begrüßten sie.

Kim spürte, wie sie rot wurde. Sie hatte es nicht gern, wenn sie im Zentrum des Geschehens stand.

»Wir haben frischen Kaffee und Krapfen«, sagte Eleanor. »Darf ich Ihnen etwas bringen?«

Kim lehnte dankend ab und sagte, sie habe gerade gefrühstückt. Dann entschuldigte sie sich für die Störung und erklärte den Grund ihres Kommens.

Die Männer waren zufrieden und versicherten ihr, daß es ihnen überhaupt nichts ausmachen würde, das Bad im zweiten Stock zu benutzen. Sie versuchten ihr sogar auszureden, sich die Mühe mit den Reparaturen zu machen.

»Ich denke nicht, daß man es so lassen soll, wie es ist«, widersprach Kim. »Mir ist es lieber, wenn es repariert wird.«

Dann schickte sie sich wieder zum Gehen an, aber das wollten die Wissenschaftler nicht zulassen, und jeder bestand darauf, ihr seine Arbeit zu zeigen.

David war der erste. Er führte Kim zu seinem Laborpult und ließ sie durch ein Sektionsmikroskop blicken, während er ihr erklärte, daß sie da ein Ganglienpräparat aus dem Abdominalbereich sehe, das er einer Molluske mit der Bezeichnung *Aplasia fasciata* entnommen hatte. Dann zeigte er ihr Ausdrucke, auf denen zu erkennen war, wie Ultra den spontanen Abschuß bestimmter Neuronen von Ganglion modulierte. Ehe Kim auch nur ansatzweise verstand, was er ihr eigentlich zeigte, nahm David ihr die Ausdrucke weg und führte sie zu einem Inkubator für Gewebekulturen und erklärte ihr, wie er die Gewebekulturen nach Anzeichen von Toxizität untersuchte.

Dann waren Gloria und Curt an der Reihe. Sie führten Kim ins Untergeschoß zu den Versuchstieren und zeigten ihr einige jämmerliche Geschöpfe: gestreßte Ratten und Affen, die unter schweren Angstzuständen litten. Anschließend zeigten sie ihr ähnliche Tiere, die mit Ultra und mit Imipramin behandelt worden waren.

Kim gab sich Mühe, interessiert zu wirken, obwohl sie Tierexperimente eigentlich verabscheute.

Dann war François an der Reihe und führte Kim in einen abgeschirmten Raum, wo der Kernspintomograph untergebracht war, und versuchte ihr zu erklären, wie er die Struktur des Bindeproteins für Ultra zu ermitteln versuchte. Kim verstand kaum etwas von seinen Ausführungen, nickte deshalb nur und lächelte, wenn er eine Pause machte.

Als nächste kam Eleanor und führte Kim wieder nach oben zu ihrem Computer, wo sie ihr wortreich schilderte, was Molekularmodellierung bedeutete und daß sie sich bemühte, Wirkstoffe herzustellen, bei denen durch Permutation der Grundstruktur ein gewisses Maß der Bioaktivität von Ultra auftreten sollte.

»Das war äußerst interessant«, sagte Kim, als Eleanor schließlich ihren Vortrag beendete. »Vielen Dank, daß Sie sich soviel Zeit für mich genommen haben.«

»Warten Sie!« sagte François. Er eilte zu seinem Schreibtisch und kam mit einem Stapel Fotos wieder zurück. Er zeigte sie Kim und fragte, was sie davon halte. Es waren bunt eingefärbte PET-Scans.

»Ich finde, sie sind ...« Kim suchte nach einem möglichst nicht albern klingenden Wort. »Dramatisch«, sagte sie schließlich.

»Ja, nicht wahr?« sagte François und legte den Kopf etwas zur Seite. »Wie moderne Kunst.«

»Und was erkennen Sie darin?« wollte Kim wissen. Sie wäre jetzt lieber gegangen, aber weil alle sie beobachteten, fühlte sie sich genötigt, eine Frage zu stellen.

»Die Farben geben Konzentrationen von radioaktivem Ultra wieder«, erklärte François. »Rot ist die höchste Konzentration. Diese Scans zeigen ganz deutlich, daß das Präparat sich maximal im oberen Gehirnstamm, im Mittelhirn und im limbischen System lokalisiert.«

»Ich erinnere mich, wie Stanton damals beim Abendessen vom limbischen System gesprochen hat«, sagte Kim.

»Ja, das hat er«, sagte François. »Dabei handelt es sich um einen Teil des primitiveren oder reptilischen Gehirnteils, das sich um die autonomen Funktionen kümmert wie Laune, Emotion und sogar Geruch.«

»Und Sex«, sagte David.

»Was heißt ›reptilisch‹?« fragte Kim. Für sie hatte das Wort einen häßlichen Beigeschmack.

»Das sind die Teile des Gehirns, die Reptiliengehirnen ähnlich sind«, erklärte François.

»Das ist natürlich eine krasse Vereinfachung, aber ganz falsch ist es nicht. Obwohl das menschliche Gehirn sich aus einem gemeinsamen Vorfahren entwickelt hat, von dem auch die heutigen Reptilien abstammen, ist es natürlich nicht so, als würde man ein Reptiliengehirn nehmen und ein paar Gehirnhemisphären daraufstecken.«

Kim sah auf die Uhr. »Jetzt muß ich wirklich gehen«, sagte sie. »Ich muß einen Zug nach Boston erwischen.«

Damit konnte sie sich endlich von den Wissenschaftlern loseisen, die sie alle aufforderten, möglichst bald wiederzukommen. Edward brachte sie hinaus.

»Fährst du wirklich nach Boston?« fragte er.

»Ja«, sagte Kim. »Ich habe gestern abend beschlossen, es noch einmal in Harvard zu versuchen. Ich habe wieder einen Brief gefunden, der einen Hinweis auf dieses ominöse Beweismaterial enthält.«

»Viel Glück«, sagte Edward. »Und viel Spaß.« Er gab ihr einen Kuß und ging dann ins Labor zurück.

Auf dem Weg zum Cottage fühlte Kim sich von der geradezu überschwenglichen Liebenswürdigkeit der Wissenschaftler wie betäubt. Vielleicht stimmte etwas nicht mit ihr. Früher, als sie kühl und reserviert gewesen waren, hatte ihr das nicht gefallen, und jetzt stellte sie fest, daß sie mit ihrer Geselligkeit auch nichts anfangen konnte. War es so, daß man es ihr einfach nicht recht machen konnte?

Je länger Kim darüber nachdachte, um so bewußter wurde ihr, daß das mit der plötzlichen Gleichförmigkeit ihres Verhaltens zusammenhing. Als sie sie kennengelernt hatte, waren sie ihr sehr unterschiedlich erschienen, während jetzt ihre Persönlichkeiten zu einem liebenswürdigen, ausdruckslosen Ganzen verschmolzen waren, das ihre Individualität völlig verdeckte.

Während Kim sich für die Reise nach Boston umzog, mußte sie unaufhörlich über das Geschehen in dem Labor nachgrübeln. Sie spürte, wie ihr Unbehagen – jenes Gefühl der Beklemmung, das sie zu Alice getrieben hatte – wieder wuchs.

Sie ging in den Salon, um sich dort einen Pullover zu holen, und blieb kurz unter Elizabeths Portrait stehen und blickte zu dem zwar femininen, aber kraftvollen Gesicht ihrer Vorfahrin auf. In Elizabeths Antlitz war nicht das geringste Anzeichen von Angst zu erkennen.

Welche Ironie, dachte Kim. Elizabeths Persönlichkeit mit ihrem Selbstbewußtsein und ihrer Entschlußfreudigkeit wäre für die heutige Zeit perfekt gewesen; aber ebendiese Charakterzüge haben in ihrer eigenen Zeit zweifellos zu ihrem frühen Tod beigetragen. Kims Persönlichkeit hingegen, die eher pflichtergeben und unterwürfig als selbstbewußt und entschlossen war, hätte gut ins siebzehnte Jahrhundert gepaßt, eignete sich aber weniger für die Gegenwart.

Mit dem festen Entschluß, Elizabeths Geheimnis zu entwirren, machte sich Kim auf den Weg zu Mary Custlands Büro in der Widener-Bibliothek.

»Dieses Haus, das Sie da haben, muß eine wahre Schatztruhe sein«, sagte Mary, nachdem sie Jonathans Brief gelesen hatte. »Dieser Brief ist unbezahlbar.« Sie rief Katherine Sturburg, um ihr auch das Dokument zu zeigen.

»Dann müssen wir jetzt also nach ›Rachel Bingham‹ suchen«, sagte Mary und setzte sich an ihren Bildschirm.

Zwei Rachel Binghams erschienen auf dem Monitor, aber beide stammten aus dem zwanzigsten Jahrhundert und konnten daher keine Verbindung zu Elizabeth haben. Mary probierte noch ein paar andere Tricks, aber ohne Erfolg.

»Es tut mir wirklich leid«, sagte Mary. »Aber Sie wissen natürlich, selbst wenn wir eine Eintragung gefunden hätten, wäre der Brand von 1764 immer noch ein unüberwindliches Hindernis.«

»Ich verstehe«, sagte Kim. »Ich hatte auch nicht damit gerechnet, etwas zu finden. Aber wie ich schon bei meinem ersten Besuch sagte, fühle ich mich verpflichtet, allen neuen Hinweisen nachzugehen.«

»Sie können sich darauf verlassen, daß ich alle Archive nach dem neuen Namen absuchen werde«, versprach Katherine.

Als sie zu Hause ankam, sah sie bereits durch die Bäume ein Polizeiauto aus Salem vor dem Cottage stehen. Beim Näherkommen entdeckte sie Edward und Eleanor, die etwa fünfzig Meter vom Haus entfernt auf dem freien Feld standen und mit zwei Polizeibeamten sprachen. Eleanor hatte den Arm um Edwards Schultern gelegt.

Kim parkte neben dem Streifenwagen und stieg aus. Die Gruppe im Feld hatte sie entweder nicht kommen hören oder war zu beschäftigt, um sie zu bemerken.

Als Kim dann sah, worauf ihre Aufmerksamkeit gerichtet war, hielt sie unwillkürlich die Luft an. Es war Buffer. Der Hund war tot. Er bot einen scheußlichen Anblick, denn an seiner Hinterpartie war das Fleisch teilweise weggerissen, so daß die blutigen Knochen freilagen.

Kim warf Edward einen besorgten Blick zu, aber er begrüßte sie gefaßt und ließ erkennen, daß er sich vom ersten Schock erholt hatte. Sie konnte die eingetrockneten Tränen auf seinen Wangen sehen. Sie wußte, daß er ihn sehr gern gehabt hatte.

»Vielleicht sollte sich ein Arzt die Knochen ansehen«, sagte Edward. »Unter Umständen erkennt jemand die Zahnspuren und kann uns sagen, was für ein Tier das getan haben könnte.«

»Ich weiß nicht, was das Büro des Amtsarztes sagen würde, wenn wir ihn wegen eines toten Hundes rufen«, meinte einer der Beamten. Er hieß Billy Selvey.

»Aber Sie sagten doch, daß Sie in den letzten Nächten schon ähnliches gesehen haben«, wandte Edward ein. »Ich glaube, Sie sollten sich wirklich darum kümmern, was das für ein Tier war. Ich persönlich bin der Ansicht, daß es entweder ein Hund oder ein Waschbär war.«

Edwards klares Denken trotz des erlittenen Verlustes beeindruckte Kim. Er hatte sich bereits wieder soweit im Griff, um über Zahnspuren an freigelegten Knochen reden zu können.

»Wann haben Sie den Hund das letzte Mal gesehen?« wollte Selvey wissen.

»Gestern nacht«, sagte Edward. »Er schlief gewöhnlich bei mir im Zimmer, aber vielleicht habe ich ihn hinausgelassen. Ich kann mich nicht mehr erinnern. Gelegentlich blieb er die ganze Nacht draußen. Ich habe mir nie etwas dabei gedacht, weil das Anwesen so groß ist und ich wußte, daß der Hund niemand belästigen würde.«

»Ich habe ihn gestern abend gegen halb zwölf zu fressen gegeben«, sagte Kim. »Als ich ging, war er in der Küche und hat gefressen.«

»Hast du ihn rausgelassen?« fragte Edward.

»Nein, wie gesagt, er war in der Küche«, erklärte Kim.

»Als ich heute morgen aufstand, habe ich ihn nicht gesehen«, meinte Edward. »Aber ich habe mir nichts dabei gedacht. Ich nahm an, daß er später im Labor auftauchen würde.«

»Haben Sie hier eine von diesen Klapptüren für Hunde?« wollte Selvey wissen.

Kim und Edward verneinten die Frage gleichzeitig und wie aus einem Munde.

»Hat jemand letzte Nacht irgend etwas Ungewöhnliches gehört?« fragte Selvey.

»Ich habe wie ein Toter geschlafen«, sagte Edward. »Ich habe einen sehr tiefen Schlaf, ganz besonders in letzter Zeit.«

»Ich habe auch nichts gehört«, fügte Kim hinzu.

»Auf dem Revier war die Rede davon, daß es sich um ein tollwütiges Tier handeln könnte«, sagte der andere Beamte, der Harry Conners hieß. »Haben Sie sonst noch irgendwelche Haustiere?«

»Eine Katze«, erklärte Kim.

»Dann empfehlen wir Ihnen, in den nächsten Tagen gut auf sie aufpassen«, sagte Selvey.

Die Polizisten steckten Blocks und Stifte weg, verabschiedeten sich und gingen zu ihrem Streifenwagen.

»Was ist mit dem Kadaver?« rief Edward ihnen nach. »Wollen Sie ihn nicht mit zum Amtsarzt nehmen?«

Die beiden Beamten sahen einander an, und jeder hoffte, der andere würde antworten. Schließlich rief Selvey zurück, daß sie es für besser hielten, ihn nicht mitzunehmen.

Edward winkte ihnen freundlich nach. »Da gebe ich denen einen guten Tip, und was machen sie?« sagte er. »Sie gehen einfach.«

»Also, ich muß mich wieder an die Arbeit machten«, sagte Eleanor, die die ganze Zeit über nichts gesagt hatte. Sie sah Kim an. »Nicht vergessen, Sie haben versprochen, bald wieder ins Labor zu kommen.«

»Ich komme bestimmt«, versprach Kim. Sie wunderte sich über Eleanors Interesse, hatte aber den Eindruck, daß sie es ehrlich meinte.

Edward stand da und blickte auf Buffer. Kim wandte sich ab. Der Anblick war so gräßlich, daß sich ihr fast der Magen umdrehte.

»Mir tut das mit Buffer sehr leid«, sagte Kim und legte Edward die Hand auf die Schulter.

»Er hatte ein gutes Leben«, sagte Edward vergnügt. »Ich glaube, ich werde die Hinterbeine exartikulieren und sie einem Pathologen an der Universität schicken. Vielleicht kann der uns sagen, welches Tier dafür verantwortlich ist.«

Kim schluckte, als sie Edwards Vorschlag hörte. Sie hätte nicht erwartet, daß er den armen Hund noch weiter verstümmeln würde.

»Ich habe im Kofferraum eine alte Decke«, sagte Edward, »darin können wir den Kadaver einschlagen.«

Kim wußte nicht recht, was sie tun sollte, und blieb einfach neben Buffers sterblichen Überresten stehen, während Edward die alte Decke holen ging. Buffers grausames Schicksal rührte sie, was bei Edward offenbar nicht der Fall war. Sobald Buffer in die Decke eingewickelt war, begleitete sie Edward zum Labor.

Als sie sich dem Gebäude näherten, kam Kim plötzlich ein beunruhigender Gedanke. Sie blieb stehen und hielt Edward mit der Hand zurück. »Mir ist gerade etwas eingefallen«, sagte sie. »Meinst du, das, was Buffer passiert ist, könnte etwas mit Hexerei zu tun haben?«

Edward sah sie einen Augenblick lang an und warf dann den Kopf in den Nacken und brach in schallendes Gelächter aus. Er brauchte ein paar Minuten, bis er sich wieder unter Kontrolle hatte. Plötzlich lachte Kim ebenfalls, und es war ihr peinlich, so etwas angedeutet zu haben. »Augenblick!« protestierte sie. »Ich erinnere mich, irgendwo gelesen zu haben, daß Schwarze Magie und Tieropfer eng miteinander in Beziehung stehen.«

»Deine Phantasie ist wirklich äußerst unterhaltsam«, stieß Edward, immer noch mit unkontrolliertem Gelächter kämpfend, hervor. Als er sich schließlich wieder beruhigt hatte, entschuldigte er sich, daß er sie ausgelacht hatte, dankte ihr aber gleichzeitig, weil diese komische Bemerkung ihm Erleichterung verschafft habe.

»Sag mal«, meinte er dann, »glaubst du wirklich, daß der Teufel nach dreihundert Jahren beschlossen hat, nach Salem zurückzukehren und seine Hexerei gegen mich und Omni zu richten?«

»Ich habe doch nur eine Beziehung zwischen Tieropfern und Hexerei hergestellt«, sagte Kim. »Ich habe mir nichts dabei gedacht. Ich wollte auch keineswegs andeuten, daß ich so glaube, nur daß es vielleicht Leute gibt, die so etwas glauben.«

Edward legte Buffer ab und zog Kim an sich. Vielleicht hast

du zuviel Zeit in dieser Burg damit verbracht, in den alten Papieren herumzuwühlen. Sobald wir die Situation bei Omni richtig unter Kontrolle haben, sollten wir Urlaub machen. Irgendwo, wo es heiß ist und wir in der Sonne liegen können. Was hältst du davon?«

»Klingt großartig«, sagte Kim und fragte sich gleichzeitig, wann Edward glaubte, daß dies möglich wäre.

Kim war nicht erpicht darauf, Edward beim Sezieren Buffers zuzuschauen, und wartete draußen. Ein paar Minuten später kam er mit einer Schaufel in der Hand zurück. Er hob in der Nähe des Eingangs zum Labor eine flache Grube aus, und als er Buffer hineingelegt hatte, verschwand er noch einmal im Labor.

Als er wieder herauskam, zeigte er Kim ein Reagenzglas und legte es mit einer großen Geste an das Kopfende von Buffers Grab.

»Was ist das?« fragte Kim.

»Das ist ein chemischer Puffer, der sich TRIS nennt«, sagte Edward, »ein Puffer für Buffer.« Dann lachte er fast ebenso laut und herzlich, wie er das bei Kims Andeutung auf Hexerei getan hatte.

»Ich bin wirklich erstaunt, wie du mit dieser Sache fertig wirst«, sagte Kim.

»Ich bin sicher, daß es etwas mit Ultra zu tun hat«, sagte Edward, immer noch über sein Wortspiel schmunzelnd. »Zunächst war ich völlig niedergeschlagen. Buffer war für mich so etwas wie ein Familienmitglied. Aber die Bedrückung legte sich schnell. Ich meine, es tut mir immer noch weh, daß er nicht mehr ist, aber ich verspüre nicht diese gräßliche Leere, die sich in solchen Situationen häufig einstellt. Ich kann rational erkennen, daß der Tod die natürliche Vervollständigung des Lebens ist. Schließlich hatte Buffer für einen Hund ein gutes Leben, und er war nicht gerade der liebenswürdigste Hund.«

»Aber treu war er«, sagte Kim. Was sie selbst für den Hund empfunden hatte, behielt sie lieber für sich.

»Das ist ein weiteres Beispiel dafür, weshalb man Ultra eine Chance geben sollte«, sagte Edward. »Ich garantiere, daß es dich beruhigt. Wer weiß, vielleicht würde es dir sogar ausreichend Klarheit verschaffen, um dir bei deiner Suche nach der Wahrheit über Elizabeth zu helfen.«

»Ich glaube, das ist nur mit harter Arbeit zu schaffen«, wandte Kim ein.

Edward drückte ihr einen schnellen Kuß auf die Wange, dankte ihr überschwenglich für ihre moralische Unterstützung und verschwand ins Labor. Kim drehte sich um und ging auf die Burg zu. Sie war noch nicht weit gegangen, als sie plötzlich sich Sorgen wegen Sheba machte. Sie erinnerte sich daran, daß sie die Katze in der vergangenen Nacht, gleich nachdem sie Buffer zu fressen gegeben hatte, hinausgelassen und seitdem nicht mehr gesehen hatte.

Sie wechselte die Richtung und ging auf das Cottage zu. Ihre Schritte wurden immer schneller. Buffers Tod hatte ihre allgemeine Beklommenheit noch verstärkt.

Als Kim das Haus betrat, rief sie nach Sheba, eilte dann die Treppe hinauf und ging in ihr Schlafzimmer. Zu ihrer großen Erleichterung lag die Katze wie ein weißes Wollknäuel mitten auf dem Bett. Kim rannte zum Bett und kuschelte sich an das Tier. Sheba warf ihr einen jener angewiderten Blicke zu, mit denen sie ihre Umwelt wissen ließ, daß ihr die Störung mißfiel.

Sie streichelte die Katze ein paar Minuten lang und ging dann an ihren Schreibtisch und griff mit zitternder Hand nach dem Röhrchen Ultra, das sie am vergangenen Abend dorthin gelegt hatte. Wieder schüttelte sie eine der blauen Kapseln heraus und betrachtete sie. Sie sehnte sich nach Erleichterung und kämpfte mit sich, ob sie das Präparat ausprobieren sollte, einfach um zu sehen, was es an ihr bewirkte. Daß Edward so gut mit Buffers Tod fertig geworden war, war ein beeindruckendes Zeugnis. Kim ging soweit, sich ein Glas Wasser zu holen.

Am Ende schluckte sie die Kapsel doch nicht. Sie überlegte, ob Edwards Reaktion nicht vielleicht zu gleichmütig war. Aus der Literatur wie auch intuitiv wußte Kim, daß ein gewisses Maß an Leid eine notwendige menschliche Empfindung war. Und das brachte sie auf die Frage, ob ein Blockieren dieses normalen Vorgangs nicht in der Zukunft seinen Preis fordern würde.

Mit dieser Überlegung schob Kim die Kapsel in das Röhrchen zurück und riskierte einen weiteren Besuch im Labor. Aus Angst, weiteren Demonstrationen ausgesetzt zu sein, schlich Kim sich förmlich in das Gebäude.

Zum Glück hielten sich nur Edward und David im Obergeschoß auf, und die beiden waren so beschäftigt, daß sie sie nicht bemerkten. Als Edward sie sah und ihr zurufen wollte, brachte

Kim ihn zum Schweigen, indem sie den Finger an die Lippen legte. Sie ergriff seine Hand und zog ihn nach draußen.

Als die Tür des Labors sich hinter ihnen geschlossen hatte, grinste Edward und fragte: »Was in aller Welt ist denn in dich gefahren?«

»Ich will bloß mit dir reden«, erklärte Kim. »Mir ist etwas eingefallen, was du vielleicht in das klinische Protokoll von Ultra einfügen könntest.«

Kim teilte Edward ihre Überlegungen mit und sagte, daß diese schmerzhaften Gefühle sicher auch Auswirkungen auf Entwicklung, Veränderung und Kreativität des Menschen hätten. Sie schloß mit der Feststellung: »Worüber ich mir Sorgen mache, ist der Preis, den ein Präparat wie Ultra fordern könnte, ernsthafte Nebenwirkungen, an die im Augenblick keiner denkt.«

Edward lächelte und nickte dann bedächtig. Er war beeindruckt. »Ich weiß deine Sorge zu schätzen«, sagte er. »Das ist ein interessanter Gedanke, aber ich kann mich deiner Meinung nicht anschließen. Er basiert nämlich auf der falschen Voraussetzung, daß das Bewußtsein auf irgendeine mystische Weise vom materiellen Körper losgelöst ist. Das ist eine uralte Hypothese, die durch neueste Erkenntnisse widerlegt ist. Es gibt Untersuchungen, die eindeutig zeigen, daß Geist und Körper in bezug auf Stimmung und Emotion eins sind. Es ist bewiesen, daß Emotionen biologisch bestimmt sind, und zwar dadurch, daß sie von Präparaten wie Prozac beeinflußt werden, die das Niveau der Neurotransmission verändern. Diese Erkenntnis hat alles, was man bisher über die Gehirnfunktionen zu wissen glaubte, revolutioniert.«

»Diese Art zu denken ist unmenschlich«, beklagte sich Kim.

»Laß es mich anders formulieren«, sagte Edward. »Wie steht es mit Schmerz? Glaubst du, daß man Medikamente gegen Schmerzen nehmen sollte?«

»Schmerz ist etwas anderes«, sagte Kim. Sie ahnte, daß Edward sie in eine philosophische Falle zu locken versuchte.

»Da bin ich anderer Ansicht«, sagte Edward. »Schmerz ist ebenfalls biologischer Natur. Da physischer Schmerz und psychischer Schmerz biologischer Natur sind, sollten beide gleich behandelt werden, nämlich mit Präparaten, die auf die jeweils zuständigen Gehirnpartien fokussiert sind.«

Kim war enttäuscht. Sie hätte Edward gern gefragt, wo die Welt wohl wäre, wenn Mozart und Beethoven Medikamente gegen Beklemmung oder Depression genommen hätten. Aber sie sagte nichts, weil sie wußte, daß es keinen Sinn hatte. Solchen Argumenten war Edward unzugänglich.

Edward drückte Kim überschwenglich an sich und wiederholte, wie sehr er ihr Interesse an seiner Arbeit zu schätzen wisse, und tätschelte ihr dann den Kopf.

»Wir können uns gern weiter über dieses Thema unterhalten«, sagte er, »aber jetzt muß ich wieder an die Arbeit.«

Kim entschuldigte sich, daß sie ihn gestört hatte, und machte sich auf den Weg zurück zum Cottage.

# Kapitel 15

*Donnerstag, 29. September 1994*

Im Verlauf der nächsten Tage war Kim noch einige Male versucht, Ultra auszuprobieren. Ihre zunehmende Beklemmung wirkte sich allmählich in Schlafstörungen aus. Aber jedesmal, wenn sie kurz davorstand, das Präparat zu schlucken, hielt etwas sie zurück.

Statt dessen versuchte sie sich von ihrer Beklemmung motivieren zu lassen. Sie verbrachte täglich mehr als zehn Stunden bei der Arbeit in der Burg und verließ den alten Bau erst, wenn es zu dunkel geworden war, um die handgeschriebenen Seiten zu lesen. Aber all ihre Bemühungen waren fruchtlos.

Die Anwesenheit der Installateure erwies sich als angenehme Abwechslung. Jedesmal wenn Kim eine Pause machte, hatte sie wenigstens jemanden, mit dem sie reden konnte. Sie sah ihnen eine Weile bei der Arbeit zu und war vom Einsatz der Lötlampe an den Kupferrohren richtig fasziniert.

Daß die Wissenschaftler in der Burg schliefen, bemerkte Kim nur daran, daß an den beiden Eingängen zu den Flügeln Schmutzspuren waren.

Edwards selbstbewußte, vergnügt-fürsorgliche Stimmung hielt an. Er ließ sogar am Dienstag einen großen Blumenstrauß ins Haus liefern, an dem ein Kärtchen mit der Aufschrift *In liebevoller Dankbarkeit* hing.

Nur am Donnerstag früh, als Kim gerade im Begriff war, zur Burg hinüberzugehen, verspürte sie einen Bruch in seinem Verhalten. Edward kam sichtlich gereizt zur Tür herein, knallte übellaunig sein Adreßbuch neben dem Telefon auf den Tisch, so daß Kim ihn unwillkürlich fragte: »Stimmt etwas nicht?«

»Das kann man wohl sagen«, knurrte er. »Ich muß hier rübergehen, um zu telefonieren. Wenn ich eines der Telefone im Labor benutze, steht immer einer von diesen Trotteln daneben und lauscht.«

»Warum hast du nicht den Apparat in dem leeren Empfangsbereich genommen?« wollte Kim wissen.

»Weil sie mich dort auch belauschen«, sagte er.

»Durch die Wände?« wunderte sie sich.

»Ich muß den Chef der Lizenzabteilung von Harvard anrufen«, beklagte sich Edward, ohne auf Kims Bemerkung einzugehen. »Dieser Typ führt jetzt einen persönlichen Rachefeldzug gegen mich.« Edward schlug sein Adreßbuch auf, um die Nummer herauszusuchen.

»Könnte es nicht sein, daß er einfach bloß seinen Job macht?« fragte Kim, wohl wissend, daß der Streit schon eine Weile im Gang war.

»Du meinst, er tut seinen Job, indem er mich suspendieren läßt?« schrie Edward. »Das ist unglaublich! Ich hätte nie gedacht, daß dieser Blödmann von einem Bürokraten den Mumm hätte, eine solche Schweinerei durchzuziehen.«

Kim spürte, wie ihr Herzschlag sich beschleunigte. Edwards Tonfall erinnerte sie in unangenehmer Weise an die Episode in seinem Apartment, wo er das Glas zerschmettert hatte. Sie wagte nicht, noch etwas zu sagen.

»Na schön«, sagte Edward plötzlich völlig ruhig. Er lächelte. »So ist eben das Leben. Wäre ja zu schön, wenn alles immer glattginge.« Er setzte sich und wählte die Nummer.

Kim ließ Edward nicht aus den Augen und hörte zu, wie er mit dem Mann, über den er sich gerade so aufgeregt hatte, eine äußerst zivilisierte Diskussion führte. Als er dann das Gespräch beendet hatte, sagte er, der Mann sei eigentlich ganz vernünftig.

»Wenn ich schon hier bin«, sagte Edward, »kann ich auch schnell die Sachen für die Reinigung holen.«

»Aber die Sachen sind doch schon hier«, sagte Kim. »Als ich heute morgen die Treppe runterkam, lagen die Sagen schon da.«

Edward blinzelte leicht verwirrt. »Tatsächlich?« staunte er. »Nun, ist ja prima! Ich sollte ohnehin schleunigst wieder ins Labor.«

»Edward?« rief Kim ihm nach, als er schon in der Haustür stand. »Fühlst du dich auch wirklich wohl? Du hast in letzter Zeit häufig irgendwelche Kleinigkeiten vergessen.«

Edward lachte. »Ja, stimmt«, sagte er. »Ich bin ein wenig vergeßlich. Aber ich habe mich nie wohler gefühlt. Ich bin nur manchmal ein wenig in Gedanken. Aber ich sehe bereits Licht am Ende des Tunnels – und wir werden alle ungeheuer reich werden. Das gilt auch für dich. Ich habe mit Stanton gesprochen, weil ich dir ein paar Aktien geben möchte, und er hat zugestimmt. Du wirst also auch was davon haben.«

»Ich bin geschmeichelt«, sagte Kim.

Dann ging sie ans Fenster und sah Edward nach, wie er zum Labor hinüberging. Er war ihr gegenüber jetzt insgesamt betrachtet wesentlich freundlicher, aber er war auch unberechenbarer geworden.

Sie griff impulsiv nach ihrem Autoschlüssel und fuhr in die Stadt. Sie mußte mit jemandem, dessen Meinung ihr etwas bedeutete, ein fachliches Gespräch führen. Glücklicherweise hatte Kinnard Salem noch nicht verlassen. Sie ließ ihn über den Apparat in der Information des Salem Hospital ausrufen.

Eine halbe Stunde später traf er sich mit ihr in der Cafeteria. Er trug noch seinen Arztkittel, weil er unmittelbar aus dem Operationssaal gekommen war. Sie hatte sich inzwischen mit einer Tasse Tee die Zeit vertrieben.

»Hoffentlich störe ich nicht«, sagte Kim, als er ihr gegenüber Platz nahm.

»Schön, dich zu sehen«, begrüßte sie Kinnard.

»Ich muß dich etwas fragen«, kam sie sofort zur Sache.

»Könnte als Nebeneffekt eines psychotropen Präparats Vergeßlichkeit auftreten?«

»Unbedingt«, sagte er. »Aber ich muß das einschränken und hinzufügen, daß es eine ganze Menge Dinge gibt, die das Kurzzeitgedächtnis beeinträchtigen. Das ist ein sehr unspezifisches Symptom. Soll ich aus deiner Frage schließen, daß Edward derartige Probleme hat?«

»Kann ich mich auf deine Diskretion verlassen?« fragte sie.

»Das habe ich dir doch schon einmal gesagt«, erklärte Kinnard. »Edward und sein Team nehmen wohl das Präparat immer noch?«

Kim nickte.

»Die sind verrückt«, sagte Kinnard. »Sie machen sich nur Schwierigkeiten damit. Hast du irgendwelche anderen Auswirkungen bemerkt?«

Kim lachte kurz. »Du wirst es nicht glauben«, sagte sie. »Die Reaktion ist geradezu dramatisch. Bevor sie das Präparat nahmen, haben sie sich die ganze Zeit gestritten, waren mürrisch und schlechtgelaunt. Jetzt sind sie ständig bester Laune. Sie könnten nicht glücklicher und zufriedener sein. Man hat den Eindruck, ihre Arbeit ist ein einzig großes Fest, und dabei schuften sie fieberhaft bis in die Nacht hinein.«

»Das klingt doch gut«, sagte Kinnard.

»In mancher Hinsicht ist es das auch«, räumte Kim ein. »Aber wenn man eine Weile mit ihnen zusammen gewesen ist, kommt einem das Ganze geradezu unheimlich vor; sie sind sich plötzlich alle sehr ähnlich und irgendwie langweilig.«

»Jetzt klingt es ein wenig wie *Schöne neue Welt*«, schmunzelte Kinnard.

»Lach nicht«, sagte Kim. »Ich habe genau das gleiche gedacht. Aber das ist eher eine philosophische Frage, und das ist es auch nicht, was mich im Augenblick beunruhigt. Aber die Vergeßlichkeit, die mir bei Edward seit einer Weile auffällt, macht mir Sorgen, und einige alberne alltägliche Dinge. Außerdem habe ich das Gefühl, daß es schlimmer wird. Ich weiß nicht, ob die anderen auch darunter leiden.«

»Und was willst du unternehmen?« fragte Kinnard.

»Das weiß ich nicht«, antwortete Kim. »Ich hatte gehofft, du könntest mir vielleicht einen Rat geben.«

»Das ist in diesem Fall ziemlich schwierig.« Aber ich kann dir etwas sagen, worüber du vielleicht nachdenken solltest. Die Wahrnehmung wird in außergewöhnlich hohem Maße von der Erwartung beeinflußt. Deshalb hat man in der medizinischen Forschung auch Blindstudien eingeführt. Es besteht durchaus die Möglichkeit, daß deine Erwartung, negative Auswirkungen in Edwards Präparat zu sehen, deine Wahrnehmung beeinträchtigt. Ich weiß, daß Edward außergewöhnlich intelligent ist, und mir will einfach nicht in den Kopf gehen, daß er ein solches Risiko eingeht.«

»Was du sagst, hat einiges für sich«, nickte Kim. »Ich weiß im Augenblick tatsächlich nicht, was ich sehe. Ich könnte mir auch alles einbilden – aber ich glaube das nicht.«

Kinnard warf einen Blick auf die Wanduhr. »Es tut mir leid, wenn ich unser Gespräch jetzt beenden muß«, sagte er, »aber ich muß zu einer Operation. Wir können uns aber gerne ein andermal unterhalten – ich bin die nächsten Tage noch hier. Sonst sehen wir uns in Boston.«

Aus Salem zurückgekehrt, begab Kim sich direkt zur Burg. Sie wechselte ein paar Worte mit den Installateuren, die ihr erklärten, daß sie gut vorankamen und in etwa drei Tagen fertig wären. Sie schlugen vor, auch gleich den Gästeflügel zu überprüfen, ob dort sich schon das gleiche Problem ankündigte. Kim sagte, sie sollten tun, was immer notwendig sei.

Bevor sie auf den Dachboden stieg, inspizierte Kim die beiden Seiteneingänge und war entsetzt, als sie den des Dienstbotenflügels sah. Nicht nur, daß die Treppen schmutzig waren, sondern es lag auch eine Menge Laub und Zweige herum. Selbst ein leerer Behälter mit dem Aufdruck eines Chinarestaurants lag neben der Tür.

Mit einer halblauten Verwünschung auf den Lippen ging Kim zum Besenschrank, holte einen Mop und einen Eimer mit Wasser und wischte die Treppe. Die Schmutzspuren führten bis in den ersten Stock hinauf.

Nachdem sie alles saubergemacht hatte, holte Kim die Fußmatte vom Haupteingang. Sie überlegte, ob sie noch einen Zettel schreiben sollte, fand dann aber, daß der Fußabtreter Botschaft genug sei. Anschließend machte sie sich auf dem Dachboden an ihre eigentliche Arbeit.

Als sich bereits wieder Enttäuschung in ihr regte, fand sie eine ganze Mappe mit Material aus dem 17. Jahrhundert, in der sie zwischen der Geschäftskorrespondenz ein persönliches Schreiben fand. Es war ein Brief an Ronald von Thomas Goodman.

17. August 1692<br>Salem Town

Sehr geehrter Herr Stewart,

viele Schurkereien haben unsere gottesfürchtige Stadt geplagt. Mir hat es großen Schmerz bereitet, daß ich gegen meinen Willen darin verwickelt war. Es quält mich, daß Sie schlecht von mir und meiner Pflicht als Mitglied Ihrer Kongregation denken und es abgelehnt haben, mit mir über Dinge von gemeinsamem Interesse zu sprechen. Es ist wahr, daß ich in gutem Glauben bei der Anhörung Ihrer verblichenen Frau gegen sie ebenso Zeugnis abgelegt habe wie bei ihrem Prozeß. Ich habe Ihr Haus Ihrer Bitte folgend gelegentlich aufgesucht, um Hilfe anzubieten, falls sie nötig sein sollte. An jenem schicksalhaften Tag fand ich Ihre Tür offen, obwohl schreckliche Kälte über dem Land lag. Der Tisch war mit vollen Schüsseln und Tellern gedeckt, als ob eine Mahlzeit unterbrochen wäre, wohingegen andere Gegenstände umgestürzt oder zerbrochen auf dem mit Blutstropfen besudelten Boden lagen. Ich fürchtete, es habe ein Indianerangriff stattgefunden, und sorgte mich um die Sicherheit der Ihren. Aber die Kinder, Ihre leiblichen ebenso wie die Flüchtlingsmädchen, hatten sich voll Angst im Obergeschoß versteckt und sagten, Ihre Frau habe beim Essen einen Anfall bekommen und sei völlig außer sich geraten. Sie sei in den Stall gerannt, um beim Vieh Zuflucht zu finden. Zögernd begab ich mich dorthin und rief ihren Namen in die Finsternis. Sie ging wie eine Wilde auf mich los und versetzte mich in große Angst. Ihre Hände und ihr Kleid waren mit Blut besudelt, und ich sah ihr Werk. Bestürzt und unter großem Risiko für mein eigenes Wohlergehen konnte ich sie beruhigen. Mit demselben Ziel bemühte ich mich um das Vieh, das verängstigt, aber in Sicherheit war. Über all diese Dinge habe ich im Namen Gottes die Wahrheit gesprochen.

Ich verbleibe als Ihr Freund und Nachbar
Thomas Goodman

»Diese armen Leute«, murmelte Kim. Nichts, was sie bisher gelesen hatte, hatte ihr die persönlichen Schrecken der Salemer Hexenprozesse näher gebracht, und Kim empfand Mitgefühl für alle Betroffenen. Sie spürte die Verwirrung und die Qual Thomas', der sich zwischen Freundschaft und dem, was er für die Wahrheit hielt, hin- und hergerissen fühlte. Und Kims Herz schlug für die arme Elizabeth, der der Schimmelpilz offenbar den Verstand geraubt hatte.

Dann wurde ihr plötzlich bewußt, daß der Brief noch einen neuen, beunruhigenden Aspekt ins Spiel brachte, den Hinweis auf Blut.

Kim las den Satz noch einmal, in dem Thomas schrieb, daß das Vieh trotz all des Blutes in Sicherheit gewesen sei. Auf den ersten Blick schien das verwirrend, es sei denn, Elizabeth hatte sich selbst etwas angetan. Der Gedanke einer Selbstverstümmelung ließ Kim schaudern. Daß es so gewesen sein konnte, wurde noch dadurch bestärkt, daß Thomas Blutstropfen auf dem Boden im Haus erwähnte. Aber das Blut im Haus wurde im gleichen Satz erwähnt, in dem von zerbrochenen Gegenständen die Rede war, und das wiederum deutete darauf hin, daß das Blut aus einer zufälligen Wunde stammen konnte.

Kim seufzte. Sie wußte nicht, was sie denken sollte, aber eines stand für sie fest: Die Wirkung des Schimmelpilzes wurde hier mit Gewalt in Verbindung gebracht, und das mußten Edward und die anderen sofort erfahren. Mit dem Brief in der Hand hastete Kim nach draußen und rannte beinahe zum Labor hinüber. Überrascht stellte sie fest, daß sie anscheinend in eine Art Feier hineingeplatzt war. Sie begrüßten Kim euphorisch und zogen sie zu einem der Labortische, wo eine Flasche Champagner stand. Kim versuchte den Meßbecher mit dem schäumenden Getränk abzulehnen, den man ihr hinhielt, aber davon wollten die Wissenschaftler nichts wissen. Wieder bekam sie das Gefühl, von einer Horde ausgelassener Studenten umgeben zu sein.

Sobald sich ihr die Möglichkeit dazu bot, trat sie neben Edward und fragte, was eigentlich los sei.

»Eleanor, Gloria und François haben gerade eine erstaunliche Leistung in analytischer Chemie vollbracht«, erklärte Edward. »Sie haben bereits die Struktur eines der Bindeproteine von Ultra bestimmt. Das ist ein mächtiger Sprung nach vorn und erlaubt uns, Ultra wenn nötig zu modifizieren oder andere Präparate zu entwickeln, die an derselben Stelle binden.«

»Das freut mich für dich«, sagte Kim. »Aber ich wollte dir etwas zeigen, das du unbedingt sehen solltest.« Sie reichte ihm den Brief.

Edward überflog ihn schnell. »Gratuliere«, sagte er. »Das ist bis jetzt mit Abstand das beste.« Dann wandte er sich den anderen zu und rief: »Mal alle herhören. Kim hat den bis jetzt klarsten Beweis für Elizabeths Schimmelpilzvergiftung gefunden. Der ist sogar noch geeigneter für den Artikel in *Science* als der Tagebucheintrag.«

Die Wissenschaftler drängten sich um sie. Edward gab Eleanor zuerst den Brief.

»Das ist einmalig«, sagte sie und reicht ihn David weiter. »Da ist sogar erwähnt, daß sie gegessen hatte. Es ist jedenfalls eine sehr anschauliche Schilderung, wie schnell das Alkaloid wirkt.«

»Es ist gut, daß Sie den halluzinogenen Seitenring eliminiert haben«, sagte David. »Ich hätte wirklich keine Lust, aufzuwachen und mich draußen bei den Kühen wiederzufinden.«

Alle lachten, nur Kim nicht. Sie sah Edward an und fragte ihn, als er schließlich zu lachen aufgehört hatte, ob ihn die Andeutung von Gewalt in dem Brief nicht beunruhige.

Edward nahm den Brief noch einmal. »Weißt du, das ist ein guter Hinweis«, meinte er zu Kim gewandt, als er den Brief zum zweitenmal gelesen hatte. »Wenn ich es mir genau überlege, sollte man ihn vielleicht doch nicht drucken. Das könnte zu überflüssigen Schwierigkeiten führen. Vor ein paar Jahren gab es ein Gerücht, daß Prozac die Gewaltbereitschaft fördere. Das war so lange ein Problem, bis man statistisch nachgewiesen hatte, daß diese Behauptung unhaltbar ist. Ich möchte nicht, daß mit Ultra etwas ähnliches passiert.«

»Wenn das unveränderte Alkaloid Gewalttätigkeiten ausgelöst hat, muß es derselbe Seitenring gewesen sein, der die Halluzinationen verursacht hat«, sagte Gloria. »Das könntest du in dem Artikel erwähnen.«

»Warum das Risiko eingehen?« meinte Edward. »Ich will nicht irgendeinem tollwütigen Journalisten auch nur den geringsten Anlaß geben, wieder das gleiche Schreckgespenst an die Wand zu malen.«

»Vielleicht sollte die Diskussion darüber in die klinischen Protokolle aufgenommen werden«, schlug Kim vor. »Dann hättet ihr, falls sich die Frage je stellen sollte, bereits Material dazu.«

»Das ist eine ausgezeichnete Idee«, sagte Gloria.

Davon ermutigt, daß man ihr zuhörte, schlug sie vor, auch Störungen im Kurzzeitgedächtnis aufzunehmen. Sie erzählte von den jüngsten Episoden, die sie mit Edward erlebt hatte.

Edward schloß sich dem freundlichen Lachen der anderen an.

»Na und, was ist schon dabei, wenn ich mir zweimal die Zähne putze?« fragte er, was neues Gelächter auslöste.

»Ich glaube, den Verlust des Kurzzeitgedächtnisses in die klinischen Protokolle aufzunehmen ist eine ebenso gute Idee wie die mit der Gewalt«, sagte Curt. »David ist ähnlich vergeßlich gewesen. Ich weiß es, weil wir unmittelbare Zimmernachbarn sind.«

»Du mußt reden«, schmunzelte David und erzählte dann, daß Curt am vergangenen Abend seine Freundin zweimal hintereinander angerufen habe, weil er vergessen hatte, daß er unmittelbar zuvor bereits mit ihr telefoniert hatte.

»Ich wette, das hat ihr gutgetan«, sagte Gloria.

Kim fiel auf, daß Curt zahlreiche Schnitte und Kratzer an Händen und Fingern hatte. Als Krankenschwester reagierte sie darauf reflexartig und erbot sich, die Verletzungen anzusehen.

»Vielen Dank, aber das ist nicht so schlimm, wie es aussieht«, sagte Curt. »Mich stören sie nicht im geringsten, obwohl ich nicht weiß, wie ich sie mir zugezogen habe.«

»Das ist eine Berufskrankheit«, sagte David und zeigte seine Hände, die ähnlich, wenn auch nicht ganz so schlimm aussahen. »Das beweist nur, daß wir hier bis auf die Knochen arbeiten müssen.«

»Das liegt an dem ständigen Druck und daran, daß wir neunzehn Stunden am Tag arbeiten«, meinte François. »Mich wundert, daß alles so gut klappt.«

»Mir scheint, daß diese kurzzeitigen Gedächtnislücken eine Nebenwirkung von Ultra sind«, sagte Kim. »Es sieht so aus, als würden alle darunter leiden.«

»Ich nicht«, sagte Gloria.

»Ich auch nicht«, pflichtete Eleanor ihr bei. »Mein Verstand und mein Gedächtnis funktionieren nachweislich besser, seit ich Ultra nehme.«

»Das ist bei mir genauso«, sagte Gloria. »Ich glaube, François hat recht. Wir arbeiten nur alle zu schwer.«

»Augenblick, Gloria«, warf Eleanor ein. »Was war denn vorgestern früh, als du deinen Morgenrock im Bad vergessen hast und zwei Minuten später wütend geworden bist, weil er nicht hinter der Zimmertür hing?«

»Ich bin nicht wütend geworden«, widersprach Gloria vergnügt. »Außerdem ist das etwas anderes. Ich habe meinen Morgenrock auch gesucht, als ich noch kein Ultra nahm.«

»Wie auch immer«, sagte Edward. »Kim hat recht. Kurzzeitige Gedächtnislücken könnten auf Ultra zurückgeführt werden und sollten deshalb in den klinischen Protokollen aufgenommen werden. Aber wir brauchen uns darüber nicht den Kopf zu zerbrechen. Selbst wenn sich herausstellen sollte, daß es gelegentlich auftritt, wäre das sicherlich eine akzeptable Nebenwirkung, wenn man bedenkt, in welchem Maße das Präparat die mentalen Funktionen im allgemeinen fördert.«

Das Geräusch der sich schließenden Außentür ließ alle aufhorchen, weil nur selten Besucher ins Labor kamen. Alle Augen wandten sich zur Tür. Sie öffnete sich, und Stanton kam herein.

Die Wissenschaftler brachen spontan in ein dreifaches Hurra aus. Stanton blieb verwirrt stehen. »Was geht denn hier vor?« fragte er. »Arbeitet heute niemand?«

Eleanor drückte ihm einen Meßbecher mit Champagner in die Hand.

»Ein kleiner Trinkspruch«, sagte Edward und hob seinen Becher. »Wir würden gern auf deine ewige Drängelei trinken, die uns dazu veranlaßt hat, Ultra zu nehmen. Jetzt freuen wir uns täglich über die Auswirkungen.«

Alle lachten, Gloria und David mußten ihre Becher wegstellen, um nichts zu verschütten.

»Hier herrscht ja wirklich eine Bombenstimmung«, meinte Stanton.

»Dazu haben wir auch allen Grund«, erklärte Edward und berichtete Stanton von den neugewonnenen Erkenntnissen. Zum Teil schrieb er es Ultra zu, weil es die Denkfähigkeit aller geschärft habe.

»Das ist ja eine großartige Neuigkeit!« freute sich Stanton und ging dann herum, um jedem die Hand zu schütteln. Dann sagte er Edward, daß er mit ihm unter vier Augen sprechen müsse.

Kim benutzte dies als willkommene Gelegenheit, sich zu verabschieden, und ging. Sie hatte das Gefühl, mit ihrem Vorschlag, höhere Gewaltbereitschaft und Störungen im Kurzzeitgedächtnis in die klinischen Testprotokolle mit aufzunehmen, einen positiven Beitrag geleistet zu haben.

Als Kim zur Burg hinüberging, sah sie, daß ein Polizeiauto aus Salem zwischen den Bäumen auftauchte. Offenbar hatte der Fahrer sie gesehen, denn der Wagen fuhr sofort in ihre Richtung.

Kim blieb stehen und wartete. Als der Wagen anhielt, stiegen die beiden Beamten aus, die wegen Buffer dagewesen waren.

Selvey tippte sich an den Mützenschirm, Kim nickte ihm zu.

»Ich hoffe, wir stören nicht«, sagte Selvey.

»Ist etwas passiert?« wollte Kim wissen.

»Wir wollten fragen, ob es seit dem Tod des Hundes noch andere Probleme gegeben hat«, sagte Selvey. »In der unmittelbaren Umgebung ist es zu zahlreichen Fällen von Vandalismus gekommen, so als ob man Halloween einen Monat vorverlegt hätte.«

»Halloween ist in Salem ein wichtiges Ereignis«, meinte Conners. »Für die Polizei ist es die unangenehmste Zeit im Jahr.«

»Was für Vandalismus denn?« erkundigte sich Kim.

»Der übliche Unfug«, erklärte Billy. »Umgekippte Mülltonnen, weit verstreuter Abfall, außerdem sind weitere Haustiere verschwunden, und einige der Kadaver sind im Greenlawn Friedhof aufgetaucht.«

»Wir machen uns immer noch Sorgen, daß es hier ein tollwütiges Tier geben könnte«, sagte Conners. »Sie sollten Ihre Katze im Haus behalten.«

»Wir nehmen an, daß ein paar Jugendliche sich einen Spaß machen, um es einmal so zu formulieren«, erklärte Selvey. »Die imitieren das, was das tollwütige Tier getan hat. Für ein Tier ist es nämlich viel zuviel gewesen. Ich meine, wie viele Mülltonnen kann ein Waschbär schon in einer Nacht umkippen?« Er kicherte.

»Sehr nett von Ihnen, daß Sie hergekommen sind, um mich zu warnen«, sagte Kim. »Aber hier ist seit dem Tod Buffers nichts mehr passiert. Und ich werde dafür sorgen, daß die Katze im Haus bleibt.«

»Falls es irgendwelche Probleme gibt, rufen Sie uns an«, sagte Conners. »Wir möchten diese Geschichte gern schnellstens klären.«

Kim sah dem Polizeiwagen nach und wollte gerade in die Burg gehen, als sie Stanton rufen hörte. Sie dreht sich um und sah ihn aus dem Labor kommen.

»Was hat denn die Polizei hier gewollt?« fragte er, als er ein paar Meter von ihr entfernt war.

Kim berichtete ihm von ihrer Besorgnis wegen Tollwut.

»Irgend etwas ist immer los«, sagte Stanton. »Hör zu, ich würde gern mit dir über Edward reden. Hast du einen Augenblick Zeit?«

»Aber natürlich«, nickte Kim. »Wo möchtest du dich denn mit mir unterhalten?«

»Wir können gern hierbleiben«, sagte Stanton. »Ja, hm – wo soll ich anfangen? In letzter Zeit mache ich mir ein wenig Sorgen um Edward, und um die anderen übrigens auch. Jedesmal wenn ich im Labor auftauche, komme ich mir vor wie ein Außenseiter. Vor zwei Wochen herrschte dort noch eine Stimmung wie in einem Leichenhaus, und jetzt ist es geradezu unheimlich, wie lustig alle sind. Ich komme mir in ihrer Gesellschaft richtig blöd vor.« Stanton schnitt eine Grimasse, ehe er fortfuhr: »Edward geht richtig aus sich heraus. Er ist geradezu aufdringlich geworden. Er erinnert mich direkt an mich!«

Kim hielt sich die Hand vor den Mund und lachte über Stantons Selbsterkenntnis.

»Das ist gar nicht komisch«, beklagte sich Stanton, mußte aber selbst lachen. »Als nächstes wird Edward wahrscheinlich auf die Idee kommen, ein begnadeter Geschäftsmann zu sein. Er ist richtig in Fahrt gekommen, aber leider sehen wir die Dinge unterschiedlich. Wir streiten die ganze Zeit darüber, wie mehr

Kapital aufzubringen ist. Er ist so habgierig geworden, daß er keine Anteile mehr abgeben will. Er hat sich über Nacht von einem asketischen Akademiker in einen unersättlichen Kapitalisten verwandelt.«

»Warum erzählst du mir das alles?« fragte Kim. »Ich habe nichts mit Omni zu tun und will es auch nicht.«

»Vielleicht könntest du einmal mit Edward reden«, sagte Stanton. »Ich möchte nicht als Geldwaschanlage mißbraucht werden, und es tut mir sogar leid, daß ich die Möglichkeit überhaupt erwähnt habe. Das Risiko ist einfach zu groß. Ich meine nicht etwa das finanzielle Risiko. Ich spreche vom Risiko für Leib und Leben. Das ist das Ganze einfach nicht wert. Ich denke, Edward sollte die finanzielle Seite dieses Unternehmens mir überlassen, so wie ich den wissenschaftlichen Kram Edward überlasse.«

»Macht Edward auf dich einen vergeßlichen Eindruck?« fragte Kim.

»Absolut nicht«, sagte Stanton. »Der ist hundertprozentig auf Draht. Bloß wenn es um die verschlungenen Wege der Großfinanz geht, ist er ein unschuldiges Kind. Aber ein wenig paranoid kam er mir vor. Er wollte, daß wir nach draußen gehen, damit uns keiner belauschen kann.«

»Wer sollte euch denn belauschen?« wollte Kim wissen.

Stanton zuckte die Achseln. »Die anderen Wissenschaftler, nehme ich an. Ich habe ihn nicht gefragt.«

»Heute früh ist er ins Cottage herübergekommen, um zu telefonieren, damit keiner ihn belauschen kann«, sagte Kim. »Er hatte Angst, das Telefon im Empfangsbereich zu benutzen, weil er dachte, jemand würde ihn durch die Wände belauschen.«

»Das klingt ja noch paranoider«, sagte Stanton. »Aber zu seiner Verteidigung muß man sagen, daß ich ihm eingebleut habe, auf strengste Geheimhaltung zu achten.«

»Stanton, ich fange an, mir Sorgen zu machen«, sagte Kim.

»Sag das nicht«, jammerte Stanton. »Ich bin zu dir gekommen, damit du mir meine Ängste nimmst, nicht damit du sie noch steigerst.«

»Ich mache mir Sorgen, daß die Vergeßlichkeit und die Paranoia Nebenwirkungen von Ultra sein könnten«, erklärte Kim.

»Das will ich nicht hören«, sagte Stanton und hielt sich die Ohren zu.

»Die sollten das Zeug nicht selbst einnehmen«, sagte Kim. »Und das weißt du. Ich finde, du solltest ihnen das verbieten.«

»Ich?« staunte Stanton. »Ich habe dir erst vor einer Minute gesagt, daß mein Gebiet die Finanzen sind. Ich mische mich nicht in die wissenschaftliche Seite ein, ganz besonders seit die mir gesagt haben, daß es die Auswertung beschleunigt, wenn sie das Präparat schlucken. Vielleicht sind diese leichte Paranoia und die Vergeßlichkeit ja darauf zurückzuführen, daß sie so schwer arbeiten. Edward weiß schon, was er tut. Mein Gott, schließlich ist er einer der besten Leute auf seinem Gebiet.«

»Ich mache dir einen Vorschlag«, sagte Kim. »Wenn du versuchst, Edward zu überreden, das Präparat nicht mehr zu nehmen, versuche ich, ihn zu überzeugen, daß er sich aus den Finanzen heraushalten muß.«

Stanton verzog das Gesicht, als ob jemand ihm ein Messer in den Rücken gestoßen hätte. »Das ist ja lächerlich«, sagte er. »Jetzt muß ich mit meiner eigenen Cousine verhandeln.«

»Mir scheint das vernünftig«, sagte Kim. »Wir würden uns gegenseitig helfen.«

»Ich kann dir nichts versprechen«, sagte Stanton.

»Ich auch nicht«, erwiderte Kim.

»Wann wirst du mit ihm reden?« fragte Stanton.

»Heute abend«, versprach Kim. »Und du?«

»Nun, ich denke, ich könnte gleich zu ihm gehen und mich mit ihm unterhalten«, sagte Stanton.

»Also, sind wir uns einig?« wollte Kim wissen.

»Ich denke schon«, erwiderte Stanton widerstrebend. Dann hielt er ihr die Hand hin, und Kim schlug ein.

Am Abend blieb Kim absichtlich wach, bis Edward nach Hause kam. Sie lag im Bett und las, als sie kurz nach eins hörte, wie die Haustür geschlossen wurde und Edwards Schritte die Treppe heraufkamen.

»Du meine Güte!« sagte er und streckte den Kopf in ihr Zimmer. »Das muß je ein spannendes Buch sein, daß es dich so lange wachhält.«

»Ich bin nicht müde«, sagte Kim. »Komm rein.«

»Ich bin völlig erschöpft«, sagte Edward und trat ins Zimmer. Er streichelte Sheba geistesabwesend und gähnte. »Ich kann es gar nicht erwarten, ins Bett zu kommen. Nach Mitternacht setzt dieses Schlafbedürfnis bei mir wie ein Uhrwerk ein. Das Erstaunliche ist, wie schnell ich dann immer einschlafe. Ich muß vorsichtig sein, wenn ich mich setze. Und wenn ich mich hinlege, bin ich sofort weg.«

»Das ist mir auch schon aufgefallen«, nickte Kim. »Sonntag nacht hast du nicht einmal das Licht ausgeschaltet.«

»Ich denke, ich sollte dir eigentlich böse sein«, sagte Edward lächelnd. »Aber das bin ich nicht. Ich weiß, du meinst es mit mir nur gut.«

»Du wirst mir sicher sagen, wovon du redest?« fragte Kim.

»Als ob du das nicht wüßtest«, sagte Edward neckend. »Ich spreche von Stantons plötzlicher Besorgnis um mein Wohlergehen. Er hatte kaum den Mund aufgemacht, als ich schon wußte, daß du dahintersteckst. Es ist nicht seine Art, so mitfühlend zu sein.«

»Hat er dir etwas von unserer Übereinkunft gesagt?« fragte Kim.

»Was für eine Übereinkunft?«

»Er will versuchen, dir die Einnahme von Ultra auszureden, wenn ich dich davon überzeuge, daß die Finanzangelegenheiten von Omni ihm überlassen bleiben müssen.«

»Et tu brute«, sagte Edward und grinste. »Das sind ja schöne Zustände. Die zwei Menschen, von denen ich glaube, daß sie mir am nächsten stehen, schmieden hinter meinem Rücken Komplotte.«

»Wie du schon selbst gesagt hast, es geschieht ja nur in deinem Interesse«, sagte Kim.

»Ich glaube eigentlich, ich kann ganz gut selbst entscheiden, was für mich von Interesse ist«, sagte Edward liebenswürdig.

»Aber du hast dich verändert«, meinte Kim. »Stanton hat gesagt, du wirst ihm immer ähnlicher.«

Edward lachte. »Ist ja großartig!« sagte er. »Ich wollte immer schon so extravertiert wie Stanton sein. Schade, daß mein Vater das nicht mehr erlebt. Vielleicht wäre er jetzt endlich mit mir zufrieden.«

»Ich meine das nicht als Witz«, sagte Kim.

»Ich auch nicht«, erklärte Edward. »Ich finde es schön, selbstbewußt und kontaktfähig zu sein und nicht scheu und introvertiert.«

»Aber es ist gefährlich, ein unbekanntes Präparat einzunehmen«, sagte Kim. »Außerdem – hast du eigentlich keine ethischen Skrupel, weil sich diese Charakterzüge chemisch entwickeln? Ich meine, das ist doch unecht, beinahe geschummelt.«

Edward setzte sich auf Kims Bettkante. »Falls ich einschlafen sollte, mußt du einen Abschleppwagen rufen, der mich ins Bett schafft«, schmunzelte er. Dann gähnte er ausgiebig und versuchte sich dabei die Faust vor den Mund zu halten. »Hör zu, Liebling«, sagte er dann. »Ultra ist nicht unbekannt; es ist lediglich noch nicht *völlig* bekannt. Aber es ist nicht toxisch, und das ist das Entscheidende. Ich werde es weiterhin nehmen, bis sich ernsthafte Nebenwirkungen zeigen sollten, was ich aber aufrichtig bezweifle. Und was den zweiten Punkt angeht, so weiß ich, daß unerwünschte Charakterzüge, in meinem Fall meine Schüchternheit, sich durch Erfahrung noch vertiefen können. In gewissem Maße hat bereits Prozac und jetzt in wesentlich stärkerem Maße Ultra mein wahres Ich freigelegt. Meine augenblickliche Persönlichkeit ist weder eine Erfindung von Ultra, noch ist sie unecht.«

Edward schmunzelte wieder und tätschelte Kims Bein durch die Decke. »Ich kann dir versichern, ich habe mich in meinem ganzen Leben nie besser gefühlt. Vertrau mir. Meine einzige Sorge ist jetzt, wie lange ich Ultra nehmen muß, ehe mein augenblickliches Ich so stark ist, daß ich nicht wieder in mein schüchternes, tölpelhaftes altes Ich zurückfalle, wenn ich Ultra absetze.«

»Das hört sich so vernünftig an«, sagte Kim.

»Aber das ist es doch«, erklärte Edward. »Ich will so sein. Zum Teufel, wahrscheinlich wäre ich sogar so geworden, wenn mein Vater kein solcher Langweiler gewesen wäre.«

»Aber was ist mit der Vergeßlichkeit und der Paranoia?« fragte Kim.

»Was meinst du mit Paranoia?« fragte Edward.

Kim erinnerte ihn daran, daß er am Morgen ins Haus gekommen war, um zu telefonieren, und daß er das Labor verlassen hatte, um mit Stanton zu reden.

»Das hat nichts mit Paranoia zu tun«, sagte Edward leicht gereizt. »Diese Typen im Labor sind die schlimmsten Klatschmäuler geworden, die man sich vorstellen kann. Ich versuche nur, mir ein bißchen Privatleben zu erhalten.«

»Stanton und ich fanden es beide paranoid«, sagte Kim.

»Nun, ich kann dir versichern, daß es das nicht ist«, lächelte Edward, dessen Ärger bereits wieder verflogen war. »Die Vergeßlichkeit gebe ich zu, aber das andere nicht.«

»Warum setzt du das Präparat nicht ab und fängst während der klinischen Phase wieder damit an?«

»Du bist wirklich schwer zu überzeugen«, sagte Edward. »Aber ich bin jetzt wirklich zu müde. Ich kann kaum noch die Augen offenhalten. Es tut mir leid. Wir können dieses Gespräch ja morgen fortsetzen, wenn du willst. Aber jetzt muß ich ins Bett.«

Edward beugte sich vor, gab Kim einen Kuß auf die Wange und ging dann schwankend aus dem Zimmer. Sie hörte ihn noch ein paar Minuten in seinem Zimmer herumgehen; dann verrieten ihr seine gleichmäßigen Atemzüge, daß er schlief.

Kim staunte, wie schnell er eingeschlafen war, und stieg aus dem Bett. Sie schlüpfte in ihren Morgenmantel und ging durch den Verbindungsgang in Edwards Schlafzimmer, wo eine Spur weggeworfener Kleider quer durch das Zimmer zu Edward führte, der nur mit seiner Unterwäsche bekleidet auf dem Bett lag. Ebenso wie Sonntag nacht brannte seine Nachttischlampe noch.

Kim knipste das Licht aus und wunderte sich dann, als sie neben ihm stand, wie laut er schnarchte. Seltsam, daß sie das nie geweckt hatte, wenn sie zusammen geschlafen hatten.

Sie ging in ihr Zimmer zurück, machte das Licht aus und versuchte einzuschlafen. Aber es war unmöglich, ihre Gedanken ließen sich einfach nicht abschalten, und sie hörte Edward, als ob er sich im gleichen Raum mit ihr befände.

Eine halbe Stunde später stand Kim wieder auf und ging ins Bad. Sie fand das Röhrchen Xanax, das sie seit Jahren aufbewahrte, und nahm eine der rosa Pillen. Sie tat es ungern, glaubte aber, ohne Tablette nicht einschlafen zu können.

Als sie aus dem Bad kam, schloß sie Edwards Tür ebenso wie ihre eigene. Als sie sich dann ins Bett legte, konnte sie Edward zwar immer noch schnarchen hören, aber jetzt war das Geräusch wesentlich gedämpfter. Noch ehe eine Viertelstunde vergangen war, spürte sie, wie sich ein willkommenes Gefühl der Gelassenheit in ihr ausbreitete. Kurz darauf sank sie in tiefen Schlaf.

## Kapitel 16

*Freitag, 30. September 1994*

Gegen drei Uhr morgens herrschte auf den dunklen Straßen Salems wenig Verkehr, und Dave Halpern hatte das Gefühl, die ganze Welt würde ihm gehören. Er war seit Mitternacht ohne Ziel in seinem roten Chevy Camaro unterwegs, zweimal in Marblehead gewesen und sogar bis hinauf nach Danvers gefahren.

Dave war siebzehn und Schüler an der Salem High-School. Den Wagen verdankte er einem Aushilfsjob bei McDonald's und einem ansehnlichen Darlehen seiner Eltern, und im Augenblick gab es in seinem ganzen Leben nichts, was er mehr liebte. Er schwelgte in einem Gefühl von Freiheit und grenzenlosen Möglichkeiten. Darüber hinaus genoß er die Aufmerksamkeit im Freundeskreis, die das Auto ihm eintrug, ganz besonders seitens Christina McElroy. Christina war ein Erstsemester und sah traumhaft aus.

Dave warf einen Blick auf die schwach beleuchtete Uhr am Armaturenbrett. Es war jetzt beinahe Zeit für das Rendezvous. Er bog in die Dearborn Street, wo Christina wohnte, ein, betätigte die Lichthupe, schaltete den Motor ab und ließ dann den Wagen langsam und lautlos unter einem mächtigen Ahorn ausrollen.

Er brauchte nicht lange zu warten. Christina tauchte hinter der Hecke auf, die ihr Haus umgab, lief zum Wagen und stieg ein. Im Halbdunkel konnte man das Weiß in ihren Augen und ihre Zähne blitzen sehen. Sie zitterte vor Aufregung.

Sie rutschte auf der Vinyl-bezogenen Sitzbank hinüber, bis ihre Schenkel in den engen Jeans sich gegen Daves Schenkel preßten.

Dave war bemüht, eine Aura der Nonchalance zu verbreiten, als wären Rendezvous mitten in der Nacht für ihn etwas Alltägliches, und so sagte er kein Wort. Er beugte sich nur vor und ließ den Motor an. Aber seine Hand zitterte dabei, so daß die Schlüssel klapperten. Aus Angst, sich verraten zu haben, warf er einen verstohlenen Blick auf Christina, registrierte ihr Lächeln und war besorgt, daß sie ihn nicht für cool halten könnte.

Als Dave die Straßenkreuzung erreichte, schaltete er die Scheinwerfer ein.

»Hat's irgendwelche Probleme gegeben?« fragte Dave, ganz auf die Straße konzentriert.

»Es war kinderleicht«, sagte Christina. »Ich verstehe gar nicht, warum ich solche Angst hatte, mich aus dem Haus zu schleichen. Meine Eltern sind bewußtlos. Ich hätte auch zur Haustür hinausgehen können, statt aus dem Fenster zu klettern.«

Sie fuhren eine von dunklen Häusern gesäumte Straße hinunter.

»Wo fahren wir hin?« fragte Christina in lässigem Ton.

»Wirst schon sehen«, erklärte Dave. »Wir sind gleich dort.«

Sie rollten jetzt an dem ausgedehnten Greenlawn-Friedhof entlang, der in Dunkelheit dalag. Christina drückte sich an Dave und spähte über seine Schulter in den Gottesacker.

Dave verlangsamte die Fahrt, und Christina saß plötzlich kerzengerade. »Da gehen wir nicht hinein«, erklärte sie trotzig.

Dave lächelte in der Dunkelheit, so daß seine weißen Zähne zu sehen waren. »Warum nicht?« fragte er und zog im gleichen Augenblick das Steuer nach links; der Wagen holperte über den Bordstein in den Friedhof. Dave schaltete die Scheinwerfer aus und verlangsamte die Fahrt auf Schrittgeschwindigkeit. Die Straße war unter dem dunklen Blattwerk kaum zu erkennen.

»O mein Gott!« sagte Christina. Sie musterte aus geweiteten Augen die unmittelbare Umgebung mit den gespenstisch in die Nacht ragenden Grabsteinen, von denen einige das Mondlicht widerspiegelten.

Christina drückte sich noch enger an Dave, und ihre linke Hand klammerte sich um seinen rechten Oberschenkel. Dave grinste zufrieden.

Sie rollten neben einem unbewegt daliegenden, von Weiden gesäumten Teich aus. Dave schaltete den Motor ab und verriegelte die Türen. »Man kann nicht vorsichtig genug sein«, sagte er.

»Vielleicht sollten wir die Fenster einen Spalt aufmachen«, schlug Christina vor, »sonst wird es hier drinnen zum Backofen.«

Die beiden sahen einander einen Augenblick lang verlegen an. Dann drückte Dave seinen Mund auf Christinas und sie umarmten einander heftig.

Plötzlich spürten sowohl Dave wie Christina eine Bewegung des Wagens, die nicht von ihnen verursacht war. Sie blickten gleichzeitig auf, und was sie vor der Windschutzscheibe sahen, jagte ihnen panische Angst ein. Durch die Nacht jagte ein fahles weißes Schemen auf sie zu. Was auch immer dieses unnatürliche Geschöpf war, es prallte gegen die Scheibe und rollte auf der Beifahrerseite des Wagens herunter.

»Was war das?« schrie Dave.

Christina kreischte auf und kämpfte gegen eine schmierige Hand, die durch das Fenster hereinfuhr und ihr eine Handvoll Haare ausriß.

»Verdammte Scheiße!« schrie Dave und kämpfte gleichfalls gegen eine Hand, die auf seiner Seite hereingriff. Fingernägel gruben sich in seinen Hals, rissen ein Stück von seinem T-Shirt weg und hinterließen ein dünnes Blutrinnsal.

Panisch startete Dave den Camaro. Er legte den Rückwärtsgang ein und schoß polternd über das steinige Terrain zurück. Christina stieß wieder einen Schrei aus, als ihr Kopf gegen das Wagendach prallte. Dann stieß der Wagen gegen einen Grabstein, der krachend zerbrach und umkippte.

Dave legte den ersten Gang ein und gab Vollgas.

»Wer zum Teufel war das?« schrie Dave.

»Das waren zwei«, stieß Christina hervor.

Sie hatten jetzt die Straße erreicht, und Dave lenkte den Wagen auf die Stadt zu. Christina schaute in den Rückspiegel und inspizierte den Schaden, den ihr Haar davongetragen hatte.

»Mein ganzer Schnitt ist ruiniert«, jammerte sie.

Dave sah nach hinten, um sich zu vergewissern, daß ihnen niemand folgte. Er wischte sich mit der Hand über den Nacken und blickte dann ungläubig auf das Blut an seinen Fingern.

»Was, zum Teufel, hatten die eigentlich an?« fragte Dave wütend.

»Ist das wichtig?« maulte Christina.

»Die hatten weiße Kleider an oder so etwas Ähnliches«, sagte Dave. »Wie zwei Gespenster.«

»Wir hätten nie dahin fahren sollen«, heulte Christina. »Ich hab's ja gleich gewußt.«

»Jetzt hör schon auf«, fuhr sie Dave an. »Gar nichts hast du gewußt.«

»Doch, hab' ich doch«, widersprach sie. »Du hast mich bloß nicht gefragt.«

»Blödsinn!«

»Aber wer sie auch waren, sie müssen krank sein«, sagte Christina.

»Da hast du wahrscheinlich recht«, nickte Dave. »Wahrscheinlich kommen sie aus dem Danvers State Hospital. Aber wie sind sie dann bis hierher gekommen?«

Christina griff sich an den Mund und murmelte: »Mir wird gleich schlecht.«

Dave trat auf die Bremse und fuhr an den Straßenrand. Christina öffnete die Tür einen Spalt und übergab sich auf die Straße. Dave schickte ein stilles Stoßgebet zum Himmel, daß nichts ins Wageninnere geraten möge.

Christina richtete sich wieder auf, lehnte den Kopf an die Kopfstütze und schloß die Augen.

»Ich will nach Hause«, sagte sie schwach.

»Wir sind gleich da«, versprach Dave und fuhr los.

»Wir dürfen das niemandem sagen«, meinte Christina. »Wenn meine Eltern es erfahren, darf ich sechs Monate nicht mehr aus dem Haus.«

»In Ordnung«, versprach Dave.

»Versprochen?«

»Klar, kein Problem.«

Dave schaltete die Scheinwerfer wieder aus, als er in Christinas Straße einbog. Er hielt ein paar Häuser entfernt und hoffte, daß er ihr keinen Abschiedskuß geben mußte; er war erleichtert, als sie gleich ausstieg.

»Denk daran, du hast es mir versprochen«, sagte sie.

»Keine Angst«, versprach Dave.

Er sah ihr nach, wie sie über den Rasen rannte und dann hinter der Hecke verschwand.

Unter der nächsten Straßenlaterne stieg Dave aus und inspizierte seinen Wagen. Hinten, wo er den Grabstein angefahren hatte, hatte die Stoßstange eine Schramme, aber nicht besonders schlimm. Er ging auf die Beifahrerseite, öffnete die Tür, schnüffelte vorsichtig und war erleichtert, als er nichts roch. Er schloß die Tür und ging vorn um den Wagen herum. Der Scheibenwischer auf der Beifahrerseite fehlte.

Dave knirschte mit den Zähnen und fluchte halblaut. Was für eine Nacht, und noch dazu alles vergeblich! Er stieg wieder ein und überlegte, ob er George, seinen besten Freund, wecken sollte. Dave konnte es gar nicht erwarten, ihm zu erzählen, was er erlebt hatte. Es war so unheimlich wie in einem alten Horrorfilm gewesen. In gewisser Weise war er für den zerbrochenen Scheibenwischer dankbar. Sonst würde George ihm die Story wahrscheinlich gar nicht glauben.

Nachdem sie gegen halb zwei Uhr morgens das Xanax eingenommen hatte, schlief Kim wesentlich länger als gewöhnlich, und als sie schließlich aufwachte, fühlte sie sich ziemlich benommen. Das Gefühl war ihr unangenehm, aber sie war trotzdem überzeugt, daß das ein bescheidener Preis dafür war, wenigstens etwas Schlaf gefunden zu haben.

Den ersten Teil des Tages verbrachte Kim damit, ihre Sachen für Montag herzurichten. Sie wunderte sich selbst, wie sehr sie sich darauf freute, wieder arbeiten zu gehen. In den letzten zwei Wochen war sie in zunehmendem Maße des isolierten, einsamen Lebens müde geworden, das sie in Salem geführt hatte, ganz besonders nachdem sie mit dem Einrichten des Cottage fertig gewesen war.

Edward war in jeder Hinsicht ein Problem. Mit ihm zusammenzuleben war keineswegs so, wie sie es erwartet hatte, obwohl sie bei genauer Überlegung gar nicht wußte, was sie eigentlich erwartet hatte. Aber sie hatte jedenfalls gehofft, ihn häufiger zu

Gesicht zu bekommen und mehr gemeinsam mit ihm zu unternehmen. Und ganz sicherlich hatte sie nicht damit gerechnet, sich darüber Sorgen machen zu müssen, daß er ein Präparat im Experimentierstadium einnahm. Insgesamt war die ganze Situation recht absurd.

Nachdem Kim alles im Cottage erledigt hatte, ging sie zur Burg hinüber und lief dort gleich Bruer über den Weg. Sie hatte gehofft, die Installationsarbeiten wären beendet, aber Bruer sagte, daß das im Hinblick auf die zusätzliche Arbeit im Gästeflügel ein Ding der Unmöglichkeit sei, und erklärte, daß sie noch zwei Tage länger brauchen würden. Er fragte, ob sie das Werkzeug übers Wochenende in der Burg lassen dürften, wogegen Kim nichts einzuwenden hatte.

Sie inspizierte die Treppe im Dienstbotenflügel und warf einen Blick in den Eingangsbereich. Zu ihrer großen Enttäuschung war dort wieder alles schmutzig. Die Fußmatte schien völlig unberührt, gerade als ob sie sie bewußt ignoriert hätten.

Sie ging über den Hof und warf einen Blick auf den Eingang zum Gästeflügel. Dort war es weniger schmutzig als vorm Gesindeflügel, aber auch nicht besonders sauber.

Schließlich stieg Kim die Treppe hinauf und machte sich auf dem Dachboden an die Arbeit. Der Fund des Thomas-Goodman-Briefes am Tag zuvor hatte ihrer Begeisterung neuen Schwung verliehen. Die Zeit verging schnell, und ehe sie wußte, wie ihr geschah, war es Zeit zum Mittagessen.

Kim ging zum Cottage zurück. Als sie zum Labor hinübersah, überlegte sie, ob sie ihnen einen kurzen Besuch abstatten und von ihrem Problem mit dem Schmutz erzählen sollte.

Nach dem Mittagessen kehrte Kim ins Dachgeschoß zurück und arbeitete dort den ganzen Nachmittag. Das einzige, was sie aus der Zeit, die sie interessierte, fand, waren Jonathan Stewarts Collegezensuren. Kim überflog sie und erfuhr, daß Jonathan nur ein mittelmäßiger Schüler gewesen war. Um es mit den Worten eines der gewandteren Tutoren zu sagen, war Jonathan »je nach Jahreszeit im Teich schwimmen oder auf dem Charles-Fluß Schlittschuh laufen, statt sich mit Logik, Rhetorik oder Ethik auseinanderzusetzen«.

Als Kim am Abend ihren gegrillten Fisch mit frischem, gemischtem Salat genoß, sah sie einen Pizza-Lieferwagen zum Labor fahren. Solche Lieferungen, Pizza, Brathähnchen oder chinesisches Essen, kamen zweimal täglich. Zu Anfang des Monats hatte Kim sich erboten, Edward jeden Abend ein warmes Essen zuzubereiten, aber das hatte er abgelehnt und gesagt, es wäre besser, wenn er mit den anderen zusammen die Mahlzeiten einnähme.

In gewisser Hinsicht war Kim vom Fleiß der Wissenschaftler beeindruckt, während sie sie andererseits für Eiferer und ein wenig versponnen hielt.

Gegen elf ging Kim mit Sheba hinaus und blieb auf der Veranda stehen, während die Katze im Gras herumstreunte. Ohne sie aus den Augen zu lassen, sah Kim zum Labor hinüber, wo noch Licht brannte.

Als sie das Gefühl hatte, daß Sheba lange genug draußen gewesen war, trug Kim sie wieder hinein. Der Katze paßte das nicht so recht, aber in Anbetracht dessen, was Kim von der Polizei gehört hatte, wollte sie das Tier nicht frei herumlaufen lassen.

Kim ging nach oben und legte sich ins Bett. Sie las noch eine Stunde, aber wie am Abend zuvor wollte ihr Verstand auch heute einfach nicht zur Ruhe kommen. Tatsächlich schien ihre Beklemmung im Bett sogar noch zu wachsen. Sie ging ins Bad und nahm wieder eine Xanax-Tablette.

# Kapitel 17

*Samstag, 1. Oktober 1994*

Kim quälte sich aus den Tiefen eines betäubungsähnlichen Schlafes hoch. Sie war überrascht, daß sie schon wieder so lange geschlafen hatte. Es war beinahe neun.

Nachdem sie geduscht und sich angezogen hatte, ließ sie Sheba hinaus. Ein wenig schuldbewußt, weil sie die Katze in ihrer normalen Bewegungsfreiheit einschränkte, war sie sehr geduldig mit ihr und ließ sie hingehen, wo sie wollte. Sheba entschied sich dafür, um das Haus herumzugehen. Kim folgte ihr.

Als Kim um die hintere Hausecke herumgegangen war, blieb sie plötzlich stehen, stemmte wütend die Hände in die Hüften und stieß eine Verwünschung aus. Die Vandalen, vor denen die Polizei sie gewarnt hatte, hatten diesmal sie zum Ziel gewählt; die beiden Mülltonnen waren umgekippt und der Müll im weiten Umkreis verteilt.

Sie wandte ihre Aufmerksamkeit kurz von Sheba ab und stellte die beiden Plastiktonnen wieder auf, wobei sie entdeckte, daß beide oben starke Beschädigungen aufwiesen.

»Verdammte Schweinerei!« rief Kim und trug die beiden Tonnen wieder an ihren Platz neben dem Haus. Bei genauerem Hinsehen wurde ihr klar, daß sie beide würde ersetzen müssen, weil die Deckel nicht mehr richtig schlossen.

Kim konnte Sheba gerade noch einfangen, ehe sie im Wald verschwand, und trug sie ins Haus zurück. Dann rief sie auf dem Polizeirevier an. Zu ihrer Überraschung bestanden die Beamten darauf, sofort jemanden zu ihr zu schicken.

Kim holte ihre Gartenhandschuhe und ging wieder hinaus, wo sie die nächste halbe Stunde damit verbrachte, den ganzen Müll wegzuräumen. Sie warf ihn wieder in die beiden beschädigten Tonnen und war gerade mit ihrer Arbeit fertig, als der Streifenwagen aus Salem eintraf.

Diesmal war es nur ein Beamter, der, wie Kim feststellte, etwa in ihrem Alter war. Es war ein ernst blickender junger Mann namens Tom Malick. Er bat, den Tatort besichtigen zu dürfen. Kim fand zwar, daß er die kleine Episode über Gebühr wichtig nahm, führte ihn aber hinter das Haus und zeigte ihm die Behälter. Sie erklärte ihm, daß sie gerade wieder alles eingesammelt hatte.

»Es wäre besser gewesen, wenn Sie zunächst alles liegengelassen hätten, damit wir es uns hätten ansehen können«, meinte Malick.

»Das tut mir leid«, bedauerte Kim.

Der Beamte hob einen der Deckel auf und wies sie auf ein paar parallel verlaufende Kratzspuren hin. »Ich denke, Sie sollten sich massivere Behälter besorgen«, sagte er.

»Ich hatte vor, sie zu ersetzen«, nickte Kim. »Ich muß mal sehen, was zu haben ist.«

»Sie werden möglicherweise bis Burlington fahren müssen, um welche zu finden«, meinte der Beamte. »In der Stadt sind sie ausverkauft.«

»Das klingt ja, als würde sich diese Geschichte zu einem richtigen Problem entwickeln«, sagte Kim.

»Das dürfen Sie laut sagen. Die ganze Stadt ist in Aufruhr. Haben Sie heute morgen nicht die Lokalnachrichten gesehen?«

»Nein.«

»Bis gestern sind immer nur Hunde und Katzen zu Tode gekommen«, erklärte der Beamte. »Heute morgen haben wir unser erstes menschliches Opfer gefunden.«

»Das ist ja schrecklich«, sagte Kim, der der Atem stockte. »Wer war das denn?«

»Ein stadtbekannter Landstreicher, John Mullins. Man hat ihn unweit von hier in der Nähe der Kernwood-Brücke gefunden. Das Gräßliche war, daß er zum Teil aufgefressen war.«

Vor Kims innerem Auge stieg das schreckliche Bild von Buffer auf, wie er im Gras lag, und sie spürte, wie ihr Mund trocken wurde.

»Mullins Alkoholpegel war ziemlich hoch«, sagte Malick, »es kann also durchaus sein, daß er bereits tot war, ehe das Tier ihn erwischt hat, aber das werden wir erst genauer wissen, wenn uns der Autopsiebericht vorliegt. Die Leiche ist nach Boston gebracht worden, weil wir hoffen, dort Näheres darüber zu erfahren, mit was für einem Tier wir es eigentlich zu tun haben.«

»Das klingt ja schrecklich.« Kim schauderte. »Daß es so ernst ist, wußte ich nicht.«

»Ursprünglich hatten wir an einen Waschbären gedacht«, meinte Malick. »Aber jetzt denken wir, daß es sich um ein größeres Tier handeln muß, einen Bären beispielsweise. Die Bären haben sich in New Hampshire stark vermehrt, das liegt also durchaus im Bereich des Möglichen. Aber was auch immer es ist, die örtliche Hexenindustrie ist begeistert. Die sagen natürlich, das ist der Teufel, und sonst noch allen möglichen Unsinn und versuchen den Leuten weiszumachen, es sei dasselbe wie 1692. Sie stellen es recht geschickt an, und ihr Geschäft läuft gut. Aber das kann man von unserem Geschäft auch sagen.«

Nachdem er Kim noch mal wegen der umfangreichen Wälder

auf ihrem Besitz zu besonderer Vorsicht ermahnt hatte, weil sich dort ohne weiteres ein Bär verstecken konnte, fuhr Malick wieder.

Ehe Kim die lange Fahrt nach Burlington antrat, rief sie den Eisenwarenladen in Salem an, wo sie gewöhnlich einkaufte. Man versicherte ihr, daß ein genügend großer Vorrat an Mülltonnen vorhanden sei, da erst gestern eine neue Lieferung eingetroffen war.

Gleich nach dem Frühstück fuhr Kim in die Stadt und geradewegs zu dem Laden. Der Verkäufer sagte ihr, sie habe gut daran getan, sofort zu kommen, weil sie nämlich seit dem Telefonat vor einer Stunde bereits den größten Teil ihrer neu eingetroffenen Mülltonnen verkauft hatten.

»Diese Bestie scheint weit herumzukommen«, sagte Kim.

»Das können Sie laut sagen«, nickte der Verkäufer. »Drüben in Beverly haben sie schon ähnliche Probleme. Alle reden davon, was das wohl für ein Tier sein mag. Selbst Wetten werden angeboten, falls Sie sich beteiligen wollen. Für uns ist es eine feine Sache. Nicht nur, daß wir eine Unmenge Mülltonnen verkauft haben; in unserer Sportabteilung herrscht Hochkonjunktur für Munition und Flinten.«

Während Kim an der Kasse wartete, hörte sie, wie andere Kunden sich über das Thema unterhielten. Die Spannung, die in der Luft lag, war beinahe zum Greifen.

Als Kim den Laden verließ, hatte sie ein unbehagliches Gefühl. Wenn es zu hysterischen Reaktionen kam, war es durchaus möglich, daß Unschuldige zu Schaden kamen. Sie schauderte bei dem Gedanken an schießwütige Leute, die sich hinter ihren Vorhängen versteckten und bloß darauf warteten, daß jemand oder etwas sich an ihrem Müll zu schaffen machte. So etwas konnte leicht zu einer Tragödie führen.

Zu Hause füllte Kim den Müll aus den beschädigten Behältern in die neuen um, deren Deckel von einem raffinierten Mechanismus gesichert waren. Während der Arbeit sehnte sie sich nach der Stadt und erinnerte sich wehmütig daran, wie einfach doch das Leben dort im Vergleich mit dem Leben auf dem Lande war. Dort mußte sie zwar aufpassen, daß sie nicht auf der Straße überfallen wurde, aber es gab wenigstens keine Bären.

Anschließend ging Kim hinüber zum Labor. Sie tat es nicht

sonderlich begeistert, fand aber, daß sie in Anbetracht der Umstände keine andere Wahl hatte.

Ehe sie hineinging, sah sie sich die Mülltonnen vorm Labor an. Es waren zwei schwere Stahlcontainer, die von der Müllabfuhr mit einer mechanischen Hebeanlage hochgehoben wurden. Die Deckel waren so schwer, daß Kim sie kaum heben konnte. Daran hatte sich offensichtlich niemand zu schaffen gemacht.

Kim ging durch den Empfangsbereich und betrat das eigentliche Labor. Dort erwartete sie wieder eine Überraschung. Beim letztenmal war es eine Feier gewesen, diesmal eine improvisierte Sitzung, die offenbar einem wichtigen Thema galt. Die vergnügte, geradezu ausgelassene Atmosphäre, mit der sie gerechnet hatte, war dahin, und an ihre Stelle war eine würdige Ruhe getreten.

»Tut mir schrecklich leid, wenn ich störe«, entschuldigte sie sich.

»Ist schon in Ordnung«, meinte Edward. »Wolltest du etwas Bestimmtes?«

Kim berichtete über die umgekippten Mülltonnen und den Besuch der Polizei und fragte dann, ob jemandem während der Nacht irgend etwas Ungewöhnliches aufgefallen sei.

Die Wissenschaftler sahen einander erwartungsvoll an. Zunächst antwortete keiner, dann schüttelten alle den Kopf.

»Ich schlafe so tief, daß ich wahrscheinlich nicht einmal ein Erdbeben mitbekommen würde«, erklärte Curt.

»Du verursachst Geräusche wie ein Erdbeben«, scherzte David. »Aber du hast recht, ich schlafe genauso tief.«

Kim musterte die Gesichter reihum. Die düstere Stimmung, die sie beim Hereinkommen gespürt hatte, schien sich bereits aufzuhellen. Sie sagte ihnen, daß es sich nach Ansicht der Polizei bei dem Übeltäter um einen tollwütigen Bären handeln könnte, daß aber auch viele Halbwüchsige die Lage nutzten, um Unfug zu treiben. Dann berichtete sie von der an Hysterie grenzenden Aufregung, die sie in der Stadt gespürt hatte.

»So etwas kann auch nur in Salem so aufgeplustert werden«, schmunzelte Edward. »Diese Stadt wird sich wahrscheinlich nie ganz von dem erholen, was 1692 passiert ist.«

»Zum Teil ist die Sorge ja berechtigt«, sagte Kim. »Heute morgen hat man gar nicht weit von hier einen Toten gefunden. Die Leiche war angenagt.«

Gloria wurde kalkweiß. »Das ist ja grotesk!« rief sie.

»Weiß man, woran der Mann gestorben ist?« fragte Edward.

»Nicht genau«, erklärte Kim. »Man hat die Leiche zur Untersuchung nach Boston geschickt. Dort soll geklärt werden, ob der Mann schon tot war, bevor das Tier ihn angefallen hat.«

»Dann wäre das Tier nur so etwas wie ein Aasfresser«, schränkte Edward ein.

»Richtig«, nickte Kim. »Aber ich hatte trotzdem das Gefühl, Bescheid sagen zu müssen. Und noch etwas«, fügte sie hinzu und zwang sich, das Thema zu wechseln. »Es gibt da ein kleines Problem in der Burg. In den Gängen ist ziemlich viel Dreck, der zum Eingang hereingetragen wurde. Ich wollte alle bitten, sich die Schuhe abzustreifen.«

»Das tut uns schrecklich leid«, bedauerte François. »Wir kommen bei Dunkelheit hin und gehen bei Dunkelheit wieder weg. Wir müssen wohl besser aufpassen.«

»Vielen Dank«, sagte Kim. »So, das wäre dann alles. Tut mir leid, wenn ich gestört habe.«

»Ist schon gut«, lächelte Edward und brachte sie zur Tür.

Als Edward zu der Gruppe zurückkehrte, sah er lauter besorgte Gesichter.

»Eine menschliche Leiche verleiht dem Ganzen eine völlig andere Dimension«, sagte Gloria.

»Der Meinung bin ich auch«, pflichtete Eleanor ihr bei.

Ein paar Augenblick lang herrschte Schweigen, bis David schließlich meinte: »Ich glaube, wir müssen der Tatsache ins Auge schauen, daß wir für einige der Probleme hier in der Gegend verantwortlich sind.«

»Das ist doch absurd«, protestierte Edward. »Das widerspricht doch jeder Vernunft.«

»Wie erklärt sich dann mein T-Shirt?« wollte Curt wissen und zog es aus der Schublade, in die er es bei Kims plötzlichem Erscheinen gestopft hatte. Es war zerrissen und verschmiert. »Ich habe eine dieser Flecken untersucht. Das ist Blut.«

»Aber dein Blut«, meinte Edward.

»Stimmt. Aber trotzdem – wie ist es passiert?« fragte Curt. »Ich erinnere mich an nichts.«

»Wir können auch die Hautabschürfungen nicht erklären, die wir morgens beim Aufwachen an uns entdecken«, sagte François. »In meinem Zimmer waren sogar Laub und kleine Ästchen verstreut.«

»Wir müssen also schlafwandeln oder so etwas«, sagte David. »Ich weiß, daß wir uns das nicht eingestehen wollen.«

»Nun, *ich* bin nicht schlafgewandelt«, sagte Edward und funkelte die anderen an. »Ich bin gar nicht sicher, ob das nicht wieder so ein Streich ist, den einer von euch ausgeheckt hat.«

»Nein, das ist es ganz bestimmt nicht«, erklärte Curt und faltete sein zerrissenes Hemd zusammen.

»An den Versuchstieren können wir jedenfalls nichts feststellen, das auch nur andeutungsweise in diese Richtung weist«, meinte Edward gereizt. »In wissenschaftlicher Hinsicht macht es auch keinen Sinn. Es würde doch irgendeine logische Konsequenz ergeben. Deshalb macht man ja Tierversuche.«

»Der Ansicht bin ich auch«, pflichtete Eleanor bei. »Ich habe in meinem Zimmer nichts gefunden und habe auch keine Schürf- oder sonstige Wunden.«

»Also, eingebildet habe ich mir das Ganze ganz sicher nicht«, erklärte David. »Ich habe hier eindeutig Schnitte.« Er streckte die Hände aus, damit alle seine Verletzungen sehen konnten. »Wie Curt schon gesagt hat: Das ist kein Witz.«

»Ich habe keine Verletzungen, aber beim Aufwachen waren meine Hände ganz schmutzig«, sagte Gloria. »Und alle Nägel sind abgebrochen.«

»Irgend etwas stimmt hier nicht, obwohl wir an den Tieren nichts bemerkt haben«, beharrte David. »Ich weiß, daß niemand es sagen will, aber ich tue es jetzt: Es muß an Ultra liegen.«

Man konnte sehen, wie Edwards Kinnmuskeln sich spannten. Er ballte die Fäuste.

»Ich habe selbst ein paar Tage gebraucht, bis ich es mir eingestehen wollte«, fuhr David fort. »Aber ich bin jetzt ziemlich sicher, daß ich nachts draußen war, mich aber absolut nicht daran erinnere. Ich weiß auch nicht, was ich gemacht habe, aber beim Aufwachen war ich schmutzig. Und ich kann euch versichern, daß ich so etwas noch nie getan habe.«

»Willst du damit andeuten, daß dieser Vandalismus in der Umgebung gar nicht auf ein Tier zurückzuführen ist?« fragte Gloria kleinlaut.

»O bitte, wir wollen doch ernst bleiben«, erregte sich Edward. »Wir werden doch jetzt nicht verrückt spielen!«

»Ich sage ja nichts anderes, als daß ich draußen war und nicht weiß, was ich getan habe«, erklärte David.

Angst begann sich in der kleinen Schar von Wissenschaftlern breitzumachen, wobei sich zwei Gruppen herausbildeten: Edward und Eleanor fürchteten um die Zukunft des Projekts, während die anderen mehr um ihre Gesundheit bangten.

»Wir müssen das rational betrachten«, verkündete Edward.

»Ohne Zweifel«, pflichtete David ihm bei.

»Das Präparat ist bis jetzt doch perfekt«, sagte Edward. »Wir haben bislang nur positive Reaktionen gehabt und Grund zu der Annahme, daß es sich um eine natürliche Substanz handelt oder etwas, was einer natürlichen Substanz sehr nahe kommt. Die Affen haben keinerlei Tendenzen hinsichtlich Somnambulismus gezeigt. Und ich persönlich mag das Gefühl, daß Ultra mir verschafft.«

Dem stimmten alle sofort zu.

»Tatsächlich finde ich sogar, daß es für Ultra spricht, wie wir uns selbst unter diesen Umständen noch darüber unterhalten können«, fügte Edward hinzu.

»Du hast sicher recht«, sagte Gloria. »Noch vor einer Minute war ich vor Angst und Ekel außer mir, aber jetzt fühle ich mich schon wieder besser.«

»Genau darauf will ich hinaus«, erklärte Edward. »Es ist ein phantastisches Präparat.«

»Trotzdem haben wir noch ein Problem«, meinte David. »Wenn das mit dem Schlafwandeln tatsächlich stimmt und es von Ultra verursacht wird, was ich für die einzige Erklärung halte, dann ist das eine Nebenwirkung, mit der wir unmöglich rechnen konten. Also bewirkt das Präparat in unserem Gehirn etwas Einmaliges.«

»Ich hole meine Pet-Scans«, verkündete François plötzlich. Er ging hinunter in seinen Arbeitsraum und war gleich darauf wieder da. Er legte eine Reihe von Gehirn-Scans eines Affen auf den Tisch, dem man radioaktiv markiertes Ultra gegeben hatte.

»Ich muß euch etwas zeigen, das mir erst heute morgen aufgefallen ist«, sagte er. »Ich hatte bis jetzt noch keine Zeit, darüber nachzudenken, und es wäre mir wahrscheinlich auch nicht aufgefallen, wenn der Computer es nicht registriert hätte, als diese Bilder noch in digitaler Form waren. Wenn man genau hinsieht, baut sich die Ultra-Kombination im Rautenhirn, im Mittelhirn und im limbischen System langsam von der ersten Dosis auf und steigert sich dann deutlich, sobald ein gewisses Niveau erreicht ist. Das deutet darauf hin, daß kein stabiler Zustand erreicht wird.«

Alle beugten sich über die Fotografien.

»Vielleicht ist das Enzymsystem bei signifikanter Zunahme der Konzentration einfach überfordert und nicht mehr imstande, es abzubauen«, gab Gloria zu bedenken.

»Das könnte sein«, meinte François.

»Das bedeutet, daß wir überprüfen sollten, wieviel Ultra jeder von uns genommen hat«, sagte Gloria.

Alle Augen richteten sich auf Edward.

»Das scheint mir vernünftig«, sagte Edward und ging zu seinem Schreibtisch, dem er eine kleine versperrte Kassette entnahm.

Die Gruppe erfuhr, daß Curt die höchste Dosis genommen hatte, gefolgt von David. Am anderen Ende der Skala hatte Eleanor, dicht gefolgt von Edward, die niedrigste Dosis eingenommen.

Nach einer längeren, ruhigen Diskussion hatten sie eine Theorie über das Geschehen entwickelt. Sie nahmen an, daß Ultra mit zunehmender Konzentration die normalen, im Schlaf auftretenden Variationen des Serotoninniveaus blockierte, die Schwankungen einebnete und damit das Schlafmuster veränderte.

Gloria meinte schließlich, daß Ultra bei noch höherer Konzentration, vielleicht an dem Punkt, wo die Kurve steil nach oben stieg, die Verbindungen des niederen oder Reptiliengehirns an die höheren Zentren in den Zerebralhemisphären blockierte. Schlaf wurde, wie andere autonome Funktionen auch, von den niederen Gehirnregionen reguliert, wo das Präparat sich ansammelte.

Eine Weile herrschte Stille, während jeder sich mit dieser Hypothese auseinandersetzte.

»Wenn das der Fall wäre«, fragte David, »was würde dann passieren, wenn wir aufwachten, während diese Blockade wirksam ist?«

»Das wäre dann so, als hätten wir uns rückentwickelt«, sage Curt. »Wir würden nur von unseren unteren Gehirnzentren gesteuert werden. Wir wären dann wie fleischfressende Reptilien!«

Der Schock, den diese Feststellung auslöste, ließ in Anbetracht seiner erschreckenden Konsequenzen alle verstummen.

»Augenblick mal!« sagte Edward, bemüht, ebenso sich selbst wie die anderen aufzumuntern. »Wir ziehen da übereilte Schlüsse, die nicht auf Tatsachen basieren. Das ist alles reine Annahme. Wir sollten uns daran erinnern, daß wir an den Affen nichts dergleichen festgestellt haben, obwohl die ebenfalls ein Großhirn und ein Kleinhirn haben, wenn auch kleiner als Menschen, wenigstens kleiner als das der meisten Menschen.«

Alle außer Gloria schmunzelten über Edwards Witz.

»Selbst wenn es mit Ultra ein Problem geben sollte«, erinnerte Edward seine Mitarbeiter, »müssen wir auch die gute Seite des Präparats in Betracht ziehen und welche positiven Auswirkungen es auf unsere Gefühle, unsere geistigen Fähigkeiten, unser Wahrnehmungsvermögen, ja sogar unser Langzeitgedächtnis hatte. Vielleicht haben wir zu hohe Dosen genommen und sollten sie reduzieren. Vielleicht sollten wir alle die Einnahme auf Eleanors Dosis reduzieren, sie hat schließlich nur die positiven Auswirkungen erfahren.«

»Ich werde die Dosis nicht reduzieren«, verkündete Gloria trotzig. »Ich werde gar nichts mehr nehmen. Der Gedanke, daß in meinem Körper ein primitives Geschöpf lauert, das sich nachts ohne mein Wissen hinausschleicht und Unheil anrichtet, erschreckt mich.«

»Sehr schön formuliert«, bemerkte Edward. »Selbstverständlich kannst du das Präparat jederzeit absetzen. Gar keine Frage. Niemand wird gezwungen, etwas gegen seinen Willen zu tun. Jeder soll entscheiden, ob er das Präparat weiterhin nehmen will oder nicht, und deshalb schlage ich folgendes vor: Als zusätzliche Sicherheitsmaßnahme denke ich, sollten wir Eleanors Dosis halbieren, als obere Grenze ansehen und künftige Dosierungen in Hundert-Milligramm-Stufen absenken.«

»Das klingt für mich vernünftig und ungefährlich«, sagte David.
»Für mich auch«, nickte Curt.
»Und für mich auch«, schloß François sich an.
»Gut«, faßte Edward zusammen. »Ich bin zuversichtlich, daß das Problem dosisabhängig ist. Es muß einen Punkt geben, wo man die Chance, daß das Problem der Nervenbahnblockade ausgelöst wird, als akzeptables Risiko bezeichnen kann.«
»Ich nehme es nicht«, wiederholte Gloria.
»Kein Problem«, erklärte Edward.
»Und das macht dir nichts aus? Du wirst nicht sauer auf mich sein?« fragte Gloria.
»Nicht im geringsten«, beruhigte sie Edward und schüttelte den Kopf.
»Dann werde ich die Kontrolle übernehmen«, sagte Gloria. »Außerdem werde ich nachts auf euch aufpassen.«
»Hervorragende Idee«, nickte Edward.
»Ich hätte einen Vorschlag zu machen«, meinte François. »Vielleicht sollten wir radioaktiv markiertes Ultra nehmen, damit ich dem Aufbau folgen und die Konzentration im Gehirn beobachten kann. Die optimale Dosis dürfte diejenige sein, die ein definiertes Niveau aufrechterhält, ohne es beständig zu steigern.«
»Gute Idee«, sagte Curt.
»Eines noch«, erklärte Edward. »Ich brauche sicherlich niemanden daran zu erinnern, daß diese Besprechung streng geheim bleiben muß.«
»Keine Frage«, erklärte David. »Niemand von uns will die Zukunft von Ultra gefährden. Vielleicht gibt es das eine oder andere Anfangsproblem, aber trotzdem wird Ultra das Medikament des Jahrhunderts werden.«

Kim hatte beabsichtigt, einen Teil des Vormittags in der Burg zu verbringen, als sie aber zum Cottage zurückkam, sah sie, daß es bereits Zeit zum Mittagessen war. Während sie aß, klingelte das Telefon. Zu ihrer Überraschung war es Katherine Sturburg, die Archivarin in Harvard, die sich besonders für Increase Mather interessierte.
»Ich habe möglicherweise eine gute Nachricht für Sie«, begann sie. »Ich habe gerade einen Hinweis auf ein Buch von Rachel Bingham gefunden!«

»Ist ja großartig!« freute sich Kim. »Ich hatte schon alle Hoffnung aufgegeben, aus Harvard Hilfe zu bekommen.«

»Wir tun, was wir können«, erklärte Katherine.

»Und wie haben Sie's gefunden?« wollte Kim wissen.

»Das ist das Allerbeste dran«, sagte Katherine. »Ich habe mir den Brief von Increase Mather noch einmal durchgelesen, und sein Hinweis auf eine juristische Fakultät hat mich dazu veranlaßt, die Datenbank der Bibliothek der juristischen Fakultät anzurufen – so bin ich auf den Namen gestoßen. Ich habe keine Ahnung, warum in unserer Datenbank kein Querverweis zu finden ist. Jedenfalls ist das Buch dem großen Feuer nicht zum Opfer gefallen.«

»Ich dachte, damals sei alles verbrannt«, sagte Kim.

»So ziemlich alles«, gab Katherine ihr recht. »Zu unserem Glück haben etwa zweihundert Bücher das Feuer überlebt, weil sie damals ausgeliehen waren. Jedenfalls habe ich herausgefunden, daß die juristische Fakultät das Buch 1818 von der Hauptbibliothek bekommen hat.«

»Haben Sie das Buch selbst schon gefunden?« fragte Kim aufgeregt.

»Nein, dazu hatte ich noch keine Zeit«, erwiderte Katherine. »Ich schlage vor, Sie rufen Helen Arnold, die Archivarin der juristischen Fakultät, an. Ich werde ihr Montag früh Bescheid sagen, daß Sie sich bei ihr melden werden.«

»Ich gehe am Montag nach der Arbeit gleich selbst hin«, sagte Kim eifrig. »Ich habe um drei Uhr Schluß.«

»Dann klappt's bestimmt«, erklärte Katherine. »Ich sage es Helen.«

Mit neuer Begeisterung machte sich Kim, nachdem sie ihr Mittagessen beendet hatte, wieder an die Arbeit auf dem Dachboden. Nächste Woche, wenn sie wieder im Krankenhaus arbeiten würde, würde sie nicht mehr so leicht die Zeit dazu finden.

Sie arbeitete konzentriert bereits den ganzen Nachmittag, als ihr ein ähnlicher Glückszufall widerfuhr wie Kinnard. Sie öffnete eine Schublade und zog einen Brief heraus, der an Ronald adressiert war! Er stammte wieder von Samuel Sewall, und das Datum verriet Kim, daß der Brief wenige Tage vor Elizabeths Hinrichtung abgeschickt worden war.

15. Juli 1692
Boston

Sehr geehrter Herr Stewart,

ich komme gerade von einem gemütlichen Abendessen mit Reverend Cotton Mather. Wir haben uns über das traurige Los Ihrer Frau unterhalten und sind voll Betrübnis für Sie und Ihre Kinder. Reverend Mather hat sich in höchst großzügiger Weise bereit erklärt, Ihre geistig verwirrte Frau in seinem Haus aufzunehmen, um sie zu kurieren, so wie er das mit großem Erfolg bei dem beklagten Goodwin-Mädchen getan hat, wenn sie nur in der Öffentlichkeit ein Geständnis ablegen und den Bund widerrufen würde, den sie mit dem Fürsten der Finsternis eingegangen ist. Reverend Mather ist überzeugt, daß Elizabeth als kritische Augenzeugin Beweise und Argumente liefern kann, die das Sadduzäertum dieser gequälten Zeit widerlegen. Andernfalls kann und wird Reverend Mather sich nicht gegen die Vollstreckung des Urteilsspruch des Gerichts verwenden. Glauben Sie mir, daß da keine Zeit zu vergeuden ist. Reverend Mather glaubt fest daran, daß Ihre Frau uns alles über die Angelegenheiten der unsichtbaren Welt lehren kann, die unser Land bedroht. Gott segne Ihre Mühe. Ich verbleibe

als Ihr Freund
Samuel Sewall

Kim starrte ein paar Minuten lang zum Fenster hinaus. Der Tag hatte blau und wolkenlos begonnen, aber jetzt trieben aus dem Westen finstere Wolken heran. Von ihrem Platz aus konnte sie das Cottage inmitten der Birken stehen sehen, deren Blätter sich jetzt zu hellem Gelb verfärbt hatten. Der Anblick des alten Hauses im Verein mit dem Brief versetzte Kim dreihundert Jahre in die Vergangenheit, und sie konnte die ganze Panik verspüren, die Elizabeths bevorstehende Hinrichtung auslöste. Sicher war der Brief, den sie gerade gelesen hatte, eine Antwort auf Ronalds verzweifeltes Bemühen, das Leben seiner Frau zu retten.

Kims Augen füllten sich mit Tränen. Sie malte sich die Qualen aus, die Ronald durchlitten haben mußte, und fühlte sich schuldig, weil sie anfangs so argwöhnisch gegenüber Ronald gewesen war.

Schließlich stand sie auf, steckte den Brief in seinen Umschlag zurück und trug ihn hinunter in den Weinkeller, wo sie ihn mit den anderen Schriftstücken in der Bibelkassette verwahrte. Dann verließ sie die Burg und ging zum Cottage zurück.

Als sie die Hälfte des Weges zurückgelegt hatte, verlangsamte sie ihre Schritte, sah zum Labor hinüber und blieb dann ganz stehen. Sie sah auf die Uhr. Noch nicht ganz vier. Warum sollte sie die Wissenschaftler nicht noch einmal zum Abendessen wie vor vierzehn Tagen einladen?

Mit diesem Gedanken wechselte Kim die Richtung und ging zum Labor hinüber. Als sie durch den Vorraum ging, verspürte sie ein leichtes Gefühl der Unruhe, da sie nie recht wußte, was sie erwartete. Sie betrat das eigentliche Labor und ließ die Tür hinter sich ins Schloß fallen. Niemand kam ihr entgegen, um sie zu begrüßen.

Sie strebte auf Edwards Arbeitsplatz zu und kam dabei an David vorbei, der sie freundlich, aber bei weitem nicht so überschwenglich wie vor ein paar Tagen begrüßte. Kim winkte Gloria zu, die ähnlich wie David sich gleich wieder auf ihre Arbeit konzentrierte.

Obwohl Davids und Glorias Verhalten wahrscheinlich das normalste war, das Kim seit der Ankunft der beiden erlebt hatte, stellte es doch eine Veränderung dar.

Edward war so in seine Arbeit versunken, daß Kim ihn zweimal antippen mußte, um ihn zum Aufblicken zu veranlassen.

»Gibt's ein Problem?« fragte er. Er lächelte und schien erfreut, sie zu sehen.

»Ich wollte dir und den anderen einen Vorschlag machen«, sagte Kim. »Wollt ihr nicht zum Abendessen rüberkommen, wie vor zwei Wochen. Ich würde gern in die Stadt fahren und einkaufen.«

»Das ist sehr lieb von dir«, lächelte Edward. »Aber nicht heute. Wir haben keine Zeit. Wir lassen uns einfach Pizza kommen.«

»Es kostet euch bestimmt nicht mehr Zeit, das verspreche ich«, versuchte Kim ihn umzustimmen.

»Ich habe nein gesagt!« zischte Edward mit zusammengebissenen Zähnen, so daß Kim unwillkürlich einen Schritt zurücktrat. Aber Edward gewann sofort seine Fassung zurück und lächelte wieder. »Pizza ist schon in Ordnung.«

»Wie du meinst«, sagte Kim verwirrt und ein wenig beunruhigt. »Fühlst du dich auch wohl?« fragte sie zaghaft.

»Ja!« herrschte er sie an, lächelte dann aber gleich wieder. »Wir sind heute alle ein wenig gereizt. Es hat einen kleinen Rückschlag gegeben, aber wir haben die Dinge im Griff.«

Kim trat noch ein paar Schritte zurück. »Wenn du es dir im Laufe der nächsten Stunde anders überlegen solltest, kann ich immer noch in die Stadt fahren«, sagte sie. »Ich bin im Cottage. Du brauchst bloß anzurufen.«

»Wir haben wirklich zuviel zu tun«, wehrte Edward ab. »Aber vielen Dank für das Angebot. Ich werde es den anderen sagen.«

Als Kim ging, blickte keiner von seiner Arbeit auf. Draußen angelangt, seufzte sie und schüttelte den Kopf. Sie staunte immer wieder, wie schnell die Stimmung im Labor umschlug, und fragte sich, wie diese Leute eigentlich mit sich zurechtkamen. Langsam gelangte Kim zu dem Schluß, daß Wissenschaftler wirklich eine besondere Sorte Mensch waren.

Nach dem Abendessen war es noch hell genug, um wieder in die Burg zu gehen, aber Kim hatte keine Lust und blieb vor dem Fernseher sitzen. Sie hatte gehofft, das Erlebnis im Labor verdrängen zu können, wenn sie sich eine harmlose Serie ansah; aber je mehr sie über das Verhalten Edwards und der anderen nachdachte, desto größer wurde ihre Unruhe.

Sie versuchte zu lesen, konnte sich aber nicht konzentrieren. Sie dachte an Kinnard und fragte sich, mit wem er wohl zusammensein mochte und was er jetzt tat. Und dann überlegte sie, ob er wohl je an sie dachte.

Kim erwachte ruckartig, obwohl sie wieder eine Xanax genommen hatte, um ihre aufgewühlten Gedanken zu beruhigen. In ihrem Schlafzimmer war es stockfinster, und ein Blick auf die Uhr verriet ihr, daß sie nur kurze Zeit geschlafen hatte. Sie legte sich wieder hin, lauschte den nächtlichen Geräuschen des Hauses und versuchte sich darüber klar zu werden, was sie geweckt haben mochte.

Dann hörte sie hinter dem Haus ein dumpfes Dröhnen, das sich ein paarmal wiederholte. Es klang, als würden die neuen, gummiummantelten Mülltonnen gegen die Hauswand stoßen. Kim erstarrte bei der Vorstellung, daß ein Schwarzbär oder ein tollwütiger Waschbär sich dort zu schaffen machten.

Sie knipste die Nachttischlampe an, stieg aus dem Bett und schlüpfte in Morgenrock und Pantoffeln. Dann strich sie Sheba beruhigend über den Kopf. Sie war froh, daß sie die Katze nicht hinausgelassen hatte.

Das Dröhnen wiederholte sich, und Kim eilte hinüber zu Edwards Zimmer. Als sie das Licht anknipste, stellte sie fest, daß Edwards Bett leer war. Sie nahm an, daß er sich noch im Labor befand, und war beunruhigt, weil er im Dunkeln zu Fuß zum Cottage gehen mußte. Sie ging in ihr Schlafzimmer und wählte die Nummer des Labors. Nachdem es zehnmal geklingelt hatte, legte sie auf.

Kim holte die Taschenlampe aus der Nachttischschublade und ging die Treppe hinunter. Auf halber Höhe erstarrte sie. Die Haustür stand weit offen.

Zuerst war Kim unfähig, sich zu bewegen. Der erschreckende Gedanke, daß diese Kreatur im Haus war und sie jeden Moment anfallen konnte, lähmte sie förmlich.

Kim lauschte, konnte aber nur den Chor der letzten Baumfrösche hören. Eine kühle, feuchte Brise wehte durch die offene Tür herein und ließ Kim frösteln; es regnete leicht.

Im Haus war es totenstill. Kim ging langsam die Treppe hinunter, blieb nach jedem Schritt stehen und versuchte irgendein verräterisches Geräusch zu hören. Aber im Haus blieb es still.

Jetzt hatte Kim die Tür erreicht und griff nach dem Knauf. Ihr Blick wanderte von dem dunklen Eßzimmer in den Salon, dann schob sie langsam die Tür zu. Sie hatte Angst, sich zu schnell zu bewegen, aus Sorge, damit einen Angriff herauszufordern. Die Tür war beinahe zu, als sie nach draußen sah und ihr der Atem stockte.

Sheba saß vielleicht sechs Meter vor dem Haus mitten auf dem Plattenweg. Den Nieselregen nahm sie nicht zur Kenntnis, sondern leckte sich ruhig die Pfoten.

Zuerst wollte Kim ihren Augen nicht trauen, da sie gedacht hatte, die Katze sitze auf ihrem Bett. Offenbar hatte Sheba gespürt, daß die Haustür offenstand, und war hinuntergelaufen, um die Chance zu nutzen, ins Freie zu kommen.

Kim atmete ein paarmal tief durch, um das drückende Gefühl

der Benommenheit los zu werden, das sie erfaßt hatte. Voller Angst vor dem, was draußen im Dunkeln lauern mochte, zögerte sie, das Tier zu rufen, das wahrscheinlich doch nicht reagiert hätte.

Kurzentschlossen schlüpfte sie nach draußen. Nachdem sie sich hastig umgesehen hatte, rannte sie zu der Katze, packte sie und drehte sich um – nur um zu sehen, wie die Tür sich schloß.

Mit einem stummen »Nein!« auf den Lippen sprang Kim mit einem Satz auf die Tür zu – zu spät! Sie schloß sich mit einem schweren Dröhnen.

Kim versuchte vergeblich, die Tür zu öffnen. Sie drückte mit der Schulter dagegen, aber das half nichts. Mit hochgezogenen Schultern, als könne sie sich damit vor dem kalten Regen schützen, drehte Kim sich langsam um. Sie fröstelte vor Angst und Kälte.

Sheba beklagte sich hörbar, wehrte sich und wollte heruntergelassen werden. Kim streichelte sie und entfernte sich ein paar Schritte vom Haus; sie warf einen prüfenden Blick auf die Fenster in der Vorderfassade, aber alle waren geschlossen. Sie drehte sich um und sah zum Labor hinüber, wo jetzt endlich die Lichter ausgeschaltet worden waren. Ihr Blick wanderte weiter zur Burg. Die Burg war weit weg, aber sie wußte, daß die Eingangstüren zu den Flügeln nicht abgesperrt waren.

Plötzlich hörte Kim, wie etwas Großes, Schweres sich im Kies neben dem Haus bewegte. Sie konnte nicht da bleiben, wo sie jetzt war, und rannte deshalb links um das Haus herum, weg von dem Tier, das sich an ihren Mülltonnen zu schaffen gemacht hatte.

Verzweifelt versuchte Kim, die Küchentür aufzubekommen; aber auch sie war abgesperrt. Sie stieß einige Male mit der Schulter dagegen, aber das hatte keinen Sinn. Das einzige, was sie damit erreichte, war, daß die Katze zu jammern begann.

Sie drehte sich um und spähte zum Schuppen hinüber. Die Katze an sich gepreßt und die Taschenlampe wie eine Keule haltend, rannte Kim so schnell ihre Pantoffeln es erlaubten. Als sie den Schuppen erreichte, löste sie den Haken an der Tür, öffnete sie und zwängte sich in den dunklen Innenraum.

Sie zog die Tür hinter sich zu. Rechts von der Tür konnte man durch ein winziges schmutziges Fenster einen Teil des Gartens hinter dem Cottage sehen. Die einzige Beleuchtung war das wenige Licht, das aus ihrem Schlafzimmerfenster fiel.

Eine schwerfällig wirkende Gestalt kam jetzt um das Haus herum und schlug dieselbe Richtung wie sie ein. Es war ein Mensch, nicht etwa ein Tier, aber er verhielt sich höchst eigenartig. Kim sah, wie er Witterung nahm, so wie das Tiere tun. Er wandte sich in ihre Richtung und starrte offenbar zu dem Schuppen herüber. In der Dunkelheit konnte sie bloß eine dunkle Silhouette erkennen.

Entsetzt sah Kim, daß die Gestalt langsam und schlurfend näher kam, immer wieder schnüffelnd, als folge sie einer Witterung. Kim hielt den Atem an und hoffte, daß die Katze sich still verhielte. Als die Gestalt nur noch drei Meter entfernt war, trat Kim instinktiv einen Schritt zurück und stieß dabei gegen Werkzeuge und Fahrräder.

Jetzt konnte sie die Schritte draußen auf dem Kies schon hören. Sie kamen näher, blieben schließlich stehen. Ein paar qualvolle Sekunden lang herrschte Stille. Kim hielt den Atem an.

Plötzlich wurde die Tür unsanft aufgerissen. Kim stieß einen erschreckten Schrei aus, auf den Sheba ebenfalls mit einem Schrei antwortete und dann mit einem Satz aus Kims Armen sprang. Der Mann schrie ebenfalls.

Kim packte die Taschenlampe mit beiden Händen und leuchtete dem Mann direkt ins Gesicht. Der hob beide Hände, um sich vor dem grellen, unerwarteten Licht zu schützen. »Gott sei Dank«, sagte sie und ließ die Taschenlampe sinken.

Sie rannte auf ihn zu und schlang die Arme um ihn. Der Lichtkegel ihrer Taschenlampe tanzte über die Bäume.

Einen Augenblick verharrte Edward regungslos und sah sie mit glasigen Augen an.

»Ich kann dir gar nicht sagen, wie froh ich bin, dich zu sehen«, sagte Kim und lehnte sich zurück, um ihm in die Augen sehen zu können. »Ich habe noch niemals solche Angst gehabt.«

Edward reagierte immer noch nicht.

»Edward?« fragte Kim und legte den Kopf etwas zur Seite, um ihn besser sehen zu können. »Stimmt etwas nicht?«

Edward atmete laut aus. »Nein, alles in Ordnung«, sagte er schließlich. Er war ärgerlich. »Dabei sollte ich auf dich böse sein. Was, zum Teufel, hast du hier mitten in der Nacht im Morgenrock im Schuppen zu suchen? Du hast mir eine Heidenangst eingejagt!«

Kim entschuldigte sich überschwenglich, als ihr bewußt wurde, welche Angst sie ihm gemacht haben mußte. Sie erzählte ihm, was geschehen war. Edward lächelte, als sie mit ihrer Geschichte fertig war.

»Das ist gar nicht komisch«, fügte sie hinzu. Aber jetzt, wo die Gefahr vorüber war, lächelte auch sie.

»Ich kann einfach nicht glauben, daß du Leib und Leben für diese faule, alte Katze riskierst«, sagte er. »Komm jetzt! Sehen wir zu, daß wir aus dem Regen kommen.«

Kim rief nach der Katze, die sich in der hintersten Ecke hinter ein paar Gartenwerkzeugen versteckt hatte. Kim lockte sie heraus und hob sie auf. Dann ging sie mit Edward ins Haus.

»Ich bin halb erfroren«, sagte sie. »Ich brauche etwas Heißes, einen Kräutertee vielleicht. Möchtest du auch einen?«

»Ich setze mich einen Augenblick zu dir«, sagte Edward und erzählte ihr seine Version des Vorfalls. »Ich hatte die ganze Nacht arbeiten wollen«, sagte er. »Aber als es dann halb zwei war, mußte ich mir eingestehen, daß es einfach nicht ging. Mein Körper ist daran gewöhnt, gegen ein Uhr schlafen zu gehen, und ich konnte die Augen nicht mehr offenhalten. Ich schaffte es gerade noch, vom Labor zum Cottage zu gehen, ohne mich ins Gras zu legen. Als ich zum Haus kam, habe ich die Tür aufgemacht, und dann fiel mir auf, daß ich noch eine Abfalltüte in der Hand hatte. Also ging ich nach hinten zur Mülltonne. Wahrscheinlich habe ich dabei die Tür offengelassen, was ich natürlich allein schon wegen der Moskitos nicht hätte tun sollen. Jedenfalls habe ich die verdammten Deckel nicht von den Tonnen bekommen, und je mehr ich mich anstrengte, desto wütender wurde ich. Ich habe sogar ein paarmal mit der Faust daraufgeschlagen.«

»Die sind neu«, erklärte Kim.

»Dann hoffe ich nur, daß sie eine Gebrauchsanweisung mitgeliefert haben«, sagte Edward.

»Bei Licht ist es einfach«, meinte Kim.

»Schließlich gab ich es auf«, sagte Edward. »Als ich wieder ums Haus kam, war die Tür zu. Und dann bildete ich mir ein, dein Kölnisch zu riechen. Seit ich Ultra nehme, hat sich mein

Geruchssinn erstaunlich verbessert. Ich ging dem Geruch nach, ums Haus herum und schließlich zum Schuppen.«

Kim schenkte sich heißen Tee ein. »Und du willst wirklich keinen?« fragte sie.

»Nein, ich kann nicht mehr«, sagte Edward. »Allein schon hier zu sitzen strengt mich an. Ich muß schlafen gehen. Mir ist, als würde ich fünf Tonnen wiegen.« Edward glitt vom Hocker und taumelte. Kim streckte die Hand aus, um ihn zu stützen.

»Es geht schon«, sagte er. »Wenn ich so müde bin, brauche ich einen Augenblick, um mich zu orientieren.«

Kim hörte, wie er sich die Treppe hinaufschleppte, während sie den Tee und den Honig wegräumte. Dann griff sie nach ihrer Tasse und folgte ihm. Oben angelangt, schaute sie in sein Zimmer. Er lag halb ausgezogen auf dem Bett und schlief.

Kim zog ihm unter großer Anstrengung Hemd und Hosen aus und deckte ihn zu. Sie knipste das Licht aus. Daß er so leicht einschlafen konnte, machte sie neidisch, und sie wünschte sich, ebenso schnell einschlafen zu können.

# Kapitel 18

*Sonntag, 2. Oktober 1994*

Im dunstigen Licht, das der Morgendämmerung voranging, trafen sich Edward und die Wissenschaftler auf halbem Wege zwischen dem Cottage und der Burg und gingen stumm durch das feuchte Gras zum Labor. Alle machten einen etwas bedrückten Eindruck, beinahe trübsinnig, und während des kurzen Weges fiel kein Wort. Im Labor angekommen, schenkten sie sich die erste Tasse Kaffee ein.

Edward war noch wesentlich mürrischer als die anderen, dabei hatte sein Zustand sich sogar in der halben Stunde, seit er aufgestanden war, gebessert. Als er aus dem Bett gestiegen war, hatte er zu seinem Entsetzen auf dem Boden mit Kaffeesatz verkrustete Hühnerknochen gefunden, die so aussahen, als ob sie aus einer Mülltonne stammten. Dann hatte er festgestellt, daß seine Fingernägel so schmutzig waren, als ob er damit in der Erde herumgewühlt hätte. Er war ins Bad gegangen, wo ihm ein Blick in den Spiegel gezeigt hatte, daß auch sein Gesicht und sein Unterhemd dreckverschmiert waren.

Nachdem alle mit einem Kaffee Platz genommen hatten, ergriff François als erster das Wort. »Obwohl ich nur die halbe Dosis genommen habe, war ich letzte Nacht draußen«, sagte er bedrückt. »Als ich heute morgen aufwachte, war ich schmutziger denn je. Ich muß im Schlamm herumgekrochen sein. Ich muß mein Bettzeug abziehen! Und schaut euch mal meine Hände an.« Er streckte seine Hände vor, so daß man eine Menge Kratzer und Schnitte erkennen konnte. »Mein Pyjama war so schmutzig, daß ich ihn wegwerfen mußte.«

»Ich war auch draußen«, gab Curt zu.

»Ich leider auch«, fügte David hinzu.

»Was glaubst du, wie groß die Chance ist, daß wir das Gelände verlassen haben?« fragte François.

»Das kann man nicht sagen«, erklärte David. »Aber der Gedanke beunruhigt mich. Was wäre denn, wenn wir etwas mit diesem Landstreicher zu tun hatten?«

»Das sollten wir nicht einmal als Möglichkeit in Betracht ziehen«, brauste Gloria auf. »Das steht überhaupt nicht zur Debatte.«

»Das Problem könnte die Polizei oder irgendein Nachbar sein«, sagte François. »Wenn in der Stadt wirklich alle so aufgeregt sind, wie Kim erzählt hat, könnte es zu einer Auseinandersetzung mit einem kommen, wenn wir die Umzäunung verlassen.«

»Ja, das beunruhigt mich auch«, sagte David. »Wir wissen ja alle nicht, wie wir reagieren würden.«

»Wenn wir von unserem Reptiliengehirn geweckt werden, dann glaube ich, daß man sich das vorstellen kann«, erklärte Curt. »Wir wären einzig und allein vom Überlebensinstinkt gesteuert und würden uns ohne Zweifel wehren. Ich glaube, wir sollten uns da nichts vormachen. Wir würden gewalttätig werden.«

»Das muß ein Ende haben«, erklärte François.

»Ich war ganz bestimmt nicht draußen«, meinte Eleanor. »Es muß also dosisabhängig sein.«

»Der Meinung bin ich auch«, nickte Edward. »Wir wollen die jeweilige Dosis noch einmal halbieren.«

»Ich fürchte, das reicht nicht«, wandte Gloria ein. »Ich habe gestern gar kein Ultra genommen und muß leider sagen, daß ich trotzdem draußen war. Ich wollte wach bleiben, um aufzupassen, daß keiner hinausgeht, aber es war unmöglich.«

»Ich schlafe auch geradezu blitzartig ein, seit ich Ultra nehme«, sagte Curt. »Ich dachte zunächst, das käme von unserem Dauerstreß. Aber vielleicht liegt es in Wirklichkeit an dem Präparat.«

Alle pflichteten Curt bei und fügten dann hinzu, daß sie beim Aufwachen das Gefühl hatten, besonders gut geschlafen zu haben.

»Ich fühlte mich heute morgen sogar ausgeruht«, sagte François. »Das überrascht mich insofern, als ich ja schließlich genügend Hinweise darauf habe, daß ich im Regen herumgerannt war.«

Eine Weile saßen alle stumm und nachdenklich da. Glorias Aussage, sie sei trotzdem im Schlaf gewandelt, obwohl sie nichts genommen hatte, war beängstigend.

Schließlich brach Edward das Schweigen. »Unsere Studien zeigen auf, daß Ultra innerhalb eines gewissen Zeitraums abgebaut wird, jedenfalls wesentlich schneller als Prozac«, erklärte er. »Glorias Erfahrung deutet lediglich darauf hin, daß bei ihr die Konzentration im unteren Gehirnbereich oberhalb des Schwellenwertes für diese unglückliche Komplikation liegt. Vielleicht sollten wir die Dosis noch stärker reduzieren.«

François streckte noch einmal seine Hände vor. »Diese Verletzungen sagen mir etwas«, erklärte er. »Ich werde dieses Risiko nicht länger eingehen. Es ist offenkundig, daß ich draußen herumlaufe, ohne die geringste Ahnung zu haben, was ich tue. Ich möchte nicht erschossen oder überfahren werden, weil ich mich wie ein Tier verhalte. Ich setze das Präparat ab.«

»Ich auch«, sagte David.

»Ja, das ist nur vernünftig«, fügte Curt hinzu.

»Also schön«, räumte Edward widerstrebend ein. »Was Sie da sagen, ist nicht von der Hand zu weisen. Es ist unverzeihlich, unsere Sicherheit oder die von anderen aufs Spiel zu setzen. Als wir noch aufs College gingen, waren wir alle nicht viel besser als Tiere, aber ich glaube, über diese Sturm- und Drangzeit sind wir inzwischen hinaus.«

Alle lächelten über Edwards Humor.

»Setzen wir also das Präparat ab, und in ein paar Tagen werden wir sehen, wie die Dinge stehen«, meinte Edward freundlich. »Sobald Ultra im Körper abgebaut ist, können wir ja überlegen, ob wir mit wesentlich geringeren Dosierungen noch einmal anfangen.«

»Ich werde das Präparat nicht mehr nehmen, bis wir ein Versuchstier gefunden haben, das diese somnambule Wirkung ebenfalls zeigt«, erklärte Gloria bestimmt. »Ich denke, man muß das vollständig studieren, ehe Menschen es weiter einnehmen.

»Okay«, erklärte Edward. »Wie ich schon immer gesagt habe, Selbstversuche erfolgen auf freiwilliger Basis. Ich sollte euch vielleicht daran erinnern, daß ich anfänglich vorhatte, das Präparat allein einzunehmen.«

»Und was werden wir in der Zwischenzeit für unsere Sicherheit tun?« fragte François.

»Wir sollten vielleicht im Schlaf EEGs aufzeichnen«, schlug Gloria vor. »Wir könnten die Geräte an einen Computer anschließen, der uns wecken soll, wenn die normalen Schlafmuster sich ändern.«

»Eine brillante Idee«, lobte Edward. »Ich werde dafür sorgen, daß die entsprechenden Geräte gleich am Montag bestellt werden.«

»Und was ist mit heute nacht?« fragte François.

Alle überlegten ein paar Augenblicke lang.

»Wir wollen hoffen, daß es kein Problem gibt«, sagte Edward. »Gloria hat immerhin die zweithöchste Dosis eingenommen, und sie hatte vermutlich in Relation zu ihrem Körpergewicht signifikant hohe Blutwerte. Ich glaube, wir sollten alle unsere Blutwerte mit den ihren vergleichen. Wenn sie niedriger sind, sind wir möglicherweise außer Gefahr. Wahrscheinlich ist der einzige, bei dem ein ernsthaftes Risiko besteht, Curt.«

»Na, vielen Dank«, meinte der und lachte. »Dann müssen Sie mich eben in einen Affenkäfig sperren.«

»Gar keine so schlechte Idee«, grinste David.

»Vielleicht sollten wir abwechselnd Wache halten«, gab François zu bedenken. »Dann könnten wir aufeinander aufpassen.«

»Eine gute Idee«, nickte Edward. »Und wenn wir heute unsere Blutwerte messen, dann können wir überprüfen, ob sie mit etwaigem Somnambulismus korrelieren.«

»Wissen Sie, das könnte sich alles noch zum Besten wenden«, sagte Gloria. »Wenn wir Ultra absetzen, haben wir die einmalige Chance, Blut- und Urinwerte zu verfolgen, und können vielleicht eine Verbindung zu etwa verbliebenen psychischen Auswirkungen herstellen. Und dann sollten wir alle auf etwaige ›depressive‹ Symptome achten. Die Studien an Affen deuten zwar darauf hin, daß es keine Entzugssymptome gibt, aber das müssen wir noch bestätigen.«

»Wir sollten das Beste daraus machen«, pflichtete Edward ihr bei. »Und unterdessen haben wir alle noch sehr viel zu tun. Darüber hinaus sind wir uns sicher alle einig, daß alles, was wir gerade besprochen haben, weiterhin streng geheim bleiben muß, bis wir das Problem wirklich geklärt haben.«

Als Kim auf die Uhr sah, wollte sie zuerst ihren Augen nicht trauen. Es war beinahe zehn Uhr. So lange hatte sie seit ihrer Collegezeit nicht mehr geschlafen.

Als sie dann auf der Bettkante saß, erinnerte sie sich plötzlich wieder an die unheimliche Episode im Schuppen, die ihr wirklich Angst eingejagt hatte. Nachher war sie so aufgewühlt gewesen, daß sie nicht wieder hatte einschlafen können. Sie hatte fast zwei Stunden lang versucht, Schlaf zu finden, bis sie schließlich aufgegeben und wieder eine halbe Xanax genommen hatte. Sie war langsam ruhiger geworden, hatte sich dann aber plötzlich dabei ertappt, wie sie über Thomas Goodmans Brief nachdachte, der Elizabeths Flucht in den Schuppen beschrieben hatte, ohne Zweifel unter dem Einfluß des giftigen Schimmels. Daß Kim in ihrer Panik in denselben Schuppen gerannt war, schien ihr mehr als ein bloßer Zufall.

Sie duschte, kleidete sich an und frühstückte, in der Hoffnung, im Laufe des Tages die schlimmen Ereignisse vergessen zu können, was ihr allerdings nur teilweise gelang. Für das Schreckliche, das sie in der Nacht in ihrem ohnehin labilen Zustand erlebt hatte, war das einfache Beruhigungsmittel zu schwach. Kim brauchte menschlichen Kontakt und wurde sich plötzlich bewußt, wie sehr sie doch die Bequemlichkeit und das soziale Umfeld der Stadt vermißte.

Sie setzte sich ans Telefon und versuchte einige ihrer Freunde und Freundinnen in Boston anzurufen, hatte aber nicht viel Glück. Sie erreichte nur Anrufbeantworter und hinterließ auch auf einigen ihre Nummer, rechnete aber nicht damit, daß vor dem Abend jemand zurückrufen würde. Ihre Freunde waren aktive Leute, und an einem Herbstsonntag in Boston gab es viel zu erleben.

Von dem starken Drang erfüllt, das Gelände zu verlassen, wählte Kim Kinnards Nummer. Während die Verbindung aufgebaut wurde, hoffte sie fast, daß er sich nicht melden würde; weil sie nämlich eigentlich gar nicht wußte, was sie zu ihm sagen würde. Beim zweiten Klingeln hob er ab.

Sie tauschten Freundlichkeiten aus, und Kim versuchte ihre Nervosität zu verbergen, was ihr aber nicht sehr gut gelang.

»Und du bist ganz sicher, daß bei dir alles in Ordnung ist?« fragte Kinnard nach einer kurzen Pause. »Du klingst so eigenartig.«

Kim suchte nach einer beruhigenden Antwort, aber ihr fiel keine ein. Sie war konfus, verlegen und wußte nicht, was sie sagen sollte.

»Kim, kann ich dir irgendwie helfen? Ist etwas passiert?«

Kim atmete tief durch. »Du kannst mir helfen«, sagte sie schließlich. »Ich muß hier weg. Ich habe ein paar Freundinnen zu erreichen versucht, aber keine ist zu Hause. Ich hatte vorgehabt, in die Stadt zu fahren und dort zu übernachten, weil ich morgen wieder arbeiten muß.«

»Warum kommst du nicht hierher?« fragte Kinnard. »Ich muß nur mein Fahrrad und ein paar tausend Hefte *New England Journal of Medicine* aus dem Gästezimmer räumen, dann kannst du es haben. Außerdem habe ich heute frei. Wir könnten etwas unternehmen.«

»Bist du ehrlich der Meinung, daß das eine gute Idee ist?«

»Ich werde mich benehmen, falls du dir deshalb Sorgen machst«, sagte Kinnard und lachte.

Kim fragte sich, ob sie sich in Wirklichkeit nicht größere Sorgen wegen ihres eigenen Benehmens machte.

»Jetzt komm schon«, ermunterte sie Kinnard. »Ich habe wirklich das Gefühl, daß es dir guttun wird, einmal rauszukommen.«

»Also gut«, erklärte Kim plötzlich entschlossen.

»Großartig!« freute sich Kinnard. »Wann kommst du?«

»In einer Stunde?« sagte Kim fragend.

»Fein, also bis dann.«

Kim legte auf. Sie wußte nicht genau, was sie eigentlich vorhatte, hatte aber das Gefühl, das Richtige zu tun. Sie stand auf, stieg die Treppe hinauf und packte ein paar Sachen zusammen, vergaß auch ihre Schwesterntracht nicht. Sie füllte Shebas Napf und reinigte das Katzenklo an der Hintertür.

Nachdem sie alles Nötige erledigt hatte, fuhr Kim zum Labor hinüber. Ehe sie das Gebäude betrat, blieb sie kurz stehen und überlegte, ob sie ausdrücklich erwähnen sollte, daß sie bei Kinnard übernachten würde. Sie beschloß, es Edward zu sagen, falls er fragen würde.

Die Atmosphäre im Labor wirkte noch angespannter als bei ihrem letzten Besuch. Alle waren auf ihre Arbeit konzentriert, nahmen ihre Anwesenheit zwar zur Kenntnis und begrüßten sie auch, aber nur beiläufig.

Kim war das gerade recht. Edward lächelte sie an, aber es war ein mechanisches, flüchtiges Lächeln.

»Ich fahre einen Tag nach Boston«, verkündete Kim vergnügt.

»Gut«, nickte Edward.

»Ich werde dort übernachten. Wenn du willst, hinterlasse ich dir eine Nummer, wo du mich erreichen kannst.«

»Das ist nicht nötig«, meinte Edward. »Wenn es ein Problem gibt, kannst du mich ja anrufen. Ich bin hier.«

Kim verabschiedete sich und ging. Als Edward ihr nachrief, blieb sie stehen.

»Tut mir wirklich leid, daß ich so wenig Zeit für dich habe«, sagte er. »Ich wünschte, wir hätten nicht soviel zu tun. Aber es gibt hier eine Art Notfall.«

»Ich verstehe«, sagte Kim und sah Edward an. Er wirkte verlegen, etwas, was sie schon lange nicht mehr an ihm gesehen hatte.

Es dauerte nicht lange, bis sich bei Kim eine gewisse Entspannung einstellte, und je weiter sie nach Süden kam, um so besser fühlte sie sich. Auch das Wetter leistete seinen Beitrag. Es war ein heißer Spätsommertag, die Sonne schien hell, und der Himmel leuchtete in herbstlicher Klarheit. Hier und dort zeigten die Bäume schon erste Anzeichen ihrer herbstlichen Farbenpracht.

Am Sonntag einen Parkplatz zu finden war kein Problem, so daß Kim ihren Wagen ganz nahe bei Kinnards Apartment an der Revere Street abstellen konnte. Als sie klingelte, war sie nervös, aber er vermittelte ihr sofort das Gefühl, willkommen zu sein, und half ihr, ihre Sachen in das Gästezimmer zu tragen, das er inzwischen aufgeräumt und saubergemacht hatte.

Sie verbrachten einen wunderbaren Nachmittag, der Kim für ein paar Stunden Omni, Ultra und Elizabeth völlig vergessen ließ. Ihr Ausflug begann am North End, wo sie in einem italienischen Restaurant zu Mittag aßen; anschließend tranken sie in einem kleinen Café einen Espresso.

Sie bummelten durch Filene's Basement, und Kim kaufte einen hübschen Rock, der ursprünglich von Saks Fifth Avenue stammte.

Danach schlenderten sie durch die Boston Gardens und erfreuten sich am bunten Herbstlaub und an den Blumen. Sie saßen eine Weile auf einer Parkbank und sahen den Schwanenbooten zu, die über den See glitten.

»Ich sollte das wahrscheinlich nicht sagen«, meinte Kinnard, »aber du machst einen etwas müden Eindruck.«

»Das überrascht mich nicht«, sagte Kim. »Ich habe in letzter Zeit nicht sehr gut geschlafen. Das Leben in Salem war nicht gerade idyllisch.«

»Gibt es etwas, worüber du gern reden würdest?« erkundigte sich Kinnard.

»Im Augenblick nicht«, wehrte Kim ab. »Ich bin ziemlich durcheinander und muß erst selbst mit mir klarkommen.«

»Ich bin wirklich froh, daß du zu mir gekommen bist«, sagte Kinnard.

»Ich möchte aber keinen Zweifel daran lassen, daß ich im Gästezimmer schlafen werde«, sagte Kim schnell.

»He, keine Panik«, sagte Kinnard und hob abwehrend beide Hände. »Das versteh' ich doch. Wir sind Freunde, hast du das vergessen?«

»Tut mir leid«, entschuldigte sich Kim. »Wahrscheinlich komme ich dir ein wenig hysterisch vor. Dabei war ich seit Wochen nicht mehr so entspannt wie jetzt.« Sie griff nach Kinnards Hand und drückte sie. »Vielen Dank, es ist schön, dich zum Freund zu haben.«

Nachdem sie sich eine Weile im Park ausgeruht hatten, bummelten sie noch ein bißchen durch die Stadt, kauften ein paar Bücher und gingen am späten Nachmittag in ein indisches Restaurant. Nach einem köstlichen Tandoori-Dinner beschlossen sie, den Tag bei Kinnard ausklingen zu lassen. Auf seiner Couch sitzend, jeder mit einem Glas Weißwein versorgt, spürte Kim bald, wie sie müde wurde.

Sie ging früh schlafen, weil sie am nächsten Tag schon bei Tagesanbruch aufstehen mußte. Als sie sich in Kinnards frisch gemachtes Gästebett legte, brauchte sie kein Xanax, sondern sank sofort in tiefen, wohltuenden Schlaf.

# Kapitel 19

*Montag, 3. Oktober 1994*

Kim hatte beinahe vergessen, wie anstrengend ein ganz normaler Tag in der Intensivstation sein konnte. Sie hätte ohne Zögern zugegeben, daß sie nach einem Monat Ferien weder körperlich noch emotional das notwendige Stehvermögen besaß und völlig außer Form geraten war. Aber als ihre Schicht zu Ende ging, mußte sie zugeben, daß sie die stetige Herausforderung und das Gefühl, Menschen helfen zu können, genossen hatte, ganz zu schweigen von dem belebenden Gefühl, einer Gruppe anzugehören, die gemeinsam etwas leisteten.

Kinnard war im Laufe des Tages einige Male mit Patienten aus der chirurgischen Station aufgetaucht, und Kim hatte sich bemüht, ihm zu helfen. Er hatte ihr angeboten, auch diese Nacht bei ihm zu verbringen, obwohl er selbst Bereitschaftsdienst hatte und die Nacht im Krankenhaus verbringen mußte.

Kim wäre gern geblieben. Aber sie wußte, daß sie wieder nach Salem mußte. Dabei machte sie sich keinerlei Illusionen, daß Edward für sie Zeit haben würde.

Als Kims Schicht zu Ende war, ging sie zur Station an der Ecke Charles und Cambridge Street und nahm die Red Line zum Harvard Square. Um diese Zeit verkehrten die Züge in dichter Folge, und so war sie zwanzig Minuten später bereits auf der Massachusetts Avenue in nordwestlicher Richtung zur juristischen Fakultät von Harvard unterwegs.

Es war ein heißer Spätsommertag ohne die kristallene Klarheit des gestrigen Tages. Kein Lüftchen wehte, und man hatte eher das Gefühl, es sei Sommer als Herbst. Im Wetterbericht war vor heftigen Gewittern gewarnt worden.

Kim ließ sich von einem Studenten den Weg zur juristischen Bibliothek erklären. Helen Arnolds Büro zu finden war nicht schwer. Kim nannte einer Sekretärin ihrer Namen, worauf diese ihr sagte, sie müsse warten. Aber kaum hatte Kim sich gesetzt, erschien eine große, schlanke, auffallend attraktive schwarze Frau in einem Verbindungsgang und winkte sie in ihr Büro.

»Ich bin Helen Arnold, ich habe gute Nachrichten für Sie«, sagte die Frau geradezu begeistert und führte Kim in ihr Büro, wo sie ihr einen Stuhl anbot.

»Ich habe heute morgen mit Ms. Sturburg gesprochen, übrigens einer wunderbaren Frau, und sie hat mir erzählt, daß Sie sich für ein Werk von Rachel Bingham interessieren.«

Kim nickte nur, während die Frau mit Maschinengewehrgeschwindigkeit auf sie einredete.

»Haben Sie's gefunden?« fragte Kim, als Helen schließlich innehielt.

»Ja und nein«, lächelte Helen. »Die gute Nachricht ist, daß ich Katherine Sturburgs Vermutung bestätigen konnte – das Werk hat den Brand von 1764 überlebt. In dem Punkt bin ich absolut sicher. Allem Anschein nach war das Buch mehr oder weniger permanent im Gewahrsam eines der Tutoren, der nicht in der Old Harvard Hall wohnte. Das ist doch eine gute Nachricht, oder?«

»Das freut mich«, nickte Kim. »Ich bin sogar entzückt. Aber Sie haben sich recht einschränkend auf meine Frage geäußert, ob Sie es gefunden hätten. Was meinen Sie mit ›ja und nein‹?«

»Daß ich zwar das Buch selbst nicht gefunden habe, aber einen Hinweis darauf, daß das Werk tatsächlich existiert. Ich erfuhr auch, daß es Schwierigkeiten bei der Registrierung des Werkes gegeben hat. Obwohl es etwas mit Kirchenrecht zu tun hat, wie das ja der Brief von Increase Mather schon andeutet. Übrigens, ich halte diesen Brief für einen fabelhaften Fund, und wie ich höre, haben Sie angeboten, ihn Harvard zu stiften. Das ist sehr großzügig von Ihnen.«

»Im Hinblick auf all die Mühe, die ich Ihnen mache, ist das wohl das wenigste«, sagte Kim. »Aber was ist mit dem Rachel-Bingham-Werk? Weiß irgend jemand, wo es sein könnte?«

»Ja, so jemanden gibt es«, sagte Helen. »Nachdem ich noch ein wenig herumgesucht habe, fand ich schließlich heraus, daß das Buch 1825 von der juristischen Bibliothek an die theologische Fakultät überstellt worden ist, gleich nach dem Bau der Divinity Hall. Ich weiß nicht, warum, aber vielleicht hatte das etwas mit den Katalogisierungsproblemen hier in der juristischen Bibliothek zu tun.«

»Großer Gott!« rief Kim aus. »Was für eine Reise dieses Buch hinter sich hat!«

»Ich habe mir die Freiheit genommen, meine Kollegin drüben in der theologischen Bibliothek anzurufen«, erklärte Helen Arnold. »Ich hoffe, das macht Ihnen nichts aus.«

»Aber ganz und gar nicht«, wehrte Kim ab, die froh war, daß die Bibliothekarin die Initiative ergriffen hatte.

»Ihr Name ist Gertrude Havermeyer«, fuhr Helen fort. »In gewisser Weise ist sie eine Schreckschraube, aber sie hat ein gutes Herz. Sie hat mir versprochen, sich sofort darum zu kümmern.« Helen Arnold griff nach einem Stift und schrieb Kim den Namen und die Telefonnummer auf und kreuzte dann auf einem Plan des Campus von Harvard die theologische Fakultät an.

Ein paar Minuten später stand Kim vor Gertrude Havermeyers Büro.

»Sie sind also schuld daran, daß ich einen ganzen Nachmittag verschwendet habe«, sagte Gertrude Havermeyer, als Kim sich vorstellte. Sie stand mit auf die Hüften gestemmten Händen vor ihrem Schreibtisch. Wie Helen Arnold schon angedeutet hatte, strahlte die Frau eine Aura strenger Kompromißlosigkeit aus, was in krassem Widerspruch zu ihrer schmächtigen Gestalt, ihrem weißen Haar und der starken Brille stand, durch die sie Kim musterte.

»Tut mir leid, daß Sie sich meinetwegen so viel Mühe gemacht haben«, sagte Kim schuldbewußt.

»Seit Helen Arnolds Anruf hatte ich keine Sekunde Zeit für meine eigene Arbeit«, beklagte sich die Bibliothekarin. »Es hat mich Stunden gekostet.«

»Dann hoffe ich, daß all die Mühe wenigstens nicht vergebens war«, versuchte Kim sie zu besänftigen.

»Ich habe in einem Journal aus jener Zeit eine Quittung gefunden«, erklärte Gertrude Havermeyer. »Helen hatte recht. Das Rachel-Bingham-Werk ist von der juristischen Fakultät hierher geschickt worden und auch in der theologischen Fakultät angekommen. Aber bedauerlicherweise konnte ich weder im Computer noch in der alten Kartei, ja nicht einmal in dem sehr alten Katalog, den wir im Keller aufbewahren, irgendeinen Hinweis auf das Buch finden.«

Kim war enttäuscht. »Es tut mir wirklich leid, Sie vergeblich so bemüht zu haben«, sagte sie.

»Nun, ich habe noch nicht so schnell aufgegeben«, sagte Gertrude. »So etwas gibt es bei mir nicht. Wenn ich mich einmal auf etwas eingelassen habe, dann gebe ich keine Ruhe. Ich habe mir die alten Karten aus der Zeit, in der die Bibliothek eingerichtet worden war, angesehen. Das war recht mühsam, aber ich habe tatsächlich einen weiteren Hinweis gefunden, was ich allerdings mehr dem Glück als sonst etwas zuschreibe, höchstens vielleicht noch meiner Hartnäckigkeit. Ich weiß wirklich nicht, warum es nicht im Hauptregister erwähnt ist.«

Kims Hoffnung stieg wieder. Die Verfolgung dieser Spur war eine emotionale Achterbahn. »Ist das Werk noch hier?« fragte sie.

»Du liebe Güte, nein!« erwiderte Gertrude indigniert. »Dann wäre es ja im Computer gewesen. Hier herrscht Ordnung. Nein, der letzte Hinweis, den ich fand, deutete darauf hin, daß man es 1826 an die medizinische Fakultät geschickt hat. Offenbar wußte niemand, was er mit dem Material anfangen sollte. Das ist alles äußerst mysteriös, weil ich nicht den geringsten Hinweis darauf finden konnte, in welche Kategorie es gehört.«

»Ach, herrje!« sagte Kim enttäuscht. »Die Suche nach diesem Buch, oder was es auch sonst sein mag, kommt mir langsam wie ein schlechter Scherz vor.«

»Kopf hoch!« forderte Gertrude sie auf. »Ich habe mir Ihretwegen große Mühe gegeben und habe sogar die medizinische Fakultät angerufen und dort mit John Moldavian gesprochen, der für seltene Bücher und Manuskripte verantwortlich ist. Ich habe ihm die ganze Geschichte erzählt, und er hat mir versprochen, daß er sich sofort darum kümmern würde.«

Kim bedankte sich und fuhr mit der Red Line wieder nach Boston zurück.

Inzwischen hatte die Stoßzeit begonnen, und Kim mußte sich in den Zug zwängen. Es gab keine freien Sitzplätze, also mußte sie stehen. Als der Zug dann über die Longfellow Brücke donnerte, begann Kim ernsthaft zu überlegen, ob sie nicht die ganze Suche aufgeben sollte.

Sie stieg in ihren Wagen, den sie in der Tiefgarage des Krankenhauses abgestellt hatte, ließ den Motor an und dachte erst dann an den dichten Verkehr, mit dem sie auf dem Wege nach Salem zu rechnen hatte. Um die Zeit würde sie wahrscheinlich eine halbe Stunde brauchen, um bloß die Leverettkreuzung hinter sich zu bringen.

Kim lenkte ihren Wagen schnell entschlossen in die entgegengesetzte Richtung und nahm Kurs auf die medizinische Bibliothek. Anstatt im Verkehr festzustecken, konnte sie ebensogut Gertrude Havermeyers Hinweis nachgehen.

John Moldavian wirkte auf sie wie ein Mann, der die geradezu idealen Voraussetzungen für die Arbeit in einer Bibliothek mitbrachte. Er war von sanfter Wesensart und sprach leise, und sein vorsichtiger Umgang mit Büchern ließ sofort erkennen, wie sehr er sie liebte.

Kim stellte sich vor und berichtete von ihrem Gespräch mit Gertrude Havermeyer, worauf John Moldavian sofort auf seinem mit Büchern und Papieren überhäuften Schreibtisch zu suchen anfing.

»Ich habe hier etwas für Sie«, sagte er. »Wo habe ich es nur hingetan?«

Kim sah ihm zu, wie er zwischen den Papierstapeln wühlte. Sein schmales Gesicht war von seiner dicken schwarzen Brillenfassung beherrscht, und sein dünner Schnurrbart sah fast zu perfekt aus, so als habe er ihn mit einem Augenbrauenstift gezogen.

»Ist das Rachel-Bingham-Werk hier in der Bibliothek?« fragte Kim schließlich.

»Nein, da ist es nicht mehr«, antwortete Moldavian, und dann hellte sich sein Gesicht auf: »Ah, da ist jetzt, was ich gesucht habe.« Er zog ein Blatt Papier hervor und hielt es ihr hin.

Kim seufzte innerlich. Wieder nichts.

»Ich habe mir die Akten der medizinischen Bibliothek von 1826 durchgesehen«, sagte Moldavian. »Dabei habe ich diesen Hinweis auf das Werk gefunden, das Sie suchen.«

»Lassen Sie mich raten«, sagte Kim. »Es ist woanders hingeschickt worden.«

Moldavian sah Kim über das Blatt in seiner Hand hinweg an. »Wie haben Sie das erraten?« fragte er.

Kim lachte. »Das hat sich inzwischen zu einer Art Schema entwickelt«, sagte sie. »Wohin hat man es von hier geschickt?«

»In die anatomische Abteilung«, sagte Moldavian. »Heute nennt sich das Abteilung für Zellbiologie.«

Kim schüttelte ungläubig den Kopf. »Warum in aller Welt denn dorthin?« fragte sie, obwohl sie wußte, daß das nur eine rhetorische Frage sein konnte.

»Keine Ahnung«, erwiderte Moldavian. »Der Eintrag, den ich gefunden habe, war recht eigenartig. Eine unvollständig ausgefüllte Karte, die allem Anschein nach an dem Objekt befestigt gewesen war. Ich habe eine Kopie für Sie gemacht.« Er reichte Kim das Papier.

Die Kopie war ziemlich schwer zu lesen, und sie mußte sich etwas zur Seite wenden, um das vom Fenster hereinkommende Licht nutzen zu können. Soweit sie die Schrift entziffern konnte, lautete der Text: *Kuriosität von Rachel Bingham, erhalten im Jahre 1691*. Das Wort »Kuriosität« erinnerte Kim an die von Mary Custland erwähnte »Fundgrube von Kuriositäten«. Die Handschrift erinnerte sie an Jonathans Brief an seinen Vater. Vor ihrem inneren Auge malte sie sich aus, wie Jonathan Stewart nervös und hastig die Karte bekritzelte, bemüht, möglichst schnell das Arbeitszimmer des Tutors wieder zu verlassen, wo er sich eingeschlichen hatte, um den Namen auf Rachel Bingham zu ändern. Wenn man ihn entdeckt hätte, hätte man ihn vermutlich aufgefordert, das College zu verlassen.

»Ich habe den Dekan des Lehrstuhls angerufen«, riß Moldavian Kim aus ihren Gedanken. »Er hat mich an einen Herrn namens Carl Nebolsine verwiesen, den Kurator des Warren-Anatomiemuseums. Ich habe ihn angerufen, und er sagte mir, wenn ich das Exponat sehen wolle, müsse ich ins Verwaltungsgebäude kommen.«

»Heißt das, daß er es hat?« fragte Kim ungläubig.

»Allem Anschein nach«, nickte Moldavian. »Das Warren-Anatomiemuseum befindet sich im vierten Stock von Gebäude A, schräg gegenüber der Bibliothek. Würden Sie gerne hinübergehen?«

»Unbedingt«, erwiderte Kim und spürte, wie ihr Puls schneller wurde.

Moldavian griff nach dem Telefon. »Dann wollen wir sehen, ob Mr. Nebolsine noch drüben ist.«

Er führte ein kurzes Gespräch, in dessen Verlauf er Kim einmal aufmunternd zunickte. Als er dann auflegte, meinte er: »Sie haben Glück, er ist noch da. Wenn Sie gleich hinübergehen, erwartet er Sie im Museum.«

»Bin schon unterwegs«, strahlte Kim, bedankte sich bei Moldavian und eilte hinüber zu Gebäude A, einem klassizistischen Bauwerk mit mächtigen dorischen Säulen und einem massiven Ziergiebel. Ein Museumswärter hielt sie an der Tür auf, winkte sie aber weiter, als sie ihren Krankenhausausweis zeigte.

Im vierten Stock stieg sie aus dem Aufzug. Das Museum, oder das, was hier so bezeichnet wurde, bestand aus einer Reihe von Glaskästen an der linken Wand. Die Kästen enthielten die übliche Kollektion primitiver chirurgischer Instrumente, alter Fotos und pathologischer Proben. Es gab eine ganze Anzahl Schädel, darunter auch einen mit einem Loch in der oberen Stirnpartie, das sich durch die linke Augenhöhle fortsetzte.

»Das ist ein ganz interessanter Fall«, sagte eine Stimme. Kim blickte auf und sah sich einem Mann gegenüber, der wesentlich jünger war, als sie das bei einem Museumskurator erwartet hätte. »Sie müssen Kimberly Stewart sein. Ich bin Carl Nebolsine.« Sie gaben sich die Hand.

»Sehen Sie diese Stange dort drüben?« fragte Nebolsine und deutete auf eine etwa eineinhalb Meter lange Stahlstange. »Das ist eine sogenannte Stopfstange. Sie diente dazu, Pulver in ein Loch zu stopfen, das zu Sprengzwecken gebohrt wurde. Und eines Tages, vor mehr als hundert Jahren, ist diese Stange da jenem Mann durch den Kopf gegangen.« Nebolsine deutete auf den Schädel. »Das Erstaunliche ist, daß der Mann das überlebt hat.«

»Und er hat keinen Schaden davongetragen?« fragte Kim.

»Nun, es heißt, er sei, nachdem er sich von dem Trauma erholt hatte, nicht mehr besonders umgänglich gewesen, aber das verwundert einen ja nicht, oder?« meinte Nebolsine.

Kim studierte die anderen Ausstellungsstücke. Ganz in der Ecke entdeckte sie ein paar Bücher.

»Ich höre, Sie interessieren sich für das Rachel-Bingham-Exponat«, meinte Nebolsine.

»Ist es hier?« fragte Kim.

»Nein.«

Kim sah den Mann an, als ob sie nicht richtig gehört habe.

»Es ist unten im Lager«, erklärte Nebolsine. »Es kommt nicht oft vor, daß jemand es sehen will, und wir haben bei weitem nicht genug Platz, um alles auszustellen, was wir haben. Möchten Sie es gern sehen?«

»Sehr gern«, erklärte Kim erleichtert.

Sie fuhren mit dem Aufzug in den Keller und folgten einem labyrinthartigen Weg, den Kim ungern allein zurückgegangen wäre. Schließlich schloß Nebolsine eine schwere Stahltür auf und knipste das Licht an: einige nackte Glühbirnen, die von der Decke hingen.

Der ganze Raum war mit verstaubten alten Glaskästen vollgestellt.

»Entschuldigen Sie die Unordnung, die hier unten herrscht«, meinte Nebolsine. »Es ist sehr schmutzig. Hier kommt nicht oft jemand her.«

Kim folgte dem Mann, der zielstrebig zwischen den Glasschränken hindurchging, in denen Kim eine Unzahl von Knochen, Büchern, Instrumenten und Gläsern mit allen möglichen Organen sah. Dann blieb Nebolsine stehen, trat etwas zur Seite und deutete auf etwas in dem Glasschrank vor ihm.

Kim fuhr zurück. In ihr mischten sich Abscheu und Schrecken. Sie war überhaupt nicht auf das vorbereitet, was sie hier zu sehen bekam. In einem großen Glas, das mit einer bräunlichen Konservierungsflüssigkeit gefüllt war, war ein vier bis fünf Monate alter Fötus eingezwängt, der wie ein Monster aussah.

Nebolsine schien Kims Reaktion überhaupt nicht wahrzunehmen. Er öffnete den Glasschrank, griff hinein und holte das schwere Gefäß heraus, wobei der Inhalt in grotesker Weise auf und ab hüpfte und kleine Gewebeteilchen wie Schnee in einem Briefbeschwerer herunterregneten.

Kim griff sich mit der Hand an den Mund, während sie den anenzephalischen Fötus anstarrte. Er hatte einen Wolfsrachen, wodurch der Eindruck entstand, der Mund reiche bis zur Nase hinauf. Da das Gesicht gegen das Glas gepreßt war, waren die Züge zusätzlich verzerrt. Hinter den relativ großen, froschähnlichen Augen war der Kopf flach und mit kohlschwarzem Haar bedeckt. Das massive Kinn stand in keinem Verhältnis zu dem Rest des Gesichts. Die oberen Stummelgliedmaßen des Fötus endeten in schaufelartigen Händen mit kurzen Fingern, die teilweise zusammengewachsen waren; man mußte unwillkürlich an gespaltene Hufe denken. Der Rumpf ging in einen langen fischähnlichen Schwanz über.

»Soll ich es näher ans Licht tragen?« fragte Nebolsine.

»Nein!« erwiderte Kim eine Spur zu schroff und beeilte sich, mit etwas ruhigerer Stimme hinzuzufügen, daß sie das Exponat hier gut sehen könne.

Kim konnte sich gut vorstellen, was ein Mensch des siebzehnten Jahrhunderts in einer solchen Monstrosität gesehen haben mußte: den leibhaftigen Teufel. Tatsächlich waren Holzschnitte des Teufels, die Kim aus jener Epoche gesehen hatte, praktisch Kopien dieses Monsters.

»Soll ich es umdrehen, damit Sie auch die andere Seite sehen können?« fragte Nebolsine.

»Vielen Dank, nein«, sagte Kim und trat unwillkürlich einen Schritt zurück. Jetzt begriff sie, weshalb weder die juristische noch die theologische Fakultät gewußt hatten, was sie damit anfangen sollten. Und dann erinnerte sie sich an die Notiz, die John Moldavian ihr in der medizinischen Bibliothek gezeigt hatte. Sie hatte nicht gelautet: *Kuriosität von Rachel Bingham, erhalten von Rachel Bingham im Jahre 1691*, vielmehr war das fünfte Wort *empfangen* gewesen.

Und Kim erinnerte sich auch an die Eintragung in Elizabeths Tagebuch, wo diese ihre Sorge wegen des unschuldigen Hiob ausgedrückt hatte. Hiob war kein biblischer Hinweis gewesen. Elizabeth hatte bereits gewußt, daß sie schwanger war, und hatte dem Baby den Namen Hiob gegeben. Welche Ironie des Schicksals, dachte Kim.

Sie bedankte sich bei Nebolsine und kehrte mit schweren Schritten zu ihrem Wagen zurück. Ihre Gedanken befaßten sich mit Elizabeths doppelter Tragödie: einer Schwangerschaft, während sie, ohne es zu wissen, eine Schimmelpilzvergiftung hatte. In jener Zeit wäre jeder überzeugt gewesen, daß Elizabeth sich mit dem Teufel eingelassen haben mußte, um ein solches Monstrum hervorzubringen. Niemand hätte daran gezweifelt, daß sich darin ein Pakt mit dem Teufel manifestiert hatte, ganz besonders, da die »Anfälle« in Elizabeths Haus ihren Anfang genommen hatten: Elizabeths selbstbewußtes Auftreten, ihre Auseinandersetzung mit der Putnam-Familie zum ungünstigsten Zeitpunkt und die Veränderung ihres gesellschaftlichen Status hatten die Situation nicht gerade verbessert.

Für Kim stand jetzt eindeutig fest, weshalb man Elizabeth den Prozeß als Hexe gemacht hatte und wie es zu dem Schuldspruch gekommen war.

Kim fuhr wie in Trance. Allmählich begriff sie, weshalb Elizabeth kein Geständnis abgelegt hatte, um damit ihr Leben zu retten, wie Ronald das nachdrücklich von ihr verlangt hatte. Elizabeth wußte, daß sie keine Hexe war, aber ihr eigenes Vertrauen in ihre Unschuld war ohne Zweifel dadurch erschüttert, daß alle sich gegen sie stellten: Freunde, Gerichtsbeamte und selbst die Priester. In Abwesenheit ihres Mannes hatte Elizabeth nirgends Unterstützung gefunden. Völlig alleingelassen, hatte sie sich in den Gedanken hineingesteigert, eine schreckliche Sünde begangen zu haben. Wie sonst sollte man erklären, daß sie ein solch dämonisches Geschöpf zur Welt gebracht hatte? Vielleicht hatte sie sogar geglaubt, ihr Schicksal verdient zu haben.

Am Storrow Drive geriet Kim in einen Stau und kam nur

noch zentimeterweise voran. Es war immer noch ziemlich heiß, und im Wagen eingeschlossen wuchs Kims Beklemmung.

Schließlich hatte sie die Verkehrsampel am Leverett Circle und damit auch den Stau hinter sich gebracht. Befreit von den Banden der Stadt, fuhr sie auf der Interstate 93 nach Norden. Mit dieser Freiheit stellte sich eine neue Erkenntnis, der Hinweis auf eine bildliche Freiheit ein. Kim wußte plötzlich, welche Botschaft Elizabeth ihr hatte übermitteln wollen: daß Kim an sich selbst glauben sollte. Sie sollte nicht zulassen, daß andere Menschen ihr Selbstvertrauen zerstörten. Sie sollte nicht zulassen, daß autoritäre Gestalten ihr Leben bestimmten. Elizabeth hatte in dem Punkt keine Chance gehabt, wohl aber Kim hier und heute.

Kims Gedanken arbeiteten fieberhaft. Sie erinnerte sich an die endlosen Stunden, die sie mit Alice McMurray verbracht hatte, um über ihr zu gering entwickeltes Selbstwertgefühl zu sprechen. Sie erinnerte sich an die Theorien, die Alice als Erklärung angeführt hatte: eine Kombination aus der emotionalen Distanziertheit ihres Vaters, ihren vergeblichen Versuchen, es ihm recht zu machen, und der Passivität ihrer Mutter gegenüber den zahlreichen Affären ihres Vaters. Plötzlich kam ihr das alles trivial und belanglos vor. Jene Diskussionen hatten sie nie so berührt wie jetzt der Schock über Elizabeths Martyrium.

Kim schien auf einmal alles klar. Ob ihr unterentwickeltes Selbstwertgefühl nun auf der speziellen Situation in ihrer Familie, ihrer eigenen Wesensart oder der Kombination aus beidem beruhte, war ohne jeden Belang. Kim hatte versäumt, sich ihr Leben nach ihren eigenen Interessen und Fähigkeiten einzurichten.

Sie mußte plötzlich bremsen. Verärgert und überrascht stellte sie fest, daß auch auf der normalerweise zügig zu fahrenden Fernstraße ein Stau entstanden war. Wieder kam sie nur schrittweise voran, und der Wagen heizte sich in der sommerlichen Hitze schnell auf. Im Westen bildeten sich schon mächtige Gewitterwolken.

Während sie so langsam vorrückte, reifte in Kim ein Entschluß. Sie mußte ihr Leben ändern. Zuerst hatte sie zugelassen, daß ihr Vater sie beherrsche, obwohl zwischen ihnen praktisch keine Beziehung bestand. Und jetzt hatte sie sich Edward in der gleichen Weise untergeordnet. Edward lebte mit ihr zusammen, war aber praktisch nie für sie da. In Wirklichkeit nützte er sie nur aus.

Als der Stau sich aufgelöst hatte, gelobte sie sich, diesem Zustand ein Ende zu machen. Sie würde sofort mit Edward sprechen, wenn sie zu Hause war.

Da sie wußte, daß sie Auseinandersetzungen gern aus dem Weg ging, machte Kim sich klar, daß es äußerst wichtig war, so bald wie möglich mit Edward zu sprechen, zumal es jetzt Grund zu der Annahme gab, daß Ultra teratogen war und teratogene Präparate auch Krebs verursachen konnten.

Als Kim zu Hause ankam, war es kurz vor neunzehn Uhr. Wegen der sich im Westen auftürmenden Gewitterwolken war es wesentlich dunkler als sonst um diese Zeit.

Kim bemerkte sofort die veränderte Stimmung im Labor. Sie war sicher, daß David und Gloria und vielleicht auch Eleanor ihre Ankunft bemerkt hatten, aber niemand begrüßte sie. Tatsächlich wandten sie sich sogar ab und ignorierten sie geradezu. Von dem üblichen Gelächter keine Spur, die Wissenschaftler unterhielten sich nicht einmal miteinander. Spannung lag in der Luft.

Sie fand Edward in einer dunklen Ecke an seinem Computer. Das grüne, phosphoreszierende Licht des Bildschirms hüllte sein Gesicht in ein gespenstisches Licht.

Kim blieb einen Augenblick neben ihm stehen. Sie wollte ihn nicht unterbrechen. Während sie zusah, wie seine Finger über die Tastatur huschten, registrierte sie zwischen den einzelnen Anschlägen ein leichtes Zittern. Auch atmete er deutlich schneller als sie.

Einige Minuten schleppten sich hin. Edward ignorierte sie völlig.

»Bitte, Edward«, sagte Kim schließlich mit bebender Stimme, »ich muß mit dir reden.«

»Später«, sagte Edward, ohne sie anzusehen.

»Es ist wichtig, daß ich *jetzt* mit dir rede«, sagte Kim zögernd.

Edward versetzte Kim einen Schock, indem er plötzlich aufsprang. Und zwar so heftig, daß der Stuhl davonschoß und gegen einen Schrank prallte. Er schob sein Gesicht so nahe an Kims, daß sie in seinen hervortretenden Augen Spinnennetze geröteter Äderchen sehen konnte.

»Später, habe ich gesagt!« stieß er zwischen zusammengebissenen Zähnen hervor und funkelte sie an, als wolle er sie herausfordern, ihm zu widersprechen.

Kim trat einen Schritt zurück und stieß gegen einen Labortisch. Sie tastete hinter sich, um sich zu stützen, und dabei fiel ein Becher auf den Boden. Er zersprang und zerrte damit noch weiter an ihren ohnehin strapazierten Nerven.

Sie rührte sich nicht, sondern musterte Edward beunruhigt. Sein Verhalten war wieder so, als stehe er kurz davor auszurasten, so wie damals, als er in seinem Apartment in Cambrigde das Weinglas an die Wand geworfen hatte. Allem Anschein nach war etwas Bedeutsames vorgefallen, etwas, das eine größere Meinungsverschiedenheit ausgelöst hatte.

Kims erste Reaktion war Mitgefühl für Edward, weil sie wußte, wie schwer er gearbeitet hatte. Aber dann fing sie sich wieder. Ihre neugewonnene Erkenntnis ließ sie begreifen, daß sie mit solchen Gedanken wieder in die alten Gewohnheiten zurückfiel. Kim hatte sich fest vorgenommen, nach Elizabeths Botschaft zu handeln. Sie mußte jetzt an sich selbst und ihre eigenen Bedürfnisse denken.

Doch sie war auch Realistin und wußte, daß Edward jetzt nicht in der Stimmung für ein Gespräch über ihre Beziehung war.

»Es tut mir leid, wenn ich dich gestört habe«, sagte Kim. »Es ist offensichtlich nicht der richtige Augenblick für ein Gespräch. Ich gehe hinüber ins Cottage. Ich muß mit dir sprechen, komm bitte, sobald du dazu in der Lage bist.«

Kim wandte sich von dem immer noch finster blickenden Edward ab und schickte sich zum Gehen an. Nach ein paar Schritten blieb sie stehen und drehte sich um.

»Ich habe heute etwas erfahren, das du wissen solltest«, begann sie. »Ich habe Grund zu der Annahme, daß Ultra teratogen sein könnte.«

»Wir werden das Präparat an trächtigen Mäusen und Ratten erproben«, erwiderte Edward mürrisch. »Aber im Augenblick haben wir ein dringenderes Problem.«

Kim sah, daß Edward an der linken Wange eine Schürfwunde hatte. Auch seine Hände wiesen Schnitt- und Schürfwunden auf, wie sie sie schon bei Curt gesehen hatte.

Sie trat wieder einen Schritt näher. »Du hast dich verletzt«, sagte sie und beugte sich vor, um sich die Verletzung näher zu betrachten.

»Das ist nichts«, wehrte Edward ab und machte sich wieder an die Arbeit.

Erschüttert verließ Kim das Labor; sie konnte Edwards Stimmung oder Verhalten einfach nicht mehr einschätzen. Draußen war es inzwischen erheblich dunkler geworden, die Luft schien stillzustehen, die Blätter an den Bäumen hingen schlaff herunter. Einige wenige Vögel huschten über den drohenden Himmel und suchten Zuflucht.

Kim fuhr hinüber zum Cottage und begab sich zuallererst in den Salon. Mit neuer Sympathie, Bewunderung und Dankbarkeit blickte sie zu ihrer Ahnfrau auf. Nachdem sie eine Weile das starke, feminine Gesicht mit den leuchtenden, grünen Augen betrachtet hatte, spürte sie, daß sie ruhiger wurde. Kim wußte trotz des Rückschlags im Labor, daß sie diesmal keine Kehrtwendung vollziehen würde. Sie würde auf Edward warten und mit ihm sprechen.

Sie löste ihren Blick schließlich von dem Bild und schlenderte in dem Cottage herum, das Elizabeth bewohnt hatte und jetzt auch sie. Trotz der Einsamkeit der letzten Wochen war es ein behagliches, romantisches Haus; unwillkürlich kam ihr der Gedanke, daß es in Kinnards Gesellschaft ganz anders gewesen wäre als in Edwards.

Dann stand sie im Eßzimmer, das zu Elizabeths Zeit die Küche gewesen war, und stellte voll Bedauern fest, wie selten der Tisch benutzt worden war. Für sie gab es keinen Zweifel mehr, daß sie den ganzen September vergeudet hatte, und sie machte sich Vorwürfe, daß sie sich von Edward so hatte beeinflussen lassen.

In einer plötzlichen Aufwallung von Zorn ging Kim noch einen Schritt weiter und gestand sich zum erstenmal ein, daß Edwards beginnende Habgier und seine neue, von Ultra bestimmte Persönlichkeit sie abstießen. In ihrem Bewußtsein war kein Platz für ein von Medikamenten erzeugtes Selbstverständnis, Selbstbewußtsein oder gar Glücksgefühl. Das alles war unecht. Die Vorstellung von kosmetischer Psychopharmakologie widerte sie an.

Kim seufzte. Sie war physisch wie psychisch erschöpft, war aber gleichzeitig innerlich völlig ruhig. Zum erstenmal seit

Monaten spürte sie nicht mehr jene vage, nagende Beklemmung. Obwohl sie wußte, daß ihr Leben in Unordnung geraten war, war sie fest entschlossen, es zu ändern, und glaubte zu wissen, wo sie ansetzen mußte.

Sie ging ins Badezimmer und nahm ein ausgiebiges Bad, etwas, was sie schon so lange nicht mehr getan hatte, daß sie sich gar nicht mehr an das letzte Mal erinnern konnte. Nach dem Bad schlüpfte sie in einen weiten Jogginganzug und bereitete sich das Abendessen zu.

Nach dem Abendessen trat Kim an das Fenster im Salon und blickte zum Labor hinüber. Wann Edward wohl herüberkommen würde?

Kims Blick wanderte zu den schwarzen Baumsilhouetten weiter. Sie standen völlig reglos da, wie hinter Glas, immer noch regte sich kein Lüftchen. Der Sturm, von dem sie bei ihrer Ankunft geglaubt hatte, er würde gleich losbrechen, war im Westen hängengeblieben. Aber dann sah Kim den ersten Blitz, gleich darauf war in der Ferne ein dröhnender Donner zu hören.

Kim ging ins Zimmer zurück und setzte sich so, daß sie Elizabeths Porträt sehen konnte. Sie ließ ihre Gedanken schweifen und dachte darüber nach, ob sie vielleicht den Beruf wechseln sollte, ob sie überhaupt den Mut haben würde, dieses Risiko einzugehen. Wirtschaftliche Gründe konnte sie nicht als Vorwand benutzen, dazu war ihre Erbschaft zu groß. Es wäre eine große Herausforderung, besonders wenn sie daran dachte, vielleicht einen künstlerischen Beruf zu ergreifen. Die Verlockung war groß.

Eine der unerwarteten Folgen von Kims Bemühungen, Dokumente aus dreihundert Jahren zu sortieren, war die Erkenntnis, wie wenig ihre Familie für die Gemeinschaft getan hatte. Die riesige Menge von Papieren und die geschmacklose Burg waren die beiden größten Vermächtnisse. Unter ihren Vorfahren hatte es nie Künstler, Musiker oder Schriftsteller gegeben. Trotz all ihres Geldes hatten sie keine Kunstsammlungen aufgebaut, keine Bibliotheken oder Philharmonien gestiftet. Tatsächlich hatten sie überhaupt keinen Beitrag zur Kultur geliefert, es sei denn, Unternehmertum war in sich selbst eine Kultur.

Um neun Uhr hatte Kims Erschöpfung ihren Höhepunkt erreicht. Einen Augenblick lang überlegte sie, ob sie noch einmal ins Labor gehen sollte, tat den Gedanken aber dann ebenso schnell wieder ab. Wenn Edward hätte reden wollen, wäre er herübergekommen. Statt dessen schrieb sie ihm einen Zettel und klebte ihn im Bad an den Spiegel. Auf dem Zettel stand schlicht: *Ich werde um fünf Uhr aufstehen, dann können wir reden.*

Nachdem sie mit der Katze kurz aus dem Haus gegangen war, ging Kim zu Bett. Sie versuchte gar nicht erst zu lesen und dachte nicht einmal daran, ein Schlafmittel zu nehmen. Binnen weniger Minuten schlief sie tief.

## Kapitel 20

*Dienstag, 4. Oktober 1994*

Ein erschreckend lauter Donnerschlag riß Kim aus den Tiefen eines Traumes. Das Haus vibrierte noch von dem ungeheuren Lärm, als ihr bewußt wurde, daß sie kerzengerade im Bett saß. Sheba hatte auf den Schrecken mit einem Satz vom Bett reagiert und hielt sich darunter versteckt.

Es regnete in Strömen, und Kim sprang aus dem Bett, um die Fenster zu schließen. In diesem Augenblick traf ein Blitzstrahl den Blitzableiter auf einem Burgturm und tauchte das ganze Gelände im bläuliches Licht.

Kim sah etwas Erstaunliches. Eine gespenstische, spärlich bekleidete Gestalt rannte über den Rasen, und obwohl Kim sie nur den Bruchteil einer Sekunde lang gesehen hatte und deshalb ihrer Sache nicht sicher war, glaubte sie doch, daß es Eleanor gewesen war.

Kim zuckte zusammen, als dicht auf den Blitz ein neuer Donnerschlag folgte. Ohne auf das Dröhnen in ihren Ohren zu achten, versuchte sie in der Dunkelheit etwas zu erkennen, was freilich im dichten Regen unmöglich war.

Sie rannte zu Edwards Schlafzimmer hinüber, denn sie war überzeugt, keiner Halluzination zum Opfer gefallen zu sein; irgend jemand war dort draußen.

Sie mußte es Edward sagen. Zu Kims Überraschung war die Tür geschlossen. Sie klopfte. Als keine Reaktion kam, klopfte sie noch einmal, diesmal lauter, und öffnete die Tür.

Edward lag mit ausgestreckten Armen und Beinen auf dem Rücken. Er trug nur seine Unterwäsche. Ein Hosenbein hing noch an seinem Bein, das andere über der Bettkante. Sie schüttelte ihn leicht, aber er wachte nicht auf. Kim schüttelte ihn heftiger, und als auch das keine Wirkung zeitigte, wurde sie unruhig. Es war, als befinde er sich im Koma.

Kim schaltete die Nachttischbeleuchtung ein und sah, daß Edward ein Bild des Friedens war. Sein Gesicht war schlaff, der Mund stand ihm offen. Kim legte ihm die Hände auf die Schultern und schüttelte ihn hartnäckig, rief immer wieder seinen Namen; schließlich schlug er blinzelnd die Augen auf.

»Edward, bist du wach?« fragte Kim. Sie schüttelte ihn erneut, und dabei flog sein Kopf hin und her, wie der einer Puppe.

Edward wirkte völlig konfus und desorientiert, bis er schließlich Kim erkannte.

Sie sah, wie Edwards Pupillen sich plötzlich weiteten, ganz ähnlich denen einer Katze, die sich zum Sprung anschickt. Dann verengten seine Augen sich zu schmalen Schlitzen, und seine Oberlippe kräuselte sich wie die eines knurrenden Tieres. Edwards bis dahin erschlafftes Gesicht verzerrte sich zu einer Maske schierer Wut.

Erschreckt von dieser unerwarteten grausigen Metamorphose, ließ Kim ihn los und trat ein paar Schritte zurück. Es verblüffte sie, daß er so wütend werden konnte, bloß weil sie ihn geweckt hatte. Edward gab einen kehligen Laut von sich, wie ein Knurren, setzte sich auf und starrte sie mit unbewegten Augen an.

Kim rannte zur Tür und merkte, daß Edward mit einem Sprung aus dem Bett war. Sie hörte, wie er auf den Boden plumpste, vermutlich weil er sich in seinen Hosenbeinen verfangen hatte. Kim knallte Edwards Tür zu und schloß ab.

Sie rannte die Treppe hinunter zum Telefon in der Küche. Sie wußte, daß mit Edward irgend etwas Schreckliches passiert war: Das war nicht nur Wut darüber, daß sie ihn geweckt hatte. In seinem Bewußtsein mußte irgendeine Sicherung durchgebrannt sein.

Kim wählte 911, aber während sie noch auf die Verbindung wartete, hörte sie, wie Edwards Tür zersplitterte und gegen die Wand krachte. Im nächsten Augenblick hörte sie Edward oben am Treppenabsatz knurren, dann polterten Schritte die Treppe herunter.

Panisch ließ Kim das Telefon fallen, rannte zur hinteren Tür und nach draußen, wo es in Strömen regnete. Ihr einziger Gedanke war, daß sie Hilfe holen mußte, und die nächste Möglichkeit dafür war die Burg. Sie rannte querfeldein, und als sie sich der unechten Zugbrücke näherte, stellte sie fest, daß der Haupteingang offen war.

Keuchend rannte Kim ins Haus und hetzte durch die finstere Eingangshalle in den großen Saal, wo durch die riesigen, zwei Stockwerk hohen Südfenster ein schwacher Lichtschein von den umliegenden Ortschaften, der von den niedrig hängenden Wolken zurückgeworfen wurde, ins Haus drang.

Kim hatte vorgehabt, durch den Speisesaal in die Küche und von dort in die Dienstbotenräume zu laufen, war aber noch nicht weit gekommen, als sie beinahe mit Eleanor zusammenstieß. Ein nasses, weißes Spitzennachthemd klebte wie eine zweite Haut an der Frau.

Kim blieb stehen und war einen Augenblick lang wie gelähmt. Jetzt wußte sie, daß sie sich nicht getäuscht hatte: Die Gestalt, die sie draußen gesehen hatte, war tatsächlich Eleanor gewesen. Kim setzte an, sie vor Edward zu warnen, aber die Worte blieben ihr im Hals stecken, als sie in dem schwachen Licht Eleanors Gesicht erblickte. Sie sah denselben unbeschreiblich raubtierhaften Ausdruck, den sie an Edward wahrgenommen hatte. Und um es noch schlimmer zu machen, war Eleanors Mund mit Blut verschmiert, als ob sie rohes Fleisch in sich hineingeschlungen hätte.

Der Zusammenstoß mit Eleanor kostete Kim ihren Vorsprung vor Edward. Nach Luft schnappend taumelte er herein, zögerte, musterte Kim mit wildem Blick im Halbdunkel. Das Haar klebte ihm in Strähnen am Kopf. Er trug nur sein T-Shirt und seine Unterhose, die beide dreckverschmiert waren.

Edward setzt dazu an, sich auf Kim zu stürzen, hielt dann aber inne, als er Eleanor entdeckte, und wechselte die Richtung, als habe er Kim vergessen. Er taumelte auf Eleanor zu und hob, als er sie auf Armeslänge erreicht hatte, argwöhnisch den Kopf, als würde er Witterung aufnehmen. Eleanor tat dasselbe, und die beiden umkreisten einander langsam.

Kim schauderte. Es war, als befände sie sich in einem Alptraum und beobachtete zwei wilde Tiere, die einander im Dschungel begegneten und sich argwöhnisch beschnüffelten, um sicherzugehen, daß nicht eines ein Raubtier und das andere Beute war.

Kim zog sich langsam zurück, während Eleanor und Edward miteinander beschäftigt waren. Und als sie dann den Weg in den Speisesaal vor sich hatte, rannte sie los. Die plötzliche Bewegung erschreckte die beiden, die wie aus einem urzeitlichen Raubtierreflex heraus die Verfolgung aufnahmen.

Als Kim den Dienstbotenflügel erreicht hatte, schrie sie laut um Hilfe, rannte aber weiter, hetzte laut schreiend die Treppe hinauf ins Obergeschoß und stürzte in den von François bewohnten Raum; das Licht brannte, aber François schlief.

Kim rannte auf ihn zu, rief seinen Namen, schüttelte ihn heftig, aber er wachte nicht auf. Kim brüllte ihn an und versuchte ihn wachzurütteln, erstarrte dann aber plötzlich. Selbst in ihrer Panik erinnerte sie sich, daß es ähnlich schwer gewesen war, Edward wach zu bekommen. Sie trat einen Schritt zurück. François' Augen öffneten sich langsam. Ebenso wie sie das schon bei Edward gesehen hatte, vollzog sich in François' Gesicht eine erschreckende Metamorphose. Seine Augen verengten sich, die Oberlippe zog sich von den Zähnen zurück, ein tierähnliches Knurren kam aus seinem Mund, und im nächsten Augenblick war aus ihm ein wildes Tier geworden.

Kim wirbelte herum, aber inzwischen versperrten Edward und Eleanor die Tür. Ohne zu zögern, warf sie sich mit einem Satz durch die Verbindungstür in das Wohnzimmer der Suite und raste von dort hinaus in den Flur. Sie hastete zur Treppe, rannte ins nächste Stockwerk und stürzte in ein weiteres Zimmer, von dem sie wußte, daß es bewohnt war.

An der Schwelle blieb Kim stehen, mit einer Hand die offene Tür haltend. Curt und David saßen spärlich bekleidet und verdreckt auf dem Boden. Wasser rann ihnen aus ihren Haaren. Vor ihnen lag eine zum Teil zerstückelte Katze. Wie Eleanors waren auch ihre Gesichter blutverschmiert.

Kim knallte die Tür zu. Sie hörte die anderen die Treppe heraufkommen. Sie fuhr herum und öffnete die Verbindungstür zum Hauptflügel des Hauses.

Kim rannte durch den Wohnsalon, dessen Fenster nach Süden gerichtet waren und der deshalb in ähnliches Licht wie der große Salon getaucht war. Sie konnte den Tischen und Sofas ausweichen, glitt aber in ihrer Panik auf einem Läufer aus und krachte gegen die Tür, die zum Gästeflügel führte. Nachdem sie ein paar Augenblicke am Türknauf gerüttelt hatte, schaffte sie es schließlich, die Tür zu öffnen. Der Flur dahinter lag in Dunkelheit, aber Kim rannte blindlings weiter.

Sie hatte angenommen, daß der Flur leer sei, bis sie gegen einen Tisch rannte und mit schmerzverzerrtem Gesicht zu Boden ging. Einen Augenblick regte sie sich nicht von der Stelle und überlegte, ob sie sich verletzt hatte. Ihr Leib schmerzte, und ihr rechtes Knie war taub. Sie spürte, wie ihr etwas am Arm entlangrann, und vermutete, daß es Blut war.

Kim tastete in der Dunkelheit um sich, und dann wußte sie, weshalb sie gefallen war; der Installateur hatte seine Werkbank hier abgestellt. Die Monteure hatten ihre Geräte in den Gästeflügel geschafft, um die Abflußrohre zu überprüfen und zu reparieren.

Kim lauschte. Sie hörte, wie im Dienstbotenflügel Türen aufgerissen und wieder zugeknallt wurden. Die Geräusche deuteten darauf hin, daß diese Kreaturen – sie brachte es nicht fertig, sie in diesem Zustand als Menschen zu bezeichnen – ziellos nach ihr suchten. Sie waren ihr nicht auf dem einzig logischen Weg gefolgt, was den Schluß zuließ, daß sie sich nicht vernunftgesteuert bewegten. Kim nahm an, daß sie nicht im Vollbesitz ihrer geistigen Kräfte waren und instinktiv und reflexartig handelten.

Sie richtete sich auf. Ihr Knie, das gerade noch taub gewesen war, hatte jetzt angefangen, stechend zu schmerzen. Sie betastete es und spürte, daß es bereits geschwollen war.

Ihre Augen hatten sich inzwischen an die Dunkelheit gewöhnt. Sie entdeckte ein Stück Rohr und nahm es als Waffe an sich, warf es aber wieder weg, als sie feststellte, daß es ein Kunststoffrohr war, entschied sich für einen Hammer, den sie aber auch wieder beiseite legte, als sie eine Acetylen-Lötlampe und ein Reibefeuerzeug entdeckte. Wenn diese Kreaturen, die hinter ihr her waren, tierisch reagierten, würden sie panische Angst vor Feuer haben.

Die Lötlampe in der Hand, ging Kim, so schnell es ihr mit ihrer Verletzung möglich war, zur Treppe des Gästeflügels. Sie beugte sich über das Geländer und blickte hinunter. Ein Stockwerk unter ihr brannte die Flurbeleuchtung. Kim lauschte erneut. Die Geräusche, die sie wahrnahm, hörten sich immer noch so an, als kämen sie vom entgegengesetzten Ende des Hauses.

Kim schickte sich an, die Treppe hinunterzugehen, kam aber nicht weiter. Vor dem Treppensockel im Erdgeschoß lief Gloria erregt auf und ab, wie eine Katze vor einem Mäuseloch. Unglücklicherweise entdeckte sie Kim, sie stieß einen kreischenden Laut aus und rannte die Treppe hinauf.

Kim machte kehrt und floh den Korridor hinunter so schnell sie konnte. Sie rannte in den Hauptflügel zurück, als sie hinter sich ein Krachen und dann einen wilden Aufschrei hörte – das war vermutlich Gloria, die an die Werkbank gestoßen war.

Kim stieg vorsichtig die Freitreppe hinunter und preßte sich an die Wand, um von unten nicht gesehen werden zu können. Nachdem sie den Treppenabsatz erreicht hatte, schob sie sich langsam vor und stellte erleichtert fest, daß niemand in der Halle war.

Nach einem tiefen Atemzug ging sie die letzte Treppe hinunter und humpelte dann unten so schnell es ging zur Eingangshalle. Etwa drei Meter von ihrem Ziel entfernt hielt sie inne. Zu ihrem Entsetzen schlich dort am Ende der Halle Eleanor hin und her, als bewache sie den Haupteingang. Sie bewegte sich genauso wie Gloria vorher am Absatz der Treppe zum Gästeflügel, sah aber Kim im Gegensatz zu Gloria nicht.

Kim trat schnell zur Seite, um aus Eleanors Blickwinkel zu kommen, bemerkte im gleichen Augenblick, daß jemand hinter ihr die Treppe herunterkam und jeden Augenblick den Treppenabsatz erreichen würde.

Ohne nachzudenken, humpelte sie quer durch den Raum und zwängte sich in eine kleine Gästetoilette unter der Treppe. Bemüht, möglichst wenig Geräusch zu erzeugen, schloß sie die Tür hinter sich und sperrte ab. Im gleichen Augenblick hörte sie auf der Treppe unmittelbar über sich Schritte.

Kim versuchte ihre Atemzüge zu dämpfen und lauschte auf die die Treppe herunterkommenden Schritte, bis der dicke Teppich sie verschluckte, der den Marmorboden im großen Saal bedeckte.

Kim hatte Angst. Zugleich machte sie sich Sorgen wegen ihres Knies, und zu allem Überfluß war sie durchnäßt und fror und zitterte am ganzen Leib.

Im Versuch, die Ereignisse der letzten Tage zu ergründen, überlegte Kim, ob der Zustand, in dem Edward und die anderen sich im Augenblick befanden, möglicherweise jede Nacht eingetreten war. Wenn ja und falls sie das selbst argwöhnten, würde das den deutlichen Stimmungsumschwung im Labor erklären. Entsetzt wurde Kim bewußt, daß nicht ein tollwütiges Tier oder durchgedrehte Teenager, sondern mit hoher Wahrscheinlichkeit die Wissenschaftler für die grausigen Vorkommnisse in der Umgebung verantwortlich waren.

Kim schauderte angeekelt. Für sie bestand kein Zweifel, daß das alles auf Ultra zurückzuführen war. Durch das Präparat waren die Forscher zu solchen »Besessenen« geworden wie einige der »heimgesuchten« Menschen 1692.

Diese Überlegungen ließen Kim wieder hoffen. Wenn ihre Annahme zutraf, würden sie am kommenden Morgen wieder zu ihrem normalen Ich zurückfinden, ganz so wie in alten Horrorfilmen. Kim mußte sich nur bis dahin verstecken.

Sie beugte sich vor, legte die Lötlampe und das Feuerzeug auf den Boden und tastete dann in der Dunkelheit herum, bis sie den Handtuchhalter gefunden hatte. Sie trocknete sich ab, wrang ihr nasses Nachthemd aus und legte sich das Handtuch über die Schultern, um sich ein wenig zu wärmen. Dann setzte sie sich auf den Toilettensitz, um ihr angeschwollenes Knie zu entlasten.

Die Zeit verging. Im Haus war es still geworden. Aber dann war plötzlich das Splittern von Glas zu hören, und Kim zuckte zusammen. Sie hatte gehofft, die Kreaturen hätten die Suche nach ihr aufgegeben, aber das war offenbar nicht der Fall, denn jetzt hörte sie, wie Türen und Schränke geöffnet und wieder zugeschlagen wurden.

Ein paar Minuten später erstarrte sie erneut, als sie wieder jemanden die Treppe herunterkommen hörte. Kim stand auf. Ihr Zittern hatte gelegentlich den Toilettendeckel gegen das Porzellanbecken klirren lassen, und sie wollte nicht, daß das wieder geschah, wenn eines der Horrorgeschöpfe so nahe war.

Und dann wurde Kim in zunehmendem Maße ein anderes Geräusch bewußt, das sie nicht gleich erkannt hatte. Jemand schnüffelte draußen, ähnlich wie Edward das vor zwei Tagen nachts am Schuppen getan hatte. Sie erinnerte sich daran, daß Edward gesagt hatte, das Präparat würde unter anderem auch alle Sinne schärfen. Kim spürte, wie ihr Mund trocken wurde. Wenn Edward neulich nachts ihr Kölnisch hatte riechen können, dann würde er es jetzt auch wahrnehmen.

Wieder hörte Kim das Schnüffeln. Dann rüttelte jemand am Türknopf und versuchte die Tür zu öffnen. Kim hielt den Atem an.

Die Minuten schleppten sich dahin. Kim hatte den Eindruck, daß jetzt auch die anderen eintrafen. Bald gab es für sie keinen Zweifel mehr, daß sich draußen eine ganze Horde versammelt hatte.

Kim zuckte zusammen, als jemand ein paarmal hintereinander mit der Faust gegen die Tür schlug. Die Tür hielt stand, aber Kim wußte, daß sie nach ein paar weiteren Schlägen zersplittern würde.

Sie kauerte sich nieder und tastete nach der Lötlampe. Als ihre Finger die Lampe berührten, war sie erleichtert. Das Feuerzeug lag daneben.

Mit zitternden Fingern versuchte Kim das Feuerzeug zu betätigen. Ein Funke sprang in die Dunkelheit. Sie nahm die Lötlampe in die rechte Hand, drehte an der seitlich angebrachten Schraube und hörte ein gedämpftes Zischen. Sie hielt die Lötlampe und das Feuerzeug von sich weg, wie sie es bei dem Installateur beobachtet hatte, und entzündete die Acetylenflamme mit einem leichten Knacken.

In dem Augenblick begann die Tür unter den wiederholten Schlägen nachzugeben. Als der erste Sprung sichtbar wurde, zersplitterte sie schnell, und dann rissen blutige Hände ein Brett nach dem anderen weg.

Kim hielt die Lötlampe auf Armeslänge von sich gestreckt und richtete sie auf die Bestien. Die Lampe erzeugte ein kehlig zischendes Geräusch und erhellte mit ihrem Lichtschein die wilden Gesichter. Edward und Curt waren Kim am nächsten. Sie richtete die Lötlampe auf sie und sah, wie ihr Ausdruck von Wut in Angst umschlug.

Die Kreaturen fuhren erschreckt zurück, ganz von der atavistischen Angst vor dem Feuer beherrscht. Ihre glitzernden Augen ließen die blaue Flamme nicht los, die ihnen aus der Düse der Lötlampe entgegenschlug.

Ermutigt trat Kim, die Lötlampe vor sich haltend, aus dem kleinen Raum. Die Wissenschaftler zogen sich zurück. Kim schob sich vorsichtig weiter nach vorn, und drängte die ganze Gruppe nach draußen in den großen Saal.

Nachdem sie noch ein paar Schritte zurückgewichen waren, schoben sich die Wissenschaftler auseinander und bildeten einen Halbkreis. Kim hätte es vorgezogen, wenn sie dicht beisammengeblieben oder geflohen wären, konnte sie aber nicht dazu bringen. Sie konnte sie nur abwehren. Während sie sich langsam, aber unbarmherzig auf die Eingangshalle zu bewegte, umringten sie sie. Sie mußte die Lötlampe immer wieder im Kreis schwingen, um sie in Schach zu halten.

Die panische Angst, die die Kreaturen ursprünglich vor den Flammen gezeigt hatten, begann zu schwinden, je mehr sie sich an sie gewöhnten, besonders wenn die Lötlampe nicht auf sie gerichtet war. Als Kim die Hälfte des Raumes hinter sich gebracht hatte, wurden einige von ihnen mutiger, ganz besonders Edward.

Kim hatte die Lampe gerade auf einen der anderen gerichtet, als Edward einen Satz nach vorn machte und Kims Nachthemd packte. Kim fuhr sofort mit der Lötlampe zu ihm herum und verbrannte ihm den Handrücken. Er stieß einen gräßlichen Schrei aus und ließ los.

Als nächster sprang Curt sie an. Kim brannte ihm eine Furche in die Stirn und sah, daß sein Haar teilweise versengt war. Er stieß einen schmerzlichen Schrei aus und griff sich mit beiden Händen an den Kopf.

Gloria war die nächste Angreiferin und schaffte es, sie am Arm zu packen.

Kim riß sich los, aber durch die plötzliche Bewegung verlor sie das Gleichgewicht. Sie stürzte und ließ dabei die Lötlampe fallen, die zur Wand hinüber unter einen der Damastvorhänge rutschte.

Kim stieß einen wilden Schrei aus, als sich die Kreaturen kratzend und beißend auf sie warfen. Aber ein lautes, krachendes Zischen, gefolgt von einem plötzlichen, grellen, heißen Licht lenkte ihre Aufmerksamkeit ab. Alle starrten wie benommen in dieselbe Richtung, und in ihren Gesichtern spiegelte sich goldenes Licht.

Kim drehte sich um und schrie entsetzt auf. Die Lötlampe hatte die Vorhänge entzündet, die jetzt lichterloh brannten, als wären sie mit Benzin getränkt.

Das sich ausbreitende Inferno ließ die Kreaturen im Chor aufheulen. Kim sah den Schrecken in ihren geweiteten Augen. Edward ergriff als erster die Flucht, unmittelbar gefolgt von den anderen. Aber sie rannten nicht zur Haustür hinaus, sondern hetzten in ihrer Panik ins Obergeschoß.

»Nein, nein!« schrie Kim den fliehenden Gestalten nach, aber ohne Erfolg. Das Brüllen der Flammenwand sog jedes Geräusch auf, so wie ein schwarzes Loch Materie verschluckt.

Kim versuchte, sich mit ihrem unverletzten Arm vor der sengenden Hitze zu schützen. Dann richtete sie sich auf und humpelte zur Tür.

Eine Explosion hinter sich ließ Kim wieder zu Boden stürzen. Sie schrie vor Schmerz auf, weil sie auf ihren verletzten Arm gefallen war. Wahrscheinlich war der Brennstoffbehälter der Lötlampe explodiert. Nichts war jetzt wichtiger, als schnellstens ins Freie zu kommen.

Sie rappelte sich mühsam hoch und taumelte nach vorn, wankte durch die Tür und humpelte in den strömenden Regen hinaus. Sie hinkte die ganze Strecke bis an den Rand der Kiesfläche vor der Burg und biß bei jedem Schritt die Zähne zusammen, um sich von den Schmerzen in Arm und Knie nicht aufhalten zu lassen. Dann drehte sie sich um, hielt sich die unverletzte Hand über die Augen und blickte auf die Burg zurück. Das alte Gebäude brannte wie Zunder. Man konnte bereits hinter den Gaubenfenstern im Dachgeschoß die Flammen lodern sehen.

Ein Blitz tauchte kurz die ganze Umgebung in hellen Schein. Kim kam die Szene wie ein Bild aus der Hölle vor. Sie schüttelte angewidert und erschüttert den Kopf. Der Teufel war wahrhaftig nach Salem zurückgekehrt.

# Epilog

*Samstag, 5. November 1994*

»Wo willst du zuerst hin?« fragte Kinnard, als er und Kim durch das Tor auf das Stewart-Gebäude fuhren.

»Das weiß ich eigentlich nicht«, sagte Kim. Sie saß auf dem Beifahrersitz und stützte mit der rechten Hand den Gipsverband, der ihren linken Arm einhüllte.

Sie blickte zu Kinnard hinüber. Die fahle Herbstsonne, die schräg durch die Bäume fiel, huschte über sein Gesicht und hellte seine dunklen Augen auf. Er war ihr eine große Hilfe gewesen, und sie war ihm sehr dankbar, daß er mit ihr hierhergefahren war. Seit der schicksalhaften Nacht war ein Monat vergangen, und dies war Kims erste Rückkehr auf ihren Besitz.

»Nun?« fragte Kinnard und verlangsamte die Fahrt.

»Laß uns zur Burg fahren«, entschied Kim. »Das heißt, zu dem, was noch von ihr übrig ist.«

Kinnard bog nach rechts ab. Vor ihnen ragte eine schwarze Ruine auf. Nur die Steinmauern und Kamine standen noch.

Kinnard hielt vor der Zugbrücke an, die jetzt zu einem geschwärzten leeren Türbogen führte.

»Das ist schlimmer, als ich erwartet habe«, sagte er. Er sah zu Kim hinüber und spürte ihre Nervosität. »Wenn du nicht willst, brauchst du nicht hineinzugehen.«

»Ich will aber«, erklärte Kim. »Irgendwann muß ich es doch tun.«

Sie stiegen aus und liefen einmal um die Ruine herum. Hineinzugehen versuchten sie nicht.

»Man kann sich kaum vorstellen, daß hier jemand lebend herausgekommen ist«, meinte Kim.

»Zwei von sechs ist auch nicht gerade viel«, wandte Kinnard ein. »Außerdem sind die beiden noch keineswegs über den Berg.«

Sie hatten inzwischen eine kleine Bodenerhebung erreicht, die ihnen einen Blick auf die ganze Brandstelle erlaubte. Kinnard schüttelte angewidert den Kopf. »Was für ein passendes Ende für eine grausige Geschichte«, meinte er. »Die Behörden wollten es zuerst absolut nicht glauben, bis der Zahnvergleich eines der Opfer mit den Bißmalen an den Gebeinen des toten Landstreichers Übereinstimmung zeigte. Du zumindest mußt dich doch jetzt rehabilitiert fühlen. Zu Anfang haben die dir doch kein Wort geglaubt.«

»Ich denke, sie haben es erst tatsächlich geglaubt, als Edward und Gloria im Krankenhaus wieder eine Metamorphose durchmachten«, sagte Kim. »Das war der eigentliche Beweis, nicht die Bißspuren. Die Leute, die das miterlebt haben, haben bestätigt, daß es im Schlaf geschah und daß weder Edward noch Gloria die geringste Erinnerung daran hatten, was geschehen war. Erst das hat die Leute veranlaßt, mir zu glauben.«

»Ich habe dir sofort geglaubt«, sagte Kinnard und wandte sich Kim direkt zu.

»Ja, das hast du«, sagte Kim. »Dafür bin ich dir dankbar, und für vieles andere auch.«

»Aber ich wußte ja auch, daß sie ein unbekanntes Präparat geschluckt hatten«, sagte Kinnard.

»Das habe ich dem Staatsanwalt von Anfang an gesagt«, wandte Kim ein. »Aber das hat ihn nicht sonderlich beeindruckt.«

Kinnard blickte wieder auf die eindrucksvollen Ruinen. »Dieser alte Bau muß schrecklich schnell abgebrannt sein«, sagte er.

»Das Feuer hat sich so schnell ausgebreitet, daß es mir fast wie eine Explosion vorkam«, sagte Kim.

Kinnard schüttelte erneut den Kopf, diesmal mit einem Gefühl der Dankbarkeit und zugleich des Staunens. »Wirklich ein Wunder, daß du da herausgekommen bist«, sagte er. »Es muß schrecklich gewesen sein.«

»Das Feuer war praktisch meine Rettung«, meinte Kim. »Vorher war das eigentlich Schreckliche. Du kannst dir gar nicht vorstellen, wie es ist, wenn man Menschen, die man kennt, in einem solchen Zustand erlebt. Aber ich habe daraus etwas Wichtiges gelernt: Wenn man solche Präparate nimmt, ob es nun Steroide sind oder psychotrope Präparate – es ist jedesmal ein Pakt mit dem Teufel.«

»Die Medizin weiß das seit Jahren«, erklärte Kinnard. »Ein Risiko besteht immer, selbst bei Antibiotika.«

»Ich hoffe, daß die Menschen sich daran erinnern, wenn sie Präparate gegen sogenannte Persönlichkeitsmängel, wie zum Beispiel Schüchternheit, schlucken«, sagte Kim. »Und Psychopharmaka sind im Kommen; die Forschungsarbeiten sind nicht aufzuhalten.«

»Das Problem ist eben, daß wir der Ansicht sind, daß es für alles und jedes eine Pille gibt«, meinte Kinnard.

Sie standen noch eine Weile stumm da und starrten auf die Ruine. Als Kinnard schließlich vorschlug weiterzugehen, nickte Kim; sie gingen zum Wagen zurück und fuhren zum Labor.

Kim schloß auf. Sie gingen durch den Empfangsbereich, und Kinnard staunte. Alles war leer.

»Wo ist denn alles hingekommen?« fragte er. »Ich dachte, dies sei ein Labor.«

»Das war es auch«, nickte Kim. »Ich habe Stanton gesagt, daß alles sofort weggeschafft werden muß, sonst würde ich es einer wohltätigen Institution stiften.«

Kinnard tat so, als würde er mit einem imaginären Basketball dribbeln und ihn schließlich werfen. Seine Schritte hallten im Saal. »Man könnte immer noch eine Sporthalle daraus machen«, sagte er.

»Ich glaube, mir ist ein Atelier lieber«, sagte Kim.

»Ist das dein Ernst?« wollte Kinnard wissen.

»Ich glaube schon.«

Sie verließen das Labor und fuhren zum Cottage. Kinnard ging darin herum und sah sich alles genau an.

»Glaubst du, daß du je wieder hier wohnen möchtest?« fragte er.

»Ich glaube schon. Irgendwann einmal. Und du? Glaubst du, du könntest je an einem solchen Ort leben?«

»Sicher«, nickte Kinnard. »Man hat mir im Salem Hospital eine Stellung angeboten, die ich ernsthaft in Betracht ziehe. Hier zu wohnen wäre ideal. Das einzig Unangenehme ist, daß es ein wenig einsam sein könnte.«

Kim blickte Kinnard an, der provozierend die Augenbrauen in die Höhe gezogen hatte.

»Soll das ein Antrag sein?« fragte Kim.

»Das könnte es«, meinte Kinnard ausweichend.

Kim überlegte einen Augenblick. »Vielleicht sollten wir uns nach der Skisaison darüber unterhalten.«

Kinnard schmunzelte. »Du hast dir eine ganz andere Art von Humor zugelegt, die gefällt mir«, sagte er. »Du kannst jetzt über Dinge Witze machen, von denen ich weiß, daß sie dir wichtig sind. Du hast dich wirklich verändert.«

»Das hoffe ich«, sagte sie. »Das war schon lange fällig.« Sie deutete auf Elizabeths Portrait. »Ich habe meiner Vorfahrin dafür zu danken, daß sie mich die Notwendigkeit hat erkennen lassen und mir den nötigen Mut gegeben hat. Es ist nicht leicht, aus einem alten Schema herauszukommen. Ich hoffe nur, daß ich es schaffe, mein neues Ich zu behalten, und ich hoffe, daß du damit leben kannst.«

»Bis jetzt mag ich es sehr«, sagte er. »Du bist für mich viel verständlicher geworden, und ich muß nicht mehr dauernd rätseln, was du gerade empfindest.«

»Ich bin erstaunt, aber zugleich auch dankbar, daß sich aus einer so schrecklichen Geschichte doch noch etwas Gutes entwickelt hat«, sagte sie. »Die eigentliche Ironie für mich ist, daß ich endlich den Mut aufgebracht habe, meinem Vater zu sagen, wie ich über ihn denke.«

»Wo liegt da die Ironie?« wollte er wissen. »Ich würde sagen, das paßt durchaus zu deiner neuen Fähigkeit, das, was dich bewegt, auch anderen mitzuteilen.«

»Nein, die Ironie liegt nicht darin, daß ich es getan habe«, sagte sie. »Ich meine vielmehr das Ergebnis. Eine Woche nach dem Gespräch hat er mich angerufen, und es sieht ganz so aus, als könnten wir jetzt eine neue, positivere Beziehung aufbauen.«

»Das ist ja herrlich«, sagte Kinnard. »Ganz wie bei uns.«

»Mhm«, nickte Kim. »Ganz wie bei uns.«

Sie streckte sich, legte ihren gesunden Arm um Kinnards Hals und zog ihn zu sich heran. Er drückte sie mit der gleichen Begeisterung an sich.

*Freitag, 19. Mai 1995*

Kim blieb stehen und blickte an der Fassade des neu errichteten Ziegelbaus empor. Über der Tür war eine lange weiße Marmortafel, auf der in großen Lettern OMNI PHARMACEUTICAL eingraviert war. In Anbetracht der Geschehnisse war sie nicht sonderlich begeistert davon, daß die Firma immer noch im Geschäft war, verstand aber andererseits, daß Stanton das Unternehmen nicht einfach aufgeben konnte.

Kim öffnete die Tür und trat ein. Sie nannte am Empfang ihren Namen, und die junge Frau erklärte ihr den Weg.

Nach Stantons Beschreibung wußte Kim, was sie zu erwarten hatte.

Hinter einer Glaswand befand sich ein modernes biomedizinisches Labor, das auf unheimliche Weise an das Labor auf ihrem Gelände erinnerte.

So wie Stanton sie instruiert hatte, nahm Kim auf einem Sessel Platz und drückte den roten Knopf an der Sprechanlage. Im Labor erhoben sich zwei Gestalten, und kamen auf Kim zu.

Kim verspürte sofort eine Anwandlung von Mitleid für die beiden. Sie hätte sie nie erkannt. Es waren Edward und Gloria. Beide waren bis zur Unkenntlichkeit entstellt. Sie waren praktisch haarlos und würden noch einige Schönheitsoperationen über sich ergehen lassen müssen. Sie bewegten sich steif und roboterhaft und schoben mit Händen, an denen einige Finger fehlten, IV-Einheiten vor sich her.

Als Edward zu reden begann, war nur ein heiseres Wispern zu hören. Er dankte Kim für ihr Kommen und drückte sein Bedauern darüber aus, daß er sie nicht in dem Labor herumführen konnte, das speziell im Hinblick auf ihren Behindertenzustand gebaut worden war.

Als eine Pause eintrat, erkundigte sich Kim nach den Fortschritten in ihrer Genesung.

»Recht gut, wenn man die Umstände berücksichtigt«, erklärte Edward. »Unser größtes Problem ist, daß wir immer noch ›Anfälle‹ haben, obwohl Ultra inzwischen völlig aus unserem Gehirn abgebaut ist.«

»Treten diese Anfälle immer noch im Schlaf auf?« erkundigte sich Kim.

»Nein«, sagte Edward. »Sie sind jetzt wie epileptische Anfälle, ohne jegliche Vorwarnung. Das Gute daran ist, daß sie höchstens eine halbe Stunde dauern, selbst wenn keine Behandlung erfolgt.«

»Es tut mir so leid«, sagte Kim und kämpfte gegen ein aufsteigendes Gefühl der Traurigkeit. Sie stand vor zwei Menschen, deren Leben praktisch zerstört war.

»Wir sind diejenigen, denen es leid tun muß«, sagte Edward.

»Es ist unsere eigene Schuld«, meinte Gloria. »Wir hätten so vernünftig sein sollen, das Präparat erst nach Abschluß aller Toxizitätsstudien einzunehmen.«

»Ich glaube nicht, daß das etwas geändert hätte«, meinte Edward. »Bis heute haben die Tierstudien diesen menschlichen Nebeneffekt nicht gezeigt. Tatsächlich haben wir dadurch, daß wir das Präparat selbst genommen haben, einer großen Zahl freiwilliger Versuchspersonen erspart, das durchzumachen, was wir erleiden mußten.«

»Aber es gab doch noch andere Nebenwirkungen«, sagte Kim.

»Das stimmt«, gab Edward zu. »Ich hätte erkennen müssen, daß die kurzzeitigen Gedächtnislücken signifikant sind. Damit war offenkundig, daß Ultra Funktionen im Nervensystem blockieren konnte.«

»Hat eure weitere Forschungsarbeit zu neuen Erkenntnissen geführt?« erkundigte sich Kim.

»Da wir einander während eines Anfalls studierten, konnten wir dokumentieren, was wir ursprünglich als den Aktionsmechanismus betrachtet hatten«, sagte Gloria. »Ultra baut sich bis zu einem Punkt auf, wo es die zerebrale Kontrolle des limbischen Systems und der niederen Gehirnzentren blockiert.«

»Aber wieso kommt es jetzt immer noch zu Anfällen, wenn das Präparat doch abgebaut ist?« fragte Kim.

»Das genau ist die Frage!« sagte Edward. »Das versuchen wir hier herauszufinden. Wir glauben, daß dem derselbe Mechanismus zugrunde liegt wie den schlechten Erfahrungen, die manche Leute mit halluzinogenen Drogen machen. Wir versuchen das Problem zu erforschen, um vielleicht eine Therapie dagegen zu entwickeln.«

»Dilantin hat kurze Zeit geholfen, die Anfälle unter Kontrolle zu halten, sagte Gloria. »Aber dann stieg unser Toleranzpegel so weit an, daß es nicht mehr funktionierte. Aber da es kurzzeitig den Prozeß beeinflussen konnte, sind wir zuversichtlich, daß wir vielleicht doch noch ein anderes Mittel finden.«

»Mich überrascht, daß OMNI immer noch im Geschäft ist«, sagte Kim, um das Thema zu wechseln.

»Uns auch«, nickte Edward. »Wir sind überrascht und froh. Sonst hätten wir dieses Labor nicht. Stanton wollte einfach nicht aufgeben, und seine Hartnäckigkeit hat sich ausgezahlt. Eines der anderen Alkaloide aus dem Schimmelpilz zeigt recht vielversprechende Ergebnisse als neues Antidepressivum, und so konnte Stanton ausreichend Kapital beschaffen.«

»Ich hoffe, daß wenigstens Ultra aufgegeben wurde«, sagte Kim.

»Nein, natürlich nicht«, erklärte Edward. »Das ist die andere Stoßrichtung unserer Forschungsarbeit: Wir versuchen herauszufinden, welcher Teil des Ultra-Moleküls für die meso-limbische Zerebralblockade verantwortlich ist, die wir als den ›Mr. Hyde-Effekt‹ bezeichnet haben.«

»Ich verstehe«, nickte Kim und setzte schon dazu an, ihnen Glück zu wünschen, brachte es dann aber nicht übers Herz. Nicht nach all dem Leid, das Ultra bereits verursacht hatte.

Kim verabschiedete sich und versprach, bald wiederzukommen, als sie merkte, daß Edwards Blick glasig wurde. Dann vollzog sich an seinem ganzen Gesicht eine totale Veränderung, wie in jener Nacht, in der sie ihn geweckt hatte. Im nächsten Augenblick war er von unkontrollierbarer Wut beherrscht.

Er versuchte, sich auf Kim zu stürzen, und prallte unsanft gegen die dicke Glasscheibe.

Kim machte erschreckt einen Satz zurück, und Gloria reagierte, indem sie schnell Edwards IV öffnete.

Einen Moment kratzte Edward vergebens am Glas. Dann wurde sein Gesicht schlaff, und seine Augen rollten nach oben. Im Zeitlupentempo sackte er zusammen wie ein Ballon, aus dem langsam die Luft entwich. Gloria sorgte geschickt dafür, daß er weich auf dem Boden landete.

»Es tut mir leid«, meinte Gloria, während sie Edwards Kopf auf ein Kissen bettete. »Ich hoffe, er hat Sie nicht zu sehr erschreckt.«

»Ist schon gut«, brachte Kim hervor, aber ihr Herz schlug wie wild, und sie zitterte. Vorsichtig trat sie näher ans Fenster und blickte auf den am Boden liegenden Edward. »Was würde denn passieren, wenn Sie beide gleichzeitig einen Anfall hätten?« fragte Kim.

»Darüber haben wir schon nachgedacht«, meinte Gloria. »Unglücklicherweise ist uns bis jetzt noch nichts eingefallen, aber bis jetzt ist es auch nicht vorgekommen.«

»Ich bewundere Ihre Seelenstärke«, sagte Kim.

»Ich glaube nicht, daß wir eine große Wahl haben«, meinte Gloria.

Kim verabschiedete sich und ging. Sie war bedrückt. Als sie mit dem Aufzug hinunterfuhr, spürte sie, wie ihre Beine zitterten. Als sie dann in die warme Frühlingssonne hinaustrat, fühlte sie sich wieder wohler. Im Freien zu sein tat gut. Trotzdem sah sie vor ihrem inneren Auge immer noch das Bild, wie Edward gegen die Glasscheibe seines selbstverordneten Gefängnisses krachte.

Bevor Kim losfuhr, warf sie noch einmal einen Blick auf das Haus. Was für Präparate würde die Firma wohl in Zukunft auf die Welt loslassen? Sie schauderte. Sie gelobte sich, im Hinblick auf Medikamente aller Art in Zukunft noch konservativer zu sein.

Als sie den Parkplatz verließ, tat Kim etwas, das sie überraschte. Statt nach Boston zurückzufahren, wie sie das geplant hatte, schlug sie eine andere Richtung ein. Nach dem bedrückenden Erlebnis bei OMNI verspürte sie einen unwiderstehlichen Drang, zu ihrem Grundstück hinauszufahren, wo sie seit ihrem Besuch mit Kinnard nicht mehr gewesen war.

Da nur wenig Verkehr herrschte, stand Kim eine halbe Stunde später vor ihrem Cottage. Sie verspürte ein seltsames Gefühl der Erleichterung, als würde sie von einer anstrengenden Reise nach Hause zurückkehren.

Sie sperrte auf und trat ein. Als sie in den schwach beleuchteten Salon trat, blickte sie zu dem Portrait Elizabeths auf. Das intensive Grün ihrer Augen und ihre entschlossene Kinnpartie waren genauso, wie Kim sie in Erinnerung hatte, aber da war noch etwas anderes, etwas, das sie bisher nicht gesehen hatte: Es hatte den Anschein, als würde Elizabeth lächeln!

Kim drehte sich um und blickte aus dem Fenster. Und in dem Augenblick faßte sie den Entschluß, wieder in das Cottage zu ziehen.

# Ausgewählte Bibliographie

1. Boyer and Nissenbaum, *Salem Possessed*. Cambridge, MA. Harvard University Press, 1974.
   Für diejenigen, die möglicherweise Lust bekommen haben, mehr über die Hexenperiode Salems zu lesen, ist dieses Buch eines von zweien, das ich empfehlen möchte. Ich bin sicher, daß Kim und Edward mir darin aus ganzem Herzen beipflichten würden. Es ist faszinierend und zeigt, wie man Geschichte zum Leben erwecken kann, wenn man sich ursprüngliche Quellen erschließt, die mit gewöhnlichen Bürgern zu tun haben. Das Buch vermittelt einen unterhaltsamen Einblick in das Leben in Neuengland während der letzten Hälfte des 17. Jahrhunderts.

2. Hansen, Chadwick, *Witchcraft at Salem*. New York. George Braziller, 1969.
   Dies ist das zweite Buch, das ich empfehlen würde. Es bezieht den Standpunkt, daß nicht alle Beteiligten unschuldig waren! Diese Haltung überraschte mich zunächst, erwies sich dann aber als Provokation.

3. Kramer, Peter, *Listening to Prozac*. New York. Viking, 1993.
   Obwohl sich dieses Buch wesentlich positiver als ich mit dem Einsatz psychotroper Mittel zur Persönlichkeitsveränderung auseinandersetzt, werden doch unterschiedliche Standpunkte diskutiert. Es ist aufklärend, provozierend und vergnüglich.

4. Matossian, Mary, *Poisons of the Past: Molds, Epidemics, and History*. New Haven, CT. Yale University Press, 1989.
   Dieses Buch vermittelt dem Leser sicherlich Respekt für den bescheidenen Schimmelpilz. Für mich war es im Hinblick auf *Das Experiment* ganz besonders stimulierend.

5. Morgan, Edmund, *The Puritan Family*. New York. Harper & Row, 1944.
   Der Geschichtsunterricht auf der High-School lieferte mir nicht genügend Kenntnisse in bezug auf die Puritaner. Dieses Buch half mir, die Lücken zu füllen.

6. Restak, Richard, *Receptors*. New York, Bantam, 1994.
   Dieses Buch empfehle ich jenen Lesern, die an einer leichtverständlichen, anregenden, modernen Erklärung des gegenwärtigen Wissensstandes über Gehirnfunktionen und die augenblicklichen Forschungsbemühen interessiert sind.
7. Werth, Barry, *The Billion-Dollar Molecule*. New York. Simon & Schuster, 1994.
   Wenn irgend jemand an den schädlichen Einflüssen der Industrie auf die heutige Wissenschaft Zweifel hat, muß er unbedingt dieses Buch lesen.

# Das Labor

Aus dem Amerikanischen
von Bärbel Arnold

*Für Phyllis, Stacy, Marilyn,
Dan, Vicky und Ben*

*Unsere verantwortlichen Politiker
sollten sich dagegen wehren,
daß der Profit zur bestimmenden Größe
der Gesundheitsfürsorge wird,
und sich einem zusehends den Marktgesetzen
unterworfenen Gesundheitssystem widersetzen.*

JEROME P. KASSIRER, M.D.
*New England Journal of Medicine*
Vol. 333, Nr. 1, S. 50, 1995

## *Prolog*

Am 12. Juni 1991 dämmerte ein nahezu perfekter Spätfrühlingstag heran. Die ersten Sonnenstrahlen berührten die Ostküste des nordamerikanischen Kontinents, und für weite Teile der Vereinigten Staaten, Kanadas und Mexikos waren ein wolkenloser Himmel und Sonnenschein vorausgesagt. Auf den Radarschirmen der Meteorologen deuteten nur ein paar vereinzelte Leuchtpunkte auf eine sich anbahnende Gewitterfront hin, die sich voraussichtlich von der Prärie bis in das Tennessee Valley hinein erstrecken würde. Außerdem war mit ein paar Regenschauern zu rechnen, die von der Beringstraße über die Seward-Halbinsel in Alaska hereinziehen sollten.
Dieser zwölfte Juni unterschied sich in beinahe keinerlei Hinsicht von irgendeinem anderen zwölften Juni – abgesehen von einem kuriosen Phänomen. Es ereigneten sich drei Zwischenfälle, die eigentlich nichts miteinander zu tun hatten, doch in diese Zwischenfälle waren drei Menschen verwickelt, deren Wege sich später auf tragische Weise kreuzen sollten.

11.36 Uhr
Deadhorse, Alaska

»Hey! Richi! Hier bin ich!« rief Ron Halverton. Er winkte seinem ehemaligen Mitbewohner ungeduldig zu, um ihn auf sich aufmerksam zu machen. Bei dem Chaos, das vorübergehend auf dem winzigen Flughafen herrschte, hatte er es nicht gewagt, seinen Jeep zu verlassen. Die allmorgendliche 737 aus Anchorage war vor wenigen Minuten gelandet, und das Sicherheitspersonal achtete streng auf unbeaufsichtigte Fahrzeuge, die in der Lade-

zone herumstanden. Mehrere Busse und Transporter warteten auf Touristen und zurückkehrende Mitarbeiter der Ölgesellschaft.
Als Richard seinen Namen hörte und Ron erkannte, winkte er zurück und bahnte sich seinen Weg durch das Menschengewühl.
Ron musterte seinen Freund. Er hatte ihn nicht mehr gesehen, seit sie vor einem Jahr das College abgeschlossen hatten, doch Richard schien sich überhaupt nicht verändert zu haben. Er hatte Guess-Jeans an, unter der Windjacke trug er ein Ralph-Lauren-Hemd, und über seiner Schulter baumelte lässig ein kleiner Rucksack. Doch Ron kannte auch den wahren Richi: den ehrgeizigen und zielstrebigen Mikrobiologen, dem es nichts ausmachte, den langen Flug von Atlanta nach Alaska auf sich zu nehmen, nur weil er hoffte, eine neue Mikrobe zu entdecken. Er war in Bakterien und Viren vernarrt. Ron grinste und schüttelte den Kopf, als ihm einfiel, daß Richard während ihrer Zeit an der Universität von Colorado sogar im Gemeinschafts-Kühlschrank Petrischalen mit Mikroben aufbewahrt hatte.
Ron hatte Richard in seinem ersten Studienjahr kennengelernt und eine Weile gebraucht, bis er sich an ihn gewöhnt hatte. Richard war zwar ohne jeden Zweifel ein treuer Freund, doch er hatte auch ein paar seltsame und unberechenbare Eigenarten. So war er zum Beispiel beim Sport immer ein gefürchteter Gegner gewesen und mit Sicherheit genau der Kumpel, den man bei sich haben wollte, wenn man sich in einen falschen Stadtteil verirrt hatte; doch derselbe Richard war nicht imstande gewesen, während des Biologie-Grundkurses im Labor einen Frosch zu sezieren.
Als Richard den Jeep erreichte, warf er zuerst seine Tasche auf den Rücksitz und griff dann nach Rons ausgestreckter Hand.
»Ich kann es kaum glauben«, rief Ron. »Du bist hier! Mitten in der Arktis.«
»Um nichts in der Welt hätte ich mir diesen Trip entgehen lassen«, erwiderte Richard. »Ich bin total aufgedreht. Wie weit ist die Eskimostätte von hier entfernt?«
Ron sah sich nervös um und bemerkte einige Sicherheitsleute in ihrer Nähe. Dann wandte er sich wieder an Richard und murmelte leise: »Immer mit der Ruhe. Ich hab' dir doch gesagt, daß

die Leute hier wirklich empfindlich auf diese Geschichte reagieren.«
»Nun hab dich nicht so«, versuchte Richard ihn zu beruhigen. »Das kann doch wohl nicht dein Ernst sein.«
»Ich meine es absolut ernst«, erwiderte Ron. »Dafür, daß ich dir überhaupt davon erzählt habe, könnte ich fristlos gefeuert werden. Mach also keinen Quatsch. Entweder das Ganze bleibt streng geheim, oder wir lassen es bleiben. Du darfst mit niemandem jemals darüber sprechen! Das hast du versprochen!«
»Ist ja schon gut«, sagte Richard und lachte kurz, um seinen Freund zu besänftigen. »Du hast ja recht. Ich habe es dir versprochen. Ich hätte allerdings nicht gedacht, daß die Angelegenheit wirklich so brisant ist.«
»Die Sache ist sogar sehr brisant«, wies Ron ihn zurecht. Obwohl er sich freute, Richard wiederzusehen, fragte er sich bereits, ob es wohl ein Fehler gewesen war, ihn einzuladen.
»Okay, du bist der Chef«, sagte Richard und knuffte Ron in den Oberarm. »Ich werde schweigen wie ein Grab. Reg dich also ab, und entspann dich.« Dann schwang er sich in den Jeep. »Laß uns einfach losfahren und nachsehen, was es mit dieser Entdeckung auf sich hat.«
»Willst du nicht vorher noch sehen, wo ich wohne?« fragte Ron.
»Ich hab' so ein Gefühl, als würde ich von deiner Wohnung noch mehr sehen, als mir lieb ist«, entgegnete Richard und lachte.
»Vielleicht ist es jetzt wirklich günstig.« Ron ließ den Motor an. »Im Augenblick sind hier alle mit dem Anchorage-Flug beschäftigt und kümmern sich um die Touristen.«
Sie verließen das Flughafengelände und fuhren auf der einzigen Straße in Richtung Nordosten. Da es sich um einen Schotterweg handelte, mußten sie brüllen, um sich über den lauten Motor hinweg verständigen zu können.
»Bis Prudhoe Bay sind es ungefähr acht Meilen«, rief Ron. »Aber wir biegen nach etwa einer Meile nach Westen ab. Denk daran – wenn uns irgend jemand anhält –, ich will dir nur das neue Ölfeld zeigen.«
Richard nickte. Er konnte einfach nicht verstehen, warum sein Freund sich wegen dieser Geschichte so anstellte. Während er seinen Blick über die sumpfige und monotone Tundra-Ebene schwei-

fen ließ und den metallisch-grauen Himmel betrachtete, fragte er sich, ob die eintönige Umgebung schon ihren Tribut von Ron gefordert hatte. Daß das Leben auf der angeschwemmten Ebene am Nordhang von Alaska nicht einfach war, konnte er sich vorstellen.
»Das Wetter ist ja gar nicht so schlecht«, warf er ein, um die Stimmung etwas aufzuhellen. »Wieviel Grad haben wir denn?«
»Du hast Glück«, antwortete Ron. »Heute morgen hat schon mal die Sonne geschienen. Deshalb haben wir jetzt um die zehn Grad. Wärmer wird es hier normalerweise nie. Also, genieß das schöne Wetter. Später wird es mit Sicherheit wieder schneien. So ist das fast jeden Tag. Hier wird ständig darüber gescherzt, ob nun gerade der letzte Schnee des vergangenen Winters oder der erste Schnee des kommenden Winters gefallen ist.«
Richard nickte lächelnd, doch insgeheim dachte er sich, daß die Leute hier oben wohl ein ziemlich trauriges Leben führen mußten, wenn sie das komisch fanden.
Nach ein paar Minuten bog Ron links ab und fuhr auf einer schmaleren, neueren Straße in Richtung Nordwesten weiter.
»Wie bist du eigentlich auf dieses verlassene Iglu gestoßen?« wollte Richard wissen.
»Es war gar kein Iglu«, entgegnete Ron. »Es war ein richtiges Haus aus Torfblöcken, mit Walfischknochen verstärkt. Iglus haben die Inupiat-Eskimos nur gebaut, um vorübergehend Schutz zu finden, zum Beispiel, wenn sie zum Jagen aufs Eis gingen.«
»Also gut«, warf Richard ein. »Dann erzähl mir eben, wie du diese Hütte entdeckt hast.«
»Es war absoluter Zufall«, erwiderte Ron. »Wir sind darauf gestoßen, als wir mit dem Bulldozer unterwegs waren, um diese Straße zu bauen. Wir haben den Eingangstunnel durchbrochen.«
»Und drinnen ist wirklich noch alles vorhanden? Darüber habe ich mir während des ganzen Fluges den Kopf zerbrochen. Schließlich soll mein Arktis-Trip nicht umsonst gewesen sein.«
»Da mach dir mal keine Sorgen«, sagte Ron. »Niemand hat irgend etwas angerührt. Das verspreche ich dir.«
»Vielleicht gibt es in dieser Umgebung ja noch mehr von diesen Hütten«, grübelte Richard. »Wer weiß? Hier könnte sogar ein ganzes Dorf versteckt sein.«

Ron zuckte mit den Schultern. »Könnte durchaus sein. Aber es gibt niemanden, der das herausfinden will. Wenn irgend jemand vom Staat Wind davon bekäme, würden sie den Bau unserer Zubringer-Pipeline zu dem neuen Ölfeld sofort stoppen. Und das wäre eine riesige Katastrophe, weil der Zubringer unbedingt vor dem nächsten Winter funktionsfähig sein muß – und der Winter beginnt hier ungefähr im August.«

Er fuhr jetzt etwas langsamer und musterte den Straßenrand. Schließlich blieb er neben einem kleinen Steinhügel stehen. Damit Richard nicht gleich aus dem Auto sprang, hielt er ihn am Arm fest und sah sich nach allen Seiten um. Erst als er sicher war, daß ihnen niemand gefolgt war, stieg er aus dem Jeep und gab Richard ein Zeichen.

Dann holte er zwei alte, schmutzige Anoraks und zwei Paar Arbeitshandschuhe aus dem Auto und reichte Richard einen der Anoraks und ein Paar Handschuhe. »Das wirst du gut gebrauchen können«, sagte er. »Wir werden uns unterhalb des Dauerfrostbodens aufhalten.« Zuletzt kramte er eine schwere Taschenlampe hervor.

»Okay«, drängte er. »Laß uns gehen. Ich will auf keinen Fall, daß irgend jemand vorbeikommt und sich fragt, was wir hier treiben.«

Er verließ den Weg und marschierte in Richtung Norden; Richard folgte ihm. Wie aus dem Nichts tauchte plötzlich ein Moskitoschwarm auf und attackierte die beiden gnadenlos. Ungefähr eine halbe Meile vor sich machte Richard eine Nebelbank aus; er vermutete, daß dort die Küste des Nordpolarmeeres begann. In allen anderen Himmelsrichtungen bot die eintönige Landschaft keinerlei Abwechslung: Die konturlose, flache Tundra, über die ein eisiger Wind fegte, erstreckte sich bis zum Horizont. Über ihnen zogen ein paar heiser kreischende Seevögel ihre Kreise.

Als sie sich ein paar Schritte von der Straße entfernt hatten, blieb Ron stehen. Er versicherte sich ein letztes Mal, daß auch wirklich kein Auto zu sehen war. Dann bückte er sich und griff nach einem Stück Sperrholz, das zur Tarnung so bemalt worden war, daß es sich in nichts von den buntscheckigen Farben der Tundra unterschied. Er schob das Holz zur Seite und legte ein knapp ein-

einhalb Meter tiefes Loch frei. An der Nordwand der Vertiefung befand sich der Eingang zu einem schmalen Tunnel.
»Sieht so aus, als wäre die Hütte unter dem Eis begraben worden«, sagte Richard.
Ron nickte. »Wir glauben, daß einer von diesen orkanartigen Winterstürmen jede Menge Packeis vom Strand herübergeschoben hat.«
»Ein von der Natur geschaffenes Grab.«
»Willst du wirklich hineingehen?«
»Was für eine Frage«, entgegnete Richard, während er sich den Parka und die Handschuhe anzog. »Dafür bin ich schließlich ein paar tausend Meilen geflogen. Gehen wir.«
Ron stieg in das Loch und krabbelte auf allen vieren in den Tunnel. Richard blieb ihm dicht auf den Fersen. Je weiter er sich vom Eingang entfernte, desto finsterer und drückender wurde es. In dem immer schwächer werdenden Licht sah er, wie sein Atem gefror. Gott sei Dank litt er nicht an Klaustrophobie!
Nach ungefähr sechs Metern fielen die Wände des Tunnels schräg ab, und es ging leicht bergab, so daß sie einen knappen halben Meter zusätzliche Kopfhöhe hatten. Sie hockten nun vor einem lichten Raum von gut einem Meter Breite. Ron machte Platz, damit Richard aufrücken konnte.
»Affenkalt ist es hier unten«, sagte Richard.
Ron richtete den Strahl seiner Taschenlampe in die Ecken des Raumes, wo kurze Verstrebungen aus den Rippen eines Beluga-Wales als Stützen dienten.
»Das Eis hat die Walknochen zerbrochen, als wären es Zahnstocher«, erklärte er.
»Und wo sind die Bewohner?«
Ron deutete mit der Taschenlampe auf einen großen, dreieckigen Eisblock, der von der Decke heruntergekommen war. »Hinter dem Eisbrocken«, sagte er und reichte Richard die Lampe.
Richard nahm sie und kroch weiter. Plötzlich fühlte er sich nicht mehr ganz so wohl in seiner Haut. »Glaubst du wirklich, daß wir hier sicher sind?«
»Keine Ahnung«, entgegnete Ron. »Ich weiß nur, daß sich hier seit ungefähr fünfundsiebzig Jahren nichts verändert hat.«
Sie mußten sich eng an die Wand pressen, um an dem Eisblock

vorbeizukommen. Richard richtete den Strahl der Lampe in den Raum, der sich vor ihm auftat.
Was er sah, verschlug ihm den Atem. Obwohl er sich innerlich auf den Moment vorbereitet hatte, fand er den Anblick gespenstischer als erwartet. Im Schein der Taschenlampe starrte ihm das blasse Gesicht eines gefrorenen, in Felle gehüllten, bärtigen Mannes entgegen. Er saß aufrecht da. Mit seinen eisblauen, weit geöffneten Augen sah er Richard herausfordernd an. Sein Mund und seine Nase waren von rosafarbenem, gefrorenem Schaum umgeben.
»Siehst du sie alle drei?« rief Ron.
Richard ließ den Lichtstrahl durch den Raum wandern. Die zweite Leiche lag auf dem Rücken, der untere Teil ihres Körpers war vollkommen von Eis umhüllt. Der dritte leblose Körper befand sich in der gleichen Position wie der erste; er lehnte halb sitzend an einer Wand. An den charakteristischen Merkmalen erkannte Richard, daß sie beide Eskimos waren; sie hatten dunkles Haar und dunkle Augen. Auch ihnen klebte Schaum um Mund und Nase.
Richard schauderte, und ihm wurde plötzlich übel. Mit einer so heftigen Reaktion hatte er nicht gerechnet, doch der Anfall ging schnell vorüber.
»Siehst du die Zeitung?« rief Ron.
»Noch nicht«, erwiderte Richard, während er den Lichtstrahl auf den Boden richtete. Er erkannte diverse, aneinandergefrorene Überreste, unter anderem Vogelfedern und Tierknochen.
»Sie liegt in der Nähe des bärtigen Typen«, rief Ron.
Richard beleuchtete die gefrorenen Füße des Kaukasiers und entdeckte die Tageszeitung aus Anchorage. Die Schlagzeile betraf den Krieg in Europa. Er konnte das Datum ohne Mühe erkennen: 17. April 1918.
Er wand sich aus der engen Lücke und kroch zurück in den Vorraum. Jetzt war er nur noch aufgeregt. »Ich glaube, du hattest recht«, sagte er. »Es sieht in der Tat so aus, als wären alle drei an Lungenentzündung gestorben, und ihren Todestag hat man uns gleich mitgeliefert.«
»Ich hab' gewußt, daß dich das interessieren würde.«
»Interessieren ist stark untertrieben«, erwiderte Richard. »Das ist eine einmalige Chance. Ich werde wohl eine Säge brauchen.«

Ron wurde bleich. »Eine Säge«, wiederholte er entsetzt. »Ich hoffe, das soll ein Witz sein.«
»Glaubst du etwa, ich lasse mir diese Chance entgehen? Ich bin doch nicht verrückt! Ich brauche unbedingt ein bißchen Lungengewebe.«
»Um Himmels willen!« wisperte Ron. »Versprich mir noch einmal, daß du niemals mit irgend jemandem darüber sprechen wirst.«
»Ich hab's dir doch schon versprochen«, erwiderte Richard ungeduldig. »Wenn ich das finde, womit ich rechne, will ich es für meine eigene Sammlung haben. Mach dir keine Sorgen. Niemand wird davon erfahren.«
Ron schüttelte den Kopf. »Manchmal bist du wirklich ein merkwürdiger Kauz.«
»Komm, laß uns die Säge holen«, drängte Richard. Er reichte Ron die Taschenlampe und machte sich auf den Weg zurück zum Eingang.

## 18.40 Uhr
## O'Hare-Flughafen Chicago

Marilyn Stapleton betrachtete ihren Mann, mit dem sie seit zwölf Jahren verheiratet war, und fühlte sich hin- und hergerissen. Sie wußte, daß die drastischen Veränderungen, unter denen ihre Familie seit einiger Zeit zu leiden hatte, vor allem bei John ihre Spuren hinterlassen hatten. Aber sie mußte auch an ihre Kinder denken. Sie musterte die beiden Mädchen, die in der Abflughalle saßen und nervös zu ihr herüberschauten; sie schienen zu spüren, daß ihrem gewohnten Leben ein tiefer Einschnitt drohte. John wollte seine Familie nach Chicago holen, wo er vor kurzem seine Ausbildung zum Pathologen begonnen hatte.
Er hatte sich in den vergangenen Jahren stark verändert. Aus dem zuversichtlichen, zurückhaltenden Mann, den sie einst geheiratet hatte, war ein verbitterter und unsicherer Mensch geworden. Seitdem er fünfundzwanzig Pfund abgenommen hatte, waren seine einst vollen Wangen eingefallen und ließen ihn ma-

ger und abgezehrt aussehen – und dieser Gesichtsausdruck entsprach genau seiner neuen Persönlichkeit.
Marilyn schüttelte den Kopf. Man konnte sich kaum vorstellen, daß sie noch vor zwei Jahren das Wunschbild einer erfolgreichen Vorstadtfamilie verkörpert hatten. John hatte seine florierende Augenarztpraxis gehabt, und sie hatte an der Universität von Illinois eine Lebensstellung als Dozentin für englische Literatur. Doch dann war der Medizingigant AmeriCare am Horizont aufgetaucht und hatte in Champaign sowie in zahlreichen anderen Städten in Illinois mit einer beängstigenden Geschwindigkeit die meisten Arztpraxen und Krankenhäuser in den Ruin getrieben und sich viele von ihnen einverleibt. John hatte versucht durchzuhalten, doch am Ende hatte auch er seine Patienten verloren. Es waren ihm nur zwei Möglichkeiten geblieben: zu kapitulieren oder zu fliehen. Und John war geflohen.
Zuerst hatte er sich nach einer neuen Stelle als Augenarzt umgesehen, doch als ihm klar geworden war, daß er gezwungen sein würde, für AmeriCare oder eine ähnliche Organisation zu arbeiten, hatte er sich entschieden, lieber auf ein anderes Fachgebiet der Medizin umzusatteln.
»Ich glaube, es würde euch in Chicago gefallen«, sagte er erwartungsvoll. »Ich vermisse euch alle so schrecklich.«
Marilyn seufzte. »Wir vermissen dich auch«, erwiderte sie. »Aber darum geht es doch nicht. Wenn ich meine Stelle aufgeben würde und wir nur noch dein Assistenzarztgehalt hätten, könnten wir uns keine Privatschule mehr leisten. Dann müßten die Mädchen auf eine öffentliche Schule gehen, mitten in Chicago.«
In der Lautsprecheranlage war ein Rauschen zu hören, dann wurden alle Passagiere mit dem Ziel Champaign aufgefordert, sich umgehend an Bord des Flugzeuges zu begeben. Es war der letzte Aufruf.
»Wir müssen los«, drängte Marilyn. »Sonst verpassen wir unseren Flug.«
John nickte und wischte sich eine Träne aus dem Auge. »Ich weiß«, sagte er. »Aber du denkst noch einmal darüber nach, ja?«
»Natürlich denke ich noch mal darüber nach«, fuhr Marilyn ihn an. Doch dann riß sie sich zusammen und seufzte erneut. Ei-

gentlich hatte sie nicht wütend klingen wollen. »Ich kann schon lange an nichts anderes mehr denken«, fügte sie sanft hinzu. Dann schloß sie ihren Mann in die Arme.
»Ich liebe dich«, flüsterte John. Er hatte sein Gesicht in ihrem Nacken vergraben.
Nachdem Marilyn beteuert hatte, daß sie ihn ebenfalls liebe, löste sie sich aus seinen Armen und holte Lydia und Tamara. Sie reichte dem Mann an der Abfertigung die Bordkarten und drängte die Kinder den Gang hinunter. Im Gehen winkte sie John durch die Glaswand zu. Als sie die Gangway betraten, winkte sie noch einmal. Es sollte das letzte Mal sein.
»Müssen wir bald umziehen?« jammerte Lydia. Sie war zehn Jahre alt und ging in die fünfte Klasse.
»Ich ziehe auf keinen Fall um«, stellte Tamara klar. Sie war elf und hatte einen starken Willen. »Ich werde bei Connie einziehen. Sie hat gesagt, daß ich bei ihr bleiben kann.«
»Und das hat sie sicher auch schon mit ihrer Mutter besprochen«, warf Marilyn ein. Sie mußte mit den Tränen kämpfen und wollte nicht, daß die Mädchen etwas merkten.
Sie erlaubte ihren Töchtern, das kleine Propeller-Flugzeug vor ihr zu betreten, und führte sie dann zu ihren Sitzplätzen, wo sofort ein Streit darüber entbrannte, wer von ihnen allein sitzen mußte. Es gab immer nur zwei Sitze nebeneinander. Die beiden Mädchen bedrängten sie mit Fragen, wie ihre nächste Zukunft aussehen würde, doch Marilyn gab nur äußerst vage Antworten. In Wahrheit hatte sie keine Ahnung, was das Beste für ihre Familie war.
Die Flugzeugmotoren starteten mit lautem Dröhnen und machten eine weitere Unterhaltung unmöglich. Während das Flugzeug auf die Startbahn zurollte, drückte Marilyn ihre Nase ans Fenster. Woher sollte sie nur die Kraft nehmen, um eine Entscheidung zu fällen? Ein aus der Ferne zuckender Blitz riß sie aus ihren Gedanken und erinnerte sie auf unangenehme Weise daran, daß sie Commuter-Flugzeuge nicht ausstehen konnte. In diese kleinen Flieger hatte sie nun einmal nicht das gleiche Vertrauen wie in die großen Düsenflugzeuge. Unbewußt zog sie den Sicherheitsgurt fester und kontrollierte, ob auch ihre Töchter ordnungsgemäß angeschnallt waren.

Während des Starts umklammerte sie ihre Armlehne so fest, als könnte sie durch ihre Anstrengung helfen, das Flugzeug nach oben zu bringen. Erst als der Boden schon tief unter ihnen lag, merkte sie, daß sie die ganze Zeit die Luft angehalten hatte.
»Wie lange wird Daddy denn in Chicago bleiben?« fragte Lydia über den Gang hinweg.
»Fünf Jahre«, erwiderte Marilyn. »Bis er seine Facharztausbildung beendet hat.«
»Ich hab's dir ja gesagt«, schrie Lydia ihrer Schwester zu. »Dann sind wir alt.«
Als das Flugzeug plötzlich ruckte, klammerte Marilyn sich in ihrer Todesangst sofort wieder an den Armlehnen fest. Dann sah sie sich in der Kabine um. Da offensichtlich niemand in Panik geraten war, beruhigte sie sich ein wenig. Sie durchflogen eine dichte Wolkendecke. Je weiter sie nach Süden kamen, desto heftiger wurden die Turbulenzen; es blitzte immer häufiger. Der Pilot teilte kurz mit, daß er versuchen werde, auf einer anderen Flughöhe eine ruhigere Luftzone anzusteuern. Marilyn wurde immer panischer. Sie wollte nur, daß der Flug endlich vorbei war.
Das erste Anzeichen einer wirklichen Katastrophe wurde erkennbar, als das Flugzeug von einem seltsamen Licht erhellt wurde und daraufhin heftig zu rucken und zu vibrieren begann. Passagiere stießen halbunterdrückte Schreie aus. Marilyn lief es eiskalt über den Rücken. Instinktiv zog sie Tamara enger an sich heran.
Das Flugzeug schlingerte qualvoll auf die rechte Seite und vibrierte dabei immer heftiger. Gleichzeitig veränderten sich die Geräusche des Motors; er dröhnte nun nicht mehr gleichmäßig, sondern heulte in ohrenbetäubender Lautstärke auf. Als Marilyn spürte, daß sie in ihren Sitz gepreßt wurde. Sie hatte das Gefühl, die Orientierung zu verlieren, und sah aus dem Fenster. Zuerst konnte sie außer Wolken nichts erkennen. Doch dann erstarrte sie. Die Erde raste ihnen in atemberaubender Geschwindigkeit entgegen! Sie stürzten in gerader Linie nach unten ...

10.40 Uhr
Manhattan General Hospital, New York City

Terese Hagen versuchte zu schlucken, doch es fiel ihr schwer; ihr Mund war vollkommen ausgetrocknet. Ein paar Minuten später öffnete sie die Augen und wußte zunächst nicht, wo sie war. Als ihr klar wurde, daß sie im Aufwachraum der chirurgischen Station lag, fiel ihr plötzlich alles wieder ein.
Die Beschwerden hatten am Abend eingesetzt, wie aus heiterem Himmel. Sie hatte mit Matthew essen gehen wollen. Schmerzen hatte sie nicht gehabt. Zuerst hatte sie nur auf der Innenseite ihrer Oberschenkel eine unangenehme Nässe empfunden. Im Badezimmer hatte sie dann entsetzt festgestellt, daß sie blutete. Und es waren nicht nur ein paar Tropfen gewesen. Da sie im fünften Monat schwanger war, hatte sie das Schlimmste befürchtet.
Dann war alles ganz schnell gegangen. Es war ihr gelungen, ihre Ärztin Dr. Carol Glanz zu erreichen, und die hatte ihr angeboten, sie in der Notaufnahme des Manhattan General Hospital zu untersuchen. Dort angekommen, hatten sich Terese' Befürchtungen schnell bestätigt. Es wurden sofort Vorbereitungen für eine Operation getroffen. Die Ärztin hatte gesagt, es sehe so aus, als hätte sich der Embryo statt in der Gebärmutter in einem Eileiter eingenistet.
Nachdem sie aufgewacht war, dauerte es nicht lange, bis eine Schwester an ihrem Bett erschien und ihr versicherte, daß alles in Ordnung sei.
»Und was ist mit meinem Baby?« fragte Terese. Sie spürte einen dicken Verband auf ihrem beunruhigend flachen Bauch.
»Darüber weiß Ihre Ärztin mehr als ich«, erwiderte die Krankenschwester. »Ich gebe ihr Bescheid, daß Sie jetzt wach sind. Sie möchte mit Ihnen sprechen.«
Terese klagte über ihre trockene Kehle und bekam ein paar Eisstückchen. Die kühle Flüssigkeit kam ihr vor wie ein Geschenk des Himmels. Sie schloß die Augen. Wahrscheinlich war sie wieder eingeschlummert, denn das nächste, was sie wahrnahm, war, daß Dr. Carol Glanz sie bei ihrem Namen rief.
»Wie geht es Ihnen?« fragte die Ärztin.
Terese fragte nach ihrem Baby.

Dr. Glanz holte tief Luft und legte ihr eine Hand auf die Schulter. »Ich fürchte, ich habe zwei schlechte Nachrichten für Sie.«
Terese spürte, wie sich alles in ihr verkrampfte.
»Es war eine ektopische Schwangerschaft«, erklärte Dr. Glanz. Um sich die schwierige Aufgabe etwas einfacher zu machen, flüchtete sie in ihren medizinischen Fachjargon. »Wir mußten die Schwangerschaft abbrechen, und das Kind war natürlich noch nicht lebensfähig.«
Terese nickte und tat so, als berühre sie das gar nicht. Sie hatte mit dieser Botschaft gerechnet und sich innerlich darauf vorbereitet. Doch was Dr. Glanz ihr als nächstes zu sagen hatte, traf sie wie ein Schlag.
»Leider war die Operation nicht leicht. Es gab einige Komplikationen, was auch der Grund dafür war, daß Sie bei der Einlieferung so stark geblutet haben. Wir mußten Ihre Gebärmutter opfern. Wir haben eine Hysterektomie vorgenommen.«
Im ersten Moment war Terese außerstande zu begreifen, was sie gerade gehört hatte. Sie nickte und sah ihre Ärztin gespannt an, als erwarte sie weitere Informationen.
»Ich weiß, daß ich Sie jetzt ziemlich aus der Fassung gebracht habe«, fuhr Dr. Glanz fort. »Aber ich möchte Ihnen eines versichern: Wir haben wirklich alles Menschenmögliche versucht, um diesen unglücklichen Ausgang zu vermeiden.«
Mit einem Mal begriff Terese, was die Worte ihrer Ärztin zu bedeuten hatten. Ihre Flüsterstimme überschlug sich plötzlich, und sie brüllte: »Nein!«
Dr. Glanz strich ihr voller Anteilnahme über die Schulter. »Ich weiß, was das für Sie heißt?« sagte sie. »Vor allem, weil es Ihre erste Schwangerschaft war. Es tut mir furchtbar leid.«
Terese stöhnte. Diese Nachricht war so niederschmetternd, daß sie nicht einmal weinen konnte. Sie fühlte sich wie betäubt. Ihr Leben lang war sie davon ausgegangen, daß sie Kinder haben würde. Es war ein Teil ihrer Identität gewesen. Die Vorstellung, daß das nun unmöglich war, wollte ihr einfach nicht in den Kopf.
»Was ist mit meinem Mann?« brachte sie hervor. »Weiß er schon Bescheid?«
»Ja. Ich habe sofort nach der Operation mit ihm gesprochen. Er wartet unten in Ihrem Zimmer; Sie werden gleich hingebracht.«

Dr. Glanz sprach noch eine Weile mit ihr, doch Terese behielt nichts davon. Die Tatsache, daß sie ihr Kind verloren hatte und nie wieder schwanger werden würde, hatte sie vollkommen niedergeschlagen.
Nach einer Viertelstunde kam eine Schwester, um sie in ihr Zimmer zu bringen. Im Nu hatte sie die Krankenstation erreicht, doch Terese nahm von ihrer Umgebung nichts wahr. Sie war vollkommen durcheinander und brauchte dringend Trost und Zuspruch.
Als sie das Zimmer betraten, hatte Matthew sein Handy am Ohr und telefonierte. Er war Börsenmakler, das Telefon sein ständiger Begleiter. Zwei Schwestern von der Station beförderten Terese mit ein paar routinierten Griffen in ihr neues Bett und befestigten die Infusionsschläuche hinter ihrem Kopf an einem Ständer. Nachdem sie sich vergewissert hatten, daß alles in Ordnung war, und ihre Patientin aufgefordert hatten, sofort zu klingeln, wenn sie irgend etwas brauche, verließen sie den Raum.
Terese sah zu Matthew hinüber, doch der hatte sich abgewendet, nachdem er sein Telefonat beendet hatte. Sie wußte nicht, wie er auf die Katastrophe reagieren würde. Immerhin waren sie erst seit drei Monaten verheiratet. Entschlossen klappte er schließlich das Handy zusammen und ließ es in seine Jackentasche gleiten. Dann drehte er sich zu Terese um und starrte sie einen Augenblick an. Er hatte seine Krawatte gelöst und seinen Hemdkragen geöffnet.
»Wie geht es dir?« fragte er schließlich ziemlich ungerührt.
»Den Umständen entsprechend«, erwiderte Terese. Sie wünschte sich nichts sehnlicher, als daß er zu ihr kommen und sie umarmen würde, doch er blieb auf Distanz.
»Das ist eine ziemlich vertrackte Situation«, sagte Matthew.
»Ich glaube, ich verstehe dich nicht ganz.«
»Ich will damit sagen, daß sich der Hauptgrund, aus dem wir geheiratet haben, gerade in Luft aufgelöst hat. Dein Plan ist wohl eindeutig nicht aufgegangen.«
Terese blieb der Mund offenstehen. Sie war so fassungslos, daß sie um Worte ringen mußte. »Deine Andeutung gefällt mir nicht«, stammelte sie schließlich. »Ich hatte es bestimmt nicht darauf angelegt, schwanger zu werden.«

»Bleib von mir aus bei deiner Version«, entgegnete Matthew. »Ich gehe von einer anderen aus. Das Problem ist nur: Was wollen wir jetzt tun?«

Terese schloß die Augen. Sie konnte nichts erwidern. Sie fühlte sich, als hätte Matthew ihr gerade ein Messer ins Herz gerammt. Spätestens in diesem Augenblick wurde ihr klar, daß sie ihn nicht liebte. Im Gegenteil: Sie haßte ihn.

## 1. Kapitel

## New York City, Mittwoch, 20. März 1996, 7.15 Uhr

»Entschuldigen Sie bitte«, wandte sich Jack Stapleton mit vorgetäuschter Höflichkeit an den dunkelhäutigen, aus Pakistan stammenden Taxifahrer. »Wieso steigen Sie nicht aus? Dann können wir die Angelegenheit in aller Ruhe ausdiskutieren?«
Jack spielte darauf an, daß der Taxifahrer ihn an der Kreuzung 46th Street und Second Avenue geschnitten hatte. Als Vergeltung hatte er gegen die Fahrertür des Taxis getreten, als sie in der Höhe der 44th Street beide vor einer roten Ampel anhalten mußten. Jack saß auf seinem Cannondale-Mountainbike, mit dem er jeden Morgen zur Arbeit fuhr.
Der morgendliche Disput war für ihn durchaus nichts Ungewöhnliches. Sein Weg führte ihn täglich die Second Avenue hinunter, wobei er die Strecke zwischen der 59th Street und der 13th Street nur in einem haarsträubenden Slalom bewältigen konnte und ein rasantes Tempo an den Tag legte. Auseinandersetzungen waren an der Tagesordnung. Jeden anderen hätte diese allmorgendliche Höllenfahrt an den Rand des Nervenzusammenbruchs getrieben, doch Jack liebte seine tägliche Tour. Sie sorge dafür, daß sein Blut in Wallung komme, pflegte er seinen Kollegen zu erklären.
Der Taxifahrer hatte beschlossen, Jack einfach so lange zu ignorieren, bis die Ampel auf Grün sprang. Doch bevor er losbrauste, wünschte er ihn noch einmal lauthals zum Teufel.
»Gleichfalls!« brüllte Jack zurück. Er stellte sich in die Pedalen, bis er sein Tempo dem motorisierten Verkehr angepaßt hatte. Dann ließ er sich in den Sattel sinken und strampelte mit wilden Beinbewegungen weiter. Schließlich holte er den Taxifahrer sogar ein, doch er schenkte ihm keine weitere Beachtung. Er drängelte sich zwischen das Taxi und einen vorausfahrenden Lieferwagen.

Als er die 13th Street erreicht hatte, bog er in Richtung Osten ab, überquerte die First Avenue und brachte sein Fahrrad nach einem scharfen Lenkmanöver in der Ladezone des New Yorker Instituts für Gerichtsmedizin zum Stehen. Hier arbeitete er seit fünf Monaten. Man hatte ihm diese Stelle angeboten, nachdem er seine Facharztausbildung zum Pathologen beendet und sich ein weiteres Jahr lang in der forensischen Medizin fortgebildet hatte.

Er schob sein Fahrrad am Büro des Sicherheitsdienstes vorbei und winkte dem uniformierten Wächter zu. Dann wandte er sich nach links, passierte das Büro des Leichenschauhauses und betrat die eigentliche Leichenhalle. Dort bog er wieder links ab und ging an der Wand mit den Gefrierfächern entlang. Hier wurden die Toten vor der Obduktion aufbewahrt. In einer Ecke standen mehrere einfache Kiefernholzsärge mit nicht abgeholten Leichen, die für den Weitertransport nach Hart Island bestimmt waren. Dort stellte Jack sein Fahrrad ab und sicherte es mit diversen Kettenschlössern. Dann fuhr er mit dem Fahrstuhl hinauf in den Empfangsbereich. Da es noch vor acht Uhr war, war noch kaum jemand von der Tagesschicht eingetroffen. Nicht einmal das Polizeibüro von Sergeant Murphy war besetzt.

Jack durchquerte die Telefonzentrale und betrat den Bereich, in dem die Institutsmitarbeiter ihre Büros hatten, und begrüßte Vinnie Amendola, der zurückgrüßte, ohne von seiner Zeitung aufzublicken. Vinnie war einer der Sektionsgehilfen, mit dem Jack häufig zusammenarbeitete.

Jack schaute auch kurz bei Laurie Montgomery vorbei, einer der offiziell zugelassenen Pathologinnen des Gerichtsmedizinischen Instituts. Im Zuge des Rotationsprinzips war sie zur Zeit dafür verantwortlich, die über Nacht eingegangenen Fälle auf die einzelnen Mitarbeiter zu verteilen. Sie arbeitete seit viereinhalb Jahren am Institut. Wie Jack gehörte sie morgens immer zu den ersten.

»Wie ich sehe, hast du es mal wieder hergeschafft, ohne mit den Füßen zuerst hier reingetragen zu werden«, scherzte sie.

»Bis auf einen Crash mit einem Taxifahrer war alles okay«, erwiderte Jack. »Normalerweise sind es drei oder vier. Heute morgen kam es mir vor wie ein Ausflug auf dem Lande.«

»Ach ja? Ich finde es total verrückt, in dieser Stadt mit dem Fahrrad herumzukurven. Ich hatte schon jede Menge von diesen waghalsigen Fahrradkurieren vor mir auf dem Autopsietisch liegen.«
Jack schenkte sich Kaffee ein und ging hinüber zu dem Tisch, an dem Laurie arbeitete.
»Haben wir irgendeinen interessanten Fall?« fragte er und sah seiner Kollegin über die Schulter.
»Das Übliche«, erwiderte sie. »Vor allem Schußwunden. Und einer mit einer Überdosis Drogen.«
»Igitt«, bemerkte Jack.
»Du stehst wohl nicht auf Drogentote.«
»Die sind doch einer wie der andere. Ich stehe eher auf Überraschungen und Herausforderungen.«
»In meinem ersten Jahr hier hatte ich ein paar Drogenfälle, die durchaus in diese Kategorie gepaßt hätten«, bemerkte Laurie.
»Tatsächlich? Erzähl!«
»Ach, das ist eine lange Geschichte«, erwiderte Laurie ausweichend. Dann deutete sie auf einen Namen auf ihrer Liste. »Hier ist ein Fall, der dich interessieren dürfte: Donald Nodelman. Die Diagnose lautet: unbekannte Infektionskrankheit.«
»Klingt auf jeden Fall besser als ein Drogentoter«, sagte Jack.
»In meinen Augen nicht«, erwiderte Laurie. »Du kannst ihn haben, wenn du willst. Ich mochte Infektionskrankheiten noch nie, und ich werde sie auch nie mögen. Bei meiner externen Prüfung haben mir diese Fälle eine Gänsehaut über den Rücken gejagt. Woran auch immer dieser Mann hier gestorben ist – es muß ein ziemlich aggressiver Erreger im Spiel gewesen sein. Er hatte starke subkutane Blutungen.«
»Gerade im Unbekannten liegt die Herausforderung«, stellte Jack fest und griff sich die Akte. »Ich übernehme den Fall gern. Ist er zu Hause gestorben oder in einer Klinik?«
»Im Krankenhaus«, erwiderte Laurie. »Man hat ihn vom Manhattan General Hospital rübergebracht. Er ist allerdings nicht wegen einer Infektionskrankheit eingewiesen worden. Die Aufnahmediagnose lautete Diabetes.«
»Gehe ich recht in der Annahme, daß das Manhattan General ein Krankenhaus von AmeriCare ist?« fragte Jack.

»Ich glaube ja«, erwiderte Laurie. »Warum interessiert dich das?«

»Weil der Fall mir dann sogar persönlich etwas bringen könnte«, erwiderte Jack. »Vielleicht habe ich ja Glück, und die Diagnose lautet Legionärskrankheit oder etwas in der Art. Ich kann mir kaum etwas Schöneres vorstellen, als AmeriCare einen reinzuwürgen.«

»Und wieso?«

»Das ist eine lange Geschichte«, erwiderte Jack mit einem schelmischen Lächeln. »Irgendwann müssen wir mal zusammen einen trinken gehen. Dann kannst du mir von deinen Problemen mit den Drogenfällen berichten, und ich erzähle dir von mir und AmeriCare.«

Laurie war nicht sicher, ob die Einladung ernst gemeint war. Von seiner Arbeit abgesehen, wußte sie nicht viel über Jack Stapleton. Soweit ihr bekannt war, wußte niemand etwas über ihn. Jack war ein ausgezeichneter gerichtsmedizinischer Pathologe, und das, obwohl er seine Facharztausbildung erst vor kurzem beendet hatte. Doch er ging nur selten mit Kollegen aus, und er gab nie etwas Persönliches preis. Laurie wußte lediglich, daß er einundvierzig war und unverheiratet. Daß er eine unterhaltsame, lässige Art hatte und aus dem Mittleren Westen kam.

»Ich erzähl' dir später, was ich herausgefunden habe«, sagte Jack und steuerte auf die Telefonzentrale zu.

»Einen Moment noch, Jack«, rief Laurie ihm hinterher.

Jack blieb stehen und drehte sich um.

»Ich würde dir gern einen Rat geben«, brachte sie zögernd hervor. Sie war ziemlich aufgeregt, was eher selten vorkam. Doch sie mochte Jack und hoffte, daß er noch eine Weile ihr Kollege bleiben würde.

Jack setzte wieder sein schelmisches Lächeln auf und kam zurück zu Lauries Tisch. »Na, dann schieß mal los!«

»Wahrscheinlich steht es mir gar nicht zu, mich dazu zu äußern«, begann sie.

»Unsinn!« erwiderte Jack. »Ich schätze deine Meinung sehr. Worum geht es?«

»Es geht darum, daß du so oft mit Calvin Washington aneinandergerätst«, sagte Laurie. »Okay, das ist nun mal so, wenn un-

terschiedliche Persönlichkeiten aufeinanderstoßen. Was ich dir sagen will, ist einfach nur, daß Calvin schon seit langer Zeit gute Beziehungen zum Manhattan General Hospital an. Ähnlich steht es übrigens zwischen AmeriCare und dem Bürgermeisteramt. Ich rate dir deshalb, ein bißchen vorsichtig zu sein.«
»Vorsichtig zu sein hat in den vergangenen fünf Jahren nicht gerade zu meinen Stärken gezählt«, entgegnete Jack. »Aber ich habe größten Respekt vor unserem stellvertretenden Chef. Unsere einzige Meinungsverschiedenheit besteht darin, daß seiner Ansicht nach alle Vorschriften in Stein gemeißelt sind, während ich sie nur als Richtschnur betrachte. Und was AmeriCare angeht – deren Ziele oder Methoden sind mir vollkommen gleichgültig.«
»Es geht mich ja nichts an«, fuhr Laurie fort. »Aber Calvin posaunt ständig herum, daß er in dir keinen Teamarbeiter sieht.«
»Da hat er in gewisser Weise recht«, erwiderte Jack. »Ich verabscheue eben jede Art von Mittelmäßigkeit. Mit den meisten Leuten hier ist es mir eine Ehre zusammenzuarbeiten. Es gibt allerdings auch einige, mit denen es nicht klappt, und ich gebe mir keine Mühe, das zu verbergen. So einfach ist das.«
»Ich fasse das als Kompliment auf«, sagte Laurie.
»So war es gemeint.«
»Okay, dann laß mich wissen, was du bei Nodelman findest. Ich habe danach mindestens noch einen weiteren Fall für dich.«
»Mit Vergnügen«, erwiderte Jack und steuerte wieder auf die Telefonzentrale zu. Im Vorbeigehen schnappte er Vinnie die Zeitung weg.
»Komm, Vinnie«, rief er. »Laß uns loslegen.«
Vinnie klagte zwar, doch er folgte der Aufforderung. Als er versuchte, sich seine Zeitung zurückzuholen, stieß er mit Jack zusammen, der abrupt vor der Tür zu Janice Jaegers Büro stehengeblieben war. Janice war eine von den gerichtsmedizinischen Ermittlerinnen, die oft auch als Pathologie-Assistentinnen oder kurz PAs bezeichnet wurden. Sie hatte zur Zeit Nachtschicht, von elf Uhr abends bis sieben Uhr morgens. Sie war eine zierliche Frau mit dunklem Haar und dunklen Augen; es war deutlich zu sehen, daß sie müde war.
»Was machen Sie denn noch hier?« fragte Jack.

»Ich muß noch einen Bericht zu Ende schreiben.«
Jack hob seine Akte hoch. »Haben Sie sich auch um den Fall Nodelman gekümmert?«
»Ja«, erwiderte Janice. »Ist irgend etwas damit nicht in Ordnung?«
»Nicht daß ich wüßte.« Jack grinste. Janice war extrem gewissenhaft und deshalb ein ideales Opfer für seine kleinen Späße. »Glauben Sie, daß eine Nosokomialinfektion als Todesursache in Betracht kommen könnte?«
»Was, um Himmels willen, ist denn eine ›Nosokomialinfektion‹?« fragte Vinnie.
»Eine Infektion, die man sich in einem Krankenhaus einfängt«, erklärte Jack.
»Dann sieht es in der Tat danach aus«, sagte Janice. »Nach seiner Einlieferung ist der Mann fünf Tage lang wegen Diabetes behandelt worden, und dann hat er plötzlich die Symptome einer Infektionskrankheit entwickelt. Sechsunddreißig Stunden später war er tot.
»Mein lieber Junge«, staunte Jack. »Was auch immer das für ein Erreger war – er hat sein Opfer rasant schnell zu Grunde gerichtet.«
»Genau deswegen waren die Ärzte beunruhigt, mit denen ich gesprochen habe«, sagte Janice.
»Gibt es irgendwelche Ergebnisse aus dem mikrobiologischen Labor?«
»Nichts. Heute morgen um vier waren die Blutkulturen negativ. Er ist letztendlich an akutem Lungenversagen gestorben (also ARDS, dem sogenannten ›acute respiratory distress syndrome‹). Allerdings waren die Sputumkulturen ebenfalls negativ. Lediglich die Gram-Färbung des Sputums ist positiv ausgefallen. Und wir haben gramnegative Bakterien gefunden. Deshalb liegt ein Verdacht auf Pseudomonas vor, der aber noch nicht bestätigt wurde.«
»War womöglich das Immunsystem beeinträchtigt?« fragte Jack. »Hatte er Aids, oder ist er mit Antimetaboliten behandelt worden?«
»Das konnte ich noch nicht in Erfahrung bringen«, sagte Janice. »In seiner Krankenakte sind lediglich der Diabetes und die übli-

chen Folgeerscheinungen vermerkt. Aber das können Sie alles in meinem Bericht nachlesen.«
»Wieso soll ich es mühsam nachlesen, wenn ich es auch aus berufenem Munde erfahren kann?« scherzte Jack. Dann bedankte er sich bei Janice und ging zum Fahrstuhl.
»Du wirst ja wohl hoffentlich deinen Mondanzug anziehen«, ermahnte Vinnie ihn. Der Mondanzug war ein vollkommen abgedichteter, undurchlässiger Kunststoff-Overall mit einem durchsichtigen Plastikvisier vor dem Gesicht; er sollte höchste Sicherheit gewähren. Durch einen batteriebetriebenen Ventilator im Rückenteil gelangte Luft in den Anzug, die gefiltert und dann in das Kopfteil transportiert wurde. So war zwar für ausreichend Sauerstoff zum Atmen gesorgt, doch in dem Anzug war es heiß wie in einer Sauna. Jack haßte diese Ausstaffierung.
Er hielt den Mondanzug für unhandlich, viel zu eng, unbequem und überhaupt für überflüssig. Als er noch Assistenzarzt gewesen war, hatte er nie einen Schutzanzug übergezogen. Jetzt stand er allerdings vor dem Problem, daß sein New Yorker Chef, Dr. Harold Bingham, angeordnet hatte, die Anzüge seien unbedingt zu tragen. Und dessen Stellvertreter, Calvin Washington, hatte sich in den Kopf gesetzt, diese Vorschrift mit allen Mitteln durchzusetzen. Jack hatte deshalb schon diverse Maßregelungen über sich ergehen lassen müssen.
»Heute könnte es in der Tat zum erstenmal angebracht sein, den Anzug zu tragen«, sagte Jack zu Vinnies Erleichterung. »Bevor wir nicht wissen, mit welchem Erreger wir es zu tun haben, müssen wir sämtliche Vorsichtsmaßnahmen treffen. Schließlich könnten wir auf den Ebola-Virus oder so etwas stoßen.«
Vinnie blieb stehen. »Glaubst du wirklich, das wäre möglich?« fragte er mit weit aufgerissenen Augen.
»Nein, auf keinen Fall.«
Jack klopfte seinem Kollegen auf den Rücken. »Sollte ein Witz sein.«
»Gott sei Dank«, seufzte Vinnie und setzte sich wieder in Bewegung.
Sie betraten den Umkleideraum. Während Vinnie in seinen Mondanzug schlüpfte und schon in den Sektionssaal voranging, nahm Jack sich noch einmal die Akte Nodelman vor. Sie bestand

aus einem Blatt mit persönlichen Daten, einem erst zur Hälfte ausgefüllten Totenschein sowie einer Liste, auf der sämtliche den Fall betreffende medizinisch-rechtliche Beweise aufgeführt waren; ferner gab es zwei Seiten für Autopsievermerke, eine in der vergangenen Nacht abgefaßte Telefonnotiz über den Eingang der Todesmeldung, einen ausgefüllten Identifikationsbogen, den Ermittlungsbericht von Janice, einen Vordruck für den Autopsiebericht und schließlich einen Laborzettel für die HIV-Antikörper-Analyse.

Obwohl er das Wesentliche bereits von Janice erfahren hatte, las Jack sich ihren Bericht noch einmal gewissenhaft durch. Als er fertig war, betrat er den Raum neben den Kiefernsärgen. Dort streifte er sich seinen Schutzanzug über. Er nahm das Belüftungsgerät von der Ladestation und befestigte es an seinem Anzug. Dann erst ging er hinüber zur anderen Seite der Leichenhalle, wo sich der Sektionssaal befand.

Während er an den 126 Leichen-Gefrierfächern vorbeiging, verfluchte er den Anzug. Er bekam jedesmal schlechte Laune, wenn er sich in dieses Plastikmonstrum quetschen mußte. Mißmutig musterte er seine Umgebung. Die Leichenhalle war irgendwann einmal auf dem neuesten Stand der Technik gewesen, doch inzwischen gab es hier jede Menge zu erneuern und zu reparieren. Mit den blaugefliesten Wänden und dem fleckigen Zementboden hätte der Raum eine gute Kulisse für einen altmodischen Horrorfilm geboten. Es gab zwar direkt vom Flur einen Eingang zum Sektionssaal, doch der wurde nur noch benutzt, um die Leichen hinein- und hinauszutransportieren. Jack betrat den Saal durch den kleinen Vorraum, der auch als Waschraum diente.

Vinnie hatte Nodelmans Leiche inzwischen auf einem der acht Seziertische plaziert und alle Geräte und Utensilien bereitgelegt, die sie für die Obduktion brauchen würden. Jack stellte sich rechts neben den Tisch, Vinnie trat auf die linke Seite.

»Er sieht ja nicht gerade gut aus«, bemerkte Jack. »Einen Schönheitswettbewerb würde er nicht gewinnen.« In dem Mondanzug kostete jede Unterhaltung Mühe, und er schwitzte schon, bevor er überhaupt angefangen hatte.

Vinnie wußte nie, wie er auf Jacks respektlose Kommentare rea-

gieren sollte. Deshalb sagte er lieber gar nichts, obwohl die Leiche wirklich furchtbar aussah.
»Gangrän an den Fingern«, stellte Jack fest und hob eine Hand des Toten hoch, um die fast schwarzen Fingerspitzen aus der Nähe betrachten zu können. Dann zeigte er auf die schrumpligen Genitalien des Mannes. »Auf der Spitze seines Penis' ebenfalls Gangrän. Aua! Das muß weh getan haben. Stell dir das nur mal vor!«
Vinnie enthielt sich eines Kommentars.
Zentimeter für Zentimeter nahm Jack den Mann zunächst äußerlich unter die Lupe. Dabei wies er Vinnie auf die großflächigen, subkutanen Hämorrhagien am Unterbauch und an den Beinen hin und erklärte ihm, daß man so etwas Purpura nenne. Außerdem, so führte Jack aus, könne er keine nennenswerten Insektenstiche feststellen. »Das ist wichtig«, stellte er klar. »Viele schlimme Krankheiten werden durch Arthropoden übertragen.«
»Arthropoden?« fragte Vinnie. Er wußte nie, ob Jack einen seiner Witze riß oder ob er es ernst meinte.
»Insekten«, erklärte Jack. »Schalentiere spielen als Krankheitsüberträger so gut wie keine Rolle.«
Vinnie nickte, als hätte er verstanden, doch in Wahrheit war er genauso schlau wie vorher. Er nahm sich vor, die Bedeutung des Wortes »Arthropoden« bei nächster Gelegenheit nachzuschlagen.
»Wie stehen denn die Chancen, daß der Mann an etwas Ansteckendem gestorben ist?« fragte er.
»Sehr gut, fürchte ich«, erwiderte Jack. »Sehr, sehr gut sogar.«
Plötzlich wurde die Tür zum Flur geöffnet, und Sal D'Ambrosio, ein anderer Sektionsgehilfe, schob eine weitere Leiche herein. Doch Jack war so in die Untersuchung von Mr. Nodelman vertieft, daß er nicht einmal aufsah. Im Geiste entwickelte er bereits eine Differentialdiagnose.
Eine halbe Stunde später lagen auf sechs von acht Tischen Leichen, die obduziert werden mußten. Nach und nach trudelten die anderen Gerichtsmediziner ein. Laurie war als erste in der Halle, und sie kam sofort herüber zu Jacks Tisch.
»Hast du schon eine Ahnung?« fragte sie.

»Jede Menge Vermutungen, aber nichts Definitives«, erwiderte Jack. »Nur eins kann ich dir versichern: In diesem Körper steckt irgendeine ganz böse Krankheit. Eben habe ich Vinnie noch damit aufgezogen, daß wir vielleicht sogar Ebola-Viren finden. Und jetzt entdecke ich jede Menge intravaskuläre Blutgerinnsel, über den ganzen Körper verstreut.«

»Mein Gott!« rief Laurie entsetzt. »Ist das dein Ernst?«

»Abwarten«, erwiderte Jack. »Nach allem, was ich bisher gesehen habe, besteht zwar die Möglichkeit, aber wahrscheinlich ist es nicht. Natürlich habe ich noch nie einen Ebola-Fall gesehen, wenn dir das etwas sagt.«

»Meinst du, wir sollten den Fall isolieren?« Laurie war nervös.

»Ich wüßte nicht, warum«, erwiderte Jack. »Angefangen habe ich nun sowieso schon. Ich werde einfach gut aufpassen und nicht mit Organen um mich werfen. Aber wir sollten die Kollegen im Labor warnen, daß sie mit den Proben höllisch vorsichtig sein müssen, solange wir die Diagnose nicht kennen.«

»Vielleicht sollte ich Binghams Meinung einholen«, schlug Laurie vor.

»Das wäre wirklich sehr hilfreich«, entgegnete Jack sarkastisch. »Da kannst du genausogut einen Blinden bitten, ein Gemälde zu beschreiben.«

»Sei nicht respektlos!« ermahnte ihn Laurie. »Immerhin ist er unser Chef.«

»Und wenn er der Papst wäre. Ich glaube, ich sollte die Untersuchung einfach durchziehen, je schneller, desto besser. Wenn sich erst mal Bingham oder womöglich auch noch Calvin in die Sache einmischt, passiert vor heute mittag gar nichts.«

»Okay«, willigte Laurie ein. »Vielleicht hast du recht. Aber gib mir sofort Bescheid, wenn du irgend etwas Anormales entdeckst. Ich bin drüben an Tisch drei.«

Jack nahm von Vinnie ein Skalpell entgegen und wollte gerade den ersten Schnitt vornehmen, als er merkte, daß sein Assistent einen Schritt zurückgewichen war.

»Sag mal – hast du vor, die Obduktion von Queens aus zu beobachten?« fragte Jack. »Komm schon, du bist schließlich da, um mir zu helfen.«

»Ich bin ein bißchen nervös«, gestand Vinnie.

»Oh Mann«, stöhnte Jack. »Du hast schon mehr Autopsien beigewohnt als ich. Komm jetzt her! Wir haben jede Menge zu tun.«
Jack arbeitete schnell, aber sehr präzise. Er behandelte die inneren Organe mit äußerster Behutsamkeit und paßte akribisch auf, wenn er die Sezierinstrumente benutzte und seine oder Vinnies Hände in der Nähe waren.
»Was haben wir denn hier?« wollte Chet McGovern wissen und sah Jack über die Schulter. Chet war im gleichen Monat eingestellt worden wie Jack. Von allen Kollegen stand er Jack am nächsten, was vor allem daran lag, daß die beiden sich ein Büro teilten. Außerdem waren sie beide Junggesellen. Allerdings war Chet noch nie verheiratet gewesen; und mit seinen sechsunddreißig Jahren war er fünf Jahre jünger als Jack.
»Einen interessanten Fall«, erwiderte Jack. »Das Rätsel der Woche: An welcher Krankheit ist er wohl gestorben? Es ist wirklich faszinierend. Der arme Kerl hatte absolut keine Chance.«
»Hast du schon eine Ahnung?« Chet ließ seinen Expertenblick über das schwarze, vertrocknete Gewebe schweifen und musterte die Blutungen unter der Haut des Toten.
»Es gibt viele Möglichkeiten«, erwiderte Jack. »Ich würde dir gern mal zeigen, wie er von innen aussieht. Vielleicht kannst du mir ja einen Tip geben?«
»Hast du etwas Interessantes entdeckt?« rief Laurie von Tisch drei herüber.
»Ja, komm rüber«, rief Jack zurück. »Dann muß ich die Vorstellung nur einmal geben.«
Laurie schickte Sal zum Waschbecken, damit er die Gedärme der Leiche auswusch, die die beiden gerade obduziert hatten, und kam dann an Jacks Tisch.
»Zuerst möchte ich, daß ihr euch die Lymphgefäße aus dem Rachen anseht«, forderte Jack die beiden auf. Er hatte die Haut der Leiche vom Kinn bis zum Schlüsselbein zurückgeklappt.
»Kein Wunder, daß die Autopsien bei uns immer so lange dauern«, tönte eine Stimme durch den engen Raum.
Alle Augen richteten sich auf den stellvertretenden Chef, Dr. Calvin Washington. Der Afroamerikaner war beängstigende zwei Meter groß und zweihundertfünfzig Pfund schwer; er hatte sich

einst die Chance entgehen lassen, in der Football-Nationalliga mitzuspielen, weil er es vorgezogen hatte, Medizin zu studieren.
»Was, zum Teufel, geht hier vor?« fragte er halb im Scherz. »Glauben Sie, daß Sie dafür bezahlt werden, Kaffeekränzchen zu veranstalten?«
»Wir versuchen nur, mit vereinten Kräften etwas herauszufinden«, erklärte Laurie. »Wir haben es offensichtlich mit einer Infektion zu tun, die durch ziemlich aggressive Mikroorganismen ausgelöst wurde.«
»Ich habe davon gehört«, sagte Calvin. »Der Verwalter vom Manhattan General hat mich angerufen. Er ist ziemlich beunruhigt – wohl zu Recht. Wie lautet die Diagnose?«
»Es ist noch zu früh, um Genaueres zu sagen«, erwiderte Jack. »Aber die Organe sind ziemlich stark angegriffen.«
Dann gab er Calvin ein Resümee der Krankengeschichte und faßte in groben Zügen zusammen, was die äußerliche Untersuchung der Leiche ergeben hatte. Anschließend kam er wieder auf die inneren Organe zu sprechen und wies darauf hin, daß die Krankheit sich offenbar im Rachen entlang des Lymphgewebes ausgebreitet hatte.
»Einige dieser Knoten sind nekrotisch«, stellte Calvin fest.
»Ganz genau«, stimmte Jack zu. »Fast alle Lymphknoten sind von Nekrose befallen. Die Krankheit hat sich mit rasantem Tempo über die Lymphgefäße ausgebreitet, wahrscheinlich ist sie vom Rachen und vom Bronchialbaum ausgegangen.«
»Also über die Luft übertragen«, bemerkte Calvin.
»Das war auch meine erste Vermutung«, stimmte Jack ihm zu. »Jetzt sehen Sie sich mal die inneren Organe an.«
Jack zeigte die Lungen und öffnete die Bereiche, in denen er Schnitte vorgenommen hatte.
»Wie Sie sehen, hatte er eine ausgeprägte Lobärpneumonie«, erklärte er. »Man kann eine deutliche Hepatisation der Lunge erkennen. Aber da ist auch Nekrose, und außerdem glaube ich, das Frühstadium einer Höhlenbildung zu erkennen. Hätte der Patient länger gelebt, würden wir wahrscheinlich auch noch ein paar Abszeßformationen finden.«
Calvin stieß einen Pfiff aus. »Wow. Und all das, obwohl man ihm intravenös jede Menge Antibiotika verabreicht hat.«

»Ja, es ist wirklich beunruhigend«, sagte Jack und ließ die Lungen vorsichtig in die Schale zurückgleiten. Er wollte jede überflüssige Bewegung vermeiden, damit keine ansteckenden Partikel in die Luft gerieten. Dann nahm er die Leber und machte vorsichtig einen Schnitt.

»Hier haben wir das gleiche«, verkündete er und wies auf die Bereiche, in denen sich erste Abszesse gebildet hatten. »Nur noch nicht so deutlich ausgeprägt wie in der Lunge.« Jack legte die Leber zurück und hob als nächstes die Milz hoch. Auch dieses Organ wies ähnliche Deformationen auf.

»Das war's im groben«, sagte Jack, während er die Milz behutsam in die Schale zurücklegte. »Jetzt müssen wir sehen, was wir unter dem Mikroskop erkennen können. Aber die endgültige Antwort werden wir wohl erst aus dem Labor bekommen.«

»Worauf tippen Sie denn im Moment?« fragte Calvin.

Jack lachte kurz auf. »Es ist nur eine vage Vermutung«, erwiderte er. »Bis jetzt bin ich noch auf nichts Pathognomonisches gestoßen. Aber der schnelle Verlauf der Krankheit könnte uns durchaus Aufschluß geben.«

»Wie lautet Ihre Differentialdiagnose?« bohrte Calvin weiter. »Nun verraten Sie's uns schon, Sie Wunderknabe!«

»Jetzt bringen Sie mich aber in Verlegenheit. Also gut, ich erzähl' Ihnen, was mir durch den Kopf gegangen ist. Zunächst einmal glaube ich, daß die Vermutung des Krankenhauses falsch ist: Es waren keine Pseudomonasden. Der Erreger, mit dem wir es hier zu tun haben, ist viel aggressiver. Es könnte irgend etwas Atypisches hinter dem plötzlichen Tod dieses Mannes stecken, zum Beispiel Streptokken der Gruppe A oder vielleicht sogar Staphylokokken im Zusammenhang mit einem toxischen Schock – was ich allerdings, vor allem wegen der Gram-Färbung, bezweifele, die ja vermuten läßt, daß wir es mit Bakterien zu tun haben. Deshalb würde ich auf Tularämie tippen; oder es ist die Pest.«

»Mein lieber Mann!« rief Calvin. »Sie kommen ja mit ganz schön obskuren Krankheiten daher; vor allem, wenn man bedenkt, daß der Patient sich die Infektion wahrscheinlich im Krankenhaus eingefangen hat. Kennen Sie nicht das Sprichwort, nach dem man beim Klang von Hufschlägen erst mal an Pferde und nicht gleich an Zebras denken sollte?«

»Ich habe Ihnen nur mitgeteilt, was mir durch den Kopf gegangen ist. Es ist lediglich eine Differentialdiagnose. Ich versuche eben, für alles offen zu sein.«
»Ist ja gut«, sagte Calvin beschwichtigend. »War's das?«
»Nein, das war's noch nicht«, erwiderte Jack. »Ich würde auch noch in Erwägung ziehen, daß die Gram-Färbung falsch gewesen sein könnte, und dann kämen nicht nur Streptokokken und Staphylokokken in Frage, sondern auch Meningokokken. Ich könnte sogar noch einen draufsetzen: Rocky-Mountain-Fleckfieber, Hantavirus. Zum Teufel – vielleicht hatte er auch hämorrhagisches Fieber, und wir haben es wirklich mit dem Ebola-Virus zu tun.«
»Jetzt drehen Sie ja wohl völlig durch«, sagte Calvin. »Kommen wir lieber zurück auf den Boden der Tatsachen. Wenn Sie nur die Informationen berücksichtigen, über die Sie im Augenblick verfügen – worauf würden Sie dann tippen?«
Jack schnalzte mit der Zunge. Es ärgerte ihn, daß er sich plötzlich vorkam wie damals während seiner Ausbildung; und genau wie seine Professoren an der medizinischen Hochschule schien Calvin es zu genießen, ihn bloßzustellen.
»Pest«, sagte er. Seine Zuhörer staunten nicht schlecht.
»Pest?« hakte Calvin nach. In seiner Stimme schwang Überraschung, aber auch Verachtung. »Im März? In New York? Bei einem Krankenhauspatienten? Sie müssen vollkommen von Sinnen sein!«
»Sie wollten auf Biegen und Brechen eine Diagnose hören«, rechtfertigte sich Jack. »Die habe ich Ihnen gegeben. Dabei habe ich nur die pathologischen Aspekte berücksichtigt und nicht, ob die Diagnose wahrscheinlich ist oder nicht.«
»Aha. Und alle sonstigen epidemiologischen Aspekte scheinen Sie nicht im geringsten zu interessieren«, bemerkte Calvin von oben herab. Dann lachte er und fragte in den Raum hinein: »Was zum Teufel, haben sie euch in der Wildnis von Chicago eigentlich beigebracht?«
»Es gibt in diesem Fall viel zu viele unbekannte Faktoren«, erwiderte Jack. »Auf nicht erhärtete Informationen kann ich nicht viel geben. Ich war weder in dem Krankenhaus, noch weiß ich irgend etwas darüber, ob der Verstorbene Reisen gemacht, ob er

Haustiere besessen oder Kontakt zu irgendwelchen von weither gereisten Besuchern gehabt hat. In dieser Stadt herrscht ein ständiges Kommen und Gehen, und selbst in einem Krankenhaus gehen jede Menge Menschen ein und aus. Im übrigen gibt es mit Sicherheit genügend Ratten in der Umgebung, so daß meine Diagnose durchaus erwägenswert erscheint.«

Für einen Augenblick war es mucksmäuschenstill. Auch Laurie und Chet wußten nicht, was sie sagen sollten. Jack hatte geradezu störrisch auf seiner Meinung beharrt, und sie kannten Calvins stürmisches Temperament.

»Ein schlauer Kommentar«, lenkte Calvin schließlich ein. »Sie können ziemlich gut daherreden, ohne irgend etwas zu sagen. Meine Anerkennung. Vielleicht lernt man das im Mittleren Westen während der Pathologen-Ausbildung.«

Laurie und Chet lachten nervös.

»Okay, Sie Schlauberger«, fuhr Calvin fort. »Wieviel würden Sie auf Ihre Pestdiagnose setzen?«

»Ich wußte gar nicht, daß wir hier Glücksspiele machen«, bemerkte Jack.

»Normalerweise ist das nicht üblich, aber wenn Sie mir mit einer so aberwitzigen Diagnose daherkommen, sollte man Sie darauf festnageln. Was halten Sie von zehn Dollar?«

»Zehn Dollar kann ich mir leisten«, erwiderte Jack.

»Abgemacht«, sagte Calvin. »Das wäre also erledigt. Wer kann mir denn jetzt sagen, wo ich Paul Plodgett finde, den Mann mit den Schußverletzungen vom World Trade Center?«

»Er liegt auf Tisch sechs«, antwortete Laurie.

Calvin zog davon, und die anderen sahen ihm eine Weile hinterher. Laurie fand als erste die Sprache wieder. »Warum versuchst du immer, ihn zu provozieren?« wollte sie von Jack wissen. »Ich verstehe dich nicht. Du machst dir doch nur selbst das Leben schwer.«

»Ich kann einfach nicht anders«, erwiderte Jack. »Außerdem hat er mich provoziert!«

»Ja, aber er ist der stellvertretende Boß in diesem Laden, also ist es sein Vorrecht, andere Leute zu provozieren«, stellte Chet klar. »Außerdem hast du ihn mit deiner Pestdiagnose sehr wohl herausgefordert. Auf meiner Prioritätenliste würde Pest jedenfalls ziemlich weit unten stehen.«

»Bist du dir sicher?« fragte Jack. »Sieh dir doch mal die schwarzen Finger und Zehen an. Erinnerst du dich, daß man die Krankheit im vierzehnten Jahrhundert als den ›Schwarzen Tod‹ bezeichnet hat?«
»Aber derartige thrombotische Phänomene können von vielen Krankheiten verursacht werden«, widersprach Chet.
»Stimmt. Deshalb hätte ich auch beinahe auf Tularämie getippt.«
»Und warum hast du's nicht getan?« fragte Laurie. In ihren Augen war Tularämie genauso unwahrscheinlich.
»Ich dachte mir, Pest klingt besser«, gab Jack zu. »Hört sich doch dramatischer an, oder?«
»Bei dir weiß ich einfach nie, wann du etwas ernst meinst«, klagte Laurie.
»Das weiß ich selbst nicht.«
Laurie schüttelte frustriert den Kopf. Manchmal war es schwierig, mit Jack ein vernünftiges Gespräch zu führen. »Bist du eigentlich fertig mit Nodelman? Wenn ja – ich habe noch einen weiteren Fall für dich.«
»Ich habe sein Gehirn noch nicht untersucht«, erwiderte Jack.
»Na, dann mal los«, sagte Laurie und ging zurück zu Tisch drei.

## 2. Kapitel
## New York City,
## Mittwoch, 20. März 1996, 9.45 Uhr

Terese Hagen blieb abrupt stehen und starrte auf die geschlossene Tür des großen Konferenzraumes. Er wurde von allen nur kurz »die Hütte« genannt, denn die Inneneinrichtung glich einer perfekten Imitation von Taylor Heaths Jagdhütte, die mitten in der Wildnis von New Hampshire am Squam Lake lag. Taylor Heath war der Geschäftsführer der gefragten und erfolgreichen Werbeagentur Willow and Heath, die kurz davor stand, in die exklusiven Reihen der Werbegiganten einzubrechen.

Nachdem sie sich vergewissert hatte, daß sie von niemandem beobachtet wurde, trat Terese einen Schritt vor und preßte ihr Ohr an die verschlossene Tür. Sie hörte Stimmen.

Mit pochendem Herzen eilte sie den Flur entlang, in ihr Büro. Es hatte noch nie viel dazugehört, sie aufs Äußerste zu beunruhigen. Jetzt war sie gerade mal fünf Minuten in der Firma, und schon war sie total aufgewühlt. Der Gedanke daran, daß in der Hütte, der Domäne ihres Chefs, ein Meeting stattfand, von dem sie nichts wußte, gefiel ihr gar nicht. In ihrer Position als Creative Director mußte sie einfach alles wissen, was in der Firma vor sich ging.

Zur Zeit war bei Willow and Heath vieles in Bewegung. Vor einem Monat hatte Taylor Heath alle Mitarbeiter mit der Ankündigung geschockt, daß er sich als Agenturchef zurückziehen und Brian Wilson, den derzeitigen President, zu seinem Nachfolger ernennen werde. Das warf natürlich die Frage auf, wer Wilsons Nachfolger werden würde. Terese war im Rennen, soviel war klar. Aber für Robert Barker, der Leiter der Kundenbetreuung, standen die Chancen auch nicht schlecht. Und als wäre diese Ungewißheit nicht genug, kam noch die Sorge hinzu, daß Taylor jemanden von außerhalb einstellen könnte.

Terese zog ihren Mantel aus und stopfte ihn in den Schrank. Da Marsha Devons, ihre Sekretärin, gerade telefonierte, machte sie sich über ihren Schreibtisch her und suchte die Arbeitsfläche nach irgendwelchen Nachrichten ab, die über das mysteriöse Meeting Aufschluß gaben. Doch das einzige, was sie fand, waren jede Menge belangloser Telefonnotizen.

»In der Hütte findet gerade ein Meeting statt.« Marsha erschien in der Tür. Sie war eine zierliche Frau mit rabenschwarzem Haar. Terese mochte sie, denn sie war intelligent, tüchtig und intuitiv und verfügte somit genau über die Qualitäten, die ihre vier Vorgängerinnen aus dem vergangenen Jahr hatten vermissen lassen. Terese machte es ihren Assistentinnen nicht leicht; sie erwartete von ihnen genausoviel Engagement und Leistung wie von sich selbst.

»Warum haben Sie mich nicht zu Hause angerufen?«
»Habe ich ja, aber Sie waren schon weg.«
»Wer nimmt an dem Meeting teil?« keifte Terese.
»Die Sekretärin von Mr. Heath hat es mir nicht verraten«, erklärte Marsha. »Sie hat lediglich mitgeteilt, daß Ihre Anwesenheit erwünscht sei.«
»Hat sie angedeutet, worum es geht?« bohrte Terese weiter.
»Nein.«
»Wann hat es angefangen?«
»Der Anruf kam um neun Uhr.«
Terese griff nach ihrem Telefon und hackte die Nummer von Colleen Anderson in die Tastatur. Von all ihren Art Directors vertraute sie Colleen am meisten. Sie leitete zur Zeit ein Team, das eine Kampagne für die National Health Care entwerfen sollte.

»Weißt du irgend etwas über dieses Meeting in der Hütte?«
Colleen wußte nur, daß es gerade stattfand.
»So ein Mist!« fluchte Terese und knallte den Hörer auf die Gabel.
»Gibt es ein Problem?« fragte Marsha besorgt.
»Wenn Robert Barker die ganze Zeit mit Taylor da drinnen hockt, dann ist das allerdings ein Problem«, schnaubte Terese. »Dieses Arschloch läßt sich doch keine Gelegenheit entgehen, mich niederzumachen.«

Sie schnappte sich noch einmal das Telefon und wählte erneut Colleens Nummer. »Wie weit seid ihr mit der National-Health-Kampagne? Haben wir eine Zusammenstellung oder irgend etwas, das ich jetzt präsentieren kann?«

»Ich fürchte nein«, erwiderte Colleen. »Es hatte noch keiner die zündende Idee, auf die du wartest. Ich hoffe immer noch auf den ganz großen Wurf.«

»Dann mach deinem Team mal Beine!« sagte Terese. »Ich habe den leisen Verdacht, daß man mir bei der National-Health-Kampagne am ehesten an den Karren fahren kann.«

»Wir haben bestimmt keine Däumchen gedreht«, entgegnete Colleen. »Das kann ich dir versichern.«

Terese legte auf, ohne sich zu verabschieden. Dann schnappte sie sich ihre Handtasche und stürmte über den Flur zur Damentoilette. Sie zupfte ihre dichten, blondgesträhnten Locken zurecht, bis sie etwas Ordnung in ihre Mähne gebracht hatte. Dann erneuerte sie ihr Rouge und trug ein wenig Lippenstift auf. Sie trat einen Schritt zurück und betrachtete sich im Spiegel. Zum Glück hatte sie sich heute morgen für ihr Lieblingskostüm entschieden; der dunkelblaue Gabardine schmiegte sich wie eine zweite Haut an ihre zierliche Figur und ließ sie ernst und streng erscheinen.

Zufrieden mit ihrem Aussehen, eilte sie zur Tür des Konferenzraumes. Sie atmete noch einmal tief durch, griff nach dem Knauf, drehte ihn und trat ein.

»Ah, da sind Sie ja, Miss Hagen«, rief Brian Wilson und warf einen Blick auf die Uhr. Er saß am Kopfende eines grobbehauenen Holztisches, der in der Mitte des Raumes stand. »Wie ich sehe, gönnen Sie sich inzwischen auch schon mal ein wenig Zeit für Ihre Bankgeschäfte.«

Brian war ein ziemlich kleiner Mann mit lichtem Haar. Vergeblich versuchte er, den kahlen Fleck auf seinem Kopf zu kaschieren, indem er sich das Seitenhaar darüberkämmte. Er trug wie immer ein weißes Hemd mit Krawatte, die er ein wenig gelöst hatte, um sich so den Touch eines gestreßten Zeitungsverlegers zu geben. Um sein Journalisten-Image zu vervollständigen, hatte er die Ärmel bis über die Ellbogen aufgekrempelt und sich einen gelben Bleistift hinter das rechte Ohr geklemmt. Trotz seines boshaften Kommentars mochte und respektierte Terese Brian. Als Finanzmanager war er sehr tüchtig.

»Ich war gestern nacht bis ein Uhr im Büro«, erklärte sie. »Wenn irgend jemand die Freundlichkeit besessen hätte, mir Bescheid zu sagen, wäre ich mit Sicherheit pünktlich erschienen.«

»Wir haben die Sitzung ganz spontan einberufen«, erklärte Taylor. Entsprechend seinem Laissez-faire-Managementstil stand er in der Nähe des Fensters. Er zog es vor, wie ein olympischer Gott über seinen Mitarbeitern zu schweben, und die Halbgötter und die einfachen Sterblichen dabei zu beobachten, wie sie sich an den zu bewältigenden Problemen abarbeiteten.

Taylor und Brian unterschieden sich in beinahe jeder Hinsicht voneinander. Brian war klein, Taylor war groß. Brian hatte eine Halbglatze, Taylors Haupt wurde von einem dichten, silbergrauen Haarschopf geziert. Während Brian wie ein gestreßter Zeitungs-Kolumnist auftrat und immer mit dem Rücken zur Wand zu stehen schien, verkörperte Taylor kultivierte Ruhe und Eleganz. Doch niemand zweifelte an Taylors umfassendem Verständnis für die Geschäftsangelegenheiten oder an seiner genialen Fähigkeit, allen Tag für Tag eintretenden taktischen Katastrophen und Kontroversen zum Trotz die strategischen Ziele der Firma stets im Auge zu behalten.

Terese nahm direkt gegenüber von ihrem Konkurrenten Robert Barker Platz. Er war ein großer Mann mit einem schmalen Gesicht und zusammengekniffenen Lippen. Was sein Outfit betraf, orientierte er sich an Taylor. Er trug stets elegante, dunkle Seidenanzüge und bunte Seidenkrawatten, wobei er die Krawatten zu seinem Markenzeichen gemacht hatte. Terese konnte sich nicht erinnern, daß er eine Krawatte zweimal getragen hatte.

Neben Robert saß Helen Robinson. Als Terese sie sah, begann ihr Herz noch schneller zu jagen. Helen war leitende Angestellte in Roberts Abteilung und speziell für National Health zuständig. Sie war eine auffallend attraktive Frau von fünfundzwanzig Jahren mit langem, kastanienbraunem Haar. Sie hatte volle, sinnliche Gesichtszüge und einen sonnengebräunten Teint, obwohl es erst März war.

Ebenfalls am Tisch saßen Phil Atkins, der Experte für Finanzfragen, sowie Carlene Desalvo, die die Planungsabteilung leitete.

Phil war ein tadelloser und korrekter Mann; er trug wie immer einen dreiteiligen Anzug und eine Drahtgestellbrille. Carlene, eine kluge Frau mit einer etwas fülligen Figur, kleidete sich fast immer weiß. Terese war etwas überrascht, die beiden bei dem Meeting anzutreffen.
»Wir stehen vor einem großen Problem mit der National Health«, erklärte Brian.
Terese erstarrte. Sie sah ein leises Lächeln über Roberts Gesicht huschen, das sie wütend machte. Sie wünschte sich inständig, vom Beginn der Sitzung an dabeigewesen zu sein.
Sie wußte, daß Probleme mit der National Health ins Haus standen. Das Unternehmen hatte vor einem Monat eine interne Überarbeitung verlangt, was im Klartext bedeutete, daß Willow und Heath eine vollkommen neue Werbekampagne präsentieren mußten, wenn sie den Etat nicht verlieren wollten. Und jeder wußte, daß sie den Etat behalten mußten. Er war rasch auf etwa vierzig Millionen im Jahr angewachsen, und die Tendenz war noch immer steigend. Werbeaufträge für das Gesundheitswesen waren äußerst lukrativ; man hoffte, mit ihnen das Loch stopfen zu können, das die Zigarettenindustrie hinterlassen hatte.
»Vielleicht können Sie Terese kurz über den neuesten Stand der Entwicklungen informieren?« wandte sich Brian an Robert.
»Ich überlasse meiner tüchtigen Assistentin Helen das Wort«, erwiderte Robert und grinste Terese herablassend an.
Helen rutschte auf ihrem Stuhl nach vorn. »Wie Sie ja wissen, hat unsere letzte Kampagne der National Health nicht besonders gefallen. Gestern haben sie die neuesten Zahlen über ihre Mitgliederentwicklung erhalten – und die Ergebnisse waren alles andere als gut. Im New Yorker Stadtgebiet hat die National Health gegenüber AmeriCare weitere Marktanteile verloren. Nach dem Bau ihres neuen Krankenhauses ist das für die National Health natürlich ein schwerer Schlag.«
»Und daran soll unsere Werbekampagne schuld sein?« platzte Terese heraus. »Das ist doch völlig absurd. Sie haben unseren Sechzig-Sekunden-Spot ja nur fünfundzwanzigmal ausgestrahlt. Das hat eben nicht ausgereicht. Auf gar keinen Fall.«
»Das mag Ihre Meinung sein«, erwiderte Helen gelassen. »Bei National Health sieht man die Sache allerdings anders.«

»Ich weiß, wie toll Sie Ihre Kampagne ›Gesundheitsvorsorge für das moderne Zeitalter‹ finden«, warf Robert ein. »Und der Slogan mag ja auch gelungen sein. Tatsache ist aber, daß die National Health seit Beginn dieser Kampagne Marktanteile verloren hat. Und die jüngsten Zahlen bestätigen diesen Trend.«

»Der Sechzig-Sekunden-Spot ist sogar für einen Clio-Preis vorgeschlagen worden«, konterte Terese. »Er ist verdammt gut und außerordentlich kreativ. Ich bin stolz darauf, daß mein Team so etwas zustande gebracht hat.«

»Das können Sie auch sein«, schaltete Brian sich ein. »Aber Robert hat das Gefühl, daß es unseren Kunden nicht interessiert, ob wir für den Spot einen Clio gewinnen. Denken Sie an die Devise der Agentur Benton und Bowles: ›Wenn sich das Produkt nicht verkauft, ist der Spot auch nicht kreativ.‹«

»Das ist genauso absurd«, fuhr Terese ihn an. »Die Kampagne ist absolut solide. Unsere Kundenabteilung hat es nur leider nicht geschafft, die National Health davon zu überzeugen, daß sie auch für eine angemessene Verbreitung ihrer Werbung bezahlen muß. Der Spot hätte bei einer ganzen Reihe von Lokalsendern laufen müssen, und zwar ständig!«

»Also bei allem Respekt«, ergriff Robert nun wieder das Wort, »der Kunde hätte mit Sicherheit mehr Werbezeit gekauft, wenn ihm der Spot gefallen hätte. Ich glaube nicht, daß die National Health jemals von der Idee begeistert war, die ganze Kampagne auf dem Slogan ›Die anderen gegen uns‹, altertümliche Medizin gegen moderne Medizin, aufzubauen. Der Spot war ja durchaus witzig, aber ob unser Kunde davon überzeugt war, daß die Zuschauer die altertümlichen Methoden auch wirklich mit den Konkurrenten der National Health Care assoziieren würden, also vor allem mit AmeriCare, das bleibt dahingestellt. Meine persönliche Meinung ist, daß die Message dieser Kampagne für die meisten Leute einfach zu hoch war.«

»Der springende Punkt ist doch, daß der National Health Care eine ganz spezifische Art von Werbung haben will«, meldete sich Brian zu Wort. »Erzählen Sie Terese, was Sie uns eben mitgeteilt haben.«

»Es ist ganz einfach«, fuhr Robert fort und gestikulierte wild mit den Händen. »Sie wollen entweder ›sprechende Menschen‹ se-

hen, ganz normale Patienten, die von ihren Erfahrungen berichten, oder alternativ einen berühmten Fürsprecher. Ob ihre Werbung einen Clio oder irgendeinen anderen Preis gewinnt, ist denen vollkommen egal. Sie wollen Marktanteile, und genau die will ich ihnen verschaffen.«
»Höre ich da etwa durch, daß Willow and Heath ihren kreativen Erfolgen den Rücken kehren und ein rein kommerzieller Laden werden wollen?« fragte Terese. »Wir sind kurz davor, uns als richtig große Agentur zu etablieren. Und wie sind wir da wohl hingekommen? Natürlich durch Qualitäts-Werbung. Wir haben die Tradition von Doyle-Dane-Bernback fortgesetzt. Wenn wir anfangen, uns von unseren Kunden die Produktion von rührseligem Kitsch diktieren zu lassen, dann sind wir zum Scheitern verurteilt.«
»Nun mal mit der Ruhe«, schaltete Taylor sich ein. »Was ich da höre, spiegelt genau den klassischen Konflikt zwischen der Kundenbetreuung und den Creatives wider. Glauben Sie etwa, Robert, Terese wäre ein selbstsüchtiges Kind, das darauf erpicht ist, den Kunden zu verärgern? Und Sie, Terese, glauben Sie, Robert wäre ein so kurzsichtiger Pragmatiker, daß er das Kind mit dem Bade ausschütten will? Das Problem ist doch, daß Sie beide im Recht und beide im Unrecht sind. Sie müssen sich gegenseitig von Nutzen sein, Sie müssen sich als ein Team begreifen! Hören Sie auf zu streiten, und versuchen Sie das Problem zu lösen!«
Für einen Augenblick herrschte Ruhe. Zeus hatte die Stimme erhoben, und wie immer fühlte jeder sich angesprochen.
»Okay«, sagte Brian schließlich. »Zum aktuellen Sachverhalt: Die National Health ist im Hinblick auf unsere langfristige Stabilität ein wichtiger Kunde. Vor gut einem Monat haben sie uns um die Überarbeitung unserer Kampagne gebeten, womit wir erst in ein paar Monaten gerechnet hatten. Jetzt wollen sie nächste Woche Fakten sehen.«
»Nächste Woche!« rief Teresa entsetzt. Es dauerte Monate, eine neue Kampagne zu entwickeln und präsentationsreif zu machen.
»Ich weiß, daß unsere kreativen Mitarbeiter durch diesen Termin stark unter Druck gesetzt werden«, sagte Brian. »Aber die National Health hat nun mal das Sagen. Und wenn ihnen unser

Angebot nicht gefällt, werden sie sich einfach eine andere Agentur suchen, und ich muß Sie wohl nicht daran erinnern, daß die großen Gesundheitsversorgungs-Konzerne für die Werbebranche die Dukatenesel des nächsten Jahrzehnts sein werden. Alle Agenturen reißen sich um sie.«

»Als Finanzexperte sollte ich Ihnen vielleicht einfach mal vor Augen führen, was der Verlust der National Health für unsere Bilanz bedeuten würde«, meldete sich Phil Atkins zu Wort. »Die vorgesehene Umstrukturierung unserer Firma müßten wir auf jeden Fall erst mal auf Eis legen, da wir nicht einmal genügend Mittel hätten, um unsere dann wertlosen Obligationen zurückzukaufen.«

»Wir dürfen den Kunden auf keinen Fall verlieren«, stellte Brian klar.

»Ich weiß allerdings nicht, ob es möglich ist, schon in der nächsten Woche eine neue Kampagne zu präsentieren«, gab Terese zu bedenken.

»Können Sie uns denn schon irgend etwas zeigen?« fragte Brian.

Terese schüttelte den Kopf.

»Aber irgend etwas müssen Sie doch haben«, drängte Robert. »Ich nehme doch an, daß eines von ihren Teams daran arbeitet.« Seine Mundwinkel verzogen sich wieder zu einem hämischen Grinsen.

»Natürlich arbeitet ein Team an der National-Health-Kampagne«, erwiderte Terese. »Aber uns fehlt noch die zündende Idee. Wir sind schließlich davon ausgegangen, daß wir noch etliche Monate Zeit haben würden.«

»Vielleicht sollten Sie noch ein paar Leute mehr auf die Kampagne ansetzen«, schlug Brian vor. »Aber das überlasse ich Ihnen.« An den Rest der Gruppe gewandt, sagte er: »Die Sitzung ist damit verschoben, bis unser Creative Team etwas vorzuweisen hat.« Dann stand er auf; alle anderen folgten ihm.

Benommen taumelte Terese aus dem Konferenzraum und ging die Treppe hinunter in das Hauptatelier der Agentur.

Willow and Heath hatten mit einem Trend gebrochen, der vor allem während der siebziger und achtziger Jahre vorgeherrscht hatte. Damals hatten die New Yorker Werbeagenturen sich vor

allem in eleganten Stadtteilen wie TriBeCa und Chelsea angesiedelt. Willow and Heath hingegen waren an den traditionellen Tummelplatz der Agenturen, an die Madison Avenue, zurückgekehrt und hatten dort etliche Etagen eines nicht übermäßig großen Gebäudes gemietet.
Terese entdeckte Colleen an ihrem Zeichentisch.
»Was ist los?« fragte Colleen. »Du bist ja ganz blaß.«
»Es gibt Ärger«, erwiderte Terese.
Colleen war die erste Mitarbeiterin gewesen, die Terese eingestellt hatte. Sie kamen nicht nur beruflich, sondern auch privat sehr gut miteinander aus. Colleen hatte rotblondes Haar und war sehr hellhäutig; ein paar lustige Sommersprossen zierten ihre Stupsnase. Sie hatte tiefblaue Augen, die noch intensiver strahlten als die von Terese. Am liebsten trug sie übergroße Sweatshirts, die ihre beneidenswerte Figur auf wundersame Weise nicht verbargen, sondern noch betonten. »Laß mich raten«, sagte Colleen. »Hat die National Health den Termin für die Präsentation vorgezogen?«
»Woher weißt du das?«
»Intuition«, sagte Colleen. »Als du von Ärger gesprochen hast, war das das Schlimmste, was mir eingefallen ist.«
»In der Robert-and-Helen-News-Show haben sie berichtet, daß die National Health trotz unserer Kampagne weitere Marktanteile an AmeriCare verloren hat.«
»So ein Mist!« fluchte Colleen. »Dabei ist die Kampagne so gut! Unser Sechzig-Sekunden-Spot ist einfach klasse!«
»Du weißt das, und ich weiß das«, erwiderte Terese. »Das Problem ist nur, daß sie den Spot nicht oft genug gesendet haben. Ich habe den Verdacht, daß Helen uns in den Rücken gefallen ist und der National Health ausgeredet hat, den Werbespot – so wie es ursprünglich vorgesehen war – zweihundert- bis dreihundertmal einzusetzen. Damit hätte man genau den richtigen Sättigungsgrad erreicht, und der Spot wäre erfolgreich gewesen.«
»Hast du mir nicht erzählt, daß du alle Register ziehen wolltest, um der National Health zu höheren Marktanteilen zu verhelfen?« fragte Colleen.
»Ja, und das habe ich auch getan«, erwiderte Terese. »Ich habe mich angestrengt wie noch nie. Und es ist der beste Sechzig-Se-

kunden-Spot, den ich je gemacht habe! Das hast auch du mir versichert!«

Terese rieb sich die Stirn. Sie spürte, daß sie Kopfschmerzen bekommen würde. In ihren Schläfen hämmerte noch immer der Puls.

»Jetzt rück schon raus mit der schlechten Nachricht«, drängte Colleen, legte ihren Bleistift beiseite und drehte sich zu Terese um. »Welchen Termin haben sie gesetzt?«

»National Health erwartet, daß wir ihnen nächste Woche eine neue Kampagne präsentieren.«

»Nein!« rief Colleen entsetzt.

»Was haben wir denn schon?«

»Nicht viel.«

»Du mußt doch irgendwelche Vorlagen oder Entwürfe haben«, drängte Terese. »Ich habe mich in der letzten Zeit nicht intensiver um dich kümmern können, weil mir bei drei anderen Kunden Termine im Nacken saßen. Aber du arbeitest doch schon seit fast einem Monat an der neuen Kampagne.«

»Wir haben eine Strategiesitzung nach der anderen gehabt«, erklärte Colleen. »Jede Menge Brainstormings, aber keine richtig gute Idee. Ich weiß ja in etwa, wonach du suchst.«

»Okay, dann zeig mir, was du hast«, sagte Terese. »Es ist mir egal, wie bruchstückhaft oder unfertig eure Arbeit ist. Ich will sehen, was das Team bisher zustande gebracht hat – und zwar noch heute.«

»Wie du willst«, erwiderte Colleen ohne jede Begeisterung. »Ich sag' meinen Leuten Bescheid.«

## 3. Kapitel
## Mittwoch, 20. März 1996, 11.15 Uhr

Susanne Hard haßte Krankenhäuser.
Als Kind war sie oft wegen einer seitlichen Verbiegung ihrer Wirbelsäule stationär behandelt worden. Seitdem machten alle Krankenhäuser sie nervös. Sie haßte das Gefühl, die Kontrolle über ihr Leben anderen zu überlassen, und genausowenig konnte sie es leiden, von Kranken und Sterbenden umgeben zu sein. Susanne glaubte fest an das Sprichwort ›Wenn etwas schiefgehen kann, dann geht es auch schief‹. Vor allem im Hinblick auf Krankenhäuser. So war sie bei ihrer letzten Einlieferung wie aus heiterem Himmel in die Urologie gekarrt worden, wo man im Begriff gewesen war, sie einer fürchterlichen Prozedur zu unterziehen, und es hatte sie einige Anstrengung gekostet, einen zögerlichen Krankenhausmitarbeiter zu überreden, er möge doch bitte einmal den Namen an ihrem Handgelenk überprüfen. Er hatte natürlich die falsche Patientin erwischt.
Diesmal war Susanne nicht wegen einer Krankheit eingeliefert worden. In der vergangenen Nacht hatten ihre Wehen eingesetzt; sie war zum zweitenmal schwanger. Und da auch ihr Becken deformiert war, konnte sie nicht auf normalem Wege gebären. Das Kind hatte genau wie das erste mit Hilfe eines Kaiserschnitts auf die Welt geholt werden müssen.
Da sie operiert worden war, hatte ihr Arzt darauf bestanden, sie wenigstens für ein paar Tage im Krankenhaus zu behalten, obwohl sie sich gehörig gesträubt hatte.
Sie versuchte sich ein wenig zu entspannen, indem sie sich ausmalte, wie das Baby sich wohl entwickeln würde. Würde es seinem Bruder Allen ähneln? Der war als Baby einfach hinreißend gewesen und hatte fast vom ersten Tag an nachts durchgeschlafen. Inzwischen war er drei und wurde zusehends selbständiger.

Deshalb freute Susanne sich riesig auf das Baby. Sie ging voll und ganz in ihrer Mutterrolle auf.
Plötzlich schreckte sie hoch. Überrascht stellte sie fest, daß sie wohl eingenickt war. Eine Schwester hatte an den Infusionsflaschen herumhantiert, die am Kopfende ihres Bettes an einem Ständer hingen; davon war sie aufgewacht.
»Was machen Sie da?« fragte Susanne. Sie konnte es nicht ertragen, wenn jemand etwas tat, worüber sie nicht informiert war.
»Tut mir leid, daß ich Sie geweckt habe, Mrs. Hard. Ich habe nur eine neue Infusionsflasche angebracht. Die alte war fast leer.«
Susanne musterte den Schlauch, der sich bis zur Rückseite ihrer Hand hinunterschlängelte. Als erfahrene Krankenhauspatientin fragte sie, ob es nicht eigentlich an der Zeit sei, den Schlauch zu entfernen.
»Ich kann mich ja mal erkundigen«, bot die Schwester an und verließ das Zimmer.
Susanne streckte ihren Kopf nach hinten, um die Aufschrift auf der Infusionsflasche zu lesen, doch die Flasche hing nach unten, und die Schrift stand auf dem Kopf. Den Versuch, sich auf die Seite zu drehen, brach sie schnell wieder ab, als ein stechender Schmerz sie an ihre frische Wunde erinnerte. Vorsichtig atmete sie ein. Das bereitete ihr keine Schmerzen, nur ganz zum Schluß verspürte sie einen leichten Schmerz. Sie schloß die Augen und bemühte sich, ruhiger zu werden. Sie wußte, daß ihr Körper noch unter dem Einfluß der Medikamente stand, die sie während der Anästhesie bekommen hatte; deshalb hätte sie eigentlich ohne Probleme schlafen können müssen. Doch angesichts der vielen Menschen, die in ihrem Zimmer ein- und ausgingen, war sie sich gar nicht so sicher, ob sie überhaupt schlafen wollte.
Plötzlich wurde sie von leise aneinanderklappernden Plastikteilen hochgeschreckt. Sie öffnete die Augen und sah neben der Kommode einen Hilfspfleger stehen.
»Entschuldigen Sie bitte«, sprach sie ihn an.
Der Mann drehte sich um. Er sah ziemlich gut aus und trug über seiner Dienstkleidung einen weißen Kittel. Auf die Entfernung konnte Susanne sein Namensschildchen nicht entziffern. Er schien ziemlich überrascht, daß er angesprochen wurde.
»Hoffentlich habe ich Sie nicht gestört«, sagte er.

»Jeder stört mich«, klagte Susanne, ohne es böse zu meinen. »Ich komme mir hier langsam vor wie in der Grand Central Station.«
»Es tut mir wirklich leid«, stammelte der Mann. »Ich kann auch später wiederkommen, wenn Ihnen das lieber ist.«
»Was tun Sie da überhaupt?«
»Ich fülle nur Ihren Luftbefeuchter auf.«
»Wozu in aller Welt brauche ich denn einen Luftbefeuchter? Nach meinem letzten Kaiserschnitt habe ich auch keinen gehabt.«
»In dieser Jahreszeit verordnen die Anästhesisten häufig so ein Gerät«, erklärte der Mann. »Viele Patienten leiden nach der Operation unter Halsschmerzen, die von dem Endotrachealtubus herrühren, der während der Narkose in die Luftröhre geschoben wird. Meistens hilft es dann, wenn man am ersten Tag nach der Operation – oder auch nur während der ersten Stunden – für ausreichend Luftfeuchtigkeit sorgt. Soll ich lieber später wiederkommen?«
»Tun Sie, was Sie zu tun haben«, entgegnete Susanne.
Kaum war der Mann verschwunden, stand die Krankenschwester wieder im Zimmer. »Sie hatten recht«, sagte sie. »Die Anweisung lautete tatsächlich, den Infusionsschlauch herauszunehmen, als die Flasche durchgelaufen war.«
Susanne nickte nur. Am liebsten hätte sie die Schwester gefragt, ob sie die Anweisungen der Ärzte öfter mißachtete. Sie seufzte. Eigentlich wollte sie nur nach Hause. Als die Injektionsnadel entfernt war, beruhigte sie sich und döste wieder ein. Doch ihr schien keine Ruhe vergönnt zu sein. Jemand stupste sie am Arm. Susanne öffnete die Augen und blickte in das lächelnde Gesicht einer anderen Krankenschwester. In der Hand hielt sie eine Fünf-Milliliter-Spritze.
»Ich habe hier etwas für Sie«, flötete sie, als wäre Susanne ein Kleinkind, dem sie nicht eine Spritze, sondern ein Bonbon hinhielt.
»Was ist das?« wollte Susanne wissen und rollte sich instinktiv auf die Seite.
»Das Schmerzmittel, nach dem Sie verlangt haben«, erwiderte die Schwester. »Legen Sie sich bitte ganz auf die Seite, damit ich Ihnen die Spritze geben kann.«

»Ich habe nicht nach einem Schmerzmittel verlangt.«
»Aber natürlich haben Sie das«, insistierte die Schwester.
»Nein, das habe ich auf keinen Fall.«
Von einer Sekunde auf die andere verfinsterte sich der Gesichtsausdruck der Krankenschwester. »Dann ist es eben eine Anweisung Ihres Arztes. Jedenfalls sollen Sie alle sechs Stunden eine Spritze gegen Schmerzen bekommen.«
»Aber ich habe kaum Schmerzen«, warf Susanne ein. »Nur wenn ich mich bewege oder ganz tief einatme.«
»Da sehen Sie's«, sagte die Schwester. »Sie müssen tief einatmen, sonst haben Sie bald eine Lungenentzündung. Kommen Sie schon, drehen Sie sich um!«
Susanne überlegte kurz. Eigentlich wollte sie sich gegen die Spritze wehren, andererseits mochte sie es, wenn man sich um sie kümmerte. Und gegen ein Schmerzmittel war ja nicht viel einzuwenden. Vielleicht konnte sie danach sogar endlich mal richtig schlafen.
»Okay«, sagte sie und rollte sich mit zusammengebissenen Zähnen auf die Seite.

# 4. Kapitel
## Mittwoch, 20. März 1996, 14.05 Uhr

Du weißt genau, daß Laurie recht hat«, sagte Chet McGovern. Chet und Jack aßen in ihrem engen Büro im vierten Stock des Gerichtsmedizinischen Instituts. Sie hatten beide die Füße auf ihre grauen Metallschreibtische gelegt. Die für diesen Tag angesetzten Autopsien waren erledigt. Sie hatten zu Mittag gegessen und mußten sich nun der Schreibarbeit widmen.
»Natürlich hat sie recht«, gab Jack zu.
»Wenn du das weißt – warum provozierst du Calvin dann trotzdem? Das ist doch irrational. Du tust dir damit bestimmt keinen Gefallen. Wenn du weiter den Dickkopf spielst, kommst du in diesem System nie nach oben.«
»Ich will auch gar nicht nach oben kommen«, stellte Jack klar.
»Sag das noch mal!« rief Chet. Wer in der Hierarchie des riesigen Medizinbetriebs nicht aufsteigen wollte, galt zwangsläufig als Sonderling.
Jack ließ seine Füße auf den Boden plumpsen, stand auf, streckte sich und gähnte laut. Mit seinen ein Meter dreiundachtzig wirkte er recht kräftig; man sah ihm an, daß er regelmäßig Sport trieb. Wenn er zu lange am Autopsietisch stand oder am Schreibtisch hockte, hatte er immer das Gefühl, seine Muskeln verkrampften sich, vor allem betraf das seinen Musculus quadriceps.
»Ich bin ganz froh, daß ich nur ein kleiner Leichenaufschlitzer bin«, sagte er und ließ seine Fingerknöchel knacken.
»Willst du etwa nicht so schnell wie möglich offiziell zugelassener Pathologe werden?« fragte Chet überrascht.
»Doch, natürlich will ich die Zulassung haben«, erwiderte Jack. »Das ist etwas anderes. Die offizielle Zulassung würde mich ja persönlich weiterbringen. Was mich aber nicht die Bohne interessiert, ist Supervisor-Funktionen zu übernehmen. Ich will als

Gerichtsmediziner arbeiten. Jede Art von Bürokratie und Papierkrieg ist mir zuwider.«

»Junge, Junge.« Chet ließ ebenfalls seine Füße auf den Boden plumpsen. »Jedesmal wenn ich mir einbilde, dich ein bißchen zu kennen, kommst du mit einer neuen Überraschung. Jetzt teilen wir schon seit fast fünf Monaten dieses Büro, und du bist für mich immer noch ein unbeschriebenes Blatt. Ich weiß nicht einmal, wo du überhaupt wohnst.«

»Als ob dich das interessieren würde«, stichelte Jack.

»Jetzt sag schon«, drängelte Chet. »Du weißt genau, was ich meine.«

»Ich wohne auf der Upper West Side«, erwiderte Jack. »Das ist kein Geheimnis.«

»In der Höhe der Siebziger?«

»Ein bißchen höher.«

»Achtziger?«

»Noch höher.«

»Du willst mir doch wohl nicht weismachen, daß du oberhalb der Neunzigsten wohnst?« fragte Chet.

»Ein bißchen schon«, gestand Jack. »Ich wohne in der 106th Street.«

»Dann wohnst du ja in Harlem.«

Jack zuckte mit den Achseln, setzte sich wieder an seinen Schreibtisch und beugte sich über einen der unerledigten Fälle. »Was ist schon dabei?«

»Warum, um alles in der Welt? Es gibt in New York so viele schöne Ecken. Auch außerhalb der Stadt läßt sich's gut leben. In Harlem – da oben muß es doch ziemlich gefährlich sein.«

»Ich seh' das anders«, entgegnete Jack. »Dort gibt es jede Menge Sportplätze, und ein besonders guter ist gleich bei mir nebenan. Ich bin doch ein Basketball-Freak.«

»Jetzt ist mir endgültig klar, daß du verrückt sein mußt«, sagte Chet. »Die Spielfelder und diese wild zusammengewürfelten Straßenmannschaften sind doch alle von Gangs kontrolliert. Du mußt es wirklich darauf anlegen, möglichst schnell in den Himmel zu kommen. Ich fürchte, du wirst ziemlich bald auf einem unserer Tische liegen – auch ohne deine haarsträubenden Mountainbike-Touren.«

»Ich habe noch nie Probleme gehabt«, wandte Jack ein. »Immerhin habe ich die neuen Rückwände und die Beleuchtung gestellt, und die Bälle gehen auch auf meine Rechnung. Die Gang in meinem Viertel weiß das durchaus zu schätzen; sie behandeln mich sogar ziemlich rücksichtsvoll.«

Chet musterte seinen Kollegen nicht ganz ohne Ehrfurcht. Er versuchte sich vorzustellen, wie Jack mitten im schwarzen Harlem auf einem Basketballfeld hin- und herrannte. Bestimmt stach er aufgrund seines Aussehens hervor; er hatte hellbraunes Haar und einen komischen, etwas zotteligen Julius-Caesar-Schnitt.

»Was hast du eigentlich gemacht, bevor du Medizin studiert hast?« fragte er.

»Ich bin aufs College gegangen«, erwiderte Jack. »Wie wohl die meisten, die später die Uni besuchen. Oder bist du etwa nicht auf einem College gewesen?«

»Natürlich war ich auf dem College«, erwiderte Chet. »Calvin hat recht: Du bist ein richtiger Klugscheißer. Du weißt genau, worauf ich hinaus will. Mit deiner Pathologenausbildung bist du doch gerade erst fertig geworden – also was hast du in der Zwischenzeit gemacht?« Er hatte diese Frage schon seit Monaten stellen wollen, doch bisher hatte sich nie eine passende Gelegenheit ergeben.

»Ich war Augenarzt«, erwiderte Jack. »Ich hatte sogar eine eigene Praxis, draußen in Champaign, Illinois. Damals war ich ein ganz konventioneller, spießiger Vorstädtler.«

»Klar«, amüsierte ich Chet. »Und ich war ein buddhistischer Mönch. Daß du mal Augenarzt warst, kann ich mir ja noch vorstellen. Immerhin habe ich jahrelang in der Notaufnahme gearbeitet – bis mir endlich ein Licht aufgegangen ist. Aber du und spießig? Das ist völlig ausgeschlossen.«

»Glaub mir, es ist wahr«, insistierte Jack. »Ich hieß damals John und nicht Jack. Du hättest mich nicht wiedererkannt. Ich war viel schwerer. Außerdem hatte ich viel längeres Haar; ich hatte einen Seitenscheitel, so wie zu High-School-Zeiten. Und am liebsten habe ich karierte Anzüge getragen.«

»Und was ist dann passiert?« fragte Chet, ungläubig Jacks schwarze Jeans, das blaue Sporthemd und die dunkelblaue Wollkrawatte musternd.

Als plötzlich jemand an den Türrahmen klopfte, brach die Unterhaltung ab. Sie drehten sich um und sahen Agnes Finn, die Leiterin des Mikrobiologie-Labors, in der Tür stehen. Agnes war eine kleine, ernsthafte Frau mit widerspenstigem Haar und dicken Brillengläsern.
»Ich habe eine kleine Überraschung für Sie«, sagte sie zu Jack, wedelte triumphierend mit einem Blatt Papier, blieb aber im Türrahmen stehen. Ihr etwas mürrischer Gesichtsausdruck veränderte sich nicht.
»Wollen Sie uns raten lassen oder was?« Jack platzte fast vor Neugier, denn normalerweise pflegte Agnes die Laborergebnisse nicht persönlich zu überbringen.
Agnes schob sich die Brille etwas höher auf die Nase und reichte Jack das Blatt. »Der Immunofluoreszenztest, den Sie für Nodelman angefordert hatten.«
»Hab' ich's nicht gesagt?« triumphierte Jack, nachdem er die Ergebnisse studiert hatte. Er reichte das Blatt an Chet weiter.
Der warf einen Blick auf das Papier. Dann sprang er plötzlich auf. »Ach du heilige Scheiße!« schrie er. »Nodelman hat tatsächlich die verfluchte Pest gehabt!«
»Das Ergebnis hat uns ziemlich überrascht«, sagte Agnes in ihrem normalen, monotonen Tonfall. »Wollen Sie, daß wir weitere Tests vornehmen?«
Jack dachte kurz nach und kniff sich dabei immer wieder in die Unterlippe. »Lassen Sie uns versuchen, Kulturen von einigen der sich noch im Anfangsstadium befindlichen Abszesse anzuzüchten«, schlug er vor. Außerdem sollten wir ein paar von den üblichen Kontrastfärbungen vornehmen. Was wird bei Pest empfohlen?«
»Die Giemsa- oder Wayson-Färbung«, erwiderte Agnes. »Mit Hilfe dieser Verfahren ist es normalerweise möglich, die typisch doppelpolige ›Sicherheitsnadel‹-Morphologie der Pestbakterien zu erkennen.«
»Gut, machen Sie das«, ordnete Jack an. »Vor allem muß es uns natürlich gelingen, den Krankheitserreger anzuzüchten. Solange wir das nicht geschafft haben, können wir lediglich vermuten, daß wir es mit der Pest zu tun haben.«
»In Ordnung«, sagte Agnes und wollte schon davonstürmen, doch Jack hielt sie zurück.

»Ich nehme an, Sie wissen, daß Sie äußerst vorsichtig sein müssen«, warnte er seine Kollegin.
»Natürlich. Wir haben eine Schutzmaske der Laborsicherheitsstufe drei, und die werde ich auch benutzen.«
»Das ist ja schier unglaublich«, entfuhr es Chet, als sie wieder allein waren. »Woher, zum Teufel, hast du das gewußt?«
»Ich war mir gar nicht sicher«, erwiderte Jack. »Aber Calvin hat mich ja regelrecht gezwungen, eine Diagnose zu stellen. Um ehrlich zu sein – eigentlich sollte es eher ein Witz sein. Natürlich haben alle Anzeichen darauf hingedeutet, aber ich habe nicht im Traum damit gerechnet, daß ich wirklich recht haben könnte. Da dies nun offensichtlich doch der Fall ist, ist die Sache gar nicht mehr so spaßig. Der einzige positive Aspekt ist, daß ich von Calvin zehn Dollar kriege.«
»Dafür wird er ewig einen Haß auf dich haben«, bemerkte Chet.
»Das ist meine geringste Sorge«, erwiderte Jack. »Ich bin völlig sprachlos. Ein Fall von Lungenpest. Und das im März in New York City. Und angeblich hat das Opfer sich den Erreger in einem Krankenhaus eingefangen! Das kann natürlich nicht stimmen, es sei denn, im Manhattan General Hospital haust eine Horde von infizierten, flohbefallenen Ratten. Nodelman muß Kontakt zu irgendeinem infizierten Tier gehabt haben. Ich schätze, er ist vor kurzem von irgendeiner Fernreise zurückgekehrt.«
Jack griff nach dem Telefonhörer.
»Wen rufst du an?« fragte Chet.
»Bingham natürlich«, erwiderte Jack, während er die Nummer in die Tastatur hackte. »Es muß sofort etwas unternommen werden. Dies ist eine verdammt heiße Kartoffel – und ich will sie so schnell wie möglich loswerden.«
Mrs. Sanford teilte Jack mit, Dr. Bingham sei im Rathaus und werde auch den ganzen Tag dort bleiben. Er habe sie ausdrücklich angewiesen, ihn auf keinen Fall zu stören, da er mit dem Bürgermeister wichtige Dinge zu besprechen habe.
»So viel zu unserem Chef«, bemerkte Jack und wählte sofort die Nummer von Calvin. Doch auch bei ihm hatte er kein Glück. Calvins Sekretärin teilte mit, ihr Chef sei wegen eines Krankheitsfalls in der Familie frühzeitig nach Hause gegangen.
Jack legte auf und trommelte mit den Fingern auf der Arbeits-

fläche seines Schreibtisches. »Wir niederen Knechte sind auf uns selbst gestellt«, sagte er. Plötzlich rollte er schwungvoll mit seinem Stuhl zurück, sprang auf und stürmte zur Tür.
Chet sprang ebenfalls auf und folgte ihm. »Wo willst du hin?«
»Nach unten«, erwiderte Jack. »Ich will mit Bart Arnold sprechen.« Er stand vor dem Fahrstuhl und drückte den Knopf. »Ich brauche mehr Informationen. Irgend jemand muß herausfinden, wo der Pestfall seinen Ursprung hat, sonst wird in dieser Stadt bald ganz schön was los sein.«
»Solltest du nicht lieber auf Bingham warten?« versuchte Chet ihn aufzuhalten. »Diese Entschlossenheit in deinen Augen beunruhigt mich.«
»Ich wußte gar nicht, daß ich so leicht zu durchschauen bin«, erwiderte Jack und lachte. »Es stimmt. Der Fall hat mich neugierig gemacht. Ich muß wissen, was es damit auf sich hat.«
Die Fahrstuhltür glitt auf, und Jack trat hinein. Chet stellte sich in die offene Tür. »Jack, tu mir einen Gefallen, und sei vorsichtig! Ich bin gern mit dir in einem Büro. Paß auf, daß du niemandem auf die Füße trittst!«
»Ich?« fragte Jack. »Ich bin doch die Diplomatie in Person.«
»Dann bin ich Moammar Al Gaddhafi«, erwiderte Chet und gab die Tür frei.
Jack war wirklich aufgedreht und guter Dinge. Er mußte sogar lächeln, als er sich in Erinnerung rief, wie er Laurie erzählt hatte, daß er hoffe, Nodelman sei an einer Krankheit gestorben, die das Krankenhaus und damit AmeriCare ernsthaft in die Bredouille bringen werde. Dabei hatte er an die Legionärskrankheit oder so etwas gedacht. Die Pest war natürlich noch zehnmal besser. Jetzt konnte er nicht nur AmeriCare einen dicken Skandal anhängen – zusätzlich würde er noch das Vergnügen haben, sich seine zehn Dollar von Calvin abzuholen.
Im Erdgeschoß stieg er aus und steuerte direkt auf das Büro von Bart Arnold zu. Bart war der leitende Pathologie-Assistent. Zum Glück saß er an seinem Schreibtisch.
»Wir haben heute eine vorläufige Pestdiagnose gestellt«, begann Jack. »Ich muß sofort mit Janice Jaeger sprechen.«
»Aber sie wird jetzt schlafen«, entgegnete Bart. »Kann das nicht warten?«

»Nein.«
»Wissen Bingham oder Calvin Bescheid?«
»Sie sind beide nicht im Haus, und keiner weiß, wann sie zurückkommen.«
Bart zögerte einen Augenblick, dann kramte er die Nummer von Janice hervor und rief sie an. Er entschuldigte sich für die Störung, erklärte ihr, Dr. Stapleton wolle sie sprechen, und reichte Jack den Hörer.
Jack berichtete ihr von den Ergebnissen im Falle Nodelman. Schlagartig war jede Schläfrigkeit aus Janice' Stimme verschwunden.
»Wie kann ich Ihnen helfen?«
»Haben Sie in den Krankenhausunterlagen irgendeinen Hinweis darauf entdeckt, daß der Patient eine Reise unternommen hatte?«
»Nicht daß ich mich erinnere.«
»Irgendein Hinweis auf Kontakt zu Haustieren oder freilebenden Tieren?«
»Nein, nichts dergleichen«, antwortete Janice. »Aber ich kann heute abend noch mal im Manhattan General vorbeischauen. Diese Fragen sind nämlich nie explizit gestellt worden.«
Jack bedankte sich und versicherte Janice, daß er sich selbst darum kümmern werde. Dann drückt er Bart den Hörer in die Hand und eilte zurück in sein Büro.
Chet sah von seinen Unterlagen auf. »Hast du irgend etwas herausgefunden?«
»Rein gar nichts.« Jack nahm sich sofort Nodelmans Akte vor. Er blätterte sie schnell durch, bis er den vollständig ausgefüllten Identifikationsvermerk gefunden hatte. Auf dieser Seite waren die Telefonnummern der nächsten Verwandten notiert. Jack wählte die Nummer von Nodelmans Frau. Es war ein Anschluß in der Bronx.
Beim zweiten Klingeln hob Mrs. Nodelman ab.
»Hier spricht Dr. Stapleton«, sagte Jack. »Ich bin Gerichtsmediziner, und ich bin bei der Stadt New York angestellt.« Und dann mußte er erst einmal die Rolle eines Gerichtsmediziners erklären, denn auch die alte Bezeichnung ›Coroner‹, wie die Untersuchungsbeamten früher genannt worden waren, sagte Mrs.

Nodelman nichts. »Ich würde Ihnen gern ein paar Fragen stellen«, erklärte er, als Mrs. Nodelman endlich verstanden hatte, wer er war.

»Es kam so plötzlich«, schluchzte Mrs. Nodelman. »Er hatte zwar Diabetes, aber daß er so plötzlich sterben würde – damit hatte doch niemand gerechnet.«

»Es tut mir sehr leid für Sie«, sagte Jack. »Könnten Sie mir vielleicht trotzdem sagen, ob Ihr Mann in letzter Zeit eine Reise unternommen hat?«

»Vor ungefähr einer Woche war er in New Jersey«, erwiderte Mrs. Nodelman. Jack hörte, wie sie sich schneuzte.

»Ich hatte eigentlich an weiter entfernte Ziele gedacht«, sagte Jack. »Zum Beispiel an eine Reise in den Südwesten oder vielleicht nach Indien.«

»Er ist jeden Tag nach Manhattan gefahren, mehr nicht«, erwiderte Mrs. Nodelman.

»Hatten Sie vielleicht Besuch aus einem exotischen Land?« fragte Jack.

»Donalds Tante war im Dezember bei uns.«

»Und woher kommt sie?«

»Aus Queens.«

»Queens«, wiederholte Jack. »Das ist auch nicht gerade das, woran ich denke. Hatte Ihr Mann Kontakt zu freilebenden Tieren? Zum Beispiel zu Kaninchen?«

»Nein«, erwiderte Mrs. Nodelman. »Donald konnte Kaninchen nicht ausstehen.«

»Haben Sie Haustiere?«

»Eine Katze«, antwortete sie.

»Ist die Katze krank? Oder hat die Katze irgendwelche Nagetiere mit nach Hause gebracht?«

»Der Katze geht es prima«, erwiderte Mrs. Nodelman. »Außerdem ist sie eine Hauskatze. Sie geht nie nach draußen.«

»Wie steht es mit Ratten?« bohrte Jack weiter. »Sehen Sie in der Nähe Ihres Hauses manchmal welche? Haben Sie in letzter Zeit tote Ratten entdeckt?«

»Wir haben keine Ratten«, antwortete Mrs. Nodelman empört. »Wir leben in einem schönen und sauberen Apartment.«

Jack überlegte, was er die Frau noch fragen könnte, doch im Au-

genblick fiel ihm nichts mehr ein. »Mrs. Nodelman«, fuhr er fort. »Sie waren sehr freundlich. Ich stelle Ihnen all diese Fragen, weil wir Grund zu der Annahme haben, daß Ihr Mann an einer gefährlichen Infektionskrankheit gestorben ist. Wir glauben, daß er die Pest hatte.«
Am anderen Ende der Leitung entstand eine kurze Pause.
»Meinen Sie die Beulenpest, die vor ein paar hundert Jahren in Europa grassierte?« fragte Mrs. Nodelman schließlich.
»Etwas Ähnliches«, erwiderte Jack. »Es gibt zwei klinische Varianten der Pest, die Beulenpest und die Lungenpest. Ihr Mann hat sich wahrscheinlich mit der Lungenpest infiziert, der ansteckenderen Variante. Ich möchte Ihnen deshalb empfehlen, Ihren Arzt aufzusuchen und ihn zu informieren, daß Sie womöglich mit Pestbakterien in Berührung gekommen sind. Ich bin sicher, daß er Ihnen vorbeugend Antibiotika verschreiben wird. Außerdem rate ich Ihnen, mit Ihrer Katze zum Tierarzt zu gehen und ihm das gleiche zu erzählen.«
»Ist es so ernst?«
»Es ist sogar sehr ernst«, erwiderte Jack. Für den Fall, daß sie noch Fragen haben sollte, gab er ihr seine Telefonnummer. Außerdem bat er sie, ihn anzurufen, falls der Tierarzt an der Katze etwas Verdächtiges feststellen sollte.
Jack legte auf und wandte sich an Chet. »Es wird immer mysteriöser.« Nach einer Pause fügte er gut gelaunt hinzu: »Diese Geschichte wird AmeriCare nicht so leicht verdauen, das verspreche ich dir.«
»Jetzt hast du wieder diesen Gesichtsausdruck, der mir einen Schauer über den Rücken jagt.«
Jack lachte, stand auf und ging zur Tür.
»Wo gehst du hin?«
»Ich erzähle Laurie Montgomery, was los ist. Sie ist heute unsere Vorgesetzte und sollte wohl Bescheid wissen.«
Ein paar Minuten später war er zurück.
»Was hat sie gesagt?« fragte Chet.
»Sie war genauso geschockt wie wir.« Jack nahm das Telefonbuch zur Hand, setzte sich und suchte die Seite mit den zahlreichen Nummern der Stadtverwaltung.
»Will sie, daß du irgend etwas unternimmst?« wollte Chet wissen.

»Nein«, antwortete Jack. »Sie meint, ich soll erst einmal nichts unternehmen und warten, bis Bingham informiert ist. Sie hat ebenfalls versucht, unseren berühmten Chef zu erreichen, aber der hockt immer noch mit dem Bürgermeister zusammen und ist für niemanden zu sprechen.«
Jack nahm den Hörer ab und wählte.
»Wen rufst du an?« fragte Chet.
»Patricia Markham, die Gesundheitsbeauftragte. Ich will lieber nicht länger warten.«
»Bist du verrückt!« rief Chet und verdrehte die Augen. »Das solltest du Bingham überlassen! Immerhin ist sie seine Chefin, und du willst sie hinter seinem Rücken anrufen?«
Jack nannte der Sekretärin der Gesundheitsbeauftragten bereits seinen Namen. Als diese ihn bat, einen Augenblick zu warten, legte er seine Hand auf die Muschel und flüsterte Chet zu: »Du wirst es nicht glauben – sie ist da!«
»Eins verspreche ich dir«, flüsterte Chet zurück. »Bingham wird das nicht einfach so auf sich beruhen lassen.«
Jack hob die Hand, um Chet zu bedeuten, daß er jetzt still sein soll. »Hallo, Dr. Markham«, sagte er. »Hier spricht Jack Stapleton vom Gerichtsmedizinischen Institut. Tut mir leid, daß ich Ihnen den Tag verderben muß, aber ich dachte, ich sollte Sie lieber anrufen. Dr. Bingham und Dr. Washington sind im Augenblick nicht zu erreichen, und wir stehen vor einer Situation, über die Sie meiner Meinung nach informiert sein sollten. Wir haben soeben eine mutmaßliche Pestdiagnose gestellt, und zwar bei einem Patienten, der uns aus dem Manhattan General Hospital zugeführt wurde.«
»Um Himmels willen!« rief Dr. Markham so laut, daß sogar Chet sie verstehen konnte. »Das ist ja furchtbar! Es handelt sich doch wohl hoffentlich um einen Einzelfall.«
»Bis jetzt ja«, erwiderte Jack.
»In Ordnung, ich alarmiere sofort das Gesundheitsamt«, sagte Dr. Markham. »Dort wird man sich um die Angelegenheit kümmern und das *Center for Disease Control* einschalten. Auf jeden Fall danke ich Ihnen für die Warnung. Wie war Ihr Name?«
»Stapleton, Jack Stapleton.«
Mit einem selbstzufriedenen Grinsen legte Jack auf.

»Vielleicht solltest du deine AmeriCare-Aktien schnell abstoßen«, empfahl er Chet. »Dr. Markham klang ziemlich besorgt.«
»Kümmer du dich lieber endlich um deinen Bericht«, entgegnete Chet. »Bingham wird stinksauer sein.«
Jack pfiff leise vor sich hin, während er die Akte Nodelman durchblätterte. Als er den Untersuchungsbericht gefunden hatte, notierte er sich den Namen des behandelnden Arztes: Dr. Carl Wainwright. Dann stand er auf und zog seine lederne Bomberjacke über.
»Was hast du denn jetzt vor?« wollte Chet wissen.
»Ich fahre rüber zum Manhattan General«, erwiderte Jack. »Ich denke, ich sollte mal eine Ortsbesichtigung vornehmen. Der Fall ist einfach zu wichtig, als daß man ihn dem Generalstab überlassen könnte.«
»Du weißt, daß Bingham es aufs Schärfste mißbilligt, wenn wir Gerichtsmediziner uns in die Ermittlungsarbeit vor Ort einmischen«, warnte Chet seinen Kollegen. »Damit machst du das Ganze nur noch schlimmer.«
»Darauf muß ich es wohl ankommen lassen«, entgegnete Jack. »Da, wo ich ausgebildet wurde, hat man die Ermittlungsarbeit vor Ort im übrigen für unerläßlich gehalten.«
»Nach Binghams Philosophie ist dies aber einzig und allein die Aufgabe der Pathologie-Assistenten«, wies Chet ihn zurecht. »Das hat er uns ein ums andere Mal eingebleut.«
»Dieser Fall ist viel zu interessant, als daß ich ihn mir durch die Lappen gehen ließe«, rief Jack zurück. Er war bereits im Flur. »Halt die Stellung. Ich bin bald zurück.«

# 5. Kapitel
## Mittwoch, 20. März 1996, 14.50 Uhr

In der Nähe des Krankenhauseingangs fand Jack ein stabiles Straßenschild, an dem er sein Mountainbike anketten konnte. Mit einem separaten Drahtseilschloß sicherte er auch den Sattel und befestigte sogar seinen Helm und seine Bomberjacke.

Er stand im Schatten des Krankenhauses und betrachtete die in den Himmel ragende Fassade. Früher war das Manhattan General eine ehrwürdige, anerkannte Universitätsklinik gewesen. AmeriCare hatte sich das Krankenhaus erst in den frühen neunziger Jahren einverleibt, als die Regierung das gesamte Gesundheitssystem mit ihrer restriktiven Finanzpolitik unweigerlich in den Ruin getrieben hatte. Jack wußte, daß Rachegefühle weiß Gott nicht zu den edlen Empfindungen zählen; dennoch genoß er das Wissen, AmeriCare, was die Öffentlichkeitsarbeit betraf, eine Bombe ins Haus zu liefern.

Am Informationsschalter erkundigte er sich nach Dr. Carl Wainwright. Die Frau an der Rezeption teilte ihm mit, Dr. Wainwright sei Internist und stehe in den Diensten von AmeriCare. Sie gab Jack eine genaue Wegbeschreibung zu Wainwrights Büro im benachbarten Ärztekomplex.

Fünfzehn Minuten später stand er im Wartezimmer des Arztes. Nachdem er seine Gerichtsmediziner-Marke vorgelegt hatte, die fast so aussah wie eine Polizei-Plakette, informierte die Empfangssekretärin Dr. Wainwright unverzüglich über seinen Besuch. Wenig später wurde Jack in das Privatbüro des Arztes gebeten, und kurz darauf erschien auch Dr. Wainwright. Obwohl er noch nicht besonders alt war, hatte er bereits weißes Haar und eine leicht gebeugte Haltung. Sein Gesicht und seine strahlend blauen Augen hingegen wirkten sehr jugendlich. Er schüttelte Jack die Hand und bat ihn, Platz zu nehmen.

»Wir kriegen nicht gerade jeden Tag Besuch vom Gerichtsmedizinischen Institut«, eröffnete Dr. Wainwright das Gespräch.

»Wenn das so wäre, hätten Sie auch allen Grund zur Sorge«, erwiderte Jack.

Dr. Wainwright wirkte etwas verwirrt, doch dann lächelte er. »Da haben Sie natürlich recht.«

»Ich bin wegen Ihres Patienten Donald Nodelman hier«, begann Jack ohne weitere Vorreden. »Unserer Diagnose zufolge ist er aller Wahrscheinlichkeit nach an Pest gestorben.«

Dr. Wainwright blieb der Mund offenstehen. »Das ist unmöglich«, brachte er schließlich hervor. Jack zuckte mit den Achseln.

»Es gibt kaum einen Zweifel«, sagte er. »Der Immunofluoreszenztest ist bei Pest normalerweise ziemlich verläßlich. Bakterien haben wir natürlich noch nicht angezüchtet.«

»O mein Gott!« stammelte Dr. Wainwright und rieb sich nervös das Gesicht. »Wie schrecklich!«

»Die Diagnose hat uns auch ziemlich vom Hocker gehauen«, stimmte Jack ihm zu. »Vor allem, weil der Patient schon fünf Tage im Krankenhaus lag, bevor die ersten Symptome aufgetreten sind.«

»Ich habe noch nie gehört, daß sich jemand im Krankenhaus mit Pest infiziert hätte«, sagte Dr. Wainwright.

»Ich auch nicht«, gestand Jack. »Aber wir haben es mit einem Fall von Lungenpest zu tun, es war keine Beulenpest. Und wie Sie ja sicher wissen, beträgt die Inkubationszeit bei Lungenpest nur zwei bis drei Tage.«

»Ich halte es trotzdem für unmöglich«, wiederholte Dr. Wainwright. »Ein Pestfall in New York – das ist doch kaum vorstellbar.«

»Leidet bei Ihnen jemand unter ähnlichen Symptomen, wie Mr. Nodelman sie hatte?« fragte Jack.

»Nicht daß ich wüßte«, erwiderte Dr. Wainwright. »Aber Sie können sich darauf verlassen, daß ich das sofort herausfinden werde.«

»Ich frage mich, was für einen Lebensstil der Mann wohl hatte«, sagte Jack. »Seine Frau beteuert, daß er weder Besuch aus ende-

mischen Gebieten hatte noch irgendwelche Reisen in Pestgegenden unternommen hat. Außerdem behauptet sie steif und fest, daß er nicht mit freilebenden Tieren in Berührung gekommen ist. Sind Sie der gleichen Meinung?«
»Der Patient hat in der Bekleidungsbranche gearbeitet«, erklärte Dr. Wainwright. »Er war in der Buchhaltung. Verreist ist er nie. Und auf die Jagd ist er auch nicht gegangen. Im letzten Monat habe ich ihn oft gesehen, weil ich versucht habe, seinen Diabetes unter Kontrolle zu bekommen.«
»Wo hat der Patient gelegen?« bohrte Jack weiter.
»In der Inneren Abteilung. Sie ist auf der siebten Etage. Zimmer 707. Ich kann mich gut an die Nummer erinnnern.«
»Ein Einzelzimmer?«
»Wir haben nur Einzelzimmer«, stellte Dr. Wainwright klar.
»Das ist schon mal von Vorteil«, bemerkte Jack. »Darf ich mir den Raum einmal ansehen.«
»Selbstverständlich. Und ich sollte wohl unverzüglich Dr. Mary Zimmerman anrufen und sie über diesen Fall informieren. Sie ist bei uns für die Überwachung ansteckender Krankheiten zuständig.«
»Ja, das sollten Sie unbedingt tun«, stimmte Jack ihm zu.
»Hätten Sie etwas dagegen, wenn ich mich in der Zwischenzeit ein wenig auf der siebten Etage umsehe?«
»Nein, keineswegs«, erwiderte Dr. Wainwright und signalisierte Jack, daß er ruhig schon vorgehen solle. »Ich rufe Dr. Zimmerman an, und wir treffen uns dann oben.« Er hatte den Hörer schon in der Hand.
Jack ging zurück zum Hauptgebäude, nahm den Fahrstuhl und fuhr hinauf in die siebte Etage, die durch das Foyer, in dem sich die Aufzüge befanden, in zwei Flügel unterteilt wurde. Im Nordflügel war die Innere Abteilung untergebracht, im Südflügel die Abteilung für Geburtshilfe und Gynäkologie.
Nachdem die Pendeltür der Inneren hinter ihm zugefallen war, wußte Jack, daß die Nachricht von dem Pestfall bereits die Runde gemacht hatte. In allen Fluren herrschte hektisches Treiben, und das Personal trug Masken, die soeben verteilt worden waren. Offensichtlich hatte Dr. Wainwright keine Zeit verschwendet.

Niemand kümmerte sich um Jack, der den Flur entlangschritt und Zimmer 707 suchte. An der Tür blieb er stehen und beobachtete, wie zwei maskierte Hilfspfleger eine verwirrte und ebenfalls maskierte Patientin hinausschoben, die offenbar in ein anderes Zimmer verlegt wurde. Als sie weg waren, betrat Jack den Raum.
Vor ihm lag ein unauffälliges, modern eingerichtetes Krankenhauszimmer; die gesamte Innenausstattung der Klinik war vor nicht allzu langer Zeit von Grund auf erneuert worden. Die Einrichtung entsprach dem in allen Krankenhäusern üblichen Metall-Dekor: ein Bett, ein Schrank, ein mit Vinyl bezogener Stuhl, ein Nachtschränkchen sowie ein verstellbarer Tisch. Von der Decke hing ein an einer Metallverstrebung befestigter Fernseher herab.
Die Klimaanlage befand sich unter dem Fenster. Da Jack die Anlage etwas näher inspizieren wollte, nahm er die Abdeckung ab. Aus dem Betonboden stiegen eine Heißwasser- und eine Kühlwasserleitung nach oben und traten in ein temperaturgeregeltes Belüftungsgehäuse ein, das für die Luftzirkulation im Raum sorgte. Jack fand keine Öffnungen, die groß genug waren, um irgendwelche Nagetiere, geschweige denn Ratten, hindurchschlüpfen zu lassen.
Er ging ins Badezimmer und inspizierte Waschbecken, Toilette und Dusche. Der Raum war neu gekachelt. In der Decke befand sich ein Entlüftungsschacht. Jack ging in die Knie und öffnete das Schränkchen unter dem Waschbecken. Auch hier gab es keine Schlupflöcher.
Als er nebenan Stimmen hörte, verließ er das Bad und traf auf Dr. Wainwright, der sich eine Schutzmaske vor das Gesicht preßte. Dr. Wainwright war in Begleitung eines Mannes sowie zweier Frauen, die allesamt Masken trugen. Die Frauen waren in lange, weiße Arztkittel gehüllt; sie erinnerten Jack an seine Professoren an der medizinischen Fakultät.
Nachdem Dr. Wainwright Jack eine Maske gereicht hatte, stellte er ihm seine Begleiter vor. Die größere Frau war Dr. Mary Zimmerman, verantwortliche Ärztin für die Überwachung ansteckender Krankheiten und Vorsitzende des gleichnamigen Ausschusses. Jack merkte sofort, daß sie eine sehr verantwortungsbewußte Frau

war, die sich unter den gegebenen Umständen in die Defensive gedrängt fühlte. Sie teilte Jack mit, sie sei zugelassene Internistin und habe sich auf Infektionskrankheiten spezialisiert.
Da Jack nicht so recht wußte, was er darauf antworten sollte, bekundete er Respekt für ihre verantwortungsvolle Aufgabe.
»Ich hatte nicht die Gelegenheit, Mr. Nodelman zu untersuchen«, erklärte sie.
»Ansonsten hätten Sie bestimmt sofort die richtige Diagnose gestellt, da bin ich sicher«, sagte Jack; er bemühte sich, nicht allzu sarkastisch zu klingen.
»Daran besteht wohl kein Zweifel«, erwiderte sie.
Die zweite Frau hieß Kathy McBane. Jack war erleichtert, als er sich ihr zuwenden konnte, denn Mrs. McBane hatte eine viel wärmere Ausstrahlung als die Ausschußvorsitzende. Sie war Oberschwester und gehörte ebenfalls dem Ausschuß für die Überwachung von Infektionskrankheiten an.
Bei dem Mann handelte es sich um George Eversharp. Er trug eine schwere blaue Twill-Uniform. Wie Jack vermutete hatte, war er der Leiter der Krankenhauswerkstatt und ebenfalls Mitglied des Ausschusses.
»Für seine schnelle Diagnose sind wir Dr. Stapleton zu großem Dank verpflichtet«, sagte Dr. Wainwright, um die gespannte Atmosphäre ein wenig aufzulockern.
»Ich habe einfach Glück gehabt und mit meiner Vermutung richtig gelegen«, warf Jack bescheiden ein.
»Wir haben bereits auf den Vorfall reagiert«, meldete sich Dr. Zimmerman mit ihrer Grabesstimme zu Wort. »Ich habe angeordnet, eine Namensliste mit den Personen zu erstellen, die möglicherweise Kontakt zu dem Infizierten hatten, damit wir sofort mit einer Chemoprophylaxe beginnen können.
»Das halte ich für ausgesprochen klug«, sagte Jack.
»Und während wir uns hier unterhalten, geht der Klinik-Computer bereits die Daten unserer derzeitigen Patienten durch und sucht nach Symptom-Komplexen, die auf weitere Pestfälle hinweisen könnten«, fuhr sie fort.
»Sehr lobenswert«, bemerkte Jack.
»In der Zwischenzeit müssen wir allerdings herausfinden, wie sich Mr. Nodelman infiziert hat«, sagte sie.

»Wir scheinen die gleichen Gedankengänge zu haben«, stellte Jack fest.
»Ich empfehle Ihnen, den Atemschutz anzulegen«, fuhr Dr. Zimmerman ungerührt fort.
»In Ordnung.« Jack hielt sich die Maske vor das Gesicht.
Dann wandte Dr. Zimmerman sich an Mr. Eversharp. »Bitte erklären Sie Mr. Stapleton, wie die Luftzirkulation funktioniert.«
Das Ventilationssystem des Krankenhauses, so erklärte der Techniker, sei so konstruiert, daß die Luft im Flur in die einzelnen Zimmer gesaugt werde und von dort weiter in die Badezimmer ströme. Dort werde die Luft dann gefiltert. Wie er weiter ausführte, gab es für Patienten mit angeschlagenem Immunsystem auch einige Räume, in denen der Luftstrom umgeleitet und in die entgegengesetzte Richtung gelenkt werden könne.
»Gehört dieser Raum dazu?« wollte Dr. Zimmerman wissen.
»Nein«, erwiderte Mr. Eversharp.
»Dann gibt es also keinen denkbaren Weg, auf dem die Pestbakterien in das Belüftungssystem geraten sein und nur diesen einen Raum infiziert haben könnten?« fragte Dr. Zimmerman.
»Nein«, erwiderte Mr. Eversharp. »Die Luft wird aus dem Flur angesaugt und gleichmäßig auf alle Räume verteilt.«
»Und daß Bakterien aus diesem Raum auf den Flur hinausströmen, ist wohl ziemlich unwahrscheinlich«, vermutete Dr. Zimmerman.
»Es ist absolut unmöglich«, stellte Mr. Eversharp klar. »Bakterien könnten nur durch einen Überträger aus diesem Raum gelangen.«
»Entschuldigen Sie bitte«, meldete sich plötzlich eine andere Stimme. Alle drehten sich um. In der Tür stand eine Krankenschwester, die sich ebenfalls eine Maske vor das Gesicht preßte. »Mr. Kelley bittet Sie alle, sich im Schwesternzimmer einzufinden.«
Pflichtgetreu verließen alle sofort den Raum. Als Kathy McBane sich an Jack vorbeidrängte, fragte er sie, wer Mr. Kelley sei.
»Er ist der Krankenhauspräsident«, erwiderte sie.
Jack nickte. Im Gehen mußte er an jene längst vergangenen Zeiten denken, als der Leiter eines Krankenhauses noch Verwalter genannt wurde und in der Regel auch über eine medi-

zinische Ausbildung verfügt hatte. Doch das war in einer Zeit gewesen, da man sich noch vorrangig der Patientenversorgung verschrieben hatte. Seit es hauptsächlich darum ging, Geschäfte zu machen und Gewinne einzufahren, hießen die Klinikleiter ›Präsidenten‹. Jack freute sich, Mr. Kelley zu treffen, denn der Krankenhauspräsident war der Repräsentant von AmeriCare.

Im Schwesternzimmer herrschte eine angespannte Atmosphäre. Die Nachricht über den Pesttoten hatte sich wie ein Lauffeuer verbreitet. Alle, die auf der Station arbeiteten, wußten inzwischen, daß sie sich möglicherweise den Bakterien ausgesetzt hatten; sogar einige Patienten schienen Bescheid zu wissen. Charles Kelley bemühte sich inständig, alle zu beruhigen. Er erzählte ihnen, daß keine Gefahr bestehe und alles unter Kontrolle sei.

»Ja, natürlich, alles klar!« grummelte Jack in sich hinein. Er empfand nichts als Ekel für diesen Mann, der die Frechheit besaß, so offenkundig falsche Platitüden zu verbreiten. Kelley war ein einschüchternder Riese, der Jack um einen ganzen Kopf überragte. Sein wohlgeformtes Gesicht war braungebrannt, sein rotblondes Haar von goldblonden Strähnchen durchzogen. In Jacks Augen hätte Kelleys Auftreten eher zu einem gewieften Autoverkäufer gepaßt als zu einem Manager, der er schließlich war.

Als Kelley Jack und die anderen ins Zimmer kommen sah, gab er ihnen ein Zeichen, ihm zu folgen. Er brach seine Beschwichtigungspredigt einfach ab und ging schnurstracks in den Mehrzweckraum hinter dem Schwesternzimmer. Als Jack sich hinter Kathy McBane durch die Tür zwängte, bemerkte er, daß Kelley nicht allein war. In seinem Schatten stand ein zierlich gebauter Mann mit hohlen Wangen und spärlichem Haarwuchs. Im krassen Gegensatz zu Kelleys Eleganz war er mit einem abgetragenen, billigen Sportmantel bekleidet; darunter trug er ein Freizeithemd, das offensichtlich noch nie gebügelt worden war.

»Mein Gott, was für ein Durcheinander!« fluchte Kelley. Sein Auftreten hatte sich schlagartig verwandelt; er mimte nun nicht mehr den aalglatten Verkäufer, sondern kehrte den aufgeblasenen Verwalter heraus. Nervös wischte er sich mit einem Papierhand-

tuch den Schweiß von der Stirn. »So etwas kann unsere Klinik nicht gebrauchen!« Er knüllte das Tuch zusammen und warf es in den Mülleimer. Dann fragte er Dr. Zimmerman, all seinen beschwichtigenden Sprüchen von eben zum Trotz, ob es gefährlich sei, die Station, auf der das Pestopfer gelegen hatte, zu betreten.
»Ich glaube nicht«, erwiderte Dr. Zimmerman. »Aber wir müssen auf jeden Fall weitere Untersuchungen vornehmen.«
Dann wandte Kelley sich an Dr. Wainwright: »Ich hatte gerade von dieser Katastrophe erfahren, da höre ich doch tatsächlich, daß Sie schon vor mir davon wußten. Warum haben Sie mich nicht sofort informiert?«
Dr. Wainwright versuchte sich damit zu rechtfertigen, daß er die schlechte Nachricht erst kurz zuvor von Jack erhalten und keine Zeit zum Anrufen gehabt habe. Er habe es für wichtiger gehalten, Dr. Zimmerman zu benachrichtigen, damit diese umgehend die notwendigen Maßnahmen habe einleiten können. Dann stellte er Jack vor.
Jack trat einen Schritt vor und nickte Kelley lässig zu: Es gelang ihm nicht ganz, sein Grinsen zu unterdrücken. Diesen Augenblick würde er noch lange genießen.
Kelley musterte Jack, der im Vergleich zu seiner eigenen Valentino-Eleganz regelrecht schäbig aussah. »Ich glaube, die Gesundheitsbeauftragte hat Ihren Namen erwähnt, als sie mich anrief«, sagte Kelley. »Sie war schwer beeindruckt, daß Sie die Diagnose so schnell stellen konnten.«
»Wir städtischen Angestellten sind immer froh, wenn wir jemanden einen Dienst erweisen können«, erwiderte Jack.
Kelley lachte höhnisch.
»Vielleicht möchten Sie einen engagierten Kollegen kennenlernen, der ebenfalls bei der Stadt angestellt ist«, sagte er. »Dies ist Dr. Clint Abelard. Er ist Epidemiologe und arbeitet für das New Yorker Gesundheitsamt.«
Jack nickte seinem unscheinbaren Kollegen zu, doch der Epidemiologe reagierte nicht auf den Gruß. Irgendwie hatte Jack das Gefühl, daß seine Anwesenheit hier nicht besonders erwünscht war. Im bürokratischen Alltag des Gesundheitsbetriebes gab es zwischen den Abteilungen Rivalitäten, die er gerade erst wahrzunehmen begann.

Kelley räusperte sich und wandte sich an Dr. Wainwright und Dr. Zimmerman. »Ich möchte, daß diese Episode so besonnen wie möglich gehandhabt wird. Je weniger die Medien den Fall an die große Glocke hängen, desto besser. Sollten Sie von irgendeinem Reporter angesprochen werden, schicken Sie ihn zu mir. Ich werde unsere Öffentlichkeitsabteilung einschalten, damit die Mitarbeiter dort für Schadensbegrenzung sorgen können.«

»Entschuldigen Sie bitte«, meldete Jack sich zu Wort. Er konnte sich nicht länger zurückhalten. »Vergessen Sie doch mal für einen Augenblick Ihre Unternehmensinteressen. Ich denke, Sie sollten sich lieber mit aller Kraft auf die notwendigen Präventivmaßnahmen konzentrieren. Damit meine ich, Sie sollten die Kontaktpersonen behandeln und feststellen, wo die Pestbakterien hergekommen sind. Das ist schließlich noch völlig schleierhaft, und solange dieses Rätsel nicht gelöst ist, wird der Fall für die Medien ein gefundenes Fressen sein – ganz egal, wie intensiv Sie sich um Schadensbegrenzung bemühen.«

»Ich wußte gar nicht, daß man Sie nach Ihrer Meinung gefragt hat«, bemerkte Kelley verächtlich.

»Ich hatte nur den Eindruck, daß Ihnen vielleicht ein bißchen Orientierung guttun würde«, erwiderte Jack. »Sie schienen vom eigentlichen Problem abzuschweifen.«

Kelley wurde puterrot. Fassungslos schüttelte er den Kopf. »Sie müssen's ja wissen«, sagte er und rang sichtlich um Beherrschung. »Neunmalklug, wie Sie sind, ahnen Sie sicher auch schon, wo die Bakterien herkommen.«

»Ich tippe auf Ratten«, erwiderte Jack. Da dieser Hinweis am Vormittag so heftig auf Calvin gewirkt hatte, hatte Jack schon die ganze Zeit auf eine Gelegenheit gelauert, ihn auch hier loszuwerden.

»Im Manhattan General gibt es keine Ratten«, brachte Kelley mühsam hervor. »Und wenn ich Sie auch nur die leiseste Andeutung in dieser Richtung einem Reporter gegenüber machen höre, dann rollt Ihr Kopf.«

»Ratten bieten ein klassisches Reservoir für Pestbakterien«, fuhr Jack unbeirrt fort. »Ich bin sicher, daß hier welche herumstreunen. Man muß nur wissen, wie man sie aufspüren kann.«

Kelley wandte sich an Clint Abelard: »Glauben Sie, daß dieser Pestfall durch Ratten verursacht wurde?«
»Ich habe ja noch gar nicht mit meiner Untersuchung begonnen«, erwiderte Dr. Abelard. »Deshalb möchte ich mich eines Kommentars enthalten. Aber ich kann mir, ehrlich gesagt, kaum vorstellen, daß Ratten eine Rolle gespielt haben. Immerhin befinden wir uns hier in der siebten Etage.«
»Ich würde empfehlen, sofort Rattenfallen aufzustellen«, schaltete Jack sich wieder in. »Beginnen Sie in der unmittelbaren Nachbarschaft des Krankenhauses. Als erstes müssen wir herausfinden, ob die örtliche Nagetierpopulation von Pestbakterien befallen ist.«
»Ich würde gern zu einem anderen Thema überwechseln«, meldete sich Kelley. »Ich möchte wissen, was wir für die Menschen tun können, die direkten Kontakt zu dem Verstorbenen hatten.«
»Das betrifft meine Abteilung«, sagte Dr. Zimmerman. »Meine Empfehlungen lauten folgendermaßen ...«
Während Dr. Zimmerman ihren Vortrag hielt, gab Clint Abelard Jack durch ein Zeichen zu verstehen, daß er ihm ins Schwesternzimmer folgen solle.
»Ich bin der Epidemiologe«, zischte Clint ihn wütend an.
»Das habe ich doch nie in Frage gestellt«, erwiderte Jack verwirrt. Clints heftige Reaktion überraschte ihn.
»Ich bin speziell dafür ausgebildet, den Ursprung ansteckender Krankheiten zu ergründen«, sagte er. »Das ist meine Aufgabe. Sie hingegen sind lediglich Leichenbeschauer ...«
»Moment mal«, fuhr Jack dazwischen. »Ich bin Gerichtsmediziner und habe eine Facharztausbildung zum Pathologen absolviert. Als Mediziner sollten Sie das eigentlich wissen.«
»Der springende Punkt ist doch, daß Sie sich sowohl während Ihrer Ausbildung als auch im Rahmen Ihrer täglichen Arbeit mit Toten befassen, und nicht mit dem Ursprung von Krankheiten.«
»Jetzt liegen Sie schon wieder falsch«, sagte Jack. »Wir beschäftigen uns zwar mit den Toten, aber doch nur, weil diese uns Lebenden etwas mitteilen können. Unser Ziel ist es, dem Tod vorzubeugen.«
»Ich weiß wirklich nicht, wie ich mich noch klarer ausdrücken

soll«, schnaubte Clint aufgebracht. »Sie haben uns mitgeteilt, daß ein Mann an Pest gestorben ist. Wir wissen das zu schätzen und haben uns nicht in Ihre Arbeit eingemischt. Jetzt ist es aber einzig und allein meine Aufgabe herauszufinden, wie er sich angesteckt hat.«

»Ich will Ihnen doch nur helfen«, versuchte Jack ihn zu beruhigen.

»Wenn ich Ihre Hilfe benötige, dann melde ich mich bei Ihnen, vielen Dank«, erwiderte Clint und marschierte entschlossenen Schrittes in Richtung Zimmer 707 davon.

Jack sah ihm nach, bis sich hinter ihm lautes Stimmengewirr erhob. Kelley hatte den Mehrzweckraum verlassen und war sofort von den Leuten umringt worden, die er vorhin zu beruhigen versucht hatte. Jack fand es beeindruckend, wie schnell Kelley sein Plastikgrinsen wieder aufgesetzt hatte und mit welchem Geschick er all den drängenden Fragen auswich. Innerhalb weniger Sekunden war er über den Flur in Richtung Fahrstuhl entschwunden und eilte zurück in die Geborgenheit seines Büros.

Dr. Zimmerman und Dr. Wainwright traten nun ebenfalls in den Flur; sie waren in ein angeregtes Gespräch vertieft. Kathy McBane kam allein heraus. Jack fing sie ab.

»Tut mir leid, daß ich so schlechte Nachrichten überbringen mußte«, begann er.

»Sie müssen sich nicht entschuldigen«, erwiderte Kathy. »Meiner Meinung nach sind wir Ihnen zu größtem Dank verpflichtet.«

»Die Angelegenheit ist wirklich bedauerlich«, sagte Jack.

»Es ist das Schlimmste, was ich bisher als Mitglied des Ausschusses für die Überwachung von Infektionskrankheiten erlebt habe«, sagte sie. »Im vergangenen Jahr hatten wir einen Ausbruch von Hepatitis B; das war schon schlimm genug. Daß ich jemals etwas mit der Pest zu tun haben würde, hätte ich nicht im Traum für möglich gehalten.«

»Welche Erfahrungen hat denn das Manhattan General bisher mit Nosokomialinfektionen gemacht?« fragte Jack.

Kathy zuckte mit den Schultern. »Bei uns ist es wohl in etwa so wie in jeder anderen größeren Klinik«, gestand sie. »Wir hatten mehrfach Probleme mit Penizillin-resistenten Staphylokokken. Vor einem Jahr hatten wir sogar mit Klebsiella-Bakterien zu tun,

die sich in einem Kanister mit Operationsseife breitgemacht hatten. Etliche Patienten haben an postoperativen Wundinfektionen gelitten, bis wir die Bakterien schließlich entdeckt haben.«
»Wie sieht es mit Lungenentzündung aus?« wollte Jack wissen.
»Der Pesttote litt unter Pneumonie.«
»Oh ja, davon können wir ebenfalls ein Lied singen«, seufzte Kathy. »In den meisten Fällen durch Pseudomonas verursacht, aber vor zwei Jahren hatten wir auch einen Ausbruch von Legionella pneumophila.«
»Davon habe ich gar nichts gehört«, rief Jack erstaunt.
»Wir haben die Sache für uns behalten«, erklärte Kathy. »Zum Glück ist niemand gestorben. Aber auf unserer chirurgischen Intensivstation hat es vor fünf Monaten einen viel dramatischeren Zwischenfall gegeben. Aufgrund von Enterobakterien haben wir drei Patienten verloren. Wir mußten damals die ganze Abteilung schließen, bis sich schließlich herausstellte, daß ein paar von den Zerstäubern kontaminiert waren.«
»Kathy!« rief eine scharfe Stimme aus dem Hintergrund.
Jack und Kathy drehten sich abrupt um und erblickten Dr. Zimmerman.
»Diese Informationen sind streng vertraulich«, wies sie Kathy zurecht.
Kathy wollte etwas erwidern, überlegte es sich dann aber anders.
»Wir haben jede Menge Arbeit vor uns, Kathy«, sagte Dr. Zimmerman. »Kommen Sie bitte mit in mein Büro.«
Plötzlich allein gelassen, überlegte Jack, was er als nächstes tun sollte. Für einen Augenblick erwog er, noch einmal in Zimmer 707 zu gehen, doch nach der Tirade, mit der Clint ihn überzogen hatte, hielt er es für ratsam, den Mann in Ruhe zu lassen. Schließlich hatte er nichts gegen Clint; vielmehr hatte er es auf Kelley abgesehen. Dann kam ihm eine Idee: Vielleicht war es ganz aufschlußreich, dem Labor einen Besuch abzustatten. Zwar hatte Dr. Zimmerman die Schuld des Krankenhauses eingestanden, doch im Labor mußte seine Nachricht einschlagen wie eine Bombe. Immerhin war es dort versäumt worden, die richtige Diagnose zu stellen.
Nachdem Jack in Erfahrung gebracht hatte, wo sich das Labor befand, fuhr er in die zweite Etage hinunter. Wieder wurde er so-

fort durchgelassen, als er seinen Gerichtsmediziner-Ausweis präsentierte. Dr. Martin Cheveau, der Leiter des Labors, bat ihn sofort in sein Büro. Er war ein ziemlich kleiner Mann mit vollem, dunklem Haar und einem schmalen, schnurgeraden Schnäuzer.

»Haben Sie von dem Pestfall gehört?« fragte Jack, als er Platz genommen hatte.

»Nein, wo denn?«

»Hier, im Manhattan General Hospital«, erwiderte Jack. »Zimmer 707. Ich habe den Patienten heute morgen obduziert.«

»Das gibt's doch nicht!« staunte Martin. »Wirft kein gutes Licht auf uns. Wie war sein Name?«

»Donald Nodelman.«

Martin seufzte laut und drehte sich mitsamt seinem Stuhl um, um seinen Computer zu starten. Auf dem Bildschirm erschienen sämtliche seit dessen Einweisung gespeicherten Laborergebnisse des Patienten Nodelman. Martin überflog die Einträge, bis er bei den mikrobiologischen Werten angelangt war.

»Ich sehe, daß wir in der Gram-Färbung des Sputums gramnegative Bakterien gefunden haben«, erklärte er. »Die Anzucht der Bakterien hatte nach sechsunddreißig Stunden kein Ergebnis gebracht. Ich gebe zu, das hätte uns etwas sagen müssen, vor allem, wenn ich bedenke, daß Verdacht auf Pseudomonas bestand. Ich würde sagen, Pseudomonaden wären ohne Schwierigkeiten gewachsen, und zwar in weniger als sechsunddreißig Stunden.«

»Es wäre aufschlußreich gewesen, wenn Sie eine Giemsa- oder Wayson-Färbung vorgenommen hätten«, sagte Jack. »Dann hätten Sie die Diagnose gehabt.«

»Sie haben vollkommen recht«, erwiderte Martin und drehte sich zu Jack um. »Es ist furchtbar, und diese Geschichte ist mir außerordentlich peinlich. Leider haben wir es hier mit einem beispielhaften Vorfall zu tun, der bestimmt keine Ausnahme bleiben wird. Die Verwaltung hat uns gezwungen, unsere Kosten zu reduzieren und Personal abzubauen – und das, obwohl immer mehr Arbeit anfällt. Eine tödliche Kombination – wie dieser Pestfall eindringlich beweist. Im ganzen Land passieren solche Sachen.«

»Mußten Sie auch Leute entlassen?« wollte Jack wissen. Bisher hatte er immer geglaubt, daß die Krankenhäuser gerade mit ihren Labors das große Geld verdienten.
»Fast zwanzig Prozent unserer Mitarbeiter«, erwiderte Martin. »Und andere wurden degradiert. Unsere Abteilung für Mikrobiologie hat zum Beispiel keinen Leiter mehr; wenn es einen gäbe, hätte er die Pest-Diagnose sicher gestellt. Mit unserem schmalen Budget können wir uns keinen Vorgesetzten mehr leisten. Es ist wirklich deprimierend. Früher hatte unser Labor den Anspruch, exzellente Leistungen zu erbringen, heute genügt es, wenn sie ›ausreichend‹ sind – was auch immer das heißen mag.«
»Können Sie mit Hilfe Ihres Computers herausfinden, welcher von ihren Mitarbeitern die Gram-Färbung durchgeführt hat?« fragte Jack. »Wir könnten diesen Zwischenfall ja wenigstens als Lehrbeispiel verwerten.«
»Eine prima Idee.« Martin widmete sich wieder seinem Computer. Die Identität des gesuchten Mitarbeiters erschien verschlüsselt auf dem Bildschirm. Plötzlich drehte Martin sich um.
»Mir ist da gerade noch etwas eingefallen«, sagte er. »Gestern erst hat unser erfahrenster Laborassistent mich gefragt, ob ich mir vorstellen könne, daß einer unserer Patienten die Pest hat. Ich fürchte, ich habe ihn entmutigt, der Sache weiter nachzugehen. Ich habe ihn nämlich darauf hingewiesen, daß die Chancen, daß er recht habe, ungefähr eins zu einer Milliarde stünden.«
Jack horchte auf. »Wieso ist ihm die Pest in den Sinn gekommen?«
»Das frage ich mich auch«, erwiderte Martin und rief über die Haussprechanlage Richard Overstreet aus. Während sie auf ihn warteten, stellte Martin fest, daß ursprünglich Nancy Wiggens die Gram-Färbung hatte durchführen sollen, sich dann aber ausgetragen hatte. Auch sie rief er aus.
Wenig später erschien Richard Overstreet. Er war ein knabenhafter, athletisch gebauter Man, dem sein kastanienbraunes Haar immer wieder in die Stirn fiel. Er trug Chirurgenkleidung und einen weißen Kittel; in seinen Taschen steckten jede Menge Reaganzgläschen, Stauschläuche, Mullbinden, Labornotizen sowie mehrere Spritzen. Martin stellte ihn Jack vor und sprach ihn dann auf die kurze Unterhaltung vom Vortag an.

Richard wirkte verlegen. »Da ist wohl einfach meine Phantasie mit mir durchgegangen«, sagte er und lachte.
»Aber wie sind Sie ausgerechnet auf die Pest gekommen?« wollte Martin wissen.
Richard schob sich die widerspenstige Haarsträhne aus dem Gesicht und ließ seine Hand, während er nachdachte, auf dem Kopf liegen. »Ah, ich erinnere mich«, rief er plötzlich. »Nancy Wiggens war bei dem Mann gewesen, um eine Sputumkultur anzulegen und ihm Blut abzunehmen. Sie hat mir erzählt, daß er sehr krank aussehe und daß sich an seinen Fingerspitzen offensichtlich Gangrän gebildet habe. Seine Finger seien ganz schwarz, hat sie gesagt.« Richard zuckte mit den Achseln. »Deshalb ist mir der Schwarze Tod in den Sinn gekommen.«
Jack war beeindruckt.
»Haben Sie aufgrund dieser Mutmaßung irgendwelche weiteren Untersuchungen durchgeführt?« fragte Martin.
»Nein«, erwiderte Richard. »Nicht nachdem Sie mir gesagt haben, wie unwahrscheinlich eine derartige Diagnose ist. Außerdem sind wir mit unserer Arbeit ziemlich weit im Rückstand. Ich hatte gar nicht die Zeit für weitere Untersuchungen. Gibt es denn irgendein Problem?«
»Allerdings«, erwiderte Martin. »Der Mann hatte tatsächlich die Pest. Und er ist inzwischen gestorben.«
Für einen Augenblick war Richard sprachlos. »Um Himmels willen!« rief er dann.
»Ich hoffe, Sie ermahnen Ihre Mitarbeiter, immer die entsprechenden Sicherheitsvorkehrungen zu treffen«, sagte Jack.
»Selbstverständlich«, erwiderte Richard. Er hatte sich wieder gefangen. »Wir haben Inkubatoren der Laborsicherheitsstufen zwei und drei. Ich weise meine Kollegen oft darauf hin, einen dieser beiden Schränke zu benutzen, vor allem, wenn wir es ganz offenkundig mit gefährlichen und ansteckenden Erregern zu tun haben. Ich selbst arbeite sogar gern mit Stufe drei, andere kommen mit den dicken Gummihandschuhen nicht so gut zurecht.«
In diesem Augenblick betrat Nancy Wiggens den Raum. Sie war eine schüchterne, junge Frau, die eher wie ein Teenager wirkte als wie eine Collegeabsolventin. Als sie Jack vorgestellt wurde, konnte sie ihm kaum in die Augen sehen. Sie hatte dunkles Haar

und einen Mittelscheitel. Martin erklärte ihr, was passiert war. Sie war genauso geschockt wie Richard. Martin versicherte ihr, daß man ihr keine Schuld zuschreibe, daß sie jedoch alle gemeinsam versuchen sollten, aus dem Vorfall zu lernen.
»Aber was soll ich jetzt nur tun?« klagte sie. »Ich war den Pestbakterien doch unmittelbar ausgesetzt. Ich war diejenige, die die Proben genommen und bearbeitet hat.«
»Wahrscheinlich wird man Ihnen oral wirksame Tetrazykline geben oder intramuskulär Streptomyzin injizieren«, sagte Jack. »Die für die Überwachung von Infektionskrankheiten zuständige Krankenhausärztin arbeitet bereits an einem Behandlungskonzept.«
»Na, sieh mal einer an!« sagte Martin leise, aber doch laut genug, daß auch die anderen ihn verstehen konnten. »Da kommt ja unser unerschrockener Führer und allmächtiger Leiter des medizinischen Personals. Und es hat fast den Anschein, als wäre er momentan in keiner seiner Funktionen besonders glücklich.«
Kelley platzte in den Raum wie ein zorniger General, der soeben eine Niederlage hatte einstecken müssen. Er baute sich vor Martin auf, stemmte die Hände in die Hüften und kam mit seinem roten Gesicht ganz nahe an ihn heran. »Dr. Cheveau«, schnaubte er verächtlich. »Wie Dr. Arnold mir mitgeteilt hat, hätten Sie die Diagnose schon viel früher stellen können und …« Mitten im Satz hielt er inne. Die beiden Labormitarbeiter hätte er ohne weiteres ignoriert, doch mit Jack war das eine andere Sache. »Was, zum Teufel, haben Sie denn hier unten verloren?«
»Ich versuche nur, behilflich zu sein«, antwortete Jack.
»Glauben Sie nicht, daß Sie Ihre Kompetenzen langsam überschreiten?« giftete Kelley.
»Wir nehmen unsere Ermittlungsarbeit äußerst ernst«, entgegnete Jack.
»Ich denke, Sie haben Ihre Befugnisse mehr als ausgeschöpft«, schnaubte Kelley. »Verschwinden Sie von hier! Immerhin sind wir ein Privatkrankenhaus.«
Jack stand auf und versuchte, Kelley direkt in die Augen zu blicken, doch der Krankenhauspräsident überragte ihn um etli-

che Zentimeter. »Wenn AmeriCare wirklich glaubt, ohne mich auskommen zu können, dann verschwinde ich wohl besser.«
Kelley wurde knallrot. Er wollte etwas sagen, überlegte es sich dann aber anders. Statt dessen wies er schweigend zur Tür.
Jack grinste und winkte den anderen zu, bevor er den Raum verließ. Er war sehr zufrieden mit seinem Besuch.

# 6. Kapitel
## Mittwoch, 20. März 1996, 16.05 Uhr

Susanne Hard linste mit gespannter Aufmerksamkeit durch das kleine runde Fenster in der Tür, die zur Halle mit den Fahrstühlen führte. Sie hatte das Ende des Stationsflurs erreicht; weiter durfte sie nicht gehen. Vorsichtig und in kleinen Schritten war sie hier hergeschlurft und hatte dabei immer eine Hand auf ihre frisch genähte Wunde gepreßt. Das Gehen fiel ihr noch schwer, doch sie wußte, daß sie schnell wieder auf die Beine kommen mußte, wenn sie auf eine baldige Entlassung drängen wollte. Was ihre Aufmerksamkeit erregt hatte, waren das ruhestörende Kommen und Gehen auf der Inneren Station und das nervös wirkende Personal. Ihr sechster Sinn sagte ihr, daß etwas nicht stimmte, vor allem, weil da draußen fast alle mit Schutzmasken herumliefen. Doch bevor sie irgend etwas tun oder sich nach der Ursache der nervösen Hektik erkundigen konnte, überlief sie ein eiskalter Schauer, der sie buchstäblich an einen arktischen Wind erinnerte. In der Erwartung, den Windzug zu spüren, drehte sie sich um, doch da war nichts. Und dann kam der nächste Eisschauer. Zitternd und mit angespannten Muskeln stand sie da, bis der Anfall vorüber war. Ihre Hände waren kreideweiß.
Beunruhigt machte sie sich auf den Rückweg zu ihrem Zimmer. Als erfahrene Patientin wußte sie um die ständige Gefahr einer Wundinfektion. Als sie ihr Zimmer betrat, verspürte sie hinter den Augen ein leichtes Ziehen. Kaum war sie im Bett, hatten sich ihre Kopfschmerzen über die ganze vordere Kopfhälfte ausgebreitet. Noch nie hatte sie solche Kopfschmerzen gehabt. Es fühlte sich an, als rammte ihr jemand einen Pflock ins Hirn.
Von Panik erfüllt, lag Susanne ganz still da und hoffte, daß al-

les wieder gut würde. Doch statt dessen meldete sich ein weiteres Symptom: Die Muskeln in ihren Beinen begannen zu ziehen. Minuten später krümmte sie sich vor Schmerzen und suchte vergeblich nach einer Position, in der sie etwas Linderung empfand. Unmittelbar nach den Gliederschmerzen überkam sie ein allgemeines Unwohlsein; sie fühlte sich plötzlich so schwach, daß sie es kaum schaffte, über das Tischchen hinweg nach der Klingel zu tasten. Mit letzter Kraft drückte sie den Knopf und ließ ihren Arm schlaff auf das Bett zurückfallen.

Als die Schwester das Zimmer betrat, hatte Susanne einen Hustenanfall, der ihr bei ihrem ohnehin gereizten Hals starke Schmerzen bereitete.

»Ich fühle mich so elend«, krächzte sie.

»Was haben Sie denn?« fragte die Schwester.

Susanne schüttelte den Kopf. Das Sprechen kostete sie zu viel Mühe.

»Ich habe Kopfschmerzen«, brachte sie schließlich heraus.

»Ich glaube, der Arzt hat Ihnen ein Schmerzmittel verordnet, das wir Ihnen bei Bedarf geben sollen«, sagte die Schwester. »Ich hole es schnell.«

»Bitte schicken Sie mir den Arzt«, flüsterte Susanne. Ihre Halsschmerzen waren jetzt genauso heftig wie unmittelbar nach der Narkose.

»Bevor wir den Arzt holen, sollten wir es vielleicht erst einmal mit dem Schmerzmittel versuchen«, schlug die Schwester vor.

»Mir ist kalt«, klagte Susanne. »Ganz furchtbar kalt.«

Die Krankenschwester legte ihre geübte Hand auf Susannes Stirn und zog sie sofort erschrocken zurück. Susanne glühte. Daraufhin nahm die Schwester ein Thermometer aus der Nachttischschublade und steckte es Susanne in den Mund. Während sie darauf wartete, daß die Temperatur angezeigt wurde, schob sie ihrer Patientin einen Stauschlauch über den Arm. Der Blutdruck war extrem niedrig. Als sie Susanne das Thermometer aus dem Mund zog und auf die Anzeige sah, war es mit ihrer routinierten Ruhe vorbei. Das Thermometer zeigte 41 Grad.

»Habe ich Fieber?« fragte Susanne.

»Ein wenig«, erwiderte die Schwester. »Aber bald wird alles wieder in Ordnung sein. Ich gehe jetzt und hole den Arzt.«
Susanne nickte, und Tränen schossen ihr in die Augen. Sie wollte keine Komplikationen. Sie wollte nur nach Hause.

## 7. Kapitel
## Mittwoch, 20. März 1996, 16.15 Uhr

»Glaubst du im Ernst, daß Robert Barker unsere Werbekampagne absichtlich sabotiert hat?« fragte Colleen. Terese und sie waren auf dem Weg ins Studio, wo Colleen ihrer Freundin und Vorgesetzten zeigen wollte, was das Creative Team bisher an Ideen für eine neue National-Health-Kampagne zustande gebracht hatte.
»Ich habe nicht den geringsten Zweifel«, erwiderte Terese. »Natürlich hat er sich nicht persönlich darum gekümmert. Er hat Helen darauf angesetzt.«
»Aber damit schießt er sich doch ins eigene Bein. Wenn wir die National Health verlieren, können wir die Umstrukturierung vergessen, und dann sind seine Arbeitnehmeranteile genausoviel wert wie unsere – nämlich nichts.«
»Zum Teufel mit seinen Arbeitnehmeranteilen!« fluchte Terese. »Er will President werden, und er wird alles daransetzen, dieses Ziel zu erreichen.«
»Oh, mein Gott«, stöhnte Colleen, »diese internen Querelen um die Vorherrschaft in der Firmenhierarchie kotzen mich an. Bist du wirklich sicher, daß du President werden willst?«
Terese blieb stehen und sah Colleen an, als hätte sie eine Gotteslästerung der übelsten Sorte losgelassen. »Ich kann nicht fassen, was du da eben gesagt hast.«
»Aber du hast doch darüber geklagt, daß du dich kaum noch um die kreativen Aspekte unserer Arbeit kümmern kannst, seitdem du immer mehr administrative Aufgaben übernimmst.«
»Wenn Barker President wird, wird er den ganzen Laden ruinieren«, schnaubte Terese verächtlich. »Er wird vor den Kunden zu Kreuze kriechen, und dann geht es sowohl mit der Kreativität als auch mit der Qualität unserer Arbeit den Bach runter. Außerdem

will ich President werden, und damit basta. Das ist seit fünf Jahren mein Ziel; dies ist meine Chance. Wenn ich es jetzt nicht schaffe, dann nie!«

»Warum begnügst du dich nicht mit dem, was du erreicht hast?« fragte Colleen. »Du bist gerade einunddreißig und schon Creative Director. Sei doch zufrieden, und widme dich den Dingen, die du am besten kannst: tolle Spots entwerfen.«

»Ach, hör doch auf! Du weißt genau, daß wir Werbeleute den Hals nie vollkriegen können. Wenn ich es tatsächlich schaffen sollte, President zu werden, würde ich wahrscheinlich schon bald nach dem Posten des Agenturchefs schielen.«

»Ich denke, du solltest die ganze Sache etwas ruhiger angehen«, entgegnete Colleen. »Sonst bist du ausgebrannt, bevor du auch nur fünfunddreißig bist.«

»Ich verspreche dir, ruhiger zu werden, sobald ich President bin.«

»Wer's glaubt, wird selig«, erwiderte Colleen.

Im Studio angekommen, führte sie Terese in einen kleinen, abgetrennten Raum, der liebevoll die ›Arena‹ genannt wurde. Hier wurden die neuen Spots zum erstenmal vorgeführt. Sie hatten den Raum in Anlehnung an die Arenen im antiken Rom getauft, wo die Christen den Löwen zum Fraß vorgeworfen worden waren. Bei Willow und Heath fiel es den niederen Creatives zu, die Rolle der Christen zu übernehmen.

»Hast du etwa einen fertigen Film?« fragte Terese. Vorn im Raum war über der Tafel eine Leinwand heruntergelassen. Terese hatte bestenfalls damit gerechnet, ein paar oberflächliche Storyboards begutachten zu können.

»Wir habe ein ›Ripomatic‹ zusammengestellt«, erklärte Colleen. Ein Ripomatic war eine grob zusammengeschnittene Mischung vorhandener Videoaufnahmen, die von anderen Projekten »gestohlen« wurden, um dem ganzen wenigstens den Touch eines Werbespots zu geben. »Ich warne dich«, fügte Colleen hinzu. »Das ist nur wild zusammengewürfeltes Rohmaterial.«

»Zeig her, was du hast.«

Colleen gab einer ihrer Untergebenen ein Zeichen. Das Licht ging aus, und der Videofilm lief ab. Er dauerte genau hundert Sekunden und zeigte ein niedliches, etwa vierjähriges Mädchen mit einer zerbrochenen Puppe. Terese erkannte das Filmmaterial so-

fort wieder. Es stammte aus einem Spot, den sie selbst vor einem Jahr für eine nationale Spielzeugkette kreiert hatte, die damit warb, daß sie den Kunden ihr kaputtes Spielzeug großzügig durch neues ersetzte. In Colleens ›Ripomatic‹ sah es so aus, als würde das Kind die zerbrochene Puppe zum Doktor in das neue Krankenhaus der National Health bringen. Der Slogan lautete: »Wir kurieren alles – rund um die Uhr.«
Als der Film zu Ende war, ging sofort das Licht an. Für ein paar Sekunden sagte niemand etwas. Schließlich brach Colleen das Schweigen. »Es gefällt dir nicht«, stellte sie fest.
»Zu niedlich«, bemerkte Terese.
»Die Idee ist, daß die Puppe in unterschiedlichen Spots unterschiedliche Krankheiten und Verletzungen haben soll«, erklärte Colleen. »Natürlich soll das Kind in den Filmen auch sprechen und die Vorzüge der National Health preisen. In der Print-Werbung lassen wir die Bilder für sich sprechen.«
»Der Spot ist einfach zu niedlich«, wiederholte Terese. »Natürlich ist er nicht schlecht, aber ich weiß genau, daß der Kunde ihn nicht mögen wird – weil Robert ihn via Helen schlecht machen wird.«
»Etwas Besseres haben wir im Moment leider nicht zu bieten«, gestand Colleen. »Du mußt uns unter die Arme greifen. Wir brauchen unbedingt ein paar kreative Instruktionen von dir. Sonst verrennen wir uns in irgendwelchen theoretischen Modellen und kommen keinen Schritt voran. Dann ist die Chance, daß wir nächste Woche irgend etwas präsentieren können, gleich null.«
»Wir müssen etwas finden, das die National Health von AmeriCare abhebt, auch wenn wir wissen, daß die beiden sich in Wahrheit in nichts voneinander unterscheiden«, sagte Terese.
Colleen gab ihrer Assistentin zu verstehen, daß sie gehen könne. Als sie weg war, holte sie sich einen Stuhl und ließ sich direkt gegenüber von Terese nieder. »Wir brauchen deine ganz direkte Hilfe.«
Terese nickte. Sie wußte, daß Colleen recht hatte, doch sie fühlte sich geistig gelähmt. »Mein Problem ist, daß ich kaum denken kann; die ungeklärte Personalsituation bindet meine ganze Energie.«

»Vielleicht solltest du einfach mal ein bißchen kürzer treten«, schlug Colleen vor. »Du bist ja ein einziges Nervenbündel.«
»Hast du sonst noch was auf Lager?«
»Wann warst du das letztemal zum Essen aus oder hast eine Kneipe von innen gesehen?«
Terese lachte. »Für solche Späße habe ich schon seit Monaten keine Zeit mehr gehabt.«
»Das ist genau der Punkt. Kein Wunder, daß deine kreativen Energien langsam versiegen. Du mußt dich mal entspannen. Und wenn auch nur für ein paar Stunden. Paß auf. Heute abend gehen wir essen, und danach gönnen wir uns ein paar Drinks. Und wir bemühen uns, einmal nicht über unsere Arbeit zu reden.«
»Ich weiß nicht.« Terese zögerte. »Bei dem engen Termin ...«
»Genau deshalb«, widersprach Colleen. »Wir müssen mal ein bißchen Frischluft in unsere Hirnzellen lassen. Vielleicht fällt dann der Groschen. Und komm mir nicht mit Ausreden. Wir gehen heute abend aus, und damit basta.«

## 8. Kapitel
## Mittwoch, 20. März 1996, 16.35 Uhr

Jack manövrierte sein Mountainbike zwischen zwei Leichenwagen der Health and Hospital Corporation hindurch, die im Eingangsbereich des Gerichtsmedizinischen Instituts geparkt waren, und fuhr direkt bis in die Leichenhalle. Unter normalen Umständen wäre er an der Tür abgestiegen, doch dafür war er im Augenblick einfach zu aufgedreht. Er stellte sein Rad in der Nähe der Hart-Island-Särge ab, kettete es an und schlenderte leise vor sich hinpfeifend zum Fahrstuhl. Im Vorbeigehen winkte er Sal d'Ambrosio zu, der im Empfangsbüro saß.

»Hallo Chet, alter Junge, wie steht's?« rief Jack, als er forsch ihr gemeinsames Büro betrat.

Chet ließ seinen Kugelschreiber fallen und musterte seinen Kollegen. »Die ganze Welt hat nach dir gesucht. Was zum Teufel hast du gemacht?«

»Ich hab' mich vergnügt«, erwiderte Jack, während er seine Lederjacke auszog. Dann setzte er sich, warf einen Blick auf den Aktenstapel, der sich vor ihm auf dem Tisch türmte.

»Nimm's nicht zu locker«, ermahnte ihn Chet. »Einer von denen, die nach dir gesucht haben, war der große Chef persönlich. Ich soll dir von Bingham ausrichten, daß du sofort in sein Büro kommen sollst.«

»Wie aufmerksam«, bemerkte Jack. »Ich hatte schon befürchtet, er hätte mich vergessen.«

»Sei nicht immer so respektlos«, ermahnte Chet ihn noch einmal. »Bingham schien nicht besonders glücklich. Calvin hat übrigens auch vorbeigeschaut und nach dir gefragt. Er hat vor Wut gekocht.«

»Wahrscheinlich brennt er darauf, mir meine zehn Dollar zu zahlen«, sagte Jack, erhob sich und klopfte Chet auf die Schulter.

»Mach dir keine Sorgen um mich. Ich habe einen starken Überlebenstrieb.«
»Sehr witzig«, grummelte Chet.
Während Jack nach unten fuhr, fragte er sich, wie Bingham die aktuelle Situation wohl meistern würde. Seit Jack im Gerichtsmedizinischen Institut arbeitete, hatte er nur sporadisch Kontakt zu seinem Chef gehabt. Um die alltäglichen administrativen Probleme kümmerte sich normalerweise Calvin.
»Sie können gleich hineingehen«, sagte Mrs. Sanford, ohne ihr Tippen zu unterbrechen. Jack überlegte, woher sie gewußt hatte, daß er es war.
»Schließen Sie die Tür«, befahl Dr. Harold Bingham.
Jack folgte der Anweisung. Binghams Büro war sehr geräumig; der stattliche Schreibtisch stand etwas zurückgesetzt unter einem hohen Fenster mit alten Jalousien. Am anderen Ende des Raumes befand sich ein Bibliothekstisch mit einem Lehrmikroskop. An der Wand stand ein Bücherschrank mit Glastüren.
»Nehmen Sie Platz.«
Jack folgte der Aufforderung.
»Ich bin mir nicht sicher, was ich von Ihnen halten soll.« Bingham hatte eine tiefe, heisere Stimme. »Sie haben heute erstklassige Arbeit geleistet und diese brillante Diagnose gestellt. Doch dann haben Sie nichts Besseres zu tun, als eigenmächtig die Gesundheitsbeauftragte anzurufen, meine Vorgesetzte also. Entweder sind Sie ein vollkommen apolitisches Wesen, oder Sie neigen zur Selbstzerstörung.«
»Wahrscheinlich eine Kombination von beidem«, entgegnete Jack.
»Dreist sind Sie also auch«, stellte Bingham fest.
»Das ist ein Teil meiner selbstzerstörerischen Ader«, erklärte Jack und grinste. »Sie hat aber auch eine positive Seite: Ich bin ehrlich.«
Bingham schüttelte den Kopf. Jack stellte seine Fähigkeit zur Selbstbeherrschung hart auf die Probe. »Nur damit ich Sie verstehe«, begann er von neuem und fuchtelte mit seinen schaufelgroßen Händen herum. »Ist Ihnen nicht in den Sinn gekommen, daß ich es als anmaßend empfinden könnte, wenn Sie meine Vorgesetzte anrufen, ohne vorher mit mir gesprochen zu haben?«
»Chet McGovern hat versucht, mich davon abzuhalten«, ge-

stand Jack. »Aber mir war es wichtig, die Nachricht so schnell wie möglich weiterzuleiten. Vorsicht ist besser als Nachsicht! Das gilt erst recht angesichts der potentiellen Gefahr einer Epidemie, mit der wir es zu tun haben.«
Für einen Augenblick herrschte Schweigen. Bingham dachte über Jacks Rechtfertigung nach und mußte sich eingestehen, daß sie durchaus stichhaltig war. »Die zweite Angelegenheit, die ich mit Ihnen besprechen muß, betrifft Ihren Besuch im Manhattan General Hospital. Offen gesagt, überrascht mich ihre Entscheidung, persönlich dort hinzugehen. Während Ihrer Orientierungsphase an unserem Institut hat man Ihnen doch beigebracht, daß wir uns bei den Ermittlungen vor Ort normalerweise auf unsere exzellenten Pathologie-Assistenten verlassen. Daran erinnern Sie sich doch, oder?«
»Natürlich. Aber ich dachte, das Auftreten von Pesterregern sei außergewöhnlich genug, um eine außergewöhnliche Vorgehensweise zu rechtfertigen. Ich muß allerdings auch gestehen, daß ich einfach neugierig war.«
»Neugierig!« Bingham verlor kurzfristig die Beherrschung. »Für die bewußte Mißachtung unserer etablierten Institutspolitik ist das die lahmste Ausrede, die ich in den letzten Jahren gehört habe!«
»Es kam noch etwas anderes hinzu«, erklärte Jack. »Da ich weiß, daß das Manhattan General ein AmeriCare-Krankenhaus ist, wollte ich ein bißchen auf dem Skandal herumreiten. Für AmeriCare hab' ich nämlich nichts übrig.«
»Was, um Himmels willen, haben Sie denn gegen AmeriCare?«
»Ist eine persönliche Angelegenheit.«
»Wollen Sie das vielleicht ein bißchen näher ausführen?«
»Lieber nicht«, erwiderte Jack. »Es ist eine lange Geschichte.«
»Dann lassen Sie's eben«, entgegnete Bingham verärgert. »Aber ich werde es nicht hinnehmen, daß Sie einfach ins Manhattan General marschieren und den Leuten da Ihre Gerichtsmediziner-Marke vor die Nase halten, um eine persönliche Rechnung zu begleichen. Das nenne ich schweren Mißbrauch Ihrer Amtsautorität.«
»Ich dachte, es sei ausdrücklich unser Auftrag, uns um alles zu kümmern, was die öffentliche Gesundheit beeinträchtigen könnte«, entgegnete Jack. »Und ein Fall von Pest fällt ja wohl unter diese Rubrik.«

»Da haben Sie recht«, sagte Bingham. »Aber Sie hatten die Gesundheitsbeauftragte doch bereits benachrichtigt. Und die wiederum hat das Gesundheitsamt alarmiert, welches sofort seinen leitenden Epidemiologen ins Manhattan General geschickt hat. Sie hatten dort nichts zu suchen, und erst recht hatten Sie keine Veranlassung, Ärger zu machen.«

»Wieso habe ich denn Ärger gemacht?«

»Sie haben sowohl den Krankenhauspräsidenten als auch den Epidemiologen vom Gesundheitsamt aufs äußerste verstimmt«, brüllte Bingham. »Der Präsident hat sich im Büro des Bürgermeisters über Sie beschwert, und der Epidemiologe hat die Gesundheitsbeauftragte angerufen. Diese Personen könnte man beide als meine Vorgesetzten bezeichnen, und sie waren von Ihrem Verhalten nicht angetan – was sie mich beide haben wissen lassen.«

»Ich wollte ihnen nur meine Hilfe anbieten«, entgegnete Jack unschuldig.

»Tun Sie mir einen Gefallen«, raunzte Bingham. »Versuchen Sie nie wieder, irgend jemandem Ihre Hilfe anzubieten. Ich verlange von Ihnen, daß Sie hier im Institut bleiben und die Arbeit erledigen, für die wir Sie eingestellt haben. Laut Calvin haben Sie noch jede Menge unerledigte Fälle zu Ende zu bringen.«

»War's das?« fragte Jack, als Bingham eine Pause machte.

»Vorerst ja«, erwiderte Bingham.

Jack stand auf und ging zur Tür.

»Eins wollte ich Ihnen noch mit auf den Weg geben«, sagte Bingham. »Vergessen Sie nicht, daß Sie ein Jahr Probezeit haben.«

»Ich werd' daran denken.«

Er verließ Binghams Büro und steuerte auf direktem Wege das Büro von Calvin Washington an. Die Tür war angelehnt, Calvin beugte sich über sein Mikrofon.

»Entschuldigen Sie«, rief Jack. »Ich hörte, Sie haben nach mir gesucht.«

Calvin drehte sich um und musterte Jack. »Waren Sie schon beim Chef?« knurrte er.

»Da komme ich gerade her. Ist wirklich beruhigend für mich, daß ich hier so gefragt bin.«

»Behalten Sie Ihre klugscheißerischen Sprüche für sich«, sagte Calvin. »Was wollte Dr. Bingham?«

Jack berichtete, was er gerade zu hören bekommen hatte. »Sie sind ja ziemlich offen«, stellte Calvin fest. »Ich glaube, Sie sollten sich in nächster Zeit am Riemen reißen. Sonst müssen Sie sich bald nach einem neuen Job umsehen.«
»Fürs erste habe ich noch eine bescheidene Bitte«, sagte Jack.
»Und die lautet?«
»Wie sieht es mit den zehn Dollar aus?«
Calvin starrte Jack verblüfft an.
Schließlich verlagerte er sein Gewicht ein wenig, griff in die Hosentasche, zog sein Portemonnaie heraus und reichte Jack einen Zehndollarschein.
»Den hole ich mir wieder«, schwor er.
»Auf alle Fälle«, entgegnete Jack.
Zufrieden, sein Wettgeld eingetrieben zu haben, fuhr er wieder in die vierte Etage. Überrascht sah er Laurie neben Chets Schreibtisch stehen. Die beiden blickten ihm mit erwartungsvoller Unruhe entgegen.
»Und?« fragte Chet.
»Was, und?« Jack drängte sich an den beiden vorbei und ließ sich in seinen Stuhl fallen.
»Haben sie dich gefeuert?«
»Sieht nicht danach aus«, erwiderte Jack und begann, die neu hereingekommenen Laborberichte aus seinem Korb zu fischen.
»Du solltest wirklich vorsichtig sein«, riet ihm Laurie im Hinausgehen. »Während deines ersten Jahres können sie dich jederzeit rausschmeißen.«
»Genau daran hat mich Bingham auch erinnert«, sagte Jack.
An der Tür drehte Laurie sich noch einmal um. »Mir wäre das in meinem ersten Jahr um ein Haar passiert«, vertraute sie ihm an.
Jack sah von seinen Papieren auf. »Wieso denn?«
»Es hatte mit den aufsehenerregenden Überdosis-Fällen zu tun, von denen ich heute morgen gesprochen habe«, sagte sie. »Leider habe ich es mir damals mit Bingham verdorben, weil ich der Sache auf den Grund gehen wollte. Sie waren haarscharf davor, mich rauszuschmeißen. Ich habe die Drohungen von Bingham damals nicht ernst genug genommen. Mach also nicht den gleichen Fehler!«
Als Laurie die Tür hinter sich geschlossen hatte, verlangte Chet eine wörtliche Wiedergabe von Binghams Standpauke. Jack er-

zählte ihm alles, woran er sich erinnern konnte, und vergaß nicht zu erwähnen, daß sich der Bürgermeister und die Gesundheitsbeauftragte der Stadt bei Bingham über ihn beschwert hatten.

»Sie haben sich speziell über dich beschwert?«

»Offenbar ja. Dabei wollte ich doch nur den Samariter spielen.«

»Was, in Gottes Namen, hast du im Manhattan General nur angestellt?«

»Ich habe mich wieder mal wie der geborene Diplomat benommen«, antwortete Jack. »Ich habe Fragen gestellt und Vorschläge gemacht.«

»Du bist wirklich verrückt«, stellte Chet fest. »Vor ein paar Minuten wärst du um ein Haar gefeuert worden. Aber wofür? Was wolltest du beweisen?«

»Ich wollte gar nichts beweisen.«

»Ich verstehe dich nicht.« Chet resignierte.

»Das scheint hier allen so zu gehen«, sagte Jack.

»Alles, was ich über dich weiß, ist, daß du in deinem früheren Leben mal Augenarzt warst und daß du jetzt in Harlem lebst und in einer Straßenmannschaft Basketball spielst. Was machst du sonst noch?«

»Du hast alles erwähnt«, erwiderte Jack. »Abgesehen von meiner Arbeit hier im Institut, ist das alles.«

»Was machst du zum Beispiel, wenn du dich mal vergnügen willst?« fragte Chet. »Wenn du ausgehst – wo gehst du dann hin? Ich will ja nicht neugierig sein, aber hast du eine Freundin?«

»Nein, eigentlich nicht«, erwiderte Jack.

»Bist du schwul?«

»Nein. Ich bin sozusagen seit einer Weile außer Betrieb.«

»Kein Wunder, daß du dich manchmal so merkwürdig benimmst. Ich werd' dir mal was sagen. Wir gehen heute abend zusammen irgendwo essen, und dann gönnen wir uns noch ein paar Drinks. In meiner Nachbarschaft gibt es eine nette Kneipe, in der wir uns in Ruhe unterhalten können.«

»Es drängt mich aber gar nicht danach, über mich zu reden«, sagte Jack.

»In Ordnung«, entgegnete Chet »Du mußt ja nicht reden. Aber wir gehen auf jeden Fall aus. Ich glaube, du mußt einfach mal unter ein paar ganz normale Menschen kommen.«

»Was ist schon normal?«

## 9. Kapitel
## Mittwoch, 20. März 1996, 22.15 Uhr

Chet hatte sich durchgesetzt. Was auch immer Jack für Einwände vorgebracht hatte – Chet hatte darauf bestanden, daß sie zusammen essen gingen. Schließlich hatte Jack nachgegeben. Um kurz vor acht hatte er mit seinem Fahrrad den Central Park durchquert, um Chet in einem italienischen Restaurant an der Second Avenue zu treffen.

Nach dem Essen hatte Chet genauso hartnäckig darauf bestanden, noch auf ein paar Drinks in eine nette Kneipe zu ziehen. Als sie nun die Treppe zur Kneipe hinaufstiegen, kamen Jack allerdings Zweifel. In den vergangenen Jahren war er immer um zehn Uhr abends ins Bett gegangen und um fünf Uhr morgens wieder aufgestanden. Jetzt war es viertel nach zehn, er hatte bereits eine halbe Flasche Wein getrunken, und er wurde langsam müde.

»Ich weiß nicht, ob das was für mich ist«, sagte er.

»Jetzt sind wir schon hier«, drängte Chet. »Komm mit, wenigstens auf ein Bier.«

Jack legte den Kopf in den Nacken und musterte die Fassade des Lokals. Es stand nirgendwo ein Name. »Wie heißt der Laden eigentlich?«

»The Auction House«, sagte Chet und hielt die Tür auf. »Los, beweg deinen Hintern!«

Mit Ausnahme der Theke, die aus Mahagoni gearbeitet war, erinnerte die Inneneinrichtung der Kneipe Jack vage an das Wohnzimmer seiner Großmutter im fernen Des Moines in Iowa. Das Mobiliar bestand aus einer kuriosen Mischung vorwiegend viktorianischer Raritäten. Vor den Fenstern hingen schwere Vorhänge, die hohen Decken waren verziert und hell gestrichen.

»Wie wär's, wenn wir uns da drüben hinsetzen?« schlug Chet

vor. Er zeigte auf einen kleinen Tisch am Fenster, von dem aus man auf die 89th Street hinuntersehen konnte.

Jack ließ sich nieder. Von seinem Platz aus hatte er den ganzen Raum im Blick. Es waren ungefähr fünfzig Gäste da, einige standen um die Theke herum, andere hatten auf den Sofas Platz genommen. Sie waren alle gut gekleidet und sahen aus, als hätten sie lukrative Jobs. Keiner von ihnen wäre wohl jemals auf die Idee gekommen, sich eine Baseballkappe verkehrt herum auf den Kopf zu setzen. Es waren etwa gleich viele Männer und Frauen. In einer so ›normalen‹ geselligen Umgebung hatte Jack sich schon seit Jahren nicht aufgehalten. Er dachte darüber nach, daß ihm das vielleicht tatsächlich guttat. Schließlich hatte es auch seine Nachteile, ein Einzelgänger zu sein. Während das Stimmengewirr ihn einlullte, fragte er sich, worüber all diese attraktiven Leute wohl reden mochten. Für ihn stand allerdings außer Frage, daß er zu keinem dieser Gespräche irgend etwas beizutragen hatte.

Er ließ seinen Blick zu Chet hinüberschweifen, der an die Theke gegangen war, um zwei Bier zu bestellen. Doch statt zu ordern, war er offenkundig in ein Gespräch mit einer vollbusigen Frau vertieft; sie hatte langes, blondes Haar und trug ein modisches Sweatshirt und enge Jeans. Sie war in Begleitung einer eleganten Freundin, die in ihrem einfachen, dunkelblauen Kostüm und mit dem blondgesträhnten Lockenkopf sehr verführerisch aussah. Die Freundin zog es offensichtlich vor, sich auf ihr Weinglas zu konzentrieren.

Für einen Augenblick beneidete Jack seinen Kollegen um die Leichtigkeit, mit der er auf fremde Leute zuging. Während des Essens hatte er völlig unbeschwert von sich erzählt. Unter anderem hatte Jack erfahren, daß Chet erst vor kurzem eine langjährige Beziehung zu einer Kinderärztin beendet hatte und deshalb jetzt wieder verfügbar und ›auf der Suche‹ sei, wie er sich ausgedrückt hatte.

Plötzlich drehte Chet sich zu ihm um. Beinahe gleichzeitig drehten sich auch die beiden Frauen um, und sie fingen an zu lachen. Jack merkte, daß er knallrot wurde. Offensichtlich sprachen sie über ihn. Chet löste sich aus dem Getümmel an der Theke und kam an den Tisch.

»Hey, alter Junge«, flüsterte Chet und stellte sich absichtlich so vor Jack, daß er die beiden Frauen nicht mehr sehen konnte. »Siehst du die beiden Miezen da drüben an der Theke? Was hältst du von den beiden? Ich finde, sie sind 'ne Wucht! Und weißt du, was? Sie wollen dich kennenlernen.«

»Chet, bitte«, sagte Jack. »Bisher hat der Abend ja Spaß gemacht, aber ...«

»Komm, sei kein Spielverderber«, unterbrach ihn Chet. »Du darfst mich jetzt nicht hängenlassen. Paß auf – ich bin scharf auf die im Sweatshirt.«

Da Jack wußte, daß es ihn wesentlich mehr Kraft gekostet hätte, sich dem Wunsch von Chet zu widersetzen, kapitulierte er und ließ sich an die Bar bugsieren. Chet machte ihn mit den beiden Frauen bekannt. Jack war sofort klar, was Chet an Colleen so attraktiv fand. Sie war genauso keß und schlagfertig wie er. Terese machte den beiden allerdings einen Strich durch die Rechnung. Sie musterte Jack mit ihren mattblauen Augen einmal von oben bis unten und wandte sich wieder ihrem Weinglas zu.

Chet und Colleen waren sofort in eine angeregte Unterhaltung vertieft. Jack starrte den Hinterkopf von Terese an und verfluchte die Situation, in die er sich hatte bringen lassen. Eigentlich wollte er zu Hause in seinem Bett liegen, und nun ließ er sich von einer Frau anöden, die genauso ungesellig war wie er.

»Chet!« rief er nach ein paar Minuten. »Das ist doch pure Zeitverschwendung!«

Plötzlich wirbelte Terese herum. »Pure Zeitverschwendung? Für wen?«

»Für mich«, erwiderte Jack und musterte die Frau, die vor ihm stand. Obwohl sie mager war, hatte sie sinnliche, volle Lippen. Ihre heftige Reaktion überraschte ihn.

»Was glauben Sie, wie ich mich fühle?« raunzte Terese ihn an. »Meinen Sie, ich stehe darauf, von Männern belästigt zu werden, die auf Frauenjagd sind?«

»Jetzt halten Sie aber mal die Luft an!« entgegnete Jack. Auch er wurde langsam wütend.

»Hey, Jack«, mischte Chet sich ein. »Ruhig Blut!«

»Das gleiche gilt für dich, Terese«, ermahnte Colleen ihre Freun-

din. »Reiß dich zusammen! Wir sind schließlich hier, um uns zu vergnügen.«
»Ich habe keinen Pieps zu dieser Lady gesagt, und sie ist sofort über mich hergefallen«, beschwerte sich Jack
»Es hat gereicht, wie Sie mich angeglotzt haben«, keifte Terese zurück.
»Nun reicht's aber, ihr Streithähne!« Chet stellte sich zwischen die beiden und warf Jack einen ernsten Blick zu. »Wir sind in dieser Kneipe, um in netter Gesellschaft ein Bierchen zu trinken.«
»Ich gehe jetzt wohl besser nach Hause«, sagte Terese.
»Du bleibst gefälligst hier«, befahl Colleen. Dann wandte sie sich an Chet: »Ihre Nerven sind zum Zerreißen gespannt. Damit sie endlich mal zur Ruhe kommt, habe ich darauf bestanden, daß wir heute etwas unternehmen. Ihre Arbeit frißt sie regelrecht auf.«
»Bei Jack sieht's ähnlich aus«, erklärte Chet. »Er hat sich völlig eingeigelt und geht kaum unter Menschen.«
Jack und Terese starrten in verschiedene Richtungen. Sie waren wütend, kamen sich gleichzeitig aber ziemlich albern vor.
Chet und Colleen orderten eine Runde Drinks, verteilten sie und setzten ihr Gespräch über Jack und Terese unbeirrt fort.
»Jacks soziales Umfeld beschränkt sich auf eine völlig heruntergekommene Gegend, wo er mit Drogensüchtigen und Killern Basketball spielt«, führte Chet aus.
»Wenigstens hat er überhaupt irgendein soziales Umfeld«, entgegnete Colleen. »Dort, wo Terese lebt, wohnen außer ihr nur Achtzigjährige. Ihr aufregendstes Wochenenderlebnis ist es, am Sonntag nachmittag ihren Abfall in den Müllschlucker zu werfen.«
Jack und Terese warfen sich ein paar flüchtige Blicke zu, während sie schweigend an ihren Getränken nippten.
»Chet hat erwähnt, daß Sie Arzt sind«, sagte Terese schließlich. »Haben Sie sich auf irgendeinem Gebiet spezialisiert?« Sie klang inzwischen erheblich freundlicher.
Jack erklärte ihr, daß er Gerichtsmediziner sei.
»Und zwar einer der besten weit und breit«, schaltete Chet sich ein. »Einer, von dem man noch hören wird. Unser Jack hat nämlich heute die Diagnose des Tages gestellt. Obwohl ihm zuerst keiner glauben wollte, hat er einen Pestfall festgestellt.«

»Hier in New York?« fragte Colleen aufgeschreckt.
»Im Manhattan General«, antwortete Chet.
»Um Gottes willen«, rief Terese. Ich habe dort schon mal gelegen. Pest ist doch absolut selten, oder?«
»Allerdings«, bestätigte Jack. In den USA werden nur wenige Fälle pro Jahr gemeldet, in der Regel im tiefen Westen – und das auch nur während der Sommermonate.«
»Ist die Pest nicht furchtbar ansteckend?« fragte Colleen.
»Unter Umständen ja«, erwiderte Jack. »Vor allem, wenn es sich um Lungenpest handelt, wie bei unserem Fall.«
»Haben Sie keine Angst, daß Sie sich angesteckt haben?« wollte Terese wissen. Unwillkürlich waren sie und Colleen einen Schritt zurückgewichen.
»Nein«, sagte Jack. »Und selbst wenn wir uns angesteckt hätten, könnten wir die Krankheit erst dann übertragen, wenn die Lungenentzündung bei uns bereits ausgebrochen wäre. Sie brauchen also nicht die Flucht zu ergreifen.«
Peinlich berührt kamen die beiden Frauen wieder näher an die Theke heran. »Besteht die Gefahr, daß in der Stadt eine Epidemie ausbricht?« fragte Terese.
»Wenn die Pestbakterien die städtische Nagetierpopulation befallen haben, dann wird es problematisch«, erklärte Jack. »Vor allem, wenn die Ratten infiziert sind und auch noch Rattenflöhe haben – dann könnte die Pest in den Ghettobezirken durchaus zu einem Problem werden. Aber wahrscheinlich würden die Bakterien irgendwann von selbst wieder verschwinden. Den letzten großen Pestausbruch in den USA gab es 1919, und damals haben sich nur zwölf Menschen infiziert. Und zu der Zeit gab es noch nicht einmal Antibiotika. Ich gehe nicht davon aus, daß uns eine Epidemie bevorsteht. Schließlich nimmt man den Zwischenfall im Manhattan General sehr ernst und trifft entsprechende Vorsichtsmaßnahmen.«
»Ich gehe davon aus, daß Sie die Medien informiert haben«, sagte Terese.
»Ich nicht«, erwiderte Jack. »Das ist nicht mein Job.«
»Sollte die Öffentlichkeit nicht gewarnt werden?«
»Ich glaube nicht«, sagte Jack. »Die würden mit ihrer Sensationsgier alles nur noch schlimmer machen. Wenn die Pest auch

nur erwähnt wird, geraten die Leute doch schon in Panik. Und Panik ist in diesem Fall kontraproduktiv.«

»Mag sein«, entgegnete Terese. »Aber ich wette, daß die Leute das anders sehen würden, wenn sie aufgrund einer Vorwarnung die Chance hätten, der Pest zu entkommen.«

»Was wir hier diskutieren, ist sowieso reine Theorie«, sagte Jack. »Die Medien werden auf jeden Fall Wind davon bekommen. Bald wird der Fall durch sämtliche Nachrichten gehen, glauben Sie mir.«

»Wechseln wir lieber das Thema«, schlug Chet vor und sah die beiden Frauen an. »Was machen Sie eigentlich beruflich?«

»Wir arbeiten als Art Directors in einer ziemlich großen Werbeagentur«, erwiderte Colleen. »Das heißt, eigentlich bin nur ich Art Director. Terese ist in die oberen Ränge aufgestiegen und darf sich Creative Director nennen.«

»Klingt ganz schön beeindruckend«, sagte Chet.

»Und kurioserweise befassen wir uns zur Zeit am Rande mit Ihrem Metier, nämlich mit der Medizin«, fügte Colleen hinzu.

»Was meinen Sie damit?« wollte Jack wissen. »Was haben Sie denn mit Medizin zu tun?«

»Die National Health ist einer unserer Großkunden«, erklärte Terese. »Ich nehme an, der Name ist Ihnen ein Begriff.«

»Leider ja«, erwiderte Jack in mißbilligendem Tonfall.

»Haben Sie etwas gegen die National Health?«

»Könnte man so sagen.«

»Darf ich fragen, warum?«

»Ich habe vor allem etwas gegen Werbung in der Medizin«, erklärte Jack. »Besonders gegen die Art von Werbung, mit der die neuen Gesundheitsversorgungsgiganten uns überziehen.«

»Aber warum denn?« hakte Terese nach.

»Weil diese Kampagnen nur einen Zweck erfüllen: den großen Unternehmen neue Mitglieder zu bescheren und damit deren Profit zu erhöhen. Dabei beruhen all diese Kampagnen auf maßlosen Übertreibungen, Halbwahrheiten und der Heuchelei, bessere Krankenhäuser zu haben als die Konkurrenz. Die wirkliche Qualität der Gesundheitsversorgung spielt doch für die Werbung keine Rolle. Dazu verschlingt die ganze Werbung einen Haufen Geld, und das ist der eigentliche Skandal. Jeder Dollar,

der für die Werbung verpulvert wird, muß bei der Patientenversorgung eingespart werden.«
»Sind Sie fertig?« fragte Terese.
»Wenn ich noch ein bißchen nachdenke, fällt mir bestimmt noch mehr ein«, erwiderte Jack.
»Ich muß Ihnen nämlich aufs schärfste widersprechen.« Terese ereiferte sich genauso wie Jack. »Ich glaube, daß die Werbung durchaus Unterschiede herauszustellen vermag, und daß der Kunde von dem Konkurrenzkampf zwischen den verschiedenen Anbietern letztendlich profitiert.«
»So sollte es vielleicht sein«, bemerkte Jack. »Die Realität sieht aber anders aus.«
»Schluß jetzt, ihr beiden!« mischte Chet sich ein und stellte sich zum zweitenmal zwischen Jack und Terese. »Ihr geratet ja schon wieder außer Kontrolle. Laßt uns das Thema wechseln! Können wir nicht mal über etwas Neutrales reden, zum Beispiel über Sex oder Religion?«
Colleen lachte und gab Chet einen freundschaftlichen Klaps auf die Schulter.
Während der nächsten halben Stunde redeten sie tatsächlich über Religion, und Jack und Terese vergaßen ihren kurzen Disput. Da Chet ein gewitzter Erzähler war, mußten sie sogar lachen. Um viertel nach elf sah Jack zufällig auf die Uhr und erschrak.
»Tut mir leid, Leute«, unterbrach er das Gespräch. »Ich muß aufbrechen. Schließlich habe ich noch eine Radtour vor mir.«
»Eine Fahrradtour?« fragte Terese entgeistert. »Sie fahren in dieser Stadt Fahrrad?«
»Er ist lebensmüde«, erklärte Chet.
»Wo wohnen Sie denn?« wollte Terese wissen.
»Auf der Upper West Side«, erwiderte Jack.
»Fragen Sie ihn lieber mal, was er unter ›upper‹ versteht«, stichelte Chet.
»Also, wo genau wohnen Sie nun?« hakte Terese nach.
»Auf der 106th Street«, antwortete Jack. »Jetzt wissen Sie's ganz genau.«
»Sie wollen mir doch wohl nicht weismachen, daß Sie um diese Uhrzeit noch durch den Central Park fahren?« fragte Terese.

»Ich bin ziemlich schnell mit meinem Rad«, entgegnete Jack.
»Also, für mich klingt das, als wären Sie darauf aus, Schwierigkeiten zu bekommen«, sagte Terese, während sie sich bückte, um ihre Handtasche aufzuheben. »Ich habe zwar keine Radtour vor mir, aber mein Bett wartet auf mich.«
»Einen Augenblick«, schaltete Chet sich ein und legte locker einen Arm um Colleens Schulter. »Schließlich sind Colleen und ich für diesen Abend verantwortlich. Hab' ich recht, Colleen?«
»Ja, genau«, stimmte sie zu.
»Wir haben etwas beschlossen«, fügte Chet selbstgewiß hinzu. »Ihr beiden könnt erst nach Hause gehen, wenn ihr euch damit einverstanden erklärt, daß wir morgen abend alle zusammen essen gehen.«
Colleen schüttelte den Kopf und wand sich aus Chets Arm. »Ich fürchte, daraus wird nichts«, sagte sie. »Wir haben eine völlig unmögliche Deadline einzuhalten, deshalb werden wir wohl jede Menge Überstunden machen müssen.«
»An welches Restaurant hattet ihr denn gedacht?« fragte Terese. Colleen sah ihre Freundin mit großen Augen an.
»Wie wär's mit Elaine's, gleich hier um die Ecke?« schlug Chet vor. »Gegen acht. Wenn wir Glück haben, sehen wir sogar ein paar Berühmtheiten.«
»Ich glaube nicht, daß ich kommen kann«, meldete sich Jack.
»Deine Ausreden zählen heute nicht«, erklärte Chet. »Mit deiner angeblich so harmlosen Straßengang kannst du ein andermal spielen. Morgen gehst du mit uns essen.«
Jack war zu müde, um zu widersprechen, und zuckte nur mit den Achseln.
»Dann steht der Termin also?« fragte Chet.
Alle nickten.

Die beiden Frauen nahmen ein Taxi und boten Chet an, mit ihnen zu fahren, doch er lehnte ab, weil er bis zu seiner Wohnung nur ein paar Schritte zu gehen hatte.
»Wollen Sie Ihr Fahrrad heute nacht nicht lieber mal stehenlassen?« wandte sich Terese an Jack.
»Auf keinen Fall«, erwiderte er. Dann schwang er sich auf den Sattel und brauste winkend über die Second Avenue davon.

Terese nannte dem Taxifahrer die erste Adresse, die er ansteuern sollte, woraufhin das Taxi nach links in die Second Avenue einbog und in Richtung Süden davonfuhr. Colleen, die Chet noch aus dem Rückfenster zugewunken hatte, wandte sich ihr zu.
»Was für eine Überraschung«, sagte sie. »Da lernt man doch glatt in einer Kneipe zwei anständige Männer kennen. Offenbar passiert einem so etwas immer dann, wenn man am wenigsten damit rechnet.«
»Die beiden sind wirklich ganz nett«, stimmte Terese ihr zu. »Ich habe ihnen anfangs wohl Unrecht getan. Und Gott sei Dank haben sie nicht über Sport oder den Aktienmarkt palavert. Normalerweise können sich die Männer in dieser Stadt doch über nichts anderes unterhalten.«
»Das Witzigste an der Sache ist, daß meine Mutter mir schon seit eh und je in den Ohren liegt, ich möge mich doch mal mit einem Arzt einlassen«, sagte Colleen und lachte.
»Ich glaube, keiner von den beiden ist ein typischer Arzt«, entgegnete Terese. »Vor allem Jack nicht. Er ist ziemlich seltsam. Irgend etwas muß ihn ganz schön verbittert haben. Außerdem scheint er ein bißchen verrückt zu sein. Oder kannst du dir vorstellen, wie man sich in dieser Stadt freiwillig aufs Fahrrad wagen kann?«
»Das kann ich mir jedenfalls noch eher vorstellen als das, womit die beiden sich beschäftigen. Würdest du vielleicht gern den ganzen Tag an Leichen herumhantieren?«
»Ich weiß nicht«, erwiderte Terese. »Kann auch nicht schlimmer sein, als sich den ganzen Tag mit unseren Kundenbetreuern herumzuschlagen.«
»Du hast mich übrigens ganz schön geschockt, als du zugestimmt hast, morgen abend mit den beiden essen zu gehen«, sage Colleen.
»Genau wegen unserer Deadline habe ich eingewilligt«, entgegnete Terese und lächelte konspirativ. »Ich möchte mich noch einmal mit Jack Stapleton unterhalten. Denn ob du's glaubst oder nicht, Jack hat mich auf eine großartige Idee für eine neue National-Health-Kampagne gebracht! Ich wage mir gar nicht auszumalen, wie er reagieren würde, wenn er davon wüßte. So, wie

er die Werbung haßt, würde er wahrscheinlich einen Anfall bekommen.«
»Raus mit der Sprache! Was für eine Idee hast du?« drängte Colleen.
»Diese Pestgeschichte hat mich darauf gebracht«, erklärte Terese. »Da AmeriCare der einzige wirkliche Konkurrent der National Health ist, müssen wir doch einfach nur herausstellen, daß im größten Krankenhaus von AmeriCare die Pest ausgebrochen ist. Diese Geschichte ist so unheimlich, daß die Leute scharenweise zur National Health überwechseln werden.«
Colleen fiel die Kinnlade herunter. »Wir können doch nicht diesen Pestfall ausschlachten.«
»Bist du verrückt? Ich will doch nicht den Pestfall in den Vordergrund stellen«, erwiderte Terese. »Ich will lediglich herausstellen, daß das Krankenhaus der National Health neu und so sauber ist. Die Öffentlichkeit wird ganz von allein den Pestzwischenfall mit dem AmeriCare-Krankenhaus assoziieren und die entsprechende Schlußfolgerung ziehen. Ich weiß, wie es im Manhattan General aussieht. Ich habe schließlich mal dort gelegen. Sie mögen es ja renoviert haben, aber es sind nach wie vor alte Gemäuer. Ich sehe schon unsere Spots, in denen die Patienten im National-Health-Krankenhaus vom Fußboden essen, wodurch wir suggerieren: ›Seht her, wie sauber es hier ist‹. Ein neues und sauberes Krankenhaus – genau das wollen die Leute haben. Vor allem, wo jetzt so ein Zirkus darum gemacht wird, daß die Bakterien angeblich wieder auf dem Vormarsch sind und zusehends gegen Antibiotika resistent werden.«
»Eine tolle Idee«, rief Colleen. »Wenn es der National Health Care mit so einer Kampagne nicht gelingt, AmeriCare Marktanteile abzujagen, dann hilft wahrscheinlich gar nichts.«
»Mir ist sogar schon ein Slogan eingefallen«, sagte Terese stolz. ›Wir verdienen Ihr Vertrauen. Gesundheit steht bei uns im Mittelpunkt!‹ Wie klingt das?«
»Klasse!« rief Colleen. »Ich werde morgen früh sofort das ganze Team daransetzen.«

## 10. Kapitel
## Donnerstag, 21. März 1996, 7.25 Uhr

Jack funktionierte wie ein Uhrwerk; jeden Morgen erreichte er das Gerichtsmedizinische Institut etwa um die gleiche Zeit. An diesem Morgen allerdings hatte er sich um zehn Minuten verspätet, denn er war mit einem leichten Katergefühl aufgewacht. Um seinen Brummschädel zu besänftigen, war er ein paar Minuten länger unter der Dusche geblieben, und auf seiner Slalomtour die Second Avenue hinunter hatte er auch nicht ganz so kräftig in die Pedale getreten wie sonst.

Als er die First Avenue überquerte, entdeckte er etwas, das er um diese Tageszeit noch nie gesehen hatte. Vor dem Gebäude des Gerichtsmedizinischen Instituts stand ein Fernseh-Übertragungswagen mit ausgefahrener Hauptantenne. Er änderte seine Fahrtrichtung und fuhr einmal um den Wagen herum. Drinnen befand sich niemand. Als er zum Haupteingang des Instituts hinüberschaute, sah er mehrere Reporter und Kameraleute die Tür belagern.

Neugierig geworden, radelte Jack zum Eingang, stellte sein Fahrrad an den gewohnten Platz und stürmte nach oben in den ID-Raum, indem die Angehörigen zur Identifizierung ihrer Toten geführt wurden.

Wie immer waren Laurie und Vinnie schon an ihrem Arbeitsplatz. Jack begrüßte sie kurz und ging weiter. In der Eingangshalle gab es einen regelrechten Menschenauflauf.

»Was zum Teufel ist denn hier los?« fragte Jack, während er sich zu Laurie umdrehte.

»Das solltest du ja wohl am besten wissen«, erwiderte Laurie. Sie war gerade dabei, die Einteilung der an diesem Tag durchzuführenden Autopsien vorzunehmen. »Alles wegen der Pest-Epidemie!«

»Wieso Epidemie? Hat es etwa noch mehr Fälle gegeben?«
»Hast du denn noch nicht davon gehört? Es kam doch in den Morgennachrichten im Fernsehen.«
»Ich besitze gar keinen Fernseher«, erklärte Jack. »Da, wo ich wohne, bringt man sich nur in Schwierigkeiten, wenn man einen hat.«
»In der vergangenen Nacht sind uns zwei weitere Fälle zugeführt worden«, sagte Laurie. »Bei einem handelt es sich mit Sicherheit um ein Pestopfer – oder man geht zumindest davon aus, weil das Krankenhaus diesmal selbst einen Immunofluoreszenstest gemacht hat, und der war positiv. Bei dem anderen Opfer wird aufgrund der klinischen Symptome ebenfalls Pest als Todesursache vermutet; der Immunofluoreszenstest war allerdings negativ. Außerdem habe ich gehört, daß es zahlreiche weitere Patienten geben soll, die Fieber haben und unter Quarantäne gestellt worden sind.«
»Und das alles im Manhattan General?«
»Offensichtlich ja.«
»Hatten die Opfer direkten Kontakt mit Donald Nodelman?« wollte Jack wissen.
»Ich hatte noch keine Zeit, mir die Akten näher anzusehen«, sagte Laurie. »Interessieren dich die Fälle? Wenn ja, kannst du sie übernehmen.«
»Ja, gern«, sagte Jack. »Welches ist das Opfer, bei dem wir ziemlich sicher von Pest ausgehen können?«
»Katherine Mueller«, erwiderte Laurie und schob Jack die Akte der Patientin zu.
Jack ließ sich auf der Kante von Lauries Schreibtisch nieder und nahm sich die Akte vor. Er zog den Ermittlungsbericht heraus und begann zu lesen. Die Frau war um vier Uhr nachmittags in die Notaufnahme des Manhattan General eingeliefert worden, wo man sofort die Diagnose gestellt hatte: ein akuter Fall von Pest im fortgeschrittenen Stadium. Obwohl man ihr hohe Dosen von Antibiotika verabreicht hatte, war sie neun Stunden später tot gewesen.
Jack sah nach, wo die Frau gearbeitet hatte, und es überraschte ihn kaum, daß sie im Manhattan General Hospital angestellt gewesen war. Er ging davon aus, daß sie direkten Kontakt zu Nodel-

man gehabt hatte. Leider gab der Bericht keinen Aufschluß darüber, in welcher Abteilung die Frau gearbeitet hatte.
Während er den Bericht weiterstudierte, lobte er im stillen die Arbeit von Janice. Nach dem Telefongespräch, das er am Tag zuvor mit ihr geführt hatte, hatte sie diesmal zusätzliche Informationen aufgeführt. Katherine Mueller war weder gereist, noch hatte sie Haustiere besessen oder Besucher empfangen.
»Und wo ist der Fall, bei dem bloß ein Verdacht auf Pest besteht?« wandte Jack sich erneut an Laurie.
Sie schob ihm eine zweite Akte zu.
Jack öffnete sie und war ziemlich überrascht. Das Opfer hatte weder im Manhattan General gearbeitet, noch schien es auf den ersten Blick so, als hätte es Kontakt zu Donald Nodelman gehabt. Die Verstorbene hieß Susanne Hard, hatte allerdings auf einer anderen Station gelegen als Nodelman. Sie war in der Abteilung für Gynäkologie und Geburtshilfe behandelt worden und hatte gerade ein Baby zur Welt gebracht! Jack war fassungslos.
Der Bericht besagte, daß Susanne vierundzwanzig Stunden nach ihrer Einlieferung ins Krankenhaus wie aus heiterem Himmel unter Fieber, Muskelschmerzen, Kopfschmerzen, allgemeiner Entkräftung und Husten mit Auswurf gelitten hatte. Diese Symptome waren ungefähr achtzehn Stunden nach einem Kaiserschnitt aufgetreten, mit dem ein gesundes Kind geholt worden war. Acht Stunden nach dem Auftreten der Symptome war die Patientin tot gewesen.
Aus purer Neugier suchte Jack nach Susannes Adresse, denn er erinnerte sich, daß Nodelman in der Bronx gelebt hatte. Doch Susanne Hard hatte am Sutton Place South in Manhattan gewohnt, eine Gegend, die man kaum als Ghetto bezeichnen konnte. Jack las weiter und erfuhr, daß Susanne seit dem Beginn ihrer Schwangerschaft nicht mehr gereist war. Was Haustiere anging, so hatte sie einen alten, aber gesunden Pudel besessen. Drei Wochen zuvor hatte sie einen Geschäftspartner ihres Ehemanns bewirtet, der aus Indien zu Besuch war und von dem es hieß, daß er sich bester Gesundheit erfreut habe.
»Ist Janice Jaeger noch da?« fragte Jack.
»Vor einer Viertelstunde war sie noch in ihrem Büro«, sagte Laurie.

Genau wie am Morgen zuvor traf Jack Janice an ihrem Arbeitsplatz vor. »Sie sind ja vielleicht eine fleißige Staatsbedienstete«, rief er ihr von der Tür aus zu.

Janice sah auf. Ihre Augen waren vor Müdigkeit gerötet. »In letzter Zeit sterben einfach zu viele Leute. Ich versinke in Arbeit. Aber eins müssen Sie mir noch sagen, bevor ich nach Hause gehe: Habe ich bei den Infektionsfällen der vergangenen Nacht die richtigen Fragen gestellt?«

»Haargenau die richtigen«, erwiderte Jack. »Ich bin wirklich beeindruckt. Trotzdem möchte ich noch ein paar weitere Fragen loswerden.«

»Schießen Sie los!«

»Wissen Sie, ob die Patientinnen von der Gynäkologischen Abteilung mit den Patienten der Inneren in Berührung kommen?«

»Keine Ahnung«, erwiderte Janice. »Aber ich kann es mir eigentlich nicht vorstellen.«

»Ich auch nicht«, stimmte Jack ihr zu. Aber wenn es keinerlei Kontakt gegeben hatte – wie konnte Susanne Hard sich dann angesteckt haben? Obwohl es vielleicht albern war, überlegte Jack, ob nicht vielleicht doch ein Rudel infizierter Ratten im Belüftungssystem der siebten Etage hauste.

»Wollen Sie noch etwas von mir wissen?« fragte Janice. »Ich möchte nämlich Feierabend machen und muß vorher diesen letzten Bericht zu Ende bringen.«

»Ja, eins interessiert mich noch«, sagte Jack. »Sie haben angeführt, daß Katherine Mueller im Manhattan General gearbeitet hat, aber Sie haben nicht vermerkt, in welcher Abteilung. Wissen Sie, ob sie Krankenschwester war oder eine Mitarbeiterin des Labors?«

Janice durchstöberte ihre Notizen und zog ein Blatt mit Daten über den Fall Mueller hervor. Nachdem sie einen kurzen Blick darauf geworfen hatte, sagte sie: »Weder noch. Sie hat im Zentralmagazin des Krankenhauses gearbeitet.«

»Oh nein, das können Sie mir nicht antun«, rief Jack enttäuscht.

»Tut mir leid«, sagte Janice. »Aber so wurde es mir berichtet.«

»Sie können ja nichts dafür.« Jack winkte ab. »Ich hätte mich nur gefreut, wenn bei diesem Pestausbruch irgendwo ein Fünkchen Logik zu erkennen gewesen wäre. Aber wie soll eine Mitarbeite-

rin aus dem Zentralmagazin mit einer Patientin von der siebten Etage in Berührung gekommen sein? Wo befindet sich eigentlich das Zentralmagazin?«
»Ich glaube, in der gleichen Etage wie die Operationssäle«, erwiderte Janice. »Also in der dritten.«
»Okay, vielen Dank«, sagte Jack. »Ich empfehle Ihnen, bald nach Hause zu gehen, damit Sie mal etwas Schlaf bekommen.«
»Ich werd's versuchen.«
Tief in Gedanken versunken ging Jack zurück in Richtung ID-Raum. Normalerweise konnte man den Ursprung einer ansteckenden Krankheit leicht feststellen, indem man die Verbreitung bis zu einer bestimmten Familie oder Menschengruppe zurückverfolgte. Es gab immer einen ersten Fall; alle weiteren waren irgendwie mit diesem in Berührung gekommen, und zwar entweder direkt oder durch einen Überträger, wie zum Beispiel ein Insekt. Wie sich eine Seuche ausbreitete, war also kein Geheimnis. Aber bei diesem Pestausbruch schien alles anders zu verlaufen. Das einzige, was die Opfer miteinander verband, war, daß sie alle im Manhattan General gestorben waren.
Geistesabwesend winkte Jack Sergeant Murphy zu, der offenbar gerade in seinem Büro-Kabäuschen angekommen war. Der fröhliche irische Polizist winkte freudig zurück.
Jack grübelte angestrengt und verlangsamte seinen Schritt. Bei Susanne Hard waren die Symptome an ihrem ersten Tag im Krankenhaus aufgetreten. Da man allgemein davon ausging, daß die Inkubationszeit bei Pest mindestens zwei Tage betrug, mußte sie sich also vor ihrer Einlieferung infiziert haben. Jack ging noch einmal zurück zu Janice' Büro.
»Eins würde mich noch interessieren«, rief er ihr zu. »Wissen Sie vielleicht zufällig, ob Mrs. Hard auch schon in den Tagen vor ihrer Einlieferung im Manhattan General gewesen ist?«
»Ihr Mann sagt nein«, erwiderte Janice. »Ich habe ihn ausdrücklich danach gefragt. Offenbar hat Mrs. Hard das Krankenhaus so sehr gehaßt, daß sie erst in letzter Minute gekommen ist.«
Jack nickte und bedankte sich, doch was er gehört hatte, beunruhigte ihn nur noch mehr. Er wandte sich um und ging wieder in Richtung ID-Raum. Nun mußte er davon ausgehen, daß die Seuche beinahe gleichzeitig an zwei, wenn nicht gar an drei Or-

ten ausgebrochen war. Das war jedoch höchst unwahrscheinlich und ließ ihn eine andere Möglichkeit in Erwägung ziehen. Vielleicht war die Inkubationszeit extrem kurz gewesen, weniger als vierundzwanzig Stunden. Das würde bedeuten, daß Susanne Hard sich ihre Krankheit durch eine Nosokomialinfektion zugezogen hatte, wie er es auch schon bei Nodelman und Mueller vermutet hatte. Doch auch diese Theorie schien fragwürdig, denn sie setzte voraus, daß die Infektionsdosis ungeheuer groß gewesen sein mußte. Wie viele infizierte Ratten konnten schon in dem Belüftungssystem hausen und alle zur gleichen Zeit die Bakterien aushusten?
Zurück im ID-Raum, nahm Jack dem etwas zögerlichen Vinnie den Sportteil der *Daily News* aus der Hand und forderte ihn auf, ihm hinunter in die Leichenhalle zu folgen.
»Wieso stehst du eigentlich immer so früh auf der Matte?« klagte Vinnie. »Du bist der einzige, der so früh mit der Arbeit anfängt. Hast du denn kein Zuhause?«
Zur Antwort drückte Jack ihm die Akte von Katherine Mueller vor die Brust. »Kennst du nicht das Sprichwort ›Morgenstund' hat Gold im Mund‹?«
»Ach, du Schande«, entgegnete Vinnie. Er öffnete die Akte. »Ist dies für heute morgen unser erster Fall?«
»Eigentlich ist es egal, mit welchem der beiden Fälle wir anfangen«, erwiderte Jack. »Bei diesem können wir ziemlich sicher davon ausgehen, daß das Opfer an Pest gestorben ist. Also sieh zu, daß dein Mondanzug auch wirklich dicht ist.«
Eine Viertelstunde später begann Jack mit der Autopsie. Zunächst nahm er das Äußere der Leiche sehr gründlich in Augenschein, wobei er vor allen Dingen nach Spuren von Insektenbissen Ausschau hielt. Das war allerdings kein leichtes Unterfangen, denn Katherine Mueller war eine übergewichtige, vierundvierzigjährige Frau mit Hunderten von Sommersprossen und anderen kleinen Hautflecken. Obwohl ihm einige Hautverletzungen verdächtig erschienen, war Jack sich bei keinem dieser Flecke sicher, ob es sich um einen Insektenbiß handelte. Vorsichtshalber fotografierte er sie alle.
»Keine Gangrän zu entdecken«, bemerkte Vinnie.
»Purpura auch nicht«, stellte Jack fest.

Als er mit der Untersuchung der inneren Organe begann, waren weitere Kollegen im Sektionssaal eingetroffen und hatten sich an ihre Arbeit gemacht. Einige konnten sich den Kommentar nicht verkneifen, daß Jack sich offenbar zum örtlichen Pest-Experten gemausert habe, doch Jack ignorierte das Gerede. Er war voll und ganz in seine Arbeit vertieft.

Mit ihrer fortgeschrittenen Lobärpneumonie, die Hepatisation und dem beginnenden Absterben von Gewebezellen ähnelten die Lungen von Katherine Mueller denen von Nodelman. Die Halslymphgefäße der Frau waren ebenso befallen wie die Lymphknoten im Bereich des Bronchialbaumes.

»Ist ja wirklich beängstigend«, sagte Jack.

»Das brauchst du mir nicht zu erzählen«, entgegnete Vinnie. »Immer wenn ich diese Infektionsfälle sehe, denke ich, daß ich besser Gärtner geworden wäre.«

Jack war fast fertig mit der Untersuchung der inneren Organe, als Calvin den Raum betrat. Seine riesige Silhouette war einfach unverkennbar. Er kam in Begleitung eines anderen Mannes, der nur halb so groß war wie er. Calvin steuerte direkt auf Jacks Tisch zu.

»Gibt es irgend etwas Außergewöhnliches?« fragte er, während er einen Blick in die Schale mit den inneren Organen warf.

»Was die inneren Organe angeht, sieht es hier genauso aus wie gestern bei Nodelman«, erwiderte Jack.

»Gut«, bemerkte Calvin und richtete sich auf. Dann stellte er Jack den Gast vor. Es war Clint Abelard, der leitende Epidemiologe der Stadt New York.

Jack erkannte das hervorstehende Kinn des Mannes wieder, doch das Plastikvisier seiner Schutzmaske reflektierte so stark, daß er die Eichhörnchenaugen nicht sah.

»Wie Dr. Bingham mir mitgeteilt hat, kennen Sie sich bereits«, hob Calvin an.

»In der Tat«, sagte Jack. Der Epidemiologe zeigte keine Reaktion.

»Dr. Abelard versucht, dem Ursprung dieses Pestausbruchs auf die Spur zu kommen«, erklärte Calvin.

»Das finde ich sehr löblich«, bemerkte Jack.

»Er ist zu uns gekommen, um zu sehen, ob er uns mit wichtigen Informationen unter die Arme greifen kann«, sagte Calvin.

»Vielleicht geben Sie ihm einen kurzen Überblick über Ihre Befunde.«
»Mit Vergnügen.« Jack begann mit den Ergebnissen der äußeren Untersuchung und wies auf die Hautveränderungen hin, die seiner Meinung nach möglicherweise auf Insektenstiche hindeuteten. Dann referierte er in groben Zügen über die Befunde der inneren Untersuchung, wobei er sich auf die Lungen, die Lymphgefäße, die Leber und die Milz konzentrierte. Während seines gesamten Vortrags sagte Clint Abelard kein einziges Wort.
»Wie Sie sehen, sind die Symptome bei diesem Fall genauso stark ausgeprägt wie bei Nodelman. Kein Wunder, daß beide Patienten so schnell gestorben sind.«
»Was ist mit dem Fall Hard?« fragte Clint.
»Den nehme ich mir als nächsten vor.«
»Darf ich Ihnen dabei über die Schulter sehen?«
Jack zuckte mit den Achseln. »Das muß Dr. Washington entscheiden.«
»Ich habe nichts dagegen«, sagte Calvin.
»Dürfte ich Ihnen vielleicht auch eine Frage stellen?« wandte Jack sich an Dr. Abelard. »Haben Sie schon eine Theorie, wo die Pest hergekommen sein könnte?«
»Noch keine fertige Theorie«, brummte Clint. »Jedenfalls jetzt noch nicht.«
»Haben Sie denn irgendeine Vermutung?« bohrte Jack weiter und bemühte sich, seinen Sarkasmus zu unterdrücken. Clints Laune schien sich seit dem Vortag nicht gebessert zu haben.
»Wir versuchen herauszufinden, ob die Nagetierpopulation in der Nähe des Krankenhauses von Pest befallen ist«, schnaubte Clint verächtlich.
»Eine hervorragende Idee«, erwiderte Jack. »Und wie gehen Sie dabei vor – wenn man fragen darf?«
Clint zögerte mit seiner Antwort, als gelte es, ein Staatsgeheimnis zu hüten.
»Wir haben das *Center for Disease Control* eingeschaltet«, enthüllte er schließlich. »Sie haben uns jemanden von ihrer Seuchen-Abteilung geschickt. Er ist dafür zuständig, die Viecher einzufangen und zu untersuchen.«

»Und – hat er schon Erfolg gehabt?«

»Ein paar von den Ratten, die er letzte Nacht gefangen hat, waren tatsächlich krank«, erwiderte Clint. »Aber sie hatten keine Pest.«

»Was ist mit dem Krankenhaus?« bohrte Jack weiter, unbeeindruckt davon, daß Clint offensichtlich nicht zum Reden aufgelegt war. »Die Frau, die wir gerade obduziert haben, hat im Zentralmagazin gearbeitet. Es scheint, daß auch sie sich die Krankheit durch eine Nosokomialinfektion zugezogen hat. Glauben Sie, sie hat sich direkt bei Nodelman angesteckt? Oder meinen Sie, es gibt im Krankenhaus oder dessen Umgebung einen primären Infektionsherd, mit dem sie in Berührung gekommen sein könnte?«

»Wir wissen es nicht«, gestand Clint.

»Mal angenommen, sie hat sich bei Nodelman angesteckt«, fuhr Jack fort, »haben Sie für diesen Fall eine Ahnung, auf welchem Weg die Bakterien dann übertragen worden sein könnten?«

»Wir haben das Belüftungssystem und die Klimaanlage des Krankenhauses gründlich unter die Lupe genommen«, erklärte Clint. »Sämtliche Filter waren da, wo sie hingehören, und sie waren allesamt in den vorgeschriebenen Abständen ausgewechselt worden.«

»Wie sieht es mit dem Labor aus?« fragte Jack.

»Was meinen Sie damit?«

»Wissen Sie, daß der leitende Laborassistent der mikrobiologischen Abteilung den Laborchef sogar darauf hingewiesen hat, daß es einen Pestfall geben könnte? Das bloße klinische Erscheinungsbild von Nodelman hatte ihn zu der Annahme verleitet, doch der Laborchef hat ihn davon abgebracht, seinem Verdacht nachzugehen.«

»Das ist mir neu«, grummelte Clint.

»Wenn der leitende Laborassistent seiner Vermutung nachgegangen wäre, hätte er die Diagnose stellen und die entsprechende Therapie einleiten können«, fuhr Jack fort. »Wer weiß – vielleicht hätte Nodelman gerettet werden können. Das Problem ist nur, daß der Laborbetrieb im Manhattan General auf Druck von AmeriCare auf Sparflamme gefahren wird.

»Von diesen organisatorischen Dingen weiß ich nichts«, entgeg-

nete Clint. »Aber unabhängig davon hätte es den Pestfall trotzdem gegeben.«
»Da haben Sie recht«, erwiderte Jack. »Aber wie dem auch sei – es gilt nach wie vor herauszufinden, wo die Krankheit ihren Ausgang genommen hat. Und leider Gottes scheinen Sie in dieser Angelegenheit kein bißchen klüger zu sein als gestern.« Hinter seinem Plastikvisier grinste Jack in sich hinein. Es bereitete ihm ein diebisches Vergnügen, den Epidemiologen vorzuführen.
»Ein bißchen weiter bin ich schon«, brummte Clint.
»Gibt es unter den Angestellten des Krankenhauses schon Krankheitsfälle?« wollte Jack wissen.
»Ein paar Krankenschwestern haben Fieber und sind unter Quarantäne gestellt worden«, sagte Clint. »Es steht noch nicht fest, daß sie die Pest haben, aber wir müssen es befürchten. Sie hatten alle direkten Kontakt zu Nodelman.«
»Wann werden Sie die Leiche von Susanne Hard untersuchen?« schaltete Calvin sich nun ein.
»In etwa zwanzig Minuten«, sagte Jack. »Sobald Vinnie alles für die Obduktion vorbereitet hat.«
»Ich werd' jetzt meine Runde drehen und mir die anderen Fälle ansehen.« Calvin wandte sich an Clint. »Wollen Sie bei Dr. Stapleton bleiben, oder wollen Sie mich begleiten?«
»Ich denke, ich werde Sie begleiten, wenn Sie nichts dagegen haben«, erwiderte Clint.
»Ach, übrigens«, sagte Calvin zu Jack. »Oben hat sich eine ganze Horde von Reportern versammelt, die wie Bluthunde um unser Institut herumstreunen. Ich möchte nicht, daß Sie auf eigene Faust irgendwelche Presseerklärungen abgeben. Sämtliche Verlautbarungen des Gerichtsmedizinischen Instituts gehen über den Tisch von Mrs. Donnatello und ihrer Presseabteilung.«
»Ich würde nicht im Traum darauf kommen, mit irgendwelchen Leuten von der Presse zu reden«, versicherte Jack.
Calvin marschierte zum nächsten Tisch. Clint blieb ihm dicht auf den Fersen.

## 11. Kapitel
## Donnerstag, 21. März 1996, 9.30 Uhr

»Mr. Lagenthorpe, hören Sie mich?« rief Dr. Doyle seinem Patienten ins Ohr. Donald Lagenthorpe, ein achtunddreißig Jahre alter Afroamerikaner, der als Ingenieur in einer Ölraffinerie arbeitete, litt unter chronischem Asthma. An diesem Morgen hatten seine Atembeschwerden ihm so sehr zu schaffen gemacht, daß er schon um kurz nach drei aufgewacht war. Zunächst hatte er den Asthmaanfall mit den üblichen Medikamenten zu bekämpfen versucht, die er zu Hause hatte. Doch als das nicht half, hatte er sich um vier in die Notaufnahme des Manhattan General bringen lassen. Nachdem auch die stärkeren Medikamente gegen besonders akute Attacken nicht gewirkt hatten, war um viertel vor fünf Dr. Doyle verständigt worden.
Donald schlug die Augen auf. Er hatte nicht geschlafen, er hatte nur versucht, sich etwas auszuruhen. Der Asthmaanfall war beängstigend gewesen und hatte ihn völlig erschöpft.
»Wie geht es Ihnen?« fragte Dr. Doyle. »Ich weiß, was Sie durchgemacht haben. Sie müssen sehr müde sein.« Dr. Doyle war einer der wenigen Ärzte, die es verstanden, ihren Patienten wirkliche Anteilnahme entgegenzubringen; er vermittelte ihnen das Gefühl, er leide ebenso wie sie.
Donald nickte, um dem Arzt mitzuteilen, daß es ihm halbwegs gutgehe. Er hatte eine Atemmaske vor dem Gesicht und konnte deshalb nicht richtig sprechen.
»Ich möchte, daß Sie für ein paar Tage im Krankenhaus bleiben«, sagte Dr. Doyle. »Diesmal war es ganz schön schwierig, Ihre Asthmaattacke in den Griff zu bekommen.«
Donald nickte erneut. Er bezweifelte nicht im geringsten, was der Doktor da sagte.

»Ich möchte Sie noch für eine Weile mit intravenösen Infusionen behandeln«, erklärte Dr. Doyle.
Donald nahm die Atemmaske von seinem Gesicht. »Kann ich die Infusionen nicht auch zu Hause bekommen?« fragte er. So dankbar er gewesen war, daß ihm das Krankenhaus in seiner Notsituation geholfen hatte, so sehr zog es ihn jetzt, da er wieder halbwegs normal atmen konnte, zurück nach Hause. Dort konnte er wenigstens einen Teil seiner Arbeit erledigen. Wie immer hatte ihn dieser Asthmaanfall zu einem äußerst ungünstigen Zeitpunkt niedergestreckt. In der nächsten Woche mußte er zurück nach Texas, um die Arbeit auf den Ölfeldern voranzubringen.
»Ich weiß ja, daß Sie nicht gern im Krankenhaus liegen«, erwiderte Dr. Doyle. »Mir würde es genauso gehen. Aber ich denke, unter diesen Umständen ist es wirklich das beste. Wir werden Sie so schnell wie möglich nach Hause lassen. Aber ich will Ihnen nicht nur weiterhin Ihre Infusionen verabreichen, sondern möchte auch, daß Sie im Moment nur vollkommen reine Luft einatmen. Die Luft muß von Staubpartikeln frei sein und einen ganz bestimmten Feuchtigkeitsgehalt haben. Außerdem möchte ich Ihre Atemfrequenz vorläufig unter Kontrolle haben. Wie ich Ihnen ja vorhin erklärt habe, atmen Sie noch nicht wieder völlig normal.«
»Was glauben Sie, wie lange ich noch hierbleiben muß?«
»Höchstens ein paar Tage«, versuchte Dr. Doyle ihn aufzumuntern.
»Aber ich muß zurück nach Texas«, erklärte Donald.
»Ach, tatsächlich?« rief Dr. Doyle erstaunt. »Wann waren Sie denn zuletzt da unten?«
»Vergangene Woche erst«, erwiderte Donald.
»So«, sagte Dr. Doyle und dachte angestrengt nach. »Sind Sie in Texas mit irgend etwas Außergewöhnlichem in Berührung gekommen?«
»Höchstens mit der texanisch-mexikanischen Küche«, antwortete Donald und versuchte zu lächeln.
»Sie haben sich also nicht etwa neue Haustiere oder etwas in der Art zugelegt?« hakte Dr. Doyle nach. Wenn man es mit chronisch Asthmakranken zu tun hatte, war es immer wieder schwer

herauszufinden, was genau die Attacken verursachte. Oft wurden sie durch Allergien ausgelöst.

»Meine Freundin hat eine neue Katze«, sagte Donald. »Als ich die letzten Male bei ihr war, habe ich immer unter einem leichten Juckreiz gelitten.«

»Und wann sind Sie das letztemal bei ihr gewesen?« wollte Dr. Doyle wissen.

»Gestern abend«, erwiderte Donald. »Aber als ich um kurz nach elf nach Hause gekommen bin, ging's mir gut. Und ich hatte auch keine Probleme einzuschlafen.«

»Wir sollten trotzdem überprüfen, ob Sie gegen Katzenhaare allergisch sind«, stellte Dr. Doyle klar. »Fürs erste würde ich Sie also gern noch ein bißchen hierbehalten. Was sagen Sie dazu?«

»Sie sind der Arzt.«

»Dann also bis später.«

## 12. Kapitel
## Donnerstag, 21. März 1996, 9.45 Uhr

»Verdammt noch mal!« Jack fluchte leise vor sich hin, als er mit der Autopsie von Susanne Hard beginnen wollte. Clint Abelard hing ihm wie eine Klette im Nacken und machte ihn ganz nervös, weil er ständig sein Gewicht von einem Bein auf das andere verlagerte. »Warum gehen Sie nicht einfach um den Tisch herum und stellen sich auf die andere Seite? Von dort können Sie viel besser sehen.«
Clint folgte dem Vorschlag und stellte sich Jack gegenüber, wobei er seine Arme hinter dem Rücken verschränkte.
»Und jetzt bleiben Sie gefälligst ruhig da stehen«, grummelte Jack. Es gefiel ihm ganz und gar nicht, daß Clint ihn bei der Arbeit beobachtete, aber er mußte sich wohl damit abfinden.
»Ganz schön traurig, wenn man so eine junge Frau hier liegen sieht«, sagte Clint plötzlich.
Jack sah auf. Derart mitfühlende Worte aus Clints Mund – das überraschte ihn wirklich. Er hatte ihn für einen gefühllosen, verbiesterten Bürokraten gehalten.
»Wie alt ist sie geworden?« fragte Clint.
»Achtundzwanzig«, antwortete Vinnie, der am Kopfende des Tisches stand.
»So wie ihre Wirbelsäule aussieht, hat sie es in ihrem Leben bestimmt nicht leicht gehabt«, bemerkte Clint.
»Sie hat etliche größere Rückenoperationen über sich ergehen lassen«, entgegnete Jack.
»Daß sie gerade ein Baby zur Welt gebracht hat, macht die ganze Angelegenheit noch trauriger«, sagte Clint. »Jetzt muß das Kind ohne Mutter groß werden.«
»Es war ihr zweites Kind«, warf Vinnie ein.

»Und vergessen wir nicht den armen Ehemann«, sagte Clint. »Es muß schrecklich sein, seinen Partner zu verlieren.«
Diese Bemerkung versetzte Jack einen Stich, und er mußte stark an sich halten, um nicht einfach über den Tisch zu langen und Clint einen Haken zu verpassen. Abrupt verließ er den Tisch und flüchtete in den Waschraum. Er hörte, daß Vinnie hinter ihm herrief, doch er ignorierte ihn. Er beugte sich über den Rand des Waschbeckens und versuchte sich zu beruhigen. Er wußte natürlich, daß sein Zorn auf Clint völlig unangemessen war, daß er in Wahrheit nur jemanden suchte, dem er die Schuld an seinem Schicksal zuweisen konnte. Doch er konnte seinen Zorn nicht bändigen. Es brachte ihn jedesmal auf die Palme, wenn er diese klischeehaften Sprüche über den Verlust von nahen Angehörigen aus dem Mund von Leuten hören mußte, die in Wirklichkeit nicht den geringsten Schimmer hatten, wovon sie eigentlich sprachen.
»Hast du irgendein Problem?« fragte Vinnie. Er hatte den Kopf durch die Tür gesteckt.
»Ich komme sofort«, erwiderte Jack.
Vinnie ließ die Tür wieder zufallen.
Jack wusch sich die Hände und zog sich neue Handschuhe über. Dann kehrte er an den Obduktionstisch zurück.
»Okay, laßt uns die Sache über die Bühne bringen«, versuchte er sich selbst aufzumuntern.
»Ich habe mir den Körper schon genau angesehen«, sagte Clint. »Die Frau scheint keine Insektenstiche zu haben. Oder können Sie welche entdecken?«
Jack war versucht, Clint die gleiche Belehrung zuteil werden zu lassen, die er selbst sich am Vortag hatte anhören müssen. Doch er hielt sich zurück und konzentrierte sich voll und ganz auf die äußere Untersuchung der Leiche. Erst als er damit fertig war, ergriff er wieder das Wort.
»Keine Gangrän, keine Purpura und – soweit ich sehen kann – auch keine Insektenstiche. Doch allem Anschein nach sind einige Halslymphknoten geschwollen.«
Jack wies auf die geschwollene Stelle.
»Das ist ein deutlicher Hinweis auf Pest«, stellte Clint fest.
Jack gab keine Antwort. Statt dessen nahm er das Skalpell, das

Vinnie ihm hinhielt, und machte den typischen Y-förmigen Autopsieschnitt. Die rohe Brutalität dieser Handbewegung ließ Clint zusammenfahren. Erschrocken wich er einen Schritt zurück.
Jack arbeitete schnell, doch er ließ äußerste Sorgfalt walten. Er bemühte sich, die inneren Organe möglichst nicht zu beschädigen; nur so konnte er weitgehend vermeiden, daß die infektiösen Mikroben in die Luft gelangten. Er nahm sich zuerst die Lungen vor. Inzwischen war Calvin wieder aufgetaucht und hatte sich hinter Jack aufgebaut.
»Bronchopneumonie und beginnende Gewebenekrose«, stellte Calvin fest. »Sieht fast genauso aus wie bei Nodelman.«
»Ich weiß nicht«, entgegnete Jack. »Das Gewebe scheint zwar genauso stark befallen zu sein, aber die Hepatisation ist offenbar noch nicht so weit fortgeschritten. Und sehen Sie sich mal diese Knoten an. Sie sehen fast aus wie Granulome im Frühstadium.«
Clint hörte den beiden mit mäßigem Interesse zu; von der Fachsimpelei der Pathologen verstand er wenig. Während seines Medizinstudiums hatte er all diese Begriffe zwar schon mal gehört, doch er hatte längst vergessen, was sie bedeuteten. »Sieht es nach Pest aus?« fragte er.
»Ja, ich denke schon«, erwiderte Calvin. »Sehen wir uns mal die Leber und die Milz an.«
Jack nahm die genannten Organe vorsichtig aus der Schale, setzte das Skalpell an, machte seine Schnitte und klappte die Organe auf. Inzwischen war auch Laurie von ihrem Tisch herübergekommen.
»Jede Menge Nekrose«, stellte Jack fest. »Das gleiche fortgeschrittene Stadium wie bei Nodelman und Mueller.«
»Für mich sieht es eindeutig nach Pest aus«, meldete sich Calvin zu Wort.
»Aber warum war der Immunofluoreszenstest dann negativ?« fragte Jack. »Das hat doch etwas zu bedeuten. Vor allem, wenn man das Erscheinungsbild der Lunge berücksichtigt.«
»Was ist denn mit den Lungen?« wollte Laurie wissen.
Jack zeigte Laurie die aufgeschnittene Lunge und erläuterte ihr den pathologischen Befund.
»Jetzt, wo ich es sehe, verstehe ich, was du meinst«, sagte sie.

»Diese Lunge sieht wirklich anders aus als die von Nodelman. Seine war viel stärker entzündet. Das hier sieht eher nach einer ungeheuer aggressiven Tuberkulose aus.«
»Aber nein!« rief Calvin. »Das ist doch nicht Tuberkulose! Auf keinen Fall!«
»Ich denke kaum, daß Laurie das gemeint hat«, sagte Jack.
»Nein«, bestätigte Laurie. »Ich wollte nur sagen, daß das infizierte Gewebe so ähnlich aussieht wie bei Tuberkulose.«
»Ich denke, es ist Pest«, erklärte Calvin. »Ich würde natürlich nicht darauf beharren, wenn wir nicht erst gestern aus dem gleichen Krankenhaus einen Pestfall diagnostiziert hätten. Was auch immer das Labor des Manhattan General behauptet, es ist doch wohl eher wahrscheinlich, daß wir es mit Pest zu tun haben.«
»Ich glaube nicht, daß es Pest ist«, sagte Jack. »Aber warten wir ab, zu welchem Ergebnis unser Labor kommt.«
»Was halten Sie davon, wenn wir noch einmal wetten?« schlug Calvin vor. »Sind Sie sich Ihrer Diagnose so sicher, daß Sie das Risiko eingehen wollen?«
»Nein, so sicher bin ich nicht«, erwiderte Jack. »Aber die Wette gehe ich ein. Ich weiß ja, wieviel Ihnen das Geld bedeutet.«
»Sind Sie mit der Obduktion fertig?« schaltete Clint sich ein. »Wenn ja, dann mache ich mich nämlich auf den Weg.«
»Im großen und ganzen bin ich fertig«, erwiderte Jack. »Ich werde nur noch das Lymphgewebe etwas genauer unter die Lupe nehmen und ein paar Proben für die mikroskopische Analyse entnehmen. Sie werden also nichts Wesentliches verpassen, wenn Sie jetzt gehen.«
»Ich begleite Sie nach draußen«, bot Calvin an.
Calvin und Clint verschwanden im Waschraum.
»Wenn du glaubst, daß wir es diesmal nicht mit Pest zu tun haben, was soll es denn dann sein?« fragte Laurie und warf noch einen Blick auf den toten Frauenkörper.
»Es ist mir peinlich, dir meine Vermutung zu verraten«, erwiderte Jack.
»Nun mach schon«, drängte Laurie. »Ich werde es auch nicht weitersagen.«
Jack sah Vinnie an, der sofort seine Hände zum Schwur erhob: »Ich werde schweigen wie ein Grab.«

»Na gut«, willigte Jack ein. »Ich muß noch einmal auf meine ursprüngliche Differentialdiagnose zurückgreifen, die ich gestern für Nodelman gestellt hatte. Um die in Frage kommenden Möglichkeiten einzugrenzen, muß ich mich wieder auf dünnes Eis begeben. Wenn wir es nicht mit der Pest zu tun haben, dann sprechen sowohl die pathologischen als auch die klinischen Befunde dafür, daß es eine Infektionskrankheit sein muß, die der Pest sehr ähnlich ist. Also, ich tippe auf Tularämie.«

Laurie lachte auf. »Hasenpest?« fragte sie. »Bei einer achtundzwanzigjährigen Frau, die gerade ein Kind geboren hat und in Manhattan lebte? Das wäre doch wirklich außergewöhnlich, wenn auch nicht ganz so außergewöhnlich wie deine Pestdiagnose von gestern morgen. Immerhin könnte es sein, daß sie Hobbyjägerin gewesen ist und am Wochenende hinter Kaninchen her war.«

»Ich weiß ja, daß meine Diagnose ziemlich unwahrscheinlich klingt«, gab Jack zu. »Ich verlasse mich einzig und allein auf den pathologischen Befund und versuche zu berücksichtigen, daß die Pestanalyse nun einmal negativ ausgefallen ist.«

»Ich würde glatt einen Vierteldollar dagegen wetten, daß du recht hast«, sagte Laurie.

»Dir sitzt das Geld aber locker«, zog Jack sie auf. »Aber okay, ich bin mit einem Vierteldollar dabei.«

Laurie ging zurück an ihren Tisch und widmete sich wieder ihrem eigenen Fall, während Jack und Vinnie sich noch einmal den Körper von Susanne Hard vornahmen. Als sich alle Gewebeproben in den entsprechenden Behältern befanden und ordnungsgemäß beschriftet waren, half Jack, die aufgeschnittene Leiche wieder zuzunähen.

Als sie fertig war, verließ Jack den Sektionssaal und entledigte sich seines Schutzanzugs. Er brachte die wiederaufladbare Batterie seines in den Schutzanzug eingearbeiteten Ventilators zur Ladestation und fuhr dann in den dritten Stock, um Agnes Finn aufzusuchen. Sie saß vor einem Stapel Petrischalen und war damit beschäftigt, verschiedene Bakterienkulturen zu untersuchen.

»Ich habe gerade einen neuen Infektionsfall abgeschlossen, bei dem ebenfalls Verdacht auf Pest besteht«, erklärte er ihr. »Die

Gewebeproben sind schon auf dem Weg zu Ihnen. Doch es gibt ein kleines Problem. Im Labor des Manhattan General ist der Test auf Pest negativ ausgefallen. Natürlich möchte ich, daß wir den Test wiederholen, doch ich wollte Sie bitten, die Gewebeprobe auch auf Tularämie zu untersuchen. Natürlich brauche ich das Ergebnis so schnell wie möglich.«

»Das ist gar nicht so einfach«, erklärte Agnes. »Beim Umgang mit Francisella tularensis muß man höllisch aufpassen. Die Erreger sind extrem ansteckend. Wenn sie in die Luft geraten, sind die Labormitarbeiter in großer Gefahr. Es gibt zwar einen Immunofluoreszenstest für Tularämie, doch hier bei uns können wir diese Untersuchung nicht durchführen.«

»Und wie können Sie dann die Diagnose stellen?« fragte Jack.

»Wir müssen die Proben wegschicken«, erwiderte Agnes. »Weil der Umgang mit den Bakterien so gefährlich ist, werden die für ihren Nachweis notwendigen Reagenzien grundsätzlich nur in Spezialabors vorrätig gehalten. Das Personal dort ist es gewohnt, mit den gefährlichen Mikroben zu hantieren. In New York gibt es so ein Spezialabor.«

»Können Sie die Proben sofort dorthin schicken?« fragte Jack.

»Sobald sie bei mir sind, werde ich einen Boten losschicken«, versprach Agnes. »Und wenn ich dann auch noch in dem Labor anrufe und mitteile, wie wichtig uns diese Analyse ist, dürften wir in weniger als vierundzwanzig Stunden ein vorläufiges Ergebnis haben.«

»Na prima«, sagte Jack. »Ich bin gespannt, was dabei herauskommt. Immerhin stehen für mich zehn Dollar und fünfundzwanzig Cents auf dem Spiel.«

## 13. Kapitel
## Donnerstag, 21. März 1996, 10.45 Uhr

»Die Idee gefällt mir immer besser«, sagte Terese und erhob sich von Colleens Zeichentisch. Colleen hatte ihr gerade die Entwürfe vorgeführt, die ihr Team an diesem Morgen bereits angefertigt hatte.

»Das Beste ist, daß unser Konzept auf dem hippokratischen Eid basiert«, erklärte Colleen. »Vor allem auf dem Passus, nach dem die Ärzte sich verpflichten, Kranke vor Schäden zu bewahren. Ich finde es einfach klasse.«

»Ich verstehe gar nicht, warum wir nicht schon viel früher darauf gekommen sind«, sagte Terese. »Dabei liegt die Idee doch eigentlich auf der Hand. Es ist ja fast peinlich, daß erst eine Pest-Epidemie ausbrechen mußte, bevor es bei uns gezündet hat. Hast du gesehen, was sie heute morgen in den Nachrichten gebracht haben?«

»Ja«, erwiderte Colleen. »Drei Tote! Und etliche weitere Menschen, die bereits Symptome haben. Es ist furchtbar. Ich habe eine wahnsinnige Angst.«

»Mir geht's genauso«, gestand Terese. »Als ich heute morgen aufgewacht bin, hatte ich Kopfschmerzen. Natürlich von dem Wein gestern abend, aber als erstes ist mir durch den Kopf gegangen, ob ich jetzt womöglich auch von der Pest dahingerafft werde.«

»Genau das gleiche habe ich auch gedacht«, gestand Colleen. »Bin ich froh, daß es dir ebenso ergangen ist! Es war mir schon richtig peinlich, daß ich so hysterisch bin.«

»Ich hoffe, daß Jack und Chet gestern abend recht hatten«, sagte Terese. »Sie schienen sich ja ziemlich sicher zu sein, daß keine größere Gefahr besteht.«

»Hast du Angst, dich anzustecken, wenn du in ihrer Nähe bist?« fragte Colleen.

»Der Gedanke ist mir tatsächlich durch den Kopf gegangen«, gestand Terese. »Aber die beiden würden sich doch bestimmt anders verhalten, wenn auch nur die leiseste Gefahr bestünde, daß sie sich angesteckt haben.«

»Sollen wir es dabei belassen, daß wir heute abend mit ihnen essen gehen?«

»Auf jeden Fall. Ich habe den leisen Verdacht, daß dieser Jack Stapleton sich als eine ungeahnte Quelle für neue Werbeideen erweisen könnte. Er mag über irgend etwas verbittert sein, aber er hat einen scharfen Verstand und eine eigene Meinung. Und mit Sicherheit versteht er etwas von seinem Metier.«

»Ich für meinen Teil fühle mich eher zu Chet hingezogen. Er ist so lustig und offen. Probleme habe ich selbst genug; deshalb stehe ich überhaupt nicht auf diese gequälten und grüblerischen Typen.«

»Ich habe nicht behauptet, daß ich diesen Jack Stapleton attraktiv finde«, entgegnete Terese. »Ich interessiere mich aus ganz anderen Gründen für ihn.«

»Und wie findest du unsere Idee, Hippokrates selbst in einem unserer Spots auftreten zu lassen?«

»Ganz hervorragend. Daraus können wir bestimmt etwas machen. Trommel dein Team zusammen, und dann ziehen wir die Sache durch! Ich gehe schnell mal nach oben und rede mit Helen Robinson.«

»Warum denn das?« fragte Colleen. »Ich dachte, sie ist unsere Feindin?«

»Ich nehme mir Taylors Ermahnung eben zu Herzen«, erwiderte Terese fröhlich. »Wir Kreativen sollen doch mit den Leuten von der Kundenbetreuung zusammenarbeiten.«

»Daß ich nicht lache! Das klappt doch nie!«

»Ich will wirklich mit ihr reden«, entgegnete Terese. »Ich will, daß sie etwas für mich erledigt. Helen soll klären, ob die National Health im Hinblick auf Krankheiten, mit denen die Patienten sich im Krankenhaus infizieren, eine reine Weste hat. Wenn nicht, könnte unsere ganze Kampagne nämlich leicht nach hinten losgehen.«

»Meinst du nicht, wir wüßten längst davon, wenn sie derartige Probleme hätten?« fragte Colleen. »Schließlich zählt die National Health doch schon seit Jahren zu unserem Kundenstamm.«

»Da habe ich so meine Zweifel«, erwiderte Terese. »Diese Medizingiganten veröffentlichen sehr ungern Fakten, die den Wert ihrer Aktien negativ beeinflussen könnten.«

Terese klopfte Colleen auf die Schulter und riet ihr, das Creative Team kräftig anzuspornen. Dann eilte sie zur Treppe. Als sie die Etage erreichte, auf der die Verwaltungsangestellten arbeiteten, war sie ziemlich außer Atem, weil sie immer zwei Stufen auf einmal genommen hatte. Sie steuerte direkt auf das mit dicken Teppichen ausgelegte Reich der leitenden Kundenbetreuer zu. Im Gegensatz zu den Befürchtungen, von denen sie noch gestern gequält worden war, hätte ihre Stimmung heute nicht besser sein können. Ihr Gefühl sagte ihr, daß die National-Health-Kampagne ein großer Erfolg werden würde und daß sie schon sehr bald ihren verdienten Triumph würde feiern können ...

Als Terese ihren Überraschungsbesuch beendet und die Tür hinter sich zugezogen hatte, ging Helen zurück an ihren Schreibtisch und rief ihre wichtigste Kontaktperson bei der National Health Care an. Die Frau war nicht sofort zu sprechen, doch das hatte Helen auch gar nicht erwartet. Sie hinterließ ihren Namen und ihre Telefonnummer und bat darum, möglichst bald zurückgerufen zu werden. Dann nahm sie eine Bürste aus ihrer Schreibtischschublade und stellte sich vor einen kleinen Spiegel, der in die Tür ihres Büroschranks eingelassen war. Als sie mit ihrem Äußeren zufrieden war, ging sie hinüber zu ihrem Vorgesetzten Robert Barker.

»Haben Sie einen Augenblick Zeit?« rief sie ihm von der Tür aus zu.

»Für Sie habe ich den ganzen Tag Zeit«, erwiderte Robert und lehnte sich in seinem Stuhl zurück.

Helen trat ein und schloß die Tür. In der Sekunde, in der sie ihm den Rücken kehrte, drehte Robert das Foto von seiner Frau um, das auf seinem Schreibtisch stand. Ihr strenger Blick bereitete ihm jedesmal ein schlechtes Gewissen, wenn Helen in seinem Büro war.

»Ich hatte gerade Besuch«, erklärte Helen, während sie den Raum durchschritt. Wie immer nahm sie auf der Armlehne ei-

nes der beiden Stühle Platz, die vor Roberts Schreibtisch standen, und schlug die Beine übereinander.
Robert merkte, wie sich auf seiner Stirn kleine Schweißperlen bildeten und sein Puls zu rasen begann. Helens Rock war verdammt kurz.
»Unser Creative Director Terese Hagen war bei mir«, fuhr Helen fort. Ihre Wirkung auf ihren Chef war ihr nicht entgangen, und es freute sie. »Terese hat mich gebeten, etwas für sie in Erfahrung zu bringen.«
»Was will sie denn wissen?« fragte Robert, ohne den Blick von Helens Beinen zu wenden. Er blinzelte nicht einmal.
Helen erklärte ihm, was Terese von ihr wollte, und berichtete ihm von der kurzen Unterhaltung, die sie über den Pestausbruch geführt hatten. Als Robert nicht reagierte, stand sie auf. Ihre plötzliche Bewegung riß ihn aus einem tranceähnlichen Zustand. »Ich habe versucht, ihr klarzumachen, daß sie die Pestepidemie unmöglich für ihre Werbekampagne ausschlachten kann. Aber sie ist davon überzeugt, daß ihr Konzept funktionieren wird.«
»Vielleicht hätten Sie sich gar nicht bemühen sollen, sie von der Idee abzubringen«, entgegnete Robert, öffnete den oberen Knopf seines Hemdes und schnappte nach Luft.
»Aber es doch grauenhaft, was diese Frau vorhat«, entrüstete sich Helen. »Etwas Geschmackloseres fällt mir für einen Werbespot wirklich nicht ein.«
»Das ist ja genau der Punkt«, entgegnete Robert mit einem listigen Lächeln. »Es würde mir ganz gut in den Kram passen, wenn sie eine absolut geschmacklose Kampagne vorschlüge.«
»Jetzt verstehe ich, worauf Sie hinauswollen«, sagte Helen. »Daran habe ich gar nicht gedacht.«
»Natürlich nicht«, entgegnete Robert. »Sie sind ja auch nicht so hinterhältig wie ich. Dafür haben Sie aber eine schnelle Auffassungsgabe. Das Problem ist nur, daß es tatsächlich ganz gut funktionieren könnte, das Thema Nosokomialinfektionen in den Mittelpunkt einer Kampagne zu stellen. Vielleicht unterscheiden sich die National Health und AmeriCare ja wirklich darin, daß Patienten sich in den Krankenhäusern des einen Unternehmens häufiger infizieren als in den Kliniken des anderen.«

»Ich kann Terese ja mitteilen, daß Informationen zu diesem Thema vertraulich sind und nicht weitergeleitet werden«, schlug Helen vor. »Vielleicht stimmt das sogar.«
»Lügen bergen immer eine gewisse Gefahr«, entgegnete Robert. »Vielleicht hat sie die Information längst und will uns nur testen. Versuchen Sie lieber herauszufinden, was Terese wissen wollte. Aber halten Sie mich unbedingt auf dem laufenden. Ich will ihr immer einen Schritt voraus sein.«

## 14. Kapitel
## Donnerstag, 21. März 1996, 12 Uhr

»Na, alter Junge, wie steht's? rief Chet, als Jack in ihr Büro gestürmt kam und auf seinem unordentlichen Schreibtisch einen Stapel Aktenmappen ablud.
»Wunderbar«, erwiderte Jack.
Chet hatte sich an diesem Tag ausschließlich der Schreibtischarbeit gewidmet und den Sektionssaal gar nicht betreten. Normalerweise nahm jeder der Gerichtsmediziner des Instituts nur dreimal in der Woche Obduktionen vor und kümmerte sich an den übrigen Tagen um die Berge von Papieren, die erforderlich waren, um einen Fall endgültig ›abzuhaken‹. Ständig mußten irgendwelche Zusatzinformationen von den Pathologie-Assistenten, vom Labor, dem Krankenhaus, dem niedergelassenen Arzt oder gar von der Polizei angefordert werden. Außerdem mußte jeder Pathologe sämtliche mikroskopischen Präparate bewerten, die das Histologie-Labor für die einzelnen Fälle anfertigte.
Jack setzte sich und schob ein paar Blätter zur Seite, um wenigstens in der Mitte des Tisches eine kleine freie Arbeitsfläche zu haben.
»Ging es dir heute morgen gut?« wollte Chet wissen.
»Ich war ein bißchen schwach auf den Beinen«, gestand Jack, während er unter einem Stapel von Laborberichten nach seinem Telefon suchte. Dann öffnete er eine von seinen mitgebrachten Akten und blätterte sie durch. »Und wie ist es dir ergangen?«
»Glänzend«, erwiderte Chet. »Aber ich genehmige mir ja auch öfter mal einen Tropfen. Außerdem brauchte ich nur an die beiden Mädels zu denken – vor allem an Colleen – und war sofort bester Dinge. Es bleibt doch bei unserer Verabredung heute abend?«

»Darüber muß ich noch einmal mit dir sprechen«, erwiderte Jack.
»Mach bloß keinen Rückzieher! Gestern abend hast du fest zugesagt!«
»Hab' ich nicht.«
»Bitte«, bedrängte ihn Chet. »Laß mich nicht hängen! Die gehen davon aus, daß wir beide kommen. Wenn ich allein aufkreuze, hauen sie unter Umständen gleich wieder ab.«
Jack sah seinen Kollegen unschlüssig an.
»Nun komm schon«, flehte Chet. »Tu mir den Gefallen.«
»Okay, dieses eine Mal«, willigte Jack ein. »Obwohl ich wirklich nicht begreife, warum du Wert auf meine Begleitung legst. Ich finde, du kommst auch prima ohne mich zurecht.«
»Danke«, erwiderte Chet. »Dafür hast du etwas gut bei mir.«
Jack hatte inzwischen den Identifikationsbogen von Susanne Hard gefunden, auf dem auch die Telefonnummer ihres Ehemannes verzeichnet worden war. Er hieß Maurice Hard, und es war sowohl seine Privatnummer als auch seine Nummer im Büro angegeben. Jack wählte zuerst die Privatnummer.
»Wen rufst du an?« wollte Chet wissen.
»Du bist ja vielleicht ein neugieriges Bürschchen!«
»Ich muß dich schließlich im Auge behalten, sonst schaffst du es noch, daß sie dich bald auf die Straße setzen.«
»Den Ehemann einer Verstorbenen, die ebenfalls einer seltsamen Infektionskrankheit zum Opfer gefallen ist«, erklärte Jack. »Ich habe ihre Leiche gerade obduziert, und ich bin, ehrlich gesagt, ziemlich verwirrt. Vom klinischen Erscheinungsbild her würde ich auf einen weiteren Fall von Pest tippen, aber ich glaube, daß es etwas anderes war.«
Es meldete sich eine Haushälterin. Als Jack nach Mr. Hard fragte, teilte sie ihm mit, daß er im Büro sei. Daraufhin wählte Jack die zweite Nummer und hatte diesmal eine Sekretärin an der Strippe, die ihn bat, am Apparat zu bleiben. »Wirklich erstaunlich«, sagte Jack, nachdem er die Muschel mit der Hand abgedeckt hatte. »Der Mann hat gerade seine Frau verloren und ist schon wieder bei der Arbeit. So etwas gibt es nur in Amerika!«
Schließlich meldete sich Maurice Hard. Er klang müde und niedergeschlagen. Offenbar war er mit den Nerven ziemlich am

Ende. Für einen Augenblick war Jack versucht, dem Mann mitzuteilen, daß er seinen Schmerz sehr gut nachvollziehen könne, doch irgend etwas hielt ihn davon ab. Statt dessen erklärte er ihm, wer er war und warum er anrief.

»Glauben Sie, ich sollte meinen Anwalt einschalten?« fragte Maurice.

»Ihren Anwalt? Wieso denn das?«

»Die Familie meiner Frau erhebt geradezu lächerliche Anklagen gegen mich«, erklärte Maurice. »Sie tun so, als hätte ich etwas mit Susannes Tod zu tun. Sie sind verrückt. Reich und verrückt. Natürlich hat es in meiner Ehe mit Susanne Höhen und Tiefen gegeben, aber wir hätten uns doch niemals gegenseitig etwas angetan. Vollkommen undenkbar.«

»Weiß die Familie Ihrer Frau denn nicht, daß Susanne an einer Infektionskrankheit gestorben ist?«

Ich habe mit allen Mitteln versucht, ihnen das klarzumachen.«

»Was soll ich dazu sagen?« entgegnete Jack. »Leider kann ich Ihnen keinen Rechtsbeistand bieten.«

»Ach, ist ja auch egal«, sagte Maurice. »Fragen Sie mich einfach, was Sie von mir wissen wollen. Schlimmer kann es sowieso nicht mehr kommen. Aber zuerst möchte ich Ihnen eine Frage stellen: Hatte Susanne die Pest?«

»Wir können es noch nicht mit Bestimmtheit sagen«, erwiderte Jack. »Aber ich verspreche Ihnen, daß ich Sie anrufe, sobald wir uns sicher sind.«

»Das wäre wirklich nett«, sagte Maurice. »Und was wollen Sie nun von mir wissen?«

»Wie ich gehört habe, besitzen Sie einen Hund«, begann Jack. »Ist der Hund gesund?«

»Dafür, daß er schon siebzehn Jahre alt ist, ist er ziemlich gesund.«

»Ich möchte Sie trotzdem bitten, ihn von einem Tierarzt untersuchen zu lassen und den Veterinär darauf hinzuweisen, daß Ihre Frau an einer gefährlichen Infektionskrankheit gestorben ist. Ich möchte einfach ausschließen, daß der Hund die Krankheit ebenfalls hat – um was auch immer es sich gehandelt haben mag.«

»Glauben Sie, er könnte infiziert sein?« fragte Maurice bestürzt.

»Es ist zwar unwahrscheinlich, aber nicht auszuschließen«, sagte Jack.
»Warum hat mich das Krankenhaus dann nicht darauf hingewiesen?«
»Das weiß ich nicht. Aber ich nehme doch an, daß man Ihnen Antibiotika verschrieben hat, oder?«
»Ja, ich habe schon mit der Einnahme begonnen«, sagte Maurice. »Also, das mit dem Hund haut mich wirklich um. Darüber hätten sie mich doch informieren müssen!«
»Dann ist da noch eine Sache, die mich interessiert«, fuhr Jack fort. »Stimmt es, daß Ihre Frau in der letzten Zeit keine größeren Reisen unternommen hat?«
»Ja, das ist richtig«, erwiderte Maurice. »Sie hat sich während ihrer Schwangerschaft nicht besonders wohl gefühlt. Das hing vor allem mit ihren Rückenproblemen zusammen. Wir waren nur hin und wieder oben in Connecticut; wir haben dort ein Haus.«
»Wann waren Sie denn zum letztenmal in Connecticut?«
»Ungefähr vor eineinhalb Wochen. Meiner Frau hat es da oben immer so gut gefallen.«
»Liegt Ihr Haus eher in einer ländlichen Gegend?« bohrte Jack weiter.
»Das kann man wohl sagen«, sagte Maurice. Dann fuhr er stolz fort: »Die Felder und Wälder, die uns gehören, erstrecken sich über eine Fläche von siebzig Ar. Eine wunderschöne Gegend. Wir haben sogar einen eigenen Teich.«
»Ist Ihre Frau hin und wieder in den Wald gegangen?« fragte Jack.
»Sogar sehr oft«, erwiderte Maurice. »Es war ihre Lieblingsbeschäftigung. Sie hat unheimlich gern Rehe und Kaninchen gefüttert.«
»Gibt es da oben viele Kaninchen?« wollte Jack wissen.
»Sie wissen ja, wie das mit den Kaninchen ist«, antwortete Maurice. »Sie vermehren sich rasend schnell. Auf unserem Land wimmelt es nur so von ihnen; im Frühjahr und im Sommer fressen sie immer die ganzen Blumen auf.«
»Hatten Sie auch schon mal Probleme mit Ratten?«
»Nein, nicht daß ich wüßte. Glauben Sie wirklich, das alles könnte von Bedeutung sein?«

»Man kann nie wissen«, sagte Jack. »Würden Sie mir auch noch etwas Näheres über Ihren Besuch aus Indien erzählen?«
»Der Mann heißt Mr. Svinashan«, erwiderte Maurice. »Ein Geschäftsfreund aus Bombay. Er hat eine knappe Woche bei uns gewohnt.«
»Hmm«, grummelte Jack und dachte an den Pestausbruch in Bombay im Jahr 1994. »Ist er gesund?«
»Soweit ich weiß, ja.«
»Rufen Sie ihn doch einfach mal an«, schlug Jack vor. »Und falls er krank gewesen ist, geben Sie mir Bescheid.«
»Kein Problem«, versprach Maurice. »Aber Sie glauben doch nicht im Ernst, daß er etwas mit dem Tod meiner Frau zu tun haben könnte, oder? Immerhin ist er schon vor drei Wochen abgereist.«
»Ich weiß nicht«, gestand Jack. »Diese Geschichte ist so außergewöhnlich, daß ich beinahe alles für möglich halte. Nun aber noch eine Frage zu Donald Nodelman. Haben Sie oder Ihre Frau ihn gekannt?«
»Nein, wer ist der Mann?«
»Er war das erste Opfer dieses Pestausbruchs«, erklärte Jack. »Und er war ebenfalls Patient in Manhattan General. Ich wüßte wirklich gern, ob Ihre Frau ihn vielleicht mal besucht hat. Immerhin lag er auf der gleichen Etage.«
»Auf der Gynäkologischen Station?« fragte Maurice ungläubig.
»Nein, in der Inneren Abteilung, die sich im gegenüberliegenden Gebäudetrakt befindet. Er war wegen Diabetes eingewiesen worden.«
»Wissen Sie, wo der Mann gewohnt hat?«
»In der Bronx.«
»Dann hat sie ihn bestimmt nicht besucht«, erklärte Maurice. »Wir kennen niemanden von dort.«
»Dann möchte ich nur noch eine letzte Frage loswerden«, sagte Jack. »Wissen Sie, ob Ihre Frau in der Woche vor ihrer Einlieferung im Manhattan General gewesen ist?«
»Meine Frau hat Krankenhäuser gehaßt«, erwiderte Maurice. »Sie wollte nicht einmal hingehen, als die Wehen einsetzten.«
Jack bedankte sich bei Maurice, legte auf und wählte eine andere Nummer.

»Warum läßt du diese Anrufe nicht von einem Pathologie-Assistenten erledigen?« fragte Chet.
»Weil ich ihnen nicht sagen kann, wonach sie fragen sollen«, erklärte Jack. »Ich weiß ja selbst nicht genau, was ich herausbekommen will. Aber irgendwie habe ich die vage Vermutung, daß uns noch ein paar wichtige Informationen fehlen. Außerdem fängt die Sache an, spannend zu werden. Je mehr ich darüber nachdenke, wieso im März mitten in New York plötzlich die Pest ausbricht, desto unglaublicher erscheint mir das alles.«
Harry Mueller reagierte auf den Schicksalsschlag, der ihn ereilt hatte, ganz anders als Maurice Hard. Der Verlust seiner Frau hatte ihn am Boden zerstört. Obwohl er mehrfach beteuerte, daß er gern mit Jack kooperieren wolle, konnte er kaum sprechen. Um nicht noch Salz in die Wunde zu streuen, versuchte Jack sich kurz zu fassen. Er ließ sich die Angaben aus Janice' Bericht bestätigen, denen zufolge die Familie weder Haustiere besessen noch Reisen unternommen oder Gäste empfangen hatte. Danach kam er auf Donald Nodelman zu sprechen.
»Ich bin mir ganz sicher, daß meine Frau diesen Mann nicht gekannt hat«, sagte Harry. »Sie hat fast nie direkten Kontakt zu Patienten gehabt – und zu ansteckenden schon gar nicht.«
»Hat Ihre Frau schon länger im Zentralmagazin des Manhattan General gearbeitet?« fragte Jack.
»Seit einundzwanzig Jahren.«
»Hat sie jemals unter Krankheiten gelitten, die sie sich ihrer Meinung nach im Krankenhaus eingefangen hatte?«
»Höchstens wenn eine von ihren unmittelbaren Kolleginnen eine Erkältung hatte«, antwortete Harry. »Ansonsten war sie eigentlich nie ernsthaft krank.«
»Vielen Dank, Mr. Mueller«, beendete Jack das Gespräch. »Es war sehr freundlich von Ihnen, daß Sie mit mir geredet haben.«
»Es wäre bestimmt in Katherines Sinn gewesen, Ihnen bei der Klärung des Pestausbruchs zu helfen«, entgegnete Harry. »Sie war ein guter Mensch.«
Jack legte auf, ließ seine Hand aber auf dem Hörer liegen und trommelte mit den Fingern. Er war ziemlich aufgewühlt.
»Niemand, mich eingeschlossen, hat auch nur den geringsten Schimmer, was hier eigentlich vor sich geht«, sagte er.

»Stimmt«, pflichtete Chet ihm bei. »Aber du solltest dir nicht den Kopf darüber zerbrechen. Immerhin ist ja inzwischen die Kavallerie zur Unterstützung angerückt. Wie ich gehört habe, war der Epidemiologe der Stadt heute morgen hier, um den Obduktionen höchstpersönlich beizuwohnen.«
»Er war hier, das stimmt«, entgegnete Jack. »Aber aus reiner Verzweiflung. Dieser kleine Blödmann hat nicht die geringste Ahnung, worum es geht. Gott sei Dank hat das *Center for Disease Control* einen Experten aus Atlanta hergeschickt – sonst würde überhaupt nichts passieren.«
Plötzlich sprang er auf und zog sich seine Bomberjacke an.
»O je!« rief Chet. »Sieht ja ganz so aus, als wolltest du dich wieder in Schwierigkeiten bringen. Wo gehst du hin?«
»Ich muß noch mal ins Manhattan General«, erwiderte Jack. »Mein sechster Sinn sagt mir, daß wir in der Klinik nach dem entscheidenden, noch fehlenden Hinweis suchen müssen. Ich schwöre dir, ich werde der Sache auf die Spur kommen.«
»Und was ist, wenn Bingham etwas von dir will?«
»Erzähl ihm irgendeine Geschichte. Und wenn ich zu spät zur Donnerstagskonferenz komme, sag einfach ...« Jack stockte, weil ihm ad hoc keine passende Ausrede einfiel. »Ach, vergiß es«, sagte er dann. »Ich werde nicht lange weg sein. Bis zur Konferenz bin ich längst zurück. Wenn jemand für mich anruft, sag einfach, daß ich auf dem Klo bin.«
Er ignorierte Chets Versuche, ihn umzustimmen, und radelte zum Manhattan General. In weniger als fünfzehn Minuten hatte er die Klinik erreicht und kettete sein Fahrrad an demselben Straßenschild fest wie am Tag zuvor.
Er fuhr in die siebte Etage und erkundete die Lage. Wie er feststellte, waren die Abteilung für Gynäkologie und Geburtshilfe und die Innere Abteilung vollkommen voneinander getrennt; es gab weder gemeinsame Aufenthaltsräume noch gemeinsame Waschräume oder Toiletten. Er untersuchte auch das Belüftungssystem und fand heraus, daß ein Luftaustausch zwischen den beiden Abteilungen ausgeschlossen war.
Schließlich stieß er die Pendeltür zur Gynäkologischen Abteilung auf und steuerte auf den Empfang zu.
»Entschuldigen Sie bitte«, wandte er sich an den Stationsse-

kretär. »Können Sie mir vielleicht sagen, ob das Personal, das in dieser Abteilung arbeitet, auch in der Inneren Abteilung eingesetzt wird?«

»Nein, nicht daß ich wüßte«, erwiderte der junge Mann. Er sah aus wie fünfzehn, doch seine Gesichtshaut verriet, daß er sich schon rasieren mußte. »Mit Ausnahme der Raumpfleger natürlich. Die putzen ja im gesamten Krankenhaus.«

»Ein guter Hinweis«, bemerkte Jack. Dann fragte er den jungen Mann, in welchem Zimmer Susanne Hard gelegen hatte.

»Dürfte ich fragen, warum Sie das wissen wollen?« Inzwischen war dem jungen Mann aufgefallen, daß an Jacks Kleidung der obligatorische Krankenhausanstecker fehlte. Wie in jedem Krankenhaus waren die Mitarbeiter des Manhattan General verpflichtet, Namensschildchen zu tragen, doch es kümmerte sich kaum jemand darum, ob diese Vorschrift auch eingehalten wurde.

Jack holte seine Marke des Gerichtsmedizinischen Instituts hervor und hielt sie dem Angestellten unter die Nase, woraufhin dieser sofort mit der gewünschten Information herausrückte. Mrs. Hard, so teilte er Jack mit, habe in Zimmer 742 gelegen.

Jack machte sich sofort auf den Weg, doch der Sekretär rief ihm hinterher, er könne den Raum nicht betreten, der sei vorübergehend versiegelt.

In der Annahme, daß es sowieso nicht viel gebracht hätte, das Krankenzimmer zu besichtigen, fuhr Jack hinunter in den dritten Stock. Hier befanden sich die Operationssäle, der Aufwachraum, die Intensivstation und das Zentralmagazin. Die Atmosphäre war hektisch; ständig wurden Patientenbetten über die Flure geschoben.

Durch eine Pendeltür betrat Jack das Zentralmagazin und steuerte auf die Rezeption zu, die jedoch nicht besetzt war. Hinter dem Empfangstisch erstreckte sich ein gewaltiges Labyrinth von Metallregalen, die vom Boden bis an die Decke reichten. Hier wurden die diversen Vorräte und Ausstattungsgegenstände aufbewahrt, die ein großes, ausgelastetes Krankenhaus für den alltäglichen Betrieb benötigte. Zwischen den verwinkelten Regalen huschten Angestellte in weißen Kitteln hin und her. Sie trugen Kappen, die wie Duschhauben aussahen. Im Hintergrund dudelte irgendwo ein Radio.

Nachdem Jack ein paar Minuten am Empfang gewartet hatte, wurde er endlich von einer robusten, energisch wirkenden Frau wahrgenommen, die sofort auf ihn zukam. Auf ihrem Namensschild stand: »Gladys Zarelli, Abteilungsleiterin«. Sie fragte, ob sie ihm helfen könne.
»Ich möchte ein paar Erkundigungen über Katherine Mueller einholen«, sagte Jack.
»Gott möge ihre Seele in Frieden ruhen lassen«, murmelte Gladys vor sich hin und bekreuzigte sich. »Es ist furchtbar, daß sie sterben mußte.«
Jack stellte sich vor. Dann fragte er, ob sie und ihre Mitarbeiter sich Sorgen machten, weil Katherine an einer Infektionskrankheit gestorben war.
»Natürlich haben wir Angst«, erwiderte sie. »Wie sollte es auch anders sein? Wir arbeiten hier auf engstem Raum zusammen. Aber was sollen wir tun? Wenigstens scheint sich das Krankenhaus ebenfalls Sorgen zu machen. Man hat uns Antibiotika verordnet, und Gott sei Dank ist aus meiner Abteilung noch niemand krank geworden.«
»Können Sie sich erinnern, ob hier schon mal etwas Ähnliches vorgekommen ist?« fragte Jack. »Sehen Sie, gestern, also genau einen Tag bevor Katherine gestorben ist, hat es im Manhattan General einen Pesttoten gegeben. Katherine könnte sich also durchaus hier in der Klinik angesteckt haben. Ich will Ihnen keine Angst einjagen – aber das sind nun mal die Fakten.«
»Wir sind uns dessen sehr wohl bewußt«, entgegnete Gladys. »Aber hier im Zentralmagazin erleben wir so etwas zum erstenmal. Natürlich mag es hin und wieder mal eine Krankenschwester erwischt haben, aber im Zentralmagazin – nein, das gab es noch nie.«
»Haben Sie oder ihre Mutter gelegentlich Kontakt zu Patienten?« fragte Jack weiter.
»Eigentlich nie«, erwiderte Gladys. »Hin und wieder geht mal jemand hinauf auf eine der Stationen, aber mit den Patienten haben wir eigentlich nie etwas zu tun.«
»Welche Art von Arbeiten hat Katherine in der Woche vor ihrem Tod erledigt?« wollte Jack wissen.
»Da muß ich erst nachsehen«, sagte Gladys und gab Jack mit ei-

nem Wink zu verstehen, daß er ihr folgen solle. Sie führte ihn in ein winziges, fensterloses Büro und öffnete einen großen, in Leinen gebundenen Terminplaner.
»Wir nehmen es mit den Aufgabenzuweisungen nicht allzu genau«, erklärte sie, während sie ihren Finger über eine Reihe von Namen gleiten ließ. »Wir springen immer füreinander ein, wenn irgendwo Not am Mann ist. Allerdings achte ich darauf, den dienstälteren Kollegen für bestimmte Aufgaben die Grundverantwortung zu übertragen.« Ihr Finger stoppte und fuhr dann nochmals über die Seite. »Okay, Katherine war in der besagten Woche im großen und ganzen für die Belieferung der Stationen zuständig.«
»Was heißt das im einzelnen?«
»Das heißt, sie mußte die verschiedenen Abteilungen mit sämtlichen benötigten Ausrüstungsgegenständen beliefern«, erklärte Gladys. »Wobei Medikamente und ähnliche Dinge ausgenommen sind. Die kommen aus der Apotheke.«
»Sie meinen also die Sachen, die in den Krankenzimmern benötigt werden?« hakte Jack nach.
»Ja natürlich, aber nicht nur Sachen für die Krankenzimmer, auch alles, was die Schwestern brauchen«, erwiderte Gladys. »Es kommt alles hier aus dem Magazin. Ohne uns würde der Krankenhausbetrieb binnen vierundzwanzig Stunden zum Erliegen kommen.«
»Geben Sie mir doch einfach mal ein Beispiel, womit sie die einzelnen Krankenzimmer versorgen«, forderte Jack sie auf.
»Ich sagte Ihnen doch schon – mit einfach allem«, wiederholte Gladys leicht gereizt. »Bettpfannen, Thermometer, Luftbefeuchter, Kissen, Krüge, Seife ...«
»Sie können Ihrer Liste nicht zufällig entnehmen, ob Katherine in der vergangenen Woche auf der siebten Etage etwas persönlich abgeliefert hat?«
»Nein«, versicherte Gladys. »Das halten wir nicht fest. Ich könnte Ihnen allerdings eine Liste ausdrucken mit allem, was wir dorthin geliefert haben. Darüber führen wir genauestes Buch.«
»Gut«, sagte Jack. »Ich nehme, was ich kriegen kann.«
»Es wird aber jede Menge Zeug sein«, warnte Gladys, während sie ihr Computerprogramm startete. »Interessieren Sie sich für die Gynäkologie oder für die Innere Abteilung oder für beides?«

»Die Innere Abteilung genügt mir.«
Gladys nickte und hackte auf der Tastatur herum. Es dauerte nicht lange, bis ihr Drucker losratterte. Ein paar Minuten später überreichte sie Jack einen Stapel Blätter, die er sofort überflog. Gladys hatte recht gehabt: Auf der Liste waren unzählige Artikel aufgeführt. Jack bewunderte die logistische Leistung, die Gladys und ihre Kollegen vollbringen mußten, damit der Klinikbetrieb reibungslos funktionierte.
Schließlich verabschiedete er sich und verließ das Magazin, um noch einmal im Labor vorbeizuschauen. Sein Inneres sagte ihm, daß irgendeine wichtige Information fehlte. Leider hatte er keine Ahnung, wo er suchen sollte.
Er wandte sich an die Empfangsdame, der er bereits am Tag zuvor seine Marke gezeigt hatte; bereitwillig erklärte sie ihm den Weg zum Labor für Mikrobiologie. Ohne von irgend jemandem behelligt zu werden, marschierte er durch das riesige Labor. Mit einem komischen Gefühl ging er an all den beeindruckenden Apparaturen vorbei, die unbeaufsichtigt auf Hochtouren liefen. Dabei fielen ihm die Klagen des Labordirektors über Personaleinsparungen ein.
Nancy Wiggins stand an ihrer Laborbank; sie war gerade dabei, Bakterienkulturen auszuplattieren.
»Hallo, wie steht's?« fragte Jack. »Erinnern Sie sich an mich?«
Nancy sah kurz auf und widmete sich wieder ihrer Arbeit.
»Natürlich.«
»Beim zweiten Pestfall haben Sie ja ganz schön schnell die richtige Diagnose gestellt«, begann er. »Hut ab.«
»Ist ja auch einfach, wenn man schon einen Verdacht hat«, entgegnete Nancy. »Beim dritten Fall ist es uns wohl nicht so gut gelungen.«
»Genau danach wollte ich Sie fragen«, fuhr Jack fort. »Wie sah die Gram-Färbung aus?«
»Ich habe sie nicht gemacht«, sagte Nancy. »Beth Holderness hat den Test durchgeführt. Wollen Sie mit ihr reden?«
»Ja, gern.«
Nancy rutschte von ihrem Hocker und verschwand. Jack nutzte die Gelegenheit und sah sich ein wenig um. Er war beeindruckt. In den meisten Mikrobiologie-Labors herrschte eine immer

gleichbleibende Unordnung. Doch hier schien alles absolut effizient zu funktionieren. Alles schien an seinem Platz zu sein, und es blitzte vor Sauberkeit.

»Hallo, ich bin Beth!«

Jack drehte sich um und blickte in das Gesicht einer lächelnden, aufgeschlossenen Frau, die Mitte Zwanzig sein mußte. Sie hatte eine Ausstrahlung wie ein Cheerleader, ihr Eifer wirkte regelrecht ansteckend. Ihr dauergewelltes Haar stand widerspenstig ab und sah aus, als wäre es elektrisch geladen.

Jack stellte sich vor und fühlte sich sofort von Beths Offenheit in den Bann gezogen. Sie war eine der nettesten Frauen, die er je kennengelernt hatte.

»Ich nehme mal an, Sie sind nicht zum Quatschen hergekommen«, sagte Beth. »Wie ich gehört habe, interessieren Sie sich für die Gram-Färbung, die wir im Fall Susanne Hard vorgenommen haben. Kommen Sie. Ich habe schon alles vorbereitet, damit Sie sich den Test selbst ansehen können.«

Beth packte Jack am Ärmel und zog ihn ein Stück weiter zu ihrem Arbeitsplatz. Ihr Mikroskop war bereits eingerichtet; der Objektträger mit Susanne Hards Probe war an seinem Platz, und die Beleuchtung war eingeschaltet.

»Setzen Sie sich hierhin«, sagte Beth. »Ist es gut so? Oder ist der Hocker zu hoch?«

»Es ist wunderbar«, erwiderte Jack und beugte sich vor, um einen Blick durch die Okulare zu werfen. Es dauerte einen Augenblick, bis sich seine Augen an das Mikroskop gewöhnt hatten. Schließlich konnte er erkennen, daß sich in dem Ausschnitt jede Menge rötlich gefärbte Bakterien befanden.

»Achten Sie auch darauf, wie unterschiedlich die Mikroben geformt sind«, ertönte aus dem Hintergrund eine männliche Stimme.

Jack sah auf. Richard, der leitende Laborassistent, war plötzlich aufgetaucht und stand dicht neben ihm.

»Ich will Ihnen bestimmt nicht zur Last fallen«, sagte Jack.

»Sie fallen uns doch nicht zur Last«, entgegnete Richard. »Ganz im Gegenteil – ich würde gern Ihre Meinung zu diesem Fall hören. Wir haben noch immer keine endgültige Diagnose gestellt. Bisher sind die Kulturen noch nicht gewachsen. Und wie

Sie ja wahrscheinlich schon wissen, ist der Test auf Pest negativ ausgefallen.«

»Davon habe ich gehört«, sagte Jack. Dann beugte er sich wieder über das Mikroskop. »Ich glaube kaum, daß meine Meinung Ihnen weiterhilft. Mit solchen Analysen kenne ich mich nicht besonders gut aus«, gestand er.

»Aber Sie erkennen die Vielgestaltigkeit, oder?« fragte Richard.

»Ich denke schon. Die Bakterien sind ziemlich klein. Einige sehen beinahe kugelförmig aus, oder liegt das daran, daß ich sie von oben sehe?«

»Ich glaube, Sie sehen sie so, wie sie wirklich sind«, sagte Richard. »Eine derartige Vielgestaltigkeit findet man bei der Pest nicht. Deshalb haben Beth und ich auch daran gezweifelt, daß wir es in diesem Fall mit der Pest zu tun haben. Sicher waren wir uns natürlich erst, als der Immunofluoreszenstest negativ ausfiel.«

Jack blickte auf. »Wenn es nicht die Pest ist – womit haben wir es Ihrer Meinung nach dann zu tun?«

Richard lächelte etwas verlegen. »Ich weiß es nicht.«

Jack sah zu Beth hinüber. »Was meinen Sie? Wollen Sie einen Tip abgeben?«

Beth schüttelte den Kopf. »Wenn Richard keine Vermutung äußert, halte ich mich auch lieber zurück«, sagte sie diplomatisch.

»Will nicht wenigstens einer von Ihnen eine Vermutung wagen?« drängte Jack.

Richard schüttelte den Kopf. »Ich halte meinen Mund. Beim Raten liege ich immer daneben.«

»Außer bei dem ersten Pestfall«, widersprach Jack.

»Das war reine Glückssache«, sagte Richard und errötete leicht.

»Was geht denn hier vor?« rief plötzlich eine zornige Stimme aus dem Hintergrund.

Jack drehte sich um und sah, daß Martin Cheveau, der Labordirektor, sich hinter Beth aufgebaut hatte. Hinter ihm lauerten Dr. Mary Zimmerman und Charles Kelley.

Jack erhob sich; die beiden Laborangestellten schlichen davon. Die Atmosphäre war höchst angespannt. Der Labordirektor schien außer sich vor Wut.

»Sind Sie in offizieller Mission hier? fragte er. »Falls ja, dann wüßte ich gern, warum Sie sich nicht an die Anstandsregeln halten und zuerst in meinem Büro vorbeischauen. Statt dessen schleichen Sie sich heimlich bei uns ein! Unser Krankenhaus steckt zur Zeit in einer schwierigen Situation, und dieses Labor steht im Mittelpunkt des Schlamassels. Ich dulde es nicht, daß sich irgend jemand von außen in unsere Angelegenheiten einmischt.«

»Aber ich bitte Sie!« rief Jack. »Regen Sie sich nicht so auf!« Einen derartigen Wutausbruch hatte er gerade bei Martin, der doch am Tag zuvor so gastfreundlich gewesen war, nicht erwartet.

»Kommen Sie mir bloß nicht mit irgendwelchen Beschwichtigungen«, raunzte Martin ihn an. »Was zum Teufel haben Sie hier überhaupt zu suchen?«

»Ich erledige nur meinen Job«, erwiderte Jack. »Und dazu gehört unter anderem, daß ich Ermittlungen zu den Todesfällen Mueller und Hard durchführe. Ich betrachte das keineswegs als Einmischung. Im Gegenteil – ich finde mein Vorgehen eher diskret.«

»Suchen Sie in meinem Labor irgend etwas Spezielles?«

»Ich war gerade dabei, mir zusammen mit Ihren hervorragenden Mitarbeitern eine Gram-Färbung anzusehen«, erklärte Jack.

»Ihre offizielle Aufgabe besteht darin, die Todesart und die Todesursache festzustellen«, schaltete sich Dr. Zimmerman ein. Sie stürmte an Martin vorbei und baute sich vor Jack auf. »Und diese Aufgabe haben Sie bereits erledigt.«

»Noch nicht ganz«, entgegnete Jack. »Im Fall Susanne Hard konnten wir nämlich noch keine endgültige Diagnose stellen.« Er erwiderte den ausdruckslosen Blick der Beauftragten für Infektionskrankheiten. Diesmal trug sie keine Schutzmaske, und ihm fiel auf, wie streng ihre Gesichtszüge und wie dünn ihre Lippen waren.

»Im Fall Hard haben Sie zwar keine genaue Diagnose gestellt«, korrigierte ihn Dr. Zimmerman, »aber Sie haben diagnostiziert, daß die Frau an einer tödlichen Infektionskrankheit gestorben ist. Unter den gegebenen Umständen halte ich das für ausreichend.«

»Ausreichend«, entgegnete Jack, »das ist für meine Vorstellung von Medizin zuwenig.«
»Für meine auch«, schoß Dr. Zimmerman zurück. »Das gilt im übrigen auch für die Experten vom *Center for Disease Control* und die Spezialisten des New Yorker Gesundheitsamtes, die sich aktiv um die Erforschung dieses unglücklichen Vorfalls bemühen. Aber ich kann es Ihnen auch noch deutlicher sagen: Ihre Anwesenheit hier stört!«
»Glauben Sie wirklich, daß Ihre tollen Experten auf meine Hilfe verzichten können?« fragte Jack. Er konnte es sich einfach nicht verkneifen.
»Ich würde sagen, Ihre Anwesenheit ist sogar mehr als störend«, fuhr Kelley dazwischen. »Was Sie betreiben, ist reinste Verleumdung. Richten Sie sich darauf ein, daß sich unsere Anwälte bei Ihnen melden werden.«
»Wow!« rief Jack und hob die Hände, als gelte es, einen körperlichen Angriff abzuwehren. »Daß ich hier störe, kann ich ja noch verstehen. Aber daß ich verleumderisch sein soll, ist ja wohl lächerlich.«
»Da bin ich anderer Meinung«, entgegnete Kelley. »Die Leiterin des Zentralmagazins hat mir berichtet, daß Sie ihr gegenüber behauptet haben, Katherine Mueller habe sich bei der Arbeit infiziert.«
»Und das ist bisher keineswegs bewiesen«, pflichtete Dr. Zimmerman bei.
»Wenn Sie derartige unerwiesene und diffamierende Behauptungen in die Welt setzen, schadet das dem Ruf unserer Klinik«, wetterte Kelley.
»Und dem Aktienwert«, ergänzte Jack.
»Sehr richtig«, sagte Kelley.
»Das Problem ist nur, daß ich gar nicht behauptet habe, Katherine Mueller hätte sich im Krankenhaus infiziert«, erklärte Jack. »Ich habe gesagt, daß sie sich bei der Arbeit angesteckt haben könnte. Das ist ein großer Unterschied.«
»Mrs. Zarelli hat uns aber erzählt, daß Sie es als eine bewiesene Tatsache hingestellt haben«, insistierte Kelley.
»Ich habe ihr lediglich die Fakten mitgeteilt und sie darauf hingewiesen, daß im Fall Katherine Mueller auch die Möglichkeit

einer Ansteckung im Krankenhaus in Betracht zu ziehen ist«, entgegnete Jack. »Aber lassen Sie uns doch keine Haarspalterei betreiben! Allerdings scheinen Sie sich ziemlich in die Ecke gedrängt zu fühlen. Und das verleitet mich zu der Frage, wie es in Ihrem Krankenhaus eigentlich mit Nosokomialinfektionen aussieht. Haben Sie damit häufiger Probleme?«

Kelley wurde puterrot, und da er Jack aufgrund seiner einschüchternden Körpergröße deutlich überlegen war, wich dieser vorsichtshalber einen Schritt zurück.

»Unsere Probleme mit Nosokomialinfektionen gehen Sie einen feuchten Kehricht an«, schnaubte Kelley.

»Das wage ich langsam zu bezweifeln«, entgegnete Jack. »aber ich spare es mir für nächstes Mal auf, dieser Sache auf den Grund zu gehen. Es war wirklich nett, Sie alle wiedergesehen zu haben. Also dann – bis demnächst.«

Jack löste sich aus der Gruppe und schlenderte davon. Als er hinter sich eine Bewegung wahrnahm, zuckte er zusammen. Es hätte ihn nicht gewundert, wenn ihm ein Becherglas oder ähnliches um die Ohren geflogen wäre, doch er erreichte ohne Zwischenfälle die Tür. Er fuhr nach unten und radelte in Richtung Süden davon.

Auf seinem Weg durch den dichten Verkehr dachte er angestrengt nach. Am meisten verwirrte ihn, wie heftig die mit der Sache befaßten Mitarbeiter des Manhattan General auf den Vorfall reagierten. Sogar Martin hatte sich plötzlich so verhalten, als wäre Jack sein Feind. Was hatten sie zu verbergen? Vor allem aber – warum verbargen sie es vor ihm. Er wußte zwar nicht, wer die Krankenhausleitung über seine Anwesenheit informiert hatte, aber er konnte sich gut vorstellen, wer jetzt gleich bei Bingham anrufen würde. Er gab sich keinen Illusionen hin.

Seine Befürchtungen bestätigten sich. Als er den Empfangsbereich des Gerichtsmedizinischen Instituts betrat, kam sofort der Mann vom Sicherheitsdienst auf ihn zu.

»Ich soll Ihnen mitteilen, daß Sie sich sofort im Büro des Chefs zu melden haben«, sagte der Mann. »Dr. Washington selbst hat mir diese Anweisung gegeben.«

Da ihm keine Verteidigungsstrategie in den Sinn kommen wollte, beschloß Jack im Fahrstuhl, in die Offensive zu gehen. Als er sich bei Mrs. Sanford meldete, war er in Gedanken immer noch dabei, seine Strategie auszufeilen.

»Sie können gleich hineingehen«, sagte Mrs. Sanford, wie immer, ohne aufzusehen.

Jack ging um ihren Schreibtisch herum und betrat Binghams Büro. Bingham war nicht allein. Vor der Glastür des Bücherschranks hatte sich der riesenhafte Calvin aufgebaut.

»Chef – wir haben ein Problem«, begann Jack und klang sehr ernst. Er ging zu Binghams Schreibtisch und haute mit der Faust auf die Tischplatte, um seinen Worten Nachdruck zu verleihen. »Wir haben im Fall Hard immer noch keine Diagnose gestellt – dabei wird es höchste Zeit. Wenn wir nicht bald mit unserem Ergebnis rüberkommen, stehen wir nicht gut da, vor allem weil die Presse die Pestgeschichte so hochkocht. Ich habe mir sogar die Mühe gemacht, noch einmal zum Manhattan General rüberzufahren, um mir die Gram-Färbung selbst anzusehen. Leider hat das auch nicht viel gebracht.«

Überrascht starrte Bingham ihn aus wäßrigen Augen an. Er hatte sich eigentlich vorgenommen, Jack zusammenzustauchen, doch jetzt kamen ihm Bedenken. Statt irgend etwas zu sagen, nahm er seine Nickelbrille ab und putzte, in Gedanken versunken, die Gläser. Dabei dachte er über Jacks Worte nach. Dann sah er zu Calvin hinüber, der daraufhin ebenfalls an den Schreibtisch kam. Er hatte Jack durchschaut.

»Was zum Teufel wollen Sie uns da eigentlich erzählen?« fragte er.

»Es geht um Susanne Hard«, erwiderte Jack. »Erinnern Sie sich nicht? Der Fall, bei dem wir um zehn Dollar gewettet haben.«

»Sie haben gewettet?« rief Bingham entsetzt. »Ist unser Institut vielleicht ein Spielkasino?«

»Natürlich nicht«, versuchte Calvin seinen Vorgesetzten zu besänftigen. »Wir wollten nur unsere unterschiedlichen Standpunkte unterstreichen. Normalerweise wetten wir nicht.«

»Das will ich stark hoffen«, sagte Bingham. »Ich möchte auf keinen Fall, daß hier irgendwelche Wetten abgeschlossen werden – schon gar nicht, wenn es um Diagnosen geht. Und erst recht will ich nicht, daß so etwas an die Presse durchsickert. Für die wäre das ein gefundenes Fressen.«

»Um auf Susanne Hard zurückzukommen«, warf Jack ein, »ich weiß wirklich nicht, wie ich in dem Fall weiter vorgehen soll. Ich hatte gehofft, daß ich vielleicht ein paar neue Erkenntnisse gewinne, wenn ich mich direkt an die Leute vom Krankenhauslabor wende. Leider habe ich mich da geirrt. Haben Sie eine Idee, wie ich jetzt weitermachen soll?« Jack wollte unbedingt von der Wette ablenken. Bingham hätte er mit dieser Angelegenheit vielleicht von seinem eigentlichen Anliegen abbringen können, doch er wußte, daß Calvin ihn dafür später in der Luft zerreißen würde.
»Ich bin wirklich erstaunt«, sagte Bingham. »Gestern erst habe ich Sie ausdrücklich darauf hingewiesen, daß Sie hier im Institut bleiben und alle unerledigten Fälle aufarbeiten sollen, die man Ihnen zugewiesen hat. Insbesondere hatte ich Sie ermahnt, sich vom Manhattan General Hospital fernzuhalten.«
»Ich dachte, das Verbot gelte nur für den Fall, daß ich dort persönliche Rechnungen zu begleichen versuche«, entgegnete Jack. »Das habe ich aber nicht getan. Diesmal war ich rein dienstlich dort.«
»Wie zum Teufel haben Sie es dann geschafft, den Krankenhauspräsidenten schon wieder gegen sich aufzubringen?« schnaubte Bingham. »Er hat schon wieder im Bürgermeisteramt angerufen. Dabei hat er sich erst gestern dort beschwert. Der Bürgermeister möchte wissen, ob in Ihrem Kopf irgendwas nicht stimmt. Oder ob vielleicht in meinem Kopf etwas nicht stimmt, weil ich Sie eingestellt habe.«
»Sie haben ihm hoffentlich versichert, daß wir beide ganz normal sind«, sagte Jack.
»Jetzt werden Sie nicht auch noch frech.«
»Um ehrlich zu sein«, entgegnete Jack, »ich habe keinen Schimmer, warum der Präsident sich so aufgeregt hat. Vielleicht ist der Druck, der mit dieser Pestgeschichte zusammenhängt, dafür verantwortlich, daß die Leute im Manhattan General so merkwürdig reagieren. Jedenfalls benehmen sie sich alle recht seltsam.«
»Aha – in Ihren Augen benehmen sich also alle Leute seltsam«, bemerkte Bingham.
»Nein, nicht alle«, entgegnete Jack. »Aber ich bin mir ganz sicher, daß im Manhattan General irgend etwas Merkwürdiges vor sich geht.«

Bingham sah Calvin an, doch der zuckte nur mit den Achseln und verdrehte die Augen. Er hatte keine Ahnung, wovon Jack redete. Dann richtete Bingham sein Augenmerk wieder auf Jack.
»Jetzt passen Sie mal gut auf«, sagte er. »Ich möchte Sie wirklich nicht rauswerfen, also zwingen Sie mich bitte nicht dazu! Sie sind ein cleverer Mann, und Sie haben in der Gerichtsmedizin glänzende Zukunftsaussichten. Aber ich warne Sie! Wenn Sie vorsätzlich meine Anweisungen mißachten und uns weiterhin bei den städtischen Institutionen blamieren, habe ich keine Wahl. Haben Sie mich verstanden?«
»Ja.«
»Okay«, sagte Bingham. »Dann machen Sie sich an die Arbeit. Wir sehen uns später bei der Konferenz.«
Ohne zu zögern, verließ Jack den Raum.
Bingham und Calvin blieben einen Augenblick stumm; jeder war in seine eigenen Gedanken vertieft.
»Er ist ein komischer Vogel«, sagte Bingham schließlich. »Ich durchschaue ihn einfach nicht.«
»Ich auch nicht«, erwiderte Calvin. »Das einzig Gute an ihm ist, daß er ein cleveres Bürschchen ist. Und ein harter Arbeiter.«
»Ich weiß«, stimmte Bingham ihm zu. »Deshalb wollte ich ihn auch nicht sofort vor die Tür setzen. Aber wieso ist er bloß so taktlos? Er muß doch wissen, daß er die Leute brüskiert. Seine Rücksichtslosigkeit grenzt an Selbstzerstörung. Das hat er gestern sogar zugegeben. Warum ist er wohl so?«
»Keine Ahnung«, erwiderte Calvin. »Manchmal habe ich das Gefühl, daß er eine unheimlich Wut im Bauch hat. Aber ich habe keine Ahnung, auf wen oder was. Ich habe schon ein paarmal versucht, ein persönliches Gespräch mit ihm anzufangen, aber das ist, als wollte man einen Stein erweichen.«

## 15. Kapitel
## Donnerstag, 21. März 1996, 20.20 Uhr

Terese und Colleen ließen das Taxi auf der Second Avenue zwischen der 88th und 89th Street halten. Bis zu Elaine's waren es nur noch ein paar Schritte zu gehen.
»Wie sehe ich aus?« fragte Colleen und blieb unter dem Vordach des Restaurants stehen. Sie schlüpfte aus ihrem Mantel, damit Terese ihr Outfit begutachten konnte.
»Viel zu gut«, sagte Terese, und sie meinte es ehrlich. Statt ihrer üblichen Jeans und ihres Sweatshirts trug Colleen ein einfaches schwarzes Kleid, das ihren vollen Busen perfekt zur Geltung brachte. Verglichen mit ihrer Freundin fand sich Terese ziemlich unpassend gekleidet. Da sie es nicht mehr nach Hause geschafft hatte, trug sie noch immer ihr maßgeschneidertes Kostüm.
»Ich weiß gar nicht, warum ich so nervös bin«, gestand Colleen.
»Du kannst vollkommen beruhigt sein«, versicherte Terese.
Colleen nannte dem Empfangskellner ihre Namen. Er schien sofort Bescheid zu wissen und bat die beiden Frauen, ihm in den hinteren Teil des Restaurants zu folgen. Da der Raum bis auf den letzten Platz gefüllt war und überall Kellner hin- und hereilten, war es ein Weg mit Hindernissen. Terese kam sich vor wie in einem Fischbassin. Sämtliche Gäste – egal ob männlich oder weiblich – musterten sie von Kopf bis Fuß.
Die beiden Männer erwarteten sie an einem winzigen Tisch in der hintersten Ecke des Lokals. Sie standen sofort auf, als sie sie kommen sahen. Chet rückte Colleen den Stuhl zurecht, Jack tat das gleiche für Terese.
»Um diesen hervorragenden Platz zu bekommen, muß man den Besitzer bestimmt persönlich kennen«, sagte Terese.
Chet, der Terese' Bemerkung fälschlicherweise als Kompliment auffaßte, begann damit zu prahlen, daß er im vergangenen Jahr

sogar Elaine vorgestellt worden sei. Elaine, das sei die Frau, die am anderen Ende des Lokals an der Kasse sitze.

»Zuerst haben sie uns ganz vorn einen Platz angeboten«, fügte Jack hinzu. »Aber den haben wir abgelehnt, weil wir dachten, daß euch wahrscheinlich die Zugluft stören würde.«

»Wie rücksichtsvoll«, entgegnete Terese. »Außerdem ist die Atmosphäre hier hinten viel intimer.«

»Wirklich?« hakte Chet nach. Sein Gesicht hellte sich deutlich auf, denn in Wahrheit waren sie eingepfercht wie Ölsardinen.

Der Kellner kam, und sie bestellten Wein und Vorspeisen. Colleen und Chet waren sofort in eine lockere Unterhaltung vertieft. Terese und Jack hingegen tauschten zunächst ein paar sarkastische Bemerkungen aus, doch schließlich sorgte der Wein dafür, daß ihre spitzen Zungen sich etwas mäßigten. Als das Hauptgericht serviert wurde, waren sie bereits zu einer netten und freundlichen Plauderei übergegangen.

»Wie gibt es denn für Neuigkeiten über die Pest?« fragte Terese.

»Im Manhattan General sind zwei weitere Patienten gestorben«, sagte Jack. »Außerdem haben ein paar Krankenschwestern Fieber und werden behandelt.«

»Das habe ich schon in den Morgennachrichten gehört. Gibt es sonst noch etwas Neues?«

»Ja. Von den beiden toten Frauen hatte nur eine die Pest. Bei der anderen weisen die klinischen Symptome zwar ebenfalls auf Pest hin, aber ich persönlich glaube, daß sie an etwas anderem gestorben ist.«

Terese war gerade dabei, sich eine Gabel mit Pasta in den Mund zu schieben, doch nun hielt sie auf halbem Wege inne. »Tatsächlich?« fragte sie. »Aber wenn sie nicht die Pest hatte, was dann?«

Jack zuckte mit den Achseln. »Das wüßte ich auch gern. Ich hoffe, das Labor wird es mir bald sagen können.«

»Das Manhattan General wird ganz schön in Aufruhr sein«, sagte Terese. »Bin ich froh, daß ich da jetzt nicht als Patientin liege! Es ist ja schon unter normalen Umständen schlimm genug, im Krankenhaus zu sein. Aber wenn dort auch noch Krankheiten wie die Pest kursieren, muß es einfach furchtbar sein.«

»Die Klinikleitung ist in der Tat ganz schön beunruhigt«, erklärte Jack. »Aus gutem Grund. Wenn sich nämlich herausstellen sollte, daß sich der Infektionsherd im Krankenhaus befindet, dann haben wir es mit dem ersten Fall der jüngeren Medizingeschichte zu tun, bei dem Pest durch eine Nosokomialinfektion verursacht worden ist. Für das Manhattan General wäre das nicht gerade eine Auszeichnung.«

»Ehrlich gesagt habe ich gestern, als Sie und Chet von diesem Pestausbruch berichteten, zum erstenmal über diese Nosokomialinfektion nachgedacht. Haben alle Krankenhäuser damit Probleme?«

»Ja, ziemlich große sogar«, erwiderte Jack. »Es ist allgemein bekannt, daß sich fünf bis zehn Prozent der Patienten während ihres Klinikaufenthalts eine Infektionskrankheit holen.«

»Um Gottes willen!« rief Terese. »Ich hatte nicht den geringsten Schimmer, daß das so weit verbreitet ist.«

»Alle haben damit zu schaffen«, bestätigte nun auch Chet. »Nosokomialinfektionen kommen in hochmodernen Universitätskliniken genauso vor wie im kleinsten Provinzkrankenhaus. Das schlimmste daran ist, daß es keinen ungünstigeren Ort gibt, sich eine Infektion einzufangen. Von den Erregern, die man sich in Krankenhäusern holen kann, sind die meisten nämlich resistent gegen Antibiotika.«

»Das ist ja sehr beruhigend«, entgegnete Terese zynisch. Dann überlegte sie einen Augenblick und fragte: »Sind die Infektionsraten eigentlich in allen Kliniken in etwa gleich hoch, oder gibt es da große Unterschiede?«

»Es gibt bestimmt Unterschiede«, sagte Chet.

»Sind die Raten bekannt?« fragte Terese weiter.

»Ja und nein«, antwortete Chet. »Die staatliche Überwachungskommission verpflichtet alle Krankenhäuser, ihre Infektionsraten zu erfassen und darüber Buch zu führen, aber die Aufstellungen werden der Öffentlichkeit nicht bekanntgegeben.«

»Dann sind die Statistiken ja eine reine Farce«, bemerkte Terese und warf Colleen einen verstohlenen Blick zu.

»Wenn die Raten eine bestimmte Marge überschreiten, verliert das Krankenhaus die Zulassung«, erklärte Chet. »Also macht es schon einen gewissen Sinn, sie zu erfassen.«

»Aber der Öffentlichkeit gegenüber ist es unfair«, sagte Terese. »Da die Zahlen unter Verschluß gehalten werden, kann nie-

mand, der ins Krankenhaus muß, bei der Wahl der Klinik die Infektionsgefahr in Betracht ziehen.«
Chet hob die Hände. »Das ist eben Politik.«
»Ich finde es etwas unmöglich«, stellte Terese klar.
»Im Leben ist so manches ungerecht«, bemerkte Jack.
Als sie mit Nachtisch und Kaffee fertig waren, plädierten Chet und Colleen dafür, noch irgendwo tanzen zu gehen – zum Beispiel im China Club. Doch Terese und Jack hatten keine Lust.
»Ihr könnt doch auch ohne uns gehen«, schlug Terese vor.
»Wirklich?« fragte Colleen.
»Wir halten euch bestimmt nicht davon ab«, pflichtete Jack Terese bei.
Colleen sah Chet an.
»Okay, dann gehen wir«, erklärte er.
Jack und Terese winkten den beiden nach.
»Ich hoffe, sie haben ihren Spaß«, sagte Terese. »Ich könnte mir im Moment nichts Schrecklicheres vorstellen, als in einem verqualmten Nachtclub zu hocken und diese Dröhnmusik ertragen zu müssen.«
»Dann sind wir ja endlich mal einer Meinung«, bemerkte Jack.
Terese lachte. Sie fand allmählich Gefallen an Jacks Humor.
Für einen Augenblick standen sie unentschlossen auf dem Bürgersteig und blickten in verschiedene Richtungen. Obwohl das Thermometer nur frostige vier Grad anzeigte, tummelten sich auf der Second Avenue jede Menge Nachtschwärmer. Am Himmel war kein Wölkchen zu sehen, die Luft war klar.
»Ich glaube, der Wettergott hat vergessen, daß heute Frühlingsanfang ist«, sagte Terese. Sie hatte ihre Hände in die Manteltaschen gesteckt und die Schultern hochgezogen.
»Wir könnten ja noch in die Kneipe gehen, in der wir gestern waren«, schlug Jack vor. »Sie ist doch gleich hier um die Ecke.«
»Eine gute Idee. Aber ich habe noch einen besseren Vorschlag. Meine Agentur ist ganz hier in der Nähe, gleich drüben an der Madison Avenue. Was halten Sie von einer kurzen Besichtigung?«
»Sie wollen mich durch Ihre Agentur führen, obwohl Sie wissen, wie wenig ich von Werbung halte?« fragte Jack.
»Ich dachte, das bezöge sich nur auf Werbung im medizinischen Bereich«, entgegnete Terese.

»Eigentlich habe ich für Werbung im allgemeinen ziemlich wenig übrig«, erklärte Jack. »Ich konnte das gestern abend nur nicht richtig deutlich machen, weil Chet mir dazwischengefahren ist.«
»Aber Sie verachten nicht grundsätzlich jede Form von Werbung, oder?« hakte Terese nach.
»Nein«, erwiderte Jack. »Allerdings sollte Werbung für das Gesundheitswesen verboten sein. Die Gründe habe ich ja gestern genannt.«
»Hätten Sie nicht trotzdem Lust, sich unsere Agentur mal kurz anzusehen? Ich könnte mir vorstellen, daß Sie unser Studio ganz interessant finden.«
Jack versuchte zu entschlüsseln, was sich hinter den blaßblauen Augen und dem sinnlichen Mund verbarg. Es verwirrte ihn, daß sie so verletzlich wirkte, denn das paßte ganz und gar nicht zu der nüchternen, zielorientierten, aktiven Frau, für die er sie hielt.
Terese hielt seinem Blick ohne Probleme stand und strahlte ihn kokett an. »Nun geben Sie sich doch mal einen Ruck!« forderte sie ihn heraus.
»Wieso habe ich bloß das komische Gefühl, daß Sie irgendeinen Hintergedanken haben?« fragte Jack.
»Vielleicht habe ich ja einen«, gab Terese freimütig zu. »Ich wüßte nämlich zu gern, wie Sie unsere Idee für eine neue Werbekampagne finden. Eigentlich wollte ich Ihnen gar nicht auf die Nase binden, daß ich meinen Geistesblitz einzig und allein Ihnen zu verdanken habe; aber eben beim Essen habe ich meine Meinung geändert.«
»Soll ich das als Kompliment auffassen, oder sollte ich mich eher mißbraucht fühlen?« entgegnete Jack. »Wieso sind Sie denn durch mich auf die Idee für einen Werbespot gekommen?«
»Sie haben mir von der Pestgeschichte am Manhattan General erzählt«, erwiderte Terese. »Und das hat mich darauf gebracht, über Nosokomialinfektionen nachzudenken.«
Jack ließ ihre Worte einen Augenblick sacken. »Und wieso wollen Sie plötzlich meine Meinung hören, nachdem Sie mir die Idee eigentlich verschweigen wollten?«
»Weil mir aufgegangen ist, daß Sie die Kampagne vielleicht sogar ganz gut finden könnten«, erwiderte Terese. »Weil Sie mir erklärt haben, sind Sie doch vor allem deshalb gegen Werbung

Terese mußte ein weiteres Mal lachen. »Nein, natürlich nicht«, erwiderte sie. »Die Leute sind seit dem frühen Morgen hier. In der Werbebranche herrscht ein enormer Konkurrenzdruck. Wenn man den Zuschlag für ein Projekt bekommen will, muß man bereit sein, viel Zeit zu investieren. Demnächst stehen etliche unserer Kampagnen zur Präsentation an.«
Terese entschuldigte sich und ging zu einer Frau, die an einem der Zeichentische arbeitete. Während die beiden sich unterhielten, ließ Jack seinen Blick durch den Raum schweifen. Es überraschte ihn, daß es kaum Trennwände gab. Neben dem riesigen Studio verfügte die Agentur nur über wenige separate Zimmer, die sich alle an der Seite befanden, an der die Fahrstühle waren.
»Alice wird das Material gleich bringen«, sagte Terese, als sie wieder neben Jack stand. »Wollen wir solange in Colleens Büro gehen?«
Sie führte ihn in einen der separaten Räume und knipste das Licht an. Im Vergleich zu dem Studio war das fensterlose Büro so winzig, daß man Platzangst bekommen konnte. Es war vollgestopft mit Papieren, Büchern, Magazinen und Videobändern. Darüber hinaus standen einige mit dickem Zeichenpapier ausgestattete Staffeleien herum.
»Colleen hat sicher nichts dagegen, wenn ich auf ihrem Schreibtisch etwas Platz schaffe«, sagte Terese, während sie einen Stapel orangefarbenes Pauspapier zur Seite räumte. Danach stellte sie einen Armvoll Bücher auf dem Boden ab. Sie war gerade damit fertig, als Alice Gerber den Raum betrat.
Nachdem Terese ihre Kollegin mit Jack bekannt gemacht hatte, bat sie Alice, ein paar von den Ideen für den Werbespot vorzuführen, die sie im Laufe des Tages entwickelt hatten.
Jack fand den Entstehungsprozeß als solchen interessanter als den Inhalt der Kampagne. Er hatte noch nie darüber nachgedacht, wie Werbespots eigentlich zustande kamen. Jetzt sah er zum erstenmal, wieviel Kreativität und Arbeit darin steckte.
Alice' Vorführung dauerte etwa eine Viertelstunde. Als sie fertig war, sammelte sie ihre Unterlagen ein und wartete auf weitere Instruktionen. Terese bedankte sich und schickte sie zurück an ihren Zeichentisch.
»Das war's«, sagte Terese. »Was halten Sie davon?«

im Gesundheitswesen, weil es dabei nie um Qualitätsaspekte geht. Wenn ich aber nun das Thema Nosokomialinfektionen in den Mittelpunkt einer Kampagne stelle, heißt das ja wohl, daß ich Qualitätsunterschiede aufdecke.«

»Könnte sein«, sagte Jack.

»Aber natürlich heißt es das«, ereiferte sich Terese. »Wenn ein Krankenhaus auf seine Statistik stolz sein kann – warum sollte die Öffentlichkeit dann nicht darüber informiert werden?«

»Schon gut«, sagte Jack. »Ich gebe auf. Statten wir also Ihrem Studio einen kurzen Besuch ab.«

Die Entscheidung, Terese zu ihrer Werbeagentur zu begleiten, stellte Jack vor das Problem, was er mit seinem Fahrrad machen sollte. Er hatte es an ein Parkverbotsschild gekettet. Nach einer kurzen Diskussion war er einverstanden, das Rad stehenzulassen und mit Terese im Taxi zu fahren. Das Fahrrad wollte er dann auf seinem Nachhauseweg abholen.

Da kaum Autos unterwegs waren und der russische Taxifahrer in rasantem Tempo durch die Straßen jagte, erreichten sie das Gebäude von Willow and Heath schon nach wenigen Minuten. Erschöpft taumelte Jack aus dem Wagen.

»Einige Leute behaupten ja, daß ich mich in Gefahr bringe, wenn ich in New York mit dem Fahrrad durchquere. Eine Fahrt mit diesem Verrückten scheint mir mindestens zehnmal gefährlicher zu sein.«

Als wollte der Taxifahrer Jacks Kommentar unterstreichen, brauste er mit quietschenden Reifen davon.

Um halb elf Uhr abends war das Gebäude sicher verschlossen, doch Terese hatte einen Nachtschlüssel. Ihre Absätze klapperten auf den Marmorfliesen des verlassenen Flurs. Sogar der Fahrstuhl schien in der Stille der Nacht einen ungeheuren Lärm zu machen.

»Sind Sie öfter zu so nachtschlafender Stunde hier?« fragte Jack. Terese lachte. »Ständig sogar. Ich lebe quasi hier.«

Sie fuhren hinauf, ohne sich weiter zu unterhalten. Als die Tür aufging, war Jack schockiert; der Flur war hell erleuchtet, und es herrschte ein hektisches Treiben. Über unzählige Zeichentische gebeugt, waren noch jede Menge Leute in ihre Arbeit vertieft.

»Wird hier in zwei Schichten gearbeitet?«

»Ich bin beeindruckt, was für eine ungeheure Mühe Sie sich mit diesen Kampagnen geben«, erwiderte Jack.
»Eigentlich interessiert mich vor allen Dingen, was Sie inhaltlich von den Spots halten«, insistierte Terese. »Wie finden Sie zum Beispiel die Idee, Hippokrates in ein Krankenhaus gehen und dort den Orden für gute Behandlung verleihen zu lassen?«
Jack zuckte mit den Achseln. »Ich halte mich nicht gerade für geeignet, einen Werbespot konstruktiv zu kritisieren.«
»Hilfe! Das darf nicht wahr sein!« stöhnte Terese und verdrehte die Augen. »Ich will doch nur die Meinung eines ganz normalen Durchschnittsmenschen hören. Dies ist kein Quiz für Intellektuelle! Stellen Sie sich einfach vor, Sie würden den Spot im Fernsehen sehen.«
»Ich glaube, ich fände ihn ziemlich clever«, gestand Jack.
»Würde er Ihnen das Gefühl vermitteln, daß Sie im National-Health-Krankenhaus gut aufgehoben sind, weil die Nosokomial-Infektionsrate dort niedrig ist?«
»Vermutlich ja«, erwiderte Jack.
»Okay«, sagte Terese. Sie mußte sich zusammenreißen, um nicht die Geduld zu verlieren. »Haben Sie vielleicht noch andere Ideen? Was könnte man sonst noch thematisieren?«
Jack dachte ein paar Minuten nach. »Man könnte etwas über Oliver Wendell Holmes und Joseph Lister machen.«
»War Holmes nicht ein Dichter?«
»Er war auch Arzt. Er und Lister haben mehr als sonst irgend jemand dafür gesorgt, daß Ärzte sich die Hände waschen, bevor sie von einem Patienten zum nächsten gehen. Natürlich hat auch Semmelweis dazu beigetragen. Aber egal – im Kampf gegen die im Krankenhaus verursachten Infektionen war das Händewaschen wahrscheinlich die wichtigste Lektion, die Ärzte und Schwestern lernen mußten.«
»Hmm. Klingt interessant. Ich mache gern kleine Fortsetzungsgeschichten. Ich muß Alice davon erzählen, damit sie sofort jemanden mit der Recherche beauftragt.«
Jack folgte Terese und beobachtet sie, während sie mit Alice sprach. Nach ein paar Minuten hatten sie ihre Unterhaltung beendet.
»Alles klar«, sagte sie. »Los, gehen wir!«

Im Fahrstuhl machte sie einen neuen Vorschlag. »Wie wär's, wenn wir uns jetzt auch noch Ihren Arbeitsplatz ansehen? Meinen habe ich Ihnen gezeigt – jetzt können Sie sich revanchieren.«
»Da gibt es nichts zu sehen, was Sie interessieren würde«, entgegnete Jack. »Das können Sie mir glauben.«
»Lassen wir es auf einen Versuch ankommen!«
»Es ist kein angenehmer Ort«, beharrte Jack.
»Ich brenne aber darauf, Ihr Institut mal von innen zu sehen. Ich kenne Leichenhallen nur aus dem Kino. Wer weiß – vielleicht kommen mir dort ein paar neue Ideen. Außerdem verstehe ich Sie vielleicht etwas besser, wenn ich Ihren Arbeitsplatz gesehen habe.«
»Ich bin mir gar nicht so sicher, ob ich durchschaut werden will«, entgegnete Jack.
Der Fahrstuhl hielt, und die Türen glitten auf. Sie gingen nach draußen und blieben auf dem Bürgersteig stehen.
»Also, was? Es wird ja wohl nicht die ganze Nacht dauern, mal kurz in Ihrem Institut vorbeizuschauen. Und besonders spät ist es auch noch nicht.«
»Sie sind ganz schön starrsinnig«, sagte Jack. »Setzen Sie eigentlich immer Ihren Kopf durch?«
»Normalerweise schon«, erwiderte Terese und fügte lachend hinzu: »Aber ich ziehe es vor, mich einfach als einen hartnäckigen Menschen zu beschreiben.«
»Okay«, willigte Jack schließlich ein. »Aber sagen Sie hinterher nicht, ich hätte sie nicht gewarnt.«
Sie nahmen ein Taxi und fuhren auf der Park Avenue in Richtung Süden.
»Ich habe den Eindruck, Sie sind ein Einzelgänger«, bemerkte Terese.
»Welch scharfsinnige Feststellung.«
»Seien Sie nicht immer so sarkastisch.«
»Diesmal habe ich es wirklich ernst gemeint«, sagte Jack.
»Sie machen es einer Frau nicht gerade leicht zu wissen, woran sie ist«, fuhr Terese fort.
»Das gleiche könnte ich auch über Sie sagen«, entgegnete Jack.
»Waren Sie schon mal verheiratet? Entschuldigen Sie, wenn ich jetzt wieder zu neugierig bin.«

»Ja, ich war mal verheiratet«, sagte Jack.
»Aber es hat offenbar nicht geklappt«, bemerkte Terese; sie bemühte sich redlich, die Unterhaltung in Gang zu halten.
»Es gab ein Problem«, erklärte Jack. »Aber ich möchte nicht darüber sprechen. Und was ist mit Ihnen? Waren Sie schon mal verheiratet?«
»Ja.« Terese seufzte und sah aus dem Fenster. »Aber auch ich möchte nicht darüber reden.«
»Jetzt gibt es schon zwei Dinge, bei denen wir einer Meinung sind«, bemerkte Jack. »Wir mögen keine Nachtclubs, und wollen nicht über unsere früheren Ehen reden.«
Er hatte den Taxifahrer angewiesen, am Hintereingang des Gerichtsmedizinischen Instituts anzuhalten. Er war froh zu sehen, daß keiner der beiden Leichenwagen im Hof stand; so, hoffte er, würden sie nicht schon in der Halle über Rollbahnen mit frischen Leichen stolpern. Zwar hatte Terese darauf bestanden, das Institut zu besichtigen, doch er war nicht sicher, ob ihre Nerven dem, was sie sehen würde, auch standhielten.
Terese schwieg, als Jack sie an der Wand mit den Kühlfächern vorbeiführte. Erst als sie die einfachen Kiefernholzsärge sah, fand sie die Sprache wieder. Sie wollte wissen, warum sie dort standen.
»Das sind die Särge für nicht abgeholte, nicht identifizierte Leichen«, erklärte Jack. »Sie werden auf Kosten der Stadt verbrannt.«
»Kommt das oft vor?«
»Ständig.«
Dann führte er sie zurück in den Autopsiebereich und öffnete die Tür zum Waschraum. Terese warf einen Blick durch die Tür, ging aber nicht hinein. Durch die Glastür konnte sie in den Sektionssaal sehen. Im Halbdunkel wirkten die glänzenden Seziertische aus rostfreiem Stahl ziemlich unheilvoll.
»Ich hatte mir das Institut viel moderner vorgestellt«, sagte sie. Um bloß nichts zu berühren, hatte sie die Arme vor der Brust verschränkt.
»Irgendwann war diese Einrichtung auch mal auf dem neuesten Stand«, entgegnete Jack. »Eigentlich hätte hier längst renoviert werden müssen. Dummerweise leidet die Stadt ständig unter ir-

gendeiner Finanzkrise, und hinzu kommt, daß die meisten Politiker sich sträuben, Geld für die Gerichtsmedizin abzuzwacken. Es ist schon schwer genug, die Mittel für den normalen Tagesbetrieb einzutreiben, an eine Erneuerung der Anlagen ist da gar nicht zu denken. Allerdings verfügen wir über ein hypermodernes DNA-Labor.«
»Und wo befindet sich Ihr Büro?«
»Oben im vierten Stock.«
»Darf ich es mal sehen?«
»Warum nicht? Wo wir nun schon mal hier sind.«
Sie gingen am Besucherbüro vorbei und warteten auf den Fahrstuhl.
»Sie fühlen sich bestimmt ein bißchen unwohl, oder?« fragte Jack.
»Ein bißchen gruselig ist es schon«, gestand Terese.
»Meine Kollegen und ich denken schon gar nicht mehr daran, wie dieser Ort auf Unbeteiligte wirken muß«, erklärte Jack. Doch im stillen war er beeindruckt davon, wie gelassen Terese die Vorführungen überstanden hatte.
Sie fuhren hinauf in den vierten Stock.
»Wie sind Sie nur darauf gekommen, sich auf diesem Gebiet zu spezialisieren?« fragte Terese. »Haben Sie sich schon während des Medizinstudiums für die Pathologie entschieden?«
»Um Gottes willen, nein!« erwiderte Jack. »Damals wollte ich einen sauberen, technisch anspruchsvollen und lukrativen Job haben, der mich auch in emotionaler Hinsicht glücklich machen sollte. Ich bin Augenarzt geworden.«
»Und was ist dann passiert?«
»Meine Praxis wurde von AmeriCare geschluckt. Und da ich weder für den Laden noch für irgendeinen ähnlichen Giganten arbeiten wollte, habe ich umgesattelt. ›Umsatteln‹ ist heutzutage das Zauberwort für überflüssige Fachärzte.«
»Ist Ihnen das schwergefallen?« bohrte Terese weiter.
Jack antwortete nicht sofort. »Ja, es war sehr schwer«, sagte er schließlich. »Vor allem, weil ich mich schrecklich einsam gefühlt habe.«
Terese wagte einen vorsichtigen Blick in Jacks Richtung. Nicht im Traum hätte sie damit gerechnet, daß er ein Typ war, der un-

ter Einsamkeit litt. Sie hatte angenommen, daß er sein Einsiedlerleben frei gewählt hatte. Und jetzt sah sie, daß er sich verstohlen mit dem Handrücken durchs Auge wischte. Terese war verwirrt.

»Wir sind da«, verkündete Jack. Er schloß die Tür zu seinem Büro auf und knipste das Licht an.

Der Raum sah noch schlimmer aus, als Terese befürchtet hatte. Es war ein winziger Schlauch. Die grauen Metallmöbel wirkten alt und abgenutzt, die Wände brauchten dringend einen Anstrich. Ziemlich weit oben in der Wand befand sich ein kleines, schmieriges Fenster.

»Zwei Schreibtische?« fragte Terese erstaunt.

»Chet und ich teilen uns das Büro«, erklärte Jack.

»Welcher Schreibtisch gehört Ihnen?«

»Der unordentliche«, erwiderte Jack. »Wegen dieser Pestgeschichte ist mehr Arbeit liegengeblieben als sonst. Ich bin fast immer im Rückstand. Das liegt daran, daß ich mir mit den Berichten mehr Mühe gebe als andere.«

»Dr. Stapleton!« rief plötzlich eine Stimme aus dem Hintergrund.

Es war Janice Jaeger, die Pathologie-Assistentin.

»Der Mann vom Sicherheitsdienst hat mir gesagt, daß Sie hier sind«, erklärte sie, nachdem Jack sie mit Terese bekannt gemacht hatte. »Ich habe schon versucht, Sie zu Hause zu erreichen.«

»Was gibt es denn?«

»Das Labor hat heute abend angerufen. Sie wissen schon, das Labor, das das Lungengewebe von Susanne Hard analysiert hat. Der Immunofluoreszenstest war positiv. Und wissen Sie, was sie hatte? Tularämie!«

»Das ist doch nicht Ihr Ernst!« Jack riß Janice das Blatt aus der Hand und starrte es ungläubig an.

»Was ist denn Tularämie?« fragte Terese.

»Eine andere Infektionskrankheit«, erklärte Jack. »Sie verläuft in gewisser Weise ähnlich wie die Pest.«

»Und wo war das Opfer in Behandlung?« fragte sie weiter, obwohl sie die Antwort schon ahnte.

»Im Manhattan General«, erwiderte Jack und schüttelte den Kopf. »Ich fasse es nicht! Das ist doch absolut unmöglich!«

»Ich muß wieder an die Arbeit«, sagte Janice. »Wenn ich irgend etwas für Sie tun kann, melden Sie sich!«

»Vielen Dank, Janice«, sagte Jack. »Ich will Sie nicht weiter aufhalten.«

»Ist Tularämie genauso gefährlich wie die Pest?« fragte Terese, als Janice gegangen war.

»Es ist schwierig, die beiden Krankheiten zu vergleichen«, erklärte Jack. »Tularämie ist auf jeden Fall schlimm. Vor allem die pulmonale Form ist äußerst ansteckend. Schade, daß Susanne Hard nicht mehr lebt. Sonst hätte sie uns genau beschrieben, wie furchtbar sie gelitten haben muß.«

»Und warum waren Sie so überrascht? Kommt die Krankheit etwa so selten vor wie die Pest?«

»Nein, ganz so selten ist sie nicht«, sagte Jack. »Sie tritt in einem breiteren Gebiet der USA auf als die Pest. Vor allem in den südlichen Staaten, zum Beispiel Arkansas. Aber genau wie die Pest tritt sie eigentlich nie im Winter auf – zumindest nicht hier oben im Norden. Wenn wir überhaupt mal einen Fall von Tularämie haben, dann höchstens im Spätfrühling oder im Sommer. Genau wie die Pest bedarf die Tularämie eines Überträgers, um auf den Menschen überzugehen. Anstelle der Rattenflöhe sind es meistens Zecken und Rotwildflöhe.«

»Jede Zecke oder jeder x-beliebige Rotwildfloh?« hakte Terese nach. Ihre Eltern besaßen ein Ferienhaus in den Catskills, und im Sommer fuhr sie sehr gern dorthin. Es lag in einer abgeschiedenen Gegend inmitten von Feldern und Wäldern. Zecken und Rotwildflöhe gab es dort mit Sicherheit en masse.

»Als Reservoir für die Bakterien dienen kleine Säugetiere«, erklärte Jack. »Vor allem Nagetiere und insbesondere Kaninchen.«

Er wollte gerade weiter ausholen, doch plötzlich hielt er inne. Ihm war gerade eingefallen, was Maurice, Susannes Mann, ihm am Nachmittag erzählt hatte.

»Vielleicht waren die Kaninchen schuld«, murmelte er vor sich hin.

»Darf ich fragen, wovon Sie reden?« warf Terese ein.

Jack entschuldigte sich. Er bemühte sich, seinen momentanen Dämmerzustand abzuschütteln, und gab Terese durch ein Hand-

zeichen zu verstehen, daß sie an Chets Schreibtisch Platz nehmen solle. Dann erzählte er ihr von dem Telefongespräch mit Susannes Mann und erklärte ihr die Bedeutung von wilden Kaninchen im Zusammenhang mit Tularämie.
»Klingt ganz so, als wären es wirklich die Kaninchen gewesen«, sagte Terese.
»Das Problem ist nur, daß schon fast zwei Wochen vergangen sind, seit sie zum letztenmal mit den Viechern in Berührung gekommen sein kann«, gab Jack zu bedenken und trommelte nervös auf dem Telefon herum. »Das ist eine ziemlich lange Inkubationszeit – vor allem wenn man bedenkt, daß wir es mit der pulmonalen Form zu tun haben. Aber wenn sie sich nicht in Connecticut infiziert hat, muß es hier in der Stadt passiert sein, möglicherweise im Manhattan General. Aber sich Tularämie oder Pest durch eine Nosokomialinfektion einzufangen – das macht beides keinen Sinn.«
»Egal, wo sie sich infiziert hat – ich finde, die Öffentlichkeit muß sofort informiert werden«, sagte Terese und gab ihm durch ein Nicken zu verstehen, daß er zum Telefon greifen solle. »Ich hoffe, Sie rufen sofort im Krankenhaus an und benachrichtigen dann umgehend die Medien.«
»Ich werde mich hüten, das zu tun«, entgegnete Jack und warf einen Blick auf die Uhr. Es war noch vor Mitternacht. Er überlegte kurz und griff dann zum Hörer. »Ich rufe meinen direkten Vorgesetzten an. Die Politik ist seine Domäne.«
Calvin nahm beim ersten Klingeln ab, doch seinem Nuscheln nach zu urteilen, hatte er bereits geschlafen. Jack meldete sich mit seinem Namen.
»Ich hoffe, Sie haben mir etwas Wichtiges mitzuteilen«, raunzte Calvin.
»Mir erscheint es jedenfalls wichtig«, sagte Jack. »ich wollte Sie als ersten erfahren lassen, daß Sie schon wieder zehn Dollar an mich verloren haben.«
»Sie spinnen wohl!« schrie Calvin. Die Müdigkeit war mit einem Schlag aus seiner Stimme gewichen. »Ich kann nur für Sie hoffen, daß das kein übler Scherz sein soll!«
»Es ist kein Scherz. Das Labor hat den Fall heute abend gemeldet. Im Manhattan General ist neben den beiden Pestfällen ein

Fall von Tularämie aufgetreten. Es hat mich genauso umgehauen wie Sie, das können Sie mir glauben.«
»Hat das Labor Sie zu Hause angerufen?«
»Nein. Eine der Pathologie-Assistentinnen hat mir Bescheid gesagt.«
»Sind Sie etwa im Institut?«
»Natürlich«, sagte Jack. »Ich arbeite mir die Finger wund.«
»Tularämie?« fragte Calvin noch einmal ungläubig. »Ich glaube, dazu muß ich erst mal einiges nachlesen.«
»Ich habe schon heute nachmittag ein paar Bücher zu dem Thema gewälzt«, erwiderte Jack.
»Passen Sie auf, daß vorerst nichts nach außen dringt«, ermahnte ihn Calvin. »Ich rufe Bingham heute nacht nicht mehr an. Im Moment kann man ja sowieso nichts machen. Morgen früh sag' ich ihm sofort Bescheid, dann kann er die Gesundheitsbeauftragte anrufen, und die kann ihre Behörde informieren.«
»Okay.«
»Sie wollen die Sache also geheimhalten«, fuhr Terese ihn an, als er aufgelegt hatte.«
»Ich muß mich nach meinem Boß richten«, sagte Jack.
»Jaja, ich weiß schon. Es ist nicht Ihre Aufgabe, die Öffentlichkeit zu informieren.«
»Ich bin schon ganz schön ins Fettnäpfchen getreten, als ich die Gesundheitsbeauftragte wegen dieser Pestgeschichte angerufen habe«, verteidigte sich Jack. »Ich wüßte nicht, warum ich noch mal meinen Kopf riskieren sollte. Morgen früh wird der Fall durch die offiziellen Kanäle bekannt gemacht.«
»Und was ist mit den Patienten im Manhattan General, die wegen Pestverdachts behandelt werden?« fragte Terese. »Sie könnten sich doch genausogut mit der anderen Krankheit infiziert haben. Ich finde, Sie sollten Ihre neue Erkenntnis noch heute nacht weitergeben.«
»Das macht Sinn«, gab Jack zu und überlegte kurz. »Aber eigentlich spielt es keine Rolle. Tularämie und Pest werden mit den gleichen Mitteln behandelt. Wir warten bis morgen früh. Es sind ja auch nur noch ein paar Stunden.«
»Und was ist, wenn ich die Presse informiere?« fragte Terese.

»Ich muß Sie bitten, das zu unterlassen«, sagte Jack. »Sie haben ja gehört, was mein Chef gesagt hat. Wenn er nach der undichten Stelle forschen sollte, würde alles auf mich zurückfallen.«
»Sie stehen nicht auf Werbung im Gesundheitswesen – und ich stehe nicht auf politische Ränkeleien im Gesundheitswesen«, erklärte Terese.
»Das war das Wort zum Sonntag«, bemerkte Jack abschließend.

## 16. Kapitel
## Freitag, 22. März 1996, 6.30 Uhr

Obwohl Jack nun zweimal hintereinander viel später ins Bett gegangen war als sonst, war er an diesem Morgen bereits um halb sechs hellwach gewesen und hatte über den kuriosen Zufall gegrübelt, daß inmitten einer Reihe von Pestfällen nun auch noch ein Fall von Tularämie aufgetreten war. Und dann war auch noch er es gewesen, der die Diagnose gestellt hatte. Das war mit Sicherheit die zehn Dollar und fünfundzwanzig Cents wert, die Calvin und Laurie ihm jetzt schuldeten.

Er war so aufgewühlt, daß es ihm schier unmöglich schien, noch einmal einzuschlafen. Also stand er auf, frühstückte und saß schon vor sechs Uhr auf seinem Fahrrad. Da um diese Zeit weniger Autos unterwegs waren, erreichte er das Institut in einer Rekordzeit. Als erstes ging er in den ID-Raum und sah nach, ob Laurie und Vinnie schon eingetroffen waren, dann klopfte er an die Tür von Janice Jaegers Büro. Sie schien in Arbeit zu versinken.

»Was für eine Nacht!« stöhnte sie.

»War viel los?« fragte Jack.

»Das kann man wohl sagen. Es sind noch mehr Infektionsfälle reingekommen. Was ist nur los im Manhattan General?«

»Wie viele Fälle haben Sie?«

»Drei«, sagte Janice. »Und bei keinem ist die Untersuchung auf Pest positiv ausgefallen – obwohl bei allen Pestverdacht bestanden hat! Bei allen drei Opfern ist die Krankheit rasant schnell verlaufen. Zwölf Stunden, nachdem die ersten Symptome aufgetreten waren, waren sie alle tot. Es ist wirklich unheimlich.«

»Das war bei allen Infektionsopfern der letzten Tage so«, bemerkte Jack.

»Glauben Sie, daß es sich bei den drei neuen Fällen ebenfalls um Tularämie handelt?« fragte Janice.

»Gut möglich«, sagte Jack. »Vor allem, wenn die Pestuntersuchung negativ ausgefallen ist. Sie haben doch mit niemandem über die Diagnose im Fall Susanne Hard gesprochen, oder?«
»Nein. Obwohl ich mir fast die Zunge abbeißen mußte. Aber ich habe ja schon öfter die schmerzliche Erfahrung gemacht, daß ich nur dazu da bin, Informationen einzuholen und dann meinen Mund zu halten.«
»Die gleiche Lektion habe ich gestern auch lernen müssen«, versuchte Jack sie zu trösten. »Sind Sie mit den drei Akten fertig?«
»Ja, die können Sie mitnehmen.«
Mit den Mappen unterm Arm ging Jack zurück in den ID-Raum. Da Vinnie noch immer nicht da war, kochte er erst einmal Kaffee. Dann setzte er sich an den Tisch und begann, die Akten zu studieren.
Ihm fiel sofort etwas Merkwürdiges ins Auge. Bei dem ersten Fall handelte es sich um die zweiundvierzigjährige Maria Lopez. Die Frau hatte im Zentralmagazin des Manhattan General gearbeitet! Doch nicht nur das – sie hatte in der gleichen Schicht gearbeitet wie Katherine Mueller! Jack schloß die Augen und überlegte, wie sich zwei Mitarbeiterinnen des Zentralmagazins mit zwei unterschiedlichen, tödlich verlaufenden Infektionskrankheiten hatten anstecken können. Das konnte kein Zufall sein. Vor seinem geistigen Auge rief er sich noch einmal das Zentralmagazin in Erinnerung. Er stellte sich die Regale und Gänge und sogar die Dienstkleidung der Angestellten vor. Aber es kam ihm absolut nicht in den Sinn, auf welche Art und Weise sie mit den ansteckenden Bakterien in Berührung gekommen sein konnten. Das Zentralmagazin hatte nichts mit der Entsorgung von Krankenhausabfällen oder der benutzten Wäsche zu tun; und die Abteilungsleiterin hatte ihm versichert, daß ihre Mitarbeiter so gut wie nie Kontakt mit Patienten hatten.
Jack las den Ermittlungsbericht zu Ende. Seit dem Fall Nodelman fügte Janice automatisch Informationen über Haustiere, Reisegewohnheiten und empfangene Gäste hinzu. Bei Maria Lopez schien keiner dieser drei Faktoren eine Rolle gespielt zu haben.
Nun klappte er die zweite Akte auf, Joy Hester. Dieser Fall erschien ihm längst nicht so geheimnisvoll. Die Frau war Schwester in der Abteilung für Gynäkologie und Geburtshilfe gewesen

und mehrfach mit Susanne Hard in Berührung gekommen, und zwar sowohl vor als auch nach dem Ausbruch von Susannes ersten Krankheitssymptomen. Das einzige, was Jack stutzig machte, war, daß er sich erinnerte, gelesen zu haben, daß Tularämie fast nie von Mensch zu Mensch übertragen wurde.

Der dritte Tote war Donald Lagenthorpe, ein achtunddreißig Jahre alter Ingenieur, der in einer Ölraffinerie gearbeitet hatte und der am Morgen zuvor wegen eines schweren Asthmaanfalls ins Krankenhaus eingeliefert worden war. Man hatte ihm zunächst intravenös Steroide und Bronchospasmolytika verabreicht und ihm dann das Einatmen angefeuchteter Luft sowie strenge Bettruhe verordnet. Janice' Aufzeichnungen zufolge war es mit ihm stetig bergauf gegangen; er hatte sogar schon um seine Entlassung gebeten, als er plötzlich sehr starke Kopfschmerzen bekommen hatte. Den Kopfschmerzen waren am späten Nachmittag Schüttelfrost und Fieber gefolgt. Dann hatte Donald schweren Husten bekommen, und seine asthmatischen Symptome hatten sich trotz der kontinuierlichen Behandlung verschlimmert. Zu diesem Zeitpunkt hatte man Lungenentzündung diagnostiziert, was durch eine Röntgenaufnahme bestätigt worden war. Doch seltsamerweise hatte eine Gram-Färbung seines Sputums ergeben, daß keine Bakterien vorhanden waren.

Später hatte der Patient über Muskelschmerzen geklagt. Dann waren heftige Bauchschmerzen und starke Druckempfindlichkeit hinzugekommen, woraufhin die Ärzte eine Appendizitis vermutet hatten. Um halb acht Uhr abends hatte man Lagenthorpe den Blinddarm herausoperiert, doch es hatte sich herausgestellt, daß der Appendix vollkommen normal war. Nach der Appendektomie war sein gesamter Organismus zusammengebrochen. Sein Blutdruck war gefallen und hatte auf keine Behandlung mehr reagiert. Die Harnmenge, die er noch von sich gegeben hatte, war nicht der Rede wert gewesen.

Jack las weiter und erfuhr, daß Lagenthorpe in der vergangenen Woche abgelegene Bohrinseln in Texas besucht und in einer Wüstengegend kampiert hatte. Weiter hieß es in dem Bericht, die Freundin von Mr. Lagenthorpe habe sich erst kürzlich eine burmesische Katze angeschafft. Zu irgendwelchen Besuchern aus exotischen Ländern hatte er allerdings keinen Kontakt gehabt.

»Mein Gott, bist du früh hier!« rief Laurie Montgomery.

Jack war so in seine Lektüre vertieft, daß er vor Schreck zusammenfuhr. Laurie warf ihren Mantel über den Tisch, an dem sie ihre morgendlichen Sonderaufgaben verrichtete. Aufgrund des Rotationsprinzips war sie an diesem Tag vorerst zum letztenmal als ›Chefin vom Dienst‹ dafür verantwortlich zu bestimmen, welche der in der vorangegangenen Nacht eingelieferten Fälle von wem obduziert werden sollten. Es war eine undankbare Aufgabe.

»Es gibt schlechte Nachrichten«, sagte Jack.

Laurie wollte sich einen Kaffee holen, doch nun blieb sie abrupt stehen. Ihr normalerweise fröhliches Gesicht verfinsterte sich.

Jack mußte lachen. »Hey, ganz ruhig! So schlimm ist es nun auch wieder nicht. Allerdings schuldest du mir fünfundzwanzig Cents.«

»Ist das dein Ernst? Hatte Susanne Hard wirklich Tularämie?«

»Das Labor hat gestern abend mitgeteilt, daß der Immunofluoreszenztest positiv ausgefallen ist«, sagte Jack. »Das ist wohl eine ziemlich handfeste Diagnose.«

»Zum Glück habe ich nur um einen Vierteldollar gewettet«, sagte Laurie. »Deine Trefferquote ist ziemlich beeindruckend. Verrätst du mir dein Geheimnis?«

»Anfängerglück«, erwiderte Jack. »Ich brüte hier übrigens gerade über drei neuen Fällen. Allesamt Infektionsopfer, und sie kommen alle aus dem Manhattan General. Ich würde gern mindestens zwei von den drei Fällen übernehmen.«

»Und ich wüßte nicht, was dagegen spräche«, entgegnete Laurie. »Aber laß mich eben nachsehen, was sonst noch reingekommen ist.«

Kaum hatte Laurie den Raum verlassen, kam Vinnie hereingeschlurft. Sein Gesicht war käsig, seine Augen gerötet, und seine Lider hingen schwer herab. Jack hatte den Eindruck, daß er in einem der Kühlfächer am besten aufgehoben wäre.

»Du siehst aus wie der Tod.«

»Hab' einen schweren Kater«, grummelte Vinnie. »War bei einem Kumpel zum Junggesellenabschied.« Er warf die Zeitung auf den

Tisch und ging hinüber zur Kaffeemaschine. »Wie wär's, wenn wir gleich loslegen?« schlug Jack vor und schob Vinnie die Akte von Maria Lopez hin. »Du weißt ja: Morgenstund' hat Gold ...«
»Bitte nicht schon wieder diese Sprüche«, fiel Vinnie ihm ins Wort. Er nahm die Akte und klappte sie auf. »Das kann ich heute morgen wirklich nicht ertragen. Außerdem geht es mir auf den Wecker, daß du nicht zu einer normalen Uhrzeit anfangen kannst – wie alle anderen auch.«
»Laurie ist auch schon da«, wandte Jack ein.
»Ja, aber sie muß diese Woche die Fälle zuweisen. Du hingegen hast keine Ausrede.« Er überflog ein paar Abschnitte aus dem Bericht. »Ist ja herrlich! Ein Infektionsfall! Es gibt nichts, was ich lieber mache! Ich hätte wirklich im Bett bleiben sollen.«
»Ich bin in ein paar Minuten unten«, sagte Jack.
Wütend schnappte Vinnie sich seine Zeitung und machte sich auf den Weg zum Sektionssaal.
Kurz darauf kam Laurie mit einem Arm voller Akten zurück und lud sie auf dem Schreibtisch ab. »Über Arbeitsmangel können wir uns heute bestimmt nicht beklagen.«
»Ich habe Vinnie schon nach unten geschickt, damit er mit Vorbereitungen für einen dieser Infektionsfälle trifft«, sagte Jack.
»Ich hoffe, daß ich meine Befugnisse damit nicht überschritten habe; schließlich hast du dir die Akten noch gar nicht angesehen. Bei allen drei Fällen bestand Verdacht auf Pest, aber die Tests sind negativ ausgefallen. Ich glaube, wir sollten möglichst schnell mit einer Diagnose aufwarten.«
»Ja, auf jeden Fall«, sagte Laurie. »Am besten komme ich gleich mit runter und mache eine Runde. Deine Infektionsfälle sehe ich mir zuerst an, dann kannst du sofort loslegen.« Bevor sie aufbrachen, schnappte sie sich noch die Originalliste mit sämtlichen Todesfällen der vergangenen Nacht.
»Erzähl mir doch schnell etwas über den Hintergrund des ersten Falls«, forderte Laurie ihn auf.
Jack faßte zusammen, was er über Maria Lopez wußte, und wies Laurie vor allem auf den Zufall hin, daß das Opfer im Zentralmagazin des Manhattan General gearbeitet hatte. »Glaubst du, es gibt einen Zusammenhang zwischen den Opfern?« fragte Laurie, als sie aus dem Fahrstuhl traten.

»Meine Intuition sagt mir, daß das kein Zufall sein kann«, erwiderte Jack. »Deshalb will ich den Fall unbedingt übernehmen. Ich kann mir allerdings im Moment beim besten Willen nicht vorstellen, wo die Verbindung sein soll.«

Als sie das Besucherbüro der Leichenhalle passierten, forderte Laurie ihren Assistenten Sal durch ein Zeichen auf, ihnen zu folgen. Als er sie eingeholt hatte, reichte sie ihm die Originalliste.

»Sehen wir uns also zuerst den Fall Lopez an.«

Sal nahm die Liste entgegen und warf dann einen Blick auf seine Kopie. An dem Kühlfach mit der Nummer 67 blieb er stehen, öffnete die Tür und zog die Bahre heraus.

Maria Lopez war übergewichtig – genau wie ihre gerade verstorbene Kollegin Katherine Mueller. Sie hatte struppiges Haar, offenbar gefärbt; es hatte einen komischen rötlich-orangefarbenen Ton. Man hatte sich nicht einmal die Mühe gemacht, alle Infusionsschläuche von der Leiche zu entfernen. Einer war noch an der rechten Seite ihres Halses befestigt, ein anderer an ihrem linken Arm.

»Eine ziemlich junge Frau«, bemerkte Laurie.

Jack nickte. »Zweiundvierzig.«

Laurie nahm die Ganzkörper-Röntgenaufnahme von Maria Lopez aus der Akte und hielt sie gegen das Licht. Außer ein paar Flecken in den Lungen konnte sie nichts Anormales erkennen.

»Na, dann leg mal los!« sagte sie.

Jack nahm sie beim Wort und stürmte in den Raum, in dem der Belüftungsapparat seines Mondanzugs geladen wurde.

»Du hast doch von zwei weiteren Fällen gesprochen«, rief Laurie ihm hinterher. »Wenn du nur einen von den beiden schaffst, welchen willst du haben?«

»Lagenthorpe«, rief Jack zurück.

Zum Zeichen, daß sie verstanden hatte, reckte Laurie den Daumen.

Trotz seinen Katers arbeitete Vinnie effizient und konzentriert wie immer. Als Jack die Berichte in Marias Akte zum zweitenmal studiert hatte und in seinen Schutzanzug geschlüpft war, hatte Vinnie bereits alles vorbereitet.

Da außer ihnen noch niemand im Sektionssaal war, arbeitete Jack sehr konzentriert. Er begann mit der äußerlichen Untersuchung; wenn es irgendwo einen Insektenstich gab, so wollte er ihn unbedingt finden. Genau wie bei Katherine Mueller fielen ihm ein paar nicht eindeutig zu identifizierende Hautflecken auf, die er fotografierte, doch er hatte bei keinem den Eindruck, daß er von einen Stich herrührte.

Für Jack war es von Vorteil, daß Vinnie mit seinem Kater zu kämpfen hatte. Von Kopfschmerzen geplagt, hielt er endlich mal seinen Mund. Bei der Untersuchung der inneren Organe bemühte Jack sich wiederum, jede überflüssige Bewegung zu vermeiden, damit so wenig Bakterien wie möglich in die Luft gerieten. Je weiter er vorankam, desto augenfälliger erschienen ihm die Ähnlichkeiten zu dem Fall von Susanne Hard – und nicht etwa zu dem von Katherine Mueller. Also lautete seine vorläufige Diagnose wiederum Tularämie, nicht Pest. Seine Verwirrung war allerdings perfekt. Als er die Untersuchung der inneren Organe beendet und die entsprechenden Gewebeproben entnommen hatte, legte er eine zusätzliche Lungengewebeprobe zur Seite, die er Agnes Finn vorbeibringen wollte. Sobald er ähnliche Proben von Joy Hester und Donald Lagenthorpe vorliegen hatte, wollte er diese unverzüglich an das Speziallabor schicken, um sie auf Tularämie untersuchen zu lassen.

Jack und Vinnie waren gerade dabei, die aufgeschnittene Leiche von Maria Lopez wieder zuzunähen, als sie im Flur und im Waschraum Stimmen hörten.

»Normale, zivilisierte Menschen fangen jetzt mit der Arbeit an«, bemerkte Vinnie.

Während Jack die Äußerung mit Schweigen quittierte, ging die Tür zum Waschraum auf und zwei in Schutzanzüge gehüllte Figuren betraten den Raum. Sie steuerten auf Jacks Tisch zu. Es waren Chet und Laurie.

»Seit ihr etwa schon fertig?« fragte Chet.

»Ich kann nichts dafür«, entgegnete Vinnie. »Unser verrückter Radfahrer muß ja immer schon vorm Sonnenaufgang anfangen.«

»Wie lautet deine vorläufige Diagnose?« wollte Laurie wissen. »Pest oder Tularämie?«

»Ich glaube, es ist Tularämie«, sagte Jack.

»Dann hätten wir es also mit vier Fällen zu tun, wenn die Diagnose bei den anderen beiden ebenfalls Tularämie lauten sollte«, stellte Laurie fest.

»Ja, ich weiß«, sagte Jack. »Es ist wirklich beängstigend. Normalerweise kommt eine Übertragung von Mensch zu Mensch nur äußerst selten vor. Es macht einfach keinen Sinn – aber das gleiche gilt ja für den Pestfall.«

»Wie wird Tularämie eigentlich übertragen?« fragte Chet. »Ich habe noch nie einen Fall untersucht.«

»Entweder durch Zecken oder durch direkten Kontakt mit einem infizierten Tier«, erklärte Jack, »zum Beispiel durch Kaninchen.«

»Ich habe dich als nächstes für die Obduktion von Donald Lagenthorpe vorgesehen«, wandte Laurie sich an Jack. »Den Fall Hester übernehme ich selbst.«

»Wenn du willst, kann ich mir den auch noch vornehmen«, bot Jack an.

»Ist nicht nötig. So viele Autopsien stehen heute nicht an. Von den Todesfällen der vergangenen Nacht müssen längst nicht alle obduziert werden. Außerdem will ich schließlich auch mal auf meine Kosten kommen.«

Nach und nach schoben die Gehilfen Leichen in den Sektionssaal und plazierten sie auf den jeweiligen Seziertischen. Chet und Laurie wandten sich ihren eigenen Fällen zu.

Jack und Vinnie machten die letzten Stiche an Maria Lopez. Als sie fertig waren, half Jack seinem Assistenten, die Leiche auf eine fahrbare Trage zu hieven. Dann fragte er ihn, wie lange er brauche, Lagenthorpe für die Obduktion vorzubereiten.

»Was bist du nur für ein elender Sklaventreiber«, klagte Vinnie. »Warum gönnen wir uns nicht erst mal eine Kaffeepause, wie alle anderen auch?«

»Ich möchte mir den Fall lieber sofort ansehen«, erklärte Jack. »Danach kannst du von mir aus für den Rest des Tages Kaffee trinken.«

»Schön wär's«, sagte Vinnie. »Du weißt, daß ich dann bestimmt jemand anders zugewiesen werde.«

Unter lautem Klagen schob er Maria Lopez aus dem Sektionssaal. Jack ging hinüber an Lauries Tisch. Sie war bei der äußeren Untersuchung von Joy Hester, richtete sich aber auf, als sie Jack wahrnahm.

»Die arme Frau war erst sechsunddreißig«, sagte sie bedrückt. »Ist das nicht schrecklich?«
»Hast du was gefunden?« wollte Jack wissen. »Irgendwelche Insektenbisse oder Kratzer von einer Katze?«
»Nichts außer einem kleinen Schnitt an der Wade. Den hat sie sich wohl beim Rasieren zugezogen. Aber die Wunde ist nicht entzündet; ich glaube, wir können sie ignorieren. Allerdings habe ich etwas anderes Interessantes entdeckt.«
Vorsichtig zog Laurie die Lider der Frau hoch. Beide Augen waren stark entzündet, die Hornhaut schien allerdings unversehrt.
»Außerdem sind ihre päaurikulären Lymphknoten vergrößert«, sagte Laurie und zeigte auf die sichtbaren Schwellungen vor den Ohren der Toten.
»Das ist wirklich interessant«, bemerkte Jack. »Diese Entzündungen sind typische Symptome von Tularämie, aber bei den anderen Fällen ist mir nichts derartiges aufgefallen. Sag mir bitte sofort Bescheid, wenn du noch etwas Ungewöhnliches entdeckst.«
Jack ging weiter zu dem Tisch von Chet, der ganz in seinem Element war. Er untersuchte ein Schußopfer und fotografierte gerade die Ein- und Austrittsstellen der Kugeln. Als er Jack sah, reichte er seinem Gehilfen Sal die Kamera und zog Jack zur Seite.
»Wie ist es gestern abend noch gelaufen?« erkundigte er sich.
»Vielleicht sollten wir später darüber reden«, entgegnete Jack. Mit den Schutzanzügen am Leibe war es schier unmöglich, eine Unterhaltung zu führen.
»Los, erzähl schon«, drängte Chet. »Zwischen mir und Colleen hat's gefunkt. Wir waren noch im China Club, und danach sind wir in ihre Bude gegangen. Sie wohnt in der East 66th Street.«
»Schön für dich«, sagte Jack.
»Und wie habt ihr den Abend beendet?« insistierte Chet.
»Du wirst es mir nicht glauben.«
»Los, nun sag schon«, quengelte Chet und rückte näher an Jack heran.
»Wir sind erst in ihrer Werbeagentur gewesen, und dann habe ich ihr unser Institut gezeigt«, berichtete Jack.
»Das kann ich nun wirklich kaum glauben.«

»Manchmal fällt es eben schwer, sich mit der Wahrheit abzufinden«, kommentierte Jack.
Da Vinnie gerade die Leiche von Lagenthorpe in den Raum schob, nutzte Jack die Gelegenheit, sich von Chet zu lösen. Er kehrte an seinen Tisch zurück und half bei den Vorbereitungen; so entging er den bohrenden Fragen von Chet. Außerdem wollte er den neuen Fall so schnell wie möglich in Angriff nehmen.
Bei der äußerlichen Untersuchung fiel ihm vor allem die frisch vernähte, fünf Zentimeter lange Narbe auf, die von der Blinddarmoperation herrührte. Doch Jack entdeckte schnell noch weitere anatomische Veränderungen. An den Händen des Toten, an den Fingerspitzen, registrierte er erste Anzeichen von Gangrän. Und auch an den Ohrläppchen entdeckte er Hinweise auf abgestorbenes Gewebe, wenn auch nur schwach ausgeprägt.
»Erinnert mich an Nodelman«, bemerkte Vinnie. »Bei dem hier ist es nur noch nicht so weit fortgeschritten. Auf seinem Dödel ist noch nichts zu sehen. Glaubst du, er hatte die Pest?«
»Ich weiß nicht«, sagte Jack. »Nodelman haben sie jedenfalls nicht am Blinddarm operiert.«
Er verbrachte zwanzig Minuten damit, den Körper gründlich nach irgendwelchen Spuren von Insektenstichen oder Bissen von Tieren abzusuchen. Da Lagenthorpe eine sehr dunkle Haut hatte, war das längst nicht so einfach wie bei Maria Lopez. Trotz intensiver Suche konnte er keinerlei Bisse entdecken, allerdings stieß er auf eine weitere, wenn auch nur schwach ausgeprägte, Hautveränderung. Lagenthorpes Handflächen waren, genauso wie seine Fußsohlen, von einem leichten Ausschlag überzogen. Jack wies Vinnie darauf hin, doch der meinte, daß er beim besten Willen nichts erkennen könne.
»Wie soll der Ausschlag denn aussehen?« fragte er.
»Es sind ebene, pinkfarbene Flecken«, erklärte Jack. »Hier unten am Handgelenk ist es besser zu erkennen.«
Jack hielt Lagenthorpes rechten Arm hoch.
»Tut mir leid«, sagte Vinnie. »Ich sehe nichts Außergewöhnliches.«
»Egal.« Jack fotografierte die Stellen mehrfach, obwohl er bezweifelte, daß man den Ausschlag auf den mit Blitz gemachten Fotos würde erkennen können.

Je weiter er mit der äußerlichen Untersuchung voranschritt, desto rätselhafter erschien ihm der Fall. Lagenthorpe war ihnen wegen des Verdachts auf Lungenpest zugeführt, und es wies – wie Vinnie bereits bemerkt hatte – rein äußerlich auch alles darauf hin. Doch es gab jede Menge Widersprüche. So ging zum Beispiel aus den Unterlagen hervor, daß die Untersuchung auf Pest negativ ausgefallen war, weshalb Jack zunächst auf Tularämie getippt hatte. Doch aus verschiedenen Gründen war es eher unwahrscheinlich, daß der Mann an Tularämie gestorben war. Zum einen waren in der Sputum-Untersuchung keine freien Bakterien gefunden worden, und zum anderen verkomplizierte sich die Lage dadurch, daß der Mann so starke Symptome einer Blinddarmentzündung entwickelt hatte, daß man ihn schließlich sogar operiert hatte – um dann jedoch feststellen zu müssen, daß die Diagnose falsch gewesen war. Und nun kam auch noch der Ausschlag hinzu.
Jack hatte keine Ahnung, mit was für einer Krankheit er es zu tun hatte. Doch er kam immer mehr zu der Ansicht, daß es weder Pest noch Tularämie sein konnte! Die Untersuchung der inneren Organe bestätigte seinen Verdacht ziemlich schnell. Das Lymphgewebe war nur minimal befallen. Als er die Lunge aufschnitt, stieß er auf noch deutlichere Unterschiede zu den vorherigen Fällen. Was er vor sich sah, wirkte überhaupt nicht wie die Lunge eines Pest- oder Tularämieopfers. Es sah vielmehr so aus, als wäre der Mann an Herzversagen gestorben. In der Lunge befand sich jede Menge Flüssigkeit, und sie war so gut wie gar nicht entzündet.
Bei der weiteren Untersuchung stellte er fest, daß nahezu sämtliche Körperteile von krankhaften Veränderungen befallen waren. Das Herz war stark vergrößert, ebenso die Leber, die Milz und die Nieren. Sogar die Gedärme waren angeschwollen und sahen aus, als hätten sie nicht mehr funktioniert.
»Haben Sie etwas Interessantes gefunden?«
Jack war so von seiner Arbeit in den Bann gezogen, daß er gar nicht bemerkt hatte, daß Calvin Vinnies Platz eingenommen hatte.
»Ich denke schon«, brachte er hervor.
»Schon wieder eine Infektion?« hörte er nun eine andere heisere Stimme fragen.

Jack blickte abrupt auf. Er hatte die Stimme sofort erkannt, aber er konnte es kaum glauben. Zu seiner Linken stand der Chef persönlich.
»Der Fall ist mit Verdacht auf Pest an uns überwiesen worden«, erklärte Jack. Der Institutsleiter ließ sich fast nie im Sektionssaal blicken, es sei denn, sie hatten einen absolut außergewöhnlichen Fall – oder einen, der politisch von Bedeutung war.
»Sie klingen aber so, als hätten Sie Ihre Zweifel«, bemerkte Bingham, während er sich über die geöffnete Leiche beugte, um die geschwollenen und im Licht glitzernden Organe aus der Nähe betrachten zu können.
»Ihnen scheint nichts zu entgehen«, sagte Jack, und bemüht, nicht sarkastisch zu klingen. Das Kompliment war diesmal ernst gemeint.
»Und womit haben wir es Ihrer Meinung nach dann zu tun?« fragte Bingham und betastete vorsichtig die geschwollene Milz; seine Hand steckte in einem dicken Gummihandschuh.
»Ich habe keinen Schimmer«, gestand Jack.
»Dr. Washington hat mir heute morgen berichtet, daß Sie gestern eine erstaunliche Tularämie-Diagnose gestellt haben«, fuhr Bingham fort.
»Ja, ich hatte tatsächlich richtig geraten«, entgegnete Jack.
»Das hat Dr. Washington aber anders dargestellt«, sagte Bingham. »Ich möchte Ihnen hiermit mein Lob aussprechen. Vorgestern erst haben Sie erstaunlich schnell diese exakte Pestdiagnose gestellt! Sie haben mich wirklich tief beeindruckt. Außerdem freue ich mich, daß sie es diesmal mir überlassen haben, die entsprechenden Behörden zu informieren. Machen Sie weiter so! Ich bin froh, daß ich Sie gestern nicht gefeuert habe.«
»Ein durchaus zweifelhaftes Kompliment«, bemerkte Jack und grinste.
Bingham lächelte zurück. »Wo wird der Fall Martin untersucht?« wandte er sich dann an Calvin.
Calvin wies auf einen der Tische. »Dr. McGovern obduziert den Fall. Ich komme in einer Sekunde nach.«
Jack sah Bingham nach, wie er zu Tisch drei ging; er wollte es sich nicht entgehen lassen, wie Chet zusammenfuhr, wenn er den Chef erkannte. Dann wandte er sich Calvin zu. »Ich bin belei-

digt«, sagte er im Scherz. »Für einen Augenblick habe ich doch glatt geglaubt, der Chef sei nur runtergekommen, um mir persönlich sein Lob auszusprechen.«
»Träumen Sie weiter«, entgegnete Calvin. »Sie sind ihm erst in den Sinn gekommen, als wir schon im Sektionssaal standen. Eigentlich interessiert er sich für das Schußopfer, das Dr. McGovern untersucht.«
»Ein Problemfall?«
»Ist nicht ausgeschlossen. Die Polizei behauptet, das Opfer habe sich bei seiner Verhaftung gewehrt.«
»Das ist ja nicht unbedingt ungewöhnlich«, bemerkte Jack.
»Die zu klärende Frage scheint zu sein, ob die Kugeln den Mann von vorn oder von hinten getroffen haben«, erklärte Calvin. »Außerdem ist fünfmal auf ihn geschossen worden. Das ist ganz schön heftig.«
Jack nickte. Er verstand sehr wohl, was das hieß und war froh, daß er den Fall nicht untersuchen mußte.
»Der Chef ist zwar nicht speziell hierhergekommen, um Sie zu loben, aber er ist in der Tat von Ihnen beeindruckt«, fuhr Calvin fort. »Ich übrigens auch. Mit Ihrer schnellen und scharfsinnigen Tularämie-Diagnose haben Sie mich wirklich vom Hocker gehauen. Das ist mir zehn Dollar wert. Aber eins will ich Ihnen noch sagen: Mir ist keineswegs entgangen, wie Sie Bingham gestern aus dem Konzept gebracht haben, indem Sie das Gespräch auf unsere Wette gelenkt haben. Ich hätte Sie dafür verfluchen können. Den Chef mögen Sie damit ja vielleicht aus dem Tritt gebracht haben, mich aber nicht.«
»Das hab' ich mir gedacht«, entgegnete Jack. »Deshalb habe ich auch so schnell das Thema gewechselt.«
»Nur damit Sie Bescheid wissen«, sagte Calvin, während er sich über den toten Lagenthorpe beugte und genau wie zuvor Bingham vorsichtig die Milz anstupste. »Die ist wirklich geschwollen.«
»Das Herz und die meisten anderen Organe auch«, erklärte Jack.
»Was glauben Sie, woran er gestorben ist?«
»Ich habe wirklich keine Ahnung. Es ist wieder irgendeine Infektion, aber ich kann im Augenblick nur so viel sagen: Es handelt sich weder um Pest noch um Tularämie. Allerdings frage ich

mich langsam, was da drüben im Manhattan General vor sich geht.«
»Jetzt übertreiben Sie mal nicht gleich!« sagte Calvin. »New York ist eine riesige Stadt, und das Manhattan General ist ein großes Krankenhaus. Die Leute kommen heutzutage viel herum. Auf dem Kennedy-Flughafen landen jeden Tag Flugzeuge aus der ganzen Welt. Natürlich müssen wir da zu jeder Jahreszeit mit jeder x-beliebigen Krankheit rechnen.«
»Da haben Sie wohl recht«, sagte Jack.
»Wenn Sie eine Idee haben, was es sein könnte, lassen Sie es mich wissen«, forderte Calvin. »Ich will schließlich meine zehn Dollar zurückgewinnen.«
Nachdem Calvin gegangen war, nahm Vinnie seinen Platz wieder ein. Während Jack von sämtlichen Organen Proben entnahm, kümmerte Vinnie sich darum, daß sie in der richtigen Konservierungssubstanz landeten und ordnungsgemäß beschriftet wurden.
Jack überließ es Vinnie, sich um den Abtransport des Toten zu kümmern, und ging hinüber an Lauries Tisch, wo er sich die freigelegte Lunge, die Leber und die Milz der verstorbenen Joy Hester zeigen ließ. Das Gewebe ähnelte dem der Leichen von Lopez und Hard. Es wies Hunderte von Abszessen im Frühstadium sowie jede Menge knotenförmige Geschwülste auf.
»Sieht so aus, als hätten wir es mit einem weiteren Fall von Tularämie zu tun«, sagte Laurie.
»Stimmt«, pflichtete Jack ihr bei. »Aber was mich daran stört, ist, daß eine Übertragung von Mensch zu Mensch so gut wie ausgeschlossen ist. Ich weiß wirklich nicht, wie man sich das erklären soll.«
»Es sei denn, sie waren alle dem gleichen Infektionsherd ausgesetzt«, bemerkte Laurie.
»Das ist ja wohl mehr als unwahrscheinlich«, wandte Jack ein. »Oder kannst du dir vorstellen, daß sie alle an dem gleichen Ort in Connecticut waren und dasselbe kranke Kaninchen gefüttert haben?«
»Ich wollte nur auf die Möglichkeit hinweisen«, erwiderte Laurie beleidigt.
»Tut mir leid. Du hast ja recht. Diese Infektionsfälle machen mich

langsam wahnsinnig. Ich habe irgendwie das Gefühl, etwas Wichtiges übersehen zu haben, aber ich habe keine Ahnung, was.«
»Was ist mit Lagenthorpe?« fragte Laurie. »Glaubst du, er hatte auch Tularämie?«
»Nein«, erwiderte Jack. »Er scheint einer anderen Infektion zum Opfer gefallen zu sein, aber ich habe keinen Schimmer, was für eine es sein könnte.«
»Vielleicht steigerst du dich allmählich ein bißchen zu sehr in die Sache hinein«, gab Laurie zu bedenken.
»Vielleicht hast du recht.« Inzwischen plagten Jack Schuldgefühle, wenn er daran dachte, daß er bei seinem ersten Infektionsfall vor allem im Sinn gehabt hatte, AmeriCare eins auszuwischen. »Ich werde mich bemühen, die Dinge etwas lockerer anzugehen. Vielleicht muß ich einfach noch mehr über Infektionskrankheiten lesen.«
»Eine gute Idee«, ermutigte ihn Laurie. »Statt dich selbst unter Druck zu setzen, solltest du die Fälle lieber als eine Möglichkeit betrachten, etwas hinzuzulernen. Schließlich ist das doch auch ein Grund, weshalb uns dieser Job Spaß macht.«
Jack versuchte vergeblich herauszufinden, ob Laurie das ernst gemeint hatte. Die Deckenbeleuchtung reflektierte so stark auf dem Plastikvisier ihres Schutzanzugs, daß er ihr Gesicht nicht erkennen konnte. Er ließ Laurie mit ihrem Fall allein und sah noch kurz bei Chet vorbei, der nicht gerade bester Laune war.
»So ein Mist!« fluchte er. »Ich werden den ganzen Tag brauchen, bis ich den Weg dieser verdammten Kugeln so exakt nachvollzogen habe, wie Bingham es von mir verlangt. Wenn er es so genau haben will, soll er sich doch selbst darum kümmern.«
»Sag Bescheid, wenn du Hilfe brauchst«, bot Jack sich an. »Ich komme gern runter und gehe dir zur Hand.«
»Okay, vielleicht melde ich mich.«
Jack erledigte sich seines Schutzanzugs, schlüpfte in seine normale Straßenkleidung und vergewisserte sich, daß der Belüftungsapparat seines Anzugs an das Ladegerät angeschlossen war. Dann besorgte er sich die Autopsie-Akten der Fälle Lopez und Lagenthorpe. In der Akte über Joy Hester sah er nach, wer als nächster Verwandter genannt wurde, und stieß auf den Namen ihrer Schwester. Sie hatte die gleiche Adresse wie die Verstorbene. Er schrieb sich die Telefonnummer auf.

Anschließend machte er sich auf die Suche nach Vinnie und traf ihn vor dem Kühlraum, wo er die Leiche von Lagenthorpe deponiert hatte.

»Wo sind die Proben von den beiden Fällen?«

»Die sind alle sicher in meiner Obhut«, sagte Vinnie.

»Ich will sie diesmal selbst nach oben bringen«.

»Wirklich?« Vinnie war enttäuscht. Wenn er die Proben auf die verschiedenen Labors verteilte, bot sich immer eine gute Gelegenheit für eine kleine Kaffeepause.

Mit sämtlichen Proben und den Autopsie-Akten gewappnet, machte Jack sich auf den Weg zu seinem Büro, wobei er einen kleinen Umweg einlegte. Zuerst steuerte er das Mikrobiologie-Labor an, um mit Agnes Finn zu sprechen.

»Ihre Tularämie-Diagnose hat mich schwer beeindruckt«, sagte Agnes.

»Danke«, erwiderte Jack. »Für diesen Treffer habe ich schon jede Menge Komplimente eingeheimst.«

»Haben Sie heute auch wieder etwas für mich?« fragte Agnes, als sie die Proben sah, die Jack im Arm hatte.

»Ja.« Jack suchte die Probe von Maria Lopez heraus und stellte sie auf Agnes' Schreibtisch. »Wahrscheinlich auch wieder Tularämie. Und dann kommt noch eine Probe. Laurie Montgomery ist noch nicht ganz fertig. Ich möchte, daß beide Proben auf Tularämie getestet werden.«

»Das dürfte kein Problem sein. Das Speziallabor brennt regelrecht darauf, den Fall Hard weiterzuverfolgen. Wahrscheinlich bekomme ich die Ergebnisse sogar noch heute. Was haben Sie sonst noch?«

»Bei diesem Fall stehe ich vor einem absoluten Rätsel«, sagte Jack, während er diverse Proben von Lagenthorpe auf Agnes' Tisch stellte. »Ich habe keine Ahnung, an welcher Krankheit dieser Mann gestorben ist. Das einzige, was ich weiß, ist, daß es weder Pest noch Tularämie war.«

Jack berichtete Agnes alles, was er über den Fall wußte. Besonders hellhörig nahm sie zur Kenntnis, daß in der Gram-Färbung des Sputums keine Bakterien gefunden worden waren.

»Haben Sie auch in Erwägung gezogen, daß es ein Virus sein könnte?« fragte sie.

»Ja«, sagte Jack. »Das heißt, soweit mir mein begrenztes Wissen über Infektionskrankheiten dies erlaubt. Mir ist vor allem das Hantavirus in den Sinn gekommen, allerdings habe ich kaum Hämorrhagien entdeckt.«
»Ich werde die Gewebeproben einem Virus-Screening unterziehen«, schlug Agnes vor.
»Und ich werde ein paar Fachbücher wälzen«, entgegnete Jack. »Vielleicht kommt mir dabei eine neue Idee.«
»Sie wissen ja, wo Sie mich finden«, sagte Agnes.
Jack fuhr hinauf in den fünften Stock und ging zum Histologie-Labor.
»Hey, Mädchen, wacht auf! Wir haben Besuch!« rief ein Labormitarbeiter, woraufhin sich lautes Gelächter erhob.
Jack grinste. Es bereitete ihm jedesmal Freude, dem Histologie-Labor einen Besuch abzustatten. Die Frauen, die dort arbeiteten, schienen immer bestens gelaunt. Vor allem Maureen O'Conner hatte es ihm angetan. Sie war ein vollbusiger Rotschopf und hatte meistens ein teuflisches Funkeln in den Augen. Er freute sich, als er sie in einer Ecke an der Laborbank entdeckte. Ihr Laborkittel war mit Flecken übersät, die in sämtlichen Regenbogenfarben schillerten.
»Na, Dr. Stapleton«, rief sie in ihrem derben, aber angenehmen Akzent, »was können wir für Sie tun?«
»Ich möchte Sie um einen Gefallen bitten«.
»Einen Gefallen sollen wir Ihnen tun«, wiederholte Maureen seine Worte. »Habt ihr das gehört? Wir sollen uns schnell überlegen, was wir als Gegenleistung verlangen.«
Neuerliches Gelächter. Es war allgemein bekannt, daß Jack und Chet im Institut die einzigen unverheirateten Ärzte waren, und die Frauen aus dem Histologie-Labor hatten ihren Spaß daran, die beiden aufzuziehen.
Jack stellte seine Probefläschchen ab und sortierte sie, wobei er die Proben von Lagenthorpe auf der einen Seite des Tisches aufreihte und die von Lopez auf der anderen.
»Von Lagenthorpe hätte ich gern einige Gefrierschnitte«, sagte er. »Ein paar von jedem Organ reichen. Natürlich möchte ich auch ein paar normale Schnitte haben.«
»Wie sieht es mit Färbungen aus?« fragte Maureen.

»Nur das Übliche.«
»Suchen Sie denn nach etwas Bestimmten?« hakte Maureen nach.
»Nicht direkt. Wir haben es wohl mit irgendeiner Art von Mikrobe zu tun. Mehr kann ich Ihnen leider auch nicht sagen.«
»Okay, wir geben Ihnen Bescheid«, versicherte Maureen. »Ich mache mich sofort an die Arbeit.«
Zurück in seinem Büro, ging Jack zunächst die neu eingetroffenen Mitteilungen durch. Es war nichts Bedeutendes dabei. Dann verschaffte er sich auf seinem Schreibtisch ein bißchen Platz und lud die Akten Lopez und Lagenthorpe ab. Eigentlich wollte er sich sofort daran machen, die Autopsieberichte zu diktieren und die nächsten Verwandten der Verstorbenen anzurufen. Er hatte sogar vor, die Schwester von Joy Hester anzurufen, die noch von Laurie untersucht wurde. Doch dann fiel sein Blick auf eine Ausgabe von Harrisons Lehrbuch der Medizin.
Er nahm das Buch aus dem Regal, schlug das Kapitel über Infektionskrankheiten auf und begann zu lesen. Das Kapitel umfaßte fast fünfhundert Seiten. Dennoch erfaßte er den Text schnell, denn die meisten Informationen hatte er zu irgendeinem Zeitpunkt seiner Berufslaufbahn irgendwo in seinem Gedächtnis gespeichert.
Er war gerade bei dem Abschnitt über besondere bakterielle Infektionen angelangt, als Maureen ihn anrief. Sie teilte ihm mit, daß die Gefrierschnitte vorbereitet seien. Jack machte sich sofort auf den Weg. Vorsichtig brachte er die Schnitte zurück in sein Büro und plazierte das Mikroskop in der Mitte des Schreibtisches.
Als erstes sah er sich die Lungen an. Am meisten überraschte ihn, wie stark das Lungengewebe angeschwollen war und daß er keinerlei Bakterien entdecken konnte. Als er sich die Herzschnitte ansah, wußte er sofort, warum ihm das Herz vergrößert erschienen war. Ein großer Teil des Gewebes war entzündet, und die Bereiche zwischen den einzelnen Herzmuskeln waren mit Flüssigkeit gefüllt.
Nachdem er eine stärkere Vergrößerung gewählt hatte, wurde Jack sofort klar, was die Ursache für die Herzerkrankung gewesen war. Die Zellen rund um die Blutgefäße, die das Herz durch-

liefen, waren stark geschädigt. Als Folge waren viele dieser Blutgefäße von Blutgerinnseln verschlossen, was eine Vielzahl kleiner Herzanfälle ausgelöst hatte!

Ein Adrenalinstoß schoß ihm durch die Adern. Noch einmal nahm er sich die Lungenschnitte vor. Er wählte den gleichen Vergrößerungsgrad und entdeckte im Nu, daß die Wände der winzigen Blutgefäße genau die gleichen krankhaften Veränderungen aufwiesen – ein Befund, der ihm bei seiner ersten Untersuchung entgangen war.

Als nächstes griff er sich einen Gewebeschnitt aus der Milz. Er stellte das Mikroskop scharf und entdeckte das gleiche Erscheinungsbild. Innerlich jubelte er, denn nun war es ihm möglich, zumindest den Verdacht auf eine bestimmte Diagnose zu formulieren.

Er sprang auf und ging noch einmal ins Mikrobiologie-Labor. Agnes hantierte gerade an einem der zahlreichen Inkubatoren herum.

»Warten Sie noch mit den Gewebekulturen von Lagerthorpe«, rief er ihr völlig außer Atem zu. »Ich habe äußerst interessante Neuigkeiten für Sie.«

Agnes sah ihn durch ihre dicken Brillengläser neugierig an.

»Wir haben es mit einer Erkrankung der Endothelzellen zu tun«, erklärte er aufgeregt. »Der Patient hat unter einer akuten Infektionskrankheit gelitten, und trotzdem konnten wir keinerlei Bakterien entdecken oder kultivieren. Das hätte uns den entscheidenden Hinweis geben müssen. Außerdem hatte der Mann schwache Anzeichen eines beginnenden Hautausschlags, vor allem auf den Handflächen und auf den Fußsohlen. Und dann hat man bei ihm auch noch eine Blinddarmentzündung vermutet. Ahnen Sie, warum?«

»Muskelempfindlichkeit«, entgegnete Agnes.

»Genau«, rief Jack. »Und woran denken Sie bei diesen Symptomen?«

»Rickettsien«, erwiderte Agnes.

»Bingo«, rief Jack und reckte vor lauter Begeisterung die Faust in die Luft. »Das gute alte Rocky-Mountain-Fleckfieber. Ist es Ihnen möglich, den Verdacht in Ihrem Labor zu bestätigen?«

»Das dürfte genauso schwierig sein wie bei Tularämie«, erwider-

te Agnes. »Wir müssen die Probe wieder wegschicken. Es gibt einen Immunofluoreszenztest, aber wir verfügen nicht über das notwendige Reagens. Ich kenne allerdings ein New Yorker Speziallabor, das den Stoff vorrätig hält, weil es 1987 in der Bronx einen Ausbruch des Rocky-Mountain-Fleckfiebers gegeben hat.«
»Schicken Sie die Probe so schnell wie möglich weg«, ordnete Jack an. »Und machen Sie den Leuten in dem Labor Dampf. Wir brauchen das Ergebnis so schnell wie möglich.«
»Okay.«
»Sie sind ein Schatz!«
Jack stürmte auf die Tür zu, doch bevor er verschwunden war, rief Agnes ihm nach: »Ich fände es gut, wenn Sie mich sofort über das Ergebnis unterrichten würden. Rickettsien sind für uns Labormitarbeiter äußerst gefährlich. In aerosoler Form sind die Bakterien höchst ansteckend. Sie sind noch schlimmer als die Tularämiebakterien.«
»Ja, Sie sollten sehr vorsichtig sein«, ermahnte Jack seine Kollegin.

## 17. Kapitel
## Freitag, 22. März 1996, 12.15 Uhr

Helen Robinson strich sich hastig mit der Bürste durchs Haar. Sie war ziemlich aufgeregt. Gerade hatte sie das Telefonat mit ihrer wichtigsten Kontaktperson im Hauptsitz der National Health beendet, und jetzt wollte sie so schnell wie möglich mit Robert Barker darüber sprechen. Sie wußte, daß ihre Neuigkeiten ihm sehr gefallen würden.
Helen hatte ihr Verhältnis zu Robert im vergangenen Jahr aufmerksam gepflegt. Sie hatte mit ihrem Schmusekurs begonnen, als bekanntgeworden war, daß Robert möglicherweise in die Firmenleitung aufsteigen würde. Da ihr Gefühl ihr sagte, daß der Mann zumindest im Geiste einem Seitensprung nicht abgeneigt war, hatte sie es darauf angelegt, seine Phantasie anzuheizen. Das war nicht gerade schwer gewesen, doch sie wußte, daß sie einen gefährlichen Weg eingeschlagen hatte. Sie wollte ihn zwar in Fahrt bringen, aber nur so weit, daß sie nicht gezwungen war, ihn eines Tages womöglich in die Schranken weisen zu müssen. Eigentlich fand sie sein Äußeres ziemlich abstoßend.
Das Ziel, das sie im Auge hatte, war Roberts Position in der Firma. Sie wollte zur Leiterin der Kundenbetreuung avancieren, und im Grunde wußte sie nicht, was dagegen sprechen sollte, daß sie dieses Ziel auch erreichte. Ihr einziges Problem bestand darin, daß sie jünger war als die anderen Mitarbeiter in der Abteilung.
»Helen, meine Liebe, komm rein!« rief Robert, als sie mit todernster Miene sein Büro betrat. Er sprang sofort auf und schloß die Tür.
Helen ließ sich wie immer auf der Lehne von einem der Stühle nieder. Ihr entging nicht, daß das Foto von Roberts Frau wieder einmal umgedreht auf dem Schreibtisch lag.

»Wie wär's mit einer Tasse Kaffee?« fragte Robert, nahm Platz und starrte sie an wie immer.
»Ich habe gerade mit Gertrude Wilson von der National Health gesprochen«, begann Helen. »Sie ist eine meiner verläßlichsten Kontaktpersonen. Übrigens ist sie auch ein Fan von Willow and Heath.«
»Hm, klingt gut«, murmelte Robert.
»Sie hat mir zwei interessante Dinge anvertraut«, erklärte Helen. »Zum einen schneidet das New York Hauptkrankenhaus der National Health im Hinblick auf diese sogenannten Nosokomialinfektionen im Vergleich mit ähnlichen Kliniken angeblich ziemlich gut ab.«
»Gut«, murmelte Robert erneut.
»Die National Health hat sämtliche Empfehlungen des *Centers for Disease Control* und der staatlichen Überwachungskommission befolgt«, fuhr Helen fort.
Robert schüttelte bedächtig den Kopf; er wirkte, als sei er gerade aus einem tiefen Schlaf erwacht und müsse seinem strapazierten Hirn Zeit lassen, die Worte von Helen zu verarbeiten. »Moment mal«, sagte er dann und sah in eine andere Richtung, um sich besser konzentrieren zu können. »Das klingt doch wohl eher nach schlechten Nachrichten.«
»Hören Sie sich meine Geschichte doch erst mal zu Ende an«, forderte Helen. »Die National Health hat zwar insgesamt im Hinblick auf Nosokomialinfektionen eine gute Statistik vorzuweisen, doch in letzter Zeit gab es in der New Yorker Klinik ein paar Probleme, auf die sie äußerst empfindlich reagieren und die sie um keinen Preis an die Öffentlichkeit durchsickern lassen wollen. Dabei geht es vor allem um drei Ereignisse. Das eine betrifft einen massiven Ausbruch von Staphylokokken auf verschiedenen Intensivstationen. Es kam heraus, daß etliche Krankenschwestern und -pfleger von dem Erreger befallen waren. Glücklicherweise konnten sie durch die Gabe von Antibiotika geheilt werden. Eins kann ich Ihnen sagen: Wenn Sie diese Geschichte hören, bekommen Sie es mit der Angst zu tun.«
»Und was war noch los?« fragte Robert, immer noch bedacht, Helen nicht anzusehen.
»Bei einem der Fälle waren ebenfalls Bakterien im Spiel«, er-

klärte Helen. »Allerdings welche, die ihren Ursprung in der Küche hatten. Danach haben jede Menge Patienten Durchfall bekommen. Ein paar sind sogar gestorben. Und dann gab es auch noch eine Hepatitis-Epidemie unter den Patienten. Dabei sind ebenfalls ein paar Menschen gestorben.«
»Klingt nicht gerade so, als könnten sie auf ihre Statistik besonders stolz sein«, bemerkte Robert.
»Doch«, widersprach Helen. »Wenn man die Zahlen der National Health mit denen der anderen Kliniken vergleicht, stehen sie ganz gut da. Der Punkt ist aber der, daß die National Health auf das Thema Nosokomialinfektionen hochempfindlich reagiert. Gertrude hat mir versichert, daß sie nie und nimmer eine Werbekampagne akzeptieren würde, die auf diesem Thema basiert.«
»Klasse!« rief Robert. »Das ist in der Tat eine gute Nachricht. Und was von alledem haben Sie Terese Hagen erzählt?«
»Nichts natürlich«, erwiderte Helen. »Sie wollten doch vorher von mir informiert werden.«
»Ist ja hervorragend!« rief Robert. Dann erhob er sich aus seinem Stuhl und stakte auf seinen langen dünnen Beinen durch das Büro. »Es könnte gar nicht besser laufen. Jetzt habe ich Terese genau da, wo ich sie haben wollte.«
»Was soll ich ihr erzählen?« fragte Helen.
»Erzählen Sie ihr einfach, was Sie herausgefunden haben«, erwiderte Robert. »Daß die National Health in puncto Nosokomialinfektionen sehr gut dasteht. Ich will sie ermutigen, mit den Vorbereitungen für ihre Kampagne fortzufahren. Die Aktion wird nämlich mit Sicherheit platzen.«
»Aber dann verlieren wir auch den Kunden«, gab Helen zu bedenken.
»Nicht unbedingt. Sie haben doch mal herausbekommen, daß die National Health darauf steht, in ihren Spots Prominente auftreten zu lassen. Das haben wir Terese immer wieder vorgehalten, doch sie hat sich einen Dreck darum geschert. Ich werde hinter ihrem Rücken ein paar Stars ansprechen, die gerade in irgendeiner Krankenhausserie mitspielen und ständig im Fernsehen zu sehen sind. Sie würden die perfekten Fürsprecher abgeben. Terese Hagen wird mit ihrer Kampagne untergehen wie

ein leckgeschlagenes Schiff – und kann dann ja bei uns einsteigen.«
»Raffiniert«, bemerkte Helen und rutschte von der Stuhllehne. »Dann will ich die Sache mal ins Rollen bringen.«
Sie eilte zurück in ihr Büro und bat eine Sekretärin, sie mit Terese zu verbinden. Im stillen beglückwünschte sie sich zu der Unterhaltung, die sie gerade mit Robert geführt hatte. Wenn sie ihm das ganze schriftlich reingereicht hätte, wäre die Sache auch nicht besser gelaufen. Und was ihre Position in der Firma betraf, so war sie stark im Kommen.
»Miss Hagen ist unten in der Arena«, meldete sich die Sekretärin. »Soll ich sie dort anrufen?«
»Nein«, erwiderte Helen. »Ich gehe selbst nach unten.«
Helen verließ den mit dicken Teppichen ausgelegten Bereich der Kundenbetreuung und ging die Treppe hinunter zum Atelier. Eigentlich gefiel ihr die Vorstellung, mit Terese persönlich zu sprechen, wobei es gut war, daß sie sie nicht in ihrem Büro aufsuchen mußte; dort hätte sie sich vielleicht ein bißchen eingeschüchtert gefühlt.
Bevor sie eintrat, klopfte sie an. Terese saß an einem großen Tisch, der mit Storyboards und Entwürfen übersät war. Außer ihr waren Colleen Anderson und Alice Gerber anwesend und ein Mann, den Helen nicht kannte. Er wurde ihr als Nelson Friedman vorgestellt.
»Ich wollte Ihnen die Informationen überbringen, um die Sie mich gebeten hatten«, wandte sich Helen an Terese, bemüht, freundlich zu lächeln.
»Haben Sie gute oder schlechte Nachrichten?« fragte Terese.
»Ich würde sagen, gute.«
»Dann schießen Sie mal los«, forderte Terese sie auf und lehnte sich in ihrem Stuhl zurück.
Helen berichtete ihr von den positiven Statistiken der National Health und fügte sogar noch etwas hinzu, das sie Robert gegenüber nicht erwähnt hatte: daß die Krankenhaus-Infektionsraten der National Health erheblich günstiger aussahen als die ihrer Konkurrenz AmeriCare im Manhattan General.
»Fabelhaft«, rief Terese. »Genau das wollte ich hören. Sie waren mir eine große Hilfe. Vielen Dank.«

»Gern geschehen«, entgegnete Helen. »Wie kommen Sie denn mit Ihrer Kampagne voran?«
»Ich habe ein gutes Gefühl«, sagte Terese. »Bis Montag haben wir genug zusammen, um es Taylor und Brian präsentieren zu können.«
»Klingt wirklich gut«, sagte Helen. »Wenn ich Ihnen in irgendeiner Weise behilflich sein kann, lassen Sie es mich wissen.«
»Das werde ich, danke«, sagte Terese. Sie begleitete Helen zur Tür und winkte ihr nach. Dann kehrte sie an den Tisch zurück und setzte sich.
»Glaubst du, sie hat die Wahrheit gesagt?« fragte Colleen.
»Ja«, sagte Terese. »Kundenbetreuer würden es nicht riskieren, uns über Fakten zu belügen, die wir auch anderswo in Erfahrung bringen könnten.«
»Ich verstehe trotzdem nicht, warum du ihr über den Weg traust«, gab Colleen zu bedenken. »Ich hasse ihr Plastikgrinsen. Es wirkt so unnatürlich und aufgesetzt.«
»Ich habe gesagt, daß sie eben vermutlich die Wahrheit gesagt hat«, entgegnete Terese. »Damit wollte ich nicht sagen, daß ich ihr über den Weg traue. Und weil ich das nicht tue, habe ich ihr nicht auf die Nase gebunden, wie unsere Kampagne genau aussehen soll.«
»Apropos Kampagne«, fuhr Colleen fort, »du hast dich noch gar nicht geäußert, ob dir unsere Vorschläge gefallen.«
Terese seufzte, während sie ihren Blick noch einmal über die verschiedenen Storyboards schweifen ließ. »Ich mag die Reihe mit Hippokrates«, sagte sie. »Aber bei den Vorlagen, die Oliver Wendell Holmes und Joseph Lister betreffen, bin ich mir nicht sicher. Ich glaube ja gern, daß es auch in einem modernen Krankenhaus wichtig sein mag, sich die Hände zu waschen, aber den Szenen fehlt irgendwie der Schwung.«
»Was ist denn mit diesem Arzt, dem Sie letzte Nacht unser Atelier gezeigt haben?« fragte Alice. »Er hat die Geschichte mit dem Händewaschen doch vorgeschlagen. Vielleicht fällt ihm etwas Besseres ein, wenn wir ihm unsere Bilder vorführen.«
Colleen sah Terese neugierig an. Sie war sprachlos. »Du warst gestern abend mit Jack hier?«
»Ja, wir haben kurz reingeschaut«, erwiderte Terese beiläufig,

während sie eines der Storyboards zurechtrückte, um die Bilder besser betrachten zu können.
»Davon hast du mir gar nichts erzählt.«
»Du hast mich ja nicht gefragt. Aber es ist kein Geheimnis, falls du das denken solltest. Meine Beziehung zu Jack hat nichts mit Liebe oder Leidenschaft zu tun.«
»Und ihr habt euch tatsächlich über unsere Werbekampagne unterhalten?« fragte Colleen. »Ich dachte, du wolltest ihm lieber nichts davon erzählen, weil es doch im Grunde genommen er war, der uns auf diese Idee gebracht hat.«
»Ja«, erwiderte Terese, »aber mir ist plötzlich aufgegangen, daß ihm unsere Kampagne vielleicht sogar gefallen könnte. Schließlich geht es in unseren Spots um die Qualität der medizinischen Versorgung. Es ist übrigens gar keine schlechte Idee, Jack und Chet unsere Entwürfe vorzuführen. Ein Echo von professioneller Seite könnte durchaus nützlich sein.«
»Ich rufe die beiden an, okay?«

## 18. Kapitel
## Freitag, 22. März 1996, 14.45 Uhr

Jack telefonierte seit über einer Stunde mit den nächsten Verwandten der drei neuen Infektionsopfer. Bevor er die Schwester von Joy Hester angerufen hatte, hatte er mit Laurie gesprochen. Er wollte nicht, daß sie den Eindruck bekam, er würde sich in ihren Fall einmischen, doch sie hatte ihm versichert, daß sie nichts dagegen habe.

Leider erfuhr Jack nichts, das ihn weiterbrachte. Das einzige, was bei seinen Anrufen herauskam, war, daß die Auskünfte der Akten über die Lebensumstände der Patienten bestätigt wurden: Keiner von ihnen war mit Wild in Berührung gekommen – und mit Kaninchen in freier Wildbahn schon gar nicht. Der einzige, der überhaupt Kontakt zu einem Tier gehabt hatte, war Donald Lagenthorpe gewesen, doch die Katze seiner Freundin erfreute sich bester Gesundheit.

Nach dem letzten Anruf sackte Jack in seinem Stuhl zusammen und starrte schlechtgelaunt die kahle Wand an. Der Adrenalinstoß, der ihm durch die Adern geschossen war, nachdem er die vorläufige Rocky-Mountain-Fleckfieber-Diagnose gestellt hatte, war verpufft. Im Moment war er völlig frustriert.

Das Klingeln des Telefons riß ihn aus seinen düsteren Gedanken. Der Anrufer stellte sich als Dr. Gary Eckhardt vor und teilte Jack mit, daß er Mikrobiologe sei und in dem New Yorker Speziallabor arbeite.

»Sie sind also Dr. Stapleton?«

»Ja, der bin ich.«

»Ich möchte Ihnen einen positiven Befund melden«, sagte Dr. Eckhardt. »In der Probe, die Sie uns geschickt haben, konnten *Rickettsia rickettsii* nachgewiesen werden. Ihr Patient hatte

Rocky-Mountain-Fleckfieber. Wollen Sie das Gesundheitsamt informieren, oder soll ich die Behörde anrufen?«
»Machen Sie das lieber«, sagte Jack. »Ich wüßte gar nicht, wen ich da ansprechen sollte.«
»Ich werde mich sofort darum kümmern«, versprach Dr. Eckhardt und beendete das Gespräch.
Langsam legte Jack den Hörer auf. Daß sich nun auch diese Diagnose bestätigt hatte, versetzte ihn genauso in Schrecken wie zuvor die Mitteilung über die Fälle von Pest beziehungsweise Tularämie. Allmählich wurde es unheimlich. Innerhalb von nur drei Tagen drei äußerst seltene Infektionskrankheiten. Und das allein in New York, grübelte Jack. Vor seinem geistigen Auge sah er all die Flugzeuge, von denen Calvin gesprochen hatte. Doch als er seinen anfänglichen Schock überwunden hatte, begann er daran zu zweifeln, daß die Krankheiten über den Flughafen eingeschleppt worden waren. Auch wenn unzählige Flugzeuge Tausende von Menschen aus exotischen Gegenden nach New York brachten, die alle möglichen Arten von Ungeziefer, Wanzen und Mikroben mit sich herumtragen mochten, konnte es unmöglich ein Zufall sein, daß unmittelbar nacheinander Fälle von Pest, Tularämie und Rocky-Mountain-Fleckfieber aufgetreten waren. Der analytische Teil von Jacks Gehirn arbeitete auf Hochtouren an der Frage, wie groß die Wahrscheinlichkeit wohl sein mochte, daß ein derartiger Fall eintrat. »Die Wahrscheinlichkeit ist gleich null«, gab er sich schließlich selbst die Antwort. Dann sprang er plötzlich auf und stürmte aus seinem Büro. Seine Zweifel wichen mehr und mehr einer unbestimmten Wut. Er war sicher, daß irgend etwas Seltsames vor sich ging, und fühlte sich persönlich davon betroffen. Es mußte etwas geschehen. Er sprach bei Mrs. Sanford vor und erklärte ihr, daß er umgehend mit dem Chef sprechen müsse.
»Tut mir leid«, entgegnete Mrs. Sanford. »Dr. Bingham ist im Rathaus. Er hat einen Termin mit dem Bürgermeister und dem Polizeipräsidenten.«
»So ein Mist!« fluchte Jack. »Zieht er demnächst ganz ins Rathaus oder was?«
»Es gibt eine Menge Ärger wegen dieses Schußopfers von heute morgen«, erklärte Mrs. Sanford unsicher.

»Wann kommt er zurück?«
»Ich kann es Ihnen wirklich nicht sagen«, erwiderte Mrs. Sanford. »Aber ich verspreche Ihnen, daß ich ihm sofort mitteile, wie dringend Sie ihn sprechen wollen.«
»Was ist mit Dr. Washington?«
»Der ist ebenfalls im Rathaus.«
»Ist ja wirklich klasse!«
»Kann ich Ihnen vielleicht irgendwie weiterhelfen?« fragte Mrs. Sanford.
Jack dachte kurz nach. »Sie könnten mir ein Blatt Papier geben. Ich denke, ich hinterlasse Dr. Bingham eine Nachricht.«
Mrs. Sanford reichte ihm ein Blatt Schreibmaschinenpapier. Jack notierte in Blockschrift: LAGENTHORPE HATTE ROCKY-MOUNTAIN-FLECKFIEBER. Dann versah er den Satz mit einem halben Dutzend Frage- und Ausrufezeichen. Darunter schrieb er: DAS GESUNDHEITSAMT IST DURCH DAS STÄDTISCHE SPEZIALLABOR FÜR MIKROBIOLOGIE INFORMIERT WORDEN.
Mrs. Sanford versprach hoch und heilig, persönlich dafür zu sorgen, daß Dr. Bingham seine Nachricht bekam, sobald er zurückkehrte. Dann fragte sie Jack, wo er zu finden sei, falls der Chef mit ihm sprechen wolle.
»Hängt davon ab, wann er zurückkommt«, entgegnete Jack. »Ich werde eine Weile außer Haus sein. Es kann natürlich passieren, daß er von mir hört, bevor ich Gelegenheit habe, mit ihm zu sprechen.«
Mrs. Sanfords Blick verriet, daß sie ahnte, wovon er sprach, doch Jack klärte sie nicht näher auf.
Er kehrte zurück in sein Büro und schnappte sich seine Jacke. Dann fuhr er hinunter in die Leichenhalle und schloß sein Fahrrad auf. Ungeachtet der wiederholten Ermahnungen von Bingham machte er sich auf den Weg zum Manhattan General Hospital. Seit zwei Tagen hatte er den Verdacht, daß in der Klinik irgend etwas nicht mit rechten Dingen zuging; jetzt war er sich ganz sicher, daß er recht hatte.
Da die Besuchszeit gerade begonnen hatte, drängten sich in der Eingangshalle des Krankenhauses jede Menge Menschen. Vor allem um den Informationsschalter hatte sich eine Traube gebil-

det. Jack bahnte sich einen Weg durch die Menge und stieg die Treppe hinauf in den zweiten Stock. Dort steuerte er direkt auf das Labor zu und stellte sich in einer Reihe an, die sich an der Rezeption gebildet hatte. Als er drankam, bat er um eine Unterredung mit dem Direktor des Labors.
Martin Cheveau ließ ihn eine halbe Stunde schmoren. Während er wartete, versuchte Jack sich ein wenig zu beruhigen. Er mußte sich eingestehen, daß er in den vergangenen vier oder fünf Jahren jegliches Taktgefühl verloren hatte; wenn er so aufgebracht war wie im Moment, konnte er leicht aggressiv werden. Schließlich kam ein Labormitarbeiter auf ihn zu und teilte ihm mit, daß Dr. Cheveau nun bereit sei, ihn zu empfangen.
»Danke, daß Sie mich so rasch hereingebeten haben«, sagte Jack.
»Ich bin eben ein vielbeschäftigter Mann«, entgegnete Martin, ohne sich auch nur von seinem Stuhl zu erheben.
»Das kann ich mir gut vorstellen«, blaffte Jack. »Bei der Serie seltener Infektionskrankheiten in dieser Klinik finde ich, daß Sie durchaus ein paar Überstunden machen sollten.«
»Dr. Stapleton«, entgegnete Martin beherrscht. »Ihr Verhalten ist ziemlich unangemessen.«
»Und Ihr Verhalten verwirrt mich«, erwiderte Jack. »Bei meinem ersten Besuch waren Sie die Freundlichkeit in Person. Bei meinem zweiten Besuch das genaue Gegenteil.«
»Für diese Art von Plauderei habe ich leider keine Zeit«, sagte Martin. »Wollten Sie mir irgend etwas Bestimmtes mitteilen?«
»Allerdings. Ich bin nicht hergekommen, um meine Zeit zu verschwenden. Ich möchte Ihre professionelle Meinung hören. Wie erklären Sie sich, daß in diesem Krankenhaus hintereinander drei von Arthropoden getragene Erreger auf mysteriöse Weise auftauchen und schwere Krankheiten verursachen? Ich habe mir bereits eine eigene Meinung dazu gebildet, aber jetzt würde ich gern Ihre hören. Schließlich sind Sie der Direktor dieses Labors.«
»Wie kommen Sie denn auf drei?« fragte Martin.
»Mir ist vor einer halben Stunde bestätigt worden, daß ein Patient namens Lagenthorpe, der gestern nacht hier im Manhattan General gestorben ist, Rocky-Mountain-Fleckfieber hatte.«
»Das glaube ich nicht.«
Jack musterte den vor ihm sitzenden Mann und fragte sich, ob er

nur ein guter Schauspieler war oder ob er wirklich überrascht war.

»Dann gestatten Sie mir eine weitere Frage«, fuhr Jack fort. »Was hätte ich wohl davon, wenn ich hier hereinspaziert käme und Ihnen irgendwelche Märchen auftischte? Halten Sie mich vielleicht für einen Spitzel der Gesundheitsbehörde, der Sie provozieren soll?«

Martin gab keine Antwort. Statt dessen griff er zum Telefon und ließ Dr. Mary Zimmerman ausrufen.

»Fordern Sie Verstärkung an?« fragte Jack. »Warum unterhalten wir uns nicht unter vier Augen?«

»Ich bin mir nicht sicher, ob Sie überhaupt zu einer normalen Unterhaltung imstande sind«, entgegnete Martin.

»Eine gute Methode«, bemerkte Jack. »Wenn die Verteidigung zusammenbricht, geht man besser zum Angriff über. Das Problem ist nur: Welche Strategie Sie auch wählen – die Fakten lassen sich nicht wegreden. Rickettsien sind für die Labormitarbeiter extrem gefährlich. Vielleicht sollten wir uns schleunigst vergewissern, ob derjenige, der die Proben von Lagenthorpe untersucht hat, auch die entsprechenden Vorsichtsmaßnahmen getroffen hat.«

Martin drückte den Knopf der Sprechanlage und rief Richard Overstreet, den leitenden Laborassistenten, aus.

»Da ist noch ein Punkt, den ich mit Ihnen besprechen möchte«, sagte Jack. »Bei meinem ersten Besuch haben Sie darüber geklagt, daß AmeriCare Ihnen für die Aufrechterhaltung des Laborbetriebs ein viel zu geringes Budget zubilligt. Wenn Sie Ihren Ärger auf einer Skala von eins bis zehn einordnen sollten – wie sauer sind Sie dann?«

»Was wollen Sie damit andeuten?« fragte Martin zurück. Seine Stimme klang bedrohlich.

»Ich will gar nichts andeuten«, entgegnete Jack. »Ich habe Sie nur etwas gefragt.«

Das Telefon klingelte; Dr. Mary Zimmerman. Martin bat sie, ins Labor zu kommen, es habe sich etwas Neues ereignet, das ziemlich wichtig sei.

»Ich sehe die Sache folgendermaßen«, fuhr Jack fort. »Die Wahrscheinlichkeit, daß diese drei Infektionskrankheiten so kurz nacheinander auf natürliche Weise ausbrechen, tendiert

gegen Null. Oder haben Sie vielleicht eine Erklärung für dieses Phänomen?«
»Das muß ich mir nicht länger anhören«, raunzte Martin.
»Aber Sie sollten ruhig mal über meine Worte nachdenken«, entgegnete Jack.
In diesem Moment erschien Richard Overstreet in der Tür. Er trug die gleiche Kleidung wie am Tag zuvor: Chirurgenkluft und darüber einen weißen Laborkittel. Er wirkte nervös.
»Was gibt's, Dr. Cheveau?« fragte er, während er Jack zur Begrüßung zunickte. Jack erwiderte die Geste.
»Ich habe soeben erfahren, daß ein Patient mit dem Namen Lagenthorpe an Rocky-Mountain-Fleckfieber gestorben ist«, teilte Martin seinem Mitarbeiter in barschem Tonfall mit. »Finden Sie heraus, wer die Proben entnommen und wer sie bearbeitet hat.«
Die Nachricht traf Richard wie ein Schlag; vorübergehend erstarrte er sogar. »Das bedeutet, daß wir Rickettsien im Labor hatten«, stammelte er schließlich.
»Ich fürchte, ja«, entgegnete Martin. »Und jetzt bringen Sie in Erfahrung, wer für Lagenthorpe zuständig war, und kommen dann sofort zu mir zurück.« Während Richard den Raum verließ, wandte Martin sich wieder an Jack. »Nachdem Sie Ihre frohe Botschaft überbracht haben, könnten Sie eigentlich verschwinden.«
»Ich warte noch auf Ihre Antwort«, entgegnete Jack. »Was glauben Sie, wo diese Krankheiten herrühren?«
Martin wurde puterrot, doch bevor er etwas erwidern konnte, betrat Dr. Mary Zimmerman das Büro.
»Was kann ich für Sie tun, Martin?« fragte sie. Sie wollte gerade ausholen und ihm erzählen, daß sie dringend in die Notaufnahme müsse, als sie Jack erblickte. Sie kniff die Augen zusammen und sah ihn finster an.
»Hallo, Dr. Zimmerman«, begrüßte Jack sie fröhlich. »Wie geht's?«
»Man hat mir versichert, daß wir Sie hier nicht noch einmal sehen würden«, fauchte Dr. Zimmerman.
»Sie dürfen eben nicht alles glauben, was man Ihnen erzählt.«
Genau in diesem Moment kam Richard in das Büro gestürmt. Er war ziemlich aufgelöst. »Nancy Wiggens hat den Fall bearbeitet«, platzte er heraus. »Sie hat nicht nur die Probe entnommen,

sondern auch sämtliche Untersuchungen durchgeführt. Heute morgen hat sie sich krank gemeldet.«

Dr. Zimmerman warf einen Blick auf den Zettel in ihrer Hand. »Wiggens ist eine von den Patientinnen, um die ich mich dringend in der Notaufnahme kümmern soll«, sagte sie. »Wie es scheint, leidet sie unter irgendeiner rasch fortschreitenden Infektion.«

»Nein!« rief Richard.

»Wovon reden Sie eigentlich alle?« wollte Dr. Zimmerman wissen.

»Dr. Stapleton hat uns gerade die Nachricht überbracht, daß einer unserer Patienten an Rocky-Mountain-Fleckfieber gestorben ist«, erklärte Martin sie auf. »Nancy ist mit den Bakterien in Berührung gekommen.«

»Aber nicht hier im Labor«, warf Richard ein. »Ich habe mit aller Schärfe darüber gewacht, daß die Sicherheitsvorkehrungen beachtet werden. Seit dem Pestfall habe ich darauf bestanden, daß sämtliches infektiöses Material ausschließlich gemäß der Vorschriften der Laborsicherheitsstufe III bearbeitet wird. Wenn sie wirklich mit dem Erreger in Berührung gekommen ist, dann nur durch direkten Kontakt mit dem Patienten.«

»Das ist wohl äußerst unwahrscheinlich«, bemerkte Jack. »Also bleibt eigentlich nur noch die Möglichkeit, daß es in diesem Krankenhaus von Zecken nur so wimmelt.«

»Dr. Stapleton, ich muß Sie bitten«, schaltete sich Dr. Zimmerman ein. »Ihre Kommentare sind geschmacklos und unangebracht.«

»Das ist noch stark untertrieben«, pflichtete Martin bei. »Kurz bevor Sie hereinkamen, hat er mir doch glatt unterstellt, ich hätte etwas mit der Verbreitung dieser schrecklichen Krankheiten zu tun.«

»Das ist nicht wahr«, widersprach Jack. »Ich habe lediglich darauf hingewiesen, daß wir die Möglichkeit einer absichtlichen Verbreitung zumindest in Erwägung ziehen müssen; immerhin ist die Wahrscheinlichkeit eines zufälligen Auftretens dieser Krankheiten verschwindend gering. Was ich sage, ergibt ja wohl einen Sinn. Was ist nur los mit Ihnen?«

»Derartige Gedankengänge können nur einem paranoiden Geist

entspringen«, entgegnete Dr. Zimmerman. »Für diesen Unsinn habe ich jetzt wirklich keine Zeit. Ich muß dringend in die Notaufnahme. Außer Miss Wiggens liegen dort zwei weitere Krankenhausangestellte, die unter den gleichen schlimmen Symptomen leiden. Auf Wiedersehen, Dr. Stapleton!«
»Eine Sekunde noch«, versuchte Jack sie aufzuhalten. »Lassen Sie mich raten, wo die beiden anderen kranken Mitarbeiter beschäftigt sind. Ich würde sagen, entweder gehören sie zum Pflegepersonal, oder sie arbeiten im Zentralmagazin.«
Dr. Zimmerman hielt abrupt inne und drehte sich zu Jack um. »Woher wissen Sie das?«
»Ich beginne allmählich ein Schema zu erkennen«, sagte Jack. »Ich kann es zwar noch nicht erklären, aber es gibt eins. Daß es eine Krankenschwester trifft, ist zwar bedauerlich, aber man kann es nachvollziehen. Aber niemand aus dem Zentralmagazin?«
»Jetzt hören Sie mal gut zu, Dr. Stapleton«, fuhr Dr. Zimmerman ihn an. »Vielleicht stehen wir wieder einmal in Ihrer Schuld, weil sie uns erneut vor einer gefährlichen Krankheit gewarnt haben. Aber von jetzt an kümmern wir uns um die Angelegenheit. Auf Ihre wahnwitzigen Phantasiegebilde können wir getrost verzichten. Einen schönen Tag noch, Dr. Stapleton.«
»Warten Sie«, rief Martin ihr nach. »Ich begleite Sie in die Notaufnahme. Wenn wir es wirklich mit Rickettsien zu tun haben, muß ich dafür sorgen, daß bei der Handhabung sämtlicher Proben die strengsten Sicherheitsvorkehrungen eingehalten werden.«
Er nahm seinen langen, weißen Laborkittel von einem Haken hinter der Tür und lief hinter Dr. Zimmerman her.
Jack schüttelte fassungslos den Kopf.
»Glauben Sie wirklich, daß jemand diese Krankheiten absichtlich verbreitet haben könnte?« fragte Richard.
Jack zuckte mit den Schultern. »Ehrlich gesagt, weiß ich im Moment überhaupt nicht, was ich von der ganzen Sache halten soll. Aber eins scheint mir sicher: Im Manhattan General fühlt man sich offensichtlich in die Defensive gedrängt; nichts zeigt das deutlicher als das Verhalten der beiden eben. Ist Dr. Cheveau eigentlich immer so launisch? Er hat mich grundlos zusammengestaucht wie einen dummen Schuljungen.«

»Mir gegenüber verhält er sich eigentlich immer sehr höflich«, sagte Richard.
Jack erhob sich. »Dann muß es wohl an mir liegen. Und nach unserer heutigen Unterredung wird sich unser Verhältnis sicher nicht gerade verbessern. Aber so ist nun mal das Leben. Ich mache mich jetzt auf den Weg. Hoffentlich hat es Nancy nicht allzu schlimm erwischt.«
»Das hoffe ich auch«, sagte Richard.
Jack rang mit sich, ob er ebenfalls in die Notaufnahme gehen und nach den drei infizierten Patienten sehen oder ob er lieber dem Zentralmagazin einen weiteren Besuch abstatten sollte. Schließlich entschied er sich für die Notaufnahme. Da die Station unüberschaubar war und ein ständiges Kommen und Gehen herrschte, hielt er es für ziemlich unwahrscheinlich, daß er Dr. Zimmerman und Dr. Cheveau noch einmal über den Weg lief.
Schon beim Betreten der Station spürte er die allgemeine Panik. Charles Kelley beriet sich besorgt mit einigen Mitarbeitern der Krankenhausverwaltung. Dann sah Jack Clint Abelard durch den Haupteingang der Ambulanz stürmen und eiligen Schrittes über den Hauptflur verschwinden. Jack ging zu einer der Krankenschwestern hinter dem Hauptempfang, stellte sich vor und erkundigte sich, ob der ganze Tumult mit den drei infizierten Krankenhausmitarbeitern zu tun habe.
»Allerdings«, erwiderte sie. »Wir überlegen gerade, wie wir sie am besten isolieren können.«
»Gibt es schon eine Diagnose?«
»Wie ich soeben gehört habe, besteht der Verdacht auf Rocky-Mountain-Fleckfieber«, antwortete die Schwester.
»Ist ja ganz schön unheimlich«, entgegnete Jack.
»Ja, es ist schrecklich«. Eine von ihnen ist Krankenschwester – genau wie ich.«
Aus dem Augenwinkel sah Jack plötzlich, daß Kelley sich näherte; um nicht erkannt zu werden, blickte er schnell in eine andere Richtung. Kelley kam an den Tresen und bat die Schwester, ihm das Telefon zu reichen.
Jack beschloß, die hektische Notaufnahme so schnell wie möglich zu verlassen. Nachdem er um ein Haar schon wieder mit

Charles Kelley aneinandergeraten wäre, schien es ihm klüger, an seinen Arbeitsplatz zurückzukehren. Er hatte zwar nichts erreicht, doch wenigstens verließ er die Klinik diesmal aus freien Stücken.

»Wo kommst du denn her?« fragte Chet, als Jack das Büro betrat.
»Ich war im Manhattan General«, gestand Jack.
»Wie es scheint, hast du dich diesmal wenigstens nicht daneben benommen. Ich habe jedenfalls noch keine tobsüchtigen Anrufe von unserem Chef entgegennehmen müssen.«
»Ja, ich war ein artiger Junge«, bemerkte Jack. »Oder sagen wir besser – ich habe mich halbwegs gut benommen. Im Manhattan General geht alles drunter und drüber. Es ist schon wieder eine neue Infektionskrankheit ausgebrochen, Rocky-Mountain-Fleckfieber. Kannst du dir das vorstellen?«
»Das gibt's doch gar nicht«, rief Chet.
»Das habe ich auch gedacht.« Jack berichtete seinem Kollegen, wie er den Labordirektor darauf hingewiesen hatte, daß drei derart seltene Infektionskrankheiten nie und nimmer innerhalb so kurzer Zeit auf natürliche Weise ausgebrochen sein konnten.
»Ich wette, das kam gut an«, kommentierte Chet.
»Dr. Cheveau war ziemlich entrüstet«, fuhr Jack fort. »Aber dann mußte er sich um drei neue Infektionsfälle kümmern und hat die Sache darüber erst mal wieder vergessen.«
»Es wundert mich, daß sie dich nicht wieder vor die Tür gesetzt haben«, sagte Chet. »Warum tust du dir das bloß an?«
»Weil ich davon überzeugt bin, daß an der Geschichte etwas stinkt«, erwiderte Jack. »Aber genug davon. Wie ist es dir mit deinem Fall ergangen?«
Chet lachte verächtlich. »Kaum zu glauben, daß ich mich mal darum gerissen habe, Schußopfer zu obduzieren«, sagte er. »Dieser Fall hat ein kräftiges Gewitter ausgelöst. Von den fünf Kugeln haben drei den Mann von hinten getroffen.«
»Das dürfte der Polizeibehörde einige Kopfschmerzen bereiten«, bemerkte Jack.
»Mir aber auch«, stellte Chet klar. »Ach, übrigens – Colleen hat eben angerufen. Sie möchte, daß wir heute abend nach der Arbeit

bei ihr im Studio vorbeischauen. Sie wollen zu verschiedenen Spots unsere Meinung hören. Was sagst du nun?«
»Du kannst ja hingehen«, erwiderte Jack. »Ich muß dringend noch ein paar Fälle abschließen. Ich bin mit meiner Arbeit so weit im Rückstand, daß mir langsam angst und bange wird.«
»Aber sie wollen, daß wir beide kommen«, drängte Chet. »Das hat Colleen ausdrücklich gesagt. Außerdem hast du ihnen den entscheidenden Anstoß zu ihrer Idee gegeben. Nun sag schon ja.«
»Na gut«, willigte Jack schließlich ein. »Aber ich begreife trotzdem nicht, wieso du auf meine Begleitung Wert legst, wenn du eigentlich nur an Colleen herankommen willst.«

## 19. Kapitel
## Freitag, 22. März 1996, 21.00 Uhr

Ein Nachtwächter öffnete ihnen die Tür und forderte sie auf, sich in eine Anwesenheitsliste einzutragen. Als sie dann den Fahrstuhl bestiegen, drückte Jack ohne zu zögern den Knopf für die elfte Etage.
»Du warst also tatsächlich schon mal hier«, stellte Chet fest.
»Das hab' ich dir doch erzählt.«
»Ich dachte, du hättest mich auf den Arm genommen.«
Als die Tür aufglitt, war Chet genauso überrascht wie Jack am Abend zuvor. Obwohl es beinahe neun Uhr abends war, herrschte in dem Atelier hektischer Betrieb. Die beiden blieben ein paar Minuten neben dem Fahrstuhl stehen und beobachteten das geschäftige Treiben. Niemand nahm sie zur Kenntnis.
»Was für ein Empfang«, bemerkte Jack.
»Vielleicht sollte man den Leuten hier mal sagen, daß es schon lange nach Feierabend ist«, entgegnete Chet.
Jack warf einen verstohlenen Blick in Colleens Büro. Das Licht war an, doch es war niemand da. Als er sich umdrehte, sah er Alice an ihrem Zeichentisch sitzen.
»Entschuldigen Sie bitte«, sagte Jack. Sie arbeitete so konzentriert, daß es ihm unangenehm war, sie zu stören. »Hallo, hallo.«
Schließlich hob Alice den Kopf. Sie erkannte ihn sofort wieder.
»Es tut mir wirklich leid, daß ich Sie nicht früher bemerkt habe«, rief sie und wischte sich hastig die Hände an einem Handtuch ab.
»Herzlich willkommen!« Sie bat die beiden, ihr zu folgen.
»Kommen Sie! Sie werden unten in der Arena erwartet.«
»Oh«, entgegnete Chet. »Das klingt nicht gut. Sie wollen uns wahrscheinlich opfern.«
Alice lachte. »In unserer Arena werden nur Kreative geopfert.«
Terese und Colleen begrüßten die beiden, indem sie ihnen mit ei-

nem lauten Schmatzen ein Küßchen auf jede Wange drückten. Bei diesem Ritual fühlte sich Jack jedesmal ein bißchen unwohl. Terese ging sofort zum Geschäftlichen über. Sie bat die Männer, am Tisch Platz zu nehmen; dann legten Colleen und sie verschiedene Storyboards vor ihnen zurecht und kommentierten, was die einzelnen Bilder darstellen sollten.
Sowohl Jack als auch Chet waren begeistert. Am besten gefielen ihnen die humorvollen Szenen mit Oliver Wendell Holmes und Joseph Lister, die ein National-Health-Krankenhaus besuchten, um zu überprüfen, ob sich die Angestellten auch immer vorschriftsmäßig die Hände wuschen. Am Ende eines jeden Spots bekräftigten diese Berühmtheiten der Medizingeschichte, wieviel gewissenhafter das National-Health-Krankenhaus sich an die Lehren halte als ein gewisses »anderes« Krankenhaus.
»Das war's«, sagte Terese, nachdem sie die Bilder des letzten Storyboards erläutert und wieder weggeräumt hatte. »Was haltet ihr davon?«
»Die Ideen sind wirklich super«, gestand Jack.
»Wahrscheinlich erzielen sie auch die gewünschte Wirkung. Trotzdem ist es schade um das viele Geld.«
»Aber in den Spots geht es doch fast ausschließlich um die Qualität unserer medizinischen Versorgung«, verteidigte Terese ihr Konzept.
»Und wenn schon. Die Patienten der National Health wären auf jeden Fall besser bedient, wenn all die Millionen direkt in die Gesundheitsversorgung fließen würden.«
»Also, mir gefallen die Spots«, meldete sich Chet zu Wort. »Sie sind richtig peppig.«
»Ich nehme an, mit dem ›anderen‹ Krankenhaus ist die Konkurrenz gemeint«, sagte Jack.
»Allerdings«, versicherte Terese. »Wir haben es für zu geschmacklos gehalten, das Manhattan General namentlich zu erwähnen – vor allem in Anbetracht der Probleme, mit denen sie dort gerade zu kämpfen haben.«
»Die Lage spitzt sich immer weiter zu«, erzählte Jack. »Inzwischen ist noch eine weitere schlimme Infektionskrankheit ausgebrochen. Damit kommen sie auf drei Krankheiten in drei Tagen.«

»Du liebe Güte!« rief Terese. »Das ist ja furchtbar. Ich hoffe nur, daß die Medien davon erfahren.«

»Ich verstehe nicht, wieso Sie immer wieder davon anfangen«, fuhr Jack sie an.

»Wenn es nach dem Willen von AmeriCare ginge, würde die Öffentlichkeit bestimmt nichts erfahren«, eiferte sich Terese.

»Ist es wieder soweit?« schaltete Chet sich ein.

»Es geht immer um das gleiche«, klagte Terese. »Ich kann einfach nicht verstehen, warum Jack es als Diener des Staates nicht für seine Aufgabe hält, die Medien – also die Öffentlichkeit – über diese grauenhaften Krankheiten zu informieren.«

»Und ich habe Ihnen bereits gestern erklärt, daß man mir ausdrücklich untersagt hat, mit irgendwelchen Presseleuten zu reden«, fauchte Jack.

»Aufhören! Time-out!« schaltete Chet sich ein. »Passen Sie mal auf, Terese. Jack hat recht. Wir dürfen uns wirklich nicht eigenmächtig an die Presse wenden. Darum kümmert sich der Chef persönlich beziehungsweise die Abteilung für Öffentlichkeitsarbeit. Aber nicht daß Sie denken, Jack würde nichts unternehmen. Heute ist er schon wieder im Manhattan General gefahren und hat den Leuten dort an den Kopf geschmettert, daß es bei diesen Krankheitsausbrüchen nicht mit rechten Dingen zugehen kann.«

»Was soll das heißen?« hakte Terese nach.

»Sie haben richtig verstanden«, erklärte Chet. »Da es äußerst unwahrscheinlich ist, daß die Krankheiten auf natürliche Weise ausgebrochen sind, müssen sie vorsätzlich herbeigeführt worden sein. Irgend jemand muß sie absichtlich verbreiten.«

»Ist das wahr?« wandte sich Terese an Jack. Sie war schockiert.

»Das ist mir durch den Kopf gegangen, ja«, gab Jack zu. »Es gibt keine wissenschaftliche Erklärung für das, was sich in der Klinik zugetragen hat.«

»Aber warum sollte jemand so etwas tun?« fragte Terese. »Das ist doch vollkommen absurd.«

»Wirklich?« fragte Jack zurück.

»Vielleicht steckt ein Verrückter dahinter?« warf Colleen ein.

»Das bezweifle ich eher«, entgegnete Jack. »So eine Tat erfordert viel zuviel Fachwissen. Die Bakterien sind in der Handhabung extrem gefährlich. Eines der jüngsten Opfer ist eine Labormitarbeiterin.«

»Wie wär's mit einem verärgerten Mitarbeiter?« schlug Chet vor. »Irgend jemand, der über das entsprechende Wissen verfügt und einen Groll auf die Klinik hat. Und der jetzt durchgeknallt ist.«

»Klingt wahrscheinlicher, als daß wir es mit einem Verrückten zu tun haben«, erwiderte Jack. »Ich weiß zum Beispiel, daß der Labordirektor mit dem Krankenhaus-Management unzufrieden ist. Er hat es mir selbst erzählt. Man hat ihn gezwungen, zwanzig Prozent seiner Laborkräfte zu entlassen.«

»Könnte er vielleicht dahinterstecken?« rief Colleen.

»Das glaube ich nicht«, erwiderte Jack. Den Laborchef würde man doch als ersten verdächtigen. Er verhält sich zwar merkwürdig, aber er ist nicht dumm. Wenn die Krankheiten wirklich mit Absicht verursacht worden sind, dann steckt meiner Meinung nach Bestechung dahinter.«

»Wie meinen Sie das?« fragte Terese. »Glauben Sie nicht, Sie ziehen etwas voreilige Schlüsse?«

»Kann schon sein«, gab Jack zu. »Aber wir dürfen nicht vergessen, daß AmeriCare in erster Linie ein profitorientiertes Unternehmen ist. Deren Philosophie ist mir alles andere als unbekannt. Glaubt mir, die interessieren sich einzig und allein dafür, was unter dem Strich herauskommt.«

»Wollen Sie damit andeuten, AmeriCare könnte in der eigenen Klinik Krankheiten verbreiten? Das macht doch überhaupt keinen Sinn.«

»Ich habe nur laut gedacht«, entgegnete Jack. »Nehmen wir doch einfach mal an, daß Absicht dahintersteckt. Und jetzt führen wir uns den jeweils ersten Fall der drei bisher ausgebrochenen Krankheiten vor Augen. Nodelman, das erste Opfer, hatte Diabetes. Susanne Hard, die zweite Tote, litt unter einem chronischen Rückenproblem. Und Lagenthorpe, der letzte Verstorbene, war an chronischem Asthma erkrankt.«

»Ich verstehe, worauf du hinaus willst«, sagte Chet. »Sie gehörten alle der Gruppe von Patienten an, die den Versicherungsunternehmen ein Dorn im Auge sind, weil mit chronisch Kranken aufgrund der festgelegten Pro-Kopf-Beiträge nur rote Zahlen zu

schreiben sind. Solche Patienten beanspruchen zu viele medizinische Leistungen.«
»Jetzt hört's ja wohl auf!« schaltete Terese sich ein. »Das ist doch absolut lächerlich. Kein Wunder, daß ihr Ärzte nichts von geschäftlichen Dingen versteht. AmeriCare würde doch nie und nimmer so eine in aller Öffentlichkeit breitgetretene Katastrophe heraufbeschwören, nur um drei Problempatienten loszuwerden. Jetzt machen Sie mal einen Punkt!«
»Wahrscheinlich hat Terese recht«, gab Jack zu. »AmeriCare hätte sich der Leute viel einfacher entledigen können. Was mir aber wirklich Sorgen bereitet, ist, daß infektiöse Erreger im Spiel sind. Wenn die Krankheiten vorsätzlich provoziert sein sollten, dann will derjenige, der dahintersteckt, eine Epidemie auslösen – und nicht nur ein paar vereinzelte Patienten töten.«
»Aber das wäre ja eine noch verabscheuungswürdigere Tat«, sagte Terese.
»Ja«, entgegnete Jack. »Und deshalb drängt sich die Frage auf, ob nicht doch ein Verrückter dahintersteckt.«
»Wenn es aber jemand darauf anlegt, Epidemien auszulösen – warum hat es dann keine gegeben?« fragte Colleen.
»Dafür gibt es verschiedene Gründe«, erklärte Jack. »Zum einen ist in allen drei Fällen sehr schnell eine Diagnose gestellt worden. Zweitens hat das Manhattan General die Ausbrüche sehr ernst genommen und sofort die entsprechenden Maßnahmen ergriffen, um sie unter Kontrolle zu halten. Und drittens ist es bei diesen drei Erregern sehr unwahrscheinlich, daß sie im März in New York eine Epidemie auslösen.«
»Das verstehe ich nicht«, sagte Colleen.
»Sowohl die Pest als auch Tularämie oder Rocky-Mountain-Fleckfieber können theoretisch über die Luft übertragen werden, aber das ist nicht der normale Weg. In der Regel werden die Bakterien durch Arthropoden, also durch Gliederfüßer, übertragen, und diese spezifischen Überträger kommen in der kalten Jahreszeit normalerweise nicht vor – und erst recht nicht in einem Krankenhaus.«
»Was halten Sie denn von dieser abenteuerlichen Geschichte?« wandte sich Terese an Chet.

»Ich?« Chet lachte unsicher. »Ehrlich gesagt – ich weiß überhaupt nicht mehr, was ich glauben soll.«
»Nun machen Sie's mal nicht so spannend«, stachelte Terese ihn an. »Vor uns müssen Sie ihren Freund nicht in Schutz nehmen. Was sagt Ihnen Ihr Gefühl?«
»Wir befinden uns nun mal in New York«, sagte Chet schließlich. »Infektionskrankheiten sind hier keine Seltenheit. Ich glaube eher nicht daran, daß irgendein Verrückter die Krankheiten vorsätzlich verbreitet. Ich würde sogar sagen, wer so etwas ernsthaft in Erwägung zieht, muß ein bißchen paranoid sein. Jack haßt AmeriCare wie die Pest, das hat er mir selbst erzählt.«
»Stimmt das?« fragte Terese.
»Ja, ich hasse den Verein«, gab Jack zu.
»Und warum?«
»Darüber möchte ich lieber nicht sprechen. Das ist eine persönliche Geschichte.«
»Okay.« Terese legte eine Hand auf den Stapel mit den Storyboards. »Wenn wir von Dr. Stapletons schlechter Meinung über die Werbung einmal absehen – was halten Sie von diesen Bildern? Sind sie gut?«
»Ich finde sie großartig«, wiederholte Chet.
»Und ich glaube, daß sie sehr wirksam sein werden«, gestand Jack widerwillig.
»Haben Sie vielleicht sonst noch irgendwelche Ideen auf Lager?« fragte Terese. »Was gibt es außerdem noch für Möglichkeiten, Infektionen im Krankenhaus zu vermeiden?«
»Vielleicht könnten Sie etwas über die Dampfsterilisation medizinischer Instrumente und Vorrichtungen machen«, schlug Jack vor. »Jedes Krankenhaus hat da seine eigenen Vorschriften. Ein Vorreiter in Sachen Sterilisation war Robert Koch. Und darüber hinaus war er eine schillernde Persönlichkeit.«
Terese notierte den Vorschlag. »Noch etwas?« fragte sie.
»Ich fürchte, ich bin in solchen Dingen eher untalentiert«, gestand Chet. »Was haltet ihr davon, wenn wir rübergehen ins Auction House und uns ein paar Drinks genehmigen? Wenn meine Kehle erst mal geschmiert ist, kommt vielleicht auch mir eine gute Idee.«
Die beiden Frauen lehnten ab. Terese erklärte, sie hätten weiter

an ihrem Konzept zu arbeiten. Am Montag würden sie dem Präsident und dem Agenturchef etwas Vernünftiges präsentieren müssen.
»Wie sieht es morgen abend aus?« fragte Chet.
»Mal abwarten«, entgegnete Terese.
Fünf Minuten später fuhren Jack und Chet mit dem Fahrstuhl nach unten.
»Die haben uns einfach rausgeschmissen«, klagte Chet.
»Sind eben ehrgeizige Frauen«, stellte Jack fest.
»Und was ist mit dir? Hast du noch Lust auf ein Bier?«
»Ich glaube, ich fahre lieber nach Hause und schaue mal, ob meine Jungs heute abend Basketball spielen«, erklärte Jack. »Ein bißchen Bewegung würde mir guttun. Ich fühle mich total angespannt.«
»Du willst um diese Uhrzeit noch Basketball spielen?«
Auf dem Bürgersteig vor Willow and Heath trennten sich ihre Wege. Jack schwang sich auf seinen Drahtesel und radelte zunächst auf der Madison Avenue in Richtung Norden. Als er die 59th Street erreicht hatte, bog er in die Fifth Avenue, und dort begann auch schon der Central Park. Normalerweise trat Jack ziemlich kräftig in die Pedale, doch heute ließ er sich Zeit. Er dachte immer noch über die Unterhaltung mit Chet und den beiden Frauen nach. Es war das erste Mal gewesen, daß er seinen Verdacht in Worte gefaßt hatte, und jetzt war ihm plötzlich ein wenig mulmig zumute.
Chet hatte ihm zu verstehen gegeben, daß er womöglich paranoid sei, und vielleicht hatte sein Kollege gar nicht so unrecht. Seitdem AmeriCare sich damals seine Praxis einverleibt hatte, hatte Jacks stets das Gefühl gehabt, vom Tod verfolgt zu sein. Erst hatte er seine Familie verloren, und dann war er von schweren Depressionen geplagt worden, die sein eigenes Leben bedroht hatten. Als er schließlich Pathologe geworden war, hatte der Tod sogar Einzug in seinen Alltag gehalten. Und jetzt schien er ihn mit diesen mysteriösen Krankheitsausbrüchen zu foppen; indem er ihn mit immer neuen rätselhaften Details konfrontierte, schien er sich regelrecht über ihn lustig zu machen.
Je tiefer er in den dunklen, verlassenen Park hineinfuhr, desto unheimlicher wurde ihm. Alles wirkte plötzlich düster und un-

heilvoll. Wo ihn am Morgen noch die Schönheit der Natur erfreut hatte, konnte er jetzt nur die gespenstischen Skelette kahler Bäume erkennen, die sich bedrückend gegen den fahlen Himmel abzeichneten. Sogar die sich im Hintergrund erhebende gezackte Skyline der Stadt wirkte jetzt unheimlich. Er trat kräftiger in die Pedale. Für einen Augenblick überkam ihn eine völlig irrationale Angst. Er wagte es nicht einmal mehr, sich umzusehen, weil er befürchtete, daß ihn dann irgend jemand anfallen würde.

Er raste weiter, bis er eine einsame Straßenlaterne entdeckte. Im Lichtstrahl der Lampe bremste er und kam schleudernd zum Stehen. Er zwang sich, sich umzudrehen und seinem Verfolger ins Gesicht zu blicken. Doch da war niemand. Angestrengt starrte er in die Dunkelheit und suchte die entfernten Schatten ab; jetzt erst wurde ihm klar, daß die Bedrohung seinem eigenen Kopf entsprungen war. Es war wieder einmal diese schreckliche Niedergeschlagenheit, wie sie ihn nach dem Tod seiner Familie so lange gelähmt hatte.

Ärgerlich fuhr er weiter. Seine kindische Angst war ihm regelrecht peinlich. Eigentlich hatte er geglaubt, seine Gefühle inzwischen im Griff zu haben, doch offenbar hatten ihm diese Krankheitsausbrüche heftiger zugesetzt, als er sich eingestehen wollte. Laurie hatte recht gehabt: Er steigerte sich einfach zu sehr in diese Geschichte hinein.

Nachdem er sich seine Ängste eingestanden hatte, fühlte er sich zwar besser; doch der Park sah noch immer ziemlich finster aus. Etliche Leute hatten ihn schon gewarnt, wie gefährlich es sei, nachts hier entlangzufahren, doch Jack hatte die Ermahnungen immer in den Wind geschlagen. Jetzt fragte er sich zum erstenmal, ob er vielleicht wirklich verrückt war. Als er den Park schließlich verließ und die Central Park West erreichte, war ihm, als erwachte er aus einem Alptraum. Mit einem Schlag hatte er die düstere und menschenleere Einsamkeit hinter sich gelassen und war mitten in das Gewimmel unzähliger gelber Taxen eingetaucht, die alle in Richtung Norden brausten. Die Stadt war wieder lebendig geworden.

Je weiter er nach Norden kam, desto verfallener wirkte die Umgebung. Oberhalb der 106th Street sahen die Häuser deutlich heruntergekommen aus. Einige waren sogar mit Brettern vernagelt und wirkten verlassen. Auf den Straßen türmte sich Müll, und überall streunten Hunde herum, die sich über umgekippte Mülleimer hermachten. An der 106th Street bog Jack links ab. Seine Nachbarschaft schien ihm auf einmal unglaublich deprimierend.

Er bremste an dem Platz, auf dem er immer Basketball spielte, und klammerte sich an dem Maschendrahtzaun fest, der das Spielfeld von der Straße abgrenzte. Seine Füße ließ er in den Zehenkappen stecken. Wie er erwartet hatte, war der Platz ziemlich voll. Die Flutlichtlampen, die er gestiftet hatte, tauchten das Spielfeld in gleißendes Licht. Jack kannte die meisten Spieler. Auch Warren war da; von allen war er der weitaus beste Basketballer. Jack hörte, wie er seine Mannschaftskollegen immer wieder anspornte, ihr Bestes zu geben. Das Team, das verlieren würde, mußte aussetzen, denn an der Seitenlinie wartete bereits eine ungeduldige Schar von weiteren Spielern. Der Kampfgeist war jedesmal unerbittlich.

Warren versenkte den letzten Ball im Korb; das Team, das verloren hatte, schlich mit hängenden Köpfen vom Spielfeld. Als die neuen Mannschaften zusammengestellt wurden, entdeckte Warren Jack am Zaun. Er winkte und stolzierte auf ihn zu.

»Hey, Doc, wie steht's?« rief Warren. »Willst du eine Partie mitspielen, oder was?«

Warren war ein gutaussehender Afroamerikaner. Er hatte einen kahlrasierten Kopf und einen gepflegten Schnäuzer, doch am beeindruckendsten war sein Körper. Er sah aus wie eine der griechischen Statuen im Metropolitan Museum. Jack hatte mehrere Monate gebraucht, bis Warren ihn akzeptiert hatte. Inzwischen hatten sie zwar eine Art Freundschaft geschlossen, doch die basierte vor allem auf ihrem gemeinsamen Interesse am Straßen-Basketball. Im Grunde wußte Jack nicht mehr über Warren, als daß er der beste Basketballer und der Anführer der Streetgang dieses Viertels war, und er vermutete, daß diese beiden Positionen Hand in Hand gingen.

»Klar«, sagte Jack. »In welcher Mannschaft sind die Gewinner?«

Es war ein ziemlich schwieriges Unterfangen gewesen, in die Basketball-Gemeinde aufgenommen zu werden. Er hatte einen

Monat lang geduldig am Spielfeldrand ausharren müssen, bevor man ihn das erstemal zum Mitspielen aufgefordert hatte. Dann hatte er zeigen müssen, was er konnte. Toleriert wurde er erst, als er bewiesen hatte, daß er den Ball auch im Korb versenken konnte – und daß er nicht nur Zufallstreffer landete. Als er dann später noch das Flutlicht gestiftet und dafür gesorgt hatte, daß Spielbretter erneuert wurden, hatte er seine Stellung nochmals ein wenig verbessert. Außer ihm durften nur zwei andere Weiße mitspielen. Auf diesem Spielfeld war es ein echtes Handicap, kaukasischer Abstammung zu sein; man mußte die Regeln kennen.

»Ron hat ein paar gute Leute und Jack auch«, erklärte Warren. »Aber du kannst auch zu mir kommen. Die Alte von Flash hat rumgekeift; er soll sich bald zu Hause blicken lassen, sonst macht sie ihm die Hölle heiß.«

»Ich bin sofort zurück«, rief Jack, stieß sich vom Zaun ab und radelte zu seinem Haus hinüber.

Bevor er hineinging, ließ er seinen Blick kurz über die Fassade gleiten. Das Gebäude wirkte wirklich nicht gerade einladend, dabei mußte es irgendwann einmal recht hübsch gewesen sein. Unter der Dachkante hingen immer noch kleine Überreste eines schön verzierten Gesimses, doch sie drohten jeden Moment abzubrechen. Im dritten Stock waren zwei Fenster mit Brettern vernagelt.

Es war ein Backsteinhaus mit sechs Stockwerken; auf jeder Etage befanden sich zwei Wohnungen. Jack teilte sich die vierte Etage mit Denise, einem alleinstehenden Teenager mit zwei kleinen Kindern.

Er stieß die Haustür mit dem Fuß auf. Da ein Schloß fehlte, stand sie Tag und Nacht offen. Sein Rad geschultert, stieg er vorsichtig die Treppe hinauf, darauf achtend, daß er nicht auf den herumliegenden Müll trat. Im zweiten Stock war ein heftiger Streit im Gange, bei dem gerade jede Menge Glas zu Bruch ging. Leider wiederholte sich diese Szene jeden Abend aufs neue.

Leise keuchend erreichte er seine Wohnungstür. Er war gerade dabei, seine Jackentasche nach dem Schlüssel zu durchwühlen, als ihm auffiel, daß er ihn gar nicht brauchen würde. Der Türrahmen war in der Höhe des Schlosses zersplittert.

Er stieß die Tür auf. Drinnen war es stockdunkel. Er lauschte angestrengt in die Finsternis, doch das einzige, was er hörte, waren das Gebrüll aus der Wohnung 2A und der Lärm von der Straße. In seinem Appartment war es unheimlich still. Er stellte sein Fahrrad ab und knipste das Licht an.

Im Wohnzimmer herrschte das reinste Tohuwabohu. Seine wenigen Möbel waren umgestoßen, leergeräumt oder zertrümmert. Das kleine Radio, das normalerweise auf dem Schreibtisch stand, war verschwunden. Er schob das Fahrrad ins Zimmer und lehnte es an die Wand. Dann zog er seine Jacke aus, hängte sie über den Lenker und ging zum Schreibtisch. Die Schubladen waren herausgerissen und ausgekippt worden. Mitten in dem Durcheinander auf dem Boden entdeckte er das Fotoalbum. Er bückte sich und nahm es in die Hand. Ängstlich klappte er es auf und seufzte vor Erleichterung, als er sah, daß es nicht angetastet worden war. Das Album war der einzige Besitz, an dem er wirklich hing.

Er legte es auf die Fensterbank und ging weiter ins Schlafzimmer, wo sich ihm eine ähnliche Szene bot. Die meisten Kleidungsstücke waren aus dem Schrank und aus der Kommode gerissen worden und lagen verstreut auf dem Boden. Im Badezimmer sah es nicht anders aus. Der Inhalt seines Medizinschränkchens fand sich in der Badewanne. Schließlich ging er in die Küche. In der sicheren Erwartung, dort das gleiche Chaos vorzufinden, knipste er das Licht an. Was er sah, verschlug ihm den Atem.

»Wir haben uns schon langsam gefragt, wo du bleibst«, sagte ein großer Afroamerikaner. Er war von Kopf bis Fuß in schwarzes Leder gehüllt; sogar sein Hut und seine Handschuhe waren schwarz. Er hatte sich an Jacks Küchentisch gemütlich gemacht. »Das Bier ist alle. Das hat uns ein bißchen nervös gemacht.«

Jack erblickte drei weitere Männer, alle genauso gekleidet wie der erste. Einer hockte auf der Fensterbank, die beiden anderen lehnten rechts von ihm am Küchenschrank. Auf dem Tisch hatten sie ein imposantes Waffenarsenal deponiert, darunter auch ein Maschinengewehr.

Jack war keinem der Männer je über den Weg gelaufen. Am meisten schockierte ihn, daß sie einfach in seiner Wohnung geblie-

ben waren. Bei ihm war schon öfter eingebrochen worden, doch er hatte es noch nie erlebt, daß die Diebe dageblieben waren und sein Bier ausgetrunken hatten.
»Wie wär's, wenn du dich ein bißchen zu uns setzt?« schlug der große Schwarze vor.
Jack zögerte und versuchte, einen klaren Gedanken zu fassen. Die Wohnungstür stand offen. Würde er es bis dahin schaffen, bevor sie ihre Pistolen gezogen hatten? Er glaubte es eher nicht und wollte es lieber nicht riskieren.
»Los, komm schon!« fuhr ihn der Schwarze an. »Beweg deinen weißen Arsch hier rüber!«
Mißtrauisch leistete Jack der Aufforderung Folge; er ließ sich gegenüber von seinem ungebetenen Gast auf einem Stuhl nieder.
»Wir können uns doch wie zivilisierte Menschen benehmen«, sagte der Schwarze. »Ich heiße Twin. Und das hier ist Reginald.«
Dabei zeigte er auf den Mann, der auf der Fensterbank hockte.
Reginald fummelte mit einem Zahnstocher in seinem Mund herum und so geräuschvoll die Spucke durch seine Zähne. Sein Blick verriet, daß er Jack zutiefst verachtete. Er war zwar nicht so ein Muskelpaket wie Twin, aber auch er sah stämmig und bedrohlich aus. Auf dem rechten Unterarm hatte er eine Tätowierung; Jack konnte die Worte ›Black Kings‹ erkennen.
»Reginald ist ziemlich sauer«, fuhr Twin fort. »In deiner gottverdammten Bude ist einfach nichts zu holen. Nicht mal einen Fernseher hast du, das finden wir ganz schön scheiße. Teil der Abmachung war schließlich, daß wir uns in deiner Bude bedienen sollten.«
»Was für eine Abmachung?« brachte Jack hervor.
»Sagen wir mal so«, begann Twin. »Meine Kumpels und ich, wir kriegen ein bißchen Kleingeld dafür, daß wir diesen verdammten weiten Weg auf uns genommen haben, um dir eines auf die Fresse zu geben. Nur ein bißchen, nicht zu doll – auch wenn dich die Knarren auf dem Tisch vielleicht ein bißchen verwirren. Es soll eine Art Warnung sein. Einzelheiten weiß ich auch nicht, aber man hat uns erzählt, daß du in irgendeinem Krankenhaus Streß gemacht und 'n Haufen Leute auf die Palme gebracht hast. Wie dem auch sei – ich soll dich jedenfalls daran erinnern, daß du dich um deinen eigenen Kram kümmern und deine Nase nicht in

Dinge stecken sollst, die dich nichts angehen. Kannst du damit mehr anfangen als ich? Ich versteh' das nicht so ganz, aber ich hab' auch noch nie so einen komischen Job übernommen.«

»Ich verstehe schon, worauf du hinaus willst«, bemerkte Jack.

»Da bin ich aber froh«, entgegnete Twin. »Sonst hätten wir dir ein paar Finger oder irgendwas brechen müssen. Wir sollen dich nicht ernsthaft verletzen, aber wenn Reginald erst mal in Fahrt ist, kann ihn niemand aufhalten. Und jetzt ist er wütend. Er will unbedingt etwas mitgehen lassen. Bist du sicher, daß du nicht doch einen Fernseher oder irgendwas in deiner Bude versteckt hast?«

»Er ist mit 'nem Fahrrad reingekommen«, sagte einer der Männer.

»Wie wär's damit, Reginald?« fragte Twin. »Willst du ein neues Fahrrad haben?«

Reginald beugte sich ein wenig vor, so daß er ins Wohnzimmer sehen konnte. Er zuckte mit den Schultern.

»Ist doch 'n Deal, oder?« Twin stand auf.

»Wer bezahlt euch für diesen Job?« fragte Jack.

Twin zog die Augenbrauen hoch und lachte. »Es wäre nicht gerade fein, wenn ich dir das jetzt erzählen würde. Aber immerhin hast du den Mumm, überhaupt nachzufragen.«

Als Jack zu einer weiteren Frage ansetzen wollte, hieb Twin ihm die Faust ins Gesicht. Unter der Wucht des Kinnhakens taumelte Jack zurück und fiel wie ein schlaffer Sack auf den Boden. Alles um ihn herum verschwamm. Kurz bevor er ohnmächtig wurde, merkte er noch, wie ihm die Brieftasche aus der Hose gezogen wurde. Gedämpftes Gelächter drang an sein Ohr. Dann verpaßte ihm jemand einen Tritt in den Magen, und er fiel tief in ein schwarzes Loch.

## 20. Kapitel
## Freitag, 22. März 1996, 23.45 Uhr

Als Jack zu sich kam, war ihm, als sei in seinem Kopf ein Wecker eingebaut, der unaufhörlich klingelte. Langsam öffnete er die Augen. Er starrte direkt in die Deckenlampe und überlegte kurz, was in aller Welt er auf dem Küchenfußboden machte. Er versuchte, sich aufzurichten, doch der stechende Schmerz in seinem Kiefer zwang ihn, sich sofort wieder hinzulegen. Erst jetzt wurde ihm bewußt, daß das stetige Klingeln gar nicht aus seinem Kopf kam; es war das Telefon, das über ihm an der Wand ging und ihn aus seiner Ohnmacht erweckt hatte.
Er rollte sich auf den Bauch. Aus dieser Position hievte er sich mit Mühe auf die Knie. Er war noch nie k.o. geschlagen worden und konnte kaum glauben, wie schwach er sich fühlte. Vorsichtig betastete er sein Kinn. Zum Glück deuteten keine zackigen Kanten auf gebrochene Knochen hin. Dann strich er vorsichtig über seinen unwohlen Bauch. Da er dort weniger Schmerzen spürte als im Kiefer, nahm er an, daß er keine inneren Verletzungen hatte.
Das Telefon klingelte unaufhörlich weiter. Schließlich gelang es ihm, den Hörer von der Gabel zu nehmen. Während er sich mit einem kurzen ›Hallo‹ meldete, stützte er sich mit dem Rücken am Küchenschrank ab und ließ sich langsam wieder auf den Boden gleiten. Seine Stimme klang so fremd, daß er sich selbst kaum wiedererkannte.
»Oh, das tut mir leid«, rief Terese, als sie seine Stimme hörte. »Ich habe Sie geweckt. So spät hätte ich wirklich nicht mehr anrufen dürfen.«
»Wieviel Uhr ist es?« fragte Jack.
»Kurz vor Mitternacht«, erwiderte Terese. »Wir arbeiten immer noch auf Hochtouren; da vergißt man schon mal, daß andere

Leute zu normalen Zeiten schlafen gehen. Ich wollte Sie nur fragen, ob Sie mir noch etwas mehr über die Sterilisation von Instrumenten erzählen können. Aber das kann auch bis morgen warten. Es tut mir wirklich leid, daß ich Sie geweckt habe.«
»Ich war noch gar nicht im Bett«, erklärte Jack. »Ich lag bis vor ein paar Sekunden bewußtlos auf dem Boden.«
»Soll das ein Witz sein?«
»Schön wär's«, sagte Jack. »Als ich nach Hause kam, war meine Wohnung auf den Kopf gestellt, und dummerweise waren die Einbrecher noch da. Zu allem Übel haben sie mich dann auch noch zusammengeschlagen.«
»Sind Sie verletzt?« fragte Terese besorgt.
»Nein, ich bin okay«, erwiderte Jack. »Aber ich fürchte, sie haben mir ein Stück Zahn rausgeschlagen.«
»Waren Sie wirklich bewußtlos?« hakte Terese nach.
»Ich fürchte, ja«, antwortete Jack. »Mir ist immer noch ganz flau.«
»Jetzt passen Sie mal auf«, sagte Terese entschlossen. »Sie rufen jetzt die Polizei an, und ich mache mich unverzüglich auf den Weg zu Ihnen.«
»Mal ganz mit der Ruhe«, entgegnete Jack. »Die Polizei kann doch sowieso nichts machen. Die vier Typen, die meine Bude auf den Kopf gestellt haben, waren Gangmitglieder, und von denen gibt es in der Stadt ungefähr eine Million.«
»Das ist mir egal«, sagte Terese. »Ich bestehe darauf, daß Sie die Polizei benachrichtigen. In einer Viertelstunde bin ich bei Ihnen.«
»Terese, ich bitte Sie.« Jack wollte sie umstimmen, doch er wußte, daß ihm das nicht gelingen würde. »Ich wohne nicht gerade in der besten Gegend. Es ist wirklich nicht nötig, daß Sie herkommen. Ich bin soweit in Ordnung. Ehrlich!«
»Kommen Sie mir bloß nicht mit irgendwelchen Ausreden. Sie rufen sofort die Polizei an. Bis gleich.«
Und damit war die Leitung tot.
Ergeben wählte Jack die Nummer der Polizei und erstattete Anzeige. Als man ihn fragte, ob er noch in Gefahr sei, verneinte er. Der Beamte versprach ihm, so schnell wie möglich einen Streifenwagen vorbeizuschicken.

Vorsichtig richtete Jack sich auf und ging auf wackligen Beinen ins Wohnzimmer. Sein Fahrrad. Er erinnerte sich vage, daß die Einbrecher es hatten mitgehen lassen. Dann ging er ins Badezimmer und inspizierte seine Zähne. Mit der Zunge hatte er bereits ertastet, daß ein Schneidezahn auf der linken Seite nicht in Ordnung war. Seine Vermutung bestätigte sich: Eine Ecke des Zahns war abgebrochen. Offenbar hatte Twin unter dem Handschuh einen Schlagring oder etwas Ähnliches getragen.

Zu Jacks Überraschung traf die Polizei bereits nach zehn Minuten ein. Einer der beiden Beamten, David Jefferson, war Afroamerikaner, der andere, Juan Sanchez, war Latino. Sie hörten sich Jacks Geschichte höflich an und notierten die Einzelheiten; unter anderem fragten sie nach der Marke seines gestohlenen Fahrrads. Schließlich baten sie ihn, mit zum Revier zu kommen, um sich Fotos von Mitgliedern der Gangs aus dieser Gegend anzusehen.

Doch Jack lehnte ab. Von Warren wußte er, daß die Gangs sowieso keine Angst vor der Polizei hatten. Da ihm klar war, daß die Polizei keine Möglichkeit hatte, ihn vor solchen Überfällen zu schützen, beschloß er, den Beamten nicht alles zu erzählen. Im Grunde hatte er nur Tereses Wunsch erfüllt, als er die Polizei gerufen hatte. Nun konnte er wenigstens den Diebstahl seines Fahrrades bei der Versicherung melden und Geld kassieren.

»Eine Frage noch, Herr Doktor«, sagte David Jefferson im Hinausgehen. Jack hatte den beiden Männern erzählt, daß er als Gerichtsmediziner arbeitete. »Wieso wohnen Sie eigentlich in dieser Gegend? Legen Sie es damit nicht regelrecht darauf an, Ärger zu bekommen?«

»Das frage ich mich im Moment auch«, erwiderte Jack.

Nachdem die Polizisten gegangen waren, schloß er die zersplitterte Tür und lehnte sich dagegen. Erschöpft ließ er seinen Blick über das Chaos schweifen. Irgendwann würde er sich aufraffen und die Unordnung beseitigen müssen, doch im Augenblick war er dafür einfach zu kaputt.

Als es klopfte, lehnte er immer noch an der Tür. Er fuhr zusammen und öffnete. Vor ihm stand Terese.

»Gott sei Dank – endlich habe ich Sie gefunden«, begrüßte sie ihn und trat ein. »Sie haben wirklich nicht übertrieben, als Sie

mich vor dieser Gegend gewarnt haben. Allein durch dieses Treppenhaus zu gehen ist ein einziger Horror. Wenn Sie mir nicht sofort geöffnet hätten, hätte ich wahrscheinlich vor Angst geschrien.«
»Sie wollten ja nicht auf mich hören.«
»Lassen Sie mich mal Ihre Verletzungen ansehen«, forderte Terese. »Wo haben Sie das beste Licht?«
Jack zuckte mit den Achseln. »Suchen Sie sich's aus. Vielleicht im Bad.«
Terese nahm ihn beim Arm und zog ihn ins Badezimmer, wo sie sein Gesicht genau inspizierte. »Sie haben einen kleinen Schnitt an der Wange«, stellte sie fest.
»Kein Wunder«, sagte Jack und zeigte ihr den abgebrochenen Zahn.
»Warum sind Sie überhaupt zusammengeschlagen worden?« wollte Terese wissen. »Ich hoffe, Sie haben nicht versucht, den Helden zu spielen.«
»Ganz im Gegenteil«, erwiderte Jack. »Die Typen haben mir eine solche Angst eingejagt, daß ich unfähig war, mich auch nur vom Fleck zu rühren. Einer hat mir einen solchen Kinnhaken verpaßt, daß ich sofort k.o. war. Das ganze sollte eine Art Warnung sein; ich soll mich nie wieder im Manhattan General blicken lassen.«
»Wovon, um Himmels willen, reden Sie eigentlich?« fragte Terese.
Jack berichtete ihr alles, erklärte auch, warum er der Polizei einige Details verschwiegen hatte.
»Das nimmt ja immer unglaublichere Ausmaße an«, stellte Terese fest. »Was wollen Sie jetzt tun?«
»Ich habe, ehrlich gesagt, noch keine Zeit gehabt, darüber nachzudenken.«
»Eins ist jedenfalls klar. Als erstes begeben Sie sich in eine Notaufnahme.«
»Das ist doch nicht nötig«, wandte Jack ein. »Mein Kiefer ist ein bißchen geschwollen – aber das ist doch nicht der Rede wert.«
»Immerhin hat der Kerl Sie bewußtlos geschlagen«, insistierte Terese. »Also sollten Sie sich untersuchen lassen. Soviel weiß ja sogar ich, auch wenn ich nicht vom Fach bin.«
Jack wollte zu weiterem Protest ansetzen, doch dann überlegte er

es sich anders. Terese hatte recht. Immerhin bestand bei einer Kopfverletzung die Gefahr, daß es zu Gehirnblutungen kam, und er war mehrere Stunden lang ohnmächtig gewesen. Eine neurologische Untersuchung schien dringend geboten.
Er holte sich seine Jacke und folgte Terese die Treppe hinunter. Sie gingen zu Fuß bis zur Columbus Avenue, und dort nahmen sie ein Taxi.
»In welches Krankenhaus wollen Sie?« fragte Terese.
»Das Manhattan General sollte ich wohl vorübergehend meiden.« Jack grinste. »Fahren wir zum Columbia-Presbyterian.«
»Okay.« Terese lehnte sich zurück.
»Es ist wirklich sehr nett von Ihnen, daß Sie einfach so zu mir gekommen sind«, sagte Jack. »Damit hätte ich nie gerechnet. Ich bin ganz gerührt.«
»Bestimmt hätten Sie an meiner Stelle genauso gehandelt«, entgegnete Terese.
Jack fragte sich, ob er das wirklich getan hätte. Er war sich nicht so sicher. Sein ganzer Tag war chaotisch und voller Überraschungen gewesen.
Der Besuch in der Notaufnahme ging glatt über die Bühne. Sie mußten eine Weile warten, weil die Opfer von Autounfällen, Messerstechereien und Herzanfällen vorrangig behandelt wurden, doch schließlich war auch Jack an der Reihe. Terese bestand darauf, die ganze Zeit bei ihm zu bleiben und begleitete ihn sogar in den Behandlungsraum.
Als der Unfallarzt hörte, daß Jack Gerichtsmediziner war, wollte er ihn unbedingt auch noch von einem Neurologen durchchecken lassen. Dieser nahm eine äußerst gründliche Untersuchung vor und kam zu dem Ergebnis, das Jack vollkommen in Ordnung war. Er erklärte ihm, er halte es nicht einmal für nötig, eine Röntgenaufnahme zu machen, es sei denn, Jack bestehe darauf, was er jedoch nicht tat.
»Das einzige, was ich empfehlen möchte, ist, daß heute nacht jemand ein Auge auf Sie haben sollte«, erklärte der Neurologe, während er sich zu Terese umdrehte. »Wecken Sie Ihren Mann ein paarmal auf, Mrs. Stapleton, und überprüfen Sie, ob er sich normal verhält. Sehen Sie auch nach, ob seine Pupillen unverändert bleiben. Okay?«

»In Ordnung«, sagte Terese.
Als sie kurz darauf das Krankenhaus verließen, bemerkte Jack, es habe ihn ziemlich überrascht, wie gelassen sie auf diese Anrede reagiert habe.
»Wenn ich den Mann korrigiert hätte, hätte ich ihn wahrscheinlich nur in Verlegenheit gebracht«, erklärte Terese. »Aber seinen Rat nehme ich sehr ernst. Sie kommen heute nacht mit zu mir.«
»Aber Terese ...«
»Keine Widerrede. Sie haben gehört, was der Arzt gesagt hat. Ich lasse Sie auf gar keinen Fall zurück in diese Höllengegend, in der Sie überfallen worden sind.«
Da ihm sein pochender Schädel, sein schmerzender Kiefer und sein flauer Magen genug zu schaffen machten, gab Jack sich schließlich geschlagen. »Okay«, sagte er. »Aber es ist wirklich nicht nötig, daß Sie das alles für mich tun.«

Als sie im Fahrstuhl des piekfeinen Hochhauses nach oben fuhren, war Jack ihr von Herzen dankbar. Seit Jahren hatte ihn niemand so nett behandelt wie Terese. Sie war so fürsorglich und großherzig, daß sein Gewissen sich regte, weil er sie auf den ersten Blick so falsch eingeschätzt hatte.
»Ich habe ein Gästezimmer, und ich bin sicher, daß Sie sich darin absolut wohl fühlen werden«, sagte sie, als sie durch einen mit Teppichen ausgelegten Flur gingen. »Wenn meine alten Herrschaften mal in die Stadt kommen, um mich zu besuchen, wollen sie gar nicht wieder nach Hause.«
Terese' Appartement war bildschön. Sogar die Zeitschriften lagen ordentlich gestapelt auf einem Beistelltisch. Alles sah danach aus, als erwarte Terese jeden Augenblick die Fotografen vom *Architectural Digest*.
Das Gästezimmer war romantisch eingerichtet: Die Blümchengardinen, der Teppich, die Tagesdecke – alles paßte zusammen. Diese Perfektion veranlaßte Jack zu der Bemerkung, daß er hoffentlich nicht die Orientierung verlieren und das Bett nicht mehr finden würde.
Nachdem er mit Wasser und Aspirin versorgt war, ließ Terese ihn in Ruhe duschen. Er zog einen Frotteebademantel über, der für ihn bereitlag, und ging zum Wohnzimmer. Vorsichtig lugte

er um die Ecke und sah, daß Terese auf dem Sofa saß und las. Er setzte sich ihr gegenüber in einen Sessel.
»Gehen Sie nicht schlafen?« fragte er.
»Ich wollte mich noch vergewissern, ob Sie wohlauf sind«, erklärte sie und beugte sich ein wenig vor, um sein Gesicht aus der Nähe betrachten zu können. »Ich glaube, Ihre Pupillen haben sich nicht verändert.«
»Ich glaube auch nicht, daß sie sich verändert haben«, sagte Jack und lachte. »Sie nehmen die Anweisungen des Arztes aber ziemlich ernst.«
»Allerdings«, entgegnete Terese. »Und deshalb werde ich Sie heute nacht ein paarmal wecken – nur damit Sie Bescheid wissen.«
»Ich wage schon gar nicht mehr, Ihnen zu widersprechen.«
»Wie fühlen Sie sich?« wollte sie wissen.
»Meinen Sie körperlich oder psychisch?«
»Psychisch. Daß Ihr Körper an allen Ecken und Kanten weh tut, kann ich mir vorstellen.«
»Wenn ich ehrlich bin, hat mich dieser Überfall ziemlich geschockt«, gestand Jack. »Ich weiß einiges über Gangs, deshalb habe ich großen Respekt vor diesen brutalen Typen.«
»Darum wollte ich ja auch, daß Sie die Polizei anrufen«, erklärte Terese.
»Sie verstehen nicht, was ich meine«, entgegnete Jack. »Die Polizei kann mir nicht helfen. Deshalb habe ich den Beamten ja nicht einmal den möglichen Namen der Gang oder die Vornamen der Typen genannt. Selbst wenn die Polizei die Kerle aufgreifen würde, könnte sie ihnen nur einen kleinen Verweis erteilen. Innerhalb kürzester Zeit wären sie wieder auf der Straße.«
»Und was wollen Sie jetzt tun?«
»Am besten lasse ich mich wohl wirklich nicht mehr im Manhattan General blicken. Es scheint ja, als könnte ich damit alle möglichen Leute glücklich machen. Sogar mein Chef hat mir verboten, der Klinik weitere Besuche abzustatten. Ich nehme an, daß ich der Geschichte auch anders auf den Grund kommen kann.«
»Das beruhigt mich«, sagte Terese. »Ich hatte schon Angst, Sie

würden diese Warnung nur als neue Herausforderung betrachten.«
»Keine Sorge. Ich bin kein Held.«
»Und warum kutschieren Sie dann mit dem Fahrrad in dieser Stadt herum?« wollte Terese wissen. »Radeln nachts durch den Central Park? Warum leben Sie in dieser schrecklichen Gegend? Ich mache mir sehr wohl Sorgen. Ich weiß nur nicht, ob Sie sich der Gefahr einfach nicht bewußt sind, oder ob Sie das Schicksal mit Absicht herausfordern. Erklären Sie's mir!«
Terese sah ihn mit ihren blaßblauen Augen an. Jack hielt dem Blick stand. Sie konfrontierte ihn mit Fragen, denen er normalerweise aus dem Wege ging. Sie waren zu persönlich. Doch nachdem sie sich so um ihn gekümmert und keine Mühe gescheut hatte, ihm zu helfen, hatte er das Gefühl, daß er ihr eine Antwort schuldete. »Ich glaube, es reizt mich, das Schicksal herauszufordern«, gab er schließlich zu.
»Darf ich fragen, warum?«
»Vielleicht liegt es daran, daß ich keine Angst vorm Sterben habe«, erklärte Jack. »Es gab sogar mal eine Zeit, da hätte ich den Tod als Erleichterung empfunden. Vor ein paar Jahren habe ich unter schweren Depressionen gelitten, und die scheinen noch immer irgendwo in meinem Hinterkopf zu schlummern.«
»Das kommt mir bekannt vor«, sagte Terese. »Ich habe auch schon mal unter Depressionen gelitten. Ist dem ein besonderes Ereignis vorangegangen? Darf ich das fragen?«
Jack biß sich auf die Lippe. Es fiel ihm schwer, darüber zu reden, doch nachdem er einmal angefangen hatte, gab es kaum noch ein Zurück.
»Meine Frau ist gestorben«, brachte er schließlich hervor. Er schaffte es nicht, auch noch seine Kinder zu erwähnen.
»Das tut mir leid«, sagte Terese voller Mitgefühl. Nach einer kurzen Pause fügte sie hinzu: »Bei mir ist es mit den Depressionen losgegangen, nachdem ich mein einziges Kind verloren hatte.«
Jack wandte sich ab. Terese' Offenbarung rührte ihn fast zu Tränen. Er holte tief Luft und sah ihr wieder in die Augen. Sie war eine hart arbeitende Frau, und sie war kompliziert, das hatte er vom ersten Augenblick an gewußt. Doch jetzt war ihm klar, daß sich hinter ihrer Fassade mehr verbarg.

»Sieht fast so aus, als hätten wir noch mehr gemeinsam als unsere Abneigung gegen Diskotheken«, bemerkte er, um die Atmosphäre ein wenig aufzuheitern.

»Ich denke, wir haben beide unsere seelischen Narben davongetragen«, entgegnete Terese. »Und wir opfern uns beide bis an die Grenzen im Berufsleben auf.«

»Daß wir diese Eigenschaft teilen, möchte ich eher bezweifeln«, widersprach Jack. »Ich engagiere mich längst nicht mehr so sehr für meine Arbeit wir früher, und so aufopferungsvoll wie Sie bin ich garantiert nicht. Die Reformen im Gesundheitswesen haben mir so einige Illusionen geraubt.«

Terese erhob sich, was Jack zum Anlaß nahm, sich ebenfalls aufzurichten. Sie standen so dicht beieinander, daß ihre Körper sich beinahe berührten.

»Ich wollte sagen, daß wir wahrscheinlich beide Angst haben, emotionale Bindungen einzugehen«, sagte Terese. »Unsere Gefühle sind zu tief verletzt worden.«

»Da haben Sie sicher recht.«

Terese küßte ihre Fingerspitzen und führte sie vorsichtig zu Jacks Lippen.

»In ein paar Stunden schaue ich bei Ihnen herein und wecke Sie. Erschrecken Sie nicht.«

»Es gefällt mir ganz und gar nicht, daß ich Ihnen so viele Umstände mache«, sagte Jack.

»Und mir macht es Spaß, Sie ein bißchen zu bemuttern«, entgegnete Terese. »Schlafen Sie gut.«

Dann trennten sie sich. Doch bevor Jack die Tür zum Gästezimmer erreicht hatte, rief Terese ihm hinterher: »Eine Frage muß ich noch loswerden: Warum leben Sie in diesem entsetzlichen Slumviertel?«

»Wahrscheinlich habe ich zumindest unterbewußt das Gefühl, daß ich es nicht verdiene, richtig glücklich zu sein«, antwortete Jack.

Terese dachte kurz nach und lächelte dann. »Das verstehe ich nun wirklich nicht – aber ich muß ja auch nicht alles verstehen. Gute Nacht.«

## 21. Kapitel
## Sonnabend, 23. März 1996, 8.30 Uhr

Terese war tatsächlich im Laufe der Nacht mehrmals in Jacks Zimmer gekommen und hatte ihn geweckt. Sie hatten sich dann jedesmal ein paar Minuten unterhalten. Als Jack am Morgen aufwachte, war er unsicher, was er von der Situation halten sollte. Einerseits war er Terese dankbar für alles, andererseits war es ihm peinlich, so viel von sich preisgegeben zu haben.

Beim Frühstück zeigte sich, daß Terese sich genauso unwohl fühlte wie er. So waren sie um halb neun beide erleichtert, als ihre Wege sich vor der Haustür trennten. Terese fuhr in die Agentur, wo sie – wie sie fürchtete – eine Marathonsitzung vor sich hatte, und Jack machte sich auf den Weg zu seiner Wohnung.

Er verbrachte mehrere Stunden damit, das Chaos, das die Black Kings hinterlassen hatten, zu beseitigen. Mit den einfachen Werkzeugen, die ihm zur Verfügung standen, gelang es ihm sogar, seine Tür notdürftig zu reparieren.

Anschließend fuhr er zum Gerichtsmedizinischen Institut. Er hatte an diesem Wochenende zwar keinen Dienst, aber er war mit seinen Autopsieberichten weit im Rückstand und wollte in Ruhe seine Akten aufarbeiten. Außerdem wollte er wissen, ob während der vergangenen Nacht weitere Infektionsfälle vom Manhattan General hereingekommen waren. Da er wußte, daß dort am Tag zuvor drei Patienten mit akutem Rocky-Mountain-Fleckfieber behandelt worden waren, befürchtete er das Schlimmste.

Sein Fahrrad fehlte ihm, und er überlegte kurz, ob er sich nicht sofort ein neues kaufen sollte. Zur Arbeit fuhr er mit der U-Bahn, doch das war alles anderes als bequem; er mußte zweimal umsteigen. Die Nord-Süd-Verbindungen im New Yorker U-

Bahn-Netz waren hervorragend, wenn man aber vom Westen in den Osten wollte, mußte man sich auf einiges gefaßt machen.
Am Ende mußte er immer noch sechs Blocks zu Fuß gehen. Da zu allem Überfluß auch noch ein leichter Nieselregen fiel und er keinen Schirm hatte, war er naß bis auf die Haut, als er das Institut gegen Mittag erreichte.
An Wochenenden herrschte in der Leichenhalle längst nicht so viel Betrieb wie an Werktagen. Jack benutzte den Haupteingang und ließ sich von der Frau am Empfang die Tür zum Identifikationsbereich öffnen. In einem der Räume hatte sich eine Familie versammelt, die vor Kummer außer sich zu sein schien. Jack hörte lautes Schluchzen, als er an der Gruppe vorbeiging.
Als erstes warf er einen Blick auf den Wochenend-Dienstplan und nahm erfreut zur Kenntnis, daß Laurie Bereitschaftsdienst hatte. Dann sah er sich die Originalliste der Fälle an, die in der vergangenen Nacht ins Institut überführt worden waren. Eilig überflog er die Namen, und dann verschwammen die Buchstaben vor seinen Augen. Nancy Wiggens war um vier Uhr morgens eingeliefert worden! Die vorläufige Diagnose lautete Rocky-Mountain-Fleckfieber.
Zwei weitere Fälle mit dieser Diagnose standen auf der Liste: die dreiunddreißigjährige Valerie Schafer und die siebenundvierzigjährige Carmen Chavez. Jack nahm an, daß es sich um die beiden anderen Patientinnen handelte, die am Tag zuvor in der Notaufnahme des Manhattan General gelandet waren.
Er ging nach unten und warf einen Blick in den Sektionssaal. An zwei Tischen wurde gearbeitet. Er konnte es nicht genau erkennen, doch aus der Körpergröße schloß er, daß Laurie an einem der Tische stand. Nachdem er sich den Schutzanzug übergezogen hatte, betrat er den Obduktionsbereich.
»Was hast du denn hier zu suchen?« fragte Laurie, als sie Jack erblickte. »Du hast Wochenende und solltest dich vergnügen.«
»Ich kann eben nicht ohne meine Arbeit leben«, witzelte er und beugte sich vor, um einen Blick auf das Gesicht des Leichnams zu werfen. Er schnappte nach Luft, als ihm die leblosen Augen von Nancy Wiggens entgegenstarrten. Tot wirkte sie noch jünger als lebendig.
»Hast du diese Frau gekannt?« fragte Laurie.

»Flüchtig«, erwiderte Jack.
»Es ist einfach grausam, wenn Krankenhausangestellte sich bei ihren Patienten anstecken und sterben müssen«, sagte sie. »Die Frau, die ich vor dieser obduziert habe, war Krankenschwester; sie hat einen Fall versorgt, den du gestern auf dem Tisch hattest.«
»Habe ich mir schon gedacht«, entgegnete Jack. »Und was ist mit dem dritten Fall?«
»Den habe ich mir heute morgen als erstes vorgenommen«, sagte Laurie. »Die Frau hat im Zentralmagazin gearbeitet, und ich kann mir absolut nicht erklärten, wie sie sich angesteckt hat.«
»Wem erzählst du das.« Er wies auf Nancys Organe. »Was hast du gefunden?«
»Alle Anzeichen deuten auf Rocky-Mountain-Fleckfieber hin«, sagte Laurie. »Willst du dir das Gewerbe ansehen?«
»Ja, gern.«
Laurie unterbrach die Obduktion und zeigte Jack die krankhaft veränderten Organe von Nancy Wiggens. Jack stellte fest, daß sie genauso aussahen wie bei Donald Lagenthorpe.
»Da fragt man sich doch, warum nur drei Menschen erkrankt sind«, grübelte Laurie. »Die hat es allerdings schlimm getroffen. Der Zeitraum zwischen dem Auftreten der ersten Symptome und dem Tod war wesentlich kürzer als normal. Das läßt darauf schließen, daß wir es mit extrem pathogenen Erregern zu tun haben. Doch wenn das so ist – wo sind dann die anderen Patienten? Wie Janice mir berichtet hat, sind dem Krankenhaus keine weiteren Fälle bekannt.«
»Ein ähnliches Muster war bei den anderen Infektionskrankheiten auch zu erkennen«, stellte Jack fest.
Laurie warf einen Blick auf die Uhr. »Ich muß mich beeilen«, sagte sie. »Sal muß heute früher gehen.«
»Ich kann dir doch assistieren«, schlug Jack vor. »Sag Sal, daß er Feierabend hat.«
»Bist du sicher?«
»Ja. Bringen wir die Sache hinter uns.«
Sal war froh, daß er gehen durfte. Laurie und Jack gaben ein gutes Team ab. Sie beendeten den Fall zügig und verließen gemeinsam den Sektionssaal.

»Kommst du mit in die Kantine?« schlug Laurie vor. »Ich lade dich ein.«
»Gern.«
Sie erledigten sich ihrer Schutzanzüge und zogen sich in den Umkleidekabinen um. Jack wartete im Flur auf Laurie.
»Du hättest nicht zu warten brauchen«, sagte sie. Dann hielt sie plötzlich inne. »Dein Gesicht ist ja ganz verschwollen.«
Jack präsentierte Laurie seine Zähne, wobei er auf den angeschlagenen Schneidezahn zeigte. »Siehst du das?«
»Allerdings.« Laurie stemmte die Hände in die Hüften und kniff die Augen zusammen. »Hast du etwa mit diesem gräßlichen Fahrrad einen Sturz gebaut?« Sie sah aus wie eine zornige Mutter.
»Schön wär's«, seufzte Jack und bemühte sich zu lächeln. Dann erzählte er ihr die Geschichte von dem Überfall; nur den Teil mit Terese ließ er aus. Lauries vorgetäuschte Entrüstung wich schnell ungläubigem Entsetzen.
»Aber das ist ja Erpressung«, rief sie.
»Ja, irgendwie schon«, sagte Jack. »Aber davon sollten wir uns das Gourmet-Essen nicht vermiesen lassen.«
Sie gingen zu den Automaten in der zweiten Etage und versuchten das Beste aus ihrer Mahlzeit zu machen. Laurie nahm eine Suppe, Jack entschied sich für ein Sandwich mit Thunfischsalat.
Je mehr ich über diese Geschichte nachdenke, desto verrückter erscheint sie mir«, bemerkte Laurie. »Wie sieht denn deine Wohnung aus?«
»Ein bißchen lädiert«, erwiderte Jack. »Aber das macht nichts. Vor dem Überfall sah sie auch nicht besonders gut aus. Das schlimmste ist, daß die Typen mein Fahrrad geklaut haben.«
»Ich finde, du solltest dir eine neue Wohnung suchen«, sagte Laurie. »In deiner Gegend ist es viel zu gefährlich.«
»Aber das war erst der zweite Einbruch.«
»Du willst doch wohl heute abend nicht zu Hause bleiben, oder? Etwas Deprimierenderes kann man sich ja kaum vorstellen.«
»Nein, ich bin voll ausgebucht«, erwiderte Jack mit einem Augenzwinkern. »Es hat sich eine Gruppe von Nonnen angesagt, denen ich die Stadt zeigen soll.«

Laurie lachte. »Weiß du was? Ich bin heute abend bei meinen Eltern zum Essen eingeladen. Hättest du Lust mitzukommen?«
»Danke, das ist wirklich lieb von dir.« Jack war ehrlich gerührt.
»Ich würde mich wirklich freuen. Also, was ist?«
»Du weißt doch, daß ich eher ein ungeselliger Typ bin.«
»Ja, das ist mir nicht neu«, sagte Laurie. »Paß auf – ich will dich nicht in Verlegenheit bringen. Du kannst es dir ja noch überlegen. Um acht soll ich da sein. Du kannst mich eine halbe Stunde vorher anrufen und sagen, ob du kommst oder nicht. Hier hast du meine Nummer.« Sie schrieb ihm die Telefonnummer auf eine Serviette.
»Ich fürchte, ich gebe auf einer Abendgesellschaft nicht die beste Begleitung ab.«
»Überleg es dir. Die Einladung steht. Und jetzt muß ich mich schleunigst wieder an die Arbeit machen. Es warten noch zwei Fälle auf mich.«
Jack sah Laurie nach. Sie hatte ihn vom ersten Tag an beeindruckt, aber er hatte sie immer nur als eine kompetente Kollegin betrachtet. Jetzt fiel ihm plötzlich auf, daß sie eine gute Figur hatte und mit ihrer schönen, weichen Haut und dem kastanienbraunen Haar ziemlich attraktiv war. Sie winkte ihm noch einmal zu, und er winkte zurück. Beunruhigt stand er auf, warf seinen Abfall in die Mülltonne und machte sich auf den Weg zu seinem Büro. Im Fahrstuhl fragte er sich, was eigentlich mit ihm geschah. Er hatte Jahre gebraucht, sein Leben wieder in den Griff zu bekommen, und nun schien der Kokon, in den er sich zurückgezogen und in dem er seinen Frieden gefunden hatte, sich langsam aufzulösen.

Gegen vier hatte Jack seine Schreibarbeit weitgehend erledigt. Er verließ das Institut und ging zur U-Bahn. Als er in dem ratternden Zugabteil in die Gesichter der stummen, wie Zombies aussehenden Menschen starrte, wußte er, daß er sich dringend ein neues Fahrrad kaufen mußte. Es war nichts für ihn, sich wie ein Maulwurf unter der Erde fortzubewegen.
Er betrat sein Haus und stürmte, immer gleich zwei Stufen nehmend, nach oben. Auf dem ersten Treppenabsatz hatte sich ein betrunkener Obdachloser schlafen gelegt, doch das beeindruckte

ihn nicht. Immer wenn ihm diese seelischen Beklemmungen zu schaffen machten, brachte ihm körperliche Betätigung die beste Linderung. Deshalb wollte er so schnell wie möglich auf den Basketballplatz.

An seiner Wohnungstür zögerte er kurz, doch sie schien in den paar Stunden seiner Abwesenheit nicht berührt worden zu sein. Er schloß auf und warf einen vorsichtigen Blick in den Flur. Die Wohnung machte einen unversehrten Eindruck. Mit einem leicht flauen Gefühl im Magen steuerte er auf die Küche zu und lugte hinein. Erleichtert stellte er fest, daß niemand am Tisch saß. Dann ging er ins Schlafzimmer und holte seine Basketballsachen aus dem Schrank: eine übergroße Jogginghose, einen Rollkragenpullover und ein Sweatshirt. Eilig zog er sich um, schnappte sich sein Stirnband, klemmte sich den Basketball unter den Arm und zog die Wohnungstür hinter sich zu.

Samstag nachmittags war immer viel los auf dem Platz – vorausgesetzt, das Wetter spielte mit. Als Jack das Spielfeld erreichte, zählte er vierzehn Leute, die auf ihren Einsatz warteten. Das hieß, daß er nach dem laufenden Spiel wahrscheinlich noch zwei weitere Spiele auf der Zuschauerbank ausharren mußte, bevor er selbst zum Einsatz kam.

Wen er kannte, begrüßte er mit einem dezenten Kopfnicken. Die Verhaltensregeln verboten es, jemals Gefühlsregungen zu zeigen. Nachdem er eine angemessene Weile am Rand gestanden hatte, hörte er sich ein wenig um und erfuhr, daß David ein gutes Team zusammengestellt hatte. Er kannte David.

»Hast du schon ein paar gute Leute zusammen?« fragte er ihn, gab sich aber eher desinteressiert.

»Hab' ich«, erwiderte David lässig, ohne jedoch eine klare Antwort zu geben. Jack wußte inzwischen, daß das seine Art war, sich in Pose zu setzen.

»Hast du schon fünf zusammen?«

Das Team von David war komplett, also mußte Jack die Prozedur wiederholen. Spit hatte glücklicherweise erst vier Spieler zusammen, und da er wußte, wie treffsicher Jack die Bälle im Korb versenkte, nahm er ihn in seine Mannschaft auf.

Da sein Spiel nun gesichert war, nahm Jack seinen Ball und begann an einem der unbenutzten Seitenkörbe mit dem Aufwärm-

training. Er hatte zwar noch leichte Kopfschmerzen, und auch sein Kinn tat noch ein bißchen weh, aber ansonsten fühlte er sich erstaunlich gut.
Während Jack unermüdlich auf den Korb schmetterte, tauchte Warren auf.
»Hey, Doc, was gibt's Neues?« fragte er, schnappte Jack den Ball weg und versenkte ihn blitzschnell im Korb.
»Nicht viel«, erwiderte Jack. So lautete die korrekte Antwort. Warrens Frage war eigentlich nur eine Begrüßungsfloskel gewesen.
Ein paar Minuten lang schmetterten sie abwechselnd Bälle in den Korb, als vollzögen sie eine Art Ritual. Erst war Warren an der Reihe, und wenn er danebenwarf, was nicht oft passierte, kam Jacks Einsatz. Während der eine auf den Korb zielte, trat der andere einen Schritt zurück.
»Ich muß dich was fragen«, sagte Jack, ohne sein Wurftraining zu unterbrechen. »Hast du schon mal was von einer Gang mit dem Namen ›Black Kings‹ gehört?«
»Ja, ich glaube schon.« Warren spielte Jack den Ball zu, nachdem dieser einen Distanztreffer gelandet hatte. »Die ›Black Kings‹ sind ein paar Nieten aus der Bowery-Gegend. Wieso fragst du?«
»Nur aus Neugier«, entgegnete Jack und versenkte den Ball mit einem weiteren Sprungwurf im Korb. Er fühlte sich ziemlich gut.
Warren schnappte sich den Ball. Diesmal gab er ihn nicht an Jack zurück, sondern dribbelte ihn in seine Richtung.
»Aus Neugier?« hakte er nach und durchbohrte Jack mit einem scharfen Blick. »Was soll das heißen? Bisher haben dich noch nie irgendwelche Gangs interessiert.«
»Ich habe den Namen als Tätowierung auf dem Unterarm von einem Typen gesehen«, erklärte Jack.
»War der Typ tot?« Warren wußte, womit sich Jack seinen Lebensunterhalt verdiente.
»Noch nicht.«
Warren sah ihn mißtrauisch an. »Willst du mich verarschen, oder was?«
»Nein, verdammt«, entgegnete Jack. »Ich mag ja ein Weißer sein, aber doof bin ich nicht.«

Warren grinste. »Wieso haben sie dir denn die Visage poliert?«
»Hab' Bekanntschaft mit 'nem Ellbogen gemacht«, gestand Jack.
»War wohl zur falschen Zeit am falschen Ort.«
Warren reichte ihm den Ball. »Komm, wir spielen noch ein bißchen gegeneinander«, sagte er. »Mal sehen, wer die meisten Punkte macht.«
Jack mußte länger warten als Warren, doch irgendwann war auch für ihn die Zeit gekommen. Er spielte gut. Warren mußte mehrmals gegen die Mannschaft von Spit antreten, und zu seinem Ärger schien sie diesmal unschlagbar zu sein. Am Ende war Jack erschöpft und völlig durchgeschwitzt. Deshalb war er froh, als sich das Spiel auflöste und alle zum Abendessen nach Hause gingen oder sich für die Samstagsparty zurechtmachten. Bis zum Nachmittag würde sich niemand mehr auf dem Spielfeld blicken lassen.
Jack genoß es jedesmal, nach dem Spiel ausgiebig heiß zu duschen. Er zog frische Sachen an und warf einen Blick in den Kühlschrank. Dort bot sich ein trauriges Bild. Die Black Kings hatten seinen kleinen Biervorrat vernichtet, und an Eßbarem fand sich auch nicht viel mehr: ein vertrocknetes Stück Cheddarkäse und zwei Eier, von denen nicht klar war, wie alt sie waren. Er klappte den Kühlschrank zu; eigentlich hatte er sowieso keinen Hunger.
Er ging ins Wohnzimmer, ließ sich auf seiner zerschlissenen Couch nieder und nahm sich eine der medizinischen Fachzeitschriften vor. Normalerweise las er abends bis halb zehn oder zehn und ging dann schlafen. An diesem Abend jedoch verspürte er trotz seines Sportprogramms noch immer eine innere Unruhe; er konnte sich einfach auf nichts konzentrieren. Er warf die Zeitschrift beiseite und starrte die Wand an. Er fühlte sich einsam, und obwohl es ihm beinahe jeden Abend so ging, drang ihm sein Leid in diesem Augenblick deutlicher ins Bewußtsein als sonst.
Spontan sprang er auf und ging an den Schreibtisch. Er holte das Telefonbuch aus der Schublade und wählte die Nummer von Willow and Heath. Während er wartete, kamen ihm Zweifel, ob um diese Uhrzeit überhaupt noch jemand abheben würde. Doch schließlich hatte er Glück. Nachdem er ein paarmal falsch ver-

bunden worden war, hatte er Terese am Apparat. Mit pochendem Herzen erwähnte er schließlich beiläufig, daß er überlege, sich irgendwo etwas zu essen zu holen.
»Soll das eine Einladung sein?«
»Ja«, stammelte er. »Vielleicht hast du ja auch noch nicht gegessen und hättest Lust mitzukommen.«
»Das ist die umständlichste Einladung, die ich je bekommen habe, seit mich Marty Berman gefragt hat, ob ich ihn zum Schülerball begleite«, entgegnete Terese und lachte. »Weißt du, wie er sich ausgedrückt hat? ›Was würdest du sagen, wenn ich dich fragen würde?‹«
»Dann haben Marty und ich wohl einiges gemeinsam«, bemerkte Jack.
»Kaum«, sagte Terese. »Marty war ein kleiner, dürrer Fiesling. Aber um auf das Essen zurückzukommen – ich fürchte, das müssen wir auf ein anderes Mal verschieben. Ich würde dich wirklich gern sehen, aber mir sitzt diese Deadline im Nacken. Wir hoffen, daß wir unserer Kampagne heute nacht den letzten Schliff geben können. Das verstehst du doch, oder?«
»Natürlich«, erwiderte Jack. »Kein Problem.«
»Ruf mich doch morgen noch mal an«, schlug Terese vor. »Vielleicht können wir am Nachmittag einen Kaffee trinken.«
Jack versprach ihr, sich wieder zu melden, und wünschte ihr viel Glück. Er fühlte sich einsamer denn je. Doch im nächsten Augenblick überraschte er sich selbst aufs neue. Er kramte Lauries Nummer hervor und rief sie an.

## 22. Kapitel
## Sonntag, 24. März 1996, 9.00 Uhr

Jack war in eine seiner gerichtsmedizinischen Fachzeitschriften vertieft, als das Telefon klingelte. Da er an diesem Morgen noch kein Wort gesprochen hatte, klang seine Stimme ziemlich rauh.
»Ich hab' dich hoffentlich nicht geweckt«, meldete sich Laurie.
»Nein«, sagte Jack. »Ich bin schon seit Stunden auf.«
»Ich rufe nur an, weil du mich ausdrücklich darum gebeten hast«, entschuldigte sie sich. »Ansonsten würde ich mich hüten, jemanden am Sonntag so früh aus dem Bett zu klingeln.«
»Für mich ist es nicht früh«, beteuerte Jack.
»Aber du bist doch erst spät nach Hause gekommen«, wandte Laurie ein.
»So spät war es doch gar nicht. Außerdem ist es völlig egal, wann ich schlafen gehe – ich wache immer früh auf.«
»Du wolltest ja wissen, ob in der vergangenen Nacht aus dem Manhattan General wieder irgendwelche Infektionstoten überführt worden sind«, sagte Laurie. »Es war nichts los. Wie Janice mir berichtet hat, gibt es im Moment keinen Patienten mehr mit Verdacht auf Rocky-Mountain-Fleckfieber. Das sind doch mal gute Nachrichten, oder?«
»Sehr gute sogar.«
»Meine Eltern waren schwer beeindruckt«, fügte Laurie hinzu. »Hoffentlich hat es dir gefallen.«
»Der Abend war großartig«, erwiderte Jack. »Es ist mir beinahe peinlich, daß ich so lange geblieben bin. Nochmals herzlichen Dank für die Einladung. Und richte auch deinen Eltern meinen Dank aus. Sie sind wirklich wahnsinnig gastfreundlich.«
»Irgendwann müssen wir das mal wiederholen«, schlug Laurie vor.
»Von mir aus gern.«

Nach dem Telefonat versuchte Jack sich wieder seiner Lektüre zu widmen. Doch seine Gedanken schweiften immer wieder ab zum gestrigen Abend. Er hatte sich so wohl gefühlt, daß ihn das regelrecht verwirrte. Fünf Jahre lang war er immer für sich geblieben, und wie aus heiterem Himmel genoß er plötzlich die Gesellschaft zweier grundverschiedener Frauen.

An Laurie mochte er vor allem die unkomplizierte, handfeste Art. Terese hingegen wirkte ziemlich herrisch – sogar dann, wenn ihre fürsorgliche Ader zum Vorschein kam. Doch auch ihre etwas einschüchternde Art reizte ihn in gewisser Weise; sie paßte im Grund sogar besser zu seinem eigenwilligen Lebensstil. Nachdem er Laurie nun in Gesellschaft ihrer Eltern erlebt hatte, wußte er ihre warme und offenherzige Ausstrahlung um so mehr zu schätzen. Er konnte sich vorstellen, daß sie es unter ihrem vor Selbstbewußtsein strotzenden Vater, der auch noch Herzchirurg war, nicht immer leicht gehabt hatte.

Nachdem ihre Eltern sich zurückgezogen hatten, hatte Laurie versucht, ihn in ein persönliches Gespräch zu verwickeln, doch wie immer hatte er sich dagegen gesträubt. Allerdings war die Versuchung, etwas von sich preiszugeben, diesmal größer gewesen als sonst. Nach dem Gespräch mit Terese hatte er sich gewundert, wie gut es ihm bekommen war, mal mit jemandem zu reden, der sich für ihn interessierte. Bei Laurie hingegen war er wieder in seine übliche Strategie verfallen. Dabei hatte sie ihm ein paar überraschende Dinge offenbart.

Am meisten hatte er sich gewundert, daß Laurie keinen festen Partner hatte. Er war einfach davon ausgegangen, daß eine so begehrenswerte und gefühlvolle Frau wie Laurie mit jemandem zusammensein mußte. Doch wie sie ihm erzählt hatte, ging sie nur äußerst selten mit Männern aus.

Schließlich widmete Jack sich wieder seiner Zeitschrift. Er las darin, bis ihn der Hunger zu einem benachbarten Imbiß trieb. Auf dem Rückweg sah er, daß sich auf dem Basketballplatz bereits die ersten Spieler eingefunden hatten. Da er immer noch nach körperlicher Verausgabung lechzte, eilte er nach Hause, zog sich um und ging auf den Platz. Er spielte etliche Stunden, leider nicht ganz so treffsicher wie am Tag zuvor. Um drei hatte Jacks Mannschaft ein weiteres Mal verloren, was bedeutete, daß er für

mindestens drei Spiele aussetzen mußte. Das nahm er zum Anlaß, nach Hause zu gehen. Nachdem er geduscht hatte, versuchte er wieder zu lesen, doch seine Gedanken kreisten um Terese. Eigentlich hatte er beschlossen, sie nicht anzurufen. Schließlich wollte er sich nicht noch einen Korb holen. Doch gegen vier überlegte er es sich anders; immerhin hatte sie ihn ausdrücklich gebeten, noch einmal anzurufen. Außerdem drängte es ihn, mit ihr zu reden. Nachdem er ihr am Tag zuvor seine halbe Geschichte anvertraut hatte, quälte ihn plötzlich das seltsame Bedürfnis, ihr auch noch den Rest zu erzählen. Irgendwie hatte er das Gefühl, ihr das schuldig zu sein.
Diesmal hatte Terese gegen eine kleine Unterbrechung ihrer Arbeit nichts einzuwenden. Sie sprudelte regelrecht über vor Freude. »Wir sind gestern abend noch ein gutes Stück vorangekommen«, verkündete sie stolz. »Morgen werden wir unserem President und dem Agenturchef eine echte Sensation präsentieren.« Schließlich kam Jack dazu, sie zu fragen, ob sie einen Kaffee mit ihm trinken wolle. Vorsichtshalber erinnerte er sie daran, daß sie selbst diesen Vorschlag gemacht habe.
»Gern«, rief Terese. »Wann?«
»Von mir aus sofort.«
»Einverstanden.«
Sie verabredeten sich in einem kleinen Café im französischen Stil, das zwischen der 61st und der 62nd Street direkt an der Madison Avenue lag und somit nur ein paar Schritte von Willow and Heath entfernt war. Jack, der zuerst da war, ließ sich an einem Tisch am Fenster nieder und bestellte einen Espresso. Kurz darauf traf auch Terese ein. Sie winkte ihm schon von draußen zu. Am Tisch begrüßte sie ihn überschwenglich, indem sie ihm auf jede Wange ein Küßchen drückte. Sie war ziemlich aufgedreht.
Nachdem sie einen coffeinfreien Cappuccino bestellt hatte, beugte sie sich ein wenig vor und griff nach Jacks Hand. »Wie geht es dir?« fragte sie und sah ihm direkt in die Augen. Dann musterte sie sein Kinn. »Deine Pupillen wirken unverändert, und auch sonst siehst du gut aus. Ich hatte schon befürchtet, dein Gesicht würde sich grün und blau verfärben.«
»Es geht mir ziemlich gut. Ich bin selbst überrascht.«

Terese war nicht zu bremsen und verfiel zunächst in einen Monolog über ihre bevorstehende Präsentation. Dabei betonte sie immer wieder, wie vielversprechend sich alles entwickele. Jack ließ sie reden, bis sie ihm alles erzählt hatte. Nachdem sie ein paarmal an ihrem Cappuccino genippt hatte, fragte sie ihn, wie er denn den Samstag verbracht habe.
»Ich habe viel über unsere Unterhaltung vom Freitag abend nachgedacht«, sagte er. »Mir liegt noch etwas auf der Seele.«
»Was denn?«
»Wir haben ja recht offen miteinander geredet«, begann Jack. »Aber da ist noch etwas, das ich dir nicht erzählt habe. Ich bin es einfach nicht gewohnt, über meine Probleme zu sprechen.«
Terese stellte ihre Tasse ab und musterte Jack. Die dunkelblauen Augen verrieten seine Anspannung. Auf seinem Kinn sprossen Bartstoppeln; offenbar hatte er sich noch nicht rasiert. In einer anderen Situation, dachte sie plötzlich, könnte es einem bei seinem Anblick regelrecht unheimlich werden.
»Es war nicht nur meine Frau, die damals gestorben ist«, brachte er schließlich stockend hervor. »Ich habe auch meine beiden Töchter verloren. Sie sind alle beim Absturz eines Computer-Flugzeugs um Leben gekommen.«
Terese schluckte.
»Und ich fühle, mich für den Tod meiner Familie verantwortlich«, fuhr er fort. »Schließlich haben sie nur meinetwegen in diesem Flugzeug gesessen.«
Terese fühlte so sehr mit ihm, daß sie für eine Weile kein Wort hervorbrachte. Dann gestand sie ihm, daß sie auch nicht ganz ehrlich gewesen war. »Ich habe dir ja erzählt, daß ich mein Kind verloren habe. Aber ich habe verschwiegen, daß es mein ungeborenes Kind war und daß ich zur gleichen Zeit erfahren mußte, daß ich keine Kinder mehr bekommen kann. Und dann hat mich der Mann verlassen, den ich gerade erst geheiratet hatte.«
Die Stimmung war so emotionsgeladen, daß keiner von ihnen etwas sagen konnte. Nach ein paar Minuten brach Jack das Schweigen: Es klingt fast, als wollten wir uns gegenseitig mit unseren persönlichen Tragödien übertreffen«, sagte er und lächelte.

»Ja«, pflichtete Terese bei. »Wie zwei Depressive. Mein Therapeut wäre begeistert.«
»Was ich dir gesagt habe, war nur für deine Ohren bestimmt«, sagte Jack schnell. »Bitte rede mit niemandem darüber.«
»Natürlich nicht«, versicherte Terese. »Das gleiche gilt für meine Geschichte. Außer meinem Therapeuten weiß niemand Bescheid.«
»Meine Geschichte kennt niemand«, entgegnete Jack. »Nicht einmal irgendein Therapeut.«
Nach diesen Offenbarungen machte sich bei beiden ein Gefühl der Erleichterung breit. Sie beschlossen, noch ein wenig über angenehmere Dinge zu plaudern. Terese, die in New York groß geworden war, war entsetzt, wie wenig Jack von der Stadt kannte. Sie versprach, ihm auf jeden Fall einmal die berühmten, vom Metropolitan Museum of Art nachgebauten Klöster zu zeigen, spätestens wenn der Frühling kam.
»Es wird dir gefallen.«
»Ich freue mich jetzt schon.«

## 23. Kapitel
## Montag, 25. März 1996, 7.30 Uhr

Jack war wütend auf sich, weil er es am Samstag nicht geschafft hatte, sich ein neues Fahrrad zu kaufen; dabei hätte er durchaus Zeit gehabt. Also mußte er ein weiteres Mal mit der U-Bahn fahren. Er hatte kurz überlegt, ob er nicht besser nach Manhattan joggen sollte. Was ihn letztendlich davon abhielt, war, daß er im Büro keine Kleidung zum Wechseln hatte. Um wenigstens für die Zukunft gerüstet zu sein, packte er sich eine Tasche mit frischen Sachen zurecht und ging zur Bahn.

Da er von der First Avenue kam, betrat er das Institut durch den Haupteingang. Überrascht registrierte er, wie viele Familien im äußeren Rezeptionsbereich warteten. Es war absolut ungewöhnlich, so früh am Morgen im Institut schon so viele Menschen anzutreffen. Irgend etwas mußte passiert sein.

Die Frau am Empfang drückte den Türöffner. Jack steuerte schnurstracks den Raum an, in dem die Tagespläne erstellt wurden. An dem Tisch, an dem in der vergangenen Woche Laurie gesessen hatte, saß nun George Fonthworth, ein kleiner, etwas übergewichtiger Mann, von dessen ärztlicher Kunst Jack eine ziemlich schlechte Meinung hatte. Er war oberflächlich und übersah oft wichtige Befunde.

Jack ignorierte George und ging hinüber zu Vinnie, der wie üblich in seine Zeitung vertieft war.

»Weißt du, warum im Identifizierungsbereich so viele Leute sind?« fragte Jack, während er Vinnies Zeitung beiseite schob.

»Weil sich im Manhattan General eine mittlere Katastrophe ereignet hat«, antwortete George anstelle von Vinnie, der Jack nur einen mißbilligenden Blick zuwarf.

»Was für eine Kastastrophe?«

George klopfte auf den Aktenstapel auf seinem Tisch. »Jede

Menge Meningokokken-Fälle«, sagte er. »Könnte sein, daß eine Epidemie im Anmarsch ist. Bisher haben wir acht Tote.«
Jack stürzte auf Georges Schreibtisch zu und schnappte sich wahllos eine der Akten. Er suchte den Ermittlungsbericht und überflog die Daten. Es war die Akte von einem gewissen Robert Caruso, der als Krankenpfleger in der Orthopädischen Abteilung des Manhattan General gearbeitet hatte.
Jack schleuderte die Akte zurück auf den Tisch und hastete zu den Büros der Pathologie-Assistenten. Zu seiner Erleichterung war Janice noch an ihrem Arbeitsplatz; wie immer machte sie Überstunden.
Sie sah furchtbar aus. Sie hatte dunkle Ringe unter den Augen und wirkte so erledigt, daß man sie für eine mißhandelte Frau hätte halten können. Als sie Jack sah, ließ sie ihren Kugelschreiber fallen, lehnte sich zurück und schüttelte den Kopf. »Vielleicht muß ich mir bald einen neuen Job suchen«, seufzte sie. »Lange halte ich das nicht mehr aus. Gott sei Dank habe ich morgen und übermorgen frei.«
»Was ist denn passiert?« fragte Jack.
»Begonnen hat das Drama schon während der letzten Schicht«, erklärte Janice. »Der erste Fall ist uns gestern abend gegen halb sieben gemeldet worden. Der Patient war um sechs gestorben.«
»Ein Patient von der Orthopädischen Station?« fragte Jack. »Woher wissen Sie das?«
»Ich hatte eben die Akte eines Krankenpflegers von der Orthopädischen Abteilung in der Hand.«
»Ja, das war Mr. Caruso«, sagte Janice und gähnte. Sie entschuldigte sich und fuhr fort: »Kurz nachdem ich gestern abend um elf hier angetreten bin, ging es Schlag auf Schlag. Ich bin pausenlos angerufen worden. Die ganze Nacht bin ich nur hin- und hergefahren. Ich bin vor zwanzig Minuten aus dem Manhattan General zurückgekommen. Eins sage ich Ihnen: Das ist schlimmer als alle Fälle der vergangenen Woche. Eine der Toten ist ein neunjähriges Mädchen. Ist das nicht grauenhaft?«
»War sie mit dem ersten Opfer verwandt?«
»Ja, sie war seine Nichte.«
»Hat sie ihren Onkel im Krankenhaus besucht?«
»Ja, gestern mittag. Aber Sie glauben doch nicht im Ernst, daß

das irgendwas mit ihrem Tod zu tun hat? Sie ist gerade mal zwölf Stunden nach dem Besuch gestorben.«
»Unter bestimmten Umständen können Meningokokken extrem gefährlich sein und ganz schnell zum Tod führen«, entgegnete Jack. »Es ist durchaus möglich, daß ein Mensch innerhalb weniger Stunden nach der Infektion stirbt.«
»Im Krankenhaus herrscht jedenfalls eine ganz schöne Panik.«
»Kann ich mir vorstellen«, sagte Jack. »Wie lautet denn der Name des ersten Opfers?«
»Carlo Pacini«, erwiderte Janice. »Aber mehr kann ich Ihnen nicht über ihn sagen. Er ist vor meiner Schicht gestorben. Steve Mariott hat sich um den Fall gekümmert.«
»Darf ich Sie um einen Gefallen bitten?« fragte Jack.
»Kommt drauf an. Ich bin todmüde.«
»Bitte sagen Sie Bart, daß ich die Krankenblätter von sämtlichen Opfern brauche, die bei diesen Ausbrüchen jeweils als erste gestorben sind. Nodelman, Susanne Hard, Lagenthorpe und Pacini. Glauben Sie, Sie können die Unterlagen für mich zusammentragen?«
»Natürlich«, versicherte Janice. »Die Fälle sind ja allesamt noch nicht abgeschlossen.«
Jack erhob sich und klopfte ihr freundschaftlich auf die Schulter.
»Vielleicht sollten Sie auf Ihrem Nachhauseweg kurz in der Klinik vorbeischauen«, empfahl er ihr. »In Ihrem Fall wäre eine Chemoprophylaxe vielleicht angebracht.«
Janice riß ihre Augen weit auf. »Glauben Sie wirklich, daß das nötig ist?«
»Vorsicht ist besser als Nachsicht«, erwiderte Jack. »Aber das können Sie ja mit einem Spezialisten für Infektionskrankheiten besprechen. Die wissen da besser Bescheid. Soweit ich weiß, gibt es sogar einen Kombinationsimpfstoff; allerdings dauert es ein paar Tage, bis er wirkt.«
Er eilte zurück in den Identifizierungsraum und fragte George nach der Akte über Carlo Pacini.
»Die habe ich nicht«, sagte George. »Laurie ist heute früher gekommen als sonst, und als sie von dem neuen Desaster gehört hat, wollte sie den Fall unbedingt übernehmen. Sie hat die Akte mitgenommen.«

»Und wo ist sie jetzt?«
»In ihrem Büro«, antwortete Vinnie und lugte kurz hinter seiner Zeitung hervor.
Jack hastete hinauf in Lauries Büro. Anders als er, studierte sie jede Akte gründlich und in aller Ruhe, bevor sie die Autopsie vornahm.
»Ziemlich beängstigend, würde ich sagen«, bemerkte sie, als sie Jack sah.
»Absolut furchterregend.« Jack zog sich den Stuhl von Lauries Kollegen heran und nahm neben ihr am Schreibtisch Platz. »Jetzt ist genau das eingetreten, was ich die ganze Zeit befürchtet habe. Hast du schon irgend etwas Interessantes herausgefunden?«
»Nicht viel«, gestand Laurie. »Pacini ist am Samstag abend mit einer gebrochenen Hüfte eingeliefert worden. Offenbar hatte er Probleme mit den Knochen; in den vergangenen Jahren hatte er mehrere Frakturen.«
»Paßt genau in das Muster«, bemerkte Jack.
»Was für ein Muster?«
»Alle Patienten, die als erste eine der in den letzten Tagen ausgebrochenen Infektionen zum Opfer gefallen sind, haben an irgendeiner chronischen Krankheit gelitten«, erklärte Jack.
»Viele Patienten, die stationär behandelt werden, leiden unter chronischen Krankheiten«, gab Laurie zu bedenken. »Ich würde sogar sagen, die meisten. Aber was soll das mit unseren Fällen zu tun haben?«
»Ich kann dir sagen, was in seinem paranoiden Hirn vorgeht«, meldete sich plötzlich Chet zu Wort, der in der Tür zu Lauries Büro aufgetaucht war. Er kam herein und blieb neben dem zweiten Schreibtisch stehen. »Er hegt einen tiefen Groll gegen AmeriCare. Deshalb bildet er sich ein, daß die Leute von AmeriCare hinter all dem Ärger stecken, daß sie eine Verschwörung angezettelt haben.«
»Ist das wahr?« fragte Laurie.
»Ich bilde mir nicht nur ein, daß sie eine Verschwörung angezettelt haben«, entgegnete Jack. »Es liegt klar auf der Hand.«
»Und was stellst du dir konkret unter dieser ›Verschwörung‹ vor?« wollte Laurie wissen.

»Er glaubt, daß diese seltenen Krankheiten mit Absicht verbreitet werden«, antwortete Chet und faßte Jacks Theorie kurz zusammen.
Laurie warf Jack einen fragenden Blick zu. Jack zuckte mit den Achseln.
»Es gibt jede Menge unbeantworteter Fragen«, sagte er.
»Wie bei nahezu jedem Ausbruch einer Infektionskrankheit«, entgegnete Laurie. »Also wirklich, Jack! Das klingt alles ziemlich weit hergeholt. Ich hoffe, du hast den Managern des Manhattan General diese Theorie noch nicht dargelegt.«
»Doch, das hab' ich«, gestand Jack. »Ich habe den Labordirektor gefragt, ob er etwas mit der Sache zu tun hat. Er ist nämlich ziemlich sauer auf die Klinikleitung, weil man ihm sein Budget gekürzt hat. Daraufhin hat er umgehend die Beauftragte für die Überwachung von Infektionskrankheiten informiert. Ich kann mir gut vorstellen, daß die beiden auch die Krankenhausleitung von meinem Auftritt informiert haben.«
Laurie lachte kurz auf. »Das darf nicht wahr sein! Kein Wunder, daß man dich im Manhattan General zur Persona non grata erklärt hat.«
»Aber du mußt doch zugeben, daß im General ziemlich viele, äußerst fragwürdige Nosokominalinfektionen aufgetreten sind«, verteidigte sich Jack.
»Nicht einmal da bin ich mir so sicher«, widersprach Laurie. »Sowohl bei der Tularämie-Patientin als auch bei dem Patienten mit Rocky-Mountain-Fleckfieber sind die Krankheiten innerhalb von achtundvierzig Stunden nach der Einlieferung aufgetreten. Laut Definition handelt es sich also keineswegs um Nosokomialinfektionen.«
»Formal ist das richtig«, mußte Jack zugeben. Aber ...«
»Außerdem sind all diese Krankheiten in New York nicht zum erstenmal aufgetreten«, unterbrach in Laurie. »Ich habe in den vergangenen Tagen einiges darüber nachgelesen. Zum Beispiel hat es neunzehnhundertsiebenundachtzig einen schlimmen Ausbruch von Rocky-Mountain-Fleckfieber gegeben.«
»Danke, Laurie«, sagte Chet. »Das gleiche habe ich ihm auch schon klarzumachen versucht. Sogar Calvin hat ihn darauf hingewiesen.«

»Und wie erklärst du dir, daß sich jedesmal Mitarbeiter aus dem Zentralmagazin angesteckt haben?« insitierte Jack. »Und was sagst du zu dem rasanten Tempo, in dem die Patienten am Rocky-Mountain-Fleckfieber zugrunde gegangen sind? Am Samstag hast du dir diese Frage selbst noch gestellt.«
»Natürlich zerbreche ich mir darüber den Kopf«, gab Laurie zu. »Aber es sind genau die Fragen, die man sich bei jeder epidemiologischen Untersuchung stellen muß.«
Jack seufzte. »Tut mir leid«, entgegnete er. »Ich bin der festen Überzeugung, daß hier etwas höchst Ungewöhnliches vor sich geht. Ich habe schon die ganze Zeit befürchtet, daß eine Epidemie ausbricht. Mit dem Auftreten der Meningokokken könnte es nun soweit sein. Ich bin wirklich gespannt, ob auch diese Infektion wieder im Sande verläuft. Natürlich wäre ich froh darüber, andererseits werde ich dann aber noch mißtrauischer. Immerhin ist es absolut ungewöhnlich, daß jedesmal ein paar krasse Fälle auftreten – und dann nichts weiter passiert.«
»Hast du mal daran gedacht, daß jetzt die Jahreszeit für Meningokokken ist?« fragte Laurie. »So ungewöhnlich finde ich es nicht, wenn ein paar Leute daran erkranken.«
»Laurie hat recht«, mischte Chet sich ein. »Aber wie dem auch sei – ich mache mir vor allem Sorgen, daß du dich noch weiter in den Schlamassel hineinreitest. Du bist wie ein Hund, der nicht von seinem Knochen lassen kann. Sieh die Sache doch einfach etwas lockerer! Ich will nicht, daß du gefeuert wirst! Versprich mir wenigstens, daß du dich nicht mehr im Manhattan General blicken läßt.«
»Das kann ich nicht versprechen«, erwiderte Jack. »Schließlich haben wir einen neuen Ausbruch. Meningokokken brauchen keine Arthropoden, die ohnehin nur äußerst selten auftreten. Hier haben wir es mit einer Krankheit zu tun, die durch die Luft übertragen wird, und ich denke, das ist Grund genug, noch mal eine Ausnahme von der Regel zu machen.«
»Jetzt mach mal halblang«, rief Laurie. »Hast du die Warnung von diesen Schlägertypen schon vergessen?«
»Was ist los?« fragte Chet. »Was für Schläger?«
»Ein paar Typen aus einer Straßengang haben Jack am Wochenende einen reizenden Besuch abgestattet«, erwiderte Laurie.

»Zumindest eine der New Yorker Banden scheint ihr Geld mit Erpressungen zu verdienen.«
»Das müßt ihr mir jetzt aber mal erklären«, forderte Chet.
Laurie erzählte ihm alles, was sie über Jacks Begegnung mit den Black Kings wußte.
»Und nach dieser Abreibung willst du dich im Ernst noch einmal dort blicken lassen?« Chet war fassungslos.
»Ich werde vorsichtig sein«, versprach Jack. »Außerdem bin ich noch gar nicht sicher, ob ich wirklich rüberfahre oder nicht.«
Chet verdrehte die Augen. »Ich glaube, du wärst doch besser ein Vorstadt-Augenarzt geblieben.«
»Was soll das denn nun wieder bedeuten?« fragte Laurie.
»Schluß jetzt«, sagte Jack und stand auf. »Genug ist genug. Auf uns wartet jede Menge Arbeit.«

Als Jack, Laurie und Chet den Sektionssaal verließen, war es bereits nach ein Uhr mittags. George hatte zunächst bezweifelt, daß es wirklich notwendig war, sämtliche Meningokokken-Fälle zu obduzieren, doch die drei hatten darauf bestanden, und schließlich hatte George nachgegeben. Einige der Toten untersuchten sie gemeinsam, andere nahmen sie sich einzeln vor. Besonders gründlich obduzierten sie Carlo Pacini, der das erste Opfer gewesen war und auf der Orthopädischen Station gelegen hatte. Des weiteren untersuchten sie zwei Krankenschwestern, einen Hilfspfleger, zwei Personen, die Carlo Pacini besucht hatten, unter ihnen auch das neunjährige Mädchen und – was für Jack von besonderer Bedeutung war – eine Frau, die im Zentralmagazin gearbeitet hatte. Nachdem sie ihre anstrengende Arbeit beendet hatten, gingen sie gemeinsam in die Kantine.
Ich hab' noch nicht viele Meningokokken-Fälle obduziert«, eröffnete Laurie das Gespräch. »Aber was ich heute auf dem Tisch hatte, hat mich wirklich geschockt.«
»Dramatischere Fälle des Waterhouse-Friederichsen-Syndroms gibt es wohl nicht«, stimmte Chet ihr zu. »Von diesen Menschen hatte keiner eine Chance. Die Bakterien sind wie eine Mongolenhorde über ihre Körper hergefallen. Unglaublich, wie viele innere Blutungen sie hatten. Eins sag ich euch – ich hab einen Riesenschiß!«

»Heute morgen habe ich meinen Mondanzug zum erstenmal als wahren Segen empfunden«, sagte Jack. »Unfaßbar, wieviel Gangrän sich an den Extremitäten gebildet hatte. Das war ja noch schlimmer als bei den Pestfällen vergangene Woche.«

»Was mich am meisten überrascht hat, wie wenig von der Meningitis zu erkennen war«, bemerkte Laurie. »Sogar bei dem Mädchen war die Hirnhaut kaum entzündet; gerade bei ihr hätte ich viel deutlichere Merkmale erwartet.«

»Ich habe mich vor allem über das Ausmaß der Pneumonitis gewundert«, sagte Jack. »Wir haben es doch eigentlich mit einer Infektionskrankheit zu tun, die durch die Luft übertragen wird. Normalerweise werden dabei die oberen Bereiche des Atmungstraktes befallen, nicht die Lungen.«

»Sind die Bakterien einmal im Blut, gelangen sie ganz einfach in die Lungen«, erklärte Chet. »Es wurde ja offenbar im Gefäßsystem aller Opfer eine große Menge an Meningokokken festgestellt.«

»Hat einer von euch mitbekommen, ob inzwischen noch weitere Fälle hereingekommen sind?« fragte Jack.

Chet und Laurie sahen einander an und schüttelten dann beide den Kopf.

Jack erhob sich und schob geräuschvoll seinen Stuhl zurück. Dann ging er zum Wandtelefon, wählte die Nummer der Telefonzentrale und stellte einem der Vermittler die gleiche Frage.

»Also, wenn das nicht komisch ist«, sagte er, als er an den Tisch zurückkam. »Es gibt keine weiteren Fälle.«

»Ich finde, das ist ein ziemlich gute Nachricht«, sagte Laurie.

»Dem kann ich nur zustimmen«, schloß Chet sich an.

»Kennt einer von euch irgendeinen Internisten im Manhattan General?« fragte Jack.

»Ja«, erwiderte Laurie. »Eine meiner früheren Kommilitoninnen arbeitet im General.«

»Wie wär's, wenn du sie einfach mal anrufst und fragst, ob sie zur Zeit irgendwelche Patienten mit Meningokokkenmeningitis in Behandlung haben?« schlug Jack vor.

Laurie zuckte mit den Schultern, stand auf und ging hinüber zum Telefon.

»Ich mag diesen Blick in deinen Augen nicht«, sagte Chet.

»Ich kann es doch auch nicht ändern«, entgegnete Jack. »Es tauchen schon wieder äußerst beunruhigende Fakten auf. Gerade haben wir die schlimmsten Fälle von Menigokokkenmeningitis zu sehen bekommen, und dann – bumm! Kein einziger, weiterer Fall – als hätte jemand einen Wasserhahn zugedreht. Es ist genauso gekommen, wie ich es euch prophezeit habe.«
»Ist das nicht charakteristisch für die Krankheit?« fragte Chet. »Ich meine, daß sie sich ausbreitet und dann wieder verschwindet.«
»Aber doch nicht so schnell«, erwiderte Jack und fügte nach einer kurzen Pause hinzu: »Mir ist da gerade etwas eingefallen. Wir wissen doch, wer bei diesem neuen Ausbruch das erste Opfer war. Hast du eine Ahnung, wer zuletzt gestorben ist?«
»Nein, aber das können wir ja in den Akten nachsehen?« sagte Chet.
In diesem Augenblick kam Laurie zurück. »Derzeit gibt es keinen weiteren Fall von Meningokokkenmeningitis«, berichtete sie. »Aber die haben dort keineswegs das Gefühl, über den Berg zu sein. Sie haben eine großangelegte Impf- und Chemoprophylaxe-Kampagne gestartet. In der Klinik herrscht offenbar das totale Chaos.«
Jack und Chet kommentierten Lauries Nachrichten nur mit einem unverständlichen Gegrummel. Sie waren damit beschäftigt, die Akten nochmals durchzugehen, und sich auf ihren Servietten Notizen zu machen.
»Was macht ihr da eigentlich?« fragte Laurie.
»Wir versuchen herauszufinden, wer als letzter gestorben ist«, erklärte Jack.
»Und wozu?«
»Das weiß ich selbst noch nicht genau.«
»Ich hab's«, rief Chet. »Die letzte war Imogene Philbertson.«
»Bist du sicher?« fragte Chet. »Zeig mal her.«
Chet drehte den zur Hälfte ausgefüllten Totenschein um. Auf der Rückseite war die Uhrzeit notiert.
»Das gibt's doch gar nicht«, rief Jack.
»Was ist denn?« fragte Laurie.
»Sie war diejenige, die im Zentralmagazin gearbeitet hat«, erklärte Jack.

»Ist das denn von Bedeutung?«

Jack dachte ein paar Minuten nach und schüttelte dann den Kopf. »Ich weiß es einfach nicht. Ich muß mir erst noch einmal die anderen Akten vornehmen. Wie ihr wißt, war von jeder Krankheit eine Mitarbeiterin aus dem Zentralmagazin betroffen. Möglicherweise habe ich bisher übersehen, daß sie jeweils das letzte Opfer waren.«

»Ihr wart ja nicht gerade beeindruckt von meiner Neuigkeit.«

»Doch, ich schon«, entgegnete Chet. »Und Jack betrachtet das als Bestätigung seiner Theorie.«

»Ich fürchte nur, diese Nachricht könnte unseren hypothetischen Terroristen frustrieren«, bemerkte Jack. »Und es könnte ihm eine unglückselige Lektion erteilen.«

Laurie und Chet verdrehten die Augen und stöhnten laut auf.

»Jetzt paßt mal auf, ihr beiden«, sagte Jack. »Vielleicht könntet ihr mir einfach mal kurz zuhören. Damit wir nicht schon wieder über das gleiche streiten, laßt uns doch für einen Moment davon ausgehen, daß wirklich irgendein Verrückter versucht, diese Mikroben zu verbreiten und eine Epidemie auszulösen. Zuerst wählt er die unheimlichsten, exotischsten Krankheiten aus, die ihm in den Sinn kommen, aber er weiß nicht, daß sie sich nicht besonders gut von einem Patienten auf den nächsten übertragen. Nach ein paar Fehlschlägen erkennt er das und entscheidet sich für eine Krankheit, die durch die Luft übertragen wird. Aber ihm unterläuft wieder ein Fehler: Die Meningokokkenmeningitis überträgt sich auch nicht so einfach von Mensch zu Mensch. Sie wird hauptsächlich von Menschen übertragen, die gegen den Erreger immun sind, ihn aber durch Kontakt zu ihren Mitmenschen weitergeben. Jetzt ist unser Verrückter vollends frustriert. Allerdings weiß er spätestens zu diesem Zeitpunkt, was er in Wahrheit braucht: eine Krankheit, die sich über die Luft von einem Kranken auf den anderen überträgt.«

»Und welche Krankheit würdest du in diesem hypothetischen Szenario auswählen?« fragte Chet ein wenig von oben herab.

»Mal überlegen«, erwiderte Jack und dachte kurz nach. »Ich glaube, ich würde es mit einer antibiotikaresistenten Diphtherie versuchen oder sogar mit Keuchhusten. Gerade diese Krankheiten, die man schon lange kennt und unter Kontrolle

zu haben glaubt, treten heute wieder gehäuft auf. Aber wißt ihr, womit unser Verrückter sein Ziel perfekt erreichen könnte? Mit Influenza! Mit Hilfe eines pathologischen Influenza-Stammes.«
»Was für eine entsetzliche Vorstellung!« murmelte Chet.
Laurie stand auf. »Ich muß zurück an die Arbeit«, sagte sie. »Außerdem klingt das in meinen Ohren alles viel zu hypothetisch.«
Chet erhob sich ebenfalls.
»Wollt ihr denn zu meinen Überlegungen gar nichts sagen?«
»Du weißt doch, wie wir darüber denken«, sagte Chet. »Du steigerst dich viel zu sehr in diese Geschichte hinein. Je mehr du über diesen Quatsch nachdenkst und davon redest, desto fester scheinst du an dein Phantasiegebilde zu glauben. Meine Güte, überleg doch mal! Wenn wir es mit einer einzigen Krankheit zu tun hätten, okay, aber wir haben schon vier! Wo sollte dein Verrückter denn seine Mikroben herbekommen? So was bekommt man schließlich nicht im Tante-Emma-Laden um die Ecke! Wir sehen uns im Büro.«
Jack sah Laurie und Chet nach, wie sie ihre Abfälle wegwarfen und die Kantine verließen. Er blieb noch eine Weile sitzen und dachte über Chets Worte nach. Chet hatte ihn auf etwas gebracht, an das er noch gar nicht gedacht hatte. Wo konnte man sich pathologische Bakterien besorgen? Er hatte beim besten Willen keine Ahnung. Er stand auf und streckte sich. Als er ins Büro kam, war Chet bereits in seine Akten vertieft; er blickte nicht einmal auf. Jack setzte sich an seinen Schreibtisch und stapelte sämtliche Akten und all seine Notizen zu den jüngsten Infektionsfällen vor sich auf. Dann sah er nach, wann genau die Frauen aus dem Zentralmagazin gestorben waren. Insgesamt waren es vier. Jack konnte sich vorstellen, daß die Abteilungsleiterin eifrig auf der Suche nach neuem Personal sein mußte, um diesen ungeheuren Aderlaß wettzumachen.
Als er die Todesuhrzeiten der Frauen notiert hatte, sah er nach, wann die übrigen Infektionsopfer gestorben waren. Für die wenigen Fälle, die er nicht selbst obduziert hatte, erfragte er die Daten telefonisch bei Bart Arnold, dem Vorgesetzten der Pathologie-Assistenten.

Als er alle Informationen zusammen hatte, sah er sofort, daß bei jedem der Krankheitsausbrüche eine Frau aus dem Zentralmagazin das letzte Opfer gewesen war. Das deutete darauf hin – auch wenn es mit Sicherheit kein Beweis war –, daß diese Frauen sich auch jeweils zuletzt angesteckt hatten. Jack wußte nicht, was das zu bedeuten hatte, doch er war immerhin auf ein äußerst interessantes Detail gestoßen.
»Ich muß doch noch mal rüber zum Manhattan General«, sagte er plötzlich und sprang auf.
Chet blickte nicht einmal auf. »Tu, was du nicht lassen kannst«, sagt er resigniert. »Meine Ratschläge interessieren dich ja sowieso nicht.«
Jack zog sich seine Bomberjacke an. »Nimm's nicht persönlich. Ich weiß es wirklich zu schätzen, daß du dir solche Sorgen um mich machst. Aber ich kann nicht anders. Ich muß herausfinden, wie das mit dem Zentralmagazin zusammenhängt. Natürlich könnte es auch reiner Zufall sein, da stimme ich dir zu. Aber das kommt mir doch eher unwahrscheinlich vor.«
»Was ist, wenn Bingham sich hier meldet?« fragte Chet. »Und was ist mit diesen Schlägern, von denen Laurie gesprochen hat? Du weißt ja wohl, daß du ein großes Risiko eingehst.«
»So ist das Leben«, entgegnete Jack. Auf dem Weg zur Tür klopfte er Chet auf die Schulter. Er war noch nicht über die Schwelle, als sein Telefon klingelte. Er zögerte; die meisten Anrufe für ihn kamen aus dem Labor.
»Soll ich abnehmen?« fragte Chet.
»Nein. Ich bin ja noch hier. Also kann ich auch ans Telefon gehen.« Er nahm den Hörer ab.
»Was für ein Glück, daß du da bist!« rief Terese erleichtert. »Ich hatte schon eine panische Angst, dich womöglich nicht zu erreichen – oder zumindest nicht rechtzeitig.«
»Was, um Himmels willen, ist denn los?« fragte Jack. Sein Puls begann zu rasen. Am Klang von Terese' Stimme hörte er, daß sie vollkommen außer sich war.
»Eine Katastrophe«, sagte sie. »Ich muß dich sofort sehen. Können wir uns in deinem Büro treffen?«
»Was gibt es denn?«
»Ich kann jetzt nicht reden«, erwiderte Terese. »Bei allem, was

passiert ist, kann ich nichts mehr riskieren. Ich muß dich unbedingt treffen.«
»Wir stecken hier selbst mitten in einer Katastrophe«, sagte Jack. »Ich war schon fast aus der Tür.«
»Es ist mir wirklich wichtig«, flehte Terese. »Bitte!«
Als ihm durch den Kopf schoß, wie bereitwillig sie ihm wenige Tage zuvor geholfen hatte, gab er sofort nach.
»Okay«, sagte er. »Da ich das Institut sowieso gerade verlassen wollte, komme ich dir entgegen. Wo treffen wir uns?«
»Willst du in Richtung City oder in die andere Richtung?«
»In die andere Richtung.«
»Dann treffen wir uns in dem Café von gestern.«
»Gut. Ich bin in ein paar Minuten da.«
»Wunderbar! Ich erwarte dich!« rief Terese erleichtert und legte auf.
Jack warf Chet einen vorsichtigen Blick zu. »Hast du gehört, was sie gesagt hat?« fragte er.
»So laut, wie sie geredet hat, mußte ich ja mithören«, erwiderte Chet. »Hast du eine Ahnung, was passiert sein könnte?«
»Nein, absolut nicht.«
Wie versprochen machte Jack sich sofort auf den Weg. Er nahm ein Taxi. Trotz des relativ starken Nachmittagsverkehrs kamen sie zügig voran.
Das Café war überfüllt. Er entdeckte Terese am Ende einer langen Tischreihe und nahm gegenüber von ihr Platz. Sie machte keine Anstalten aufzustehen. In ihrem eleganten Kostüm sah sie äußerlich aus wie immer. Doch es war offenkundig, daß sie wütend war; ihr Kinn bebte.
Sie beugte sich ein wenig zu ihm vor. »Du wirst nicht glauben, was ich dir jetzt erzähle«, preßte sie mühsam hervor.
»Ist deine Präsentation bei den Chefs nicht gut angekommen?« fragte Jack. Es war das einzige, womit er sich ihren Zustand erklären konnte.
Terese winkte ab. »Ich habe die Präsentation abgeblasen.«
»Aber warum denn?«
»Weil ich so klug war, mich zum Frühstück mit einer Bekannten zu treffen, die bei der National Health arbeitet«, sagte Terese. »Sie ist die stellvertretende Leiterin der Marketing-Abteilung

und war zufällig mit mir zusammen auf dem Smith-College. Irgend etwas muß mit mir durchgegangen sein, als ich geglaubt habe, die Kampagne durch sie an ein paar höhere Tiere herantragen zu können. Ich war so zuversichtlich, und dann hat sie mir den totalen Schock versetzt. Sie hat mir klargemacht, daß die Kampagne nicht die geringste Chance hätte, jemals eingesetzt zu werden.«

»Aber wieso denn nicht?« fragte Jack. Auch wenn er Werbung im Gesundheitswesen verabscheute – die Spots, die Terese gemacht hatte, waren die besten, die er je gesehen hatte.

»Weil die Leute von der National Health schon in Panik geraten, wenn das Wort Nosokomialinfektion auch nur erwähnt wird«, erklärte Terese wütend. Dann beugte sie sich wieder vor und flüsterte: »Offenbar hatten sie in der letzten Zeit selbst mit ein paar Problemchen zu kämpfen.«

»Weißt du Näheres?«

»Mit den Infektionen im Manhattan General sind die Fälle wohl nicht zu vergleichen«, sagte Terese. »Aber ernst war es schon. Es hat sogar ein paar Tote gegeben. Für mich ist das schlimmste an dieser Geschichte, daß unsere eigenen Kundenbetreuer genau Bescheid wußten. Helen Robinson und ihr Chef, Robert Barker, wollen mich ins offene Messer laufen lassen.«

»Das ist ja ziemlich kontraproduktiv«, stellte Jack fest. »Ich dachte immer, in einer Werbeagentur ziehen alle gemeinsam am gleichen Strang.«

»Kontraproduktiv!« brüllte Terese so laut, daß sich die Gäste an den Nebentischen umdrehten. Sie schloß für ein paar Sekunden die Augen, um sich wieder zu beruhigen. »Ich würde das etwas krasser ausdrücken«, erklärte sie schließlich und bemühte sich, nicht wieder loszuschreien. »Die Worte, die ich benutzen würde, wenn ich das Verhalten dieser Kollegen beschreiben sollte, würden selbst einem Seemann die Schamesröte ins Gesicht treiben. Die beiden haben mich absichtlich im dunkeln tappen lassen. Sie haben es darauf angelegt, mich lächerlich zu machen. Das war keineswegs ein Versehen!«

»Es tut mir wirklich leid«, sagte Jack. »Ich sehe, wie es dich aufregt.«

»Das ist stark untertrieben«, entgegnete Terese. »Wenn ich in den nächsten Tagen nicht mit einer neuen Kampagne aufwarte, kann ich meine Hoffnung auf einen Aufstieg in der Firma endgültig beerdigen.«

»In den nächsten Tagen?« hakte Jack nach. »Wenn ich daran denke, was du mir gezeigt hast – und wieviel Arbeit darin steckte –, dann kann ich mir beim besten Willen nicht vorstellen, wie du das schaffen willst.«

»Da hast du vollkommen recht«, sagte sie. »Und das ist genau der Punkt, weshalb ich dich so dringend sprechen wollte. Ich brauche eine neue Anregung. Die Idee, etwas über Infektionen zu machen, war doch auch von dir – beziehungsweise du hast uns überhaupt erst auf den Gedanken gebracht. Fällt dir vielleicht noch irgendein anderes Konzept ein? Ich bin völlig verzweifelt!«

Jack starrte in die Ferne und versuchte nachzudenken. Er befand sich wirklich in einer kuriosen Situation. Er hatte für Werbung nicht das geringste übrig, und nun saß er da und zermarterte sich das Hirn, um Terese eine brauchbare Idee zu liefern. Doch nach allem, was sie für ihn getan hatte, wollte er ihr unbedingt helfen.

»Was mir an der Werbung im Gesundheitswesen so mißfällt, ist vor allem, daß sie von vorn bis hinten nur auf Oberflächlichkeit basiert«, erklärte Jack. »Wenn man nicht gezielt die Qualitätsunterschiede in den Vordergrund stellt, unterscheiden sich AmeriCare und National Health und all die anderen Riesenunternehmen in fast nichts voneinander.«

»Das ist mir ganz egal«, entgegnete Terese. »Gib mir einfach einen Tip.«

»Das einzige, was mir im Moment einfällt, ist, daß man vielleicht das Thema ›Warten‹ in einem Spot verbraten könnte«, schlug er vor.

»Wieso ›Warten‹? Das mußt du mir erklären!«

»Es ist doch so, daß niemand gern wartet, bis der Arzt endlich Zeit für ihn hat«, sagte Jack. »Trotzdem müssen alle ständig warten. Etwas, das alle nervt.«

»Du hast recht!« rief Terese aufgeregt. »Super! Ich sehe schon den Slogan vor mir: Bei der National Health muß niemand warten! Oder noch besser. Wir warten auf Sie, nicht Sie auf uns! Die Idee ist einfach klasse. Du bist ein Genie! Willst du nicht bei uns anfangen?«

Jack mußte lachen. »Na, was dabei wohl herauskäme«, sagte er. »Ich glaube, ich bin im Moment mit meinem eigenen Job ausgelastet.«
»Ist schon wieder etwas passiert?« fragte Terese. »Du hast vorhin gesagt, daß ihr mitten in einer Katastrophe steckt.«
»Es gibt wieder Probleme im Manhattan General«, erwiderte Jack. »Diesmal ist eine Krankheit ausgebrochen, die durch Meningokokken hervorgerufen wird. Sie ist äußerst gefährlich und verläuft oft tödlich.«
»Wie viele Fälle hat es gegeben?«
»Acht Tote. Diesmal hat es auch ein Kind getroffen.«
»Wie furchtbar. Glaubst du, daß die Krankheit sich noch weiter ausbreiten könnte?«
»Zuerst habe ich das befürchtet«, erklärte Jack. »Ich war ziemlich sicher, daß wir es diesmal mit einer richtigen Epidemie zu tun bekommen würden. Aber dann war Ruhe. Seltsamerweise hat sich die Krankheit nicht weiter verbreitet.«
»Ich hoffe nur, daß daraus kein Geheimnis gemacht wird«, bemerkte Terese. »Wie bei den Leuten, die im National-Health-Krankenhaus an was auch immer gestorben sind.«
»Da mach dir mal keine Sorgen«, beruhigte sie Jack. »Dieser Vorfall wird bestimmt nicht geheimgehalten. Wie ich gehört habe, ist das ganze Krankenhaus in Aufruhr. Aber das werde ich gleich mit eigenen Augen sehen. Ich bin nämlich auf dem Weg dorthin.«
»Um Gottes willen, laß dich da bloß nicht blicken!« ermahnte ihn Terese. »Hast du denn so ein schwaches Gedächtnis?«
»Jetzt klingst du genau wie meine Kollegen«, entgegnete Jack. »Ich finde es wirklich rührend, daß du dir solche Sorgen um mich machst, aber ich muß mich trotzdem noch einmal vor Ort umsehen. Irgendwie sagt mir mein Gefühl, daß diese Krankheiten mit Absicht verbreitet werden. Und mein Gewissen erlaubt es mir nicht, einfach darüber hinwegzusehen.«
»Hast du denn gar keine Angst?«
»Ich werde vorsichtig sein.«
Terese schnaubte verächtlich. »Vorsicht scheint mir in dieser Situation nicht auszureichen – jedenfalls nicht, wenn ich daran denke, wie du mir diese Gangster beschrieben hast.«

»Ich muß das Risiko eingehen«, erklärte Jack schlicht.
»Was ich einfach nicht verstehe, ist, warum du dich so über diese Infektionskrankheiten aufregst. Irgendwo habe ich gelesen, daß sie sowieso wieder auf dem Vormarsch sind.«
»Das stimmt«, sagte Jack. »Aber das ist etwas völlig anderes als eine absichtliche Verbreitung von Bakterien. Es liegt unter anderem an dem unvernünftigen Umgang mit Antibiotika, an der Verstädterung und an der Zerstörung der Urwälder.«
»Jetzt reicht's aber«, wies Terese ihn zurecht. »Ich mache mir Sorgen, weil dir womöglich etwas zustoßen könnte, und du hältst mir einen Vortrag.«
Jack zuckte mit den Schultern. »Ich gehe auf jeden Fall ins Manhattan General.«
»Dann tu, was du nicht lassen kannst!« sagte Terese unwillig und stand auf. »Du spielst eben doch den lächerlichen Helden.« Dann fügte sie etwas sanfter hinzu. »Also geh, in Gottes Namen. Aber ruf mich an, wenn du Hilfe brauchst.«
»Mache ich«, versprach Jack und sah ihr nach, bis sie das Restaurant verlassen hatte. Sie war wirklich eine verrückte Frau; mal war sie blind vor Ehrgeiz, mal die Fürsorge in Person. Kein Wunder, daß sie ihn so verwirrte.

## 24. Kapitel
## Montag, 25. März 1996, 14.30 Uhr

Jack mußte sich eingestehen, daß Terese recht gehabt hatte, daß er wirklich ein Risiko einging, wenn er die Drohung des Schlägertrupps mißachtete. Die Frage war nur: Wem hatte er durch seine Nachforschungen ins Handwerk gepfuscht, und wer hatte ihm die Gang auf den Hals gejagt? Und sprachen die Einschüchterungsversuche nicht dafür, daß er mit seinen Verdächtigungen richtig lag? Wie er es Terese versprochen hatte, würde er höchste Vorsicht walten lassen müssen. Doch das Problem war, daß er keine Ahnung hatte, vor wem er sich eigentlich in acht nehmen mußte. Womöglich steckten Kelley oder Dr. Zimmerman hinter den mysteriösen Infektionen, vielleicht hatte aber auch Dr. Cheveau oder Clint Abelard etwas mit der Sache zu tun. Immerhin hatten diese vier sich am meisten über seine Nachforschungen geärgert. Am besten würde er also um sie alle einen großen Bogen machen.
Als er um die letzte Ecke gebogen war und das Krankenhaus direkt vor ihm lag, sah er sofort, daß dort ungewöhnliche Dinge vor sich gingen. Auf dem Bürgersteig hatte die Polizei Absperrungen errichtet, und zu beiden Seiten des Haupteingangs stand ein uniformierter Polizist. Jack blieb einen Augenblick stehen und beobachtete die beiden Beamten, die sich angeregt unterhielten und sich ansonsten um nichts zu kümmern schienen.
Schließlich ging er auf sie zu und fragte sie, was sie hier machten.
»Wir sollen verhindern, daß jemand das Krankenhaus betritt«, erklärte der eine Beamte. »Angeblich ist irgendeine Epidemie ausgebrochen, aber inzwischen glauben die Experten, daß alles wieder unter Kontrolle ist.«
»Eigentlich sind wir eher hier, um die Menschenmassen unter

Kontrolle zu halten«, gestand der andere Beamte. »Vor ein paar Stunden hat man befürchtet, daß es Ärger geben würde. Da haben die Spezialisten nämlich noch mit dem Gedanken gespielt, das ganze Krankenhaus unter Quarantäne zu stellen, aber inzwischen ist die Lage nicht mehr so dramatisch.«
»Ja, da haben wir noch Glück gehabt«, entgegnete Jack. Als er auf den Eingang zusteuerte, hielt ihn einer der Polizisten zurück.
»Wollen Sie wirklich reingehen?« fragte er.
»Auf jeden Fall.«
Der Beamte zuckte mit den Schultern und ließ ihn vorbei.
Als er den Eingang passiert hatte, wurde Jack sofort von einem uniformierten Mann des Krankenhaus-Sicherheitsdienstes angehalten. Er trug eine OP-Maske vor dem Gesicht.
»Tut mir leid«, sagte der Mann. »Heute haben Besucher keinen Zutritt.
Jack zeigte ihm seine Dienstmarke.
»Entschuldigung, Herr Doktor«, murmelte der Mann und trat zur Seite.
Von der Ruhe, die das Krankenhaus nach außen hin ausstrahlte, war drinnen nichts mehr zu spüren. In der Eingangshalle wimmelte es vor Menschen. Da ausnahmslos alle Masken trugen, wirkte die Szene gespenstisch.
Seit dem letzten Meningokokken-Fall waren mehr als zwölf Stunden vergangen. Deshalb war Jack sich ziemlich sicher, daß es überflüssig war, eine Schutzmaske zu tragen. Trotzdem wollte er eine haben; so konnte er von gewissen Leuten unerkannt bleiben. Der Mann vom Sicherheitsdienst schickte ihn an den unbesetzten Informationsschalter. Dort entdeckte Jack etliche Kisten mit Schutzmasken. Er nahm sich eine heraus und zog sie vors Gesicht.
Danach ging er zur Kleiderkammer, in der die Ärztekittel aufbewahrt wurden. Als einer der Ärzte herauskam, schlüpfte Jack schnell in den Raum, entledigte sich seiner Bomberjacke und suchte sich einen langen, weißen Kittel aus. So vermummt, kehrte er in die Halle zurück.
Er hatte sich vorgenommen, dem Zentralmagazin einen weiteren Besuch abzustatten. Dort, so glaubte er, mußte der Schlüssel zu dem Geheimnis zu finden sein. Als er den Fahrstuhl in der

dritten Etage verließ, fiel ihm als erstes auf, daß in den Fluren viel weniger Patienten zu sehen waren als bei seinem letzten Besuch. Er warf einen Blick durch die Glastür, die zum OP-Bereich führte, und wußte sofort, warum. Die Operationssäle waren vorübergehend geschlossen worden. Da Jack eine vage Vorstellung davon hatte, wie in einem Krankenhaus Gewinne erwirtschaftet wurden, vermutete er, daß die Krankheitsausbrüche bei AmeriCare eine schwere finanzielle Krise verursacht haben mußten.

Er stieß die Pendeltür zum Zentralmagazin auf. Selbst dort herrschte nicht einmal halb so viel Betrieb wie am vergangenen Donnerstag. Er sah lediglich zwei Frauen, die am Ende eines der beiden langen Gänge zwischen den deckenhohen Regalen hantierten. Wie alle anderen Mitarbeiter des Krankenhauses trugen auch sie Masken.

Er machte einen Bogen um den Gang, in dem er die Frauen gesehen hatte, und steuerte auf das Büro von Gladys Zarelli zu. Sie hatte ihn bei seinem ersten Besuch sehr freundlich empfangen und war zudem die Leiterin der Abteilung. Wahrscheinlich konnte sie ihm am ehesten etwas Erhellendes mitteilen.

Im Vorbeigehen warf Jack einen Blick auf die unzähligen Krankenhausvorräte und Ausstattungsartikel, die sich in den Regalen stapelten. Plötzlich kam ihm die Idee, ob es wohl irgend etwas unter diesen vielen Dingen gab, das das Zentralmagazin nur an die jeweils ersten Opfer geliefert hatte. Doch selbst wenn es so etwas gab – wie waren die Frauen vom Zentralmagazin mit den Patienten und den Bakterien in Berührung gekommen? Schließlich hatte man ihm versichert, daß die Mitarbeiterinnen des Magazins so gut wie nie einen Patienten zu Gesicht bekamen.

Gladys war in ihrem Büro. Sie telefonierte gerade, doch als sie ihn in der Tür stehen sah, gab sie ihm durch ihr überschwengliches Winken zu verstehen, daß er eintreten solle. Er nahm gegenüber von ihrem kleinen Schreibtisch Platz. Das Büro war so winzig, daß er das Telefongespräch unweigerlich mithören mußte. Sie war tatsächlich dabei, neue Mitarbeiter anzuwerben.

»Entschuldigen Sie, daß ich Sie habe warten lassen«, wandte sie sich an Jack, als sie ihr Telefonat beendet hatte. Trotz ihrer Pro-

bleme war sie genauso entgegenkommend wie bei seinem letzten Besuch. »Ich brauche dringend neue Leute.«
Er stellte sich noch einmal kurz vor, doch Gladys erwiderte, sie habe ihn sofort erkannt. So viel also zu meiner Verkleidung, dachte Jack.
»Ich bedaure sehr, was hier passiert ist«, begann er. »Ich kann mir vorstellen, daß Sie es im Augenblick nicht gerade leicht haben.«
»Es ist schrecklich«, gestand sie. »Absolut schrecklich! Wer hätte das ahnen können? Vier hervorragende Mitarbeiterinnen – alle tot!«
»Ja, es ist wirklich entsetzlich«, stimmte Jack zu. »Und so vollkommen überraschend. Sie haben mir doch neulich gesagt, daß sich aus dieser Abteilung noch nie jemand irgendeine ernstzunehmende Krankheit eingefangen hat.«
»Was soll man tun?« entgegnete Gladys und unterstrich ihre Hilflosigkeit, indem sie die Hände hob. »Es liegt alles in Gottes Hand.«
»Manchmal liegt es in Gottes Hand«, sagte Jack. »Aber normalerweise gibt es Möglichkeiten, solchen Ansteckungskrankheiten auf den Grund zu gehen. Haben Sie noch einmal darüber nachgedacht?«
Gladys nickte energisch. »Ich habe nachgedacht, bis sich mir der Kopf gedreht hat«, beteuerte sie. »Aber ich habe nicht den blassesten Schimmer. Sogar wenn ich mal abschalten wollte, habe ich mir pausenlos das Hirn zermartert, weil man mich immer wieder mit der gleichen Frage traktiert hat.«
»Ach, tatsächlich?« Jack war enttäuscht. Er hatte bislang geglaubt, daß außer ihm noch keiner auf die Idee gekommen war, im Zentralmagazin nach der Ursache zu forschen.
»Am Donnerstag war direkt nach Ihnen Dr. Zimmerman bei mir«, erklärte Gladys. »Zusammen mit diesem kleinen Kerl, der immer sein Kinn so rausstreckt, als ob ihm sein Hemdkragen zu eng wäre.«
»Klingt nach Dr. Abelard«, sagte Jack und wurde sich bewußt, daß er wohl tatsächlich auf ausgetretenen Pfaden wandelte.
»Ja, genau so hieß der Mann«, bestätigte Gladys. »Er hat mir regelrecht Löcher in den Bauch gefragt. Immer wenn wieder jemand krank geworden ist, sind sie zu mir gekommen. Und jetzt

sollen wir alle diese Schutzmasken tragen. Sie haben sogar Mr. Eversharp aus der Werkstatt raufgeschickt, weil sie vermutet haben, daß womöglich irgend etwas mit unserer Klimaanlage nicht in Ordnung sein könnte. Aber die scheint okay zu sein.«

»Und?« fragte Jack. »Haben Dr. Zimmerman und Dr. Abelard eine Erklärung für die geheimnisvollen Krankheitsausbrüche gefunden?«

»Nein«, erwiderte Gladys. »Es sei denn, sie haben sie mir nicht verraten. Aber das bezweifle ich eher. Hier ist es zugegangen wie in der Grand Central Station. Früher hat sich nie jemand bei uns blicken lassen. Mir ist bei all dem Trubel allerdings aufgefallen, daß sich einige von diesen Ärzten ziemlich seltsam verhalten.«

»Wie meinen Sie das?«

»Sie sind eben irgendwie komisch«, erklärte Gladys. »Zum Beispiel dieser Doktor aus dem Labor. Er ist in der letzten Zeit alle naselang hier aufgekreuzt.«

»Meinen Sie Dr. Cheveau?«

»Ich glaube, so heißt er«, erwiderte Gladys.

»Wieso fanden Sie, daß der Mann sich seltsam verhalten hat?« bohrte Jack.

»Er war eben unfreundlich«, sagte Gladys und senkte die Stimme, als wollte sie ihm ein Geheimnis anvertrauen: »Ich habe ihn ein paarmal gefragt, ob ich ihm vielleicht behilflich sein kann, und da hat er mich beinahe den Kopf abgerissen. Er hat mich angefaucht, daß ich ihn in Ruhe lassen soll. Aber das hier ist schließlich meine Abteilung. Ich bin für das gesamte Inventar verantwortlich. Und deshalb gefällt es mir nicht, wenn einfach irgendwelche Leute in den Gängen herumlaufen, egal ob es nun Ärzte sind oder nicht. Das mußte ich ihm einfach sagen.«

»Und wer war sonst noch hier?«

»Lauter hohe Tiere. Sogar Mr. Kelley. Den sehe ich normalerweise einmal im Jahr, auf der Weihnachtsfeier. Aber in den vergangenen Tagen war er drei- oder viermal hier, immer mit irgendwelchen anderen Leuten. Einmal war er mit diesem kleinen Doktor da.«

»Dr. Abelard.«

»Ja, genau. Den Namen werde ich mir nie merken.«

»Ich komme mir ziemlich blöd vor, wenn ich Ihnen jetzt die glei-

chen Fragen stelle, mit denen Ihnen schon all die anderen Leute auf die Nerven gegangen sind«, sagte Jack. »Aber ich muß es trotzdem tun. Haben die Frauen, die gestorben sind, alle ähnliche Aufgaben erledigt? Ich meine, haben sie sich zum Beispiel eine spezielle Arbeit geteilt?«
»Es ist genauso, wie ich es Ihnen neulich erklärt habe«, erwiderte Gladys. »Bei uns hilft jeder jedem.«
»Und keine von Ihren Mitarbeiterinnen ist jemals in einem der Krankenzimmer gewesen, in denen besagte Patienten gelegen haben?«
»Nein, auf keinen Fall«, erwiderte Gladys. »Das war das erste, was Dr. Zimmerman überprüft hat.«
»Sie haben mir am Donnerstag eine lange Liste mit all den Sachen ausgedruckt, die Sie in die siebte Etage geliefert haben«, fuhr Jack fort. »Können Sie so eine Liste auch für einzelne Patienten ausdrucken?«
»Das ist schon schwieriger«, erwiderte Gladys. »Die Bestellung kommt normalerweise von einer bestimmten Etage oder Station, und dort werden die gelieferten Gegenstände dann in die jeweiligen Patientenakten eingetragen.«
»Gibt es denn überhaupt eine theoretische Möglichkeit, eine solche Liste zu erstellen?« fragte Jack.
»Ich denke schon«, sagte Gladys. »Wenn wir Inventur machen, gibt es die Möglichkeit, eine genaue Überprüfung durch einen Vergleich mit der Rechnungsstellung vorzunehmen. Ich könnte der Buchhaltung ja sagen, daß ich einen solchen Bestandscheck plane, auch wenn jetzt eigentlich keine offizielle Inventur vorgesehen ist.«
»Das wäre sehr nett von Ihnen«, entgegnete Jack und kramte eine Visitenkarte hervor. »Sie können mich anrufen oder mir die Liste einfach zuschicken.«
Gladys nahm das Kärtchen entgegen und studierte es. »Ich tue alles, was Ihnen irgendwie weiterhelfen könnte«, versprach sie.
»Dann habe ich noch eine Bitte«, sagte Jack. »Leider hatte ich auch schon einen kleinen Disput mit Dr. Cheveau – und nicht nur mit ihm. Sie würden mir einen großen Gefallen tun, wenn dieses Gespräch unter uns bliebe.«
»Da sehen Sie's. Er ist eben wirklich ein komischer Kauz«, ent-

gegnete Gladys. »Ich werde niemandem erzählen, daß Sie bei mir waren.«

Jack erhob sich, verabschiedete sich von der energischen Frau und ging in Richtung Fahrstuhl. Er war nicht gerade guter Dinge. Das einzige, was er erfahren hatte, hatte er ohnehin gewußt: Martin Cheveau war jähzornig.

Am Fahrstuhl angekommen, drückte er den Knopf und überlegte, wie er weiter vorgehen sollte. Er konnte das Krankenhaus verlassen und das Risiko, entdeckt zu werden, gering halten; oder er konnte dem Labor einen möglichst unauffälligen Besuch abstatten. Schließlich entschied er sich für das Labor. Ihm war Chets Bemerkung wieder eingefallen, der ihn darauf hingewiesen hatte, daß es gar nicht so einfach war, an pathologische Bakterien heranzukommen. Dieser Frage mußte er unbedingt nachgehen.

Als Jack gerade in den ziemlich vollgestopften Aufzug einsteigen wollte, erstarrte er. Direkt vor ihm stand Charles Kelley. Obwohl auch er eine Schutzmaske trug, hatte Jack den Mann sofort erkannt. Zuerst wollte er schnell zurücktreten und den Fahrstuhl weiterfahren lassen, doch durch ein solches Verhalten hätte er nur Aufmerksamkeit erregt. Also sah er zu Boden und stieg ein. Dann drehte er sich blitzschnell um, so daß er mit dem Gesicht zur Tür stand. Er rechnete jeden Augenblick damit, daß Kelley ihm auf die Schulter klopfte.

Doch der war in ein Gespräch mit einem Kollegen vertieft; er erregte sich darüber, wie teuer es für das Krankenhaus werden würde, die Patienten aus der Notaufnahme in Krankenwagen und die anderen Patienten in Bussen in die nächstgelegene AmeriCare-Klinik zu transportieren. Die teilweise Quarantäne, die das Krankenhaus sich selbst auferlegt habe, müsse dringend beendet werden, wetterte er. Sein Kollege versicherte ihm, daß alles getan werde, was in der Macht des Krankenhauses stehe. Sowohl der städtische Epidemiologe als auch die Experten von der staatlichen Überwachungsstelle seien dabei, ihre Untersuchungen vorzunehmen.

Als sie die zweite Etage erreicht hatten, stieg Jack aus. Erleichtert nahm er zur Kenntnis, daß Kelley weiterfuhr. Da er einem erneuten Zusammenstoß nur knapp entronnen war, fragte er sich, ob er auch wirklich das Richtige tat; doch nach ein paar Sekunden der Unschlüssigkeit entschied er sich, auf jeden Fall kurz im Labor vorbeizuschauen. Schließlich war er praktisch da.

Im Gegensatz zum Rest des Krankenhauses war das Labor voll in Betrieb. In der Vorhalle drängten sich jede Menge Krankenhausangestellte, allesamt mit Schutzmasken. Jack war verwirrt, im Labor so viel Klinikpersonal anzutreffen, doch im Grunde kam ihm das gelegen; mit seiner Maske und dem weißen Kittel fiel er überhaupt nicht auf.

Am anderen Ende des Labors befanden sich mehrere Kabinen, in denen normalerweise Patienten Blut oder andere Proben abgenommen wurden. Dort herrschte jetzt dichtes Gedränge. Als Jack sich seinen Weg durch die Menge bahnte, wurde ihm klar, was vor sich ging. Das gesamte Klinikpersonal war angetreten, um sich aus dem Rachenraum eine Probe entnehmen zu lassen. Er war beeindruckt. Es war genau die korrekte Reaktion auf den letzten Krankheitsausbruch. Da die meisten Meningokokken-Epidemien durch infizierte, aber nichterkrankte Keimträger ausgelöst wurden, bestand immer die Möglichkeit, daß ein Krankenhausmitarbeiter Träger der infektiösen Erreger war. Das war schon häufiger vorgekommen.

Ein Blick in die letzte Kabine ließ Jack vor Schreck erstarren. Trotz Gesichtsschutz und OP-Haube hatte er Martin Cheveau sofort erkannt. Der Laborchef hatte sich buchstäblich die Ärmel hochgekrempelt und half seinen Assistenten, einen Rachenabstrich nach dem anderen vorzunehmen. Neben ihm türmten sich die benutzten Abstrichtupfer bereits zu einer beeindruckenden Pyramide. Offenbar waren alle verfügbaren Mitarbeiter des Labors zu dieser Arbeit herangezogen worden.

Da er nun noch zuversichtlicher war, nicht entdeckt zu werden, schlüpfte Jack vorsichtig durch die Tür, die in das eigentliche Labor führte. Niemand beachtete ihn. Im Gegensatz zu dem hektischen Chaos, das in der Vorhalle herrschte, wirkte das Innere des Labors wie eine futuristische Fabrik, in der nur noch Maschinen einsam ihr Werk verrichten. Das mechanische Klicken und das leise Summen der zahlreichen Apparaturen waren die einzigen Geräusche. Weit und breit war kein Mensch zu sehen.

Jack begab sich schnurstracks in den mikrobiologischen Bereich des Labors. Dort hoffte er, entweder Richard, den leitenden Laborangestellten, oder die lebhafte Beth Holderness anzutreffen. Doch er fand keinen von beiden. Als er sich der Laborbank näherte, an der bei seinem letzten Besuch Beth gearbeitet hatte, stieg seine Hoffnung, doch noch etwas zu erfahren. Auf der Arbeitsfläche standen ein angezündeter Bunsenbrenner und daneben ein Tablett mit Rachenabstrichen sowie ein großer Stapel Petrischalen mit frischen Agar-Nährböden. Auf dem Fußboden stand eine Plastik-Abfalltonne, die von entsorgten Kultur-Behältern überquoll.

Da er ahnte, daß Beth in der Nähe sein mußte, begann Jack nach ihr zu suchen. Der etwa fünfundzwanzig Quadratmeter große Raum war durch zwei langgestreckte Arbeitsflächen unterteilt. Jack ging durch den mittleren Gang, an dessen Stirnseite sich zahlreiche biologische Sicherheitsschränke befanden. Am Ende der Laborbank bog er nach rechts ab und warf einen Blick in ein kleines Büro, in dem ein Schreibtisch und ein Aktenschrank standen. An einer Pinnwand hingen Fotos. Auch ohne den Raum zu betreten, erkannte er auf etlichen Bildern Richard, den leitenden Laborangestellten.

Er ging ein Stück weiter und entdeckte etliche Isoliertüren aus poliertem Aluminium, die wahrscheinlich zu den begehbaren Kühl- und Brutschränken führten. Dann sah er an der anderen Seite des Labors eine normale Tür, die möglicherweise in einen Lagerraum führte. Gerade als er diesen Raum inspizieren wollte, öffnete sich mit einem lauten Klicken eine der Isoliertüren. Jack fuhr zusammen.

Es war Beth Holderness, die aus dem Isolierraum kam, und einen warmen, feuchten Lufthauch mitbrachte. Beinahe wäre sie mit Jack zusammengestoßen. »Sie haben mich zu Tode erschreckt«, sagte sie und preßte sich eine Hand auf die Brust.

»Ich bin mir nicht so sicher, wer hier wen erschreckt hat«, entgegnete Jack und stellte sich noch einmal vor.

»Keine Sorge, ich habe Sie nicht vergessen«, sagte Beth. »Bei Ihrem letzten Besuch haben Sie für ganz schön viel Wirbel gesorgt. Ich glaube, Sie sollten hier besser nicht herumlaufen.«

»Ach ja?« fragte Jack unschuldig.

»Dr. Cheveau ist stocksauer auf Sie«, erklärte Beth.

»So, dann ist er nun also auch noch sauer«, stellte Jack fest. »Bisher war mir nur aufgefallen, daß er ziemlich mürrisch sein kann.«
»Manchmal hat er wirklich ziemlich miese Laune«, gab Beth zu. »Aber wie Richard mir erzählt hat, haben Sie unserem Chef auch ganz schön heftige Sachen an den Kopf geworfen. Sie sollen ihn beschuldigt haben, die Bakterien, die uns solches Kopfzerbrechen bereiten, mit Absicht zu verbreiten.«
»Die Wahrheit ist, daß ich Ihren Chef überhaupt nicht beschuldigt habe, irgend etwas getan zu haben«, verteidigte sich Jack. »Ich habe lediglich eine kleine Andeutung gemacht, nachdem er so grantig war. Eigentlich war ich nur hergekommen, um mich mit ihm zu unterhalten. Seine Meinung hätte mich wirklich interessiert; ich wollte wissen, wie er sich all die Ausbrüche relativ seltener Krankheiten erklärt und ob er vielleicht eine Vermutung hat, wieso sie so kurz hintereinander und dann auch noch zu dieser Jahreszeit aufgetreten sind. Aber aus irgendwelchen, mir vollkommen unerklärlichen Gründen hat er sich mir gegenüber plötzlich ziemlich pampig und zurückweisend verhalten.«
»Sie haben recht«, sagte Beth. »Ich war auch überrascht, wie er Sie behandelt hat. Und Mr. Kelley und Dr. Zimmerman waren genauso unfreundlich. Dabei wollten Sie uns doch nur helfen.«
Jack hätte diese lebhafte, junge Frau am liebsten umarmt. Sie schien der einzige Mensch zu sein, der seine Bemühungen zu schätzen wußte.
»Es tut mir wahnsinnig leid, was mit Ihrer Kollegin Nancy Wiggens passiert ist«, sagte Jack. »Ich kann mir vorstellen, daß Sie es hier alle in der letzten Zeit nicht gerade leicht gehabt haben.«
Beths fröhliches Gesicht verfinsterte sich; sie kämpfte mit den Tränen.
»Vielleicht hätte ich das besser nicht sagen sollen«, sagte Jack unsicher.
»Ist schon gut«, brachte Beth hervor. »Es war für uns alle ein furchtbarer Schock. Natürlich leben wir ständig mit der Angst, daß so etwas passieren kann, aber man hofft doch immer, daß es nie eintritt. Nancy war so ein liebenswerter Mensch. Aber manchmal war sie eben leider ein bißchen leichtsinnig.«

»Wie meinen Sie das?«
»Sie ist manchmal Risiken eingegangen; sie hat zum Beispiel keine Schutzhaube übergezogen, wenn es erforderlich gewesen wäre, oder sie hat keine Schutzbrille aufgesetzt – auch wenn sie eine hätte tragen müssen.«
Dieses Verhalten kam Jack nicht unbekannt vor.
»Sie hat nicht einmal die Antibiotika genommen, die Dr. Zimmerman ihr nach dem Pestausbruch verschrieben hat«, fügte Beth hinzu.
»Wie dumm«, sagte Jack. »Die Medikamente hätten sie eventuell auch vor dem Rocky-Mountain-Fleckfieber schützen können.«
»Ich weiß. Ich wünschte, ich hätte noch mehr auf sie eingeredet. Ich selbst habe die Medikamente genommen, dabei glaube ich, daß ich den Bakterien nicht einmal ausgesetzt war.«
»Hat sie zufällig erwähnt, ob sie bei der Entnahme der Proben von Lagenthorpe irgend etwas anders gemacht hat als sonst?«
»Nein, hat sie nicht«, erwiderte Beth. »Deshalb glauben wir, daß sie sich hier im Labor angesteckt haben muß, als sie die Proben untersucht hat. Bekanntlich sind Rickettsien für das Laborpersonal extrem gefährlich.«
Jack wollte gerade etwas sagen, als er merkte, daß Beth nervös herumzappelte und versuchte, ihm über die Schulter zu schauen. Jack warf ebenfalls einen Blick in die Richtung, doch er konnte niemand sehen.
»Ich sollte mich jetzt wirklich wieder an die Arbeit machen«, sagte Beth. »Außerdem darf ich gar nicht mit Ihnen reden. Das hat uns Dr. Cheveau nämlich ausdrücklich verboten.«
»Finden Sie das nicht auch seltsam?« fragte Jack. »Immerhin arbeite ich in dieser Stadt als Gerichtsmediziner. Rein rechtlich bin ich durchaus befugt, die Todesursachen der Fälle zu erforschen, die zur weiteren Untersuchung an unser Institut überführt worden sind.«
»Das glaube ich Ihnen ja«, entgegnete Beth. »Aber was soll ich dazu sagen? Ich mache hier doch nur meine Arbeit.« Sie ging an Jack vorbei zurück an ihren Arbeitsplatz.
Jack folgte ihr. »Ich will Ihnen wirklich nicht auf die Nerven fallen. Aber meine Intuition sagt mir, daß hier irgend etwas Seltsa-

mes vor sich geht. Es gibt hier jede Menge Leute, die sich höchst merkwürdig verhalten, fast so, als hätten sie etwas zu verbergen. Und einer von ihnen ist Ihr Chef. Natürlich ist das nicht verwunderlich. Denn AmeriCare und dieses Krankenhaus sind profitorientierte Unternehmen, und diese Ausbrüche haben bestimmt einen enormen finanziellen Schaden angerichtet. Für viele Menschen ist das sicher Grund genug, sich seltsam zu verhalten. Aber ich habe das Gefühl, daß noch mehr dahintersteckt.«

»Und was wollen Sie nun von mir?« fragte Beth. Sie hatte sich inzwischen wieder hingesetzt und war dabei, die Rachenabstriche in die Petrischalen mit der Nährlösung zu geben.

»Ich möchte Sie einfach nur bitten, sich ein wenig umzusehen«, erwiderte Jack. »Falls die Bakterien wirklich gezielt verbreitet werden, müssen sie irgendwoher kommen, und das Mikrobiologie-Labor scheint mir ein geeigneter Ort zu sein, um mit der Suche zu beginnen. Hier ist alles vorhanden, was man benötigt, um das Zeug aufzubewahren und damit zu arbeiten. Es ist ja nicht so, daß man Pestbakterien an jeder Ecke bekommt.«

»Allerdings lassen sich solche Bakterien auch in einem x-beliebigen Standardlabor finden«, entgegnete Beth.

»Meinen Sie das im Ernst?« hakte Jack nach. Er hatte angenommen, daß Pestbakterien allenfalls in den *Centers for Disease Control* und vielleicht noch in ein paar akademischen Einrichtungen vorrätig gehalten würden.

»Hin und wieder müssen Labore sich Kulturen der verschiedensten Bakterien besorgen, um die Wirksamkeit ihrer Reagenzien zu testen«, erklärte Beth, ohne von ihrer Arbeit aufzusehen. »Die Hauptbestandteile vieler moderner Reagenzien sind Antikörper, und die können durchaus verderben. Würde man mit verdorbenen Antikörpern Tests durchführen, käme man zu falschen Ergebnissen.«

»Ja, natürlich«, sagte Jack. Er kam sich ziemlich dumm vor. Darauf hätte er längst selber kommen müssen. Sämtliche Labortests mußten ständig überprüft und kontrolliert werden.

»Und von wo beziehen Sie zum Beispiel Ihre Pestbakterien?«
»Von National Biologicals in Virginia.«
»Was muß man konkret tun, um die Bakterien zu bekommen?«

»Anrufen und sie bestellen.«
»Soll das ein Scherz sein?« entgegnete Jack ungläubig. Er hatte angenommen, daß es wenigstens minimale Sicherheitsvorkehrungen gab, etwa so, wie sie bei der Beschaffung kontrollierter Medikamente wie Morphium galten.
»Das ist kein Scherz. Ich habe schon oft dort angerufen und Bakterien bestellt.«
»Man braucht nicht mal eine besondere Genehmigung?«
»Man muß für den Bestellschein die Unterschrift des Labordirektors einholen«, erklärte Beth. »Aber das ist nur eine Garantie dafür, daß das Krankenhaus die Ware auch bezahlt.«
»Lassen Sie mich versuchen, das noch einmal auf die Reihe zu bringen«, sagte Jack. »Jede x-beliebige Person kann bei National Biologicals anrufen und sich die Pest ins Haus bestellen?«
»Sofern sie bezahlen kann, ja.«
»Wie werden die Kulturen befördert?«
»Normalerweise per Post«, erklärte Beth. »Aber wenn man sie schnell benötigt und bereit ist, mehr zu zahlen, kommen sie per Overnight-Kurier.«
Jack bemühte sich, sein Entsetzen zu verbergen. Es war ihm peinlich, wie naiv er gewesen war. »Haben Sie die Telefonnummer von dieser Firma?«
Beth zog rechts neben sich eine Schublade auf, wühlte ein paar Mappen durch und nahm dann einen Schnellhefter heraus. Sie klappte ihn auf und deutete auf einen Briefkopf.
Jack notierte sich die Nummer. Dann zeigte er auf das Telefon. »Darf ich mal?«
Beth schob ihm das Telefon hin und sah dabei nervös auf die Uhr.
»Es geht ganz schnell«, versuchte Jack sie zu beruhigen. Er konnte immer noch nicht glauben, was Beth ihm da erzählt hatte.
Es meldete sich ein Anrufbeantworter mit den Namen der Firma und bot verschiedene Wahlmöglichkeiten an. Jack drückte die zwei für ›Bestellungen‹. Im nächsten Augenblick meldete sich eine bezaubernd freundliche Stimme und fragte, wie sie ihm helfen könne.
»Ja«, sagte Jack. »Hier spricht Dr. Billy Rubin. Ich möchte eine Bestellung durchgeben.«
»Sind Sie bereits Kunde bei National Biologicals?«

»Nein, noch nicht. Ich würde gern ganz unkompliziert mit meiner American-Express-Karte bezahlen.«
»Tut mir leid«, entgegnete die Frau. »Wir akzeptieren nur Visa oder MasterCard.«
»Kein Problem«, sagte Jack. »Dann eben Visa.«
»In Ordnung.« Dann nennen Sie mir bitte Ihre erste Bestellung.«
»Meningokokken.«
Die Frau lachte. »Das müssen Sie schon etwas genauer definieren. Ich brauche die serologische Gruppe, den Serotypen und die Untergruppe. Wir haben schließlich Hunderte von verschiedenen Meningokokkenspezies.«
»Oh!« rief Jack und tat so, als sei er gerade ausgerufen worden. »Ich muß dringend zu einem Notfall. Ich fürchte, ich muß später noch einmal anrufen.«
»Kein Problem«, erwiderte die Frau. »Rufen Sie an, wann immer sie wollen. Wir sind rund um die Uhr für Sie da und können Ihnen beinahe alles an Bakterien liefern.«
Jack legte auf. Das Gespräch hatte ihm die Sprache verschlagen.
»Kann es sein, daß Sie mir eben nicht geglaubt haben?« fragte Beth.
»In der Tat«, erwiderte Jack. »Ich hätte es nicht im Traum für möglich gehalten, daß diese Krankheitserreger so einfach zu bekommen sind. Aber ich möchte Sie trotzdem bitten, die Augen offenzuhalten und nachzuforschen, ob diese grauenhaften Bakterien hier womöglich irgendwo gebunkert werden. Könnten Sie das tun?«
»Ich denke schon«, sagte Beth, doch sie klang längst nicht so enthusiastisch wie sonst.
»Seien Sie bitte vorsichtig. Ich möchte, daß die Sache unter uns bleibt.« Jack holte eine Visitenkarte hervor und schrieb seine Privatnummer auf die Rückseite. »Wenn Sie irgend etwas herausfinden oder wenn Sie meinetwegen Ärger bekommen, können Sie mich jederzeit anrufen«, sagte er und reichte ihr die Karte. »Das gilt übrigens auch nachts. Okay?«
Beth warf einen kurzen Blick auf die Karte und steckte sie in ihre Kitteltasche. »Okay«, sagte sie.
»Würden Sie mir auch Ihre Nummer geben?« fragte Jack. »Viel-

leicht habe ich noch ein paar Fragen an Sie. Mikrobiologie scheint nicht gerade meine Stärke zu sein.«
Nach kurzem Zögern war Beth einverstanden. Sie schrieb ihre Telefonnummer auf einen Zettel und reichte ihn Jack, der ihn in sein Portemonnaie steckte.
»Ich glaube, Sie sollten jetzt gehen«, riet sie ihm.
»Bin schon weg«, erwiderte Jack. »Vielen Dank für Ihre Hilfe.«
»Gern geschehen«, sagte Beth. Jetzt war sie wieder ganz die alte.
Besorgt verließ Jack den mikrobiologischen Teil des Labors und durchquerte eilig den Hauptbereich. Etwa sieben Meter vor der Pendeltür, die das Labor mit dem Rezeptionsbereich verband, blieb er abrupt stehen. Es versuchte gerade jemand, die Tür mit dem Rücken aufzudrücken, und dieser jemand sah Martin Cheveau erschreckend ähnlich. Er trug ein Tablett, auf dem jede Menge Rachenabstriche lagen, die nun ausplattiert werden sollten.
Jack kam sich vor wie ein in flagranti ertappter Verbrecher. Für den Bruchteil einer Sekunde überlegte er, ob er fliehen oder sich verstecken sollte, doch für beides war es zu spät. Außerdem fühlte er sich von seiner absurden Angst, von Cheveau erkannt zu werden, geradezu dazu angestachelt, sich der Situation zu stellen.
Martin hielt die Tür für einen zweiten Mann auf, den Jack sofort erkannte; es war Richard, auch er trug ein Tablett mit Rachenabstrichen. Richard war es, der Jack zuerst entdeckte, und einen Augenblick später hatte auch Martin ihn erkannt. Die Schutzmaske taugte offensichtlich wenig, seine Identität zu verbergen.
»Hallo, Leute«, rief Jack ihnen zu.
»Sie ...«, brüllte Martin los.
»Ja, ich bin's«, unterbrach ihn Jack und zog sich die Maske vom Gesicht.
»Sie schnüffeln also schon wieder hier herum«, raunzte Martin ihn an. »Haben wir Ihnen nicht deutlich zu verstehen gegeben, daß Sie in unserem Krankenhaus nichts zu suchen haben?«
»Das sehen Sie leider falsch«, erwiderte Jack und hielt Martin seine Dienstmarke unter die Nase. »Bedauernswerterweise hat es hier im General ein paar weitere Todesfälle gegeben. Ich bin ganz offiziell hier, um am Ausbruchsort der Krankheit zu ermit-

teln. Wenigstens ist es Ihnen diesmal gelungen, die Diagnose selbständig zu stellen.«
»Ob das wirklich ein offizieller Besuch ist, werden wir gleich sehen«, sagte Martin. Er stellte das Tablett auf einer der Arbeitsflächen ab, griff zum nächstbesten Telefonhörer und bat, mit Charles Kelley verbunden zu werden.
»Können wir nicht einfach mal wie Erwachsene miteinander reden?« fragte Jack.
Martin ignorierte ihn.
»Eins wüßte ich gern«, fuhr Jack fort. »Warum waren Sie eigentlich bei meinem ersten Besuch so freundlich zu mir und beim nächstenmal so ruppig?«
»Weil Mr. Kelley mich in der Zwischenzeit über Ihr Verhalten bei Ihrem ersten Besuch informiert hatte«, erwiderte Martin. »Und er hat mir auch erzählt, daß Sie keinen offiziellen Auftrag hatten, hier zu ermitteln.«
Jack wollte gerade etwas erwidern, als er merkte, daß Kelley offenbar am anderen Ende der Leitung war. Während Martin sich den Monolog von Kelley anhörte, ging Jack ein Stück zur Seite und lehnte sich lässig gegen die Laborbank. Richard hingegen blieb wie angewurzelt stehen; er wagte nicht einmal, das Tablett mit den Rachenabstrichen abzustellen.
Gelegentlich unterbrach Martin Kelleys Wortschwall, indem er an strategisch richtigen Stellen ja sagte; er beendete das Gespräch mit den Worten: »Yes, Sir!«. Als er aufgelegt hatte, grinste er Jack hochnäsig an.
»Mr. Kelley hat mich gebeten, Ihnen folgendes mitzuteilen«, sagte er von oben herab. »Er wird gleich persönlich den Bürgermeister, die Gesundheitsbeauftragte und Ihren Chef anrufen. Außerdem wird er eine offizielle Beschwerde einreichen, weil Sie uns ständig belästigen, während wir uns alle erdenkliche Mühe geben, eine Notsituation unter Kontrolle zu bekommen. Darüber hinaus soll ich Ihnen ausrichten, daß unser Sicherheitsdienst Sie in ein paar Minuten nach draußen geleiten wird.«
»Das ist wirklich sehr aufmerksam«, erwiderte Jack. »Aber es ist gar nicht nötig. Eigentlich war ich sowieso auf dem Weg nach draußen. Ich wünsche noch einen schönen Tag, meine Herren.«

## 25. Kapitel
## Montag, 25. März 1996, 15.15 Uhr

So, das war's, sagte Terese und warf einen Blick in die Runde. Vor ihr stand das nunmehr vergrößerte Creative Team, das sie auf die Entwicklung der neuen National-Health-Kampagne angesetzt hatte. Angesichts der derzeitigen Notsituation hatten sie und Colleen von allen anderen Projekten die jeweils besten Leute abgezogen. »Irgendwelche Fragen?« Das gesamte Team hatte sich in Colleens engem Büro versammelt; da es keine Sitzplätze gab, standen sie aneinandergequetscht wie die Ölsardinen. Terese hatte ihren Mitarbeitern in groben Umrissen ihre Idee zum Thema ›Nicht mehr warten‹ dargelegt. Auf der Basis von Jacks Vorschlag hatte sie zusammen mit Colleen ein Konzept ausgearbeitet.

»Und wir haben wirklich nur zwei Tage Zeit?« fragte Alice.

»Ich fürchte, ja«, erwiderte Terese. »Vielleicht schaffe ich es, noch einen Tag herauszuschlagen, aber darauf können wir uns nicht verlassen. Wir müssen alles auf diese eine Karte setzen, sonst können wir einpacken.«

Ungläubiges Gemurmel erfüllte den Raum.

»Ich weiß, daß ich Ihnen eine Menge abverlange«, fuhr Terese fort. »Aber es ist nun einmal so. Unsere Kollegen von der Kundenbetreuung haben uns gezielt sabotiert. Soweit ich weiß, haben sie hinter unserem Rücken bereits einen Spot vorbereitet, in dem bekannte Fernsehstars aus einer Krankenhausserie auftreten sollen. Sie gehen fest davon aus, daß wir uns mit unserer alten Idee lächerlich machen.«

»Mit gefällt das neue Konzept ohnehin besser als die Idee mit der Reinlichkeit«, meldete sich Alice zu Wort. Ein Spot über ›Reinlichkeit‹ wäre einfach zu technisch geworden. Irgendwie hätten wir ja all den Hokuspokus über Asepsis unterbringen müssen.

Das Thema ›Nicht mehr warten‹ ist für die meisten Leute viel verständlicher.«
»Außerdem ist es einfacher, humorvolle Szenen einzubauen«, meldete sich jemand anders.
»Ich finde die neue Idee auch prima«, rief eine weitere Mitarbeiterin. »Ich kriege jedesmal Zustände, wenn ich bei meinem Gynäkologen ewig lange im Wartezimmer hocken muß. Wenn ich dann ins Behandlungszimmer gebeten werde, bin ich immer völlig angespannt.«
Einige mußten lachen, und die Atmosphäre lockerte sich ein wenig.
»Genau dieses Gefühl wollen wir rüberbringen«, sagte Terese. »Machen wir uns also ans Werk! Zeigen wir Mr. Barker und seinen Leuten, wozu wir imstande sind – auch wenn wir mit dem Rücken zur Wand stehen!«
Die Creatives drängten zur Tür.
»Warten Sie noch einen Augenblick!« rief Terese. Ich muß Ihnen noch etwas Wichtiges mit auf den Weg geben. Reden Sie um Gottes willen mit niemandem über dieses Meeting und über unsere neue Idee. Nicht einmal mit den Leuten aus der Creative-Abteilung, es sei denn, es läßt sich absolut nicht vermeiden. Ich will auf keinen Fall, daß die Kundenbetreuung irgend etwas erfährt, sie sollen absolut im dunkeln tappen. Okay?«
Im Raum erhob sich zustimmendes Gemurmel.
»Wunderbar!« rief Terese. »Dann also ans Werk!« Erschöpft ließ sie sich auf Colleens Stuhl sinken. Ihr inneres Gleichgewicht war an diesem Tag bereits mehrfach durcheinandergeraten, doch in gewisser Hinsicht war es ein typischer Agentur-Tag gewesen: Am Morgen hatte sie sich in Hochstimmung auf die Arbeit gestürzt, dann war ihre Euphorie nahezu auf den Nullpunkt gesunken, und jetzt lag ihre Stimmung irgendwo in der Mitte.
»Unser Team ist begeistert«, bemerkte Colleen. »Du hast die Idee einfach großartig präsentiert. Ich wünschte, es wäre jemand von der National Health dabeigewesen.«
»Auf jeden Fall eignet sich die Idee ziemlich gut für eine Kampagne«, sagte Terese. »Die Frage ist nur, ob unsere Leute es schaffen, in so kurzer Zeit genug für eine richtige Präsentation zusammenzustellen.«

»Ich bin jedenfalls sicher, daß sie ihr Bestes geben«, erwiderte Colleen. »Du hast sie unheimlich motiviert.«
»Wollen wir's hoffen«, sagte Terese. »Ich kann Barker doch unmöglich den Weg für diesen unsinnigen Mist mit den Fernsehstars ebnen. Das wäre ein Rückschritt in die Zeiten vor Bernbach. Willow and Heath würden sich bis auf die Knochen blamieren, wenn dem Kunden die Idee auch noch gefallen würde und wir den Spot tatsächlich produzieren müßten.«
»Großer Gott, das wäre ja entsetzlich«, sagte Colleen. »Wenn es so weit kommen würde, könnten wir uns beide einen neuen Job suchen«, fügte Terese hinzu.
»Nun laß uns mal nicht zu pessimistisch sein«, mahnte Colleen.
»Was für ein schrecklicher Tag!« setzte Terese ihr Klagelied fort. »Zusätzlich zu all dem Ärger hier muß ich mir auch noch Sorgen um Jack machen.«
»Warum denn das?«
»Er hat es mir gebeichtet, daß er mal wieder auf dem Weg ins Manhattan General sei.«
»Oh«, sagte Colleen.
»Er ist wie ein Stier – entsetzlich dickköpfig und so leichtsinnig, daß es weh tut. Dabei wäre es gar nicht nötig, daß er selbst ins Manhattan General geht. Das Gerichtsmedizinische Institut beschäftigt spezielle Mitarbeiter, die die Krankenhäuser besuchen. Es muß wohl so ein männliches Ding sein, daß er ständig den Helden spielen muß. Ich versteh' das alles nicht.«
»Bahnt sich zwischen euch etwas an?« fragte Colleen vorsichtig. Sie kannte ihre Chefin gut genug, um zu wissen, daß sie Liebesverhältnissen prinzipiell aus dem Weg ging. Warum das so war, wußte sie allerdings nicht.
Terese seufzte nur. »Ich mag ihn irgendwie und fühle mich gleichzeitig von ihm abgestoßen«, erklärte sie. »Er hat es geschafft, daß ich mich ihm gegenüber ein wenig geöffnet habe, und offenbar habe auch ich ihm ein paar Dinge entlockt, über die er noch nie gesprochen hat. Ich glaube, es hat uns beiden gutgetan, mal einem mitfühlenden Menschen sein Herz auszuschütten.«
»Klingt ja vielversprechend«, bemerkte Colleen.
Terese zuckte mit den Schultern und lächelte. »Wir tragen beide

jede Menge seelischen Ballast mit uns herum. Aber nun genug. Wie steht es denn mit dir und Chet?«
»Es läuft hervorragend«, sagte Colleen. »Ich bin auf dem besten Wege, mich richtig zu verknallen.«

Jack hatte das Gefühl, zum drittenmal im gleichen Film zu sein. Wieder einmal hatte er sich in Dr. Binghams Büro einzufinden müssen, um sich gehörig zusammenstauchen zu lassen und sich eine endlose Litanei darüber anzuhören, daß sich nahezu jeder höhere Verwaltungsangestellte der Stadt bei seinem Chef bitterlich über ihn beschwert habe.
»Was haben Sie dazu zu sagen?« fragte Bingham, als er Dampf abgelassen hatte. Er hatte sich so ereifert, daß er nach Luft schnappen mußte.
»Ich weiß nicht, was ich dazu sagen soll«, gestand Jack. »Aber zu meiner Verteidigung möchte ich Ihnen versichern, daß ich nicht ins General gegangen bin, um irgend jemanden zu verärgern. Ich war nur auf der Suche nach weiteren Informationen. Bei dieser Serie von Krankheitsausbrüchen gibt es nämlich eine Menge Dinge, die ich einfach nicht nachvollziehen kann.«
»Mein Gott – Sie stecken wirklich voller Widersprüche«, entgegnete Bingham; er hatte sich sichtlich beruhigt. »Manchmal bereiten Sie einem nichts als Kummer, und dann wiederum stellen Sie die erstaunlichsten Diagnosen. Ich war wirklich beeindruckt, als Dr. Calvin mir berichtet hat, daß Sie Tularämie und Rocky-Mountain-Fleckfieber sofort erkannt haben. Es kommt mir so vor, als würden zwei verschiedene Persönlichkeiten in Ihrer Haut stecken. Was soll ich bloß mit Ihnen machen?«
»Den nervtötenden Stapleton feuern und den anderen behalten?« schlug Jack vor.
Bingham rang sich ein Grinsen ab, doch bereits im nächsten Augenblick war jedes Anzeichen von Heiterkeit wie weggeblasen. »Aus meiner Sicht ist das Hauptproblem, daß Sie so verstockt sind«, schimpfte er los. »Sie haben sich nicht nur einmal meiner Anweisung widersetzt, sich nicht mehr im Manhattan General blicken zu lassen, sie haben gleich zweimal den Gehorsam verweigert.«
»Ich bekenne mich schuldig«, sagte Jack und hob die Hände.

»Hat das alles mit Ihrem persönlichen Groll gegen AmeriCare zu tun?«
»Nein. Das mag vielleicht am Anfang eine gewisse Rolle gespielt haben, aber inzwischen geht mein Interesse weit darüber hinaus. Wie ich Ihnen bereits bei unserer ersten Unterhaltung erzählt habe, glaube ich, daß im Manhattan General irgend etwas Seltsames vor sich geht. Inzwischen bin ich mir da noch sicherer, und die Leute drüben im General verhalten sich weiterhin äußerst merkwürdig.«
»Wieso merkwürdig?« hakte Bingham entnervt nach. »Immerhin sollen sie den Laborchef beschuldigt haben, die Krankheiten mit Absicht verbreitet zu haben.«
»Das ist maßlos übertrieben«, verteidigte sich Jack. Dann erklärte er Bingham, daß er lediglich eine kleine Andeutung gemacht habe.
»Der Mann hat sich absolut mies verhalten«, fügte er hinzu. »Ich wollte ihn nur fragen, ob er sich vorstellen könne, daß die Krankheiten womöglich mit Absicht verbreitet werden. Aber er hat mir einfach keine Chance gegeben, und dann bin ich sauer geworden. Wahrscheinlich hätte ich lieber den Mund halten sollen, aber manchmal kann ich mich eben nicht zurückhalten.«
»Heißt das, daß Sie selbst von Ihrer absurden Theorie überzeugt sind?« fragte Bingham.
»Wirklich überzeugt bin ich vielleicht nicht«, erwiderte Jack. »Aber es erscheint mir beinahe undenkbar, all diese Todesfälle dem Zufall zuzuschreiben. Außerdem macht es mich mißtrauisch, wie sich die Leute im Manhattan General verhalten, und damit meine ich nicht nur den Manager, sondern auch etliche seiner Untergebenen.« Er überlegte kurz, ob er Bingham auch erzählen sollte, daß er zusammengeschlagen und bedroht worden war, doch dann ließ er es lieber bleiben, weil er befürchtete, ihn mit seinen Horrorgeschichten zu überfordern.
»Als sich die Gesundheitsbeauftragte Dr. Markham über Sie beschwert hat, habe ich Sie gebeten, dem leitenden Epidemiologen, Dr. Abelard, auszurichten, daß er sich einmal bei mir melden möge«, ergriff Bingham wieder das Wort. »Er hat mich zurückgerufen, und ich habe ihn gefragt, was er von dieser Theorie hält. Wollen Sie wissen, wie seine Antwort lautete?«

»Unbedingt«, sagte Jack.
»Bis auf den Pestfall, der ihn immer noch vor ein Rätsel stellt und an dem er weiterhin zusammen mit den Experten vom *Center vor Disease Control* arbeitet, gibt es nach seiner Auffassung für alle Fälle ziemlich vernünftige Erklärungen. Susanne Hard ist mit wilden Kaninchen in Berührung gekommen, und Mr. Lagenthorpe war in der Wüste von Texas. Und was die Meningokokken angeht – dafür ist jetzt einfach die Jahreszeit.«
»Aber das erklärt doch nicht, warum die Krankheiten nahezu gleichzeitig ausgebrochen sind«, widersprach Jack. »Und der klinische Verlauf steht überhaupt nicht im Einklang mit ...«
»Einen Moment«, unterbrach ihn Bingham. »Dürfte ich Sie daran erinnern, daß Dr. Abelard ein angesehener Epidemiologe ist? Er hat die akademischen Grade Dr. phil und Dr. med., und er widmet sich ausschließlich der Aufgabe herauszufinden, wo ansteckende Krankheiten ihren Ursprung haben und warum sie entstanden sind.«
»Seine Zeugnisse und Titel will ich gar nicht in Frage stellen«, entgegnete Jack. »Es geht mir mehr um die Schlüsse, die er zieht. Er hat mich von Anfang an nicht gerade beeindruckt.«
»Sind sind ganz schön rechthaberisch«, bemerkte Bingham.
»Bei meinen ersten Besuchen im General mag ich ja ein paar Leute vor den Kopf gestoßen haben«, räumte Jack ein. »Aber diesmal habe ich nichts weiter getan, als mich mit der Leiterin des Zentralmagazins und mit einer Laborangestellten zu unterhalten.«
»Die Leute, die mich heute pausenlos angerufen haben, haben aber behauptet, daß Sie mutwillig die Arbeit der Krankenhausmitarbeiter behindert haben, obwohl die Leute alle Hände voll zu tun hatten«, insistierte Bingham.
»Der Herrgott ist mein Zeuge«, rief Jack. »Ich habe nichts weiter getan, als mich mit Mrs. Zarelli und Mrs. Holderness zu unterhalten, und das sind zwei ausgesprochen nette und kooperative Frauen.«
»Irgendwie müssen Sie eine besondere Gabe haben, ständig alle möglichen Leute zu provozieren«, stellte Bingham fest. »Ich nehme an, das wissen Sie.«

»Normalerweise erziele ich diese Wirkung nur bei Leuten, die ich auch provozieren will«, entgegnete Jack.
»Langsam habe ich das Gefühl, daß auch ich zu diesen Leuten gehöre.«
»Ganz im Gegenteil.«
»So wie Sie sich verhalten, könnte man allerdings einen anderen Eindruck gewinnen«, stellte Bingham klar.
»Im Gespräch mit der Laborassistentin Mrs. Holderness habe ich etwas Hochinteressantes erfahren«, fuhr Jack fort. »Wußten Sie, daß jede x-beliebige Person, sofern sie das Geld hat, telefonisch die gefährlichsten Bakterien bestellen kann? Die Firma, die sie liefert, nimmt keinerlei Überprüfung ihrer Klienten vor.«
»Man braucht keine Lizenz oder eine spezielle Genehmigung?«
»Offenbar nicht.«
»Darüber habe ich mir noch nie Gedanken gemacht«, gestand Bingham.
»Ich auch nicht«, sagte Jack, »aber da kommt man natürlich ins Grübeln.«
»Allerdings«, sagte Bingham und starrte für ein paar Sekunden gedankenverloren ins Leere. Doch dann sah er Jack wieder scharf an. »Es scheint mir so, als wollten Sie mich vom eigentlichen Thema abbringen«, fuhr er ihn nun wieder ziemlich brummig an. »Im Moment geht es einzig und allein um die Frage, wie ich mit Ihnen verfahren soll.
»Beurlauben Sie mich doch, und schicken Sie mich in die Karibik«, schlug Jack vor.
»Überspannen Sie den Bogen nicht mit Ihrer Impertinenz! Falls Sie es noch nicht bemerkt haben sollten – ich versuche ein ernsthaftes Gespräch mit Ihnen zu führen.«
»Okay, ich reiße mich jetzt zusammen.«
»Wissen Sie, ich habe mich in den letzten fünf Jahren zum Zyniker entwickelt. Das kann ich nicht immer verbergen.«
»Ich werde Sie nicht entlassen«, verkündete Bingham. »Aber ich warne Sie noch einmal: Nach dem Anruf aus dem Bürgermeisteramt war ich fest entschlossen, Sie zu feuern. Sie haben mich noch einmal umgestimmt, aber eins muß Ihnen klar sein: Sie gehen nicht mehr ins Manhattan General. Haben wir uns verstanden?«

»Ja, ich glaube, ich hab's kapiert.«
»Wenn Sie weitere Informationen benötigen, schicken Sie einen von den Pathologie-Assistentinnen«, fügte Bingham hinzu. »Dafür sind die Leute schließlich da.«
»Ich werd's mir hinter die Ohren schreiben«, versprach Jack.
»Dann machen Sie, daß Sie rauskommen«, sagte Bingham und wies auf die Tür.
Erleichtert erhob sich Jack und ging. Als er in sein Büro kam, redete Chet gerade mit George Fontworth.
»Na, was ist?« fragte Chet.
»Was soll schon sein?«
»Die tägliche Frage«, stellte Chet. »Bist du noch immer hier beschäftigt?«
»Sehr witzig«, erwiderte Jack und nahm überrascht zur Kenntnis, daß auf seinem Schreibtisch vier große Briefe lagen. Er nahm den ersten, mindestens fünf Zentimeter dicken Umschlag in die Hand. Es war weder zu erkennen, woher er kam, noch, was er enthielt. Jack zog den dicken Stapel Papiere heraus und sah, daß es sich um Kopien von Susanne Hards Krankenhausunterlagen handelte.
»Warst du bei Bingham?« fragte Chet.
»Da komme ich gerade her«, erwiderte Jack. »Er war ganz reizend. Er hat mir Komplimente gemacht, weil ich so treffsichere Diagnosen gestellt habe.«
»Was für ein Spinner!«
»Das stimmt.« Jack grinste. »Natürlich hat er auch rumgemeckert, weil ich schon wieder im Manhattan General war.« Während er sprach, öffnete er auch die anderen Umschläge. Jetzt hatte er sämtliche Krankenakten der jeweiligen Erstfälle beisammen.
»Hat dein Besuch denn irgend etwas gebracht?« wollte Chet wissen.
»Ich versteh' nicht, wie du das meinst«, entgegnete Jack.
»Hast du irgend etwas erfahren, für das es sich gelohnt hat, diesen Wirbel zu verursachen? Es geht das Gerücht um, daß du es schon wieder geschafft hast, sämtliche Leute im General auf die Palme zu bringen.«
»Vor euch kann man aber auch wirklich gar nichts verbergen«,

klagte Jack. »Ich habe übrigens tatsächlich etwas Neues erfahren.« Er berichtete Chet und George, wie einfach es war, sich Zugang zu pathologischen Bakterien zu verschaffen.

»Da ist mir nichts Neues«, sagte George. »Während meiner College-Zeit habe ich in den Sommerferien immer in einem Mikrobiologie-Labor gearbeitet. Ich erinnere mich, daß mein Chef mal Cholerakulturen bestellt hat. Als sie ankamen und ich den Behälter in Händen hielt, habe ich ein ganz komisches Prickeln gespürt.«

Jack sah George entgeistert an. »Ein Prickeln? Du wirst mir immer unheimlicher.«

»Nein, im Ernst«, fuhr George fort. »Ich weiß von Kollegen, daß es ihnen genauso gegangen ist. Gerade wenn man weiß, wieviel Elend, Leid und Tod diese winzigen Bakterien verursachen können, jagen sie einem einerseits einen kalten Schauer über den Rücken und üben andererseits einen magischen Reiz aus.

»Ich glaube, wir beide haben ziemlich unterschiedliche Vorstellungen von einem Prickelgefühl«, bemerkte Jack und widmete sich wieder den Patientenakten. Er sortierte sie in chronologischer Reihenfolge, so daß Nodelman oben lag.

»Ich hoffe, du fühlst dich nicht in deinem paranoiden Denken bestärkt – nur weil man diese Bakterien irgendwo bestellen kann?« hakte Chet nach. »Das war doch noch lange kein Beweis für deine Theorie.«

»Hm«, grummelte Jack, ohne richtig zuzuhören. Er hatte sich längst in die Krankenblätter vertieft.

Als Chet und George sahen, daß Jack mit anderen Dingen beschäftigt war, nahmen sie ihre Unterhaltung wieder auf. Nach einer Viertelstunde verließ George das Büro. Chet schloß hinter ihm die Tür.

»Colleen hat mich eben angerufen«, sagte er.

»Schön für dich«, erwiderte Jack. Eigentlich wollte er nicht gestört werden.

»Sie hat mir erzählt, was in der Agentur passiert ist«, fuhr Chet fort. »Meiner Meinung nach stinkt das alles zum Himmel. Wieso sollten in ein und derselben Firma Leute aus der einen Abteilung ihre Kollegen aus einer anderen fertigmachen wollen?«

Jack blickte auf. »So etwas nennt man Karrieregeilheit«, erklär-

te er. »Das Gieren nach Macht ist der Hauptbeweggrund für alles Handeln.«
Chet ließ sich auf seinem Stuhl nieder. »Colleen hat mir auch erzählt, daß du Terese mit einer Superidee für die neue Kampagne gerettet haben könntest.«
»Erinnere mich bitte nicht daran«, erwiderte Jack und wandte sich wieder den Patientenunterlagen zu. »Ich will mit all dem nichts zu tun haben, und ich habe auch keine Ahnung, wieso sie mich überhaupt gefragt hat. Sie weiß doch, was ich von Werbung im Gesundheitswesen halte.«
»Colleen hat mir außerdem verraten, daß ihr, du und Terese, euch ziemlich gut versteht«, fügte Chet hinzu.
»Ach, tatsächlich? Hat sie irgend etwas Näheres erwähnt?«
»Nein«, erwiderte Chet. »Ich hatte auch nicht den Eindruck, daß sie Genaueres weiß.«
»Gott sei Dank«, grummelte Jack, und vertiefte sich wieder in seine Akten.
Als er auch die nächsten Fragen lediglich mit einem unwilligen Brummen beantwortete, dämmerte Chet allmählich, daß seinem Kollegen im Moment nur die Akten interessierten. Also gab er auf und widmete sich seiner eigenen Arbeit.
Gegen halb sechs war Chet so weit, daß er Feierabend machen wollte. In der Hoffnung, daß Jack vielleicht reagieren würde, stand er geräuschvoll auf und streckte sich. Doch Jack schenkte ihm keinerlei Beachtung. Chet holte sich seinen Mantel, den er immer oben auf dem Aktenschrank ablegte, und räusperte sich mehrmals. Doch Jack gab keinen Mucks von sich. Da Chet nun nichts anderes mehr einfiel, sprach er ihn direkt an.
»Hey«, begann er. »Wie lange willst du denn noch über diesen Papieren brüten?«
»Bis ich fertig bin.«
»Ich treffe mich um sechs auf einen kleinen Imbiß mit Colleen«, sagte Chet. »Hast du Lust mitzukommen? Vielleicht würde Terese sich dann auch dazugesellen. Wie es scheint, haben die beiden vor, die ganze Nacht in der Agentur zu verbringen.«
»Ich bleibe hier«, stellte Jack klar. »Viel Spaß. Und bestell' schöne Grüße.«
Chet zuckte mit den Achseln, streifte den Mantel über und ging.

Jack hatte die Krankenblätter inzwischen zweimal gründlich studiert. Bisher hatte er bei den vier Fällen nur eine wirkliche Gemeinsamkeit entdeckt. Die Leute waren allesamt nicht wegen der Beschwerden ins Krankenhaus eingeliefert worden, an denen sie später gestorben waren; und bei allen waren die Symptome der tödlichen Infektionskrankheit erst nach der Einlieferung aufgetreten. Doch Laurie hatte mit ihrer Feststellung recht gehabt: Laut Definition handelte es sich nur im Falle Nodelman um eine eindeutige Nosokomialinfektion. Bei den anderen drei Opfern waren die Symptome innerhalb von achtundvierzig Stunden nach der Einlieferung in die Klinik aufgetreten.

Die einzige andere mögliche Übereinstimmung hatte Jack bereits in Erwägung gezogen: Alle vier waren häufig stationär behandelt worden und waren somit aus ökonomischer Sicht äußerst unerwünschte Patienten gewesen – vor allem in einem System, in dem das Krankenhaus für jeden Patienten festgelegte Sätze erhielt. Darüber hinaus hatte er nichts Aufschlußreiches gefunden.

Im Alter unterschieden sich die Opfer erheblich voneinander; das jüngste war achtundzwanzig, das älteste dreiundsechzig gewesen. Zwei Patienten hatten auf der Inneren Station gelegen, eine in der Gynäkologischen und einer in der Orthopädischen Abteilung. Es gab kein Medikament, das alle vier bekommen hatten. Zwei hatten intravenöse Injektionen erhalten. Was ihre gesellschaftliche Stellung anging, so reichte die Bandbreite von der unteren bis zur gehobenen Mittelschicht, und es gab keinen Hinweis darauf, daß die Opfer einander gekannt hatten. Eines war weiblich, die übrigen männlich. Sie hatten sogar unterschiedliche Blutgruppen gehabt.

Jack warf seinen Kugelschreiber auf den Schreibtisch, lehnte sich zurück und starrte frustriert an die Decke. Obwohl er selbst nicht wußte, was er sich eigentlich von den Krankenblättern versprochen hatte, war er enttäuscht.

»Klopf, klopf«, rief plötzlich eine Stimme.

Jack schaute zur Tür und sah Laurie auf der Schwelle stehen.

»Wie ich sehe, bist du unversehrt von deinem Beutezug zurückgekehrt«, sagte sie.

»Ich glaube, richtig gefährlich wurde es erst, als ich wieder hier im Institut war«, entgegnete Jack.
»Ich weiß schon, was du meinst. Es hieß, Bingham wäre vor Wut beinahe geplatzt.«
»Er war nicht gerade glücklich über mein Verhalten, aber jetzt ist alles geregelt.«
»Hast du keine Angst vor diesen Typen, die dich neulich bedroht und zusammengeschlagen haben?«
»Ein bißchen schon«, gestand Jack. »Bisher hatte ich noch gar keine Zeit, großartig darüber nachzudenken, aber ich bin sicher, daß sich das ändern wird, sobald ich nach Hause fahre.«
»Du kannst mit zu mir kommen«, bot Laurie ihm an. »In meinem Wohnzimmer steht ein altes Sofa, das man zu einem Bett umfunktionieren kann.«
»Das ist wirklich nett von dir«, entgegnete Jack. »Aber irgendwann muß ich ja mal nach Hause gehen. Ich werde vorsichtig sein.«
»Hast du inzwischen eine Ahnung, wie die Verbindung zum Zentralmagazin zu erklären sein könnte?«
»Schön wär's. Ich habe nichts Neues herausbekommen. Außerdem habe ich erfahren, daß im Zentralmagazin alle möglichen Leute aufgekreuzt sind, um nach irgendwelchen Anhaltspunkten zu suchen – unter anderem unser Epidemiologe und die Dame, die für die Überwachung von Infektionskrankheiten zuständig ist. Da lag ich wohl ganz schön daneben, als ich geglaubt habe, einer neuen Spur nachzugehen.«
»Glaubst du immer noch an eine Verschwörung?«
»Ja«, sagte Jack. »Irgend etwas Seltsames ist da im Gange. Leider stehe ich mit dieser Vermutung bisher ganz allein da.«
»Ich will auf dem Nachhauseweg noch irgendwo etwas essen«, sagte sie. »Hast du Lust mitzukommen?«
»Nein, lieber nicht«, erwiderte Jack. »Ich will das hier zu Ende bringen, solange die Daten noch frisch in meinem Gedächtnis sind.«
»Kann ich verstehen. Gute Nacht.«
»Gute Nacht, Laurie.«
Jack hatte sich gerade zum drittenmal die Unterlagen von Nodelman vorgenommen, als das Telefon klingelte. Es war Terese.

»Colleen will gerade rausgehen und Chet treffen«, sagte sie. »Kann ich dich zu einem schnellen Abendessen überreden?«
»Es ist wirklich nett, daß du an mich denkst«, entgegnete Jack, teilte ihr jedoch das gleiche mit wie zuvor Chet und Laurie, daß er nämlich weiter über seinen Unterlagen brüten wolle.
»Ich hoffe immer noch, daß du deinen Kreuzzug bald aufgibst«, sagte Terese. »Glaubst du wirklich, daß es das Risiko wert ist? Immerhin bist du zusammengeschlagen worden und hättest um ein Haar auch noch deinen Job verloren.«
»Wenn ich beweisen könnte, daß irgend jemand die Krankheiten mit Absicht verbreitet, ist es das Risiko auf jeden Fall wert«, entgegnete Jack. »Vor allem mache ich mir Sorgen, daß uns eine echte Epidemie ins Haus steht.«
»Chet hält deine Idee aber für ziemlich verrückt«, insistierte Terese.
»Chet kann von mir aus denken, was er will.«
»Bitte sei vorsichtig, wenn du nach Hause fährst.«
»Bin ich«, versprach Jack. Er hatte es langsam satt, daß sich offenbar alle Welt um ihn Sorgen machte. Andererseits hatte er selbst schon beim Aufwachen mit Schrecken an die Gefahr gedacht, die ihn bei seiner Rückkehr am Abend womöglich erwartete.
»Wir werden wohl die Nacht durcharbeiten«, sagte Terese noch. »Wenn du Hilfe brauchst, ruf mich in der Agentur an.«
»Okay«, erwiderte Jack. »Viel Erfolg.«
»Das gleiche wünsche ich dir«, sagte Terese. »Und nochmals besten Dank für den Tip mit dem ›Nicht mehr warten‹. Alle finden die Idee klasse. Ich bin dir sehr dankbar. Tschüs!«
Jack legte auf und widmete sich wieder den Unterlagen von Nodelman. Er mühte sich ab, die unzähligen Notizen der Krankenschwestern zu verstehen. Doch nachdem er fünf Minuten lang immer wieder denselben Absatz gelesen hatte, mußte er sich eingestehen, daß er nicht bei der Sache war. In Gedanken grübelte er über den kuriosen Zufall nach, daß ihn sowohl Laurie als auch Terese zum Essen eingeladen hatten. Während ihm die beiden Frauen im Kopf herumspukten, fiel ihm auf einmal Beth Holderness ein. Und wie einfach es war, sich Bakterien zu bestellen.

Er schloß Nodelmans Akte und begann mit den Fingern auf dem Tisch zu trommeln. Wenn tatsächlich jemand eine Bakterienkultur bei National Biologicals gekauft und absichtlich Menschen infiziert hatte, ob National Biologicals dann wohl imstande waren zu sagen, ob die Bakterien aus ihrem Hause stammten?
Der Gedanke faszinierte ihn. Angesichts der Fortschritte in der DNA-Technologie hielt er es theoretisch für möglich, daß National Biologicals ihre Kulturen kennzeichneten. Womöglich nahm die Firma diese Kennzeichnung aus reinen Haftungsgründen vor oder als einfache Schutzmaßnahme.
Er suchte nach der Telefonnummer und wählte die Firma zum zweitenmal an. Diesmal drückte er die Drei für ›Hilfe‹. Nachdem er ein paar Minuten in der Warteschleife gehangen und sich gezwungenermaßen eine scheppernde Rockmusik angehört hatte, meldete sich eine jugendlich klingende, männliche Stimme.
»Mein Name ist Igor Krasnyansky. Kann ich Ihnen behilflich sein?«
Jack stellte sich diesmal mit seinem richtigen Namen vor und fragte, ob er eine theoretische Frage stellen dürfe.
»Aber natürlich«, erwiderte Igor mit einem leichten slawischen Akzent. »Ich werde mir alle Mühe geben, Ihre Frage zu beantworten.«
»Nehmen wir mal an, ich habe eine Bakterienkultur«, begann Jack. »Gibt es irgendeine Möglichkeit zu bestimmen, ob die Bakterien ursprünglich von Ihrer Firma stammen – auch wenn sie bereits etliche lebende Organismen passiert haben?«
»Die Frage kann ich Ihnen ganz einfach beantworten«, erwiderte Igor. »Wir nehmen bei all unseren Kulturen eine Phagentypisierung vor. Daher läßt sich in jedem Fall feststellen, ob die Bakterien von National Biologicals kommen.«
»Und wie erkennt man sie wieder?«
»Wir haben einen Fluoreszenztest, mit dessen Hilfe man eine DNA-Analyse durchführen kann«, erklärte Igor. »Er ist ganz einfach zu handhaben.«
»Wenn ich einen solchen Test durchführen wollte, müßte ich Ihnen dann eine Probe zusenden?«
»Entweder das – oder ich schicke Ihnen die Substanz für den Test«, bot Igor an.

Jack war hocherfreut. Er nannte dem Mann seine Anschrift und bat ihn, ihm die Sendung per Overnight-Kurier zu schicken.
Als er auflegte, war er sehr mit sich zufrieden. Endlich hatte er einen Weg gefunden, wie er seine Theorie von der mutwilligen Verbreitung der Krankheiten hieb- und stichfest untermauern konnte – natürlich nur, falls die Tests mit den Bakterien der Infektionsopfer positiv ausfielen. Er warf einen Blick auf die vor ihm liegenden Patientenunterlagen und überlegte, ob er nicht erst einmal Schluß machen sollte. Schließlich konnte der Test auch negativ ausfallen; dann stammten die Bakterien mit Sicherheit nicht von der Firma National Biologicals, und er würde seine ganze Theorie noch einmal überdenken müssen.
Er schob seinen Stuhl zurück und stand auf. Eigentlich hatte er lange genug gearbeitet. Während er noch ein wenig aufräumte, nahm er sich vor, sich gleich kräftig auf dem Basketballfeld auszutoben.

## 26. Kapitel
## Montag, 25. März 1996, 18.00 Uhr

Beth Holderness war an diesem Abend länger im Labor geblieben, um die zahlreichen Rachenabstriche der Krankenhausmitarbeiter auszuplattieren. Die Abendschicht hatte zur üblichen Zeit ihren Dienst begonnen, doch die Kollegen waren gerade in die Cafeteria gegangen, um etwas zu essen. Auch Richard war nirgends in Sicht. Beth hatte allerdings keine Ahnung, ob er Feierabend gemacht oder das Labor nur kurzfristig verlassen hatte. Beth rutschte von ihrem Hocker und warf einen Blick in den Hauptbereich des Labors. Auch dort war weit und breit kein Mensch zu sehen. Sie ging zurück ins Mikrobiologie-Labor und steuerte auf die Isoliertüren zu. Sie war sich nicht sicher, ob sie das Richtige tat, aber da sie es nun einmal versprochen hatte, fühlte sie sich verpflichtet, Wort zu halten. Dr. Stapleton hatte sie ziemlich verwirrt, doch das Verhalten ihres eigenen Chefs fand sie noch seltsamer. Dr. Cheveau war zwar schon immer launisch gewesen, aber in letzter Zeit hatte er sich mit seinen unmotivierten Wutausbrüchen geradezu lächerlich gemacht.
Nachdem Dr. Stapleton am Nachmittag gegangen war, war er ins Labor gestürmt und hatte sie bedrängt, ihm genau zu berichten, worüber sie mit dem Gerichtsmediziner gesprochen habe. Beth hatte ihrem Chef versichert, daß sie Dr. Stapleton nichts Bedeutendes mitgeteilt und ihn sogar aufgefordert habe, das Labor zu verlassen, doch Dr. Cheveau hatte sich nicht beruhigt. Er hatte ihr sogar gedroht, sie rauszuwerfen, weil sie seine Anweisungen mißachtet habe. Nach seinen Schimpftiraden war sie den Tränen nahe gewesen.
Nachdem er dann endlich gegangen war, hatte sie noch einmal an Dr. Stapletons Bemerkung gedacht, daß einige Mitarbeiter des Manhattan General sich ziemlich seltsam verhielten. Auf Dr.

Cheveau traf das zweifellos zu. Jedenfalls war sie spätestens nach diesem Vorfall nur zu gern bereit, dem Wunsch von Dr. Stapleton nachzukommen.

Etwas unschlüssig stand sie vor den beiden Isoliertüren und wußte nicht, welche sie zuerst öffnen sollte. Die linke führte in den begehbaren Kühlraum, die andere in den ebenfalls begehbaren Brutschrank. Da sie im letzteren den ganzen Tag über die Rachenabstriche deponiert hatte, beschloß sie, dort mit der Suche zu beginnen. Schließlich gab es im Brutschrank nur wenige Kulturen, von denen sie nicht wußte, was sie enthielten.

Warme, feuchte Luft strömte ihr entgegen. Die Temperatur wurde stets in etwa auf Körpertemperatur gehalten, denn die meisten Bakterien und Viren, die auch auf Menschen übergingen, ließen sich am besten bei menschlicher Körpertemperatur heranzüchten. Als Beth den zweieinhalb mal drei Meter großen Raum betreten hatte, fiel die Tür hinter ihr automatisch zu, damit keine Wärme entweichen konnte. Beleuchtet wurde der Brutschrank von zwei Glühbirnen, die lose von der Decke herabhingen und von einem Drahtgeflecht umhüllt waren. Sowohl an den beiden Seitenwänden als auch an der Rückwand standen Regale aus perforiertem, rostfreiem Stahl. Ein weiteres Regal stand in der Mitte des kleinen Raumes und unterteilte ihn in zwei enge Schläuche.

Sie ging zuerst zu dem Regal an der Rückwand, in dem sich einige Stahlbehälter befanden, die ihr schon oft aufgefallen waren, denen sie jedoch bisher keine weitere Beachtung geschenkt hatte. Mit beiden Händen umfaßte sie einen der Behälter, zog ihn aus dem Regal und stellte ihn auf dem Boden ab. Er war in etwa so groß wie ein Schuhkarton. Sie wollte ihn öffnen, mußte aber feststellen, daß er einen mit einem Vorhängeschloß gesicherten Riegel hatte!

Beth war völlig verblüfft und schöpfte auf der Stelle Verdacht. Im Labor wurden nur wenige Dinge unter Verschluß gehalten. Sie hob den Behälter wieder auf und stellte ihn zurück an seinen Platz. Dann ging sie das ganze Regal ab und nahm jeden einzelnen der Behälter in Augenschein. Sie waren alle mit einem Vorhängeschloß gesichert.

Als nächstes musterte sie die Behälter auf dem unteren Regalboden. An dem fünften Kasten fiel ihr etwas auf. Sie tastete die Rückseite ab und registrierte, daß der Riegel geöffnet war. Sie zwängte ihre Finger zwischen den unverschlossenen Behälter und die Nachbarbehälter und schaffte es, ihn herauszuziehen. Sofort merkte sie, daß er im Vergleich zu dem ersten viel leichter war. Sie hob den Deckel an und erblickte mehrere Petrischalen, die nicht in der im Labor üblichen Weise beschriftet waren. Statt dessen hatte sie jemand mit einem Fettstift alphanumerisch gekennzeichnet.

Vorsichtig entnahm sie dem Behälter eine Petrischale mit der Beschriftung A-81. Als sie den Deckel anhob, blickte sie auf mehrere gedeihende Bakterienkolonien. Sie waren transparent und schleimig und wurden in einem Nährboden gezüchtet, von dem sie wußte, daß es sich um sogenannten Schokoladen-Agar handelte.

Ein scharfes mechanisches Klickgeräusch ließ Beth zusammenfahren. Jemand hatte die Isoliertür geöffnet. Ihr Puls begann zu rasen. Wie ein Kind, das bei etwas Verbotenem erwischt wird, versuchte sie verzweifelt, die Petrischale in den Behälter zurückzustellen und diesen ins Regal zu schieben, bevor sie entdeckt wurde. Doch leider reichte die Zeit nicht. Sie hatte es gerade mal geschafft, den Behälter zu schließen und ihn vom Boden aufzuheben, als sich Dr. Martin Cheveau vor ihr aufbaute. Seltsamerweise hielt er einen Behälter in den Händen, der genauso aussah wie der, den sie gerade inspiziert hatte.

»Was machen Sie da?« fuhr er sie an.

»Ich ... Mehr brachte Beth nicht heraus. Ihr fiel einfach keine glaubhafte Ausrede ein.

Dr. Cheveau stellte seinen Metallkasten mit einem lauten Krachen ins Regal und riß Beth den Behälter aus den Händen. Dann sah er, daß der Riegel offen war.

»Wo ist das Vorhängeschloß?« fragte er in bedrohlichem Ton.

Beth streckte ihm ihre Faust entgegen und öffnete sie. Auf ihrer Handfläche lag das geöffnete Vorhängeschloß. Martin entriß es ihr und musterte es.

»Wie haben Sie das geöffnet?«

»Es war offen.«

»Sie lügen.«

»Nein«, widersprach Beth. »Ehrlich. Es war wirklich schon offen, und ich war neugierig, was sich wohl in dem Behälter befindet.«
»Erzählen Sie mir keine Geschichten«, brüllte er. In dem beengten Raum klang seine Stimme beängstigend.
»Ich habe bestimmt nichts durcheinandergebracht«, versuchte Beth ihn zu beruhigen.
»Wie wollen Sie das schon beurteilen?« Martin öffnete den Behälter und sah hinein. Offenbar zufrieden, klappte er den Deckel wieder zu und verschloß den Riegel. Dann prüfte er noch einmal, ob das Vorhängeschloß auch wirklich zu war. Es hielt.
»Ich habe nur kurz den Deckel angehoben und einen Blick auf eine der Petrischalen geworfen«, versuchte Beth ihren Fehltritt herunterzuspielen. Sie hatte sich einigermaßen gefangen, doch ihr Herz jagte noch immer.
Martin schob den Behälter zurück an seinen Platz und zählte danach noch einmal alle durch. Als er fertig war, befahl er ihr, den Brutschrank zu verlassen.
»Es tut mir leid«, sagte Beth kleinlaut, nachdem Martin die Isoliertür hinter ihnen geschlossen hatte. »Ich wußte nicht, daß ich diese Behälter nicht anfassen darf.«
In dem Moment tauchte auch Richard auf. Martin zitierte ihn herbei und berichtete ihm wütend, er habe Beth gerade beim Hantieren mit seinen Forschungskulturen erwischt. Richard zeigte sich genauso verärgert wie Martin. Er wandte sich an Beth und fragte sie, warum sie so etwas tue. Ob sie sich etwa langweile, weil sie nicht genug Arbeit zugewiesen bekomme.
»Mir hat niemand gesagt, daß ich die Behälter nicht anfassen darf«, verteidigte sich Beth und bemühte sich, ihre Tränen zurückzuhalten. Sie haßte solche Auseinandersetzungen, und dabei lag die letzte erst ein paar Stunden zurück.
»Es hat Ihnen aber doch niemand gesagt, daß Sie damit herumhantieren sollen«, stauchte Richard sie zusammen.
»Hat dieser Dr. Stapleton Sie dazu angestiftet?« fragte Martin.
Beth zögerte einen Moment, was für Martin Beweis genug war.
»Hab ich's mir doch gedacht«, rief er. »Wahrscheinlich hat er Ihnen auch von seinem absurden Verdacht erzählt, daß die Pest und all die anderen Krankheiten vorsätzlich verbreitet worden sind.«

»Ich habe ihn darauf hingewiesen, daß Sie mir verboten haben, mit ihm zu reden«, erwiderte Beth und fing an zu weinen.
»Aber Sie haben trotzdem mit ihm geredet«, entgegnete Martin.
»Und wie es scheint, haben Sie ihm auch gut zugehört. So etwas dulde ich nicht! Sie sind gefeuert, Miss Holderness! Packen Sie Ihre Sachen, und verschwinden Sie! Ich will Sie hier nicht mehr sehen.«
Beth wollte gegen eine derartige Behandlung protestieren, doch dann brach sie endgültig in Tränen aus.
»Ihr Rumgeheule wird Ihnen nicht weiterhelfen«, brüllte Martin. »Und ihre faulen Ausreden auch nicht. Sie haben Ihre Entscheidung getroffen, jetzt müssen Sie die Konsequenzen tragen!«

Twin langte über den mit Brandflecken übersäten Tisch und legte den Telefonhörer auf. Sein richtiger Name lautete Marvin Thomas. Wegen seines Zwillingsbruders, der genauso ausgesehen hatte wie er, hatten seine Kumpels ihn Twin getauft. Niemand hatte sie auseinanderhalten können; doch dann war sein Bruder im Verlaufe eines endlosen Bandenkrieges, in dem die Black Kings und eine Gang aus dem East Village um die Vorherrschaft im Crackgeschäft gerungen hatten, getötet worden.
Twin sah Phil an, der vor seinem Schreibtisch Platz genommen hatte. Phil war groß und dürr und wirkte beinahe schmächtig, doch er hatte eine Menge Grips im Kopf. Daß Twin ihn in der Gang zur Nummer zwei gemacht hatte, verdankte er einzig und allein seiner Intelligenz. Er wußte am besten, was man mit all den Drogengeldern anfing, die sie scheffelten. Bevor Phil sich um die Finanzen gekümmert hatte, hatten sie die Geldscheine einfach in Twins Keller in einer PVC-Röhre versteckt.
»Ich versteh' diese Leute einfach nicht«, sagte Twin. »Wie es scheint, hat dieser weiße Doktor unsere Botschaft nicht verstanden und steckt seine Nase weiterhin in Dinge, die ihn nichts angehen. Ist das denn zu fassen? Da hab' ich diesen Mistkerl vermöbelt, und jetzt zeigt er uns schon wieder den Stinkefinger! Ein bißchen mehr Respekt könnte er uns ruhig entgegenbringen.«
»Wollen die Leute, daß wir ihm noch eine Abreibung verpas-

sen?« fragte Phil. Er war mit in Jacks Wohnung gewesen und hatte gesehen, wie brutal Twin ihn zusammengeschlagen hatte.
»Viel besser«, sagte Twin. »Sie wollen, daß wir den Bastard kaltmachen. Weiß der Kuckuck, warum wir die Sache nicht gleich richtig erledigen sollten. Sie machen fünfhundert locker.« Twin lachte. »Das beste ist – ich hätte das auch umsonst gemacht. Wir können schließlich nicht zulassen, daß Leute uns nicht ernst nehmen.«
»Sollen wir Reginald darauf ansetzen?« fragte Phil.
»Wen sonst?« fragte Twin zurück. »Das ist genau der Job, der ihm Spaß macht.«
Phil stand auf und trat seine Zigarette aus. Er ging durch den mit Müll übersäten Flur in das vordere Zimmer, wo ein paar Männer aus der Gang herumhingen und Karten spielten. Dichter Zigarettenrauch vernebelte den Raum.
»Hey, Reginald«, rief Phil. »Hast du Bock auf einen kleinen Job?«
Reginald sah von seinen Karten auf und rückte den Zahnstocher zurecht, den er wie immer im Mund hatte. »Kommt darauf an«, erwiderte er.
»Ich glaub, es wird dir gefallen«, sagte Phil. »Fünfhundert für den Doc, von dem du dein Fahrrad hast.«
»Hey, Alter, den Job übernehm' ich«, meldete sich BJ zu Wort. Bruce Jefferson war ein stämmiger Kerl sein Oberschenkelumfang entsprach in etwa Phils Taillenweite. Auch er war bei dem Überfall auf Jacks Wohnung dabeigewesen.
»Twin will, daß Reginald die Sache übernimmt«, stellte Phil klar.
Reginald knallte seine Karte auf den Tisch. »Ich hatte sowieso ein Scheißblatt«, brummelte er und folgte Phil in Twins Büro.
»Hat Phil dir erzählt, worum's geht?« fragte Twin.
»Nur, daß der Doktor die Grätsche machen soll«, erwiderte Phil. »Und daß wir fünfhundert dafür kriegen. Gibt's sonst noch was?«
»Ja«, antwortete Twin. »Du sollst dir auch noch so eine weiße Mieze vornehmen. Wenn du willst, kannst du sie auch zuerst erledigen. Hier ist die Adresse.« Er reichte Reginald einen Zettel, auf dem der Name und die Anschrift von Beth Holderness notiert waren.
»Hast du 'nen Wunsch, wie ich's machen soll?« fragte Reginald.

»Ist mir scheißegal. Hauptsache du erledigst sie.«
»Ich würde gern mal die neue Maschinenpistole ausprobieren.« Reginald grinste. Der Zahnstocher war in seinen Mundwinkel gewandert.
»Gute Idee«, erwiderte Twin. »Dann sehen wir endlich, ob die Knarre auch das Geld wert ist, das wir dafür hingelegt haben.« Er zog eine der Schreibtischschubladen auf und entnahm ihr eine neue Tec-Maschinenpistole, an deren Griff noch Überreste von der Verpackung hafteten. Schwungvoll schob er die Waffe über den Tisch. Bevor sie runterfallen konnte, fing Reginald sie auf.
»Viel Spaß«, sagte Twin.
»Den werd' ich haben.« Reginald legte Wert darauf, nie irgendwelche Gefühle zu zeigen, doch das bedeutete nicht, daß er keine hatte. Als er auf die Straße trat, war er in Hochstimmung. Er liebte diese Art von Arbeit.
Er öffnete die Fahrertür seines pechschwarzen Camaro und setzte sich hinter das Steuer. Die Maschinenpistole legte er auf den Beifahrersitz, darüber eine Zeitung. Er startete den Wagen, legte seine derzeitige Lieblings-Rap-Kassette ein und drehte voll auf. Das Auto hatte eine Sound-Anlage, um die ihn alle in der Gang beneideten. Im Takt der Musik mit dem Kopf wippend, warf er einen letzten Blick auf die Adresse von Beth Holderness und brauste davon.

Beth hatte auf dem Heimweg noch bei einer Freundin vorbeigeschaut. Sie war so aufgewühlt gewesen, daß sie unbedingt mit jemandem hatte reden müssen, und zur Beruhigung hatte sie sich ein Glas Wein gegönnt. Nachdem sie sich ausgeheult hatte, war sie zwar noch immer deprimiert, doch sie fühlte sich schon ein wenig besser. Sie konnte einfach nicht fassen, daß Martin sie gefeuert hatte. Außerdem nagte der Gedanke an ihr, daß sie in dem Brutschrank womöglich eine bedeutende Entdeckung gemacht hatte.
Beth wohnte in einem fünfstöckigen Gebäude an der East 83rd Street zwischen der First und der Second Avenue. Es war zwar nicht die beste Gegend, aber auch nicht die schlechteste. Schlimmer war, daß sich ihr Haus in einem äußerst desolaten Zustand befand. Ihr Vermieter war ein Geizhals und beschränkte die Re-

paraturen auf das Notwendigste, weshalb eigentlich ständig irgend etwas nicht in Ordnung war. Schon im Näherkommen sah Beth, daß es wieder ein Problem gab. Die Haustür war mit einer Brechstange aufgehebelt worden. Sie seufzte. Es war nicht das erste Mal, daß jemand die Tür aufgebrochen hatte, und beim letzten Mal hatte sich der Vermieter für die Reparatur sechs Monate Zeit gelassen.

Sie hatte schon vor Monaten beschlossen umzuziehen, deshalb hatte sie angefangen, Geld zu sparen, um die Kaution für ein neues Apartment aufbringen zu können. Da sie jetzt ohne Arbeit dastand, würde sie wohl oder übel ihre Ersparnisse antasten müssen. Und den geplanten Umzug mußte sie sich wahrscheinlich ganz aus dem Kopf schlagen – zumindest für die absehbare Zukunft.

Während sie die letzten Stufen hinaufstieg, versuchte sie sich damit zu beruhigen, daß sie wenigstens gesund war und alles noch viel schlimmer hätte kommen können. Vor ihrer Wohnungstür angekommen, mußte sie zunächst ihre ganze Handtasche nach dem Schlüssel durchwühlen. Sie bewahrte den Wohnungsschlüssel immer getrennt vom Haustürschlüssel auf, damit sie im Zweifelsfall nicht beide gleichzeitig verlor.

Als sie den Schlüssel endlich gefunden hatte, betrat sie die Wohnung und schob wie immer von innen den Riegel vor. Dann zog sie ihren Mantel aus, hängte ihn auf und kramte die Visitenkarte von Jack Stapleton aus ihrer Handtasche. Schließlich ließ sie sich auf dem Sofa nieder und wählte seine Nummer.

Obwohl es schon relativ spät war, versuchte sie ihr Glück zunächst im Gerichtsmedizinischen Institut. Doch die Vermittlerin teilte ihr mit, daß Dr. Stapleton schon Feierabend gemacht hatte. Deshalb drehte sie das Kärtchen um und wählte seine private Nummer. Nach dem zweiten Klingeln schaltete sich sein Anrufbeantworter ein.

»Hallo, Dr. Stapleton«, meldete sich Beth nach dem Piepton. »Hier spricht Beth Holderness. Ich muß Ihnen etwas Wichtiges erzählen.« Plötzlich wurde sie von ihren Gefühlen überwältigt und war kurz davor, in Tränen auszubrechen. Sie überlegte, ob sie auflegen und sich erst einmal beruhigen sollte, doch dann überlegte sie es sich anders. Sie räusperte sich kräftig und fuhr stockend fort: »Ich muß mit Ihnen reden. Ich habe nämlich etwas entdeckt. Außerdem hat Dr. Cheveau mich gefeuert. Bitte rufen Sie mich an.«

Für einen Augenblick überlegte sie, ob sie noch einmal anrufen und ihm ihre Entdeckung genauer beschreiben sollte, doch dann verwarf sie diesen Gedanken. Sie wollte gerade aufstehen, als ein gewaltiges Krachen die Wohnung erschütterte. Vor Schreck konnte sie sich nicht von der Stelle rühren. Jemand hatte die Tür zu ihrem Apartment aufgebrochen und sie mit einer solchen Wucht gegen die Wand geknallt, daß die Klinke im Putz steckengeblieben war. Der Riegel, der sie eigentlich in Sicherheit gewiegt hatte, war aus dem Türrahmen gefetzt.

Wie aus dem Nichts tauchte eine Gestalt in der Tür auf. Sie war von Kopf bis Fuß in schwarzes Leder gekleidet und sah Beth an. Dann drehte die Person sich um und knallte die Tür zu. Die schlagartig einkehrenden Stille ängstigte Beth genauso wie wenige Sekunden zuvor das ohrenbetäubende Krachen. Von den gedämpften Geräuschen eines in der Nachbarwohnung dudelnden Fernsehers abgesehen, war es mucksmäuschenstill.

Hätte Beth jemals versucht, sich eine solche Situation auszumalen, hätte sie geglaubt, daß sie lauthals schreien oder fliehen würde oder beides zugleich, doch sie tat nichts dergleichen. Sie war wie gelähmt, hatte sogar die Luft angehalten, die ihr jetzt mit einem Zischen entwich.

Der Mann, dessen Gesicht vollkommen ausdruckslos war, kam auf sie zu. In seinem Mundwinkel hing ein Zahnstocher, in der linken Hand hielt er die größte Pistole, die Beth je gesehen hatte. Der Kolben mußte an die dreißig Zentimeter lang sein.

Dicht vor ihr blieb er stehen. Er sagte kein Wort. Er nahm langsam die Pistole hoch und zielte auf ihre Stirn. Beth schloß die Augen ...


Jack verließ die U-Bahn an der 103rd Street und ging zu Fuß weiter in Richtung Norden. Das Wetter war recht gut, deshalb rechnete er damit, daß auf dem Basketballplatz eine Menge los sein würde. Er sollte sich nicht täuschen. Als Warren ihn durch den Zaun erspähte, rief er ihm zu, er solle sich schleunigst umziehen und rüberkommen.

Jack joggte die verbleibende Strecke bis zu seinem Haus. Als er sich dem Gebäude näherte, mußte er unwillkürlich an seine ungebetenen Gäste vom vergangenen Freitag abend denken. Da er dem Manhattan General an diesem Tag einen erneuten Besuch abgestattet hatte und sich zu allem Übel auch noch hatte erwischen lassen, hielt er es durchaus für möglich, daß die Black Kings wieder auf ihn warteten. Doch falls sie ihm wirklich auflauern sollten, wollte er diesmal besser vorbereitet sein.

Statt durch die Haustür ging er eine kleine Treppe hinab und über einen schmalen, feuchten Weg am Haus entlang in den Hinterhof. Es stank penetrant nach Urin. Der Hinterhof glich einem Schrottplatz. Im Dämmerlicht erkannte er neben verbogenen Überresten ausrangierter Sprungfedern einen auseinandergebrochenen Kinderwagen sowie mehrere abgefahrene Autoreifen und allen möglichen anderen Müll.

An der Rückseite des Gebäudes gab es eine Feuertreppe, die allerdings nicht ganz bis auf den Boden hinabreichte. Das letzte Stück bestand aus einer ausklappbaren Metallleiter, die von einem Gegengewicht aus Zement oben gehalten wurde. Jack stellte einen Mülleimer auf den Kopf und bestieg ihn, um an die unterste Sprosse heranzureichen. Als er kräftig daran zog, kam die Leiter laut quietschend herunter.

Als er den ersten Treppenabsatz erreicht hatte, klappte er die Leiter mit lautem Getöse zurück in ihre Ursprungsstellung. Jack verharrte ein paar Minuten, um sicherzugehen, daß er durch den Lärm niemanden auf sich aufmerksam gemacht hatte. Als kein Nachbar den Kopf aus dem Fenster steckte, um sich zu beschweren, kletterte er weiter nach oben. Von jedem Treppenabsatz aus konnte er in die Wohnungen der jeweiligen Etage sehen, doch er wandte sich betreten ab. Was es in seinem Haus zu sehen gab, war alles andere als schön. Er ertrug es nicht, die Armut in seinem Viertel aus nächster Nähe mit anzusehen. Außerdem mußte er den Blick in die Tiefe um jeden Preis vermeiden. Er hatte schon immer unter Höhenangst gelitten.

Langsam kletterte er weiter bis zu seiner Etage. Von der Feuertreppe aus konnte er seine Küche und sein Schlafzimmer überblicken. Beide Räume waren hell erleuchtet. Als er seine

Wohnung am Morgen verlassen hatte, hatte er vorsichtshalber sämtliche Lichter angeknipst.

Zuerst warf er einen Blick durchs Küchenfenster. Dort war die Luft offenbar rein. Die Früchte auf dem Tisch waren nicht angetastet. Von seinem Standort aus konnte er bis in den Flur spähen. Die notdürftig reparierte Wohnungstür war ebenfalls unversehrt.

Als nächstes nahm er sich das Schlafzimmerfenster vor und vergewisserte sich, daß auch dieser Raum so aussah, wie er ihn verlassen hatte. Erleichtert stieg er schließlich in seine Wohnung ein. Natürlich war es nicht ganz ungefährlich gewesen, das Schlafzimmerfenster nicht zu verriegeln, doch das kleine Risiko hatte er wohl in Kauf nehmen müssen. Als er drinnen war, inspizierte er noch einmal gründlich alle Räume. Es war wirklich niemand da, und es wies auch nichts darauf hin, daß er im Laufe des Tages ungebetenen Besuch gehabt hatte.

Jack schlüpfte schnell in seine Basketballkleidung und verließ seine Wohnung auf dem gleichen Weg, auf dem er sie betreten hatte. Wegen seiner Höhenangst fiel ihm das Runterklettern noch schwerer, doch er nahm all seinen Mut zusammen und konnte sich schließlich überwinden. Unter den gegebenen Umständen war er nicht gerade darauf erpicht, schutzlos aus der Haustür zu treten und eine böse Überraschung zu erleben.

Als er das Haus auf dem schmalen Weg wieder umrundet hatte, blieb er stehen und musterte den Eingangsbereich. Er wollte sichergehen, daß vor seiner Tür nicht etwa ein Auto voller Männer parkte, die ihm womöglich auflauerten. Erst als er sich davon überzeugt hatte, daß die Luft rein war, joggte er zum Basketballplatz hinüber.

Jack gelangen zwar ein paar hervorragende Sprungwürfe aus weiter Entfernung, doch seine Mitspieler waren ziemlich schwach. Warren, der in der gegnerischen Mannschaft spielte und den ganzen Abend gewann, genoß es sichtlich, daß Jacks Team eine Schlappe nach der anderen einstecken mußte. Verstimmt lief Jack an den Spielfeldrand und zog sich sein Sweatshirt über. Dann machte er sich auf den Weg zum Ausgang.

»Hey Kumpel – haust du schon ab?« rief Warren ihm hinterher. »Bleib doch noch ein bißchen. Irgendwann lassen wir dich auch

mal gewinnen.« Das war nicht böse gemeint. Es war durchaus üblich, die Verlierermannschaft aufzuziehen. Alle taten das, und alle akzeptierten es.
»Wenn ich von einem halbwegs passablen Team geschlagen werde, ist das okay«, entgegnete Jack aufgebracht. »Aber von einer Truppe von Weichlingen einen über die Mütze zu kriegen – das ist wirklich peinlich.«
Warrens Mannschaft stimmte ein wohlwollendes »Oho« an. Jack hatte eine kesse Antwort auf Lager gehabt.
Warren stolzierte zu ihm herüber und stieß ihm den Zeigefinger vor die Brust. »Hab' ich da richtig gehört?« fragte er. »Weichlinge? Jetzt paß mal gut auf! Mit meinen Leuten schlage ich jede x-beliebige Mannschaft, die du dir hier zusammenstellst. Los, such dir vier Männer aus, dann zeigen wir's dir!«
Jack ließ seinen Blick über das Spielfeld schweifen. Alle Augen waren auf ihn und Warren gerichtet. Er überlegte eine Weile, ob er die Herausforderung annehmen sollte, und erwog Vor- und Nachteile. Ein bißchen mehr körperliche Anstrengung würde ihm guttun; wenn er also weiterspielen wollte, brauchte er nur Warrens Angebot anzunehmen.
Gleichzeitig war ihm klar, daß er sich unweigerlich bei allen Mitspielern unbeliebt machen würde, die nicht zu den vier Auserwählten gehören würden. Und damit würde er genau diejenigen vor den Kopf stoßen, um deren Freundschaft und Anerkennung er sich seit Monaten bemühte. Außerdem würde er sich natürlich den Groll aller Mannschaftskapitäne zuziehen, denen er ihre besten Spieler wegnehmen würde. Der Zorn würde sich gegen ihn richten – nicht etwa gegen Warren, denn der stand über solchen Dingen. Unter Berücksichtigung all dieser Aspekte kam Jack zu dem Schluß, daß die Sache das nicht wert war.
»Ich laufe lieber noch eine Runde durch den Park«, sagte er.
Das Team johlte begeistert, und Warren verbeugte sich zur Entgegennahme der Huldigung. Er hatte Jack gebührend Paroli geboten, und dessen Weigerung, es auf ein Entscheidungsspiel ankommen zu lassen, wurde als weiterer Sieg gewertet. Zum Zeichen des Triumphes klatschten Warren und einer seiner Spieler ihre Hände gegeneinander. Dann stolzierten sie zurück auf das Spielfeld.

Jack grinste in sich hinein, trat durch das Tor auf den Bürgersteig und joggte los. Er lief in Richtung Osten. Am Ende des Häuserblocks machte er die dunkle Silhouette einiger Felsblöcke und kahler Bäume aus. Nach ein paar Minuten hatte er das friedliche Innere des Central Parks erreicht und die Hektik der Stadt hinter sich gelassen. Hier lief er am liebsten.

Reginald war zunächst ziemlich aufgeschmissen gewesen. In das Territorium oder gar auf den Basketballplatz einer feindlich gesinnten Gang vorzudringen, war vollkommen undenkbar. Als er den Doktor, den er ins Jenseits befördern sollte, mit ein paar Kumpels aus dessen Nachbarschaft hatte Basketball spielen sehen, hatte er sich erst mal in seinen Camaro zurückgezogen.
Als Jack das Spiel dann aufgegeben und sich sein Sweatshirt übergezogen hatte, hatte er schon voller Vorfreude unter seine Zeitung gegriffen und den Sicherungsbügel der Maschinenpistole gelöst. Doch dann hatte er gehört, wie Warren den Doc herausgefordert hatte, und war sicher gewesen, daß er nun mindestens für die Dauer eines weiteren Spiels würde warten müssen. Zu seiner Freude verließ Jack ein paar Minuten später das Spielfeld doch. Allerdings steuerte er nicht, wie Reginald erwartet hatte, die Richtung an, in der sich die Geschäfte befanden. Er rannte in Richtung Osten davon! Reginald fluchte laut vor sich hin, während er inmitten des Stoßverkehrs eine Hundertachtzig-Grad-Wendung vornehmen mußte. Prompt wurde ein Taxifahrer fuchsteufelswild und drückte kräftig auf die Hupe. Reginald war kurz davor, schon jetzt zur Pistole zu greifen. Der Taxifahrer war einer von diesen Kerlen aus dem Fernen Osten, und er hätte ihn liebend gern mit ein paar kleinen Explosionen überrascht.
Reginalds Enttäuschung verwandelte sich schnell in Freude, als ihm klar wurde, wo Jack hin wollte. Als dieser die Central Park West überquerte, suchte Reginald sich schnell einen Parkplatz. Er sprang aus dem Auto, schnappte sich die Waffe und wickelte sie in die Zeitung ein. Das Paket unter dem Arm, rannte er Jack hinterher.
Auf dieser Höhe befand sich der Eingang zum West Drive, einer Straße quer durch den Park. Nicht weit davon schlängelte sich

eine breite Steintreppe um einen Felsblock herum und führte hinauf zu einem Gehweg. Auf dem ersten Stück des Weges gab es noch ein paar Laternen, doch weiter hinten war es stockdunkel.
Wenige Sekunden nach Jack stürmte Reginald diese Treppe hinauf. Er konnte sein Glück kaum fassen. Im Grunde erschien es ihm viel zu einfach, dem Kerl in einem dunklen, verlassenen Park kaltzumachen.

Im Gegensatz zu der Panik, die Jack am Freitag abend bei seiner Fahrradtour durch den Park verspürt hatte, empfand er die Düsternis und die Einsamkeit jetzt eher als beruhigend. Er sah zwar so gut wie nichts, doch er tröstete sich damit, daß es allen Besuchern des Parks genauso gehen würde. Außerdem war er fest davon überzeugt, daß die Black Kings ihn in seiner Wohnung oder in der näheren Umgebung überfallen würden – falls sie ihn überhaupt noch mal behelligten.
Der Parkabschnitt, in dem Jack seine Joggingrunde begann, war erstaunlich hügelig und felsig; aus gutem Grund wurde dieser Teil des Parks Great Hill genannt. Jack lief einen asphaltierten Gehweg entlang, der sich zwischen den riesigen Bäumen mit ihren blattlosen Ästen hindurchschlängelte. Das fahle Licht der Laternen ließ die kahlen Zweige beinahe unheimlich erscheinen; es sah aus, als wäre der gesamte Park von einem riesigen Spinnennetz umhüllt.
Nachdem Jack ziemlich schnell aus der Puste gewesen war, hatte er nun sein Tempo gefunden und konnte sich allmählich entspannen. Er hatte die Hektik der Stadt weit hinter sich gelassen und konnte endlich klarer denken. Er fragte sich, ob sein Kreuzzug gegen das Manhattan General womöglich tatsächlich einzig und allein auf seinem Haß gegen AmeriCare basierte, wie sowohl Chet als auch Bingham ihm vorgeworfen hatten. Und er mußte sich eingestehen, daß dieser Gesichtspunkt nicht ganz von der Hand zu weisen war. Immerhin erschien der Verdacht, daß jemand alle vier Krankheiten mit Absicht verbreitet haben sollte, geradezu grotesk. Und daß die leitenden Angestellten im Manhattan General sich so abweisend verhielten, konnte tatsächlich an ihm liegen. Selbst Bingham hatte ihm vorgehal-

ten, daß er das seltene Talent habe, Mitmenschen ziemlich schnell auf die Palme zu bringen.
Während er gedankenverloren dahintrabte, registrierte er plötzlich ein Geräusch. Es war eine Art metallisches Klicken, das im Takt wie seine eigenen Schritte ertönte; es klang etwa so, als wären seine Basketballschuhe mit Hackenschonern versehen. Verwirrt legte Jack einen Schritt zu. Für einen Augenblick verfiel das seltsame Klicken in einen anderen Rhythmus, doch dann paßte es sich seinen Schritten wieder an.
Jack wagte einen vorsichtigen Blick über die Schulter. Er glaubte seinen Augen nicht zu trauen; da lief jemand hinter ihm, und zwar in bedrohlicher Nähe. Ihm fahlen Schein einer Laterne sah Jack, daß es sich auf keinen Fall um einen Jogger handelte. Der Mann trug schwarze Lederkleidung, und in der Hand hielt er eine Waffe!
Jack sackte das Herz in die Hose. Unterstützt durch einen heftigen Adrenalinstoß spurtete er los, so schnell er konnte. Er hörte seinen Verfolger ebenfalls eine schnellere Gangart einlegen.
Panisch überlegte Jack, wo der nächste Ausgang des Parks war. Wenn er erst einmal im Gewühl der Autos und Menschen untertauchen konnte, hatte er vielleicht noch eine Chance. Soweit er wußte, führte der nächste Weg in Richtung City zwischen den Bäumen zu seiner Rechten hindurch. Er hatte allerdings keine Ahnung, wie weit es bis zum rettenden Ausgang war; es konnten fünfzig Meter sein, aber auch fünfhundert.
Da sein Verfolger ihn jeden Moment einzuholen drohte, scherte Jack wie aus heiterem Himmel nach rechts aus und tauchte in den Wald ein. Unter den Bäumen war es noch dunkler als auf dem Weg. Er stolperte einen steilen Hügel hinauf, konnte aber kaum sehen, wo er hintrat. In wilder Panik kämpfte er sich durch das dichte Unterholz.
Als er den höchsten Punkt erreicht hatte, lichtete sich das Gestrüpp ein wenig. Hier war es zwar genauso dunkel, doch es lag nur noch vermodertes Laub auf dem Boden herum, so daß Jack noch einmal beschleunigen konnte.
Als er an einer riesigen Eiche vorbeikam, schlüpfte er schnell hinter den Baum und lehnte sich gegen den Stamm. Er war vollkommen außer Atem. Er versuchte, sein heftiges Schnaufen zu

unterdrücken, und horchte. Alles, was er hörte, war der in der Ferne vorbeibrausende Verkehr, dessen Echo an das gedämpfte Rauschen eines Wasserfalls erinnerte. Hin und wieder ertönte eine Hupe oder das durch die Nacht jagende Geheul einer Polizeisirene.

Jack verharrte noch etliche Minuten hinter dem dicken Eichenstamm. Erst als er ganz sicher war, daß er seinen Verfolger abgeschüttelt hatte, wagte er sich wieder vor und floh weiter in Richtung Westen. Doch diesmal bewegte er sich vorsichtig und so leise wie möglich; auf dem modrigen Blätterteppich gelang es ihm, sich fast geräuschlos davonzuschleichen. Sein rasendes Herz drohte seine Brust zu zersprengen.

Plötzlich stieß Jacks Fuß gegen etwas Weiches. Zu seinem Entsetzen schien sich dieses Etwas auch noch ruckartig zu bewegen. Für den Bruchteil einer Sekunde begriff er gar nichts, dann erhob sich wie aus dem Nichts eine Gestalt vom Boden; es wirkte fast wie eine Auferstehung aus dem Reich der Toten. Die ärmlich wirkende Kreatur war in Lumpen gehüllt und wirbelte wie ein Derwisch um Jack herum, wobei sie wild mit den Armen um sich schlug und immer wieder schrie: »Ihr alten Bastarde!«

Im selben Moment erhob sich eine weitere Gestalt und schrie ebenso aufgebracht: »Laß bloß die Finger von unserem Einkaufswagen! Sonst bringe ich dich um!«

Jack wich einen Schritt zurück, doch plötzlich warf sich die erste Gestalt auf ihn und traktierte ihn mit Schlägen; der erbärmliche Gestank war kaum zu ertragen. Jack versuchte den Mann abzuschütteln, doch dieser bekam ihn zu fassen und zerkratzte ihm mit den Fingernägeln das Gesicht.

Jack sammelte all seine Kräfte, um den übelriechenden Penner, der sich an seiner Brust festgekrallt hatte, loszuwerden. Bevor er den Mann abschütteln konnte, hallten plötzlich mehrere Schüsse durch die Nacht. Der Penner erstarrte und brach zusammen; Jack spürte, wie ihm irgend etwas ins Gesicht spritzte. Er mußte den Mann wegstoßen, um nicht selbst zu Boden zu gehen.

Als nun auch der zweite Penner lauthals losschrie, durchbrach ein weiteres Trommelfeuer die Nacht. Mit einem Schlag verstummte das Gezeter.

Da Jack gesehen hatte, woher die zweite Ladung gekommen war, drehte er sich um und floh in die entgegengesetzte Richtung. Ohne Rücksicht auf die Finsternis und mögliche Hindernisse stürzte er Hals über Kopf durch die Nacht. Plötzlich ging es bergab, und er stolperte einen steilen Hügel hinunter. Er verlor fast die Kontrolle über seine Füße und landete schließlich in einem dichten Unterholz voller wilder Rebengewächse und Dornenbüsche.

Er kämpfte sich durch das Dickicht, bis er plötzlich auf einem Gehweg landete. Weiter vorn sah er eine schwach beleuchtete, aus Granitstein geschlagene Treppe. Kaum war er wieder auf den Beinen, stürmte er auf die Treppe zu und nahm immer zwei Stufen auf einmal. Kurz bevor er das Ende der Treppe erreicht hatte, peitschte ein einzelner Schuß durch die Nacht. Rechts neben ihm prallte eine Kugel gegen den Granitstein und verschwand zischend in der Nacht.

Sich duckend und Haken schlagend, erreichte Jack das Ende der Treppe und landete auf einer Terrasse. In der Mitte der Terrasse befand sich ein leerer Springbrunnen, der während des Winters abgestellt war. Der Platz war an drei Seiten von Arkaden eingeschlossen. Von der Mitte der rückseitigen Arkade aus führte eine weitere Steintreppe zur nächsten Ebene hinauf.

Jack hörte seinen Verfolger die Treppe emporstürmen. Wie vorhin verursachten seine Absätze auf den Steinen ein lautes metallisches Klicken. Es konnte nur noch Sekunden dauern, bis er oben war. Da Jack wußte, daß er es nicht bis zur zweiten Treppe schaffen würde, flüchtete er in den Schatten einer Arkade. Unter dem Bogen war die Dunkelheit vollkommen. Mit vorgestreckten Händen tastete er sich blind voran.

Plötzlich verstummten die von der ersten Treppe heraufschallenden, lauten Schritte. Jack wußte, daß sein Verfolger nun die Terrasse erreicht hatte, und tastete sich schneller voran. Sein Ziel war die zweite Treppe. Doch zu seinem Entsetzen stieß er gegen eine metallene Mülltonne. Mit einem lauten Krachen fiel sie um und rollte über den Boden. Beinahe im gleichen Augenblick feuerte sein Verfolger erneut. Die Kugeln trafen die Arkade, prallten an allen Seiten von den Granitwänden ab. Jack warf sich flach auf den Boden, legte sich schützend die Arme über den Kopf und wartete, bis die letzte Ladung zischend verhallt war.

Dann stand er auf und bewegte sich langsam weiter. Als er die Ecke der Arkade erreichte, taten sich weitere Hindernisse auf. Überall lagen Flaschen und Bierdosen auf dem Boden verstreut; es war unmöglich, geräuschlos über sie hinwegzugehen.
Bei jedem Scheppern, das er versehentlich auslöste, fluchte er leise vor sich hin. Aber es gab kein Zurück. Als er die zweite Treppe erreicht hatte, stürmte er nach oben. Zum Glück war es hier etwas heller, so daß er sehen konnte, wo er seine Füße hinsetzen mußte.
Er hatte das Ende der Treppe fast erreicht, als plötzlich ein Befehl die Stille durchschnitt.
»Hey, Mann, bleib stehen, oder ich puste dich weg!«
Die Stimme verriet Jack, daß der Mann am Fuß der Treppe stehen mußte. Auf diese Entfernung hatte er keine Chance. Deshalb blieb er stehen.
»Umdrehen!«
Jack folgte dem Befehl und blickte in die Mündung der gewaltigen Pistole, die sein Verfolger auf ihn gerichtet hatte.
»Erkennst du mich? Ich bin Reginald.«
»Ich erinnere mich ziemlich gut«, erwiderte Jack.
»Komm sofort runter!« befahl Reginald; er war vollkommen aus der Puste. »Ich werde keine einzige verfluchte Treppe mehr hinter dir hersteigen. Hast du das kapiert?«
Langsam ging Jack nach unten. Auf der dritten Stufe blieb er stehen. Im fahlen Licht, das die Stadt herüberwarf und das von der Wolkendecke reflektiert wurde, konnte Jack die Züge des Mannes kaum erkennen. Seine Augen erschienen ihm wie zwei endlos tiefe Löcher.
»Mann, du hast wirklich Mumm in den Knochen«, sagte Reginald. Langsam senkte er den Arm und ließ die Maschinenpistole lässig baumeln. »Und du bist gut in Form. Das muß ich dir lassen.«
»Was willst du von mir? Was auch immer es ist – du kannst es haben.«
»Jetzt hör mal zu, Alter. Ich will überhaupt nichts von dir«, sagte Reginald. »Schließlich weiß ich, daß bei dir nicht viel zu holen ist. In den beschissenen Lumpen, die du am Leibe trägst, hast du bestimmt nichts versteckt, und in deinem gottverdammten

Apartment bin ich auch schon gewesen. Um ehrlich zu sein – ich soll dich einfach nur kaltmachen. Uns ist nämlich zu Ohren gekommen, daß du dich nicht an Twins Empfehlung gehalten hast.«

»Ich kann dir Geld geben«, bot Jack an. »Was auch immer sie dir für diesen Job bezahlen, ich biete mehr.«

»Klingt interessant«, erwiderte Reginald. »Aber ich kann mich leider nicht auf den Deal einlassen. Dann würde ich es mir nämlich mit Twin verderben, und was dann auf mich zukäme, kannst du mit keinem Geld der Welt bezahlen. Also vergiß es.«

»Dann erzähl mir wenigstens, wer dich bezahlt«, forderte Jack. »Nur, damit ich's weiß.«

»Hey, Kumpel, wenn du die Wahrheit wissen willst – ich hab' keinen blassen Schimmer«, sagte Reginald. »Ich weiß nur, daß der Job verdammt gut bezahlt wird. Dafür, daß ich dich eine Viertelstunde durch den Park jage, kriegen wir fünfhundert Piepen. Das ist nicht schlecht, würde ich sagen.«

»Ich zahle tausend«, sagte Jack. Er wollte, daß Reginald weiterredete.

»Tut mir leid«, entgegnete Reginald. »Unsere kleine Show hier ist vorbei, deine Zeit ist abgelaufen.« Genauso langsam, wie er die Pistole hatte sinken lassen, hob er sie wieder an.

Jack konnte nicht fassen, daß er jetzt aus kürzester Distanz erschossen werden sollte, von jemandem, der ihm völlig fremd war und der ihn genausowenig kannte. Es war wirklich absurd. Er mußte unbedingt versuchen, Reginald zum Reden zu bringen, doch so wortgewandt er sonst war, es fiel ihm einfach nichts ein. Als er sah, wie die Waffe sich langsam auf ihn richtete und er schließlich direkt in den Lauf der Pistole starrte, war seine Schlagfertigkeit wie weggeblasen.

Ein Schuß krachte durch die Nacht. Jack zuckte zusammen. Er hatte die Augen geschlossen, aber seltsamerweise spürte er nichts. Dann erst wurde ihm bewußt, daß Reginald mit ihm Katz und Maus zu spielen schien. Er öffnete die Augen. Auch wenn er vor Angst fast verging, war er fest entschlossen, sich cool zu geben. Doch was er sah, machte ihn völlig perplex. Reginald war verschwunden.

Jack blinzelte ein paarmal, als traue er seinen Augen nicht. Dann

sah er genauer hin und erkannte am Boden die Umrisse von Reginalds Körper. Rund um den Kopf breitete sich ein dunkler Fleck aus.
Jack schluckte, rührte sich aber nicht vom Fleck. Plötzlich trat ein Mann aus dem Schatten der Arkade. Er trug eine Baseballkappe, verkehrt herum. In der Hand hielt er eine Pistole, die so ähnlich aussah, wie die von Reginald. Als erstes bückte er sich nach Reginalds Waffe, die drei Meter über den Boden geschlittert war. Er nahm sie kurz in Augenschein und stopfte sie sich in den Hosenbund. Dann stieg er über den Leichnam hinweg und stieß mit dem Fuß Reginalds Kopf zur Seite, um die Wunde aus der Nähe zu betrachten. Zufrieden beugte er sich zu dem leblosen Körper hinab und durchsuchte ihn, bis er eine Brieftasche gefunden hatte. Er steckte sie ein und erhob sich.
»Los, Doc, gehen wir«, sagte er.
Jack stieg die letzten drei Stufen hinab. Unten angekommen, erkannte er seinen Retter. Es war Spit!
»Was machst du denn hier?« flüsterte Jack. Seine Kehle war so trocken, daß er kaum sprechen konnte.
»Laß uns bloß schnell abhauen, Mann«, erwiderte Spit. »Wir haben keine Zeit für irgendwelche Mätzchen.« Er rotzte auf die Steine. »Wir müssen so schnell wie möglich von diesem beschissenen Ort verschwinden. Einer von den Pennern da drüben hat nur einen Streifschuß abbekommen, und es wird nicht mehr lange dauern, bis es hier vor Bullen wimmelt.«

Jacks Hirn arbeitete auf Hochtouren. Verzweifelt versuchte er sich zusammenzureimen, warum sein Basketballkumpel im entscheidenden Moment an seiner Seite gewesen war, doch er hatte keinen Schimmer. Genausowenig verstand er, warum Spit ihn nun mit aller Kraft aus dem Park zerren wollte.
Jack meldete Protest an. Schließlich galt es als ein schweres Verbrechen, den Tatort eines Mordes zu verlassen, und hier waren sogar zwei Menschen getötet worden. Doch Spit hörte nicht auf ihn. Als Jack schließlich stehenblieb und seinem Kumpel erklären wollte, warum sie auf keinen Fall abhauen dürften, haute Spit ihm eine runter. Und es war weiß Gott kein freundschaftlicher Klaps.

Jack betastete sein Gesicht. Die Stelle brannte wie Feuer.
»Was zum Teufel ...«
»Ich versuche nur, ein bißchen Verstand in dich hineinzuprügeln«, erläuterte Spit. »Wir müssen unsere Ärsche so schnell wie möglich in Sicherheit bringen. Hier, nimm du das kleine Schätzchen«, sagte er und drückte ihm Reginalds Maschinenpistole in die Hand.
»Was soll ich mit dem verdammten Ding anfangen?« Für Jacks Begriffe handelte es sich um eine Mordwaffe, die als Beweisstück zu gelten hatte, und die man nur mit Latexhandschuhen anfassen durfte.
»Schieb sie unter dein Sweatshirt!« befahl Spit. »Und dann beweg dich, Mann!«
»Aber Spit, ich kann mich wirklich nicht einfach aus dem Staub machen«, insistierte Jack. »Du kannst ja verschwinden, wenn du willst. Und nimm bitte dieses Ding mit!«
Spit explodierte. Er riß Jack die Pistole aus der Hand und drückte ihm den Lauf gegen die Stirn. »Hey, Alter, du gehst mir wirklich auf den Sack!« fluchte er. »Raffst du eigentlich überhaupt nichts? Womöglich streunen hier immer noch ein paar Arschlöcher von den Black Kings herum. Jetzt paß mal gut auf! Wenn du deinen Hintern nicht sofort in Bewegung setzt, kannst du von mir aus ins Gras beißen. Hast du das kapiert? Wenn Warren mir nicht aufgetragen hätte, mich um dich zu kümmern, würde ich meinen schwarzen Arsch bestimmt nicht riskieren, um einen weißen Doktor aus der Scheiße zu holen.«
»Warren?« fragte Jack entgeistert. Er verstand überhaupt nichts mehr. Doch er nahm Spits Warnung ernst und wagte es nicht, weitere Fragen zu stellen. Vom Basketballfeld wußte er, daß Spit impulsiv reagierte und schnell aus der Fassung geriet. Jack hatte es immer vermieden, sich mit ihm anzulegen.
»Kommst du jetzt, oder was?«
»Okay«, erwiderte Jack. »Ich komme. Wahrscheinlich weißt du besser, was hier abläuft.«
Als sie die Amsterdam Avenue erreicht hatten, ging Spit in die nächste Telefonzelle. Jack marschierte nervös vor der Zelle auf und ab. Plötzlich hatte das in New York City allgegenwärtige Heulen der Sirenen und Martinshörner eine völlig neue Bedeutung für ihn. Zum erstenmal nahm er es in dem Bewußtsein

wahr, an einem Verbrechen beteiligt gewesen zu sein. Jahrelang war ihm die Polizei als Retter und Helfer erschienen. Jetzt war er selbst der Gesuchte.
Spit legte auf und reckte Jack zum Zeichen des Triumphes den Daumen entgegen. Jack war erleichtert. Er hatte zwar keine Ahnung, was Spit mit seiner Geste sagen wollte, doch wenigstens schien er zufrieden zu sein.
Keine fünfzehn Minuten später hielt am Bordstein ein tiefergelegter kastanienbrauner Buick. Durch die getönten Scheiben drang das rhythmische Stampfen lauter Rapmusik. Spit öffnete die hintere Tür und forderte Jack auf einzusteigen. Willenlos folgte Jack der Aufforderung. Er hatte offensichtlich keinen Einfluß mehr auf das, was geschah. Bevor Spit auf dem Beifahrersitz Platz nahm, sah er sich noch einmal mißtrauisch nach allen Seiten um. Dann brauste der Buick davon.
»Was ist passiert?« fragte der Fahrer. Es war David, auch ihn kannte Jack vom Basketballplatz.
»Eine ganze Menge Scheiße«, erwiderte Spit, ließ sein Fenster herunter und spuckte geräuschvoll aus. Dann präsentierte er David die Waffe, die er Reginald abgenommen hatte.
David stieß einen Pfiff der Bewunderung aus. »Wow«, sagte er. »Das ist das neue Modell.«
Ohne viel zu reden, fuhren die drei in nördliche Richtung, bis sie die 106th Street erreichten. Dort bog David rechts ab und parkte am Rande des Basketballplatzes. Das Spiel war noch in vollem Gange.
»Wartet hier«, sagte Spit und steuerte auf das Spielfeld zu.
Jack war versucht, David zu fragen, was hier eigentlich vor sich ging, aber eine innere Stimme riet ihm, lieber den Mund zu halten. Schließlich gelang es Spit, Warren auf sich aufmerksam zu machen, woraufhin dieser das Spiel unterbrach.
Nachdem die beiden ein paar Worte gewechselt hatten und Spit Warren die Brieftasche von Reginald ausgehändigt hatte, kamen sie gemeinsam zum Auto. David ließ sein Fenster herunter. Warren steckte seinen Kopf in den Wagen und sah Jack an. »Was zum Teufel hast du nur gemacht?« fragte er wütend.
»Überhaupt nichts«, erwiderte Jack. »Ich verstehe gar nicht, wieso du sauer auf mich bist. Ich bin schließlich das Opfer.«

Warren antwortete nicht. Statt dessen ließ er seine Zunge durch seinen trockenen Mund kreisen und dachte angestrengt nach. Auf seiner Stirn standen Schweißperlen. Plötzlich richtete er sich auf und öffnete an Jacks Seite die Tür. »Komm raus«, forderte er ihn auf. »Wir müssen reden. Laß uns hochgehen in dein Apartment.«

Jack stieg aus. Er versuchte Warren in die Augen zu sehen, doch der wich seinem Blick aus. Warren ging voraus und überquerte die Straße. Jack folgte ihm, und Spit schloß sich ihnen an. Schweigend stiegen sie die Treppen hinauf.

»Hast du irgendwas zu trinken?« fragte Warren, als sie in Jacks Wohnzimmer standen.

»Gatorade oder Bier?« fragte Jack zurück. Er hatte seinen Kühlschrank wieder gefüllt.

»Gatorade«, sagte Warren und ließ sich auf Jacks Couch plumpsen.

Spit entschied sich für ein Bier.

Nachdem Jack die Getränke verteilt hatte, setzte er sich gegenüber der Couch auf einen Stuhl. Spit zog es vor, sich gegen den Schreibtisch zu lehnen.

»Ich will wissen, was hier los ist«, stellte Warren klar.

»Das wüßte ich selbst gerne«, erwiderte Jack.

»Jetzt tisch mir bloß keine Märchen auf«, fuhr Warren auf. »Du hast mir schon mal die halbe Wahrheit erzählt.«

»Was meinst du?«

»Am Samstag hast du mich nach den Black Kings gefragt«, erinnerte Warren ihn. »Angeblich aus purer Neugier. Und heute nacht versucht plötzlich einer von diesen Hurensöhnen, dich kaltzumachen. Ich weiß genau, was diese Nieten treiben. Sie mischen dick im Drogengeschäft mit. Hast du jetzt begriffen, worauf ich hinauswill? Ich will wissen, ob du auch mit Drogen dealst. Und falls ja, brauchst du dich bei uns nicht mehr blicken zu lassen. So einfach ist das.«

Jack lachte ungläubig auf. »Deshalb veranstaltest du hier also so einen Wirbel. Glaubst du wirklich, ich deale mit Drogen?«

»Jetzt hör mir mal gut zu, Doc«, erwiderte Warren. »Ich weiß, daß du ein komischer Kauz bist. Und ich hab' nie verstanden, warum du in dieser gottverdammten Gegend lebst. Aber das ist

mir auch völlig egal, solange du unser Viertel nicht versaust. Wenn du aber hier bist, um mit Drogen zu dealen, solltest du lieber schleunigst verschwinden.«
Jack räusperte sich. Dann gestand er Warren, daß er ihm in der Tat nicht die volle Wahrheit erzählt hatte, als er ihn nach den Black Kings gefragt hatte. Er berichtete ihm, wie die Black Kings ihn zusammengeschlagen hatten, stellte aber klar, daß der Zwischenfall etwas mit seiner Arbeit zu tun gehabt habe. Und zwar etwas, daß er selbst nicht ganz durchschaue.
»Bist du ganz sicher, daß du nicht dealst?« fragte Warren noch einmal und sah ihn streng an. »Wenn du mich jetzt anlügst, mache ich Kleinholz aus dir.«
»Diesmal habe ich dir wirklich die Wahrheit gesagt«, versicherte Jack.
»Okay«, sagte Warren. »Weißt du eigentlich, was du für ein Glück gehabt hast? Wenn David und Spit diesen Mistkerl in seinem Camaro nicht erkannt hätten, wärst du jetzt schon Geschichte. Spit hat gesagt, der Typ war im Begriff, dich wegzupusten.«
Jack sah zu Spit auf. »Ich bin dir sehr dankbar.«
»Ist schon okay«, erwiderte Spit. »Dieser Mistsack war so versessen darauf, dich zu kriegen, daß er sich nicht ein einziges Mal umgedreht hat. Wir waren an ihm dran, seit er in die 106th eingebogen war.«
Jack rieb sich den Kopf und seufzte. Jetzt erst begann er sich langsam zu beruhigen. »Was für eine Nacht«, sagte er. »Aber sie ist noch nicht vorbei. Wir müssen zur Polizei gehen.«
»Den Teufel werden wir tun«, erwiderte Warren und wurde wieder wütend. »Niemand von uns wird zur Polizei gehen.«
»Aber es gibt einen Toten«, wandte Jack ein. »Vielleicht sogar zwei oder drei, wenn man die Penner mitzählt.«
»Und es werden vier sein, wenn du dich unterstehst, zur Polizei zu gehen«, warnte Warren ihn. »Hör zu, Doc. Misch dich nicht in die Angelegenheiten der Gangs ein. Und das hier ist eine Angelegenheit, die nur die Gangs etwas angeht. Dieser verfluchte Reginald wußte, daß er in unserem Viertel nichts verloren hatte. Unfaßbar! Wir müssen den Black Kings klipp und klar zu verstehen geben, daß sie nicht einfach in unser Viertel hereinspa-

ziert kommen und jemanden umnieten können, auch wenn es nur ein weißer Doktor ist. Demnächst kommen sie noch auf die Idee und putzen einen von uns weg. Halt dich da raus, Doc. Und die Polizei interessiert das sowieso einen Dreck. Die freuen sich doch nur, wenn wir Schwarzen uns gegenseitig umlegen. Es bringt nur Schwierigkeiten, wenn du zur Polizei gehst – für dich und für uns. Also laß es lieber. Sonst bist du die längste Zeit unser Freund gewesen. Hast du das kapiert?«
»Aber den Tatort eines Verbrechens zu verlassen ist …«
»Ja, ich weiß«, unterbrach ihn Warren. »Es ist eine Straftat. Ein Riesending. Aber wen zum Teufel interessiert das? Dich sollte etwas anderes viel mehr interessieren. Du hast nämlich immer noch ein Problem. Wenn die Black Kings dich umnieten wollen, tust du gut daran, uns zum Freund zu haben, denn wir sind die einzigen, die dafür sorgen können, daß du noch ein bißchen am Leben bleibst. Die Bullen können das nicht, darauf kannst du Gift nehmen.«
Jack wollte etwas erwidern, änderte dann aber seine Meinung. Bei allem, was er über die Gangs in New York City wußte, war ihm klar, daß Warren recht hatte. Allem Anschein nach wollten die Black Kings ihn wirklich tot sehen, und nach dem, was mit Reginald passiert war, würden sie es erst recht auf ihn abgesehen haben. Die Polizei hatte keine Chance, sie davon abzuhalten, es sei denn, sie ließen ihn rund um die Uhr von ein paar Geheimdienstlern bewachen.
Warren sah Spit an. »In den nächsten Tagen muß irgend jemand auf den Doc aufpassen«, sagte er.
Spit nickte. »Kein Problem.«
Warren stand auf und streckte sich. »Was mir am meisten stinkt, ist, daß ich heute seit Wochen die beste Mannschaft zusammen hatte. Und wegen dieser Mistgeschichte mußten wir das Spiel abbrechen.«
»Tut mir wirklich leid«, sagte Jack. »Wenn ich das nächstemal gegen dich spiele, laß ich dich gewinnen.«
Warren lachte. »Eins muß man dir lassen, Doc. Du kannst es auf jeden Fall mit den besten von unseren Spielern aufnehmen.«
Dann gab er Spit zu verstehen, daß es Zeit war zu verschwinden.
»Wir sehen uns, Doc«, rief er Jack von der Tür aus zu. »Mach

jetzt bloß keine Dummheiten. Spielst du morgen abend wieder mit?«

»Schon möglich«, erwiderte Jack. Er hatte keinen Schimmer, was er in den nächsten fünf Minuten machen würde; an den nächsten Abend mochte er noch gar nicht denken.

Er setzte sich für ein paar Minuten. Er war völlig verstört. Nach einer Weile erhob er sich und ging ins Badezimmer. Als er in den Spiegel sah, erschrak er. Während er mit Spit auf David gewartet hatte, hatten ihn zwar ein paar Leute angesehen, aber niemand hatte irritiert gewirkt. Jetzt wunderte er sich, daß niemand ihn angestarrt hatte. Sein Gesicht und sein Sweatshirt waren über und über mit Blut bespritzt, vermutlich von dem Penner. Außerdem waren seine Stirn und seine Nase von mehreren häßlichen Kratzern durchzogen, die ihm der Penner beigebracht hatte. Auch seine Wangen waren von kreuz und quer laufenden Kratzern verunstaltet; die mußte er sich beim Krabbeln durchs Dickicht zugezogen haben.

Er stieg in die Wanne und duschte ausgiebig. Tausend Gedanken wirbelten ihm durch den Kopf. Er konnte sich nicht erinnern, jemals so konfus gewesen zu sein. Natürlich war er damals, als er seine Familie verloren hatte, auch völlig durcheinander gewesen. Aber das war anders gewesen, er hatte unter Depressionen gelitten. Jetzt war er einfach nur vollkommen verwirrt.

Er stieg aus der Badewanne und trocknete sich ab. Immer noch rang er mit sich, ob er nicht doch lieber die Polizei anrufen sollte. Unschlüssig ging er zum Telefon. Jetzt erst sah er, daß die Anzeige seines Anrufbeantworters blinkte. Er drückte auf den Wiedergabeknopf und vernahm eine beunruhigende Nachricht von Beth Holderness. Er rief sie sofort zurück, ließ es zehnmal klingeln, gab auf. Was mochte sie herausgefunden haben? Und warum war sie im Manhattan General rausgeflogen? Wahrscheinlich war es seine Schuld, daß man sie gefeuert hatte. Was hatte er nur angerichtet?

Er nahm sich ein Bier und setzte sich im Wohnzimmer auf die Fensterbank. Von hier aus konnte er einen kleinen Teil der 106th Street überblicken. Wie immer drängten sich zahllose Autos und Menschen durch die Straße.

Unschlüssig verharrte er so mehrere Stunden lang. Schließlich wurde ihm klar, daß er sich, indem er die Polizei immer noch nicht verständigt hatte, dem Wunsch von Warren gebeugt hatte. Damit war er zum erstenmal in seinem Leben straffällig geworden.

Immer wieder versuchte er Beth zu erreichen. Inzwischen war es nach Mitternacht. Das Telefon klingelte und klingelte, doch niemand nahm ab. Jack begann sich ernsthaft Sorgen zu machen. Wie es aussah, war zu all seinen Problemen ein weiteres hinzugekommen.

## 27. Kapitel
## Dienstag, 26. März 1996, 7.30 Uhr

Als Jack aufwachte, rief er zuallererst bei Beth Holderness an. Doch sie meldete sich immer noch nicht. Er war zutiefst beunruhigt.

Da er sich noch kein neues Fahrrad gekauft hatte, mußte er wieder die U-Bahn nehmen, doch heute ging er nicht allein zur Arbeit. Als er sein Haus verließ, heftete sich sofort eines der jüngeren Gangmitglieder aus dem Viertel an seine Fersen. Es war Slam; der Name war eine Anspielung auf seinen knallharten und treffsicheren Wurf beim Basketball. Obwohl er kaum größer war als Jack, konnte er mindestens dreißig Zentimeter höher springen.

Während der Zugfahrt saßen Jack und Slam einander zwar gegenüber, doch sie wechselten kein Wort. Slam sah Jack hin und wieder in die Augen, aber im großen und ganzen wirkte er völlig gleichgültig. Wie die meisten jungen Afroamerikaner trug er übergroße Kleidung. Sein Sweatshirt erinnerte an ein Zelt, und Jack wollte sich lieber nicht ausmalen, was er vermutlich darunter verbarg. Wie er Warren kannte, war der Junge jedenfalls nicht mit seinem Schutz beauftragt worden, ohne mit einem angemessenen Waffenarsenal ausgestattet zu sein.

Jack überquerte die First Avenue und erklomm die Eingangsstufen zum Gerichtsmedizinischen Institut. Oben angekommen, sah er sich noch einmal um. Slam war auf dem Bürgersteig stehengeblieben und wußte offensichtlich nicht genau, was er jetzt tun sollte. Jack zögerte ebenfalls. Für einen Augenblick ging ihm der verrückte Gedanke durch den Kopf, daß er dem Jungen anbieten könnte, es sich in der Kantine im zweiten Stock gemütlich zu machen, doch das war natürlich unmöglich. Er zuckte mit den Achseln. Er wußte es zwar zu schätzen, daß Slam sich um ihn kümmerte, doch was er mit dem Rest des Tages anfangen sollte, mußte er sich schon selbst überlegen.

Jack betrat das Gebäude und stellte sich darauf ein, ein paar Opfer zu sehen, für deren Tod er sich mitverantwortlich fühlte. Er nahm all seinen Mut zusammen und ging an der Empfangsdame vorbei.

Obwohl er an diesem Tag ausschließlich für Schreibtischarbeiten und nicht für Autopsien eingeteilt war, wollte er unbedingt wissen, welche Fälle im Laufe der Nacht eingeliefert worden waren. Dabei dachte er nicht nur an Reginald und die beiden Obdachlosen – er fürchtete auch, daß es womöglich weitere Meningokokkenopfer gegeben hatte.

Als er den Raum betrat, in dem die Tagespläne erstellt wurden, wußte er sofort, daß irgend etwas vorgefallen war. Anders als sonst saß Vinnie nicht da und las Zeitung.

»Wo ist Vinnie?« wandte sich Jack an George.

Ohne aufzusehen, erwiderte George, Vinnie sei bereits mit Bingham in der ›Grube‹.

Jacks Herz begann zu rasen. Die Ereignisse vom vergangenen Abend lasteten schwer auf ihm, und plötzlich schoß ihm der irrationale Gedanke durch den Kopf, Bingham könnte womöglich gerufen worden sein, um Reginald zu obduzieren. Wegen seiner hohen Stellung nahm Bingham nur äußerst selten selbst Autopsien vor, und wenn, dann waren es meistens politisch brisante Fälle.

»Warum ist Bingham denn schon so früh hier?« fragte er, um einen möglichst beiläufigen Ton bemüht.

»Heute nacht war die Hölle los«, erwiderte George. »Ein weiterer Infektionsfall aus dem Manhattan General, und jetzt scheint die ganze Stadtverwaltung in Aufruhr zu sein. Der städtische Epidemiologe hat mitten in der Nacht die Gesundheitsbeauftragte alarmiert, und die wiederum hat Bingham in Marsch gesetzt.«

»Meningokokken?«

»Nein«, sagte George. »Sie glauben, daß er an einer Viruspneumonie gestorben ist.«

Jack nickte und spürte, wie ihm ein kalter Schauer über den Rücken lief. Er mußte unweigerlich an das Hantavirus denken.

Im letzten Frühling hatte es auf Long Island einen Fall gegeben. Die Krankheit wurde zwar äußerst selten von Mensch zu Mensch übertragen, doch das Hantavirus galt als sehr gefährlich. Er ließ seinen Blick über Georges Schreibtisch schweifen und registrierte, daß sich dort mehr Akten stapelten als üblich.
»Sind letzte Nacht sonst noch irgendwelche interessanten Fälle reingekommen?« fragte er.
Er blätterte die Akten durch und suchte Reginalds Namen.
»Hey«, ermahnte ihn George. »Ich hab' gerade ein bißchen Ordnung in diesen Papierwust gebracht.« Dann sah er auf und erschrak. »Mein Gott, was ist denn mit dir passiert?«
Jack hatte ganz vergessen, wie schlimm sein Gesicht aussah.
»Ich bin gestern abend beim Joggen gestolpert«, erwiderte er. Er haßte es zu lügen, und so hatte er wenigstens nicht ganz die Unwahrheit gesagt, auch wenn er den entscheidenden Teil der Geschichte natürlich für sich behielt.
»Wo bist du bloß hingefallen?« wollte George wissen. »In eine Rolle Stacheldraht?«
»Gab es letzte Nacht irgendwelche Schußopfer?« fragte Jack, um das Thema zu wechseln.
»Allerdings«, erwiderte George. »Vier an der Zahl! Schade, daß heute dein Schreibtischtag ist, sonst würde ich dir einen übergeben.«
»Zeig mir mal, wo die Erschossenen liegen«, forderte Jack seinen Kollegen auf und suchte erneut den Schreibtisch ab.
George klopfte auf einen der zahlreichen Aktenstapel.
Jack nahm die oberste Akte zur Hand. Als er sie aufklappte, stockte ihm der Atem. Er mußte sich am Tisch festklammern, um nicht das Gleichgewicht zu verlieren. Der Name der Toten war Beth Holderness!
»O mein Gott!« murmelte er. »Das darf nicht wahr sein.«
George blickte auf. »Was ist denn mit dir los? Du bist ja plötzlich kreideweiß im Gesicht. Alles in Ordnung?«
Jack ließ sich auf dem nächstbesten Stuhl sacken und vergrub sein Gesicht in den Händen. Ihm war plötzlich ganz schwindelig.
»Kanntest du das Opfer?« fragte George besorgt.
Jack stand wieder auf. Sein Schwindelanfall war vorüber. Er holte tief Luft und nickte. »Ja, sie war eine Bekannte«, sagte er. »Ich

habe noch gestern nachmittag mit ihr gesprochen.« Dann schüttelte er den Kopf und fügte hinzu: »Ich kann es einfach nicht fassen.«
George nahm ihm die Mappe aus der Hand und klappte sie auf. »Ach ja«, sagte er. »Das ist ja die Laborassistentin aus dem Manhattan General. Wirklich traurig. Sie war erst achtundzwanzig. Wie es aussieht, hat man ihr für ein paar billige Schmuckstücke und einen Fernseher eine Kugel durch den Kopf gejagt. Was für eine Tragödie!«
»Und wer sind die anderen Schußopfer?« Jack setzte sich vorsichtshalber wieder.
George warf einen Blick auf seine Liste. »Ich habe hier einen Hector Lopez, West 160th Street, außerdem einen Mustafa Aboud, East 19th Street, und einen Reginald Winthrope, Central Park.«
»Zeig mir mal den Fall Winthrope«, sagte Jack.
George reichte ihm die Mappe.
Jack suchte zwar nichts Bestimmtes, aber sein Gefühl, in die Sache verwickelt zu sein, erweckte sein Interesse an dem Fall. Das Verrückteste aber war wohl, daß er selbst jetzt als ein Fall auf Georges Schreibtisch liegen würde, wenn Spit ihm nicht das Leben gerettet hätte. Während er George die Mappe über Reginald zurückgab, durchfuhr ihn ein kalter Schauer.
»Ist Laurie schon da?« fragte er.
»Sie ist kurz vor dir gekommen«, erwiderte George. »Sie wollte sich eigentlich schon ein paar Akten mitnehmen, aber ich hatte den Tagesplan noch nicht ganz fertig.«
»Wo ist sie jetzt?«
»Oben in ihrem Büro, nehme ich an. Aber genau weiß ich es nicht.«
»Gib ihr die Fälle Holderness und Winthrope«, bat Jack seinen Kollegen und erhob sich behutsam.
»Und wieso sollte ich das tun?« wollte George wissen.
»Bitte George, mach's einfach«, drängte Jack.
»Ist ja schon gut«, erwiderte George. »Werd' nicht gleich sauer.«
»Tut mir leid«, entgegnete Jack. »Ich wollte nicht sauer klingen. Ich bin einfach in Sorge.«
Jack durchquerte die Telefonzentrale und ging am Büro von Ja-

nice Jaeger vorbei, die wie immer Überstunden machte. Heute hatte er keine speziellen Fragen an sie. Er war zu sehr mit seinen eigenen Problemen beschäftigt. Der Tod von Beth Holderness erschütterte ihn. Daß sie vermutlich seinetwegen ihren Job verloren hatte, hätte ihm schon genug zu schaffen gemacht. Aber daß sie jetzt womöglich aufgrund seiner Nachforschungen ermordet worden war, machte ihn völlig fertig.
Der Anschlag auf sein Leben hatte seinen Verdächtigungen neue Nahrung gegeben. Irgend jemand hatte versucht, ihn zu töten, weil er die Warnung mißachtet und dem Manhattan General einen weiteren Besuch abgestattet hatte. Und in derselben Nacht war Beth Holderness ermordet worden. War sie wirklich einem Raubüberfall zum Opfer gefallen? Oder hatte ihre Ermordung etwas mit seinen Nachforschungen zu tun? Und wenn ja – welche Schlüsse ließ das über Martin Cheveau zu? Jack hatte keine Ahnung. Aber eins war ihm jetzt klar: Er durfte auf keinen Fall eine weitere Person in diese Geschichte verwickeln, denn er wollte niemandes Leben aufs Spiel setzen. Von jetzt an mußte er alles für sich behalten.

George hatte richtig vermutet: Laurie war in ihrem Büro. Während sie darauf wartete, daß George ihr Fälle zuwies, arbeitete sie ein paar unerledigte Akten auf. Als sie Jacks zerschundenes Gesicht sah, schrak sie zusammen. Jack tischte ihr die gleiche Geschichte auf, mit der er auch George abgespeist hatte, doch er sah ihr an, daß sie nicht sicher war, ob sie ihm glauben sollte.
»Hast du schon gehört, daß Bingham unten in der ›Grube‹ ist?« fragte Jack, um von seinen Erlebnissen der vergangenen Nacht abzulenken.
»Ja, hab' ich«, erwiderte Laurie. »Es hat mich echt vom Hocker gehauen. Ich hätte nicht gedacht, daß ihn jemals etwas vor acht Uhr morgens hierhertreiben könnte, geschweige denn in den Sektionssaal!«
»Weißt du etwas über den Fall?«
»Nur, daß es sich um eine atypische Pneumonie handelt. Ich habe eben kurz mit Janice gesprochen. Die vorläufige Diagnose lautet Influenza.«
»Na sieh mal einer an«, entfuhr es Jack.

»Ich weiß genau, was du jetzt denkst«, sagte Laurie und drohte ihm mit dem Zeigefinger. »Influenza ist genau die Krankheit, die du verbreiten würdest, wenn du ein Terrorist wärst und unbedingt eine Epidemie auslösen wolltest. Aber bevor du jetzt völlig durchknallst und diesen Fall als eine Bestätigung deiner abstrusen Vermutung betrachtest, denk daran, daß immer noch die für Influenza typische Jahreszeit ist.«
»Eine primär-atypische Pneumonie, die durch Influenzaviren hervorgerufen wird, tritt nicht eben häufig auf«, entgegnete Jack; er bemühte sich, ruhig zu bleiben. Allein die Erwähnung des Wortes Influenza brachte sein Herz zum Rasen.
»Aber wir haben jedes Jahr solche Fälle«, erinnerte ihn Laurie.
»Mag ja sein«, räumte er ein. »Wie wär's, wenn du deine Internistin aus dem General mal anrufen und fragen würdest, ob wir noch mit weiteren Fällen rechnen müssen?«
»Jetzt?« Laurie sah auf die Uhr.
»Warum nicht? Wahrscheinlich macht sie gerade ihre Visite. Dann kann sie doch prima einen der Computer im Schwesternzimmer benutzen und mal kurz nachsehen.«
Laurie zuckte mit den Schultern und griff zum Telefonhörer. Ein paar Minuten später hatte sie ihre Freundin am Apparat. Sie fragte sie, ob es weitere Influenzafälle gebe, und musterte Jack, während sie auf eine Antwort wartete. Sie machte sich wirklich Sorgen um ihn. Sein Gesicht war nicht nur zerkratzt, es war auch entzündet und gerötet.
»Keine weiteren Fälle«, wiederholte Laurie, als ihre Freundin wieder in der Leitung war. »Danke Sue. Da können wir wohl von Glück sprechen. Ich melde mich demnächst mal wieder bei dir. Ciao.« Sie legte auf. »Bist du jetzt zufrieden?«
»Im Augenblick ja«, erwiderte Jack. »Da fällt mir noch etwas ein. Ich habe George gebeten, dir zwei Fälle zuzuweisen, die mich besonders interessieren. Die Namen der Opfer lauten Holderness und Winthrope.«
»Gibt es für dein besonderes Interesse einen speziellen Grund?« Laurie hatte inzwischen gemerkt, daß Jack zitterte.
»Tu mir einfach den Gefallen«, sagte Jack.
»Ja, ist ja schon gut«, versuchte Laurie ihn zu beruhigen.
»Würdest du mir dann bitte auch den Gefallen tun und bei Beth

Holderness darauf achten, ob sich an ihrem Körper irgendwelche Haare oder Fasern befinden?« bat Jack. »Außerdem könntest du in Erfahrung bringen, ob die Mordkommission einen Kriminologen in ihre Wohnung geschickt hat, um auch dort nach Haaren und Fasern zu suchen. Falls irgendwelche Haare gefunden werden, laß eine DNA-Analyse machen, und stell fest, ob sie mit denen von Winthrope übereinstimmen.«
Für einen Moment war Laurie sprachlos. Als sie ihre Stimme schließlich wiedergefunden hatte, fragte sie: »Glaubst du, daß Winthrope Beth Holderness getötet hat?« Ihre Stimme verriet, daß sie das für ziemlich unwahrscheinlich hielt.
Jack starrte vor sich hin und seufzte müde. »Ist durchaus möglich.«
»Aber wie kommst du darauf?«
»Ich habe irgendwie so eine komische Ahnung«, erwiderte Jack. Er hätte Laurie gern mehr erzählt, doch er hielt sich an seinen neuen Vorsatz, keine weiteren Leute einzuweihen. Er wollte auf keinen Fall noch mehr Menschen in Gefahr bringen.
»Jetzt machst du mich aber wirklich neugierig«, drängte Laurie.
»Ich möchte dich um noch einen Gefallen bitten«, fuhr Jack fort. »Du hast mir doch erzählt, daß du mal mit einem Polizeikommissar liiert warst und immer noch mit ihm befreundet bist.«
»Ja, das stimmt«, entgegnete Laurie.
»Glaubst du, du könntest ihn bitte anrufen?« fragte Jack. »Ich würde mich gern mal inoffiziell mit ihm unterhalten.«
»Jetzt machst du mir aber wirklich angst«, rief Laurie. »Steckst du in Schwierigkeiten – oder was ist los?«
»Laurie«, drängte Jack. »Bitte stell mir keine Fragen. Je weniger du weißt, desto besser ist es für dich. Ich glaube einfach, es wäre gut, wenn ich mich mit einem hochrangigen Kripomann unterhalte.«
»Soll ich ihn sofort anrufen?«
»Wann immer es dir paßt.«
Laurie seufzte und wählte die Nummer von Lou Soldano. Sie hatte schon seit ein paar Wochen nicht mehr mit ihm gesprochen, deshalb war es ihr fast ein bißchen peinlich, ihn wegen einer Sache anzurufen, über die sie so gut wie nichts wußte. Aber sie machte sich ernsthafte Sorgen um Jack und wollte ihm unbedingt helfen.

Als sich die Polizeibehörde meldete und Laurie nach Lou verlangte, teilte man ihr mit, Kommissar Lou sei zur Zeit leider nicht zu sprechen. Sie bat darum, ihm auszurichten, daß er sie zurückrufen möge.
»Mehr kann ich wohl im Moment nicht für dich tun«, sagte sie und legte auf. »Aber wie ich Lou kenne, ruft er mich zurück, sobald er kann.«
»Das wäre wirklich gut«, entgegnete Jack und tätschelte Laurie die Schulter. Auf sie konnte er sich verlassen, und das tat ihm in seiner schwierigen Lage ziemlich gut.
Dann ging er in sein Büro und traf auf Chet, der ihn kurz musterte und einen Pfiff ausstieß.
»Und wie sieht der andere aus?« fragte er scherzhaft.
»Ich möchte jetzt nicht darüber reden«, entgegnete Jack. Er zog seine Jacke aus und hängte sie über den Stuhl.
»Ich hoffe, es hat nichts mit diesen Gangtypen zu tun«, sagte Chet.
Jack wiederholte die Geschichte, die er auch den anderen aufgetischt hatte.
Chet grinste ihn von der Seite an, während er seinen Mantel in den Schrank hängte. »Klar, du bist beim Joggen hingefallen«, sagte er. »Und ich bin der neue Lover von Julia Roberts. Hey, du mußt mir wirklich nicht erzählen, was dir passiert ist. Ich bin ja nur dein Freund.«
Genau deshalb darf ich dir ja nichts sagen, sinnierte Jack. Als er nachgesehen hatte, ob irgendwelche telefonischen Nachrichten für ihn eingegangen waren, machte er Anstalten, das Büro wieder zu verlassen.
»Du hast gestern Abend ein nettes, kleines Essen verpaßt«, sagte Chet. »Terese war auch da, und wir haben über dich geredet. Sie scheint ganz schön auf dich zu stehen. Und sie begreift genausowenig wie ich, warum du wie ein Wahnsinniger hinter diesen Infektionsfällen herspürst.«
Jack machte sich nicht die Mühe zu antworten. Wenn Chet und Terese wüßten, was ihm in der vergangenen Nacht wirklich widerfahren war, würden sie sich noch viel mehr Sorgen um ihn machen. Er fuhr wieder nach unten und warf einen Blick in Janice' Büro. Er wollte ihr ein paar Fragen zu dem Influenzafall

stellen, doch sie war schon nach Hause gegangen. Also fuhr er noch eine Etage tiefer, in die Leichenhalle, und schlüpfte in seinen Schutzanzug.
Er betrat den Sektionssaal und steuert auf den einzigen Tisch zu, an dem gerade gearbeitet wurde. Bingham stand rechts von der Leiche, Calvin links und Vinnie am Kopfende. Sie waren beinahe fertig.
»Na sieh mal einer an!« rief Bingham, als er Jack kommen sah. »Trifft sich ja wunderbar, daß uns nun unser hausinterner Infektionsexperte zur Seite steht.«
»Vielleicht möchte unser Experte uns erklären, mit was für einer Krankheit wir es hier zu tun haben«, stichelte Calvin sofort los.
»Ich habe längst gehört, daß der Mann an Influenza gestorben ist«, erwiderte Jack.
»Schade«, sagte Bingham. »Ich hätte doch zu gern mal mit eigenen Augen gesehen, ob Sie wirklich eine Nase für solche Fälle haben. Als der Tote heute früh eingeliefert wurde, hatten wir nämlich noch keine Diagnose. Zuerst wurde befürchtet, daß der Mann an einem von einem Virus verursachten hämorrhagischen Fieber gestorben sei. Das hat natürlich alle ziemlich aufgebracht.«
»Und wann haben Sie erfahren, daß er Influenza hatte?« fragte Jack.
»Vor ein paar Stunden«, erwiderte Bingham. »Kurz bevor wir mit der Autopsie angefangen haben. Ein ziemlich interessanter Fall. Wollen Sie mal die Lungen sehen?«
»Ja.«
Behutsam nahm Bingham die Lungenflügel aus der Schale und zeigte Jack die Schnittstellen.
»O mein Gott!« Jack war entsetzt. »Die ganze Lunge ist ja befallen!« Stellenweise waren an der Lunge offene Blutungen zu erkennen.
»Sogar der Herzmuskel ist entzündet«, erklärte Bingham. Er legte die Lunge zurück und nahm das Herz aus der Schale, um es Jack zu zeigen. »Wenn man die Entzündung so deutlich sieht wie hier, dann ist sie ziemlich fortgeschritten.«
»Deutet auf einen aggressiven Virusstamm hin«, bemerkte Jack.
»Allerdings«, sagte Bingham. »Und wie. Der Patient war ganze

neunundzwanzig Jahre alt, und die ersten Symptome sind gestern abend gegen achtzehn Uhr aufgetreten. Um vier Uhr morgens war er tot. Die Geschichte erinnert mich an einen Fall, den ich während der weltweiten Epidemie siebenundfünfzig, achtundfünfzig obduziert habe; damals war ich noch Assistenzarzt.«

Vinnie verdrehte die Augen. Bingham hatte die nervtötende Angewohnheit, jeden Fall mit irgendeiner Geschichte aus seiner langen Gerichtsmedizinerlaufbahn zu vergleichen.

»Damals handelte es sich ebenfalls um eine primäre, durch Influenzaviren verursachte Pneumonie«, fuhr Bingham fort. »Die Lunge sah genauso aus wie diese hier. Ich kann Ihnen sagen, der Anblick damals hat uns vor gewissen Influenzaviren einen gehörigen Respekt eingeflößt.«

»Ich finde diesen Fall ziemlich beängstigend«, sagte Jack. »Vor allem, wenn ich ihn in Verbindung mit all den anderen Krankheiten sehe, die vor kurzem hier aufgetreten sind.«

»Jetzt fangen Sie bloß nicht wieder damit an!« wies Bingham ihn zurecht.

»Dieser Fall ist längst nicht so ungewöhnlich wie der Pestfall oder die Tularämie. Jetzt ist eben die Jahreszeit für Grippe. Natürlich ist diese Pneumonie eine äußerst seltene Komplikation, aber so etwas kommt eben vor. Immerhin hatten wir erst im letzten Monat einen solchen Fall.«

Jack hörte zwar zu, aber Bingham konnte ihn mit seinem Vortrag keineswegs beruhigen. Der Patient, der hier vor ihnen lag, war an einer tödlichen Infektionskrankheit gestorben, und der Erreger hatte die Fähigkeit, sich wie ein Buschfeuer auszubreiten. Der einzige Trost war, daß die mit Laurie befreundete Internistin bestätigt hatte, daß es im Manhattan General keine weiteren akuten Influenzafälle gab.

»Haben Sie etwas dagegen, wenn ich die Organe auswasche?« fragte Jack.

»Um Gottes willen – nein!« erwiderte Bingham. »Aber seien Sie vorsichtig mit dem Zeug.«

»Auf jeden Fall.«

Er ging mit den Lungen an eines der Waschbecken und bereitete mit Vinnies Hilfe einige Proben vor, indem er ein paar der kleinen

Bronchiolen mit steriler Kochsalzlösung auswusch. Anschließend sterilisierte er die Behältnisse für die Proben mit Äther.

Er war schon auf dem Weg nach draußen, als Bingham ihn zurückhielt und fragte, was er mit den Proben vorhabe.

»Ich bringe sie rauf zu Agnes«, erwiderte Jack. »Ich möchte, daß sie den Subtyp bestimmt.«

Bingham zuckte mit den Schultern und sah Calvin an.

»Keine schlechte Idee«, sagte Calvin.

Jack fuhr hinauf in den dritten Stock. Doch als er Agnes die Proben hinstellte, wurde er enttäuscht.

»Wir haben hier nicht die Möglichkeit, den Subtyp festzustellen«, erklärte sie.

»Und wer kann das machen?«

»Entweder das Speziallabor der Stadt oder das des Bundesstaates«, erwiderte Agnes. »Vielleicht geht es auch im Universitätslabor. Aber am besten läßt man derartige Analysen wohl vom *Center for Disease Control* durchführen. Die haben dort eine ganze Abteilung, die sich nur mit Influenza beschäftigt. Ich würde die Probe dahin schicken.«

Sie gab ihm einen speziell für Viren geeigneten Behälter, in dem er die ausgewaschenen Gewebeproben verstaute. Danach ging er in sein Büro, wählte die Nummer des *Center for Disease Control* und ließ sich mit der Influenza-Abteilung verbinden. Es meldete sich eine angenehm klingende Frauenstimme; Nicole Marquette. Jack brachte seinen Wunsch vor, und Nicole erklärte sich sogleich bereit, den Typ und den Subtyp des Influenzavirus zu bestimmen.

»Wenn die Probe noch heute bei Ihnen ankommt«, sagte Jack, »wann könnten Sie dann die Typisierung fertig haben?«

»Eine derartige Analyse können wir nicht über Nacht vornehmen«, entgegnete Nicole. »Falls Ihnen das vorgeschwebt haben sollte.«

»Und warum nicht?« Jack wurde ungeduldig.

»Vielleicht könnte es doch funktionieren«, korrigierte sich Nicole. »Wenn sich in Ihrer Probe genügend Titer befindet, also eine ausreichende Menge von Viruspartikeln, könnte es eventuell möglich sein. Wissen Sie, wie hoch die Viruskonzentration ist?«

»Ich habe keine Ahnung«, erwiderte Jack. »Aber die Gewebeprobe stammt aus der Lunge eines Patienten, der kürzlich an einer primären Viruspneumonie gestorben ist. Der Virusstamm ist wahrscheinlich extrem ansteckend, und ich befürchte, daß eine Epidemie ausbrechen könnte.«

»Wenn es sich wirklich um ein sehr ansteckendes Virus handelt, dürfte die Konzentration ziemlich hoch sein«, vermutete Nicole.

»Ich werde dafür sorgen, daß Sie die Probe noch heute erhalten«, sagte Jack und gab Nicole sowohl seine private als auch seine dienstliche Telefonnummer. Er bat sie, ihn anzurufen, sowie sie irgend etwas herausfand.

»Wir werden unser Bestes tun«, versicherte Nicole. »Aber ich muß Sie warnen – wenn die Viruskonzentration zu niedrig ist, kann es durchaus ein paar Wochen dauern, bis Sie wieder von mir hören.«

»Wochen?« fragte Jack entsetzt. »Wieso denn das?«

»Weil wir das Virus erst anzüchten müssen«, erklärte Nicole. »Normalerweise verwenden wir dazu Frettchen, und es dauert mindestens zwei Wochen, bis wir eine Antikörperreaktion hervorrufen können, die uns eine ausreichende Ausbeute an Viren garantiert. Wenn wir das Virus aber einmal in ausreichender Menge zur Verfügung haben, können wir wesentlich mehr darüber herausfinden, als nur den Subtypen zu benennen. Dann können wir sogar sein Genom bestimmen.«

»Wenn das so ist, will ich mal hoffen, daß die Viruskonzentration in meinen Proben hoch genug ist«, entgegnete Jack. »Jetzt würde ich Ihnen gern noch eine Frage stellen: Was glauben Sie, welcher Subtyp am ansteckendsten ist?«

»O Gott«, erwiderte Nicole, »das ist eine schwierige Frage. Dabei spielen alle möglichen Faktoren eine Rolle, vor allem die eventuelle Immunität eines Organismus gegen den Virus. Am ansteckendsten dürfte meiner Meinung nach ein vollkommen neuer Virusstamm sein – oder einer, der schon lange nicht mehr aufgetreten ist. Das ansteckendste Virus, mit dem wir es bisher zu tun hatten, dürfte wohl der Erreger gewesen sein, der 1918 und 1919 die weltweite Influenza-Epidemie ausgelöst hat. Wie Sie wissen, sind damals fünfundzwanzig Millionen Menschen gestorben.«

»Und um welchen Subtyp hat es sich damals gehandelt?«
»Das weiß niemand so genau«, erwiderte Nicole. »Der Subtyp existiert nämlich nicht. Er ist vor vielen Jahren verschwunden, vielleicht gleich nach dem Ende der Epidemie. Die Wissenschaftler gehen davon aus, daß der Virusstamm dem Subtyp ähnelte, der 1976 die Schweinegrippe ausgelöst hat.«
Jack bedankte sich bei Nicole und versicherte ihr, daß er die Proben sofort auf den Weg schicken werde. Nachdem er aufgelegt hatte, rief er Agnes an und fragte sie, wen sie mit dem Transport der Sendung beauftragen würde. Sie nannte ihm den Namen eines Kurierdienstes, den sie häufig benutzte, fügte aber hinzu, daß sie nicht wisse, ob er auch in andere Bundesstaaten liefere.
»Das wird übrigens ein kleines Vermögen kosten«, warnte sie ihn. »Eine Overnight-Zustellung ist schon teuer genug – aber eine Auslieferung am gleichen Tag? Das wird Bingham nie genehmigen.«
»Ist mir egal«, erwiderte Jack. »Dann bezahle ich die Rechnung eben aus eigener Tasche.«
Er rief den Kurierdienst an, wo man ihn sehr entgegenkommend behandelte und ihn sofort mit Tony Liggio, einem der Geschäftsführer, verband. Als Jack sein Anliegen vorgebracht hatte, versicherte Tony, daß es überhaupt kein Problem sei, die Sendung noch am gleichen Tag zuzustellen.
»Können Sie sofort jemanden herschicken?« fragte Jack. Er hatte neuen Mut geschöpft.
»Natürlich«, erwiderte Tony. »In ein paar Minuten kommt jemand bei Ihnen vorbei.«
»Gut, es ist alles abholbereit.«
Jack war schon im Begriff aufzulegen, doch Tony wollte noch etwas loswerden. »Wollen Sie gar nicht wissen, wieviel Ihr Auftrag Sie kosten wird? Was Sie verlangen, ist schließlich etwas anderes, als eine Briefbeförderung nach Queens. Außerdem müssen wir noch klären, wie Sie zahlen wollen.«
»Mit Kreditkarte«, erwiderte Jack. »Sofern das in Ordnung geht.«
»Klar, kein Problem, Dr. Stapleton«, sagte Tony. »Es wird aber eine Weile dauern, bis ich Ihnen den genauen Rechnungsbetrag nennen kann.«
»Können Sie mir nicht wenigstens über den Daumen sagen, mit wieviel ich rechnen muß?«

»Zwischen ein- und zweitausend Dollar«, erwiderte Tony.
Jack erschrak, aber er beschwerte sich nicht, sondern nannte Tony die Nummer seiner Kreditkarte. Eigentlich hatte er mit zwei- bis dreihundert Dollar gerechnet, doch er hatte natürlich nicht berücksichtigt, daß jemand mit der Sendung nach Atlanta und wieder zurück fliegen mußte.
Während er dem Kurierdienst die Daten seiner Kreditkarte durchgegeben hatte, war eine Rezeptionssekretärin in seinem Büro erschienen und hatte ihm ein Federal-Express-Paket in die Hand gedrückt. Ohne ein Wort zu sagen, war sie wieder verschwunden. Als Jack aufgelegt hatte, sah er, daß das Paket von National Biologicals war. Es waren die DNA-Tests, die er gestern bestellt hatte.
Er nahm die Tests und seine Virusproben und ging wieder hinunter zu Agnes. Er berichtete ihr, was er mit dem Kurierdienst vereinbart hatte.
»Ich bin beeindruckt«, sagte sie. »Ich frage lieber gar nicht, wieviel Geld Sie dafür hinlegen müssen.«
»Ist auch besser so«, erwiderte Jack. »Wie soll ich die Proben am besten verpacken?«
»Lassen Sie nur, wir kümmern uns darum«, erbot sich Agnes. Sie wies die Abteilungssekretärin an, die Proben in die Behältnisse für den Transport gefährlicher biologischer Substanzen zu verpacken und entsprechend zu beschriften.
»Sieht so aus, als hätten Sie noch etwas für mich«, sagte sie und warf einen Blick auf die Fläschchen mit den DNA-Tests.
Jack erklärte, worum es sich handelte und um welche Untersuchung er das DNA-Labor bat; nämlich die Substanzen daraufhin zu überprüfen, ob sie mit den Nukleoproteiden derjenigen Proben reagierten, die den vier kürzlich verschiedenen Infektionsopfern entnommen worden waren. Er erzählte ihr nicht, was er mit dieser Untersuchung bezweckte.
»Ich will nur wissen, ob der Test positiv ausfällt oder nicht«, sagte er abschließend. »Ein quantitatives Ergebnis brauche ich nicht.«
»Um die Rickettsia- und Tularämierrreger kümmere ich mich wohl besser selbst«, sagte Agnes. »Ich will auf keinen Fall, daß meine Leute sich anstecken.«

»Ich danke Ihnen«, entgegnete Jack. »Sie sind mir wirklich eine große Hilfe.«

»Dafür sind wir ja da«, beendete Agnes das Gespräch.

Jack fuhr hinunter in den Raum, in dem die Tagespläne erstellt wurden. Dort schenkte er sich erstmal eine Tasse Kaffee ein. Seit seiner Ankunft an diesem Morgen war so viel passiert, daß er kaum Zeit zum Nachdenken gehabt hatte. Als er nun in seinem Kaffee herumrührte, fiel ihm plötzlich ein, daß immer noch keiner von den beiden Obdachlosen im Institut gelandet war. Das hieß, daß sie entweder in ein Krankenhaus eingeliefert worden waren oder noch immer im Park lagen.

Er nahm seinen Kaffee mit nach oben und ließ sich an seinem Schreibtisch nieder. Da sowohl Laurie als auch Chet im Sektionssaal waren, konnte er davon ausgehen, daß er in der nächsten Zeit seine Ruhe haben würde. Doch bevor er dazu kam, die Stille zu genießen, klingelte das Telefon. Es war Terese.

»Ich bin ziemlich sauer auf dich«, sagte sie ohne jede weitere Einleitung.

»Ist ja wunderbar«, entgegnete Jack. »Dann kann ja heute nichts mehr schiefgehen.«

»Ich bin wirklich böse«, fuhr Terese fort, doch ihre Stimme klang schon wesentlich versöhnlicher. »Colleen hat gerade mit Chet telefoniert. Er hat ihr erzählt, daß du schon wieder zusammengeschlagen worden bist.«

»Dabei handelt es sich einzig und allein um Chets persönliche Interpretation«, sagte Jack. »Ich bin nicht zusammengeschlagen worden.«

»Nein?«

»Ich habe Chet erklärt, daß ich beim Joggen gestolpert und hingefallen bin«, teilte Jack ihr mit.

»Aber Colleen hat er erzählt ...«

»Terese«, sagte er bestimmt. »Ich bin nicht zusammengeschlagen worden. Können wir jetzt vielleicht das Thema wechseln?«

»Aber wenn du nicht überfallen worden bist – warum bist du dann so gereizt?«

»Ich habe einen ziemlich anstrengenden Vormittag hinter mir«, erwiderte Jack.

»Willst du darüber reden? Dafür sind Freunde schließlich da. Ich habe dir in den paar Tagen, die wir uns kennen, auch schon ziemlich oft mit meinen Problemen in den Ohren gelegen.«
»Im Manhattan General hat es wieder einen Infektionstoten gegeben.« Er hätte ihr gern erzählt, was ihm wirklich auf der Seele lag, nämlich, daß er sich für den Tod von Beth Holderness verantwortlich fühlte, doch er wagte es nicht, davon zu sprechen.
»Das ist ja furchtbar!« rief Terese. »Was ist da nur los? Was ist es denn diesmal für eine Krankheit?«
»Influenza«, erwiderte Jack. »Ein äußerst ansteckendes Virus. Genau davor hatte ich die ganze Zeit Angst.«
»Aber zur Zeit kursiert nun mal die Grippe«, wandte Terese ein. »Das liegt an der Jahreszeit.«
»Das sagen alle.«
»Du glaubst also, es steckt etwas anderes dahinter?«
»Sagen wir mal so«, erklärte Jack. »Ich mache mir große Sorgen – vor allem, wenn wir es auch noch mit einem neuartigen Virusstamm zu tun haben sollten. Der Verstorbene war ein junger Mann, gerade mal neunundzwanzig. In Anbetracht all der anderen Krankheiten, die im Manhattan General aufgetreten sind, gibt mir das sehr zu denken.«
»Sehen deine Kollegen das genauso?«
»Im Augenblick bin ich wohl der einzige, der sich Sorgen macht«, gestand Jack.
»Ich glaube, wir können froh sein, daß es jemanden wie dich gibt«, sagte Terese. »Es ist wirklich bewundernswert, wie du dich aufopferst.«
»Danke.« Hoffentlich liege ich mit meinen Vermutungen falsch.«
»Aber du gibst doch nicht auf – oder?«
»Nicht bevor ich über die erforderlichen Beweise verfüge, wie immer sie auch ausfallen mögen. Aber laß uns lieber über dich reden. Ich hoffe, bei dir läuft es besser als bei mir.«
»Danke, daß du fragst«, sagte Terese. »Wir haben es wohl größtenteils dir zu verdanken, daß wir jetzt eine gute, neue Kampagne in Arbeit haben. Außerdem habe ich es geschafft, die hausinterne Präsentation auf Donnerstag zu verschieben. Wir haben also einen ganzen Tag gewonnen. Im Moment hat sich die Lage

etwas beruhigt, aber das kann sich in unserer Branche von einer Sekunde auf die andere ändern.«

»Na, dann viel Glück«, sagte Jack. Es drängte ihn, das Telefonat zu beenden.

»Wollen wir heute abend zusammen essen gehen?« fragte Terese. »Ich würde mich riesig freuen, wenn du Zeit hättest. Ein kleines Stück die Straße rauf, auf der Madison Avenue, ist ein netter und gemütlicher Italiener.«

»Eventuell könnte das klappen«, erwiderte Jack. »Aber erst mal abwarten, was heute noch alles passiert.«

»Komm schon, Jack. Etwas essen mußt du doch. Ein bißchen Entspannung in netter Begleitung täte uns beiden ganz gut, da bin ich sicher. Ich höre doch an deiner Stimme, wie gestreßt du bist. Ich bestehe darauf, daß du mitkommst.«

»Okay.« Jack gab sich geschlagen. »Aber vielleicht habe ich nur ein Stündchen Zeit.« Terese hatte recht; ein bißchen Abwechslung konnte ihm wirklich nicht schaden. Doch im Moment fiel es ihm einfach schwer, bis zum Abendessen vorauszuplanen.

»Super«, jauchzte Terese. »Ruf mich nachher an, dann besprechen wir, um wieviel Uhr wir uns treffen. Wenn ich nicht in der Agentur bin, erreichst du mich zu Hause. Okay?«

»Ja, ich melde mich«, versprach Jack.

Sie verabschiedeten sich, und Jack legte auf. Ein paar Minuten lang starrte er gedankenverloren den Hörer an. Zwar besagte eine alte Volksweisheit, daß man seine Angst überwinden konnte, indem man darüber sprach. Doch ihm ging es anders: Seitdem er mit Terese über den Influenzafall geredet hatte, war seine innere Unruhe noch gewachsen. Wenigstens waren die Virusproben auf dem Weg zum *Center for Disease Control*. Und das DNA-Labor arbeitete mit den Tests von National Biologicals. Vielleicht bekam er bald ein paar Antworten.

## 28. Kapitel
## Dienstag, 26. März 1996, 10.30 Uhr

Phil öffnete die Tür des verlassenen Gebäudes, das die Black Kings in Besitz genommen hatten. Als Tür diente eine zwei Zentimeter dicke Sperrholzplatte, die mit Schrauben an einem Aluminiumrahmen befestigt war. Er durchquerte den Vorraum, der vom dichten Zigarettenqualm völlig vernebelt war. An den Tischen spielten mehrere Gangmitglieder Karten. Phil eilte nach hinten ins Büro und sah erleichtert, daß Twin an seinem Schreibtisch saß. Er mußte warten, bis Twin das Geld eines ihrer elfjährigen Dealer abgezählt und den Jungen weggeschickt hatte.
»Wir haben ein Problem«, sagte er.
»Wir haben immer Probleme«, entgegnete Twin beiläufig, während er die labbrigen Geldscheine, die der Junge abgeliefert hatte, noch einmal nachzählte.
»Diesmal haben wir ein echtes Problem«, fuhr Phil fort. »Reginald ist umgenietet worden.«
Twin sah auf und machte ein Gesicht, als hätte ihm jemand einen kräftigen Schlag in den Magen verpaßt. »Raus hier!« brüllte er. »Wer hat denn diese Scheiße erzählt?«
»Es ist wahr«, sagte Phil, nahm sich einen von den klapprigen Stühlen, die an der Wand standen, und setzte sich rittlings darauf. Zusammen mit der Baseballkappe, die er immer falsch herum aufsetzte, ergab das eine gewisse optische Harmonie.
»Wer sagt das?« fragte Twin.
»Es wird überall auf der Straße herumerzählt. Emmet hat es von einem Dealer am Times Square gehört. Sieht so aus, als würde der Doc von einer der Gangsterbanden aus dem Manhattan Valley von der Upper West Street beschützt.«
»Du meinst, einer von denen hat Reginald kaltgemacht?« fragte Twin ungläubig.

»Wie es aussieht, ja«, erwiderte Phil. »Kopfschuß.«
Twin schlug so kräftig mit der Hand auf den Schreibtische, daß die zerfetzten Geldscheine durch die Luft wirbelten. Er sprang auf und lief wütend durch den Raum. Dann trat er mit voller Wucht gegen die Mülltonne.
»Ich glaub' es nicht«, brüllte er. »Wo, zum Teufel, kommen wir denn da hin? Ich begreif' das einfach nicht. Die können doch nicht einen Schwarzen umnieten, um einem weißen Doktor den Arsch zu retten. Das macht keinen Sinn. Absolut nicht.«
»Vielleicht tut der Doktor ja irgendwas für sie«, sagte Phil.
»Ist mir scheißegal, ob er irgend etwas für sie tut«, schnaubte Twin. Er baute sich vor Phil auf, der zusammenschrak. Wenn Twin in Rage war, konnte er unberechenbar und äußerst brutal sein, und im Augenblick schäumte er vor Wut.
Twin ging zurück zu seinem Schreibtisch und hämmerte noch einmal mit der Faust auf die Platte. »Ich kapier' das zwar alles nicht, aber eins weiß ich. Das können wir uns nicht bieten lassen. Auf keinen Fall! Die machen keinen Black King platt, ohne dafür zu büßen. Das mindeste ist ja wohl, daß wir den Doc kaltmachen, das war abgemacht.«
»Es wird erzählt, daß die Gang für den Doc einen Leibwächter abgestellt hat«, erklärte Phil. »Sie beschützen ihn.«
»Das ist unglaublich«, Twin hockte sich wieder hinter seinen Schreibtisch. »Aber das macht es einfacher. Dann erledigen wir den Doc und seinen Wächter auf einen Schlag. Aber nicht im Viertel von denen. Wir machen es da, wo der Doc arbeitet.« Er zog die obere Schublade auf und durchwühlte sie. »Wo habe ich den Zettel, verdammt?«
»Rechte Schublade«, sagte Phil.
Twin sah ihn schräg von der Seite an, und Phil zuckte mit den Schultern. Er wollte den Boß nicht verärgern, aber er erinnerte sich nun mal daran, daß Twin das Blatt in diese Schublade gestopft hatte.
Twin nahm den Zettel mit den Notizen heraus und überflog ihn. »Okay«, sagte er. »Hol BJ her! Er ist doch schon ganz heiß auf Action.«
Phil verschwand für zwei Minuten. Als er zurückkam, hatte er BJ im Schlepptau, der schwerfällig in das Büro gestapft kam; sein

träger Schritt ließ nicht erkennen, wie flink er normalerweise war.

Twin erläuterte ihm das Problem. »Willst du den Job übernehmen?« fragte er.

»Klar«, erwiderte BJ.

»Brauchst du Unterstützung?«

»Ach, was. Ich warte einfach, bis die beiden Mistkerle sich zusammen blicken lassen, und dann puste ich sie weg.«

»Du mußt den Doc da erwischen, wo er arbeitet«, erklärte Twin. »Wir können es nicht riskieren, einzeln in das Viertel von denen zu gehen. Kapierst du das?«

»Kein Problem.«

»Hast du eine Maschinenpistole?« fragte Twin.

»Nein.«

Twin öffnete die untere Schreibtischschublade und holte eine Tec heraus; vom gleichen Modell, wie er auch Reginald eine gegeben hatte. »Paß auf, daß du sie nicht verlierst!« ermahnte er ihn. »Wir haben nicht so viele davon.«

»Kein Problem.« BJ nahm die Waffe und betrachtete sie ehrfürchtig von allen Seiten.

»Worauf wartest du noch?« fragte Twin.

»Bist du fertig?« fragte BJ zurück.

»Natürlich bin ich fertig. Oder willst du vielleicht, daß ich mitkomme und Händchen halte? Mach, daß du rauskommst, und laß dich hier erst wieder blicken, wenn du den Job erledigt hast.«

Sosehr Jack sich auch bemühte, er konnte sich einfach nicht auf seine Arbeit konzentrieren. Es war nun schon beinahe Mittag, und er hatte kaum etwas von seinem Aktenstapel abgearbeitet. Pausenlos zermarterte er sich das Hirn über den Influenzafall. Außerdem fragte er sich, was wohl Beth Holderness widerfahren war. Was mochte sie nur herausgefunden haben?

Entnervt knallte er seinen Kugelschreiber auf den Tisch. Am liebsten wäre er sofort ins Manhattan General gefahren, um Cheveau und seinem Labor einen weiteren Besuch abzustatten, aber er wußte, daß er das nicht riskieren konnte. Cheveau würde bestimmt die Marines anfordern, sobald er ihn erblickte, und

Bingham würde ihn endgültig vor die Tür setzen. Er mußte wohl oder übel auf die Ergebnisse der Tests von National Biologicals warten, damit er irgend etwas in den Händen hielt, womit er sich an eine offizielle Stelle wenden konnte.

Er ließ seine Schreibarbeit liegen und stürmte hinauf in den fünften Stock zum DNA-Labor. Im Gegensatz zum Rest des Gebäudes, war dieses Labor auf dem neuesten Stand der Technik. Es war erst kürzlich renoviert und mit den modernsten Geräten ausgestattet worden. Sogar die weißen Laborkittel des Personals wirkten frischer und weißer als die der anderen Laborassistenten.

Jack hielt nach dem Laborchef Ted Lynch Ausschau und erwischte ihn gerade noch; er war auf dem Weg zum Mittagessen.

»Hat Agnes Ihnen die Tests gegeben?«

»Ja«, sagte Ted. »Sie sind in meinem Büro.«

»Das heißt wohl, daß Sie noch keine Ergebnisse haben?« bemerkte Jack.

Ted lachte. »Wie stellen Sie sich das nur vor?« fragte er. »Wir haben noch nicht einmal die Kulturen gezüchtet. Ich habe irgendwie das Gefühl, Sie unterschätzen völlig, wie aufwendig diese Untersuchung ist. Wir rühren die Substanzen nicht einfach in irgendeine Bakteriensuppe! Wir müssen das Nukleoproteid isolieren und es dann mittels Polymerasekettenreaktion vervielfältigen, um genügend Substrat zu bekommen. Ansonsten würde der Fluoreszenztest selbst dann negativ ausfallen, wenn die Probe positiv reagieren würde. Wir brauchen also noch ein bißchen Zeit.«

Nach dieser Belehrung kehrte Jack in sein Büro zurück, ließ sich an seinem Schreibtisch nieder und starrte die Wand an. Obwohl es Mittagszeit war, hatte er kein bißchen Hunger.

Als nächstes beschloß er, den städtischen Epidemiologen anzurufen. Er schlug die Nummer im Telefonbuch nach und wählte. Es meldete sich eine Sekretärin, und Jack bat sie, ihn mit Dr. Abelard zu verbinden.

»Wie war ihr Name?« hakte die Sekretärin noch einmal nach.

»Dr. Stapleton«, erwiderte Jack und widerstand der Versuchung, sich einen kleinen Scherz zu erlauben. Da er wußte, welchen Respekt der Epidemiologe vor der Obrigkeit hatte, hätte Jack ihm liebend gern ausrichten lassen, er sei der Bürgermeister oder die Gesundheitsbeauftragte.

Während er darauf wartete, verbunden zu werden, spielte er gedankenverloren mit einer Büroklammer herum. Als er plötzlich wieder die Sekretärin in der Leitung hatte, war er ziemlich überrascht.

»Tut mir leid«, sagte sie. »Aber Dr. Abelard hat mich gebeten, Ihnen auszurichten, daß er nicht mit Ihnen reden möchte.«

»Richten Sie dem guten Doktor aus, daß ich seine geistige Reife bewundere«, entgegnete Jack.

Er knallte den Hörer auf die Gabel. Dr. Abelard war nichts als ein arroganter Mistkerl. Zusätzlich zu seiner Angst vor einer Influenzaepidemie war er jetzt auch noch wütend. Um so mehr quälte es ihn, daß ihm momentan die Hände gebunden waren. Er fühlte sich wie ein Löwe im Käfig. Doch selbst wenn er seinen Kopf riskierte und dem Manhattan General tatsächlich nochmals einen Besuch abstattete – mit wem sollte er dort reden? Im Geiste ging er sämtliche Krankenhausmitarbeiter durch, die er bisher kennengelernt hatte. Plötzlich fiel ihm Kathy McBane ein. Sie war offen und freundlich gewesen und gehörte zudem dem Ausschuß für die Überwachung von Infektionskrankheiten an.

Jack griff erneut zum Telefonhörer und wählte die Nummer des Manhattan General. Kathy war nicht in ihrem Büro; deshalb ließ er sie über die Sprechanlage ausrufen. Sie nahm das Gespräch in der Cafeteria entgegen. Im Hintergrund hörte Jack dumpfes Stimmengewirr und das Klappern von Geschirr. Er stellte sich vor und entschuldigte sich dafür, daß er sie beim Mittagessen gestört hatte.

»Das macht doch nichts«, entgegnete Kathy freundlich. »Was kann ich für Sie tun?«

»Erinnern Sie sich an mich?«

»Natürlich«, erwiderte Kathy. »Wie könnte ich Sie vergessen, nachdem Sie Mr. Kelley und Dr. Zimmerman so in Rage versetzt haben?«

»Und die beiden scheinen weiß Gott nicht die einzigen zu sein, die ich in Ihrem Krankenhaus vor den Kopf gestoßen habe«, stellte Jack fest.

»Seitdem diese Infektionsfälle aufgetreten sind, liegen bei allen Mitarbeitern die Nerven bloß«, sagte Kathy. »Ich würde die Anfeindungen nicht persönlich nehmen.«
»Ich habe eine Bitte«, fuhr Jack fort. »Ich bin immer noch dabei, diesen Infektionsfällen auf den Grund zu gehen. Deshalb würde ich gern noch einmal vorbeikommen und mit Ihnen reden. Wäre das möglich? Es müßte aber unter allen Umständen unter uns bleiben. Glauben Sie, das ließe sich einrichten?«
»Ja, warum nicht?« erwiderte Kathy. »Wann wollten Sie denn kommen? Ich fürchte, ich muß fast den ganzen Nachmittag an irgendwelchen Konferenzen teilnehmen.«
»Wie wär's, wenn ich sofort käme?« schlug Jack vor. »Ich könnte auf das Mittagessen verzichten.«
»Das nenne ich echten Einsatz«, entgegnete Kathy. »Wie könnte ich da nein sagen? Mein Büro ist im Verwaltungstrakt im Erdgeschoß.«
»Oh!« entfuhr es Jack. »Laufe ich da nicht Kelley in die Arme?«
»Das ist eher unwahrscheinlich«, sagte Kathy. »Wir haben im Moment ein paar hohe Tiere von AmeriCare im Haus, und Mr. Kelley dürfte den ganzen Tag von ihnen in Beschlag genommen werden.«
»Wenn das so ist, bin ich schon unterwegs«, sagte Jack.
Er verließ das Institut durch den Haupteingang. Aus dem Augenwinkel registrierte er, wie Slam sich aufrichtete; er hatte sich gegen die Wand eines benachbarten Hauses gelehnt. Jack war zu sehr in Gedanken, um ihm weitere Beachtung zu schenken. Er winkte sich ein Taxi heran und stieg ein. Im Rückspiegel sah er, daß Slam ihm folgte.

BJ war sich nicht sicher gewesen, ob er Jack nach dem kurzen Rendezvous in dessen Apartment wiedererkennen würde, doch als er den Doc aus dem Gerichtsmedizinischen Institut kommen sah, wußte er sofort, daß dies der Mann war, auf den er gewartet hatte.
Während er sich die Beine in den Bauch gestanden hatte, hatte BJ sich die ganze Zeit gefragt, wer wohl Jacks Beschützer sein mochte. Eine Zeitlang hatte er einen riesigen Muskelprotz im Auge gehabt, der, eine Zigarette nach der anderen rauchend, an

der Ecke First Avenue und 30th Street herumgelungert und gelegentlich einen Blick auf den Eingang des Gerichtsmedizinischen Instituts geworfen hatte. Als BJ schon sicher gewesen war, daß dies der Mann sein mußte, war er plötzlich davongeschlendert. Daher war BJ ziemlich überrascht, als Slam sich an Jacks Fersen heftete.
»Der ist ja noch grün hinter den Ohren«, murmelte er angewidert vor sich hin. Als er sah, wie Jack und Slam jeweils in ein Taxi sprangen, winkte er sich ebenfalls einen Wagen heran.
»Erst mal Richtung Norden«, befahl er dem Fahrer. »Drück auf die Tube, Mann!«
Der pakistanische Fahrer musterte BJ aus dem Augenwinkel und fuhr los. Da das Taxi, in dem Slam saß, ein zerbrochenes Rücklicht hatte, fiel es BJ nicht schwer, es im Auge zu behalten.

Jack sprang aus dem Taxi, eilte hinüber zum Manhattan General und durchquerte die Eingangshalle. Da die Meningokokkengefahr gebannt schien, herrschte wieder Normalbetrieb, so daß Jack sich nicht hinter einer Schutzmaske verbergen konnte. Er stürmte in den Verwaltungstrakt und hoffte, daß Kathy recht gehabt hatte und Kelley wirklich den ganzen Tag beschäftigt war. Zum Glück sah er niemanden, den er kannte. Er sprach die erste Sekretärin an, die ihm über den Weg lief, und fragte sie nach Kathy McBanes Büro. Sie schickte ihn zur dritten Tür auf der rechten Seite. Ohne auch nur eine Sekunde zu vergeuden, eilte Jack den Flur entlang und betrat das Büro.
»Hallo, Kathy«, rief er. »Ich hoffe, Sie haben nichts dagegen, daß ich die Tür zumache. Es kommt Ihnen vielleicht unverschämt vor, aber wie ich Ihnen ja schon erklärt habe, darf ich einer ganzen Reihe von Leuten hier nicht über den Weg laufen.«
»Ich habe nichts dagegen«, erwiderte Kathy. »Wenn Sie sich dabei wohler fühlen. Kommen Sie, setzen Sie sich.«
Jack nahm auf einem der Stühle vor ihrem Schreibtisch Platz. Das Büro war winzig. Es bot gerade genug Platz für den Schreibtisch, zwei Besucherstühle und einen Aktenschrank. An den Wänden hingen jede Menge Auszeichnungen und Zeugnisse, die Kathy attestierten, daß sie auf ihrem Gebiet hervorragende

Leistungen erbracht hatte. Ansonsten wirkte die Einrichtung spartanisch, aber freundlich. Auf ihrem Schreibtisch waren mehrere Familienfotos aufgereiht.
»Ich mache mir die größten Sorgen wegen dieses jüngsten Pneumoniefalles«, begann Jack ohne jede Einleitung. »Mit primären Influenzaviren ist nicht zu spaßen. Wie hat denn der Ausschuß für die Überwachung von Infektionskrankheiten auf diesen neuen Krankheitsausbruch reagiert?«
»Wir sind noch gar nicht zusammengetreten«, erwiderte Kathy. »Schließlich ist der Patient erst gestern nacht gestorben.«
»Haben Sie mit irgendeinem anderen Mitglied des Ausschusses über den Fall gesprochen?«
»Nein«, sagte Kathy. »Ich verstehe gar nicht, warum Sie sich solche Sorgen machen. In dieser Jahreszeit kommt die Virusgrippe doch ziemlich häufig vor. Also, mich hat dieser Fall längst nicht so verrückt gemacht wie all die anderen – insbesondere die Meningokokkenfälle.«
»Was mir angst macht, ist, daß die Krankheiten immer nach dem gleichen Muster verlaufen«, entgegnete Jack. »Auch dieser Mann hatte die schlimmste Form einer Pneumonie, die es überhaupt gibt. Bei den anderen seltenen Krankheiten, die hier ausgebrochen sind, war es ähnlich: Sie sind alle sehr heftig verlaufen. Der Unterschied ist allerdings, daß die Infektiosität bei Influenza wesentlich höher ist.«
»Ich verstehe, was Sie meinen«, sagte Kathy. »Aber wir haben doch den ganzen Winter über immer wieder Influenzafälle gehabt.«
»Fälle von primärer, durch Influenzaviren verursachte Pneumonie?«
»Nein, das nicht«, gab Kathy zu.
»Heute morgen habe ich jemanden nachprüfen lassen, ob es hier im Krankenhaus weitere Patienten mit ähnlichen Symptomen gibt«, erklärte Jack. »Man hat mir gesagt, es sei kein weiterer Fall aufgetreten. Wissen Sie, ob es inzwischen welche gibt?«
»Nicht daß ich wüßte«, erwiderte Kathy.
»Könnten Sie vielleicht einmal nachsehen?« bat Jack.
Kathy wandte sich ihrem Computer zu und gab einen Befehl ein. Einen Augenblick später erschien auf dem Bildschirm die Ant-

wort. Es waren keine weiteren Fälle von Viruspneumonie aufgetreten.

»Okay«, sagte Jack erleichtert. »Dann checken wir am besten gleich noch ein paar andere Dinge ab. Der Name des Patienten war Kevin Carpenter. Auf welcher Station oder in welchem Zimmer hat er gelegen?«

»Er war in der Orthopädischen Abteilung«, sagte Kathy.

»Die Symptome haben gegen achtzehn Uhr eingesetzt«, erklärte Jack. »Sehen wir also mal nach, ob irgendeine Krankenschwester, die gestern abend auf der Orthopädischen Station Dienst hatte, inzwischen krank geworden ist.«

Kathy zögerte kurz und wandte sich wieder ihrem Computer zu. Ein paar Minuten später hatte sie eine Namensliste der Schwestern und Krankenpfleger auf dem Bildschirm; auch deren private Telefonnummern waren angegeben.

»Wollen Sie, daß ich sie jetzt gleich anrufe?« fragte Kathy. »In ein paar Stunden müssen sie sowieso ihren Dienst antreten.«

»Wenn es Ihnen nichts ausmacht«, entgegnete Jack.

Kathy begann zu wählen. Beim zweiten Anruf hatte sie eine Mrs. Kim Spensor am Apparat, die tatsächlich krank war. Wie sie Kathy mitteilte, war sie gerade im Begriff gewesen, im Krankenhaus anzurufen und sich krank zu melden, weil sie an einer schlimmen Grippe leide und beinahe vierzig Grad Fieber habe.

»Dürfte ich vielleicht mal kurz mit ihr reden?« fragte Jack.

Kathy fragte Kim, ob sie bereit sei, mit einem Arzt zu sprechen, der gerade zufällig in ihrem Büro sei. Da Kim nichts dagegen einzuwenden hatte, reichte Kathy Jack den Hörer.

Jack stellt sich vor, verschwieg jedoch, daß er Gerichtsmediziner war. Nachdem er ihr durch ein paar mitfühlende Worte ein wenig Trost zu spenden versucht hatte, erkundigte er sich nach ihren Symptomen.

»Es fing ganz plötzlich an«, erklärte Kim. »Den ganzen Tag über ging es mir bestens, und dann habe ich plötzlich fürchterliche Kopfschmerzen und Schüttelfrost bekommen. Außerdem habe ich Muskelschmerzen, und der Rücken tut mir weh. Es ist weiß Gott nicht meine erste Grippe, aber so heftig wie diesmal hat es mich noch nie erwischt.«

»Müssen Sie husten?« fragte Jack.

»Ein bißchen. Aber ich habe das Gefühl, es wird schlimmer.«
»Haben Sie Schmerzen in der Brust? Zum Beispiel hinter dem Brustbein, wenn Sie einatmen?«
»Ja. Hat das was zu bedeuten?«
»Sind Sie mit einem Patienten namens Carpenter in Berührung gekommen?«
»Ja. Genauso wie mein Kollege George Haselton. Als Mr. Carpenter plötzlich Kopfschmerzen und Schüttelfrost bekam, war er ein ganz schön anstrengender Patient. Aber Sie glauben doch wohl nicht, daß meine Symptome etwas mit Mr. Carpenter zu tun haben, oder? Die Inkubationszeit für Grippe beträgt doch mehr als vierundzwanzig Stunden.«
»Ich bin kein Spezialist für Infektionskrankheiten«, sagte Jack ausweichend. »Deshalb kann ich Ihnen die Frage nicht beantworten. Aber ich empfehle Ihnen, Rimantadin zu nehmen.«
»Wie geht es denn Mr. Carpenter?« fragte Kim.
»Nennen Sie mir einfach den Namen einer Apotheke in Ihrer Nähe«, schlug Jack vor, »dann gebe ich das Rezept telefonisch durch.« Er ging absichtlich nicht auf Kims Frage ein. Offensichtlich hatte sich der Zustand von Mr. Carpenter erst so dramatisch verschlechtert, nachdem sie Feierabend gemacht hatte.
Er beendete das Gespräch, so schnell er konnte, und reichte Kathy den Hörer zurück. »Das gefällt mir überhaupt nicht«, stellte er fest. »Es ist genau das eingetreten, was ich befürchtet habe.«
»Finden Sie nicht, daß Sie ein ganz schöner Schwarzseher sind? Zur Zeit liegen bestimmt zwei bis drei Prozent aller Krankenhausmitarbeiter mit Grippe im Bett.«
»Rufen wir doch mal George Haselton an«, schlug Jack vor.
George Haselton ging es noch schlechter als Kim. Er hatte sich bereits krank gemeldet. Jack sprach nicht mit dem Mann. Er hörte nur zu, während Kathy mit ihm redete. Schließlich legte sie nachdrücklich den Hörer auf.
»Jetzt mache ich mir aber auch langsam Sorgen«, gestand sie.
Danach rief sie alle übrigen Mitarbeiter der Orthopädischen Abteilung an, die in der Abendschicht gearbeitet hatten; sogar an die Stationssekretärin dachte sie. Zum Glück war sonst niemand krank.
»Versuchen wir es mal in einer anderen Abteilung«, schlug Jack

vor. »Irgend jemand aus dem Labor muß bei Mr. Carpenter gewesen sein. Wie können wir herausfinden, wer es gewesen ist?«
»Da rufe ich am besten mal Ginny Whalen aus der Personalabteilung an«, sagte Kathy und griff erneut zum Hörer.
Eine halbe Stunde später konnten sie sich ein genaueres Bild von dem Ausmaß des neuen Krankheitsausbruchs machen. Vier Menschen litten unter den Symptomen einer schlimmen Grippe. Neben der Schwester und dem Pfleger hatte es einen technischen Mitarbeiter des Mikrobiologie-Labors getroffen. Er war gegen zehn Uhr abends mit Kevin Carpenter in Berührung gekommen, als er dem Patienten eine Sputumprobe entnommen hatte. Außerdem hatte es Gloria Hernandez erwischt, die zu Kathys Überraschung im Zentralmagazin arbeitete und keinerlei Kontakt zu Kevin Carpenter gehabt hatte. Jack hingegen wunderte sich nicht im geringsten darüber.
»Aber zwischen ihr und den anderen Infizierten gibt es doch absolut keine Verbindung«, rief Kathy.
»Da wäre ich nicht so sicher«, entgegnete Jack und erinnerte sie daran, daß bei jedem neuen Krankheitsausbruch eine Mitarbeiterin aus dem Zentralmagazin unter den Toten gewesen war. »Es überrascht mich, daß darüber in Ihrem Ausschuß kein Wort gefallen ist. Ich weiß genau, daß die Verbindung zum Zentralmagazin weder Dr. Zimmerman noch Dr. Abelard entgangen ist; sonst hätten sie es ja nicht aufgesucht, um mit Mrs. Zarelli zu reden.«
»Seit dem Beginn dieser Krankheitsausbrüche hat noch gar kein offizielles Meeting stattgefunden«, erklärte Kathy. »Wir treffen uns an jedem ersten Montag im Monat.«
»Dann hält Dr. Zimmerman Sie aber nicht gerade auf dem laufenden«, gab Jack zu bedenken.
»Es wäre nicht das erste Mal, daß Sie mir etwas verschweigt«, erwiderte Kathy. »Wir verstehen uns nämlich nicht besonders gut.«
»Apropos Mrs. Zarelli«, fuhr Jack fort. »Sie hat mir versprochen, mir eine Liste sämtlicher Gegenstände zu erstellen, die das Zentralmagazin in die Zimmer der jeweiligen Erstfälle geliefert hat. Könnten wir vielleicht mal nachfragen, ob sie die Liste schon ausgedruckt hat? Falls ja, wäre sie vielleicht so nett, sie kurz herunterzubringen.«

Kathy hatte sich von Jacks Sorge anstecken lassen und wollte ihm unbedingt helfen. Nachdem sie kurz mit Mrs. Zarelli gesprochen und erfahren hatte, daß die Listen bereitlagen, schickte sie eine der Verwaltungssekretärinnen hinauf, um sie zu holen.

»Könnten Sie mir vielleicht die Telefonnummer von Gloria Hernandez heraussuchen?« fragte Jack. »Am besten geben Sie mir auch gleich ihre Adresse. Diese Verbindung zum Zentralmagazin ist mir unbegreiflich. Ich könnte mir fast vorstellen, daß sich dort der Schlüssel zu unserem Rätsel findet.«

Kathy fragte die Daten in ihrem Computer ab und notierte sie auf einem Zettel.

»Und was sollten wir Ihrer Meinung nach hier im Krankenhaus unternehmen?« fragte sie.

Jack seufzte. »Ich weiß es nicht«, gestand er. »Das müssen Sie wohl mit der freundlichen Dr. Zimmerman besprechen. Sie ist die Expertin für solche Dinge. Im allgemeinen kann man sagen, daß eine Quarantäne bei Influenza nicht besonders effektiv ist, dafür verbreitet sich die Krankheit zu schnell. Wenn es sich allerdings um einen besonderen Virusstamm handeln sollte, könnte es durchaus einen Versuch wert sein. Ich würde, glaube ich, die kranken Mitarbeiter sofort herholen lassen und isolieren. Das wäre zwar eine äußerst unpopuläre Maßnahme, aber wenn man Glück hat, könnte man dadurch vielleicht eine Katastrophe verhindern.«

»Und was halten Sie von Rimantadin?«

»Ich würde es verschreiben«, sagte Jack. »Wahrscheinlich werde ich mir selbst etwas davon besorgen. Immerhin hat man es schon häufiger mit Erfolg eingesetzt. Aber für das Krankenhaus muß Dr. Zimmerman das entscheiden.«

»Ich glaube, ich werde sie mal anrufen«, sagte Kathy.

Jack wartete, während sie Dr. Zimmerman höflich, aber entschieden auseinandersetzte, daß es zwischen dem verstorbenen Kevin Carpenter und dem erkrankten Personal ganz offenkundig eine Verbindung geben müsse. Als sie ihre Befürchtungen vorgebracht hatte, wurde sie ziemlich schnell zum Schweigen gebracht; das einzige, was sie noch von sich gab, war ein gelegentliches ›jawohl‹.

Als sie schließlich auflegte, verdrehte sie die Augen. »Diese Frau ist einfach unmöglich«, sagte sie. »Sie ist nicht bereit, außergewöhnliche Maßnahmen einzuleiten, solange es lediglich einen einzigen bestätigten Influenzafall gibt. Sie hat Angst, daß Mr. Kelley und die Führungsriege von AmeriCare etwas dagegen haben könnten, weil eine derartige Aktion unserem Ruf in der Öffentlichkeit schaden würde. Daher will sie warten, bis einschneidende Maßnahmen unbedingt notwendig sind.«
»Und was hat sie zu dem Rimantadin gesagt?«
»Dafür war sie schon ein bißchen aufgeschlossener«, erwiderte Kathy. »Sie will die Krankenhausapotheke anweisen, eine gegebenenfalls ausreichende Menge für das Personal zu bestellen, aber verschreiben will sie das Mittel vorerst noch nicht. Nun ja – wenigstens habe ich sie auf das Problem aufmerksam gemacht.«
»Ja, das ist immerhin etwas«, stimmt Jack ihr zu.
Im nächsten Moment klopfte die Sekretärin und brachte die Listen. Jack bedankte sich bei der Frau und begann die Ausdrucke sofort zu überfliegen. Er war beeindruckt, was ein Patient so alles benötigte, wenn er für ein paar Tage im Krankenhaus lag. Die Aufstellungen waren endlos lang und umfaßten mit Ausnahme von Medikamenten, Essen und Bettwäsche sämtliche Gegenstände, die die Patienten erhalten hatten.
»Können Sie irgend etwas Interessantes entdecken?« fragte Kathy.
»Nein«, gestand Jack. »Jedenfalls nicht auf den ersten Blick. Mir fällt nur auf, daß die Listen einander ziemlich ähneln. Ich hätte wohl auch eine Liste von einem ganz normalen Patienten anfordern sollen, dann hätte ich eine Vergleichsmöglichkeit gehabt.«
»Das dürfte doch eigentlich kein Problem sein«, warf Kathy ein. Sie rief noch einmal bei Mrs. Zarelli an und bat sie, die gewünschte Liste auszudrucken. »Wollen Sie warten? fragte sie ihn.
»Besser nicht«, erwiderte Jack und erhob sich von seinem Stuhl. »Ich glaube, ich habe bis jetzt mehr Glück als Verstand gehabt, daß mich niemand ertappt hat. Ich würde Sie bitten, mir die Liste ins Gerichtsmedizinische Institut zu schicken. Es könnte wirklich wichtig sein, die Verbindung zum Zentralmagazin aufzudecken.«

»Natürlich, ich schicke Ihnen die Liste, sobald ich sie habe.«
Jack ging zur Tür und warf einen vorsichtigen Blick auf den Flur. Dann wandte er sich noch einmal an Kathy: »Ich kann mich einfach nicht daran gewöhnen, daß ich mich hier wie ein Krimineller verhalten muß.«
»Wir sind Ihnen für Ihre Beharrlichkeit wirklich zu Dank verpflichtet«, entgegnete Kathy. »Ich entschuldige mich im Namen aller, die Ihre Absichten fehlinterpretiert haben.«
»Danke«, sagte Jack gerührt.
»Darf ich Ihnen noch eine persönlich Frage stellen?«
»Kommt darauf an, wie persönlich sie ist.«
»Was haben Sie mit Ihrem Gesicht angestellt? Was auch immer Ihnen zugestoßen ist – es muß sehr weh getan haben.«
»Es sieht schlimmer aus als es ist«, entgegnete Jack. »So was passiert schon mal, wenn man nachts durch den Central Park joggt.«
Er eilte durch den Verwaltungstrakt und durchquerte die Eingangshalle. Als er draußen in der Frühlingssonne stand, fiel ihm ein Stein vom Herzen. Es war das erste Mal, daß er ungeschoren aus dem Manhattan General davonkam.
Vom Krankenhaus aus fuhr er nicht gleich zurück zum Institut, sondern machte noch einen kleinen Abstecher in Richtung Osten. Bei seinen früheren Besuchen im General hatte er gesehen, daß sich nur zwei Häuserblocks von der Klinik entfernt die Filiale einer Drugstore-Kette befand. Nachdem er mit Kathy über die vorsorgliche Einnahme von Rimantadin gesprochen hatte, wollte er sich selbst einen ausreichenden Vorrat besorgen. Da er vorhatte, später noch Gloria Hernandez zu besuchen, schien es ihm dringend geraten, sich vor dem Virus zu schützen.
Als er an die Frau dachte, griff er intuitiv in seine Jackentasche, um sich zu vergewissern, daß er den Zettel mit ihrer Anschrift auch dabei hatte. Er fand ihn sofort, faltete ihn auseinander und warf einen Blick auf die Adresse: West 144th Street; das hieß, daß sie noch vierzig Häuserblocks weiter nördlich wohnte als er selbst.
Der Drugstore war riesig und hatte eine verwirrende Vielfalt an Waren im Angebot. Unter anderem gab es Kosmetika, Schulbedarf, Putzmittel, Schreibwaren, Postkarten und Autozubehör. Alle Artikel waren in Metallregale gestopft, die den Raum in

zahlreiche Gänge unterteilten. Eigentlich sah das Ganze eher aus wie ein Supermarkt. Jack brauchte einige Minuten, bis er in der hintersten Ecke den Apothekenbereich gefunden hatte; er umfaßte nur ein paar Quadratmeter. Da man den Verkauf von pharmazeutischen Produkten hier offensichtlich für vollkommen unwichtig hielt, war es beinahe ein Witz, daß der Laden sich trotzdem noch Drugstore nannte.

Jack reihte sich in die Warteschlange ein. Als er endlich an der Reihe war, bat er den Apotheker um ein Blankorezept und verschrieb sich eine Packung Rimantadin. Der Apotheker trug einen altmodischen, kragenlosen weißen Kittel, dessen obersten Knopf er geöffnet hatte. Er warf einen kurzen Blick auf das Rezept und erklärte Jack, daß er ungefähr zwanzig Minuten warten müsse.

»Zwanzig Minuten?« fragte Jack entsetzt. »Warum so lange? Sie müssen doch nichts weiter tun, als mir ein paar Tabletten herauszugeben!«

»Wollen Sie Ihr Medikament haben oder nicht?« blaffte der Apotheker ihn an.

»Natürlich will ich es haben«, erwiderte Jack. Offensichtlich wurde der Kunde auch in diesem Bereich des Gesundheitssystems wie der letzte Dreck behandelt. Jack ging zurück in den zentralen Bereich des Drugstores. Irgendwie mußte er sich wohl oder übel für zwanzig Minuten die Zeit vertreiben. Da ihm nichts Besseres einfiel, schlenderte er den Gang mit der Nummer sieben entlang und fand sich auf einmal inmitten eines gigantischen Kondomsortiments wieder.

BJ hatte von Anfang an Gefallen an der Idee gefunden, Jack in dem Drugstore umzunieten. Dort konnte er ihn aus nächster Nähe erschießen, und dann konnte er sich sofort mit der U-Bahn aus dem Staub machen. Der Eingang war gleich neben dem Laden.

Nachdem er sich noch einmal nach allen Seiten umgesehen hatte, öffnete er die Tür und betrat den Laden. Neben dem Eingang befand sich das durch Glaswände abgetrennte Büro des Geschäftsführers, doch BJ wußte aus Erfahrung, daß ihm von dort keine Gefahr drohen würde. Im schlimmsten Fall mußte er, wenn er seinen Job erledigt hatte, auf seinem Weg nach draußen

eine Maschinengewehrsalve durch den Laden jagen, damit die Leute auch wirklich am Boden liegen blieben.
Er drang in den Bereich jenseits der Kassen vor und begann gezielt, einen Gang nach dem anderen nach Jack oder Slam abzusuchen. Er mußte nur einen der beiden finden; der andere konnte dann nicht weit entfernt sein. In Gang sieben entdeckte er sie. Jack stand am hinteren Ende, während Slam kaum drei Meter weiter an einem Regal herumlümmelte.
BJ eilte den Gang sechs hinunter und griff schon mal vorsorglich unter sein Sweatshirt. Mit dem Daumen löste er den Sicherungsbügel der Waffe. Als er den Quergang in der Mitte des Ladens erreichte, verlangsamte er seinen Schritt und bog um die Ecke; dann blieb er stehen. Vorsichtig beugte er sich über einen Auslagetisch mit Papiertaschentüchern und lugte in den benachbarten Gang.
Sein Puls begann vor Vorfreude zu rasen. Jack hatte sich nicht vom Fleck gerührt, und Slam war noch näher an ihn herangetreten. Besser konnte es gar nicht kommen.
Plötzlich fuhr BJ zusammen. Jemand hatte ihm mit dem Finger auf die Schulter getippt. Er drehte sich um. Seine Hand ruhte immer noch unter seinem Sweatshirt auf dem Halfter seiner Tec.
»Kann ich Ihnen vielleicht behilflich sein?« fragte ein glatzköpfiger Mann.
Eine Welle der Wut durchfuhr BJ. Am liebsten hätte er dem Verkäufer auf der Stelle die Visage poliert, doch er beschloß, ihn vorerst zu ignorieren. Schließlich konnte er sich diese Gelegenheit nicht entgehen lassen.
Blitzschnell drehte er sich um und zog die Maschinenpistole unter seinem Sweatshirt hervor. Dann trat er ein kleines Stück vor. Noch ein einziger Schritt, und der Gang lag genau in seinem Visier.
Der Verkäufer war vor Schreck zusammengefahren, als BJ sich so plötzlich umgedreht hatte. Die Pistole hatte er gar nicht gesehen. Sonst hätte er wohl kaum ein lautes »Hey, Mister« gerufen.

Jacks Nerven waren zum Zerreißen gespannt. Die Atmosphäre in dem Drugstore war ihm zuwider, vor allem nach seiner unerfreulichen Begegnung mit dem Apotheker. Die Musik, die im

Hintergrund dudelte, und der Geruch nach billigen Kosmetika machten es nicht besser. Er hatte nicht die geringste Lust, sich noch länger in dem Geschäft aufzuhalten.
In dem Augenblick, als er den Verkäufer »Hey, Mister« rufen hörte, wandte er ruckartig den Kopf; seine hastige Reaktion hatte er allein der Tatsache zu verdanken, daß er ein reines Nervenbündel war. Er sah in die Richtung, aus der er den Schrei gehört hatte, und erblickte aus dem Augenwinkel einen stämmigen Afroamerikaner. Der Mann machte gerade einen Satz in die Mitte des Gangs und hielt eine Pistole im Anschlag!
Was Jack nun tat, war eine reine Reflexbewegung. Er warf sich mitten in das Kondomsortiment. Sein Körper krachte mit voller Wucht gegen das Regal, das mitsamt der Ware laut scheppernd umstürzte. Und dann fand er sich in Gang acht auf einem Stapel verwüsteter Verkaufsartikel und inmitten umgefallener Regale wieder.
Während Jack dem Chaos zu entkommen suchte, ließ Slam sich auf den Boden fallen und zog seinerseits eine Maschinenpistole. BJ schoß als erster. Da er die Waffe nur mit einer Hand hielt, jagte die Kugelsalve quer durch den Laden. Sie riß ganze Stücke aus dem Vinylfußboden und durchlöcherte die zinnverkleidete Decke. Die meisten Schüsse verfehlten den Bereich, in dem Jack und Slam eben noch gestanden hatten; statt dessen durchsiebten sie die Vitaminecke vor dem Apothekenschalter.
Slam ballerte nun ebenfalls eine Maschinengewehrsalve durch den Raum. Die meisten seiner Kugeln jagten durch Gang sieben und ließen die große Glasscheibe an der Straßenseite des Ladens in tausend Stücke zerbersten.
Als das Überraschungsmoment vorüber war, hatte BJ sich blitzschnell zurückgezogen. Er war hinter dem Auslagetisch mit den Papiertaschentüchern in Ruhestellung gegangen und überlegte, was er tun sollte.
Alle anderen Menschen, die sich in dem Geschäft aufhielten, schrien laut um Hilfe, unter ihnen auch der Verkäufer, der BJ auf die Schulter getippt hatte. Verzweifelt rannten sie um ihr Leben. Jack hatte sich inzwischen aufgerappelt. Nachdem Slam sein Magazin leergeschossen hatte, jagte nun BJ einen erneuten Kugelhagel durch den Drugstore. Jack wollte nur noch raus aus dem

Laden. Mit geducktem Kopf stürmte er durch den Apothekenbereich bis er einen Ausgang mit der Aufschrift ›Zutritt nur für Mitarbeiter‹ entdeckte. Schnell suchte er hinter der Tür Zuflucht und fand sich in einem Aufenthaltsraum wieder. Auf dem Tisch standen geöffnete Getränkedosen und halb aufgegessene Kuchenstücke. Alles deutete darauf hin, daß hier eben noch Menschen gewesen waren.

In der Überzeugung, daß es einen Hinterausgang geben mußte, öffnete Jack sämtliche Türen. Die erste führte zur Toilette, die zweite in einen Vorratsraum. Panisch probierte er die dritte. Zu seiner Erleichterung führte sie nach draußen auf einen von Mülltonnen gesäumten Weg.

## 29. Kapitel
## Dienstag, 26. März 1996, 13.30 Uhr

Detective Lieutenant Lou Soldano parkte seinen nicht gekennzeichneten Chevy Caprice vor der Laderampe des Gerichtsmedizinischen Instituts. Er stellte sich hinter den Dienstwagen von Dr. Bingham und übergab dem Mann vom Sicherheitsdienst seinen Zündschlüssel, damit dieser den Wagen gegebenenfalls umparken konnte. Sein Job führte Lou oft ins Leichenschauhaus, doch jetzt war er schon seit über einem Monat nicht mehr dagewesen.
Er nahm den Fahrstuhl und fuhr in den fünften Stock, wo er Laurie besuchen wollte. Er hatte es erst vor ein paar Minuten geschafft, sie aus dem Auto zurückzurufen. Er war gerade aus Queens gekommen, wo er die Ermittlungen im Mordfall an einem prominenten Bankmanager geleitet hatte. Laurie hatte ihm am Telefon irgendeine Geschichte von einem Gerichtsmediziner erzählen wollen, doch er hatte sie unterbrochen und angeboten, kurz bei ihr vorbeizuschauen, da er ohnehin gerade in der Nähe sei. Sie war sofort einverstanden gewesen und wollte in ihrem Büro auf ihn warten.
»Hey, Lau«, rief Lou, als er seine Ex-Freundin erblickte, die an ihrem Schreibtisch saß und arbeitete. Sie schien immer schöner zu werden. Das rotbraune Haar fiel so geschmeidig über ihre Schultern, daß es ihn an eine Shampoo-Werbung aus dem Fernsehen erinnerte. Sein Sohn hatte sie damals ›Lau‹ genannt, als er sie zum ersten Mal gesehen hatte, und seitdem war auch er bei dem Namen geblieben.
Laurie stand auf und umarmte ihn zur Begrüßung.
»Du siehst großartig aus«, sagte sie.
»Mir geht es soweit ganz gut«, erwiderte Lou bescheiden und zuckte mit den Achseln.

»Und wie geht's den Kindern?«
»Kinder? Meine Tochter ist inzwischen sechzehn und wirkt reichlich erwachsen. Sie ist wie verrückt hinter den Jungen her und macht mich damit ganz schön eifersüchtig.«
Laurie befreite den Gästestuhl, den sie sich mit ihrem Kollegen teilen mußte, von einem Stapel Zeitschriften, und forderte Lou auf, sich zu setzen.
»Schön, dich mal wiederzusehen«, sagte Lou.
»Ich freue mich auch«, erwiderte sie. »Wir sollten uns wirklich öfter sehen.«
»Okay – worüber wolltest du mit mir reden?« Lou wollte die Unterhaltung auf ein anderes Thema lenken.
»Ich weiß selbst gar nicht genau, wie ernst es wirklich ist«, sagte Laurie, während er aufstand und die Tür ihres Büros schloß. »Einer meiner Kollegen hier am Institut würde gern inoffiziell ein paar Dinge mit dir besprechen. Ich hab' ihm irgendwann mal erzählt, daß ich gut mit jemandem von der Kriminalpolizei befreundet bin. Leider ist er im Moment nicht hier. Als du deinen Besuch angekündigt hast, habe ich ihn überall gesucht, aber kein Mensch weiß, wo er zur Zeit steckt.«
»Hast du denn irgendeine Ahnung, worum es geht?«
»Genaueres weiß ich nicht«, erwiderte Laurie, »Aber ich mache mir große Sorgen um ihn.«
»Okay, dann erzähl mir, was du weißt«, forderte Lou sie auf und lehnte sich in seinem Stuhl zurück.
»Er hat mich heute morgen gebeten, die Autopsie zweier Fälle zu übernehmen, die ihn besonders zu interessieren schienen. Dabei handelte es sich zum einen um eine neunundzwanzigjährige Weiße, die gestern nacht in ihrem Apartment erschossen worden ist. Sie war technische Assistentin im Mikrobiologie-Labor des Manhattan General Hospital. Das andere Opfer war ein fünfundzwanzig Jahre alter Afroamerikaner; letzte Nacht im Central Park erschossen. Mein Kollege hat mich gebeten, bei der Obduktion vor allem darauf zu achten, ob es zwischen den beiden Fällen irgendeine Verbindung gibt, also ob eventuell Blutspuren, Haare oder Fasern darauf hinweisen, daß die beiden womöglich miteinander Kontakt hatten.«
»Und?« fragte Lou.

»Ich habe auf der Jacke des Schwarzen ein paar Blutspritzer gefunden, die mit hoher Wahrscheinlichkeit von der Frau stammen«, erklärte Laurie. »Bisher liegt uns zwar erst das Ergebnis der serologischen Untersuchung vor, doch es handelt sich um eine äußerst seltene Blutgruppe: B negativ. Um endgültige Gewißheit zu haben, müssen wir allerdings noch die DNA-Analyse abwarten.«
Lou zog die Augenbrauen hoch. »Hat dein Kollege dir denn erzählt, wie er darauf kommt, daß die beiden Fälle möglicherweise etwas miteinander zu tun haben?«
»Er hat behauptet, er habe da so eine Ahnung«, antwortete Laurie. »Aber ich glaube, er weiß in Wirklichkeit mehr. Er ist in der letzten Zeit mindestens einmal von so ein paar Typen aus einer Gang zusammengeschlagen worden, da bin ich mir ganz sicher. Vielleicht haben sie ihn sogar zweimal vermöbelt. Heute morgen sah er jedenfalls so aus, als hätte er schon wieder Prügel bezogen. Allerdings hat er das bestritten.«
»Und wieso haben sie ihn zusammengeschlagen?«
»Damit er sich nicht noch einmal im Manhattan General blicken läßt.«
»Hey, langsam!« rief Lou. »Ich verstehe überhaupt nichts mehr.«
»Die Einzelheiten kenne ich auch nicht«, sagte Laurie. »Aber was ich genau weiß, ist, daß er im Manhattan General jede Menge Leute gegen sich aufgebracht und wegen der gleichen Geschichte auch hier ziemlichen Ärger bekommen hat. Dr. Bingham war mehrmals kurz davor, ihn rauszuschmeißen.«
»Und womit hat er all die Leute gegen sich aufgebracht?«
»Im Manhattan General sind vor kurzen eine ganze Reihe seltener Infektionskrankheiten aufgetreten«, erklärte Laurie. »Und mein Kollege ist davon überzeugt, daß irgend jemand diese Krankheiten mit Absicht verbreitet hat.«
»Redest du von einem terroristischen Anschlag oder so etwas?«
»Ja, das ist es wohl, was er meint.«
»Wie du dir vorstellen kannst, kommt mir das ziemlich bekannt vor«, stellte Lou fest.
Laurie nickte. »Ich weiß noch genau, wie es mir vor fünf Jahren ging, als hier plötzlich so viele Drogensüchtige an einer Überdosis gestorben sind. Damals wollte mir auch niemand glauben.«

»Dann sag mir doch einfach mal, was du von der Theorie deines Freundes hältst?« forderte Lou sie auf. »Wie heißt er überhaupt?«
»Jack Stapleton. Zu seiner Theorie kann ich nicht viel sagen, denn ich kenne längst nicht alle Fakten.«
»Nun komm schon«, drängte Lou. »Ich kenne dich doch. Erzähl mir, was du von der Sache hältst.«
»Ich denke, er sieht eine Verschwörung, weil er sie sehen will«, erklärte Laurie. »Der Kollege, der mit ihm im Büro sitzt, hat mir erzählt, daß er seit Jahren einen tiefsitzenden Groll gegen AmeriCare hegt – und denen gehört das General Hospital.«
»Mal angenommen, du hast recht«, erwiderte Lou. »Wie erklärst du dir dann, daß eine Streetgang es auf ihn abgesehen hat und daß er offensichtlich weiß, wer diese weiße Frau ermordet hat. Wie hießen die beiden Mordopfer eigentlich?«
»Elizabeth Holderness und Reginald Winthrope.«
Lou notierte sich die Namen in seinem kleinen, schwarzen Notizbuch.
»In keinem der beiden Fälle hat die Polizei bisher intensivere Ermittlungen angestellt«, sagte Laurie.
»Du weißt doch genau, wie wenig Personal wir haben«, erwiderte Lou. »Gibt es denn für den Mord an der Frau irgendein Motiv?«
»Raubüberfall.«
»Ist sie vergewaltigt worden?«
»Nein.«
»Und wie sieht es mit dem Mann aus?«
»Er war Mitglied in einer Streetgang«, erklärte Laurie. »Man hat ihm aus unmittelbarer Nähe in den Kopf geschossen.«
»Leider sind solche Fälle in New York an der Tagesordnung«, sagte Lou. »Deshalb haken wir sie meistens ziemlich schnell ab. Haben denn die Autopsien sonst etwas ergeben?«
»Nichts Außergewöhnliches«, erwiderte Laurie.
»Weiß dieser Mr. Stapleton eigentlich, wie gefährlich die Streetgangs sind?« fragte Lou. »Ich habe das Gefühl, daß dein Kollege ein bißchen mit dem Feuer spielt.«
»Eigentlich weiß ich kaum etwas über ihn«, erwiderte Laurie. »Jedenfalls ist er nicht aus New York. Er kommt aus dem Mittleren Westen.«

»Das hört sich nicht gut an«, stellte Lou fest. »Ich sollte mich wohl mal mit ihm darüber unterhalten, wie es hier bei uns in der Stadt zugeht, und zwar je schneller, desto besser. Sonst könnte es sein, daß er nicht mehr allzu lange unter uns weilt.«
»Sag nicht so etwas.«
»Höre ich da etwa heraus, daß du dich nicht nur aus beruflichen Gründen für ihn interessierst?«
»Damit sollten wir jetzt besser nicht anfangen«, entgegnete Laurie. »Aber wenn du es genau wissen willst: Die Antwort lautet nein.«
»Reg dich doch nicht gleich auf«, beschwichtigte Lou. »Ich will nur wissen, woran ich bin. Ich werde mich auf jeden Fall um deinen Kollegen kümmern. Und so, wie es aussieht, scheint er meine Hilfe bitter nötig zu haben.«
»Ich danke dir, Lou«, erwiderte Laurie und erhob sich, um sich mit einer flüchtigen Umarmung von ihrem Ex-Freund zu verabschieden. »Ich sage ihm, daß er dich anrufen soll.«
»Mach das.«
Er fuhr nach unten ins Erdgeschoß, durchquerte die Telefonzentrale und schaute noch kurz bei Sergeant Murphy vorbei, der seinen Dienst als Polizeibeamter im Gerichtsmedizinischen Institut versah. Nachdem sie ein wenig über die Aussichten der Yankees und der Mets in der bevorstehenden Baseball-Saison gefachsimpelt hatten, ließ Lou sich in einem Stuhl nieder und legte seine Füße auf die Kante von Sergeant Murphys Schreibtisch.
»Erzähl mal, Murph«, sagte er. »Was hältst du eigentlich von diesem Dr. Stapleton?«

Nach der Flucht aus dem Drugstore war Jack völlig außer Atem. Vier Häuserblocks vom Drugstore entfernt blieb er stehen, schnappte nach Luft und hörte das Heulen von näherkommenden Polizeisirenen. Er hoffte inständig, daß Slam genauso glimpflich davongekommen war wie er. Langsam normalisierten sich seine Atmung und sein Puls, doch er zitterte immer noch am ganzen Leibe. Auch wenn der Zwischenfall in dem Laden nur ein paar Sekunden gedauert hatte, hatte der Überfall ihn genauso aus der Fassung gebracht wie die nächtliche Verfolgungsjagd durch den Park. Er hatte eine panische Angst.

Das Sirenengeheul war inzwischen so nahe, daß es den normalen Lärmpegel der Stadt übertönte. Jack überlegte, ob er nicht doch lieber zurückgehen und mit der Polizei reden sollte; falls jemand getroffen worden war, konnte er unter Umständen sogar ärztliche Hilfe leisten. Doch dann fiel ihm ein, wie Warren ihm eingehämmert hatte, unter keinen Umständen die Polizei einzuschalten, wenn es um Angelegenheiten zwischen den Streetgangs ging. Und immerhin hatte sein Basketballfreund recht gehabt, als er ihm einen Bodyguard zur Seite gestellt hatte. Wäre Slam nicht gewesen, wäre er jetzt mit Sicherheit tot.
Ein kalter Schauer jagte ihm den Rücken hinunter. Es war noch gar nicht so lange her, da hatte er sich nicht besonders darum geschert, ob er weiterleben oder sterben würde. Doch nachdem er dem Tod zweimal nur äußerst knapp entkommen war, dachte er anders darüber. Er zermarterte sich das Hirn, warum in aller Welt die Black Kings ihn unbedingt umbringen wollten. Wer bezahlte sie für diesen Job? Glaubten die mysteriösen Auftraggeber womöglich, daß er irgend etwas wußte, was ja in Wirklichkeit gar nicht so war? Das einzige, was er nach diesem zweiten Anschlag auf sein Leben wußte, war, daß er mit seinen Verdächtigungen richtig lag. Ihm fehlte nur noch der Beweis.
Während er grübelte, registrierte er plötzlich, daß er vor einem anderen Drugstore stand. Es war im Gegensatz zu dem ersten Geschäft eine kleine Apotheke, wie man sie von früher kannte. Jack trat ein und wandte sich an den Apotheker, der seinen Laden offensichtlich allein führte. Auf seinem Namensschild stand lediglich sein Vorname: ›Herman‹.
»Haben Sie Rimantadin?« fragte Jack.
»Als ich das letzte Mal nachgesehen habe, hatte ich noch welches«, erwiderte Herman und lächelte freundlich. »Dafür brauchen Sie aber ein Rezept.«
»Ich bin Arzt«, entgegnete Jack. »Wenn Sie mir ein Blanko geben, fülle ich es schnell aus.«
»Dürfte ich vielleicht Ihren Ausweis sehen?«
Jack zeigte ihm seine ärztliche Zulassung für den Staat New York.
»Wieviel brauchen Sie?«
»Für ein paar Wochen sollten sie schon reichen«, erwiderte Jack.

»Geben Sie mir einfach fünfzig. Dann bin ich auf jeden Fall sicher.«

Herman legte ein kleines Plastikröhrchen mit orangefarbenen Tabletten auf den Ladentisch. »Ist das Medikament für Sie selbst?« fragte er.

Jack nickte ein weiteres Mal, woraufhin Herman eine Litanei über mögliche Nebenwirkungen und Gegenanzeigen herunterbetete. Jack war beeindruckt. Nachdem er bezahlt hatte, bat er Herman um ein Glas Wasser, das dieser ihm sofort reichte. Mit einem Schluck Flüssigkeit spülte er die erste Tablette herunter.

»Schauen Sie doch mal wieder rein«, sagte Herman zum Abschied.

Da Jack davon ausging, daß er sich mit dem virushemmenden Rimantadin ausreichend vor einer Ansteckung geschützt hatte, beschloß er, gleich bei Gloria Hernandez, der Mitarbeiterin aus dem Zentralmagazin, vorbeizuschauen. Er winkte sich ein Taxi heran. Der Fahrer weigerte sich zunächst, nach Harlem zu fahren, doch nachdem Jack ihn auf die an der Rücklehne des Vordersitzes angebrachten gesetzlichen Vorschriften hingewiesen hatte, willigte er schließlich ein.

Der Wagen fuhr zunächst in Richtung Norden und arbeitete sich dann, nachdem er den Central Park passiert hatte, auf der Nicholas Avenue nach Harlem vor. Durchs Fenster konnte Jack verfolgen, wie die anfangs vorwiegend von Afroamerikanern bewohnten Gegenden Harlems allmählich in reine Latino-Viertel übergingen. Irgendwann gab es nur noch mit spanischen Namen versehene Straßenschilder.

Als das Taxi rechts ranfuhr, bezahlte Jack und stieg aus. Auf der Straße wimmelte es von Menschen. Das Haus, in dem Gloria Hernandez wohnte, mußte früher einmal ein elegantes Einfamilienhaus inmitten eines lebendigen Viertels gewesen sein. Inzwischen war es ziemlich verfallen; es erinnerte ihn an sein eigenes Zuhause. Ein paar Leute warfen ihm neugierige Blicke zu, als er die Sandsteintreppe hinaufstieg und die Veranda betrat. In dem schwarzweißen Mosaik auf dem Fußboden fehlten einige Kacheln.

Der Reihe kaputter Briefkästen entnahm er, daß Familie Hernandez die zweite Etage bewohnte. Obwohl er nicht damit rech-

nete, daß sich jemand rühren würde, drückte er den Klingelknopf. Danach probierte er, ob sich die Haustür öffnen ließ. Er hatte Glück: Genau wie in seinem Haus war das Schloß offensichtlich vor einer Ewigkeit geknackt und nie repariert worden.
Er stieg die Treppe hinauf in den zweiten Stock und klopfte an der Wohnungstür von Familie Hernandez. Als niemand antwortete, hämmerte er noch einmal etwas lauter gegen die Tür. Schließlich hörte er eine Kinderstimme fragen, wer er sei. Jack rief zurück, daß er Arzt sei und Gloria Hernandez besuchen wolle.
Er hörte gedämpfte Stimmen; ein paar Sekunden später wurde die Tür bis zum Anschlag der Kette geöffnet, und er blickte in zwei Gesichter. Das eine gehörte einer Frau mittleren Alters, die ohne Unterlaß hustete. Sie hatte zerzaustes blondiertes Haar und trug einen Frotteebademantel. Ihre Lippen schimmerten leicht bläulich. Etwas tiefer blickte ihm ein neun- oder zehnjähriges Kind entgegen. Jack war sich nicht sicher, ob es ein Junge oder ein Mädchen war. Es hatte schulterlanges, pechschwarzes Haar, das nach hinten gekämmt war.
»Mrs. Hernandez?« fragte er.
Nachdem er seine Dienstmarke gezeigt und der Frau erklärt hatte, daß er soeben mit Kathy McBane gesprochen habe und direkt aus dem Manhattan General komme, öffnete Mrs. Hernandez die Tür und bat ihn herein.
Die Wohnung war klein und stickig, doch es war zu erkennen, daß jemand sich Mühe gegeben hatte, die Atmosphäre mit hellen Farben und ein paar Postern spanischer Filme ein wenig aufzuheitern. Gloria zog sich sofort auf das Sofa zurück, wo sie offensichtlich gelegen hatte, bevor Jack aufgekreuzt war. Sie hüllte sich bis unter das Kinn in eine Decke und zitterte unentwegt.
»Es tut mir leid, daß es Ihnen so schlecht geht«, begann Jack.
»Ich fühle mich sehr elend«, brachte sie mühsam hervor. Jack war erleichtert, daß sie englisch sprach. Sein Spanisch war ziemlich schlecht.
»Ich möchte Sie auf keinen Fall belästigen«, sagte er. »Aber Sie wissen ja, daß vor kurzem einige von Ihren Kolleginnen aus dem Zentralmagazin sehr schwer erkrankt sind.«
Gloria riß die Augen auf. »Ich habe doch nur eine Grippe, oder etwa nicht?« fragte sie bestürzt.

»Ja«, versuchte Jack sie zu beruhigen. »Davon gehe ich aus. Katherine Mueller, Maria Lopez, Carmen Chavez und Imogene Philbertson hatten andere Krankheiten als Sie. Da können Sie sicher sein.«
»Gott sei Dank.« Gloria bekreuzigte sich. »Mögen ihre Seelen in Frieden ruhen.«
»Mich interessiert im Moment etwas ganz anderes«, fuhr Jack fort. »Gestern abend wurde auf der Orthopädischen Station ein Patient namens Kevin Carpenter behandelt. Er hat unter ähnlichen Symptomen gelitten wir Sie. Sagt Ihnen dieser Name irgend etwas? Oder sind Sie womöglich mit ihm in Berührung gekommen?«
»Nein«, erwiderte Gloria. »Ich arbeite doch im Zentralmagazin.«
»Das ist mir schon klar. Aber die anderen unglücklichen Frauen, von denen ich eben gesprochen habe, haben ebenfalls im Zentralmagazin gearbeitet. Und jedesmal, bevor eine von ihnen an einer dieser seltenen Krankheiten gestorben ist, hat ein Patient dieselbe Krankheit gehabt. Es muß irgendeinen Zusammenhang zwischen diesen Krankheiten und dem Zentralmagazin geben, und ich hoffe, Sie können mir helfen, diese Verbindung aufzudecken.«
Gloria sah ihn verwirrt an und wandte sich an ihren Sohn, den sie mit Juan anredete und der nun in schnellem Spanisch auf sie einzureden begann. Jack vermutete, daß er ihr übersetzte, was er gerade gesagt hatte; sie schien nicht alles verstanden zu haben. Während Juan ihr erklärte, was Jack von ihr wollte, nickte Gloria mehrfach und bekräftigte mit einem Si, daß sie verstanden hatte. Doch als Juan fertig war, sah Gloria Jack an und schüttelte den Kopf. »Nein!« sagte sie entschieden.
»Nein?« wiederholte Jack überrascht.
»Es gibt keinen Zusammenhang«, bekräftigte Gloria. »Wir haben keinen Kontakt zu den Patienten.«
»Sie gehen also nie auf die Stationen?«
»Nie.«
Jacks Hirn arbeitete auf Hochtouren. Was konnte er sie bloß noch fragen? »Haben Sie gestern abend irgend etwas erledigt, was Sie normalerweise nicht tun?« fragte er schließlich.
Gloria zuckte mit den Schultern und verneinte auch diese Frage.

»Erinnern Sie sich noch daran, was Sie gestern abend alles gemacht haben?« insistierte Jack. »Beschreiben Sie mir doch einfach mal, wie Ihre letzte Schicht ausgesehen hat.«
Als Gloria loslegen wollte, wurde sie plötzlich von einem heftigen Hustenanfall geschüttelt. Jack wollte ihr auf den Rücken klopfen, doch sie hob die Hand und gab ihm zu verstehen, daß es ihr schon wieder besser gehe. Juan holte ihr ein Glas Wasser, das sie gierig in sich hineinstürzte. Als sie wieder sprechen konnte, versuchte sie, ihm ihre letzte Schicht detailliert zu beschreiben, und bekräftigte, daß sie das Zentralmagazin während der ganzen Zeit nicht verlassen hatte.
Als ihm beim besten Willen keine weiteren Fragen mehr einfielen, fragte Jack, ob er sie anrufen dürfe, wenn er noch irgend etwas wissen wolle. Gloria hatte nichts dagegen. Er empfahl ihr dringend, im Manhattan General bei Dr. Zimmerman anzurufen und ihr mitzuteilen, daß es ihr ziemlich schlecht gehe.
»Kann sie denn etwas für mich tun?« fragte Gloria.
»Sie könnte Ihnen und Ihrer Familie ein spezielles Medikament verordnen«, erwiderte Jack. Soweit er wußte, vermochte Rimantadin einer Grippe nicht nur vorzubeugen – wenn man das Medikament früh genug einnahm, konnte es auch den Verlauf einer bereits ausgebrochenen Krankheit positiv beeinflussen. Es war bekannt, daß Rimantadin zumindest in fünfzig Prozent der Fälle die Heilung zu beschleunigen und die Symptome zu lindern vermochte. Allerdings war das Medikament ziemlich teuer, und wie Jack AmeriCare kannte, wurden kostspielige Arzneimittel nur im äußersten Notfall verabreicht.
Er verließ die Wohnung von Gloria Hernandez und ging in Richtung Broadway, wo er sich ein Taxi nehmen wollte. Zusätzlich zu der Panik, die ihm noch immer in den Knochen steckte, fühlte er sich nun auch noch ziemlich entmutigt. Außer daß er sich den Influenzaviren ausgesetzt hatte, hatte der Besuch bei Gloria ihm nichts gebracht.
Es war bereits später Nachmittag, als Jack vor dem Gerichtsmedizinischen Institut aus dem Taxi stieg. Erschöpft und ziemlich niedergeschlagen betrat er das Gebäude und ließ sich die Tür zum ID-Bereich öffnen. Dort glaubte er seinen Augen nicht zu trauen. In einem der kleinen Räume, in denen die Familienan-

gehörigen ihre Toten zu identifizieren pflegten, sah er David sitzen. David sah ihn ebenfalls, und für den Bruchteil einer Sekunde trafen sich ihre Blicke. Jack erschrak. Aus Davids Augen sprachen Wut und Verachtung.
Er widerstand dem Drang, zu David hinüberzugehen, und begab sich statt dessen direkt hinunter in die Leichenhalle. Während er über den kahlen Zementboden an den Kühlfächern entlangging, verursachten seine Schritte ein lautes Echo. Angst schnürte ihm die Kehle zu. Was würde er nun wieder vorfinden? In der Halle stand, direkt unter dem gleißenden Licht einer Deckenleuchte, eine einzelne Rollbahre, auf der eine neue Leiche lag.
Das Leichentuch war so arrangiert, daß nur das Gesicht des Toten zu erkennen war. Es sollte mit einer Polaroidkamera fotografiert werden. Anhand solcher Fotos identifizieren die Familien normalerweise ihre Toten; man hielt es für humaner, den trauernden Angehörigen Fotos vorzulegen, als sie mit den verstümmelten Körpern ihrer Hinterbliebenen zu konfrontieren.
Entsetzt blickte Jack in das friedliche Gesicht von Slam; ihm erstarrte das Blut in den Adern. Mit den geschlossenen Augen sah Slam fast so aus, als schliefe er. Jetzt, da er tot war, wirkte er noch jünger. Jack hätte ihn höchstens auf vierzehn geschätzt.
Fassungslos begab Jack sich in sein Büro. Zum Glück war Chet nicht da. Er knallte die Tür zu, setzte sich an seinen Schreibtisch und stützte den Kopf in die Hände. Er hätte laut losheulen können, doch selbst dafür war er zu deprimiert. Ihm war klar, daß er indirekt schon wieder für den Tod eines Menschen verantwortlich war.
Plötzlich klopfte es an der Tür. Zunächst ignorierte Jack das Klopfen und hoffte, daß der ungebetene Gast wieder verschwinden würde. Doch dann pochte es noch einmal. Ungehalten bat er den hartnäckigen Störenfried herein.
Es war Laurie, die zögernd die Tür öffnete. »Ich will dich wirklich nicht stören«, entschuldigte sie sich. Sie spürte sofort, daß Jack mit den Nerven am Ende war. An seinem Blick sah sie, daß ihn irgend etwas völlig aus der Fassung gebracht haben mußte.
»Was willst du?«
»Ich wollte dir nur sagen, daß ich gerade mit Detective Soldano gesprochen habe. Darum hattest du mich doch gebeten.« Sie kam

an seinen Schreibtisch und schob ihm einen Zettel mit Lous Telefonnummer zu. »Er erwartet deinen Anruf.«
»Danke, Laurie«, sagte Jack. »Aber im Augenblick ist mir nicht danach, mit irgend jemandem zu sprechen.«
»Er könnte dir bestimmt helfen«, fuhr Laurie unbeirrt fort. »Er hat ...«
»Laurie!« unterbrach Jack sie in scharfem Ton und fügte dann etwas freundlicher hinzu: »Laß mich jetzt bitte allein.«
»Natürlich.« Sie schloß die Tür hinter sich und starrte sie ein paar Sekunden lang ratlos an. Was war bloß mit Jack? So hatte sie ihn noch nie gesehen. Von seiner lockeren, eigenwilligen und scheinbar sorgenfreien Art war nichts mehr zu spüren. Sie stürmte zurück in ihr eigenes Büro und rief sofort bei Lou an.
»Dr. Stapleton ist vor ein paar Minuten zurückgekommen«, erklärte sie.
»Okay. Sag ihm, daß er mich anrufen soll. Ich bin mindestens noch eine Stunde hier.«
Ich befürchte, daß er das nicht tun wird«, entgegnete Laurie. »Er ist völlig aufgelöst – noch schlimmer als heute morgen. Irgend etwas muß passiert sein. Da bin ich sicher.«
»Und warum will er mich dann nicht anrufen?«
»Keine Ahnung. Er redet nicht einmal mehr mit mir. Außerdem ist schon wieder ein Toter bei uns gelandet. Er hat vermutlich zu einer Streetgang gehört und wurde in der Nähe des Manhattan General erschossen.«
»Glaubst du, daß dein Kollege in diesen neuen Mord verwickelt ist?«
»Ich weiß überhaupt nicht mehr, was ich denken soll«, gestand Laurie. »Ich mache mir einfach nur Sorgen. Ich habe Angst, daß etwas Furchtbares im Gange ist.«
»Okay, jetzt beruhige dich erst mal«, sagte Lou. »Überlaß die Sache einfach mir. Ich werde mir etwas einfallen lassen.«
»Versprochen?«
»Habe ich dich jemals im Stich gelassen?«

Jack rieb sich kräftig die Augen, bevor er sie langsam wieder öffnete. Auf seinem Schreibtisch türmten sich die Akten von unerledigten Autopsiefällen. Doch er konnte sich im Moment un-

möglich auf seine Arbeit konzentrieren. Plötzlich fiel sein Blick auf zwei Briefumschläge, die ihm vorher nicht aufgefallen waren. Bei dem einen handelte es sich um ein großes braunes Kuvert, der andere sah aus wie ein ganz normaler Geschäftsbrief. Er öffnete den großen zuerst. Er enthielt die Kopie einer Krankenakte sowie einen Vermerk von Bart Arnold, der mitteilte, daß er bereits eine Kopie der Krankenblätter von Kevin Carpenter besorgt habe, um die Zusammenstellung der jeweiligen Erstfälle für Jacks Nachforschungen zu vervollständigen.
Jack war beeindruckt. Barts Eigeninitiative warf ein gutes Licht auf das gesamte Ermittlerteam des Gerichtsmedizinischen Instituts. Er klappte die Akte auf und überflog sie. Kevin war wegen einer Kniegelenkoperation ins Manhattan General eingeliefert worden, die man am Montag morgen erfolgreich durchgeführt hatte.
Jack hielt inne und grübelte. Kevin hatte direkt nach seiner Operation die ersten Symptome gespürt. Er legte Kevins Akte beiseite und nahm sich die von Susanne Hard vor. Sein Verdacht bestätigte sich: Auch sie war operiert worden; kurz nachdem sie ihren Kaiserschnitt überstanden hatte, war sie krank geworden. Ein Blick in die Unterlagen von Pacini ergab, daß es bei ihm genauso gewesen war.
Jack fragte sich, ob womöglich die Operationen etwas mit dem Ausbruch der jeweiligen Infektionskrankheit zu tun haben konnten. Doch das kam ihm ziemlich unwahrscheinlich vor; außerdem waren Nodelman und Lagenthorpe nicht operiert worden. Trotzdem beschloß er, diesen Aspekt bei seinen weiteren Untersuchungen im Auge zu behalten.
Danach widmete er sich noch einmal der Akte von Kevin. Wie er dort las, waren die Grippesymptome gegen sechs Uhr abends wie aus heiterem Himmel aufgetreten und hatten sich bis kurz nach neun fortschreitend verschlimmert. Zu diesem Zeitpunkt hatte man den Zustand des Patienten offensichtlich als so besorgniserregend empfunden, daß man ihn auf die Intensivstation verlegt hatte. Dort hatte er etwas später unter akuter Atemnot gelitten, und dieses Symptom hatte schließlich auch zu seinem Tod geführt.
Jack schloß die Akte und legte sie zu den anderen. Dann öffnete

er den kleineren Umschlag, der einfach an »Dr. Stapleton« adressiert war. Er enthielt eine Liste und einen Aufklebezettel von Kathy McBane. Sie bedankte sich nochmals für die Mühe, die er sich gebe, um die Zwischenfälle im Manhattan General Hospital aufzuklären. Außerdem hoffe sie, daß die beigefügte Liste ihm weiterhelfe.
Das Blatt enthielt eine Aufstellung sämtlicher Gegenstände, mit denen das Zentralmagazin einen Patienten namens Broderick Humphrey beliefert hatte. Die Einlieferungsdiagnose war nicht erwähnt, dafür aber sein Alter: er war achtundvierzig.
Die Liste war in etwa genausolang wie diejenigen, die sich auf die an den Infektionskrankheiten gestorbenen Patienten bezogen. Auch die Aufstellung der Gegenstände, mit denen Mr. Humphrey ausgestattet worden war, ließ keinerlei Systematik erkennen. Sie waren weder in alphabetischer Reihenfolge aufgeführt, noch waren einander ähnelnde Artikel zu Blöcken zusammengefaßt worden. Jack vermutete, daß die Posten in der Reihenfolge auf der Liste erschienen, in der sie beim Zentralmagazin angefordert worden waren. Untermauert wurde diese Theorie dadurch, daß die am Beginn aller fünf Listen aufgeführten Gegenstände identisch waren, woraus man schließen konnte, daß alle Patienten bei ihrer Einlieferung die gleiche Standardausstattung erhielten.
Die scheinbar willkürliche Aufzählung der Artikel machte es schwer, die Listen miteinander zu vergleichen. Nachdem er die Listen eine Viertelstunde lang vergeblich von vorn bis hinten nach Auffälligkeiten durchforstet hatte, beschloß er, seinen Computer einzusetzen. Zunächst legte er für jeden einzelnen Patienten eine eigene Datei an. Dann begann er, die jeweiligen Listen zu übertragen. Da er im Tippen nicht besonders gut war, verging einige Zeit, bis er sämtliche Daten eingegeben hatte.
Irgendwann, als Jack noch voll und ganz in das Abschreiben der Daten vertieft gewesen war, hatte Laurie bei ihm angeklopft, um sich zu verabschieden und in zu fragen, ob sie noch etwas für ihn tun könne. Gedankenverloren hatte er ihr versichert, es sei alles in Ordnung.
Als er endlich sämtliche Listen in den Computer übertragen hatte, gab er den Befehl ein, diejenigen Gegenstände auszuwerfen,

mit denen die Opfer der Infektionskrankheiten beliefert worden waren, der Vergleichspatient jedoch nicht. Das Ergebnis war entmutigend: Er erhielt eine weitere, ellenlange Liste! Als er sie näher betrachtete, wurde ihm klar, woran das lag. Im Gegensatz zu dem Vergleichsfall hatten alle fünf Infektionsopfer zeitweise auf der Intensivstation gelegen. Außerdem waren sie allesamt gestorben, während die Vergleichsperson das Krankenhaus gesund und lebendig verlassen hatte.

Für ein paar Minuten war Jack ziemlich sicher, daß all seine Mühe vergeblich gewesen war, doch dann kam ihm eine neue Idee. Da er die Reihenfolge der in den jeweiligen Listen aufgeführten Artikel bei der Eingabe in den Computer nicht verändert hatte, gab er seinem Rechner jetzt den Befehl, bei der geforderten Aufstellung nur diejenigen Artikel zu berücksichtigen, die vor der Einlieferung der Infektionspatienten auf die Intensivstation geliefert worden waren.

Er hatte kaum die Enter-Taste betätigt, als der Computer auch schon die Antwort ausspuckte. Auf dem Bildschirm erschien das magische Wort »Luftbefeuchter«. Ungläubig starrte Jack auf den Monitor. Offensichtlich hatten alle Infektionspatienten aus dem Zentralmagazin einen Luftbefeuchter erhalten – der Vergleichspatient aber nicht! Konnte dieser Unterschied von Bedeutung sein? Er erinnerte sich daran, daß seine Mutter ihm als Kind einen Luftbefeuchter ins Zimmer gestellt hatte, weil er unter Pseudokrupp gelitten hatte. Es war ein kleiner, brodelnder Kessel gewesen, der immer neben seinem Bett gestanden und unaufhörlich gezischt und gedampft hatte. Er konnte sich beim besten Willen nicht vorstellen, wie so ein Luftbefeuchter irgend etwas mit der Verbreitung von Bakterien zu tun haben sollte. Schließlich wurden diese Geräte ziemlich heiß, und bei hundert Grad starben die meisten Erreger ab.

Doch plötzlich fiel ihm ein, daß heutzutage eine neue Generation von Luftbefeuchtern verwendet wurde: kalte Ultraschallvernebler. Und diese Geräte mußte er sehr wohl in Betracht ziehen. Er griff zum Telefon, wählte die Nummer des Manhattan General und ließ sich mit dem Zentralmagazin verbinden. Da Mrs. Zarelli nicht im Hause war, bat er, ihm die Leiterin der Abendschicht an den Apparat zu holen. Es meldete sich eine Frau na-

mens Darlene Springborn. Nachdem er sich vorgestellt hatte, fragte er sie, ob das Zentralmagazin für die Ausgabe von Luftbefeuchtern zuständig sei.
»Ja natürlich«, erwiderte Darlene. »Vor allem im Winter werden häufig welche verlangt.«
»Was für Luftbefeuchter verwenden Sie normalerweise? Die alten Dampfkessel oder die neuen, kalten Ultraschallvernebler?«
»Fast nur noch die kalten Vernebler.«
»Und wenn so ein Gerät im Zimmer eines Patienten gestanden hat und anschließend wieder bei Ihnen im Zentralmagazin landet – was geschieht dann damit?« fragte Jack.
»Wir bringen es wieder in Ordnung.«
»Heißt das, Sie säubern es?«
»Natürlich. Zuerst lassen wir es eine Weile laufen, um sicherzustellen, daß es auch ordnungsgemäß funktioniert. Danach leeren wir es und scheuern es aus. Warum wollen Sie das wissen?«
»Werden alle Geräte am gleichen Platz gesäubert?« fragte Jack weiter.
»Ja«, erwiderte Darlene. »Wir bewahren sie in einem kleinen Lagerraum auf, in dem es auch ein Waschbecken gibt. Ist irgend etwas mit den Luftbefeuchtern nicht in Ordnung?«
»Ich bin mir nicht sicher«, erwiderte Jack. »Aber falls mit den Geräten etwas nicht stimmen sollte, gebe ich Ihnen oder Mrs. Zarelli auf jeden Fall sofort Bescheid.«
»Das wäre nett«, sagte Darlene.
Jack drückte auf die Gabel, um die Verbindung zu unterbrechen. Er klemmte sich den Hörer zwischen Schulter und Ohr und suchte in seinem Notizbuch nach der Nummer von Gloria Hernandez. Nach dem fünften Klingeln meldete sich ein Mann, der nur Spanisch sprach. Jack stammelte ein paar Spanischfetzen in den Hörer, woraufhin der Mann ihn bat, einen Augenblick zu warten. Kurz darauf meldete sich eine jüngere Stimme. Jack vermutete, daß es Juan war, und fragte den Jungen, ob er mit seiner Mutter reden könne.
»Es geht ihr sehr schlecht«, sagte Juan. »Sie hört gar nicht mehr auf zu husten und ringt immerzu nach Luft.«
»Hat sie sich denn an meinen Rat gehalten und im Krankenhaus angerufen?«

»Nein. Sie hat gesagt, sie will niemanden belästigen.«
»Ich rufe sofort einen Krankenwagen«, entgegnete Jack, ohne zu zögern. »Sag ihr, sie soll so lange durchhalten, versprichst du mir das?«
»Ja«, erwiderte Juan.
»Ich möchte dich um einen Gefallen bitten«, erklärte Jack. »Würdest du deine Mutter bitte fragen, ob sie gestern abend im Krankenhaus irgendeinen Luftbefeuchter gesäubert hat? Du weißt doch, was ein Luftbefeuchter ist, oder?«
Jack trommelte nervös auf der Krankenakte von Kevin Carpenter herum. Er machte sich Vorwürfe, weil er nicht früher nachgehakt hatte, ob Gloria sich auch wirklich an Dr. Zimmerman gewandt hatte. Dann meldete sich Juan wieder.
»Meine Mutter läßt Ihnen ihren Dank ausrichten, daß Sie ihr den Krankenwagen schicken wollen«, sagte er. »Sie hatte Angst, selbst anzurufen, weil AmeriCare den Krankenwagen nur bezahlt, wenn ihn ein Arzt bestellt hat.«
»Und was hat sie zu den Luftbefeuchtern gesagt?«
»Sie sagt, sie hat zwei oder drei von den Dingern gereinigt. Wie viele es genau waren, weiß sie nicht mehr.«
Jack verabschiedete sich von dem Jungen und wählte sofort die Nummer des ärztlichen Notdienstes. Er bat den Vermittler, die Sanitäter darauf aufmerksam zu machen, daß es sich um einen Infektionsfall handele und daß sie unbedingt Schutzmasken tragen sollten. Außerdem wies er den Mann an, die Patientin ins Manhattan General und auf keinen Fall in ein anderes Krankenhaus bringen zu lassen.
Zunehmend aufgewühlt versuchte er nun auch noch, Kathy McBane zu erreichen. Da es schon ziemlich spät war, befürchtete er schon, sie nicht mehr in ihrem Büro anzutreffen, doch er hatte Glück. Als er seine Verwunderung über ihren langen Arbeitstag bekundete, erwiderte sie, daß sie wahrscheinlich noch ziemlich lange im Büro bleiben müsse.
»Ist irgend etwas passiert?« fragte Jack.
»Allerdings. Kim Spensor ist mit akutem Atemnotsyndrom auf die Intensivstation gebracht worden. Und George Haselton liegt ebenfalls im Krankenhaus. Sein Zustand verschlechtert sich von Minute zu Minute. Ich fürchte, ihre Sorgen waren nur allzu berechtigt.«

Jack setzte sie aufgeregt darüber in Kenntnis, daß Gloria Hernandez ebenfalls in ein paar Minuten in der Notaufnahme eintreffen werde. Außerdem beschwor er sie, dafür zu sorgen, daß sämtliche Personen, die mit diesen Patienten in Berührung gekommen waren, umgehend Rimantadin verordnet wurde.

»Ich bezweifle, daß Dr. Zimmerman bereit ist, den Kontaktpersonen das angeblich so teure Rimantadin zu verschreiben«, entgegnete Kathy. »Wenigstens konnte ich sie überreden, die neu erkrankten Patienten zu isolieren. Wir haben speziell für sie eine Quarantänestation eingerichtet.«

»Eine sinnvolle Maßnahme«, sagte Jack. »Einen Versuch ist es jedenfalls wert. Was ist mit dem Laborassistenten?«

»Er ist auf dem Weg ins Krankenhaus.«

»Ich hoffe nur, daß er im Notarztwagen gebracht wird – und nicht etwa mit der U-Bahn fährt.«

»Das war auch meine Empfehlung«, entgegnete Kathy. »Aber darum hat sich Dr. Zimmerman gekümmert. Ich habe keine Ahnung, wie sie letztendlich entschieden hat.«

»Die Liste, die Sie mir geschickt haben, war übrigens sehr aufschlußreich.« Jack wollte auf das zu sprechen kommen, was er herausgefunden hatte. »Sie haben mir doch erzählt, daß es im Manhattan General vor drei Monaten ein Problem mit den Verneblern gegeben hat. Erinnern Sie sich? Die Apparate waren auf der Intensivstation mit Erregern kontaminiert worden. Ich glaube fast, daß wir jetzt mit einem ähnlichen Problem zu tun haben.« Er setzte Kathy auseinander, wie er zu diesem Schluß gekommen war.

»Was soll ich denn jetzt tun?« fragte Kathy bestürzt.

»Ich möchte, daß Sie im Augenblick noch gar nichts unternehmen.«

»Aber ich müßte doch zumindest die Luftbefeuchter aus dem Verkehr ziehen, bis wirklich sichergestellt ist, daß sie nicht verseucht sind.«

»Bitte, Kathy! Unternehmen Sie vorerst nichts! Ich will nicht, daß Sie in die Geschichte hineingezogen werden. Ich fürchte, durch einen solchen Schritt würden Sie sich in Gefahr bringen.«

»Wovon reden Sie eigentlich?« fragte Kathy wütend. »Ich bin doch längst in die Angelegenheit involviert.«

»Bitte, regen Sie sich nicht auf«, ersuchte Jack sie zu beruhigen. »Ich glaube, ich muß mich entschuldigen. Offensichtlich sage ich immer das Falsche.« Um keinen weiteren Menschen in Gefahr zu bringen, hatte er niemanden mehr in seine Verdächtigungen einweihen wollen. Doch im Augenblick schien er keine andere Wahl zu haben. Kathy hatte ja recht: Die Luftbefeuchter mußten aus dem Verkehr gezogen werden.
»Jetzt hören Sie mir bitte einen Moment zu, Kathy«, setzte er erneut an und schilderte ihr so knapp und lapidar wie möglich seine Theorie. Er erzählte ihr auch, daß Beth Holderness womöglich ermordet worden war, weil er sie gebeten hatte, im Mikrobiologie-Labor nach den Krankheitserregern zu suchen.
»Das ist ja wirklich unglaublich«, brachte Kathy stockend hervor. »Das kann ich gar nicht alles auf einmal verdauen.«
»Ich verlange nicht, daß Sie sich meinen Vermutungen anschließen«, sagte Jack. »Ich habe Ihnen das alles nur erzählt, damit Sie sich nicht in Gefahr bringen. Was auch immer Sie also in nächster Zeit tun oder zu irgend jemanden sagen – bitten denken Sie an das, was ich ihnen erzählt habe. Und behalten Sie meine Theorie um Gottes willen für sich! Selbst wenn ich mit meinem Verdacht richtig liegen sollte, habe ich nicht den geringsten Schimmer, wer dahinterstecken könnte.«
»Okay«, seufzte Kathy. »Ich weiß jetzt überhaupt nicht mehr, was ich sagen soll.«
»Sie müssen auch gar nichts sagen«, entgegnete Jack. »Aber wenn Sie mir helfen wollen, wüßte ich etwas, das Sie für mich tun könnten.«
»Was denn?«
»Besorgen Sie sich aus dem Mikrobiologie-Labor ein Kulturmedium für Bakterien samt Behältnis und einen Transportbehälter für Viren«, sagte Jack. »Aber erzählen Sie niemandem, wofür Sie diese Dinge brauchen. Danach bitten Sie einen Kollegen aus der Werkstatt, Ihnen in dem Lagerraum, in dem die Luftbefeuchter aufbewahrt werden, den Abfluß unter dem Waschbecken zu öffnen. Versuchen Sie dann vorsichtig, die Rückstände, die sich in dem Siphon befinden, in die beiden Behältnisse zu befördern. Wenn Sie das geschafft haben, bringen Sie das Ganze in das städtische Spezialabor. Bitten Sie die

Mitarbeiter dort zu prüfen, ob sie einen oder mehrere der fünf Erreger isolieren können.«

»Glauben Sie, daß man in dem Abfluß jetzt noch Rückstände der Mikroorganismen finden kann?«

»Es besteht zumindest die Möglichkeit«, erwiderte Jack. »Meine Vermutung klingt zwar weit hergeholt, aber irgendwo muß ich ja nach Beweisen suchen. Im übrigen wird es niemandem weh tun, wenn wir es auf einen Versuch ankommen lassen. Vorausgesetzt natürlich, Sie sind absolut vorsichtig.«

»Ich werde darüber nachdenken«, versprach Kathy.

»Ich würde mich ja am liebsten selbst darum kümmern«, fuhr Jack fort. »Aber Ihnen ist sicher klar, was mir blüht, wenn ich noch einmal in Ihrem Krankenhaus erwischt werde. Mich ungesehen in Ihr Büro zu schleichen, ist schließlich etwas anderes, als im Zentralmagazin an einem Abflußrohr herumzufuhrwerken.«

»Da muß ich Ihnen wohl zustimmen«, sagte Kathy.

Nachdem er aufgelegt hatte, rekapitulierte Jack, wie Kathy auf seine ungeheuerliche Geschichte reagiert hatte. Als er ihr seine Verdächtigungen auseinandergesetzt hatte, war sie ziemlich still geworden; vielleicht war sie ja einfach nur mißtrauisch. Er zuckte mit den Achseln. Im Moment hatte er nicht mehr, womit er sie hätte überzeugen können. Er hoffte nur, daß sie seine Warnung ernst nahm.

Er hatte noch einen Anruf hinter sich zu bringen. Während er die Vorwahl von Atlanta in die Tastatur seines Telefons tippte, drückte er sich mit der linken Hand selbst den Daumen. Er hoffte, daß Nicole Maquette vom *Center for Disease Control* zwei positive Nachrichten für ihn hatte: Zum einen wollte er von ihr hören, daß die Probe angekommen war. Und zum anderen wünschte er sich, daß die Viruskonzentration in der Lösung für den von ihm gewünschten Test hoch genug gewesen war und er somit nicht auf die Anzüchtung einer Kultur warten mußte.

Es war bereits kurz vor sieben. Er verfluchte sich dafür, daß er nicht schon früher angerufen hatte. Wahrscheinlich würde er nun bis zum nächsten Morgen warten müssen. Doch als er darum bat, mit der Influenza-Abteilung verbunden zu werden, hatte er gleich darauf Nicole am Apparat.

»Die Probe ist unversehrt hier angekommen«, sagte sie, »dank des Kühlbehälters und der Styroporumhüllung in sehr gutem Zustand.«

»Und wie hoch ist die Viruskonzentration?« fragte Jack besorgt.

»Ich bin absolut beeindruckt«, erwiderte Nicole. »Woher haben Sie die Probe?«

»Ich habe sie beim Auswaschen von Bronchiolen eines verstorbenen Patienten gewonnen«, erklärte Jack.

Nicole stieß einen überraschten Pfiff aus. »Bei der hohen Viruskonzentration, die wir in der Lösung gefunden haben, muß es sich um einen verdammt aggressiven Stamm handeln. Oder es liegt am Wirt.«

»Nein, es ist das Virus selbst«, entgegnete Jack. »Es muß wirklich verdammt gefährlich sein. Das Opfer war ein gesunder junger Mann. Inzwischen ist auch schon die Krankenschwester, die sich um ihn gekümmert hat, mit akuter Atemnot auf der Intensivstation gelandet. Dabei kann sie sich vor höchstens vierundzwanzig Stunden infiziert haben!«

»Ist ja wahnsinnig! Dann beginne ich am besten sofort mit der Virusklassifikation und arbeite heute nacht durch. Haben sich noch mehr Leute angesteckt?«

»Mir sind bisher drei weitere Fälle bekannt«, erwiderte Jack.

»Ich rufe Sie morgen früh wieder an«, versprach Nicole und legte auf.

Als Jack den Hörer auflegte, fiel ihm auf, daß seine Hand zitterte. Er atmete ein paarmal flach tief durch und überlegte, was er als nächstes tun sollte. Nach Hause wollte er lieber nicht gehen; er hatte keine Ahnung, wie Warren den Tod von Slam aufgenommen hatte, und wollte ihm vorerst lieber aus dem Weg gehen. Außerdem befürchtete er, daß womöglich wieder ein Killer auf ihn angesetzt war.

Das unverhoffte Klingeln des Telefons riß ihn jäh aus seinen Gedanken. Er griff zum Hörer, nahm ihn aber nicht gleich ab. Erschrocken überlegte er, wer wohl jetzt noch etwas von ihm wollte. Da es schon ziemlich spät war, kamen ihm die verrücktesten Ideen. Konnte das der Mann sein, der ihn am Nachmittag hatte umbringen wollen? Schließlich faßte er sich ein Herz und nahm ab.

»Du hattest versprochen, mich anzurufen«, sagte Terese vorwurfsvoll. »Du hast mich doch nicht etwa vergessen, oder?«
»Ich habe die ganze Zeit telefoniert«, entschuldigte sich Jack. »Gerade in dieser Sekunde habe ich den Hörer aufgelegt.«
»Ist schon okay. Aber ich warte schon seit einer Stunde darauf, daß wir essen gehen. Wie wär's, wenn du dich jetzt aufmachst und wir uns gleich im Restaurant treffen?«
»O Gott, Terese«, stammelte er. Inzwischen war so viel passiert, daß er die Verabredung vollkommen vergessen hatte.
»Erzähl' mir bitte nicht, daß du nicht kommen willst.«
»Ich habe einen furchtbaren Tag hinter mir.«
»Da geht es mir nicht anders«, konterte Terese. »Heute morgen hast du mir versprochen, daß wir zusammen essen gehen. Außerdem mußt du sowieso etwas zu dir nehmen. Warst du heute mittag in der Kantine?«
»Nein.«
»Siehst du. Du kannst doch nicht erst dein Mittag- und dann auch noch dein Abendessen ausfallen lassen. Nun komm schon! Du kannst ja danach noch ein bißchen weiterarbeiten. Vielleicht muß ich nachher noch einmal in die Agentur.«
Eigentlich hatte Terese recht. Irgend etwas mußte er essen, auch wenn er nicht den geringsten Hunger verspürte. Und ein wenig abzuschalten würde ihm sicher auch guttun. Außerdem wußte er inzwischen, wie hartnäckig Terese sein konnte; sie würde sich niemals mit einem Nein zufrieden geben, und er hatte einfach nicht mehr die Kraft, mit ihr zu streiten.
»Überlegst du noch?« sagte sie ungeduldig. »Jack, bitte! Ich habe mich den ganzen Tag darauf gefreut, dich zu sehen. Wäre es nicht nett, wenn wir uns gegenseitig unsere Horrorgeschichten erzählen und dann entscheiden, wer von uns beiden den schlimmeren Tag hatte?«
Jack wurde schwach. Er konnte die Sorge, daß er sie womöglich allein durch seine Nähe in Gefahr brachte, nicht ganz unterdrücken, doch wer sollte ihn schon um diese Uhrzeit noch verfolgen? Und falls doch wieder irgendwelche Black Kings hinter ihm her sein sollten, war er sich ziemlich sicher, daß er sie auf dem Weg zum Restaurant abhängen konnte.
»Welches Restaurant war das noch mal?« fragte er schließlich.

»Danke«, entgegnete Terese. »Ich wußte, daß du mitkommen würdest. Ich hatte an das Positano gedacht. An der Madison Avenue, nur ein paar Meter von meiner Wohnung entfernt. Ein kleines, gemütliches Lokal, absolut untypisch für New York. Es wird dir bestimmt gefallen.«
»Okay«, sagte Jack. »Dann treffen wir uns in einer halben Stunde.«
Er schloß die Bürotür ab und fuhr nach unten. Er hatte zwar keine Ahnung, wie er einen potentiellen Verfolger abhängen sollte, doch vorsichtshalber wollte er erst mal einen Blick vor die Tür werfen, um nachzusehen, ob dort irgendeine verdächtige Gestalt herumschlich. Als er die Telefonzentrale durchquerte, fiel ihm auf, daß Sergeant Murphy noch immer in seinem Kabäuschen saß; er redete mit einem Mann, den Jack noch nie gesehen hatte. Sergeant Murphy winkte ihm kurz zu, und Jack erwiderte den Gruß. Normalerweise verließ Murphy das Institut pünktlich um fünf. Jack überlegte, ob in den vergangenen Tagen viele nicht identifizierte Tote eingetroffen waren, doch ihm war nichts dergleichen bekannt.
Vom Eingang aus nahm er den Vorplatz ins Visier. Doch ihm war sofort klar, daß er einen potentiellen Verfolger nie und nimmer würde erkennen können. Direkt nebenan, in dem ehemaligen Bellevue Hospital, befand sich ein Obdachlosenheim, dessen Bewohner gern vor dem Gerichtsmedizinischen Institut herumlungerten; jeder von ihnen wäre als verdächtige Gestalt in Frage gekommen.
Jack blieb noch eine Weile im Eingang stehen und beobachtete das Treiben auf der First Avenue. Die Rush-hour war noch in vollem Gange; die Blechlawine schob sich Stoßstange an Stoßstange in Richtung Norden. Sämtliche Busse waren gut besetzt oder sogar überfüllt. Freie Taxis waren um diese Uhrzeit Mangelware.
Jack überlegte, was er nun tun sollte. Der Gedanke, sich einfach auf die Straße zu stellen und auf ein freies Taxi zu warten, behagte ihm ganz und gar nicht. Da unten wäre er jedem, der ihm an den Kragen wollte, schutzlos ausgeliefert. Falls da draußen wirklich ein Killer auf ihn lauerte, konnte er ihn direkt vor der Tür des Instituts abknallen; und daß die Black Kings vor nichts

zurückschreckten, hatten sie schließlich eindrucksvoll bewiesen. Ein vorbeifahrender Lieferwagen brachte ihn plötzlich auf eine Idee. Er machte kehrt und ging hinunter in die Leichenhalle. Marvin Fletcher, einer der technischen Assistenten der Abendschicht, machte es sich gerade mit Kaffee und Donats im Büro gemütlich.
»Hallo Marvin«, rief Jack ihm zu. »Ich muß dich um einen Gefallen bitten.«
»Worum geht's denn?«
»Du darfst aber mit niemandem darüber sprechen. Es ist eine private Angelegenheit.«
»Na dann schieß mal los«, sagte Marvin. Seine weit aufgerissenen Augen verrieten, daß er ziemlich neugierig war.
»Ich muß dringend ins New York Hospital«, erklärte Jack. »Könntest du mich mit einem der Leichenwagen dort hinfahren?«
»Ich darf die Fahrzeuge des Instituts nicht …«
»Ich habe einen guten Grund«, fiel Jack ihm ins Wort. »Da draußen wartet wahrscheinlich eine Freundin, die etwas von mir will. Aber ich habe absolut keine Lust, sie zu sehen. Von solchen Problemen kannst du doch bestimmt ein Lied singen – so gut, wie du aussiehst, nicht wahr?«
Marvin lachte. »Ja, könnte man so sagen.«
»Es wird auch nicht lange dauern«, drängte Jack. »Wir brausen die First Avenue hoch und fahren rüber zur York. Im Nu bist du wieder in deinem Büro. Hier hast du zehn Dollar – für die Umstände, die ich dir bereite.« Erwartungsvoll legte er einen Schein auf den Schreibtisch.
Marvin musterte den Schein und sah dann zu Jack auf. »Wann willst du fahren?«
»Jetzt.«
Er öffnete die Beifahrertür des Transporters und kletterte auf die Ladefläche. Während Marvin aus dem Hof rollte und in die 30th Street einbog, suchte er krampfhaft nach einem Griff, an dem er sich festhalten konnte. Als sie an der Ecke zur First Avenue vor einer roten Ampel warten mußten, achtete Jack darauf, daß ihn niemand sehen konnte.
Trotz des dichten Feierabendverkehrs brauchten sie bis zum

New York Hospital nur ein paar Minuten. Nachdem Marvin ihn vor dem belebten Haupteingang abgesetzt hatte, stürmte Jack in das Gebäude und suchte sich am Rande der Eingangshalle eine verborgene Ecke, wo er fünf Minuten wartete. Als er sicher war, daß ihm keine auch nur andeutungsweise verdächtig aussehende Gestalt gefolgt war, machte er sich auf den Weg in die Notaufnahme.
Da er schon oft in dem Krankenhaus gewesen war, fand er sich problemlos zurecht. Er durchquerte die Notaufnahme, ging an der Patientenaufnahme vorbei und trat wieder hinaus auf die Straße. Dort wartete er ein paar Sekunden, bis ein Taxi mit einem Patienten vorfuhr. Als der Wagen frei war, bat er den Fahrer, ihn zum Eingang von Bloomingdale's an der Third Avenue zu bringen.
Bei Bloomingdale's herrschte Hochbetrieb, genau wie Jack es erwartet hatte. Er durchquerte das Erdgeschoß und verließ das Kaufhaus durch den Ausgang Lexington Avenue. Dort nahm er sich wieder ein Taxi und ließ sich einen Häuserblock vor dem Restaurant Positano absetzen.
Um hundertprozentig sicher zu sein, daß ihm niemand gefolgt war, drückte er sich noch einmal fünf Minuten im Eingangsbereich eines Schuhgeschäftes herum. Auf der Madison Avenue hielt sich der Verkehr in Grenzen. Nur vereinzelt schlenderten Fußgänger vorbei. Anders als in der Umgebung des Gerichtsmedizinischen Instituts waren die Menschen hier elegant gekleidet. Jack sah niemanden, der als Mitglied einer Straßengang in Frage gekommen wäre.
Zuversichtlich steuerte er auf das Restaurant zu, nicht ohne sich selbst für seine Raffinesse auf die Schulter zu klopfen. Was er nicht wußte, war, daß in dem glänzend polierten schwarzen Cadillac, der ein paar Minuten zuvor zwischen dem Schuhgeschäft und dem Positano am Straßenrand angehalten hatte, zwei Männer saßen und warteten. Er hatte sie im Vorbeigehen nicht sehen können, denn die Fenster waren dunkel getönt und wirkten von außen wie Spiegel.
Er betrat zunächst einen von einem Segeltuch abgetrennten Vorraum des Restaurants. Das Tuch hatte man offensichtlich speziell für den Winter hier aufgehängt, um die Gäste, die in der Nähe der Tür saßen, vor kalter Zugluft zu schützen.

Er schob eine der Stoffbahnen zur Seite und stand plötzlich in einem warmen, sehr gemütlichen Raum. Zu seiner Linken war eine kleine Bar aus Mahagoni. Rechts befanden sich die Eßtische, die bis weit in den hinteren Teil des Restaurants reichten. An den Wänden und an der Decke waren weiße Gitter angebracht, an denen erstaunlich echt aussehender Seidenefeu rankte. Jack fühlte sich wie in einem Gartenrestaurant mitten in Italien.

Der köstlich Geruch, der im Raum hing, ließ Jacks Herz sofort höher schlagen; der Koch schien die gleiche Vorliebe für Knoblauch zu haben wie er. Noch vor ein paar Sekunden hatte er nicht das geringste Hungergefühl verspürt; jetzt lechzte er regelrecht nach einem guten Essen.

Das Restaurant war zwar voll besetzt, doch es herrschte eine ruhige und gelassene Atmosphäre. Das Gitterwerk an der Decke sorgte dafür, daß das Stimmengewirr und das Tellerklappern gedämpft wurden.

Der Empfangskellner begrüßte ihn und fragte ihn, ob er ihm behilflich sein könne. Jack erwiderte, daß er mit einer Mrs. Hagen verabredet sei, woraufhin der Kellner sich verbeugte und ihn bat, ihm zu folgen. Er geleitete ihn an einen Tisch direkt gegenüber der Bar.

Terese erhob sich sofort und umarmte Jack. Als sie sein Gesicht sah, hielt sie inne.

»O mein Gott« rief sie. »Dein Gesicht sieht ja schlimm aus.«

»Das Kompliment habe ich heute schon öfter gehört«, witzelte er.

»Laß bitte die Sprüche, Jack«, sagte sie. »Ich meine es ernst. Bist du wirklich okay?«

»An mein Gesicht habe ich den ganzen Tag keinen Gedanken verschwendet«, erwiderte Jack. »Ehrlich.«

»Es sieht aus, als müßte es dir furchtbar weh tun«, sagte Terese. »Ich würde dir gern einen Kuß geben, aber das lasse ich wohl lieber.«

»Meine Lippen sind vollkommen unversehrt«, entgegnete Jack. Grinsend schüttelte Terese den Kopf. »Du bist einfach eine Nummer zu groß für mich«, sagte sie. »Bevor ich dich kennengelernt habe, habe ich mich für ziemlich schlagfertig gehalten, aber bei dir muß ich kapitulieren.«

Sie nahmen Platz.
»Wie gefällt dir das Restaurant?« fragte Terese, während sie ihre Serviette zurechtrückte.
»Es ist wirklich gemütlich – und das kann man in der City nicht gerade von vielen Restaurants behaupten.«
»Es ist einer meiner Lieblingsläden«, sagte Terese.
»Danke, daß du mich hergelotst hast«, entgegnete Jack. »Du hast genau das Richtige getan – auch wenn ich das nicht gern zugebe. Ich sterbe fast vor Hunger.«
Die nächste Viertelstunde verbrachten sie damit, die Karte zu studieren und sich vom Kellner die erstaunlich reichhaltige Palette an Vorspeisen vorstellen zu lassen.
»Suchst du den Wein aus?« fragte Terese und schob ihm die Weinkarte zu.
»Ich glaube, du kennst dich damit besser aus«, erwiderte Jack.
»Rotwein oder lieber Weißwein?«
»Ist mir ziemlich egal.«
Als ihre Gläser gefüllt waren, lehnten sie sich zurück und versuchten, die stressigen Ereignisse des Tages für eine Weile zu vergessen. Sie waren beide ziemlich nervös. Jack hatte das Gefühl, daß Terese sogar noch unruhiger war als er.
»Ich hab's gesehen«, sagte er.
»Was?«
»Daß du auf die Uhr geschaut hast. Ich dachte, wir sitzen hier, um ein bißchen abzuschalten. Ich habe bewußt nicht gefragt, wie es dir bei der Arbeit ergangen ist, und habe dir auch mit Absicht nichts über meinen Tag erzählt.«
»Tut mir leid«, sagte Terese. »Ich sollte wirklich nicht dauernd auf die Uhr sehen. Aber ich kann einfach nichts dagegen tun. Ich muß immer daran denken, daß Colleen und unser Team jetzt noch im Studio hocken und arbeiten. Wahrscheinlich habe ich Schuldgefühle, weil ich mich hier mit dir vergnüge.«
»Magst du mir verraten, wie es mit der Kampagne vorangeht?«
»Es läuft prima. Na ja, heute morgen bin ich plötzlich wieder nervös geworden und habe meine Kontaktperson bei der National Health angerufen. Wir haben zusammen zu Mittag gegessen. Als ich ihr von unserer neuen Kampagne erzählt habe, war sie so begeistert, daß sie mich gefragt hat, ob sie ihrem Vorge-

setzten davon erzählen darf. Und am Nachmittag hat sie mich dann zurückgerufen, um mir zu sagen, daß er von der Idee so angetan war, daß er überlegt, den Werbeetat womöglich um weitere zwanzig Prozent aufzustocken.«
Jack überschlug im stillen, wieviel eine zwanzigprozentige Erhöhung wohl ausmachen würde. Es waren bestimmt mehrere Millionen Dollar! Die Vorstellung machte ihn regelrecht krank, aber da er keinen Streit vom Zaun brechen wollte, behielt er seine Überlegungen für sich und gratulierte Terese.
»Danke«, sagte sie.
»Klingt eigentlich gar nicht nach einem schlimmen Tag«, bemerkte Jack.
»Weißt du, wenn wir erfahren, daß dem Kunden unsere Idee gefällt, gehen die Schwierigkeiten eigentlich erst richtig los«, erklärte sie. »Dann heißt es plötzlich, tatsächlich etwas zu entwickeln, das man auch präsentieren kann. Und die eigentliche Kampagne durchzuführen, ist auch nicht gerade ein Pappenstiel. Du machst dir gar keine Vorstellung, wie aufwendig es ist, einen dreißigsekündigen Fernsehspot zu produzieren.«
Sie nippte an ihrem Weinglas und sah, als sie es wieder absetzte, wieder auf die Uhr.
»Terese« rief Jack. »Schon wieder!«
»Tatsächlich«, erwiderte sie uns schlug sich mit der Hand vor die Stirn. »Was mache ich nur? Ich scheine wirklich ein unverbesserlicher Workaholic zu sein. Paß auf! Ich weiß ein gutes Rezept gegen diese lästige Angewohnheit. Ich nehme das verdammte Ding einfach ab.« Sie öffnete das Armband und steckte die Uhr in ihre Handtasche. »Na, wie findest du das?«
»Schon viel besser.«


»Das Problem ist, daß dieser Mistkerl sich für eine Art Superman hält«, sagte Twin. »Wahrscheinlich hält er uns für völlig verblödet und unfähig. Weißt du eigentlich, wie mich das ankotzt?«
»Warum erledigst du den Job dann nicht selbst?« frage Phil. »Statt mich vorzuschicken?« Auf seiner Stirn glitzerten unzählige Schweißperlen.
Twin hing über dem Lenkrad seines Cadillac. Langsam wandte er

den Kopf und musterte im Halbdunkel den Mann, der in der Ganghierarchie nach ihm kam. Gelegentlich wurde Phils Gesicht von den Scheinwerfern der vorbeifahrenden Autos angestrahlt.
»Bleibe cool, Mann!« ermahnte er ihn. »Du weißt genau, daß ich mich da drin nicht blicken lassen kann. Der Doc würde mich sofort wiedererkennen, und dann wäre das Spiel aus und vorbei. Das Überraschungselement ist wichtig.«
»Ich war doch auch bei dem Doc in der Wohnung«, wandte Phil ein.
»Aber der Kerl hat dir nicht in die Augen gesehen«, wies Twin ihn zurecht. »Außerdem hast du ihm nicht die Abreibung verpaßt. An dich wird er sich also nicht erinnern. Verlaß dich auf mich!«
»Aber warum ausgerechnet ich?« jammerte Phil. »BJ hat sich um den Job gerissen – erst recht, nachdem sie ihm in dem Drugstore die Tour vermasselt haben. Wir hätten ihm eine zweite Chance geben sollen.«
»Nach der Schießerei in dem Laden könnte der Doc BJ ebenfalls wiedererkennen«, entgegnete Twin. »Außerdem solltest du den Job als eine Chance betrachten. Einige von unseren Jungs haben sich nämlich darüber beschwert, daß du noch nie irgendwelche Drecksarbeit erledigt hast. Sie meinen, daß es dir deshalb nicht zusteht, der zweite Mann zu sein. Verlaß dich auf mich! Ich weiß, was ich tue.«
»Aber ich bin für so was nicht geeignet«, klagte Phil weiter. »Ich habe noch nie jemanden abgeknallt.«
»Hey, Kumpel, das ist ganz einfach«, sagte Twin. »Beim ersten Mal hast du vielleicht ein komisches Gefühl, aber es ist wirklich nichts dabei. Es macht einmal ›pop‹, und das war's schon. Irgendwie ist man danach sogar ein bißchen enttäuscht, weil man gar nicht begreift, wieso man vorher so nervös gewesen ist.«
»Und wie nervös ich bin!«
»Nun verkrampf dich mal nicht so«, sagte Twin. »Du gehst einfach da rein und redest mit keinem ein Wort. Die Knarre behältst du in der Tasche; die holst du erst raus, wenn du direkt vor dem Doc stehst. Dann ziehst du und pop! Als nächstes siehst du zu, daß du deinen schwarzen Arsch auf dem schnellsten Weg da raus bewegst. So einfach ist das.«

»Und was mache ich, wenn der Doc versucht abzuhauen?«
»Das wird er nicht«, erwiderte Twin. »Er wird so überrascht sein, daß er keinen Finger mehr rühren kann. Wenn jemand damit rechnet, daß einer hinter ihm her ist, hat er vielleicht eine winzige Chance. Aber nicht, wenn du ihm wie aus heiterem Himmel eine Ladung verpaßt. Dann ist es aus. Das hab' ich oft genug mit eigenen Augen gesehen.«
»Ich bin aber trotzdem nervös«, sagte Phil.
»Okay, dann bist du eben ein bißchen nervös«, entgegnete Twin. »Laß mal sehen, wie du aussiehst.« Er drückte Phil ein wenig zurück in den Sitz. »Sitzt deine Krawatte richtig?«
Phil prüfte den Knoten seines Schlipses. »Ich denke schon.«
»Du siehst großartig aus, Kumpel«, stellte Twin fest. »Als ob du auf dem Weg in die Kirche wärst. Du könntest glatt als ein verdammter Anwalt oder sogar als Banker durchgehen.« Laut lachend klopfte er Phil ein paarmal auf die Schulter.
Phil zuckte bei jedem Schlag zusammen. Wenn er an das dachte, was er gleich tun sollte, krampfte sich ihm der Magen zusammen. Er hatte noch nie so einen miesen Job erledigen müssen, und er fragte sich, ob es die Sache überhaupt wert war. Doch er wußte, daß er keine Wahl hatte. Es war, als säße er in einer Achterbahn und führe gerade die erste Steigung hinauf. Es gab kein Zurück.
»Okay«, sagte Twin schließlich. »Es wird Zeit.« Er verpaßte Phil einen letzten aufmunternden Schlag auf die Schulter und langte dann über ihn hinweg, um die Beifahrertür zu öffnen.
Mit wackligen Beinen stieg Phil aus.
»Phil«, rief Twin ihm hinterher. »Denk dran. Dreißig Sekunden, nachdem du das Restaurant betreten hast, fahre ich vor der Tür vor. Du rennst raus und springst in den Wagen. Klar?«
»Ja.«
Dann gab er sich einen Ruck und marschierte in Richtung Restaurant. Er spürte, wie die Pistole bei jedem Schritt gegen seinen Oberschenkel stieß. Sie steckte in seiner rechten Hosentasche.

Bei ihrer ersten Begegnung hatte Jack Terese als dermaßen karrieresüchtig eingeschätzt, daß er sie für unfähig gehalten hatte, sich auf einen zwanglosen Small talk einzulassen. Doch zum

Glück hatte er sich geirrt. Als er sie erbarmungslos damit aufgezogen hatte, daß sie keinen Abstand zu ihrer Arbeit finden könne, hatte sie die Stichelei nicht nur wacker über sich ergehen lassen, sondern sich auch im Austeilen spöttischer Bemerkungen als ebenbürtige Gesprächspartnerin erwiesen. Bei ihrem zweiten Glas Wein hatten sie beide den Streß des Tages vergessen.
»So viel Spaß hatte ich den ganzen Tag noch nicht«, sagte Jack.
»Wenn du nichts dagegen hast, fasse ich das als Kompliment auf«, entgegnete Terese.
»Recht so.«
»Entschuldige mich bitte einen Augenblick«, sagte Terese. »Ich glaube, unsere Vorspeisen kommen gleich. Vorher muß ich noch mal schnell verschwinden.«
»Natürlich, geh nur«, entgegnete Jack und zog den Tisch ein Stück zu sich heran, um Terese Platz zu machen. Die Tische standen so dicht beieinander, daß man sich kaum zwischen ihnen hindurchquetschen konnte.
»Ich beeile mich auch«, versprach Terese und zwickte Jack freundschaftlich in die Schulter. »Lauf mir nicht weg.«
Jack beobachtete sie, während sie sich von einem Kellner den Weg zur Toilette weisen ließ. Auch als sie selbstbewußt und graziös durch das Lokal schritt, konnte er seinen Blick nicht von ihr wenden. Wie immer trug sie ein einfaches, maßgeschneidertes Kostüm, das ihre schlanke, athletische Figur betonte. Vermutlich zog sie ihr Sportprogramm mit der gleichen hartnäckigen Entschlossenheit durch wie ihre Arbeit in der Agentur.
Als Terese aus seinem Blickfeld verschwand, gönnte er sich einen tiefen Zug aus dem Weinglas. Irgendwo hatte er einmal gelesen, daß Rotwein Viren abzutöten vermochte. Während er darüber nachdachte, ging ihm plötzlich ein beängstigender Gedanke durch den Kopf. Er war mit Influenzaviren in Berührung gekommen, da gab es keinen Zweifel. Da er inzwischen Rimantadin einnahm, war er sich ziemlich sicher, daß ihm nicht viel passieren konnte. Aber konnte er die Viren womöglich an andere Menschen weitergeben? Setzte er Terese unter Umständen der Gefahr aus, sich bei ihm anzustecken?
Nach einigem Grübeln kam er zu dem Schluß, daß er das Virus, solange er keine Symptome spürte, wahrscheinlich nicht über-

tragen konnte. Da er sich vollkommen gesund fühlte, konnte er also auch niemanden anstecken – das hoffte er zumindest. Plötzlich fiel ihm ein, daß er sein Rimantadin noch nicht genommen hatte. Er griff in die Jackentasche, holte das Plastikröhrchen heraus und spülte eine der orangen Tabletten mit einem Schluck Wasser herunter.

Nachdem er das Röhrchen wieder verstaut hatte, ließ er seinen Blick durch das Restaurant schweifen. Es beeindruckte ihn, mit welcher Ruhe und Umsicht die Kellner ihre Arbeit verrichteten. Als er den Blick nach rechts wandte, sah er an der Bar mehrere Paare und ein paar Männer stehen, die Bier tranken und wahrscheinlich darauf warteten, daß ein Tisch frei wurde. Genau in diesem Augenblick sah er, wie der Segeltuchvorhang am Eingang zur Seite geschoben wurde und ein elegant gekleideter, junger Afroamerikaner das Restaurant betrat.

Jack hatte keine Ahnung, warum der Mann seine Aufmerksamkeit erregte. Zuerst dachte er, es könnte daran liegen, daß er so groß und dünn war und ihn an seine Basketballkumpels erinnerte. Vielleicht war es aber auch etwas anderes; jedenfalls ließ er den Mann nicht mehr aus den Augen. Der zögerte kurz und steuerte dann auf den mittleren Gang zu. Er schien nach Freunden Ausschau zu halten.

Seine Gangart ließ erkennen, daß er kein Sportler war. Im Gegensatz zu den Männern vom Basketballplatz schlurfte er eher schwerfällig, als hätte er eine drückende Last zu schleppen. Die rechte Hand hatte er in der Hosentasche vergraben, während die linke steif herunterhing. Jack fand es seltsam, daß der linke Arm sich kein bißchen bewegte; er wirkte beinahe wie eine Prothese. Gebannt beobachtete Jack, wie der Mann näher kam und dabei immer wieder seinen Blick durch das Lokal schweifen ließ. Als er ein paar Meter den Gang entlanggeschlurft war, fing der Empfangskellner ihn ab, und die beiden wechselten ein paar Worte miteinander. Der Kellner verbeugte sich und gab dem Mann durch ein Handzeichen zu verstehen, daß er weitergehen könne, woraufhin dieser sich wieder in Bewegung setzte.

Jack nippte noch einmal an seinem Weinglas, ohne jedoch den Mann aus den Augen zu lassen. In diesem Moment trafen sich ihre Blicke. Zu Jacks Überraschung steuerte der Schwarze nun direkt auf ihn zu. Langsam setzte Jack sein Weinglas ab. Der Mann hatte seinen Tisch beinahe erreicht.

Plötzlich fühlte Jack sich wie in einem Traum. Er sah, wie der Mann seine rechte Hand aus der Tasche zog – und eine Waffe auf ihn richtete! Jack blickte direkt in die todbringende Mündung einer Maschinenpistole.

Im nächsten Augenblick peitschte ein ohrenbetäubender Knall durch das kleine Restaurant. Intuitiv griff Jack nach der Tischdecke und zog sie zu sich heran, als könnte er sich dahinter verstecken. Dabei riß er die Weinflasche und die Gläser vom Tisch; scheppernd zersplitterten sie auf dem Boden.

Es folgte eine unheimliche Stille. Eine Sekunde später krachte der Mann auf den Tisch. Die Pistole fiel mit einem dumpfen Geräusch auf den Boden.

»Polizei«, rief eine Stimme aus dem Hintergrund. Ein Mann stürmte in die Mitte des Raumes und hielt eine Polizeimarke hoch. In der anderen Hand hielt er eine .38er. »Bewegen Sie sich nicht von Ihren Plätzen! Geraten Sie nicht in Panik!«

Angeekelt schob Jack den Tisch von sich weg. Er hatte das Gefühl, gegen die Wand gequetscht zu werden. In diesem Moment rollte der Mann von der Tischkante und plumpste wie ein nasser Sack zu Boden.

Der Polizist eilte zu dem am Boden liegenden Mann und kniete sich neben ihn. Während er den Puls fühlte, brüllte er in den Raum, daß jemand einen Krankenwagen rufen solle. Jetzt erst begannen die Gäste lauthals zu schreien und zu schluchzen. Vollkommen in Panik, sprangen einige auf. Jene, die direkt am Eingang saßen, verließen fluchtartig das Restaurant.

»Bleiben Sie auf Ihren Plätzen!« schrie der Polizist den anderen zu. »Es ist alles unter Kontrolle.«

Einige folgten seinem Befehl und setzten sich wieder. Andere blieben wie angewurzelt stehen und starrten auf die unglaubliche Szene, die sich vor ihren Augen abspielte.

Jack hatte seine Fassung einigermaßen wiedergewonnen und hockte sich neben den Polizisten.

»Ich bin Arzt«, sagte er.

»Ja, ich weiß«, erwiderte der Polizist. »Sehen Sie mal nach, ob er noch lebt. Ich fürchte, er ist hin.«

Während Jack dem Mann den Puls fühlte, fragte er sich, woher der Polizist wohl wußte, daß er Arzt war. Es war kein Pulsschlag zu ertasten.

»Ich hatte keine Wahl«, erklärte der Polizist. »Es ging wahnsinnig schnell. Und dann all die Leute ringsherum! Ich habe ihn links oben in die Brust getroffen. Wahrscheinlich ist die Kugel mitten ins Herz gegangen.«

Jack und der Polizist richteten sich auf.

Dann richtete der Polizist seine Aufmerksamkeit auf Jack. »Sind Sie okay?« fragte er.

Völlig verwirrt tastete Jack sich ab. Er stand so unter Schock, daß er es wahrscheinlich nicht einmal gemerkt hätte, wenn er eine Kugel abbekommen hätte. »Ich glaube, mir ist nichts passiert«, sagte er schließlich.

Der Polizist schüttelte den Kopf. »Das war knapp«, stellte er fest. »Daß Ihnen hier drinnen etwas passieren würde, hätte ich wirklich nicht gedacht.«

»Was meinen Sie damit?«

»Ich hatte eher damit gerechnet, daß die Kerle warten würden, bis Sie das Restaurant verlassen«, erklärte der Polizist.

»Ich verstehe immer noch nicht ganz, wovon Sie reden«, sagte Jack. »Aber ich bin Ihnen unendlich dankbar.«

»Bedanken Sie sich bei Lou Soldano«, entgegnete der Polizist.

In diesem Augenblick kam Terese von der Toilette zurück. Verwirrt betrachtete sie das Chaos und eilte zurück an ihren Tisch. Als sie die Leiche am Boden liegen sah, preßte sie beide Hände vor den Mund. Entsetzt sah sie Jack an.

»Was ist passiert? Du bist ja kreideweiß.«

»Wenigstens bin ich lebendig«, erwiderte Jack. »Und das habe ich diesem Polizisten zu verdanken.«

Vollkommen durcheinander, wandte sich Terese an den Polizisten und fragte ihn, was in Gottes Namen das alles zu bedeuten habe. Doch das näher kommende Geheul von Sirenen machte eine Unterhaltung unmöglich.

## 30. Kapitel
## Dienstag, 26. März 1996, 20.45 Uhr

Jack starrte aus dem Fenster des mit hoher Geschwindigkeit durch die Nacht brausenden Wagens. Er saß neben Shawn Magoginal, der mit seinem ungekennzeichneten Dienstwagen auf dem FDR Drive in Richtung Süden fuhr. Shawn war der Polizist in Zivil, der im entscheidenden Moment aus dem Nichts aufgetaucht war und ihn vor dem sicheren Tod bewahrt hatte.
Der Zwischenfall lag bereits mehr als eine Stunde zurück, doch Jack war immer noch völlig aufgelöst. Nachdem er ausreichend Zeit gehabt hatte, über den dritten Anschlag auf sein Leben nachzudenken, war er noch aufgeregter als unmittelbar nach dem Attentat. Er zitterte buchstäblich am ganzen Leibe. Um diese mit zeitlicher Verzögerung aufgetretene körperliche Reaktion vor Shawn zu verbergen, preßte er beide Hände mit aller Kraft gegen seine Knie.
Als die Streife und der Krankenwagen am Restaurant eingetroffen waren, hatte ein heilloses Durcheinander geherrscht. Die Polizei hatte von allen Gästen Namen und Adressen verlangt. Während einiger der Aufforderung bereitwillig nachgekommen waren, hatten andere lauthals protestiert. Zunächst hatte Jack geglaubt, daß die Angelegenheit für ihn ebenfalls mit der Nennung seines Namens und der Adresse erledigt sein würde, doch dann hatte Shawn ihm mitgeteilt, daß Detective Lieutenant Soldano ihn im Polizeipräsidium zu sprechen wünsche.
Jack hatte sich gesträubt, doch Shawn hatte ihm keine Wahl gelassen. Terese hatte ihn unbedingt begleiten wollen, aber er hatte sie mit dem Versprechen, sie später anzurufen, davon abbringen können. Sie hatte gesagt, er könne sie in der Agentur erreichen. Nach diesem entsetzlichen Zwischenfall wolle sie nicht allein sein.

Jack ließ die Zunge durch seinen ausgedörrten Mund kreisen. Die Erregung in Verbindung mit dem Rotwein war ihm offenbar nicht bekommen. Er hatte sich dagegen gewehrt, Shawn auf das Polizeipräsidium zu begleiten, weil er befürchtete, festgenommen zu werden. Immerhin hatte er den Mord an Reginald nicht gemeldet, und er war in dem Drugstore gewesen, in dem Slam erschossen worden war. Und zu allem Überfluß hatte er Laurie gegenüber auch noch angedeutet, daß es zwischen den Morden an Reginald und Beth womöglich eine Verbindung gab.
Er seufzte und strich sich besorgt durchs Haar. Was sollte er bloß auf die Fragen antworten, mit denen man ihn unweigerlich bombardieren würde?
»Sind Sie okay?« fragte Shawn und sah Jack von der Seite an.
»Es könnte mir nicht besser gehen«, erwiderte Jack. »Ich hatte einen wunderbaren Abend. In New York wird es einem nie langweilig.«
»Finde ich gut, daß Sie die Sache nicht so verbissen sehen«, meinte Shawn.
Jack sah den Polizisten entgeistert an; der Mann schien seinen Zynismus nicht verstanden zu haben.
»Mir gehen jede Menge Fragen durch den Kopf«, sagte Jack. »Wieso, zum Teufel, waren Sie eigentlich in dem Restaurant? Und woher wissen Sie, daß ich Arzt bin? Und wieso soll ich mich bei Lou Soldano dafür bedanken, daß ich noch lebe?«
»Lieutenant Soldano hat einen Hinweis bekommen, daß Sie in Gefahr sein könnten«, erwiderte Shawn.
»Und woher wußten Sie, daß ich in dem Restaurant war?«
»Ganz einfach. Sergeant Murphy und ich sind Ihnen gefolgt.«
Jack starrte wieder hinaus auf die vorbeirauschende nächtliche Stadt und schüttelte gedankenverloren den Kopf. Wie peinlich, dachte er, dabei war er sich so sicher gewesen, daß er alle potentiellen Verfolger abgeschüttelt hatte. Er mußte sich wohl oder übel eingestehen, daß ihm die ganze Geschichte über den Kopf zu wachsen drohte.
»Bei Bloomingdale's wären Sie uns um ein Haar entwischt«, sagte Shawn. »Aber zum Glück habe ich da schon geahnt, was Sie vorhatten.«

»Wissen Sie, wer Lieutenant Soldano den Hinweis gegeben hat?«
»Keine Ahnung«, erwiderte Shawn. »Aber das können Sie den Lieutenant gleich selbst fragen.«
Als der FDR Drive in den South Street Viaduct überging, tauchte vor ihnen die vertraute Silhouette der Brooklyn Bridge auf; im fahlen Licht des nächtlichen Himmels sah sie aus wie eine riesige Lyra. Kurz vor der Brücke verließen sie die Schnellstraße, und wenig später bogen sie in den Hof des Polizeipräsidiums ein.
Jack hatte das Gebäude noch nie zuvor gesehen und war überrascht, wie modern es war. Drinnen mußte er einen Metalldetektor passieren. Shawn führte ihn zu Lou Soldanos Büro und verabschiedete sich.
Lou stand auf, reichte Jack die Hand und zog einen Stuhl heran. »Setzen Sie sich, Doc. Das ist Sergeant Wilson«, sagte er und zeigte auf einen afroamerikanischen Polizisten in Uniform, der sich ebenfalls erhob, als er vorgestellt wurde. Er war eine imposante Erscheinung, seine Uniform war perfekt gebügelt. Sein makelloses Outfit stand in krassem Gegensatz zu Lous eher zerknittertem Äußeren.
Jack reichte Sergeant Wilson die Hand; es war ihm peinlich, daß er immer noch zitterte und seine Handfläche schweißnaß war.
»Ich habe Sergeant Wilson hergebeten, weil er unsere Spezialeinheit für die Bekämpfung gewalttätiger Gangs leitet«, erklärte Lou, während er an seinen Schreibtisch zurückkehrte und Platz nahm.
Ist ja wunderbar, dachte Jack. Er wollte Warren auf keinen Fall in Schwierigkeiten bringen. Er versuchte zu lächeln, doch es wollte ihm nicht gelingen. Bestimmt merkten sie ihm seine Nervosität an. Wahrscheinlich hatten sie ihn schon als Straftäter entlarvt, als er nur das Büro betreten hatte.
»Wie ich gehört habe, hatten Sie heute abend eine eher unangenehme Begegnung«, begann Lou.
»Das ist vielleicht ein bißchen untertrieben«, erwiderte Jack und musterte Lou. Er sah anders aus, als er ihn sich vorgestellt hatte. Er hatte einen wesentlich attraktiveren Mann erwartet, größer und mehr auf sein Äußeres bedacht. Dieser Mann jedoch erinnerte ihn eher an sich selbst. Lou war kräftig, muskulös und hat-

te kurzgeschnittenes Haar; er war lediglich ein ganzes Stück kleiner.

»Darf ich Ihnen eine Frage stellen?«

»Selbstverständlich«, erwiderte Lou und machte eine einladende Handbewegung. »Wir haben Sie nicht zu einer Inquisition herbestellt. Wir wollen uns nur mit Ihnen unterhalten.«

»Warum haben Sie Officer Magoginal beauftragt, mir zu folgen? Nicht, daß ich mich darüber beklagen möchte. Er hat mir schließlich das Leben gerettet.«

»Bedanken Sie sich bei Ihrer Kollegin Laurie«, sagte Lou. »Sie hat sich Sorgen um Sie gemacht, und ich mußte ihr versprechen, mich um Sie zu kümmern. Mir ist nichts Besseres eingefallen, als meinen Officer zu bitten, Sie im Auge zu behalten.«

»Ich kann Ihnen gar nicht sagen, wie sehr ich Ihre Hilfe zu schätzen weiß«, entgegnete Jack und dachte darüber nach, wie er sich bloß bei Laurie bedanken sollte.

»Okay, Doc«, sagte Lou und faltete seine Hände auf dem Schreibtisch. »Hier scheinen eine ganze Menge Dinge vorzugehen, über die wir gern etwas mehr wüßten. Wie wär's, wenn Sie uns einfach mal erzählen, was eigentlich los ist?«

»Glauben Sie mir, ich bin selbst noch nicht dahinter gekommen«, erwiderte Jack.

»Okay, wie Sie meinen. Aber ich sag's Ihnen noch einmal – dies ist kein Verhör, sondern eine lockere Unterhaltung. Sie können uns also ruhig verraten, in welche Geschichte Sie da hineingeraten sind.«

»Ich bin so durcheinander, daß ich gar nicht weiß, ob ich auch nur zwei zusammenhängende Sätze herausbringe.«

»Vielleicht sollte ich Ihnen einfach mal erzählen, was ich bereits weiß«, ergriff Lou das Wort und umriß in groben Zügen, was Laurie ihm berichtet hatte. Dabei legte er besonderes Gewicht auf die Tatsache, daß Jack mindestens einmal zusammengeschlagen worden war und daß nun auch noch ein Mitglied einer Lower-East-Side-Gang versucht hatte, ihn umzubringen. Darüber hinaus führte Lou aus, daß ihm Jacks Abneigung gegen AmeriCare bekannt sei und daß er auch von seinen Vermutungen wisse, was die jüngsten Ausbrüche von Infektionskrankheiten im Manhattan General angehe. Ferner habe er gehört, daß Jack in

besagtem Krankenhaus eine Menge Leute gegen sich aufgebracht habe. Er schloß seine Ausführungen mit der von Jack gegenüber Laurie geäußerten Vermutung, daß es zwischen zwei offensichtlich nicht zusammenhängenden Morden eine Verbindung gebe, und damit, daß die ersten vorläufigen Tests diese überraschende Theorie untermauerten.
Jack schluckte. »Hut ab! Langsam glaube ich, daß Sie mehr wissen als ich.«
»Das bezweifle ich doch sehr«, erwiderte Lou mit einem Lächeln. »Aber vielleicht wissen Sie jetzt, welche weiteren Informationen wir benötigen, um künftige Übergriffe auf Sie und andere zu verhindern. Heute nachmittag ist in der Nähe des Manhattan General jemand ermordet worden, und soweit wir wissen, war das Opfer Mitglied einer Gang. Können Sie uns etwas über diese Geschichte erzählen?«
Jack schluckte noch einmal. Er wußte nicht, was er sagen sollte. Immer wieder ging ihm Warrens Warnung durch den Kopf. Außerdem hatte er zweimal den Schauplatz eines Verbrechens verlassen und einen Mörder gedeckt. Somit stand zweifelsfrei fest, daß er wiederholt straffällig geworden war.
»Darüber möchte ich im Moment lieber nicht reden«, sagte er schließlich.
»Ach ja? Können Sie mir denn vielleicht erklären, warum nicht?«
Verzweifelt suchte Jack nach einer Antwort. Er wollte es vermeiden zu lügen. »Weil ich auf keinen Fall weitere Leute in Gefahr bringen möchte«, brachte er zögernd hervor.
»Aber genau dafür sind wir doch da«, entgegnete Lou. »Um zu verhindern, daß Leute in Gefahr geraten.«
»Das ist mir schon klar«, sagte Jack. »Aber die Situation ist ziemlich außergewöhnlich. Es passieren jede Menge Dinge gleichzeitig. Ich befürchte ernstlich, daß wir kurz vor dem Ausbruch einer fürchterlichen Epidemie stehen.«
»Was denn für eine Epidemie?«
»Influenza«, antwortete Jack. »Und zwar handelt es sich um einen Virus, der äußerst aggressiv ist und den Tod vieler Menschen verursachen kann.«
»Haben sich schon viele mit dem Virus angesteckt?«

»Bisher zum Glück noch nicht«, sagte Jack. »Aber ich mache mir trotzdem große Sorgen.«

»Epidemien machen mir zwar angst«, entgegnete Lou, »aber sie gehören nicht zu dem Gebiet, auf dem ich mich auskenne. Mit Mordfällen ist das anders. Und deshalb wüßte ich gern, wann Sie bereit sein werden, mit uns über diese Morde zu reden.«

»Geben Sie mir einen Tag«, bat Jack. »Und glauben Sie mir: Meine Angst vor einer Epidemie ist berechtigt.«

Lou schwieg und warf Sergeant Wilson einen fragenden Blick zu.

»An einem Tag kann eine Menge passieren«, gab der Sergeant zu bedenken.

»Genau das ist auch meine Sorge«, pflichtete Lou seinem Kollegen bei und wandte sich wieder Jack zu. »Was uns nämlich gar nicht gefällt, ist, daß die beiden Ermordeten zwei unterschiedlichen Streetgangs angehörten. Wir wollen unbedingt verhindern, daß hier ein Bandenkrieg ausbricht. Denn wenn es so weit kommt, werden unweigerlich unschuldige Menschen getötet.«

»Ich brauche vierundzwanzig Stunden«, wiederholte Jack. »Bis dahin hoffe ich, die notwendigen Beweise für meine Theorie in der Hand zu haben. Wenn nicht, gebe ich zu, daß ich mich geirrt habe, und erzähle Ihnen alles, was ich weiß. Aber ich kann Ihnen jetzt schon sagen, daß es nicht viel ist.«

»Jetzt hören Sie mir mal gut zu, Doc«, sagte Lou. »Ich könnte Sie auf der Stelle festnehmen. Immerhin waren Sie in einige Verbrechen verwickelt. Sie behindern mutwillig die Ermittlungen in mehreren Mordfällen. Ich hoffe, Sie sind sich darüber im klaren, in welcher Lage Sie sich befinden?«

»Ich denke schon«, erwiderte Jack.

»Ich könnte Sie zwar festnehmen, aber ich werde es nicht tun«, erklärte Lou und lehnte sich in seinem Stuhl zurück. »Statt dessen gehe ich einfach mal davon aus, daß Sie bei dieser Geschichte mit der Epidemie richtig liegen. Immerhin hält Dr. Montgomery ziemlich große Stücke auf Sie. Aber spätestens morgen abend will ich etwas von Ihnen hören. Ist das klar?«

»Ich habe verstanden«, sagte Jack und ließ seinen Blick zwischen dem Lieutenant und dem Sergeant hin- und herschweifen. »War's das?«

»Fürs erste ja.«
Jack erhob sich und ging zur Tür, doch bevor er sie erreicht hatte, gab Sergeant Wilson ihm noch eine Ermahnung mit auf den Weg. »Ich hoffe, Sie sind sich darüber im klaren, wie gefährlich es ist, sich mit diesen Gangs einzulassen. Diese Burschen gehen davon aus, daß sie so gut wie nichts zu verlieren haben, und haben deshalb keinerlei Respekt vor dem Leben – weder vor ihrem eigenen noch vor dem anderer.«
»Ich werde es mir hinter die Ohren schreiben«, versprach Jack.
Er eilte aus dem Gebäude und trat hinaus in die Nacht. Angesichts der Gnadenfrist, die man ihm gewährt hatte, fiel ihm ein Stein vom Herzen.
Während er vor dem Polizeirevier auf ein Taxi wartete, dachte er darüber nach, was er jetzt tun sollte. Er hatte Angst davor, nach Hause zu gehen. Im Augenblick wollte er weder jemandem von den Black Kings noch Warren über den Weg laufen. Vielleicht sollte er Terese in der Agentur aufsuchen, doch er fürchtete, daß er sie dann womöglich einer noch größeren Gefahr aussetzen würde. Am Ende beschloß er, sich ein billiges Hotel zu suchen. Zumindest würde er dort sicher sein und von seinen Freunden niemanden in Gefahr bringen.

## 31. Kapitel
## Mittwoch, 27. März 1996, 6.15 Uhr

Das erste Symptom, das Jack spürte, war ein sich rasend schnell ausbreitender Hautausschlag auf seinen Unterarmen. Noch während er die geröteten Stellen inspizierte, begann der Ausschlag auch seine Brust und seinen Bauch zu überziehen. Er spreizte die Haut mit den Zeigefingern und übte ein wenig Druck aus, um zu prüfen, ob die Rötung dadurch ein wenig nachließ. Doch zu seiner Beunruhigung erschienen die Flecken nun noch röter.
Genauso unvermittelt, wie der Hautausschlag aufgetreten war, begannen die Stellen plötzlich zu jucken. Zunächst versuchte er, das lästige Gefühl zu ignorieren, doch dann wurde der Juckreiz so stark, daß er sich unweigerlich kratzen mußte. Das Kratzen hatte böse Folgen: Die Stellen fingen sofort an zu bluten und verwandelten sich in unzählige offene Wunden. Gleichzeitig setzte das Fieber ein. Es stieg zuerst langsam auf etwa achtunddreißig Grad, doch dann schnellte es plötzlich in die Höhe. Seine Stirn war schweißgebadet.
Als er in den Spiegel sah, erschrak er. Sein Gesicht war gerötet und mit offenen Wunden übersät. Ein paar Minuten später begann ihm das Atmen zusehends schwerer zu fallen. Er mußte regelrecht nach Luft ringen.
Jeder Herzschlag verursachte in seinem Kopf ein Dröhnen, als würde neben seinem Ohr eine Trommel geschlagen. Er hatte keine Ahnung, was für eine Krankheit er sich da eingefangen hatte, doch daß sie äußerst gefährlich war und sein Leben bedrohte, lag auf der Hand. Intuitiv wußte er, daß ihm nur wenig Zeit blieb, die Diagnose zu stellen und sich für die richtige Behandlungsmethode zu entscheiden.
Doch dabei gab es ein Problem. Um die Diagnose stellen zu kön-

nen, benötigte er eine Blutprobe, und er hatte keine Nadel zur Hand. Vielleicht konnte er sich mit einem Messer eine Ader aufritzen, um sich so ein wenig Blut abzunehmen. Dabei würde er zwar eine ziemliche Sauerei anrichten, aber es könnte klappen. Wo konnte er bloß ein Messer auftreiben?
Jack blinzelte. Zusehends in Panik, tastete er das Nachtschränkchen nach einem Messer ab. Dann hielt er plötzlich inne. Er hatte keine Ahnung, wo er sich befand. Im Hintergrund vernahm er ein in gleichmäßigen Abständen wiederkehrendes Klappern, das er nicht einordnen konnte. Er hob seinen Arm, um zu inspizieren, wie weit sich der Ausschlag inzwischen ausgebreitet hatte, doch die roten Flecken waren verschwunden. Jetzt erst wurde ihm bewußt, daß er geträumt hatte.
In dem Hotelzimmer mußte es über dreißig Grad heiß sein. Angewidert strampelte Jack die Bettlaken zur Seite. Er war in Schweiß gebadet. Mühsam richtete er sich auf und hockte sich auf die Bettkante. Jetzt erst registrierte er, daß das Klappern von einem Heizkörper kam, der zudem auch noch dampfte und zischte. Offensichtlich war diese Höllenmaschine dazu da, die Hotelgäste mit einer Art Holzhammermethode aus dem Bett zu treiben.
Er ging zum Fenster und versuchte es zu öffnen, doch es ließ sich nicht bewegen. Vermutlich war es zugenagelt worden. Daraufhin wollte er die Heizung abstellen, doch sie war so heiß, daß er sie nicht berühren konnte. Er holte sich ein Handtuch aus dem Badezimmer und versuchte es erneut. Doch der Thermostat war voll aufgedreht und ließ sich nicht bewegen.
Wenigstens schaffte er es, das Milchglasfenster im Bad zu öffnen. Er blieb für ein paar Minuten dort stehen und sog die frische Luft ein. Die kühlen Fliesen unter seinen Füßen taten ihm gut. Auf das Waschbecken gestützt, ließ er den Alptraum noch einmal vor seinem inneren Auge Revue passieren. Er war ihm so erschreckend wirklich vorgekommen, daß er noch einmal seine Arme und seinen Bauch untersuchte, um sicherzugehen, daß er wirklich keinen Ausschlag hatte. Zum Glück konnte er nichts Außergewöhnliches entdecken. Allerdings hatte er starke Kopfschmerzen, die jedoch mit Sicherheit auf den überheizten, winzigen Raum zurückzuführen waren. Er wunderte sich, daß er nicht schon viel früher aufgewacht war.

Als er in den Spiegel sah, fiel ihm auf, wie rot seine Augen waren. Außerdem mußte er sich dringend rasieren. Da er nichts bei sich hatte, hoffte er in der Hotelhalle einen kleinen Laden zu finden, in dem er sich eine Klinge und Rasierschaum kaufen konnte.

Während er sich anzog, gingen ihm noch einmal die Ereignisse des vergangenen Abends durch den Kopf. Vor seinem geistigen Auge erschien mit einer solch erschreckenden Deutlichkeit die auf ihn gerichtete Maschinenpistole, daß es ihm kalt den Rücken hinunterlief. Um ein Haar wäre er tot gewesen! Zum erstenmal dachte er darüber nach, ob seine depressive und lebensverneinende Reaktion nach dem Tod seiner Frau und seiner beiden Töchter womöglich unangemessen gewesen war. Hatte er durch seinen leichtsinnigen Lebenswandel vielleicht eine zu geringe Achtung vor dem Leben gezeigt und ihnen dadurch im nachhinein zu wenig Ehre erwiesen?

In der heruntergekommenen Hotelhalle erstand er einen Einwegrasierer und eine Minitube Zahnpasta, an der eine Zahnbürste befestigt war. Auf dem Weg zurück zum Fahrstuhl fiel sein Blick auf ein Bündel zusammengeschnürter Daily News, das vor einem noch geschlossenen Zeitungskiosk lag. Die schauerliche Schlagzeile lautete: »Leichenhallen-Doktor um ein Haar in einem In-Lokal über seinem Teller erschossen! Lesen Sie Seite 3.« Jack stellte seine Utensilien ab und versuchte, eine Zeitung aus dem Bündel zu ziehen. Doch die Schnur ließ sich nicht durchreißen; sie war einfach zu stabil. Da er unbedingt eine Zeitung haben wollte, überredete er den Nachtportier, hinter seinem Empfangsschalter hervorzukommen und die Schnur mit einer Rasierklinge durchzutrennen. Er bezahlte und beobachtete, wie der Portier das Geld in seiner Tasche verschwinden ließ.

Auf dem Weg zum Fahrstuhl sah Jack mit Entsetzen, daß auf der dritten Seite ein Foto von ihm prangte; zusammen mit Shawn Magoginal, der ihn am Arm festhielt, verließ er gerade das Positano. Die Bildunterschrift lautete: »Dr. Jack Stapleton, Gerichtsmediziner in New York City, wird nach dem versuchten Mordanschlag von Detective Shawn Magoginal, einem Kriminalbeamten in Zivil, vom Tatort geführt. Ein Mitglied einer New Yorker Streetgang wurde während des Überfalls erschossen.«

Jack hatte den Artikel bereits gelesen, als er sein Zimmer erreichte. Die unmißverständliche Aussage lautete, daß er in einen Skandal verwickelt war. Wütend warf er die Zeitung in den Papierkorb. Er befürchtete, daß er mit seinen Nachforschungen jetzt noch schwerer vorankommen würde. Er hatte einen anstrengenden Tag vor sich und konnte diese unerwünschte Publicity beim besten Willen nicht gebrauchen.

Nachdem er sich geduscht, rasiert und die Zähne geputzt hatte, fühlte er sich zwar besser, aber immer noch ziemlich angeschlagen. Er hatte immer noch Kopf- und Gliederschmerzen, und auch sein Rücken machte ihm zu schaffen. Er mußte sich wohl oder übel damit abfinden, daß sich offenbar die ersten Symptome der gefährlichen Virusgrippe bei ihm bemerkbar machten. Das erinnerte ihn daran, umgehend eine weitere Rimantadin einzunehmen.

Er winkte sich ein Taxi heran und ließ sich direkt vor dem Eingang der Leichenhalle absetzen. Am Haupteingang lauerten vermutlich Reporter, denen er unbedingt aus dem Weg gehen wollte. Voll düsterer Befürchtungen, was über Nacht wieder alles passiert sein mochte, stürmte er hinauf in den Raum, in dem die Tagespläne erstellt wurden. Vinnie las seine Zeitung.

»Morgen, Doc«, begrüßte er Jack. »Weißt du was? Du stehst in der Zeitung.«

Jack ignorierte ihn und ging hinüber zu George.

»Interessiert dich das etwa nicht?« rief Vinnie ihm hinterher. »Es ist sogar ein Foto von dir drin!«

»Hab' ich schon gesehen«, erwiderte Jack. »Ich finde nicht, daß sie mich gut getroffen haben.«

»Erzähl' doch mal, was passiert ist«, drängte Vinnie. »Das ist ja wie im Film. Wieso wollte dieser Kerl dich erschießen?«

»War eine Verwechslung«, entgegnete Jack.

»Du meinst, der wollte eigentlich jemand anders abknallen?« Vinnie klang enttäuscht.

»Ja, so ähnlich«, grummelte Jack und wandte sich dann an George, um von ihm zu erfahren, ob über Nacht weitere Influenzaopfer ins Institut überführt worden waren.

»Hat wirklich jemand auf dich geschossen?« George war genauso neugierig wie Vinnie und dachte nicht daran, auf Jacks Frage einzugehen. Katastrophengeschichten über andere Leute schienen selbst auf studierte Menschen einen unwiderstehlichen Reiz auszuüben.

»Ja«, sagte Jack. »Er hat vierzig- oder fünfzigmal abgedrückt. Aber zum Glück sind aus seiner Kanone nur Ping-Pong-Bälle gekommen. Vor den meisten konnte ich in Deckung gehen, und die paar, die mich getroffen haben, sind an mir abgeprallt, ohne größeren Schaden anzurichten.«

»Du willst also nicht darüber reden«, stellte George fest.

»Du merkst aber auch wirklich alles. Hat es nun weitere Influenzatote gegeben oder nicht?«

»Vier.«

Jack spürte, wie sein Herz zu rasen begann.

»Wo hast du sie?«

George klopfte auf einen der Aktenstapel, die sich vor ihm auf dem Schreibtisch türmten. »Ich würde dir ja gern ein paar von den Fällen zuweisen, aber Calvin hat eben angerufen und angeordnet, daß du noch einen ›Papiertag‹ bekommen sollst. Ich glaube, er hat dich auch in der Zeitung gesehen. Er wußte gar nicht, ob du heute überhaupt zur Arbeit kommen würdest.«

Jack antwortete nicht. Er hatte sich für diesen Tag viel vorgenommen und betrachtete Calvins Entscheidung als Geschenk des Himmels. Natürlich ahnte er, um wen es sich bei den Todesfällen handelte, als er aber die Namen las, war er dennoch wie vom Schlag getroffen: Kim Spensor, George Haselton, Gloria Hernandez und ein gewisser William Pearson, der Laborassistent von der Abendschicht. Sie waren allesamt im Laufe der Nacht an akuter Atemnot gestorben. Damit stand zweifelsfrei fest, daß das Influenzavirus äußerst aggressiv und gefährlich war. Wenn es noch eines Beweises bedurft hätte, hier war er: Sämtliche Opfer waren gesunde, junge Erwachsene gewesen, die innerhalb von vierundzwanzig Stunden nach der Infektion gestorben waren.

Nun befürchtete er mehr denn je, daß sie unmittelbar vor dem Ausbruch einer furchtbaren Epidemie standen. Seine einzige Hoffnung bestand darin, daß er mit seiner Vermutung hinsichtlich der Luftbefeuchter richtig lag; wenn wirklich diese Geräte mit den gefährlichen Erregern infiziert waren, dann waren alle

Opfer des jüngsten Ausbruchs direkt mit der verseuchten Quelle in Berührung gekommen. Folglich wäre das Virus in keinem Fall von Mensch zu Mensch übertragen worden – und diese Art der Ansteckung fürchtete Jack am meisten.

»Hallo, Dr. Stapleton«, begrüßte ihn Marjorie Zankowski, die nachts in der Telefonzentrale saß. »Sie haben jede Menge Anrufe bekommen. Ich habe ein paar Nachrichten auf Ihrer Voice mail gespeichert, und hier sind noch ein paar Notizen. Ich wollte sie gerade in Ihr Büro bringen, aber da Sie ja jetzt hier sind ...« Sie schob Jack einen Stapel pinkfarbener Telefonnotizen zu.

Auf dem Weg zum Fahrstuhl überflog er die Nachrichten. Terese hatte mehrere Male angerufen, das letztemal um vier Uhr morgens. Daß sie so oft versucht hatte, ihn zu erreichen, bereitete ihm Gewissensbisse. Er hätte sie vom Hotel aus anrufen sollen, aber ihm war nun einmal nicht danach gewesen, mit irgend jemandem zu sprechen.

Zu seiner Überraschung hatten außerdem Clint Abelard und Mary Zimmerman nach ihm verlangt. Sein erster Gedanke war, daß Kathy McBane den beiden womöglich alles verraten hatte. Wenn ja, konnte er sich auf zwei unangenehme Gespräche gefaßt machen. Die beiden hatten unmittelbar nacheinander um kurz nach achtzehn Uhr angerufen.

Besorgt registrierte er, daß auch Nicole Marquette, die Mitarbeiterin des *Center for Disease Control* versucht hatte, ihn zu erreichen. Zum erstenmal gegen Mitternacht und dann noch einmal um viertel vor sechs.

Er stürmte in sein Büro und wählte Nicoles Nummer. Sie klang ziemlich erschöpft.

»Ich hatte eine lange und anstrengende Nacht«, sagte sie. »Übrigens habe ich sogar bei Ihnen zu Hause angerufen.«

»Tut mir leid«, erwiderte Jack. »Ich habe vollkommen vergessen, Ihnen die Nummer mitzuteilen, unter der Sie mich hätten erreichen können.«

»Bei einem meiner Versuche, Sie zu Hause zu erwischen, hat sich ein Mann namens Warren gemeldet«, fuhr Nicole fort. »Hoffentlich ist er ein Bekannter von Ihnen. Jedenfalls klang er nicht gerade besonders freundlich.«

»Ja, er ist ein Freund«, stellte Jack ein wenig beunruhigt klar. Warren gegenüberzutreten würde ein harter Brocken werden.
»Ich weiß gar nicht, womit ich anfangen soll«, sagte Nicole. »Eins ist jedenfalls sicher – Sie haben etlichen Leuten den Schlaf geraubt. Ihre Influenzaprobe hat bei uns für einen ziemlichen Wirbel gesorgt. Wir haben sie gegen alle bekannten Virusstämme getestet, aber sie hat mit keinem der Antiseren signifikant reagiert. Das heißt mit anderen Worten, daß wir es entweder mit einem vollkommen neuartigen Virusstamm zu tun haben oder daß der Stamm seit vielen Jahren nicht mehr aufgetaucht ist – also seitdem wir mit den Antiseren arbeiten.«
»Das sind wohl eher schlechte Nachrichten, was?« fragte Jack.
»Kann man so sagen«, erwiderte Nicole. »Und wenn man die Pathogenität des Virusstamms berücksichtigt, kann einem wirklich angst und bange werden. Wie wir gehört haben, gibt es bereits fünf Todesopfer.«
»Wieso wissen Sie das schon? Ich habe doch selbst erst vor ein paar Minuten davon erfahren.«
»Wir haben noch in der Nacht Kontakt zu den städtischen und staatlichen Behörden aufgenommen«, erklärte Nicole. »Das war auch einer der Gründe, weshalb ich Sie unbedingt erreichen wollte. Für uns begründet der Ausbruch dieser Influenza einen epidemiologischen Ausnahmezustand. Ich wollte nicht, daß Sie das Gefühl haben, als letzter von unseren Erkenntnissen zu erfahren. Letztendlich haben wir nämlich doch noch etwas gefunden, mit dem das Virus reagiert. Es handelt sich um eine Probe mit gefrorenem Serum, von der wir vermuten, daß sie Antiserum zu dem Influenzastamm enthält, der die große Epidemie von 1918/19 ausgelöst hat!«
»Gütiger Gott!« rief Jack entsetzt.
»Als ich das entdeckt hatte, habe ich sofort meinen Chef, Dr. Hirose Nakano, informiert«, fuhr Nicole fort. »Und er wiederum hat sofort den Direktor des *Center for Disease Control* alarmiert. Wie ich gehört habe, soll er inzwischen mit jedem auch nur im entferntesten mit dem Thema befaßten Mediziner gesprochen haben. Bei uns sind sämtliche Mitarbeiter in höchste Alarmbereitschaft versetzt worden. Wir brauchen schließlich einen Impfstoff – und zwar so schnell wie möglich!«

»Kann ich im Moment noch irgend etwas tun?« fragte Jack, obwohl er die Antwort bereits wußte.
»Nein, im Augenblick nicht«, erwiderte Nicole. »Wir sind Ihnen zu größtem Dank verpflichtet. Das habe ich auch unserem Direktor gesagt. Vielleicht ruft er Sie sogar noch persönlich an.«
»Dann haben Sie also auch die Leute vom Manhattan General informiert?« vergewisserte sich Jack.
»Ja«, erwiderte Nicole. »Es ist bereits ein Team vom *Center for Disease Control* unterwegs, um dem New Yorker Epidemiologen bei der Bekämpfung der Krankheit zu helfen. Vor allem wollen wir natürlich herausfinden, wo das Virus plötzlich hergekommen ist. Bei der Influenza weiß man das ja nie so genau. Man vermutet, daß Vögel, insbesondere Enten, oder auch Schweine als Wirte in Frage kommen, aber Genaueres weiß bisher noch niemand. Jedenfalls ist es ziemlich beängstigend, daß wir plötzlich von einem Virusstamm heimgesucht werden, der fünfundsiebzig Jahre lang in der Versenkung verschwunden war.«
Die Nachricht hatte Jack einerseits die Sprache verschlagen, andererseits war er aber auch ein wenig erleichtert. Wenigstens hatte man seine Warnung ernst genommen und Expertenteams mobilisiert. Wenn überhaupt noch jemand den Ausbruch einer Epidemie verhindern konnte, dann die Spezialisten vom *Center for Disease Control*, und die hatten sich bereits an die Arbeit gemacht.
Doch die wichtigste Frage war immer noch ungeklärt: Wo waren die Krankheitserreger hergekommen? Jack glaubte nicht im geringsten daran, daß sie von irgendeinem Tier auf die Menschen übergegangen waren.
Als nächstes rief er bei Terese an. Sie war zu Hause und klang sehr erleichtert, als sie seine Stimme hörte.
»Wo hast du nur gesteckt?« fragte sie. »Ich habe mir wahnsinnige Sorgen gemacht.«
»Ich habe die Nacht in einem Hotel verbracht.«
»Und warum hast du dich nicht bei mir gemeldet? Du hattest es versprochen. Ich habe mindestens ein dutzendmal bei dir zu Hause angerufen.«
»Tut mir leid«, sagte Jack. »Ich weiß, daß du auf meinen Anruf gewartet hast. Aber als ich das Polizeipräsidium endlich verlas-

sen durfte und ein Hotel gefunden hatte, wollte ich einfach nur noch allein sein und mit niemandem mehr reden. Ich kann dir gar nicht sagen, was ich in den letzten vierundzwanzig Stunden durchgemacht habe. Ich bin wirklich vollkommen fertig.«
»Das kann ich gut verstehen«, sagte Terese. »Nach dem Attentat gestern abend wundere ich mich, daß du überhaupt zu irgend etwas imstande bist. Ich wäre an deiner Stelle heute bestimmt nicht zur Arbeit gegangen.«
»Ich stecke zu tief in der Geschichte drin, als daß ich jetzt einfach aufhören könnte«, erklärte Jack.
»Genau das habe ich befürchtet«, entgegnete Terese. »Bitte hör ausnahmsweise einmal auf mich, Jack! Reicht es nicht, daß man dich zusammengeschlagen hat und um ein Haar getötet hätte? Ist es nicht höchste Zeit, daß sich andere Leute um die Sache kümmern und du dich endlich wieder deinem normalen Job widmest?«
»In gewisser Weise passiert das schon«, sagte Jack. »Ein Expertenteam vom *Center for Disease Control* ist bereits auf dem Weg, um die Influenzaepidemie einzudämmen und zu bekämpfen. Ich muß nur noch den heutigen Tag überstehen.«
»Wie soll ich das nun wieder verstehen?«
»Wenn ich das Rätsel, dem ich auf der Spur bin, nicht bis heute abend gelöst habe, gebe ich auf«, erwiderte Jack. »Das mußte ich der Polizei versprechen.«
»Klingt wie Musik in meinen Ohren«, sagte Terese. »Wann können wir uns treffen? Ich habe ein paar spannende Neuigkeiten, die ich dir unbedingt erzählen muß.«
»Hast du denn gar keine Angst, mit mir zusammen irgendwohin zu gehen?« fragte Jack. »Der gestrige Abend müßte dir doch auch ganz schön in die Knochen gefahren sein.«
»Ich gehe einfach mal davon aus, daß man dich wieder in Ruhe läßt, wenn du nicht mehr gegen Gott und die Welt zu Felde ziehst.«
»Ich rufe dich später an«, versprach Jack. »Im Moment kann ich noch nicht absehen, was sich im Laufe des Tages ergibt.«
»Gestern hast du auch versprochen, dich zu melden, und dann habe ich vergeblich gewartet«, beklagte sich Terese. »Wie soll ich dir da jetzt noch glauben?«

»Gib mir eine zweite Chance«, bat Jack. »Und jetzt muß ich mich schleunigst an die Arbeit machen.«
»Willst du denn gar nicht wissen, was ich für spannende Neuigkeiten habe?«
»Ich dachte mir, du würdest schon damit rausrücken, wenn du Lust dazu hast«, entgegnete Jack.
»Die National Health hat die Vorabpräsentation unserer Kampagne abgeblasen.«
»Ist das gut?«
»Natürlich ist das gut«, erwiderte Terese. »Sie haben das abgesagt, weil sie sich so sicher sind, daß ihnen unsere ›Schluß-mit-dem-Warten-Kampagne‹ gefallen wird. Konkret heißt das für uns, daß wir nicht Hals über Kopf irgend etwas zusammenstückeln müssen, sondern einen Monat Zeit haben und die Sache ordentlich machen können.«
»Freut mich für dich«, sagte Jack.
»Das ist noch nicht alles«, fuhr Terese fort. »Taylor Heath hat mich heute zu sich gerufen und mich beglückwünscht. Wie er mir erzählt hat, weiß er über Robert Barkers intrigantes Verhalten genauestens Bescheid. Und weißt du, was das bedeutet? Daß ich das Rennen gemacht habe – und nicht Robert. Taylor hat mir versprochen, daß ich demnächst President von Willow and Health sein werde.«
»Klingt ganz so, als gäbe es was zum Feiern«, rief Jack.
»Du hast es erfaßt. Ich würde vorschlagen, wir gehen heute mittag im Four Seasons essen.«
»Du bist aber wirklich hartnäckig«, sagte Jack.
»Das muß man als Karrierefrau auch sein«, stellte Terese klar.
»Heute mittag kann ich wirklich nicht«, entgegnete Jack. »Aber vielleicht geht es heute abend. Vorausgesetzt, ich bin dann nicht im Knast.«
»Was soll das denn schon wieder bedeuten?« fragte Terese.
»Es würde wirklich zu lange dauern, dir das jetzt alles zu erklären«, erwiderte Jack. »Ich rufe dich später an. Tschüs Terese.«
Bevor sie ein weiteres Wort sagen konnte, legte er auf. Da er wußte, wie hartnäckig sie war, befürchtete er, daß sie wahrscheinlich so lange auf ihn einreden würde, bis sie ihren Kopf durchgesetzt hätte.

Er wollte sich gerade auf den Weg zum DNA-Labor machen, als Laurie sein Büro betrat.
»Mein Gott, bin ich froh, dich lebendig vor mir zu sehen«, sagte sie.
»Ich weiß gar nicht, wie ich dir danken soll«, entgegnete Jack. »Vor ein paar Tagen wäre ich wahrscheinlich ziemlich wütend gewesen, weil du dich in die Geschichte eingemischt hast. Aber inzwischen sehe ich das anders. Was auch immer du Lieutenant Soldano erzählt hast – es hat mir das Leben gerettet!«
»Er hat mich gestern abend angerufen und mir erzählt, was dir passiert ist«, fuhr Laurie fort. »Danach habe ich die halbe Nacht versucht, dich zu Hause zu erreichen.«
»Da warst du nicht die einzige«, bemerkte Jack. »Aber dir kann ich ja die Wahrheit sagen. Ich hatte Angst, nach Hause zu gehen.«
»Lou meint, daß du in größter Gefahr bist«, erklärte Laurie. »Mit diesen Streetgang-Typen ist nicht zu spaßen. Ich finde, du solltest auf der Stelle die Finger von diesen Infektionsfällen lassen.«
»Der Meinung scheinen ja wirklich alle zu sein – falls es dich tröstet«, erwiderte Jack. »Und wenn du meine Mutter in South Bend, Indiana, anrufen würdest, würde mit Sicherheit auch sie dir zustimmen.«
»Wie kannst du nur so leichtsinnig daherreden?« ereiferte sie sich. »Ist denn nicht schon genug passiert? Lou hat mich übrigens gebeten, dir klarzumachen, daß er dich nicht rund um die Uhr bewachen kann. Dafür hat er nicht genug Leute. Du bist also auf dich allein gestellt.«
»Wenigstens arbeite ich mit einer Frau zusammen, auf die ich mich verlassen kann«, bemerkte Jack.
»Du bist unmöglich«, erwiderte Laurie. »Wenn du über irgend etwas nicht reden willst, ziehst du dich mit flotten Sprüchen aus der Affäre. Warum vertraust du dich nicht einfach Lou an? Dann kann er den Fall übernehmen. Das ist schließlich sein Job – und den macht er ziemlich gut.«
»Das mag ja sein«, räumte Jack ein. »Aber die Angelegenheit ist in vielerlei Hinsicht so einzigartig und speziell, daß ich wirklich bezweifle, ob Lou genug darüber weiß. Außerdem würde es meinem Selbstvertrauen bestimmt ganz guttun, wenn ich diese Geschichte allein aufklären könnte. Auch wenn es vielleicht nicht

den Anschein hat – mein Selbstwertgefühl ist seit fünf Jahren ziemlich angeknackst.«
»Du bist mir wirklich ein Rätsel«, sagte Laurie. »Wie kann man nur so stur sein? Ich weiß bis heute nicht, wann du etwas ernst meinst und wann du Witze machst. Bitte versprich mir wenigstens, daß du vorsichtiger bist als in den vergangenen Tagen.«
»Abgemacht«, sagte Jack. »Aber nur unter einer Bedingung. Du beginnst sofort mit der Einnahme von Rimantadin.«
»Glaubst du, daß das nötig ist? Bloß weil sie uns eben ein paar neue Influenzaopfer überführt haben?«
»Es ist sogar unbedingt nötig«, insistierte Jack. »Die Leute vom *Center for Disease Control* nehmen den Ausbruch sehr ernst. Sie gehen davon aus, daß es sich um den Virusstamm handelt, der auch die furchtbare Influenzaepidemie von 1918 verursacht hat. Ich nehme selbst seit gestern Rimantadin.«
»Aber wie kann es denn derselbe Stamm sein?« fragte Laurie. »Er existiert doch gar nicht mehr.«
»Influenzaviren können sich offenbar über viele Jahre hinweg im Verborgenen halten«, erklärte Jack. »Das ist einer der Gründe, weshalb sich das *Center for Disease Control* so sehr für diesen Ausbruch interessiert. Sie wollen herausfinden, in welchem Wirt das Virus womöglich nistet.«
»Wenn das so ist, kannst du deine Terroristen-Theorie ja wohl vergessen«, sagte Laurie. »Es ist doch völlig ausgeschlossen, daß irgend jemand absichtlich Viren verbreitet, die nur in einem unbekannten natürlichen Reservoir existieren.«
Jack starrte Laurie für ein paar Sekunden nachdenklich an. Sie hatte recht. Und er fragte sich, warum er nicht selbst zu diesem Schluß gekommen war.
»Ich will dir wirklich nicht die Suppe versalzen«, sagte sie.
»Ist schon okay«, entgegnete er sichtlich verunsichert. Er dachte angestrengt darüber nach, ob es sich bei der Influenza tatsächlich um ein natürliches Phänomen handeln konnte und nur die anderen Krankheiten mutwillig verbreitet worden waren. Doch diese Denkrichtung verstieß gegen eine Kardinalregel der medizinischen Diagnostik: Bei jedem Problemfall war man als Arzt angehalten, nach einer Einzelerklärung zu suchen – so widersprüchlich und kompliziert er auch sein mochte.

»Dann nehme ich also auch Rimantadin«, sagte Laurie. Aber ich hoffe, daß auch du dein Versprechen hältst und daß wir in Kontakt bleiben. Wie ich gehört habe, will Calvin dir heute keine Autopsien zuweisen. Wenn du also auf die Idee kommen solltest, das Institut zu verlassen, bestehe ich darauf, daß du dich in regelmäßigen Abständen bei mir meldest.«
»Klingt so, als hättest du tatsächlich mit meiner Mutter gesprochen«, witzelte Jack.
»Ja oder nein?«
»Okay«, sagte Jack. »Abgemacht.«
Nachdem Laurie gegangen war, machte er sich auf den Weg zum DNA-Labor. Er wollte unbedingt wissen, ob Ted Lynch schon etwas herausgefunden hatte. Außerdem war er froh, daß er einen Grund hatte, sein Büro für eine Weile zu verlassen. Auch wenn alle es gut mit ihm meinten – er hatte es langsam satt, daß jeder ihm schlaue Ratschläge erteilte. Gleich würde Chet eintreffen und ihn mit Sicherheit mit den gleichen Empfehlungen überhäufen, die er gerade von Laurie über sich hatte ergehen lassen müssen.
Unentwegt grübelte er über den Ursprung des Influenzavirus nach. Lag Laurie mit ihrer Feststellung richtig? Seine Theorie schien auf immer dünnerem Boden zu stehen. Jetzt hing wirklich alles davon ab, ob die Tests von National Biologicals positiv ausfielen. Reagierten sämtliche Proben negativ, konnte er kaum noch hoffen, seine Theorie beweisen zu können. Dann blieben ihm nur noch die zweifelhaften Proben, die Kathy McBane hoffentlich dem Abflußrohr im Zentralmagazin entnommen hatte.
Als Ted Lynch Jack herannahen sah, tat er so, als wollte er sich hinter seiner Laborbank verstecken. »Mist, haben Sie mich also doch gefunden«, scherzte er, als Jack um die Bank herumkam. »Ich hatte gehofft, daß Sie erst heute nachmittag hier aufkreuzen.«
»Pech gehabt«, entgegnete Jack. »Ich muß heute nicht an den Seziertisch, und da habe ich beschlossen, Ihr Labor zu belagern.«
»Ich bin gestern sogar länger geblieben und habe heute morgen früher angefangen – nur um mich um Ihre Proben zu kümmern. Ich habe die Nukleoproteide soweit isoliert. Für den eigentlichen Test ist jetzt also alles vorbereitet. Geben Sie mir eine Stunde, dann müßte ich die ersten Ergebnisse haben.«

»Ist es Ihnen gelungen, von allen vier Proben Kulturen anzuzüchten?«
»Ja. Agnes war wie immer ziemlich auf Draht.«
»Ich bin in einer Stunde wieder hier.«
Um die Zeit totzuschlagen, ging Jack hinunter in die Leichenhalle, zog sich seinen Mondanzug über und betrat den Sektionssaal. Der morgendliche Betrieb war in vollem Gange. An sechs von acht Tischen wurde gearbeitet; die Obduktionen waren unterschiedlich weit vorangeschritten. Jack ging an den Tischen entlang, bis er eines der Opfer erkannte. Es war Gloria Hernandez. Er betrachtete ein paar Sekunden lang ihr blasses Gesicht und versuchte zu begreifen, daß sie tot war.
Die Autopsie wurde von Riva Mehta durchgeführt, die sich mit Laurie das Büro teilte. Sie war eine zierliche Frau indianischer Abstammung. Sie war so klein, daß sie während der Obduktion auf einem Schemel stehen mußte. Im Augenblick nahm sie sich den Brustraum der Toten vor.
Als sie die Lungen herausgetrennt hatte, bat Jack, sich die Schnittflächen etwas näher ansehen zu dürfen. Das Lungengewebe sah genauso aus wie bei Kevin Carpenter; es war mit winzigen Hämorrhagien gesprenkelt. Es gab nicht den geringsten Zweifel, daß auch Gloria an primärer Viruspneumonie gestorben war.
Jack ging weiter zu Chet, der gerade den Krankenpfleger George Haselton untersuchte. Es überraschte ihn, Chet bereits am Seziertisch vorzufinden; normalerweise schaute er vorher im Büro vorbei. Als Chet merkte, daß Jack neben ihm stand, setzte er eine wütende Miene auf.
»Warum bist du gestern abend nicht ans Telefon gegangen?«
»War schlecht möglich«, erwiderte Jack. »Ich war nämlich gar nicht zu Hause.«
»Colleen hat mich angerufen und mir erzählt, was dir passiert ist«, fuhr Chet fort. »Ich finde, das Maß ist jetzt langsam voll.«
»Wie wär's, wenn du mir mal die Lungen zeigen würdest?« entgegnete Jack.
Chet reichte ihm die Schale mit den entnommenen Lungenflügeln. Sie sahen genauso aus wie die von Gloria Hernandez und Kevin Carpenter. Als Chet erneut zu seiner Litanei ansetzen wollte, ging Jack einfach weiter.

Er inspizierte alle neu eingelieferten Influenzaopfer, konnte aber nichts Überraschendes entdecken. Sämtliche Mitarbeiter des Instituts waren erschüttert angesichts der Aggressivität, mit der das neue Virus wütete. Schließlich schlüpfte Jack wieder in seine normale Straßenkleidung und fuhr hinauf zum DNA-Labor. Diesmal schien Ted sich über seinen Besuch zu freuen.

»Ich weiß zwar nicht genau, wonach Sie eigentlich suchen«, begann er, »aber Sie liegen mit Ihrer Vermutung nicht falsch. Zwei von den vier Tests sind positiv ausgefallen.«

»Nur zwei?« Jack hatte damit gerechnet, daß entweder alle positiv oder alle negativ ausfallen würden. Diese Krankheitsausbrüche schienen für immer neue Überraschungen gut zu sein.

»Wenn es Ihnen nicht paßt, kann ich mir auch gern ein anderes Ergebnis aus den Fingern saugen«, scherzte Ted. »Wie viele positive Reaktionen dürfen es denn sein?«

»Ich dachte immer, ich wäre hier der Witzbold«, entgegnete Jack. »Vermassele ich Ihnen mit diesem Ergebnis irgendeine Theorie?« fragte Ted.

»Ich bin mir noch nicht sicher«, erwiderte Jack. »Welche Proben haben denn positiv reagiert?«

»Die Pest- und die Tularämieprobe.«

Auf dem Weg in sein Büro überdachte Jack diese neuen Erkenntnisse. Als er seinen Schreibtisch erreicht hatte, war er zu dem Schluß gelangt, daß es eigentlich ganz egal war, wie viele der Kulturen positiv reagiert hatten. Schon eine hätte genügt, um seine Theorie zu untermauern. Ferner stand fest, daß normale Menschen in der Regel keinen Umgang mit künstlich vermehrten Bakterienkulturen hatten.

Er zog das Telefon näher zu sich heran, wählte die Nummer von National Biologicals und bat darum, mit Igor Krasnyansky verbunden zu werden. Nachdem der Mann so zuvorkommend gewesen war, ihm die Tests umgehend zuzusenden, würde er ihm vielleicht auch noch ein paar weitere wichtige Hinweise entlocken können. Jack stellte sich noch einmal vor.

»Ich erinnere mich an Sie«, sagte Igor. »Hatten Sie Glück mit den Tests?«

»Ja«, erwiderte Jack. »Vielen Dank, daß Sie mir die Sachen so

schnell geschickt haben. Darf ich Ihnen wohl noch ein paar Fragen stellen?«
»Aber gern, schießen Sie los.«
»Verkauft Ihre Firma auch Influenza-Kulturen?«
»Selbstverständlich. Der Handel mit Viren ist für uns ein wichtiger Geschäftszweig. Wir haben jede Menge Influenza-Stämme vorrätig, vor allem vom Typ A.«
»Haben Sie auch den Stamm, der die weltweite Epidemie von 1918 verursacht hat?« Jack wollte es jetzt ganz genau wissen.
»Schön wär's!« sagte Igor und lachte. »Der Stamm würde unter Forschern bestimmt reißenden Absatz finden. Wir haben nur einige, die diesem Stamm sehr ähnlich sein sollen. Zum Beispiel den, der die 76er Schweinegrippe ausgelöst hat. Man geht allgemein davon aus, daß der Stamm von 1918 eine Mutation des H1N1-Virus gewesen ist, aber Genaueres weiß man darüber nicht.«
»Bei meiner nächsten Frage geht es um Pest- und Tulärämiekulturen«, fuhr Jack fort.
Die haben wir beide vorrätig«, sagte Igor.
»Ich weiß«, entgegnete Jack. »Ich wüßte gern, wer in den vergangenen Monaten solche Kulturen bestellt hat.«
»Da muß ich passen«, erklärte Igor. »Derart vertrauliche Informationen geben wir normalerweise nicht heraus.«
»Kann ich verstehen«, sagte Jack ein wenig resigniert. Wahrscheinlich würde er Lou Soldano um Hilfe bitten müssen, um an diese Information heranzukommen. Aber versuchen wollte er es trotzdem noch mal.
»Wollen Sie vielleicht mit unserem Chef sprechen?« schlug Igor vor.
»Nein, das ist nicht nötig«, erwiderte Jack. »Am besten erzähle ich Ihnen einfach, warum mich diese Frage so brennend interessiert. In der letzten Zeit sind auf meinem Seziertisch ein paar Menschen gelandet, in deren Gewebe ich Erreger gefunden habe, die aus Ihrer Firma stammen. Jetzt wüßten wir natürlich gern, welche Labors wir auffordern sollten, in Zukunft doch bitte etwas sorgfältiger mit diesen gefährlichen Substanzen umzugehen. Wir sind ausschließlich daran interessiert, weitere Unfälle zu vermeiden.«

»Die Leute sind tatsächlich gestorben, weil sie mit unseren Kulturen infiziert waren?« hakte Igor nach.

»Ja«, erwiderte Jack. »Um jeden Zweifel auszuschließen, habe ich mir von Ihnen die Tests schicken lassen.«

Igor grummelte etwas Unverständliches vor sich hin und sagte dann: »Ich bin wirklich unschlüssig. Soll ich ausnahmsweise mal ein Auge zudrücken und Ihnen Ihre Frage beantworten, oder soll ich es lieber bleibenlassen?«

»Es geht, wie gesagt, nur darum, ein paar vorbeugende Sicherheitsmaßnahmen zu veranlassen«, versuchte Jack ihm die Entscheidung zu erleichtern.

»Okay«, seufzte Igor schließlich. »Sie haben ja recht. Außerdem sind unsere Kundenlisten kein Staatsgeheimnis. Immerhin sind die Namen unserer Klienten etlichen Ausrüstungsherstellern bekannt. Lassen Sie mich mal nachsehen, wen ich hier in meinem Computer finde.«

»Mich interessieren vor allem Ihre Kunden in New York und Umgebung«, sagte Jack. »Das dürfte die Suche ein wenig erleichtern.«

»Okay«, erwiderte Igor. Jack hörte, wie er auf seiner Tastatur herumhackte. »Als erstes sehe ich nach, wer Tularämie-Bakterien bestellt hat. Einen Moment bitte.«

Ein paar Sekunden herrschte Stille.

»Da haben wir's«, sagte Igor schließlich. »Wir haben lediglich das National Health Hospital und das Manhattan General Hospital mit Tularämie-Kulturen beliefert. Sonst niemanden, zumindest im Laufe der letzten Monate.«

Jack horchte auf. Immerhin war die National Health der wichtigste Konkurrent von AmeriCare und hätte somit ein Motiv gehabt, die Viren im Konkurrenzkrankenhaus zu verbreiten. »Können Sie mir sagen, wann Sie die Kulturen verschickt haben?«

»Ich denke schon«, erwiderte Igor. Wieder hörte Jack, wie ein Befehl eingegeben wurde. »Okay. Die Sendung an das National Health Hospital ist am zweiundzwanzigsten dieses Monats rausgegangen und die an das Manhattan General am fünfzehnten.«

Der zweiundzwanzigste war genau der Tag gewesen, an dem Jack die Tularämie-Diagnose gestellt hatte, und zwar bei Susanne

Hard. Somit schied das National Health Hospital als Verursacher aus. »Können Sie auch feststellen, wer die Sendung im Manhattan General empfangen hat?« fragte er weiter. »Oder haben Sie die Kulturen einfach nur an das Labor geschickt?«
»Da müssen Sie noch mal einen Moment warten«, sagte Igor und fütterte seinen Computer mit einem weiteren Befehl. »Der Empfänger war ein gewisser Dr. Martin Cheveau.«
Jacks Herz begann zu rasen. Er grub hier Informationen aus, deren Aufdeckung wahrscheinlich kaum jemand für möglich gehalten hätte. Vermutlich wußte nicht einmal Martin Cheveau, daß National Biologicals sämtliche Kulturen durch eine Phagentypisierung kennzeichneten.
»Wie steht es mit den Pestkulturen?« fragte er.
»Einen Augenblick«, erwiderte Igor und bearbeitete erneut seine Tastatur.
Es entstand eine weitere Pause. Jack hörte nur Igors Atemzüge, während der Rechner arbeitete.
»Okay, ich hab's«, sagte Igor. »An der Ostküste werden Pestbakterien fast ausschließlich von Universitäten oder Speziallabors geordert. Aber ich habe hier eine Sendung, die am achten an einen anderen Kunden rausgegangen ist. Der Empfänger war Frazer Labs.«
»Den Namen habe ich noch nie gehört«, erklärte Jack. »Haben Sie auch eine Adresse?«
»Fünfundfünfzig Broome Street«, sagte Igor.
»Und der Name des Empfängers?« hakte Jack nach, während er sich die Anschrift notierte.
»Nur das Labor«, sagte Igor. »Kein weiterer Name.«
»Verkaufen Sie öfter etwas an dieses Labor?«
»Keine Ahnung.« Igor befragte erneut seinen Computer. »Sie erteilen uns hier und da mal einen Auftrag. Es muß ein ziemlich kleines Diagnostiklabor sein. Eins kommt mir allerdings seltsam vor.«
»Was denn?«
»Sie bezahlen immer mit Barschecks. Das ist ziemlich ungewöhnlich. Es ist natürlich in Ordnung, aber normalerweise sind unsere Kunden kreditwürdig und zahlen erst nach Rechnungslegung.«

»Haben Sie eine Telefonnummer von dem Labor?«
»Nein, nur die Anschrift«, erwiderte Igor und wiederholte noch einmal Straße und Hausnummer.
Jack bedankte sich und legte auf. Dann nahm er sich das Telefonbuch vor, um die Nummer von Frazer Labs herauszusuchen. Doch das Labor war nicht aufgeführt. Bei der Auskunft hatte er auch kein Glück.
Nachdenklich lehnte er sich zurück. In der fragwürdigen Zeit hatten zwei Labore die gefährlichen Erreger bestellt. Da er das Labor des Manhattan General einigermaßen kannte, schien es ihm angebracht, möglichst bald Frazer Labs einen Besuch abzustatten. Falls es ihm gelingen sollte, zwischen den beiden Labors einen Zusammenhang aufzudecken oder Frazer Labs sogar mit Martin Cheveau persönlich in Verbindung zu bringen, würde er die ganze Sache umgehend an Lou Soldano übergeben.
Doch wie konnte er sicherstellen, daß ihm nicht wieder jemand folgte? Er wußte, daß er jeden potentiellen Verfolger so schnell wie möglich abschütteln mußte, denn die Mitglieder dieser Streetgang hatten mehrfach bewiesen, daß sie keine Skrupel kannten und ihn, ohne mit der Wimper zu zucken, in aller Öffentlichkeit angreifen würden. Darüber hinaus zermarterte er sich das Hirn über Warren und seine Gang. Er hatte keine Ahnung, wie Warren die ganze Sache sah. Doch eins war klar: Er mußte ihm bald gegenübertreten.
Am einfachsten würde er einen Verfolger an einem Ort abhängen können, an dem es vor Menschen nur so wimmelte und wo es mehrere Ein- und Ausgänge gab. Sofort kamen ihm die Grand Central Station und der Port Authority Bus Terminal in den Sinn. Da die Grand Central Station näher lag, beschloß er, dort sein Glück zu versuchen.
Leider gab es zwischen dem Gerichtsmedizinischen Institut und dem Medical Center der New York University keine unterirdische Verbindung. Deshalb bestellte er sich telefonisch ein Taxi und bat den Vermittler, den Fahrer zur Laderampe der Leichenhalle zu schicken. Alles klappte perfekt. Das Taxi kam schnell, und Jack schlüpfte in Windeseile in den Wagen. An der Ecke First Avenue schaltete die Ampel ärgerlicherweise auf Rot. Um sich den Blicken unliebsamer Black Kings zu entziehen, rutschte er

auf seinem Sitz immer tiefer und erregte so die Aufmerksamkeit des Taxifahrers, der ihn von nun an durch den Rückspiegel argwöhnisch im Auge behielt.
Als sie die First Avenue hinauffuhren, setzte Jack sich wieder aufrecht hin. Er konnte weit und breit nichts Verdächtiges erkennen, kein Auto, das sich plötzlich in den rollenden Verkehr drängte, niemanden, der auf die Straße rannte, um ein Taxi anzuhalten. Schließlich bogen sie nach links in die 42nd Street ein. Jack bat den Taxifahrer, ihn direkt vor der Grand Central Station abzusetzen. Kaum hatte das Auto angehalten, raste Jack auch schon davon und mischte sich in das Menschengewühl. Um auf Nummer Sicher zu gehen, fuhr er mit der Rolltreppe hinunter zur U-Bahn-Ebene und stieg in den nächsten Zug, der die 42nd Street hinauf- und hinunterpendelte.
In dem Augenblick, als die Türen sich automatisch zu schließen begannen, zwängte er sich durch den Spalt zurück auf den Bahnsteig und raste wieder nach oben. Durch einen anderen Ausgang trat er erneut hinaus auf die 42nd Street.
Voller Zuversicht winkte er sich ein Taxi heran. Zunächst bat er den Fahrer, ihn zum World Trade Center zu bringen. Während sie die Fifth Avenue entlangbrausten, sah er sich aufmerksam um. Erst als er weit und breit kein verdächtiges Fahrzeug entdecken konnte, wies er den Fahrer an, ihn zur Broome Street Nummer 55 zu bringen.
Endlich konnte er sich ein wenig entspannen. Er lehnte sich zurück und massierte sich die Schläfen. Die Kopfschmerzen machten ihm noch immer zu schaffen. Zuerst hatte er das ständige Pochen seiner Panik zugeschrieben, doch allmählich machten sich auch weitere Beschwerden bemerkbar. Der Hals tat ihm weh, außerdem verspürte er erste Anzeichen eines Schnupfens. Er versuchte sich zwar immer noch einzureden, daß all diese Unpäßlichkeiten rein psychosomatischer Natur seien, doch langsam wuchs in ihm die Angst, daß er infiziert sein könnte.
Nachdem sie den Washington Square umkreist hatten, fuhr der Taxifahrer zunächst auf dem Broadway in Richtung Süden und bog dann in die Houston Street ein, um weiter nach Osten zu gelangen. An der Eldridge Street bog er rechts ab.
Jack sah aus dem Fenster. Er hatte keine Ahnung, wo sich die

Broome Street befand, aber er vermutete sie irgendwo in der Innenstadt, südlich der Houston Street. Diesen Teil von New York kannte er so gut wie überhaupt nicht; hier gab es jede Menge Straßennamen, die er noch nie gehört hatte.
Als sie von der Eldridge Street nach links abbogen, registrierte Jack, daß sie nun die Broome Street entlangfuhren. Nachdenklich musterte er die Häuser. Einige hatten fünf, andere sechs Stockwerke. Etliche standen leer und waren verbarrikadiert. Als Standort für ein medizinisches Labor konnte er sich kaum einen ungeeigneteren Platz vorstellen.
Hinter der nächsten Straßenecke wirkte die Gegend ein wenig kultivierter. Jack fiel ein Installateurgeschäft auf, dessen Fenster mit dicken Metallgittern gesichert waren. Bis zum nächsten Häuserblock gab es rechts und links verstreut ein paar weitere Läden, die Baustoffe anboten. Hier waren in den Stockwerken über den Geschäften sogar vereinzelt ein paar Apartments bewohnt. Doch die meisten Wohnungen standen offensichtlich leer.
Als sie den nächsten Häuserblock zur Hälfte passiert hatten, fuhr der Taxifahrer rechts an den Straßenrand. Zu Jacks Verwunderung deutete bei der Hausnummer fünfundfünfzig rein gar nichts auf ein Labor hin. Der Laden, der sich dort befand, war eine Art Scheck-Einlösestelle, die zugleich als Briefkastenverleih und Pfandhaus fungierte; rechts neben dem Laden hatte ein Spirituosenhändler sein Geschäft, links ein Schuster.
Jack zögerte. Hatte er sich die Adresse womöglich falsch aufgeschrieben? Doch das war unwahrscheinlich. Immerhin hatte Igor sie ihm zweimal genannt. Also bezahlte er den Taxifahrer und stieg aus.
Wie alle Läden in dieser Gegend verfügte auch der Eingang des Hauses Nummer fünfundfünfzig über ein Eisengitter, das man nachts hinunterziehen und verriegeln konnte Im Schaufenster wurde eine skurrile Mischung vollkommen unterschiedlicher Objekte präsentiert: unter anderem eine elektrische Gitarre, ein paar Fotoapparate und billiger Schmuck. Über der Tür prangte ein großes Schild: »Briefkästen zu vermieten. Absolute Diskretion gewährleistet.« Auf der Tür standen die Worte »Wir lösen Ihre Schecks ein«.

Jack ging näher an das Fenster heran. Als er direkt vor der E-Gitarre stand, konnte er über die Schaufensterauslage hinweg in den Innenraum sehen. Auf der rechten Seite erkannte er einen mit einer Glasplatte bedeckten Tresen. Dahinter stand ein Mann mit Schnäuzer und Punkerfrisur; er trug einen Arbeitsanzug, wie sie beim Militär üblich waren. Im hinteren Teil des Ladens machte er eine durch Plexiglas abgetrennte Kabine aus, die an den Kassenschalter einer Bank erinnerte. An der linken Seite waren etliche Reihen von Briefkästen angebracht.
Jack war fasziniert. Wenn Frazer Labs diesen schäbigen Laden tatsächlich als Postanschrift benutzten, war das mit Sicherheit verdächtig. Er war versucht, einfach in das Geschäft hineinzuspazieren und frei heraus zu fragen, was er wissen wollte. Doch er fürchtete, sich dadurch womöglich den Weg für ein anderes Herangehen zu verbauen. Schließlich wußte er, daß Briefkasten-Verleihe nur sehr ungern Informationen über ihre Kundschaft herausgaben. Wer einen Briefkasten mietete, hatte im allgemeinen einen Grund dafür und verließ sich auf absolute Diskretion. In Wahrheit wollte Jack nicht nur wissen, ob Frazer Labs hier tatsächlich einen Briefkasten angemietet hatten – vielmehr schwebte ihm vor, einen Vertreter des mysteriösen Labors zu dem Laden zu locken um herauszufinden, wer sich dahinter verbarg. Allmählich entstand in seinem Geiste ein ausgeklügelter Plan.
Er achtete darauf, daß der Verkäufer ihn nicht bemerkte, und eilte davon. Als erstes brauchte er ein Telefonbuch. In der Canal Street entdeckte er einen Drugstore. Dort bat er um das Telefonbuch, notierte sich die Anschriften eines Ladens für Berufsbekleidung, eines Geschäfts für Bürobedarf, eines Autoverleihs sowie der nächstgelegenen Geschäftsstelle von Federal Express. Da das Bekleidungsgeschäft am nächsten lag, suchte er es als erstes auf.
Es ärgerte ihn, daß er sich nicht daran erinnern konnte, wie die Uniformen der Federal-Express-Kuriere aussahen. Doch wahrscheinlich kannte der Mann in dem Briefkastenverleih die Uniformen genausowenig wie er. Er kaufte sich eine Hose aus blauem Twill, ein weißes Hemd mit Taschen und Schulterklappen sowie einen schlichten, schwarzen Gürtel und eine blaue Krawatte.

»Darf ich die Sachen gleich anziehen?« fragte er den Verkäufer. »Natürlich.« Der Mann deutete auf eine provisorische Anprobekabine.

Die Hose war etwas zu lang, aber im großen und ganzen war Jack zufrieden. Als er sich jedoch im Spiegel betrachtete, hatte er den Eindruck, daß ihm irgend etwas fehlte. Er brauchte noch eine blaue Schirmmütze. Nachdem er bezahlt hatte, packte der Verkäufer ihm seine Straßenkleidung ein. Bevor er das Paket zuklebte, holte Jack noch schnell das Rimantadin aus der Jackentasche. Bei den Warnzeichen, die sein Körper bereits aussandte, wollte er die Einnahme seiner Tabletten auf keinen Fall unterbrechen.

Als nächstes ging er in den Schreibwarenladen, wo er sich Packpapier, Klebeband, einen mittelgroßen Karton, Bindfaden und eine Packung Express-Aufkleber zusammensuchte. Zu seiner Überraschung entdeckte er sogar Spezialaufkleber mit dem Aufdruck »Achtung: biologische Substanzen«. In einer anderen Abteilung des Geschäfts fand er ein Klemmbrett und einen Block mit Empfangsquittungen. Als er alles zusammenhatte, ging er zur Kasse und bezahlte.

Seine nächste Anlaufstelle war das Federal-Express-Büro, wo er sich mit Adreßaufklebern sowie den dazugehörenden durchsichtigen Plastikumschlägen versorgte.

Sein letztes Ziel war der Autoverleih. Er verlangte einen Lieferwagen. Er mußte eine Weile warten, nutzte aber die Zeit, um sein Paket vorzubereiten. Zuerst baute er den Karton zusammen. Dann ließ er seinen Blick durch den Raum schweifen und entdeckte in der Nähe des Eingangs einen Holzkeil, der wahrscheinlich als Türstopper benutzt wurde. Irgend etwas mußte in das Paket hinein, und dieser Holzkeil kam ihm sehr gelegen. Als der Mann hinter dem Schalter für einen Moment abgelenkt war, schnappte Jack sich das Stück Holz und ließ es in dem Karton verschwinden. Dann zerknüllte er ein paar Seiten der im Wartebereich ausliegenden New York Post, stopfte sie zu dem Holzkeil, klappte den Karton zu und umwickelte ihn mit Klebeband. Zu guter Letzt schlug er das Paket in Packpapier ein, verschnürte es mit Bindfaden und brachte die verschiedenen Aufkleber an. Den Federal-Express-Adreßaufkleber füllte er aus; als Empfän-

ger der Sendung trug er Frazer Labs ein, als Absender National Biologicals. Zufrieden betrachtete er sein Werk.
Der Wagen wurde gebracht. Jack verstaute sein Paket, das übriggebliebene Packpapier sowie das Päckchen mit seiner Kleidung im hinteren Teil des Kombis. Dann stieg er ein und fuhr los.
Auf dem Weg zu dem Briefkastenverleih legte er zwei Zwischenstopps ein. In dem Drugstore, wo er sich die Adressen notiert hatte, kaufte er Lutschtabletten gegen seine immer schlimmer werdenden Halsschmerzen, an einer Imbißbude ließ er sich eine Kleinigkeit zum Essen einpacken. Er hatte zwar keinen Hunger, aber es war immerhin schon Nachmittag, und er hatte den ganzen Tag noch nichts zu sich genommen. Wenn er das Paket abgeliefert hatte, würde er bestimmt irgendwann Hunger bekommen. Schließlich hatte er keine Ahnung, wie lange er würde warten müssen.
Auf dem Rückweg zur Broome Street öffnete er eine Dose Orangensaft und nahm eine zweite Dosis Rimantadin. Seine Symptome verstärkten sich, und er wollte die Konzentration des Medikaments in seinem Blut möglichst hoch halten.
Er hielt direkt vor dem Briefkastenverleih, ließ den Motor laufen und schaltete die Warnblinkanlage an. Dann schnappte er sich sein Klemmbrett, holte das Paket aus dem Kofferraum und betrat das Geschäft. Über der Tür war eine Klingel angebracht, die bei seinem Eintreten ohrenbetäubend schrillte. Auch jetzt waren keine Kunden im Laden. Der Mann hinter dem Tresen sah von seiner Zeitschrift auf. Er wirkte überrascht, doch vielleicht lag das nur an seinen hochstehenden Haaren.
»Ich habe eine Eilsendung für Frazer Labs«, sagte Jack, während er das Paket auf dem Glastresen abstellte und dem Ladeninhaber sein Klemmbrett unter die Nase hielt. »Unterschreiben Sie bitte hier unten.« Er hielt dem Mann einen Kugelschreiber hin.
Der griff zögernd danach und musterte das Paket.
»Ist doch die richtige Anschrift?« fragte Jack. »Oder etwa nicht?«
»Ich schätze schon«, erwiderte der Mann, während er an seinem Schnurrbart herumzupfte und Jack fragend ansah. »Aber wieso eine Eilsendung?«
»Man hat mir gesagt, in dem Paket sei Trockeneis«, erklärte Jack.

Dann beugte er sich ein wenig vor und tat so, als wollte er seinem Gegenüber ein Geheimnis anvertrauen. »Mein Chef glaubt, daß in dem Paket lebendige Bakterien sind. Wissen Sie, solche, die für Forschungszwecke verwendet werden.«
Der Mann nickte.
»Ich war ziemlich überrascht, daß das Labor sich diese Sendung nicht direkt zustellen läßt«, fuhr Jack fort. »Schließlich darf das Zeug nicht lange herumstehen. Ich glaube zwar nicht, daß etwas ausläuft, aber vielleicht vergammelt es, und dann kann keiner mehr was damit anfangen. Sie wissen ja sicherlich, wie Sie Ihren Kunden erreichen können.«
»Ich schätze schon«, wiederholte der Mann.
»Dann empfehle ich Ihnen, das Labor schleunigst zu informieren«, sagte Jack. »Und jetzt unterschreiben Sie bitte hier. Ich hab's ziemlich eilig.«
Der Mann folgte der Aufforderung. Mühsam entzifferte Jack den Namen Tex Hartmann. Jack nahm das Klemmbrett zurück und schob es sich unter den Arm. »Ein Glück, daß ich das Zeug los bin«, sagte er. »Ich stehe nämlich nicht besonders auf Bakterien und Viren. Haben Sie auch von den Pestfällen gehört, die es in der vergangenen Woche hier in New York gegeben hat? Ich kann Ihnen sagen, seitdem habe ich einen riesigen Schiß.«
Der Mann nickte wieder.
»Seien Sie vorsichtig!« rief Jack ihm von der Tür aus zu. Dann stieg er in seinen Wagen und überlegte, ob Tex wohl bei Frazer Labs anrufen würde oder nicht. Er wünschte, er hätte dem Mann wenigstens ein paar Worte aus der Nase ziehen können. Doch als er die Handbremse löste und einen letzten Blick in den Laden warf, sah er zu seiner Erleichterung, daß Tex bereits den Hörer in der Hand hielt und wählte.
Zufrieden fuhr Jack einen halben Kilometer die Broome Street hinunter und drehte dann eine Runde um den Block. Ein paar Häuser von dem Briefkastenverleih entfernt parkte er den Wagen am Straßenrand und stellte den Motor ab. Nachdem er die Türen verriegelt hatte, holte er seinen Imbiß hervor. Er hatte zwar immer noch keinen Hunger, aber er mußte sich zwingen, etwas zu essen.

»Bist du sicher, daß wir das machen sollten?« fragte BJ.
»Verlaß dich auf mich, Kumpel«, erwiderte Twin. »Ich weiß, was ich tue.« Er umkreiste mit seinem Cadillac zum zweitenmal den Washington Square Park und suchte verzweifelt nach einem Parkplatz. Doch es war weit und breit keiner in Sicht. Im Park wimmelte es von Menschen. Einige jagten auf Skateboards über die Wege, andere auf Rollschuhen, wieder andere warfen sich Frisbeescheiben zu oder vergnügten sich beim Breakdance; ein paar ruhigere Zeitgenossen spielten Schach, vereinzelt versuchten Drogenhändler ihre Ware an den Mann zu bringen. Darüber hinaus schoben jede Menge Mütter mit ihren Kinderwagen durch die Grünanlagen. Alles in allem herrschte ein volksfestähnliches Treiben, und genau aus diesem Grund hatte Twin den Park für das bevorstehende Treffen vorgeschlagen.
»Scheiße Mann, ohne 'ne Knarre in der Tasche fühl' ich mich total nackt. Ich finde das nicht okay.«
»Halt's Maul, BJ!« raunzte Twin ihn an. »Guck lieber, wo ich diese verdammte Kutsche abstellen kann. Du scheinst einfach nicht zu kapieren, daß wir uns mit schwarzen Brüdern treffen. Da brauchen wir keine Waffen.«
»Und was ist, wenn die welche mitbringen?«
»Sag mal, traust du eigentlich niemandem mehr?« gab Twin die Frage zurück. In diesem Augenblick sah er einen Lieferwagen aus einer Parklücke biegen. Geschickt manövrierte er den Wagen in die Lücke und zog die Handbremse an.
»Da steht, daß Parken hier nur für Geschäftsfahrzeuge erlaubt ist«, sagte BJ. Er hatte sein Gesicht gegen die Scheibe gepreßt, damit er den Hinweis auf dem Verbotsschild entziffern konnte.
»Bei dem vielen Crack, das wir im letzten Jahr verscherbelt haben, haut das doch hin«, erwiderte Twin und lachte. »Komm schon, beweg deinen schwarzen Arsch!«
Sie stiegen aus, überquerten die Straße und betraten den Park. Twin sah auf die Uhr. Trotz ihrer Parkplatzprobleme waren sie früh dran, und so mochte es Twin, wenn er zu einem derartigen Meeting ging. Bevor es losging, wollte er möglichst die Umgebung auskundschaften. Nicht daß er den Brüdern mißtraute – aber er war eben von Natur aus ein vorsichtiger Mensch.
Diesmal jedoch sollte er eine Überraschung erleben. Als er näm-

lich in die Richtung blickte, in der sie sich verabredet hatten, starrte er direkt in die Augen eines derart stattlichen Mannes, daß es ihm die Sprache verschlug.
»Oh«, brachte er schließlich hervor.
»Was ist los?« fragte BJ. Er war kurz davor, in Panik zu geraten.
»Die Brüder sind schon da«, erwiderte Twin.
»Was soll ich tun?«
»Nichts«, sagte Twin. »Geh einfach weiter.«
»Der sieht so verdammt relaxed aus«, sagte BJ. »Kommt mir irgendwie seltsam vor.«
»Halt's Maul!« fuhr Twin ihn an.
Er steuerte nun direkt auf den Mann zu, der ihn keine Sekunde aus den Augen gelassen hatte. Als er sein Ziel fast erreicht hatte, formte er seine rechte Hand zu einer Pistole, zeigte auf den Mann und sagte: »Warren!«
»Exakt. Wie steht's?«
»Nicht schlecht«, sagte Twin und hob seine rechte Hand, bis sie sich etwa in der Höhe seines Kopfes befand. Warren tat das gleiche, und dann klatschten sie kräftig ihre Hände gegeneinander.
»Das ist David«, sagte Warren und deutete auf seinen Begleiter.
»Und das ist BJ«, entgegnete Twin.
David und BJ musterten einander, rührten sich aber weder vom Fleck, noch sagten sie ein Wort.
»Hör mal zu, Kumpel«, begann Twin. »Eins muß ich gleich klarstellen. Wir hatten keine Ahnung, daß der Doc in eurem Revier wohnt. Vielleicht hätten wir das wissen müssen, aber wir sind eben gar nicht erst darauf gekommen. Schließlich ist der Doc ein Weißer.«
»Was für ein Verhältnis habt ihr zu dem Doc?« wollte Warren wissen.
»Verhältnis? Wir haben überhaupt kein Verhältnis zu ihm.«
»Und wieso habt ihr dann versucht, ihn kaltzumachen?«
»Weil man uns ein bißchen Kleingeld dafür geboten hat«, erwiderte Twin. »Irgend so ein weißer Kerl, der bei uns in der Gegend wohnt, ist bei uns aufgekreuzt und wollte, daß wir dem Doc für ein paar Kröten einen Schrecken einjagen. Der Doc muß irgendwas gemacht haben, was diesem Kerl nicht gepaßt hat. Als der Doc unsere Warnung dann nicht ernst genommen hat, kam der

Kerl zurück und hat uns fünfhundert geboten, damit wir ihn beseitigen.«
»Du willst mir also erzählen, der Doc hat nicht für euch gearbeitet?«
»Ach du Scheiße«, sagte Twin und lachte hämisch. »Natürlich hat er nicht für uns gearbeitet. Glaubst du etwa, wir wären bei unseren Geschäften auf einen weißen Doktor angewiesen? Das darf doch wohl nicht wahr sein!«
»Dann verstehe ich nicht, warum ihr uns nicht gefragt habt, bevor ihr den Auftrag angenommen habt«, beschwerte sich Warren. »Wir hätten euch aufklären können. Der Doc spielt seit vier oder fünf Monaten mit uns Basketball. Er ist kein schlechter Typ. Das mit Reginald tut mir übrigens leid. Aber wie gesagt – wenn wir uns vorher unterhalten hätten, wäre das nicht passiert.«
»Und mir tut es leid um das Kid aus deiner Gang«, sagte Twin. »Hätte auch nicht passieren dürfen. Aber wir waren total sauer wegen Reginald. Wir konnten es nicht fassen, daß ihr einen Bruder umgenietet habt, um einem weißen Doktor den Arsch zu retten.«
»Dann sind wir ja quitt«, stellte Warren fest. »Das von gestern abend natürlich nicht mitgerechnet. Damit haben wir nichts zu tun.«
»Ich weiß«, sagte Twin. »Dieser Doc hat ein unglaubliches Schwein. Als ob er wie eine Katze neun Leben hätte. Und wie, zum Teufel, kommt es, daß der Bulle so schnell reagiert hat? Warum war er überhaupt in dem Restaurant? Offenbar hält er sich für Wyatt Earp und so was Ähnliches.«
»Wichtig ist, daß wir Waffenruhe haben«, sagte Warren.
»Da hast du verdammt recht«, entgegnete Twin. »Kein Bruder schießt mehr auf 'nen Bruder. Wir haben auch so genug am Hals.«
»Waffenruhe heißt aber auch, daß ihr den Doc in Ruhe laßt«, sagte Warren.
»Interessiert dich etwa, was mit dem Kerl passiert?«
»Allerdings.«
»Okay. Wir lassen den Doc in Ruhe. War sowieso zu wenig Kohle.«
Warren streckte Twin seine geöffnete Handfläche entgegen.

Twin schlug seine Hand darauf. Nachdem sie das Ritual auch anders herum zelebriert hatten, war der Deal besiegelt.
»Dann mach's gut!« sagte Warren.
»Du auch, Mann!«
Warren gab David ein Zeichen, und sie gingen zurück in Richtung Washington Arch, dem Beginn der Fifth Avenue.
»Nicht schlecht gelaufen, oder?« fragte David.
Warren zuckte mit den Achseln.
»Glaubst du, er hat die Wahrheit gesagt?«
»Ja«, sagte Warren. »Ich glaube schon. Er dealt zwar mit Drogen, aber er ist nicht blöd. Wenn die Kiste weitergelaufen wäre, hätten wir am Ende alle verloren.«

## 32. Kapitel
## Mittwoch, 27. März 1996, 17.45 Uhr

Jack fühlte sich ziemlich unbehaglich. Er harrte nun schon seit Stunden in dem Lieferwagen aus und beobachtete das Kommen und Gehen in dem Laden. Ständig waren irgendwelche Kunden ein- und ausgegangen; die meisten hatten einen ziemlich heruntergekommenen Eindruck gemacht. Wahrscheinlich, so vermutete Jack, dealte der Inhaber mit Drogen oder machte Geschäfte mit illegalen Glücksspielen.
Die Gegend war ziemlich mies. Das war ihm zwar schon während der Taxifahrt zur Broome Street aufgefallen, doch zur Krönung des Tages hatte auch noch jemand versucht, den Lieferwagen aufzubrechen – und zwar während er auf dem Fahrersitz gesessen hatte! Der Autoknacker hatte sich mit einer flachen Eisenstange an der Beifahrertür zu schaffen gemacht. Als es ihm gerade gelungen war, die Stange zwischen der Scheibe und dem Türrahmen hindurchzuschieben, hatte Jack an das Fenster geklopft und dem Einbrecher einen kräftigen Schrecken eingejagt. Der Kerl hatte sofort das Weite gesucht.
Obwohl es wenig half, lutschte Jack regelmäßig eine von seinen Halspastillen. Das Schlucken tat ihm immer mehr weh, und inzwischen hatte er auch noch zu husten angefangen. Es war eher ein trockener, stoßweiser Husten, doch das ständige Hüsteln und Räuspern reizte seinen Hals immer heftiger. Obwohl in der Packungsbeilage pro Tag nur zwei Rimantadin empfohlen wurden, hatte er sich, als er den ersten Hustenreiz gespürt hatte, vorsichtshalber eine dritte genehmigt.
Er wollte sich gerade eingestehen, daß sein Trick mit dem Paket ein Flop gewesen war, als seine Geduld doch noch belohnt wurde. Zuerst war ihm der Mann gar nicht aufgefallen, denn er kam zu Fuß, und damit hatte Jack nicht gerechnet. Er trug eine abge-

wetzte Skijacke aus Nylon und hatte sich die Kapuze tief ins Gesicht gezogen. Auf die gleiche Weise versuchten zu Jacks Verwunderung die meisten Kunden des obskuren Ladens ihr Gesicht zu verbergen. Als der Mann wieder aus dem Laden trat, hatte er das Paket unter dem Arm. Trotz des Dämmerlichts und der relativ großen Entfernung erkannte Jack deutlich die Aufkleber.

Nun war eine schnelle Entscheidung gefragt, denn der Mann entschwand eiligen Schrittes in Richtung Bowery. Jack hatte bei seiner Planung keinen Gedanken daran verschwendet, möglicherweise einen Fußgänger verfolgen zu müssen; jetzt war er hin- und hergerissen, ob er aus dem Wagen springen und dem Mann hinterherlaufen oder ob er ihn lieber mit dem Lieferwagen verfolgen sollte.

Er kam zu dem Schluß, daß ein langsam durch die Straßen schleichender Lieferwagen wesentlich schneller auffallen würde als ein Fußgänger. Deshalb stieg er aus und folgte dem Mann in sicherer Entfernung. Als dieser rechts in die Eldridge Street einbog, legte Jack bis zur Straßenecke einen Zahn zu. Dort lugte er vorsichtig um das Eckhaus und sah im letzten Moment, wie der Mann etwa hundert Meter weiter ein Gebäude auf der anderen Straßenseite betrat.

Jack stürmte hinüber. Wie die Nachbarhäuser hatte auch dieses fünf Stockwerke. Auf jeder Etage gab es zwei große Fenster, neben denen sich jeweils rechts und links zwei kleine Schiebefenster befanden. An der linken Seite des Hauses war eine zickzackförmige Feuertreppe angebracht, die etwa drei Meter über dem Bürgersteig in einer Leiter endete, an der ein Gegengewicht hing. Die Gewerbefläche im Erdgeschoß stand leer. Ein Schild im Schaufenster teilte mit, daß die Räume zu vermieten seien.

Außer im ersten Stock war es überall dunkel. Jack hatte den Eindruck, daß sich dort kein Büro, sondern eher eine Wohnung befand. Allerdings war er sich nicht sicher, denn er konnte weder Gardinen noch irgendwelche anderen Anzeichen entdecken, die auf eine häusliche Atmosphäre hindeuteten.

Während er noch das Gebäude inspizierte und überlegte, was er als nächstes tun sollte, ging im fünften Stock das Licht an. Im nächsten Augenblick sah er, wie jemand eines der kleinen Schie-

befenster öffnete, doch er konnte nicht erkennen, ob es der Mann war, den er verfolgt hatte. Allerdings vermutete er das.
Er vergewisserte sich noch einmal, ob ihn auch niemand beobachtete, und steuerte dann eiligst auf die Tür zu, durch die der Mann verschwunden war. Als er sich leicht dagegen stemmte, sprang sie auf. Vorsichtig trat er ein und fand sich in einer kleinen Eingangshalle wieder, an deren linker Seite sich vier Briefkästen befanden. Nur zwei der Kästen waren mit Namen versehen. In der ersten Etage wohnte ein gewisser G. Heilbrunn. Der Mieter der fünften Etage hieß R. Overstreet. Nichts deutete auf Frazer Labs hin.
Neben der Sprechanlage waren vier Klingeln angebracht. Jack überlegte, ob er einfach im fünften Stock klingeln sollte, doch ihm fiel absolut nichts Vernünftiges ein, womit er seinen Besuch hätte rechtfertigen können. Er zermarterte sich mehrere Minuten lang das Hirn, und dann sah er plötzlich, daß der Briefkasten für die fünfte Etage unverschlossen zu sein schien.
Im selben Moment wurde die Tür aufgerissen, die zu dem Flur mit dem Fahrstuhl führte. Jack bekam einen furchtbaren Schrecken. Immerhin war er so geistesgegenwärtig, der herannahenden Person – wer auch immer es sein mochte – den Rücken zuzukehren. In offensichtlicher Panik stürmte die Gestalt an ihm vorbei. Bevor der Mann verschwand, erhaschte Jack noch einen Blick auf die Nylon-Skijacke.
Diesmal reagierte er blitzschnell. Bevor die Flurtür zufiel, rannte er hin und stellte seinen Fuß in den Spalt. Als er sicher war, daß der Mann nicht sofort zurückkehren würde, betrat er den Flur und ließ die Tür hinter sich ins Schloß fallen. Neben einem von Drahtgeflecht umgebenen Fahrstuhlschacht führte eine Wendeltreppe nach oben. Vermutlich war der Fahrstuhl vorwiegend zur Beförderung schwerer Frachten vorgesehen, denn er war ziemlich geräumig, und die Türen schlossen nicht von den Seiten, sondern von oben und unten. Als Boden dienten lediglich ein paar grob behauene Bretter.
Er bestieg den Fahrstuhl und drückte auf die fünf.
Geräuschvoll ruckelte der Aufzug langsam nach oben. Im fünften Stock stieg er aus und stand vor einer schlichten, massiven Tür. Es war weder ein Name angebracht, noch gab es eine Klin-

gel. In der Hoffnung, daß sich niemand in der Wohnung befand, klopfte er an die Tür. Als sich auch nach seinem zweiten, etwas lauteren Klopfen niemand meldete, versuchte er die Tür zu öffnen. Doch sie war abgeschlossen.

Da die Treppe noch weiter nach oben führte, stieg Jack hinauf, um eventuell auf das Dach zu gelangen. Die Tür zum Dach ließ sich ohne weiteres öffnen, doch um sich nicht auszusperren, mußte er irgendeinen Gegenstand zwischen die Tür und den Türrahmen schieben. Direkt neben der Tür entdeckte er ein etwa fünf mal zehn Zentimeter großes Stück Holz, das wahrscheinlich genau für diesen Zweck gedacht war.

Er schob den Holzscheit in den Türspalt und trat hinaus auf das dunkle Dach. Vorsichtig ging er hinüber zur Straßenseite des Gebäudes. Der gewölbte Handlauf der Feuertreppe zeichnete sich gegen den Nachthimmel ab.

An der Dachkante angelangt, umklammerte Jack das Geländer und sah hinunter. Der Ausblick versetzte ihn in Panik; bei dem Gedanken, dort hinuntersteigen zu müssen, bekam er wackelige Knie. Doch gerade mal drei Meter tiefer lag der Absatz für die fünfte Etage, erleuchtet von dem aus der Wohnung fallenden Licht.

Jack wußte, daß er sich diese Chance nicht entgehen lassen durfte – Phobie hin oder her. Er mußte zumindest einen Blick durch das Fenster werfen. Zuerst setzte er sich auf die Dachkante und verbot sich, nach unten zu sehen. Dann umklammerte er mit beiden Händen das Geländer und stand auf. Mißtrauisch konzentrierte er sich auf jede einzelne Stufe. Er ging sehr langsam, und als er den Absatz erreichte, hatte er den Blick nicht ein einziges Mal von seinen Füßen gewendet.

Die eine Hand weiterhin fest um das Geländer geklammert, beugte er sich ein wenig vor und lugte durch das Fenster. Er hatte richtig vermutet: Es handelte sich um eine Privatwohnung. Der Raum war durch eine etwa zwei Meter hohe Trennwand in zwei Bereiche aufgeteilt. Direkt vor ihm befand sich der kleinere Teil mit einem Bett auf der rechten Seite und einer kleinen Küchenzeile an der gegenüberliegenden Wand. Auf einem runden Tisch entdeckte er die Überreste seines Pakets. Der Holzkeil und das zerknüllte Zeitungspapier lagen auf dem Fußboden.

Am meisten aber interessierte sich Jack für etwas, von dem er hinter der Trennwand nur die oberste Kante erkennen konnte: Es war ein Gerät aus rostfreiem Stahl, das absolut nicht so aussah, als hätte es irgend etwas in einer Wohnung zu suchen.

Da das Fenster einladend offenstand, konnte Jack seinem Drang, das Apartment auch von innen zu inspizieren, nicht widerstehen. Außerdem konnte er dann später durch das Treppenhaus verschwinden und würde nicht noch einmal die grauenvolle Feuertreppe betreten müssen.

Obwohl er stur geradeaus sah und jeden Blick nach unten vermied, brauchte er ein paar Sekunden, bevor er sich dazu überwinden konnte, das Geländer loszulassen. Schweißnaß vor Angst ließ er sich kopfüber in die Wohnung gleiten.

Als er wieder festen Boden unter den Füßen hatte, verspürte er nicht die geringste Lust, noch einmal aus dem Fenster zu sehen. Doch es half nichts; er mußte noch einmal einen Blick auf die Straße werfen, um sich zu vergewissern, daß der Mann in der Skijacke nicht im nächsten Augenblick zurückkam. Die Luft schien rein zu sein.

Zufrieden drehte er sich um und nahm die Wohnung in Augenschein. Von dem Raum mit der Koch- und der Schlafecke ging er ins Wohnzimmer, das ein großes Fenster zur Straße hin hatte. Dort standen zwei Sofas und in der Ecke, auf einem kleinen Teppich, ein Beistelltisch. Die Trennwand war mit Ankündigungspostern für internationale Mikrobiologie-Symposien geschmückt. Auf dem Beistelltischchen lagen ausschließlich mikrobiologische Fachzeitschriften.

Jack schöpfte neue Hoffnung. Hatte er womöglich doch die mysteriöse Firma Frazer Labs entdeckt? Doch dann erblickte er an der gegenüberliegenden Wand einen riesigen, mit Schußwaffen vollgestopften Vitrinenschrank. Der Mann in der Skijacke schien sich also nicht nur für Bakterien zu interessieren.

Hastig durchquerte Jack das Wohnzimmer. Doch hinter der Trennwand blieb er schlagartig stehen. Den gesamten Rest der riesigen Dachwohnung beanspruchte ein voll ausgestattetes Labor. Der Apparat aus rostfreiem Stahl, der ihm schon von draußen aufgefallen war, sah fast genauso aus wie der begehbare Brutschrank im Manhattan General Hospital. In der hinteren rechten Ecke fiel ihm eine Schutzhaube der Laborsicherheitsstufe III ins Auge, deren Abluftschlauch aus dem Schiebefenster hing.

Obwohl er schon beim Einsteigen in die Wohnung vermutet hatte, ein privates Labor vorzufinden, stand er fassungslos vor dieser High-Tech-Ausrüstung. Die Geräte mußten ein kleines Vermögen gekostet haben. Was war das für ein Mensch, der in einer zu einem Labor umfunktionierten Wohnung hauste?

Als Jack sich weiter umsah, fiel ihm ein großer Industriegefrierschrank auf, neben dem etliche Flaschen Stickstoff herumstanden. Der Gefrierschrank war offensichtlich umgerüstet worden, damit er mit Flüssigstickstoff gekühlt werden konnte. Dadurch war es möglich, die Innentemperatur bis auf etwa minus fünfzig Grad zu senken. Er versuchte den Schrank zu öffnen, doch die Tür war verriegelt.

Plötzlich hörte er ein dumpfes Geräusch; es klang so ähnlich wie das entfernte Bellen eines Hundes. Als er aufmerksam horchte, ertönte das Geräusch noch einmal. Es kam aus dem hintersten Teil des Labors, wo sich in einer Ecke ein etwa sechs Quadratmeter großer Schuppen befand. Um die seltsame Konstruktion genauer in Augenschein nehmen zu können, ging Jack etwas näher heran. Von der Rückwand des Schuppens führte ein Abluftrohr durch eines der rückwärtigen Fenster nach draußen.

Er stemmte sich gegen die Tür, bis sie sich einen Spaltbreit öffnete. Im selben Moment schlug ihm ein grauenerregender Gestank entgegen. Dann hörte er wieder das Bellen, diesmal aber viel kraftvoller und lauter. Als er die Tür etwas weiter aufdrückte, sah er im Halbdunkel die Umrisse von Metallkäfigen. Aufgeregt tastete er die Wand ab, bis er einen Lichtschalter fand. Als erstes sah er mehrere Katzen und Hunde, doch dann registrierte er, daß der Raum überwiegend von Ratten und Mäusen bevölkert war. Die Tiere starrten ihn verdutzt an. Ein paar Hunde wedelten hoffnungsvoll mit dem Schwanz.

Schnell machte Jack die Tür wieder zu. Sein Gehirn arbeitete auf Hochtouren. Der Mann mit der Skijacke mußte ein völlig verrückter Fanatiker sein, der auf alles abfuhr, was mit Mikrobiologie zu tun hatte. Jack wollte sich lieber nicht ausmalen, was für Experimente er mit den Tieren in dem Schuppen anstellte.

Plötzlich gefror ihm das Blut in den Adern. In der Ferne hörte er das verdächtige Quietschen eines Elektroantriebs. Er wußte sofort, was es zu bedeuten hatte: Jemand kam mit dem Fahrstuhl nach oben!
Vollkommen in Panik wurde ihm bewußt, daß er immer noch keine Ahnung hatte, wo sich die Tür zum Treppenhaus befand. Das Labor hatte ihn so in den Bann gezogen, daß er ganz vergessen hatte, nach dem Ausgang zu suchen. Er fand ihn, doch als er davorstand, befürchtete er, daß es bereits zu spät war. Der Aufzug näherte sich bedrohlich der fünften Etage.
Eigentlich hatte er über die Treppe aufs Dach huschen und dort warten wollen, bis der Mann mit der Skijacke in seiner Wohnung verschwunden war. Dann hätte er das Gebäude unbemerkt verlassen können. Doch der Fahrstuhl war schon zu nahe; wenn er jetzt hinausging, lief er dem Mann mit Sicherheit in die Arme. Also blieb ihm nur die Möglichkeit, wieder durch das Fenster zu schlüpfen und über die Feuertreppe zu verschwinden. Gerade als er losstürmen wollte, hörte er, wie der Aufzug zum Stehen kam und mit einem lauten Quietschen die Metalltüren aufgingen. Es war zu spät.
Jetzt zählten die Sekunden. Es kam nur noch ein Versteck in Frage, ganz in der Nähe der Tür zum Treppenhaus. Etwa drei Meter vor sich sah er eine schlichte Tür. Er stürzte darauf zu und riß sie auf. Dahinter befand sich ein Badezimmer. Schnell huschte er hinein und zog die Tür hinter sich zu. Jetzt konnte er nur noch hoffen, daß der Mann mit der Skijacke nicht auf die Idee kam, auf die Toilette zu gehen oder sich die Hände zu waschen.
Schon hörte er, wie der Riegel an der Wohnungstür entsichert wurde. Der Mann kam herein, schloß die Tür hinter sich und durchquerte zügigen Schritts das Apartment. Die Schritte wurden immer leiser, bis sie schließlich ganz verstummten.
Jack überlegte, was er tun sollte. Wieviel Zeit brauchte er, um zur Wohnungstür zu rasen, sie aufzureißen und zu verschwinden? Wenn er die Treppe einmal erreicht hatte, konnte er den Mann mit der Skijacke sicher abhängen. Dank seines kontinuierlichen Basketballtrainings hatte er eine ziemlich gute Kondition.
So leise wie möglich öffnete er die Badezimmertür einen Spaltbreit und horchte. Als sich nichts regte, schob er die Tür etwas

weiter auf und lugte vorsichtig um die Ecke. Von hier aus konnte er einen großen Teil des Labors überblicken. Da der Mann nirgends zu sehen war, öffnete er die Tür ganz und nahm den Ausgang ins Visier. Der Sicherheitsriegel befand sich oberhalb des Türknaufs.
Nachdem er sich noch einmal vergewissert hatte, daß die Luft rein war, verließ er das Bad und huschte leise zur Tür. Während er mit der linken Hand den Knauf umklammerte, machte er sich mit der rechten an dem Riegel zu schaffen. Da erst erkannte er, daß er vor einem unlösbaren Problem stand. Der Riegel ließ sich sowohl von innen als auch von außen nur mit einem Schlüssel öffnen. Er war gefangen!
Vollkommen aufgelöst zog er sich wieder ins Bad zurück. Er war genauso ausgeliefert wie die armen, eingepferchten Versuchstiere in dem provisorisch zusammengezimmerten Schuppen. Die einzige Hoffnung, die ihm blieb, war, daß der Mann mit der Skijacke noch einmal wegging, ohne vorher das Badezimmer zu betreten. Doch es sollte anders kommen. Es waren nur ein paar grauenvolle Minuten vergangen, als plötzlich die Tür aufgerissen wurde. Der Mann, der inzwischen keine Jacke mehr trug, kam in den Raum gestürmt und stieß prompt mit ihm zusammen. Sie hielten beide die Luft an.
Noch bevor Jack einen von seinen klugen Sprüchen loslassen konnte, verließ der Mann das Bad und knallte die Tür zu, so kräftig, daß der Duschvorhang mitsamt Stange herunterkrachte.
Aus Angst, eingesperrt zu werden, stürmte Jack zur Tür und drückte die Klinke. Da er aus irgendeinem Grund erwartete, daß sie sich nicht ohne weiteres würde öffnen lassen, warf er sich mit voller Wucht gegen die Tür. Doch sie ging mühelos auf, so daß er ein paar Meter durch den Flur taumelte und sich nur mit Mühe auf den Beinen halten konnte. Als er das Gleichgewicht wiedergefunden hatte, ließ er seinen Blick durch die Wohnung schweifen. Der Mann war offenbar verschwunden.
Jack hatte nur eine Möglichkeit zu entkommen: Er mußte die Küche und das offene Fenster erreichen. Doch er schaffte es nur bis zum Wohnzimmer. Der Mann war ebenfalls in diese Richtung gerannt. Er hatte einen riesigen Revolver aus der Schublade des Beistelltischs geholt. Als er Jack sah, richtete er die Waffe

auf ihn und schrie ihm zu, daß er sich bloß nicht von der Stelle rühren solle.

Jack gehorchte und hob unaufgefordert die Hände über den Kopf. Die Waffe machte ihm angst; er wollte sich so kooperativ zeigen wie nur irgend möglich.

»Was, zum Teufel, haben Sie hier zu suchen?« rief der Mann. Da ihm ständig eine widerspenstige Strähne in die Augen fiel, warf er mehrmals hektisch den Kopf zurück.

Genau diese nervöse Angewohnheit ließ bei Jack schließlich den Groschen fallen. Der Mann, der ihn bedrohte, war Richard, der leitende Laborassistent aus dem Manhattan General Hospital!

»Antworten Sie!« brüllte Richard.

In der Hoffnung, Richard ein wenig besänftigen zu können, hob Jack die Hände noch höher. Gleichzeitig zerbrach er sich den Kopf darüber, wie er Richard seine Anwesenheit erklären sollte. Er war so durcheinander, daß er kein Wort herausbrachte.

Aber er behielt die Pistole im Auge, die immer noch auf ihn gerichtet war und inzwischen fast seine Nase berührte. Mit Schrecken registrierte er, daß der Lauf zitterte. Richard schien nicht nur wütend zu sein, sondern auch noch ziemlich nervös. Eine Kombination, die für Jacks Begriffe äußerst gefährlich war.

»Wenn Sie mir nicht antworten, erschieße ich Sie auf der Stelle«, fauchte Richard.

»Sie wissen doch, daß ich Gerichtsmediziner bin«, sagte Jack. »Ich führe ganz normale Ermittlungen durch.«

»Erzählen Sie mir keinen Mist!« brüllte Richard. »Gerichtsmediziner brechen nicht in irgendwelche Wohnungen ein.«

»Ich bin nicht eingebrochen«, widersprach Jack. »Das Fenster stand offen.«

»Halten Sie Ihr Maul!« schrie Richard. »Sie haben widerrechtlich meine Wohnung betreten und mischen sich in Dinge ein, die Sie nichts angehen!«

»Es tut mir leid«, sagte Jack. »Können wir uns nicht in Ruhe unterhalten?«

»Haben Sie mir das getürkte Paket geschickt?«

»Welches Paket?«

Richard ließ ihn für einen Moment aus den Augen und sah auf den Boden; dann musterte er ihn von Kopf bis Fuß. »Sie tragen

ja sogar eine imitierte Kurieruniform. Also haben Sie Ihr Vorhaben genauestens geplant und keine Mühe gescheut.«
»Was erzählen Sie denn da?« fragte Jack. »So laufe ich immer rum, wenn ich nicht im Leichenschauhaus bin.«
»Schwachsinn!« brüllte Richard und deutete mit der Pistole auf eines der Sofas. »Setzen Sie sich!«
»Ist ja schon gut«, entgegnete Jack. »Sie können ruhig ein bißchen freundlicher sein.« Der anfängliche Schock legte sich langsam, und allmählich begann auch sein Hirn wieder zu arbeiten. Er folgte Richards Aufforderung und setzte sich.
Dieser bewegte sich nun rückwärts auf den Vitrinenschrank zu, ohne Jack auch nur eine Sekunde aus den Augen zu lassen. Gleichzeitig durchsuchte er seine Hosentasche nach dem Schlüssel und fummelte verzweifelt an dem Schloß herum.
»Kann ich Ihnen vielleicht behilflich sein?« fragte Jack.
»Schnauze halten!« schrie Richard. Seine Hand zitterte so heftig, daß er kaum die Tür aufbekam. Als er es endlich geschafft hatte, holte er ein Paar Handschellen aus dem Schrank.
»Oh!« bemerkte Jack. »Nicht schlecht.«
Die Pistole im Anschlag, steuerte Richard nun langsam wieder auf Jack zu.
»Ich mache Ihnen einen Vorschlag«, sagte Jack. »Wir rufen jetzt einfach die Polizei. Ich gestehe, daß ich hier eingebrochen bin. Dann können die Bullen mich mitnehmen, und Sie sind mich los.«
»Sie sollen Ihr verdammtes Maul halten!« ordnete Richard an und gab ihm zu verstehen, daß er aufstehen solle.
Jack gehorchte und hob wieder die Hände.
»Los, vorwärts!« befahl Richard und deutete auf das Labor.
Da er auf keinen Fall die Pistole aus den Augen lassen wollte, ging Jack rückwärts. Richard kam immer näher auf ihn zu. In seiner linken Hand baumelten die Handschellen.
»Los, rüber an den Pfeiler!«
Jack stellte sich mit dem Rücken an den Pfeiler. Er hatte einen Durchmesser von etwa fünfunddreißig Zentimetern.
»Umdrehen!« kommandierte Richard.
Jack drehte sich um.
»Und jetzt die Hände um den Balken legen!«

Als Jack auch dieser Aufforderung gefolgt war, spürte er, wie sein Peiniger ihm die Handschellen anlegte und einschnappen ließ.
»Haben Sie etwas dagegen, wenn ich mich hinsetze?« fragte Jack.
Ohne zu antworten, eilte Richard zurück ins Wohnzimmer. Jack ließ sich auf den Boden sinken. Am besten konnte er es aushalten, wenn er die Beine ebenfalls um den Pfeiler schlang.
Als nächstes hörte er Richard mit dem Telefon hantieren. Er überlegte, ob er laut um Hilfe schreien sollte, wenn Richard zu reden begann. Doch so nervös, wie der Mann war, würde er ihn wahrscheinlich auf der Stelle erschießen. Außerdem würde Richards Gesprächspartner sich mit Sicherheit einen Dreck um ihn scheren.
»Jack Stapleton ist hier in meiner Wohnung«, sagte Richard ohne jede Einleitung. »Ich habe ihn in meinem Badezimmer erwischt. Er weiß über Frazer Labs Bescheid. Außerdem hat er hier rumgeschnüffelt, da bin ich mir ganz sicher. Genau wie diese verdammte Beth Holderness im Krankenhauslabor.«
Als Richard den Namen erwähnte, sträubten sich Jack die Nackenhaare.
»Jetzt komm mir nicht mit dämlichen Sprüchen!« schrie Richard plötzlich los. »Ich werde mich nicht beruhigen! Wir stecken verdammt tief in der Scheiße! Ich hätte mich nie in diese Geschichte hineinziehen lassen dürfen. Am besten läßt du dich schleunigst hier blicken. Du steckst nämlich genauso tief drin.«
Jack hörte, wie Richard den Hörer auf die Gabel knallte. Das Telefonat hatte ihn offensichtlich noch mehr in Rage gebracht. Kurz darauf kam er zurück zu Jack, diesmal jedoch ohne Pistole. Er baute sich vor ihm auf und sah zu ihm hinunter. Jack sah, daß seine Unterlippe zitterte. »Wie haben Sie von Frazer Labs erfahren?« fragte Richard. »Ich weiß genau, daß das getürkte Paket von Ihnen ist. Sie können also ruhig die Wahrheit sagen.«
Jack registrierte beunruhigt, daß seine Pupillen erweitert waren. Er sah aus wie ein Irrer.
Ohne Vorwarnung holte Richard plötzlich aus und verpaßte ihm eine kräftige Ohrfeige. Sofort platzte seine Unterlippe auf und begann zu bluten.
»Sie sollten besser reden«, preßte Richard hervor.

Vorsichtig fuhr Jack sich mit der Zunge über die Lippe. Sie fühlte sich vollkommen taub an, und er schmeckte Blut.
»Vielleicht sollten wir lieber warten, bis Ihr Kollege eintrifft«, schlug Jack vor, nur um irgend etwas zu sagen. Er rechnete fest damit, ziemlich bald Martin Cheveau, Kelley oder vielleicht sogar Dr. Zimmerman zu sehen.
Offenbar hatte die Ohrfeige nicht nur Jack weh getan; auch Richard schien sich verletzt zu haben. Jedenfalls öffnete und schloß er mehrmals die Hand, mit der er zugeschlagen hatte, und verschwand dann hinter der Trennwand. Jack hörte, wie er den Kühlschrank öffnete und ein paar Eiswürfel in die Spüle plumpsen ließ.
Ein paar Minuten später kam er zurück; er hatte ein Küchentuch um die Hand gewickelt. Er musterte Jack und begann auf- und abzugehen, wobei er hin und wieder stehenblieb und einen nervösen Blick auf die Uhr warf.
Nichts geschah. Jack hätte gern eine Halstablette genommen, doch daran war nicht zu denken. Dabei war sein Husten schlimmer geworden, und er fühlte sich inzwischen richtig krank. Wahrscheinlich hatte er sogar Fieber.
Irgendwann riß das entfernte Rumpeln des Fahrstuhls ihn aus seinen Gedanken. Interessiert hob er den Kopf; es wunderte ihn, daß niemand geklingelt hatte. Der Besucher, der auf dem Weg nach oben war, mußte also einen Schlüssel haben.
Richard ging zur Tür, riß sie auf und trat ins Treppenhaus.
Ein dumpfes Einrasten kündigte die Ankunft des Fahrstuhls an. Jack hörte, wie sich der Motor ausschaltete und die Türen aufgingen.
»Wo ist er?« ertönte eine wütende Stimme.
Als Richard und sein Besucher die Wohnung betraten, wandte Jack sich ab und starrte den Pfeiler an. Er hörte, wie die Tür zugezogen und abgeschlossen wurde.
»Da drüben«, schnappte Richard zurück. »Ich hab' ihn mit Handschellen an den Pfeiler gefesselt.«
Jack holte noch einmal tief Luft, als die Schritte sich näherten. Er drehte sich um, und es verschlug ihm den Atem.

## 33. Kapitel
## Mittwoch, 27. März 1996, 19.45 Uhr

Du Mistkerl!« fauchte Terese. »Warum mußtest du unbedingt schlafende Hunde wecken? Du und deine Sturheit! Du vermasselst mir die ganze Tour! Gerade jetzt, wo sich endlich alles zum Guten wendet!«
Jack war sprachlos. Er blickte zu ihr, in ihre blauen Augen, die ihm noch vor nicht allzu langer Zeit so sanft erschienen waren. Jetzt sahen sie aus wie blasse, kalte Steine. Ihr Mund hatte jeglichen Hauch von Sinnlichkeit verloren. Die blutleeren, zusammengepreßten Lippen bildeten einen starren Strich. Sie kochte vor Wut.
»Vergiß es, Terese!« brüllte Richard. »Rede nicht mit ihm! Das ist pure Zeitverschwendung. Wir müssen überlegen, was wir tun sollen. Was ist, wenn irgend jemand weiß, daß er hier ist?«
Terese sah Richard an. »Hast du diese verdammten Bakterienkulturen hier?«
»Natürlich habe ich sie hier.«
»Dann sieh zu, daß du sie los wirst«, sagte sie. »Kipp sie am besten ins Klo!«
»Aber Terese!« jammerte Richard. »Das kann ich doch nicht machen.«
»Kein Aber! Tu, was ich dir sage, und jag das Zeug durchs Klo! Sofort!«
»Auch die Influenza?«
»Vor allem die Influenza«, fauchte sie ihn an.
Unwillig schlurfte Richard hinüber zum Gefrierschrank, schloß ihn auf und hantierte darin herum.
»Was soll ich jetzt bloß mit dir anfangen?« murmelte Terese.
»Am besten nimmst du mir erst mal diese verdammten Handschellen ab. Dann können wir ja alle gemeinsam ins Positano es-

sen gehen. Vielleicht willst du auch noch deinen Freunden Bescheid sagen, daß wir dort sind.«
»Halt die Klappe!« schrie Terese. »Ich habe deine blöden Sprüche langsam satt.«
Unvermittelt drehte sie sich um und ging hinüber zu Richard, um ihn beim Zusammentragen der tiefgefrorenen Fläschchen zu beobachten. »Hol sie alle da raus!« befahl sie ihm. »Wir dürfen keine Spuren hinterlassen. Hast du das kapiert?«
»Dir zu helfen war die dümmste Entscheidung meines Lebens«, entgegnete Richard. Als er alle Fläschchen aus dem Gefrierschrank geholt hatte, verschwand er im Badezimmer.
»Erzähl mir, wie du in diese Geschichte verwickelt bist«, forderte Jack Terese auf.
Doch statt zu antworten, verschwand sie hinter der Trennwand im Wohnbereich. Als Jack die Toilettenspülung hörte, jagte ihm ein kalter Schauer über den Rücken. Die Erreger, die Richard gerade ins städtische Abwassersystem geleitet hatte, würden wahrscheinlich bald die Rattenpopulationen in den Kanälen infizieren. Richard folgte Terese ins Wohnzimmer. Jack konnte die beiden zwar nicht sehen, doch aufgrund der hohen, kahlen Wände verstand er jedes Wort.
»Wir müssen ihn so schnell wie möglich hier wegbringen«, sagte Terese.
»Und was machen wir mit ihm?« fragte Richard verdrossen. »Ihn in den East River werfen?«
»Nein. Er sollte nur vorerst von der Bildfläche verschwinden. Was ist mit dem Landhaus von Mom und Dad in den Catskill Mountains?«
»Darauf wäre ich nie gekommen«, sagte Richard. Er klang erleichtert. »Aber je mehr ich darüber nachdenke, desto besser gefällt mir die Idee.«
»Wie kriegen wir ihn dorthin?« fragte Terese.
»Kein Problem. Mit meinem Explorer.«
»Aber wie kriegen wir ihn in den Wagen, ohne daß er um Hilfe schreit? Und während der Fahrt darf er auch keine Mätzchen machen.«
»Ich habe Ketamin«, sagte Richard.
»Was ist das?«

»Ein Narkotikum. Es wird vor allem in der Tiermedizin verwendet, manchmal setzt man es aber auch bei Menschen ein. Das Problem ist, daß es Halluzinationen hervorrufen kann.«
»Dann hat er eben Halluzinationen«, erwiderte Terese. »Mir ist das ziemlich egal. Hauptsache, das Zeug wirkt. Das beste wäre, ihn einfach für einige Zeit ruhigzustellen.«
»Ich habe nur Ketamin«, stellte Richard klar. »Das fällt nicht unters Betäubungsmittelgesetz, deshalb kann ich es problemlos kaufen. Ich narkotisiere damit meine Tiere.«
»Komm mir bloß nicht mit deinen Tierversuchen«, entgegnete Terese. »Kann man ihm denn nicht nur so viel verpassen, daß er einfach ein bißchen beduselt ist?«
»Ich kann's ja versuchen«, erwiderte Richard. »Aber garantieren kann ich das nicht.«
»Wie gibst du ihm das Zeug?«
»Mit einer Spritze«, erklärte Richard. »Aber Ketamin wirkt nur für kurze Zeit. Wir müssen es ihm also womöglich mehrmals spritzen.«
»Okay, versuchen wir's«, sagte Terese.
Als die beiden zu ihm kamen, war Jack schweißgebadet. Er hatte keine Ahnung, ob das am Fieber lag oder ob es die Angst war, die ihn in helle Aufruhr versetzte. Der Gedanke, daß er als unfreiwilliges Versuchskaninchen für ein äußerst wirkungsvolles Narkotikum herhalten sollte, gefiel ihm überhaupt nicht.
Richard steuerte auf einen Schrank zu und nahm ein paar Spritzen heraus. Dann ging er an einen anderen Schrank, aus dem er ein kleines, mit einem Gummipfropfen verschlossenes Glasröhrchen holte. Er hielt kurz inne und überlegte, welche Dosis er Jack verabreichen sollte.
»Hast du eine Ahnung, wieviel er wiegt?« wandte er sich an Terese, als wäre Jack ein verständnisloses Tier.
»Ich schätze, achtzig Kilo«, erwiderte Terese. »Vielleicht aber auch fünf Pfund mehr oder weniger.«
Richard rechnete kurz und zog dann eine Spritze auf. Als er sich ihm mit der Spritze näherte, drehte Jack vor Panik beinahe durch. Er wollte laut schreien, doch er brachte keinen Ton heraus. Als Richard ihm das Ketamin in den rechten Oberarm injizierte, jaulte Jack vor Schmerz auf. Es brannte wie Feuer.

»Mal sehen, was jetzt passiert«, sagte Richard und warf die Spritze in den Mülleimer. »Während das Zeug zu wirken anfängt, hole ich schon mal das Auto.«
Terese nickte. Richard zog sich seine Skijacke an, hielt aber an der Tür noch einmal kurz inne. »Ich bin in zehn Minuten zurück.«
»Allmählich begreife ich, was hier abläuft«, sagte Jack, als er mit Terese allein war. »Ihr seid Geschwister und habt die Sache gemeinsam ausgeheckt.«
»Sei still!« befahl Terese und schüttelte den Kopf. »Ich will nichts davon hören.« Dann begann sie nervös auf- und abzugehen, genau wie Richard ein paar Minuten zuvor.
Allmählich setzte die Wirkung des Ketamins ein. Zuerst klingelte es Jack in den Ohren, dann sah er Terese nur noch vollkommen verzerrt. Er blinzelte und warf den Kopf hin und her, doch es nützte nichts. Ihm war, als würde er von einer schweren Wolke eingehüllt. Als stünde er selbst daneben und beobachtete, was mit ihm geschah. Plötzlich sah er Terese am Ende eines langen Tunnels. Ihr fratzenhaftes Gesicht war riesig groß. Sie sagte irgend etwas, aber er konnte nichts verstehen. Ihre Worte erzeugten ein endloses Echo unverständlicher Laute.

Als nächstes nahm Jack wahr, daß er sich fortbewegte. Aber er ging nicht normal, sondern völlig unkoordiniert; er hatte keine Ahnung, wo sich seine einzelnen Körperteile befanden. Er sah zu Boden, doch seine Füße entglitten seinem Blickfeld und setzten weit neben ihm auf. Um sich herum nahm er undeutliche Schatten und Linien wahr, die in den grellsten Farben schillerten und ständig in Bewegung waren.
Ihm war ein wenig übel, doch nachdem er sich einmal kräftig geschüttelt hatte, fühlte er sich schon etwas besser. Er blinzelte noch einmal, und plötzlich gingen die bunten Schatten und Linien ineinander über und flossen in einem großen, glänzenden Objekt zusammen. Dann tauchte eine Hand in seinem Blickfeld auf und berührte das Objekt. Jetzt erst wurde ihm bewußt, daß es sich um seine eigene Hand handelte, die sich auf einem Auto abstützte.
Nach und nach erkannte er auch andere Gegenstände in seiner unmittelbaren Nähe. Zunächst konnte er ein paar Lampen und

ein Gebäude ausmachen. Dann merkte er, daß rechts und links von ihm jemand stand und ihn festhielt. Die beiden Gestalten redeten miteinander, aber er verstand kein Wort; ihre Stimmen hatten einen tiefen, mechanischen Klang, als kämen sie aus einem Synthesizer.
Als nächstes merkte er, wie er fiel, und er konnte nichts dagegen tun. Er hatte das Gefühl, mehrere Minuten lang durch die Luft zu fliegen, bevor er schließlich auf einem harten Untergrund aufschlug. Er sah nichts als dunkle Schatten. Er lag auf einem mit Teppich ausgelegten Boden, und irgend etwas Hartes stieß ihm in den Magen. Er wollte sich umdrehen, doch seine Handgelenke waren aneinandergekettet.
Die Zeit verstrich, ohne daß Jack auch nur die blasseste Ahnung hatte, ob wenige Minuten oder etliche Stunden vergangen waren. Aber er gewann allmählich die Orientierung zurück, und langsam verschwanden auch die Halluzinationen. Allmählich begriff er, daß er sich in einem fahrenden Auto befand. Er lag eingezwängt auf dem Boden zwischen den Vordersitzen und der Rückbank; seine Hände waren mit Handschellen am Untergestell des Beifahrersitzes festgekettet. Vermutlich waren sie unterwegs in die Catskills.
Da ihm die Ummantelung der Kardanwelle unangenehm in den Magen drückte, versuchte er sich ein wenig Erleichterung zu verschaffen, indem er die Knie anzog und sich noch enger zusammenkauerte. Danach ging es ihm zwar etwas besser, doch wie es schien, war seine verkrampfte Lage gar nicht der Hauptgrund für sein Unwohlsein. Vor allem machten ihm die Grippesymptome zu schaffen; in Verbindung mit den Nachwirkungen des Ketamins sorgten sie dafür, daß es ihm dreckiger ging denn je.
Als er mehrmals kräftig niesen mußte, wurde Terese auf ihn aufmerksam. Sie beugte sich über die Rücklehne ihres Sitzes und sah zu ihm herunter.
»O Gott«, rief sie.
»Wo sind wir?« fragte Jack heiser und bekam vom Sprechen sofort einen Hustenanfall. Auch die Nase lief ihm unentwegt, und da er seine Hände nicht bewegen konnte, konnte er nichts dagegen tun.
»Am besten halten Sie den Mund«, meldete sich Richard zu Wort. »Sonst ersticken Sie nämlich gleich.«

»Kommen der Husten und diese Nieserei von der Spritze, die du ihm gegeben hast?« wandte sich Terese an Richard.

»Woher, zum Teufel, soll ich das wissen? Ich habe noch nie einem Menschen Ketamin verpaßt.«

»Man wird ja wohl fragen dürfen«, raunzte Terese ihn an. »Immerhin gibst du den armen Tieren ständig dieses Zeug. Hätte ja sein können, daß du weißt, wie es wirkt.«

»Ich finde es zum Kotzen, wie du daherredest«, empörte sich Richard. »Du weißt genau, wie sehr mir die Tiere am Herzen liegen. Schließlich setze ich das Ketamin nur ein, damit sie nicht leiden müssen.«

Jack registrierte, daß die Stimmung bei Terese und Richard allmählich umschlug. Die Panik, die ihnen angesichts seines plötzlichen Erscheinens in die Knochen gefahren war, verwandelte sich zusehends in Wut und Zorn. Und die Art, wie sie miteinander redeten, ließ darauf schließen, daß sie ihren Ärger vor allem aneinander ausließen.

Nach einer kurzen Unterbrechung des Streits sagte Richard: »Du weißt, daß diese ganze Geschichte auf deinem Mist gewachsen ist. Ich habe im Grunde nichts damit zu tun.«

»O nein!« rief Terese. »So kommst du mir nicht davon. Immerhin war es dein Vorschlag, AmeriCare durch die provozierten Nosokomialinfektionen ein bißchen in Verruf zu bringen. Ich wäre im Traum nicht auf so eine Idee gekommen.«

»Ich bin nur darauf gekommen, weil du mir immerzu damit in den Ohren gelegen hast, daß die National Health trotz deiner dämlichen Werbekampagne ständig Marktanteile an AmeriCare verliert«, fuhr Richard sie an. »Du wolltest doch unbedingt, daß ich dir helfe.«

»Ich habe dich um Ideen gebeten« entgegnete Terese. »Etwas, das ich für meine Spots verwenden kann.«

»Erzähl mir doch keine Märchen«, geiferte Richard. »Wegen solcher Kinkerlitzchen hättest du beim besten Willen nicht zu mir zu kommen brauchen. Du weißt genau, daß ich von Werbung keinen Schimmer habe. Was nicht mit Mikrobiologie zu tun hat, interessiert mich nicht die Bohne. Du wußtest, was ich dir vorschlagen würde. Insgeheim hast du sogar gehofft, daß ich dir diese Lösung anbiete.«

»Unsinn! So etwas wäre mir nie in den Sinn gekommen. Außerdem haben wir lediglich vereinbart, daß du AmeriCare mit den Nosokomialinfektionen ein paar negative Schlagzeilen besorgst. Ich war davon ausgegangen, daß du von Erkältungen, Durchfall oder von Grippe redest.«

»Was willst du eigentlich?« entgegnete Richard. »Ich habe doch für eine Grippeepidemie gesorgt.«

»Allerdings«, giftete Terese. »Aber wohl kaum für eine normale Grippe. Du hast irgendwelche seltsamen Erreger aus der Versenkung geholt und alle Welt in Aufruhr versetzt – einschließlich unseren Doctor Detective hinten im Wagen. Ich hatte gedacht, du würdest ein paar ganz normale Krankheiten verbreiten – aber doch nicht die Pest oder diese anderen komischen Seuchen. Ich weiß nicht mal mehr, wie sie alle heißen.«

»Aber als die Medien sich wie die Geier auf die Katastrophen im Manhattan General gestürzt haben und AmeriCare plötzlich auf dem absteigenden Ast war, hast du dich nicht beschwert«, fuhr Richard sie an. »Im Gegenteil. Du hast dich gefreut wie ein kleines Kind zu Weihnachten.«

»Das stimmt nicht«, widersprach Terese. »Ich war entsetzt. Und Angst hatte ich auch. Das habe ich dir nur nicht gesagt.«

»Erzähl mir doch nicht so einen Mist!« schrie Richard sie an. »Ich habe einen Tag nach dem Pestausbruch mit dir gesprochen, und du hast nicht ein einziges Wort darüber verloren. Ein bißchen mehr Dankbarkeit hätte ich schon erwartet. Immerhin hat mich die ganze Aktion ziemlich viel Mühe gekostet.«

»Ich hatte einfach Angst, darüber zu reden«, versuchte Terese sich zu rechtfertigen. »Ich wollte nichts mit deinen Machenschaften zu tun haben. Nachdem es sogar Tote gegeben hat, war ich sicher, daß du nach der Pest aufhören würdest. Ich hätte nicht im Traum damit gerechnet, daß du noch mehr Krankheiten verbreitest.«

»Ich kann es einfach nicht fassen, was du für einen Unsinn daherredest«, brüllte Richard.

Jack merkte, daß sie langsamer fuhren. Er versuchte den Kopf ein wenig zu heben, doch die Handschellen ließen ihm kaum Bewegungsspielraum. Nachdem sie eine ganze Weile durch die stockfinstere Nacht gefahren waren, fiel jetzt hin und wieder der Schein vereinzelter Laternen ins Auto.

Plötzlich war es taghell, und sie hielten unter einer Überdachung an. Als Jack hörte, wie Richard das Fenster herunterkurbelte, wurde ihm klar, daß sie sich an einer Mautstelle befanden. Das war seine Chance! Er wollte um Hilfe schreien, doch alles, was er herausbrachte, war ein klägliches Krächzen.
Richard reagierte blitzschnell. Er schmetterte Jack einen harten Gegenstand an den Kopf und brachte ihn zum Schweigen. Mucksmäuschenstill sackte Jack auf dem Boden zusammen.
»Schlag ihn nicht so doll«, fuhr Terese ihn an. »Oder willst du Blut im Auto haben?«
»Im Augenblick finde ich es wichtiger, ihm das Maul zu stopfen«, erwiderte Richard, während er eine Handvoll Münzen in den Korb warf, damit die automatische Schranke sich öffnete.
Durch den Schlag waren Jacks Kopfschmerzen noch schlimmer geworden. Er schloß die Augen und versuchte vergeblich, eine halbwegs erträgliche Lage zu finden. Obwohl er ständig von einer Seite auf die andere rollte, fiel er glücklicherweise irgendwann in einen unruhigen Schlaf. Hinter der Mautstelle hatten sie die Schnellstraße verlassen und fuhren nun auf einer kurvenreichen Strecke weiter.
Jack wurde erst wieder wach, als sie erneut anhielten. Vorsichtig hob er den Kopf ein wenig an. Irgendwo in der Nähe mußten Lampen sein, denn es fiel ein schwacher Lichtstrahl ins Auto.
»Wagen Sie es nicht«, drohte ihm Richard. Er hielt jetzt wieder seinen Revolver in der Hand.
»Wo sind wir?« fragte Jack vollkommen erschöpft.
»Bei einem rund um die Uhr geöffneten Supermarkt«, erwiderte Richard. »Terese wollte ein paar Sachen einkaufen.«
Kurz darauf kam sie mit einer Tüte voller Lebensmittel zurück.
»Hat er irgendein Lebenszeichen von sich gegeben?« fragte sie, während sie einstieg.
»Ja«, sagte Richard. »Er ist wach.«
»Hat er wieder versucht, um Hilfe zu schreien?«
»Nein«, grummelte Richard. »Er hat sich nicht getraut.«
Sie fuhren noch etwa eine Stunde weiter. Während der ganzen Zeit lagen sich Terese und Richard in den Haaren und beschuldigten sich gegenseitig, für den Schlamassel verantwortlich zu sein, in dem sie nun steckten. Keiner wollte nachgeben.

Schließlich verließen sie die asphaltierte Straße und bogen in einen Kiesweg ein. Jack jaulte vor Schmerz auf, als seine geschundenen Glieder auf dem harten Boden hin- und hergeschüttelt wurden und die Ausbuchtung, unter der sich die Kardanwelle befand, ein ums andere Mal in seinen Magen gerammt wurde.

Hinter einer scharfen Linkskurve blieben sie stehen, und Richard stellte den Motor ab. Dann verließen Terese und er den Wagen. Jack ließen sie allein zurück. Er versuchte den Kopf so hoch wie nur irgend möglich zu strecken, doch außer dem Nachthimmel konnte er nichts erkennen. Es war stockfinster.

Er zog die Beine an und versuchte die Handschellen unter dem Sitz hervorzureißen; vielleicht konnte er ja doch fliehen. Aber er gab schnell auf. Er war an eine stabile Eisenstange gekettet. Schließlich ließ er sich erschöpft zurück auf den Boden sinken. Offensichtlich blieb ihm nichts anderes übrig, als zu warten. Nach etwa einer halben Stunde kamen Terese und Richard zurück und öffneten an der Beifahrerseite beide Türen.

Terese schloß die Handschellen an einer Seite auf.

»Rauskommen!« befahl Richard und richtete die Waffe auf Jacks Kopf.

Jack folgte der Aufforderung. Als er draußen war, ließ Terese die Handschelle wieder einschnappen.

»Los, rüber ins Haus!« kommandierte Richard.

Auf wackeligen Beinen taumelte Jack durch das nasse Gras. Hier war es viel kälter als in der Stadt. Beim Ausatmen bildete sich ein Nebelschleier vor seinem Gesicht. Er sah ein weißes Landhaus mit einer Veranda; alle Fenster waren hell erleuchtet. Aus dem Schornstein kam Rauch, hin und wieder stiegen ein paar Funken in den schwarzen Nachthimmel.

Als sie die Veranda erreichten, sah Jack sich etwas genauer um. Links machte er in der Finsternis die Umrisse einer Scheune aus. Dahinter erstreckte sich ein Feld, und am Horizont erhob sich eine Bergkette. Nirgends waren Lichter zu sehen.

»Vorwärts!« brüllte Richard und stieß ihm den Lauf seiner Pistole in die Rippen. »Rein mit Ihnen!«

Das Haus wirkte sehr komfortabel. Es war eingerichtet wie ein Wochenend- oder Sommerdomizil im englischen Landhausstil. Im Kamin knisterte ein frisch entfachtes Feuer. Davor standen

zwei mit dem gleichen Kattunstoff bezogene Sofas. Der Boden war mit weißen Dielenbrettern ausgelegt, auf denen ein breiter Orientteppich lag.
Ein bogenförmiger Durchgang führte in die Küche, die ebenfalls im Landhausstil gehalten war. In der Mitte standen ein Tisch und vier rustikale Stühle, an der Wand dahinter ein alter Ofen. An der gegenüberliegenden Wand war eine im Stil der zwanziger Jahre gearbeitete Porzellanspüle angebracht.
Richard befahl Jack, sich auf einer vor der Spüle liegenden Matte niederzulassen. Jack ahnte, daß er an den Rohren festgekettet werden sollte, und bat darum, vorher noch einmal auf die Toilette gehen zu dürfen.
Sein Anliegen entfesselte sofort einen neuen Streit zwischen den Geschwistern. Terese wollte, daß Richard Jack begleitete, doch dieser lehnte strikt ab und blaffte Terese an, das könne sie genausogut selbst tun. Da beide hartnäckig blieben, einigten sie sich schließlich darauf, Jack allein gehen zu lassen. Das Gäste-WC hatte nur ein winziges Fenster, deshalb bestand ohnehin keine Gefahr, daß ihr Gefangener zu fliehen versuchen könnte.
Kaum war er allein, nahm Jack eine Rimantadin-Tablette. Das Medikament hatte den Ausbruch der Infektion zwar nicht verhindern können, doch er war sich ziemlich sicher, daß es zumindest die Symptome zu lindern vermochte. Wenn er nicht so früh mit der Einnahme begonnen hätte, wäre er sicher noch viel schlechter dran gewesen.
Als er fertig war, führte Richard ihn wieder in die Küche und kettete ihn wie erwartet mit den Handschellen am Abflußrohr fest. Danach machten Terese und Richard es sich auf den Sofas vor dem Kamin bequem. Jack nahm die Rohrleitungen genau ins Visier, irgendwie mußte er es schaffen zu fliehen. Doch die alten Leitungen wirkten äußerst stabil, sie waren aus robustem Messing und Gußeisen. Er rüttelte ein wenig, doch das Abflußrohr gab nicht einen Millimeter nach.
Da ihm fürs erste nichts anderes übrigblieb, als sich mit seinem Schicksal abzufinden, legte er sich so bequem wie möglich auf den Boden. Wenigstens konnte er sich lang auf dem Rücken ausstrecken. Während er sich ausruhte, versuchte er zu verstehen,

worüber Terese und Richard sprachen. Offensichtlich hatten sie ihren Streit vorerst begraben; sie unterhielten sich sachlich und in normalem Tonfall. Vermutlich hatten sie begriffen, daß sie ein paar Entscheidungen treffen mußten.

Die Rückenlage, die Jack zunächst bequem erschienen war, erwies sich als doch nicht so günstig; der Schleim aus seiner Nase floß ihm nun fortwährend in den Rachen, was neuerliche Husten- und Niesanfälle auslöste. Als ihm endlich eine kurze Atempause vergönnt war und er nach Luft schnappte, blickte er in die Gesichter von Terese und Richard.

»Wir wollen wissen, wie Sie auf Frazer Labs gekommen sind«, sagte Richard, die Pistole wieder auf ihn gerichtet.

Jack befürchtete, daß die beiden ihn auf der Stelle erschießen würden, wenn sie herausbekämen, daß er der einzige war, der über Frazer Labs Bescheid wußte.

»Das war ganz einfach«, erwiderte er.

»Dann erzähl' uns doch mal, wie du dahintergekommen bist«, hakte Terese nach.

»Ich habe bei National Biologicals angerufen und gefragt, ob in der letzten Zeit jemand Pestbakterien bestellt hat. Daraufhin haben sie mir gesagt, daß Frazer Labs welche geordert hat.«

Als Terese die Antwort verarbeitet hatte, stürzte sie sich wie von der Tarantel gestochen auf Richard. »Es darf ja wohl nicht wahr sein, daß du das Zeug bei dieser Firma bestellt hast! Hast du mir nicht erzählt, du hättest all die widerlichen Erreger in deiner sogenannten Sammlung?«

»Pestbakterien hatte ich leider nicht«, erwiderte Richard. »Aber ich dachte, daß die Pest bei den Medien am besten einschlagen würde. Was soll's? Es kann doch kein Mensch nachweisen, wo die Bakterien hergekommen sind.«

»Da liegen Sie ziemlich daneben«, widersprach Jack. »Die Firma National Biologicals kennzeichnet ihre Kulturen. Bei den Autopsien in unserem Institut ist alles ans Licht gekommen.«

»Du Idiot!« schrie Terese ihren Bruder an. »Bist du dir darüber im klaren, daß die Spuren direkt vor deine Haustür führen?«

»Ich wußte nicht, daß sie bei National Biologicals ihre Kulturen kennzeichnen«, erwiderte Richard beinahe kleinlaut.

»O nein!« wütete Terese weiter. »Dann weiß also jeder im Ge-

richtsmedizinischen Institut, daß die Pest mit Absicht verbreitet wurde.«
»Was sollen wir jetzt bloß tun?« fragte Richard nervös.
»Moment mal«, sagte Terese und sah Jack nachdenklich an. »Ich glaube, ich habe eine Idee. Ich bin mir gar nicht so sicher, ob er überhaupt die Wahrheit sagt. Colleen hat mir nämlich etwas ganz anderes erzählt. Eine Sekunde. Ich rufe sie an.«
Das Gespräch war kurz. Terese gaukelte ihrer Untergebenen vor, daß sie sich ernsthafte Sorgen um Jack mache und sie deshalb bitte, kurz bei Chet anzurufen und ihn zu fragen, was er eigentlich von Jacks Verschwörungstheorie halte. Außerdem bat sie Colleen, in Erfahrung zu bringen, ob eventuell noch andere Mitarbeiter des Instituts von Jacks Theorie überzeugt waren. Zum Schluß teilte sie ihr mit, daß sie im Augenblick leider nicht zu erreichen sei und deshalb in einer Viertelstunde zurückrufen werde.
Während sie warteten, sprachen sie kaum ein Wort. Terese vergewisserte sich lediglich noch einmal bei ihrem Bruder, ob er auch wirklich alle Kulturen vernichtet habe. Richard versicherte, er habe alles ins Klo gekippt.
Als die Viertelstunde um war, wählte Terese erneut Colleens Nummer. Sie unterhielten sich wieder nur kurz. Am Ende bedankte sich Terese und legte auf.
»Die erste gute Nachricht heute«, verkündete sie. »Im Gerichtsmedizinischen Institut glaubt niemand an Jacks Theorie. Chet hat Colleen erzählt, alle wären davon überzeugt, daß Jack wegen seines Grolls gegen AmeriCare unter Hirngespinsten leidet.«
»Dann weiß also außer ihm keiner über Frazer Labs und die gekennzeichneten Bakterien Bescheid?« fragte Richard.
»Du hast es erfaßt. Das vereinfacht die Situation natürlich erheblich. Jetzt müssen wir nur noch Jack aus dem Weg schaffen.«
»Und wie sollen wir das anstellen?«
»Als erstes gehst du nach draußen und gräbst ein Loch«, erklärte Terese. »Am besten hinter der Scheune in der Nähe der Heidelbeersträucher.«
»Jetzt?«
»Natürlich jetzt, du Idiot!« schrie sie ihn an. »Meinst du, wir können noch ewig und drei Tage warten?«

»Der Boden ist bestimmt gefroren und hart wie Stein«, wandte Richard ein.
»Daran hättest du denken sollen, als du uns in diese Katastrophe hineingeritten hast«, sagte Terese. »Jetzt mach, daß du rauskommst, und grab das verdammte Loch! Hacke und Schaufel müßten in der Scheune sein.«
Richard grummelte irgend etwas Unverständliches und zog seine Jacke an. Mit einer Taschenlampe gewappnet, ging er nach draußen, während Terese im Wohnzimmer verschwand.
»Terese!« rief Jack ihr nach. »Glaubst du nicht, daß du jetzt ein bißchen zu weit gehst?«
Sie erhob sich von ihrem Sofa und kam zurück in die Küche. Dort lehnte sie sich mit verschränkten Armen gegen den Schrank und musterte ihren am Boden liegenden Gefangenen.
»Komm mir bloß nicht mit der Mitleidstour«, sagte sie. »Ich habe dich nicht nur einmal gewarnt – ich habe dir mindestens ein dutzendmal eingehämmert, daß du die Finger von der Sache lassen sollst. Du hast dir alles selbst eingebrockt.«
»Mein Gott, so wichtig kann dir deine Karriere doch gar nicht sein«, entgegnete Jack. »Es sind mehrere Menschen gestorben, ihr habt sie auf dem Gewissen. Und wahrscheinlich sterben noch mehr, womit ich nicht nur mich meine.«
»Ich habe nie gewollt, daß irgend jemand stirbt«, stellte Terese klar. »Das haben wir einzig und allein meinem verrückten Bruder zu verdanken. Seit der High School ist er in seine verdammten Mikroben vernarrt. Wie ein Waffennarr Pistolen sammelt, hat er in seinem Labor Bakterienkulturen gehortet. Es muß ihm irgendwie einen Kick gegeben haben, das gefährliche Zeug um sich zu haben. Vielleicht hätte ich damit rechnen müssen, daß er irgendwann durchdreht und etwas damit anstellt. Aber wie dem auch sei. Jetzt werde ich jedenfalls zusehen, daß ich unsere Haut rette.«
»Was dein Bruder auch immer getan hat«, entgegnete Jack. »Du bist seine Komplizin, dich trifft genausoviel Schuld wie ihn.«
»Weißt du was?« fuhr Terese ihn an. »Deine Meinung interessiert mich einen Scheißdreck.«
Mit diesen Worten ging sie zurück zum Kamin. Jack hörte, wie sie ein paar weitere Holzscheite ins Feuer legte. Er versuchte sich

ein wenig auszuruhen, indem er sich bequemer hinlegte und die Augen schloß. So elend hatte er sich noch nie gefühlt. Er war krank und wurde vor Angst fast wahnsinnig. So mußte es einem zum Tode Verurteilten gehen, dessen Gnadengesuch abgelehnt worden war.

Als eine Stunde später die Tür aufgerissen wurde, fuhr Jack zusammen. Er war wieder eingeschlafen und merkte nun, daß ihm ein weiteres Influenzasymptom zu schaffen machte: Die kleinste Bewegung seiner Pupillen verursachte ihm furchtbare Schmerzen.

»Es war viel einfacher, als ich dachte«, sagte Richard und zog seine Jacke aus. »An der Stelle muß wohl mal ein Moor gewesen sein. Ich mußte nicht mal Steine ausbuddeln.«

»Hoffentlich hast du tief genug gegraben«, erwiderte Terese und legte ihr Buch zur Seite. »Ich lege nämlich keinen Wert auf unangenehme Überraschungen – zum Beispiel, daß er beim nächsten Frühjahrsregen nach oben geschwemmt wird.«

»Das Loch ist tief genug«, stellte Richard klar und verschwand im Bad, um sich die Hände zu waschen. Als er zurückkam, war Terese gerade dabei, sich ihren Mantel überzuziehen. »Wo willst du hin?«

»Nach draußen«, erwiderte sie und ging zur Tür. »Ich mache einen Spaziergang, und während ich weg bin, erschießt du ihn.«

»Moment mal«, wandte Richard ein. »Wieso ich?«

»Weil du der Mann bist«, sagte Terese mit einem verächtlichen Grinsen. »Ihn umzubringen ist Männersache.«

»Von wegen Männersache«, protestierte Richard. »Ich kann und werde ihn nicht töten. Ich bringe doch keinen wehrlosen, mit Handschellen angeketteten Menschen um.«

»Ich glaube, ich höre nicht richtig!« brüllte Terese los. »Drehst du jetzt völlig durch? Als du die Luftbefeuchter im Manhattan General mit den tödlichen Bakterien verseucht und hilflose Patienten umgebracht hast, haben dich doch auch keine Gewissensbisse geplagt!«

»Das siehst du vollkommen falsch«, wies Richard sie zurecht. »Nicht ich, sondern die Bakterien haben die Menschen getötet. Und zwar nur diejenigen, deren Immunsystem im Kampf gegen die Bakterien verloren hat. Ich habe niemanden direkt getötet. Sie hatten alle eine Chance.«

»Herrgott noch mal!« rief Terese entnervt und verdrehte die Augen. Dann holte sie tief Luft und versuchte sich zu beruhigen. »Okay, nicht du hast die Patienten getötet, die Bakterien waren schuld. Wenn du jetzt Jack erschießt, ist in dem Fall die Kugel schuld – und nicht etwa du. Wie wär's, wenn wir es so sehen? Das müßte dein verrücktes Hirn doch zufriedenstellen, oder nicht?«
»Nein«, erwiderte Richard. »Die Situation ist völlig anders.«
»Richard, wir haben keine Wahl. Oder willst du für den Rest deines Lebens in den Knast wandern?«
Schweigend starrte Richard die Pistole an, die auf dem Beistelltisch lag.
»Nimm sie!« forderte Terese ihn auf, als sie sah, daß er mit sich rang.
Richard war unschlüssig.
»Los Richard! Stell dich nicht so an!«
Langsam ging er an den Tisch und nahm vorsichtig die Pistole in die Hand.
»Gut«, ermutigte ihn Terese. »Jetzt geh rüber in die Küche, und erledige ihn.«
»Vielleicht könnten wir ihm die Handschellen abnehmen, und wenn er dann versucht zu fliehen …« Als er sah, daß Terese auf ihn zustürmte, hielt er mitten im Satz inne. Ohne Vorwarnung verpaßte sie ihm eine kräftige Ohrfeige. Intuitiv wich Richard einen Schritt zurück. Wut kochte in ihm hoch.
»Rede nicht so einen Unsinn!« fauchte Terese. »Wir gehen auf keinen Fall ein weiteres Risiko ein! Hast du das kapiert?«
Richard tastete sein Gesicht ab und prüfte, ob er blutete. Sein Ärger verflog ziemlich schnell; er begriff, daß Terese recht hatte. Schließlich nickte er.
»Gut, dann bring die Sache hinter dich«, forderte Terese. »Ich warte draußen.«
Bevor sie hinter sich die Tür schloß, rief sie ihm noch zu: »Mach schnell, und richte keine Sauerei an!«
Dann war es mucksmäuschenstill. Richard bewegte sich zunächst nicht vom Fleck. Er drehte die Pistole in seiner Hand, als wollte er sie noch einmal genau inspizieren.
Schließlich meldete Jack sich zu Wort: »Sie sollten nicht auf Ihre Schwester hören! Wenn man Ihnen nachweisen kann, daß Sie

für die Ausbrüche der Infektionskrankheiten verantwortlich sind, wird man Sie vielleicht ins Gefängnis stecken. Aber wenn Sie mich jetzt kaltblütig erschießen, droht Ihnen in New York mit Sicherheit die Todesstrafe.«

»Halten Sie die Klappe!« schrie Richard hysterisch und kam in die Küche gestürzt, wo er sich direkt hinter Jack in Schießposition stellte.

Es verging eine volle Minute, die Jack jedoch wie eine Stunde vorkam. Er hielt vor Angst die Luft an, doch irgendwann konnte er nicht länger und mußte ausatmen. In diesem Moment wurde er von einem furchtbaren Hustenanfall geschüttelt.

Als nächstes hörte er, wie Richard die Pistole auf den Küchentisch knallte und zur Tür rannte. Er öffnete sie und brüllte in die Nacht hinaus: »Ich kann es nicht!«

Beinahe im gleichen Moment tauchte Terese wieder auf. »Du verdammter Feigling!« blaffte sie ihn an.

»Warum knallst du ihn nicht selbst ab?« entgegnete Richard.

Terese wollte etwas sagen, hielt dann aber inne und steuerte auf den Küchentisch zu. Sie nahm die Pistole in beide Hände und trat auf Jack zu. Dann richtete sie die Waffe auf sein Gesicht. Jack sah ihr direkt in die Augen.

Zuerst fing die Spitze des Laufs an zu beben. Dann überschüttete Terese ihn mit einer Salve von Beschimpfungen und warf die Pistole zurück auf den Tisch.

»Oho, unsere eiserne Lady ist wohl doch nicht so hart, wie sie dachte«, spottete Richard.

»Halt's Maul!« rief sie und ließ sich auf das Sofa sinken. Richard setzte sich ihr gegenüber. Wütend starrten sie einander an.

»Langsam kommt mir das Ganze vor wie ein schlechter Witz«, murmelte sie.

»Wahrscheinlich sind wir einfach mit den Nerven am Ende«, sagte Richard.

»Das ist der erste vernünftige Satz, den ich heute von dir höre«, entgegnete sie. »Ich bin vollkommen erschöpft. Wie spät ist es?«

»Nach Mitternacht.«

»Kein Wunder, daß ich so kaputt bin«, sagte Terese. »Außerdem habe ich Kopfschmerzen.«

»Ich fühle mich auch nicht besonders gut«, gestand Richard.

»Laß uns schlafen gehen«, schlug Terese vor. »Wir kümmern uns morgen früh um Jack. Im Augenblick kann ich nicht einmal mehr geradeaus sehen.«

Um halb fünf wachte Jack auf. Ihm war schrecklich kalt. Das Feuer war ausgegangen, und die Temperatur im Haus war kräftig gefallen. Er hatte sich halbwegs in die Matte eingerollt, um sich wenigstens ein bißchen vor der Kälte zu schützen.
Es war sehr dunkel. Terese und Richard hatten alle Lichter ausgeknipst, als sie sich in ihre jeweiligen Schlafzimmer zurückgezogen hatten. Nur durch das Fenster über der Spüle fiel ein wenig Licht herein, doch es war so schwach, daß Jack die Umrisse der Möbel nur erahnen konnte.
Er wußte nicht, was ihm mehr zu schaffen machte: die gefährliche Virusgrippe oder seine Angst. Wenigstens war sein Husten nicht schlimmer geworden. Offensichtlich hatte das Rimantadin ihn vor dem Schlimmsten bewahrt.
Für ein paar Minuten gab er sich der süßen Illusion hin, daß er vielleicht doch noch gerettet werden würde. Allerdings standen die Chancen alles andere als gut. Der einzige Mensch, der wußte, daß der Test von National Biologicals positiv ausgefallen war und die Pestkulturen somit eindeutig von dieser in Virginia ansässigen Firma stammten, war Ted Lynch, doch der hatte keinen Schimmer, was dieses Ergebnis zu bedeuten hatte. Allenfalls wußte Agnes vielleicht, wie brisant dieses Ergebnis war, doch weshalb sollte Ted ihr erzählen, wie der Test ausgefallen war?
Wenn seine Aussicht auf Rettung so schlecht stand, blieb ihm nur eine Chance: Er mußte versuchen zu fliehen. Also nahm er das Abflußrohr, an das er gekettet war, noch einmal genauer ins Visier. Er tastete es der Länge nach ab, um festzustellen, ob es vielleicht irgendwo beschädigt war, doch es schien vollkommen in Ordnung zu sein. Er stemmte sich mehrmals mit den Füßen gegen die Wand und zerrte an den Leitungen bis die Handschellen ihm ins Fleisch schnitten. Die Rohre waren absolut stabil.
Falls es ihm überhaupt gelingen sollte zu fliehen, dann nur während eines Gangs zur Toilette. Allerdings hatte er noch keine Ahnung, wie er das konkret anstellen sollte. Er konnte wohl

nur hoffen, daß Terese und Richard mit der Zeit unvorsichtig werden würden.

Als er an das dachte, was ihm in ein paar Stunden bevorstand, lief ihm ein kalter Schauer über den Rücken. Ausgeschlafen würde Terese entschlossener vorgehen denn je. Daß die beiden es am Abend nicht über sich gebracht hatten, ihn kaltblütig zu erschießen, war nur ein schwacher Trost. Egozentrisch und durchgedreht, wie sie waren, war es nur eine Frage der Zeit, bis sie auch vor dem Äußersten nicht mehr zurückschrecken würden.

Um wenigstens vor der eisigen Kälte etwas Schutz zu finden, strampelte er so lange mit den Beinen, bis die Matte wieder über ihm lag. Er wollte Kräfte sammeln, so gut es eben ging.

## 34. Kapitel
## Catskill Mountains, Bundesstaat New York
## Donnerstag, 28. März 1996, 8.15 Uhr

Von Stunde zu Stunde fühlte Jack sich schlechter. Nachdem er um halb fünf aufgewacht war, hatte er nicht mehr einschlafen können. Er zitterte am ganzen Leib und konnte es in keiner Position länger als ein paar Minuten aushalten. Als schließlich Richard verschlafen und mit zu Berge stehenden Haaren nach unten kam, freute Jack sich beinahe, ihn zu sehen.
»Ich muß auf die Toilette«, rief er.
»Warten Sie, bis Terese aufgestanden ist«, erwiderte Richard und machte sich daran, das Kaminfeuer neu zu entfachen.
Ein paar Minuten später kam Terese aus ihrem Zimmer geschlurft. Sie trug einen alten Bademantel und sah kein bißchen besser aus als ihr Bruder. Ihr blond gesträhnter Lockenkopf wirkte wüst und zerzaust. Ohne Make-up war sie kreidebleich.
»Ich habe immer noch diese erbärmlichen Kopfschmerzen«, klagte sie. »Außerdem habe ich wahnsinnig schlecht geschlafen.«
»Ich auch«, sagte Richard. »Das ist der Streß. Vielleicht liegt es auch daran, daß wir gestern abend nicht gegessen haben.«
»Ich habe gar keinen Hunger«, erwiderte Terese. »Eigentlich seltsam, was?«
»Ich muß auf die Toilette«, rief Jack noch einmal. »Ich warte jetzt schon seit Stunden.«
»Hol die Pistole«, forderte Terese ihren Bruder auf. »Ich schließe ihm kurz die Handschellen auf.«
Sie kam in die Küche und kniete sich mit dem Schlüssel neben die Spüle.
»Tut mir leid, daß du so schlecht geschlafen hast«, sagte Jack. »Vielleicht hättest du mir Gesellschaft leisten sollen. Ich hatte eine herrliche Nacht.«

»Ich hab' keine Lust auf deine dämlichen Sprüche«, raunzte sie ihn an. »Also halt' gefälligst die Klappe.«
Als die Handschellen an einer Seite aufsprangen, rieb Jack sich seine aufgescheuerten Handgelenke und rappelte sich mühsam auf. Doch er war kaum auf den Beinen, wurde ihm derart schwindelig, daß er sich am Küchentisch festhalten mußte. Sofort war Terese bei ihm und ließ die Handschelle wieder zuschnappen. Selbst wenn er es gewollt hätte, er hätte nicht die Kraft gehabt, sich ihr zu widersetzen.
»Okay, los geht's«, drängte Richard, die Pistole im Anschlag.
»Einen Augenblick noch«, bat Jack. Ihm drehte sich immer noch alles vor Augen.
Als der Schwindelanfall halbwegs vorüber war, taumelte Jack auf wackeligen Beinen ins Bad. Als erstes ging er auf die Toilette. Dann nahm er mit reichlich Wasser eine weitere Rimantadin. Erst als er das hinter sich gebracht hatte, wagte er einen flüchtigen Blick in den Spiegel und erschrak. Jeder Penner sah besser aus. Seine Augen waren rot und geschwollen. Auf seiner linken Gesichtshälfte klebte genauso wie am Ärmel seines Hemdes angetrocknetes Blut, wahrscheinlich von dem Schlag, den Richard ihm an der Mautstelle verpaßt hatte. Die dick angeschwollene und aufgesprungene Lippe hatte er ebenfalls Richard zu verdanken. In seinem schauerlichen Stoppelbart klebte angetrockneter Schleim.
»Willst du da drinnen Wurzeln schlagen?« rief Terese. »Los, beeil dich!«
Er drehte noch einmal das Wasser auf und wusch sich das Gesicht. Anschließend putzte er sich notdürftig mit dem Zeigefinger die Zähne und versuchte mit wenig Wasser sein Haar in eine halbwegs akzeptable Form zu bringen.
»Das wurde Zeit«, sagte Terese, als er schließlich das Bad verließ. Er mußte sich auf die Zunge beißen, um keine bissige Bemerkung fallenzulassen. Er bewegte sich auf sehr dünnem Eis und wollte die beiden nicht unnötig provozieren. Er hatte vergeblich auf eine Besserung seiner Lage gehofft. Terese führte ihn sofort zurück zur Spüle und kettete ihn wieder fest.
»Wir sollten dringend etwas essen«, schlug Richard vor.
»Ich habe gestern abend eine Packung Getreideflocken gekauft«, entgegnete Terese.

Sie setzten sich kaum einen Meter von Jack entfernt an den Küchentische. Terese nahm kaum etwas zu sich. Wie sie noch einmal versicherte, hatte sie absolut keinen Appetit. Jack gaben sie nichts.
»Hast du inzwischen eine Ahnung, was wir mit ihm machen sollen?« fragte Richard.
»Was ist mit diesen Typen aus der City, die ihn umbringen sollten? Wie bist du überhaupt an sie herangekommen?«
»Die gehören zu einer Gang aus meinem Viertel«, erklärte Richard.
»Und wie nimmst du Kontakt zu ihnen auf, wenn du etwas von ihnen willst?«
»Normalerweise rufe ich sie an oder ich gehe kurz rüber in die Ruine, die sie besetzt haben. Ich habe immer mit einem gewissen Twin gesprochen.«
»Dann sag ihm, daß er so schnell wie möglich seinen verdammten Hintern herbewegen soll«, sagte Terese.
»Vielleicht macht er das sogar«, entgegnete Richard. »Aber nur, wenn wir ihm genug Geld bieten.«
»Ruf ihn an!« drängte Terese. »Wieviel hattest du ihm denn geboten?«
»Fünfhundert.«
»Dann biete ihm jetzt tausend, wenn's sein muß. Aber sag ihm, daß wir es eilig haben und daß er noch heute kommen muß.«
Richard schob seinen Stuhl zurück und ging ins Wohnzimmer, um das Telefon zu holen. Er wollte vom Küchentisch aus telefonieren, um sich mit Terese verständigen zu können, falls er den Einsatz erhöhen mußte. Er hatte keine Ahnung, ob Twin bereit war, extra in die Catskills heraufzukommen.
Twin nahm sofort den Hörer ab. Richard erzählte ihm, daß er noch einmal mit ihm über den Doktor reden wolle, der nun endgültig erledigt werden solle.
»Hey, Mann«, erwiderte Twin. »Wir sind nicht interessiert, kapierst du?«
»Ich weiß, daß es beim letztenmal Probleme gegeben hat«, redete Richard auf ihn ein. »Aber diesmal ist es kinderleicht. Wir haben ihm Handschellen angelegt und ihn aus der Stadt gebracht.«

»Wenn das so ist, brauchst du uns doch gar nicht«, wandte Twin ein.
»Warte!« sagte Richard schnell. Er hatte das Gefühl, daß Twin kurz davor war, einfach aufzulegen. »Wir brauchen euch trotzdem. Und weil ihr so weit fahren müßt, zahlen wir auch das Doppelte.«
»Tausend Dollar?«
»Du hast richtig verstanden«, sagte Richard.
»Komm nicht, Twin!« schrie Jack, so laut er konnte. »Es ist ein abgekartetes Spiel.«
»Scheiße!« brüllte Richard in den Hörer und forderte Twin auf, einen Moment zu warten. Dann stürzte er sich auf Jack und zog ihm wütend den Kolben der Pistole über den Schädel.
Jack kniff die Augen zusammen, daß ihm Tränen über die Wangen liefen. Er hatte so heftige Kopfschmerzen, daß er jeden Moment zu sterben glaubte. Wieder tropfte ihm Blut auf die Schulter.
»War das der Doc?« fragte Twin.
»Ja«, erwiderte Richard wütend.
»Was soll das heißen – ›ein abgekartetes Spiel‹?«
»Nichts. Er quatscht nur ein bißchen viel. Wir haben ihn mit Handschellen an das Abflußrohr in der Küche gekettet.«
»Hab' ich das richtig verstanden?« hakte Twin nach. »Ihr bietet uns einen Tausender dafür, daß wir zu euch rausfahren und den Doc umnieten, den ihr bereits an einem Rohr festgekettet habt?«
»Genau. Es ist wirklich ein Kinderspiel.«
»Wo seid ihr?«
»Ungefähr hundert Meilen nördlich von New York City«, sagte Richard. »In den Catskills.«
Für ein paar Sekunden herrschte Funkstille.
»Was ist?« fragte Richard. »Leichter kann man sein Geld nicht verdienen.«
»Warum legst du ihn nicht selbst um?« fragte Twin.
»Das ist meine Sache.«
»Okay«, willigte Twin schließlich ein. »Gib mir die Adresse. Aber vergiß nicht: Wenn an der Sache etwas faul ist, machen wir dich fertig.«
Richard beschrieb Twin den Weg zu dem Landhaus und bedrängte ihn, so schnell wie möglich zu kommen.

Schließlich legte er den Hörer zurück auf die Gabel und sah seine Schwester triumphierend an.
»Gott sei Dank«, seufzte Terese.
»Jetzt muß ich mich wohl erst mal krank melden«, sagte Richard und griff erneut zum Hörer. »Eigentlich müßte ich längst im Labor sein.«
Als er fertig war, rief Terese bei Colleen an und meldete sich ebenfalls krank. Danach ging sie unter die Dusche, und Richard holte neues Holz.
Jack zuckte vor Schmerz zusammen, als er mühsam ein Stück zurückrobbte und sich aufzurichten versuchte. Wenigstens hatte die Wunde an seinem Kopf aufgehört zu bluten. Die Aussicht auf einen baldigen Besuch der Black Kings verhieß nichts Gutes. Wie er nur zu gut wußte, würden die Gangmitglieder, anders als Richard und Terese, keinerlei Skrupel haben, ihn zu erschießen – egal in welch jämmerlichem und hilflosem Zustand er sich befand.
Für ein paar Sekunden verlor er jegliche Selbstkontrolle. Wie ein von einem Tobsuchtsanfall geschütteltes Kind zerrte er unentwegt an den Handschellen. Doch das einzige, was er damit erreichte, war, daß er sich die Handgelenke aufschnitt und ein paar Flaschen Reinigungsmittel umstieß. Es war vollkommen aussichtslos. Es würde ihm nie und nimmer gelingen, das Abflußrohr oder die Handschellen so weit zu beschädigen, daß er sich befreien konnte.
Als der Anfall vorüber war, hockte er eine Weile zusammengekauert da. Irgendwann brach er hemmungslos in Tränen aus. Doch auch diese Phase hielt nicht lange an. Er wischte sich mit dem linken Ärmel das Gesicht trocken und richtete sich auf, so weit es ging. Er mußte den beiden entkommen. Vielleicht auf dem Weg zur Toilette. Es war seine einzige Chance, und er hatte nicht mehr viel Zeit.
Eine Dreiviertelstunde später kam Terese angezogen die Treppe herunter und schlurfte zum Sofa. Sie setzte sich ihrem Bruder gegenüber, der in einem *Life*-Magazin von 1950 herumblätterte.
»Mann, geht es mir mies«, klagte sie. »Die Kopfschmerzen machen mich langsam wahnsinnig. Ich glaube, ich kriege eine richtig üble Erkältung.«

»Mir geht es auch beschissen«, grummelte Richard, ohne von seiner Zeitschrift aufzusehen.
»Ich muß noch mal aufs Klo«, rief Jack.
Terese verdrehte die Augen. »Geh uns nicht auf die Nerven!«
Während der nächsten fünf Minuten sagte niemand ein Wort.
»Dann muß ich eben hier pinkeln«, rief Jack den beiden schließlich zu.
Terese seufzte und machte Anstalten, sich vom Sofa zu erheben. »Los, du müder Krieger, setz deinen Hintern in Bewegung!« trieb sie ihren Bruder an.
Sie gingen genauso vor wie beim letztenmal. Terese schloß die Handschellen auf, während Richard sich hinter Jack aufbaute und ihn mit der Pistole in Schach hielt.
»Kannst du mir die verfluchten Dinger denn nicht wenigstens abnehmen, solange ich im Bad bin?« bettelte Jack, als Terese die Handschellen wieder zuschnappen ließ.
»Auf keinen Fall.«
Zunächst nahm Jack eine weitere Rimantadin und trank möglichst viel Wasser. Dann drehte er den Hahn voll auf, stieg auf den Toilettendeckel und versuchte, das Fenster aus den Angeln zu haben. Als sich nichts tat, rüttelte er mit beiden Händen an der Einfassung.
In diesem Moment ging die Tür auf.
»Komm sofort da runter!« schrie Terese.
Jack stieg von der Toilette und duckte sich. Er hatte Angst, daß Richard ihm wieder einen Schlag auf den Kopf verpassen würde. Doch diesmal schlug er ihn nicht. Er quetschte sich in das enge Bad und richtete die Pistole auf Jacks Gesicht. Sie war entsichert.
»Der kleinste Anlaß reicht«, brüllte Richard. »Dann drücke ich ab.«
Für ein paar Sekunden rührte sich niemand vom Fleck. Dann befahl Terese Jack, zurück in die Küche zu gehen.
»Könnt ihr euch nicht mal einen anderen Platz für mich einfallen lassen?« fragte Jack. »Die Aussicht langweilt mich allmählich.«
»Provozier' mich nicht«, sagte Terese in warnendem Ton.
Mit der entsicherten Pistole im Nacken konnte er sich seine

Fluchtabsichten aus dem Kopf schlagen. In Sekundenschnelle hing er wieder am Abflußrohr fest.

Eine halbe Stunde später erklärte Terese, sie werde kurz in den nächsten Laden fahren und Aspirin und eine Suppe kaufen. Sie fragte Richard, ob sie ihm irgend etwas mitbringen solle. Er bestellte sich eine große Packung Eis, mit dem er, wie er hoffte, seine gräßlichen Halsschmerzen würde lindern können.

Als Terese das Haus verlassen hatte, rief Jack Richard zu, er müsse noch einmal zur Toilette.

»Daß ich nicht lache«, erwiderte Richard und machte keine Anstalten, sich aus seinem Sofa zu erheben.

»Ich muß wirklich«, drängte Jack. »Ich bin eben gar nicht dazu gekommen.«

Richard lachte nur hämisch. »Eigene Schuld, kann ich da nur sagen.«

»Bitte«, quengelte Jack. »Es geht auch ganz schnell.«

»Ruhe jetzt!« brüllte Richard. »Wenn ich in die Küche komme, dann nur, um Ihnen noch mal eins überzubraten. Ist das klar?«

Beim bloßen Gedanken an den Pistolenknauf zuckte Jack zusammen und kauerte sich resigniert in seine Ecke.

Etwa zwanzig Minuten später hörte er das unmißverständliche Geräusch eines über den Kiesweg rollenden Autos. Er spürte, wie ihm das Adrenalin in die Adern schoß. Waren das die Black Kings? Verzweifelt starrte er die unverwüstliche Rohrleitung an.

Dann wurde die Tür geöffnet. Zu Jacks großer Erleichterung war es Terese. Sie stellte ihre Tüten auf dem Küchentisch ab und zog sich sofort aufs Sofa zurück. Mit geschlossenen Augen bat sie Richard, die Lebensmittel wegzupacken.

Froh, endlich etwas Sinnvolles tun zu können, erhob dieser sich vom Sofa und füllte den Kühlschrank auf. Sein Eis packte er in die Gefriertruhe, die Suppendosen stellte er auf den Schrank. Ganz unten in der Tasche entdeckte er eine Packung Aspirin und ein paar Schachteln Erdnußcracker.

»Gib Jack auch ein paar Cracker«, rief Terese.

Richard sah zu Jack hinunter. »Wollen Sie welche?«

Jack nickte. Er fühlte sich zwar immer noch krank, doch sein Appetit war inzwischen zurückgekehrt. Und er hatte seit seinem

Imbiß gestern nachmittag in dem geliehenen Lieferwagen nichts mehr gegessen.
Wie ein Vogel, der seine mit aufgerissenen Schnäbeln im Nest hockenden Küken mit Futter versorgt, stopfte Richard Jack ein paar Cracker in den Mund. Hungrig schlang Jack fünf von den trockenen Dingern herunter und bat dann um etwas Wasser.
»Verdammt«, knurrte Richard. »Jetzt reicht's mir aber.« Es paßte ihm nicht, daß ihm diese Aufgabe zugefallen war.
»Gib ihm Wasser«, rief Terese aus dem Hintergrund.
Widerwillig folgte Richard der Aufforderung seiner Schwester. Wie ein Verdurstender trank Jack ein paar Schlucke Wasser und bedankte sich. »Bedanken Sie sich bei Terese, nicht bei mir«, raunzte Richard ihn an.
»Bringst du mir auch ein Glas Wasser?« rief Terese. »Und ein paar Aspirin, bitte.«
Richard verdrehte die Augen. »Bin ich hier eigentlich der Diener?«
»Nörgel nicht rum, und tu, worum ich dich gebeten habe«, sagte Terese.
Eine Dreiviertelstunde später hörten sie ein Auto vorfahren.
»Na endlich«, seufzte Richard. Er warf seine Zeitschrift weg und erhob sich vom Sofa. »Haben wahrscheinlich einen Umweg über Philadelphia gemacht«, fluchte er vor sich hin, während er zur Tür ging.
Terese richtete sich ebenfalls auf.
Jack schluckte nervös. In seinen Schläfen begann es heftig zu pochen. Seine letzten Minuten waren angebrochen.
Richard öffnete die Tür. »Scheiße!« sagte er vollkommen fassungslos.
»Was ist denn?« rief Terese.
»Es ist Henry, der verdammte Verwalter«, stammelte Richard. »Was machen wir jetzt?«
»Kümmere dich um Jack!« schrie Terese panisch zurück. »Ich rede mit Henry.« Als sie aufstand, wurde ihr plötzlich so schwindelig, daß sie taumelte und sich festhalten mußte. Dann ging sie zur Tür.
Richard stürmte in die Küche. Auf dem Weg schnappte er sich die Pistole und schwang sie vor Jacks Augen wie ein Kriegsbeil. »Ein Wort, und ich spalte Ihnen den Schädel!« zischte er.

Jack sah Richard an und hatte nicht den geringsten Zweifel, daß diese Drohung ernst zu nehmen war. Er hörte, wie das Auto hielt und der Motor abgestellt wurde. Dann vernahm er die gedämpfte Stimme von Terese.
Jack steckte in einer Zwickmühle. Sollte er schreien oder nicht? Wieviel Krach konnte er schlagen, bevor Richard zuschlug? Andererseits: Wenn er es jetzt nicht auf einen Versuch ankommen ließ, würden ihn die Black Kings spätestens in einer Stunde sowieso töten. Er hatte also nichts zu verlieren.
Bevor er losschrie, legte er den Kopf in den Nacken, um noch einmal tief Luft zu holen. Im selben Augenblick ließ Richard auch schon den Griff der Pistole auf seinen Kopf niederfahren. Sein Schrei wurde erstickt, bevor er auch nur einen Mucks herausbringen konnte. Es wurde schlagartig dunkel um ihn.

Stück für Stück kam Jack zu Bewußtsein. Was war los? Er konnte die Augen nicht richtig öffnen. Mit aller Anstrengung gelang es ihm schließlich, das rechte Auge aufzuklappen. Einen Augenblick später ging auch das linke auf. Er wischte sich mit dem Ärmel übers Gesicht und registrierte, daß seine Lider von geronnenem Blut verklebt waren. Als nächstes berührte er mit dem Unterarm seinen Kopf und merkte, daß er am Haaransatz eine riesige Beule hatte. Genau an der Stelle, wo die Kopfhaut am dicksten war. Richard hatte seinen Schlag sicher plaziert.
Jack blinzelte und sah auf die Uhr. Es war kurz nach vier. Durch das Fenster über der Spüle fiel das fahle Licht der späten Nachmittagssonne herein. Zwischen den Beinen des Küchentischs hindurch konnte er das Wohnzimmer einsehen. Das Kaminfeuer war fast vollständig niedergebrannt. Terese und Richard lagen jeder auf einem der Sofas.
Als Jack seine unbequeme Lage ein wenig zu verändern suchte, stieß er eine Flasche Reinigungsmittel um.
»Was stellt er denn nun schon wieder an?« fragte Richard.
»Ist doch scheißegal«, erwiderte Terese. »Wie spät ist es eigentlich?«
»Kurz nach vier.«
»Kannst du mir mal erklären, wo deine Kumpels von der Street-

gang bleiben?« fuhr Terese ihn an. »Kommen sie mit Fahrrädern, oder was?«
»Soll ich mal anrufen und fragen, wo sie bleiben?« fragte Richard.
»Wenn du willst, können wir gern auch noch eine Weile warten.«
Schwerfällig bugsierte Richard das Telefon auf seine Brust und wählte. Als jemand abnahm, fragte er nach Twin und mußte ziemlich lange warten, bis er ihn schließlich in der Leitung hatte.
»Warum, zum Teufel, bist du nicht längst hier?« stellte Richard ihn zur Rede. »Wir warten schon den ganzen Tag.«
»Vergiß es, Alter«, erwiderte Twin. »Ich komme nicht.«
»Aber du hast dich doch bereit erklärt, den Job zu übernehmen!«
»Das stimmt zwar«, entgegnete Twin. »Aber es geht nicht. Ich kann nicht kommen.«
»Nicht mal für tausend Dollar?«
»Nein.«
»Und warum nicht?«
»Weil ich mein Wort gegeben habe.«
»Du hast dein Wort gegeben?« fragte Richard vollkommen perplex. »Was soll das denn heißen?«
»Was ich gesagt hab'«, sagte Twin. »Oder verstehst du kein Englisch?«
»Aber das ist doch lächerlich«, platzte Richard heraus.
»Mach deinen Scheiß doch selbst«, sagte Twin.
Dann war die Leitung tot. Richard knallte verdattert den Hörer auf. »So ein Mistkerl!« fluchte er. »Ich fasse es einfach nicht. Er will den Job nicht erledigen.«
»So viel dazu«, stellte Terese fest und richtete sich auf. »Wir sind also wieder da, wo wir angefangen haben.«
»Du brauchst mich gar nicht so anzusehen«, raunzte Richard sie an. »Ich mach' das nicht, das habe ich dir klipp und klar gesagt. Jetzt bist du an der Reihe, Schwesterherz. Schließlich stecken wir nur wegen dir und deiner verfluchten Karriere in dieser Scheißsituation – und nicht etwa wegen mir.«
»Kann schon sein«, räumte Terese ein. »Aber du hast deine perverse Freude dabei gehabt. Du warst doch ganz versessen darauf,

diese gräßlichen Mikroben endlich mal einsetzen zu können, mit denen du schon seit deiner Kindheit herumspielst. Und jetzt kriegst du diese einfache Sache nicht hin. Du bist wirklich ...« Sie stockte und suchte nach dem passenden Wort. »Abartig«, fügte die schließlich hinzu.
»Du bist ja wohl auch kein Unschuldsengel«, brüllte Richard zurück. »Kein Wunder, daß dein Mann dich verlassen hat.«
Terese wurde knallrot. Sie öffnete den Mund, brachte aber kein Wort heraus. Dann griff sie plötzlich nach der Pistole.
Richard wich einen Schritt zurück. Er fürchtete, daß er zu weit gegangen war; das hätte er nicht sagen sollen. Für ein paar Sekunden war er sicher, daß Terese ihn auf der Stelle erschießen würde. Doch statt dessen stürmte sie in die Küche, entsicherte auf dem Weg die Pistole, baute sich vor Jack auf und richtete die Waffe auf sein blutiges Gesicht.
»Dreh den Kopf zur Seite!« forderte sie ihn auf. Jack glaubte, sein Herz würde stehenbleiben. Er starrte hinauf in den zitternden Lauf der Pistole und sah dann in die blauen Augen von Terese. Er schaffte es nicht, ihrem Befehl zu folgen.
»Scheiße!« schrie sie plötzlich und brach in Tränen aus.
Sie ließ die Pistole sinken, warf sie auf den Tisch und eilte zurück auf ihr Sofa, wo sie schluchzend ihr Gesicht in den Händen vergrub.
Richard fühlte sich schuldig. Daß sie erst ihr Baby und dann auch noch ihren Mann verloren hatte, war der wunde Punkt seiner Schwester. Reumütig ging er zu ihr hinüber und setzte sich neben sie auf die Sofakante.
»Ich hab's nicht so gemeint«, versuchte er sie zu trösten und berührte sie sanft an der Schulter. »Das ist mir einfach so rausgerutscht. Ich weiß gar nicht, was mit mir los ist.«
»Mir geht's genauso«, sagte Terese, während sie sich aufrichtete und sich die Tränen wegwischte. »Ich weiß überhaupt nicht, warum ich einfach losheule. Ich glaube, ich bin mit den Nerven am Ende. Außerdem geht es mir schlecht. Jetzt habe ich auch noch Halsschmerzen.«
»Willst du noch eine Aspirin?« fragte Richard.
Terese schüttelte den Kopf. »Was meint Twin wohl damit, daß er sein Wort gegeben hat?«

»Keine Ahnung«, erwiderte Richard. »Das hab' ich ihn ja auch gefragt.«
»Warum hast du ihm nicht mehr Geld angeboten?«
»Dazu bin ich gar nicht gekommen. Bevor ich noch irgendwas sagen konnte, hat er einfach aufgelegt.«
»Dann ruf ihn noch mal an«, drängte Terese. »Wir müssen endlich von hier verschwinden.«
»Wieviel soll ich ihm denn bieten?« fragte Richard. »Ich schwimme schließlich nicht so im Geld wie du.«
»Gib ihm, was er haben will«, antwortete Terese. »Geld spielt jetzt keine Rolle mehr.«
Richard griff zum Telefon und wählte. Diesmal teilte man ihm mit, Twin sei nicht da und komme frühestens in einer Stunde zurück. Entnervt legte er auf.
»Wir müssen warten«, sagte er.
»Auch das noch«, jammerte Terese. Sie legte sich wieder hin und deckte sich zu. »Ist es hier eigentlich so kalt, oder warum friere ich so?« fragte sie. Sie zitterte am ganzen Leib.
»Ich hatte auch schon mehrere Schüttelfrostanfälle«, sagte Richard und erhob sich, um noch ein paar Holzscheite ins Feuer zu legen. Dann holte er sich seine Bettdecke, legte sich wieder hin und versuchte zu lesen, doch er konnte sich nicht konzentrieren. Er zitterte ohne Unterlaß. »Mir ist gerade etwas eingefallen, das mir ziemliche Sorgen bereitet«, sagte er plötzlich.
»Was ist denn nun schon wieder?« fragte Terese mir geschlossenen Augen.
»Jack hat doch die ganze Zeit geniest und gehustet. Glaubst du, er könnte mit meinem Influenzavirus in Berührung gekommen sein? Ich meine das Virus, mit dem ich den Luftbefeuchter verseucht habe?«
In die Decke gehüllt, stand Richard auf und ging in die Küche, um Jack zu fragen. Doch der antwortete ihm nicht.
»Los, Doc, machen Sie den Mund auf!« drängte Richard. »Oder muß ich noch mal zuschlagen?«
»Spielt es denn irgendeine Rolle, ob er mit dem Virus in Berührung gekommen ist?« rief Terese vom Sofa herüber.
»Und ob es eine Rolle spielt!« erwiderte Richard. »Mein Virusstamm ist höchstwahrscheinlich der, der die Grippeepidemie von

1918 ausgelöst hat. Ich habe das Virus in Alaska aus dem Lungengewebe von zwei gefrorenen Eskimos isoliert, die an Lungenentzündung gestorben waren. Das Todesdatum fällt genau in die Zeit der Epidemie.«
Terese kam nun ebenfalls in die Küche geschlurft. »Du machst mir langsam angst«, sagte sie. »Glaubst du etwa, er könnte sich infiziert und nun auch uns angesteckt haben?«
»Ist durchaus möglich.«
»Das ist ja furchtbar!« rief sie und sah zu Jack hinab. »Los, spuck's aus! Bist du mit dem Virus in Berührung gekommen?«
Jack war sich nicht sicher, ob er ihnen die Wahrheit sagen sollte oder nicht. Er wollte sie auf keinen Fall noch mehr aus der Fassung bringen; deshalb schwieg er lieber.
»Der Kerl soll endlich reden«, fluchte Richard.
»Aber er ist doch Gerichtsmediziner«, warf Terese ein. »Da muß er doch unweigerlich mit den Erregern in Berührung gekommen sein. Er hat mir sogar erzählt, daß er die Infektionsopfer obduziert hat.«
»Das bereitet mir weniger Kopfzerbrechen«, erklärte Richard. »Gefährlich sind vor allem lebendige Menschen, die sich infiziert haben; denn die atmen, niesen, husten und so weiter. Von Leichen geht eigentlich keine Ansteckungsgefahr aus.«
»Dann sind wir ja aus dem Schneider«, stellte Terese erleichtert fest. »Schließlich kümmern sich Gerichtsmediziner ausschließlich um Leichen.«
»Das stimmt natürlich«, räumte Richard ein.
»Außerdem ist Jack ja wohl mitnichten schwerkrank«, fügte Terese hinzu. »Er hat vielleicht eine kräftige Erkältung. Aber wenn er sich dein Grippevirus eingefangen hätte, müßte es ihm doch wohl viel schlechter gehen, oder etwa nicht?«
»Allerdings«, erwiderte Richard. »Ich kann irgendwie nicht mehr klar denken. Wenn er sich mit dem Influenzavirus von 1918 infiziert hätte, wäre er längst hops.«
Einigermaßen beruhigt zogen die beiden sich auf ihre Sofas zurück.
»Ich halte das nicht mehr lange aus«, stöhnte Terese nach einer Weile. »Mir geht es so schlecht.«
Um viertel nach fünf wählte Richard erneut die Nummer von

Twin. Seit seinem letzten Anruf war genau eine Stunde vergangen. Diesmal nahm Twin selbst ab.
»Warum nervst du mich schon wieder?« fauchte er in den Hörer.
»Weil ich dir mehr Geld bieten will«, sagte Richard. »Ein Tausender für den Job war dir wohl nicht genug. Versteh' ich ja. Ist schließlich ein ganz schön weiter Weg hier rauf in die Berge. Also – wieviel verlangst du?«
»Du hast mich wohl nicht richtig verstanden«, erwiderte Twin wütend. »Ich kann den Job nicht übernehmen. Fertig aus. Und jetzt laß mich in Ruhe.«
»Zweitausend«, sagte Richard und sah zu Terese hinüber. Sie nickte.
»Sag mal, Alter, bis du taub?« entgegnete Twin. »Wie oft ...«
»Dreitausend«, fiel Richard ihm ins Wort. Terese nickte erneut.
»Dreitausend Dollar?« hakte Twin ungläubig nach.
»Ja«, bestätigte Richard. »Du hast richtig gehört.«
»Du mußt ganz schön verzweifelt sein«, bemerkte Twin.
»Wir sind bereit, dreitausend Piepen lockerzumachen«, entgegnete Richard. »Das spricht wohl für sich, meinst du nicht?«
»Hmm«, grummelte Twin. »Und du sagst, du hast dem Doc Handschellen angelegt und ihn irgendwo angekettet?«
»Ja«, sagte Richard. »Der Rest ist ein Kinderspiel.«
»Okay«, willigte Twin schließlich ein. »Ich schicke morgen früh einen meiner Männer vorbei.«
»Kann ich mich diesmal auf dich verlassen?« hakte Richard nach.
»Ja«, versprach Twin. »Morgen früh kommt jemand, und damit ist die Sache endgültig erledigt.«
»Für dreitausend Dollar«, wiederholte Richard, um sicherzustellen, daß sie einander richtig verstanden hatten.
»Genau«, bestätigte Twin. »Dreitausend sind in Ordnung.«
Richard legte auf und sah Terese an.
»Glaubst du, daß er diesmal kommt?« fragte sie.
»Er hat es zumindest versprochen«, erwiderte Richard. »Und wenn Twin etwas verspricht, kann man sich darauf verlassen. Morgen früh wird hier irgendein Typ aus seiner Gang aufkreuzen, da bin ich sicher.«
»Wollen wir's hoffen«, seufzte Terese erleichtert.

Jack war alles andere als erleichtert. Er hatte die Unterhaltung belauscht und war erneut in Panik geraten. Irgendwie mußte er im Laufe der Nacht entkommen. Spätestens morgen früh war er ein toter Mann.
Der Abend brach an. Terese und Richard schliefen. Da niemand Holz nachgelegt hatte, war das Feuer ausgegangen; allmählich wurde es empfindlich kalt.
Gegen sieben begannen Richard und Terese im Schlaf zu hüsteln. Zuerst klang es eher nach einem Räuspern als nach einem richtigen Husten. Doch es dauerte nicht lange, bis sie kräftiger husteten und dabei auch Auswurf produzierten. Das bestärkte Jack in seiner Vermutung: Offenbar hatten sie sich tatsächlich bei ihm angesteckt – genau wie Richard befürchtet hatte.
Er rief sich noch einmal ins Gedächtnis, wie lange er von New York bis zu ihrem Ziel im Auto gesessen hatten, und kam zu dem Schluß, daß die beiden sich mit ziemlich großer Wahrscheinlichkeit bei ihm infiziert hatten. Während der Fahrt hatten die Grippesymptome bei ihm ihren Höhepunkt erreicht; somit war die Ansteckungsgefahr für Terese und Richard zu diesem Zeitpunkt am größten gewesen. Immerhin hatte er mit jedem seiner Husten- und Niesanfälle Millionen von infektiösen Viruspartikeln in das Innere des Autos gepustet.
Zum hundertstenmal rüttelte er vergeblich an dem Abflußrohr herum.
»Ruhe da hinten!« brüllte Richard, der von dem Getöse wach geworden war. Er knipste eine Stehlampe an und wurde im nächsten Augenblick von einem furchtbaren Hustenanfall geschüttelt.
»Was ist denn los?« fragte Terese verschlafen.
»Unser Gefangener rumort herum«, brachte Richard mühsam hervor und richtete sich auf. »O je, ich brauche erst mal einen Schluck Wasser.« Vorsichtshalber wartete er noch ein paar Sekunden, bevor er aufstand. »Ich bin ganz schwindelig. Ich fürchte, ich habe sogar Fieber.«
Unsicher wankte Richard in die Küche und holte sich ein Glas Wasser. Als er den Hahn über der Spüle aufdrehte, überlegte Jack kurz, ob er ihm die Beine wegtreten sollte, doch dann ließ er es lieber bleiben; wahrscheinlich würde er sich nur einen weiteren Schlag auf den Schädel einhandeln.

»Ich muß auf die Toilette«, sagte er.
»Maul halten!« schrie Richard.
»Ich bin schon ziemlich lange nicht mehr gewesen«, quengelte Jack. »Es ist ja nicht etwa so, als würde ich um Freigang im Hof bitten. Wenn ich nicht ins Bad darf, wird es hier gleich ein bißchen unangenehm riechen.«
Verzweifelt schüttelte Richard den Kopf. Nachdem er einen tiefen Zug aus seinem Glas genommen hatte, rief er Terese. Dann holte er die Pistole. Jack hörte, wie er sie entsicherte und sah seine Fluchtchancen schwinden.
Als Terese mit dem Schlüssel kam, fiel Jack sofort auf, daß ihre Augen fiebrig glänzten. Sie beugte sich zu ihm herunter und öffnete wortlos die eine Seite der Handschellen. Während Jack sich erhob, trat sie einen Schritt zurück. Wie bei seinen früheren Gängen zur Toilette, wurde ihm beim Aufstehen schwummerig. Du bist ein wahres Fluchtgenie, dachte er resigniert; er war zu keiner Aktion fähig, denn er hatte in der letzten Zeit zu wenig gegessen, zu wenig getrunken und zu wenig geschlafen. Widerstandslos mußte er sich ein weiteres Mal die Handschellen anlegen lassen.
Richard ging unmittelbar hinter ihm und drückte ihm die Pistole in den Rücken. An Flucht war nicht zu denken. Als sie das Bad erreichten, versuchte Jack, die Tür hinter sich zu schließen.
»Von wegen.« Terese stellte einen Fuß dazwischen. »Dieses Privileg hast du verspielt.«
Jack sah zuerst Terese und dann Richard an und wußte, daß es keinen Sinn hatte, mit ihnen zu verhandeln. Er zuckte mit den Achseln, drehte sich um und erledigte sein Geschäft. Als er fertig war, deutete er auf das Waschbecken und fragte: »Darf ich mir vielleicht das Gesicht waschen?«
»Wenn es unbedingt sein muß«, erwiderte Terese. Sie bemühte sich mit aller Kraft, einen weiteren Hustenanfall zu unterdrücken.
Jack ging ans Waschbecken, das sich glücklicherweise außerhalb von Tereses Blickfeld befand. Er drehte den Wasserhahn auf, holte unbemerkt seine Rimantadin aus der Tasche und steckte sich schnell eine Tablette in den Mund. Beim Wegpacken wäre ihm das Röhrchen um ein Haar auf den Boden gefallen.

Als er in den Spiegel blickte, erschrak er. Die neue Platzwunde auf seiner Stirn klaffte weit auseinander und mußte dringend genäht werden, wenn sie jemals heilen sollte, ohne eine häßliche Narbe zu hinterlassen. Bei diesem Gedanken mußte er über sich selbst lachen. Wie konnte er in seiner Situation nur an die kosmetischen Aspekte seiner Verletzung denken!
Anstandslos ließ er sich an seinen Platz zurückführen. Auf dem Weg war er zwar mehrfach versucht, einen Fluchtversuch zu wagen, doch es verließ ihn jedesmal der Mut. Als er wieder am Rohr festgekettet unter der Spüle hockte, verfluchte er sich für seine Feigheit. Er war deprimiert. Wahrscheinlich hatte er soeben seine allerletzte Chance ungenutzt verstreichen lassen.
»Magst du ein wenig Suppe essen?« wandte sich Terese an Richard.
»Nein. Ich habe absolut keinen Hunger. Du kannst mir höchstens ein paar Aspirin geben. Mir geht es total dreckig.«
»Ich habe auch keinen Appetit«, sagte Terese. »Langsam fürchte ich, das ist doch nicht nur eine harmlose Erkältung. Ich habe auf jeden Fall Fieber. Meinst du, wir müssen uns Sorgen machen?«
»Wahrscheinlich haben wir das gleiche wie Jack«, erwiderte Richard. »Aber seine körperliche Verfassung scheint unerschütterlich zu sein. Wenn Twin morgen früh hier gewesen ist und der Sache ein Ende gemacht hat, gehen wir auf jeden Fall zum Arzt. Wer weiß – vielleicht brauchen wir auch nur ein paar Stunden Schlaf.«
»Ich nehme auch noch eine Aspirin«, sagte Terese.
Nachdem die beiden ihre Tabletten genommen hatten, gingen sie zurück ins Wohnzimmer. Terese legte sich sofort wieder hin, Richard stapelte noch ein paar Holzscheite auf das schwächer werdende Feuer und zog sich dann auf das andere Sofa zurück. Beide wirkten vollkommen erschöpft.
Jack hatte keinen Zweifel mehr, daß Richard und Terese sich mit dem tödlichen Virus angesteckt hatten. Allerdings war er völlig ratlos, welches Verhalten seine Moral in dieser Situation gebot. Immerhin hatte er Rimantadin bei sich und wußte, daß das Medikament die gefährliche Grippe zum Stillstand bringen konnte. Verzweifelt rang er mit sich. Sollte er ihnen ein paar von seinen Tabletten anbieten und ihnen dadurch möglicherweise das Le-

ben retten – obwohl sie ihm einen Killer auf den Hals hetzten und darüber hinaus für den Tod unzähliger Patienten verantwortlich waren? Mußte seine ärztliche Fürsorgepflicht nicht stärker wiegen als seine Wut über das abartige Verbrechen, das die beiden begangen hatten?
Die Aussicht, daß seinen Peinigern unter Umständen ausgleichende Gerechtigkeit widerfuhr, vermochte ihn kaum zu trösten. Und wenn er ihnen doch von seinem Rimantadin anböte? Lief er dann nicht Gefahr, daß sie ihm auch seine Ration wegnahmen? Immerhin hatten sie sich nicht gerade wählerisch gezeigt, als es darum ging, auf welche Weise sie ihn ins Jenseits befördern wollten. Ihnen kam es einzig und allein darauf an, daß sie sich nicht selbst die Hände schmutzig machen mußten. Jack seufzte. Auch wenn er nichts unternahm, traf er eine Wahl, und die Konsequenzen waren ihm sehr wohl bewußt.
Gegen neun begannen Terese und Richard laut zu röcheln; außerdem mußten sie immer öfter und immer heftiger husten. Terese schien es noch schlechter zu gehen als Richard. Gegen zehn hatte sie einen derart starken Hustenanfall, daß sie aufwachte und nach Richard wimmerte.
»Was ist denn los?« fragte er apathisch.
»Mir geht es so schlecht«, jammerte sie. »Ich brauche einen Schluck Wasser und mehr Aspirin.«
Richard stand auf und taumelte benommen in die Küche. Auf dem Weg zur Spüle versetzte er Jack einen halbherzigen Tritt und blaffte ihn an, er sollte gefälligst aus dem Weg gehen. Jack drückte sich so weit in die Ecke, wie seine Handschellen es erlaubten. Richard füllte ein Glas mit Wasser und wankte zurück ins Wohnzimmer. Terese richtete sich auf, um noch ein Aspirin zu schlucken. Richard half ihr, indem er ihr das Glas hielt. Als sie genug nachgespült hatte, drückte sie das Glas weg und wischte sich über den Mund. Ihre Bewegungen waren fahrig und unkoordiniert. »Sollen wir nicht vielleicht lieber doch noch heute abend nach New York zurückfahren? Ich fühle mich so elend.«
»Wir müssen bis morgen früh warten«, erwiderte Richard. »Sobald Twin den verfluchten Mistkerl erledigt hat, hauen wir ab. Außerdem bin ich viel zu müde, um jetzt noch stundenlang Auto zu fahren.«

»Du hast recht.« Terese ließ sich zurück in die Kissen sinken. »Im Augenblick fühle ich mich so schwach, daß ich die Fahrt wahrscheinlich nicht überstehen würde. Dieser Husten macht mich wahnsinnig. Zeitweise bekomme ich überhaupt keine Luft mehr.«
»Am besten versuchst du zu schlafen«, empfahl Richard. »Ich lasse das Wasser hier stehen.« Er stellte das Glas auf den Beistelltisch.
»Danke«, murmelte Terese.
Richard schleppte sich zurück zu seinem Sofa. Er zog sich die Decke bis unter das Kinn und seufzte laut.
Gegen halb elf registrierte Jack, daß Terese sehr schwer atmete. Sogar auf die Entfernung konnte er erkennen, daß ihre Lippen sich dunkel verfärbt hatten. Er wunderte sich, daß sie nicht aufwachte. Wahrscheinlich hatte das Aspirin ihr Fieber gesenkt.
Trotz aller inneren Zerrissenheit fühlte er sich jetzt verpflichtet einzuschreiten. Er rief Richard und empfahl ihm, sofort nach Terese zu sehen.
»Ruhe!« schrie Richard zwischen zwei Hustenanfällen.
Eine Weile blieb Jack still. Nach einer halben Stunde hörte er bei jedem Atemzug von Terese ein feines, knisterndes Rasseln. Wenn er sich nicht täuschte, würden jeden Moment ihre Lungen versagen.
»Richard!« rief er. »Terese geht es sehr schlecht. Kümmern Sie sich um sie!«
Richard gab keine Antwort.
»Richard!«
»Was ist denn?« brachte Richard schwerfällig heraus.
»Ihre Schwester gehört auf die Intensivstation.«
Richard antwortete nicht.
»Ich warne Sie«, rief Jack. »Ich bin Arzt und weiß, wie es um Terese steht. Wenn Sie nichts unternehmen, sind Sie schuld, wenn sie stirbt.«
Damit hatte er Richards wunden Punkt getroffen. Wütend sprang dieser auf. »Ich soll schuld sein?« fauchte er Jack an. »Sie sind an allem schuld, weil Sie uns mit irgendeinem schrecklichen Erreger angesteckt haben!« Rasend vor Zorn suchte er das Zimmer nach der Pistole ab, doch er wußte nicht mehr, wo er sie hingelegt hatte.

Nach ein paar Sekunden gab er die Suche auf. Er hielt sich mit beiden Händen den Kopf und klagte laut unter seine stechenden Schmerzen. Dann taumelte er zurück zum Sofa und legte sich wieder hin.

Jack seufzte erleichtert. Er durfte gar nicht daran denken, was passiert wäre, wenn Richard die Pistole gefunden hätte.

Er fand sich damit ab, daß er nun mit ansehen würde, wie diese Virusgrippe ihren Tribut forderte. Während sich der Zustand von Terese und Richard zusehends verschlechterte, kamen ihm Geschichten über die furchtbare Epidemie von 1918/1919 in den Sinn. Es gab Berichte über Leute, die mit schwachen Grippesymptomen in Brooklyn in die U-Bahn gestiegen waren und, als sie in Manhattan ankamen, bereits tot gewesen waren. Als er die erste Geschichte dieser Art gehört hatte, hatte er sie für maßlos übertrieben gehalten. Doch als er jetzt mit ansah, in welch rasanter Geschwindigkeit die Krankheit Richard und Terese dahinraffte, mußte er seine Meinung gründlich ändern. Es war beängstigend, mit welcher Aggressivität der Erreger in ihren Körpern wütete.

Gegen ein Uhr morgens atmete Richard genauso schwer wie seine Schwester schon seit ein paar Stunden. Terese atmete kaum noch; ihre Haut hatte sich blaurot verfärbt. Gegen vier hatte auch Richard diesen Zustand erreicht, Terese war tot. Um sechs Uhr gab Richard noch einen letzten glucksenden Laut von sich und hörte dann ebenfalls auf zu atmen.

## 35. Kapitel
## Freitag, 29. März 1996, 8.00 Uhr

Allmählich brach der Morgen an. Die ersten zaghaften Lichtstrahlen berührten den Rand der Porzellanspüle, unter der Jack kauerte. Nach und nach zeichneten sich die kahlen Äste der Bäume gegen den Himmel ab. Jack hatte nicht eine Sekunde geschlafen.
Als die Morgensonne den Raum schließlich hell erleuchtete, wagte er einen vorsichtigen Blick über die Schulter. Es war ein gräßlicher Anblick. Terese und Richard waren beide tot; um ihre Münder klebte blutiger Schaum, die Lippen waren blau angelaufen und völlig verschmiert. Beide Leichen waren leicht aufgedunsen, Terese noch stärker als Richard. Wahrscheinlich, so vermutete Jack, weil sie neben dem heißen Kamin gelegen hatten. Das Feuer war inzwischen fast verglüht.
Verzweifelt musterte Jack zum tausendstenmal das Abflußrohr. Wahrscheinlich war Twin mit seinen Black Kings längst auf dem Weg in die Catskills. Und über eins war Jack sich im klaren: Auch ohne die dreitausend Dollar Belohnung hatten sie Grund genug, ihn zu töten; schließlich waren seinetwegen zwei von ihren Leuten ums Leben gekommen.
Er legte den Kopf in den Nacken und schrie aus Leibeskräften um Hilfe. Doch im Grunde wußte er, daß ihn hier draußen niemand hören würde. Schließlich gab er auf. Vollkommen aus der Puste, rüttelte er wieder an dem Messingrohr und steckte sogar den Kopf unter die Spüle, um sich den Plombenverschluß genauer anzusehen, da, wo die Messingleitung und das Gußrohr zusammentrafen. Vergeblich versuchte er, seine Fingernägel in die Plombe zu bohren und sie zu lösen.
Schließlich suchte er sich eine etwas bequemere Lage und ruhte sich ein wenig aus. Da er nun schon so lange nicht mehr rich-

tig geschlafen, gegessen und getrunken hatte, raubte ihm seine immer wieder aufwallende Panik die letzte Kraft. Er konnte einfach nicht mehr klar denken. Doch genau das mußte er, denn ihm blieb nicht mehr viel Zeit. Zunächst erwog er den unwahrscheinlicheren Fall, daß die Black Kings gar nicht aufkreuzten. Diese auf den ersten Blick vielversprechende Aussicht eröffnete ihm jedoch auch keine bessere Überlebenschance. Vielmehr würde er eines qualvollen Todes sterben; entweder raffte die Virusgrippe ihn dahin, oder er verdurstete schlicht und einfach. Wahrscheinlich würde die Grippe das Rennen machen, wenn er sein Rimantadin nicht mehr regelmäßig einnehmen konnte.
Er kämpfte mit den Tränen. Er verfluchte sich für seinen albernen Feldzug gegen das Manhattan General und für seinen verrückten Drang, sich selbst etwas zu beweisen. Er hatte sich wie ein Teenager benommen.
Es vergingen zwei Stunden, ohne daß etwas passierte. Dann vernahm er plötzlich das gefürchtete Geräusch, das ihm den Tod bringen würde. Autoreifen knirschten über den Kiesweg. Die Black Kings waren da.
Noch einmal trat er in einem Anfall von Panik mit voller Wucht gegen das Abflußrohr. Vergebens.
Als er die Spüle erneut in Augenschein nahm, kam ihm plötzlich eine Idee. Das riesige alte Monstrum bestand aus einem großen Waschbecken und einer breiten Abtropffläche. Vermutlich wog die Spüle einen Zentner oder mehr. Sie wurde von den stabilen Rohrleitungen gestützt und war darüber hinaus fest in der Wand verankert.
Jack ging in die Hocke, stellte seine Füße fest auf den Boden und richtete sich so weit auf, daß die Spüle auf seinen Schultern lag. Dann versuchte er sie hochzustemmen. Sie ließ sich tatsächlich ein paar Millimeter bewegen; an der Stelle, wo sie in der Wand verankert war, lösten sich ein paar Brocken Mörtel und fielen ins Becken.
Schnell ließ er sich auf den Boden fallen und stemmte den rechten Fuß gegen die Unterseite des Spülbeckens. Bevor er das erste Mal zutrat, hörte er, wie draußen der Motor ausgemacht wurde. Plötzlich krachte es in der Wand. Hastig veränderte er seine Po-

sition so, daß er mit beiden Füßen gleichzeitig zutreten konnte. Dann bot er seine letzten Kraftreserven auf.

Mit einem ohrenbetäubenden Krachen und Knirschen brach die Spüle aus der Wand. Eine Ladung Putz rieselte ihm über das Gesicht. Da das monströse Waschbecken nun nicht mehr genügend Halt hatte, schlingerte es auf dem Abflußrohr hin und her.

Nach dem ersten Tritt kippte die Spüle vornüber. Im gleichen Augenblick zerbarsten die Leitungen an den Lötstellen. Wasser spritzte in alle Himmelsrichtungen. Das Abflußrohr hielt noch ein paar Sekunden stand, doch dann brach auch der Plombenverschluß auseinander. Mit lautem Getöse krachte die Spüle auf den Holzfußboden.

Jack war klatschnaß, aber er war frei! Als er schwere Schritte über die Veranda stapfen hörte, sprang er auf. Er wußte, daß die vordere Tür nicht abgeschlossen war. Es konnte sich nur noch um Sekunden handeln, bis die Black Kings im Haus waren. Mit Sicherheit hatten sie das Gepolter gehört.

Da er keine Zeit mehr hatte, nach der Pistole zu suchen, stürmte er zur Hintertür. Vollkommen in Panik hantierte er an dem Sicherungsriegel herum und bekam ihn schließlich auf. Endlich. Er stolperte ein paar Stufen hinab und landete auf einer vom Morgentau feuchten Wiese.

Um nicht gesehen zu werden, duckte er sich und rannte, so schnell er konnte; da seine Hände noch immer in Handschellen steckten, war er allerdings ziemlich gehandikapt. Er erblickte einen Teich; den hatte er bei seiner Ankunft in der Dunkelheit für ein Feld gehalten. Links davon, gut dreißig Meter vom Haus entfernt, sah er eine Scheune. Wenn es hier irgendwo ein Versteck für ihn gab, dann dort. Der Wald kam nicht in Frage; zwischen den kahlen Bäumen konnte man meilenweit hindurchsehen.

Mit pochendem Herzen erreichte er die Scheunentür, die zu seiner großen Erleichterung nicht abgeschlossen war. Er riß sie auf, stürmte hinein und knallte sie hinter sich wieder zu.

Es war dunkel, feucht und muffig. Ein einziges, nach Westen gehendes Fenster ließ einen schwachen Lichtstrahl herein. Undeutlich erkannte Jack die Umrisse eines verrosteten Traktors. Völlig aufgelöst stolperte er durch die Dunkelheit und suchte nach einem geeigneten Versteck. Allmählich gewöhnten sich sei-

ne Augen an die Düsternis. Er riß mehrere Stalltüren auf, doch die verlassenen Boxen boten ihm keinen Schlupfwinkel. Es gab zwar einen Dachboden, aber dort lagerte kein Heu.
In der Hoffnung, eine Falltür zu entdecken, nahm er auch die Holzbohlen am Boden genau unter die Lupe, doch vergeblich. Ganz hinten in der Scheune gab es einen kleinen Verschlag, in dem Gartengeräte aufbewahrt wurden, doch auch dort entdeckte er kein geeignetes Versteck. Gerade als er aufgeben wollte, fiel sein Blick auf eine flache Holztruhe, etwa so groß wie ein Sarg. Er stürzte sich darauf und klappte den Deckel hoch. Zu seinem Entsetzen war die Kiste mit stinkenden Düngemittelbehältern vollgepackt.
Plötzlich erstarrte ihm das Blut in den Adern. Draußen schrie jemand: »Hey, komm mal her! Hier sind Spuren im Gras!«
Da ihm nichts anderes übrigblieb, räumte er hastig die Truhe leer, stieg hinein und klappte den Deckel zu.
Obwohl er vor Angst und Kälte am ganzen Leibe zitterte, standen ihm Schweißperlen auf der Stirn. Er atmete schwer, doch er mußte sich zusammenreißen. Wenn er nicht entdeckt werden wollte, durfte er keinen Mucks mehr von sich geben.
Es dauerte nicht lange, und er hörte, wie mit einem lauten Knarren die Scheunentür geöffnet wurde. Kurz darauf hörte er gedämpfte Stimmen und durch den Raum stapfende Schritte. Irgendein Gegenstand schepperte auf den Boden, ein anderer fiel mit einem dumpfen Krachen um. Zwei Männer fluchten. Wieder krachte es.
»Hast du die Knarre schußbereit?« flüsterte einer der Männer.
»Natürlich«, erwiderte der andere. »Glaubst du, ich bin blöd?«
Die Schritte kamen immer näher. Jack hielt die Luft an und bemühte sich verzweifelt, sein Zittern unter Kontrolle zu halten. Vor allem durfte er nicht husten. Für einen Augenblick war es mucksmäuschenstill. Erst als sich die Schritte wieder entfernten, wagte er auszuatmen.
»Irgend jemand versteckt sich hier, da bin ich mir ganz sicher«, hörte er den ersten Mann sagen.
»Sei still, und halt die Augen auf!« kommandierte der andere.
Ohne jegliche Vorwarnung wurde der Deckel seines Verstecks aufgerissen. Jack stieß vor Schreck einen erstickten Schrei aus.

Der schwarze Mann, der auf ihn herabblickte, erschrak ebenso und ließ den Deckel wieder zufallen.
Im nächsten Moment riß er ihn wieder auf. Jack sah, daß der Mann in seiner freien Hand eine Maschinenpistole hielt. Auf dem Kopf trug er eine schwarze Kappe.
Für ein paar Sekunden starrten sie einander in die Augen, dann wandte sich der Mann an seinen Partner.
»Alles klar«, rief er. »Es ist der Doc. Er hat sich in einer Truhe verkrochen.«
Jack wagte nicht, sich vom Fleck zu rühren. Dann hörte er den zweiten Mann näher kommen und machte sich darauf gefaßt, gleich in die grinsende Visage von Twin zu blicken. Er hatte mit seinem Leben abgeschlossen. Doch es war nicht Twin, der da auf ihn herabblickte, sondern sein Freund Warren!
»Ach du Scheiße, Doc!« sagte Warren. »Du siehst ja aus, als wärst du ganz allein in den Vietnamkrieg gezogen und gerade erst zurückgekehrt.«
Jack schluckte und sah sich den anderen Mann etwas genauer an. Tatsächlich – das war ja auch einer von seinem Basketballplatz! Er war völlig verwirrt und fürchtete, daß er Halluzinationen hatte.
»Na los, Doc«, sagte Warren und reichte ihm die Hand. »Komm doch mal raus aus der Truhe, damit wir sehen können, ob der Rest von dir auch so übel zugerichtet ist.«
Jack ließ sich auf die Beine helfen und klopfte sich den Dreck ab. Er war durchnäßt bis auf die Haut.
»Sieht so aus, als wäre noch alles dran«, stellte Warren fest. »Aber du stinkst wie ein alter Köter. Jetzt müssen wir erst mal sehen, wie wir dich von den Handschellen befreien.«
»Wie bist du hergekommen?« brachte Jack schließlich hervor.
»Mit dem Auto«, erwiderte Warren. »Oder was dachtest du? Hast du vielleicht geglaubt, wir wären mit der U-Bahn gekommen?«
»Eigentlich müßten die Black Kings jeden Moment hier aufkreuzen«, sagte Jack. »Ein Typ namens Twin.«
»Da muß ich dich leider enttäuschen«, entgegnete Warren. »Du wirst wohl mit uns zufrieden sein müssen.«
»Ich verstehe das alles nicht«, stammelte Jack.

»Twin und ich haben einen Deal gemacht«, erklärte Warren. »Wir haben Waffenruhe beschlossen, damit wir uns nicht länger gegenseitig umbringen. Außerdem hat Twin mir versprochen, die Finger von dir zu lassen. Und dann hat er mich plötzlich angerufen und mir erzählt, daß du hier oben gefangen gehalten wirst. Wenn ich deinen Arsch retten wolle, hat er gesagt, müsse ich schleunigst rauffahren in die Berge. Und jetzt sind wir da, um dich nach Hause zu holen.«

»Oh, mein Gott!« war alles, was Jack hervorbrachte. Was für ein Gefühl, daß man sich auf seine Freunde verlassen konnte. Und wie ernüchternd die Erkenntnis, daß man ohne ihre Hilfe verloren sein konnte.

»Die Leute drüben im Haus sehen ja nicht besonders gut aus«, sagte Warren. »Und sie stinken noch übler als du. Hast du eine Ahnung, woran sie gestorben sind?«

»Sie hatten die Virusgrippe«, sagte Jack.

»Das gibt's doch nicht!« rief Warren. »Dann geht die also hier oben auch um. Ich hab' gestern abend in den Nachrichten davon gehört. In der City herrscht wegen dieser Krankheit das totale Chaos.«

»Aus gutem Grunde«, entgegnete Jack. »Erzähl' mir, was du gehört hast.«

## *Epilog*
## Donnerstag, 25. April 1996, 7.45 Uhr

New York City

Der Ausgang des Spiels war noch nicht entschieden. Wer zuerst elf Punkte hatte, hatte gewonnen, doch im Moment stand es unentschieden bei zehn Punkten. Da die Regeln vorschrieben, daß die Siegermannschaft mit zwei Punkten führen mußte, würde ein einfacher Korbleger, für den es einen Punkt gab, nicht reichen; ein Distanztreffer hingegen brachte zwei Punkte und konnte das Spiel entscheiden. Diese Regeln im Kopf, dribbelte Jack auf den gegnerischen Korb zu. Er wurde erbarmungslos von einem aggressiven Spieler namens Flash verfolgt, von dem er wußte, daß er schneller war als er selbst.

Beide Mannschaften gaben ihr Äußerstes. Anders als sonst vergaßen die am Spielfeldrand wartenden Kumpels ihre Zurückhaltung und unterstützten lauthals das gegnerische Team. Diese offene Parteinahme ging darauf zurück, daß Jacks Mannschaft an diesem Abend einen Sieg nach dem anderen eingefahren hatte; er spielte in einem hervorragenden Team, dem auch Warren und Spit angehörten.

Normalerweise war es Warrens Aufgabe, den Ball vor den gegnerischen Korb zu dribbeln, doch nach dem letzten Gegentreffer, mit dem Flash – sehr zu Jacks Verdruß – den Zehn-zu-Zehn-Ausgleich erzielt hatte, war der Ball direkt in Jacks Händen gelandet. Um ihn so schnell wie möglich wieder in die gegnerische Spielfeldhälfte zu befördern, hatte Spit ihm sofort den Weg freigemacht. Nachdem Jack ihm den Ball zugespielt hatte, hatte Spit ihn sofort an ihn zurückgegeben.

Während Jack durchstartete, versuchte Warren den Mann, der

ihn deckte, auszutricksen und preschte dann ebenfalls zum gegnerischen Korb vor. Jack erfaßte das Manöver aus dem Augenwinkel und setzte dazu an, Warren den Ball zuzuspielen.

Flash erkannte das sofort und ließ sich ein Stück zurückfallen, um den Ball abzufangen. Als Jack nun plötzlich frei stand, verwarf er die geplante Abgabe an Warren und setzte zu einem Distanzwurf an. Normalerweise konnte er sich auf seine Treffsicherheit verlassen, doch diesmal landete der Ball auf dem Korbrand, prallte ab und landete direkt in den Händen von Flash. Sofort jagten die Spieler, von den schadenfrohen Zuschauern lauthals angefeuert, wieder in die andere Richtung.

In Windeseile dribbelte Flash mit dem Ball über das Spielfeld. Durch eine winzige Unaufmerksamkeit ließ Jack ihm für einen Augenblick zu viel Bewegungsspielraum. Flash war eigentlich kein Mann für Distanztreffer, doch nun hielt er mitten auf dem Spielfeld inne und zielte auf den Korb. Jack war entsetzt. Der Ball ging glatt durchs Netz. Die Zuschauer brüllten vor Freude. Die Schwächeren hatten das Spiel gewonnen.

Flash stolzierte mit steif angewinkelten Armen und ausgestreckten Handflächen über das Spielfeld. Zur Gratulation und zum Zeichen des Triumphes klatschten ihm alle seine Mannschaftskollegen sowie einige der Zuschauer einmal kurz auf die Hände. Warren schlenderte zu Jack hinüber und warf ihm einen mißbilligenden Blick zu. »Du hättest den verdammten Ball abgeben sollen«, sagte er.

»Ich weiß«, erwiderte Jack. »Ich hab's verpatzt.« Es war ihm äußerst peinlich.

»So eine Scheiße!« fluchte Warren. »Dabei dachte ich, daß ich mit meinen neuen Schuhen nie mehr verlieren würde.«

Jack musterte die funkelnagelneuen Nikes an Warrens Füßen und sah sich dann seine eigenen ausgelatschten Turnschuhe an. »Vielleicht sollte ich mir auch mal ein paar neue Treter zulegen.«

»Hallo, Jack!« hörte er plötzlich eine weibliche Stimme rufen. »Hallo!«

Jack blickte hinüber zum Maschendrahtzaun. Draußen auf dem Bürgersteig stand Laurie und winkte ihm zu.

»Hey, Kumpel!« sagte Warren. »Sieht so aus, als ob dein Shortie dem Basketballplatz einen kleinen Besuch abstatten will.«

Das Siegerteam unterbrach auf der Stelle seine Freudenzeremonie. Alle Augen waren auf Laurie gerichtet. Freundinnen und Ehefrauen erschienen grundsätzlich nie auf dem Basketballplatz. Er hatte immer penibel darauf geachtet, sich an die unzähligen ungeschriebenen Gesetze, die auf dem Platz herrschten, zu halten.

»Ich glaube, sie will was von dir«, sagte Warren. Laurie winkte Jack immer noch zu.

»Nicht daß du denkst, ich hätte sie eingeladen«, sagte Jack. »Wir wollten uns eigentlich erst später treffen.«

»Ist doch kein Problem«, erwiderte Warren. »Sieht wirklich klasse aus, deine Kleine. Hoffentlich bist du als Lover besser als auf dem Basketballplatz.«

Jack lachte und ging hinüber zu Laurie. Zu seiner Beruhigung hörte er, wie Flashs Team die Siegesfeierlichkeiten wiederaufnahm.

»Jetzt glaube ich endlich, daß die Geschichten, die über dich kursieren, wahr sind«, sagte Laurie.

»Hoffentlich hast du nicht gerade die letzten drei Spiele gesehen«, entgegnete Jack. »Dann würdest du mich wahrscheinlich für einen blutigen Anfänger halten.«

»Eigentlich wollten wir uns ja erst um neun treffen«, fuhr Laurie fort, »aber ich konnte einfach nicht länger warten. Ich muß dir etwas erzählen.«

»Was gibt's denn?«

»Du hast einen Anruf von einer gewissen Nicole Marquette vom *Center for Disease Control* bekommen«, erwiderte Laurie. »Als sie dich nicht erreichen konnte, war sie so enttäuscht, daß unsere Telefonistin Majorie sie zu mir durchgestellt hat. Nicole hat mich gebeten, dir etwas auszurichten.«

»Und?«

»Das *Center* hat das Sofortprogramm zur Impfung der Bevölkerung vorerst ausgesetzt«, erwiderte Laurie. »Es hat seit zwei Wochen kein neues Influenzaopfer mehr gegeben. Wie es aussieht, waren die Quarantänemaßnahmen erfolgreich. Das Alaska-Virus scheint besiegt zu sein. Jedenfalls weist im Moment alles darauf hin, daß diese Epidemie genauso im Sande verläuft wie die Schweinegrippe von 1976.«

»Das sind ja wirklich gute Nachrichten«, sagte Jack. Laurie wußte, wie inständig er gehofft hatte, daß die Experten die Epidemie unter Kontrolle bekommen wurden. Zweiundfünfzig Menschen hatten sich infiziert, vierunddreißig waren gestorben. Dann hatte das Virus unverhofft eine Pause eingelegt, und alle Betroffenen hatten die Luft angehalten. »Kann sie sich erklären, warum das Virus nicht mehr Opfer gefordert hat?« fragte er.

»Ja«, erwiderte Laurie. »Die Studien des *Center for Disease Control* haben ergeben, daß das Virus außerhalb eines Wirtes äußerst instabil ist. Die Experten vermuten, daß es möglicherweise mutiert ist, weil die Temperatur in der unter dem Eis begrabenen Eskimohütte sehr stark geschwankt hat und hin und wieder sogar über null Grad lag. Wenn man bedenkt, daß Viren normalerweise bei minus fünfundvierzig Grad konserviert werden, kann man sich schon vorstellen, daß das Virus sich bei diesen Temperaturschwankungen verändert hat.«

»Schade nur, daß es dabei seine Pathogenizität nicht verloren hat«, bemerkte Jack.

»Wenigstens hat die Quarantäne Wirkung gezeigt«, entgegnete Laurie. »Offensichtlich bedarf das Alaska-Virus für eine Übertragung eines relativ engen Kontaktes zu einem Infizierten.«

»Ich glaube, wir können alle von Glück sagen, daß wir noch leben«, sagte Jack. »Außerdem hat sich die pharmazeutische Industrie ein dickes Lob verdient. Sie haben es wirklich in einer Rekordzeit geschafft, tonnenweise Rimantadin zu produzieren.«

»Bist du fertig für heute?« fragte Laurie und sah Jack über die Schulter, um zu erkennen, ob ein neues Spiel begonnen hatte.

»Ich fürchte, ja«, erwiderte er. »Meine Mannschaft hat ja verloren – meinetwegen.«

»War das eigentlich Warren, mit dem du eben gesprochen hast?« fragte Laurie.

»Ja.«

»Wirklich ein beeindruckender Typ. Eins verstehe ich allerdings nicht. Wie kommt es, daß ihm seine Shorts nicht runterrutschen? Sie sind dermaßen riesig, und Warren ist doch superschlank!«

Jack mußte lachen. Dann sah er zu Warren hinüber, der mit äußerster Präzision einen Ball nach dem anderen im Korb ver-

senkte. Laurie hatte recht. Warrens Shorts trotzten dem Newtonschen Gravitationsgesetz. Er selbst hatte sich schon so an die Hip-hop-Klamotten gewöhnt, daß diese Kuriosität ihm noch gar nicht aufgefallen war. »Ich verstehe es auch nicht«, sagte er schließlich. »Ich glaube, du mußt ihn selbst fragen.«
»Okay. Ich würde ihn sowieso gern kennenlernen.«
Jack sah sie erwartungsvoll an.
»Ich meine es ernst«, fügte sie hinzu. »Stell' mir diesen Warren doch mal vor. Ich würde gern mal ein paar Worte mit dem Mann wechseln, vor dem du so großen Respekt hast und der dir immerhin das Leben gerettet hat.«
»Sprich ihn aber nicht auf die Boxershorts an«, ermahnte er sie. Er hatte keine Ahnung, wie Warren auf so eine Bemerkung reagieren würde.
»Ich bitte dich!« erwiderte Laurie. »Ein bißchen Taktgefühl habe ich auch.«
Jack fühlte sich ein wenig unbehaglich, doch als er Laurie mit seinem Basketballfreund bekannt gemacht hatte, war er überrascht, wie gut die beiden sich verstanden.
»Vielleicht steht es mir nicht zu, Ihnen zu sagen, was mir noch auf dem Herzen liegt«, hob Laurie an, nachdem sie sich eine Weile unterhalten hatten. »Und Jack will vielleicht auch nichts davon hören, aber ...«
Jack zuckte zusammen.
»Ich möchte Ihnen von ganzem Herzen danken, daß Sie Jack geholfen haben.«
Warren zuckte die Achseln. »Wenn ich da schon gewußt hätte, daß er mir heute abend einfach den Ball nicht zuspielen würde – vielleicht wäre ich dann nicht extra rauf in die Berge gefahren.«
Jack verpaßte Warren einen leichten Klaps auf den Hinterkopf, woraufhin dieser einen Schritt zurückwich und sich duckte.
»War nett, Sie kennengelernt zu haben, Laurie. Schön, daß Sie mal bei uns vorbeigeschaut haben. Wir haben uns schon Sorgen um unseren guten, alten Doc gemacht. Ich bin richtig froh, daß er nun doch sein ›Shortie‹ gefunden hat. Wurde ja auch höchste Zeit.«
»›Shortie‹?« fragte Laurie entgeistert.
»Er meint eine Freundin«, übersetzte Jack.

»Schauen Sie doch öfter mal bei uns vorbei, Laurie«, sagte Warren. »Sie sehen richtig klasse aus – im Gegensatz zu unserem Meister hier.« Er gab Jack einen freundschaftlichen Klaps und tänzelte zurück zu seinem Korb.
»Er sagt ›Shortie‹, wenn er von einer Freundin spricht?«
»Ein Ausdruck aus der Rap-Szene«, erklärte Jack. »Wobei ›Shortie‹ noch eine ziemlich schmeichelhafte Bezeichnung ist.«
»Versteh' mich nicht falsch«, entgegnete Laurie. »Ich bin nicht etwa beleidigt. Ganz im Gegenteil. Ich habe mir überlegt, daß du Warren und sein ›Shortie‹ doch eigentlich fragen könntest, ob sie nicht heute abend mit uns essen gehen wollen. Ich hätte Lust, ihn etwas näher kennenzulernen.«
Jack zuckte mit den Achseln und sah Warren hinterher. »Eine gute Idee«, sagte er. »Ich habe allerdings keine Ahnung, was er davon hält.«
»Wenn du ihn nicht fragst, wirst du es nie erfahren«, stichelte Laurie »Er hat doch eine Freundin, oder?«
»Wenn du es genau wissen willst – ich habe keine Ahnung«, gab Jack zu.
»Willst du mir etwa erzählen, daß du eine Woche mit ihm in Quarantäne warst und nicht einmal weißt, ob er eine Freundin hat? Worüber habt ihr bloß die ganze Zeit geredet?«
»Kann ich mich gar nicht mehr dran erinnern«, erwiderte Jack. »Einen Moment. Ich bin gleich zurück.«
Er ging zu Warren und fragte ihn, ob er mit ihm und Laurie zusammen essen gehen wolle; natürlich in Begleitung seines ›Shorties‹.
»Falls du ein ›Shortie‹ hast«, fügte er hinzu.
»Natürlich habe ich eins«, erwiderte Warren und starrte Jack ein paar Sekunden fragend an. Dann sah er zu Laurie hinüber. »War das ihre Idee?«
»Ja«, räumte Jack ein. »Aber ich denke, es ist ein guter Vorschlag. Ich hätte dich ja schon längst mal danach gefragt – aber ich dachte immer, daß du sowieso nicht mitkommen würdest.«
»Wo wollen wir uns treffen?«
»Im Elios«, erwiderte Jack. »Ein nettes Restaurant auf der East Side. Um neun Uhr. Ich lade euch ein.«
»Cool. Wie kommt ihr hin?«

»Wir werden wohl ein Taxi nehmen.«
»Vergiß es«, sagte Warren. »Ich nehme euch in meiner Kutsche mit. Um viertel vor neun stehe ich bei dir vor der Tür.«
»Dann bis gleich«, verabschiedete sich Jack, ging zurück zu Laurie und erzählte ihr, daß die beiden mitkommen würden.
»Super«, sagte sie.
»Finde ich auch«, erwiderte Jack. »Dann esse ich heute abend mit zwei von meinen vier Lebensrettern.«
»Wer sind denn die anderen beiden?« wollte Laurie wissen.
»Einer ist Slam«, erwiderte Jack. »Doch der weilt nicht mehr unter uns. Die Geschichte habe ich dir noch gar nicht erzählt. Der andere ist Spit. Das ist der Typ da drüben am Spielfeldrand, der mit dem knallroten Sweatshirt.«
»Warum lädst du ihn nicht auch ein?« schlug Laurie vor.
»Lieber ein andermal«, entgegnete Jack. »Ich möchte nicht, daß wir so viele sind; dann kann man sich besser unterhalten, und das scheint ja bitter not zu tun. Immerhin hast du in zwei Minuten mehr über Warren erfahren als ich in vielen Monaten.«
»Ich werde nie begreifen, worüber ihr Männer euch eigentlich immer unterhaltet«, seufzte Laurie.
»Ich muß mich noch duschen und umziehen«, sagte Jack. »Hast du Lust, mit raufzukommen?«
»Natürlich. Nach deinen wüsten Beschreibungen wollte ich deine Wohnung immer schon mal sehen.«
»Sie ist nicht besonders schön«, warnte Jack.
»Gehen wir!« drängte Laurie.
Erleichtert registrierte Jack, daß ausnahmsweise mal keine Obdachlosen im Treppenhaus herumlagen und schliefen; dafür war das endlose Gezeter im zweiten Stock so laut wie eh und je. Laurie ließ sich nicht beeindrucken und enthielt sich jeglichen Kommentars. Als Jack die Tür zu seiner Wohnung öffnete, sah sie sich neugierig um.
»Sieht doch richtig einladend und gemütlich aus. Fast wie eine kleine Oase.«
»Ich brauche nur ein paar Minuten«, sagte Jack. »Kann ich dir etwas anbieten? Leider habe ich nicht viel da. Wie wär's mit einem Bier?«
Laurie erklärte, sie habe keinen Durst und er solle unter die Du-

sche gehen. Auch von den Zeitschriften, die er ihr hinschob, wollte sie nichts wissen.

»Einen Fernseher kann ich dir nicht bieten«, entschuldigte sich Jack.

»Das habe ich schon gesehen.«

»In dieser Gegend einen Fernseher zu besitzen, wäre ein bißchen gewagt«, erklärte Jack. »Das wäre so etwas wie eine Einladung an die Gangster.«

»Apropos Fernsehen«, warf Laurie ein. »Hast du mal die neuen Werbespots der National Health gesehen, über die alle Welt redet? Diese ›Nicht mehr warten‹-Dinger?«

»Nein.«

»Das solltest du aber«, sagte Laurie. »Die Kampagne hat ziemlich eingeschlagen. Einer von den Spots ist sogar über Nacht zum Klassiker geworden. ›Wir warten auf Sie, nicht Sie auf uns.‹ Eine clevere Idee. Auch wenn man es kaum glauben mag – durch die Kampagne sind sogar die Aktienkurse von National Health gestiegen.«

»Können wir uns nicht über was anderes unterhalten«, fragte Jack.

»Natürlich«, erwiderte Laurie und sah ihn neugierig an. »Was ist denn los? Habe ich etwas Falsches gesagt?«

»Nein. Es hat nichts mit dir zu tun. Aber ich reagiere manchmal ein bißchen überempfindlich. Ich habe mich schon immer über die Werbung der Krankenversicherungsgiganten geärgert, und seit kurzem habe ich die Nase von diesem Unsinn gestrichen voll. Aber das muß für's erste reichen. Den Rest erkläre ich dir nachher beim Essen.«